KATHERINE PANCOL

Wiewiórki z Central Parku są smutne w poniedziałki

Z języka francuskiego przełożyła
Agnieszka Rasińska-Bóbr

WYDAWNICTWO
SONIA DRAGA

Tytuł oryginału:
LES ECUREUILS DE CENTRAL PARK SONT TRISTES LE LUNDI

Copyright © Editions Albin Michel - Paris 2010

Copyright © 2012 for the Polish edition by Wydawnictwo Sonia Draga
Copyright © 2011 for the Polish translation by Wydawnictwo Sonia Draga

Projekt okładki: Monika Drobnik-Słocińska
Zdjęcie autorki: © Sylvie Lancrenon

Redakcja: Bożena Sęk
Korekta: Aneta Iwan, Iwona Wyrwisz

ISBN: 978-83-7999-197-6

Sprzedaż wysyłkowa:
www.merlin.com.pl
www.empik.com
www.soniadraga.pl

WYDAWNICTWO SONIA DRAGA Sp. z o. o.
Pl. Grunwaldzki 8-10, 40-127 Katowice
tel. 32 782 64 77, fax 32 253 77 28
e-mail: info@soniadraga.pl
www.soniadraga.pl

Skład i łamanie:
Wydawnictwo Sonia Draga

Katowice 2015. Wydanie II

Drukarnia:
Drukarnia Wydawnicza im. W. L. Anczyca S.A.; Kraków

Dla Romana i dla Jeana-Marie...

„Jest przecież życie, które w końcu przeżyję naprawdę, nie?"
Bernard-Marie KOLTÈS

Część pierwsza

Hortense chwyciła butelkę szampana i wylała jej zawartość do wiaderka na lód. Butelka była pełna i wywołało to dziwny odgłos. Uderzenie szkła o metalową ściankę, chrzęst tłuczonych kawałków lodu, gulgotanie, potem syk bąbelków, które pękają na powierzchni, tworząc przezroczystą piankę.

Kelner w białej marynarce i muszce uniósł brwi.

– Ohydny ten szampan! – mruknęła Hortense po francusku, pstrykając w dno butelki. – Jeżeli kogoś nie stać na porządną markę, to nie ma sensu podawać czegoś, co wywołuje skręt kiszek...

Chwyciła drugą butelkę i powtórzyła akt sabotażu.

Twarz chłopaka spąsowiała. Zdumiony patrzył, jak butelka powoli się opróżnia, i zdawał się zastanawiać, czy nie powinien zareagować. Powiódł wokoło wzrokiem, szukając świadka wandalizmu tej dziewczyny, która ubliżając mu, odwracała butelki. Pocił się, a krople potu podkreślały rządek pryszczy, które zdobiły mu czoło. Kolejny angielski wieśniak, który ślini się na widok sfermentowanych winogron, pomyślała Hortense, przygładzając niesforny kosmyk włosów i zakładając go za ucho. Kelner nie spuszczał z niej wzroku, gotów ją związać, gdyby znów zaczęła.

– Chcesz moje zdjęcie?

Tego wieczoru miała ochotę mówić po francusku. Tego wieczoru miała ochotę podkładać bomby. Tego wieczoru musiała zmasakrować jakiegoś niewinnego, a wszystko u tego chłopaka zachęcało, by wybrać go na ofiarę. Są tacy ludzie, których ma się ochotę szczypać do krwi, upokarzać, torturować. Nie urodził się po dobrej stronie. Taka karma.

– Jak można być tak brzydkim! Oczy mnie bolą od tych czerwonych światełek, które migają panu na czole!

Chłopak przełknął ślinę, odchrząknął i zaskomlał:

– Powiedz, zawsze jesteś taka wstrętna, czy starasz się specjalnie dla mnie?

– Jest pan Francuzem?

– Z Montélimar.

– Nugat jest szkodliwy dla zębów... i skóry. Lepiej niech pan go więcej nie je, bo pękną panu pryszcze...

– Ty idiotko! Ktoś ci coś zrobił, że jesteś taka wściekła?

Afront. Zrobił mi afront i nie mogę dojść do siebie. Miał czelność. Pod moim nosem. Jakbym była przezroczysta. Powiedział mi... co on właściwie mi powiedział?... a ja mu uwierzyłam. Podkasałam spódnicę i przebiegłam sto metrów w niecałe osiem sekund. Jestem równie głupia jak ten purpurowy pryszczaty kretyn z nugatową gębą.

– Bo zwykle ludzie są źli dlatego, że są nieszczęśliwi...

– Wystarczy, ojcze Pio, zapomnij o sutannie i podaj mi colę...

– Mam nadzieję, że ten, kto doprowadził cię do tego stanu, nieźle ci jeszcze dokopie!

– Psycholog się znalazł! Jesteś ze szkoły Lacana czy Freuda? Powiedz, bo może wreszcie dowiem się od ciebie czegoś interesującego!

Wzięła szklankę, którą jej podał, podniosła do góry, przepijając do niego, i kołyszącym krokiem odeszła w tłum gości. Takie już moje szczęście! Francuz! Ohydny i spocony. Obowiązkowy strój: czarne spodnie, biała koszula, brak ozdób, włosy gładko zaczesane do tyłu. Płacą mu pięć funtów za godzinę i traktują jak parszywego psa. To dorabiający student lub facet bez grosza, który porzucił trzydziestopięciogodzinny tydzień pracy, żeby zarobić kupę kasy. Mam wybór. Jedyny problem polega na tym, że on mnie nie interesuje. Nic a nic. Dla niego nie zainwestowałabym trzystu euro w parę butów! Nawet sznurówek bym sobie dla niego nie kupiła!

Pośliznęła się, o mało nie upadła, podniosła but i stwierdziła, że fiołkoworóżowy bakelitowy obcas czerwonego czółenka z krokodylej skóry zdobi różowa guma do żucia.

– Jeszcze tego brakowało! – wykrzyknęła. – Nowiutkie buty Diora!

Pościła pięć dni, żeby je kupić. I zaprojektowała dziesięć butonierek dla swojej koleżanki Laury.

Już pojęłam, to nie mój wieczór. Wrócę do domu i pójdę spać, zanim słowa „pierwsza naiwna" wyryją mi się na czole. Co on właściwie powiedział? Idziesz w sobotę wieczorem do Sybil Garson? Wielka, wielka impreza. Moglibyśmy się tam spotkać. Skrzywiła się, ale zapamiętała datę i sformułowanie. Spotkać się, znaczy wyjść razem, trzymając się pod rękę. Warto się było nad tym zastanowić. O mało nie spytała: Idziesz sam czy z Zarazą? Powstrzymała się w ostatniej chwili – najważniejsze to nie uznawać istnienia Charlotte Bradsburry, ignorować ją, kompletnie ignorować – i zaczęła przemyśliwać nad tym, jak zdobyć zaproszenie. Sybil Garson, ikona kolorowych czasopism, Angielka szlachetnie urodzona, naturalnie elegancka, naturalnie arogancka, która nie zaprasza do domu żadnych cudzoziemskich istot, a zwłaszcza francuskich, chyba że ktoś nazywa się Charlotte Gainsbourg, Juliette Binoche albo wlecze za sobą wspaniałego Johnny'ego Deppa. Ja, Hortense Cortès, plebejuszka, nieznana, biedna i do tego Francuzka, nie mam najmniejszych szans. Chyba że włożę biały fartuch kuchenny i będę podawać kiełbaski. To już wolę umrzeć!

Powiedział: Spotkajmy się tam. „My" znaczyło przecież on i ja, ja i on, ja, Hortense Cortès i on, Gary Ward. „My" zakładało, że miss Bradsburry należy już do przeszłości. Miss Charlotte Bradsburry została odprawiona lub sama się zwinęła. Nieważne! Jedno wydawało się pewne: droga była wolna. Teraz ruch należał do niej. Do Hortense Cortès należeć będą londyńskie wieczory, dyskoteki i muzea, salon w Tate Modern, stolik przy oknie w restauracji Design Museum z widokiem na Tower, weekendy we wspaniałych wiejskich rezydencjach, corgi królowej liżące jej palce w Windsorze oraz winogronowy scone z konfiturą herbacianą i *clotted cream*, który będzie chrupać przy kominku pod nieco wyblakłym Turnerem, podnosząc delikatnie filiżankę z herbatą... A angielskiego scone'a nie je się byle jak! Trzeba przekroić go poziomo na dwie części, posmarować gęstą śmietaną, trzymać kciukiem i palcem wskazującym. W przeciwnym razie, zdaniem Laury, będą cię mieli za wieśniaka.

Wkraczam do Sybil Garson, trzepoczę rzęsami, porywam Gary'ego i zajmuję miejsce Charlotte Bradsburry. Staję się ważna, sławna, międzynarodowa, ludzie zwracają się do mnie z szacunkiem, podają mi karty wizytowe, ubierają od stóp do głów, odpycham paparazzich i wybieram osobę, która zostanie moją następną najdroższą przyjaciółką. Nie jestem już Francuzką, która haruje, żeby wyrobić sobie nazwisko, ale idę na skróty i staję się Arogancką Angielką. Za długo już kiszę się w anonimowości. Nie znoszę, by traktowano mnie jak półczłowieka, wycierano ręce na moich piersiach i brano mnie za pleksi. Chcę szacunku, uznania, blasku, władzy, władzy.

I jeszcze raz władzy.

Ale zanim stanie się Arogancką Angielką, musi wymyślić jakiś podstęp, żeby wejść na tę imprezę zamkniętą dla *happy few* panoszących się w szmatławych angielskich tabloidach. To nie takie proste, Hortense Cortès, to nie takie proste. A może poderwać Pete'a Doherty'ego? To też nie takie proste... Już raczej spróbuję wejść na krzywy ryj do Sybil Garson.

Udało się jej.

Przed budynkiem pod numerem 3 przy Belgravia Square dołączyła do dwóch Anglików, którzy mówili o kinie, wycierając sobie nosy. Przykleiła się do nich, udając, że spija słowa z ich warg, wśliznęła się z nimi do dużego mieszkania z sufitem wysokim jak sklepienie katedry w Canterbury i dalej chłonęła słowa Stevena i Nicka na temat *Jaśniejszej od gwiazd* Jane Campion. Widzieli prapremierę filmu na London Film Festival i upajali się przynależnością do klubu *happy few*, którzy mogą się o nim wypowiadać. *To belong or not to belong* – tak zdawała się brzmieć dewiza każdego Anglika z klasą. Obowiązkowo trzeba być, czyli „należeć" do jednego lub kilku klubów, rodziny, szkoły, rodzinnej posiadłości, pięknej londyńskiej dzielnicy, albo nie być.

Steven studiował filmoznawstwo, mówił o Truffaucie i Kusturicy. Nosił obcisłe czarne dżinsy i czarną kamizelkę w białe kropki włożoną na czarno-biały podkoszulek z długimi rękawami. Tłuste długie włosy opadały mu przy każdym energicznym kiwnięciu głową. Jego czyściutki różowy kolega Nick był wcieleniem młodego Micka Jaggera w wersji bukolicznej. Potakiwał, drapiąc się w podbródek. Pewnie myślał, że to strasznie go postarza.

Zostawiła ich, gdy tylko pozbyła się płaszcza w dużym pomieszczeniu, które służyło za szatnię. Rzuciła swoje okrycie na wielkie łóżko zasłane sztucznymi futrami, kurtkami w kolorze khaki i czarnymi trenczami, po czym przejechała ręką po włosach przed rzeźbionym lustrem wiszącym nad kominkiem i mruknęła: Wyglądasz doskonale, kochanie, absolutnie doskonale. Wpadnie w twoje sieci jak śliczna złota rybka. Czółenka Diora i obcisła czarna sukienka Alaïa kupiona w vintage-shop w Brick Lane czyniły z niej pełną rezerwy seksbombę. Seksbombę, jeżeli będę chciała, pełną rezerwy, jeśli tak postanowię – wyszeptała do lustra, posyłając sobie całusa. – Nie zdecydowałam jeszcze, czy ustrzelę go natychmiast, czy też będę przedłużać agonię... Zobaczymy.

Szybko wszystko stało się jasne. Wychodząc z pomieszczenia z płaszczami, zobaczyła Gary'ego w ramionach tej Bradsburry; śmiała się głośno, odchylając alabastrową szyję, przykładając delikatnie rękę do bladych ust, aby stłumić tak wulgarny wybuch nagłej radości. Gary przygarniał ją do siebie, obejmując ramieniem jej cienką, jakże cienką talię. Jego ciemne włosy tuż przy włosach Zarazy... Hortense myślała, że zejdzie.

Już miała wrócić do pokoju, rzucić wyzwiska do lustra, chwycić płaszcz i wyjść.

Kiedy jednak pomyślała, ile zadała sobie trudu, żeby się tu dostać, zacisnęła zęby i skierowała kroki w stronę bufetu, gdzie wyładowała złość na tanim szampanie i kelnerze o świecących pryszczach.

A teraz się zastanawiała, co robić.

Ustrzelić pierwszego zjadliwego faceta i gruchać w jego ramionach? To już było. Przebrzmiała, śmieszna i żałosna strategia. Jeżeli będę się z nim afiszować, Gary domyśli się, że zostałam „trafiona", i z szyderczym uśmiechem odpowie mi „zatopiona".

I utonę.

Nie, nie! Przybrać zadowoloną minę singielki nie mogącej znaleźć chłopaka dorastającego do wyżyn, na których się poruszam... Zasznurować usta z pobłażliwym uśmieszkiem, odegrać zaskoczenie, jeżeli natknę się na tę przeklętą parę, i spróbować namierzyć w tłumie jakąś ofiarę lub dwie, z którymi mogłabym prowadzić coś na kształt rozmowy, zanim wrócę do domu... metrem.

Mary Dorsey załatwi sprawę. Była to wkurzająca singielka należąca do tych dziewczyn, które mają w życiu tylko jeden cel: znaleźć faceta. Nieważne jakiego, niechby tylko wytrzymał z nią dłużej niż czterdzieści osiem godzin. Cały weekend oznaczał dla niej początek szczęścia. Większość chłopaków, których Mary Dorsey przyprowadzała do swojego mieszkania na południowym brzegu Tamizy, znikała, zanim jeszcze zdążyła zapytać, jak mają na imię. Ostatnim razem, gdy Hortense spotkała ją na Borough Market, gdzie zawlekła Nicholasa, Mary szepnęła do niej: Jest słodki! Dasz mi go, kiedy z nim skończysz? – Widziałaś, jaki ma tors? Za długi! – zaprotestowała Hortense. – Mam to gdzieś. Pewnie nie tylko tors ma długi.

Mary Dorsey była przypadkiem beznadziejnym. Próbowała wszystkiego: *speed dating, slow dating, blind, jewish, christian, New Labour, Tory, dirty, wikipedi, kinky...* Była gotowa podjąć największe ryzyko, żeby tylko nie siedzieć samotnie w domu wieczorami, jedząc Ben & Jerry, łkając przy końcowej scenie *Niezapomnianego romansu*, gdy Cary Grant wreszcie zdaje sobie sprawę, że Deborah Kerr ukrywa coś przed nim pod wielkim beżowym pledem. Sama, w wypłowiałym dresie, otoczona morzem zmiętych chusteczek higienicznych, Mary jęczała: Chcę mężczyzny, który podniesie pled i weźmie mnie w ramiona! A ponieważ poza kilkoma porcjami mrożonego kremu opróżniła butelkę Drambuie, dodawała ociekająca łzami i tuszem: Nie ma już na ziemi takich facetów jak Cary Grant, to koniec, koniec... prawdziwi mężczyźni to ginący gatunek, po czym rzucała się z płaczem na parkiet, dołączając do wymiętych chusteczek.

Lubiła opowiadać te żałosne sceny, które na dobrą sprawę nie stawiały jej w korzystnym świetle. Zapewniała, że trzeba zejść na samo dno obrzydzenia sobą, aby się od niego odbić.

Na wspomnienie tej rozmowy Hortense, która właśnie miała położyć dłoń na ramieniu Mary, zmieniła kierunek. Skręciła w stronę zadziwiającej, zachwycającej sylwetki blondynki...

Wtedy właśnie rozpoznała Agyness Deyn. Agyness Deyn we własnej osobie. *The it girl.* Po prostu *the girl.* Ta, która miała zepchnąć z wybiegu Kate Moss. Muza Burberry'ego, Giorgia Armaniego, Jeana-Paula Gaultiera, która zaśpiewała jakiś kawałek z Five O'clock Heroes i zajmowała okładki *Vogue'a, Elle, Grazii.* Po prostu stała, bardzo blond, bardzo szczupła, z bardzo granatową chusteczką w bardzo krótko obciętych bardzo blond włosach, w bardzo czerwonych rajstopach i bardzo białych tenisówkach, w sukience z koronkowymi falbankami i obcisłej kurtce ze starego wytartego dżinsu.

Boska!

A z kim Agyness Deyn rozmawiała z życzliwym uśmiechem, wyraźnie zainteresowana, chociaż jej oczy omiatały przestrzeń w poszukiwaniu innych ofiar, które mogłaby usidlić? Ze Stevenem i Nickiem, dwoma kinomanami, których Hortense wykorzystała w charakterze zaproszenia.

Hortense wysunęła biodro do przodu i pomknęła przez tłum. Dotarła do grupki i włączyła się do rozmowy.

Bardziej zjadliwy z nich dwóch Nick opowiadał, jak to wziął udział w pokazie Hedi Slimane w czasie Fashion Week w Paryżu. Agyness Deyn spytała, co sądzi o kolekcji Hedi. Nick odparł, że pokaz niespecjalnie wrył mu się w pamięć w przeciwieństwie do dziewczyny, którą przeleciał pod schodami paryskiej dyskoteki.

Wybuchnęli śmiechem, Hortense starała się ich naśladować. Potem Agyness wyjęła pisak z maleńkiej czerwonej torebki i zapisała nazwę dyskoteki na białej tenisówce. Hortense obserwowała ją z fascynacją. Zastanawiała się, czy z daleka widać, że należy do grupy, i przysunęła się jeszcze bliżej, aby nie budziło to żadnych wątpliwości.

Podeszła kolejna dziewczyna i chwytając kieliszek Nicka, opróżniła go jednym haustem. Potem oparła się na ramieniu Agyness i wypaliła:

– *I'm so pissed off!* Co za denna impreza! Trzeba naprawdę być kretynem, żeby siedzieć w Londynie w weekend! Szkoda, że nie pojechałam na wieś! A ta to kto? – zapytała, wskazując czerwonym pazurem Hortense.

Hortense się przedstawiła, próbując ukryć swój francuski akcent.

– *French?* – warknęła nowo przybyła, krzywiąc się niczym gorgona.

– A więc zna pani Hedi Slimane? – spytał Nick, szeroko otwierając czarne jak węgiel oczy.

Hortense przypomniała sobie wtedy, że widziała jego zdjęcie w *Metrze*, wychodził na nim z klubu pod rękę z Amy Winehouse z torebką na wymioty na głowie.

– Nooo... nie! – wyjąkała Hortense, na której młody Nick zrobił wrażenie.

– Och – westchnął rozczarowany.

– Więc po co w takim razie być Francuzką? – spytała dziewczyna z czerwonymi szponami, wzruszając ramionami. – *Anyway*, w życiu nic niczemu nie służy, trzeba jedynie czekać, żeby czas minął i nadeszła śmierć... Zamierzasz zostać tu dłużej czy pójdziemy upić się gdzie indziej, *darling*? – zapytała wspaniałej Agyness, żłopiąc piwo z butelki.

Hortense nie znalazła celnej riposty i wściekła na siebie postanowiła opuścić to miejsce, które naprawdę było denne. Wracam do domu, mam tego dość, nienawidzę wysp, nienawidzę Anglików, nienawidzę Anglii, nienawidzę scones, nienawidzę Turnera, corgich i *fucking queen*, nienawidzę statusu Hortense Nobody, chcę być bogata, sławna, mieć klasę, żeby wszyscy się mnie bali i nienawidzili mnie.

Weszła do pomieszczenia z okryciami w poszukiwaniu własnego płaszcza. Podniosła jeden, potem drugi, potem trzeci, zastanawiała się przez chwilę, czy nie ukraść Michaela Korsa z białym futrzanym kołnierzem, zawahała się, lecz odłożyła go. Za duże ryzyko... Z tą ich manią umieszczania wszędzie kamer złapaliby ją przy wyjściu. W tym mieście było się filmowanym dzień i noc. Straciła cierpliwość, wsunęła rękę w stos porzuconych okryć i krzyknęła. Dotknęła ciepłego ciała. Żywego ciała, które zaczęło się poruszać, mrucząc. Pod górą ubrań leżał mężczyzna. Pewnie wyżłopał beczkę guinnessa lub naćpał się trawy. W sobotni wieczór nadchodził czas upojenia alkoholowego i całonocnego pijaństwa. Dziewczyny zataczały się w strumieniach piwa ze stringami na wierzchu, a chłopcy, nie wypuszczając z rąk szklanek, próbowali je przygwoździć do ściany, po czym wspólnie wymiotowali. Wzruszające! *So crass!* Uszczypnęła czarny rękaw i mężczyzna wrzasnął. Zamarła zaskoczona: znała ten głos. Pogrzebała głębiej i dotarła do Gary'ego Warda.

Leżał pod kilkoma warstwami płaszczy ze słuchawkami na uszach i delektował się muzyką z zamkniętymi oczami.

– Gary! – krzyknęła. – Co ty wyprawiasz?

Zdjął słuchawki i patrzył na nią ogłupiały.

– Słucham niezrównanego Glenna Goulda... To takie piękne, Hortense, takie piękne. Sposób, w jaki wybrzmiewają nuty, jakby to były żywe perły i...

– Nie jesteś na koncercie! Jesteś na imprezie!

– Nie znoszę imprez.

– Ale przecież to ty powiedziałeś, żebym...

– Sądziłem, że się wybierasz...

– A kogo niby widzisz przed sobą? Mojego ducha?

– Szukałem cię, ale nie znalazłem...

– Za to ja cię widziałam z panną, której imienia nie chcę wymawiać. Przyklejonego do niej, obejmującego, czułego. Horror...

– Wypiła trochę, trzymałem ją w pionie...

– A odkąd to pracujesz w Czerwonym Krzyżu?

– Myśl sobie, co chcesz, ale podtrzymywałem ją jednym ramieniem, a wzrokiem szukałem ciebie...

– No to czas, żebyś kupił sobie białą laskę!

– Widziałem nawet, jak rozmawiałaś z tymi dwoma kretynami... Wtedy odpuściłem. Uwielbiasz kretynów.

Znowu założył słuchawki i przykrył się płaszczami, starając się na powrót zniknąć pod ciężką miękką warstwą, która izolowała go od świata.

– Gary! – rozkazała Hortense. – Posłuchaj...

Wysunął rękę i przyciągnął ją do siebie. Zanurzyła się w morzu szorstkiej miękkiej wełny, poczuła jednocześnie zapach różnych perfum, rozpoznała Hermèsa, Chanel, Armaniego, wszystko się pomieszało, przelatywała przez jedwabne podszewki i sztywne rękawy, próbowała stawiać opór, uwolnić się od ciągnącego ją ramienia, ale trzymał ją mocno i przyciskał do siebie, nakrywając ich płaszczami.

– Cicho! Nikt nie może nas zobaczyć!

Nagle dotknęła nosem jego szyi. Potem poczuła plastykową końcówkę w uchu i usłyszała muzykę.

– Posłuchaj, posłuchaj, jakie to piękne! *Das Wohltemperierte Klavier, Dobrze nastrojony klawesyn...* – Cofnął się ciut i patrzył na nią. Uśmiechał się. – Słyszałaś coś piękniejszego?

– Gary! Dlaczego...

– Cicho! Posłuchaj... Glenn Gould nie uderza w klawisze, on je uwalnia, wyobraża sobie, odtwarza, rzeźbi, wymyśla, aby fortepian brzmiał wyjątkowo. Nie musi nawet grać, żeby tworzyć muzykę! To jednocześnie cielesne, materialne i niematerialne...

– Gary!

– Zmysłowe, powściągliwe, przestrzenne... Tak jakby... sam nie wiem...

– Kiedy powiedziałeś, żebym przyszła...

– Najlepiej by było, żebyśmy posłuchali...

– Chciałabym wiedzieć...

21

– Nie możesz nawet przez chwilę być cicho?!

Drzwi do pokoju otwarły się gwałtownie i usłyszeli kobiecy głos. Ochrypły, ciężki, powolny głos kobiety, która za dużo wypiła. Szła przez pokój, zataczając się, wpadła na kominek, zaklęła, ruszała na poszukiwanie płaszcza...

– Położyłam go na łóżku, tutaj, na oparciu. W końcu to płaszcz Balenciagi...

Nie była sama. Mówiła do mężczyzny.

– Jest pani pewna? – pytał mężczyzna.

– Jeszcze jak! To Balenciaga! Mam nadzieję, że wie pan, co to jest!

– To Charlotte – szepnął Gary. – Poznaję jej głos. Mój Boże! Ale się zaprawiła! Przecież ona nigdy nie pije!

Pytała:

– Nie widział pan Gary'ego Warda? Miał mnie odprowadzić... Nagle zniknął. Wyszedł! Ulotnił się jak kamfora! *I'm so fucked up. Can't even walk!*

Opadła całym ciężarem ciała na duże łóżko i Gary szybko przesunął nogi, kładąc je na nogach Hortense. Dał jej znak, żeby była cicho i nie ruszała się. Słyszała głuche bicie serca Gary'ego i głuche bicie własnego serca. Próbowała dostosować rytm swojego serca do rytmu jego serca i uśmiechnęła się.

Gary odgadł, że się uśmiecha, i szeptem spytał: Dlaczego się śmiejesz? Nie śmieję się, uśmiecham się... Przycisnął ją do siebie, a ona nie stawiała oporu. Wziąłem cię do niewoli i nie możesz się ruszyć... Wziąłeś mnie do niewoli, bo nie mogę się ruszyć, ale poczekaj, aż... Zatkał jej usta i uśmiechnęła się jeszcze raz w jego dłoni.

– Skończył pan przeglądać się w lustrze? – krzyknęła Charlotte Bradsburry głosem przeskakującym całe oktawy.

– Myślę, że ktoś jest w tym łóżku... Coś się poruszyło...

– A ja sądzę, że za dużo pani wypiła. Powinna się pani położyć... Chyba nie najlepiej się pani czuje – odpowiedział mężczyzna, jakby się zwracał do chorego dziecka.

– Nie! Zapewniam pana, łóżko się rusza!

– Tak zawsze mówią ci, którzy za dużo wypili... Niech pani już wraca do domu!

– Ale jak mam wrócić? – jęknęła Charlotte Bradsburry. – O mój Boże! Nigdy nie byłam w takim stanie... Co się stało? Jak pan myśli?... I niech pan się wreszcie przestanie oglądać w tym lustrze! Męczy mnie to!

– Nie oglądam się, tylko zastanawiam, czego mi brakuje... Czegoś, co miałem, gdy przyszedłem...

– Niech się pan nie zastanawia! Brakuje panu czegoś, czego nigdy nie będzie pan miał...

– Czyżby?

Co też ona mu powie? westchnęła Hortense. Lepiej spadałaby już i zostawiła nam wolną drogę... Mnie tu dobrze, powiedział Gary. Powinniśmy spędzać tak wszystkie imprezy, chować się pod płaszczami i... Przejechał palcem po wargach Hortense i pogłaskał je. Mam wielką ochotę cię pocałować... a zresztą chyba cię pocałuję, Hortense Cortès. Hortense czuła jego oddech jak mgiełkę na wargach i odpowiedziała, muskając jego usta: To zbyt łatwe, zbyt łatwe, panie Ward, twoja radość będzie krótka. Delikatnie głaskał palcem jej usta. Potem przyjdzie czas na rzeczy bardziej skomplikowane, mam masę pomysłów...

– Nie zapytam pani, czego mi brakuje, bo obawiam się, że byłoby to niegrzeczne – odparł mężczyzna.

– Idę już. Jutro muszę wcześnie wstać...

– Ach! Już wiem, miałem czerwony szalik!

– Jakież to wulgarne!

– Proszę pani...

Co za kretynka! jęknęła Hortense. Mowy nie ma, żeby zechciał ją odprowadzić! Cicho! rozkazał Gary, a jego palce nadal kreśliły kontur warg Hortense. Wiesz, że twoje wargi nie są tak samo wypukłe z obu stron? Hortense się cofnęła. Chcesz powiedzieć, że nie jestem normalna? Nie, wprost

23

przeciwnie... Jesteś przeraźliwie banalna, wszyscy mają niesymetryczne usta. Ale nie ja. Ja jestem doskonała.

– Mogę panią odwieźć, jeśli pani chce. Gdzie pani mieszka? – spytał mężczyzna.

– Ach! To pierwsze interesujące zdanie, jakie pan wypowiedział...

Charlotte Bradsburry próbowała się podnieść, ale nie zdołała. Przy każdej próbie opadała na łóżko, a wreszcie zwaliła się na nie całym ciężarem ciała.

– Mówię panu, że ktoś tam jest pod spodem... Słyszę głosy...

– No już, niech mi pani poda rękę, to panią stąd wyciągnę i wyrzucę pod domem!

Charlotte Bradsburry mruknęła coś, czego Hortense ani Gary nie zrozumieli, po czym usłyszeli, jak tamci wychodzą: ona zataczając się, a on podtrzymując ją.

Gary nachylił się do Hortense i przyglądał się jej bez słowa. W jego brązowych oczach przymglonych dzikim blaskiem zdawało się tlić pierwotne marzenie. Tak miło byłoby żyć pod górą płaszczy, w ukryciu, jedlibyśmy cookies i pili kawę przez długą słomkę, nie musielibyśmy wstawać i biegać wszędzie jak królik z *Alicji w krainie czarów*. Nie znoszę tego Rabbita z wiecznie stojącym zegarkiem. Chciałbym spędzić całe życie, słuchając Glenna Goulda, całując Hortense Cortès, głaszcząc włosy Hortense Cortès, wąchając każdy kawałeczek skóry Hortense Cortès, wymyślając dla niej akordy, mi-fa-sol-la-si-do, i śpiewając jej do ucha.

Chciałbym, chciałbym...

Zamknął oczy i pocałował Hortense Cortès.

A więc to jest pocałunek! zdziwiła się Hortense Cortès. To słodkie oparzenie, które sprawia, że chciałoby się rzucić na faceta, oddychać nim, lizać go, przewrócić, zagłębić się w nim, zniknąć...

Rozpłynąć się w głębokim jeziorze, dać się unosić ustom, wargom, włosom, szyi...

Stracić pamięć.

Stać się karmelkiem, dać się smakować końcem języka.

I smakować jego, odkrywając smak soli i przypraw korzennych, bursztynu i kminku, skóry i drzewa sandałowego.

A więc to to...

Dotąd całowała się tylko z chłopcami, którzy byli jej obojętni. Całowała się, gdy było to użyteczne, ze względów towarzyskich, całowała się, odgarniając niesforny kosmyk włosów, spoglądając przez ramię. Całowała się, nie tracąc trzeźwości umysłu, zirytowana ugryzieniami, łakomym językiem, obfitością śliny. Zdarzało jej się także całować z nudów, dla rozrywki, bo padał deszcz albo okna składały się z małych kwadracików, których nie udawało jej się policzyć. Albo – co wspominała z zażenowaniem – żeby dostać od faceta torebkę Prady czy top Chloe. Wolała o tym zapomnieć. To było dawno temu. Była wtedy dzieckiem, a on nazywał się Chaval.* Co za cham i brutal!

Wróciła do ust Gary'ego i westchnęła.

A więc pocałunek może być źródłem przyjemności...

Przyjemności, która wślizguje się do ciała, rozpala płomyczki, wznieca tysiące dreszczy w miejscach, których nigdy by nie podejrzewała, że mogą zapłonąć.

Aż po końce zębów...

Przyjemność... Co za rozkosz!

I natychmiast zauważyła, że nie należy ufać przyjemności.

---

*   Patrz *Żółte oczy krokodyla*, Wydawnictwo Sonia Draga, Katowice 2009.

Później szli w ciemności.

Białymi ulicami eleganckich dzielnic, kierując się w stronę Hyde Parku. Ulicami, na których białe schody tworzą zgrabne półkola.

Do mieszkania Gary'ego.

Szli w ciszy, trzymając się za ręce. A raczej wyrzucając jednocześnie, w tym samym rytmie, ramiona i nogi, stawiając lewą stopę równo z drugą lewą stopą, prawą stopę równo z prawą stopą. Z powagą i koncentracją królewskiego gwardzisty w futrzanej czapce. Hortense pamiętała tę zabawę: nie zmieniać nogi, nie wypaść z rytmu. Miała pięć lat i trzymała za rękę mamę, wracając z przedszkola. Mieszkali w Courbevoie; nie lubiła lamp ulicznych przy długiej alei. Nie lubiła długiej alei. Nie lubiła bloku. Nie lubiła jego mieszkańców. Nienawidziła Courbevoie. Otrząsnęła się ze wspomnień i dogoniła teraźniejszość.

Ścisnęła rękę Gary'ego, aby mocniej uchwycić to, co się stanie – była tego pewna – jej jutrem. Nie dać mu się wymknąć. Czarnowłosemu mężczyźnie o mieniących się oczach, raz zielonych, a raz brązowych, raz brązowych, a raz zielonych, zębach pełnego elegancji mięsożercy, wargach, które wzniecają pożar.

A więc to jest pocałunek...

– A więc to jest pocałunek – powiedziała niemal szeptem.

Słowa uleciały w ciemną noc.

Oddał jej lekki uścisk dłoni. I wypowiedział zdania, które nadały tej chwili uroczyste piękno.

Away with your fictions of flimsy romance,
Those tissues of falsehood which Folly has wove;
Give me the mild beam of the soul-breathing glance
*Or the rapture which dwells on the first kiss of love.**

---

* „Romansowe iluzje, precz odejdźcie ode mnie, / O welony, którymi

26

– Lord Byron... *The first kiss of love.*

Słowo *love* opadło w noc jak przewiązana kokardą kostka bruku. Hortense miała ochotę schylić się, aby je podnieść i schować do kieszeni. Co się z nią dzieje? Staje się strasznie sentymentalna.

– Nie mógłbyś się chować pod płaszczami, gdyby był lipiec... – mruknęła, żeby pozbyć się lepkiej różowej landrynki, w której się zatapiała.

– W lipcu nigdy nie wychodzę. W lipcu siedzę w zamknięciu...

– Jak Kopciuszek po północy? To niezbyt męska postawa!

Popchnął ją na drzewo, przycisnął biodra do jej bioder i znowu zaczął ją całować, co nie pozostawiło mu czasu na odpowiedź. Poczuła jego usta, rozchyliła wargi, aby pocałunek nabrał pełni, objęła go ręką za kark, pogłaskała kawałek delikatnego ciała tuż za uchem, zatrzymała na nim koniuszki palców, poczuła, jak pod wpływem ciepłego oddechu Gary'ego znowu rozpalają się w niej tysiące płomyczków...

– Pamiętaj, Hortense, nie prowokuj mnie – szepnął, kładąc każde słowo na jej słodkich jędrnych wargach. – Mogę stracić *self-control* i cierpliwość!

– Co w przypadku angielskiego dżentelmena...

– ...byłoby godne pożałowania.

Skręcało ją, aby zapytać, jak skończyła się idylla z Charlotte Bradsburry. I czy naprawdę się skończyła. Czy to koniec niczym gruba kreska? Czy też z obietnicami powrotu, pocałunkami, które palą trzewia? Ale Byron i angielski dżentelmen przywołali ją do porządku, utwierdzając w pogardliwym lekceważeniu dla obcej. Zachowuj się, moja miła, ignoruj ladacznicę. Uznaj sprawę za zamkniętą. To prze-

---

złuda kłamstwo przesłania! / Niech ma dusza promiennym odetchnie spojrzeniem / Lub rozkoszą ust ciepłych pierwszego spotkania", *Pierwszy pocałunek miłosny*, 1806, przeł. Magda Heydel.

szłość. On jest tu, obok ciebie, i idziecie razem przez angiel-
ską noc. Po co mącić tę cudowną słodycz?

– Zawsze się zastanawiam, co wiewiórki robią w nocy
– westchnął Gary. – Czy śpią na stojąco, na leżąco, zwinięte
w kłębek w gnieździe?

– Odpowiedź numer trzy. Wiewiórka śpi w gnieździe
z ogonem rozpostartym niczym wachlarz nad głową. Gniaz-
do jest zrobione z gałązek, liści i mchu na drzewie, najwyżej
dziewięć metrów nad ziemią, żeby nie zwiał go wiatr.

– Wymyśliłaś to na poczekaniu?

– Nie, dowiedziałam się ze *Sprycjana*... I pomyślałam
o tobie...

– Ach! Myślisz o mnie! – wykrzyknął, podnosząc rękę
na znak zwycięstwa.

– Zdarza mi się.

– A udajesz, że mnie ignorujesz! Odgrywasz obojętną
piękność.

– *Strategy of love, my dear!*

– Jesteś niezrównanym strategiem, Hortense Cortès,
prawda?

– Po prostu trzeźwo myślę.

– Żal mi cię, wyznaczasz sobie granice, krępujesz się,
kurczysz... Nie podejmujesz ryzyka. Ryzyka, które jako jedyne wywołuje dreszcze.

– Chronię się, to co innego. Nie należę do tych, którzy
myślą, że cierpienie jest pierwszym krokiem do szczęścia!

Lewa noga zgubiła rytm, a prawa się zawahała, pozostała w powietrzu, potknęła się. Ręka Hortense wysunęła się
z dłoni Gary'ego. Hortense zatrzymała się i podniosła głowę niczym dumny żołnierzyk ruszający na wojnę, z powagą,
skupieniem, niemal tragizmem osoby, która podjęła ważne
postanowienie i chce, żeby jej wysłuchano.

– Nie będę przez nikogo cierpieć. Nigdy żaden mężczyzna nie zobaczy moich łez. Nie godzę się na cierpienie, ból, zwątpienie, zazdrość, nerwowe oczekiwanie, zapuchnięte oczy, pożółkłą cerę zakochanej, którą zżerają podejrzenia, porzucenie...

– Nie godzisz się?

– Nie chcę. Dobrze mi tak, jak jest.

– Jesteś pewna?

– Czy nie wyglądam na stuprocentowo szczęśliwą?

– Zwłaszcza dzisiaj...

Próbował się roześmiać i wyciągnął rękę, aby zmierzwić jej włosy i pozbawić scenę powagi. Odepchnęła go, jakby chciała, by zanim porwie ją kolejny pocałunek, zanim na kilka chwil utraci zmysły, obydwoje podpisali kartę wzajemnego szacunku i właściwego zachowania.

Nie była to pora na żarty.

– Postanowiłam raz na zawsze, że jestem osobą niespotykaną, jedyną w swoim rodzaju, wspaniałą, wyjątkową, piękną do utraty tchu, inteligentną, wykształconą, oryginalną, zdolną, nieprzeciętnie zdolną... i co jeszcze?

– Sądzę, że o niczym nie zapomniałaś.

– Dziękuję. Prześlij mi wiadomość, jeżeli pominęłam jakąś zaletę.

– Nie omieszkam.

Szli dalej w ciemnościach, ale ich prawe i lewe stopy rozdzieliły się, a dłonie muskały się, lecz nie łączyły. W oddali Hortense dostrzegła ogrodzenie parku i wielkie drzewa pochylające się łagodnie w porywach wiatru. Chciała, aby pocałunek naruszył te mocne postanowienia, nie chciała jednak podejmować ryzyka. Gary musi o tym wiedzieć. Właściwie uprzedzenie go było dowodem uczciwości.

– Nie chcę cierpieć, nie chcę cierpieć – powtórzyła, błagając wierzchołki drzew, aby oszczędziły jej tradycyjnych miłosnych katuszy.

– Powiedz mi, Hortense Cortès, gdzie w tym wszystkim serce? Wiesz, chodzi mi o ten organ, który bije, wywołuje wojny, zamachy... Zatrzymała się i wskazała triumfalnie na czubek swojej głowy.

– Umieszczam je tam, gdzie powinno się znajdować, to znaczy tu... w mózgu... tym sposobem mam nad nim całkowitą kontrolę... To niegłupie, co?

– Zaskakujące... Nigdy o tym nie pomyślałem – powiedział Gary, garbiąc się nieco.

Szli teraz w pewnej odległości od siebie, utrzymując dystans, aby móc lepiej mierzyć się wzrokiem.

– Zastanawiam się tylko, czy wobec takiej budzącej podziw perfekcji... – wzrok Hortense Cortès opuścił wierzchołki drzew, by spocząć na Garym Wardzie – ...stanę na wysokości zadania w obliczu takiej doskonałości.

Hortense uśmiechnęła się do niego z pobłażaniem.

– To tylko kwestia treningu, wiesz... Zaczęłam bardzo wcześnie.

– A ponieważ nie jestem tego pewien i muszę popracować jeszcze nad paroma detalami, które mogłyby wywrzeć złe wrażenie i pogrążyć mnie w twoich oczach, sądzę, że pozwolę ci wrócić samej do domu, moja piękna Hortense... a ja udam się do siebie, aby się doskonalić w sztuce wojennej!

Zatrzymała się, położyła mu dłoń na ramieniu, uśmiechnęła się do niego słabo, jakby chciała powiedzieć: „Żartujesz? Nie mówisz tego poważnie...", oparła się mocniej o niego. Poczuła wówczas pustkę narastającą w ciele, które równocześnie opróżniało się, opróżniało za jednym zamachem z całego cudownego ciepła, z wszystkich płomyczków, dreszczyków, tysiąca radości sprawiających, że stawiała prawą stopę przy jego prawej stopie, a lewą przy jego lewej i szła do przodu wesoła i lekka przez noc...

Opadła na ciemny szary chodnik, a lodowate zimno zaparło jej dech w piersiach.

Gary nie odpowiedział, tylko pchnął drzwi do swojej kamienicy.

Odwrócił się i zapytał, czy chce, żeby wezwał taksówkę, i czy ma pieniądze.

– Bo jestem dżentelmenem, nie zapominaj o tym!

– Ja... ja... nie potrzebuję ani twojego ramienia, ani...

I nie mogąc znaleźć właściwych, najbardziej raniących, najbardziej upokarzających, najbardziej morderczych słów, zacisnęła pięści, napełniła płuca tłumioną wściekłością i z siłą budzącego się w głębi trzewi tornada wrzasnęła, wrzasnęła w ciemną londyńską noc:

– Idź się smażyć w piekle, Gary Wardzie, nie chcę cię więcej widzieć! Nigdy! Nigdy!

*

...bo tak.

Tylko tyle miała do powiedzenia. Jedynie to przechodziło jej przez usta. Jedynie to mogła wymówić, kiedy stawiano jej pytania, na które nie umiała odpowiedzieć, bo ich nie rozumiała.

A więc, pani Cortès, może warto by się zastanowić nad przeprowadzką „po tym wszystkim, co się stało"? Naprawdę chce pani zostać w kamienicy? W tym mieszkaniu?

Głos zniżał się o ton, pojawiały się cudzysłowy, jakby rozmówca szedł na paluszkach, przybierał konspiracyjny ton, należał do grona wtajemniczonych... To nie robi pani dobrze... Po co ma pani tutaj tkwić? Dlaczego nie spróbować o wszystkim zapomnieć i przeprowadzić się? Co pani o tym sądzi?

...bo tak.

Mówiła, stojąc wyprostowana z pustym wzrokiem. W kolejce w Shopi czy w piekarni. Ma prawo nie odpowiadać. Ma prawo nie udawać, że odpowiada.

Nie wygląda pani najlepiej... Może powinna pani zwrócić się do kogoś o pomoc, nie wiem, zasięgnąć opinii kogoś, kto... mógłby pani pomóc w... Taka żałoba! Utrata siostry jest bolesna, z tego nie da się podnieść samemu... kogoś, kto pomógłby pani pozbyć się...

Pozbyć się...
Pozbyć się wspomnień jak brudnej wody?
Pozbyć się uśmiechu Iris, wielkich niebieskich oczu Iris, długich czarnych włosów Iris, szpiczastego podbródka Iris, smutku i radości w spojrzeniu Iris, bransoletek dźwięczących na nadgarstkach Iris, dziennika pisanego przez Iris w ostatnich dniach życia, radosnej udręki czekania w mieszkaniu, czekania na oprawcę, walca w lesie w świetle reflektorów samochodów...?
Raz, dwa, trzy, raz, dwa, trzy... raz, dwa, trzy.
Wolny, wolny, wolny walc.

...uspokoić panią, odpędzić dręczące wspomnienia. Spałaby pani lepiej, nie miałaby pani koszmarów, bo ma pani koszmarne sny, prawda? Może mi pani wszystko wyznać, mnie też życie nie oszczędzało, wie pani... Ja także wiele przeszłam...
W głosie pobrzmiewała teraz mdła słodycz, błaganie o zwierzenia.
Dlaczego, pani Cortès?

...bo tak.

...lub wrócić do pracy, zacząć na nowo pisać, oczywiście powieść... miałaby pani jakąś rozrywkę, zajęłaby się czymś, podobno pisanie leczy, to terapia... nie siedziałaby pani tak, rozmyślając o... no wie pani, o tym... tym nieszczęsnym... i głos się łamał, zniżał, a wreszcie milkł, wstydząc się nazwać to coś po imieniu... Może wróciłaby pani do tego okresu, który zdaje się tak bardzo pani lubiła, do dwunastego wieku, co? Nie mylę się? Pani specjalność to dwunasty wiek? Nikt nie zna się na tym lepiej od pani! Och! Godzinami można pani słuchać. Mówiłam nawet mężowi, ta pani Cortès, co to za skarbnica wiedzy! Człowiek nie może się nadziwić, skąd ona to wszystko wie! Dlaczego nie poszuka pani innej historii, podobnej do tej, która przyniosła pani szczęście, co? Pewnie jest ich na kopy!

...bo tak.

Mogłaby pani napisać dalszy ciąg. Ludzie tylko na to czekają! Tysiące ludzi, co ja mówię, setki tysięcy! A ta książka, ależ to był sukces! Jaki to ona miała tytuł? *Bardzo piękna królowa*, nie? Nie... Jak pani mówi? A tak! *Taka pokorna królowa*, nie czytałam jej, nie miałam czasu, wie pani, dom, prasowanie i dzieci, ale moja szwagierka była zachwycona i obiecała, że mi pożyczy, jak dostanie ją z powrotem, bo pożyczyła jednej koleżance... Książki są drogie. Nie wszyscy mogą sobie na nie pozwolić... No to co, pani Cortès, może ciąg dalszy? Tak to pani samo przychodzi... Gdybym ja miała czas, też na pewno bym pisała... A właśnie! Chętnie opowiedziałabym pani historię mojego życia, to by podsunęło pani jakiś pomysł! Nie nudziłaby się pani, przysięgam!

Ramiona krzyżowały się z satysfakcją na piersi. Oczy błyszczały, szyja się wyciągała, powieki mrużyły... Małpia maska miłosierdzia. Taka przyzwoita. Pewnie myśli sobie: Robię dobry uczynek, przywracam tę biedną panią Cortès do życia, nawołuję, błagam. Jeżeli z tego wyjdzie, to tylko dzięki mnie...

Joséphine uśmiechała się grzecznie.

...bo tak.

Powtarzała te słowa przez cały czas.

Były jak mur. Oddalały ją od zwiniętych w trąbkę ust, które syczały pytania. Zabierały daleko, nie słyszała już głosów, odczytywała słowa z ruchu warg, odczuwając niesmak i litość dla tych ludzi, którzy nie mogli przestać mówić, koniecznie chcieli się z nią porozumieć.

Ucinała im język, ścinała głowę, wyłączała dźwięk.

...bo tak.
...bo tak.
...bo tak.

Biedna pani Cortès, myśleli zapewne, odchodząc. Miała wszystko, a teraz nie ma nic. Może tylko oczy wypłakiwać. Fakt, że to, co jej się przytrafiło, nie zdarza się często. Zwykle piszą o tym w gazetach, nikt nie myśli, że coś takiego może go spotkać. Na początku nie mogłam uwierzyć. A przecież pokazali to w telewizji. W wiadomościach. Tak, tak... Pomyślałam sobie, że to niemożliwe, żebym ja była w samym sercu takich wydarzeń. Niecodziennie zdarza się coś podobnego. Ach! Pani nic nie wie? Nie zna pani tej historii? A gdzie pani była w lecie? Wszystkie gazety o tym pisały! To historia zwyczajnej kobiety, całkiem zwyczajnej, takiej jak ja czy pani, której przytrafiły się niesamowite rzeczy... Tak, tak, zapewniam panią! Najpierw rzucił ją mąż i wyjechał do Kenii hodować krokodyle. Tak, krokodyle w Kenii! Myślał, że zrobi majątek, chciał gwiazdki z nieba! Pajac jeden! Ona biedna została bez grosza przy duszy we Francji z dwiema córeczkami, które musiała wychować. Bez grosza i z długami, które szły w ciąż-

34

kie tysiące. Nie wiedziała, w co ręce włożyć. Miała wrażenie, że gdzie się obróci, tam grunt usuwa jej się spod nóg... Miała siostrę, Iris... i tu historia naprawdę nabiera rumieńców... Bardzo bogatą, bardzo piękną, bardzo wysoko postawioną siostrę, która śmiertelnie nudziła się w życiu. Mimo że miała wszystko: piękne umeblowane mieszkanie, przystojnego męża, ślicznego synka, który dobrze się uczył, gosposię i plik kart kredytowych. Żadnych zmartwień! Piękne życie! Rozumie pani? No i... to jej nie wystarczało! Marzyła o sławie, o tym, żeby wystąpić w telewizji, pozować do gazet. Kiedyś w towarzystwie na kolacji oświadczyła, że napisze książkę. Trafiła! Wszyscy czekali na książkę. Mówili o tym, pytali, w którym jest miejscu, jak jej idzie i tak dalej! Wpadła w panikę, nie wiedziała, co odpowiadać, miała potworne napady migreny... i poprosiła biedną panią Cortès, aby napisała książkę za nią... A pani Cortès zajmuje się historią średniowiecza i pisze bardzo skomplikowane rzeczy o dwunastym wieku. Często zapomina się o tym okresie, ale on też istniał w historii. A ona z tego żyje. Płacą jej za badania nad dwunastym wiekiem. Tak, tak, są ludzie, którzy zajmują się zamierzchłą przeszłością! Zresztą jeśli mam być szczera, zastanawiam się, czemu to służy... I to wszystko idzie z naszych podatków! I potem nie ma się co dziwić, że... Ale odbiegam od tematu... W każdym razie siostra poprosiła, żeby napisała książkę, i oczywiście biedna pani Cortès się zgodziła... Potrzebowała pieniędzy, musimy ją zrozumieć! A poza tym nigdy nie sprzeciwiała się siostrze. Ubóstwiała ją, z tego co słyszałam. To nie była miłość, tylko uwielbienie. Od dzieciństwa siostra robiła z nią, co chciała, dawała się jej tyranizować, upokarzać, ustawiać... Napisała książkę, coś tam o średniowieczu, podobno dobra rzecz, nie wiem, nie czytałam, nie mam czasu, mam co innego do roboty, niż ślepić nad jakimiś sentymentalnymi bzdurami, nawet jeżeli są o historii... Książka wyszła. To był hit! Siostra błyszczała w mediach, zaczęła sprzedawać choć co, swój przepis na ciasto z jabłkami, ulubione bukiety kwiatów, reklamowała zniżki dla szkół, zbiórki dla szpitali, prognozę pogody i Bóg wie co jeszcze! Wie pani, te celebryty im więcej mają, tym więcej chcą mieć! Żądza sławy. Chcą, żeby się o nich ciągle mówiło. Bez przerwy... I wtedy wybuchł skandal! Córka pani Cortès, Hortense, starsza, niezła zaraza, między nami mówiąc, poleciała do telewizji i ujawniła całą sprawę! Na żywo! Ta to ma tupet! Piękna Iris Dupin została zdemaskowana, wytykano ją palcami, ośmieszyła się, nie mogła się z tego otrząsnąć i zamknęła się na kilka miesięcy w prywatnej klinice, w której zupełnie jej odbiło i nic się nie poprawiało, przynajmniej takie jest moje zdanie... Wyszła kompletnie naćpana! Nafaszerowana środkami nasennymi! A w tym czasie mąż... mąż pani Cortès, ten, co to wyjechał do Kenii... No więc mąż został pożarty przez krokodyla... Ależ tak! To straszne, straszne, mówiłam, że to niezwykła historia, zupełnie niezwykła... I biedna pani Cortès została wdową z siostrą wariatką, alkoholiczką w depresji, która szukała pocieszenia w ramionach mordercy! To niewiarygodna historia! Gdybym nie ja pani opowiadała, toby mi pani nie uwierzyła! A wyglądał tak przyzwoicie, taki przystojny, dobrze ubrany, z dobrą opinią, majątkiem, bankier pełną gębą, odpicowany, w smokingu, po rękach całował i w ogóle! A okazało się, że to morderca... Ależ tak! Tak! No mówię pani! Najprawdziwszy zabójca! I zabił nie tylko ją! Chyba z dziesięć osób! Oczywiście same kobiety! Tak jest łatwiej!

I wargi się unoszą, oczy błyszczą, a serca plotkarek biją coraz głośniej w kolejce po bagietkę za 1,10 euro.

Opowiadająca czuje się tak ważna, że nie chce odpuścić słuchaczom i kontynuuje na bezdechu:

Zapomniałam powiedzieć, że on mieszkał w tej samej kamienicy co pani Cortès. To ona przedstawiła go siostrze, więc wyobraża pani sobie, jakie musi sobie robić wyrzuty! Pewnie załamuje ręce, ciągle ma przed oczami tę scenę jak film, który się ogląda raz i drugi. Pewnie nie może oka zmrużyć w nocy i podgryza ją sumienie... Pewnie nawet myśli, taka jest moja opinia, że to ONA zabiła swoją siostrę! Bardzo dobrze ją znam, wie pani, śledziłam całą sprawę, to moja sąsiadka... nie, nie moja bliska sąsiadka, tylko sąsiadka koleżanki mojej szwagierki... Ona podała nawet rękę mordercy, ależ tak, tak... a ja jestem pewna, że widziałam go kiedyś w masarni w sobotę rano, to był dzień targowy... no mówię pani! Staliśmy razem do kasy, trzymał w ręce czerwony skórzany portfel firmowy, dobrze widziałam... Faktem jest, że był przystojny. Podobno często są przystojni... Siłą rzeczy, skoro potrafią zawrócić w głowie. Gdyby byli nieatrakcyjni, nie mogliby nikomu zawrócić w głowie, prawda? I nie leżałybyśmy potem z nożem w sercu jak ta biedna Iris Dupin...

Joséphine słyszała wszystko.

Nie musiała nawet nadstawiać ucha.

Czytała słowa na plecach, gdy stała w kolejce w Shopi.

Dostrzegała ukradkowe spojrzenia, które prześlizgiwały się po niej niczym pająki.

I wiedziała, że wszystkie opowieści kończą się zawsze tym samym zdaniem: Siostra to co innego. Co za piękna kobieta! Elegancka, wyrafinowana, piękna, tak piękna, a oczy tak niebieskie, że ich błękit wypełniłby kałamarz! Co za klasa! I prezencja! Nie to co ta biedna pani Cortès. Jak dzień i noc.

Była taka jak zawsze.

I jaka zawsze będzie.

Joséphine Cortès. Zwyczajna kobieta.

Nawet w głosie Shirley pobrzmiewały pytania.

Dzwoniła z Londynu niemal codziennie. Wcześnie rano. Udawała, że chce się dowiedzieć czegoś na temat jakiejś marki camemberta, ustalić znaczenie jakiegoś słowa, wyjaśnić zagadnienie gramatyczne, spytać o rozkład jazdy pociągów. Zaczynała niewinnie, wsłuchując się w głos Joséphine: Wszystko w porządku, Jo? Dobrze spałaś? *Everything under control?* Opowiadała jakąś anegdotę o swojej walce z cukrem, o ratowaniu otyłych dzieci, o konsekwencjach dla układu krążenia, udawała, że się denerwuje, czekała na cień uśmiechu, starała się usłyszeć poprzedzającą go ciszę, westchnienie lub przełknięcie śliny będące wyrazem radości...

Ględziła, ględziła, ględziła...

Codziennie zadawała te same pytania:

Jak tam twoja habilitacja? Kiedy zdajesz egzamin? Jesteś gotowa? Chcesz, żebym przyjechała potrzymać cię za rękę? Bo przyjadę, wiesz... Zagwiżdż, a przybiegnę. Masz dużą tremę? Siedem tysięcy stron! *My God!* Nieźle się napracowałaś... Cztery godziny obrony! A co u Zoé? Już w pierwszej klasie liceum! Niedługo skończy piętnaście lat! Wszystko u niej dobrze? Miała jakieś wieści od narzeczonego, tego, no, jak on się nazywał... no tego... syna... a właśnie, Gaétana? Wysyła do niej maile i dzwoni... Biedne dziecko! To się nazywa trauma! A Iphigénie? Czy jej mąż bandyta wyszedł już z więzienia? Jeszcze nie? A dzieci? A pan Sandoz oświadczył się jej? Nie ma odwagi? Chyba przyjadę skopać mu tyłek! Ale na co ta niedojda czeka? Aż mech mu wyrośnie za uszami?

Jej głos grzmiał, czasowniki ryczały, zasypywała Jo pytaniami, żeby ta przerwała ciszę i przynajmniej troszeczkę się uśmiechnęła.

Miałaś jakieś wieści od Marcela i Josiane? Ach... On posyła ci kwiaty, ona dzwoni... Bardzo cię lubią, wiesz. Powinnaś się z nimi spotkać. Nie masz ochoty... Dlaczego?

...bo tak.

A czy widziałaś ostatnio pięknego inspektora Garibaldiego? Nadal na stanowisku? Więc jesteś pod dobrą opieką! A Pinarelli syn? Ciągle z mamusią? Czy on nie jest aby gejem? A ten zbereźnik Merson? A kołysząca się pani Merson? A powiedz mi, mieszkania tych dwóch... no wiesz... są już zajęte? Znasz nowych sąsiadów? Jeszcze nie... Widujesz ich, ale z nimi nie rozmawiasz... A mieszkanie tego... jest jeszcze puste... Nie ma się co dziwić... Rozumiem, Jo, powinnaś jednak zmusić się do wyjścia... Nie spędzisz przecież całego życia w hibernacji... A nie chcesz przyjechać do mnie? Nie możesz z powodu habilitacji... Tak, ale... potem? Wyskocz na kilka dni do Londynu. Zobaczysz się z Hortense, z Garym, pójdziemy gdzieś, zabiorę cię popływać do Hampstead Pond w centrum Londynu, super tam jest, masz wrażenie, że przenosisz się w dziewiętnasty wiek, drewniany pomost, nenufary, a woda lodowata. Jeżdżę tam każdego ranka i jestem w świetnej formie... Słuchasz mnie?

Serie pytań, żeby wyrwać Joséphine z pełnego bólu odrętwienia i odpędzić jedno jedyne pytanie, które ją prześladowało...

Dlaczego?

Dlaczego jej siostra rzuciła się w paszczę tego mężczyzny? Szaleńca, który mordował z zimną krwią, znęcał się nad żoną i dziećmi, zrobił z niej niewolnicę, po czym przebił jej serce?

Moja siostro, moja starsza siostro, moja idolko, moja najpiękniejsza, najukochańsza, więcej niż piękna, więcej niż błyskotliwa, twoja krew pulsuje mi w skroniach, płynie pod moją skórą...

Dlaczego? pytała błagalnie Joséphine, dlaczego?

...bo tak.

odpowiadał jej głos, którego nie znała.

...bo tak.

Bo sądziła, że ten układ da jej szczęście. Ofiarowała siebie bez żadnego wyrachowania, nie zostawiając sobie niczego w kieszeni, a on obiecywał jej całe szczęście tego świata. Uwierzyła w to. Umarła szczęśliwa, taka szczęśliwa...

Jak nigdy dotąd.

Dlaczego?

Nie mogła poradzić sobie z tym słowem, które ciągle wbijało jej się w głowę niczym ćwiek, wbijało inne ćwieki rozżarzone od pytań, wznosiło wysokie mury, o które się obijała.

A dlaczego ja żyję?

Bo podobno żyję...

Shirley nie odpuszczała. Przerzucała ramiona i serce przez Tamizę, przez La Manche i utyskiwała:

– Nie słuchasz mnie... Słyszę, że mnie nie słuchasz.

– Nie mam ochoty mówić.

– Nie możesz tak żyć jak zamurowana.

– Shirley...

– Wiem, co ci chodzi po głowie i nie pozwala oddychać. Wiem! To nie twoja wina, Jo.

– ...

– Ale to też nie jego wina... W niczym nie zawiniłaś i on też w niczym nie zawinił. Dlaczego nie chcesz się z nim spotkać? Dlaczego nie odpowiadasz na jego listy?

...bo tak.

– Powiedział, że poczeka, ale nie będzie czekał całe życie, Jo! Ranisz się, ranisz jego, po co to wszystko? To przecież nie wy ją...

Wówczas Joséphine odzyskiwała głos. Jakby rozcięto jej gardło, otwarto je, poderżnięto, obnażono struny głosowe, żeby mogła wrzeszczeć, i wrzeszczała, wrzeszczała do telefonu, wrzeszczała do przyjaciółki, która codziennie dzwoniła i mówiła: Jestem przy tobie, jestem przy tobie i dla ciebie:

– No dalej, Shirley, no już, powiedz to.

– Cholera! Wkurzasz mnie, Jo! Nie przywrócisz jej tym życia! Więc po co? Dlaczego?

...bo tak.

I póki nie odpowie na to pytanie, póty nie wróci do normalnego życia. Pozostanie nieruchoma, zamknięta, milcząca, nie zacznie na nowo się uśmiechać, krzyczeć z radości czy rozkoszy, nie utonie w jego ramionach.

W ramionach Philippe'a Dupina. Męża Iris Dupin. Jej siostry.

Mężczyzny, do którego mówiła nocą z ustami wtopionymi w poduszkę.

Mężczyzny, którego ramiona rysowała dookoła siebie.

Mężczyzny, o którym musiała zapomnieć.

Była martwa.

Iris porwała ją do wolnego walca w świetle reflektorów i białego ostrza sztyletu. Raz, dwa, trzy, raz, dwa, trzy, chodź ze mną, Jo, spadamy stąd... Zobaczysz, jakie to łatwe!

Nowa zabawa wymyślona przez Iris. Jak wtedy, gdy były małe.

Chrupik i Chrupek schrupali chrupkiego Chrupaka, który z chęcią by ich schrupał...

Tego dnia na polanie wygrał Chrupak.

Schrupał Iris.

Schrupie Joséphine.

Joséphine szła w ślady Iris.

41

– O to ci chodzi, Jo – napadała ją Shirley przez telefon – o to, żeby do niej dołączyć... Ograniczysz się do niezbędnego minimum, będziesz żyła dla Zoé i dla Hortense, płaciła za ich naukę, żyła jak dobra mamuśka i zabronisz sobie całej reszty! Nie masz prawa być kobietą, bo ta, która była k o b i e t ą, odeszła... Zabraniasz sobie tego! Ale ja jestem twoją przyjaciółką i nie zgadzam się na to, i cię...

Joséphine odkładała słuchawkę.

Shirley dzwoniła ponownie i zawsze w tych samych słowach dawała upust wściekłości. Ale nie rozumiem, tuż potem, tuż po śmierci Iris spałaś z nim, był przy tobie, byłaś przy nim, więc? Odpowiedz mi, Jo, odpowiedz mi!

Joséphine upuszczała słuchawkę, zamykała oczy, przedramionami ściskała głowę. Nie wspominać tamtego czasu, zapomnieć, zapomnieć... Głos w słuchawce rozbrzmiewał jak taniec złośliwego chochlika.

– Dajesz się zamknąć... tak? Ale czemu? Czemu, Jo! Nie masz, do cholery, prawa...

Joséphine rzucała telefonem o ścianę.

Chciała zapomnieć o tych dniach pełnych szczęścia.

Tych dniach, kiedy to wtopiła się w niego, zapadła, zapomniała się w nim.

Kiedy wczepiła się w szczęście bycia w jego skórze, w jego ustach.

Gdy myślała o tym, kładła palec na wargach i mówiła: Philippe... Philippe...

Nie powie o tym Shirley.

Nikomu o tym nie powie.

Tylko Du Guesclin wiedział.

Du Guesclin, który nie zadawał pytań.

Du Guesclin, który wył, patrząc na nią, gdy była zbyt smutna, jej wzrok opadał zbyt nisko, a zmartwienia zbijały ją z nóg.

Kręcił się w kółko, a z jego pyska dobywał się przeciągły jęk. Potrząsał łbem, nie chciał oglądać jej w tym stanie...

Szedł po smycz, smycz, której nigdy mu nie zakładała i która rdzewiała z kluczami w koszyczku przy wejściu, kładł ją u jej stóp i zdawał się mówić: Chodź, wyjdziemy, to ci odmieni nastrój...

Nie sprzeciwiała się życzeniom brzydkiego psa.

Wychodzili pobiegać dookoła jeziora w Lasku Bulońskim.

Biegła, a on podążał za nią.

Zamykał stawkę. Galopował wolno, majestatycznie, miarowo. Zmuszał ją, by nie zwalniała, nie zatrzymywała się, nie opierała czoła o pień drzewa, aby zanieść się zbyt ciężkim do zniesienia szlochem.

Robiła jedno, dwa, trzy okrążenia. Biegła, póki nie poczuła, że drewnieją jej ramiona, drewnieje szyja, drewnieją nogi, drewnieje serce.

Póki nie mogła już dłużej biec.

Opadała na trawę i czuła ciężar Du Guesclina, który kładł się obok niej. Dyszał, otrzepywał się, ślinił. Trzymał głowę wyprostowaną, aby nikt nie próbował się zbliżyć.

Wielki, czarny, pokryty bliznami, oszpecony, zlany potem dog czuwał nad nią.

Zamykała oczy i pozwalała łzom płynąć po zdrewniałej twarzy.

*

Shirley popatrzyła na trzy zielone jabłka, mandarynki, migdały, figi i orzechy leżące w wielkiej pomarańczowej glinia-

43

nej misce na kuchennym stole i pomyślała o śniadaniu, które zje po powrocie z Hampstead Pond.

Mimo zimna, drobnego deszczu i wczesnej godziny Shirley jechała popływać.

Zapominała. Zapominała, że znowu rozbiła się o mur smutku Joséphine. Codziennie było tak samo: waliła głową w mur.

Czekała na idealną porę, kiedy Zoé wyjdzie do szkoły, a Joséphine sama, na bosaka, w piżamie i starym podkoszulku, będzie sprzątać kuchnię.

Wykręcała numer Joséphine.

Mówiła, mówiła i bezradna odkładała słuchawkę.

Sama już nie wiedziała, co powiedzieć, co zrobić, co wymyślić. Jąkała się z bezsilności.

Tego ranka znowu poniosła porażkę.

Wzięła czapkę, rękawiczki, płaszcz, torbę kąpielową – kostium, ręcznik, okulary – i klucz od kłódki do roweru.

Każdego ranka zanurzała się w lodowatej wodzie Hampstead Pond.

Nastawiała budzik na siódmą, wyskakiwała z łóżka, stawiała jedną nogę, potem drugą, klnąc: Ty idiotko! Chyba jesteś masochistką! Wkładała głowę pod kran, robiła sobie wrzącą herbatę, dzwoniła do Joséphine, wymyślała podstępy, przegrywała, odkładała słuchawkę, wciągała dres, grube wełniane skarpetki, gruby sweter, kolejny gruby sweter, brała torbę i wychodziła na zimno i deszcz.

Tego ranka zatrzymała się przed lustrem w holu.

Wyjęła błyszczyk. Nałożyła delikatną warstwę opalizującego różu. Przygryzła wargi, aby go rozprowadzić. Pomalowała rzęsy odrobiną wodoodpornego tuszu, maznęła policzki różem, podwinęła czapkę z białymi frędzlami na krótkich włosach, wyjęła kilka kosmyków blond, które podkręciła i wypuściła, potem zadowolona z tej nutki kobiecości trzasnęła drzwiami i zeszła, aby wskoczyć na rower.

Stary rower. Zardzewiały. Skrzypiący. Głośny. Prezent gwiazdkowy od ojca na Boże Narodzenie, które spędzali w mieszkaniu służbowym w pałacu Buckingham. Gary miał dziesięć lat. Olbrzymia choinka, błyszczące bombki, płatki śniegu z waty i czerwony rower z osiemnastoma biegami i wielką srebrną kokardą. Dla niej.

Kiedyś błyszczał czerwienią, miał fantazyjną lampę i świecące chromowane części. Dziś...

Nie była w stanie go opisać. Mawiała powściągliwie, że utracił dawny blask.

Pedałowała, pedałowała.

Omijała samochody i piętrowe autobusy, które omal jej nie rozjeżdżały, gdy zarzucało je na zakrętach. Skręcała w prawo, skręcała w lewo i przyświecał jej tylko jeden cel: dotrzeć do Heath Road, Hampstead, North London. Mijała Spaniard's Inn, pozdrawiała Oscara Wilde'a, jechała ścieżką rowerową to w górę, to w dół. Przejeżdżała obok Belsize Park, gdzie spacerowali Byron i Keats, dostrzegała złotożółte i jaskrawoczerwone liście, zamykała oczy, znowu je otwierała, po prawej zostawiała ohydny parking i... zanurzała się w zielonkawej wodzie stawu. Ciemnej wodzie z długimi brunatnymi algami, gałęziami, które moczyły się w niej i kapały, z łabędziami i kaczkami uciekającymi z krzykiem, gdy ktoś się zbliżał...

Może spotka go, zanim wskoczy do wody?

Mężczyznę na rowerze, który wczesnym rankiem przyjeżdżał nad lodowate stawy. Spotkali się w ubiegłym tygodniu.

Shirley puściły hamulce, gdy zjeżdżała z Parliament Hill, i wjechała w niego.

– Bardzo mi przykro – powiedziała, poprawiając czapkę, która spadła jej na oczy.

Pocierała sobie brodę. W trakcie kolizji zaryła twarzą w ramię mężczyzny.

Zszedł i oglądał jej rower. Widziała tylko czapkę podobną do jej czapki, szerokie plecy w czerwonej kanadyjce w szkocką kratę pochylone nad przednim kołem i dwie beżowe sztruksowe nogawki. W szerokie beżowe prążki nieco wytarte na kolanach.

– To przez hamulce. Są zużyte, puściły... Nie zauważyła pani tego wcześniej?

– Stary ten rower... Powinnam kupić nowy.

– Tak byłoby lepiej.

Wyprostował się.

Wówczas Shirley podniosła wzrok z zerwanej linki hamulca na twarz mężczyzny. Miał dobrą twarz. Dobrą, ciepłą, życzliwą twarz z odrobiną... Starała się skoncentrować na szukaniu właściwych słów, aby uciszyć zrywający się w niej huragan. Alarm! Alarm! Siedem w skali Beauforta! syczał głosik. Łagodną, energiczną twarz pełną wewnętrznej mocy, rzeczywistej mocy, nie udawanej. Dobrą twarz z szerokim uśmiechem, wydatnymi szczękami, śmiejącymi się oczami i gęste kasztanowe włosy, których niesforne kosmyki wymykały się spod czapki. Nie mogła oderwać wzroku od twarzy mężczyzny. Wyglądał, wyglądał jak... król, który ma skarb bezwartościowy dla innych, ale bardzo ważny dla niego. Tak, to było to, wyglądał jak skromny rozbawiony król.

Stała, wpatrując się w niego, i pewnie wyglądała bardzo głupio, bo zaśmiał się i dodał:

– Na pani miejscu wróciłbym pieszo, prowadząc rower. Bo w przeciwnym razie pod koniec dnia będzie pani miała na koncie niezłą liczbę wypadków.

A ponieważ nie odpowiadała, ciągle stała wpatrzona w jego oczy, starając się uwolnić od tego tak łagodnego, tak mocnego wzroku, który robił z niej kretynkę i pozbawiał ją głosu, spytał:

– Aaa... my się znamy?

– Nie sądzę.

– Oliver Boone – powiedział, wyciągając do niej rękę. Długie, szczupłe, niemal delikatne palce. Palce artysty.

Zrobiło jej się wstyd, że zmusiła go do babrania się z linką hamulcową.

– Shirley Ward.

Uścisnął jej dłoń tak mocno, że o mało nie krzyknęła.

Zaśmiała się głupio jak dziewczyna, która rozpaczliwie próbuje odzyskać całe poważanie stracone w tak krótkiej chwili.

– Hm, tak... no to dziękuję.

– Nie ma za co. Proszę tylko uważać.

– Obiecuję.

Wsiadła na rower i pojechała nad staw, wolno pedałując, niemal dotykając stopami ziemi, aby w razie konieczności zahamować.

Przy wjeździe w pobliżu stawu widniała tabliczka z napisem:

No dogs
No cycles
No radios
*No drowning.**

To ostatnie bardzo ją bawiło. Zakaz topienia się! Być może tego właśnie najbardziej jej brakowało w czasie pobytu we Francji: angielskiego humoru. Nie umiała śmiać się z fran-

---

* Zakaz wstępu dla psów, zakaz jazdy na rowerach, zakaz wnoszenia odbiorników radiowych, zakaz topienia się.

cuskich żartów i zawsze powtarzała sobie, że zdecydowanie jest Angielką.

Przywiązała rower do drewnianej barierki i odwróciła się. On przywiązywał swój nieco dalej.

Zrobiło jej się głupio.

Nie chciała, żeby wyglądało na to, że go śledzi, lecz zdała sobie sprawę, że obydwoje przyjechali w to samo miejsce. Wzięła torbę kąpielową, podniosła ją i krzyknęła:

– Pan też pływa?

– Tak. Przedtem chodziłem nad staw tylko dla mężczyzn, ale cóż... no... Chyba wolę, gdy obie...

Przerwał. O mało nie powiedział: Gdy obie płci się mieszają, powstrzymał się jednak.

Aha! pomyślała Shirley. On też jest zmieszany. Więc może odczuł taki sami niepokój jak ja. Jeden do jednego.

Poczuła się swobodniej. Jakby się pozbyła jakiegoś ciężaru.

Zerwała czapkę, zmierzwiła sobie włosy i zaproponowała:

– Wskakujemy?

Potem pływali, pływali i pływali.

Sami we dwójkę w stawie. Powietrze było zimne i przenikliwe. Krople wody szczypały ich w ręce i ramiona. Na brzegu stali wędkarze. Wolno pływały łabędzie. Widać było ich głowy wyłaniające się z wysokiej trawy. Wydawały ciche przenikliwe krzyki, goniły się, bijąc skrzydłami, uderzały się dziobami i z wściekłością oddalały, kołysząc.

Pływał mocnym, szybkim, regularnym kraulem.

Udawało jej się utrzymać na jego wysokości, a potem wyprzedził ją jednym ruchem ręki.

Płynęła dalej, nie zwracając na niego uwagi.

Kiedy podniosła głowę, zniknął.

Poczuła się strasznie samotna.

Tego ranka nie zobaczyła roweru przywiązanego do drewnianej barierki.

Nie uśmiechnęła się, czytając tabliczkę z napisem „Zakaz topienia się".

Pomyślała, że to zły znak.

Że wchodzi w czerwoną strefę.

I nie spodobało jej się to.

Westchnęła. Rozebrała się, rzucając ubrania na drewniany pomost.

Podniosła je. Poskładała.

Odwróciła się, żeby sprawdzić, czy on nie biegnie...

Skoczyła na główkę.

Poczuła, jak wodorost prześlizguje jej się między nogami.

Krzyknęła.

Zaczęła płynąć kraulem z głową w wodzie.

Jeszcze jest czas, żeby zapomnieć.

Zresztą zapomniała, jak on się nazywa.

Zresztą nie pozwoli, aby ktoś tak łatwo zrobił na niej wrażenie.

Kanadyjka w szkocką kratę? Wełniana czapka? Stare wytarte spodnie! Palce zegarmistrza. Co za bzdury!

Nie była romantyczną kobietą. Nie. Była samotną kobietą, która miała marzenia. I marzyła o tym, żeby być z kimś. Szukała ramienia, w które mogłaby się wtulić, ust, które mogłaby całować, ręki, na której mogłaby się uwiesić, przechodząc przez ulicę, gdy samochody trąbią, uważnego ucha, aby wlewać w nie idiotyczne zwierzenia, kogoś, z kim mogłaby oglądać *EastEnders* w telewizji. To ten rodzaj kretyńskiego serialu, który ogląda się właśnie wtedy, gdy jest się zakochanym, a więc głupim.

Bo miłość ogłupia, moja droga, powiedziała, zanurzając energicznie w wodzie najpierw jedno ramię, potem drugie, jakby chciała sobie wbić do głowy pewną oczywistość. Nie zapominaj o tym. OK, jesteś sama. OK, masz tego dość, OK, żądasz miłości, pięknej miłości, ale nie zapominaj: miłość ogłupia. I tyle. A ciebie w szczególności. Sama widzisz, co ci dała miłość! Za każdym razem robiłaś głupoty. Masz dar trafiania na nic niewartych facetów, więc może się okazać, że ten gość o anielskiej twarzy właśnie wyszedł z więzienia!

To stwierdzenie dobrze jej zrobiło, toteż pływała przez trzy kwadranse, nie myśląc o niczym: ani o mężczyźnie w czerwonej kanadyjce w szkocką kratę, ani o ostatnim kochanku, który zerwał z nią SMS-em. To była najnowsza moda. Mężczyźni wymykali się po cichu, niemal bez słów. Żegnali się jedynie za pomocą kciuków. Najczęściej pisząc fonetycznie: *Liv U. Sorry.*

A w spojrzeniu mężczyzny w czerwonej kanadyjce w szkocką kratę zdawała się czytać coś innego: uwagę, troskę, serdeczność... Nie omiótł jej wzrokiem, popatrzył na nią.

Patrzyć: kierować wzrok na, spoglądać, obserwować.

Patrzyć łaskawym okiem: spoglądać życzliwie.

A patrzyć łaskawymi oczami? To znaczy darzyć wielką życzliwością.

Patrzyć wzrokiem nie będącym jednocześnie uciążliwym, pożądliwym. Wzrokiem pełnym elegancji, serdeczności. Nie pospiesznym, byle jakim. To wzrok, który liczy się z uczuciami drugiej osoby, sadza ją w wyściełanym fotelu, podaje jej filiżankę herbaty z odrobiną mleka, rozpoczyna rozmowę.

Właśnie ten początek rozmowy zrobił na niej piorunujące wrażenie.

Ta serdeczność, o której odtąd marzyła, zachęcała ją do myślenia w kategoriach jeden + jeden, w kategoriach związku.

Znowu to samo! Przewidziałam to, pomyślała, wychodząc z wody, wycierając się ręcznikiem. Marzę o jeden + jeden. Mam dość bycia samotną jedynką. Samotna jedynka po pewnym czasie staje się zerem, nie?

Z kim tworzyła jeden + jeden?

Z synem? Coraz rzadziej.

I bardzo dobrze! Ma własne życie, własne mieszkanie, kolegów, dziewczynę. Nie wybrał jeszcze drogi życiowej, ale na to przyjdzie czas... Czy wiedziałam, co chcę robić w życiu, gdy miałam dwadzieścia lat? Wtedy puszczałam się z pierwszym lepszym, piłam piwo, paliłam jointy, szlajałam się, nosiłam czarne skórzane minispódniczki, dziurawe rajstopy, wkładałam sobie kolczyki do nosa i... wpadłam!

Muszę się z tym pogodzić: z nikim nie stanowię pary. Od czasów mężczyzny w czerni.

Lepiej o nim nie myśleć. To było kolejne szaleństwo. Więc uspokój się, moja droga. Naucz się spokoju, samotności, wstrzemięźliwości...

Miała ochotę wypluć to ostatnie słowo.

Wracając do domu i odstawiając rower, pomyślała o Joséphine.

To ona jest moją miłością. Kocham ją. Nie taką miłością, która sprawia, że wieszamy się sobie na szyi i wskakujemy do łóżka. Przeszłabym Himalaje w espadrylach, żeby się z nią spotkać. I smutno mi dzisiaj, bo jestem niepotrzebna. Przypominamy parę starych kochanków. Szpiegującą się parę, w której jedno chciałoby, żeby drugie się uśmiechnęło, aby śmiać się razem z nim.

Dorastałyśmy razem. Uczyłyśmy się razem. Osiem lat wspólnego życia.

Schroniłam się w Courbevoie we Francji, aby uciec przed mężczyzną w czerni. Odkrył tajemnicę mojego pochodzenia i szantażował mnie.

Wybrałam to miejsce przypadkowo, zaznaczając ołówkiem na chybił trafił jakiś punkt w regionie paryskim. Courbevoie. Wielki blok z pokrytymi rdzą balkonami. Nigdy nie szukałby mnie na rdzewiejących balkonach.

Joséphine i Antoine Cortès. Hortense i Zoé. Moi sąsiedzi z piętra. Bardzo francuska rodzina Francuzów. Gary zaczynał zapominać angielski. Piekłam tarty, ciasta, budynie i pizze na imprezy firmowe, wesela i bar micwy. Udawałam, że w ten sposób zarabiam na życie. Opowiadałam, że przyjechałam do Francji, by zapomnieć o Anglii. Joséphine mi wierzyła. A potem pewnego dnia opowiedziałam jej o wszystkim: o wielkiej miłości mojego ojca i matki... O tym, jak dorastałam w czerwonych korytarzach pałacu Buckingham, fikając koziołki na grubej wykładzinie i dygając przed królową, moją matką. O tym, jak byłam nieślubnym dzieckiem, bękartem chowającym się na piętrach, a jednocześnie owocem miłości, dodawałam ze śmiechem, aby ukryć emocje spowijające słowa niczym mgła. Joséphine...

Naszą przeszłość tworzą albumy fotograficzne. Albumy złożone z dawnych lęków, wybuchów śmiechu u fryzjera, spalonych ciast, zanurzania głowy w umywalce w luksusowym hotelu, indyków w kasztanach, filmów, które ogląda się, tonąc we łzach, nadziei, zwierzeń nad basenem. Mogę jej wszystko powiedzieć. Słucha mnie. I patrzy dobrym, łagodnym, pełnym siły wzrokiem.

Trochę jak mężczyzna w czerwonej kanadyjce w szkocką kratę.

Poklepała się po twarzy, żeby otrzeźwieć i ruszyła schodami na górę.

Gary czekał na nią w kuchni.

Miał klucze od mieszkania, przychodził i wychodził, kiedy chciał.

Pewnego dnia zapytała: Nigdy nie pomyślałeś, że mogłabym być w towarzystwie mężczyzny? Popatrzył na nią zdziwiony. No... nie... Ano właśnie! Przecież mogłoby się tak zdarzyć! OK, następnym razem wejdę na paluszkach! Nie wiem, czy to wystarczy! Ja nigdy nie zjawiam się u ciebie bez zapowiedzi...

Uśmiechnął się z rozbawieniem, co oznaczało: Jesteś moją matką, nie sypiasz z facetami. Poczuła się nagle bardzo stara. Mam zaledwie czterdzieści jeden lat, Gary! To dużo, nie? Nie tak bardzo! Można się świetnie bawić w łóżku, nawet gdy się ma osiemdziesiąt sześć lat, i tak właśnie zamierzam robić! Nie będziesz się bać, że się połamiesz? spytał z powagą.

Uniósł brwi, kiedy zdjęła czapkę i uwolniła spod niej mokre włosy.

– Wracasz z basenu?

– Ze znacznie przyjemniejszego miejsca. Z Hamstead Pond.

– Chcesz jajka sadzone na bekonie z grzybami, kiełbaską, pomidorem i ziemniakami? Zrobię ci śniadanie.

– *Of course, my love!* Dawno przyszedłeś?

– Muszę z tobą porozmawiać. To pilne!

– Coś poważnego?

– Taaa...

– Zdążę wziąć prysznic?

– Taaa...

– Przestań mówić taaa, to nie brzmi melodyjnie.

– Taaa...

Shirley uderzyła czapką syna, który odsunął się, parskając śmiechem.

– Idź się umyć, mamo, śmierdzisz błotem!

– Och! Naprawdę?

– I to jest niefajne!

Wyciągnął ręce, aby matka nie stłukła go na kwaśne jabłko, a ona, śmiejąc się, pobiegła pod prysznic.

Kocham go, jak ja kocham tego smarkacza! Jest moim słoneczkiem, moją zorzą polarną, moim królewskim syneczkiem, moim ciasteczkiem, moim drucikiem, moim piorunochronikiem... Wyśpiewywała te słowa, nacierając sobie ciało perfumowanym imbirowo-pomarańczowym mydłem L'Occitane. Śmierdzieć błotem? Mowy nie ma! Śmierdzi błotem?! Co za okropność! Ma pachnącą miękką skórę i podziękowała niebiosom za to, że uczyniły ją wysoką, szczupłą, umięśnioną... Nigdy wystarczająco nie dziękuje się rodzicom za takie prezenty otrzymane w chwili narodzin... Dziękuję, tato! Dziękuję, mamo! Nigdy nie śmiałaby powiedzieć tego swojej matce. Nazywała ją matką, ale nigdy nie opowiadała jej ani o swojej duszy, ani o ciele i całowała ją z wyczuciem w policzek. Nigdy w oba policzki. Dwa pocałunki byłyby nie na miejscu. Dziwnie było zawsze trzymać dystans wobec matki. Przyzwyczaiła się do tego. Nauczyła się dostrzegać czułość w sztywnej postawie i rękach leżących na kolanach. Zgadywała ją, słysząc nagły atak cichego kaszlu, widząc ruch ramion, prostującą się na znak uwagi szyję, błysk w oku, rękę bawiącą się rąbkiem spódnicy. Przyzwyczaiła się, lecz czasem jej tego brakowało. Tego, że nigdy nie mogła dać się ponieść, nigdy nie mogła zakląć przy niej, poklepać jej po ramieniu, zabrać dżinsów, szminki, lokówki. Raz... to było w czasach mężczyzny w czerni, kiedy przepełniał ją smutek i nie wiedziała już, jak... jak pozbyć się tego człowieka, zagrożenia, które stanowił... poprosiła o spotkanie z matką i objęła ją, a matka nie protestowała, tylko stała nieruchomo jak kawałek drewna. Z ramionami wzdłuż ciała, sztywnym karkiem, starając się zachować przyzwoitą odległość. Matka wysłuchała jej, nic nie powiedziała, ale zaczęła działać. Gdy Shirley się dowiedziała, co matka zrobiła dla niej, wyłącznie dla niej, rozpłakała się. Wielkie łzy płynęły jej po twarzy, jakby chciała nadrobić cały ten czas, kiedy nie mogła płakać.

Kryzys wieku dojrzewania skierowała przeciwko ojcu. Matce by się to nie spodobało. Matka zmarszczyła czoło, kiedy Shirley wróciła ze Szkocji z Garym na rękach. Miała dwadzieścia jeden lat. Matka cofnęła się lekko, co oznaczało szok, i szepnęła, że prowadzi się niewłaściwie. „Niewłaściwie"!

Matka posługiwała się stosownym słownictwem i nigdy nie dawała upustu swoim uczuciom.

Wyszła spod prysznica w grubym niebieskolawendowym płaszczu kąpielowym i w turbanie z białego ręcznika na głowie.

– Oto wielki Mamamuszi! – wykrzyknął Gary.

– Najwyraźniej jesteś w znakomitym humorze.

– O tym właśnie chciałbym z tobą porozmawiać, ale przedtem przystąp do degustacji i powiedz, co myślisz o jajkach. Pod koniec smażenia skropiłem je octem malinowym kupionym na parterze u Harrodsa.

Gary był niezrównanym kucharzem. Przywiózł talent z Francji, z czasów, kiedy kręcił się po kuchni i przyglądał jej, przepasany wielkim białym fartuchem, z drewnianą łyżką w ustach i uniesionymi brwiami. Był w stanie przemierzyć cały Londyn, aby znaleźć potrzebny składnik, nowy garnek czy ser ze świeżej dostawy.

Shirley wzięła do ust kęs podsmażonego bekonu, kęs kiełbaski, świeżych grzybów, ziemniaków. Przekłuła żółtko. Spróbowała. Polała talerz sosem ze świeżych pomidorów z bazylią.

– Brawo! Wyśmienite! Zacząłeś to chyba przygotowywać o świcie?

– Ależ skąd, przyszedłem tu zaledwie przed godziną.

– Wypadłeś z łóżka? W takim razie to musi być coś bardzo ważnego.

– Tak... Smakuje ci, naprawdę ci smakuje? A wyczuwasz smak malin?

– Delektuję się!

– Dobrze... Cieszę się, że ci smakuje, ale nie przyszedłem rozmawiać o kuchni.

– Szkoda, lubię, jak gotujesz.

– Widziałem się z Panią Babcią i...

Gary nazywał swoją babcię Panią Babcią.

– ...wreszcie zgodziła się, żebym studiował muzykę. Zebrała informacje, wysłała psy gończe tropem „muzyczne studia" i znalazła mi nauczyciela fortepianu.

– ...

– Nauczyciela fortepianu w Londynie, który będzie mi dawał prywatne lekcje, abym osiągnął przyzwoity poziom, a potem wyjadę do bardzo dobrej szkoły w Nowym Jorku... o ile wyniki mojej pracy z profesorem okażą się zadowalające. Uruchomiła środki, innymi słowy, traktuje mnie poważnie!

– Robi to wszystko? Dla ciebie?

– Pani Babcia jest cudowna, jeżeli nie zważać na zbroję. Plan jest następujący: przez pół roku uczę się gry na fortepianie u tego profesora, a potem hop! lecę do Nowego Jorku, gdzie zapisuję się do tej słynnej szkoły, która jej zdaniem stanowi absolutny top.

Wyjazd. Gary wyjedzie. Shirley wzięła głęboki wdech, aby rozluźnić duszący ją węzeł. Podobało jej się, że jest wolny, niezależny w wielkim mieszkaniu koło Hyde Parku, niedaleko od niej. Lubiła słyszeć, że jest ulubieńcem dziewczyn, że latają za nim wszystkie atrakcyjne panienki. Szczyciła się tym, udawała obojętną, lecz serce biło jej szybciej. Mój syn... myślała z zazdrością i dumą. Mój syn... Mogła pozwolić sobie nawet na luksus odgrywania hojnej, liberalnej, wyluzowanej matki... Ale nie spodobało jej się, że Gary ją informuje, iż niedługo wyjedzie daleko, bardzo daleko, i to nie z woli matki, tylko babci. Czuła się nieco zirytowana, nieco zraniona.

– Mam w tej sprawie coś do powiedzenia? – spytała, próbując uciszyć wzbierającą w jej głosie złość.

– Oczywiście, jesteś moją matką!

– Dziękuję.

– Ja uważam, że tym razem Pani Babcia wykazała się rozsądkiem – podkreślił Gary.

– Naturalnie, przecież zgadza się z tobą!

– Mamo, mam dwadzieścia lat... To nie jest wiek rozsądku! Pozwól mi grać na fortepianie, o niczym innym nie marzę, chcę spróbować choćby po to, żeby się dowiedzieć, czy mam talent, czy nie. W przeciwnym razie ograniczę się do kiełbasek i ziemniaków.

– A kim jest ten profesor, którego ci znalazła?

– Pianistą, którego nazwiska nie pamiętam, z tym że to wschodząca gwiazda. Nie jest jeszcze sławny, ale zaraz będzie. Mam się z nim spotkać w przyszłym tygodniu.

A zatem wszystko było ustalone. Pytał ją o zdanie, bo nie chciał jej urazić, kości jednak zostały rzucone. Nie sposób było nie docenić taktu syna, poczuła wdzięczność i burza w jej mózgu ucichła.

Wyciągnęła dłoń i pogłaskała go po policzku.

– Więc... zgadzasz się?

Niemal krzyknął.

– Pod jednym warunkiem: że zabierzesz się poważnie za grę na fortepianie, muzykę, solfeż, harmonię... Że będzie to prawdziwa praca. Spytaj Pani Babci, do jakiej szkoły możesz się zapisać przed wyjazdem do Nowego Jorku... Pewnie wie, skoro zajmuje się wszystkim.

– Nie będziesz...

Przerwał, żeby nie sprawić jej przykrości.

– Zazdrosna? Nie. Tylko trochę mi przykro, że zostałam odstawiona na boczny tor.

Wyglądał na rozczarowanego, więc uśmiechnęła się wymuszenie, aby Gary się rozchmurzył.

– No co ty! Wszystko w porządku... Tylko dorastasz i będę się musiała do tego przyzwyczaić.

Będę musiała stłumić swoją miłość. Nie przytłaczać. Nie dusić. Przedtem niemal tworzyliśmy parę. No właśnie, to kolejna osoba, z którą stanowię dziwną parę. Joséphine, Gary, zdradzam więcej talentu do tajnych związków niż do oficjalnych. Więcej talentu do przyjaźni, czułości niż do obrączki na palcu i tych cudactw.

– Ale zawsze będę przy tobie, mamo. Przecież wiesz.

– Tak, i wszystko gra. Tylko jestem stara i zrzędzę.

Uśmiechnął się, chwycił zielone jabłko, wbił w nie zęby, a jej zrobiło się smutno, widząc, że mu ulżyło. Bo przesłanie do niej dotarło: Mam dwadzieścia lat, chcę być wolny, niezależny. Chcę żyć własnym życiem. A nade wszystko, nade wszystko chcę, żebyś się nim więcej nie zajmowała. Daj mi żyć, pozwól mi się zadrapać, zużyć, ukształtować, zdeformować, zreformować, pozwól mi być jak z gumy, zanim zajmę miejsce, które będzie mi odpowiadało.

To normalne, pomyślała, też biorąc zielone jabłko, chce żyć na własny rachunek. Bez mojego pośrednictwa. Potrzebuje obecności mężczyzny. Nie miał ojca. Jeżeli miałby nim być ten nauczyciel fortepianu, to niech tak będzie! Usunę się na dalszy plan.

Gary dorastał w otoczeniu kobiet: matki, Pani Babci, Joséphine, Zoé, Hortense. Potrzebował mężczyzny. Mężczyzny, z którym mógłby porozmawiać o męskich sprawach. Ale o czym rozmawiają między sobą mężczyźni? I czy w ogóle rozmawiają?

Odpędziła od siebie tę sarkastyczną myśl, gryząc zielone jabłko.

Zmieni się w niewidzialną matkę. W matkę jak bańka mydlana.

I będzie wyśpiewywać miłość do syna pod prysznicem. Będzie ją śpiewać na całe gardło, jak opiewa się miłość, której nie chce się wyznać.

Poza tym cicho sza i buzia na kłódkę.

Skończyli jeść jabłka i patrzyli na siebie, uśmiechając się.

Nad tymi dwoma uśmiechami, z których jeden opowiadał początek pewnej historii, a drugi koniec, zapadło milczenie. Znaczyło koniec ich życia we dwójkę. Czuła niemal, jak w ciszy rozdziera się jej serce.

Shirley nie podobała się ta cisza.

Zwiastowała burzę.

Usiłowała ją przerwać, opowiadała o swojej fundacji, o zwycięstwach odniesionych w walce z otyłością. O najbliższej bitwie. Musiała sobie znaleźć nowy front. Lubiła o coś walczyć. Nie w imię mglistych ideologii czy pod sztandarami hałaśliwych polityków, ale o codzienne sprawy. W obronie bliźnich przed ukrytymi oszustwami, na przykład producentów spożywczych, którzy wmawiają, że obniżają ceny, podczas gdy zmniejszają porcje lub zmieniają opakowania. Odkąd dostała wyniki badań dotyczących tych przekrętów, wzbierała w niej złość.

Gary słuchał, nie słysząc jej słów.

Bawił się dwoma mandarynkami, przetaczał je po stole między talerzem a szklanką, znowu brał do ręki, otworzył jedną, obrał ze skórki i podał jej ćwiartkę.

– A co słychać u Hortense? – westchnęła Shirley wobec braku zainteresowania ze strony Gary'ego.

– Hortense zawsze pozostanie Hortense – powiedział, wzruszając ramionami.

– A Charlotte?

– To już koniec. Przynajmniej tak mi się wydaje... Nie ogłaszaliśmy tego w gazetach, ale wszystko na to wskazuje.

– Ostateczny koniec?

Nienawidziła się za to pytanie. Nie mogła się jednak powstrzymać: musiała przerwać panującą ciszę, zadając masę idiotycznych pytań.

– Mamo! Przestań! Dobrze wiesz, że nie lubię, gdy...

– Dobrze – oświadczyła, wstając. – Audiencja skończona, sprzątam!

Zaczęła sprzątać ze stołu, wkładać talerze do zmywarki.

– Nie o to chodzi – mruknęła – ale mam masę rzeczy do zrobienia... Dziękuję za śniadanie, było wyśmienite.

Teraz bawił się figami. Toczył je długimi palcami po drewnianym stole. Nie spiesząc się. Wolno, miarowo.

Jakby miał dużo czasu.

Jakby miał dużo czasu na zadanie dręczącego go pytania, pytania, którego, o czym wiedział dobrze, nie należy stawiać, bo siedząca naprzeciwko niego kobieta, kobieta, którą kochał czule, z którą od tak dawna stanowili zgraną parę, z którą zwyciężył tyle smoków i węży, której w żadnym razie nie chciał urazić ani zranić... ta kobieta zostanie urażona i zraniona. Z jego winy. Bo otwierał stare rany.

Musiał wiedzieć.

Musiał zmierzyć się z tym drugim. Z nieznajomym.

W przeciwnym razie nigdy nie poczuje się całością.

Na zawsze pozostanie połową.

Połową mężczyzny.

Pochylała się nad zmywarką, wkładała widelce, łyżki i noże do koszyczka na sztućce, gdy pytanie uderzyło ją w kark.

Podle.

– Mamo, kto jest moim ojcem?

*

Człowiek często myśli, że przeszłość to przeszłość. Że nigdy nie powróci. Jakby zapisano ją na magicznej tabliczce, którą wytarto. Myśli także, iż z biegiem lat uwolnił się z pułapki błędów młodości, marnych miłości, klęsk, tchórzostwa, kłamstw, układów, nielojalności.

Myśli, że wszystko jest pozamiatane. Upchnięte pod dywan.

Myśli, że przeszłość zasługuje na swoją nazwę: przeszłość.

Wyszła z mody, straciła aktualność, minęła.

Została pogrzebana.

Rozpoczął się nowy rozdział. Nowy rozdział, który nosi piękną nazwę – przyszłość. Życie, za które bierze się odpowiedzialność, jest się z niego dumnym; życie, które się wybrało. Podczas gdy w przeszłości nie zawsze dokonywało się wyboru. Człowiek się na nią godził, ulegał wpływom, nie wiedział, co myśleć, szukał siebie, mówił tak, mówił nie, mówił: Ja ci pokażę!, nie wiedząc dlaczego. Dlatego właśnie wymyślono słowo „przeszłość": aby wsadzić do niego wszystko to, co nam przeszkadza, co sprawia, że czerwieniejemy lub drżymy.

A potem pewnego dnia przeszłość wraca.

Wtłacza się w teraźniejszość. Zamieszkuje w niej. Zanieczyszcza ją.

A nawet zaciemnia przyszłość.

Shirley sądziła, że uwolniła się od przeszłości. Sądziła, że nigdy już o niej nie usłyszy. Zdarzało jej się jednak o niej myśleć. Potrząsała głową i krzyżując palce, szeptała: Idź sobie. Zostań tam, gdzie jesteś. Nie wiedziała dokładnie, dlaczego wypowiada te słowa, ale to był jej sposób, żeby zażegnać niebezpieczeństwo. Ignorować je. I oto powracało. Za pośrednictwem tego, kogo kochała najbardziej na świecie, jej własnego syna.

Tego dnia nad zmywarką, nad resztkami żółtka, które kreśliło zygzaki na talerzach, Shirley zdała sobie sprawę, że będzie musiała zmierzyć się z przeszłością.

Nie mogła przed nią uciec. Nie tym razem. Już raz uciekła.

Z tej przeszłości wziął się jej syn.

OK, pomyślała, patrząc na otwartą zmywarkę. OK... Nie ma sensu zaprzeczać. Gary nie przyszedł na świat za sprawą Ducha Świętego. Gary ma ojca. Gary chce poznać swojego ojca. To całkiem normalne, weź głęboki oddech, policz raz, dwa, trzy i staw czoła prawdzie.

Włączyła zmywarkę, wzięła ścierkę, wytarła ręce, policzyła raz, dwa, trzy i obróciła się do syna.

Popatrzyła mu prosto w oczy i zapytała:

– Co dokładnie chcesz wiedzieć?

Usłyszała swój głos, zbyt wysoki, lekko drżący, jakby była winna. Właściwie winna czego? zreflektowała się. Co złego zrobiłam? Nic. Więc... Nie zaczynaj, zginając kark, jakbyś popełniła zbrodnię.

Skrzyżowała ramiona na piersi i wyprostowała się. Sto siedemdziesiąt dziewięć centymetrów gotowych do przyjęcia ciosu. Walczyła ze sobą, walczyła, żeby strach nie zwalił jej z nóg. Nie takie rzeczy przeżywałam. Nie pozwolę się zbić z tropu żółtodziobowi, którego karmiłam piersią.

– Chcę wiedzieć, kto jest moim ojcem, i poznać go.

Powiedział to, wyraźnie wymawiając wszystkie sylaby. Starał się przybrać jak najbardziej neutralny ton. Nie chodziło mu o oskarżanie jej czy rozliczanie, chciał po prostu wiedzieć.

Nie zastanawiał się nad tym aż do tego pamiętnego dnia.

Kiedy wypełniał formularze w szkole albo wniosek paszportowy, w rubryce imię ojca wpisywał „nieznany", jakby to było oczywiste, jakby wszyscy chłopcy na świecie narodzili się z nieznanych ojców, jakby wszyscy mężczyźni byli bezpłodni i nigdy nie mieli dzieci. Nieraz dziwił się na widok smutku malującego się na twarzach czytających tę zwykłą informację, zwłaszcza nauczycielek, które z westchnieniem głaskały go po głowie. Uśmiechał się w cichości ducha i bezskutecznie zastanawiał, dlaczego jest im go żal.

Ale tego dnia w klubie squasha po meczu biegł pod prysznic ze swoim kolegą Simonem, który rzucił: A co robi twój ojciec? Bo zapomniałem... Gary wzruszył ramionami i odparł: Nie mam ojca, wchodząc pod prysznic i puszczając wrzącą wodę. Jak to... nie masz ojca?! Każdy ma ojca! A ja nie! odpowiedział Gary, mydląc się i pieczołowicie myjąc uszy. Oczywiście, że masz ojca, upierał się Simon po drugiej stronie ścianki działowej.

Simon Murray był rudy, niski i wypadały mu włosy. Wypróbowywał wszystkie możliwe balsamy, żeby zachować kilka kosmyków na głowie. Simon Murray był naukowcem. Wchodził w skład zespołu, który w laboratorium badał reprodukcję czerwi w celu wyprodukowania antybiotyku na bazie seratycyny, substancji wytwarzanej z naturalnych wydzielin larw muchy plujki, pozwalającej zwalczać zakażenia szpitalne. Jedyny problem polega na tym, oświadczał Simon, że obecnie potrzeba dwudziestu szklanek wydzieliny larw, aby wyprodukować kroplę seratycyny! No cóż, bracie! Prędko chyba Nobla nie dostaniesz, śmiał się Gary.

Tego dnia śmiał się z kolei Simon Murray:
– Masz się za Chrystusa czy co? – odpowiedział, wychodząc spod prysznica i energicznie wycierając sobie plecy.
– A swoją matkę za Najświętszą Panienkę?! Nie będziesz mi

tu wciskał kitu! Jeżeli nie chcesz rozmawiać o ojcu, powiedz to otwarcie i nigdy już o nim nie wspomnę, ale nie mów, że nie masz ojca! To po prostu niemożliwe.

Gary'ego zranił kategoryczny ton kolegi. Nie odpowiedział. Albo raczej mruknął: *Not your business!* I Simon zrozumiał, że nie powinien drążyć tematu.

Gdy potem w swoim pokoju po raz pięćsetny słuchał fragmentu *Dobrze nastrojonego klawesynu*, przypomniał sobie rozmowę z Simonem. Odłożył paczkę chipsów ekologicznych – jedynych tolerowanych przez matkę – i pomyślał głośno: To prawda, do cholery! Ma rację! Z całą pewnością mam ojca! I to odkrycie go zbulwersowało.

Kim był ten mężczyzna? Czy żyje? Gdzie mieszka? Czy ma inne dzieci? Co robi? Dlaczego nigdy nie dał znaku życia? Nie słyszał już fortepianu Glenna Goulda. Stanął przed lustrem, wyobraził sobie mężczyznę z takimi samymi włosami, oczami, uśmiechem, ramionami, które uważał za zbyt wąskie, zgarbił się nieco.

Mam ojca.

Był jednocześnie przybity, zachwycony, ciekawy, niecierpliwy, zdziwiony, przestraszony i złakniony odpowiedzi na pytania.

Mam ojca.

Po pierwsze, jak się nazywa?

Kiedy był mały i pytał matkę, czy ma ojca, matka odpowiadała: Oczywiście, ale go nie pamiętam... A potem pewnego dnia, gdy przechodzili pod Łukiem Triumfalnym w Paryżu, pokazała mu Grób Nieznanego Żołnierza i dodała: Nieznany jak twój ojciec. Gary spojrzał na płomyczek, który palił się pod wysokim sklepieniem, i powtórzył „nieznany".

Odtąd nigdy nie wspominał o ojcu i nazywał go Nieznanym w dokumentach szkolnych i gdzie indziej.

Ale tego ranka u matki w kuchni chciał poznać prawdę.

A ponieważ matka wzdychała i nie odpowiadała, dodał:

– Chcę wiedzieć wszystko. Nawet jeżeli nie będzie to dla mnie łatwe.

– Teraz? Tu? Natychmiast? To może chwilę potrwać.

– Może zaproszę cię na kolację dziś wieczorem? Jesteś wolna?

– Nie, rozpoczynam serię spotkań w moim stowarzyszeniu. Uczestniczymy w pewnym projekcie i mamy nieść dobrą nowinę do szkół, musimy się przygotować. Mam zajęte wszystkie wieczory aż do soboty.

– W takim razie w sobotę wieczorem u mnie.

Shirley skinęła głową.

– Ugotuję coś dla ciebie.

Uśmiechnęła się i powiedziała:

– Bierzesz mnie pod włos.

Wstał, podszedł do niej, otwarł szeroko ramiona i rzucił się w nie jak ktoś, kto ucieka przed burzą.

Pogłaskał ją z czułością po głowie i wyszeptał:

– Mamo, nigdy nie będę twoim wrogiem. Nigdy.

Ucałował ją, wziął swoje rzeczy, odwrócił się na progu, spojrzał na nią przeciągle i wyszedł.

Shirley opadła na krzesło i policzyła: Raz, dwa, trzy, bez paniki, raz, dwa, trzy, powiedzieć całą prawdę i tylko prawdę, choć nie jest powodem do dumy.

Patrzyła na drżące ręce, drżące nogi i zrozumiała, że odczuwa lęk. Lęk przed powracającą przeszłością. Lęk, że syn będzie ją osądzał. Lęk, że będzie miał jej za złe. Lęk, że łącząca ich niesłychanie silna i piękna więź nagle pęknie. A tego, pomyślała, próbując opanować drżenie rąk i nóg, nie mogłabym znieść. Mogę walczyć z przestępcami, dać sobie wyrwać ząb bez znieczulenia, zaszyć sobie na żywca ranę, pozwolić znęcać się nad sobą mężczyźnie w czerni, ale jego nie chcę stracić z oka nawet na minutę. Nie przeżyłabym tego. Nie ma co udawać, straciłabym apetyt i mowę, smak życia i siłę do walki...

Niczemu nie służy negowanie własnej przeszłości, odsuwanie jej na później, lepiej stawić jej czoła. W przeciwnym razie przeszłość napiera, napiera, a rachunek do zapłacenia rośnie, aż człowiek zegnie kolana i powie: OK, poddaję się, powiem wszystko.

Z tym że nieraz jest za późno.

Nieraz zło już się stało.

Nieraz jest za późno na wyznanie prawdy.

Inni już nie wierzą. Nie mają już ochoty wierzyć, słuchać, wybaczać.

Wyprostowała się, raz, dwa, trzy, i pomyślała, że w sobotę wieczorem powie mu wszystko.

*

Istnieje wiele rodzajów szkodliwych ludzi.

Szkodliwi okazjonalnie, szkodliwi dla rozrywki, szkodliwi z nudy, uporczywie szkodliwi, arogancko szkodliwi, skruszeni szkodliwi, którzy gryzą, a potem rzucają się do nóg, błagając o miłosierdzie... Nigdy nie należy lekceważyć szkodliwego. Nie należy wierzyć, że można pozbyć się go jednym ruchem ręki czy przepędzić ścierką.

Szkodliwy okazuje się niebezpieczny, bo szkodliwy jest jak karaluch: niezniszczalny.

Późnym rankiem w biurze, którego wysokie okna wychodziły na Regent Street, tuż nad sklepem Church's niedaleko restauracji Wolseley, gdzie niemal codziennie jadał obiady, Philippe pomyślał, że będzie musiał stawić czoła armii karaluchów.

Zaczęło się od rannego telefonu od Bérangère Clavert. „Najlepszej przyjaciółki Iris", jak się chwaliła, wysuwając usta, aby zademonstrować ogrom swoich uczuć.

Philippe skrzywił się na dźwięk jej nazwiska.

Gdy ostatnim razem spotkał się z Bérangère Clavert, była gotowa mu się oddać. Długie kosmyki włosów unoszone wierzchem dłoni, przeciągły wzrok spod przymrużonych rzęs, biust wyzierający z szerokiego dekoltu. Usadził ją zimno i sądził, że się jej pozbył.

– Czemu zawdzięczam ten zaszczyt? – spytał, włączając głośnik i biorąc stertę poczty, którą podawała mu Gwendoline, jego sekretarka.

– W przyszłym tygodniu przyjeżdżam do Londynu i pomyślałam sobie, że może moglibyśmy się spotkać...

A ponieważ nie odpowiadał, dodała:

– Oczywiście bez żadnych podtekstów...

– Oczywiście – powtórzył, sortując pocztę i czytając jednym okiem artykuł w Financial Timesie: „Nic już nigdy nie będzie jak dawniej. W City zlikwidowanych zostanie około stu tysięcy miejsc pracy, czyli jedna czwarta. Kończy się pewien rozdział. Minął złoty wiek, kiedy to przeciętny gość mógł zakończyć rok z premią w wysokości dwóch milionów". Po czym następował akapit, w którym autor pisał: „Nie chodzi już o to, żeby ustalić, ile pieniędzy stracimy, ale o przeżycie. Przeszliśmy od wielkiej euforii do wielkiego kryzysu". Były pracownik Lehman Brothers oświadczył: „To szok. Zarząd sądowy obiecał, że będziemy opłacani do końca roku, a potem każdy musi sobie radzić na własną rękę".

Słowa takie, jak leverager, credit rating, high field, overshooter stały się cuchnącymi kulkami, które wyrzuca się do śmieci, zatykając nos.

– ...i pomyślałam sobie – ciągnęła Bérangère Clavert – że moglibyśmy zjeść razem obiad, żebym mogła ci to wszystko dać...

67

– Co mi dać? – spytał Philippe, odkładając gazetę.

– Pamiętniki Iris... Słuchasz mnie, Philippe?

– Jakim cudem masz pamiętniki Iris?

– Bała się, że się na nie natkniesz, i powierzyła mi je. Masa w nich pikantnych historii!

„Pikantne" to było kolejne słowo, które sprawiło, że zazgrzytał zębami.

– Jeżeli nie życzyła sobie, żebym je czytał, nie powinienem ich czytać. Wydaje mi się to jasne. A zatem nie ma potrzeby, abyśmy się spotykali.

Nastała długa cisza. Philippe miał odłożyć słuchawkę, kiedy usłyszał świszczący głos Bérangère:

– Zachowujesz się po chamsku, Philippe! I pomyśleć, że ja cię bronię za każdym razem, gdy ktoś mówi o tobie coś złego!

Philippe cofnął się nieco, słysząc ostatnie zdanie, ale wolał się rozłączyć. Szkodliwa i przewrotna, zauważył, prosząc o mocną kawę Gwendoline, która wsunęła głowę do pokoju.

– Pan Rousseau jest na linii... z biura w Paryżu – szepnęła. – Niech pan uważa: piekli się.

Raoul Rousseau. Jego wspólnik. Philippe sprzedał mu udziały i pozostawił kierowanie swoją kancelarią radcowską, gdy postanowił się wycofać. Nie spędzać już całego życia na czytaniu paragrafów, kontraktów, dodawaniu liczb, służbowych obiadach. Raoul Rousseau zwany Ropuchą. Kierował biurem w Paryżu, jego cechą charakterystyczną była wilgotna, gruba dolna warga żarłoka. Philippe uczestniczył w posiedzeniach zarządu i pozyskiwał klientów w Londynie, Mediolanie, Nowym Jorku. Pracował teraz na pół etatu i bardzo mu to odpowiadało.

Podniósł słuchawkę.

– Raoul! Co u ciebie słychać?

– Jak możesz stawiać równie idiotyczne pytanie? – zdenerwował się Ropucha. – To tsunami! Prawdziwe tsunami! Wszystko leci z pieca na łeb! Pływam w stosach papierów.

Gotowych kontraktów, których podpisywanie się odwleka, ludzie wpadają w panikę i wycofują się, chcą gwarancji, a bankierzy szczękają zębami! Miotam się jak wariat.

– Uspokój się i weź głęboki oddech – mitygował go Philippe.

– Łatwo ci mówić! Mam wrażenie, że umywasz ręce!

– Wszystkich nas to dotyczy i wszystkich nas dotknie. Nie ma co robić nerwowych ruchów. Wręcz przeciwnie... Trzeba robić dobrą minę!

– To wyścig z czasem, stary. Jeżeli nie robisz nerwowych ruchów, lecisz w przepaść... Wszystkich mam na karku, wszyscy szukają błędów w zapisach umów, żeby ich nie podpisać, nie podejmować zobowiązań, a wyścig kończy się tym, że wszystko jest zablokowane. Tkwimy w gównie, mówię ci, w gównie po uszy! Sąd gospodarczy tonie we wnioskach o ogłoszenie upadłości, a to dopiero początek. Jeszcze wszystko przed nami!

– Mamy solidnych klientów, nie denerwuj się, burza przejdzie i potem się odkujemy.

– To robota dla aplikanta, ale nie zlecenia, które przynoszą zysk. Ja chcę dalej zajmować się złotymi interesami, a nie łatać dziury i ścibolić grosze, chcę krociowych zysków!

– Czas krociowych zysków się skończył.

– Spotykamy się w przyszłym tygodniu w Paryżu. Na razie wyślemy wszystkich na urlopy bezpłatne. Kiedy możesz przyjechać? Mój kalendarz! – wrzasnął do sekretarki.

– Niech mi pani przyniesie kalendarz.

Ustalili datę i Ropucha rozłączył się, wydzierając:

– W twoim dobrze pojętym interesie jest znaleźć jakieś rozwiązanie! Chyba za to ci płacę!

– Nie płacisz mi, Raoulu. Nie jestem twoim pracownikiem, nigdy o tym nie zapominaj!

Zirytowany Philippe odłożył słuchawkę. Co za ohydny karaluch! Wstrętny robak, którego chciałby rozgnieść obcasem. Oczywiście będzie ogólne załamanie... ale potem sytuacja się poprawi i wykupią po niskiej cenie akcje, na których zarobią jeszcze więcej.

Albo on nie wykupi.

Pozostawi wszystko tak, jak jest. W fatalnym stanie. I odejdzie.

Ostatnimi czasy coraz częściej czuł obrzydzenie.

Obrzydzenie ludzką chciwością, brakiem wytrwałości, brakiem wizji. Pewien marszand z Los Angeles opowiadał, że brokerzy grali teraz spadającymi akcjami. Im więcej giełda traci, tym więcej zarabiają. A jeżeli pójdzie w górę? zapytał Philippe. Prędko nie pójdzie, ludzie myślą tu raczej, że rynek się załamie, w każdym razie na to się przygotowują.

Czasy miały się zmienić i niespecjalnie się tym martwił. Świat pełen był brudnych namiętności. Żółtawej piany pokrywającej uczucie, które niegdyś lśniło.

Miał ochotę pozbyć się wszystkiego.

Gdy wstał tego ranka, opróżnił garderobę i poprosił Annie, aby zaniosła wszystko do Czerwonego Krzyża. Poczuł dziwną radość na myśl o tym, że nie będzie już widział w szafach tych szarych garniturów, białych koszul, krawatów w prążki.

Pomyślał sobie, patrząc na stos ubrań u stóp: Zrzuciłem mundur.

Kiedy Philippe Dupin postanowił wycofać się z interesów, zamieszkać w Londynie i spędzać czas jak bogaty rentier, kolekcjonując dzieła sztuki, sytuacja gospodarcza na świecie nie dawała powodów do obaw. Oczywiście zdarzały się skandale finansowe, wolni strzelcy dokonujący podejrzanych transakcji, ale gospodarka światowa nie wydawała się zagrożona.

Obecnie słynna marka Woolworth została oddana w zarząd komisaryczny i firma miała zostać zamknięta. W grę wchodziło ponad osiemset sklepów i trzydzieści tysięcy miejsc pracy. Po City krążyły przerażające plotki: niepokojące wyniki firm takich, jak Marks & Spencer, Debenhams, Home Retail Group i Next, zapowiadane bankructwo około dwunastu firm zwanych średnimi – od stu do dwustu pięćdziesięciu sklepów – zamknięcie czterystu czterdziestu sieci do końca roku i wzrost bezrobocia o dwieście tysięcy. Kryzys nie oszczędził nawet producentów towarów luksusowych. Zwolnienia w Chanel i Mulberry. Złe wiadomości układały się w ponury ciąg. Bezrobocie, brak środków, wzrost cen żywności i komunikacji publicznej, spadek kursu funta. Słowa rozbrzmiewały niczym wolne kołysanie się grabarzy niosących trumnę gospodarki.

Kryzys wydawał się poważny. Świat miał się zmienić.

Musiał się zmienić.

I nie można go zmienić, powtarzając te same błędy. Obecny kryzys na razie dotyczył sektora finansowego, ale niedługo zejdzie na ulicę, dotknie przechodniów, których widział z okna. Światu potrzebna była zmiana okularów. Ludzie powinni móc znowu zaufać gospodarce, która działa dla nich. I wynagradza za uczciwą pracę. A nie dla kilku uprzywilejowanych, którzy ich kosztem nabijają sobie kabzy.

Kryzysu nie rozwiąże się tanią polityką. Nadszedł czas odwagi, szlachetności, podejmowania ryzyka, aby świat na nowo stał się ludzki.

Przede wszystkim jednak, o czym Philippe wiedział, musi powrócić zaufanie.

Zaufanie, westchnął, patrząc na stojące na biurku zdjęcie Alexandre'a.

Wszyscy potrzebujemy wiary, zaufania, świadomości, że możemy zaangażować się całym sercem w jakiś projekt, przedsięwzięcie, mężczyznę lub kobietę. Wtedy czujemy się silni. Wypinamy pierś i rzucamy wyzwanie całemu światu.

71

Ale jeżeli wątpimy...

Jeżeli wątpimy, wówczas się boimy. Wahamy, chwieje-
my, potykamy.

Jeżeli wątpimy, nic już nie wiemy. Nie jesteśmy już niczego pewni.

Nagle pojawiają się sprawy pilne, które nie powinny być
sprawami pilnymi.

Pytania, których nigdy byśmy sobie nie postawili, a jednak je sobie stawiamy.

Pytania, które nagle naruszają podstawy naszego istnienia.

Kocham sztukę czy spekuluję? zastanawiał się tego ranka,
goląc się i słysząc w radiu, że jedynym rekordem, jaki padł
w czasie ostatniej aukcji w Londynie, była liczba dzieł nie
sprzedanych.

Kolekcjonował od wczesnego dzieciństwa. Zaczął od
znaczków, pudełek od zapałek, pocztówek. A potem pewnego
dnia wszedł z rodzicami do jednego z rzymskich kościołów.

San Luigi dei Francesi.

Kościół był mały, ciemny, zimny. Stopnie prowadzące
do środka wyszczerbione, niektóre kamienie odpadały. Siedzący z boku żebrak wyciągał wychudłą rękę.

Philippe puścił dłoń matki i po cichutku wszedł do wnętrza.

Jakby przeczuwał, że czeka go tam wspaniałe odkrycie...
Że musi pojawić się sam.

Dostrzegł obraz wiszący w małej kaplicy po lewej stronie. Podszedł i nagle stracił orientację, nie wiedział, czy to
on wchodzi do obrazu, czy obraz wchodzi do wnętrza jego
głowy. Sen czy jawa? Stał jak zamurowany, z zapartym
tchem, zgłębiając cienie i kolory *Powołania świętego Ma-
teusza*. Oślepiony światłem, jakie biło z obrazu. Szczęśliwy,
taki szczęśliwy, że nie śmiał zrobić kroku z obawy, że czar
pryśnie.

Nie chciał wychodzić.

Nie chciał opuszczać obrazu.

Wyciągał rękę, aby pogłaskać twarz każdej postaci, podnosił palec, aby oświetlił go promień światła, siadał na taborecie, przesuwając miecz na bok jak mężczyzna odwrócony do niego plecami.

Zapytał, czy może obraz kupić. Ojciec się roześmiał. Może kiedyś... jeżeli będziesz bardzo bogaty!

Czy został bogaty, aby znowu poczuć się jak wtedy, gdy jako mały chłopiec stanął przed obrazem w ciemnym rzymskim kościele? A może został bogaty i zapomniał o tych pierwszych czystych uczuciach, a myślał wyłącznie o zysku?

– Znowu pani Clavert – poinformowała go Gwendoline – na jedynce. A oto lista pana najbliższych spotkań.

Podała mu kartkę, którą położył na biurku.

Podniósł słuchawkę i spytał grzecznie:

– Tak, Bérangère...

– Wiesz, Philippe, może powinieneś przeczytać te pamiętniki. Bo dotyczą ciebie i kogoś, kto jest bardzo drogi twemu sercu.

– Kogo masz na myśli?

– Joséphine Cortès. Twoją szwagierkę.

– A co Joséphine ma z tym wspólnego?

– Iris wspomina o niej kilka razy i nie są to błahostki.

– To normalne, były siostrami!

Dlaczego ja z nią rozmawiam? Ta kobieta jest zła, ta kobieta jest zawistna, ta kobieta kala wszystko, czego się dotknie.

– Podobno zakochała się w jakimś profesorze z uniwersytetu. Zwierzyła się Iris, która kpiła z naiwności młodszej siostry. Pomyślałam, że mogłoby cię to zainteresować... Z tego co słyszałam, bardzo się do siebie zbliżyliście.

Zaśmiała się.

Philippe się nie odzywał rozdarty między pragnieniem, by dowiedzieć się więcej, a awersją do Bérangère Clavert. Nastała cisza. Bérangère wiedziała, że cios był celny.

Dotknięta do żywego faktem, że po raz kolejny została odrzucona, postanowiła znowu zadzwonić i sama go zranić. Za kogo ma się ten facet, który ją odtrąca? Iris doniosła jej pewnego dnia, że Philippe twierdził: Bérangère jest istotą niepotrzebną. A w dodatku szkodliwą! Utrzymywał, że jest szkodliwa. Udowodni mu to.

Cisza się przedłużała, a Bérangère triumfowała. Więc te opowieści były prawdziwe: Philippe Dupin zadurzył się w szwagierce. Podobno ich związek rozpoczął się jeszcze przed śmiercią Iris. Rozzuchwalona kontynuowała swoje insynuacje:

– Podobno poznała go przy okazji badań nad dwunastym wiekiem. Przystojny profesor uniwersytecki, mieszka w Turynie... Rozwiedziony, z dwójką dzieci. Wtedy nic się nie wydarzyło. Był żonaty. A znasz Joséphine, ma zasady i nie olewa ich. Ale odzyskał wolność i podobno kilka dni temu widziano ich razem w Paryżu. Wydawało się, że są ze sobą bardzo blisko... Powiedziała mi o tym przyjaciółka. Pracuje na Sorbonie i zna twoją szwagierkę.

Philippe myślał przez chwilę o Luce, a potem uzmysłowił sobie, że Luca nie jest wykładowcą uniwersyteckim, nie ma żony ani dzieci. A poza tym Luca przebywał od września w zamknięciu, w klinice poza Paryżem.

– Czy to wszystko, co miałaś mi do powiedzenia, Bérangère?

– Nazywa się Giuseppe. Do widzenia, Philippe... a raczej *arrivederci*!

Philippe wcisnął ręce do kieszeni, jakby chciał przebić podszewkę. To niemożliwe, pomyślał, niemożliwe. Znam Joséphine, powiedziałaby mi. Zresztą za to właśnie ją kocham. Jest prosta jak szpada.

Nigdy nie wyobrażał sobie, że Joséphine mogłaby mieć inne życie.

Interesować się jakimś mężczyzną poza nim.

Zwierzać mu się, śmiać się z nim, brać go pod rękę...

Zastanawiał się, dlaczego nigdy o tym nie pomyślał.

Zjawił się pierwszy klient. Gwendoline spytała, czy może go wprowadzić.

– Za minutę – poprosił.

Tak, ale...

Nie chce mnie zranić.

Nie wie, jak mi to powiedzieć.

Od miesięcy milczy, gdy przesyłam jej kwiaty, nie odpowiada na listy ani na maile.

Zaprosił klienta do środka.

Był to ten rodzaj człowieka, który mówi, mówi i chce tylko, aby się z nim zgadzać. To go uspokaja. Nosił beżową tweedową marynarkę i żółtą koszulę. Węzeł krawata stanowił dokładne przedłużenie krzywej linii jego nosa.

Philippe potakiwał i śledził wzrokiem linię nosa i linię krawata.

Mężczyzna mówił, Philippe kiwał głową, lecz w myślach powracało to samo pytanie: „Tak, ale jeżeli...".

Jeżeli Bérangère mówiła prawdę...

Rozstał się z Iris przed jej tragiczną śmiercią.

Ich historia urwała się w Nowym Jorku. Napisał słowo KONIEC na białym obrusie leżącym na stole w hotelu Waldorf Astoria.*

* Patrz *Żółte oczy krokodyla*, op. cit.

Gdy dowiedział się o jej śmierci, przeżył szok, było mu smutno. Pomyślał: Jaka szkoda! Pomyślał o Alexandrze. Długo prześladowało go zdjęcie Lefloca-Pignela z gazet i jego złowroga, zacięta twarz. A zatem to ten mężczyzna zabił moją żonę... Ten mężczyzna.

Potem rysy ze zdjęcia zatarły się. Philippe zachował jedynie wspomnienie Iris, obraz pięknej, pustej kobiety.

Kobiety, która była jego żoną...

Tego wieczoru zadzwoni do Dottie i zapyta, czy ma czas na drinka.

Dottie była jego powiernicą, przyjaciółką. Dottie miała łagodny wzrok i jasne rzęsy. Wystające kości biodrowe i włosy niemowlęcia.

Nie sypiał z nią już. Nie chciał czuć się za nią odpowiedzialny.

Cóż mam ci powiedzieć? wyznała mu pewnego wieczoru, gdy trochę wypiła i przysuwała papierosa tak blisko włosów, że bał się, iż je podpali. Sądzę, że cię kocham. Och! Wiem, nie powinnam ci tego mówić, ale tak to jest, nie mam ochoty udawać. Odkrywam miłość i nie mam pojęcia o strategiach miłosnych. Wiem, że właśnie rozwalam sobie życie. I mam to gdzieś. Przynajmniej kocham... a pięknie jest kochać. Niedobrze jest cierpieć, za to pięknie jest kochać... Nigdy mi się to nie zdarzyło. Wydawało mi się, że kochałam innych, zanim spotkałam ciebie, ale ja się jedynie zakochiwałam. Nie można postanowić, że przestaje się kochać. Kocha się na całe życie... I na tym polega cała różnica.

Cała różnica...

Rozumiał. Zdarzało mu się zgarniać kobiety na jeden wieczór. Na weekend.

Dostrzegał krzywiznę pleców na rogu ulicy w Chelsea i szedł za kobietą. Zapraszał ją na kolację, spędzał w jej towarzystwie kilka nocy. Wczesnym rankiem pytała: Czy za rok będziesz mnie pamiętał? Nie odpowiadał, dodawała: Z kim będziesz za rok? Z kim ja będę? Czy kochasz mnie choć trochę? Czuł suchość w ustach, milczał z przylepionym uśmiechem na twarzy. Sam widzisz... za rok będziesz z kimś innym i zapomnisz o mnie.

Żywo protestował.

Wiedział, że ona ma rację.

Spędził jedną noc z Brazylijką, która chwaliła się, że pisze pięć godzin dziennie i tyle samo czasu przeznacza na gimnastykę, aby zachować równowagę ciała i ducha. Opuszczając ją, podarł kartkę, na której zanotowała swój numer telefonu, i śledził wzrokiem fruwające strzępki.

Wyjechał na weekend z panią adwokat, która zabrała dokumenty i nie odrywała ucha od telefonu, przytrzymując go ramieniem. Zapłacił za hotel, zostawił liścik i uciekł.

Stojąc w korkach w drodze powrotnej, przypominał sobie, jak zaczynał i chciał zawojować świat. Nowy Jork i pierwsza praca w międzynarodowej kancelarii prawnej. Był tam jedynym Francuzem. Nauczył się pracować po amerykańsku. Piękny dom koniecznie wynajęty w Hamptons, obowiązkowy smoking na przyjęciach dobroczynnych, w trakcie których paradował pod rękę z czarującą kobietą, za każdym razem inną. Drogie garnitury sprowadzane z Anglii, koszule Brooks Brothers, lunche w Four Seasons. Przeglądał się w lustrze przy goleniu, uśmiechał się do swojego odbicia, czyścił zęby, wybierał garnitur, krawat, myślał, że łatwo jest zdobywać kobiety, gdy... odrzucał tę myśl zawstydzony...

Gdy ma się wrażenie, że wyszło się z filmu, którego jest się bohaterem.

I poznał Iris Plissonnier.

Serce zaczęło mu bić. Minuta trwała wieki. Stracił pewność siebie, film się skończył. A może inaczej... Był pewien jednego: to będzie ona. Nikt inny. Wśliznął się do jej życia ze zręcznością prestidigitatora. Wyjął osiem asów z rękawa i wyciągnął ją z poważnych tarapatów. Przekonał, aby go poślubiła. Kochał ją czy jej piękny obraz? Piękny wizerunek pary, jaką tworzyli?

Sam nie wiedział.

Nie poznawał już mężczyzny, jakim niegdyś był.

Zastanawiał się, czy to ten sam facet.

Gdy tego ranka wysłuchał człowieka z krzywym nosem i krawatem, po czym odprowadził go do wyjścia, oparł się o drzwi z błyszczącego drewna i jego wzrok padł na zdjęcie Alexandre'a. Westchnął. Co wiemy o tych, obok których żyjemy? Kiedy wydaje nam się, że ich poznaliśmy, wymykają się.

Od śmierci matki Alexandre był zagubiony. Zamknął się w grzecznym milczeniu, jakby pytania, które sobie stawiał, były zbyt poważne, aby zadać je ojcu.

Każdego ranka przy śniadaniu Philippe czekał, że Alexandre się odezwie. Pewnego dnia złapał go za szyję i spytał: A może byś odpuścił dziś szkołę i poszlibyśmy razem na spacer? Alexandre grzecznie odmówił: Mam ważną klasówkę z matematyki, nie mogę.

Ucieka przede mną. Czy to możliwe, żeby miał mi za złe, że pokazywałem się z Joséphine? Czy dopadło go wspomnienie matki?

Alexandre nie płakał na cmentarzu Père-Lachaise. Ani raz nie zadrżały mu wargi ani głos w czasie kremacji. Czy miał do niego żal, że nie umiał ochronić jego matki?

Na dobre i na złe, na dobre i na złe...

W ciągu ostatnich miesięcy syn urósł, przeszedł mutację, na jego brodzie pojawiły się pojedyncze włoski i czerwone pryszczyki. Rozwinął się w każdym znaczeniu tego słowa:

fizycznie i mentalnie. Nie był już jego małym chłopcem. Stawał się kimś obcym...

Tak jak Iris stała się kimś obcym.

To dziwne, pomyślał Philippe, można żyć obok siebie i nie wiedzieć prawie nic o drugiej osobie. Stracić się z oczu, codziennie ze sobą rozmawiając. W życiu małżeńskim z Iris czułem się jak gość. Jak sylwetka, która przemierzała korytarze, siadała przy stole i wychodziła, żeby popracować w gabinecie. Zasypiałem w masce i ze stoperami w uszach.

Niedługo Alexandre skończy piętnaście lat, to wiek, gdy rodzice wprawiają w zakłopotanie. Czasami wychodził w sobotnie wieczory. Philippe odwoził go i przyjeżdżał po niego. Nie rozmawiali ze sobą w samochodzie. Każdy wykonywał własne gesty samotnika. Alexandre macał kieszenie, sprawdzając, czy ma klucze, komórkę, trochę pieniędzy, potem odwracał się do okna, przykładał doń czoło i patrzył na mokre światła miasta.

Philippe rozpoznawał niektóre z tych gestów. Uśmiechał się, patrząc na drogę.

*

Był koniec listopada, panowało dziwnie przenikliwe, wilgotne zimno. Alexandre przemierzał park, wracając do domu, i utyskiwał, bo ktoś znowu mu ukradł futrzane rękawiczki. W tym liceum są sami złodzieje. Ledwie człowiek odłoży rękawiczki lub szalik i na moment spuści je z oczu, a już ktoś je kradnie. Nie mówiąc już o komórce czy iPodzie, bo te lepiej głęboko schować.

Lubił wracać do domu pieszo.

Przecinał kawałek Hyde Parku, potem wskakiwał do autobusu. Linii 24, 6 lub 98. Do wyboru. Wysiadał przy George

Street na Edgware Road i szedł do domu przy Montaigu Square 48. Bardzo lubił swoją nową dzielnicę. Okna jego pokoju wychodziły na mały prywatny park, do którego ojciec miał klucze. Raz w roku mieszkańcy otwierali park i organizowali piknik. Ojciec odpowiadał za grilla i pieczenie mięsa.

Metro mogło przez kwadrans stać między stacjami w tunelu i wtedy myślał o matce. Zawsze powracała do niego w tunelach, kiedy zatrzymywało się metro...

W ciemnościach lasu, tańcząc w blasku świateł samochodowych, zanim wbito jej nóż w serce. Wciskał szyję w kołnierz płaszcza i zagryzał wargi.

Nie pozwalał sobie mówić „mamo, mamo...", w przeciwnym razie nie ręczył już za nic.

Szedł przez park od South Kensington do Marble Arch. Starał się stawiać coraz większe kroki, jakby szedł na szczudłach. Nieraz wyciągał nogi tak bardzo, że bał się, iż je połamie.

Od początku roku szkolnego tak naprawdę interesowały go pożegnania.

Ćwiczył się w żegnaniu każdej mijanej osoby, jakby już nigdy więcej miał jej nie zobaczyć, jakby miała umrzeć za jego plecami, a następnie sprawdzał, jak bardzo jest mu przykro. Pożegnanie z dziewczyną, która odprowadzała go do końca ulicy. Miała na imię Annabelle, długi nos, włosy koloru śniegu, złote oczy z żółtymi punkcikami, a kiedy pewnego wieczoru pocałował ją, zrobiła zeza. Wstrzymał oddech. Zastanawiał się, czy dobrze się całował.

Pożegnanie ze staruszką, która przechodziła przez ulicę, uśmiechając się do wszystkich. Pożegnanie z drzewem o zakrzywionych gałęziach, pożegnanie z ptakiem wbijającym dziób w brudny kawałek chleba tostowego. Pożegnanie z rowerzystą w czerwono-złotym skórzanym kasku, żegnajcie, żegnajcie...

Znikną, umrą za moimi plecami, a ja, co ja właściwie odczuwam?

Nic.

Muszę jednak poćwiczyć, aby zacząć coś odczuwać, przekonywał się, postanawiając iść po trawie, a nie po utwardzonej alejce. Nie jestem normalny. Ponieważ nic nie odczuwam, mam w środku wielką dziurę i wariuję od tego. Mam wrażenie, że nie chodzę po ziemi.

Czasami czuł się tak, jakby fruwał nad światem, patrzył na ludzi z daleka, bardzo daleka.

Może gdybyśmy o tym rozmawiali w domu, odczułbym coś. Byłoby to coś jak trening i wreszcie wyszłaby ze mnie ta wielka dziura, przez którą widzę życie z tak daleka.

W domu nie mówiono o matce. Nikt nie poruszał tego tematu. Jakby nie umarła. Jakby miał rację, nie odczuwając nic.

Próbował rozmawiać z Annie, ale potrząsała głową i odpowiadała: Co mam ci powiedzieć, mój mały? Ja nie znałam twojej matki.

Zoé i Joséphine. Z nimi mógłby porozmawiać. Raczej Joséphine znalazłaby właściwe słowa. Obudziłaby w nim coś. Coś, co stworzyłoby więź między nim a ziemią. Przestałby być obojętnym lotnikiem.

Nie mógł zwierzyć się ojcu. Sprawa była zbyt delikatna. Wydawało mu się nawet, że to ostatnia osoba, z którą chciałby o tym rozmawiać.

Ojciec miał pewnie mętlik w głowie. Z jednej strony matka, z drugiej Joséphine. Nie wiedział, jak udaje mu się w tym odnaleźć.

On by oszalał, gdyby był między dwoma dziewczynami i kochał obie. Sama myśl o pocałunku z Annabelle zajmowa-

81

ła mu całą głowę. Po raz pierwszy pocałowali się przez przypadek. Zatrzymali się jednocześnie na światłach, odwrócili głowy w tym samym momencie i hop! Ich wargi się złączyły, co przypominało trochę smak słodkiej bibuły, nieco lepkiej, przyłożonej do ust. Chciał zrobić to znowu przy kolejnej okazji, ale nie było już tak samo.

Znowu wsiadł do samolotu. Widział się z góry, stracił uczucia.

W liceum czy na imprezach często był sam, bo dużo czasu spędzał, bawiąc się w „pożegnania". A o tej grze naturalnie nie mógł mówić nikomu. Pod pewnymi względami tak było lepiej. Bo gdy ktoś pytał: Dlaczego zawsze przyjeżdża po ciebie ojciec? Gdzie jest twoja matka? nie bardzo wiedział, co odpowiedzieć. Jeżeli mówił, że matka nie żyje, chłopak czy dziewczyna robili dziwną minę, jakby dał im do potrzymania coś bardzo ciężkiego, co w dodatku śmierdzi. Więc prościej było z nikim nie rozmawiać. I nie mieć przyjaciół.

W każdym razie nie mieć najlepszego przyjaciela.

Myślał o tym wszystkim, idąc przez park, kopiąc i wyrywając kępy trawy, z jednej strony zielone, z drugiej brązowe, podobało mu się to przechodzenie od zieleni do brązu, od brązu do zieleni, i nagle zastygł bez ruchu, bo zobaczył coś dziwnego.

Najpierw sądził, że to strach na wróble, który rusza ramionami i nurkuje w jednym z wielkich cylindrycznych koszy na śmieci ustawionych w parku. Potem zobaczył, że stos szmat się prostuje, wyjmuje coś z kosza i wpycha to pod wielkie poncho spięte pod brodą agrafką.

Co to jest? zastanawiał się, próbując się przyjrzeć, nie przyglądając się naprawdę, aby nie zostać zauważonym.

To była stara kobieta w brudnych łachach. W obdartych butach, obdartym kocu, starych rękawiczkach, dziurawych czarnych wełnianych rajstopach, przez które prześwitywała zniszczona skóra, i w czymś w rodzaju beretu naciągniętego na oczy.

Z miejsca, gdzie stał, nie mógł dostrzec koloru jej oczu. Ale był pewien jednego: to była bezdomna.

Matka bała się kloszardów. Przechodziła na drugą stronę, aby ich ominąć z daleka, brała go za rękę i jego dłoń drżała w jej dłoni. Zastanawiał się dlaczego. Nie wyglądali na złych ludzi.

Matka. Interesowała się nim, gdy miała lukę w rozkładzie zajęć. Zwracała się do niego, jakby nagle przypomniała sobie, że tu jest. Poklepywała go, powtarzała: Moje najdroższe, moje najdroższe, jak ja cię kocham! Wiesz o tym, mój kochany skarbie? jakby sama siebie chciała przekonać. Nie odpowiadał. Gdy był malutki, nauczył się, że nie należy ulegać uczuciom, bo odstawi go tak, jak wzięła. Jak parasol. Czuł sympatię do parasoli, których zawsze wszędzie się zapominało.

Matka wydawała się szczera jedynie, gdy widziała na ulicy żebraka. Tylko wtedy nie grała wspaniałej Iris Dupin. Przyspieszała kroku, mówiąc: Nie, nie, nie oglądaj się! A jeżeli pytał, dlaczego idzie tak szybko, czego się boi, pochylała się, brała go pod brodę i odpowiadała: Nie, nie, nie boję się, ale są tacy brzydcy, tacy brudni, tacy biedni...

Przyciskała go do siebie i słyszał, że serce jej bije jak oszalałe.

Tego wieczoru przeszedł obok bezdomnej, nie patrząc na nią, nie zatrzymując się. W przelocie zobaczył tylko, że ciągnie wózek inwalidzki przyczepiony do pasa.

Następnego dnia znowu ją zobaczył. Uczesała siwe falujące włosy. Spięła je spinkami po dwóch stronach. Takimi, jakie noszą małe dziewczynki, z niebieskim delfinem i z różowym

83

delfinem. Siedziała w wózku inwalidzkim z brudnymi czarnymi rękami w kolorowych mitenkach grzecznie leżącymi na kolanach. Patrzyła na przechodzących ludzi i śledziła ich, wykręcając głowę, jakby nie chciała stracić ani odrobiny spektaklu. Uśmiechała się ze spokojem i szukała promienia słońca, wystawiając pomarszczone policzki.

Przeszedł przed nią i poczuł, że przygląda mu się z dużą uwagą.

Następnego dnia nadal siedziała w tym samym miejscu w wózku inwalidzkim, a on minął ją dużo wolniej. Uśmiechnęła się do niego szeroko, więc też się do niej uśmiechnął, po czym uciekł.

Kolejnego dnia podszedł bliżej. Przygotował dla niej dwie monety pięćdziesięciopensowe. Chciał zobaczyć jej oczy. Ta obsesja naszła go rano: a może ma niebieskie oczy? Wielkie niebieskie oczy płynne jak atrament w kałamarzu.

Zbliżył się do niej. Zachował lekki dystans. Skinął głową. W milczeniu.

Patrzyła na niego z uśmiechem. Nie wykonała żadnego gestu.

Podszedł, rzucił jej monety na kolana, starając się dobrze wycelować. Spuściła wzrok, dotknęła monet czarnymi palcami z połamanymi paznokciami, wsadziła je do pudełeczka schowanego pod prawym ramieniem i spojrzała na niego.

Alexandre cofnął się o krok.

Miała wielkie niebieskie oczy. Wielkie jak jeziora lodowcowe na zdjęciach w podręczniku do geografii.

– Boisz się mnie, *luv*?

Chciała powiedzieć *love*, ale mówiła *luv*, jak kioskarz sprzedający gazety koło domu.

– Trochę.

Nie miał ochoty jej okłamywać. Udawać chojraka.

– Przecież nic ci nie zrobiłam, *luv*.

– Wiem.

– Mimo to boisz się mnie. Bo jestem źle ubrana...

W niebieskich oczach czaił się śmiech. Wyjęła trochę tytoniu z drugiego metalowego pudełka schowanego pod ramieniem i zaczęła skręcać sobie papierosa.

– Palisz, *luv*?

Śliniła bibułkę i nie spuszczała z niego wzroku.

Miała bardzo niebieskie, a jednocześnie wypłowiałe oczy. Jakby to nie były nowe oczy, tylko używane, oczy, które wiele widziały.

– Jesteś zakochany, *luv*?

Zaczerwienił się.

– Jesteś duży. Chłopcy w tym wieku mają dziewczyny... Jak ma na imię?

– ...

– Twoja mama ją zna?

– Ona odeszła.

– Wyjechała?

– Nie żyje.

Wreszcie! Powiedział to. Po raz pierwszy. Miał ochotę krzyczeć. Powiedział to.

– *I'm sorry, luv*.

– Niech pani nie przeprasza. Nie wiedziała pani, to wszystko.

– Długo chorowała?

– Nie.

– Ach! Zginęła w wypadku...

– Można to tak określić.

– Nie chcesz o tym mówić?

– Nie teraz.

– Może jeszcze przyjdziesz tu do mnie.

– Ona też miała niebieskie oczy.

– Była smutna czy szczęśliwa?

– Nie wiem.

– Ach... nie wiesz.

– Powiedziałbym, że raczej smutna, tak mi się wydaje... Szukał jeszcze jakichś pieniędzy po kieszeniach. Znalazł kolejną monetę pięćdziesięciopensową i podał jej. Odmówiła:

– Nie, *luv*, zachowaj ją... Miło mi było z tobą porozmawiać.

– Ale co pani będzie jadła?

– Nie przejmuj się tym, *luv*.

– No dobrze, to cześć!

– Cześć, *luv*...

Oddalił się. Szedł wyprostowany i sztywny. Chciał za wszelką cenę wydawać się wyższy. No dobrze, nie zagrał w tę idiotyczną grę, nie powiedział żegnaj na odchodnym, powiedział po prostu cześć, ale za żadne skarby świata nie chciał, żeby sądziła, iż będzie codziennie przychodził z nią rozmawiać. Bez przesady. Rozmawiał z nią, zgoda, wiele jednak nie powiedział. Tylko że jego matka nie żyje. Mimo wszystko powiedziałem o tym komuś po raz pierwszy. Chciało mu się płakać i pomyślał, że to nie wstyd płakać z powodu śmierci matki. To nawet bardzo dobry powód.

A ponieważ czuł na plecach wzrok staruszki, odwrócił się i pomachał do niej. Musi mieć jakieś imię, pomyślał, zanim wsiadł do autobusu. Musi mieć jakieś imię. Przeszedł obok kierowcy, nie pokazując mu biletu okresowego, i został przywołany do porządku. Przeprosił.

Kierowca nie żartował.

Po prostu wsiadając do autobusu, bardzo się przestraszył, że już nigdy jej nie zobaczy.

*

Zoé rzuciła teczkę na łóżko i włączyła komputer.

Dwie wiadomości. Od Gaétana.

Du Guesclin rzucił jej się pod nogi. Chwyciła go za łeb, potarła między oczami, podrapała, podśpiewując: Ależ tak, wiem, mój najczarniejszy, mój najbrzydszy, wiem, że tęskniłeś za mną, ale widzisz, Gaétan do mnie napisał i nie mogę zajmować się wyłącznie tobą... Mama nie wróciła? Pewnie zaraz przyjdzie, nie przejmuj się!

Du Guesclin słuchał z zamkniętymi oczami piosenki Zoé i dawał się głaskać, kołysząc głową, a potem, kiedy skończyła, położył się przed biurkiem i rozprostował łapy, jakby miał już wystarczająco ruchu na cały dzień.

Zoé zdjęła płaszcz, szalik, przekroczyła Du Guesclina i zasiadła przed komputerem. Przeczytać wiadomości. Wolno. Nie spiesząc się. To była jej randka z ukochanym po powrocie ze szkoły.

Od początku roku szkolnego Gaétan mieszkał w Rouen. W małym domku w Mont-Saint-Aignan, który dziadkowie udostępnili jego matce. Zapisano go do pierwszej klasy w prywatnym liceum. Nie miał przyjaciół. Nie chodził na kawę po wyjściu ze szkoły. Nie należał do żadnej paczki. Nie chodził na imprezy. Nie miał konta na Facebooku. Musiał zmienić nazwisko.

„Sam już nie wiem, jak się nazywam. Przysięgam ci, że jak czytają listę obecności, mija sporo czasu, zanim się zorientuję, że Mangeain-Dupuy to ja!"

Zoé się zastanawiała, czy to aby na pewno był dobry pomysł z tą zmianą nazwiska. No bo rzeczywiście na początku dużo pisało się o jego ojcu w gazetach, ale po tygodniu dziennikarze zainteresowali się inną równie przerażającą historią.

Dziadkowie nalegali. Gaétan został Mangeain-Dupuy. Od nazwy rodzinnego banku.

Zoé nie kojarzyła Gaétana z zabójcą swojej ciotki Iris. Gaétan był Gaétanem, jej ukochanym, który sprawiał, że napełniały jej się baloniki w sercu. Każdego wieczoru w swoim pamiętniku pisała: „Tańczę pod słońcem, śpiewam pod słońcem, życie jest piękne jak talerz tagliatelle!".

Przykleiła taśmą zdjęcie Gaétana pod lampką obok komputera i czytała maile, rzucając na nie okiem. Tam i z powrotem, tam i z powrotem. To było jak film animowany.

Nieraz miała wrażenie, że jest smutny, nieraz, że jest wesoły. Czasami się uśmiechał.

Otworł się pierwszy mail.

„Zoé, w łóżku mamy jest jakiś facet. Właśnie wróciłem ze szkoły, jest piąta, a ona jest w łóżku z jakimś facetem! Usłyszała hałas w holu i krzyknęła «nie jestem sama». Niedobrze mi się robi. Siedzę na dole jak kretyn. Domitille nigdy nie ma w domu. Nie wiem, co kombinuje, a Charles-Henri całymi dniami się uczy. Nigdy nie widziałem tego gościa, tylko jego stare adidasy w holu i skórzaną marynarkę na kanapie. A w całym domu śmierdzi szlugami. Mam tego dość. Kiedy wreszcie się stąd wyprowadzę?!"

To był pierwszy mail. Nieco później Gaétan wysłał drugi:

„Nie lubię go. Z góry go nie lubię. Jest łysy, nosi okulary, zgoda, jest wysoki, nieźle ubrany i miły, ale niezależnie od wszystkiego nie lubię go. Martwię się o mamę, to straszne, a ona wścieka się na mnie i rzuca tekstami w rodzaju «Nie muszę ci się tłumaczyć!». A właśnie że musi! Jestem na nią wkurzony! Zachowuje się jak piętnastolatka! Wiesz, gdzie poznała Łysego? Na Meeticu!!! Tym serwisie randkowym! Wygląda na co najmniej pięć lat młodszego od niej. Nie cierpię go. Nie mogę w to uwierzyć, przysięgam, w głowie mi się to nie mieści!"

Zoé głośno wypuściła powietrze. Ale numer! pomyślała. Isabelle Mangeain-Dupuy zabawia się z łysym spotkanym na Meeticu. Pewnie dano jej nowy mózg, gdy zmieniła nazwisko.

Zoé przypomniała sobie matkę Gaétana: wątła, słaba jak cień drżący w szlafroku biegła za swoimi dziećmi, aby je pocałować, potem raptownie stawała, jakby zapomniała, po co biegnie, i często mówiła nieskładnie: Jesteś śliczną dziewczynką, jesz serek Kiri?

Bardzo się zmieniła. Pewnie dlatego, że przestała brać środki uspokajające. Ale aż do tego stopnia, żeby podrywać facetów na Meeticu?! W jej klasie niektóre dziewczyny mówiły, że to jest super. Nie traci się czasu na długie przemowy, podobam ci się, ty mi się podobasz i idziemy do łóżka, popijając colę z rumem. Pewnie mówiły tak dla szpanu, mimo wszystko przerażała ją myśl o wskakiwaniu do łóżka z gościem, którego nie zna. Nie zrobili tego jeszcze z Gaétanem. Czekali.

Spała ze starym swetrem, który jej zostawił. Tylko że stracił zapach. Na próżno wciskała nos w każde oczko, wykręcała go, pocierała, skubała, nie pachniał niczym. Kiedy Gaétan przyjedzie do Paryża, naładuje go.

Odpowiedziała Gaétanowi. Napisała, że rozumie, że to niemiło dowiedzieć się, że matka sypia z łysym poznanym na Meeticu, że nie on jeden ma problemy, że w jej klasie jest dziewczyna, która ma dwie mamy i obie chcą chodzić na wywiadówki, a ta dziewczyna, Noémie, powiedziała Zoé, że nie chce, żeby cała szkoła się dowiedziała, że ma dwie mamy. Wybrała Zoé na powiernicę, bo wiedziała, że Zoé miała problemy z ojcem. Obiecały sobie, że jak będą stare, tak po czterdziestce, będą piły różowe wino, powtarzając, że nie są takie jak ich rodzice. Że wytrzymały.

„Ale to prawda, że dwie mamy to trochę żenada – pisała Zoé – mniej więcej taka jak dla ciebie kurtka i adidasy Łysego. A właśnie, dziś po południu, gdy wracałam ze szkoły, widziałam nowych właścicieli, którzy wprowadzają się do twojego mieszkania. Dziwne, że ktoś u ciebie mieszka".

Nigdy nie została zaproszona do Gaétana. Jego rodzice nie pozwalali dzieciom przyjmować kolegów. Spotykali się w piwnicy Paula Mersona. To tam pocałowali się po raz pierwszy.

Kiedy zobaczyła pracowników z firmy przeprowadzkowej w mieszkaniu Gaétana, wsunęła głowę w drzwi i ujrzała dwóch panów, z których jeden miał około trzydziestu pięciu lat, a drugi był starszy. Dyskutowali o rozmieszczeniu mebli. Wydawało się, że nie zgadzają się ze sobą, i rozmawiali podniesionym głosem. Przecież ustaliliśmy, że to będzie sypialnia, mówił młodszy, więc wstawimy tu nasze łóżko i koniec dyskusji!

Ich łóżko! Spali w jednym łóżku.

„...wiesz, kto teraz mieszka w twoim mieszkaniu? Para gejów. Jeden stary, a drugi trochę młodszy... Yves Léger i Manuel Lopez. Tak jest napisane na domofonie. Wszystko odmalowali, wszystko wymienili, starszy mówił o gabinecie, młodszy o siłowni. Jak sądzisz, czym oni się zajmują? Może się założymy?"

Przede wszystkim chciała go rozerwać, żeby myślał o czymś innym.

„...a mieszkanie Van den Brocków też sprzedano. Całkiem przyzwoitym ludziom, państwu Boisson. Mogliby się nazywać Poisson, Ryba, bo mają oczy jak zimny dorsz. Mają dwóch synów, którzy odwiedzają ich w niedzielę. Dwaj mózgowcy, z tego co mówiła Iphigénie, podobno skończyli najlepsze szkoły! A trzeba widzieć, jak Iphigénie zaokrągla usta, gdy to mówi! Dwaj mózgowcy w okularach, w zapiętych pod szyję koszulach pod swetrami w serek, z przylizanymi włosami. Zawsze tak samo ubrani. Z parasolami przewieszonymi przez ramię. Idą po schodach, podnosząc bardzo wysoko kolana. Jak Tajniak i Jawniak z *Tintina*. Nigdy nie jeżdżą windą. Ojciec wygląda na surowego, ma usta jak zamek błyskawiczny, a matka, można by pomyśleć, że nigdy w życiu nie pierdnęła! Pamiętasz, jak pani Van den Brock nastawiała arie operowe i w całej klatce było słychać muzykę? Skończyło się, teraz będzie ciszej, chyba że dwaj geje okażą się tancerzami tanga!"

Jeżeli ta galeria portretów nie zmusi go do tego, żeby się uśmiechnął, zrezygnuję z kariery literackiej. Uwielbiała notować drobne szczegóły z życia. Jak Victor Hugo. Bardzo lubiła Victora Hugo. I Alexandre'a Dumasa. „Ach! Ach! – powiedział po brazylijsku, w języku, którego nie znał". Umierała ze śmiechu, czytając to zdanie. Pokazała je Gaétanowi, ale on się nie śmiał.

Poczuła się rozczarowana.

Włączyła na cały regulator *When the rain begins to fall* i zaczęła tańczyć, tak jak zawsze, gdy chciała o czymś zapomnieć lub coś uczcić. Ruszała biodrami, śpiewała obie partie i kończyła spocona, rozchełstana, z gryzącymi od potu rajstopami. Strzelała z gumki do włosów, wydzierając się *You've got to have a dream to just hold on* i przesyłała Gaétanowi całusy. Był jej *rainbow in the sky, the sunshine in her life! And I will catch you if you fall...*

Skończyła mail, wyznaczając Gaétanowi spotkanie na MSN-ie i pytając, kiedy przyjedzie do Paryża. Nie ma problemu, będzie mieszkał u mnie. I tym sposobem jego matka będzie mogła gruchać sobie z Łysym. Zrobiło jej się głupio, że to napisała, i skasowała tekst. Podpisała: „Twoja ukochana".

Nacisnęła „Wyślij teraz", kiedy usłyszała, że otwierają się drzwi wejściowe. Wracała matka.

Du Guesclin podniósł się jednym susem i pobiegł przewrócić Joséphine, która musiała się oprzeć o ścianę, żeby utrzymać się na nogach. Zoé wybuchnęła śmiechem.

– Ależ ten pies cię kocha! Wszystko dobrze, mamusiu?

– Mam dość chodzenia po bibliotekach, jestem już na to za stara! Powiem ci też coś jeszcze: mam dosyć dwunastego wieku.

– Ale mimo wszystko pójdziesz na obronę? – spytała zaniepokojona Zoé.

– Oczywiście! Nie gadaj głupot! Widziałaś? Mamy nowych sąsiadów na czwartym piętrze!

– Tak. Parę gejów.

– Skąd wiesz?

– Wsadziłam głowę do ich mieszkania i było tylko jedno łóżko!

– Dwóch gejów w mieszkaniu Lefloca-Pignela! Co za ironia losu!

– Chcesz, żebym ugotowała ci dziś na kolację łososia z makaronem?

– Z przyjemnością. Jestem nieżywa...

– Pójdę po przepis, jest w czarnym notesie.

– Nie znasz go na pamięć?

– Znam, ale wolę jeszcze raz przeczytać, żeby mieć pewność, że o niczym nie zapomniałam... Co ja bym zrobiła, gdybym go zgubiła? – Westchnęła i zmarszczyła brwi. – Jestem przywiązana do tego notesu, mamo, w środku jest całe moje życie!

Joséphine się uśmiechnęła i pomyślała: Ależ twoje życie dopiero się zaczęło, kochanie.

W zeszycie Zoé nie tylko zapisywała przepisy kulinarne, lecz notowała również skrupulatnie, kto je podyktował i w jakich okolicznościach. Utrwalała także większość swoich myśli i stanów ducha. Pomagało jej to dokonać podsumowania, gdy była smutna.

O pewnych rzeczach nie opowiadała nikomu innemu.

„Mama sądzi, że poradzi sobie sama, bo już kiedyś tak było, ale wtedy nie miała innego wyjścia. Brakuje jej wsparcia. Jest zbyt wrażliwa. Nie miała wesołego życia... Życie zniszczyło jej duszę. Chociaż nie wiem wszystkiego, to dużo wiem. A ja muszę pochłaniać nieszczęście, żeby ona miała go mniej..."

To był gruby czarny zeszyt. Na okładce nakleiła zdjęcia ojca, matki, Hortense, Gaétana, swojej koleżanki Emmy, psa Du Guesclina, dodała nalepki, zdrapki, koraliki, kawałki miki, narysowała słońce, roześmiany księżyc, wycięła kawałek widokówki z Mont Blanc i kawałek tropikalnej wyspy z palmami i skorupiakami.

Obok przepisu na tagliatelle z łososiem napisała: „Ten przepis dał mi Giuseppe, kolega mamy. Zajmuje się średniowieczem jak mama. Śpiewa *Funiculi funicula*, wywracając oczami, tak że widać tylko białka. Nie wiem, jak mu się to udaje. Robi także sztuczki magiczne. Mówi bardzo dobrze po francusku. Powiedział, że chciałby mieć taką córkę jak ja, bo ma samych synów. Sądzę, że zakochał się w mamie, ale ona mówi, że nie. Od początku roku szkolnego przychodzi na kolację, kiedy jest w Paryżu. Któregoś wieczoru, gdy zrobiłam zapiekane endywie, dał mi przepis na makaron z łososiem, żeby mi podziękować, tak bardzo mu smakowały endywie. Dodał, że to sekret rodzinny, który przekazała mu matka, Giuseppina. To znaczy po włosku Joséphine i gdy to powiedział, popatrzył przeciągle na mamę. To czarujący facet, nosi koszule z inicjałami, kaszmirowe swetry w różnych kolorach. Ma bardzo piękne szaroniebieskie oczy. Jest Włochem, ale to od razu wiadomo, rzuca się w oczy. Jest bardzo skrupulatny, jeśli chodzi o czas gotowania makaronu; trzeba go bez przerwy mieszać, aby się nie skleił, i pamiętać, żeby do wody dolać oliwy i dodać gruboziarnistej soli. Jak pierwszy raz chciałam wypróbować przepis, upuściłam łososia i Du Guesclin wszystko zjadł! Byłam wkurzona na maksa".

Właśnie degustowały makaron z łososiem, gdy ktoś zadzwonił do drzwi.

Iphigénie.

Zdyszana usiadła na krześle, które wskazała jej Joséphine, i poprawiła włosy, przyczesując je dłonią, co nic nie dało, bo i tak natychmiast stanęły dęba niczym czerwono-granatowe kolce. Iphigénie często zmieniała kolor włosów, a ostatnio farbowała je na coraz odważniejsze kolory.

– Ja tylko na chwilę, pani Cortès. Zostawiłam dzieci same, a poza tym pani je kolację... ale muszę to pani powiedzieć. Dostałam pismo od syndyka. Chce mi zabrać służbówkę!

– Jak to? Nie ma prawa! Podaj mi sól, Zoé, bardzo cię proszę...

– Co? Nie jest dość słone? Przecież zrobiłam dokładnie tak, jak mówił Giuseppe...

Iphigénie się niecierpliwiła.

– Ależ tak, pani Cortès, ma prawo. Służbówka budzi zawiść, odkąd mi ją pani tak pięknie wyremontowała, i taka jedna się na nią połakomiła. Wiem o tym, zasięgnęłam języka i dowiedziałam się. Podobno jest znacznie bardziej elegancka ode mnie, nosi kostiumy i białe perły, a niektórzy w kamienicy skarżą się, że mam za mało klasy. Czego chcą? Żebym znała grekę, łacinę i dawała lekcje dobrych manier? Co to ma być, pani Cortès?... Czy dozorczyni musi pochodzić z uda Jowisza?

Potrząsnęła głową na znak dezaprobaty, wydając ustami odgłos zatkanej trąbki.

– Wie pani, skąd biorą się te ataki, Iphigénie?

– Ależ zewsząd, pani Cortès! Oni tu wszyscy chodzą jak z żelazkiem w tyłku... Kiedyś bawiłam się z dziećmi, przebrałam się za Obeliksa, włożyłam dwie poduszki do majtek i rondel na głowę, gdy do drzwi zapukała pani Pinarelli. Była dziewiąta wieczór, to przecież moje życie prywatne, dziewiąta wieczór! Otwarłam jej drzwi i ta żmija o mało języka nie połknęła! Powiedziała: Jestem zaszokowana tym widowiskiem, Iphigénie! Ja nie mówię do niej Éliane, zwracam się do niej pani Pinarelli! I nie pytam jej, czy to normalne, że syn, który dawno przekroczył pięćdziesiątkę, dalej z nią mieszka!

– Dobrze, zadzwonię do syndyka... jutro, obiecuję pani.

– Powiem pani coś jeszcze, pani Cortès, syndyk... myślę, że on...

Potarła palce wskazujące o siebie.

– Kręci – przetłumaczyła Joséphine. – Z kim?

– Z tą, która chce przejąć moją służbówkę. Jestem tego pewna! Zapaliła mi się lampka alarmowa. I mówi mi, że jestem w niebezpieczeństwie i przeszkadzam.

– Zobaczę, co da się zrobić, Iphigénie, i będę panią informować, obiecuję!

– Z panią będzie ostrożny, pani Cortès. Będzie musiał pani wysłuchać. Po pierwsze dlatego, że jest pani kimś, a po drugie po tym, co przydarzyło się pani siostrze – wydała dźwięk zatkanej trąbki – nie będzie pani chciał denerwować.

– Czy rozmawiała pani o tym z panem Sandozem? – spytała Zoé, która chętnie wyswatałaby pana Sandoza i Iphigénie.

Żal jej było pana Sandoza, który wzdychał na próżno. Często spotykała go w holu. Albo w służbówce. Wyglądał godnie i smutno w swoim białym trenczu niezależnie od tego, czy padało czy nie. Miał trochę ziemistą cerę. Ten człowiek, myślała Zoé, jest jak wygaszony kominek. Wystarczy zapałka, aby rozbłysło światło. Zawsze stawał bokiem, nieco zgarbiony, jakby starał się być przezroczysty. Niewidoczny.

– Nie. Dlaczego miałabym z nim o tym rozmawiać? Co za pomysł!

– Nie wiem. Co dwie głowy, to nie jedna... a poza tym, wie pani, on wiele przeżył! Opowiadał mi trochę o swoim życiu. O wcześniejszym życiu, zanim spotkało go coś strasznego, co go o mało nie zabiło...

– Ach! – westchnęła Iphigénie bynajmniej nie zainteresowana opowieścią Zoé.

– Kiedyś nawet pracował w branży filmowej. Może pani opowiedzieć o wielu gwiazdach. Dobrze je znał... Zaczął jako smarkacz na planach filmowych, a wtedy dużo się kręciło w Paryżu! Był chłopakiem na posyłki. Może nadal ma jakieś kontakty.

– Ja nie jestem gwiazdą, tylko dozorczynią. On pojęcia nie ma o świecie dozorczyń!

– Nigdy nic nie wiadomo – westchnęła tajemniczo Zoé.

– Zawsze dawałam sobie radę sama, nie zacznę się teraz łączyć w pary, żeby uniknąć przeciwności losu! – syknęła Iphigénie. – A poza tym wiecie co? Kłamał na temat swojego wieku. Kiedyś wypadły mu dokumenty z tylnej kieszeni spodni, podniosłam je i rzuciłam okiem na dowód. Odmłodził się o pięć lat! Nie ma sześćdziesięciu lat tylko sześćdziesiąt pięć! O ile dobrze policzyłam... Szpanuje, chce uchodzić za interesującego. Zresztą z facetami są same kłopoty, wierz mi, Zoé. Uciekaj przed nimi, jeśli masz choć odrobinę oleju w głowie.

– Kiedy można się z kimś podzielić zmartwieniami, człowiekowi nie jest tak smutno – zaprotestowała Zoé, myśląc o wygaszonym kominku pana Sandoza.

Iphigénie wstała, podniosła szminkę i cukierki, które wypadły jej z kieszeni, i wyszła, wydając dźwięk trąbki i powtarzając: Zakochany, zakochany, jakby to było jakieś rozwiązanie!

Joséphine i Zoé usłyszały dźwięk zamykanych drzwi.

– I znowu odgrywasz siostrę miłosierdzia – uśmiechnęła się Zoé.

– Siostra miłosierdzia pada z nóg i zastanowi się nad tym wszystkim jutro. O której wstajesz?

Josiane weszła do salonu, gdzie stał jej syn Junior. Wracała z Monoprix i ciągnęła wózek pełen świeżych owoców, ryb z błyszczącym brzuchem, zielonych warzyw z chlorofilem, owoców sezonowych, papierowych ręczników, produktów czyszczących, butelek wody mineralnej i soku pomarańczowego. Kupiła też udziec z bardzo młodego jagnięcia.

Stanęła i z przygnębieniem obserwowała syna. Siedział w fotelu z książką na kolanach. Ubrany jak uczeń angielskiego college'u w spodnie z szarej flaneli, granatowy blezer, białą koszulę, krawat w zielono-niebieskie paski, czarne adidasy. Jak maleńki dorosły. Czytał i ledwie podniósł wzrok, gdy weszła.

– Junior...

– Tak, matko?

– Gdzie Gladys?

Gladys była ostatnią pomocą domową, którą zatrudnili. Szczupłą i wysoką młodą dziewczyną z Mauritiusa, która przecierała meble szmatką, kołysząc biodrami w rytm płyty CD, którą wkładała do wieży. Wolną i nonszalancką służącą, która miała tę zaletę, że kochała dzieci. I Boga. Zaczęła czytać Biblię Juniorowi i biła go po palcach, gdy wspominał o Jezusku. Mówi się Jezus! Jezus jest wielki, Jezus jest Bogiem, Jezus jest twoim Bogiem i powinieneś go co dzień wielbić. Alleluja! Bóg jest naszym pasterzem i prowadzi nas ku zielonym łąkom szczęśliwości. Junior był urzeczony słowami Gladys, a Josiane ulżyło, że wreszcie znalazła nianię, którą zdawał się akceptować.

– Poszła sobie.

– Jak to „poszła sobie"? Wyszła na zakupy, wysłać list, kupić lego...?

Na dźwięk słowa „lego" Junior wzruszył ramionami.

– Lego dla kogo? Bawisz się tym jeszcze w twoim wieku?

– JUNIOR! – wrzasnęła Josiane. – Dość! Słyszysz, dość tych... tych...

– Drwin. Tak, masz rację, droga matko, okazałem brak szacunku... Zechciej mi wybaczyć.

– I PRZESTAŃ NAZYWAĆ MNIE MATKĄ! Jestem twoją mamą, nie matką!

Wrócił do lektury, a Josiane opadła na czarny skórzany puf naprzeciwko niego ze splecionymi rękami, którymi machała jak kadzidłem, próbując zrozumieć. Mój Boże! Mój Boże! Cóż ja Ci zrobiłam, że zesłałeś mi tego... to... Nie znajdowała słów na określenie Juniora. Szukała bezskutecznie, po czym otrzeźwiała i spytała:

– Więc gdzie poszła Gladys?

– Złożyła wypowiedzenie. Nie wytrzymała ze mną. Twierdzi, że nie może jednocześnie sprzątać i czytać mi *Charakterów* La Bruyère'a. Ponadto utrzymuje, że to książka zmarłego, trupa, że nie wolno zakłócać spoczynku zmarłych, i odbyliśmy na ten temat żywą dyskusję.

– Odeszła... – powtórzyła Josiane, zapadając się jeszcze głębiej w puf. – Tak się nie da, Junior! To szósta w ciągu sześciu miesięcy.

– Okrągły rachunek. Wychodzi jedna na miesiąc.

– Ale co jej zrobiłeś? Miałam wrażenie, że się przyzwyczaiła...

– Ma alergię na starego La Bruyère'a. Utrzymuje, że nic z tego nie rozumie, że on nie pisze po francusku. Że szydzą z nas robaki drążące jego ciało. Poprosiła, żebym zszedł na ziemię, do naszych czasów, i wówczas zasugerowałem jej, aby znalazła mokasyny w moim rozmiarze, bo te adidasy na rzepy boleśnie kontrastują z moim strojem. Oznajmiła, że to niemożliwe, a ponieważ nalegałem, wpadła w złość i złożyła rezygnację. Od tego momentu próbuję sam nauczyć się czytać i sądzę, że mi się to uda. Jeśli łączyć dźwięki i sylaby na zasadzie permutacji, nie jest to takie trudne...

– Mój Boże! Mój Boże! – załamywała ręce Josiane

– Co my z tobą zrobimy? Zdajesz sobie sprawę, że masz dwa lata, Junior? Nie czternaście?

– Wystarczy, że będziesz liczyła lata jak u psów, czyli pomnożysz mój wiek przez siedem i będę miał czternaście lat... Przecież jestem chyba wart tyle co pies.

Na widok załamanej matki dodał pełnym współczucia głosem:

– Nie martw się, droga matko, dam sobie radę w życiu, co do tego nie mam wątpliwości... Co dobrego kupiłaś? Roznosi się wonny zapach świeżych jarzyn i soczystego mango.

Josiane nie słuchała. Rozmyślała. Przez całe lata pragnęłam dziecka, przez długie, długie miesiące czekałam pełna nadziei, zasięgałam rady specjalistów, a dzień, w którym się dowiedziałam, że wreszcie, wreszcie... noszę pod sercem dziecko, był najszczęśliwszym dniem w moim życiu...

Pamiętała, jak przemierzała podwórze firmy Marcela, aby oznajmić radosną nowinę Ginette, swojej koleżance, jak bardzo się bała, żeby nie rozbiła skorupki w swoim brzuchu, skręcając kostkę i upadając na chodnik, jak modlili się z Marcelem, klęcząc przed boskim dzieciątkiem... Marzyła o tym dziecku, marzyła, że będzie mu wkładać niebieskie śpioszki, całować śliczne rączki, patrzyć, jak stawia pierwsze kroki, kreśli pierwsze litery, odczytuje pierwsze słowa, marzyła o kartkach na Dzień Matki z niezdarnymi koślawymi zdaniami, których nieporadność sprawia, że rozpływamy się ze szczęścia, a te zdania złożone z pokolorowanych kredkami słów układają się w krzywy napis „Wszystkiego najlepszego Mamusiu".

Marzyła.

Marzyła też, że będzie go zabierać do parku Monceau, będzie mu przywiązywać żyrafę na kółkach do nadgarstka i patrzeć, jak ciągnie zabawkę przez białe żwirowe alejki pod wielkim czerwonym klonem. Marzyła, że jej syn wypapra się Choco BN, a ona będzie wycierać mu policzki, mrucząc: Co ty znowu zmajstrowałeś, mój skarbie najsłodszy? przytulając go szczęśliwa, taka szczęśliwa, że może trzymać go w cieple na swojej piersi i kołysać narzekając, bo nie umiała kołysać bez narzekania. Marzyła, że zaprowadzi go do przedszkola, pociągając nosem, odda w ręce nauczycielki, będzie patrzyła przez szybę i machała do niego – Wszystko będzie dobrze, wszystko będzie dobrze – równie niepewna jak on patrzący za nią z wrzaskiem, jak odchodzi, marzyła, że będzie go uczyć kolorować obrazki, huśtać się na huśtawce, rzucać chleb kaczkom, śpiewać głupie wyliczanki, entliczek, pentliczek, czerwony stoliczek, będą się razem śmiali, bo nie będzie umiał wymówić słowa pentliczek.

Marzyła...

Marzyła o tym, że będzie robić różne rzeczy po kolei, wolno, spokojnie, dorastać z nim, trzymając go za rękę, towarzysząc mu w długiej drodze życia...

Marzyła o tym, że będzie miała dziecko takie jak wszystkie dzieci na świecie.

Tymczasem miała do czynienia z dzieckiem wybitnie uzdolnionym, które w wieku dwóch lat chciało się uczyć czytać, przedzierając się przez Charaktery La Bruyère'a. A właściwie co to jest permutacja?

Podniosła wzrok na syna i obserwowała go. Zamknął książkę i spoglądał na nią życzliwie. Westchnęła: Och! Junior..., głaskając korzonki porów wystające z wózka.

– Nie bójmy się wyznać prawdy smutnej i bolesnej dla ciebie, droga matko: nie jestem byle jakim dzieckiem, a w dodatku odmawiam zachowywania się tak jak ci kretyni z parku, z którymi powinienem twoim zdaniem utrzymywać kontakty... Biedne maluchy, które spadają na pupę i wrzeszczą, gdy zabierze im się samochodzik.

– Ale czy nie mógłbyś się postarać i spróbować zachowywać jak wszyscy mali chłopcy w twoim wieku, przynajmniej wtedy, gdy jesteśmy w miejscu publicznym?

– Wstydzisz się mnie? – zapytał Junior, czerwieniejąc.

– Nie... nie wstydzę się, tylko czuję się niezręcznie... Chciałabym być taka jak inne mamy, a ty mi w tym w żaden sposób nie pomagasz. Kilka dni temu, gdy wychodziliśmy, krzyknąłeś: „Witaj, Cerberze" do dozorczyni, a ona o mało szczęki nie połknęła!

Junior wybuchnął śmiechem i podrapał się po boku.

– Nie lubię tej kobiety, mierzy mnie wzrokiem w sposób, który napawa mnie niesmakiem.

– Tak, ale ja musiałam jej tłumaczyć, że źle usłyszała i że powiedziałeś coś po dziecinnemu. Popatrzyła na mnie dziwnie i zauważyła, że jesteś nad wiek przemądrzały.

– Domyślam się, że chciała powiedzieć dojrzały.

– Być może, Junior... ale gdybyś mnie kochał, spróbowałbyś się zachowywać tak, aby moje życie nie było ciągłym drżeniem z lęku o to, co ci przyjdzie do głowy!

Junior obiecał, że będzie się starał.

A Josiane westchnęła zniechęcona.

Tego dnia poszli do parku Monceau. Junior zgodził się włożyć strój wybrany przez matkę, świetnie dostosowany do jego wieku, ciepły kombinezon i kurtkę puchową, lecz odmówił jeżdżenia w wózku. Starał się chodzić dużymi krokami, aby rozwinąć mięsień przywodziciel wielki i mięsień podeszwowy. Tak właśnie nazywał mięśnie kończyn dolnych.

Weszli do parku całkiem normalnie. Minęli ciężkie czarne kraty, trzymając się za ręce i błogo uśmiechając. Josiane usiadła na ławce, podała Juniorowi piłkę. Wziął ją bez sprzeciwu, upuścił, a ona odbiła się i poleciała w stronę chłopczyka w jego wieku. Miał na imię Émile i Josiane często widywała go z matką, czarującą, szeroko uśmiechającą się do niej kobietą, z którą miała nadzieję się zaprzyjaźnić.

Dwóch malców bawiło się przez chwilę razem, z tym że Junior bawił się... jak by to określić... z pewną nonszalancją. Dało się wyczuć, że się niecierpliwi. Rzucał piłkę do Émile'a, który co chwilę potykał się, starając się ją zablokować, i wstawał z wysiłkiem. Co za niezdara! syknął Junior przez zęby. Matka Émile'a nie usłyszała. Patrzyła na dzieci z rozczuleniem.

– Ślicznie się razem bawią, prawda?

Josiane przytaknęła szczęśliwa, że wreszcie jest normalną matką, która wydała na świat normalne dziecko bawiące się normalnie z kolegą w swoim wieku. Była piękna pogoda, kolumny świątyni greckiej lśniły mglistą bielą, bielą kamieni rozgrzanych zimowym słońcem, brzozy, buki i orzechowce potrząsały chudymi gałęziami, których przymrozek nie ogołocił jeszcze z liści. Cedr libański z szerokim, płaskim wierzchołkiem rozpościerał się po królewsku nieczuły na podmuchy wiatru, a starannie utrzymane trawniki tworzyły duże plamy przyjemnej dla oka zieleni.

Rozpięła wełniany płaszcz i westchnęła ze szczęścia. Niedługo nadejdzie pora podwieczorku, wyjmie z torebki paczkę ciastek i butelkę z sokiem pomarańczowym. Jak wszystkie matki. Jak wszystkie matki, powtarzała sobie, grzebiąc czubkiem buta w białym żwirze.

Wtedy właśnie matka Émile'a dodała:

– A może pani Marcelek przyszedłby kiedyś pobawić się z Émile'em u nas w domu? Mieszkamy niedaleko, mogłybyśmy przy tej okazji napić się herbaty we dwójkę i poplotkować...

Josiane lewitowała ze szczęścia. Pofrunęła w powietrze i wczepiła się w czerwień klonu i zieleń trawnika, żeby nie odlecieć z wrażenia. Wreszcie znalazła przyjaciółkę! Matkę, z którą mogła wymieniać się przepisami, lekarstwami na rosnące zęby, nagłe napady gorączki, wysypki, informacjami na temat szkół, żłobków i ognisk dla dzieci. Zamruczała z zadowolenia. Znalazła sposób na ukojenie swoich niepokojów: poprosi Juniora, aby odgrywał codziennie przez kilka godzin małe dziecko, i wtedy będzie z nim spacerować, pokazywać go, wycierać mu nos, roztkliwiać się nad nim, a przez resztę czasu pozwoli mu czytać wszystkie książki, podręczniki historii, zbiory zadań z matematyki, jakie tylko będzie chciał. W końcu to nie takie trudne, wystarczy, żeby obie strony poszły na pewien kompromis.

Wyobraziła sobie długie popołudnia, kiedy to jej samotność będzie tylko odległym wspomnieniem, dwa maluchy będą sobie gaworzyć, a ona zwierzać się nowej przyjaciółce. I kto wie, zapaliła się, może nawet moglibyśmy zorganizować kolację na dwie pary. Wspólne wyjścia. Do teatru, do kina. Może nawet grać w kanastę. Dzięki temu mielibyśmy przyjaciół. Nie mamy ich z Marcelem wielu. Cały czas spędza w pracy. W jego wieku! Najwyższa pora, żeby zaczął się oszczędzać. Ma prawie sześćdziesiąt dziewięć lat! To nierozsądne nigdy nie odpoczywać i pracować jak jakiś niewolnik.

Junior usłyszał propozycję matki Émile'a i zastygł w niewdzięcznej pozie, z wypiętą pupą i pięściami na biodrach, z twarzą znieruchomiałą na myśl o długich godzinach przyszłych męczarni, czekał na odpowiedź Josiane, licząc, że będzie negatywna. W żadnym razie nie chciał spędzać czasu z tumanem zniekształconym przez pampersa, który wywracał się co drugi raz, gdy miał kopnąć piłkę. Stał, chwiejąc się na nogach, czerwony ze złości, ignorując karła, który za wszelką cenę chciał kopnąć mu piłkę i ruszał niepewnym krokiem, pragnąc kontynuować zabawę. Kiedy jego matka odpowiedziała: Tak, byłoby wspaniale, tak dobrze się rozumieją, kopnął piłkę tak mocno, że o mało nie urwała głowy biednemu Émile'owi, który sztywny padł na żwirek.

Matka zerwała się z wrzaskiem, wzięła dziecko na ręce, sklęła Juniora, wyzywając go od kryminalistów, ponurych zboczeńców, morderców, małych nazistów w majtkach, i uciekła, unosząc nieruchomego nadal Émile'a z dala od jego kata.

Tego dnia Josiane wzięła piłkę, żyrafę na kółkach, paczkę Choco BN, butelkę z sokiem pomarańczowym i opuściła park, rzucając po raz ostatni okiem na zielone trawniki, małą kamienną świątynię, czerwony klon, białe alejki, jak ktoś, kto żegna utracony raj.

Słowem nie odezwała się do syna i szła jak obrażona królowa.

Wściekły Junior kroczył przed nią, mamrocząc, że nikomu nie można ufać, zgodził się udawać, żeby zrobić przyjemność matce, lecz w żadnym razie nie mógł przystać na to, aby spędzać popołudnia z nieukiem, natrętem, głupcem, który nawet nie zdaje sobie sprawy, że przeszkadza. Inteligentny chłopiec zrozumiałby, że jest tu po to, aby robić dobrą minę do złej gry. Nie nalegałby. Wręcz sam zostawiłby piłkę i pozwolił Juniorowi tkwić w pełnej uroku samotności. Wiem, że życie pełne jest głupców, westchnął Junior, i że trzeba się pogodzić z tą przykrą rzeczywistością, ale ten Émile napawa mnie zbytnim niesmakiem. Niech mi matka znajdzie jakiegoś orła z matematyki lub majsterkowicza robiącego rakiety. Nauczyłbym się czegoś o pierwiastkach kwadratowych i sile odśrodkowej. Kiedyś wszystko to umiałem, muszę tylko odświeżyć sobie pamięć.

Dotarli pod dom i obchodzili kiosk z gazetami, gdy Junior zobaczył kompas wsunięty pod plastykowe opakowanie czasopisma. Zatrzymał się i zaczął ślinić z zachwytu. Kompas! Nie wiedział dlaczego, ale przedmiot wyglądał znajomo. Gdzie widział już wcześniej kompas? W książce z obrazkami? Na biurku ojca? Albo w poprzednim życiu...

Pokazał palcem czasopismo, które skrywało kompas między kartkami, i rozkazał:

– Chcę to!

Josiane odwróciła głowę i dała mu znak, żeby szedł dalej.

– Chcę kompas... Chcę wiedzieć, jak to działa.

– Nic nie dostaniesz. Zachowałeś się okropnie. Jesteś małym okrutnym egoistą.

–Nie cechuje mnie ani okrucieństwo, ani egoizm. Jestem ciekawy, mam ochotę się uczyć, nie będę udawał małego dziecka. I chcę się dowiedzieć, jak działa kompas.

Josiane złapała go za rękę i pociągnęła do bramy kamienicy. Junior usztywnił się i zapierając się w asfalt adidasami na rzepy, próbował zwolnić tempo marszu matki, która w końcu wzięła go pod pachę, wepchnęła do windy, dała mu dwa klapsy i wrzuciła go do pokoju, zamykając drzwi na klucz.

Junior zaczął wrzeszczeć i walić w nie z całych sił:

– Nienawidzę kobiet. To głupie próżne kokietki, które myślą wyłącznie o własnej przyjemności i wysługują się mężczyznami! Kiedy dorosnę, zostanę homoseksualistą...

Josiane zatkała sobie uszy i wyszła popłakać do kuchni.

Płakała długo, płakała rzęsiście, płakała nad utraconym marzeniem o szczęśliwym macierzyństwie. Pocieszała się myślą, że udziałem wszystkich matek jest pragnienie posiadania doskonałego dziecka, takiego dziecka, jak im serce dyktuje, a niebiosa zsyłają, co chcą, i trzeba się z tym pogodzić. Jeżeli ma się szczęście, dostaje się małego Émile'a, a jeżeli nie... cóż, lepiej się wtedy dostosować.

Poszła uwolnić syna. Otwarła drzwi do pokoju.

Leżał na wykładzinie w pomiętych ubraniach. Tak długo krzyczał, awanturował się, walił w drzwi, że w końcu padł ze zmęczenia i spał snem wojownika znużonego trwającą trzy dni i trzy noce walką na miecze, z rozczochranymi rudymi loczkami, purpurowymi plamami na szyi, policzkach, piersi. Słabe chrapanie wydobywało się spomiędzy purpurowych dziąseł. Powalony Herkules leżał na ziemi rozpalony i czerwony ze złości.

Opadła obok niego na podłogę. Patrzyła, jak śpi. Pomyślała: Gdy śpi, wygląda jak dziecko, to moje dziecko, należy do mnie. Długo mu się przyglądała, podniosła go, ułożyła sobie między kolanami jak małpa, która iska młode, i kołysała, podśpiewując: Mamusiu, czy stateczki pływające po wodzie mają nóżki? Ależ tak, głuptasku, gdyby ich nie miały, toby nie pływały...

Junior otworzył jedno oko i oświadczył, że piosenka jest idiotyczna.

– To matka jest głupia, a nie dziecko – zaprotestował w półśnie. – Statki nie mają nóg!

– Śpij, mój malutki, śpij... Mamusia jest przy tobie, kocha cię i broni...

Zamruczał ze szczęścia, wtulił głowę i pięści w brzuch matki, która przygarnęła go ze łzami w oczach, objęła ramionami i dalej śpiewała w ciemnym pokoju.

– Mamo...

Josiane zadrżała na dźwięk tego czułego zwrotu i przytuliła go jeszcze mocniej.

– Mamo, wiesz, dlaczego La Bruyère napisał *Charaktery*?

– Nie, moje ukochane maleństwo, ale na pewno mi powiesz.

Dalej leżąc z głową na jej piersi, wyjaśnił cicho:

– No więc widzisz, bardzo lubił dziewczynkę, której ojciec był drukarzem i nazywał się Michallet. Kochał ją czystą miłością. Napełniała jego duszę pięknem. Pewnego dnia zastanawiał się, za kogo wydadzą tę małą, skoro nie ma posagu. Wówczas poszedł do jej ojca, pana Michalleta, i dał mu rękopis *Charakterów*, nad którymi pracował od wielu lat. Powiedział: „Weźcie to, dobry człowieku, wydrukujcie, a jeśli przyniesie jakiś zysk, przekażcie go na posag dla córki". Michallet tak właśnie zrobił i tym sposobem panna Michallet znakomicie wyszła za mąż... Czy to nie piękna historia?

– Tak, mój skarbie, bardzo piękna. Opowiedz mi jeszcze o La Bruyèrze. Zdaje się, że to bardzo przyzwoity gość.

– Przede wszystkim trzeba go czytać, wiesz... Kiedy trochę poćwiczę, będę czytał ci na głos. Nie będziemy już musieli chodzić do parku, tylko razem usiądziemy w domu i napełnię twój umysł pięknem... Bo chcę się nauczyć greki i łaciny, żeby poznawać Sofoklesa i Cycerona w oryginale.

Zmarszczył brwi, wydawało się, że nad czymś się zastanawia, po czym dodał:

– Mamo, dlaczego przed chwilą wpadłaś w gniew? Czy nie zauważyłaś, że ten chłoptaś, ten Émile, jest głupi i niezdarny?

Josiane wzięła w palce rudy loczek i przesunęła go między palcami jak długą nić, którą zakłada się na czółenka krosien.

– Tak bym chciała, żebyś był taki jak inni, jak wszystkie dzieci w twoim wieku... Nie chcę geniusza, chcę dwuletniego dzidziusia.

Junior przez chwilę milczał, po czym powiedział:

– Nie rozumiem. Oszczędzam ci tylu trosk, wychowując się sam. Sądziłem, że będziesz ze mnie dumna. Wiesz, przykro mi, że nie akceptujesz mnie takim, jaki jestem. Widzisz we mnie tylko różnicę, ale czy nie dostrzegasz, jak bardzo cię kocham i jak bardzo się staram, żeby ci się podobać? Nie możesz mieć mi za złe tego, że jestem inny.

Josiane wybuchnęła płaczem i obsypała go pocałunkami mokrymi od łez.

– Tak mi przykro, mój skarbie, tak mi przykro... Spróbujmy razem odnajdywać chwile takie jak ta, chwile, gdy otwieram serce, gdy mam wrażenie, że jesteś mój, a obiecuję, że nie będę ci już narzucać towarzystwa głupiego Émile'a.

Spytał, ziewając:

– Obiecujesz?

– Obiecuję – szepnęła.

I Junior zwalił się jak kłoda, zapadając w głęboki sen.

Kiedy wieczorem Marcel Grobz wśliznął się do łoża małżeńskiego, szukając miękkiego ciała żony grubymi palcami porośniętymi rudymi włoskami, Josiane odepchnęła go i powiedziała:

– Musimy porozmawiać.

– O czym? – spytał, krzywiąc się.

Przez cały dzień czekał na tę magiczną chwilę, kiedy położy się na ciele Josiane i wejdzie w nią wolno, mocno, mrucząc jej do ucha wszystkie czułe słówka, które zgromadził w pamięci między podpisywaniem papierów, załatwianiem naprawy suchego pionu, negocjacjami z chińskim dostawcą i producentem mebli kuchennych, który nie chciał obniżyć marży.

– O twoim synu. Zastałam go dziś przy czytaniu *Charakterów* La Bruyère'a.

– Niezły ananas! Och, jak ja go kocham! Och, jaki jestem z niego dumny! Mój syn, krew z mojej krwi, najważniejszy pod słońcem!

– I to nie wszystko! Najpierw opowiedział mi historię La Bruyère'a, a potem doszedł do wniosku, że ma ochotę nauczyć się greki i łaciny, żeby czytać klasyków w oryginale.

Marcel Grobz promieniał, drapiąc się po brzuchu.

– To normalne! To mój syn. Gdyby mnie ktoś choć odrobinę zachęcił, też bym się nauczył łaciny, greki, literatury i przeciwprostokątnych.

– Bzdury! Byłeś normalnym dzieckiem, ja byłam normalnym dzieckiem, a zmajstrowaliśmy potwora!

– Ależ nie, ależ nie... Widzisz, Żabciu, wychowano nas metodą bicia po pysku, uważano za śmiecie, a dziś mamy małego geniusza... Czy życie nie jest piękne?

– Z wyjątkiem tego, że Gladys, wiesz, nasza ostatnia pomoc domowa...

Marcel grzebał w pamięci. Ostatnio przez dom przewinął się korowód pomocy domowych. Żadna się nie ostała. A przecież pensja dawała powody do radości, na warunki pracy też nie można się było skarżyć. Josiane była pełną szacunku panią domu, która nie bała się zanurzyć palców w odplamiaczu i sprowadzała do parteru ludzi mających czelność mówić o swoich „służących". Przez tak długi czas sama była służącą.

– Zwinęła się! A wiesz dlaczego?

Marcel kulił się, powstrzymując śmiech.

– Nie? – zdołał powiedzieć, niemal się dusząc.

– Z powodu Juniora. Chciał, żeby mu czytała, a ona chciała sprzątać!

– Przecież czytanie pięknych książek jest mniej męczące niż pucowanie toalet.

– Teraz zaczynasz mówić jak on! Kiedy cię poznałam, mówiłeś „kibel" jak wszyscy.

– No bo... Żabciu, czytam mu co wieczór i siłą rzeczy jakoś to na mnie wpływa... Rozumiem tego małego, to łakomczuch, ciekawski, chce się uczyć, a nie nudzić, gdy ktoś do niego mówi. Cały czas trzeba go czegoś uczyć. Musisz być nie tylko mamą, ale także Pikiem della Mirandola.

– A ten to kto? Jakiś twój kumpel?

Marcel wybuchnął śmiechem i ścisnął ją w ramionach.

– Przestań psuć sobie krew, moja gołąbeczko. Jesteśmy tacy szczęśliwi we trójkę, a ty swoimi pytaniami wywołujesz nieszczęście.

Josiane wymruczała kilka niezrozumiałych słów i Marcel skorzystał z tego, aby wsunąć rękę pod jej pierś.

– Nie uważasz, że naprawdę jest bardzo czerwony? – kontynuowała Josiane, odsuwając się. – Wygląda tak, jakby cały czas był zły... jest wściekle czerwony. Niepokoi mnie to... Boję się też, że nie będę za nim nadążać, boję się, że będzie mną gardził. Ja nie skończyłam ENA*! Nie mam dyplomu Państwowej Szkoły Admiralicji!

– Ale Junior ma to gdzieś, jest ponad to! Wiesz, co zrobimy, Żabciu? Zatrudnimy mu guwernera. To dziecko nie potrzebuje niańki, która by je karmiła papkami, ono musi być żywione świeżą wiedzą, uczyć się powierzchni Ziemi, greki, łaciny, dlaczego Ziemia się kręci i dlaczego jest okrągła, i jak to się dzieje, że w końcu nie dostaje kręćka w nieskończonej przestrzeni. Oczekuje, żeby go nauczyć posługiwania się linijką, kompasem, żeby mu wytłumaczyć regułę trzech i pierwiastki kwadratowe...

– A właściwie dlaczego mówi się pierwiosnki kwadratowe? Przecież to nie są kwiatki i nie przypominają kwadratu! Nie, Wilczku, w obecności guwernera będę się czuła jeszcze bardziej samotna. Jeszcze bardziej niewykształcona...

– Ależ nie! A poza tym też się nauczysz wspaniałych rzeczy. Będziesz uczestniczyła w lekcjach i wydawała ochy i achy z zaskoczenia, zaokrąglając usta, takie to będzie piękne i tyle firmamentów otworzy ci w głowie...

– Moja biedna głowa! – westchnęła Josiane. – Jest tak skąpo wyposażona. Niczego mnie nie nauczono. Powiem ci coś, Wilczku, dla mnie największą niesprawiedliwością na świecie jest to, że nie wchłonęłam tej pięknej wiedzy przy narodzinach.

– Więc nadrobisz to! I to ty będziesz potem mówić do mnie z pobłażaniem, nazywać mnie „biednym prymitywem" i „biednym ciamajdą", a ja będę musiał pokornie co wieczór odrabiać lekcje. Wierz mi, moja śliczna, nie jesteś głupsza

* Państwowa Szkoła Administracji (przyp. tłum.).

od własnego syna, a niebiosa zesłały nam to dziecko, żeby nas uwznioślić... Jest inne. No to co? Niech będzie inne! Mam to gdzieś. Akceptuję je! Gdyby miało trzy nogi i jedno oko, tak samo bym je akceptował. Czego ty byś chciała? Dziecka z pieczątką normalne? Mamy już powyżej uszu normy! Produkuje patentowane osiołki, które ryczą i nie umieją myśleć. Trzeba skopać tyłek normie, rozwalić ją, obalić! Wysłać do diabła wszystkie matki z normalnym potomstwem! Nie wiedzą, jaki skarb mamy w domu, nie mogą wiedzieć, bo mają klapki na oczach. A tymczasem my... Co za zefirek! Co za szczęście! Co za boska niespodzianka o każdej porze dnia! No już, chodź do mnie, tłuścioszko, przestań psuć sobie krew, poznasz, co to upojenie, zaraz wzlecisz do nieba, moja laleczko, moja najczulsza, moja cudowna piękności, moja żono, mój dachu, mój pierwiastku kwadratowy, moja leniwa markizo de Pompadour...

I od słowa do słowa Żabcia osłabła, rozchmurzyła się, a wreszcie zachichotała, dała się złapać rudemu olbrzymowi i razem wśród miłosnych jęków wspięli się po wysokiej drabinie rozkoszy.

Gdy następnego dnia jedli śniadanie, zadzwonił adwokat Henriette. Henriette Grobz, wdowa po panu Plissonnierze, matka Iris i Joséphine Plissonnier, zamężna po raz drugi z panem Marcelem Grobzem, była gotowa podpisać dokumenty rozwodowe. Przyjmowała argumenty Marcela i prosiła tylko o jedno: chciała zachować jego nazwisko.

– A dlaczego Wykałaczka chce zachować twoje nazwisko? – spytała z nieufnością Josiane zmięta jeszcze po nocy pełnej namiętności. – Nienawidziła tego nazwiska, rzygała nim. To podstęp, pewnie znów wywinie nam jakiś numer, zobaczysz.

– Ależ nie, moja najsłodsza! Poddaje się, a to jest najważniejsze. Nie szukaj dziury w całym! To niesamowite, gdy tylko zakosztujemy odrobiny szczęścia, natychmiast widzisz rogatego diabła.

– Tak jakby miała się zmienić w łagodnego baranka! Nie wierzę w to ani przez sekundę. Wilk traci sierść, ale nie podły charakter. A ona ma go tyle, że mogłaby nim handlować.

– Poddaje się, mówię ci. Rzuciłem ją na kolana i kazałem łykać płatki śniegu, dusi się, prosi o zmiłowanie...

Marcel Grobz kichnął, wyjął z kieszeni chusteczkę w kratkę i energicznie wysiąkał nos. Josiane zmarszczyła brwi.

– A gdzie chusteczki ligninowe, które ci dałam? Masz je w nosie?

– Ale Żabciu, ja tak lubię tę starą chusteczkę w kratkę...

– To siedlisko mikrobów, wylęgarnia wirusów! A poza tym jak ty z nią wyglądasz? Jak chłop w gumiakach.

– To żaden wstyd być chłopem – odpowiedział Marcel, chowając chusteczkę do kieszeni, zanim Josiane zdążyła ją złapać.

Tydzień wcześniej wyrzuciła już do kosza z tuzin takich chusteczek.

– I ktoś taki chce zatrudnić guwernera dla syna! I odgrywać Sonaty Mirandoli! Pięknie będziesz wyglądał przed skarbnicą wiedzy z tą swoją chusteczką i w szelkach!

– Jeszcze dziś się dowiem, gdzie znaleźć takiego gościa – wtrącił Marcel zachwycony zmianą tematu.

– I weź od niego referencje! Nie chcę upudrowanego markiza ani brodatego marksisty. Znajdź mi jakiś dobry słownik, żebym mogła coś pojąć, jak zacznie nawijać...

– Więc zgadzasz się?

– Można to tak określić... Ale chcę go zobaczyć, zanim wypowiem się ostatecznie. Żeby się tylko nie okazało, że to szpieg Wykałaczki.

*

Czy naprawdę trzeba powiedzieć prawdę, całą prawdę? zastanawiała się Shirley, patrząc na Gary'ego, który sprzątał ze stołu, zeskrobywał resztki z garnka po lazaniach, zalewał go ciepłą wodą, dodawał trochę płynu do mycia naczyń. Czy prawda uszczęśliwia? Nie jestem tego taka pewna... Zacznę mówić i nic nie będzie już tak jak dawniej.

Siedzimy tu sobie spokojnie razem, we dwójkę, łączą nas przyzwyczajenia, wiem, jak się odwróci, na której nodze stanie, którą rękę wyciągnie pierwszą, jak obróci głowę w moją stronę, uniesie brwi, odgarnie kosmyk włosów, wiem to wszystko, to znany mi krajobraz.

Kolacja się skończyła, lazanie rozpływały się w ustach, towarzyszy nam Glenn Gould. Chrząkamy hmm-hmm i jesteśmy złączeni ze sobą.

A za dwie i pół minuty...

Zacznę mówić, usypię między nami górę słów, wprowadzę kogoś obcego i nic nie będzie już przejrzyste. Prawda jest może użyteczna dla tego, kto ją słyszy, ale to ciężkie przeżycie dla tego, kto ją oznajmia. Kiedy powiedziałam „prawdę" o swoim pochodzeniu mężczyźnie w czerni, zaczął mnie szantażować. I otrzymał miesięczną rentę w zamian za milczenie.*

Tego samego ranka po drodze do Hampstead Pond minęła dużą reklamę, która wychwalała zalety dżinsów hasłem: „Prawda o mężczyźnie jest ukryta". I pod spodem: „Nie ukrywaj swoich kształtów, pokaż je w dżinsach". Zapomniała nazwę marki, lecz nie słowa, które prześladowały ją przez całą drogę, a gdy przypinała rower do barierki przy stawie, w ostatniej chwili zobaczyła odjeżdżającego mężczyznę w czapce i sztruksowych spodniach.

Damned!

---

* Patrz *Żółte oczy krokodyla*, op. cit.

Uśmiechnęli się do siebie. Potarł nos grubą skórzaną rękawiczką z futerkiem i pochylił wyraźnie głowę, mówiąc: Zobaczy pani, jest cudowna. Stała z otwartymi ustami i powracającym zdaniem o dżinsach: „Prawda o mężczyźnie jest ukryta". Co skrywał ten człowiek o poczciwym uśmiechu i szerokich ramionach? Mężczyzna, w którego objęciach miała wściekłą ochotę się schronić? Może nic nie ukrywał i z tego powodu tak chciała zagłębić się w nim...

Gdyby w tym momencie wyciągnął do niej rękę, poszłaby za nim.

Westchnęła i starła palcem ślad sosu pomidorowego z pięknego ceratowego obrusu, który Gary przywiózł z Paryża.

Pomyślała o raporcie, który oddali poprzedniego dnia: *Jak uwolnić nasze talerze od pestycydów?* Czemu służy jedzenie owoców i warzyw, skoro okazuje się niebezpieczne dla zdrowia? W kiściach winogron wyprodukowanych w Unii Europejskiej wykryto szesnaście produktów toksycznych. Walczę z wiatrakami.

Podniosła wzrok na Gary'ego. Włożył talerze do zlewu. Oznaczało to, że nie chce natychmiast ich myć, oznaczało to, że chce natychmiast porozmawiać.

Poczuła w gardle kłąb waty, który wysuszał jej język, płuca, brzuch. Odchrząknęła.

– Zrobisz mi herbatę ziołową?

– Z tymianku, rozmarynu czy mięty?

– Nie masz werbeny?

Popatrzył na nią zniechęcony.

– Wymieniłem trzy, które mam, a ty prosisz o czwartą, której nie mam.

Wydawał się lekko rozdrażniony. Nawet zdenerwowany.

– OK, OK. Napiję się tymianku.

Nalał wody do czajnika, wyjął imbryczek do herbaty, saszetkę z tymiankiem, filiżankę. Gwałtowne gesty świadczyły o tym, że chciałby jak najszybciej usiąść naprzeciw niej i zadać pytania. To i tak już grzecznie z jego strony, że pozwolił jej spokojnie zjeść kolację.

Z wiszących na ścianie plakatów spoglądali na nich Bob Dylan i Oscar Wilde. Bob wydawał się poważny i zmęczony. Oscar uśmiechał się dwuznacznie, co sprawiło, że miała ochotę mu dołożyć. Spytała:

– Spotkałeś się z nauczycielem fortepianu?

– Tak, dziś po południu... jest bardzo sympatyczny. Byłem umówiony u niego w Hampstead, niedaleko miejsca, gdzie chodzisz pływać. Mieszka w jednym z atelier dla artystów, których okna wychodzą na staw... Ale nie sądzę, żeby nurzał się o świcie w lodowatej wodzie! Nie byłoby to wskazane z uwagi na jego stawy.

– Ja natomiast mogę sobie zniszczyć ręce...

– Tego nie powiedziałem! O rany! Wszystko widzisz z negatywnej strony... *Relax, mummy, relax...* Zaczynasz być naprawdę wkurzająca!

Shirley postanowiła zignorować słowo „wkurzająca". Jeżeli teraz zaczną się kłócić o słownictwo, nigdy nie uda im się porozmawiać. Postanowiła jednak przypomnieć mu później, żeby nigdy więcej nie używał tego słowa.

– A kiedy masz pierwszą lekcję?

– W poniedziałek rano.

– Tak szybko...

– Rok szkolny zaczął się już jakiś czas temu, więc jeżeli chcę nadrobić opóźnienie... Jedna lekcja u niego w domu co drugi dzień, a przez resztę czasu będę pracował w domu minimum pięć godzin dziennie. Widzisz, traktuję fortepian poważnie.

– Ile bierze za lekcję?

– Pani Babcia płaci.

– Nie podoba mi się to, Gary.

– Ale przecież to moja babcia!

– Mam wrażenie, że usuwasz mnie ze swojego życia.

– Przestań się obrażać! Boisz się, bo masz mi coś powiedzieć i każdy drobiazg cię rani. *Relax...* – Położył dłoń na jej ręce. – No już, śmiało. Im szybciej mi powiesz, tym szybciej napięcie opadnie.

– Dobrze, zgoda... Och! Nie ma wiele do opowiadania. Bardzo mi przykro, to niezbyt romantyczna historia romansu, która niewiele ma wspólnego z powieścią.

– Nie oczekuję powieści, oczekuję faktów.

– Więc dobrze... Właściwie chętnie wypiłabym kieliszek wina. Zostało jeszcze trochę?

Nadstawiła kieliszek i Gary wlał doń resztkę wina z butelki aż do ostatniej kropli.

– Jeszcze w tym roku urodzisz dziecko lub wyjdziesz za mąż! – powiedział ze śmiechem.

– Ani jedno, ani drugie – burknęła.

Wypiła łyk wina, poczuła, jak spływa przez gardło, i zaczęła:

– Miałam chyba szesnaście lat, gdy twój dziadek wysłał mnie do Szkocji. Najpierw na pensję o podwyższonej dyscyplinie, a potem na Uniwersytet w Edynburgu, bo przeze mnie miał bardzo ciężkie życie w Londynie. Wymykałam się wieczorami, wracałam nieco, powiedzmy, podchmielona, wbijałam sobie agrafki do nosa, nosiłam spódniczki wielkości serwetek, paliłam grube skręty, których smród snuł się po szacownych korytarzach pałacu. Nie udawało mu się już godzić roli wielkiego szambelana i ojca. Sytuacja stawała się tym bardziej kłopotliwa, że mieszkaliśmy w Buckingham, i groziło to skandalem, który mógł skompromitować królową. A zatem wysłano mnie do Szkocji. Nadal imprezowałam, a jednocześnie jakoś zdawałam egzaminy. I co najważniejsze, po około roku poznałam chłopaka, przystojnego Szkota,

Duncana McCalluma, potomka bogatego rodu, właściciela zamku, majątków rolnych i lasów...

– Ze starej szkockiej rodziny?

– Nie pytałam go o drzewo genealogiczne. Nie przywiązywaliśmy wielkiej wagi do rodowodów, wizytówek... Wystarczył rzut oka, jeżeli podobaliśmy się sobie, spędzaliśmy razem noc, a potem rozstawaliśmy się i jeżeli przypadkowo znowu wpadaliśmy na siebie, robiliśmy to znowu albo nie. Z twoim ojcem robiłam to wielokrotnie...

– Jaki on był?

– No cóż... powiedzmy, że jesteś bardzo do niego podobny. Rozpoznałbyś go bez trudu, gdyby zjawił się przed tobą. Wysoki brunet z długim nosem, zielonymi lub brązowymi oczami w zależności od nastroju, ramionami rugbisty, zniewalającym uśmiechem, krótko mówiąc, piękny chłopak... Miał w sobie coś, czemu nie można się było oprzeć. Nie zastanawiałam się, czy jest inteligentny, dobry, odważny, miałam tylko ochotę rzucić mu się w ramiona. Nie ja jedna zresztą... Wszystkie dziewczyny za nim latały. A tak... miał długą cienką bliznę na policzku, opowiadał, że to od cięcia szablą, gdy bił się z pijanym Rosjaninem w Moskwie... Nie jestem pewna, czy był w Moskwie, ale robiło to wielkie wrażenie, dziewczyny mdlały i chciały dotknąć blizny.

– A masz pewność, że jestem synem Duncana McCalluma, a nie kogo innego?

– Zakochałam się... to znaczy nie chciałam tego tak określać! Wolałabym raczej dać się poćwiartować, niż wyznać to mieszczańskie uczucie, ale jestem pewna, że w czasie, gdy się z nim spotykałam, nie spałam z nikim innym.

– Co za szczęście!

– Można wręcz powiedzieć, że jesteś owocem miłości... Przynajmniej jeśli o mnie chodzi.

– Dziwna miłość – westchnął Gary – trochę na chybcika.

– To nie były łatwe czasy. Kończyły się lata siedemdziesiąte i epoka pod hasłem „kwiaty we włosach i kochajmy się", wracała rzeczywistość. A rzeczywistość nie była wesoła. Nadeszła epoka Margaret Thatcher, punków, The Clash, wielkich strajków, wybuchającej wszędzie rozpaczy. Uważaliśmy i śpiewaliśmy, że świat to gówno. I miłość też.

– A jak zareagował, gdy się dowiedział...

– Byliśmy w pubie w sobotni wieczór, przez cały dzień go szukałam, żeby z nim porozmawiać. Siedział z kolegami, w ręku trzymał kufel piwa, podeszłam... trochę się bałam... Nachylił się, objął mnie i pomyślałam: Uf! Nie zostanę sama. Pomoże mi niezależnie od tego, jaką podejmiemy decyzję. Powiedziałam mu, a on ze swoim pięknym zniewalającym uśmiechem odparł szczerze: Moja droga, to twój problem, odwrócił się do kumpli i zostawił mnie tak. Poczułam się, jakbym dostała w pysk.

– Nie chciał mnie nawet poznać?

– Zostawił mnie, zanim się urodziłeś! Kiedy go spotykałam na ulicy, nie odzywał się do mnie. Nawet gdy miałam brzuch jak balon!

– Ale dlaczego?

– Z jednego tylko powodu: kompletnie mu brakowało tego, co nazywa się poczuciem odpowiedzialności.

– Chcesz przez to powiedzieć, że facet nie jest przyzwoity?

– Nic nie mówię, po prostu stwierdzam fakt.

– I zdecydowałaś się mnie urodzić.

– Wiedziałam, że będę cię kochać do szaleństwa, i nie pomyliłam się.

– A potem?

– Urodziłam cię sama. W szpitalu. Poszłam tam i z powrotem na piechotę. Dałam ci swoje nazwisko. Bardzo szybko wróciłam na zajęcia. Zostawiałam cię samego w moim pokoiku. Mieszkałam u bardzo miłej pani. Ogromnie mi pomagała, pilnowała cię, przewijała, karmiła z butelki, śpiewała piosenki, gdy szłam na uniwersytet...

– Jak się nazywała?

– Pani Howell.

– Pani Howell?

– Tak. Bardzo, bardzo cię kochała. Płakała, kiedy wyjeżdżaliśmy... Mniej więcej czterdziestoletnia, nie miała męża ani dzieci, znała twojego ojca, pochodzili z tych samych stron na szkockiej wsi. Jej matka pracowała w zamku, babcia też. Mówiła, że to łajdak, że na mnie nie zasługuje. Trochę piła, ale miała łagodne usposobienie... Byłeś idealnym dzieckiem. Nigdy nie płakałeś, cały czas spałeś. Kiedy twój dziadek przyjechał do Szkocji, żeby mnie odwiedzić, przeżył szok. O niczym mu nie powiedziałam. Zabrał nas oboje do Londynu. Miałeś trzy miesiące.

– I potem nie miałaś żadnych wiadomości od mojego...?

– Żadnych.

– Nawet za pośrednictwem tej kobiety, tej pani Howell?

– Ani razu cię nie odwiedził, nie pytał o mój adres, gdy wyjechałam. I to wszystko. Nie jest to powód do dumy, ale tak właśnie było.

– Sądziłem, że mam szlachetniejszy rodowód... – mruknął Gary.

– Przykro mi... Teraz kolej na ciebie, aby uczynić własne życie szlachetniejszym.

I po dwudziestu latach podaruję temu nikczemnikowi syna. Syna, dla którego nie wylał ani jednej kropli potu. Nie poświęcił ani jednej godziny snu. Nie drżał ani przez chwilę, patrząc na termometr. Nie zaoszczędził ani grosza dla niego. Nie oglądał ani razu dzienniczka. Nie trzymał za rękę u dentysty.

Syna gotowego, żeby go pokochać. I będzie mówił: „To mój syn!", przedstawiając go znajomym.

Jestem ojcem. Jestem matką. Jestem ojcem i matką. On był tylko dawcą spermatozoidów. Śpieszącym się, by zaznać rozkoszy i odejść.

*

Hortense Cortès nie wiedziała, co to lęk.

Hortense Cortès gardziła lękiem.

To uczucie napawało Hortense Cortès niesmakiem. Lęk, głosiła, jest jak bluszcz w głowie. Zapuszcza korzenie niczym szpony, wypuszcza liście, rośnie, powoli, powoli dławi nas i dusi. Lęk jest niczym chwast, a chwasty się wyrywa, zabija pestycydami.

Pestycydem Hortense Cortès było trzymanie na dystans. Kiedy czuła, że strach wzbiera niczym groźna fala sztormowa, odpychała niebezpieczeństwo, odsuwała je jak najdalej, wyodrębniała i... patrzyła mu w twarz, mówiąc: Nie boję się ciebie. Nie boję się ciebie, wstrętna łodyżko, którą wyrwę u korzenia.

I to działało.

W przypadku Hortense Cortès.

Zaczęła, gdy była małą dziewczynką, zmuszając się do samotnych powrotów ze szkoły po zmroku. Nie chciała, by przychodziła po nią matka. Wsuwała widelec do kieszeni płaszcza. Z widelcem i uniesioną do góry brodą szła naprzód z tornistrem na plecach. Gotowa się bronić. Nie boję się, powtarzała, gdy zapadała noc i straszyła ją cieniami wilczych paszczy.

Potem Hortense podniosła poprzeczkę wyżej.

Wyjęła widelec, gdy po raz pierwszy jakiś chłopak chciał ją pocałować wbrew jej woli. Wbiła go w udo olbrzyma, który zastąpił jej drogę na schodach i żądał dwóch euro. Wbiła go w oko temu, który chciał ją zaciągnąć do piwnicy.

Niebawem nie potrzebowała już widelca.

Miała ustaloną reputację.

Jedyne pytanie, jakie zadawała sobie Hortense, która z takim znawstwem umiała okiełznać strach, brzmiało, dlaczego tylko ona zachowuje się w ten sposób.

To wydawało się takie proste. Takie proste.

A jednak...

Wszędzie wokół siebie słyszała słowa: Boję się, boję się. Boję się, że mi się nie uda, boję się, że zabraknie mi pieniędzy, boję się, że się nie spodobam, boję się powiedzieć „tak", boję się powiedzieć „nie", boję się, że będzie bolało. A powtarzanie tego sprawiało, że zdarzało się to, co najgorsze.

Dlaczego matka, osoba dorosła, która powinna jej bronić, drżała w obawie przed długami, groźnym mężczyzną lub liściem lecącym na wietrze? Tego Hortense nie rozumiała. Postanowiła przestać się już nad tym zastanawiać i iść do przodu.

Iść do przodu. Uczyć się. Odnieść sukces. Nie dać się przytłoczyć, przygwoździć uczuciom, lękom, pragnieniom, które są jak pasożyty. Jakby jej czas był policzony. Jakby nie miała prawa się pomylić.

Przed widelcem Hortense uszła jedynie śmierć jej ojca pożartego przez krokodyla na kenijskich bagnach. Na próżno powtarzała: Antoine, krokodyl, nie boję się – nawiedzały ją koszmary, w których ginęła zmiażdżona przez tysiąc zębów. Nigdy! powtarzała, budząc się zlana potem. Nigdy! I obiecywała sobie, że wzmocni stalową skorupę, aby lepiej się bronić. Bronić się. Z trudem potem zasypiała. Wydawało jej się, iż dostrzega w pokoju w ciemności żółte ślepia czyhającego na nią krokodyla...

Kiedy Gary Ward porzucił ją na środku ulicy, a wcześniej rozpalił w jej sercu i ciele mroczne pożądanie, całując ją tak, że o mało nie straciła głowy, Hortense wyodrębniła wizerunek Gary'ego Warda, odsunęła go od siebie, przeana-

121

lizowała na zimno i na sucho i postanowiła, że najrozsądniej będzie poczekać. Gary zadzwoni nazajutrz.

Nie zadzwonił nazajutrz ani następnego dnia, ani w kolejnych dniach.

Skreśliła go ze swojej listy.

Jej życie nie zależało od Gary'ego Warda. Jej życie nie zależało od jednego pocałunku Gary'ego Warda, od rozkoszy, jaką dały jej tego wieczoru wargi Gary'ego Warda. Jej życie zależało od jej własnej woli, od woli Hortense Cortès.

Wystarczy, że wyrazi jasno swoje życzenia i pragnienia, aby spełniły się wyłącznie za sprawą siły jej woli.

Gary Ward był nieznośny, nieprzewidywalny, wstrętny, irytujący.

Gary Ward był doskonały.

Chciała właśnie jego. Będzie go miała.

Później.

Jadąc tego dnia czarną linią metra Northern ze szkoły do dużego domu, który zajmowała z czterema współlokatorami płci męskiej, Hortense przeczytała swój horoskop w porzuconym na siedzeniu *London Paper*. W rubryce „sprawy sercowe" widniało zdanie: „Ponieważ ten związek ci ciąży, nie myśl o nim. Wrócisz do niego później".

Bim-bam-bom, mruknęła, składając gazetę. Klamka zapadła, zapomni o nim.

Poza determinacją i widelcem ukrytym w kieszeni ratunkiem dla Hortense Cortès było jej wysokie mniemanie o sobie. Mniemanie, które uważała za uzasadnione z uwagi na swoją pracowitość i starania. Nie jestem leniwa, nie wyleguję się, walczę, aby otrzymać to, czego chcę, więc sprawiedliwość wymaga, żebym została nagrodzona.

Nieraz zastanawiała się, czy wytrwałaby w obliczu przeciwności losu.

Nie była tego taka pewna.

Potrzebowała sukcesów, aby dalej iść naprzód. I im bardziej uśmiechało się do niej szczęście, tym bardziej się starała. Romantyczna przygoda z Garym odciągnęłaby mnie od celu, myślała tego wieczoru, patrząc na otaczających ją ludzi w metrze. Może upodobniłabym się do tej dziewczyny, która pokazuje czerwone uda w mini, lub do tamtej, która żuje gumę, opowiadając o wieczorze z Andym: I wtedy mi powiedział... a ja mu wtedy powiedziałam... i wtedy mnie pocałował... I wtedy to zrobiliśmy... i potem nie oddzwonił... i co ja mam zrobić? Dwie biedne ofiary mamroczące miłosne brednie. Nie kochając bardzo, nie podejmuję ryzyka i jestem kochana. Tacy są mężczyźni: im bardziej się ich kocha, tym mniej sami pałają uczuciem. To stare prawo natury. Ponieważ nikogo nie kocham, mam rzeszę wielbicieli i wybieram odpowiedniego na daną okazję.

Pocałunek Gary'ego w nocnych ciemnościach Londynu, wśród drżących czubków drzew w parku, zburzył jej spokój. Straciła grunt pod nogami. O mały włos zamieniłabym się w zakochaną larwę. Nie jestem larwą. Nie palę, nie piję, nie ćpam, nie podrywam. Na początku to była poza, chciałam się odróżniać od innych, dzisiaj to mój wybór, dzięki temu zyskuję na czasie. Kiedy osiągnę cel – otworzę pracownię projektowania mody, będę miała własną kolekcję – wówczas pochylę się nad innymi. Na razie cała moja energia musi skoncentrować się na osiągnięciu sukcesu. Założyć własny interes, mieć wredny charakter, stać się Coco Chanel, narzucić własną wizję mody, chociaż, przyznała w nagłym przebłysku rozsądku, muszę się jeszcze wiele nauczyć. Ale wiem, czego chcę: najwyższej elegancji, klasyki, której równowagę zaburzy jeden czy dwa szalone detale. Chcę posiąść czystość. Zbrukać ją. I uświęcić, podpisując własnym nazwiskiem. Nauczyć się kreski, rysunku, detalu, potem wszystko obalić, tnąc akademickie płótno. Cios sztyletem w niepokalaną biel.

Zadrżała i westchnęła. Chciała jak najszybciej zabrać się do dzieła. W każdym razie, pomyślała, tylko to mnie podnieca. Ludzkie ciało wydaje mi się mdłe w porównaniu z moimi planami.

Wysiadła na stacji Angel i zaklęła, bo o mało nie poślizęła się na opakowaniu z McDonalda. Minęła sieć restauracji Prêt-à-manger, wzruszając ramionami. Co za prymitywna nazwa! Przeszła ostatnie metry dzielące ją od domu, nadal snując marzenia na temat własnej kariery. Doszła właśnie do cudownego momentu, kiedy to ubrana w marynarkę i saruel z wełnianej krepy w kolorze zgaszonego błękitu, w sandałkach Givenchy, przyjmuje dziennikarzy z całego świata, aby opowiedzieć im o swojej kolekcji. Włożyła klucz do zamka, weszła i usłyszała cierpką uwagę Toma:

– Hortense! Jesteś obrzydliwa!

Podniosła zimny wzrok na Toma, jasnowłosego, wysokiego, sflaczałego Anglika z rzadką, długą i wilgotną brodą, który zwykle patrzył na nią tak, jak basset artezyjski na miskę leżącą poza jego zasięgiem.

– Co się dzieje, Tommy? Wracam po dziesięciu godzinach zajęć i nie mam głowy do tego, by wysłuchiwać twoich jęków.

Zawiesiła płaszcz przy drzwiach wejściowych, zdjęła długi biały szalik, którym kilka razy owijała szyję, odłożyła wypełnioną notatkami i książkami torbę i potrząsnęła ciężkimi kasztanowymi włosami przed oczami tego niegroźnego gamonia.

– Zostawiłaś tampon w łazience!

– Ach! Przykro mi. Pewnie myślałam o czymś innym i...

– Tylko tyle masz do powiedzenia?!

– Bo nie wiedziałeś, drogi Tommy, że co miesiąc kobiety tracą trochę krwi i to się nazywa okresem?

124

– Nie powinnaś zostawiać walających się tamponów w łazience!

– Bardzo mi przykro, więcej tego nie zrobię. Ile razy mam ci to powtarzać?

Posłała mu najbardziej uroczy z udawanych uśmiechów.

– Jesteś wstrętną egoistką, nawet nie pomyślałaś o nas, chłopakach, którzy mieszkają w tym domu!

– Przeprosiłam dwa razy, to wystarczy, nie? Nie będę odprawiać pokuty i posypywać głowy popiołem! Nie powinnam była tego robić, zgadza się, ale czego ty teraz właściwie ode mnie chcesz? Żebym cię pocałowała z języczkiem w ramach zadośćuczynienia? Wykluczone. Sądziłam, że wyraziłam się jasno w tej kwestii: nie życzę sobie z tobą żadnych kontaktów cielesnych. Jak ci minął dzień? Pewnie nie masz lekko w biurze, skoro giełda leci z pieca na łeb? Nie wylali cię? A może jednak tak... Niech zgadnę: wylali cię i teraz wyżywasz się na mnie.

Wydawało się, że biednego chłopaka na chwilę zatkało wobec bezczelności Hortense, po czym znowu zaczął jęczeć, powtarzając w każdym zdaniu słowo tampon.

– Przestań wreszcie, Tommy! Bo w końcu uznam, że nie wiedziałeś, co to jest tampon, zanim nie natknąłeś się na mój. Będziesz musiał się z tym oswoić, jeżeli chcesz pewnego dnia związać się z jakąś dziewczyną... Prawdziwą. Nie mówię o kopciuchach, które przelatujesz pijany na umór w sobotnie wieczory.

Zamilkł i odwrócił się na pięcie, mrucząc:

– Co za straszna dziewczyna! Narcyz w spódnicy! A mówiłem: żadnych dziewczyn w tym domu! Miałem rację!

Hortense popatrzyła za nim, wołając:

– Wiedz, że ten, kto nie koncentruje się na sobie, nic w życiu nie osiąga. Gdybym w wieku lat dwudziestu nie była Narcyzem, w wieku lat czterdziestu poszłabym w odstawkę, a o tym mowy być nie może! I powinieneś brać ze mnie wzór,

125

zamiast mnie krytykować. Żądam pięćdziesięciu funtów za lekcję, ale mogę spuścić z ceny, jeżeli wykupisz cały kurs!

Poszła do kuchni zrobić sobie kawę.

Czekała ją długa, pracowita noc. Temat zadania brzmiał: Zaprojektuj garderobę w oparciu o trzy podstawowe kolory: czarny, szary, granatowy, począwszy od butów przez torebkę, torbę, okulary, apaszkę aż po dodatki.

Koło ekspresu do kawy czekało na nią trzech współlokatorów.

Peter, Sam i Rupert.

Sam i Rupert pracowali w City i czuli się jak na statku w czasie sztormu. Wracali coraz później z pracy ze zmarszczonymi czołami, co wieczór recytowali nazwiska zwolnionych, jakby odmawiali różaniec, pijąc kawę za kawą. Rano wstawali coraz wcześniej. Czytali ogłoszenia, zaciskali zęby.

W kuchni panowała klasztorna, ponura cisza. Niemal słychać było przesuwające się paciorki różańca. Wszyscy trzej mieli zbolałe, posępne miny.

Hortense wybrała czarną kapsułkę mocnej kawy i włączyła ekspres, a z ust mnichów nie padło ani jedno słowo. Potem otworzyła lodówkę, wyjęła biały ser o dwudziestoprocentowej zawartości tłuszczu i plaster szynki. Potrzebowała protein. Wzięła talerz, położyła na nim biały ser, pokroiła szynkę na cienkie plasterki. Patrzyli na nią wzrokiem ponurych mnichów.

– Co się dzieje? – spytała wreszcie. – Myślicie o tamponie i odbiera wam to apetyt? Nie macie racji. Wiedzcie, że tampony ulegają biodegradacji i nie powodują zanieczyszczeń.

Sądziła, że ten żarcik rozładuje atmosferę.

Wzruszyli ramionami i nadal patrzyli na nią pełnym wyrzutu wzrokiem.

– Nie wiedziałam, chłopcy, że jesteście tacy delikatni. Ja mam gdzieś wasze brudne bokserki walające się po korytarzu, śmierdzące skarpetki, prezerwatywy zwisające z kosza na śmieci, stosy talerzy w zlewie, szklanki z piwem, które wszędzie zostawiają ślady, i nic nie mówię! A raczej myślę sobie, że w naturze chłopaków leży pozostawianie po sobie burdelu, gdziekolwiek się pojawią. Nie mam brata, ale odkąd mieszkam z wami, mam o tym niejakie wyobrażenie i sądzę, że...

– Siostra Toma nie żyje. Dziś rano popełniła samobójstwo – przerwał jej Rupert, miażdżąc ją wzrokiem.

– Ach! – zdziwiła się Hortense z pełnymi ustami. – To dlatego na mnie napadł... Sądziłam, że wylali go z banku. A dlaczego się zabiła? Przeżyła zawód miłosny czy bała się przyszłości?

Patrzyli na nią zaszokowani. Rupert i Sam jednocześnie wstali i wyszli z kuchni na znak dezaprobaty.

– Hortense! Jesteś potworem! – wykrzyknął Peter.

– Och! Słuchaj, nie znałam siostry Toma. Mam sobie rozorać policzki paznokciami i łkać?

– Chciałbym, żebyś okazała odrobinę współczucia.

– Nienawidzę tego słowa! Cuchnie! Skończył się cukier? Jeżeli ja o czymś nie pomyślę, w tym domu nic...

– Hortense! – wrzasnął Peter, waląc pięścią w stół.

Peter był suchym, nerwowym brunetem. Miał dwadzieścia pięć lat, ślady po trądziku na twarzy, zapadnięte policzki. Nosił okrągłe okularki i studiował mechanikę. Hortense nigdy do końca nie pojęła, o co w tym chodzi. Kiwała głową, gdy opowiadał o szkicach, projektach, doświadczeniach, próbach z silnikami, uznawszy, że nie warto zgłębiać tego tematu. Spotkała go pewnego dnia w pociągu Eurostar, gdy niosła trzy wielkie torby. Zaproponował, że jej pomoże. Podała mu dwie najcięższe.

Właśnie dzięki Peterowi mogła się wprowadzić do tego domu. Walczył, aby koledzy zgodzili się przyjąć pod swój dach dziewczynę. Hortense podobał się pomysł zamieszkania z chłopakami. Jej poprzednie doświadczenia ze współlokatorkami nie były wesołe. Łatwiej się żyło z chłopcami, jeżeli pominąć ich niedbalstwo i bałaganiarstwo. Nazywali ją Księżniczką, zajmowali się zepsutymi kaloryferami i zatkanymi zlewami. A w dodatku wszyscy byli w niej odrobinę zakochani... Przynajmniej aż do tego wieczoru. Bo teraz, pomyślała, będę musiała się nieźle naharować, żeby wrócić do łask. A są mi potrzebni. Potrzebuję tego domu, potrzebuję wsparcia Petera, gdy mam problemy. Poza tym jego siostra jest garderobianą w teatrze i któregoś dnia może mi się to przydać. Uspokój się, dziewczyno, uspokój się i pochyl nad tą nieszczęśnicą.

– Och, no już dobrze! Zgoda. To smutne. Ile miała lat?

– I nie udawaj, że cię to interesuje, jesteś jeszcze bardziej okropna, gdy tak mówisz, bo to brzmi fałszywie!

– Więc co mam powiedzieć? – spytała Hortense, rozkładając ramiona, aby pokazać swoją bezradność. – Nie znałam jej, mówię ci, nigdy jej nie widziałam. Nawet na zdjęciu! Chcesz, żebym udawała, a kiedy udaję, spuszczasz mnie po brzytwie.

– Chciałbym, żebyś przez sekundę okazała się ludzka, ale pewnie za dużo wymagam.

– Może. Już dawno zrezygnowałam z pochylania się nad nędzą tego świata. Jest jej za wiele i to mnie przerasta. Nie, pytam poważnie, Peter. Dlaczego się zabiła?

– Straciła na giełdzie cały majątek... a także majątek masy ludzi, którymi się zajmowała.

– Ach...

– Skoczyła z dachu budynku, w którym mieszkała.

– Był wysoki?

Ponieważ znowu spiorunował ją wzrokiem, dodała:

– To znaczy chciałam powiedzieć... zmarła na miejscu?

Zrozumiała, że się pogrąża, i postanowiła milczeć.

Tak się zawsze kończy udawanie: mówiący nie wygląda na przekonanego i da się to wyczuć.

– Tak. Właściwie tak. Po kilku drgawkach. Dziękuję, że zapytałaś.

Przynajmniej nie cierpiała, pomyślała Hortense. Może przez ostatnie metry żałowała... Może miała ochotę wrócić na górę, zahamować... To musi być straszne, umierać jako miazga. Człowiek nie nadaje się do oglądania. Grabarz zabija wieko trumny, żeby nikt nie mógł zobaczyć delikwenta. Pomyślała o swoim ojcu i skrzywiła się.

– Hortense, musisz się zmienić... – Przerwał na chwilę i dodał: – Walczyłem o to, żebyś mogła tu zamieszkać...

– Wiem, wiem... ale taka już jestem. Nie potrafię udawać.

– Nie możesz być miła? Przynajmniej troszeczkę?

Hortense skrzywiła się z niesmakiem na dźwięk słowa „miła". Nienawidziła go. Ono także cuchnęło. Zastanawiała się przez moment, a Peter patrzył na nią natarczywym, surowym wzrokiem.

Co trzeba robić, żeby być „miłą"? Nigdy nie próbowałam. To pachnie oszustwem, stanami ducha, utratą energii i tym podobnymi.

Skończyła biały ser, szynkę, wypiła kawę. Podniosła głowę. Utkwiła wzrok w Peterze, który czekał na odpowiedź, i powiedziała jednym tchem:

– Mogę być miła, ale nie chcę, żeby to było widać. Okay?

*

No i nadszedł dzień kolokwium habilitacyjnego.

Dzień, w którym po latach studiów, wykładów, seminariów, przesiadywania w bibliotekach, pisania opracowań, artykułów, książek Joséphine miała stawić się przed komisją i bronić swojej pracy.

Promotor orzekł, że jest gotowa. Wyznaczono datę – 7 grudnia. Zgodnie z ustaleniami każdy z członków komisji dostał we wrześniu egzemplarz pracy, żeby móc się z nią zapoznać, przeanalizować ją, nanieść uwagi.

Zgodnie z ustaleniami będzie miała trzydzieści minut na przedstawienie się, opisanie swojej kariery naukowej, badań, poszczególnych etapów i autorów, którymi się zajmowała, oraz po trzydzieści minut, aby odpowiedzieć na pytania każdego z członków komisji.

Zgodnie z ustaleniami egzamin będzie trwał od godziny czternastej do osiemnastej, a po nim nastąpi ogłoszenie wyników i lampka wina, na którą kandydatka zaprasza zebranych.

Tak wyglądał protokół.

Joséphine przygotowywała się do tego wydarzenia jak do zawodów sportowych. Napisała liczące trzysta stron wprowadzenie. Przesłała po jednym egzemplarzu pracy wszystkim członkom komisji. Kolejny złożyła w sekretariacie wydziału.

Obrona miała charakter publiczny. Joséphine spodziewała się około sześćdziesięciu osób na sali. Większość stanowić będą koledzy. Nikogo nie zaprosiła. Chciała być sama. Sama naprzeciw komisji.

Przez całą noc obracała się z boku na bok w łóżku, starając się zasnąć. Wstawała trzy razy, żeby sprawdzić, czy jej praca leży na stoliku w salonie. Sprawdziła, czy żadna kartka się nie ulotniła. Przeliczyła raz i drugi różne załączniki. Raz jeszcze przeczytała spis treści. Przekartkowała rozdziały.

Poszczególne kierunki badań rozwijały się harmonijnie. „Liczy się objętość i sens" – podkreślał promotor.

Położyła ręce na ogromnej paczce. Siedem tysięcy stron. Siedem i pół kilo. „Status kobiety w dwunastym wieku w miastach i na wsi we Francji". Piętnaście lat pracy, badań, publikacji we Francji, w Anglii, Stanach Zjednoczonych, Niemczech, we Włoszech. Wykłady, artykuły, które wyciągała na chybił trafił i kartkowała, „praca kobiet w warsztatach tkackich... Kobiety pracowały tyle samo co mężczyźni... praca w warsztatach tkackich...", czy „przełom gospodarczy w latach 1070-1130 we Francji... pierwsze oznaki rozwoju miast... pojawienie się pieniądza na wsi... rozkwit targów w Europie... pierwsze katedry...", czy wreszcie końcowy artykuł, wnioski zawierające paralelę między dwunastym i dwudziestym pierwszym wiekiem. Pieniądze, które dają pełnię władzy i zastępują handel wymienny, zmieniają stopniowo relacje między ludźmi, między płciami, pustoszejące wsie, rozrastające się miasta, Francja otwiera się na obce wpływy, rozwija się handel, a kobieta zajmuje swoje miejsce, jest natchnieniem trubadurów, pisze opowieści miłosne, znajduje się w centrum uwagi mężczyzny, który nabiera ogłady i subtelności. Wpływ gospodarki na status kobiety. Czy gospodarka łagodzi obyczaje, czy też wręcz przeciwnie, czyni ludzi bardziej brutalnymi?

To był jej rozdział z małej pracy zbiorowej opublikowanej w wydawnictwie Picard, która sprzedała się w nakładzie dwóch tysięcy egzemplarzy. Prawdziwy sukces w przypadku pracy akademickiej.

Uspokoiła ją świadomość, że ta skromna błyszcząca książeczka jest na swoim miejscu. Zasnęła, odczytując godzinę na tarczy budzika ze świecącymi cyframi: 4:08.

Przygotowała śniadanie.

Obudziła Zoé.

– Myśl o mnie, kochanie, myśl o mnie dziś po południu między drugą a szóstą, będę siedzieć przed komisją.

– Habilitacja?

Joséphine skinęła głową.

– Masz tremę?

– Trochę...

131

– Na każdego przyjdzie kolej – odpowiedziała Zoé, całując ją. – Wszystko będzie dobrze, mamo, nie przejmuj się, jesteś najlepsza.

Miała ślady konfitury na lewym policzku.

Joséphine wyciągnęła palec, żeby zetrzeć czerwień dzikich jeżyn, i pocałowała ją.

Około południa była gotowa.

Sprawdziła po raz ostatni, czy dokumentacja jest kompletna, przeliczyła kilkakrotnie strony, książki, artykuły, obgryzając skórki przy paznokciach.

Włączyła radio, żeby zmusić się do myślenia o czymś innym, zanucić piosenkę, pośmiać się z jakiegoś żartu, posłuchać wiadomości. Trafiła na audycję na temat odporności psychicznej. Psychiatra mówił, że maltretowane dzieci ze złamaną psychiką, które bito, parzono, gwałcono, torturowano, często w dorosłym wieku uważają się za przedmioty. Przedmioty niegodne miłości. I aby je pokochano, są gotowe zrobić wszystko. Gwiazdę, szpagat, wyciągać szyję jak żyrafa, nosić paski jak zebra...

Patrzyła na dokumentację, na wielką, kolorową torbę Magasin U, do której ją włożyła, zanurzała wargi w dużej różowej filiżance.

Grudzień ze swoim niemal białym światłem. Promień martwego światła przecinał kuchnię i oświetlał nogę od stołu. Drobiny kurzu w zimnym strumieniu światła jak w blasku reflektorów.

Niedługo miną cztery miesiące.

Cztery miesiące, odkąd Iris odeszła, tańcząc walca w lesie...

Przedtem liczyłam dni i tygodnie, teraz liczę miesiące.

„Kiedy te dzieci – mówił z emfazą głos w radiu – są już dorosłe, tak bardzo potrzebują miłości, że są gotowe na wszystko w zamian za jej kilka okruchów. Gotowe zapomnieć o sobie, upodobnić się do pragnień drugiej osoby, wśliznąć w jej wnętrze. Aby się jej podobać, być akceptowanym i wreszcie kochanym!

Te dzieci – kontynuował głos – są pierwszymi ofiarami sekt, wariatów, oprawców, zboczeńców albo wręcz przeciwnie, zamieniają się we wspaniałych ocalałych, którzy idą przez życie wyprostowani i silni.

Jedno albo drugie".

Joséphine słuchała słów płynących z radia. Bez przerwy myślała o siostrze. Starała się zrozumieć.

„Gotowe na wszystko, aby je pokochać – powtórzył mężczyzna. – Nie dość pewne siebie, aby wyrazić jakąś opinię, wątpliwość, zakwestionować cudzy pogląd, bronić swojego terytorium. Kiedy ktoś się lubi, ma dla siebie szacunek, umie się bronić. Nie pozwala sobie wejść na głowę. A gdy się nie lubi, wpuszcza wszystkich do domu i pozwala się zadeptać".

Słyszała słowa... zagnieżdżą się w jej głowie, gotowe rosnąć, puchnąć. Aby wskazać jej trop.

Próbowała je odpędzić. Nie teraz, nie teraz! Później... Muszę pozostać w dwunastym wieku... W dwunastym wieku nie było psychiatrów. Palono czarownice, które mąciły ludziom w głowach. Wierzono tylko w Boga. Wiara była tak silna, że święty Eligiusz uciął koniowi nogę, żeby go lepiej podkuć, modląc się do Boga, żeby natychmiast się zrosła. Koń o mało nie zdechł z powodu upływu krwi, a święty Eligiusz był mocno zaskoczony.

I zaczynała od nowa jak pilna uczennica. Jakby recytowała tabliczkę mnożenia:

„Dwunasty wiek to czas budowy katedr, szpitali, uniwersytetów... Właśnie w dwunastym wieku zaczęło się rozwijać szkolnictwo wyższe. Mieszkańcy rozkwitających miast chcieli, aby ich synowie umieli czytać i liczyć, na książęcych dworach potrzebowano coraz bardziej zawodowych skrybów, księgowych, archiwistów. Dobrze urodzony młody mężczyzna – nieraz także młoda kobieta – musiał uczyć się gramatyki, retoryki, logiki, arytmetyki, geometrii, astronomii, muzyki. Nauka odbywała się po łacinie, nauczyciele mieli uczniów, którzy płacili im pensję. Im byli lepsi, tym pensja była wyższa, a profesorowie zajadle ze sobą konkurowali, bo opłacano ich podług zasług. Najbardziej błyskotliwi, jak Abelard, przyciągali tłumy i byli znienawidzeni przez zawistnych kolegów. Właśnie z dwunastego wieku pochodzi przysłowie: «Bóg stworzył profesorów, a Szatan kolegów»".

Była gotowa stawić czoła profesorom i kolegom.

Wybrała rozkloszowaną spódnicę, która zakrywała jej łydki, ściągnęła włosy czarną opaską, nie czarować, upodobnić się do traktatu gramatycznego. „Bóg stworzył profesorów, a Szatan kolegów..." Nie włożyła *Takiej pokornej królowej* do dokumentacji. Wiedziała, że kolegom nie spodobało się, że wyszła przed szereg i odniosła tak wielki sukces. Szeptano za jej plecami, drwiono, mówiono, że jej książka przypomina Harlequina. Niektórzy oskarżali ją o płytką wulgaryzację. A zatem nie wspomniała o książce. Wtopić się w kolorystykę ścian. Wśliznąć niepostrzeżenie. W żadnym razie nie błyszczeć...

Z torby wystawał niebieski segregator. Joséphine poklepała grzbiet, aby wsunąć go na miejsce. Ponieważ stawiał opór, delikatnie go wyjęła. To był rozdział o kolorach i ich znaczeniu w średniowieczu. Kolory i ich przedstawienia w domach, w czasie ślubów, pogrzebów, na świątecznych menu przygotowywanych przez panią domu. Otworzę go na chybił trafił i poczytam przez minutę, pomyślała. Nie, nie! Nie ma potrzeby, znam to na pamięć. Otworzyła i trafiła na tęczę, czyli *iris* w średniowieczu. Z łaciny *iris, iridis*, zapożyczone z greki *Iris, Iridos*, wysłanniczka bogów, personifikacja tęczy.

Zmieszana odłożyła segregator.

Może Iris złamano w dzieciństwie...

Myśl powracała, chwytała kawałeczki życia to tu, to tam, dochodziła do źródeł całego tego bólu, który – jak zawsze sądziła – był tylko jej udziałem, bólu, którego – jak zawsze myślała – oszczędzono Iris.

Może on także dotknął Iris?

Może w końcu uwierzyła, że jest przedmiotem, że wolno z nią zrobić wszystko, może płonęła dziką radością na myśl o tym, że odda się temu mężczyźnie, który... Maltretował ją. Wiązał. Rozkazywał jej.

Dziennik Iris opisywał tę dziwną radość, rozkosz. Opowiadał o dniach i nocach, kiedy to stawała się połamaną zabawką... rozbitą na kawałki... lalką...

W takim razie Iris też? Iris tak jak ja...

Obie zostały złamane.

Odpędziła tę myśl.

Nie! Nie! Iris nie została złamana. Iris była pewna siebie. Iris była wspaniała, silna, piękna. To ona, młodsza, Joséphine, była niepewna, z byle powodu czerwieniły jej się uszy, zawsze się bała, że przeszkadza, zawsze się bała, że jest paskudna, że nie sprosta...

Nie Iris.

Zamknęła za sobą drzwi. Wyjęła bilet do metra z małej pomarańczowej pluszowej portmonetki, którą Zoé podarowała jej na Dzień Matki.

Wsiadła do metra.

Pod pachą ściskała siedmiokilową dokumentację.

Ale cichy głosik nalegał. A może obie zostały złamane w dzieciństwie? Przez tę samą matkę. Przez Henriette Grobz, wdowę po Lucienie Plissonnierze.

Przesiadała się na stacji Étoile. Dalej jechała linią nr 6 w kierunku Nation.

Spojrzała na zegarek i...

Miała czas.

Przewodniczącym komisji był jej promotor. Wszystkich pozostałych członków komisji znała: sami koledzy, którzy wcześniej zdali egzamin habilitacyjny, patrzyli na nią jak na źdźbło trawy i dmuchali. W dodatku kobieta! Wymieniali ironiczne uśmiechy. Przedstawiając się, musieli zawsze wymienić listę swoich dokonań, jakby to była wizytówka przypięta do klapy marynarki. W trakcie mojego wykładu inauguracyjnego w Collège de France, gdy wychodziłem kilka dni temu z ministerstwa... po moim powrocie z Villa Medici... gdy pracowałem przy rue d'Ulm... podczas moich seminariów w Casa Velázquez... Musieli podkreślić, że nie wypadli sroce spod ogona.

Ale będzie Giuseppe.

Czarujący włoski erudyta, który zapraszał ją na konferencje do Turynu, Florencji, Mediolanu, Padwy. Będzie ją zachęcał wzrokiem i rozładuje atmosferę. Josephina, *bellissima*! Boisz się, *ma... perché*, Josephina, psiecieś jestem...

Odwagi, dziewczyno, odwagi, pomyślała Joséphine, dziś wieczorem będzie po wszystkim. Dziś wieczorem będziesz wiedzieć... Tak zawsze wyglądało twoje życie: studia, nauka, zdawanie egzaminów. Więc nie rób z igły wideł. Wyprostuj się i staw czoła komisji z uśmiechem na ustach.

Ściany w metrze oblepione były reklamami prezentów świątecznych.

Złote gwiazdki, magiczne różdżki, Święty Mikołaj, biała broda, czerwona czapeczka, śnieg, zabawki, konsole wideo, CD, DVD, sztuczne ognie, choinki, lalki o wielkich niebieskich oczach...

Henriette zamieniła Iris w lalkę. Była pieszczona, chwalona, czesana, ubierana jak lalka. Widziała pani moją córkę? Jaka piękna! Ach, jaka piękna! A te oczy! Widziała pani, jakie ma długie rzęsy? Widziała pani, jak się zawijają na końcach?

Pokazywała ją, obracała, poprawiała fałd sukienki, kosmyk włosów. Traktowała jak lalkę, lecz jej nie kochała.

Tak, ale... to ją Henriette uratowała, gdy topiłyśmy się w Landach.* Nie mnie! Ocaliła ją tak, jak chwyta się torebkę, gdy wybucha pożar. Jak szkatułkę, zdobycz. Krótkie zdanie zasłyszane w radiu rozrastało się, rozwijało, a Joséphine słuchała...

Słuchała, siedząc w metrze.

Słuchała, wchodząc na uniwersytet, szukając sali, w której miała się odbyć obrona.

Odnosiła wrażenie, jakby w głowie rozbrzmiewały jej dwie melodie: krótkie zdanie, które obrastało w argumenty, i dwunasty wiek, który starał się przebić i pchał się, pchał, aby mocno stanąć na nogach i zapewnić sobie silną pozycję, gdy nadejdzie pora egzaminu i pytań.

Zacząć od biobibliografii, wyjaśnić, jak zaczynała, w jaki sposób pracowała. Potem odpowiedzieć na pytania każdego z kolegów.

Nie myśleć o publiczności siedzącej za jej plecami.

Nie słyszeć odgłosu odsuwanych krzeseł, odgłosu chodzących, szepczących, wzdychających, wstających i wychodzących... Koncentrować się wyłącznie na odpowiedziach na pytania członków komisji, z których każdy przez trzydzieści minut będzie mówił o tym, co myśli o jej pracy, co go w niej zainteresowało lub nie, nawiązać dialog, słuchać, odpowiadać, bronić się w razie potrzeby, nie denerwując się ani nie tracąc gruntu pod nogami...

Powtarzała etapy tej próby, która miała trwać cztery godziny i nadać jej uświęcony tytuł profesora uniwersyteckiego.

---

*   Patrz *Żółte oczy krokodyla*, *op. cit.* i *Wolny walc żółwi*, Sonia Draga, Katowice 2010.

Jej pensja wzrośnie z trzech do pięciu tysięcy euro.

Lub nie.

Bo zawsze istniało ryzyko, że nie zda. Och! Było minimalne, właściwie żadne, ale...

Kiedy wszystko się zakończy, komisja uda się na obrady przy drzwiach zamkniętych. Po półtorej godziny wróci i ogłosi werdykt:

„Kandydat zdał z najwyższą oceną i wyróżnieniem..."

I rozlegnie się burza oklasków.

Lub: „kandydat zdał z najwyższą oceną".

Słychać będzie pojedyncze oklaski, a kandydat się skrzywi.

Lub: „kandydat zdał".

Na sali zapanuje pełna skrępowania cisza.

Kandydat spuści nos i skuli się ze wstydu na krześle.

Za cztery godziny będzie po wszystkim.

Za cztery godziny zacznie nowe życie, o którym nie wiedziała nic.

Joséphine wzięła głęboki wdech i pchnęła drzwi do sali, gdzie czekała na nią komisja.

*

Każdego ranka, kiedy światło dnia prześwitywało przez zasłony, Henriette Grobz siadała na łóżku, włączała małe radio, słuchała ostatnich notowań giełd azjatyckich i lamentowała. Co za nieszczęście! Co za nieszczęście! powtarzała, wijąc się w długiej koszuli nocnej. Jej oszczędności topniały jak tłuszcz na ogniu i powracała myślą do czasów, kiedy jako dziecko w kuchni na starej fermie w Jurze pocierała jeden ciężki but o drugi, aby obudzić zdrętwiałe stopy, a jej matka wycierała popękane ręce w szary fartuch. Bieda jest piękna tylko w książkach, które kłamią. Bieda przynosi dziury, łachmany i wykręca stawy. Patrząc na zniekształcone ręce matki, przysięgła sobie, że nigdy nie będzie biedna. Poślubiła Luciena Plisonniera, potem Marcela Grobza. Pierwszy zapewnił jej uczciwy dostatek, drugi – bogactwo. Sądziła, że jest już na dobre bezpieczna, gdy Josiane Lambert ukradła jej męża. I chociaż Marcel okazał hojność w momencie rozwodu, czuła się obrana do gołej skóry. Istny striptiz.

A teraz przyszedł krach na giełdzie!

Skończy boso, w koszuli nocnej, na ulicy. Bez sakiewki, do której mogłaby sięgnąć. Iris nie ma już na tym świecie – szybko się przeżegnała – a Joséphine...

Joséphine... lepiej o niej zapomnieć.

Zestarzeje się w nędzy. Co ja zrobiłam, żeby zasłużyć na taką karę? zapytała, składając ręce i patrząc na ukrzyżowanego Chrystusa wiszącego nad łóżkiem. Byłam wzorową żoną, dobrą matką. I zostałam ukarana. Krzyż ozdabiała pożółkła, pomarszczona jemioła. Od kiedy tu wisi? zastanawiała się, wyciągając brodę w stronę Mesjasza. Od czasów, gdy od rana do wieczora oddychałam złotym pyłem. Znowu spuściła głowę, użalając się nad sobą.

Kupowała wszystkie czasopisma ekonomiczne. Słuchała programów BFM. Czytała po kilka razy raporty specjalistów. Chodziła do służbówki, przekupywała jedynego syna dozorczyni, Kevina, tłustego i niezgrabnego dwunastolatka, aby znalazł jej w Google'u ostatnie tendencje rynkowe publikowane przez instytuty finansowe. Brał jedno euro za połączenie, potem kolejne euro za każde dziesięć minut, a wreszcie dwadzieścia eurocentów za stronę wydruku. Nie protestowała i podporządkowywała się zasadom narzuconym przez galaretowatego chłopca, który wpatrywał się w nią, obracając na krześle i strzelając gumką między kciukiem i palcem wskazującym. Wydawała dźwięk piły ręcznej, który modulował zębami. Henriette uśmiechała się wymuszenie, żeby nie stracić twarzy, i planowała straszną zemstę.

Trudno orzec, co robiło gorsze wrażenie: zabiegi tłustego, chciwego dziecka czy tłumiona złość suchej Henriette. O ile starcie tych dwojga toczyło się zawsze bez słów, o tyle cechowała je obopólna otwarta wrogość i wyrafinowane okrucieństwo.

Henriette szukała po omacku na łóżku ostatniego tekstu wydrukowanego przez Kevina. Alarmującego raportu jednego z instytutów europejskich. Zdaniem niektórych specjalistów rynek nieruchomości się załamie, cena ropy poszybuje w górę, podobnie jak gazu, wody, prądu i produktów żywnościowych, a w ciągu czterech najbliższych lat miliony Francuzów popadną w ruinę. „A ty możesz znaleźć się wśród nich!" – kończył się artykuł. Jedyną pewną inwestycją, pomyślała Henriette, jest złoto! Potrzebowała złota. Powinna wejść w posiadanie kopalni złota.

Zajęczała cicho pod kołdrą. Jak to zrobić? Jak to zrobić? Boże, pomóż mi! Kaszlała, biadoliła, przeklinała Marcela Grobza i jego dziwkę, powtarzała do znudzenia, że ją porzucił, że nie zostawił jej nic prócz oczu do płakania i konieczności radzenia sobie, choć nie należała do tych najbardziej zaradnych. I niech nikt nie oczekuje, że będzie się użalać nad nieszczęściem innych!

Aby przezwyciężyć rodzące się w jej duszy przerażenie, powinna stawić czoła rzeczywistości na stojąco. Mocniej owinęła chude ramiona szalem z frędzlami i wysunęła dwie blade nogi spod kołdry.

Zerknęła przez okno, aby sprawdzić, czy ślepy żebrak, którego miała zwyczaj okradać, nie wrócił pod jej dom, nie dostrzegła go i wywnioskowała, że przeniósł się ostatecznie, zniesmaczony skromnym zarobkiem zbieranym do kapelusza. Może powinnam go była oszczędzać i podbierać pieniądze z mniejszym zapałem? zastanawiała się, wsuwając kościste stopy w wyblakłe pantofle bez pięt.

Powlekła się do kuchni, włączyła gaz, zagrzała mleko, aby zrobić sobie kawę rozpuszczalną z cykorią, rozerwała małą bagietkę, którą posmarowała margaryną i dżemem z miniaturowego opakowania zabranego z wózka w korytarzu hotelowym. To była jej nowa strategia: wślizgiwała się do luksusowych hoteli w porze sprzątania pokoi, gdy pokojówki zostawiały otwarte na oścież drzwi, aby móc bez przeszkód chodzić tam i z powrotem, wkradała się na piętra i przemykając niczym cień wzdłuż ścian, napełniała wielką torbę różnymi artykułami, od perfumowanych mydeł po małe opakowania miodu i dżemu. Czasami wychodziła z resztkami foie gras, niedojedzonych żeberek jagnięcych, rumianymi bułeczkami, resztkami wina czy szampana porwanymi z tac leżących na podłodze przed pokojami. Lubiła te pospieszne kradzieże, które dawały jej złudzenie, że prowadzi niebezpieczne życie, ocierając się o luksus.

Popatrzyła zamglonym wzrokiem na garnek z mlekiem i jej pomarszczoną twarz zasnuły rozmyślania, które niczym woal złagodziły rysy. Ta kobieta musiała kiedyś być piękna. Spowijały ją resztki elegancji i kobiecości, więc można było się zastanawiać, jakie zło ją drąży, skoro stała się twarda i oschła. Czy było to skąpstwo, duma, chciwość czy zwykła próżność osoby, która sądzi, iż odniosła sukces, i rezygnuje z subtelności stanów ducha? Po co upiększać twarz i serce, gdy ktoś uważa się za nietykalnego i wszechpotężnego? Wręcz przeciwnie! Wtedy rozkazuje, grymasi, krzyczy, nazywa rzeczy po imieniu, upokarza, odpędza intruza jednym ruchem ręki. Nie odczuwa przed nikim lęku, bo ma zapewnioną przyszłość.

Aż do dnia, w którym...

Karty pojawiły się w innym ręku i biedna upokarzana sekretarka dostała cztery asy swojej szefowej.

Gdy tego ranka Henriette Grobz skończyła się delektować połową bagietki, postanowiła zebrać myśli w zaciszu kościoła i dokonać podsumowania. Świat chylił się ku upadkowi, zgoda, ale ona nie miała zamiaru mu towarzyszyć. Powinna się zastanowić nad najlepszym rozwiązaniem, które pozwoli jej się uchronić przed totalnym bankructwem.

Umyła się, zużywając jak najmniej wody, nałożyła biały puder na długą, wąską twarz, pokryła cienkie wargi grubą warstwą szminki, włożyła duży kapelusz na chudy kok, wbiła igłę, aby nakrycie głowy się trzymało, skrzywiła się, patrząc w lustro, powtórzyła kilkakrotnie: Niedobrze jest być starą, moja droga! Rozglądnęła się za rękawiczkami z koźlej skórki, znalazła je i wyszła, zamykając drzwi na dwa razy.

Musi się zastanowić. Wymyślić coś. Wykazać się sprytem. Pomedytować.

A nic tak nie sprzyjało medytacji jak cisza kościoła Saint-Étienne niedaleko domu. Lubiła atmosferę skupienia panującą w kościołach. Powietrze pachnące zimnym kadzidłem w kaplicy Najświętszej Marii Panny, po prawej stronie od wejścia, działało na jej świadomość jak kojący balsam, który pomagał jej czynić zło, gdy równocześnie prosiła Boga o przebaczenie. Uklękła na zimnej płycie, pochyliła głowę i wymamrotała modlitwę. Dziękuję Ci, Panie Jezu, za Twoje miłosierdzie, dziękuję za to, że rozumiesz, iż muszę żyć i przeżyć, pobłogosław moje projekty i plany, wybacz mi zło, które wyrządzę w dobrej sprawie. Mojej własnej sprawie.

Potem wstała i zajęła miejsce na krześle z wyplatanej słomy w pierwszym rzędzie.

Siedząc w drżącym blasku świec i ciszy z rzadka przerywanej odgłosami kroków, wpatrywała się w błękitny płaszcz Matki Boskiej i obmyślała plan przyszłej zemsty.

Podpisała dokumenty rozwodowe. Zgadza się. Marcel Grobz okazał się wielkoduszny. To fakt. Zachowała jego nazwisko, mieszkanie i przyzwoitą miesięczną pensję. Wszystko prawda... Ale to, co każdy określiłby mianem życzliwości i hojności, Henriette Grobz nazywała jałmużną, nędzą, zniewagą. Każde słowo brzmiało jak afront. Mamrotała cicho, udając, że się modli. Męcząc się na niewygodnym krześle, które skrzypiało pod jej ciężarem, i miażdżąc paciorki różańca, nie przestawała rozpamiętywać swojego rozgoryczenia i fragmentów zdań takich, jak: „Mieszkam w mansardzie, a on wyleguje się w pałacu". Od czasu do czasu przypominała sobie o oszałamiających zyskach Casamii, firmy, którą Marcel Grobz zbudował własnymi siłami, i chowała twarz w dłoniach, aby stłumić wściekłość. Cyfry tańczyły jej przed oczyma i wściekała się, iż nie ma już do nich prawa. A przecież tyle z siebie dałam! Beze mnie byłby niczym, niczym! Mam do tego prawo! Mam prawo!

Sądziła, że zdoła osiągnąć cel, płacąc Cherubinie za rzucanie uroku.* Była bliska tryumfu, ale musiała uznać swoją klęskę. Teraz trzeba wymyślić kolejny podstęp. Nie miała czasu do stracenia. Istnieje jakieś wyjście, wiedziała o tym. Marcel Grobz, pławiący się w szczęściu małżeńskim, popełni niebawem parę błędów.

Odeprzeć złość, opracować strategię, udawać dziewczynkę niewinną jak lilia, wprowadzić plan w życie, wymieniała, patrząc na wiszący naprzeciw obraz, który przedstawiał zdradę Judasza w Ogrodzie Oliwnym i pojmanie Jezusa.

Ilekroć Henriette Grobz siadała w kaplicy Najświętszej Marii Panny, podnosiła w końcu głowę i oglądała olbrzymi fresk, który przedstawiał pierwszy etap Męki Pańskiej, kiedy to Judasz podchodzi do Pana, aby pocałować go w policzek. Za nim rzymscy żołnierze, którzy przyszli aresztować Chrystusa. Henriette owładnęło dziwne uczucie, mieszanina litości, przerażenia i pewnej rozkoszy płynącej z uczestnictwa w początku dramatu założycielskiego chrześcijaństwa. Czarna dusza Judasza wślizgiwała się do jej duszy i przedstawiała

* Patrz *Wolny walc żółwi, op. cit.*

143

grzech jako dojrzały, apetyczny owoc w kolorze czerwonym. Henriette przyglądała się jasnej, poczciwej, w sumie mdłej twarzy Chrystusa, a potem patrzyła na Judasza, na jego cienki, długi nos, ponury wzrok, gęstą brodę, czerwoną tunikę. Wyglądał dumnie i podejrzewała malarza o taką samą jak jej grzeszną słabość do subtelnego sprzedajnego, zbrodniczego mężczyzny.

Cnota może być taka nudna...

Pomyślała o córce, Joséphine, która zawsze irytowała ją pełną oddania postawą siostry zakonnej, i po raz kolejny ogarnął ją żal po odejściu Iris, jej prawdziwej córki, jej krwi... Z niej była prawdziwa kopalnia złota.

Ucałowała różaniec i pomodliła się za spokój jej duszy.

Muszę wymyślić jakiś podstęp, wyszeptała, pieszcząc wzrokiem długie, szczupłe stopy Judasza wystające spod czerwonej tuniki. Pomóż mi, niedobry Judaszu, pomóż mi także zdobyć sakiewkę pełną srebrników. Ty wiesz, że występek wymaga więcej wyobraźni, więcej inteligencji aniżeli cnota, która jest tak głupia, że płakać się nad nią chce, podsuń mi jakiś pomysł, a będę się modlić za zbawienie twojej duszy.

Usłyszała kroki księdza, który zmierzał do zakrystii, i pospiesznie się przeżegnała świadoma, że zgrzeszyła myślą. Może powinnam była się wyspowiadać, pomyślała, zagryzając wargi. Bóg przebacza wszystkie grzechy, więc powinien zrozumieć moją złość. Przecież nie był znowu taki święty! Niemiło zwracał się do matki i rzucił się na kupców w świątyni. Pałam świętym oburzeniem i tyle, Marcel mnie okradł, ogołocił, więc żądam zemsty. Niech zostaną mi przywrócone moje prawa. Mój Boże, przysięgam Ci, że chcę tylko odzyskać swój majątek. Moja zemsta nie będzie większa od długu, jaki Marcel ma wobec mnie. W sumie nie chodzi o wiele...

Pobyt w małej kaplicy uspokajał ją. W chłodnej ciemności patrzyła na życie z większą ufnością. Niedługo wpadnie na jakiś pomysł. Jakiś podstęp może z dnia na dzień zmienić jej status i uczynić z niej interesującą kobietę.

Pochyliła głowę, kiedy przechodził ksiądz, przybrała minę udręczonej niewiasty, na którą spadło wiele nieszczęść, po czym dalej wpatrywała się w pociągłą twarz Iskarioty. To śmieszne, pomyślała, on kogoś mi przypomina. Czy można to uznać za przeczucie? Zawoalowane przesłanie, aby przywołać czyjeś nazwisko, wskazanie wspólnika? Gdzie widziała już tę długą, chudą, ciemną twarz, ten nos łakomego drapieżnika, dumną postawę mrocznego hidalgo? Pochylała głowę w lewo, w prawo, aby lepiej mu się przyjrzeć. Ależ tak, oczywiście, znam tego człowieka, znam go...

W skupieniu powracała wzrokiem do ciemnej wysokiej sylwetki, zdenerwowała się, przejechała językiem po podniebieniu, o mały włos nie zaklęła głośno. Tak jest, tak jest, nie powinnam działać sama, potrzebny mi mężczyzna, który będzie moim zbrojnym ramieniem, Judaszem, i muszę go znaleźć w otoczeniu Marcela.

Mężczyzna, który zapewni mi dostęp do kont, komputerów, zleceń klientów, korespondencji z fabrykami, magazynami.

Mężczyzna, którego przekupię.

Mężczyzna na moje usługi.

Strzeliła jedną rękawiczką o drugą.

Fala gorąca zalała jej chudą pierś i Henriette westchnęła z zadowoleniem.

Wstała. Szybko przyklękła przed Matką Boską w niebieskim płaszczu. Przeżegnała się. Podziękowała niebiosom za wsparcie. Wdowa i sierota, wdowa i sierota. Mój Boże, mój Boże, nie oszczędzałeś mnie, ale przyjdziesz mi z pomocą, prawda?

Wsunęła trzy monety po dziesięć eurocentów do skarbonki w małej kaplicy. Usłyszała słodki dźwięk spadających pieniążków. Zgięta w pół dewotka obserwowała ją

145

z krzesła. Henriette Grobz posłała jej pełen namaszczenia uśmiech parafianki i wyszła, poprawiając na głowie szeroki naleśnik.

*

Są ludzie, z którymi spędzasz znaczną część życia i nie przynoszą ci nic. Nie oświecają, nie żywią, nie dodają skrzydeł. I tak masz szczęście, jeżeli nie niszczą cię powoli, uczepieni twoich kostek, wysysając z ciebie krew.

I...

Są tacy, których się mija, ledwie zna, a mówią jedno słowo, zdanie, poświęcają ci minutę, pół godziny i zmieniają bieg twojego życia. Niczego od nich nie oczekiwałaś, ledwie ich znałaś, przyszłaś lekkim krokiem na spotkanie, a jednak gdy rozstajesz się z tymi zadziwiającymi ludźmi, odkrywasz, że otwarli w tobie jakieś drzwi, uruchomili jakiś spadochron, obudzili energię, jaką jest pragnienie, i dzięki niej przekroczysz granice samej siebie. I nigdy już nie będziesz się czuła jak źdźbło trawy, będziesz tańczyła na chodniku, a twoje ramiona sięgną nieba...

To właśnie przytrafiło się tego dnia Joséphine.

Była umówiona ze swoim wydawcą, Gastonem Serrurierem.

Słabo go znała. Rozmawiali przez telefon. Włączał głośnik, aby móc robić kilka rzeczy naraz: słyszała, jak otwiera listy i szuflady, mówiąc jednocześnie. Podawał jej wyniki sprzedaży, wspominał o wydaniu kieszonkowym, nienakręconym filmie. Amerykanie, wściekał się, Amerykanie! Dużo obiecują, a nic z tego nie ma. Nigdy nie można na nich liczyć... Ja natomiast zawsze będę do pani dyspozycji, Joséphine! I głos w słuchawce zanikał, pewnie się schylał, żeby podnieść długopis czy spinacz, umowę czy kalendarz.

Gaston Serrurier.

146

Był znajomym Iris. Właśnie w jego obecności pewnego wieczoru na jednej z tych paryskich kolacji, gdzie wszyscy się puszą i kpią z innych, Iris rzuciła: Piszę książkę... i czujny rozmówca, Gaston Serrurier, który z lodowatym, a równocześnie grzecznym dystansem obserwował blednący w blasku świec paryski światek uważający się za latarnię ludzkości, podniósł rzuconą przez Iris rękawicę i poprosił ją o...

Rękopis.

Chciał się przekonać, czy to nie deklaracja salonowa, wyzwanie rzucone przez głupiutką paniusię, która się nudzi, podczas gdy jej bogaty mąż napełnia małżeńską kasę.

Tak narodziła się *Taka pokorna królowa*. Rękopis przekazany Gastonowi Serrurierowi przez Iris Dupin. Przeczytany, przyjęty, wydany, sprzedany w setkach tysięcy egzemplarzy. Debiut zamienił się w mistrzowską powieść.

Z dnia na dzień Iris Dupin stała się królową salonów, królową sieci telewizyjnych, królową magazynów. Widziano w niej nową gwiazdę na firmamencie literatury. Pytano o fryzurę, konfitury, których nie robiła, ulubionych autorów, krem na dzień, krem na noc, pierwszą miłość, a co z Bogiem? Zapraszano ją na targi czekolady, targi samochodowe, pokazy Christiana Lacroix, premiery filmów.

Potem wybuchł skandal, uzurpatorka została zdemaskowana, nieśmiałej siostrze przywrócono prawa autorskie.

Gaston Serrurier śledził całą sprawę zimnym okiem znawcy paryskich obyczajów. Rozbawiony. Ledwie zaskoczony.

Gdy dowiedział się o nagłej śmierci Iris Dupin w lasach w Compiègne, pozostał niewzruszony. Do czego to nie posuną się niektóre kobiety, aby zaznać dreszczu emocji? Kobiety, które kuszą przeznaczenie, jak rzuca się żetony na zielony stół w kasynie. Kobiety, które ziewają i wiążą absurdalne nadzieje z pierwszym lepszym pięknoduchem wzbudzającym w nich namiętność.

Intrygowała go łagodność młodszej siostry.

Skąd wzięła się u niej ta wyobraźnia przypominająca róg obfitości? Jej korzenie nie tkwiły tylko w wiedzy historycznej. Nie uwierzy w takie historyjki. Pewne sceny miłosne w *Takiej pokornej królowej* zapowiadały śmierć pięknej Iris Dupin. Prawdziwi autorzy mają tragiczne przeczucia. Prawdziwi autorzy wyprzedzają życie o krok. A ta niepozorna, skromna kobieta, Joséphine Cortès, była pisarką, choć o tym nie wiedziała. Odgadła przeznaczenie swojej siostry. Właśnie ta sprzeczność między kobietą i autorką rozpalała błysk zainteresowania w zimnym, zblazowanym wzroku Gastona Serruriera.

Umówił się z nią w restauracji rybnej przy boulevard Raspail. Lubi pani ryby? To dobrze się składa, bo tam, gdzie panią zapraszam, są tylko ryby... Czyli umawiamy się na trzynastą piętnaście w poniedziałek.

Joséphine zjawiła się punktualnie o trzynastej piętnaście. Kelner oznajmił jej, że przyszła pierwsza, po czym zaprowadził ją do dużego stołu przykrytego białym obrusem. Bukiecik anemonów rzucał nieśmiały cień na elegancko nakryty stół.

Zdjęła płaszcz. Usiadła przy stole i czekała.

Powiodła dookoła wzrokiem, próbując rozpoznać stałych klientów. Stali klienci zwracali się do kelnerów po imieniu i zanim usiedli, pytali o danie dnia, a przypadkowi klienci zachowywali się sztywno i nienaturalnie, bez słowa pozwalali kelnerom wskazać miejsce i upuszczali serwetki, gdy je rozkładali. Stali klienci opadali na kanapy całym ciężarem ciała, kładąc ręce na oparciach, natomiast nowi pozostawali sztywni, milczący, onieśmieleni obfitością zastawy oraz prezencją i czujnością obsługi.

Sprawdziła kilkakrotnie godzinę na zegarku i z zaskoczeniem stwierdziła, że wzdycha. To też twoja wina, pomyślała, w Paryżu nikt nigdy nie zjawia się punktualnie, wypada się spóźnić. Zawsze. Zachowujesz się jak ostatnia oferma. O trzynastej czterdzieści pięć wreszcie się pojawił. Wpadł do restauracji jak burza, rozmawiając przez komórkę. Zapytał, czy długo na niego czeka. Odpowiedział swojemu rozmówcy, że mowy nie ma. Wybąkała, że nie, właśnie przyszła, na co powiedział, że całe szczęście. Nie znosił kazać na siebie czekać, ale zatrzymał go jeden z tych nudziarzy, od których nie sposób się uwolnić. Uczynił gest, jakby chciał się wyrwać z rąk nudziarza, i uśmiechnęła się wymuszenie. Może pewnego dnia to ja będę na miejscu nudziarza? Nie mogła oprzeć się tej myśli, wpatrując się w jego rękaw.

Wyłączył telefon, rzucił szybko okiem na kartę, którą znał na pamięć, i zamówił, dodając: To co zwykle. Miała wiele czasu na przestudiowanie potraw, oznajmiła więc cicho, co wybrała. Pogratulował jej decyzji, a ona się zaczerwieniła.

Potem rozłożył serwetkę, wziął nóż, kawałek bagietki, trochę masła i zapytał:

– Co pani teraz robi?

– Właśnie zdałam HDR*... Z wyróżnieniem...

– Wspaniale! A co to jest ten...

– Najwyższy dyplom uniwersytecki we Francji.

– Jestem pod wrażeniem – powiedział, dając znak kelnerowi, żeby przyniósł kartę win. – Napije się pani kieliszek wina?

Nie śmiała odmówić.

Dyskutował z kelnerem, zdenerwował się, bo nie było wina, które zwykle tu pijał, zamówił butelkę Puligny-Montrachet 2005, z wyjątkowego rocznika, dodał, patrząc nad nią znad okularów, zamknął z hukiem kartę, westchnął, zdjął ścięte okulary, wyciągnął rękę po masło i posmarował sobie drugą kromkę, pytając jednocześnie:

---

* HDR (Habilitation à diriger les recherches) – odpowiednik polskiej habilitacji (przyp. tłum.).

– A teraz... Co zamierza pani robić?

– To skomplikowane... ja...

Zadzwoniła jego komórka, wykrzyknął zirytowany:

– Myślałem, że ją wyłączyłem! Pozwoli pani?

Skinęła głową. Wyglądał na zmartwionego, powiedział kilka słów i skończył rozmowę, sprawdzając, czy tym razem wyłączył telefon na dobre.

– Mówiła pani...

– ...że zdałam HDR z wyróżnieniem, więc myślałam, że dostanę etat na uniwersytecie. Lub zostanę dyrektorką badań naukowych w CNRS.* Bardzo tego chciałam. Pracowałam na to przez całe życie...

– A tak się nie stało?

– To znaczy... po ogłoszeniu werdyktu przez komisję trzeba czekać na wnioski raportu, w którym członkowie zapisali wszystkie uwagi, z jakimi nie mieli odwagi się podzielić wprost.

– To jakieś oszustwo!

Joséphine wcisnęła głowę w ramiona.

– I propozycja etatu zależy od tego raportu. – Wytarła wilgotne dłonie w serwetkę i poczuła, że jej uszy oblewają się purpurą. – I właśnie się dowiedziałam... och! nie wprost, co to, to nie... dowiedziałam się od kolegi, że nie mam co marzyć, nie dostanę żadnego awansu, nie potrzebuję prestiżowego stanowiska ani podwyżki i zostanę tu, gdzie jestem, do końca życia.

– A to dlaczego? – spytał Gaston Serrurier, unosząc brew ze zdziwienia.

– Bo... no, nie powiedzieli mi tego w ten sposób, ale wychodzi na jedno... bo zarobiłam dużo pieniędzy na powieści... i postanowili, że inne osoby mają większe zasługi niż ja... więc właściwie znowu jestem w punkcie wyjścia.

---

* CNRS (Centre National de la Recherche Scientifique) – Krajowe Centrum Badań Naukowych (przyp. tłum.).

– Przypuszczam, że jest pani wściekła.

– Przede wszystkim jest mi przykro. Sądziłam, że należę do pewnej rodziny, sądziłam, że udowodniłam swoją wartość, a odrzucono mnie ze względu na zbyt duży sukces związany z tematem, który przecież... – Westchnęła, aby powstrzymać cisnące się jej do oczu łzy. – ...powinni byli się ucieszyć, że społeczeństwo pasjonuje się historią Floryny... a stało się odwrotnie.

– Świetnie! Świetnie! – wykrzyknął Gaston Serrurier.

– Podziękuje im pani w moim imieniu!

Joséphine obrzuciła go pełnym zdziwienia wzrokiem i dyskretnie położyła dłonie na uszach, aby się nie zapaliły.

– Wie pan, mówię o tym po raz pierwszy. Nie chciałam nawet o tym myśleć. Nikomu nie wspomniałam. Przeżyłam szok, gdy się dowiedziałam... Tyle lat pracy i... tak mnie potraktowali!

Głos jej się załamał i zagryzła górną wargę.

– To świetnie, bo będzie pani mogła pracować dla mnie! Tylko dla mnie...

– Ach! – wykrztusiła zdumiona Joséphine, zastanawiając się, czy Serrurier ma zamiar otworzyć wydział historii średniowiecza w swoim wydawnictwie.

– Bo ma pani złoto w palcach.

Utkwił w niej teraz natarczywy wzrok. Kelner właśnie postawił przed nimi sałatkę ze smażonych kałamarnic oraz carpaccio z okonia i z łososia. Wzburzony Serrurier przeciągle popatrzył na talerz i chwycił sztućce.

– Niesłychany talent do pisania, do opowiadania historii... Zgadywania, co zainteresuje ludzi, czyniąc ich samych interesującymi, ucząc mnóstwa rzeczy, nie tylko historii. Jest pani zdolna, tylko nie wie pani o tym, nie ma pani najmniejszego pojęcia o swojej wartości.

Wpatrzone w nią oczy wyodrębniły ją od reszty świata, postawiły w blasku projektora, w snopie światła. Nie był już spieszącym się mężczyzną, który wpadł do restauracji, popychając kelnerów, denerwował się, zamawiając wino, zrzędził, rozkładając serwetkę, i ledwie przeprosił, że kazał jej czekać.

Patrzył na nią jak na kogoś bardzo wartościowego.

I Joséphine zapomniała o wszystkim.

Zapomniała o afroncie ze strony kolegów, zapomniała o żalu, który przeżywała wciąż na nowo, odkąd się dowiedziała, że została odsunięta, o żalu pozbawiającym ją wszelkich chęci, rujnującym wszystkie plany. Nie mogła już otworzyć żadnej książki historycznej, napisać choćby linijki o dwunastym wieku, nie mogła już wyobrazić sobie, że spędza godziny w bibliotece. Całe jej jestestwo odmawiało pozostania skromną, pokorną i pracowitą badaczką, którą zamknięto w areszcie domowym. A oto ten mężczyzna przywracał jej honor. Mówił, że ma talent. Wyprostowała się. Szczęśliwa, że siedzi naprzeciw niego, szczęśliwa, że czekała pół godziny, szczęśliwa, że on patrzy na nią i szanuje ją.

– Nic pani nie mówi? – spytał, kierując na nią jeszcze mocniejsze światło projektora.

– To znaczy...

– Nie jest pani przyzwyczajona do słuchania komplementów, tak?

– Wie pan, w środowisku uniwersyteckim raczej źle postrzegano fakt, że napisałam... nooo... tę książkę... Więc myślałam...

– Że książka jest beznadziejna?

– Nie. Nie do końca... Myślałam, że nie jest znowu taka świetna, że to było nieporozumienie.

– Nieporozumienie, które sprzedało się w ponad pięciuset tysiącach egzemplarzy! Chciałbym co roku widzieć takie nieporozumienia... Nieszczególna dziś ta sałatka z kałamarnic! – powiedział do kelnera, który zmieniał talerze. – Urządzacie sobie teraz kpiny z klientów? Jest coraz gorzej! Na pana miejscu zaczęłabym się martwić!

Kelner się oddalił ze skulonymi ramionami.

Serrurier uśmiechnął się z satysfakcją i ponownie zwrócił do Joséphine:

– A pani rodzina?

– Och! Moja rodzina...

– Nie są z pani dumni?

Zaśmiała się zakłopotana.

– Nieszczególnie...

Odsunął się, aby przyjrzeć się jej uważnie.

– Więc jak pani to robi?

– Jak co robię?

– Jak pani to robi, że pani żyje po prostu. To znaczy... jeżeli nikt nie mówi pani, że jest pani wspaniała, skąd pani czerpie całą energię, żeby...

– Bo... jestem przyzwyczajona... Zawsze tak było...

– Liczy się pani tyle co nic.

Podniosła na niego pełen zachwytu wzrok, w którym malowało się pytanie: Skąd pan wie?

– A teraz jeszcze mniej, odkąd pani siostra nie żyje... Myśli pani, że nie ma pani prawa żyć, pisać, nawet oddychać... Że nie jest pani nic warta, a jak się nad tym dobrze zastanowić, to może rzeczywiście ona napisała tę książkę!

– Ach, nie! Wiem, że to ja.

Popatrzył na nią z uśmiechem.

– Proszę posłuchać... Wie pani, co pani zrobi?

Joséphine potrząsnęła głową.

– Napisze pani... kolejną książkę. Po pierwsze dlatego, że niedługo skończą się pani pieniądze. Pieniądze za książkę nie wystarczą na wieki... Nie sprawdzałem pani konta, zanim tu przyszedłem, ale wydaje mi się, że nie zostało pani wiele. Dużo pani wydała na zakup mieszkania.

Świat zachwiał jej się pod nogami.

153

Stół, doskonały wystrój, białe obrusy, bukiety anemonów, nadskakujący kelnerzy zniknęli w białym świetle błyskawicy i zakręciło jej się w głowie. Sama wśród ruin. Poczuła, jak włosy u nasady pocą się jej i pocą... Rzuciła Serrurierowi przerażone spojrzenie.

– Nie, niech się pani tak nie przejmuje. Nie została pani całkiem bez grosza, ale poziom środków na pani koncie u nas nieco się obniżył. Nie sprawdza pani kont?

– Niewiele z tego rozumiem...

– Dobrze... W takim razie zawrzemy we dwójkę umowę: pani napisze dla mnie książkę, a ja będę płacił rachunki. Zgoda?

– Ale przecież...

– Poza tym z pewnością nie wydaje pani fortuny. Nie będzie mnie pani drogo kosztowała...

– ...

– Nie wygląda pani na kobietę zbyt przywiązaną do luksusu. Wręcz niewystarczająco, powiedziałbym! Trzeba się prężyć z dumą, aby zyskać szacunek. A pani wcale się nie pręży. Pewnie należy pani raczej do tych, którzy boją się, że rzucą cień na cień...

Kelner chrząknął na znak, że może postawić dania główne, które trzymał na przedramieniu. Serrurier odsunął się i zażądał wody mineralnej.

– Nie może pani dać sobie chodzić po głowie przez całe życie! Nie ma pani tego dość? Na co pani czeka, aby zażądać należnego pani miejsca?

– Chodzi o Iris... Odkąd...

– Nie żyje. To pani chciała powiedzieć?

Joséphine wierciła się na krześle.

– Odkąd nie żyje, spędza pani czas na biczowaniu się i zabrania sobie żyć?

– ...

– No to... jest pani ostatnią ofermą!

Joséphine się uśmiechnęła.

– Dlaczego pani się uśmiecha? Powinna mnie pani skląć, bo nazwałem panią ofermą.

– Nie, bo... ja długo tak właśnie o sobie myślałam: oferma i ciepłe kluchy... Ale pracuję nad sobą, wie pan, zrobiłam postępy.

– Mam nadzieję. Potrzeba odrobiny szacunku dla siebie, aby iść naprzód, a ja chcę, żeby pani napisała dla mnie książkę. Dobrą książkę o życiu... taką jak pierwsza... ale nie musi pani zamykać się w dwunastym wieku. Niech pani coś zmieni, bo w przeciwnym razie będzie pani skazana na powieść historyczną i zanudzi się pani na śmierć. Och, to mało powiedziane... Nie! Niech mi pani napisze współczesną powieść o kobietach, dzieciach, mężach, którzy zdradzają żony i są rogaczami, kobietach, które płaczą i śmieją się, o pięknej miłości, zdradzie, po prostu o samym życiu! Wie pani, czasy są ciężkie i ludzie potrzebują rozrywki... Umie pani opowiadać historie. Powieść o Florynie była bardzo dobra, pogratulować takiego debiutu!

– Nie zrobiłam tego celowo...

Spiorunował ją wzrokiem.

– Właśnie takich rzeczy nie wolno pani mówić. Oczywiście, że zrobiła to pani celowo! Ta książka nie powstała ot, tak... – Strzelił palcami w powietrzu. – Ciężko pani pracowała, zbudowała pani intrygę, napisała dialogi, wymyśliła zwroty akcji, to nie przyszło samo! Niech pani przestanie ciągle przepraszać! Jest pani męcząca, wie pani... Ma się ochotę potrząsnąć panią od stóp do głów.

Uspokoił się, zamówił dwie kawy: Pije pani kawę, prawda? Więc dwie kawy, w tym jedna bardzo mocna. Wyjął długie cygaro, powąchał je i zwijał przez chwilę w palcach, po czym zapalił i dodał:

– Tak, wiem, nie wolno już palić w restauracjach. Ale nie mnie. Mam gdzieś ustawy. Wie pani, Joséphine, pisanie,

155

wbrew przekonaniu wielu ludzi, nie jest terapią. Niczego nie leczy. Zupełnie niczego. Twierdzę natomiast, że to zemsta nad losem, a pani, o ile się nie mylę, ma wiele powodów do zemsty.

– Nie wiem...

– Ależ tak, niech się pani zastanowi i sama się przekona... Pisać to uchwycić własne cierpienie, popatrzeć mu w twarz i przybić je do krzyża. A później wszystko jedno, czy człowiek wyzdrowieje czy nie, bo zemsta się dokonała. Zrobił coś z całym tym bólem i nieraz to coś może mu pozwolić żyć lub odżyć, w zależności od przypadku.

– Nie jestem pewna, czy wszystko rozumiem.

– Proszę znaleźć temat, który panią zainspiruje, i niech pani pisze. Niech pani da upust emocjom, przeleje na papier cały smutek, cały ból i przybije je do krzyża! Niech pani na nowo odważy się oddychać, żyć! Przypomina pani ptaszka na skraju gniazda, który macha skrzydełkami i nie ma śmiałości wzlecieć. A przecież udowodniła już pani swoją wartość, więc czego pani brakuje?

Joséphine miała ochotę powiedzieć: Codziennych obiadów z kimś takim jak pan, lecz nie odezwała się.

– Ludzie mają wszystkiego dość – kontynuował Serrurier – są zmęczeni, niech im pani opowiada historie... Historie, dzięki którym będą mieli ochotę rano wstać, wsiąść do metra i wrócić do domu wieczorem. Niech pani na nowo wymyśli niegdysiejszych bajarzy, *Baśnie z tysiąca i jednej nocy*. Śmiało...

– Ale ja nie znam żadnej historii, którą mogłabym opowiedzieć!

– Tak się pani tylko wydaje! Ma pani w głowie tysiące historii, tylko nie wie pani o tym. Ludzie nieśmiali, biedni, nieznani zawsze mają tysiące historii w głowie, bo są wrażliwi, wszystko ich dotyka, wszystko ich rani, a z tych uraz, z tych ran rodzą się uczucia, postaci, sytuacje. Dlatego życie pisarza nie jest łatwe, cały czas cierpi. Niech mi pani wierzy, lepiej już być wydawcą!

Uśmiechnął się szeroko, trzymając cygaro między zębami. Wziął kawę z rąk kelnera, pytając go, jakim cudem go nie wyrzucili, skoro jest tak niezdarny: Nigdy nie widziałem tak niezręcznego kelnera!

– A co z moim kontem? – spytała Joséphine, która czuła, że znowu ogarnia ją panika.

– Niech pani zapomni o koncie i pracuje! Pieniądze biorę na siebie... Proszę nie zapominać, że od dziś nie jest już pani sama ze swoimi wątpliwościami, lękami, i niech pani idzie na całość! Niech pani idzie na całość, bo panią wypatroszę!

Joséphine miała ochotę rzucić mu się na szyję, powstrzymała się jednak i nie zaprotestowała, gdy ogarnęła ją gęsta chmura dymu z cygara. Zaczęła kaszleć i z jej twarzy zniknął uśmiech świadczący o tym, że jest w siódmym niebie.

Tego wieczoru Joséphine poczekała, aż Zoé pójdzie spać, po czym usiadła na balkonie. Włożyła grube wełniane skarpety zakupione w Topshop na polecenie Hortense, która twierdziła, że to najlepsze skarpetki na świecie. Grube skarpety, które sięgały aż do kolana. Piżama, gruby sweter, kołdra.

I napar z tymianku z miodem na łyżeczce.

Usiadła na balkonie pod rozgwieżdżonym niebem.

Wsłuchała się w zimną grudniową noc, odległy warkot skutera, podmuch wiatru, alarm samochodu, szczekającego psa...

Spojrzała w niebo. Znalazła Małą i Wielką Niedźwiedzicę, Warkocz Bereniki, Strzałę i Delfina, Łabędzia i Żyrafę...

Od dawna nie rozmawiała z gwiazdami.

Zaczęła od podziękowań.

Podziękowała za lunch z Serrurierem. Dziękuję, dziękuję. Nie wszystko zrozumiałam, nie wszystko zapamięta-

łam, ale miałam ochotę całować pnie kasztanowców, prze-
biec przez ulicę na czerwonym świetle, chwytać strzępki
chmur.

Wypiła łyk naparu, wsunęła odrobinę miodu pod język.
Co on takiego powiedział? Jak on to powiedział? Miałam
ochotę włożyć siedmiomilowe buty...

Posłuchaj, tato, posłuchaj...

Powiedział, że mam talent, że napiszę nową książkę.

Powiedział, że uda mi się przybić cierpienie do krzyża
i spojrzeć mu w twarz.

Powiedział, że powinnam zdobyć się na odwagę. Zapomnieć, że siostra i matka podcięły mi skrzydła. Że zrobiły ze
mnie ubogą krewną.

Powiedział, że ten czas już się skończył.

Nigdy więcej, nigdy więcej! obiecała, patrząc na gwiazdy
po raz pierwszy od wielu miesięcy.

Jestem pisarką, jestem wspaniałą pisarką i jestem godna tego, żeby pisać. Przestaję myśleć, że wszyscy są ode
mnie lepsi, inteligentniejsi, bardziej błyskotliwi, a ja jestem
bidusią... Napiszę kolejną książkę.

Sama. Tak jak napisałam *Taką pokorną królową*. Własnymi słowami. Moimi codziennymi słowami, które są tylko
moje. Też to powiedział.

Szukała wzrokiem gwiazdki, swojej gwiazdki na końcu
dyszla, żeby zobaczyć, czy wrócił, czy zechce zamrugać, po-
twierdzić, że odbiór jest znakomity.

Bo rozumiesz, tato, jeżeli ja nie będę z siebie dumna, to
kto będzie ze mnie dumny?

Nikt.

Jeżeli ja nie będę miała do siebie zaufania, to kto będzie
miał do mnie zaufanie?

Nikt.

I do końca życia nie przestanę padać na pysk...

A celem życia nie jest ciągłe padanie na pysk.

Nie chcę, żeby uznawano mnie za ciepłe kluchy, i nie chcę się uważać za ubogą krewną.

Nie chcę już słuchać żadnego szefa. Ani Iris, ani Antoine'a, ani władz CNRS, ani kolegów z wydziału.

Chcę traktować się poważnie. Mieć do siebie zaufanie.

Obiecuję uroczyście, że będę wyprostowana szła do przodu. Popatrzyła przeciągle na gwiazdy, ale żadna nie mrugała. Poprosiła o pomoc w rozpoczęciu pisania książki.

Obiecała, że otworzy na oścież głowę, oczy i uszy, żeby wyłapywać wszystkie pomysły, jakie przez nie przejdą.

Dodała: Hej, gwiazdy! Prześlijcie mi to, czego potrzebuję, żeby iść naprzód. Prześlijcie mi dobre narzędzia, a obiecuję wam, że je spożytkuję należycie.

Patrzyła w dal na mieszkania za drzewami. W niektórych salonach postawiono już ubrane choinki. Świeciły się jak kolorowe latarki. Wpatrywała się w światła, aż zaczęły drżeć i tworzyć girlandy.

Szare spadziste dachy, wysokie czarne drzewa, regularne fasady, wszystko jej mówiło, choć nie wiedziała dlaczego, że mieszka w Paryżu i jest z tego powodu szczęśliwa. To było jak niewygasająca skryta miłość.

Była na swoim miejscu, była szczęśliwa.

Napisze książkę.

W jej wnętrzu wybuchła radość.

Radość zalewała jej serce. Fale radości, strumienie spokoju, morze siły. Wybuchnęła śmiechem w ciemnej nocy i otuliła się szczelniej kołdrą, aby jej nie pochlapały.

Zrozumiała wówczas, że odnalazła ojca. Nie mrugał na końcu dyszla na niebie, ale wiadrami wlewał w jej serce szczęście.

Zalewał ją szczęściem.

Była druga w nocy. Miała ochotę zadzwonić do Shirley. Zadzwoniła do Shirley.

– Kiedy przyjeżdżasz do Londynu?

– Jutro – powiedziała Joséphine. – Przyjeżdżam jutro.

Jutro był piątek. Zoé miała spędzić tydzień u Emmy na powtórkach. Joséphine chciała zostać w domu, posprzątać i poprasować. Iphigénie zostawiła kosz pełen rzeczy do prasowania.

– Naprawdę? – zdziwiła się Shirley.

– Naprawdę... A potwierdzeniem tych słów jest bilet na Eurostar!

*

Zjadły po słoiku Ben & Jerry's i masowały sobie brzuchy, leżąc na podłodze w kuchni u Shirley, żałując już tego całego tłuszczu, całego cukru, tych wszystkich orzechów, całego karmelu, całej czekolady, której trzeba się będzie pozbyć. Śmiały się, spisując listę najsmakowitszych i najbardziej niebezpiecznych rzeczy, których nie powinny jeść, bo w przeciwnym razie czeka je kara i zamienią się w dwie grube panie z Antibes.

– Jeżeli zamienię się w grubą panią z Antibes, nie będę mogła pokazywać tańca brzucha Oliverowi i to będzie dramat.

Oliverowi? Joséphine się wyprostowała, położyła głowę na dłoni i otwarła usta, aby zadać pytanie.

Shirley ją powstrzymała:

– Cicho bądź, nic nie mów, słuchaj i nigdy mnie o to nie pytaj, nigdy, obiecujesz? Poczekaj, aż sama ci o tym opowiem.

Joséphine skinęła głową, położyła palec na ustach, buzia na kłódkę.

– Spotkałam mężczyznę z poczciwym uśmiechem, szerokimi plecami, w wytartych sztruksowych spodniach, mężczyznę, który jeździ na rowerze i nosi rękawiczki z futerkiem, i myślę, że się w nim zakochałam. To bardzo możliwe. Bo odkąd go zobaczyłam, to coś jak lotny gaz. Wypełnia mi głowę, żyły, serce, śledzionę i płuca, rozpiera mnie i jest mi dobrze, jest mi dobrze i nigdy, przenigdy nie zostanę grubą panią z Antibes, bo chcę zatrzymać tego mężczyznę przy sobie. – Zamknęła oczy, objęła się ramionami i uśmiechnęła, mrucząc: – Koniec zwierzeń. Teraz zagramy.

Grały w „wyszło, nie wyszło", wyciągając ramiona, prostując nogi, przewracając się na bok, łącząc się głowami i ramionami.

– Nie wyszło mi w miłości, nie wyszło mi na studiach, nigdy nie wychodzi mi sztuka mięsa w rosole, nic nie wyszło z ostatniego koncertu Morcheeby – wymieniała Shirley, licząc na palcach. – Ale wyszły mi relacje z ojcem i z matką, większość orgazmów, prawo jazdy, wychowanie syna, przyjaźń z tobą.

Tu włączyła się Joséphine:

– Kompletnie mi nie wyszło życie uczuciowe, nie wyszedł mi niemal żaden orgazm, żadna dieta, stosunki z matką, ale wyszły mi dwie prześliczne córki, habilitacja, książka, przyjaźń z tobą.

– Nigdy nie udało mi się zobaczyć zielonego promienia słońca – westchnęła Shirley.

– Nigdy mi nie wyszedł majonez – westchnęła Joséphine.

– Nie byłam w stanie nawet wyhodować geranium...

– Nigdy nie udało mi się złapać ważki...

Potem przeszły do gry w „to, czego najbardziej nienawidzę u facetów".

– Nienawidzę kłamców – powiedziała Shirley. – To tchórze, mięczaki, parzące meduzy.

– I zawsze mają coś na sumieniu! – dodała Joséphine, śmiejąc się.

– Jak u Chaucera w takim brzmieniu:

I pomarańcza spadła na talerz łgarza
Który to zaufanie mistrza podważa
Wierną, silną miłość męża uczonego
Ów uczył go przez lata życia uczciwego
Ćwiartka po ćwiartce, szlachetności, prawości
Której nigdy nie plamią kłamstwa okropności
Kalające sny tak samo jak i duszę.
Masz, synu, rzekł mistrz, pomarańczę dać ci muszę
Jedz z czerwoną twarzą owoc twojej zdrady
Ćwiartka po ćwiartce degustuj dla zasady
Jedz, aż zniszczysz hańbę swego wiarołomstwa
Bo rodzic nie czeka na kłamstwo od potomstwa.

– Dreszcz od tego przechodzi po plecach – zauważyła Joséphine, wzdrygając się.

– Te słowa wyszły z ust mojego ojca, gdy się dowiedział, że urodziłam syna, nie informując go o tym. Nigdy ich nie zapomniałam. Są wyryte w mojej pamięci rozżarzonym żelazem.

Joséphine zadygotała. Nie wiedziała, czy to sprawa Chaucera, czy awarii ogrzewania, ale nagle poczuła, że oblał ją zimny pot.

– Od tamtego czasu nigdy nie skłamałam. Pojęcia nie masz, jaka to oszczędność czasu! Prosto idzie się do przodu szybciej. Staje się prawdziwym mężczyzną czy kobietą.

– Ogrzewanie znowu się zepsuło? – spytała Joséphine.

– Wiedz, moja droga, że ogrzewanie w Anglii zawsze jest zepsute. Działa co trzy dni. Tak jak ciepła woda i metro. I bardzo dobrze. Im mniej ogrzewania, tym mniej zanieczyszczeń. Niedługo skończy się ropa i nie będzie w ogóle czym grzać, więc lepiej już teraz zacząć się przyzwyczajać!

– W takim razie lepiej w tym kraju nie sypiać samotnie!

– À propos, a co z Philippe'em?

– Nic. To wina mojego sumienia. Zabrania mi flirtować i zakuwa mnie w pas cnoty, do którego zgubiłam klucz.

– W dodatku nie jesteś z tych, co wskakują go cudzych łóżek.

– A Alexandre? Miałaś od niego jakieś wieści?

– Od Annie, jego niani. Czuje się jak nastolatek, któremu zabito matkę nożem... Ma się nie najlepiej.

– Może powinnam go odwiedzić.

– I odwiedzić też jego ojca...

Joséphine nie zareagowała na aluzję. Myślała o Alexandrze. Zastanawiała się, co czuje wieczorem, gasząc światło. Czy myśli o Iris samej w lesie z mordercami?

– Zdarza ci się bać? – spytała.

– Czego?

– Wszystkiego...

– Wszystkiego?!

– Tak...

– Masz prawo bać się o jedno – zapewniła Shirley. – Bać się o swoje dzieci. Reszta, pieniądze, praca, podatki, skoki na bungee, to bardzo proste, mówisz po prostu „nie boję się” i skaczesz.

– To działa?

– Jeszcze jak! Mówisz „chcę to" i masz. Ale musisz w to włożyć całe serce. Nie oszukiwać. Myśleć ze wszystkich sił: chcę to, chcę to, chcę to... Spróbujemy? Co chcesz teraz, natychmiast? Bez zastanowienia.

Joséphine zamknęła oczy i powiedziała:

– Pocałować Philippe'a.

– Więc myśl o tym z całych sił, a obiecuję ci, słyszysz? obiecuję, że to nastąpi...

– Naprawdę w to wierzysz?

– ...ale musisz się zaangażować z całych sił. Nie bądź znów taka bojaźliwa. Powiedz na przykład: chcę...

– ...rzucić się w ramiona Philippe'a...

– Tere-fere, to się nie uda!

– Chcę, żeby wziął mnie w ramiona, całował mnie wszędzie, wszędzie...

Shirley się skrzywiła.

– Ciągle mnie to nie przekonuje.

– Chcę, aby rzucił się na mnie jak kozioł w okresie godowym! – wrzasnęła Joséphine, turlając się po lodowatej podłodze w kuchni.

Shirley odsunęła się nieco i popatrzyła na nią ze zdziwieniem i rozbawieniem.

– W takim razie... na pewno tak będzie!

Nazajutrz, w sobotę, w porze obiadowej Joséphine spotkała się z Hortense.

Mieszkała w Angel, dzielnicy, która przypominała Montmartre. Latarnie, kręte uliczki ze schodami, stare sklepy ze szmatami. Kawiarnie nosiły francuskie nazwy. Usiadły w Sacré Coeur na rogu Studd Street i Theberton. Zamówiły dwa razy wołowinę z marchewką i dwa kieliszki czerwonego wina. Skosztowały pieczywo i doszły do wniosku, że to prawdziwa bagietka, skosztowały masła, które miało smak solonego masła z Normandii.

Hortense przystąpiła do ataku:

– Stało się! Jestem teraz prawdziwą Angielką!

Ma angielskiego narzeczonego, pomyślała Joséphine, patrząc na córkę z zachwytem. Hortense się zakochała. Moja córka o sercu z kamienia uległa Anglikowi w tweedzie. Czy jest w jej wieku, czy starszy? Czy ma różowe policzki i opadające powieki? Czy też szpiczasty podbródek i łakomy wzrok? Czy mówi przez nos? Czy zna francuski? Czy będzie mu smakowało ragoût z wołowiny, które mu przyrządzę? Czy spodobają mu się ogrody Palais-Royal, rzeźby królowych Francji w Ogrodzie Luksemburskim i place des Vosges nocą? A passerelle des Arts, uliczka Férou, po której włóczył się Hemingway bez grosza przy duszy? Już oprowadzała go po Paryżu, rysowała jego portret w głowie, wkładała wieniec laurowy na skroń mężczyzny, który podbił serce nieznośnej Hortense, i patrzyła na córkę ze wzruszeniem.

– Jak się nazywa ten piękny Anglik? – spytała Joséphine z sercem pełnym radości.

Hortense przechyliła się na krześle i wybuchnęła śmiechem.

– Mamo, jesteś niepoprawna! Nic z tych rzeczy! Po prostu świętowałam koniec trymestru w pubie w sobotę wieczorem i w niedzielę rano obudziłam się z potwornym bólem głowy i nieznajomym Anglikiem w łóżku. Będziesz się śmiać, nazywał się Paris! *I spent the night in Paris.* Kiedy powiedziałam: co za idiotyczne imię, spytał o moje i odparł, że jest straszne! Rozstaliśmy się bez słowa.

– Chcesz powiedzieć, że zgarnęłaś jakiegoś chłopaka z pubu i wylądowałaś z nim w łóżku, nie bardzo wiedząc jak, taka byłaś pijana? – spytała przerażona Joséphine.

– No właśnie, jednak szybko łapiesz... Zrobiłam to, co robią wszystkie Angielki w sobotnie wieczory.

– Ojej! Hortense! Przypuszczam, że byłaś zbyt pijana, aby pomyśleć o...

– ...prezerwatywie?

Joséphine kiwnęła głową potwornie zażenowana.

– Byliśmy tak narąbani, że nic z tego nie wyszło. O świcie próbował się wykazać inicjatywą, ale moja uwaga na temat jego imienia pomieszała mu szyki. – Odłożyła widelec i zakończyła: – Mimo to stałam się prawdziwą Angielką...

– A Gary? Widujesz się z nim?

– Nie. Nie mam czasu. A ostatnio zostawił mnie na ulicy w środku nocy.

– To do niego niepodobne – zaprotestowała Joséphine.

– Ale słyszałam, że poważnie zabrał się za fortepian. Poznał nauczyciela, z którym świetnie się dogaduje, jest dla

165

niego jak ojciec, opiekun, wzór... Spędza cały czas, grając na pianinie i spotykając się z tym facetem. Połączyła ich męska przyjaźń... Pasjonujące! Podobno nawet nie ma ochoty przedstawić go kumplom, bo chce zachować tylko dla siebie. To niesamowite. Jak tylko ludzie zaczynają kogoś kochać, stają się zazdrośni, zaborczy.

– Myślę, że dobrze się stało. To niezdrowo nie mieć żadnego męskiego wzorca.

Hortense odrzuciła do tyłu długie włosy, jakby chciała wymazać z pamięci przypadek Gary'ego Warda i nieobecność ojca w życiu chłopca. To nie był jej problem. Jeśli coś nie dotyczyło jej bezpośrednio, nie było jej problemem.

Joséphine pomyślała o Antoinie. Hortense była bardzo blisko z ojcem, ale nigdy o nim nie mówiła. Pewnie uważała, że to niepotrzebne. Przeszłość to przeszłość, zajmijmy się teraźniejszością.

Nie miała odwagi stawiać więcej pytań i wolała ustalić, czy smakowała jej wołowina z marchewką.

To był ich ostatni wspólny wieczór. Nazajutrz Joséphine wracała do Paryża.

– A może poszłybyśmy na koncert? – rzuciła Shirley, wchodząc do pokoju, który zajmowała Joséphine. – Mam dwa bilety w świetnym miejscu, dała mi je koleżanka. Coś jej wypadło w ostatniej chwili, dziecko zachorowało...

Joséphine odpowiedziała, że to dobry pomysł, i spytała, czy musi się odpowiednio ubrać.

– Zrób się na bóstwo – odparła Shirley z tajemniczą miną – nigdy nic nie wiadomo...

Joséphine obrzuciła ją niespokojnym wzrokiem.

– Co ty kombinujesz?

– Ja? – wykrzyknęła Shirley z fałszywym oburzeniem – Ależ nic! Co ty sobie wyobrażasz?

– Nie wiem. Patrząc na ciebie, wietrzę spisek.

– Wyglądam jak czarodziejski flet... Uwielbiam chodzić na koncerty...

Nie muszę nawet kłamać, kontynuowała w myślach Shirley, nic nie kombinowałam. Po prostu wiem, że Philippe będzie tego wieczoru na sali.

Zadzwoniła do niego do domu tego ranka, aby zapytać, jak się ma Alexandre, który był markotny, bo od kilku dni chorował na grypę. Rozmawiała z nianią Annie, mocną Bretonką, okrąglutką wesołą kobietą po pięćdziesiątce. Nauczyła się ją cenić i jej sympatia wydawała się odwzajemniona. Obecnie niania często zastępuje piastunki ze sztuk Racine'a. Wie o wszystkim i zdradza tajemnice, jeżeli tylko umiejętnie się z nią porozmawia. Annie była dzielną, pozbawioną złośliwości kobietą, która opowiadała bez oporów. Wyjaśniła, że Alexandre czuje się lepiej, gorączka spadła, a Shirley zapytała, czy może wpaść go odwiedzić. Annie odpowiedziała: Naturalnie, ale pana Dupina nie będzie, dziś wieczorem idzie na koncert. Do Royal Albert Hall, dodała z dumą, grają tam sonaty Scarlattiego, a pan Dupin bardzo je lubi. Annie nie umiała ukryć płomiennych uczuć, jakimi darzyła swojego pracodawcę.

Shirley odłożyła słuchawkę, a w głowie zrodził się jej pewien plan. Pójść na koncert, zadbać o to, by Philippe i Jo wpadli na siebie na schodach w czasie antraktu. W miłości „bez podstępu nie ma nic", a ponieważ tych dwoje z uporem odgrywało wyklętych kochanków, ona weźmie na siebie rolę swatki.

Padał drobny deszczyk, kiedy wsiadały do taksówki, aby udać się na Kensington Gore, i Shirley, drżąc z zimna, owinęła się długą narzutką z czerwonego kaszmiru.

– Powinnam była wziąć płaszcz – powiedziała, podając adres kierowcy.

– Chcesz, żebym poszła po niego na górę? – zaproponowała Joséphine.

– Nie, wytrzymam... W najgorszym razie umrę, wypluwając płuca. To będzie bardzo romantyczne!

Pobiegły z taksówki do wejścia i wmieszały się w tłum napływający do holu teatru. Shirley trzymała w ręce bilety i torowała sobie drogę, prosząc Joséphine, aby nie zostawała w tyle.

Loża była przestronna, mieściło się w niej sześć czerwonych aksamitnych foteli z pomponikami przyczepionymi do podłokietników. Usiadły i patrzyły, jak sala się zapełnia. Shirley wyjęła z torebki lornetkę. Wygląda, jakby dokonywała przeglądu swoich wojsk, uznała Joséphine rozbawiona powagą przyjaciółki. Potem pomyślała: Jutro wyjeżdżam i nie zobaczę go, jutro wyjeżdżam, a on nawet nie wie, że przyjechałam... jutro wyjeżdżam, jutro wyjeżdżam... Zastanawiała się, jak zdoła opuścić Londyn, zostawiając tu Philippe'a, jak będzie mogła wrócić do paryskiego życia, gdy przez tydzień była tak blisko niego. Podniosła głowę i spojrzała na przeszkloną kopułę wieńczącą salę koncertową, aby ukryć napływające do oczu łzy.

Chcieć o kimś zapomnieć, to znaczy myśleć o nim przez cały czas.

Drżała z pragnienia, aby wstać i pobiec do niego. Nie powinnam była przyjeżdżać do Londynu, on tu jest wszędzie, może nawet na tej sali dzisiaj. Rozglądnęła się badawczo. Wzdrygnęła się. A jeżeli nie jest sam? Z pewnością przyszedł w czyimś towarzystwie...

Zamknę oczy, a gdy je otworzę, zobaczę go, pomyślała, spuszczając powieki i koncentrując się.

Zamknę oczy, a gdy je otworzę, będzie stał przede mną i powie: Joséphine, i...

U jej boku Shirley lustrowała salę przez lornetkę jak stała bywalczyni, która stara się wyłowić z tłumu znajomych.

Joséphine wpadła na pomysł, że mogłaby wymyślić jakiś pretekst, wstać, wyjść, pobiec do mieszkania Philippe'a... Wyobrażała sobie tę scenę: jest w domu, czyta lub pracuje, otwiera drzwi, a ona rzuca mu się w ramiona i całują się, całują...

Shirley zamarła i ręką, w której trzymała lornetkę, podkręciła rozstaw, aby poprawić ostrość. Przygryzła górną wargę.

– Zobaczyłaś kogoś? – spytała Joséphine, żeby coś powiedzieć.

Shirley nie odpowiedziała. Wydawała się pochłonięta spektaklem na sali, jej szczupłe palce ściskały lornetkę. Potem odłożyła ją i dziwnie popatrzyła na Joséphine, jakby jej nie widziała, jakby nie siedziała obok. Ten wzrok zaniepokoił Joséphine, która zaczęła się wiercić na fotelu, zastanawiając się, co ugryzło przyjaciółkę.

– Powiedz, Jo... – zaczęła Shirley, z trudem szukając słów. – Nie jest ci gorąco?

– Zwariowałaś? Ledwo grzeją w tym teatrze! Przed chwilą umierałaś z zimna!

Shirley zdjęła kaszmirową narzutkę i podała ją Joséphine.

– Nie mogłabyś mi jej zanieść do szatni? Umieram z gorąca!

– Ale... możesz ją powiesić na oparciu fotela.

– Nie! Spadnie i podeptam ją, a nawet mogę jej zapomnieć. Miałabym do siebie pretensje do końca życia, to prezent od matki.

– Aha...

– Nie będzie to dla ciebie kłopot?

– Nie.

– Sama bym poszła, ale zobaczyłam na sali dawnego... przyjaciela i nie chciałabym go stracić z oczu.

Ach! pomyślała Joséphine, to stąd ten dziwny wzrok. Chce go szpiegować, śledzić przez lornetkę, i nie życzy sobie, żebym była świadkiem tej sceny. Woli mnie odsunąć pod idiotycznym pretekstem, choćby miała umrzeć z zimna.

Wstała, wzięła narzutkę i uśmiechnęła się znacząco do Shirley. Uśmiechem, który mówił: Dobrze, zrozumiałam! Zostawiam cię samą!

– Idź do szatni przy orkiestrze – rozkazała Shirley, gdy Joséphine się oddalała. – Do innych zawsze są kolejki.

Joséphine posłuchała i skierowała się do szatni na parterze. Kobiety o czerwonych ustach, spieszący się mężczyźni popychali ją, zmierzając do sali. Usunęła się, szukając wzrokiem kolejki do szatni.

Było ich kilka. Wybrała jedną, oddała narzutkę Shirley, wzięła numerek i udała się w drogę powrotną.

Wlekła się noga za nogą. Roztrząsając swój brak zdolności do podejmowania decyzji i brak odwagi. Dlaczego nie mogę się na to zdobyć? Dlaczego? Boję się ducha Iris. Boję się sprawić przykrość duchowi Iris...

Zatrzymała się na moment i zastanowiła.

Nie miała ani torebki, ani płaszcza. Będę musiała wrócić do loży, wyjaśnić Shirley...

I wówczas...

Wówczas zobaczyli się na zakręcie korytarza.

Zatrzymali się zaskoczeni.

Spuścili głowy, jakby spadł na nich cios.

Oparli się o ścianę, znieruchomieli tak, jak stali. On właśnie oddał płaszcz do szatni, ona wsunęła do kieszeni numerek Shirley.

Płynne, lekkie gesty, które niosły ich jeszcze przed chwilą, zamarły.

Stali nieruchomo w świetle kryształowych żyrandoli w wielkim holu. Jak dwoje nieznajomych. Dwoje nieznajomych, którzy się znają, ale nie powinni się spotkać.

170

Ani zbliżać się do siebie. Ani dotykać.

Wiedzieli o tym. To samo zdanie, które dyktował rozum, to samo zdanie powtarzane sto razy zapalało się w ich głowach jak pulsujący reflektor.

Przypominali trochę sztywne, trochę głupie, trochę sztuczne manekiny.

W tym konkretnym momencie on chciał, a ona przemożnie pragnęła wyciągnąć rękę i dotknąć tego drugiego.

Stali naprzeciw siebie.

Philippe i Joséphine.

Po obu stronach rzeki ludzi, którzy w kolejce do szatni głośno rozmawiali, śmiali się na cały głos, żuli gumę, czytali program, wspominali o znakomitym pianiście, utworach, jakie miał zagrać...

Naprzeciw siebie.

Pieszcząc wzrokiem wzrok, rozmawiając bez słów, uśmiechając się, poznając, myśląc: To ty? To naprawdę ty? Czy ty wiesz... Przepuszczali kobiety i mężczyzn, młodszych i starszych, niecierpliwych i spokojnych i stali zdyszani ze zdziwienia po obu stronach nieprzerwanego strumienia ludzi. Koncert miał się zaraz zacząć, szybko, szybko, oddać płaszcz, szybko, szybko, wziąć numerek, szybko, szybko, odnaleźć miejsce...

Gdybyś wiedziała, jak bardzo na ciebie czekałem, mówił z płomiennym wzrokiem.

Gdybyś wiedział, jak za tobą tęskniłam, mówiła, czerwieniąc się i nie spuszczając wzroku, nie odwracając głowy.

I mam dość czekania.

Ja też mam dość.

Rozmawiali ze sobą, nie poruszając wargami. Nie oddychając.

Nie było już kolejki do szatni, a przeciągły dzwonek oznajmiał, że koncert wkrótce się zacznie. Szatniarka powiesiła ostatnie płaszcze, wydała ostatnie numerki, schowała futro, kapelusz, torbę podróżną, wzięła książkę i usiadła na taborecie, czekając na pierwszy antrakt.

Dzwonek nie przestawał dzwonić, teatr się zapełniał.

Ostatni spóźnialscy spieszyli się, szukali bileterki, denerwowali się, bali, że stracą pierwsze takty, nie będą mogli wejść. Słychać było dźwięk otwieranych i zamykanych drzwi, trzaskających foteli, szmer głosów, pokasływania, chrząkania.

Potem nie słyszeli już nic.

Philippe chwycił Joséphine za rękę i zaciągnął ją do kąta w starym teatrze, który pachniał kurzem i patyną wieków.

Przycisnął ją tak mocno do siebie, że o mało nie straciła tchu i nie krzyknęła... Westchnienie bólu natychmiast przeszło w jęk rozkoszy, gdy wbijała nos w jego szyję, a ramionami otaczała kark.

Obejmował ją, zaciskał ramiona na jej plecach, żeby się nie ruszała, żeby nie uciekła.

Całował ją. Całował jej włosy, całował szyję, rozpinał białą bluzkę i całował ramiona, nie broniła się, wpijała usta w jego szyję. Gryzła go delikatnie, lizała, smakowała jego skórę, rozpoznawała zapach, zapach indyjskiej przyprawy, zamykała oczy, aby na zawsze zapamiętać ten zapach, umieścić go we flakonie pamięci, móc oddychać nim później, później...

Później... zapach jego skóry zmieszany z zapachem wody toaletowej, smak kołnierzyka świeżo wypranej, świeżo wyprasowanej koszuli, kiełkująca broda, która drapie, fałdka skóry nad kołnierzykiem...

Philippe? pytała, głaszcząc jego włosy. Philippe?

Joséphine... szeptał, muskając kawałeczek jej skóry, przesuwając zębami po zaokrągleniu ucha.

Odsuwała się i pytała: To ty? Więc... to ty? Oddalała się, żeby go zobaczyć, rozpoznać jego twarz, oczy...

Przygarniał ją do siebie.

Stali w ciemnym kącie teatru na trzeszczącym parkiecie, niewidoczni w półmroku, w anonimowej ciemności.

Smakowali się, pożerali, nadrabiali stracone godziny, tygodnie i miesiące, wtapiali w siebie, żałując, że nie mają dziesięciu tysięcy ust, dziesięciu tysięcy rąk, dziesięciu tysięcy ramion, aby nigdy się już nie rozdzielić, aby nigdy już nie być tak wygłodniałym.

Pocałunek dwóch żarłocznych hydr.

Nienasyconych.

Dlaczego? Dlaczego? pytał Philippe, odgarniając włosy Joséphine, aby uchwycić jej wzrok. Dlaczego to milczenie, dlaczego nic nie wyjaśniłaś? Myślisz, że nie wiem? Myślisz, że nie rozumiem? Myślisz, że jestem aż taki głupi?

I w jego głosie słychać było ostry, niecierpliwy, poirytowany ton. I jego ręka chwytała włosy Joséphine, aby podniosła głowę...

Joséphine spuszczała wzrok, spuszczała głowę, wbijała nos w jego ramię, wbijała go tak mocno, że czuła kość, i naciskała, naciskała jeszcze mocniej, żeby zamilkł. Napierała czołem, napierała zębami. Cicho bądź, cicho, jeżeli będziesz mówił, duch powróci, rozdzieli nas, zabroni nam... nie wolno przywoływać duchów, mruczała, pocierając go czołem, nosem, ustami.

Cicho bądź, błagała, wsuwając nogę między jego nogi, otaczając drugą nogą jego biodra, wchodząc na niego, wieszając się na nim jak dziecko, które wspina się na zbyt wysokie drzewo, niebezpieczne drzewo, zakazane drzewo. Cicho bądź, jęczała, cicho... Nic nie mów.

Tylko moje usta w twoich ustach, twoje zęby, które mnie pożerają, twój język, który mnie liże, wciąga, a ja otwieram się, przepoławiam, nic, tylko ten odgłos w naszych ciałach

173

i cisza dookoła nas, ale żadnych słów, błagam cię, krew, ciało, oddech, ślina, westchnienia, kipiąca rozkosz, ale żadnych słów. Słowa zabijają, mój najdroższy, słowa zabijają... Jeżeli choć jedno słowo wyjdzie z naszych ust, z naszych oddechów, znikniemy jak dwa oszalałe elfy...

Joséphine, mówił wówczas, gdybyś wiedziała, Joséphine, gdybyś wiedziała... Zasłaniała mu ręką usta, kneblowała je, a on pożerał jej dłoń, nabierał powietrza i powracały słowa: Czekam na ciebie każdego dnia, czekam w każdej sekundzie, w każdej minucie, w każdej godzinie, powtarzam sobie, przyjdzie, zjawi się jakby nigdy nic, usiądzie przede mną w kawiarnianym ogródku, kiedy nie będę się spodziewał, z poplamionymi gazetowym tuszem palcami, które po kolei będę wycierał...

I lizał jej po kolei palce.

W brzuchu wybuchało jej słońce i nie miała już siły stać, musiała wczepić się w niego.

Podtrzymywał ją, ściskając w ramionach, ona go przytulała, oddychała nim, uczyła się go na pamięć na cały ten czas, który nadejdzie i oddali go od niej.

Mój najdroższy...

Słowa wyślizgiwały się i ulatywały w powietrze. Och! wykrzykiwała zdumiona uczuciem rozkoszy i zaraz potem wymykały jej się z ust inne: Najdroższy, najdroższy...

Przyjmował je jak wyznanie wyczerpanej wspólniczki i uśmiechał się, uśmiechał się w jej ustach i uśmiech rozciągał się, rozpościerał i zmieniał w gwiaździsty sztandar.

Wówczas usłyszała echo wypowiedzianych słów, zawahała się, po czym je powtórzyła, wyśpiewała: Jesteś moją miłością, moją miłością na wieki wieków, pocałowała go w ucho, jak zamyka się sejf, i złączyli się w uścisku, który był znakiem pokoju, przynosił pokój, i tak stali w objęciach, w ciemności, bez ruchu, smakując te słowa, napełniając się nimi, czyniąc z nich pocieszenie na najbliższe dni, dni wielkiej samotności, wielkiego zwątpienia, wielkiego smutku.

Moja miłości, moja miłości, nucili półgłosem, otaczając się ramionami, chowając głębiej w kącie teatru, aby ich nie znaleziono, aby ich nigdy nie odnaleziono. Moja miłości, którą kocham, stojąc z dumą, moja miłości, którą kocham na wieki, moja miłości, którą kocham, żywcem płonąc, moja miłości większa niż świat, silniejsza od huraganów i burz, od sirocco i tramontany, od północnych wiatrów i wschodnich...

Świętowali swoją miłość, wymyślając słowa, ofiarując je sobie nawzajem, dodając jeszcze większe słowa, słowa z dobrego chleba, egzotycznego drewna, z etoli z szynszyli, woni kadzidła, słowa i obietnice, spleceni w kącie starego teatru.

Całowali się, całowali słowami, które ich unosiły, przykuwały do siebie...

Potem ona położyła obie ręce na jego ustach, aby zamknęły się na zawsze i słowa nie wyparowały...

Potem on wsunął jej palec do ust i pomazał ją śliną wszystkich tych miłosnych słów, które wypowiedziała, aby nigdy się ich nie wyparła...

Jej ręce na jego ustach...

Jego palec piszący śliną na jej wargach...

To była ich przysięga. Ich talizman.

Usłyszeli hałas podnoszonych i trzaskających foteli, gwar rozmów, odgłos zbliżających się kroków.

Rozpoczął się antrakt.

Rozdzielili się powoli, powoli, wrócili na właściwą drogę schodami, on przejechał jej ręką po włosach, aby je przygładzić, ona obciągnęła mu marynarkę, aby ją wyprostować, obrzucili się ostatnim rozpalonym, pełnym triumfu spojrzeniem, przepuścili ludzi, dwa ciała tworzące szpaler, który rozstępował się powoli, z żalem.

Teraz nie będą się już bali. On stał się walecznym rycerzem, a ona jego damą, teraz mieli się rozstać, by pewnego dnia znowu się spotkać, nie wiedzieli kiedy, nie wiedzieli jak...

Odchodzili każde w swoją stronę, z ciałem drugiej osoby odciśniętym na własnym ciele.

W miłości najwspanialszy jest początek, pomyślała Joséphine, a my bez przerwy zaczynamy...

Szli tak z głowami zwróconymi do siebie, aby nie stracić się z oczu aż do ostatniej chwili...

Shirley czekała na swoim miejscu. Na widok błyszczących oczu i rozpalonych policzków Joséphine uśmiechnęła się niedostrzegalnie. Uznała, że lepiej będzie, jeżeli nic nie powie. W jej spojrzeniu pojawił się błysk rozbawienia, ale nie zadawała pytań.

Joséphine usiadła. Oparła obie ręce o podłokietniki, jakby chciała wrócić do rzeczywistości. Bawiła się czerwonymi pomponikami. Pomyślała chwilę. Wzięła przyjaciółkę za rękę. Uścisnęła ją.

– Dziękuję, moja najdroższa przyjaciółko. Dziękuję.

– *You're welcome, my dear!*

Shirley kilka razy kichnęła.

– Właśnie umieram... – Potem dodała: – A ciebie tu nie będzie, żeby mnie pielęgnować!

*

Nicholas Bergson czekał w Wolseley na Hortense Cortès, z którą miał zjeść lunch. Czekał od dwudziestu minut i niecierpliwił się. Puste krzesło naprzeciwko zdawało się z niego drwić i sprowadzało go do parteru. Wycieraczka, kelner, sługus! kpiło krzesło. Zapominasz, że jesteś DYREKTOREM artystycznym Liberty, i dajesz się wodzić za nos smarkuli! *Shame on you!** W końcu to prawda! Traktuje mnie jak chłopczyka! zazgrzytał zębami, czytając po raz dziesiąty kartę.

Zbliżało się Boże Narodzenie, a wraz z nim wysyp ozdób, oświetleń, kolędy śpiewane przy wejściu do metra, garnuszki nadstawiane przez Armię Zbawienia, obserwował więc przez okno restauracji uliczny spektakl, wypatrując jednocześnie Hortense. Przygładził koszulę, poprawił węzeł krawata, spojrzał po raz kolejny na zegarek, skinął głową znajomemu z pracy, który siadał przy sąsiednim stole. Jak ja wyglądam, siedząc sam jak głupek? To bardzo źle wpływa na mój wizerunek... A przecież ją miałem! Nie dalej jak tego lata! Zabrałem się za tę dziewczynę jak kretyn. Trzeba ją przetrzymać, a nie zginać się w pół. Jak zaczniesz jej słuchać, zrobi z ciebie eunucha.

Zastanawiał się, czy nie powinien wstać i wyjść, zawahał się, postanowił, że da jej jeszcze pięć minut, i obiecał sobie, że będzie dla niej zimny jak lód.

Jego relacje z Hortense przypominały łamigłówkę. Raz przytulała się do jego boku z zalotną miną, kiedy indziej wpatrywała się w niego z zimną ironią, jakby chciała powiedzieć: Kimże pan jest, że uważa się za osobę mi bliską? Pewnego dnia rzucił zrozpaczony: Przypominam ci, że byliśmy kochankami! Ko-chan-ka-mi! Spojrzała na niego lodowato. To dziwne, szukam w pamięci, ale nie przypominam sobie. To chyba niedobrze, co?

Nigdy nie widział takiej obojętności i pogardy u żadnej istoty ludzkiej. To typ dziewczyny, która mogłaby skakać na spadochronie... bez spadochronu. Trzeba przyznać, pomyślał, patrząc po raz kolejny na tarczę zegarka, że zachowuje się tak samo w stosunku do wszystkich: jakby cały świat był na jej usługi.

Westchnął.

---

* Wstydź się!

Najgorsze jest to, że z pewnością właśnie dlatego czekam tu na nią jak kretyn...

Dokładnie w momencie, gdy miał wstać i rzucić serwetkę na stół, Hortense opadła na puste krzesło naprzeciw niego. Jej długie kasztanowe włosy, błyszczące zielone oczy i olśniewający uśmiech świadczyły o takim apetycie i radości życia, że Nicholas Bergson nie mógł powstrzymać zachwytu, a potem wzruszenia. Jaka ona jest piękna! Pełna blasku *and so chic!* Miała na sobie spięty paskiem płaszcz z czarnej wełny, którego rękawy zawinęła, pokazując stalowy oyster rolex na przegubie, wąskie kasztanowe dżinsy – Balmain za dziewięćset osiemdziesiąt funtów, zauważył – golf z czarnego kaszmiru i torbę z byczej skóry z napisem Hermès.

Uniósł brwi ze zdziwienia i zapytał:

– Skąd ten luksus?

– Znalazłam stronę internetową, na której można wynająć na miesiąc wszystkie marki. Za grosze! I widzisz, efekt gwarantowany, to pierwsza rzecz, jaką zauważyłeś. Nawet się ze mną nie przywitałeś, tylko pomyślałeś: wow, jaka ona elegancka! w swojej główce dyktatora mody. Jesteś taki jak wszyscy, lecisz na szpan.

– A jak to działa?

– Rejestrujesz się, wpłacasz depozyt i tyle! Pożyczasz, co chcesz, i ubierasz się jak księżniczka. Patrzą na ciebie, budzisz szacunek, gratulują ci! Wybrałeś już? – spytała, przeglądając kartę.

– Miałem dużo czasu, żeby wybrać – skrzywił się Nicholas. – Znam kartę na pamięć.

– I co zamawiasz? – spytała Hortense, ignorując lodowaty ton rozmówcy. – No dobrze! Już wiem... Możesz zawołać kelnera? Umieram z głodu. – Podniosła na niego wzrok, przyglądnęła mu się i wybuchnęła śmiechem. – Zostałeś gejem czy co?

Nicholas o mało się nie udusił.

– Hortense! Dlaczego tak sądzisz?

– Popatrz, jak jesteś ubrany! Pomarańczowa koszula, różowy krawat, fioletowa marynarka! Nigdzie nie pisali, że teraz panuje taki styl. Chyba że zmieniłeś orientację seksualną.

– Nie, jeszcze nie, ale z pewnością wkrótce to zrobię, jeżeli nadal będę się z tobą widywał. Wystarczysz ty jedna, abym stracił pociąg do całej płci pięknej.

– Zauważ, że wcale by mi to nie przeszkadzało. Wręcz przeciwnie. Miałabym cię tylko dla siebie, nie musiałabym się tobą dzielić z jakąś pindą. Nie podobałoby mi się, gdybym cię miała dzielić z jakąś pindą. Więc masz wybór: mnich albo gej...

– Moja droga Hortense, abyś mogła mnie zatrzymać, musisz zacząć mnie traktować z większym szacunkiem. Chciałbym też zaznaczyć, że...

– Zawołaj kelnera, bo zemdleję!

– I przerywasz mi w pół zdania!

– Nie znoszę, gdy jęczysz. Dzwonisz do mnie, oświadczasz, że masz mi coś superniesamowitego do powiedzenia, wypożyczam luksusowe ciuchy, robię się na bóstwo, robię próby przed lustrem, myślę sobie, że przedstawisz mi Stellę lub Johna... i wpadam na pstrokatego smutnego klauna, który zamartwia się, siedząc samotnie przy stole! To nie jest sexy!

– Zamartwiam się, bo spóźniłaś się trzydzieści pięć minut! A jestem sam, bo miałem zjeść lunch z tobą, a nie z całą świtą!

– wybuchnął Nicholas na skraju załamania nerwowego.

– Ach? Spóźniłam się? To możliwe... ale od tego się nie umiera. Możesz kiwnąć na kelnera, umieram z głodu. Mam wrażenie, że ci to już mówiłam.

Nicholas posłuchał. Złożyli zamówienie.

Nadal się nie odzywał.

– OK, zrozumiałam. Przestań grać ze mną w zgadywanki: obraziłeś się na mnie... Więc będę zadawać ci pytania, a ty będziesz odpowiadać tak lub nie, tym sposobem nadal będziesz mógł być obrażony i ocalisz swój honor. Pierwsze pytanie: czy ta niesamowita wiadomość dotyczy ciebie?

Nicholas pokręcił przecząco głową.

– To wiadomość dla mnie?

Potwierdził.

– Na temat szkoły?

Potrząsnął głową.

– Widoków na pracę?

Po raz kolejny potwierdził.

– Wspaniałą pracę, która mogłaby stanowić trampolinę do mojej świetlanej kariery?

Skinął głową.

– Uprzedzam cię: albo ciupasem odzyskasz mowę, albo wbiję ci widelec w oko przy ludziach!

Zignorował ją i w milczeniu zaczął się bawić trzonkiem noża.

– No dobrze. Przepraszam, że się spóźniłam. I zgodzę się pocałować cię w usta, żeby wiedzieli, że nie jesteś gejem, ale całkiem przyzwoitym kochankiem.

– Tylko przyzwoitym?

– Godnym pochwały i to moje ostatnie słowo... Więc co to za informacja?

Nicholas westchnął pokonany.

– Harrods. Wystawy. Słynne wystawy... Dwie są wolne. Nie wiedzą jeszcze, komu je dać, i można wziąć dokumenty od niejakiej miss Farland, termin upływa dziś o siedemnastej.

Hortense patrzyła na niego z otwartymi ustami.

– To niesamowite. Niesamowite... I myślisz, że...

– Dam ci adres biura miss Farland, weźmiesz papiery i sprzedasz się, jak tylko potrafisz najlepiej! Ruch należy do ciebie.

– A jakim cudem wystawy u Harrodsa są wolne? – spytała nagle nieufna Hortense. – Normalnie są zarezerwowane z wielomiesięcznym wyprzedzeniem.

180

– To wystawy na marzec i kwiecień przeznaczone dla nowych kreatorów mody. Przydzielono je Chloé Pinkerton...

– ...która zabiła się wczoraj w nocy, wracając samochodem do domu na wsi. Ma za swoje! To ją oduczy snobizmu i niechęci do mieszkania w Londynie! Zawsze uważałam, że ta dziewczyna jest przereklamowana. Zastanawiałam się, jakim cudem odniosła sukces. Co za ulga, żeśmy się jej pozbyli!

– Nieraz – stwierdził przerażony Nicholas – zastanawiam się, czy naprawdę jesteś istotą ludzką. Bo słowo „ludzki" zawiera oczywiście to co najgorsze, ale też czułość, współczucie, ofiarność, szlachetność...

– Sądzisz, że mogę tam iść natychmiast? Spotkać się z miss Farland?

– Mowy nie ma! Musisz zjeść ze mną lunch, skoro tak długo na ciebie czekałem, przynajmniej to jesteś mi winna!

– OK, ale jeżeli przyjdę za późno, nie odezwę się do ciebie do końca życia! Zresztą już nie jestem głodna, już myślę o moich wystawach...

Nicholas westchnął i rozłożył serwetkę.

– Co robisz w święta? – spytał, żeby na nowo zacząć rozmowę.

– Paryż, mama, siostra, Shirley, Gary i cały tradycyjny cyrk. Mama upiecze indyka, który jej się nie uda, popadnie w sentymentalizm i będzie płakać, Zoé zrobi prezenty w idiotycznym harcerskim stylu, Shirley będzie się starała rozładować atmosferę, a my z Garym będziemy na siebie patrzeć jak fajansowe pieski.

– Ach! Piękny Gary Ward też tam będzie.

– Jak zwykle.

– Wiesz, że Charlotte Bradsburry nie może przeboleć ich rozstania? Mówi, że to twoja wina, i obrabia ci tyłek przed całym Londynem.

– Zostanę sławna, jeżeli będzie o mnie mówiła wszystkim dookoła.

– Mówi też, że zniszczy cię na twoim pierwszym pokazie.

– I dobrze! Nieważne, co mówią, ważne, żeby mówili!

– Krótko mówiąc, jest jej przykro...

– Zupełnie mnie to nie obchodzi. Mam gdzieś kłopoty sercowe miss Charlotte! Dostanę dwie wystawy u Harrodsa. Dwa gigantyczne ekrany, na których wypiszę swój talent! I przez sześć tygodni cały świat będzie oglądał, do czego jestem zdolna, cały świat usłyszy o Hortense Cortès... tralala, wylansuję się, będę ubóstwiana... i bogata, bogata, bogata! Bo napłyną kontrakty. Będę sobie musiała poszukać dobrego adwokata. Znasz jakiegoś?

Przerwała i zamyśliła się. Spoważniała.

– Będę musiała znaleźć temat. Pamiętasz mój pokaz w Saint-Martins?*

– *Sex is about to be slow...*

– To było niezłe, co?

– Doskonałe, ale nie zaczął się wtedy jeszcze kryzys.

– Kryzys mam w nosie! Ludzie zapomną o kryzysie, oglądając moje wystawy. Będą urzeczeni, mówię ci!

– Jeszcze ich nie dostałaś! A nie ty jedna się o nie starasz.

– Dostanę je! Obiecuję ci! Choćbym miała pracować dzień i noc, noc i dzień i jeszcze więcej, czołgać się u stóp miss Farland albo podłożyć bombę, żeby wyeliminować pozostałych kandydatów.

Dała znak kelnerowi i zamówiła sok ze świeżych cytryn.

– Pijesz sok z cytryn? – spytał Nicholas.

– Każdego ranka, gdy wstanę. Dobrze robi na skórę, włosy, wątrobę, broni przed wirusami i mikrobami i pozwala zachować świetną formę. Dziś rano zapomniałam.

– Oparła podbródek na rękach i powtórzyła kilka razy:

– Muszę wpaść na jakiś znakomity pomysł...

– I to szybko! – dodał Nicholas.

---

* Patrz *Wolny walc żółwi, op. cit.*

– One są dla mnie, dla Hortense Cortès! Dostanę te pie-
przone wystawy!

– Ani przez sekundę nie będę w to wątpił, moja droga.
Czego chce kobieta...

O czternastej trzydzieści Hortense Cortès stała w kolejce na
ósmym piętrze w budynku przy Bond Street wśród około
pięćdziesięciu kandydatów, którzy mierzyli się badawczo
wzrokiem bez szczególnej sympatii. Wszyscy trzymali się
prosto i śledzili ruchy pozostałych. Jakaś dziewczyna wybiegła z sali konferencyjnej i oznajmiła: Nie macie na co czekać, przyjęli mnie! Niektórzy popatrzyli na nią zniechęceni
i wyszli z kolejki. Hortense nie uwierzyła w ani jedno słowo.

Dziesięć minut później niejaki Alistair Branstall, znany
ze swojej kolekcji ekscentrycznych okularów, wyszedł, zapewniając, że wniosków dla wszystkich nie wystarczy i ci,
którzy przyszli ostatni, nie zostaną obsłużeni. Podrygiwał
w garniturze w czerwono-zieloną kratkę, wytrzeszczając
oczy zza okularów w kształcie żyrafy.

Hortense wzruszyła ramionami.

Potem asystentka miss Farland oznajmiła, że zostało
tylko dziesięć formularzy. Hortense szybko policzyła: była
czternasta.

Zaklęła, wyrzucała sobie Mont-Blanc, który zamówiła
na deser, i drugą kawę, pomstowała na swoje łakomstwo
i Nicholasa, jeszcze raz policzyła. Kandydaci po kolei się wy-
cofywali. Postanowiła zostać.

Była już jedenasta.

– Powiedziałam, że zostało dziesięć formularzy – powtórzyła asystentka, wpatrując się w Hortense.

– A ja postanowiłam, że nie umiem liczyć – odparła
Hortense z szerokim uśmiechem.

– Jak pani sobie życzy – odpowiedziała urażona asystentka, odwracając się.

Kiedy ostatnia kandydatka wyszła z formularzem pod pachą, Hortense zapukała do drzwi miss Farland.

Asystentka otwarła drzwi z wyniosłą miną.

– Chcę formularz – powiedziała Hortense.

– Uprzedzałam panią, że więcej nie ma.

– Chcę się spotkać z miss Farland.

Asystentka wzruszyła ramionami, jakby nalegania Hortense z góry były skazane na niepowodzenie.

– Niech jej pani powie, że pracowałam z Karlem Lagerfeldem i mam własnoręcznie przez niego podpisany list polecający.

Asystentka się zawahała. Wpuściła Hortense i poprosiła, by poczekała.

– Zobaczę, co da się zrobić...

Wróciła i poprosiła Hortense, aby poszła za nią.

Miss Farland siedziała za długim, owalnym szklanym biurkiem. Karykatura kobiety: brunetka, skóra i kości, blada cera, ogromne czarne okulary, kruczoczarny kok banan, szminka w bardzo krzykliwym kolorze i wielkie pozłacane kolczyki, które zakrywały jej policzki. Chuda, taka chuda, że aż prześwitująca.

Poprosiła asystentkę, aby zostawiła je same, i wyciągnęła rękę po list Karla.

– Nie mam listu. Nigdy nie pracowałam z panem Lagerfeldem. To był blef – powiedziała Hortense bez zmrużenia oka. – Chcę dostać tę pracę, to praca dla mnie. Będzie pani zachwycona. Mam tysiące pomysłów. Jestem pracowita, dożarta i niczego się nie boję.

Miss Farland przyglądała jej się ze zdziwieniem.

– I myśli pani, że przekona mnie ta gadka?

– Tak. Nie mam jeszcze dwudziestu lat, jestem Francuzką, uczę się na drugim roku w Saint-Martins. Po pierwszym roku wybierają siedemdziesiąt osób z tysiąca. Temat mojego pokazu? *Sex is about to be slow*. W jednej z moich kreacji wystąpiła Kate Moss. I to mogę pani udowodnić, mam DVD i artykuły z gazet. Poza tym wiem, że jestem lepsza od pozostałych pięćdziesięciu kandydatów.

Miss Farland obejrzała dopasowany czarny płaszcz, podwinięte rękawy, dżinsy Balmain, szeroki pasek Dolce & Gabbana, torbę Hermès, zegarek Rolex i jej dłoń w rękawiczce musnęła stertę formularzy.

– Mamy znacznie więcej niż pięćdziesięciu kandydatów, chyba jest ich setka... tylko tych, którzy zgłosili się dzisiaj!

– Więc jestem lepsza od pozostałych stu kandydatów!

Miss Farland uśmiechnęła się lekko, powstrzymując się od wszelkich wyrazów sympatii.

– To praca dla mnie – powtórzyła Hortense, dostrzegając natychmiast chwilę słabości.

– Zostali wybrani, bo są dobrzy, udowodnili już swoją wartość.

– Udowodnili swoją wartość, bo dano im szansę. Pierwszą szansę. Niech mi pani da pierwszą szansę.

– Mają doświadczenie.

– Ja też mam doświadczenie. Pracowałam z Vivienne Westwood i Jeanem-Paulem Gaultierem. Nie bali się mi zaufać. Ja też wypróbowywałam swoje pierwsze modele na pluszowym misiu, gdy miałam sześć lat!

Miss Farland uśmiechnęła się raz jeszcze i otwarła szufladę, aby poszukać w niej dodatkowego formularza.

– Nie będzie pani tego żałować – kontynuowała Hortense Cortès, która czuła, że powinna dalej wywierać presję.

– Pewnego dnia będzie pani mogła powiedzieć, że pierwsza dała mi szansę, będą przeprowadzali z panią wywiady i stanie się pani częścią mojej legendy.

Wydawało się, że miss Farland świetnie się bawi.

– Nie mam już formularzy, sprawdzę, czy nie został jakiś mojej asystentce, miss...

– Cortès. Hortense Cortès. Jak konkwistador. Niech pani dobrze zapamięta to nazwisko.

185

Miss Farland poszła do sąsiedniego pokoju. Hortense słyszała, jak rozmawia z asystentką. Ta mówiła, że nie ma już formularzy, a miss Farland nalegała.

Hortense siedziała dalej, kołysząc długimi skrzyżowanymi nogami. Oglądała bałagan na biurku. Kalendarz zapisany spotkaniami i numerami telefonów. Zauważyła puderniczkę Shiseido, szminkę Mac, dezodorant CHANCE Chanel, flamastry, pióra, długopisy, wkłady do ołówków, długopisy chromowane, długopisy pozłacane i długą obsadkę pióra włożoną do kałamarza.

Nie było zdjęć dziecka ani męża. Spędzi święta w samotności. Z nieumalowaną twarzą, bladymi ustami, włosami zwisającymi w brudnych kosmykach, w starych kapciach na nogach, a deszcz będzie walił w szyby, telefon nie zadzwoni, podniesie go, żeby sprawdzić, czy działa, będzie liczyć dni do powrotu do biura... Smutne święta!

Nadal omiatała wzrokiem biurko i natrafiła na stos formularzy. Gruby stos papierów kandydatów po wstępnej selekcji.

Jak się coś takiego wypełnia? Nigdy tego nie robiłam.

Nie wystarczy wyjść z formularzem pod pachą, trzeba go jeszcze umieć wypełnić. Podać wystarczająco dużo ciekawych informacji, aby nie wylądował zmięty w koszu.

Poderwała się, otwarła torebkę, schowała do niej dziesięć wniosków. Będzie czerpać natchnienie z CV swoich rywali, aby uatrakcyjnić i upiększyć własne, a dodatkowo pozbędzie się kilku kontrkandydatów.

Zamknęła torbę, usiadła, znowu zaczęła huśtać prawą nogą spoczywającą na lewej, policzyła kolejno wszystkie długopisy na biurku i głęboko odetchnęła.

Kiedy miss Farland wróciła, zobaczyła grzecznie siedzącą Hortense z torebką na kolanach. Podała jej grubą kopertę.

– Proszę przynieść jutro wypełnione dokumenty. Ostateczny termin upływa o siedemnastej; po tej godzinie nie ma zmiłuj się. Zrozumiano?

– Zrozumiano.

– Ma pani tupet. Podoba mi się to.

Miss Farland miała piękny uśmiech.

Hortense uważnie przeczytała skradzione formularze, zanim wypełniła własny.

Zebrała informacje.

Dodała do swojego życiorysu misję humanitarną w Bangladeszu, dwa staże w firmach, wykorzystała opowiadanie scenografki teatralnej, część doświadczeń asystenta fotografa, wymyśliła zdjęcia do filmu reklamowego w Chorwacji...

Wpisała swój adres, e-mail, numer telefonu komórkowego.

Złożyła dokumenty o piętnastej dziesięć na biurku miss Farland.

I poszła na stację Eurostaru, kierunek ferie, Boże Narodzenie i Paryż.

Do koperty zaadresowanej na nazwisko miss Farland włożyła długopis ze złoconą wieżą Eiffla, która mrugała w ciemności.

Część druga

Często życie bawi się z nami.

Podsuwa nam diament kryjący się pod upuszczonym biletem do metra lub w fałdzie zasłony. Zaklęty w słowie, spojrzeniu, nieco naiwnym uśmiechu. Wystarczy zwracać uwagę na detale. Są jak rozsiane w naszym życiu kamyczki, które nas prowadzą. Ludzie brutalni, żyjący w pośpiechu, noszący rękawice bokserskie czy rozsypujący żwir, nie zważają na nie. Chcą czegoś mocnego, wielkiego, błyszczącego, żeby nie stracić ani minuty, schylając się po grosz, słomkę, rękę drżącego człowieka.

Ale jeżeli ktoś się schyli, jeżeli zatrzyma czas, odkryje diamenty na wyciągniętej dłoni.

Lub w koszu na śmieci.

To właśnie zdarzyło się Joséphine w nocy 21 grudnia.

Wieczór dobrze się rozpoczął.

Hortense wróciła z Anglii i życie nagle nabrało przyspieszenia. Tysiące rzeczy do opowiedzenia, tysiące projektów, tysiące piosenek do zanucenia, tysiące rzeczy do wyprania i ta wygnieciona bluzka do wyprasowania, tysiące ekscytujących przygód i: Przypomnij mi, żebym zadzwoniła do Marcela, żeby go zapytać... i telefonów, i list spraw do załatwienia, i: Wiedziałaś, że... i: Powiedz mi, dlaczego... i ta wspaniała przygoda, którą opowiedziała matce i siostrze siedzącym w kuchni: historia z wystawami Harrodsa.

– Zdajesz sobie sprawę, mamo, zdajesz sobie sprawę, Zoétounette, będę miała dwie witryny ze swoim nazwiskiem wypisanym wielkimi literami przy Brompton Road w Knightsbridge! Dwie witryny „Hortense Cortès" w najbardziej uczęszczanym sklepie w Londynie! Och, zgoda! Nie najbardziej szykownym ani nie najbardziej subtelnym, ale przyciągającym najwięcej turystów, najwięcej miliarderów, najwięcej ludzi szukających mojego jedynego, wspaniałego talentu!

Rozpościerała ramiona, wirowała po kuchni, wirowała w salonie, chwytała za łapy Du Guesclina i obracała się z nim, obracała i dziwny to był widok: Du Guesclin, wielki niezdarny pies, nie wiedział, czy powinien dać się porwać, rzucał na Joséphine zdziwione, niespokojne spojrzenie szukające aprobaty, a wreszcie dołączał do Hortense i świętował jej radość, szczekając.

– Ale – spytała Joséphine, kiedy zdyszana Hortense opadła na krzesło – jesteś pewna, że wygrasz ten konkurs?

– Nie jestem pewna, mamo, jestem bardziej niż pewna. Inaczej być nie może! Moje CV obfituje we wzniosłe, barwne fakty i czyny. Opisałam dwa pomysły, z których jeden uważam za genialny: „Co zrobić z marynarką w zimie?". Czy nosić ją na gruby sweter, w charakterze szalika, sweterka, niedbale przewiązaną w pasie, czy wręcz przeciwnie, uszyć ją z grubej wełnianej tkaniny, aby podkreślić funkcję płaszcza? Marynarka w zimie to kłopot! W samej marynarce jest zimno, a za ciepło, gdy wkłada się ją pod płaszcz. Trzeba wymyślić ją na nowo! Musi być grubsza, ale tak, żeby nie obciążała sylwetki, lżejsza na tyle, żeby nie było ryzyka zapalenia płuc. Popracowałam nad tym, zrobiłam szkice. Wpadłam w oko miss Farland, zostanę wybrana... *no problem*!

– A kiedy będziesz wiedzieć?

– Drugiego stycznia. Drugiego stycznia mój telefon zadzwoni i dowiem się, że to ja. Gdybyście wiedziały, jaka jestem podniecona! Zostało mi około dziesięciu dni, aby wpaść na jakiś pomysł, będę przemierzać Paryż, oglądać wystawy, rozmyślać i wpadnę na jakiś pomysł, genialny pomysł, który będę musiała jedynie zilustrować... Bom-bam-bom! Jestem królową Londynu!

Wstała i podskoczyła z gracją, żeby dać wyraz optymizmowi i dobremu humorowi.

– Żeby to uczcić, zrobię dziś dla ciebie crumble z jabłkami – postanowiła Zoé, obciągając podkoszulek Joe Coll, który Hortense jej przywiozła.

– Dziękuję, Zoétounette! Dasz mi przepis, żebym mogła upiec chłopakom w domu? Po tym, co zrobiłam, muszę się jakoś wkupić w ich łaski!

– Tak! Tak! – wykrzyknęła Zoé dowartościowana tak wielkim uznaniem i możliwością uczestnictwa w londyńskim życiu Hortense. – Powiesz, że dostałaś go ode mnie, co? Powiesz, że to ja ci go dałam...

Pobiegła do swojego pokoju po bezcenny czarny zeszyt, aby natychmiast przystąpić do przygotowania crumble z jabłkami.

– Och! Mamo, jestem szczęśliwa! Taka szczęśliwa... Gdybyś wiedziała! – Hortense wyciągnęła ręce i westchnęła:
– Chciałabym, żeby już był drugi stycznia, tak bym chciała!

– A... jeżeli nie wygrasz? Może nie powinnaś popadać w taki entuzjazm...

Pobłażliwy uśmieszek, wzruszenie ramion, oczy utkwione w suficie i przeciągłe westchnienie.

– Jak to: nie wygram? Ależ to niemożliwe! Sprawiłam, że ta kobieta oderwała się od ziemi, zaintrygowałam ją, wzruszyłam, wypełniłam jej samotność wielkim marzeniem, zobaczyła we mnie siebie, musnęła własną młodość, ożywiłam jej nadzieje... i oddałam perfekcyjnie wypełniony wniosek. Może wybrać tylko mnie! Zabraniam ci dopuszczać do siebie choćby cień wątpliwości, mogłabyś mnie zarazić!

Cofnęła się z krzesłem, aby odsunąć się od matki.

– Mówiłam to z ostrożności – przeprosiła Joséphine.

– Więc nie mów tak nigdy więcej, bo przyniesiesz mi pecha! Różnimy się od siebie, mamo, nie zapominaj o tym, a w żadnym razie nie chcę się do ciebie upodobnić... pod tym względem – dodała, aby złagodzić ostry ton.

Joséphine pobladła. Zapomniała, jak bardzo Hortense potrafi być stanowcza. Z jaką łatwością zmienia życie we wzburzoną toń. Córka szła naprzód z magiczną różdżką w dłoni, podczas gdy ona, Joséphine, skakała jak rachityczna ropucha.

– Masz rację, kochanie, wybiorą cię... Tylko po prostu boję się o ciebie. To takie uczucie typowe dla mam.

Hortense skrzywiła się, słysząc słowa „uczucie" i „mama", i spytała, czy mogą zmienić temat. Byłaby raczej za tym.

– A Iphigénie? Co u niej słychać? – spytała, krzyżując ręce na piersi.

– Chce zmienić pracę.

– Chce zwolnić służbówkę?

– Boi się, że to ją zwolnią ze służby – powiedziała Joséphine dosyć zadowolona z tej gry słów, na którą Hortense nie zwróciła uwagi.

– Ach! A to dlaczego?

– Utrzymuje, że jakaś kobieta chce zająć jej miejsce. Jutro ma rozmowę w sprawie pracy w gabinecie lekarskim, gdzie odbierałaby telefony, umawiała wizyty, organizowała rozkład dnia. Byłaby w tym znakomita.

Hortense ziewnęła. Minęło jej zainteresowanie życiem Iphigénie.

– Miałaś jakieś wieści od Henriette?

Joséphine potrząsnęła głową.

– Tym lepiej... – westchnęła Hortense. – Zwłaszcza biorąc pod uwagę, że wiele dla ciebie nie zrobiła.

– A ty?

– Żadnych. Pewnie zajmuje się czym innym... A co poza tym?

– Dostałam list od Mylène. Dalej jest w Chinach i chce wrócić do Francji. Pyta, czy mogę jej jakoś pomóc. Nie zrozumiałam, czy chodzi o to, żebym znalazła jej pracę, czy przyjęła ją pod swój dach.

– Ta to ma tupet!

– Nie odpowiedziałam jej. Nie wiedziałam, co napisać.

– I dobrze! Niech tam siedzi i zostawi nas w spokoju!

– Musi się czuć samotna.

– Ale to nie twój problem! Zapomniałaś, że była kochanką twojego męża? Jesteś niepoprawna! – Hortense obrzuciła ją zirytowanym wzrokiem. – A jak tam nowi sąsiedzi?

Joséphine właśnie miała zacząć szkicować ich portret, gdy do kuchni wpadła Zoé ze łzami w oczach.

– Mamo, mamo! Nie mogę znaleźć zeszytu z przepisami!

– Szukałaś wszędzie?

– Wszędzie, mamo! Wszędzie! Nie ma go...

– Musi gdzieś być. Pewnie go gdzieś włożyłaś i nie pamiętasz gdzie.

– Nie, szukałam wszędzie i nic, nie znalazłam go! Mam tego dość! Kompletnie dość! Ja sprzątam, a Iphigénie wszystko mi przestawia, wszystko przekłada!

Zalane łzami oczy Zoé wyrażały rozpacz, jakiej nie mogą uciszyć żadne słowa.

– Znajdziemy go, nie martw się.

– Wiem, że nie! – krzyczała Zoé coraz bardziej piskliwym głosem. – Wiem, że go wyrzuciła, ona wszystko wyrzuca! Powtarzałam jej sto razy, żeby go nie dotykała, ale ona mnie nie słucha! Traktuje mnie jak małe dziecko... Jakby to był zeszyt z bazgrołami! Och, mamo, to straszne, chyba umrę.

Joséphine wstała i postanowiła poszukać sama.

Na próżno podnosiła materac, odsuwała łóżko, grzebała w garderobie, przesuwała biurko, opróżniała teczkę, przerzucała majtki i skarpetki, nie znalazła czarnego zeszytu.

Zoé, siedząc na wykładzinie, płakała, miętosząc podkoszulek Joe Cool.

– Zawsze kładę go tu, na biurku. Chyba że zanoszę go do kuchni... Ale zawsze później odkładam na miejsce. Wiesz dobrze, ile dla mnie znaczy, mamo! Straciłam go, straciłam na zawsze. Iphigénie pewnie go wyrzuciła przy sprzątaniu...

– Ależ nie! To niemożliwe!

– Możliwe, mamo, ona jest taka bezwzględna! Zawsze chce wszystko wyrzucać!

Płacz się nasilił. Przypominał ryk zwierzęcia, które czka i zdycha, leżąc na boku i czekając końca.

– Zoé, błagam cię! Nie płacz! Znajdziemy zeszyt...

– Nie znajdziemy, wiesz o tym, i już nigdy w życiu nic nie ugotuję! – wrzasnęła Zoé, po raz kolejny zanosząc się szlochem. – I nie będę już miała żadnych wspomnień, żadnej przeszłości, wszystko w tym zeszycie było! Całe moje życie!

Hortense obrzuciła to morze łez wzrokiem, w którym mieszała się litość i irytacja.

Atmosfera w czasie kolacji była ponura.

Zoé płakała nad talerzem, Joséphine wzdychała, Hortense się nie odzywała, ale jej pełne dezaprobaty milczenie oznaczało, że nie ma co robić dramatu z powodu zeszytu z przepisami.

Ledwie skosztowały potrawki z kurczaka, którą Joséphine pichciła od dwóch dni z okazji przyjazdu Hortense, po czym poszły spać, rozmawiając przyciszonym głosem, jakby wracały z pogrzebu.

Od obiadu z Gastonem Serrurierem, kiedy dał do zrozumienia, że jej dochody z tytułu praw autorskich znacznie spadły, Joséphine miała kłopoty ze snem. Leżała na plecach, starała się znaleźć właściwą pozycję, odpowiednio ułożyć prawe ramię, potem lewe, przesunąć nogi, lecz w jej głowie cyfry tańczyły szalonego kankana, szybko doprowadzając ją do ruiny. Wracał strach przed brakiem pieniędzy. Strach przed biedą. Przed nocnym liczeniem skromnych oszczędności w bladym świetle lampy. Przed tą dawną towarzyszką, którą – jak sądziła – na zawsze wypędziła ze swojego życia, a teraz znowu słyszała odgłos jej pędzących sabotów.

To była pierwsza fala lęku.

Wstawała, podchodziła do biurka, wyjmowała wyciągi z banku, liczyła raz i drugi, dodawała po trzy razy te same kwoty, myliła się, zaczynała od nowa, odejmowała, znowu się kładła, wstawała, aby wszystko przeliczyć jeszcze raz, zapominała o podatku od nieruchomości... Wyobrażała sobie, że sprzeda mieszkanie i znajdzie gdzieś tańsze. Przynajmniej była właścicielką pięknego mieszkania w dobrej dzielnicy. To był majątek, który mogła sprzedać. Tak, ale trzeba jeszcze spłacić kredyt... I pokryć koszty szkoły Hortense, pokoju Hortense w Londynie i miesięczne wydatki Hortense. Nie powiedziała o tym Serrurierowi. Nigdy by się nie odważyła.

Zapomniała na trochę o pieniądzach i ich szponach. Znowu czeka ją koszmar dodawania groszy.

Nigdy nie martwiła się o Zoé. Obawą napawała ją Hortense. Przestać kupować jej piękne stroje, zmusić do przeprowadzki do tańszej dzielnicy, nie pozwalać jej robić tego i tamtego, snuć marzeń, które się spełnią... To niemożliwe! Podziwiała energię i ambicję córki. Czuła się odpowiedzialna za jej zamiłowanie do luksusu. Nigdy nie miała odwagi sprzeciwić się jej pragnieniom. Aby sprawiedliwości stało się zadość, musi teraz ponieść tego konsekwencje.

Prostowała się, oddychała głęboko i myślała. Wystarczy znaleźć temat książki i wziąć się do pracy. Skoro raz byłam w stanie to zrobić...

I wtedy napływała nowa fala lęku, która zalewała ją i miażdżyła. Jej piersi ściskały rozpalone kleszcze. Brakowało jej tchu. Dusiła się. Tarła sobie żebra. Liczyła, liczyła, żeby się uspokoić i znowu móc oddychać. Raz, dwa, trzy, nie dam rady, siedem, osiem, dziewięć, nigdy mi się nie uda, śniło mi się, że mi się udało, spałam w złudnym spokoju przez dwa lata... dwanaście, trzynaście, czternaście, jestem myszką z biblioteki, a nie pisarką. Myszką, która zarabia na befsztyk na szarych półkach pełnych książek i kurzu. Serrurier powiedział, że jestem pisarką, aby zmusić mnie do roboty, ale wcale nie wierzy w to, co mówi. Pewnie powtarza to samo każdemu autorowi w czasie lunchu w tej samej restauracji, której menu zna na pamięć...

Wstawała.

Szła wypić szklankę wody w kuchni. Strach drążył tak głęboką dziurę, że musiała się oprzeć o krawędź zlewu.

Mówiła do Du Guesclina, który obserwował ją z niepokojem: Nie dam rady, wiesz, ostatnio udało mi się, bo Iris pchała mnie do przodu. Miała siłę za nas dwie, ona nie wątpiła, ona nie wstawała w nocy, żeby dodawać i odejmować, brakuje mi jej, Dug, brakuje mi jej.

Du Guesclin wzdychał. Kiedy mówiła do niego Dug, znaczyło to, że sytuacja jest poważna. Lub nadzwyczajna. I pochylał łeb w prawo, w lewo, aby zgadnąć, czy chodzi o wielkie szczęście czy wielkie nieszczęście. Wpatrywał się w nią z taką rozpaczą, że kucała, obejmowała go i głaskała czarną głowę walecznego rycerza.

Chroniła się na balkonie i wypatrywała gwiazd. Opuszczała głowę i ramiona między nogi, prosiła gwiazdy, aby dały jej siłę i spokój. Co do reszty, to sobie poradzę... Dajcie mi zapał, chęć, a ruszę do przodu, obiecuję wam. Tak ciężko jest być samej przez cały czas. Samej uruchamiać życie każdego dnia.

Recytowała modlitwę do gwiazd, licząc, że tak jak w przeszłości zostanie wysłuchana.

– Gwiazdy, proszę was, sprawcie, żebym już nie była sama, żebym nie była znowu biedna, żebym nie była zaszczuta, żebym nie drżała ze strachu... Strach jest moim najgorszym wrogiem, strach mnie paraliżuje. Dajcie mi pokój i siłę wewnętrzną, dajcie mi tego, na którego czekam w sekrecie, ale nie mogę się do niego zbliżyć. Sprawcie, żebyśmy się spotkali i już nigdy nie rozstawali. Bo miłość jest największym bogactwem i bez tego bogactwa nie mogę się obejść...

Modliła się głośno i rozpościerała na rozgwieżdżonym niebie swoje niepokoje. Cisza, zapach nocy, szum wiatru w gałęziach, wszystkie te punkty odniesienia, które od tak dawna znała na pamięć, otulały jej słowa i koiły umysł. Strach mijał. Znowu oddychała, rozżarzone kleszcze zwalniały uścisk, nadstawiała ucho, aby usłyszeć odgłos taksówki, która hamuje i wysadza klienta, trzaskających drzwi, stukających na chodniku i zamierających w budynku kobiecych obcasów. Kto wraca o tej porze? Jest samotna czy idzie do śpiącego męża? Noc przybierała kolor nieznajomej. Stawała się oswojona. Noc nie była już groźna.

Ale tego wieczoru spokój nie spłynął z nieba.

Z pięściami zaciśniętymi pod kołdrą Joséphine powtarzała: Zeszyt Zoé, zeszyt Zoé, błagając niebiosa, aby się odnalazł. Zeszyt Zoé, zeszyt Zoé – te słowa rozbrzmiewały jej w głowie i przyprawiały ją o ból. Zoé i kuchnia, Zoé i przyprawy, sosy, suflety, które rosną i opadają, bita piana, topiąca się czekolada, złocące się żółtko, jabłka obierane we dwójkę, ciasto lepiące się do wałka, gotujący się karmel i piekarnik pożerający ciasto. Życie Zoé mieści się w tym zeszycie: „uciekający kurczak" przywieziony z Kenii,

199

„prawdziwe" piure Antoine'a, krewetki po skandynawsku jej koleżanki Emmy, crumble pani Astier, nauczycielki historii, lazanie Mylène, makaron z łososiem Giuseppego, fondue z carambarów i twardego nugatu Iphigénie... W przepisach przeplatanych krótkimi opowiadaniami przewijało się całe je życie. Pogoda w danym dniu, w co była ubrana, co powiedział X i co z tego wynikło, wskazówki, z których wyłaniała się jej tożsamość. Gwiazdy, bardzo was proszę, oddajcie jej ten zeszyt, nie jest wam przecież potrzebny.

– To byłby piękny prezent gwiazdkowy – dodała Joséphine, bacznie wpatrując się w niebo.

Ale gwiazdy nie odpowiedziały.

Joséphine wstała, poprawiła kołdrę na ramionach, wróciła do mieszkania, włożyła głowę do pokoju Zoé, popatrzyła na nią, śpiącą z nogą Nestora, swojej przytulanki, w ustach... Miała piętnaście lat, a Nestor nadal ją uspokajał.

Weszła do swojego pokoju, rozłożyła kołdrę na łóżku. Kazała Du Guesclinowi zwinąć się na dywanie. Wśliznęła się pod grubą ciepłą kołdrę i zamknęła oczy, powtarzając: Zeszyt Zoé, zeszyt Zoé, zeszyt Zoé... gdy nagle przeżyła olśnienie: kubły! Zoé miała rację, może Iphigénie, która nie znosiła nieporządku, wyrzuciła go do śmieci?

Wstała jednym susem przepełniona radosną pewnością. Kubły! Kubły!

Szybko włożyła dżinsy, gruby sweter, kozaczki, ściągnęła włosy do tyłu, wzięła parę gumowych rękawiczek, latarkę, gwizdnęła na Du Guesclina i zeszła na podwórko.

Weszła do pomieszczenia, w którym niczym półtusze w chłodni wisiało około dziesięciu rowerów, dwa rowery trójkołowe i dostrzegła cztery czarne wielkie pojemniki na śmieci wypełnione aż po brzegi odpadkami. Poczuła zapach wilgotnej zgnilizny. Zmarszczyła nos. Pomyślała o Zoé i energicznie zanurzyła ramiona w pierwszym kuble.

Otwierała każdy plastykowy worek, natrafiała na coś lepkiego, miękkiego, ostrego, obierki, kości ossobuco, stare gąbki, kartony, butelki – nie segregują śmieci w tym budynku, utyskiwała – w poszukiwaniu gładkiego kartonowego przedmiotu.

Jej palce rozpoznawały śmieci niczym palce niewidomego.

Kilka razy chciała przerwać, bo było jej niedobrze z powodu mdłego, odurzającego zapachu.

Odwracała wzrok, wolała nie widzieć, czego dotyka, i pozwolić rękom rozpoznać cenny zeszyt. Odsuwała się, segregowała, nieraz zatrzymywała się nad prostokątem, który przypominał notes, i oświetlała go latarką: była to pokrywka pudełka do butów albo ciasteczek z Aix-en-Provence, znowu zagłębiała dłonie w nieczystościach, odsuwała głowę na bok, aby zaczerpnąć mniej zjełczałego powietrza w płuca, i znowu ruszała w bój...

Przy trzecim pojemniku o mało się nie poddała. Pośliznęła się i niewiele brakowało, a straciłaby równowagę.

Wyjęła ręce i westchnęła zniechęcona.

Dlaczego Iphigénie miałaby wyrzucać ten zeszyt?

Wielbiła szkołę i trąbiła, że to jedyna nadzieja biednych ludzi. Dzięki wykształceniu, pani Cortès, można wznieść się na wyżyny, niech pani popatrzy na mnie, nie uczyłam się i teraz gorzko tego żałuję... Zawsze gdy zbliżał się początek roku szkolnego, pieczołowicie oprawiała podręczniki, naklejała piękne etykietki, kaligrafowała nazwiska swoich dzieci, starała się zrobić to jak najładniej, wysuwając język, kończyła swoje dzieło, przylepiając maleńką nalepkę w innym kolorze w zależności od tego, czy był to podręcznik do francuskiego, do matematyki czy do geografii. Nigdy nie wyrzuciłaby notesu z odręcznymi notatkami! Nigdy! Otwarłaby go, przestudiowała, opierając łokcie po obu jego stronach...

Ale rozpacz Zoé, strumienie łez, usta wykrzywione smutkiem nie pozwalały jej zaprzestać poszukiwań.

Zmobilizowała się. Przycisnęła łokcie do talii, aby zebrać siły. Podniosła pokrywę, znalazła kość z udźca, którą podała Du Guesclinowi, i znowu wyruszyła na łów.

Wreszcie ręka w gumowej rękawicy natrafiła na coś twardego i prostokątnego. Zeszyt! Zeszyt!

Wyjęła go szczęśliwa i dumna.

Zbadała w świetle latarki.

Rzeczywiście był to zeszyt, czarny zeszyt, ale nie zeszyt Zoé.

Na okładce nie było ani zdjęć, ani rysunków, ani kolorowych nalepek. Bardzo stary zeszyt, którego oprawa trzymała się jedynie dlatego, że zręczna ręka podklejała ją kolejnymi warstwami taśmy.

Joséphine zdjęła rękawice, otwarła zeszyt na pierwszej stronie i zaczęła czytać w świetle latarki.

„Dzisiaj, 17 listopada 1962 roku, zaczynam pracę, to mój pierwszy dzień na planie filmowym. Zostałem zatrudniony jako skromny asystent na planie filmu Stanleya Donena *Szarada* w Paryżu. Przynoszę kawę, chodzę po papierosy, wykonuję telefony. Tę pracę znalazł mi przyjaciel ojca w nagrodę za to, że zdałem maturę z wyróżnieniem. Jestem na planie tylko w piątki wieczorem i w weekendy, bo przygotowuję się do egzaminów na politechnikę. Nie chcę studiować na politechnice...

Dzisiaj moje życie się zmieni. Wchodzę w nowy upajający świat, świat kina. Duszę się w domu. Duszę się. Mam wrażenie, że już wiem, jak będzie wyglądać moje życie. Że moi rodzice podjęli za mnie wszystkie decyzje. Co będę robił, z kim się ożenię, ile będę miał dzieci, gdzie będę mieszkał, co będę jadł w niedzielę... Nie mam ochoty mieć dzieci, nie mam ochoty się żenić, nie mam ochoty kończyć prestiżowej szkoły. Mam ochotę na coś innego, ale nie wiem, na co... Kto wie, co przyniesie mi ta przygoda? Zawód, miłość, radości, może niepowodzenia? Nie wiem. Ale wiem, że gdy się ma siedemnaście lat, można mieć nadzieję na wszystko, więc mam nadzieję na wszystko i na jeszcze więcej".

Pismo było proste i wysokie. Nieraz słowa zwijały się na końcu jak zranione łapki. Przypominały kikuty. Ich czytanie sprawiało niemal ból. Pożółkły, poplamiony papier. Atrament miejscami wyblakł, trudno było odcyfrować niektóre słowa. Całe strony w środku zeszytu skleiły się w jedną całość i Joséphine nie mogła ich otworzyć z obawy, że się podrą. Musiała postępować delikatnie i powoli, jeżeli nie chciała zniszczyć połowy tekstu.

Przewróciła pierwszą kartkę, aby kontynuować lekturę, musiała lekko szarpnąć, bo strony się zlepiły.

„Dotąd nie żyłem. Byłem posłuszny. Słuchałem rodziców, nauczycieli, robiłem i myślałem tak, jak należało. Aż dotąd byłem niemym, dobrze wychowanym odbiciem w lustrze. Nigdy sobą. Zresztą nie wiem, kto jest «mną». Tak jakbym urodził się z gotowym do włożenia ubraniem... Dzięki tej pracy może wreszcie odkryję, kim jestem i czego oczekuję od życia. Dowiem się, na co mnie stać, gdy jestem wolny. Mam siedemnaście lat. Więc olewam to, że mi nie płacą. Niech żyje życie! Niech żyję ja! Po raz pierwszy czuję w sobie poryw nadziei... a tak dobrze jest czuć poryw nadziei..."

To był pamiętnik.

Ale co on robił w koszu? Do kogo należał? Do kogoś z kamienicy, bo w przeciwnym razie by go tu nie znalazła. I dlaczego został wyrzucony?

Joséphine zapaliła światło w śmietniku i usiadła na ziemi. Jej ręka ześliznęła się po obierce z ziemniaków, która przykleiła jej się do dłoni. Zdjęła ją z niesmakiem, wytarła rękę w dżinsy i wróciła do lektury, opierając się o duży kosz.

„28 listopada 1962. Wreszcie poznałem Cary'ego Granta. Jest gwiazdą tego filmu obok Audrey Hepburn. Jest bardzo przystojny! I zabawny, a poza tym uroczy. Wchodzi do jakiegoś pomieszczenia i wypełnia je sobą. Nie widać nic dookoła prócz niego. Właśnie przyniosłem kawę głównemu oświetleniowcowi, który nawet mi nie podziękował, i patrzyłem, jak kręcą jedną ze scen. Nie kręcą ich zgodnie z porządkiem chronologicznym w filmie. A poza tym kręcą przez minutę albo dwie i reżyser mówi: cięcie! Dyskutują o czymś, o jakimś maleńkim detalu, i zaczynają tę samą scenę po kilka razy. Nie wiem, jak aktorzy się w tym odnajdują... Muszą przez cały czas zmieniać uczucia lub powtarzać te same, ale inaczej. A do tego wyglądać naturalnie! Cary Grant był niezadowolony, bo uważa, że gdy kręcą pod światło, to na filmie wychodzą mu duże czerwone uszy! Musieli mu nakleić nieprzezroczystą taśmę klejącą za uszami, a kto musiał znaleźć nieprzezroczystą taśmę w mgnieniu oka? Ja. A kiedy wymachiwałem krążkiem dumny, że znalazłem ją tak szybko, podziękował i dodał: Kto by uznał postać, którą gram, za uroczą, gdyby miała duże czerwone uszy, co, *my boy*?

Tak mnie nazywa, *my boy*. Jakby tworzył między nami więź. Gdy tak powiedział po raz pierwszy, podskoczyłem, wydawało mi się, że się przesłyszałem! A w dodatku powiedział *my boy* i popatrzył mi prosto w oczy z łagodnością i zainteresowaniem... Byłem poruszony.

Potrzeba co najmniej pięciuset drobnych detali, aby zrobić dobre wrażenie, dodał. Wierz mi, *my boy*, długo pracowałem nad detalami, a mam pięćdziesiąt osiem lat, więc wiem, co mówię... Patrzyłem, jak gra w tej scenie, i byłem porażony. Wchodzi w rolę i wychodzi z niej, jakby zdejmował marynarkę. Moje życie nigdy nie będzie już takie samo, odkąd się do mnie odezwał. Jakby już nie był Carym Grantem, facetem, którego widywałem na zdjęciach w *Paris Match*, ale Carym... Carym tylko dla mnie.

Podobno Audrey Hepburn zgodziła się zagrać w tym filmie pod warunkiem, że Cary będzie jej partnerem... Uwielbia go! W filmie jest jedna bardzo śmieszna scena, gdy mówi do niego:

– Wiesz, co jest z tobą nie tak?

Cary patrzy na nią z niepokojem, a ona z szerokim uśmiechem odpowiada:

– Nic.

To prawda, że w nim nic nie jest nie tak...

W filmie gra jeden francuski aktor. Nazywa się Jacques Marin. Nie mówi wcale po angielsku albo bardzo słabo, więc piszą mu fonetycznie wszystkie dialogi. To bardzo śmieszne i wszyscy się z tego śmieją...

8 grudnia 1962.

No wreszcie! Zostaliśmy przyjaciółmi. Kiedy zjawiam się na planie, a on akurat nie gra ani z nikim nie rozmawia, macha do mnie ręką. Jakby chciał powiedzieć: *Hello*, cieszę się, że cię widzę... A ja cały się czerwienię.

Między dwoma scenami podchodzi do mnie i zadaje masę pytań na temat mojego życia. Chce wiedzieć wszystko, ale niewiele mam mu do powiedzenia. Odpowiadam, że urodziłem się w Mont-de-Marsan, śmieszy go ta nazwa, że mój ojciec jest prezesem Charbonnages de France, że skończył politechnikę, najbardziej prestiżową szkołę wyższą we Francji, że jestem jedynakiem, że właśnie zdałem maturę z wyróżnieniem i mam siedemnaście lat...

Powiedział, że gdy on miał siedemnaście lat, przeżył już tyle, że starczyłoby na biografię tysiąca osób... Ten to ma szczęście! Spytał, czy mam dziewczynę, i znowu się zaczerwieniłem! Ale udał, że nic nie zauważył. Jest bardzo delikatny...

Zdziwiłby się, gdyby wiedział, że pewną dziewczynę, córkę przyjaciół rodziców, «przyrzeczono» mi już dawno temu. Jest ruda, sucha i ma wilgotne ręce. Ma na imię Geneviève. Zawsze kiedy przychodzi do nas z rodzicami, sadzają mnie koło niej przy stole, a ja nie wiem, co powiedzieć. Ma wąsik nad wargą. Rodzice patrzą na nas, mówiąc: To normalne, są nieśmiali. A ja mam ochotę rzucić serwetkę i uciec do swojego pokoju. Jest w moim wieku, ale równie dobrze mogłaby być dwa razy starsza. Nic do niej nie czuję. Nie zasługuje na miano dziewczyny.

Cary jest zakochany w aktorce, która nazywa się Dyan Cannon. Pokazał mi jej zdjęcie. Ja uważam, że ma za ostry makijaż, za dużo włosów, za dużo rzęs, za dużo zębów, za dużo wszystkiego... Spytał mnie o zdanie i powiedziałem tylko, że na mój gust nałożyła za dużo podkładu, a on powiedział, że się zgadza. Walczy z nią, żeby była bardziej naturalna. Nie znosi makijażu, jest przez cały czas opalony i zapewnia, że to najlepszy makijaż na świecie. Podobno ona przyjedzie do Paryża na Boże Narodzenie. Mają spędzić wieczór wigilijny z Audrey Hepburn i jej mężem, Melem Ferrerem, w wielkim domu, w którym mieszkają na zachodnim przedmieściu Paryża. Audrey Hepburn jest bardzo drobiazgowa, jeśli chodzi o stroje. Ma po trzy identyczne komplety każdego, na wszelki wypadek. I ubiera ją francuski krawiec. Zawsze..."

Światło zgasło i Joséphine znalazła się w ciemności. Wstała, po omacku szukała włącznika, wreszcie natrafiła na niego i na wszelki wypadek zostawiła zapaloną latarkę. Usiadła z powrotem, uważając, żeby nie poślizgnąć się na obierkach.

„Zajmuje się najdrobniejszymi detalami. Wszystko szczegółowo analizuje: kostiumy – nawet kostiumy statystów – dekoracje, repliki i każe je przerobić lub zmienić scenariusz, gdy się z nimi nie zgadza. To kosztuje producenta fortunę i słyszę, jak ludzie narzekają, że nie byłby tak wymagający, gdyby sam płacił, dając do zrozumienia, że jest skąpy. Nie jest skąpy. Podarował mi bardzo piękną koszulę Charveta, bo uważał, że moja ma za krótki kołnierzyk. Noszę ją cały czas. Sam ją piorę mydłem w rękach. Rodzice mówią, że nie przystoi przyjmować prezentów od nieznajomych, że ten film mąci mi w głowie i że najwyższy czas, żebym skoncentrował się na nauce. Uczę się angielskiego, mówię im. Uczę się angielskiego i to mi się przyda na całe życie. Mówią, że nie widzą, na co mi to potrzebne, skoro mam studiować na politechnice.

Nie chcę studiować na politechnice.

Nie chcę się żenić. Nie chcę mieć dzieci.

Chcę być...

Jeszcze nie wiem...

Ma obsesję na punkcie swojej szyi. Zamawia wszystkie koszule na wymiar z bardzo wysokim kołnierzykiem, żeby ukryć szyję, bo uważa, że jest zbyt gruba. Garnitury są szyte w Londynie i gdy je dostaje, bierze centymetr i sprawdza, czy wszystkie wymiary się zgadzają!

Opowiadał mi, że w czasie pierwszych zdjęć próbnych przed kamerą w jakiejś słynnej wytwórni filmowej – zapomniałem nazwy! A tak, Paramount – odrzucili go z powodu szyi i krzywych nóg! Uznano, że jest zbyt pyzaty! Co za wstyd! To było tuż przed kryzysem w 1929 roku. Teatry nowojorskie zamykano jeden po drugim i Cary wylądował na ulicy. Był zmuszony chodzić na szczudłach jako żywa reklama chińskiej restauracji! A wieczorami, żeby trochę zarobić, pracował jako *escort boy*. Towarzyszył kobietom i mężczyznom, którzy mieli samotnie udać się na przyjęcie. W ten sposób nauczył się elegancji.

W Nowym Jorku zaznał tylko biedy i samotności. Jego życie zmieniło się, gdy miał dwadzieścia osiem lat i wyjechał do Hollywood. Ale aż do tego momentu, powiedział, uśmiechając się, było mi naprawdę bardzo ciężko. Dziesięć lat pracy dorywczej, odmów, niepewności, gdzie będzie spał, za co kupi jedzenie. Ty nie wiesz, co to znaczy, *my boy*, co? I trochę wstyd mi się zrobiło tego mojego poskładanego i zorganizowanego życia.

Niedługo poznam całe jego życie.

Nadal nazywa mnie *my boy* i bardzo mi się to podoba. Jestem dość zaskoczony tym, że się mną interesuje. Mówi, że mnie bardzo lubi. Że jestem inny od amerykańskich chłopaków. Zachęca mnie, żebym mu opowiadał o rodzinie. Twierdzi, że w życiu często wiążemy się z osobami, które przypominają naszych rodziców, i trzeba tego unikać, bo historia się powtarza i to trwa bez końca.

15 grudnia.

Często opowiada mi o pierwszych latach w Nowym Jorku, gdy przymierał głodem i nie miał przyjaciół.

Pewnego dnia spotkał kolegę, któremu się zwierzył. Kolega, który miał na imię Fred, zaciągnął go na szczyt wieżowca. Dzień był deszczowy i zimny, a widoczność nie przekraczała 10 metrów. Fred oświadczył, że za tą mgłą rozciąga się na pewno wspaniała panorama, a to, że jej nie widzą, nie świadczy o tym, że jej nie ma. Wiara w życie, dodał, to przekonanie, że ta panorama istnieje i że za tą mgłą jest gdzieś miejsce dla ciebie. Teraz sądzisz, że jesteś bardzo malutki, bez znaczenia, ale gdzieś za całą tą szarością przygotowano dla ciebie miejsce, w którym będziesz szczęśliwy. Więc nie osądzaj swojego życia na podstawie tego, czym jesteś dzisiaj, osądzaj je, myśląc o tym miejscu, które wreszcie zajmiesz, jeżeli będziesz naprawdę uczciwie go szukał.

Cary powiedział, żebym dobrze to zapamiętał.

Zastanawiałem się, jak to zrobić. Pewnie wymaga to dużej siły woli i wyobraźni. I pewności siebie. Trzeba odrzucić wszystko, aż znajdzie się to miejsce. Ale to niebezpieczne... Czy jeżeli dostanę się na politechnikę, będę miał odwagę zrezygnować ze studiów i opowiedzieć rodzicom historię miejsca za mgłą? Nie jestem pewien. Bardzo chciałbym mieć taką odwagę...

Z nim było inaczej. On nie miał wyboru.

Gdy miał dziewięć lat, stracił matkę. Uwielbiał swoją matkę. To niesamowita historia. Powiedział, że opowie mi ją później, że zaprosi mnie któregoś wieczoru na drinka do swojego apartamentu w hotelu. Na samą myśl aż zakręciło mi się w głowie! Wyobraziłem sobie, że jestem z nim sam, i bardzo się przestraszyłem. Bardzo, bardzo... Gdy się teraz spotykamy, wokół nas jest pełno ludzi, nigdy nie jesteśmy sami i to on mówi przez cały czas.

Zdałem sobie sprawę, że bardzo chciałbym być z nim sam. Sądzę nawet, że mógłbym usiąść w kącie i tylko na niego patrzeć. Jest taki przystojny, nie ma żadnych wad... Zastanawiam się, jak nazywa się to, co do niego odczuwam. Nigdy czegoś takiego nie czułem. Ta fala gorąca, która zalewa mi ciało i sprawia, że chciałbym z nim być przez cały czas. Nie przestaję o nim myśleć. Nie udaje mi się już wcale, ale to wcale skoncentrować na nauce.

Wygląda na bardzo zaskoczonego, gdy tłumaczę mu, że ciężko pracuję, aby dostać się na studia. Mówi, że nie jest pewien, czy to czemukolwiek służy, że on nauczył się wszystkiego w praniu, niczego nie studiował. Był smarkaczem z Bristolu w Anglii zdanym na siebie. I wpadał na najdziksze pomysły. Gdy miał czternaście lat, dołączył do czegoś w rodzaju cyrku objazdowego i wyjechał z nim na tournée do Ameryki, a gdy trupa miała wracać do Anglii, on postanowił zostać w Nowym Jorku. W wieku osiemnastu lat! Sam i bez grosza. Nie miał nic do stracenia.

Zostawił wszystko: swój ojczysty kraj, rodzinę... Nie należał do niczego i do nikogo. Musiał wszystko wymyślić od zera. I w ten sposób wymyślił Cary'ego Granta! Bo na początku, powiedział mi, Cary Grant nie istniał. Jego prawdziwe nazwisko brzmi Archibald Leach. To dziwne, bo nie wygląda na kogoś, kto ma na imię Archibald.

Kiedyś powiedziałem mu, że chciałbym być taki jak on. Wybuchnął śmiechem i odpowiedział: Wszyscy chcą być Carym Grantem, nawet ja! Nie zabrzmiało to wcale tak, jakby się chwalił, ale raczej jakby miał problem z postacią, którą stworzył. Myślę, że w pewnym momencie stałem się postacią, którą grałem na ekranie. W końcu stałem się n i m. Albo on stał się w końcu mną. I już nie wiem właściwie, kim jestem.

Zbiło mnie to z tropu. Pomyślałem, że trudno jest stać się kimś. Trudno wiedzieć, kim się jest.

Gdy myślę o jego wyjeździe, mam ochotę umrzeć. A gdybym tak z nim pojechał?

Co bym powiedział rodzicom? Tato, mamo, zakochałem się w facecie, który ma pięćdziesiąt osiem lat, jest amerykańskim aktorem... Zemdleliby. Reszta rodziny też. Bo myślę, że właśnie o to chodzi: zakochuję się... Nawet jeżeli nie jest to właściwe słowo. Czy można zakochać się w mężczyźnie? Wiem, że coś takiego istnieje, ale... Jednocześnie gdyby podszedł zbyt blisko, sądzę, że wziąłbym nogi za pas!

Nie chcę się żenić, nie chcę mieć dzieci, nie chcę studiować na politechnice, to wiem... Jeśli chodzi o całą resztę, nie wiem nic.

Jeżeli poprosi mnie, żebym z nim wyjechał, wyjadę..."

Światło znowu zgasło i Joséphine wstała, żeby je zapalić. Wyłącznik był lepki i wilgotny, a cierpki odór kubłów przyprawiał ją o mdłości. Miała jednak ochotę czytać dalej.

„Nie mogę się doczekać, kiedy poznam historię jego matki. Chyba bardzo głęboko go naznaczyła. Powtarza przez cały czas, że nie ma zaufania do kobiet ze względu na to, co przytrafiło się jego matce. Podobno opowiedział o tym Hitchcockowi, który wykorzystał tę historię w filmie zatytułowanym *Osławiona* z Ingrid Bergman. W jednej scenie z Ingrid Bergman postać, którą on gra, mówi: Zawsze bałem się kobiet, lecz przezwyciężam to...

To prawda, *my boy*, to prawda, ale pracowałem nad tym. Cary mówi, że trzeba pracować nad swoimi relacjami z ludźmi, nie powtarzać ciągle tych samych schematów. Z powodu tej historii z matką, *my boy*, zawsze byłem swobodniejszy w towarzystwie mężczyzn. Czułem się z nimi pewniej. Wolałem mieszkać z mężczyznami niż z kobietą.

To jest prawdziwe wyznanie, pomyślałem. Coś takiego można wyznać tylko przyjacielowi. Byłem bardzo szczęśliwy, że mi ufa. Musiałem komuś o nim opowiedzieć i wybrałem Geneviève. Nie powiedziałem jej wszystkiego, jedynie kilka drobiazgów. Nie wyglądała na osobę, na której zrobiło to wrażenie. Myślę, że jest trochę zazdrosna... a przecież nawet nie wie wszystkiego!

Nie mamy dużo czasu na rozmowy na planie, bo często ktoś nam przerywa, ale kiedy pójdę do niego do hotelu na obiecanego drinka, zadam mu masę pytań. Cary potrafi sprawić, że ludzie w jego towarzystwie czują się swobodnie, i całkiem zapominam, że to bardzo znany aktor. Prawdziwy gwiazdor..."

Historia ciągnęła się tak przez całe strony.

Joséphine przeskoczyła na koniec, żeby sprawdzić, jak się to skończyło.

Miała wrażenie, że czyta powieść.

Zapiski kończyły się listem Cary'ego Granta do tego, którego nazywała już Młodzieńcem, przepisanym przez niego. Nie było daty. Przestał wpisywać daty. Zaznaczył tylko „ostatni list przed jego wyjazdem z Paryża".

„*My boy*, zapamiętaj: każdy sam odpowiada za własne życie. Nie należy winić nikogo za swoje błędy. Każdy jest twórcą własnego szczęścia, a nieraz także główną przeszkodą na drodze do niego. Jesteś u progu życia, a ja u kresu, mogę dać ci tylko jedną radę: słuchaj, słuchaj głosiku w swojej duszy, zanim wybierzesz własną drogę... A kiedy usłyszysz ten głosik, idź za nim ślepo. Nie pozwól nikomu decydować za siebie. Nigdy nie bój się dążyć do tego, na czym ci zależy.

To będzie dla ciebie najtrudniejsze, bo jesteś tak bardzo przekonany o tym, że nic nie jesteś wart, że nie możesz sobie wyobrazić świetlanej przyszłości, przyszłości, która będzie nosić twoje piętno... Jesteś młody, możesz coś zmienić, nie musisz powtarzać schematu swoich rodziców.

Love you, my boy".

Co zrobił Młodzieniec po zakończeniu zdjęć?

Czy pojechał za Carym Grantem?

I dlaczego ten przepełniony nadzieją czarny notes wylądował w koszu?

Joséphine otarła czoło wierzchem dłoni, odłożyła dziennik na bok i znowu ruszyła na poszukiwanie zeszytu Zoé.

Był w ostatnim kontenerze. W plastykowym worku. Przykryty starym dziurawym swetrem Zoé, kłębkiem sierści Du Guesclina, wypłowiałą skarpetką i potarganymi kartkami z segregatora. Iphigénie wyrzuciła go nieświadomie. Pewnie chwyciła zeszyt razem z kartkami z biurka Zoé.

Gdybym zaczęła poszukiwania w głębi pomieszczenia, znalazłabym go od razu, westchnęła Joséphine, drapiąc się w czubek nosa. Tak, ale... nie trafiłabym na pamiętnik!

Zamknęła drzwi do śmietnika i poszła na górę. Starannie powycierała czarny zeszyt Zoé. Przetarła okładkę gąbką, położyła go w widocznym miejscu na stole w kuchni. Dziennik schowała do szuflady w swoim biurku. Zwaliła się na łóżko.

O siódmej rano przyjechali śmieciarze i opróżnili cztery kubły z kamienicy.

*

Iphigénie zmarszczyła nos i strasznie się skrzywiła. Była umówiona na spotkanie w sprawie pracy i miała ściśnięte gardło. Sekretarka w gabinecie schorzeń stóp, to jej odpowiadało. Ci doktorzy nigdy nie będą bezrobotni. Ludzie nie potrafią już posługiwać się stopami. Chodzą jakoś bokami. Nieźle się trzeba nahakować, żeby to wyprostować! Wszystko zapomnieli, od rzepki do piątej klepki. Nie odróżniają stawów rybnych od własnych stawów!

Jej ostatnie spotkanie w sprawie pracy miało miejsce, zanim spotkała mężczyznę, który był sprawcą jej nieszczęścia, i wolała nie wymawiać jego imienia z obawy, że wróci i narobi bigosu. Jej kandydatura została wtedy przyjęta. Pracowała przez sześć lat u dwóch lekarzy dietetyków diabetologów w dziewiętnastej dzielnicy. Nazywała ich doktor Jacek i doktor Placek, tak bardzo byli do siebie podobni. Brązowi, gładcy, z małymi kasztanowymi oczami, rzadkimi włosami, roztargnieni, ale mili. Odeszła, gdy urodziła się Clara. Za dużo pracy, brak opiekunki do dziecka, za dużo nieprzespanych nocy i mąż, który ją bił. Nie wiedziała, jak wytłumaczyć pacjentom siniaki i rany. Doktor Jacek powiedział, że mu przykro, lecz są zmuszeni się z nią pożegnać, doktor Placek dodał, że te wszystkie podejrzane ślady sprawiają złe wrażenie. A może to doktor Placek pierwszy... nie pamiętała już. Musiała odejść. Mężczyzna, którego nazwiska nie chciała wymawiać, został zatrzymany miesiąc później za pobicie policjanta. I od tego czasu gnił w więzieniu. I dobrze! Uciekła z dwójką dzieci. Znalazła pracę dozorczyni w eleganckiej dzielnicy Paryża. Cieszyła się z tego codziennie. Miała mieszkanie, ogrzewanie, prąd i telefon za darmo, pięć tygodni urlopu, nie musiała płacić podatków lokalnych, a wszystko w zamian za pięć godzin sprzątania w dzień i obecność w nocy. Tysiąc dwieście pięćdziesiąt cztery euro miesięcznie, do tego dochodziła należność za sprzątanie i prasowanie po domach. Po prostu żyć, nie umierać! Zatrąbiła głośno, żeby odetchnąć przez ściśnięte gardło. Dzieci w dobrych szkołach, w dobrym towarzystwie, piękne, porządnie utrzymane zeszyty i nauczycielki, które nigdy nie strajkują. Bogaci mają wady, lecz bardzo jej ułatwiali życie codzienne.

Ale dzisiaj jej służbówka i ona sama były zagrożone.

Musiała znaleźć jakieś wyjście awaryjne.

– Nie dam się złożyć w ofierze jak baranek wielkanocny! – wykrzyknęła, wzywając na świadka bukoliczny obrazek na ścianie, na którym pasła się owca i jagnię, a z tyłu czaił się wilk. – Nie dam się pożreć wilkowi!

Mogła mówić głośno, była sama w pomieszczeniu.

Jakaś kobieta otwarła drzwi i dała jej znak, by weszła do pokoju, w którym unosił się zapach konwalii, jaki nieraz czuje się w toaletach. Ciężki, sztuczny zapach. Niosła filiżankę herbaty na talerzyku i zanim wyszła, mruknęła: Zobaczy pani, z nim nie ma żartów.

Siedzący za biurkiem mężczyzna nie był ani przystojny, ani brzydki, ani gruby, ani chudy, ani młody, ani stary, ani wymięty, ani sztywny. Kolejny beżowy. Doktor Jacek lub doktor Placek. Może dlatego, że studia medyczne są długie i trudne, oni wszyscy płowieją z biegiem czasu?

Obrzucił ją zimnym badawczym spojrzeniem od stóp do głów, więc wbiła dumnie wzrok w jego umykające oczy.

Żeby jakoś wyglądać, spłukała sobie włosy i wyglądały teraz grzecznie. Ani czerwone, ani niebieskie, ani żółte: kasztanowe.

Obrócił się do asystentki i spytał wysokim piskliwym głosem:

– Czy herbata zaparza się od dawna, czy też właśnie włożyła pani saszetkę?

– Właśnie ją włożyłam.

– W takim razie proszę zabrać filiżankę i przynieść mi ją, gdy herbata się zaparzy.

– Ale dlaczego?

– Bo nie mam co zrobić z torebką!

– No właśnie dlatego przyniosłam talerzyk, żeby mógł pan położyć na nim saszetkę, gdy herbata się zaparzy...

– Ach tak... Zużyte torebki brzydko wyglądają. Powinna pani była o tym pomyśleć

Zacisnął usta i uniósł brwi wyczerpany na samą myśl o tym, że wszystko spoczywa na jego wątłych barkach: sztuka parzenia herbaty i przesłuchanie kandydatki, którą ocenił na pierwszy rzut oka.

Potem obrócił się do Iphigénie, wziął długopis, otworzył notes i spytał bez żadnych wstępów:

– Sytuacja rodzinna.

– Rozwódka z dwójką dzieci.

– Rozwódka mieszkająca sama czy rozwódka mieszkająca z kimś?

– To nie pana rzecz.

Asystentka podniosła oczy do nieba, jakby Iphigénie wydała na siebie wyrok śmierci.

– Rozwódka mieszkająca sama czy rozwódka mieszkająca z kimś? – spytał lekarz, nie odrywając wzroku od notesu.

Iphigénie rozpięła płaszcz i westchnęła. Ile razy jeszcze zada to samo pytanie? Jest jak zdarta płyta. A może to spo-

215

sób, żeby dać mi do zrozumienia, że jestem tylko zalęknioną myszką, która stara się zarobić na życie? Że zależę od niego i od jego woli? Odpowiedziała:

– A jeżeli powiem panu, że mieszkam sama, to co? Będzie to panu odpowiadać?

– W pani wieku byłoby to zadziwiające.

– A dlaczego?

– Jest pani ładna, wygląda na sympatyczną. Coś z panią jest nie tak?

Iphigénie popatrzyła na niego z otwartymi ustami i postanowiła nie odpowiadać. Jeżeli odpowiem, pomyślała, poślę go na drzewo, wstanę, wyjdę i nie będę już mogła an-ty-cy-po-wać.

– Czy gdy wstanie pani rano, ścieli pani łóżko? – kontynuował mężczyzna, drapiąc się w palec wskazujący.

– Ależ... nie zadaje się takich pytań! – zaprotestowała Iphigénie.

– To świadczy o pani charakterze. Spędzimy razem dużo czasu, chcę wiedzieć, z kim mam do czynienia.

– Nie odpowiem. To niewczesne pytania.

Pani Cortès nauczyła ją tego słowa. Nie wszyscy mówią niewczesny. To słowo daje pewną pozycję, jakby aureolę godności. Ten typ dowie się, z kim ma do czynienia, skoro tak mu zależy.

Mężczyzna gryzmolił coś w notesie i nadal zadawał coraz mniej niewczesne pytania.

Ostatni film, który pani widziała? Ostatnia książka, którą pani przeczytała? Może ją pani streścić? Pani największy sukces w życiu? Największe rozczarowanie? Ile ma pani punktów karnych w prawie jazdy? Jakie oceny dostawała pani z dyktanda w szkole podstawowej?

Iphigénie gryzła policzek, żeby nie wybuchnąć. Asystentka milczała, ale na jej ustach błąkał się uśmiech, który oznaczał, że nie ma szans, aby zastąpiła ją ta uparta, wyszczekana kobieta. Potem zadzwonił telefon i poszła do recepcji, żeby go odebrać.

– O co panu chodzi z tymi pytaniami? – spytała Iphigénie. – Co to ma wspólnego z odbieraniem telefonów, wypełnianiem papierów i umawianiem wizyt?

– Chcę wiedzieć, jakim jest pani typem osoby i czy pasuje pani do naszego zespołu. Jest tu trzech specjalistów, mamy znakomitą klientelę i nie chcę podejmować najmniejszego ryzyka. Mogę już pani powiedzieć, że wygląda mi pani na zbyt porywczą, aby się dostosować do funkcjonowania w grupie.

– Ale nie ma pan prawa pytać mnie o to wszystko. To moje życie prywatne, nie pana biznes!

– Niewłaściwy język – zauważył mężczyzna, wskazując ją palcem – niewłaściwy język!

Palec wskazujący był żółty od tytoniu, co znaczyło, że pan doktor stara się ukryć nałóg, rozpylając tani spray konwaliowy w gabinecie. Spryskuje się WC Pickerem, aby nikt nie zauważył, że pali, pomyślała Iphigénie z zaciśniętymi zębami.

– Zbiera pani punkty ujemne, odmawiając odpowiedzi.

– Czy ja pana pytam, czy ścieli pan łóżko, po której stronie pan śpi i czy pije pan kawę z mlekiem? I dlaczego pali pan jak komin? Przecież ja też będę musiała z panem żyć! Nie staram się o posadę pana żony, tylko sekretarki! Zresztą bardzo współczuję tej biednej kobiecie!

Mężczyzna wówczas cały oklapł, podbródek mu obwisł, wargi zaczęły drżeć, wydawało się, że wzbiera w nim fala rozpaczy, w końcu opadł na biurko, mówiąc:

– Ona nie żyje! Zmarła w zeszłym tygodniu! Na raka...

Nastała długa cisza. Iphigénie wpatrywała się w stopy lekarza, w parę pięknych, błyszczących czarnych sznurowanych butów, i miała nadzieję, że asystentka wróci. Kolejna filiżanka herbaty z kolejnym spodeczkiem i kolejną torebką.

Mężczyzna najwyraźniej nie był w stanie się opanować i szukał po omacku w szufladach czegoś, co mogłoby mu posłużyć za chusteczkę.

– Sam pan widzi, do czego prowadzą pytania, które nie mają nic wspólnego z pracą! Chce pan, żebym wyszła, żeby mógł się pan doprowadzić do porządku?

Potrząsnął głową, znalazł wreszcie chusteczkę i pośpiesznie wysiąkał w nią nos, sapiąc jak miech kowalski.

Potem pytał dalej, trzymając kurczowo notes:

– Czy prowadziła już pani sekretariat w gabinecie lekarskim?

– Ha! To jest porządne pytanie – zachęciła go Iphigénie.

Opowiedziała mu łagodnym macierzyńskim głosem historię doktora Jacka i doktora Placka. Szczegółowo opisała swoją rolę w gabinecie. Swoje zalety. Swój zmysł organizacyjny, umiejętne podejście do pacjentów, współczucie... Dodała, że może pracować starymi metodami, przy użyciu ołówka i kartki, lub na komputerze. Że umie zakładać karty elektroniczne i karty papierowe, przygotowywać dla każdego klienta koperty z szarego papieru z białymi kartkami, na których zapisane są wszystkie informacje, notować pod dyktando, prowadzić kalendarz wizyt, odbierać telefony. Dodała, że zna słownictwo medyczne i zasady ortografii. Nie powiedziała, że nie ma żadnego dyplomu. Nie wyznała mu też prawdziwej przyczyny swojego odejścia. Wolała opowiedzieć, że przyjęła posadę dozorczyni w szesnastej dzielnicy dla dobra dzieci, żeby być w domu, gdy będą wracać ze szkoły.

Wyprostował się w sztywnym garniturze, wytarł wilgotne jeszcze oczy krótkimi cienkimi palcami. Schował chusteczkę do kieszeni. Obiecał, że zadzwoni pod koniec tygodnia i da jej odpowiedź. Spytał jeszcze, czy może się zwrócić o opinię do jej poprzednich pracodawców. Iphigénie przytaknęła, prosząc niebiosa, aby zachowali dyskrecję na temat przyczyn jej odejścia.

Nie zadał jej już więcej żadnego pytania i nie wstał, gdy wychodziła z gabinetu.

Właśnie zamykała drzwi, kiedy usłyszała, że ją woła.

– Tak? – spytała, wsuwając głowę.

Mężczyzna odzyskał pewność siebie. Prężył tors, aby zatrzeć wspomnienie własnej słabości, i wbijał kciuki za pas od spodni; lekki uśmieszek wykrzywiający mu prawy kącik ust przywracał hierarchię, którą zamierzał narzucić.

– Ciągle nie chce mi pani powiedzieć, czy mieszka pani sama, czy z kimś.

*

Zoé otwarła paczkę ciasteczek Petit Écolier i pomyślała natychmiast, że to nie jest dobry pomysł. Skoro Gaétan przyjedzie do Paryża na święta, powinna być szczupła i bez pryszczy. Natomiast te ciasteczka były najpewniejszym sposobem, żeby być grubą i pryszczatą. „Co czyni prawdziwe Petit Écolier tak wyjątkowymi?" – głosił slogan reklamowy na opakowaniu. To, że mają masę kalorii i źle robią na cerę! odparła Zoé, próbując oprzeć się pokusie.

Była siedemnasta piętnaście. Umówiła się z Gaétanem na MSN-ie.

Miał piętnaście minut spóźnienia i bardzo się niepokoiła. Poznał inną dziewczynę, zapomniał o niej, był za daleko, nie była dość blisko, był taki przystojny, a ona paskudna...

O siedemnastej dwadzieścia pięć ugryzła pierwsze ciasteczko. Problem z Petit Écolier polega na tym, że nie można zjeść tylko jednego. Trzeba iść za ciosem. Nie tracąc czasu na degustację. W ustach nie zostaje nawet smak dobrej czekolady. I natychmiast trzeba otworzyć nową paczkę.

Niemal ją pochłonęła, gdy wyświetliła się wiadomość od Gaétana.

„Jesteś?"

Napisała „Tak, wszystko dobrze?", a on odpowiedział „Tak sobie".

„Chcesz, żebym ci opowiedziała niesamowitą historię?"

Odpisał „Tak, jeśli masz ochotę..." ze smutną buźką, więc zaczęła pisać. Opowiedziała mu historię czarnego zeszytu znalezionego przez matkę w śmietniku i obwieściła swoją radość, żeby się uśmiechnął i cieszył razem z nią.

„Wiesz, to głupie, ale w tym zeszycie jest wszystko. Nawet o tym, jak stopiliśmy Chamallows w kominku w salonie... Pamiętasz?"

„Twoje szczęście, że masz matkę, która się tobą zajmuje. Jak pomyślę o mojej, chce mi się płakać. Sprowadziła antykwariusza, żeby sprzedać meble, bo mówi, że ich nienawidzi, bo przypominają jej dawne życie, a ja wiem, że robi to, bo jest bez grosza. Nie zapłaciła za prąd ani za telefon, ani za nowiutki telewizor, ani za nic. Podaje swoją kartę kredytową, nie myśląc, nie licząc... Kiedy przychodzi rachunek, wsadza go do szuflady. Gdy szuflada jest pełna, wyrzuca jej zawartość... i zaczyna od nowa!"

„To się jakoś ułoży, twoi dziadkowie jej pomogą".

„Mają tego dość. Bez przerwy robi jakieś głupoty... Wiesz, czasami zdarza mi się tęsknić za czasami, kiedy żył mój ojciec".

„Nie mów tak... Cały czas byłeś na niego wkurzony".

„No a teraz jestem cały czas wkurzony na nią... Wiesz, w tym momencie rozmawia przez telefon z Łysym. Tak dziwnie się śmieje! Jej śmiech brzmi fałszywie. Pełno tam podtekstów seksualnych, pojęcia nie masz, jak mnie to denerwuje! A potem udaje obrażoną dziewczynkę".

„Z tym Łysym z Meeticu? Dalej się z nim spotyka?"

„Mówi, że jest wspaniały i że się pobiorą. Obawiam się najgorszego. Kiedy ma się wrażenie, że nieszczęścia się skończyły, wtedy wracają i to jest załamujące, Zoé... Tak bym chciał mieć prawdziwą rodzinę. Przedtem byliśmy prawdziwą rodziną, a teraz..."

„Co robisz w święta?"

„Mama wyjeżdża z Łysym. Chce nas zostawić samych w domu. Mówi, że chce rozpocząć nowe życie, i to tak, jakby nie chciała nas w tym nowym życiu. Wyklucza nas, nie ma prawa tego robić! Spytałem, czy możemy pojechać z nią, a ona powiedziała, że nie, że nas nie chce. Chce wszystko zacząć od nowa. A wszystko zacząć od nowa znaczy bez nas..."

„Mówi tak, bo jest nieszczęśliwa. Wiesz, dla niej to musiał być okropny szok. Żyła w klasztorze i wyszła na wolność, jest zagubiona".

„W dodatku mój pokój jest maleńki, a Domitille jest niemożliwa. Coś kombinuje na potęgę z mętnymi gośćmi, to się źle skończy. W nocy wchodzi na dach i pali, rozmawiając całymi godzinami przez telefon ze swoją koleżanką Audrey. Obie mają masę kasy. Zastanawiam się, skąd biorą te pieniądze".

„Przyjedź na święta do nas. Mama na pewno się zgodzi, tym bardziej że twojej matki nie będzie".

„Bożonarodzeniowy wieczór spędzimy u dziadków, ona wyjeżdża zaraz potem".

„W takim razie potem jesteś wolny. Mama może zadzwonić do twoich dziadków, jeżeli chcesz".

„Nie bardzo... bo im nie powiedziała, że wyjeżdża i nas zostawia. Powiedziała, że zabiera nas na narty, żeby jej dali kasę. Ale nie są idiotami, wreszcie się zorientują. A ona ma to gdzieś!"

„A co na to reszta?"

„Charles-Henri zaniemówił. Do tego stopnia, że aż się o niego boję! Domitille wytatuowała sobie Audrey na dole pleców! Wyobrażasz sobie? Jeżeli dziadkowie to zobaczą, zabiją nas! Spaceruje nago po domu dumna jak pierzasty kogut, a jest tylko żałosną kurką wodną, gęsią bez dzioba, obrzydliwym gołębiem paryskim..."

„O rany! Ale jesteś wkurzony!"

„A gdy się upali, zaczyna chodzić na czworakach, mówiąc: Cholera! Życie niepełnosprawnego psa musi być straszne! Jak normalnie musisz chodzić na czterech łapach, to jeżeli jednej ci brakuje, nie jest dobrze! Bredzi".

„Przyjedź do mnie, oderwiesz się od tego".

„Zobaczę, co się da wykombinować... Mam tego dość, kompletnie dość! Niech to się wreszcie skończy! Ale nie bardzo wiem, jak to by się mogło dobrze skończyć..."

„Nie mów tak... A jak w szkole?"

„W porządku. To jedyne miejsce, gdzie mam spokój. Z wyjątkiem tego, że Domitille bez przerwy zwraca na siebie uwagę. Nauczyciele tępią ją na maksa, bo nie ma szacunku dla niczego".

„A ludzie wiedzą? O was?"

„Nie sądzę. W każdym razie nie mówią o tym. Tym lepiej... Jeszcze by tego brakowało!"

„Spróbuj przyjechać na święta. Ja spytam mamy, a ty coś wykombinuj".

„OK. Muszę kończyć, bo odłożyła słuchawkę i będzie chciała czytać mi przez ramię! Pa!"

Ani jednego miłego słowa. Ani jednego czułego słówka. Ani jednego słowa, które sprawia, że w sercu wyrastają kwiaty. Był tak wściekły, że nie zwracał się już do niej pięknymi słowami jak kiedyś. Nigdy już nie podróżowali w wyobraźni. Nie mówili: Jedziemy do Werony i będziemy się całować pod balkonem Capulettich. Siedzieli każde w swoim kącie. On ze swoimi problemami, matką, siostrą, Łysym, a ona z wielkim pragnieniem, aby mówił o niej. Aby powtarzał, że jest piękna, że ma w sobie coś i tak dalej, i tak dalej.

Trzeba mu jakoś wybić te dramaty z głowy.

Czuł się odpowiedzialny za matkę, za siostrę, za rachunki. Był uziemiony w nowym życiu, z którego nic nie rozumiał. Nie miał busoli.

Ma tylko mnie w charakterze busoli, westchnęła Zoé.

Poczuła się tak silna jak busola, która nigdy nie traci orientacji.

Popatrzyła na opakowanie Petit Écolier i odwróciła je. Wypadło jedno ciasteczko. Wzięła je, podniosła do ust, zmieniła zdanie, zawołała Du Guesclina i podała mu je.

– Ty masz to gdzieś, możesz utyć. A poza tym nigdy nie będziesz miał pryszczy. To prawda, psy nigdy nie mają pryszczy.

Nie mają ani pryszczy, ani ukochanych, którzy wpędzają je w ponury nastrój. Psy są szczęśliwe, dostając jedno ciasteczko Petit Écolier. Ślinka im cieknie i merdają ogonem. Tylko że Du Guesclin nie ma ogona. Nigdy nie wiadomo, czy jest zadowolony. Chyba że odgadnie się to z wyrazu oczu.

Zeskoczyła z krzesła i pobiegła spytać matki, czy Gaétan może przyjechać na święta.

Iphigénie siedziała w kuchni, trzymając na kolanach swoją piękną, odświętną, zamykaną na zamek torebkę, podróbkę Hermèsa z imitacji krokodylej skóry. Naprawdę trzeba się było dobrze wpatrzyć, by dostrzec, że to plastyk. Miała włosy w jednolitym kolorze i Zoé w pierwszej chwili jej nie poznała. Włosy nie tylko nie sterczały, ale były ulizane. Zwisały po obu stronach twarzy jak antyczny wdowi welon.

Opowiadała właśnie Joséphine o rozmowie z lekarzem od schorzeń stóp i wydawała się mocno zirytowana.

– Czy pod pretekstem tego, że szuka się pracy, wolno się dawać traktować jak bydło, pani Cortès? Pytam panią.

– Nie... Ma pani rację, Iphigénie. To bardzo ważne, żeby zachować godność.

– Phi! Godność! To przestarzałe słowo!

– Właśnie że nie! Należy je zrehabilitować. Nie pozwoliła pani sobą pomiatać i to bardzo dobrze.

– Godność drogo kosztuje! Z pewnością mnie nie zatrudni. Nie byłam dość potulna, ale jakie on mi zadawał pytania! Nie miałam innego wyjścia, musiałam mu powiedzieć, że to nie jego sprawa...

Kobiety siedziały w milczeniu. Iphigénie bawiła się zamkiem torebki z plastykowej krokodylej skóry, a Joséphine zagryzała wargi i szukała strategii pozwalającej ocalić Iphigénie. Z radia w kuchni dobiegał jakiś kawałek jazzowy i Zoé rozpoznała trąbkę Cheta Bakera. Nastawiła ucha, żeby usłyszeć nazwę utworu i sprawdzić, czy się nie pomyliła, lecz głos Iphigénie zagłuszał prowadzącego audycję w TSF Jazz.

– Co w takim razie zrobimy, pani Cortès?

– Jeszcze nie wyrzucono pani ze służbówki. Przypuszcza pani...

– Wietrzę podstęp. Musimy coś wymyślić, żeby mnie nie mogli wyrzucić.

– Może mam pewien pomysł.

– Niech pani powie, pani Cortès, niech pani powie.

– Można by napisać petycję i puścić ją obiegiem po budynku... petycję, którą by wszyscy podpisali, żądając, aby pani tu została. Na wypadek gdyby syndyk wpadł na pomysł, żeby panią wyrzucić. W końcu decydują właściciele.

– To dobry pomysł, pani Cortès. Świetny pomysł! Napisze pani tę petycję?

– Napiszę i poproszę wszystkich mieszkańców budynku, aby ją podpisali. Czy ma pani dobre relacje z ludźmi, Iphigénie?

– Tak. Tylko ta Bassonnière traktowała mnie lodowato, ale odkąd... – wydała chrapliwy dźwięk, który imitował rzężenie pani Bassonnière zamordowanej w śmietniku* – ...odkąd jej nie ma, nie mam z nikim kłopotów.

– Dobrze! W takim razie przygotuję list, a gdy syndyk rzeczywiście będzie chciał panią wyrzucić, zamachamy petycją i będzie uziemiony.

– Pani to ma głowę!

– Dziękuję, Iphigénie. Chodzi o to, że nie chciałabym pani stracić. Jest pani świetną dozorczynią!

Zoé myślała, że Iphigénie się rozpłacze. Oczy jej zaszły wielkimi łzami, które powstrzymała, marszcząc czarne brwi.

---

* Patrz *Wolny walc żółwi*, op. cit.

– To z emocji, pani Cortès. Nikt mi nigdy nie powiedział, że dobrze wykonuję swoją pracę. Ludzie nigdy nie prawią mi komplementów. Uważają to za normalne. Nigdy nie usłyszałam „dziękuję, Iphigénie" albo „jest pani wspaniała". Albo „jak ta miedziana gałka na schodach błyszczy". Nic! Tak jakby to było wszystko jedno, czy zaharowuję się na śmierć czy nie!

– No już, Iphigénie! Niech pani przestanie się martwić... Zachowa pani służbówkę, obiecuję.

Iphigénie hałaśliwie wysiąkała nos i opanowała się. Wydała dźwięk trąbki, aby stłumić emocje, i patrząc Joséphine w oczy, zapytała:

– Niech pani powie, pani Cortès... Jednej rzeczy nie rozumiem. Gdy chodzi o innych, potrafi pani bić się jak diabli, a jak chodzi o panią, to daje sobie pani chodzić po głowie!

– Ach! Tak pani uważa?

– No tak... Nie umie się pani bronić.

– Może jest się zawsze bardziej dalekowzrocznym wobec innych niż w odniesieniu do siebie. Wiadomo, co trzeba zrobić, żeby im pomóc, a nie wiadomo, jak pomóc sobie.

– Z pewnością ma pani rację. Ale dlaczego tak jest?

– Nie wiem.

– Myśli pani, że nie szanujemy się wystarczająco? Nie uznajemy się za dostatecznie ważnych?

– Być może, Iphigénie... Ja zawsze uważam ludzi za inteligentnych, a siebie za głupią. Zawsze tak było.

– Kiedy zajmie się pani tą petycją?

– Poczekamy, aż miną święta, a jeżeli syndyk zaatakuje, przystąpimy do działania.

Iphigénie skinęła głową i wstała, zapinając płaszcz, z torebką z plastykowej krokodylej skóry pod pachą.

– Do końca życia nie zdołam się pani odwdzięczyć za wszystko, co pani dla mnie robi.

Kiedy Iphigénie wyszła, Zoé stanęła przed matką i oświadczyła, że też ma problem.

Joséphine westchnęła i potarła skrzydełka nosa.

– Jesteś zmęczona, mamo?

– Nie... Mam nadzieję, że uda mi się spełnić obietnicę daną Iphigénie.

– A gdzie Hortense?

– Poszła przejść się po Paryżu, żeby wpaść na jakiś pomysł.

– Pomysł na wystawy.

– Tak... A na czym polega twój problem, kochanie?

– Chodzi o Gaétana. Jest nieszczęśliwy, a jego matce kompletnie odbiło... – Zoé wzięła głęboki oddech i wyrzuciła z siebie: – Chciałabym, żeby przyjechał do nas na ferie świąteczne.

– Na Boże Narodzenie? Do nas? Niemożliwe! Przyjeżdża Shirley z Garym!

– Boże Narodzenie spędza z rodziną, ale chciałabym, żeby przyjechał później. Przecież mamy duże mieszkanie, jest miejsce.

Joséphine z powagą spojrzała na córkę.

– Jesteś pewna, że ma ochotę wracać do tej kamienicy? Po tym wszystkim, co się stało? Rozmawialiście o tym?

– Nie – przyznała Zoé.

– Nie sądzę, aby to był dobry pomysł.

– Ale mamo, w takim razie to znaczy, że nigdy tu już nie wróci!

– Może tak być.

– Nie ma mowy! – wykrzyknęła Zoé. – Gdzie się będziemy spotykać?

– Posłuchaj, kochanie, nie wiem... Nie mam głowy, żeby się tym teraz zajmować.

– No nie! – wrzasnęła Zoé, tupiąc nogą. – Chcę, żeby przyjechał! Poświęcasz czas Iphigénie, znajdujesz dla niej rozwiązania, a dla mnie zero! Jestem twoją córką, jestem ważniejsza niż Iphigénie!

Joséphine podniosła wzrok na Zoé. Rozpalone policzki, noga tupiąca w podłogę, piętnaście lat, metr siedemdziesiąt, rosnące piersi, rosnące stopy i pierwsze kobiece narzekania. Moja córka domaga się prawa posiadania kochanka! Ratujcie mnie! Jak miałam piętnaście lat, czerwieniłam się, patrząc ukradkiem na wielkiego przygłupa, który miał na imię Patrick, a gdy nasze spojrzenia się krzyżowały, odnosiłam wrażenie, że serce zaraz wyskoczy mi z piersi. Na samą myśl o tym, że mogłabym go pocałować, mdlałam, a muśnięcie dłoni prowadziło prosto do ołtarza.

Wyciągnęła rękę do córki i powiedziała:

– Zgoda. Zacznijmy od początku, słucham cię...

Zoé opowiedziała o nieszczęściach Gaétana. Każde zdanie kończyła uderzeniem pięścią w udo, jakby chciała się upewnić, że opowieść wywrze odpowiedni efekt dramatyczny.

– A jeżeli przyjedzie, gdzie będzie spał?

– No... w moim pokoju.

– Chcesz powiedzieć: w twoim łóżku.

Zoé skinęła głową, czerwieniąc się. Oczy przesłaniał jej kosmyk włosów, co nadawało jej wygląd dzikuski.

– Nie, Zoé, nie. Masz piętnaście lat, nie będziesz spać z chłopakiem.

– Ależ mamo! Wszystkie dziewczyny z mojej klasy...

– To, że wszystkie dziewczyny z twojej klasy to robią, nie znaczy, że ty też musisz to robić... Powiedziałam: nie!

– Ale mamo...

– Nie, Zoé, i nie będziemy o tym dłużej rozmawiać. Nie jesteś jeszcze w tym wieku, koniec kropka.

– Ale to śmieszne! Mam piętnaście lat, więc nie mam prawa, a jak będę miała szesnaście lat, będę miała prawo?

– Nie powiedziałam, że gdy będziesz miała szesnaście lat, będziesz miała prawo.

– Jesteś beznadziejna, mamo!

– Kochanie, bądź uczciwa, czy w twoim wieku naprawdę masz ochotę przespać się z chłopakiem?

Zoé odwróciła głowę i nie odpowiedziała.

– Zoé, popatrz mi w oczy i powiedz, że masz szaloną ochotę się z nim przespać. To ważne zobowiązanie. Nie coś, co robi się ot tak, jak mycie zębów czy kupowanie dżinsów!

Zoé nie wiedziała, co odpowiedzieć. Chciała, żeby tu był, na miejscu, z nią, zawsze. Żeby wziął ją w ramiona, szeptał jej do ucha, składał obietnice, żeby naprawdę czuła jego zapach, a nie zapach starego swetra, który już w ogóle nie pachniał. Co do reszty, nie wiedziała. Od czterech miesięcy go nie widziała. Od czterech miesięcy rozmawiali ze sobą mailowo lub przez MSN. Nieraz przez telefon, ale wtedy były długie momenty ciszy. Podrapała się wolną stopą w piszczel, obróciła w palcach kosmyk włosów, pociągnęła za rękaw swetra i mruknęła:

– To niesprawiedliwe! Gdy Hortense miała piętnaście lat, wszystko jej było wolno, a mnie nic nie wolno.

– Hortense nie sypiała z chłopakiem, gdy miała piętnaście lat!

– Tak ci się wydaje! Robiła to za twoimi plecami, nie wiedziałaś o tym. Po prostu nie pytała cię o zgodę! Ja pytam, a ty mi mówisz: nie, to niesprawiedliwe! Powiem mu, żeby pojechał do Emmy, i tam będę się z nim spotykać, a ty się o tym nie dowiesz!

– I co jeszcze?

– Mam tego dość, kompletnie dość! Mam dość traktowania jak dziecko...

– A Emma sypia z chłopakiem?

– No nie... Ona się nie zakochała! Nie zakochała się naprawdę. Chcę zobaczyć Gaétana, mamo!

Chcę zobaczyć Gaétana, chcę zobaczyć Gaétana, zaczęła podśpiewywać jak stary kościelny litanię na mszy, rysując koła na stole lewym kciukiem, podczas gdy połowę prawego trzymała w ustach i śliniła się z powstrzymywanej złości.

Joséphine patrzyła na nią ze spokojem i rozbawieniem. Przeżyła tyle gwałtownych burz z Hortense, że prośby Zoé nie wyprowadzały jej z równowagi, była zaprawiona w bojach.

– Jak duże niemowlę – szepnęła z rozczuleniem.

– Nie jestem niemowlęciem! – jęknęła Zoé. – I chcę zobaczyć Gaétana!

– Zrozumiałam. Nie jestem kretynką!

– Czasem się nad tym zastanawiam...

Joséphine przyciągnęła ją do siebie. Zoé najpierw się opierała sztywna, jakby miała na sobie zbroję, potem się rozluźniła, kiedy matka zaśpiewała jej do ucha łagodnym głosem:

– Mam pomysł, pomysł, który się nam obu spodoba...

– No mów – odparła Zoé z kciukiem w ustach.

– Zaprosisz Gaétana, będzie spał tutaj, w twoim pokoju, ale...

Zoé wyprostowała się, zaniepokojona i czujna.

– ...ale Hortense będzie spała z wami.

– W MOIM pokoju?

– Na podłodze położymy materac i on będzie na nim spał, a wy będziecie spały w twoim łóżku.

– Ona nigdy się na to nie zgodzi!

– Nie będzie miała wyboru. Shirley ze mną w moim pokoju, Gary w pokoju Hortense, a wy we trójkę w twoim pokoju. W ten sposób będziecie razem, ale nie będziecie robić, co się wam podoba!

– A jeżeli ona będzie chciała spać z Garym?

– Zdaniem Shirley to nieaktualne. Podobno nadal są w złych stosunkach.

Zoé poprosiła o chwilę do namysłu. Zmarszczyła brwi. Joséphine śledziła tok jej myśli ze zmarszczeń nosa, z warg, z oczu, które patrzyły w próżnię i ważyły za i przeciw. Zoé błyskała miedzianymi loczkami, kasztanowymi tęczówkami, bardzo białymi zębami, uśmiech żłobił lewy dołeczek, który zachował ślady niedawnego wieku niewinności. Znała swoją córkę na pamięć. Nie była bojowo nastawiona do życia, lecz pełna czułości, tkwiąc jeszcze w dzieciństwie. Niemal słyszała rozbrzmiewające w jej głowie słowa: Chcę być taka jak wszyscy, móc powiedzieć w klasie, że spałam z Gaétanem, nawet pochwalić się tym przed Emmą, stać się prawdziwą kobietą, ale trochę się boję całej reszty. Co się stanie? Czy będę wiedziała, jak to się robi? Czy to boli? Czytała w oczach Zoé to samo nieme błaganie jak w dniu, kiedy zażądała pierwszego biustonosza, podczas gdy była płaska jak rakieta tenisowa. Joséphine ustąpiła. Ładny stanik, rozmiar 75. Zoé włożyła go tylko raz. Wypchany watą, aby inni uwierzyli. Sprawić, by uwierzyli i by nie straciła twarzy.

Zoé była w wieku, w którym pozory liczą się bardziej niż rzeczywistość.

– Więc? – mruknęła Joséphine, szturchając ją lekko ramieniem.

– Zgadzam się – westchnęła Zoé. – Zgadzam się, bo nie ma innego wyjścia.

– Zawieramy układ: ja ci ufam, zostawiam was we dwójkę, w zamian ty mi obiecasz, że do niczego nie dojdzie. Masz jeszcze dużo czasu, Zoé, masę czasu. Pierwszy chłopak jest ważny. Będziesz do tego wracać myślami przez całe życie. Nie chcesz przecież zrobić tego byle jak... a poza tym wyobrażasz sobie, co by było, gdybyś zaszła w ciążę?

Zoé odskoczyła, jakby żmija ukąsiła ją w piętę.

– W ciążę?!

– To właśnie się zdarza, gdy się śpi z chłopakiem. Nastąpiła długa cisza.

– W dniu, w którym uznasz, że to jest to, gdy naprawdę oszalejesz z miłości i on naprawdę oszaleje z miłości, wróci-

my do tej rozmowy i wtedy zaczniesz zażywać środki anty-
koncepcyjne.

– Nie pomyślałam o tym... A w takim razie jak to robiła
Hortense?

– Pojęcia nie mam.

I wolałabym nigdy się nie dowiedzieć, pomyślała Joséphine.

*

I tak wszyscy zebrali się w Wigilię. Shirley, Gary, Hortense,
Zoé, Joséphine w radosnej atmosferze ubieranej choinki
– Pomyślałaś o torbie na drzewko? A których bombek powiesić więcej, czerwonych czy białych? – kolęd, omawiania
menu, śpiewanych na cały głos piosenek, nakrywanego stołu, oficjalnych prezentów kładzionych pod choinką, innych,
tajemniczych, które chowa się pod łóżkiem, w szafie, za parasolami, strzelających i trafiających w sufit korków szampana, aby uczcić udaną bezę czy rozwiązaną zagadkę.

„Dlaczego słoń w zoo w Central Parku nosi zielone skarpetki?
Bo niebieskie mu się pobrudziły".

„Po czym poznasz, że w twoim łóżku leży hipopotam?
Po tym, że ma wyhaftowane H na piżamie".

„Czy krokodyl jest bardziej długi czy bardziej zielony?
Zielony, bo długi jest tylko od pyska do ogona, a zielony
jeszcze po bokach".

Shirley przywiozła krakersy, puddingi, pełne słodyczy skarpetki bożonarodzeniowe, puszki herbaty, butelkę starej
whisky, a Gary – kompakty Glenna Goulda, których należało słuchać w największym skupieniu, i stare ulubione – jak
zapewniał – cygara Winstona Churchilla. Shirley parskała
śmiechem, Joséphine otwierała szeroko oczy, Zoé przepisy-

wała przepis na pudding angielski, wysuwając język, Hortense bawiły zbiorowe starania o przestrzeganie tradycji świąt, które od tak dawna spędzali razem. Nie ruszała się ani na krok bez komórki, na wypadek gdyby miss Farland chciała z nią porozmawiać, i przybierała tajemniczą minę za każdym razem, gdy dzwonił telefon.

Gary naśmiewał się z niej. Nazywał ją ohydną biznesmenką. Chował komórkę w lodówce w wiązce porów, pod poduszkami i kocami Du Guesclina. Hortense wrzeszczała i żądała, by zaprzestał tej dziecinady. Gary oddalał się, skacząc jak wiewiórka, z wykrzywionymi ramionami, na rozstawionych nogach.

– Wiewiórka wie, gdzie jest telefon, schowała go na zimę, będzie wtedy sama, bez przyjaciół, w głębi lasu... Wiewiórka zostaje sama, gdy nastają chłody. Smutno jej w wielkim parku... Zwłaszcza w poniedziałki, gdy pójdą sobie wszyscy ludzie, którzy przychodzą w weekend. Gdy nie rzucają jej już orzeszków ziemnych ani laskowych, klepie się po bokach i czeka na sobotę... Lub na powrót wiosny...

– A on chciałby, żebym go uważała za księcia z bajki! – ironizowała Hortense.

– Ależ mój syn jest księciem z bajki! – protestowała Shirley. – Tylko ty jedna o tym nie wiesz.

– Niech Bóg mnie strzeże przed książętami z bajki i wiewiórkami mieszkaniowymi.

I klnąc, ruszała na poszukiwanie telefonu.

Nieraz Gary pochylał się nad nią, jakby chciał ją pocałować, po czym zostawiał na jej czole ślady musu czekoladowego. Skakała mu do gardła. Uciekał, krzycząc, myślała-że-ją-pocałuję-wszystkie-dziewczyny-są-takie--same-wszystkie-takie-same, a ona wrzeszczała: Nienawidzę go, nienawidzę! Albo kładł się na kanapie, słuchając *Das wohltemperierte Klavier*, wybijał rytm długimi stopami w dziurawych skarpetkach, wyjaśniał artyzm Glenna

Goulda: Kiedy go słuchasz, nie słyszysz fortepianu, ale orkiestrę. Każdy temat powtarza się w formie kanonu, znika z prawej ręki, aby wyłonić się ponownie pod lewą ręką, zmienia się z tonu na ton i kończy nową melodią. Momenty ciszy i westchnienia przeplatają się, nadają utworowi głębię i trzymają cię na bezdechu. Uderzenia w klawiaturę to nie *staccato*, tym bardziej nie *legato*, ale są od siebie od-dzie-lo-ne. Każda grana nuta jest inna od pozostałych, żadna nie jest powiązana z drugą, żadna nie jest dziełem przypadku. To sztuka, Hortense, wielka sztuka... A Hortense, siedząc u jego stóp, szkicowała projekt wystawy w dużym gładkim kołonotatniku, dookoła leżały rozrzucone kredki. To były ich momenty wytchnienia. Rysowała, mazała, poprawiała kreskę, opowiadała o świątecznej wystawie w sklepie Hermèsa przy rue du Faubourg-Saint-Honoré: Powinieneś to zobaczyć, Gary, ciepłe, bardzo ciepłe kolory Orientu, bardzo mało przedmiotów, skóra i miecze, lwy, tygrysy, papugi, długie draperie, to było piękne i... tak, jedyne w swoim rodzaju. Ja też chcę robić rzeczy piękne i unikatowe. Wyciągał rękę i głaskał ją po włosach: Lubię, gdy myślisz. Gryzła ołówek i prosiła: Mów do mnie, mów cokolwiek, a ja coś wymyślę, na pewno wymyślę... Deklamował jej wiersze Byrona i delikatnie wypowiadane łagodnym głosem angielskie słowa tworzyły inną partyturę, muzykę, która towarzyszyła Bachowi, krzyżowała się z nutami, wypełniała westchnienie, przypominała pojednanie. Zamykał oczy, ręka zatrzymywała się na ramieniu Hortense, wkład ołówka łamał się, Hortense wpadała w złość, rzucała blok, mówiła: Nic nie mogę wymyślić, nic nie mogę wymyślić, a czas mija... Wymyślisz, obiecuję ci. Wymyśla się tylko pod presją konieczności. Wymyślisz w przeddzień telefonu od ohydnej miss Farland. Położysz się z pustką w głowie, a wstaniesz bogata w wiedzę, uwierz w to, uwierz... Podnosiła na niego wzrok niespokojna i zmęczona.

– Tak sądzisz, naprawdę tak sądzisz? Och! Nic już nie wiem, Gary... To straszne, zaczynam wątpić. Nienawidzę tego słowa! Nienawidzę tego stanu... A jeżeli mi się nie uda?

– To by było sprzeczne z twoją dewizą.

– A jaka jest moja dewiza?

– „We mnie jedną wierzę".

– Pierwsze słyszę...

Ssała rysik ołówka, znowu brała się za rysowanie. Przejeżdżała ręką po zmierzwionych włosach, jęczała. On rozprawiał o sztuce fortepianu, sposobie na oderwanie nut od siebie i rozdzielenie ich, rozebranie na zimno...

– To właśnie powinnaś zrobić, rozebrać pomysły na czynniki pierwsze pojedynczo; masz ich za dużo, biegają ci po głowie, więc nie potrafisz już myśleć.

– Może to działa w przypadku fortepianu, ale nie w moim.

– Ależ tak, zastanów się: jedna nuta, potem kolejna i następna, a nie kilo nut... Oto różnica!

– Ach, nie rozumiem nic z tego, co mówisz! Jeżeli myślisz, że mi pomagasz...

– Pomagam ci, ale ty o tym nie wiesz. Chodź tu, pocałuj mnie, a stanie się światłość...

– Nie chcę mężczyzny, tylko pomysłu!

– Jestem twoim mężczyzną i wszystkimi twoimi pomysłami. Wiesz co, moja droga Hortense? Beze mnie jesteś tylko marnym prochem...

Joséphine i Shirley obserwowały ich w milczeniu i uśmiechały się. Potem biegły do kuchni, zamykały za sobą drzwi i rzucały się sobie w ramiona.

– Kochają się, kochają się, ale o tym nie wiedzą – zapewniała Joséphine.

– Są jak dwa zakochane ślepe osiołki.

– Skończy się to na ślubnym kobiercu – podśpiewywała Joséphine.

– Albo w łóżku bez zadry w sercu! – kpiła Shirley.

– A my zostaniemy dwoma pięknymi babciami!

– A ja nadal zabawiać się będę z facetami! – zaprotestowała Shirley.

– Jakie śliczne są te nasze maleństwa.

– I mają taki sam wredny charakter!

– Ja byłam taka nierozgarnięta w ich wieku.

– A ja miałam już dziecko.

– Myślisz, że Hortense bierze pigułkę? – niepokoiła się Joséphine.

– To ty jesteś matką.

– Może powinnam jej zapytać.

– Moim zdaniem pośle cię na drzewo!

– Masz rację... Wierz mi, więcej spokoju ma się z synem niż z dwiema córkami.

– Otworzymy foie gras na dzisiejszy wieczór?

– Z konfiturą z fig?

– O, tak!

– A gdybyśmy już teraz zjadły odrobinkę?... Nikt się nie dowie! – zasugerowała Shirley z błyskiem łakomstwa w oku.

– I napijemy się szampana, plotąc głupoty?

Strzelił korek, polała się piana, Shirley domagała się kieliszka – Szybko, szybko – a Joséphine zbierała pianę palcem, który następnie oblizywała.

– Wiesz, co znalazłam ostatnio, grzebiąc w śmietniku? Czarny zeszyt, pamiętnik.

– Mmm... – mruczała Shirley, próbując szampana – jakie to dobre! Czyj pamiętnik?

– Właśnie nie wiem.

– Sądzisz, że ktoś wyrzucił go specjalnie?

– Mam takie wrażenie... To musi być ktoś z kamienicy. Zeszyt jest stary. Widnieje na nim data: listopad 1962. Nieznajomy pisze, że ma siedemnaście lat i jego życie właśnie się rozpoczyna.

– To znaczy, że miałby... poczekaj... około sześćdziesięciu pięciu lat! A więc nasz tajemniczy pisarz nie należy do młodzieniaszków. Przeczytałaś?

– Zaczęłam... Ale zagłębię się w lekturze, jak tylko będę sama.

– Czy w kamienicy mieszka wielu ludzi w tym wieku?

– Chyba z pięciu czy sześciu. Do tego pan Sandoz, adorator Iphigénie, który jej zdaniem oszukuje, jeśli chodzi o wiek, i podobno ma około sześćdziesięciu pięciu lat... Przeprowadzę śledztwo. W budynku A i budynku B, bo mamy wspólny śmietnik.

– Śmieszne – zadrwiła Shirley. – To jedyne miejsce, gdzie u was ludzie się mieszają: w śmietniku!

Zoé nie mogła się doczekać 26 grudnia. Zaznaczyła dni w kalendarzu i wyskakiwała każdego ranka z łóżka, aby skreślić kolejny dzień. Jestem zestresowana jak krowa bez trawy. Jeszcze dwa dni! Cała wieczność! Mowy nie ma, nie wytrzymam! Umrę do tego czasu... Czy można schudnąć dwa i pół kilo w dwa dni? Pozbyć się pryszcza? Zablokować pocenie się? Nauczyć się umiejętnie całować? A włosy? Powinnam je przygładzić na żelu czy nie? Spiąć czy nie? Tylu rzeczy chciałabym być pewna.

A przede wszystkim jak się ubiorę na jego przyjazd? O tym trzeba myśleć z wyprzedzeniem. Mogłabym się zapytać Hortense, ale Hortense nie ma teraz do tego głowy.

Hortense zgodziła się odgrywać w nocy przyzwoitkę. Tylko nie życzę sobie, by budziły mnie odgłosy kopulacji! Zrozumiałaś, Zoé? Muszę być w pełni formy drugiego stycznia. Świeża i różowa. To znaczy: spać spokojnie. A nie bawić się w strażnika! Więc żadnych zabaw rękami ani dzikiego ujeżdżania, bo będę bić!

237

Zoé poczerwieniała. Umierała z chęci, żeby zapytać Hortense, jak się dziko ujeżdża i czy to boli.

Około siedemnastej 26 grudnia Gaétan zadzwoni do drzwi. O szesnastej osiemnaście będzie na dworcu Saint-Lazare, a o siedemnastej w domu. Nikt poza nią nie ma prawa go powitać i nikomu poza nią nie wolno się pokazywać, gdy przyjedzie. Wszyscy macie być w swoich pokojach lub poza domem i czekać, aż dam wam znać, że możecie wyjść! Byłby za bardzo onieśmielony, gdybyście się wszyscy na niego gapili.

Długo rozmawiali, bo chciała wiedzieć, czy nie będzie mu przykro wracać do kamienicy, w której kiedyś mieszkał. Gaétan powiedział, że nie, to mu nie przeszkadza. Wszystko przemyślał i przebaczył swojemu ojcu. Było mu go szczerze żal. Mówił to tak poważnym głosem, że Zoé miała wrażenie, iż rozmawia z kimś obcym. Rozumiesz, Zoé, kiedy się wie, co przeżył jako dziecko, jak go porzucono, maltretowano, wykorzystywano, torturowano, nie można było oczekiwać, że będzie normalny. Próbował być normalny, ale nie mógł. To tak, jakby się urodził ze szpotawą nogą, a żądano by od niego, żeby przebiegł sto metrów w dziewięć sekund! Wszystko się w nim pomieszało: miłość, wściekłość, zemsta, złość, czystość. Chciał zabijać i chciał kochać, tylko nie wiedział, jak się za to zabrać. Przykro mi z uwagi na twoją ciotkę, to oczywiste, ale nie jest mi przykro z jego powodu. Nie wiem dlaczego... Kochał nas na swój sposób. Nie potrafię mieć mu za złe. Był wariatem, to wszystko. A ja nie będę wariatem i wiem o tym.

Często powtarzał: A ja nie będę wariatem...

Czekała w pokoju, przygotowując prezenty, które sama robiła z drutu, kartonu, włóczki, kleju, złotek, farby. Czas biegł szybko, kiedy umysł i ręce miała zajęte. Koncentrowała się na wyborze koloru, na wycinanym rysunku, przyklejaniu kawałka włóczki. Lizała klej, który wysychał jej na palcu wskazującym, przygryzała dolną wargę, jakby jadła coś słodkiego. Słyszała pianino w salonie i rozumiała, dlaczego Gary tak bardzo lubi tę muzykę. Słuchała nut, wchodziły do głowy, czuła, jak rozkwitają w żołądku i łaskotają w gardle. Muzyka wciągała ją, to była magia. Poprosi Gary'ego, żeby przegrał jej te kompakty, i będzie ich słuchać, gdy Gaétan wyjedzie. Dzięki muzyce nie będzie jej tak smutno...

Bo już myślała o dniu, w którym wyjedzie.

To było silniejsze od niej. Przygotowywała się na smutek, który ją ogarnie. Uznawała, że należy bardziej przygotować się na smutek niż na wielkie szczęście. Wielkie szczęście jest łatwe, wystarczy dać mu się nieść. To jak jazda z górki na saneczkach. A smutek to jak wchodzenie pod górę z długimi sankami, które się ciągnie za sobą.

Zastanawiała się, dlaczego taka jest, i wyjęła zeszyt, aby zapisać swoje myśli. Przeczytała ostatni wpis, ssąc zatyczkę od długopisu.

„Byliśmy z klasą na wystawie sztuki nowoczesnej i nic z tego nie zrozumiałam. Denerwuje mnie to. Czerwony dmuchany basen z widelcami na dnie pod wodą i do połowy nadmuchanymi rękawiczkami do mycia naczyń z niczym mi się nie kojarzy. Nauczyciel się zachwycał, a ja uważam, że to po prostu paskudne.

Wychodząc, nadzialiśmy się na grupę bezdomnych, którzy pili piwo z puszki, i jeden chciał się bić z naszym nauczycielem. Ale psor nie zareagował, bo bezdomny był cherlawy, a on raczej przypakowany. A mnie zrobiło się żal bezdomnego, nawet jeżeli nie zachowywał się OK. Zdołowało mnie to. A psor powiedział, że nie można ocalić świata, ale mam to gdzieś. Już kupiłam w budzie dwa pierścionki i kadziełko na Trzeci Świat. Dalej się uśmiecham i rozdaję bułeczki bezdomnym na ulicy. Jestem zbuntowana.

I wtedy psor powiedział, że powinnam przestać marzyć, i że idealny świat nie istnieje. I w tym momencie strasznie chciało mi się płakać. Och! Wiem, że to żenada, ale czułam, że płoną mi policzki. Wtedy powiedziałam o tym Emmie, a ona powiedziała: Przestań, Zoé, psor ma rację, dorośnij trochę...

Ja nie chcę dorosnąć, jeżeli mam być taka jak psor, któremu podobają się baseny z widelcami na dnie i który nie chce ocalić świata. To idiotyczne! Chcę, żeby inni mnie rozumieli. Czuję się pełna, a wszyscy inni są próżni, więc czuję się strasznie samotna. Więc to jest właśnie życie? Ten ból? Na tym polega dorastanie? Mieć ochotę iść do przodu i delektować się, a jednocześnie wymiotować i wszystko zacząć od nowa? No nie... nie chcę być taka. Powinnam o tym porozmawiać z Gaétanem".

Następował przepis na sardynki w oliwie z tartym zielonym jabłkiem podyktowany przez dziewczynę, która myślała tak jak ona, że basen z widelcami i gumowymi rękawicami jest beznadziejny. Miała na imię Gertrude i nikt nie chciał się z nią przyjaźnić, bo wszyscy uważali, że to straszne mieć na imię Gertrude. Zoé lubiła rozmawiać z Gertrude. Uważała, że to niesprawiedliwe, że odstawia się kogoś na bok z powodu imienia, które pachnie naftaliną.

Gertude miała dużo czasu na rozmyślania i nieraz wypowiadała zdania piękne jak rosa. Na przykład wychodząc z muzeum, powiedziała: Wiesz, Zoé, życie jest piękne, ale świat nie...

Zachwyciło ją to, życie jest piękne, ale świat nie, bo dawało nadzieję, a ona strasznie potrzebowała nadziei.

– Kiedy pije się szampana, przychodzi czas na zwierzenia – oświadczyła Joséphine. – Jesteś mi winna dwie tajemnice. Bo wypiłyśmy po dwie lampki!

– A to jeszcze nie koniec...

– Więc? Pierwsza tajemnica?

– Myślę, że jestem zakochana.

– Nazwisko! Nazwisko!

– Znasz je: nazywa się Oliver. Oliver Boone.

– Facet ze stawu?

– Facet ze stawu i wielki pianista. Zaczyna być bardzo znany, koncertuje na całym świecie. Między dwoma koncertami mieszka w Londynie tuż koło mojego stawu. Pływa wśród brunatnych alg i jeździ na rowerze...

– Często się z nim widujesz?

– Ciii!... To się dopiero zaczęło! Któregoś wieczoru poszliśmy do pubu, trochę wypiliśmy i... i... pocałował mnie, i... Mój Boże! Joséphine! Jak ja lubię, jak on mnie całuje! Czułam się jak mała dziewczynka. Jest taki... nie umiem ci go opisać, ale mam stuprocentową pewność, że jedyne, czego chcę, to z nim być... i robić masę idiotycznych rzeczy, na przykład karmić kaczki, śmiać się z dostojnego wyglądu łabędzi, powtarzać w kółko jego imię, patrząc mu głęboko w oczy... Mam dziwne uczucie, że tym razem się nie pomyliłam...

– Tak się cieszę, Shirley!

– ...że jestem na swoim miejscu... Myślę, że na tym właśnie polega prawdziwa miłość: mieć wrażenie, że jest się w swoim życiu, a nie z boku. Na właściwym miejscu. Nie silić się na nic, nie szamotać, aby spodobać się drugiej osobie, ale być taką, jaka jestem.

Joséphine pomyślała o Philippie. Ona także przy nim miała to wrażenie.

– Kiedy spotkaliśmy się w pubie – kontynuowała Shirley – powiedziałam mu, że wyjeżdżam do Paryża, wtedy popatrzył na mnie łagodnym ciepłym wzrokiem, który ogarnia mnie całą, unosi i sprawia, że mam ochotę rzucić mu się na szyję, i powiedział: Będę czekał, wspaniale jest czekać... mało brakowało, a wcale bym nie czekał! Wiesz co? Mam wrażenie, że cała będę szczęśliwa. Głową, sercem, całym ciałem, nawet palcami u nóg!

Joséphine pomyślała, że nigdy nie widziała tak rozpromienionej przyjaciółki. Po raz pierwszy Shirley wydała jej się delikatna. Krótkie blond włosy przypominały przecinki, czubek nosa zaczerwienił jej się z emocji.

– A Philippe? Jak myślisz, co robi dzisiaj? – szepnęła Joséphine.

Wypiła kieliszek i zaróżowiły jej się policzki.

– Nie dzwoniłaś do niego? – spytała Shirley, dolewając jej szampana.

– Po powrocie z Londynu? Nie... Bo to powinno jakby pozostać w tajemnicy, żeby nikt się nie dowiedział.

– Wieczór dopiero się zaczął. Może zadzwoni do drzwi z szampanem. Jak w zeszłym roku. Pamiętasz? Zamknęliście się w kuchni i indyk się spalił...*

– To wydaje mi się takie odległe... A może ja teraz wszystko psuję?

– Postanowił usunąć się w cień. Nie chce cię zmuszać. Wie, że żałoby nie da się skrócić, obliczyć na zasadzie dodawania. Tylko czas, dni i tygodnie, które mijają i łagodzą ból.

– Nie wiem, gdzie jest moje miejsce. Powiedz, Shirley, skąd to wiadomo? Moje miejsce między Iris a nim... Jak mogę mówić o miłości do niego, skoro nadal jestem z Iris? A kiedy jestem z nim, jak mogę stać bez ruchu, nie rzucając mu się na szyję?... To łatwe, gdy jest w zasięgu ręki... I skomplikowane, gdy jest daleko...

*

– Właściwie, o ile dobrze cię rozumiem, płyniemy wszyscy statkiem, który nie ma już ani kapitana, ani silnika, ale o tym nie wiemy – mówił Philippe do swojego przyjaciela Stanislasa, który zadzwonił, aby życzyć mu wesołych świąt.

---

* Patrz *Wolny walc żółwi*, op. cit.

Stanislas Wezzer pomógł Philippe'owi, kiedy zakładał swoją kancelarię. Doradzał mu również, gdy postanowił sprzedać udziały i wycofać się. Stanislas Wezzer był człowiekiem wysokim, flegmatycznym, wolnym i wydawało się, że nic nie jest w stanie wyprowadzić go z równowagi. W jego słowach dźwięczało czarnowidztwo i pesymizm, a Philippe obawiał się mocno, że może mieć rację.

– Statkiem, który stracił sterowność i płynie prosto na lodową ścianę. To Titanic, na którego pokładzie jest cały świat... Pójdziemy na dno i nie będzie wesoło! – odparł Stanislas.

– No cóż... Dziękuję ci, stary, za dobre wieści i wesołych świąt!

Stanislas roześmiał się po drugiej stronie, a potem spoważniał.

– Wiem, nie powinienem o tym mówić w dzisiejszy wieczór, ale mam dość słuchania wszystkich tych imbecyli, którzy twierdzą, że kryzys jest za nami, podczas gdy dopiero się rozpoczął. Na krótko przed upadkiem Lehman Brothers prezes Deutsche Banku dał do zrozumienia, że najgorsze już minęło i że wpompowując miliardy dolarów do kas banków i towarzystw ubezpieczeniowych, ocalimy system. Czeka nas nie kryzys, ale kompletne załamanie kapitalizmu, prawdziwe tsunami... a ci na szczytach władzy niczego się nie spodziewali! Niczego nie przewidzieli!

– A jednak odnosi się wrażenie, że życie biegnie swoim torem, że nikt nie dostrzega powagi sytuacji.

– To właśnie jest zdumiewające! Kryzys rozleje się jak fala i miliardy rzucone na pożarcie tej wirtualnej gospodarce przyczynią się tylko do upadku systemu.

– A ludzie nadal robią zakupy bożonarodzeniowe, pieką indyka i ubierają choinkę – zauważył Philippe.

– Tak... Jakby przyzwyczajenie było silniejsze niż wszystko, jakby kładło nam bielmo na oczach. Jakby uspokajały nas korki, padający śnieg, poranne wiadomości w radiu, kawa w Starbucksie na rogu, rozłożona gazeta, przechodząca ładna dziewczyna, skręcający w oddali autobus... Wszystko to umacnia opinię, że kryzys przeleci nam gdzieś nad głowami i nie dotknie nas. Przygotuj się na drastyczną zmianę, Philippe! A nie wspominam o innych zmianach, jakie nas czekają: klimatu, środowiska, źródeł energii... Trzeba się będzie trzymać kurczowo gałęzi i zmienić nasz sposób życia.

– Wiem, Stanislas. Sądzę nawet, że przygotowuję się do tego od dawna... bezwiednie. To właśnie jest zadziwiające. Dwa lata temu naszło mnie jakieś przeczucie. Zapowiedź tego, co ma się zdarzyć. Postępujące obrzydzenie... Nie znosiłem już świata, w którym żyłem, ani sposobu, w jaki żyłem. Zostawiłem biuro w Paryżu, przestałem żyć tak jak wcześniej, rozstałem się z Iris, zamieszkałem tutaj i odtąd w pewnym sensie czekam. Czekam na inne życie. Jakie ono będzie? Nie wiem... Nieraz staram się je sobie wyobrazić.

– Konia z rzędem temu, kto będzie ci to w stanie powiedzieć! Idziemy naprzód, to rzecz pewna, ale po omacku. Moglibyśmy zjeść razem kolację po świętach, jeżeli jesteś wolny, żeby posnuć te ponure dywagacje. Zostajesz w Londynie?

– Dziś jem kolację u rodziców. W South Kensington. Będziemy razem świętować Boże Narodzenie z Alexandre'em, a potem zobaczymy, co nam strzeli do głowy. Nie podjąłem żadnej decyzji... Mówiłem ci, życie płynie, biorę, co się trafi, i próbuję wyjść na swoje.

– U Alexa wszystko w porządku?

– Nie wiem. Właściwie przestaliśmy ze sobą rozmawiać. Żyjemy obok siebie i martwi mnie to. Dopiero co go odkryłem, lubiłem nasze rozmowy, nasze wspólnictwo, a wydaje się, że to wszystko gdzieś znikło.

– To kwestia wieku. Lub śmierci jego matki. Rozmawiacie o tym?

– Nigdy. Nie wiem nawet, czy powinienem próbować. Chciałbym, żeby to wyszło od niego.

Stanislas Wezzer nie miał ani żony, ani dzieci. Ale umiał doradzać mężom i ojcom.

– Bądź cierpliwy, on wróci. Coś was przecież łączy. Ucałuj go ode mnie i musimy się szybko spotkać! Robisz wrażenie bardzo samotnego. Niebezpiecznie samotnego... Nie rób głupstw, aby wypełnić tę samotność. To najgorsze rozwiązanie.

– Dlaczego mi to mówisz?

– Nie wiem. Może przemawia przeze mnie doświadczenie?

Philippe czekał na dalszy ciąg zwierzeń, lecz Stanislas zamilkł. Przerwał ciszę, żegnając się:

– Cześć, Stan! Dziękuję za telefon.

Odłożył słuchawkę i siedział zamyślony, patrząc na śnieg padający na skwer. Wielkie, grube, niemal tłuste płatki spadały z nieba wolno i majestatycznie niczym puchate strzępki wełny. Stanislas bez wątpienia miał rację. Świat, który znał, miał zniknąć. Nie podobał mu się już. Zastanawiał się tylko, jak wyglądać będzie Nowy Świat.

Poszedł do salonu i zawołał Annie.

Przyszła wyprostowana w długiej szarej spódnicy i grubych czarnych butach – Pada śnieg, proszę pana, niech pan nie wychodzi w półbutach, bo się pan poślizgnie – niosąc duży wazon z kwiatami, białymi różami stulistnymi, które kupiła na targu i wymieszała z gałązkami oliwnymi w kolorze łagodnej zieleni.

– Bardzo piękne kwiaty, Annie.

– Dziękuję panu, pomyślałam, że w salonie będzie weselej.

– Nie widziała pani Alexandre'a?

– Chciałam o tym z panem porozmawiać. Często ostatnio znika. Wraca coraz później ze szkoły, a gdy nie ma lekcji, nigdy nie siedzi w domu.

– Może jest zakochany? To taki wiek.

Annie odchrząknęła zakłopotana.

– Naprawdę pan tak myśli? A jeśli wpadł w złe towarzystwo?

– Najważniejsze, żeby wrócił przed siódmą. Moi rodzice bardzo wcześnie jedzą kolację, nawet w Wigilię. I nie znoszą spóźnień. Ojciec nienawidzi świąt i dzwoneczków. Założę się, że o północy będzie pani w łóżku.

– To bardzo miło, że mnie pan zabiera. Chciałam panu podziękować.

– Ależ Annie! Nie będzie pani spędzała Wigilii sama w pokoju, kiedy wszyscy inni świętują!

– Jestem przyzwyczajona, wie pan... co roku jest tak samo. Wybieram dobrą książkę, małą butelkę szampana, plaster foie gras, piekę tosty i jem kolację, czytając. Zapalam świecę, włączam muzykę, bardzo lubię harfę! To takie romantyczne...

– A z jaką książką zamierzała pani spędzić wieczór wigilijny w tym roku?

– Z *Naszyjnikiem królowej* Alexandre'a Dumasa. To takie piękne, ach, jakie piękne!

– Od dawna nie czytałem Dumasa. Może powinienem do niego wrócić?

– Jak będzie pan chciał, pożyczę panu książkę, gdy tylko skończę.

– Z przyjemnością, dziękuję, Annie! Proszę się przygotować, niedługo wychodzimy.

Annie postawiła wazon na niskim stole w salonie, cofnęła się, żeby ocenić efekt, rozdzieliła dwie splątane gałązki oliwne i pobiegła do pokoju się przebrać.

Philippe śledził ją rozbawionym wzrokiem: w jej pośpiechu było rozgorączkowanie młodej dziewczyny, która przygotowuje się do wyjścia na randkę, ale ciężar wieku spowalniał jej ruchy i zdradzał ją. Jak też może wyglądać sekretne życie Annie? zastanawiał się, patrząc, jak znika w korytarzu. Nigdy nie zadawałem sobie tego pytania.

Stojąc pod długimi, czarnymi nagimi gałęziami wielkiego dębu, Alexandre i Becca patrzyli, jak pada śnieg. Alexandre wyciągał rękę, żeby złapać płatek, Becca się śmiała, bo topniał tak szybko na dłoni, że Alexandre nie miał nawet czasu go przestudiować.

– Podobno jak się patrzy przez lupę, płatki śniegu przypominają rozgwiazdy.

– Może powinieneś wrócić do domu, *luv*. Twój ojciec będzie się niepokoił.

– Nie spieszy mi się. Idziemy na kolację do dziadków, będzie ponuro.

– Jacy oni są?

– Sztywni jak dwa stare kołki w płocie! Nigdy się nie śmieją, a gdy ich całuję, kłują!

– Starzy często kłują.

– Ty nie kłujesz. Masz taką gładką skórę... Nie jesteś naprawdę stara, oszukujesz!

Becca wybuchnęła śmiechem. Podniosła do twarzy ręce w fioletowo-żółtych mitenkach, jakby się zaczerwieniła, słysząc komplement.

– Mam siedemdziesiąt cztery lata i nie oszukuję! Osiągnęłam wiek, w którym można się do niego przyznać. Przez długi czas się odmładzałam, nie chciałam być starym próchnem.

– Nie jesteś starym próchnem, jesteś młodym drzewkiem!

– Mam to gdzieś, *luv*. Starość daje odpoczynek, wiesz, nie trzeba już udawać, stwarzać pozorów, nie obchodzi mnie, co ludzie myślą.

– Nawet gdy nie ma się pieniędzy?

– Zastanów się chwilę, *luv*: gdybym miała pieniądze, nigdy byśmy się nie spotkali. Nie gniłabym tu na wózku w parku. Wygodnie siedziałabym sobie w domu. Sama. Starych nikt nie odwiedza. Starzy wszystkich wkurzają! Ględzą, kłują, śmierdzą i bez przerwy powtarzają, że przedtem było lepiej. Cieszę się, że cię spotkałam, wolę to niż pieniądze. Bo dzięki tobie nigdy już nie chodzą mi głupie myśli po głowie.

Każdego wieczoru, wracając ze szkoły, Alexandre szedł do Bekki. Naprawdę miała na imię Rebecca, ale wszyscy nazywali ją Becca.

– Wszyscy, czyli kto? – spytał Alexandre. – Masz znajomych?

– Hm, to, że nie mam domu, nie znaczy, że nie mam znajomych. Wielu jest takich jak ja. Ty tego nie widzisz, bo mieszkasz w dzielnicy dla bogaczy, a w centrum Londynu nie ma wielu kloszardów, bo nas wyrzucają, wypychają daleko, daleko. Musimy trzymać się z dala od turystów, ludzi bogatych, pięknych samochodów, pięknych pań i dobrych restauracji... Ale powiem ci coś, *luv*, będzie coraz więcej takich ludzi jak ja. Wystarczy, że się przejdziesz do schroniska, a zobaczysz, jak kolejki się wydłużają. I są tam różni ludzie. Nie tylko starzy. Młodzi też! I dobrze ubrani panowie, którzy nadstawiają garnuszek. Kiedyś stałam w kolejce za byłym bankierem, który czytał *Wojnę i pokój*. Porozmawialiśmy chwilę. Stracił pracę i za jednym zamachem dom, żonę i dzieci. Znalazł się bez grosza na ulicy, zostały mu tylko książki i stylowy fotel. Piękny, obity błękitnym aksamitem fotel, który nosi imię jakiegoś króla francuskiego. Ten człowiek mieszka pod kościołem przy Baker Street. Polubiliśmy się, bo ja mam fotel i on też. Kiedy wychodzi, zostawia go w zakrystii w kościele.

– Ach! – odpowiedział Alexandre. – Sądziłem, że jesteś cały czas sama. To dlaczego nie chcesz iść ze znajomymi do schroniska? Lepiej byłoby ci tam spać niż na zewnątrz.

– Mówiłam ci już, schroniska to nie dla mnie. Próbowałam... Byłam w jednym, o którym słyszałam same dobre rze-

248

czy, przy Seven Sisters Road. No cóż... Już tam nigdy więcej nie pójdę!

– Dlaczego?

– Bo są tam ludzie bez rąk w zielonych podkoszulkach, którzy biją!

– Jak mogą bić, skoro nie mają rąk?

– Kopią stopami, kolanami, gryzą! Są okrutni. A do tego trzeba wracać o wyznaczonej godzinie, a do tego trzeba płacić, nie bardzo dużo, ale zawsze, a do tego w tych schroniskach kradną wszystko... Pełno tam wielkich Murzynów z dredami, którzy wrzeszczą, piją ukradkiem piwo i wszędzie sikają. Nie, nie! Lepiej mi na wózku inwalidzkim.

– A jeśli jest mróz albo pada śnieg?

– Idę do intendenta królowej. Jesteś pod wrażeniem, co?

– A któż to jest?

– Bardzo miły facet. Mieszka w domku z czerwonej cegły w parku... Trochę dalej, w stronę Serpentine. Zajmuje się królewskimi ogrodami. To oficjalna funkcja, bo wszystkie te wielkie parki należą do rodziny królewskiej lub do książąt. Gdy jest bardzo zimno, idę do niego i chowam się w drewutni. Uszczelnił okna i zainstalował piec tylko dla mnie. Przynosi mi zupę, chleb, ciepłą kawę. Śpię wśród grabi, bron, łopat, kosiarek, bierwion. Pachnie trawą i lasem. Zamykam oczy, tak ładnie pachnie... Czy to nie luksus? A kiedy zdrapię szron z okienka, widzę park, widzę podchodzące wiewiórki, widzę światło w jego salonie, widzę, jak jego żona ogląda telewizję, a on czyta i obraca strony, śliniąc palce... Czuję się jak w kinie!

– Dziwna jesteś, Becca! Cały czas jesteś szczęśliwa bez powodu.

– A co ty możesz wiedzieć o życiu?

– Moja matka... miała wszystko, żeby być szczęśliwa... i nigdy nie była szczęśliwa. Przeżywała małe kryzysy, chwile szczęścia, miało się wrażenie, że jest dobrze, ale to nie było prawdziwe szczęście. Myślę, że cały czas była smutna.

Becca otwierała szeroko usta, gdy Alexandre mówił o swojej matce. Potrząsała głową, uderzała w dłonie w fioletowo-żółtych mitenkach i mówiła: A to dopiero nieszczęście! Potem wznosiła oczy do nieba, wzdychając: Gdybym ja miała takiego synka jak ty! Gdybym ja miała takiego synka! Zamykała oczy, a kiedy je znowu otwierała, były wilgotne. Alexandre myślał, że skoro te oczy są tak wypłowiałe, to musiała bardzo dużo płakać.

Zawsze wracał do niebieskich oczu Bekki. Tak niebieskich, że miał wrażenie, iż traci grunt pod nogami, gdy się w nich pogrążał; wszystko dookoła się rozmazywało. Becca nie miała w sobie nic ze starego próchna. Mała, drobna, nosiła prosto głowę z burzą siwych włosów, kręcąc nią trochę jak dziobiący ptak, a gdy zdejmowała szmaty, którymi się owijała, widać było talię młodej dziewczyny w gorsecie. Zastanawiał się nieraz, czy jest biedna od dawna, bo była nadal w bardzo dobrym stanie jak na kobietę w jej wieku. Bardzo chciał się dowiedzieć, jak wylądowała w parku na wózku inwalidzkim.

Nie śmiał zadawać jej pytań. Czuł, że to niebezpieczny teren i trzeba naprawdę mieć siłę, żeby wysłuchiwać o nieszczęściach innych. Więc mówił tylko:

– Życie cię nie oszczędzało.

– Życie robi, co się da. Nie może wszystkich rozpieszczać. A poza tym szczęście nie zawsze jest tam, gdzie się na nie czeka. Nieraz jest tam, gdzie nikt go nie widzi. A zresztą kto powiedział, że przez cały czas trzeba być szczęśliwym?

Denerwowała się, wierciła na fotelu, wszystkie warstwy wełny ześlizgiwały się i podnosiła je w nieładzie.

– Taka jest prawda! Nie musi się być szczęśliwym cały czas ani tak jak wszyscy. Własne szczęście się wymyśla, jest się szczęśliwym na swój sposób, nie ma jednego wzorca. Myślisz, że ludzi musi uszczęśliwiać to, że mają piękny dom, wielki samochód, dziesięć telefonów, telewizor z dużym ekranem i tyłek w cieple? Ja postanowiłam, że będę szczęśliwa na swój sposób.

– I udaje ci się?

– Nie codziennie, ale jest OK. A gdybym była szczęśliwa codziennie, nie wiedziałabym nawet, że jestem szczęśliwa! Zrozumiałeś, *luv*? Zrozumiałeś?

Potakiwał, żeby się z nią nie spierać, lecz nie rozumiał wszystkiego.

Wtedy się uspokajała. Wierciła się na fotelu, aby złapać koniec szala, poprawić poncho i haftkę pod płaszczem, która się ześliznęła, wycierała twarz ręką, jakby chciała zetrzeć całą złość, i mówiła łagodnie:

– Wiesz, co trzeba robić w życiu, *luv*?

Alexandre potrząsał głową.

– Trzeba kochać. Z całych sił. Dawać wszystko, niczego nie oczekując w zamian. Wtedy to działa. Ale wydaje się to takie proste, że nikt nie wierzy w tę receptę. Kiedy kogoś kochasz, nie boisz się już śmierci, nigdy się już niczego nie boisz. Na przykład odkąd zaczęliśmy się widywać, odkąd wiem, że zobaczę cię codziennie, gdy wyjdziesz ze szkoły, że się zatrzymasz lub tylko miniesz mnie, machając ręką, to... jestem szczęśliwa. Samo to, że cię zobaczę, daje mi szczęście. Sprawia, że mam ochotę wstać i skakać z radości. To jest moje szczęście. Ale jeżeli dasz to szczęście jakiemuś grubasowi z masą pieniędzy, wprawisz go w zakłopotanie, popatrzy na nie jak na wielkie gówno i wyrzuci je do kosza.

– A gdybym przestał do ciebie przychodzić, byłabyś nieszczęśliwa?

– Byłabym więcej niż nieszczęśliwa, straciłabym chęć do życia, a to najgorsze ze wszystkiego! To ryzyko związane z miłością. Bo zawsze istnieje ryzyko związane z pieniędzmi, przyjaźnią, miłością, wyścigami konnymi, pogodą, zawsze... Ja zawsze je podejmuję, bo to czubek nosa szczęścia.

251

Kochać kogoś, zastanawiał się Alexandre.

Kochał swojego ojca. Kochał Zoé, ale już się z nią nie widywał. Bardzo lubił Annabelle.

– Bardzo lubić to to samo co kochać?

– Nie, słowo kochać nie wymaga żadnego przysłówka, to coś bezwarunkowego.

W takim razie kochał ojca i Zoé. I Beccę. To trochę mało.

Musi znaleźć jeszcze kogoś do kochania.

– Czy można postanowić, że się kogoś pokocha?

– Nie. To nie jest kwestia decyzji.

– Czy można nikogo nie kochać?

– Nie sądzę, ale na pewno zdarzają się ludzie, którym się to udaje, jeżeli zamkną się w sobie na cztery spusty.

– Czy można umrzeć z miłości?

– O, tak! – westchnęła Becca.

– Czy to ci się zdarzyło?

– O, tak... – powtórzyła.

– Ale ty żyjesz!

– Tak. O mało nie umarłam. Pogrążyłam się w smutku, przestałam walczyć... W ten sposób właśnie znalazłam się na tym fotelu, a potem pewnego dnia pomyślałam sobie: Moja droga, możesz się jeszcze uśmiechać, możesz chodzić, jesteś zdrowa i w pełni sił. Możesz zrobić jeszcze wiele rzeczy, spotkać wielu ludzi. I radość powróciła. Radość życia. To było niewytłumaczalne. Znowu miałam ochotę żyć i wiesz co? Dwa dni później spotkałam ciebie!

– A gdybym zniknął? Gdyby przejechał mnie autobus lub ugryzł jadowity pająk?

– Nie mów głupstw!

– Chcę wiedzieć, czy można kilka razy umrzeć z miłości.

– Z pewnością znowu pogrążyłabym się w smutku, ale pamiętałabym szczęście, które mi dałeś, i żyłabym tym wspomnieniem.

– Wiesz, Becca, nie gram już w tę grę z pożegnaniami, odkąd cię poznałem. Nie wyobrażam sobie już, że ludzie umierają.

To była prawda.

Nie chciała brać od niego pieniędzy, więc przynosił jej chleb, mleko, solone migdały, suszone morele i figi. Przeczytał gdzieś, że mają dużo wartości odżywczych. Z garderoby, w której jego ojciec złożył rzeczy matki, podkradał piękne kaszmiry, szale, kolczyki, szminki, rękawiczki, torebkę i dawał je Becce, mówiąc, że znalazł je na strychu w nikomu już niepotrzebnych starych skrzyniach i woli te ciuchy oddać jej niż Armii Zbawienia.

Becca stała się piękna i elegancka.

Któregoś dnia zabrał ją do fryzjera. Wziął pieniądze, które walały się po biurku ojca, i hop! Do fryzjera!

Czekał na nią na zewnątrz – pilnował wózka, żeby go nikt nie ukradł – a gdy wyszła zaondulowana, lekka, z obciętymi paznokciami, gwizdnął i wykrzyknął: Wow! I zaczął klaskać. Potem za resztę pieniędzy poszli na donuty i kawę do Starbucksa na rogu. Stukali się filiżankami caffè con latte. Urządzili konkurs na najpiękniejsze wąsy z mleka. *Very chic! Very chic!* powiedział.

Śmiała się tak bardzo, że zadławiła się kawałkiem donuta i zaczęła się dusić. Interweniował jakiś pan. Podniósł ją, zgiął w pół, nacisnął mocno pięściami, aż wypluła ten kawałek. Wszyscy tłoczyli się wokół, aby zobaczyć, jak piękna starsza dama umiera, dusząc się pączkiem.

Tylko że ona nie umarła.

Wyprostowała się, poprawiła spinki i z godnością poprosiła o szklankę wody.

Wyszli, trzymając się pod rękę, i jakaś starsza pani powiedziała, że to niesamowite szczęście dla Bekki, iż ma takiego miłego wnuka.

Patrzył na nią przez gęsto padające płatki śniegu. Mrużyła oczy. Nie podobało mu się, że zostawia Beccę całkiem samą w wigilijny wieczór. Chciał ją przekonać, żeby spędziła przynajmniej jedną noc w schronisku. Na pewno zorganizują tam jakąś kolację, będzie choinka, krakersy i Maltesers, oranżada i kwadratowe szydełkowe serwetki pod szklanki.

Odmówiła. Wolała zostać sama w komórce wielkiego intendenta królowej. Na pewno zostawił uchylone drzwi i zapalił w piecu.

– Całkiem sama?

– Yes, luv...

– Będzie ci strasznie smutno.

– Ależ nie! Będę patrzeć przez okno i napawać się widokiem.

– Chciałbym zabrać cię do domu... Ale nie mogę. Dziś idziemy na kolację do dziadków, a poza tym nigdy o tobie nie opowiadałem ojcu.

– Przestań się zamęczać, luv. Spędź piękny wieczór, a jutro wszystko mi opowiesz.

Philippe miał rację.

Przyszli do jego rodziców o dwudziestej trzydzieści. Pan Dupin miał na sobie granatowy blezer i jedwabny fular na szyi. Pani Dupin potrójny sznur pereł i różowy kostium. To normalne, szepnął Alexandre do Annie, ubiera się w te same kolory co królowa. Annie włożyła czarną suknię z bufiastymi rękawami z gazy przypominającymi parę skrzydeł. Trzymała się prosto i ciągle przytakiwała w obawie, że popełni jakąś gafę i zwróci na siebie uwagę.

Usiedli do stołu, delektowali się faszerowanym szkockim dzikim łososiem, pieczonym indykiem, Christmas pudding, a Alexandre miał prawo wypić odrobinę szampana.

Dziadek mówił z przerwami, marszcząc sztywne brwi, podnosząc kwadratowy władczy podbródek. Babcia uśmiechała się, pochylając długą, giętką, miękką szyję, a jej spuszczone powieki zdawały się mówić „tak" na wszystko, a przede wszystkim na każde słowo Pana i Władcy.

Potem nadeszła pora prezentów.

Przecinanie wstążek, mięcie papierów, okrzyki, pocałunki, podziękowania, wymiana kilku banalnych uwag, wiadomości o wspólnych znajomych, długa rozmowa o kryzysie. Pan Dupin ojciec poprosił o radę syna. Pani Dupin i Annie sprzątnęły ze stołu.

Alexandre patrzył przez okno na gęsto padający śnieg tworzący nad miastem zarysy innego miasta. A jeżeli Becca zakopała się z fotelem i nie zdołała dotrzeć do komórki wielkiego intendenta? A jeżeli umrze z zimna, podczas gdy on w cieple delektuje się szampanem i pieczonym indykiem?

O dwudziestej trzeciej dziesięć byli na klatce i całowali się na pożegnanie.

Na ulicy samochody były pokryte śniegiem i poruszały się tak wolno, iż odnosiło się wrażenie, że stoją nieruchomo.

– Tato, czy moglibyśmy porozmawiać? – spytał Alexandre, gdy tylko usiadł z tyłu w samochodzie.

– Oczywiście.

– No więc...

Opowiedział o Becce, o tym, jak ją spotkał, o warunkach, w jakich żyje, o tym, że jest ładna, czysta, uczciwa, dodał, że nie kłuje. Wyjaśnił, że tego wieczoru jest sama w drewutni, a on nie może przestać o tym myśleć i nawet pieczony indyk, który zwykle tak mu smakuje, nie przechodził mu przez gardło.

– Mam tu gulę – powiedział, wskazując żołądek.

– I co mamy w związku z tym zrobić? – spytał Philippe, obserwując syna w lusterku wstecznym.

– Chciałbym, żebyśmy po nią pojechali i zabrali ją do domu.

– Do domu?

– No tak... ona jest całkiem sama, to wieczór wigilijny i to mnie bardzo martwi. To niesprawiedliwe.

Philippe włączył kierunkowskaz i ruszył. Jezdnia była tak śliska, że o mało nie stracił panowania nad kierownicą, ale nacisnął łagodnie hamulec i wielka limuzyna wyszła z poślizgu. Zmarszczył brwi z niepokojem. Alexandre zinterpretował to jako odmowę i nalegał:

– Mieszkanie jest duże. Można by zrobić dla niej miejsce w bieliźniarce, co, Annie?

– Jesteś pewien, że tego chcesz? – nalegał Philippe.

– Tak.

– Jeżeli zabierzesz ją do domu, będziesz za nią odpowiedzialny. Nie będziesz mógł pozwolić jej wrócić na ulicę.

Siedząca koło Philippe'a Annie nie odzywała się. Patrzyła prosto przed siebie na obficie padający śnieg i wycierała przednią szybę wierzchem rękawiczek, jakby mogła odgarnąć grubą warstwę osiadającą na zewnątrz.

– Nie będzie hałasowała, nie będzie ciężarem dla Annie, obiecuję ci. Po prostu nie mógłbym zasnąć, wiedząc, że jest na zewnątrz w taką pogodę. Zaufaj mi, tato, znam ją dobrze... nie będziesz żałował... A poza tym – dodał niczym kaznodzieja z ambony – to nieludzkie zostawiać ludzi na dworze w taki ziąb!

Philippe uśmiechnął się rozbawiony oburzeniem syna.

– W takim razie jedziemy!

– Och, dziękuję, tato! Dziękuję! Zobaczysz, to wspaniała kobieta, która nigdy się nie skarży i...

– To dlatego wracasz coraz później do domu? – spytał Philippe, rzucając synowi porozumiewawcze spojrzenie.

– Tak, zauważyłeś?

– Myślałem, że masz narzeczoną.

256

Alexandre nie odpowiedział. Annabelle to była jego historia. Opowiedział o niej Becce i na tym koniec.

– Wiesz, gdzie jest dom wielkiego intendenta? Hyde Park jest duży...

– Pokazała mi któregoś dnia. To niedaleko Royal Albert Hall, wiesz, tam gdzie chodzisz na koncerty.

Philippe pobladł i jego wesoły przed momentem wzrok przygasł. Straszliwie smutny, straszliwie opuszczony, poczuł ucisk w gardle i suchość w ustach. Sonaty Scarlattiego, pocałunek Joséphine, ich objęcia w kącie starego teatru, gdzie czuło się zapach wosku i minionych lat, jej ciepłe wargi, czubek ramienia, wszystko wróciło jak pełna rozkoszy i bólu fala. Nie miał odwagi zadzwonić do niej tego wieczoru. Nie chciał psuć jej kolacji w Paryżu. A przede wszystkim nie wiedział, co może jej powiedzieć, jakim tonem do niej mówić, nie znajdował słów.

Sam nie wiedział, co zrobić z Joséphine. Bał się dnia, w którym nie będzie już można niczego powiedzieć ani niczego zrobić. Wierzył, że cierpliwością oswoi smutek, ukoi wspomnienie, ale musiał zdać sobie sprawę, że mimo ich ostatniego spotkania w teatrze nic się nie zmieniło i powinien się poddać.

W sekrecie obawiał się, choć nie chciał się do tego przyznać, że ten pospieszny uścisk skradziony na zakręcie schodów był ostatnim uściskiem, a on musi się z tym pogodzić i zamknąć ten rozdział.

Może to koniec mojego starego życia i początek nowego, pomyślał, skupiając się na wyjaśnieniach Alexandre'a, który pokazywał mu drogę do komórki wielkiego intendenta ogrodów królewskich.

Znaleźli to miejsce. Mały domek z czerwonej cegły naprzeciwko dużego domu z czerwonej cegły, który lśnił oświetlony w ciemnej nocy. Philippe zaparkował przed nim samochód, pchnął furtkę i przepuścił Alexandre'a, aby zapukał do drzwi.

– Becca! Becca! – szeptał Alexandre. – To ja, Alexandre... Otwórz!

Philippe nachylił się do okna i próbował zobaczyć wnętrze domku. Ujrzał zapaloną świecę, okrągły stół, stary piec, którego blask czerwienił się w ciemności, ale nie widział Bekki.

– Może jej tu nie ma – powiedział.

– Albo boi się otworzyć, żeby nikt nie odkrył jej obecności – odparł Alexandre.

– Powinieneś pokazać się w oknie i zaskrobać.

Alexandre stanął przed oknem i zaczął w nie stukać, powtarzając coraz głośniej: Becca, Becca, to ja, Alexandre.

Usłyszeli hałas w środku, potem odgłos kroków i otwieranych drzwi.

To była Becca. Niska kobieta z siwymi włosami, otulona w szale i wełniane koce. Popatrzyła na nich dwóch, potem jej zdziwiony wzrok zatrzymał się na Alexandrze.

– *Hello, luv*, co ty tu robisz?

– Przyjechałem po ciebie. Chcę cię zabrać do nas do domu. Przedstawiam ci mojego ojca.

Philippe się ukłonił. Zamrugał oczami, rozpoznając długi szalik z błękitnego kaszmiru z beżową obwódką, który podarował kiedyś Iris, gdy skarżyła się, że umiera z zimna w Megève, i żałowała, że opuściła Paryż i rozrywki bożonarodzeniowe.

– Dobry wieczór pani – powiedział.

– Dobry wieczór panu – powiedziała Becca, przypatrując mu się i przytrzymując ręką otwarte drzwi.

Jej siwe włosy były rozdzielone prostym przedziałkiem, z obu stron podtrzymywały je spinki w kształcie delfinów: różowa i niebieska.

– Alexandre wpadł na doskonały pomysł – kontynuował Philippe. – Chciałby, żeby spędziła pani z nami Boże Narodzenie.

– Będziesz mieszkać w garderobie. Jest tam już łóżko i jest ciepło, i będziesz mogła tam jeść i spać, dopóki...

– Dopóki pani zechce – przerwał mu Philippe. – Nie podejmujemy żadnych ostatecznych decyzji, postąpi pani tak, jak pani zechce, i jeżeli zdecyduje się pani opuścić nas jutro rano, to rzecz jasna zgodzimy się i nie będziemy zmuszali pani do pozostania u nas.

Becca przejechała ręką po włosach, wygładziła je czubkami palców. Poprawiła szal, dotknęła fałdów spódnicy, szukając w nerwowych ruchach odpowiedzi, jakiej miałaby udzielić temu mężczyźnie i chłopcu, którzy z szacunkiem stali w progu, nie poganiając jej, jakby rozumieli powagę chwili i fakt, że w pewnym sensie zmieniają całe jej życie. Zapytała, czy może się zastanowić, wyjaśniła, że ich zaproszenie zaskoczyło ją w momencie, gdy pogodziła się z zimnem, pogodziła się z głodem, pogodziła się z życiem, które wiedzie, i że muszą zrozumieć, iż woli zastanowić się w samotności, opierając plecami o drzwi. Nie chciała, aby wyobrażali sobie, iż żebrze, błagając w nędzy o miłosierdzie, ale wolała podjąć decyzję w poczuciu swobody, co wymagało kilku chwil samotności i refleksji. Prowadzi dziwny tryb życia, wie o tym, lecz takie życie wybrała. A jeśli nawet nie wybrała, to zaakceptowała je z powodu pewnej brawury i czystości, i zależało jej na tym wyborze, bo dawał jej wolność.

Philippe się zgodził i drzwi zamknęły się wolno, budząc zdziwienie Alexandre'a.

– Dlaczego to wszystko powiedziała? Nic z tego nie zrozumiałem.

– Bo jest w porządku. Przyzwoita.

– Ach! – westchnął Alexandre, który bezradny wpatrywał się w drzwi. – Sądzisz, że nie chce z nami jechać?

– Sądzę, że prosimy ją o coś bardzo wielkiego, co może całkowicie zmienić jej życie, i waha się. Rozumiem ją.

Ta odpowiedź zadowoliła Alexandre'a na kilka minut, po czym wrócił do pełnych niepokoju pytań:

– A jeżeli nie będzie chciała jechać, zostawimy ją tu?

– Tak, Alexandre.

– Bo ty nie chcesz, żeby z nami pojechała! Bo to bezdomna i wstydzisz się zabrać ją do domu!

– Ależ nie! To nie ma nic wspólnego ze mną. Ona decyduje. Jest człowiekiem, Alexandre, wolną kobietą.

– Ale mimo wszystko bardzo by ci ulżyło!

– Zabraniam ci mówić w ten sposób, Alex! Słyszysz? Zabraniam ci.

– No więc jeżeli z nami nie pojedzie, ja zostanę z nią. Nie zostawię jej samej w wigilijny wieczór!

– Nie zrobisz tego! Wezmę cię za frak i zabiorę do domu... Wiesz co? Nie zasługujesz na taką przyjaciółkę jak Becca. Nie zrozumiałeś, kim ona jest.

Alexandre zamilkł upokorzony i czekali razem w ciszy.

Wreszcie drzwi drewutni się otwarły i na progu stanęła Becca z masą plastykowych toreb w ręce.

– Jadę z wami – powiedziała – ale czy mogę zabrać wózek? Boję się, że zniknie, jeżeli go tu zostawię.

Philippe właśnie składał wózek Bekki, żeby włożyć go do bagażnika, gdy zadzwoniła jego komórka. Wziął telefon i przyłożył do ucha, trzymając złożony fotel między kolanami. To była Dottie. Mówiła bardzo szybko i Philippe nie rozumiał, o co chodzi, bo jej słowa przerywał płacz.

– Dottie, uspokój się. Odetchnij głęboko i powiedz, co się dzieje.

Usłyszał, że odsuwa telefon, nabiera głęboki oddech, po czym mówiła dalej urywanym głosem:

– Poszłam na kolację z koleżanką, Alicią, która też samotnie spędzała wieczór, miała chandrę i ja też, bo wylali mnie dziś po południu z pracy. Tuż przed wyjściem, gdy wszystko składałam, żeby był porządek, kiedy przyjdę w poniedziałek, wszedł mój szef i powiedział: Konieczne są ostre cięcia kadrowe i z panią się żegnamy! I tyle... Ani słowa więcej, ani mniej! Więc poszłyśmy z Alicją do pubu, rozmawiałyśmy, piłyśmy, nie za dużo, przysięgam, i podrywało nas dwóch facetów, a my posłałyśmy ich na drzewo, ich to wkurzyło i poszli za nami, kiedy wyszłyśmy... A potem Alicja wzięła taksówkę, bo mieszka daleko, a ja wracałam pieszo i pod domem dopadli mnie i... mam tego dość! Mam tego dość! Życie jest za ciężkie, nie chcę wracać do domu i nie chcę już być w domu sama, za bardzo się boję, że wrócą...

– Co ci dokładnie zrobili?

– Pobili mnie, mam rozciętą wargę i jedno oko mi się nie zamyka! Mam tego dość, Philippe! Jestem przecież porządną dziewczyną. Nikomu nic złego nie zrobiłam i tyle mi z tego, że wylali mnie z biura i dowaliło mi dwóch gości, którzy nic we łbie nie mają...

Znowu zaczęła szlochać. Philippe błagał, żeby się uspokoiła, zastanawiając się jednocześnie, co należy zrobić.

– Gdzie jesteś, Dottie?

– Wróciłam do pubu, nie chcę być sama... za bardzo się boję. A poza tym nie można tak spędzać Wigilii!

Głos jej się załamał i krzyknęła, że ma tego dość.

– Dobrze – postanowił Philippe – nie ruszaj się stamtąd. Zaraz przyjadę.

– Och! Dziękuję! Jesteś taki miły. Czekam w środku, boję się wychodzić nawet na chodnik.

Philippe dłuższą chwilę walczył z wózkiem, przytrzasnął sobie palec sprężynami, zaklął, wrzasnął, po czym z westchnieniem ulgi zamknął bagażnik. Chyba nie składała często tego wózka!

O pierwszej w nocy zaparkował wreszcie samochód przed domem. Między dwoma zaspami. Annie pierwsza wyszła z samochodu, szukając w ciemności miejsca, w którym

mogłaby postawić nogę, żeby się nie poślizgnąć, trochę roze-
spana, zdenerwowana myślą, że będzie musiała przeorgani-
zować dom, pościelić łóżka...

– Proszę pana, ale gdzie będzie spać pani Dottie?
– Ze mną, Annie, i nie po raz pierwszy zresztą!

*

– O której przychodzą nasi goście? – spytał Junior, pastując
czarną pastą nowe półbuty, które dostał w pięknym pudełku na gwiazdkę. Wreszcie miał buty dopasowane do eleganckich strojów. Nie mógł już znieść tenisówek na rzepy.
Odstawały. Wracając z parku z matką, zobaczył te półbuty
w sklepie dziecięcym Sześć Stóp Trzy Cale. Były na wystawie. W różnych kolorach. Model nazywał się Ignace i cena
była rozsądna: pięćdziesiąt dwa euro. Junior wyciągnął
palec i oświadczył: To chcę dostać na gwiazdkę, buty, których nie będę się wstydził. Josiane zwolniła kroku, długo im
się przyglądała, w końcu odparła: Zastanowię się. Jaki byś
chciał kolor? spytała. O mało nie odpowiedział, że wszystkie.
Powstrzymał się jednak. Znał swoją matkę, jej oszczędność,
zasady wychowania i zdecydował się na klasyczny kolor:
czarny. Skinęła głową. Wózek pojechał dalej i zadowolony
Junior skulił się w kurtce puchowej. Jego zdaniem sprawa
była załatwiona.

– Myślę, że będą tu koło wpół do pierwszej – odpowiedziała Josiane w koszuli nocnej zajęta tarciem ementalera.

W rondelku na małym ogniu topiło się masło z mąką.
Dalej w wiklinowym koszyku leżały piękne świeże jajka
zniesione przez kury gdakające na wolnym powietrzu przez
cały dzień.

– A zatem wyjdą z domu koło południa – obliczał Junior, rozprowadzając starannie czarną pastę na skórzanych
butach.

– Można tak założyć – odparła ostrożnie Josiane. Obawiała się pytań syna, które często wynosiły ją na zawrotną wysokość.

– Jeżeli o wpół do pierwszej zadzwonią do drzwi, która będzie wówczas godzina na zegarze w ich domu, z którego wyszli pół godziny wcześniej? – dopytywał się Junior, delikatnie przecierając szmatką brzegi półbutów.

– No... też wpół do pierwszej, na Boga! – krzyknęła Josiane, wsypując tarty ser do miseczki i odstawiając ją na bok.

Z satysfakcją osoby, która poprawnie odpowiedziała na podchwytliwe pytanie egzaminatora, rozprowadzała sos na ogniu, dolewała zimnego mleka i mieszała, aż całość zgęstniała i nabrała pięknej konsystencji.

– Nie – skorygował ją Junior. – Będzie wpół do pierwszej w kategoriach czasu bezwzględnego, masz rację, ale nie wpół do pierwszej czasu lokalnego, bo nie wzięłaś pod uwagę prędkości światła i sygnału, który przekazuje światło, aby obliczyć czas. Czasu nie można określać w sposób bezwzględny i istnieje nierozerwalny związek między czasem a szybkością sygnałów, które mierzą ten czas. To, co nazywasz czasem, gdy odnosisz się na przykład do godziny na zegarze, jest jedynie czasem lokalnym. Czas bezwzględny to czas, który nie uwzględnia ograniczeń czasu rzeczywistego. Zegar w ruchu nie bije w tym samym tempie co zegar w spoczynku. Popełniasz te same błędy co Leibniz i Poincaré! Wiedziałem!

Pot perlił się na czole Josiane, która je otarła, uważając, żeby nie rozlać beszamelu, i poprosiła o litość.

– Junior! Błagam cię, przestań! Jest Boże Narodzenie, czas rozejmu! Nie zaczynaj znowu mnie dręczyć! Nie mam nawet minuty wytchnienia! Umyłeś zęby rano?

– Sprytna niewiasta odwraca bieg rozmowy od przedmiotu, którego nie rozumie. Wplata w swą wypowiedź zdradziecki atak, aby zachować twarz i pozostać panią sytuacji

– wyrecytował Junior, wkładając rozpostartą dłoń do pół-
buta, żeby sprawdzić, czy pasta jest dobrze rozprowadzona,
a skóra zaimpregnowana.

– Czemu służy mózg ożywiony, gdy oddech nie jest od-
świeżony? – zakpiła Josiane. – Sądzisz, że później oczarujesz dziewczyny mowami przemądrzałka? Nie, oczarujesz je
pięknym uśmiechem, doskonałym uzębieniem i oddechem
pachnącym zielonym chlorofilem...

– Pleonazm, droga matko, pleonazm!

– Junior! Przestań albo upokorzę cię przy wszystkich
przy obiedzie, podając ci papkę i wiążąc na szyi śliniaczek!

– Podła zemsta! „Potomkowie bogów, żeby tak rzec,
omijają prawa natury i stanowią wyjątek z reguły. Nie ocze-
kują prawie nic od czasu i biegu lat, walory wyprzedzają
w nich wiek. Rodzą się w pełni mądrości i osiągają dosko-
nałość, nim inni wyjdą z dzieciństwa".* La Bruyère, moja
droga matko. Mówił o mnie, choć o tym nie wiedział.

Josiane obróciła się i patrzyła zdumiona na Juniora, celując w niego końcem drewnianej łyżki.

– Ależ... Junior! Umiesz już czytać? Skoro cytujesz mi
La Bruyère'a, to znaczy, że nauczyłeś się czytać?

– Tak, matko, chciałem ci zrobić niespodziankę na Boże
Narodzenie.

– Mój Boże! – jęknęła Josiane, uderzając się w pierś
drewnianą łyżką z sosem. – To katastrofa! Idziesz za szybko, kochanie, za szybko. Żaden nauczyciel nie będzie w stanie niczego cię nauczyć... Wszystkich to przerośnie, wpadną
w popłoch i depresję. Będą się mieli za kompletnych głup-
ków, będę musiała ich leczyć. Może nawet wydadzą cię na
pastwę mediów i staniesz się jarmarcznym cudakiem!

– Daj mi książki, a sam zajmę się swoją edukacją. W ten
sposób zaoszczędzicie sporo pieniędzy.

---

* Jean de La Bruyère, *Charaktery, czyli Obyczaje naszych czasów*,
przeł. Anna Tatarkiewicz, PIW, Warszawa 1965 (przyp. tłum.).

Josiane jęknęła zrozpaczona.

– To nie po kolei... Powinieneś się uczyć pod kierunkiem nauczyciela... Realizować jakiś program zgodnie z jakąś metodą, sama nie wiem... W tym wszystkim musi być porządek. Wiedza to rzecz święta.

– Wiedza jest zbyt ważną rzeczą, aby pozostawiać ją w rękach nauczycieli.

– Staniesz się nudny jak flaki z olejem!

Potem zdenerwowała się i zaklęła: straciła rachubę, wbijając jajka. Do sufletu potrzebowała sześć, ani jednego więcej, ani mniej.

– Junior! Zabraniam ci się odzywać, gdy gotuję! Możesz poczytać mi jakąś bajkę dla dzieci... coś, co mnie uspokoi i nie będzie irytować.

– Ależ nie panikuj! Policz skorupki, podziel ich liczbę przez dwa, a otrzymasz liczbę jaj, niemądra kobieto! Jeśli chodzi o bajki dla dzieci, to zapomnij o nich, wywołują u mnie odrętwienie mózgu i nigdy nie łechtają mi boskiego szpiku. Ja tymczasem potrzebuję tego cudownego mrowienia, aby wiedzieć, że żyję. Odczuwam głód wiedzy, mamo! Nudzą mnie historyjki dla dzieci w moim wieku.

– A ja chcę spokoju i skupienia, gdy jestem w kuchni. To dla mnie rozrywka, Junior, a nie łamigłówka!

– Mogę ci pomóc, jeśli chcesz, kiedy skończę glansować buty.

– Nie, Junior. Chcę zachować dla siebie mój tajemniczy ogród. Dziedzinę, w której jestem doskonała i rozkoszuję się możliwością robienia wszystkiego na swój sposób. W żadnym razie nie zbliżaj się do moich garnków... I jeszcze jedno: za chwilę, gdy przyjdą goście, nie chcę słyszeć żadnych przemówień na temat względności czasu czy *Charakterów* La Bruyère'a. Obiecałeś mi, pamiętasz, że w towarzystwie innych będziesz się zachowywał jak dziecko w twoim wieku. Liczę na ciebie.

– Dobrze, matko. Zadam sobie ten trud. Wyłącznie ze względu na ciebie i aby delektować się twoją doskonałą kuchnią.

– Dziękuję, kochanie. Umyj ręce, jak skończysz pastować buty, żebyś się nie otruł.

– Byłoby ci przykro?

– Czy byłoby mi przykro? Zęby wypadłyby mi ze zmartwienia, mój rudy misiaczku!

– Kocham cię, najdroższa mamusiu.

– Ja też cię kocham, jesteś światłem mojego życia, moją jaskółką, która przynosi wiosnę.

Junior upuścił buty, ruszył do przodu i złożył siarczysty pocałunek na policzku Josiane, która wydała okrzyk radości i chwyciła go w ramiona. Nastąpiło rozkoszne szczebiotanie, wymiana lepkich pocałunków, pocieranie się nosami, policzkami, łukami brwiowymi, gruchanie, wokalizy, czułe przymiotniki w stopniu najwyższym, w których obie strony prześcigały się w *licentia poetica*, aby wbić własny sztandar na Annapurnie miłości. Junior przejechał palcem po fałdkach na szyi matki, żeby ją połaskotać, Josiane broniła się, gryząc policzek rudego niedźwiadka, i przymilali się wśród miseczek i rondli, wymieniając pieszczoty, serie pocałunków i zawiłe słowa. Matka i syn splątani w uścisku, połączeni w jeden mocny węzeł, wybuchnęli śmiechem, od którego zatrzęsły się ściany domu.

– Jak się mają moje trolle? – zagrzmiał Marcel, wbiegając do kuchni. – Byłem w gabinecie, sprawdzałem rachunki i zaliczki, gdy nagle poczułem, że ściany naszego domu zadrżały. Ach! Widzę, że nadeszła pora pocałunków, i cieszy mnie to. Życie jest dziś piękne, przyjmujemy gości! I to gości, którzy są mi drodzy. Dziś dzień Bożego Narodzenia, narodzin Chrystusa, osłupiałych pasterzy, Matki Boskiej, Józefa, krów, osłów i słomy, powtórzcie wiedzę i zaśpiewajcie hymn na chwałę tego pięknego dnia.

266

– Amen! – odparła Josiane, uwalniając się z objęć Juniora.

– Chodź, synu, wybierzemy wino. Najwyższy czas, żebyś się oswoił z boskimi flaszami, rocznikami i szczepami. Aby przez twoje gardło popłynął jedwabisty nektar i abyś rozsmakował się w tysiącu nut, w tysiącu smaków!

– Ależ Marcelu! To jeszcze nie wiek, aby stać się sommelierem!

– Butelka to cała nauka, Żabciu. Nauka, która wymaga pracy, czasu, nosa i pokory.

– Przetrę jeszcze buty wełnianą ściereczką i jestem do twojej dyspozycji, uwielbiany rodzicielu.

Josiane patrzyła, jak idą korytarzem, trzymając się za ręce; zmierzali w stronę chłodzonej piwnicy, którą Marcel założył w głębi mieszkania. Rudy olbrzym pochylony nad czerwonym misiaczkiem. Jej dwie choinki. Łagodne i silne, zdecydowane i czułe, rozkoszne i przebiegłe. Nie przypominali żadnego z mężczyzn, których wcześniej znała. Marcel mówił, rozpryskując w powietrzu przymiotniki, Junior podskakiwał i powtarzał: Jeszcze, jeszcze więcej dziwnych słów. Obrazek szczęścia, któremu nic nie może zagrozić. Podrapała się między piersiami: kula wróciła. Potrząsnęła głowę, aby ją przepędzić. Do jej nozdrzy dotarł zapach spalenizny. Krzyknęła, palił się beszamel. Zaklęła, chwyciła drewnianą łyżkę i mieszała, mieszała, modląc się, aby sos nie zgorzkniał, zbierając równocześnie z czubków rzęs drżącym palcem łzę, jedną jedyną łzę, która niczym alarm rozbrzmiewała w jej sercu. Boże, nie tykaj tych dwóch! Nie tykaj ich, bo jak nie, to wbiję ci gwóźdź do Krzyża! Czuła, jak krew uderza jej w skroniach, zmrużyła oczy i powtórzyła: Tylko nie tych dwóch! Nie tych dwóch! Usłyszała, że dzwoni telefon, zawahała się, po czym odebrała.

– Josiane? Mówi Joséphine.

– Cześć, Jo! Jestem w kuchni.

– Przeszkadzam ci?

– Nie, ale mów szybko. Boję się, żeby mi się sos nie zwarzył. Przychodzicie? Nie powiesz mi, że chcecie to odwołać?

– Nie, nie, przychodzimy. Nie dlatego do ciebie dzwonię.

– Coś się stało dziewczynkom?

– Ależ nie... Tylko chciałam z tobą porozmawiać o czymś, o czym nie będę mogła powiedzieć ci za chwilę, przy wszystkich.

– Poczekaj, w takim razie przykręcę gaz.

Josiane zostawiła bardzo mały płomień i znowu wzięła słuchawkę. Oparła się biodrami o stół i słuchała.

– No więc – zaczęła Joséphine – wczoraj przeczytałam w gazecie w rubryce „Bohaterowie przyszłości" historię dwojga nieprzeciętnie zdolnych dzieci, takich jak Junior...

– Jak Junior? Identycznych?

– Zupełnie takich samych. Jedno to chłopiec. Mieszka w Singapurze i gdy miał dziewięć lat, zaczął opracowywać programy na iPhone'a, niesamowicie skomplikowane programy, których nikt wcześniej nie wymyślił. Podobno gdy miał dwa lata, był nie do pobicia w informatyce i znał wszystkie podstawy programowania. Mówi w sześciu językach i opracowuje dziesiątki gier, aplikacji, animacji, które potem proponuje gościom z Apple'a.

– Niesamowite!

– A drugie dziecko, Josiane, posłuchaj, drugie to dziewczynka, która w wieku siedmiu lat wydała pierwszą książkę, trzysta stron opowiadań, wierszy, osobistych rozważań o świecie, polityce, religii, mediach. Pisze od osiemdziesięciu do stu dwunastu słów na minutę, czyta dwie, trzy książki dziennie i wykłada literaturę... Słyszysz, Josiane, prowadzi wykłady z literatury dla dorosłych za trzysta dolarów za pięćdziesiąt minut! Jej ojciec zbudował studio w piwnicy w ich domu, gdzie nagrywa audycje, które potem są sprzedawane lokalnym sieciom telewizyjnym. Mieszka w Ameryce. Ojciec jest inżynierem, matka, która dorastała w Chinach w czasie rewolucji kulturalnej, ma uraz do wszelkich form nauczania zbiorowego i sama uczy córkę. Zapewnia, że to nie ona zmusza dziewczynkę do nauki, bo córka sama postanowiła uczyć się codziennie do północy! Wyobrażasz sobie? To oznacza, że nie ty jedna masz genialne dziecko! Nie ty jedna! To wszystko zmienia.

– Gdzie to wyczytałaś? – spytała Josiane, która podejrzewała, że Joséphine opowiada jej piękne kłamstwa w dzień Bożego Narodzenia.

– W *Courrier International*. Hortense kupuje teraz wszystkie gazety, szukając pomysłu na swoje wystawy. Wystawy u Harrodsa... Nic nie wiesz? Opowiem ci... Jest jeszcze w kioskach. Biegnij po nią, wytnij artykuł i przestań się dręczyć. Twój Junior nie odbiega od średniej małych geniuszy. Jest normalny!

– Och, Jo! Gdybyś wiedziała, ile nadziei wlewasz w moje serce. Jaka ty jesteś dobra! Trzęsę się cała jak galareta.

Josiane i Joséphine bardzo zbliżyły się do siebie po śmierci Iris. Joséphine przychodziła do Grobzów na lekcje gotowania. Uczyła się robić cytrynowo-czekoladowe magdalenki, potrawkę z królika, tadżin z suszonych śliwek, pływające wyspy, duszone pory z marchewką, słone ciasta, słodkie ciasta, chrupiące pasztety, awokado z krewetkami. Nieraz towarzyszyła jej Zoé, robiąc notatki w czarnym zeszycie. Josiane umiała znaleźć słowa, aby uspokoić Joséphine. Przytulała ją do serca, przyciskała do obfitej piersi i kołysała, głaskając jej włosy. Joséphine odprężała się, słysząc: To przejdzie, Jo, przejdzie, lepiej jej tam, gdzie jest, wiesz, nie mogła już siebie znieść, to ona wybrała swój koniec, umarła szczęśliwa... Joséphine podnosiła nos i mamrotała: Czuję się tak, jakbym miała mamę, powiedz, takie są mamy? Nie mów głupstw, karciła ją Josiane, nie jesteś moją córką, a poza tym moja matka też dbała o mnie tyle co o zeszłoroczny śnieg! Głaskała ją po twarzy, wymyślała czułe słówka, śmieszne słówka, które kręciły się jak diabolo, i Joséphine w końcu dostawała czkawki ze śmiechu między obfitymi piersiami Josiane.

– Dziękuję, Jo, dziękuję! Wyjmujesz mi cierń z serca. Właśnie znowu zaczęłam się katować, myśląc o Juniorze. Nie mówiłam ci jeszcze, że nauczył się sam czytać, deklamuje mi La Bruyère'a i koryguje teorię czasu! Mam od tego lodówkę na plecach.

– Może wiele osób ma genialne dzieci. Może jest ich na świecie pełno, ale są ukrywane, bo rodzice tak jak ty boją się, że ktoś im zrobi coś złego. To nowa rasa dzieci. Zostały zaprogramowane, aby oświecić świat. To nasi zbawcy!

– Jesteś taka miła! – powtarzała Josiane, dając upust łzom, morzu łez, łzom radości, łzom ulgi, łzom nadziei na myśl o tym, że jej synek może być normalny.

Och! Nie tak normalny jak wszyscy inni, lecz normalny jak garść innych. Jak dzieci, których nie wytyka się palcem, tylko pisze o nich pochwalne artykuły w gazetach.

– Musisz się z tym pogodzić. Twoje dziecko jest wyjątkowe.

– Ale to trudne, wiesz. Nigdy nie czuję się bezpiecznie. Boję się wzroku innych. Boję się, że ktoś zwróci na niego uwagę w autobusie, że ktoś mi go porwie, żeby programował komputery, rakiety atomowe, wojny chemiczne, ataki balistyczne. Kiedyś w metrze rysował pięciolinie i podśpiewywał, pisząc nuty. Jedna pani mruknęła do męża: Popatrz na tego smarkacza, przepisuje *Eine Kleine Nachtmusik*! Pewnie była nauczycielką muzyki i rozpoznała partyturę. Facet odpowiedział jej półgębkiem, żebym nie usłyszała: Ależ masz rację, on jest chyba nienormalny. Czym prędzej wysiedliśmy i poszliśmy do domu pieszo.

– Nie masz racji! Powinnaś była unieść podbródek i obnosić Juniora jak trofeum. Tak by zrobił ojciec Mozarta. Myślisz, że on się wstydził syna? Nie! Pokazywał go na wszystkich dworach Europy, gdy miał cztery lata!

– No... to powinien mi dodać odwagi, bo ja nie dorosłam do takich zaszczytów!

Uspokojona i szczęśliwa odłożyła słuchawkę. Wróciła do pilnowania rondli, patrząc na nie pewnym okiem o wydepilowanej brwi. Junior jest normalny, Junior jest normalny, ma masę kolegów na drugim końcu świata. Nie jest to bardzo praktyczne, gdyby się chciało zorganizować podwieczorek dla dzieci, ale dobrze i coś takiego mieć pod ręką na wypadek kolejnego napadu lęku.

– A teraz, synu, wybierzemy prezenty dla naszych gości – oświadczył Marcel, wychodząc z piwnicy z ramionami obładowanymi apetycznymi butelkami. – Dokonałem już wstępnej selekcji biżuterii, którą przeznaczam dla dam, mam też piękny zegarek dla Gary'ego, *Englishmana*, który zagości przy naszym stole.

– Lubię Gary'ego – oświadczył Junior, podziwiając blask swoich butów. – Jest elegancki, przystojny i zdaje się o tym nie wiedzieć. Dziewczyny z pewnością za nim szaleją. Nieraz, tato, chciałbym mieć mniej sprawny mózg, a piękniejszą twarz. Sprzedawca gazet nazywa mnie Czerwonoskórym, to mnie trapi.

– Parszywa kuna! – wykrzyknął Marcel. – Jak śmie! Zazdrości ci słońca we włosach, to wszystko! On ma pospolitą łysinę z paroma kępkami włosów!

– Lubię też Joséphine, Shirley i Zoé. Przepełniają je szlachetne uczucia. Trapi mnie natomiast Hortense. Nazywa mnie Karłem i gnębi.

– Jest jeszcze młoda i zielona, nie pożółkła od zmiennych kolei losu. Nie przejmuj się, synu, niedługo będzie ci jadła z rączki.

– Jest piękna, nieulękła, pogardliwa. Ma w sobie cechy niemal wszystkich kobiet z wyjątkiem cech zakochanej. Nie ma miękkości kobiety marzącej o miłości, jak mamusia, gdy

271

wieczorem idziecie do sypialni, a ty obejmujesz ją w talii. Czuję, jak w jej pochylonej szyi narasta rozkosz... Nieczułą kobietą jest ta, która jeszcze nie kochała. Hortense jest lodowata, bo nikt jeszcze nie stopił jej zbroi.

– Powiedz mi, Junior, musiałeś bacznie obserwować piękną Hortense?

Junior się zaczerwienił i zmierzwił czerwone loczki.

– Studiowałem ją tak, jak analizuje się mapę pola bitwy, chciałbym, żeby popatrzyła na mnie inaczej, zamiast rzucać mi te zdziwione, zimne spojrzenia. Chcę ją oszołomić... ale to będzie trudne: mama prosiła, żebym odgrywał dzidziusia przy obiedzie.

Marcel nie wiedział, co odpowiedzieć. Obładowany butelkami myślał, gryząc wargi. O ile było mu obojętne, że ma niezwykłego syna, o tyle rozumiał niepokój żony. Wiedział, jak bardzo czekała na to dziecko, jak je sobie wyobrażała, wymarzyła, ile podręczników przeczytała, ilu porad zasięgnęła, ile diet stosowała, chciała być najlepszą z matek dla najpiękniejszego dzidziusia. Nie przewidziała, że jej dziecko będzie miało błyskotliwy umysł kilku naukowców.

– Słyszysz mnie, ojcze?

– Tak i jestem w kłopocie. Komu mam sprawić przyjemność? Twojej matce czy młodej kokietce? Jest Boże Narodzenie, zrób przyjemność matce, będziesz miał masę czasu, żeby zadziwić Hortense.

Junior spuścił głowę, podrapał etykietkę na butelce, którą miał zanieść do salonu. Podrapał raz jeszcze. Potem wymamrotał:

– Zrobię co w mojej mocy, ojcze, obiecuję ci... Ale mój Boże, jakie to uciążliwe być małym dzieckiem! Jak inni dają sobie z tym radę?

– Ja już dobrze nie pamiętam – zaśmiał się Marcel – ale sądzę, że nie miałem z tym nigdy problemów! Wiesz, Junior, jestem prostym człowiekiem, który cieszy się życiem, smakuje je i degustuje codziennie.

Junior zdawał się zastanawiać nad pojęciem prostego człowieka i Marcel uznał, że rozczarował syna. Naszła go ponura myśl: a jeżeli syn go porzuci? Jeżeli zacznie się nudzić z rodzicami pozbawionymi całej tej wiedzy, która jak się wydaje, tak go ekscytuje i sprawia, że idzie do przodu, stawiając kroki olbrzyma? Jeżeli będzie blady i neurasteniczny? Biedne dziecko zmarnieje, a on i Żabcia nigdy się nie podniosą po takim ciosie.

Machnął ręką w powietrzu, by przegonić tę ponurą myśl, i ścisnął mocno rękę syna.

Otwarli kasetkę, w której Marcel przechowywał klejnoty co roku umieszczane na talerzach w czasie bożonarodzeniowego obiadu, aby uczcić narodziny Mesjasza z Galilei i przybycie do jego domu uczonego rudego aniołka.

– Chodź, wybierz... I nauczę cię nazw kamieni szlachetnych.

W rezultacie na talerzach pod grubymi białymi serwetkami z adamaszku umieszczono złotą bransoletkę z ogniwami w kształcie oliwek wysadzanymi szlifowanymi rozetowo diamentami i perłami dla Zoé, złoty zegarek kieszonkowy z dewizką dla Gary'ego, wisiorek w kształcie serca zdobionego brylantami dla Joséphine, parę kolczyków ze zwisającymi niebieskimi szafirami dla Shirley i wreszcie dla Hortense bransoletkę Love od Cartiera, złote, spiralnie skręcone kółko.

Ojciec i syn wymienili zachwycone spojrzenia i uścisnęli sobie dłonie.

– Niech się zaczną święta! – rzucił Marcel. – Jak miło jest sprawiać przyjemność naszym gościom! Serce rozpływa mi się z rozkoszy.

– *Bonum vinum laetificat cor hominis*! Dobre wino cieszy ludzkie serce – przetłumaczył litościwie Junior.

– To ty znasz łacinę?! – wykrzyknął Marcel.

– Och! Natknąłem się na to wyrażenie, czytając dawny tekst.

Rany boskie! pomyślał Marcel. Josiane ma rację, dziecko zbyt szybko się uczy, czyha na nas niebezpieczeństwo.

*

Klasę nominalną tworzą rzeczownik i przymiotnik, które występują w dwóch rodzajach i dwóch liczbach, a także pełnią cały szereg częściowo podobnych funkcji.

W obrębie klasy nominalnej rzeczownik i przymiotnik różnią się od siebie:

a) z punktu widzenia formy – przymiotnik i rzeczownik nie dzielą się w ten sam sposób na dwa rodzaje i dwie liczby. Zazwyczaj jedynie rzeczownik jest wprowadzony przez rodzajnik (lub jego odpowiednik); tylko przymiotnik może służyć oznaczeniu stopnia intensywności i porównania;

b) z punktu widzenia funkcji – jedynie rzeczownik może stanowić podstawę zdania, pełniąc rolę podmiotu, dopełnienia...

Henriette Grobz zamknęła gramatykę Larousse'a, waląc dłonią w zieloną okładkę. Dość! wrzasnęła. Dość tej chińszczyzny! Od tego zapominam gramatyki! Jak można kształcić umysł dziecka, wtłaczając mu do głowy te mgliste pojęcia! Czy nie ma prostszej metody uczenia francuskiego? Za moich czasów wszystko było jasne: podmiot, orzeczenie, dopełnienie. Okolicznik miejsca, czasu, sposobu. Przysłówek, przymiotnik. Zdanie główne i zdanie podrzędne. A potem się dziwimy, że taśmowo produkujemy osły! Oburzamy się, że nie umieją myśleć! Ale mieszamy im w głowach, zniechęcamy je, osłabiamy, posługując się tym pretensjonalnym żargonem! To obrzydliwa papka, którą wtłaczamy im do głowy!

Nagle poczuła mdłą litość dla dziecka, które miała wyrwać ze szponów szkolnictwa podstawowego. Dla Kevina Moreiry dos Santosa, syna dozorczyni, którego przekupywała, aby surfować po necie. Nie tylko wyłudzał od niej za każdym razem dziesięć euro, ale ostatnio odmówił przejechania palcami po klawiszach, utrzymując, że przeszkadza mu w nauce i z jej powodu jest najgorszym uczniem w klasie.

– Jak to, ja przeszkadzam ci zabłysnąć w klasie? – zaprotestowała oschła Henriette.

– Czasu, który spędzam z tobą, nie spędzam na nauce i mam fatalne oceny.

– Twoje noty nigdy nie odbiły się od zera – oburzyła się Henriette, potrząsając głową.

– A jak ma być, skoro zabierasz mi tyle czasu, stara śmierdząca krowo!

– Zabraniam ci zwracać się do mnie per ty i określać mnie nazwami zwierząt! Z tego co wiem, nie pasaliśmy razem świń...

Kevin Moreira dos Santos parsknął śmiechem, mówiąc, że nie było na to szans, bo ona ma około setki, a on jest młody i świeży.

– Mówię do ciebie per ty, bo ty mówisz do mnie per ty, a mówię, że śmierdzisz, dlatego że czuję to, gdy się do mnie zbliżasz. To nie obelga, to oczywistość. A poza tym nie proszę, żebyś się do mnie kleiła, to ty nalegasz i chcesz za wszelką cenę wejść do internetu. Ja to totalnie olewam! No i wkurzasz mnie na maksa!

Podniósł palec wskazujący do góry, aby zobrazować swoje słowa, i trzymał go tak przez dłuższą chwilę, aby Henriette miała czas właściwie odczytać jego intencje. Nie miał zamiaru pogodzić się ze staruchą, której jedzie z gęby, szyi, stóp, ma na mordzie warstwę białego gipsu, a do tego małe złe oczka osadzone tak blisko siebie, jakby miała zeza.

– Śmierdzisz wszędzie! Nie masz w domu wody bieżącej czy ją oszczędzasz?

Henriette ustąpiła wobec zamierzonego afrontu i zmieniła ton. Zrozumiała, że jej pozycja negocjacyjna jest żadna. Nie miała asa w rękawie. Była zależna od tej ciemnej galaretowatej masy.

– Zgoda, wstrętny smarkaczu! Zagramy w otwarte karty. Nienawidzę cię, ty mnie nienawidzisz, ale ty możesz mi się na coś przydać, a ja tobie. Więc zawrzyjmy układ: ty nadal będziesz pomagał mi nawigować w necie, a ja będę ci odrabiać zadania i niezależnie od tego dawać kasę. Co ty na to?

Kevin Moreira dos Santos zmierzył ją wzrokiem i w prawym oku błysnęło mu coś na kształt szacunku. Stara łatwo się nie poddawała. Nie traciła głowy. Nie tylko dalej będzie mógł ją spokojnie doić, ale w dodatku ona weźmie na siebie te wszystkie kretyńskie zadania, z których nic nie rozumie, za co ostro gani go matka, zbiera regularnie cięgi od ojca i grozi mu, że w przyszłym roku zostanie wysłany do szkoły z internatem.

– Wszystkie zadania – podkreślił, dotykając spacji na klawiaturze. – Gramatyka, ortografia, historia, matematyka, geografia i tak dalej.

– Z wyjątkiem gry na flecie i plastyki, to weźmiesz na siebie.

– I nie wydasz mnie starym? Nie poskarżysz się, że niegrzecznie się do ciebie zwracam i źle cię traktuję?

– Mam to gdzieś! Nie chodzi o uczucia, chodzi o wymianę umiejętności i wiedzy. Obie strony na tym zyskują.

Kevin Moreira dos Santos wahał się. Bał się, że wpakuje się w kłopoty. Miętosił wyżelowany kosmyk włosów, który tworzył blady czub górujący nad okrągłą twarzą. Jego umysł, który tak wolno pojmował rolę przymiotnika i rzeczownika czy dzielenie przez liczby trzycyfrowe, analizował z zawrotną szybkością za i przeciw, aż uznał, że wszystko przemawia za układem.

– OK, wstrętna starucho. Będę ci podsyłał zadania, a ty będziesz mi je odnosić cichaczem co wieczór, udając, że mi pomagasz w nauce. Moi starzy będą ci wdzięczni i niczego nie będą podejrzewać, a moje oceny pójdą w górę! Ale uwaga, za kompa dalej będziesz płacić!

– Nie dostanę nawet małej zniżki? – spytała Henriette z udaną pokorą, wysuwając do przodu płaskie usta niczym sprytny kupiec na bazarze.

– Zero zniżki. Najpierw pokażesz, co potrafisz, a jeżeli wszystko pójdzie dobrze, zastanowię się nad ceną. Ale nie zapominaj, to ja rozdaję karty, a nie ty!

Tym sposobem Henriette spędzała wieczór wigilijny przy świecy, rozgryzając gramatykę Larousse'a pełną mglistej wiedzy zamkniętej w zielonej okładce.

Jak ja czegokolwiek nauczę tego tłustego głupola? zastanawiała się, próbując wyrwać włos, który wyrósł jej na pieprzyku. Umysł tego smarkacza to pustynia... Żadnego drzewka, na którym można by zawiesić hamak! Żadnej podstawy, na której mogłabym się oprzeć. Muszę zbudować wszystko! A przecież mam co innego do roboty.

Miała plan! I to jaki plan!

Przyszedł jej do głowy niczym język ognia pojawiający się nad głową, gdy pochylała się przed figurą Matki Boskiej w kościele Saint-Étienne.

Ten łotr Judasz podsunął jej pomysł. Judasz o nagich, szczupłych, żylastych stopach w sandałach, Judasz w długiej czerwonej tunice, z wychudzoną twarzą. Judaszem był Chaval! Dlatego właśnie, gdy wpatrywała się w scenę Męki Pańskiej, nie mogła oderwać oczu od ponurej twarzy zdrajcy Chrystusa. Chaval, cyniczny i elegancki Chaval, który kiedyś pracował w firmie Marcela Grobza i odszedł do konkurencji, chyba do Ikei, przypomniała sobie Henriette.* Chaval, który jeździł kabrioletem, zwalał kobiety z nóg, kolekcjonował je, kładł i porzucał na masce samochodu. Miał wszystkie wymagane cechy: odpowiedni wygląd, okrucieństwo, umiejętności i chciwość oraz interesy Marcela w małym palcu. A także jego kombinacje, klientów, zniżki, sklepy, sieć światową. Chaval! Oczywiście! Twarz jej się rozpromieniła i ksiądz, który tamtędy przechodził, pomyślał, że do kaplicy Najświętszej Marii Panny zstąpił anioł. Wysłannik Boży? wyszeptał do niej z niepokojem, miętosząc stułę. Objawienie w moim kościele! To by była promocja, ludzie przyjeżdżaliby z całego świata, pokazaliby nas w wiadomościach! Moja skarbonka jest pusta. Ma ojciec rację, Bóg we własnej osobie przemówił do mnie, potwierdziła i szybko wsunęła mu w dłoń datek wystarczający na opłacenie dwóch świec w intencji powodzenia jej planów, po czym udała się na poszukiwanie namiarów Brunona Chavala na żółtych stronach w komputerze Kevina. Będzie moim wspólnikiem, pomoże mi pogrążyć tego wieprza Marcela. Chaval! Chaval! podśpiewywała, przebierając kościstymi nogami. To on mrugał do mnie, gdy pierwszy raz uklękłam w kościele Saint-Étienne. To znak od Boga, wyciągnięta do mnie dłoń. Dziękuję Ci, słodki Jezu! Odmówię dziewięć nowenn na Twoją chwałę...

Zadzwoniła do wszystkich Chavali z książki telefonicznej. Wreszcie znalazła go u matki, pani Rogerowej Chaval. I była tym zaskoczona.

U matki. W tym wieku...

Wyznaczyła mu spotkanie ostrym tonem żony byłego szefa. Zgodził się bez najmniejszego sprzeciwu.

Przyszedł do kościoła Saint-Étienne. Dała mu znak, żeby koło niej uklęknął i mówił szeptem.

* Patrz *Żółte oczy krokodyla*, op. cit.

– Co u pana słychać, drogi Brunonie? Nie widzieliśmy się od tak dawna. Często myślałam o panu – wymruczała z twarzą ukrytą w dłoniach, jakby się modliła.

– Och, proszę pani, jestem niczym, cieniem samego siebie, widmem. – I wymówił straszne słowo: – Bezrobotnym.

Henriette zadrżała z przerażenia. Przygotowywała się na starcie z rekinem CAC 40, *golden boyem* z Wall Street, a miała przed sobą wygłodniałego ślimaka. Obróciła głowę, żeby mu się przyjrzeć. Nie miał już w sobie ani energii, ani zapału, ani mięśni, ani flaków. Był jak kałuża. Zdołała opanować obrzydzenie i uprzejmie pochyliła się nad tym strzępem człowieka.

– Ale co się stało? Pan kiedyś taki elegancki, taki błyskotliwy, bezlitosny...

– Jestem już tylko tułającą się meduzą, proszę pani. Spotkałem Diabła!

Henriette się przeżegnała i zabroniła mu wymawiać to słowo w świętym miejscu.

– Ależ on nie istnieje! To wszystko dzieje się w pana głowie!

– Zapewniam panią, że istnieje... Nosi przewiewną sukienkę, ma długie nogi jak nożyce, delikatne nadgarstki poprzecinane cienkimi żyłkami, parę małych, jędrnych piersi, język, którym zwilża wargi. Och! Wargi, proszę pani, czerwone wargi w kolorze krwi, o smaku wanilii i malin, brzuszek, który wygina się, pręży i znów wygina, dwa krągłe, cudowne kolana, rozpaliła ogień w moich lędźwiach. Tchu mi zabrakło od patrzenia na nią, wąchania jej, śledzenia, czekania... Spoglądałem na nią wzrokiem szaleńca kontemplującego świetlisty przedmiot, przedmiot, który się oddala, przybliża i pali biednego człowieka, aż marnieje. Ogarnęła mnie niewymowna namiętność. Jak zahipnotyzowany, gorejący gnom myślałem tylko o jednym i w tym miejscu, proszę pani, będę brutalny, zbulwersuję panią, ale musi pani zrozumieć, w jakiej otchłani się pogrążyłem, myślałem tylko o tym... żeby położyć dłoń, palce, usta na jej soczystej mięsistej kępce włosów jak na owocu, który się wyciska, a jego sok...

W kościele rozległ się krzyk Henriette. Chaval popatrzył na nią, powoli kiwając głową.

– Teraz pani zrozumiała? Zrozumiała pani bezmiar mojego nieszczęścia?

– Ależ to niemożliwe! Nie można stracić głowy z powodu... z powodu...

– Kwaskowatej szparki nimfetki? Niestety można! Bo pierwszy wszedłem w tę wilgotną myszkę, która masowała mi członek ze znawstwem i pewnością starej, doświadczonej ladacznicy... Miażdżyła go w swojej jaskini, ugniatała niczym łakome usta, jak żarłoczna, przysysająca się pijawka, przerywała, gdy miałem już ducha wyzionąć, wpatrując się we mnie wielkimi niewinnymi oczami, które sprawdzały stan spustoszenia, a wtedy z oczami w słup, wiszącym jak u wściekłego psa językiem i nabrzmiałym kijem prosiłem ją, żeby nie przestawała... A ona mierzyła mnie zimnym, obojętnym, spokojnym wzrokiem i żądała jeszcze więcej pieniędzy, jeszcze jednego topu Prady, torebki Vuittona, a ja dyszałem: Co tylko chcesz, co tylko chcesz, mój aniele, żeby znowu zaczęła się cudownie poruszać tam i z powrotem, przylegając do mojego członka, wyciskając pojedynczo krople rozkoszy, proszę pani, kroplę po kropli, jakby była w piecu i tylko źródło mogło zaspokoić jej pragnienie, wolniutko naciskała swoją płcią mój penis, który nie mógł już wytrzymać, ale dawał się gnieść, kształtować aż do momentu, gdy otrzymawszy wszystko, przypuszczała ostatni atak, przybijała mnie do krzyża rozkoszy w swoim wilgotnym, miękkim ciele i zmuszała, żebym oddał jej całą duszę...

– I jeszcze ma pan czelność mówić o duszy! Ależ Chaval, jest pan bezbożnikiem!

– Ona naprawdę dręczyła moją duszę, proszę pani! Zapewniam – wyszeptał, przenosząc na twardym, drewnianym klęczniku ciężar ciała z prawego kolana na lewe. – Ta smarkata... bo nie miała wtedy jeszcze szesnastu lat... ta smarkata sprawiła, że w jej zwieraczu spotkałem Boga, dzięki niej byłem na ty z aniołami i archaniołami. Promieniałem szczęściem, przepełniała mnie rozkosz, fruwałem, byłem panem świata skąpanym w złotej rosie, a kiedy wybuchałem w niej, wysyłała mnie do raju! A potem... potem... stawałem się na powrót zwykłym śmiertelnikiem. Lądowałem nagle we własnych ubłoconych butach, liżąc oddalające się niebo, a syta smarkula czyhała na mnie, wyciągając rękę, żebym nie zapomniał o łupie wojennym. A jeżeli o czymś nie pamiętałem, o jakichś balerinkach czy torebce, była dla mnie zimna jak lód i nie chciała mnie widzieć, póki nie położę wszystkich trofeów u jej stóp... i wyłudzała jeszcze kilka luksusowych dodatków, aby ukarać mnie za to, że musiała czekać.

– To straszne! Ta dziewczyna to podła latawica. Będziecie się obydwoje smażyć w piekle!

– Och, nie, proszę pani, to była pełnia szczęścia... Skrzydła rosły mi u ramion, byłem najszczęśliwszym z ludzi, ale niestety, nie trwało to długo. Jak tylko mój członek twardniał i błagałem o nowe prawo wjazdu, kląskała twardym języczkiem o podniebienie, drażniła mnie, pytając z zimnym błyskiem źrenic: A co mi za to dasz? malując sobie paznokieć lub rysując kreskę szarym tuszem nad trzeźwo patrzącym okiem. Była nienasycona. Do tego stopnia, że zacząłem pracować coraz mniej, kombinować. Grałem na wyścigach konnych, w kasynie, w lotto, a ponieważ nie wygrywałem, kradłem pieniądze z kasy firmy. Wystawiałem lewe czeki. Najpierw na drobne sumy, potem na coraz większe... i tak właśnie wyglądał mój upadek. Upadłem bardzo nisko, bo nie tylko straciłem znakomitą posadę, ale w dodatku nie mogę już na nikogo się powołać. Moje CV wygląda paskudnie, mogę je wyrzucić do rynsztoka.

– A niech mi pan powie, nędzny grzeszniku, mam nadzieję, że nie spotyka się pan już z tą Dalilą?

– Nie, ale to nie była moja decyzja! Czołgałbym się, gdyby tego zażądała! – Żałośnie spuścił głowę. – Znudziłem się jej. Mówiła, że miłość fizyczna jest przereklamowana, że już jej nie bawi. Że to ciągle to samo, ten sam posuwisty ruch tam i z powrotem, że się nudzi. Przy mnie przeszła chrzest bojowy. Sprawdziła, że to działa. I traktowała nasz romans jak doświadczenie w próbówce. Rzuciła mnie pod pretekstem... że się do niej kleję. To jedno słowo powtarzała bez przerwy: „klejący". Trzeba przyznać, że była bardzo młoda... Na próżno obiecywałem jej tysiące rzeczy, planowałem napad stulecia, ucieczkę do Wenezueli, diamenty, szmaragdy, prywatny odrzutowiec, hacjendę, całą kolekcję Prady... Mieliśmy siedzieć we dwoje nad turkusowym morzem obsługiwani przez boyów w przepaskach biodrowych...

Henriette wzruszyła ramionami.

– Jakież to banalne!

– Użyła dokładnie tych słów – powiedział Chaval, schylając głowę, jakby składał hołd wspomnieniu swojego nieszczęścia. – Powiedziała, że powinienem z tego wyciągnąć wnioski, a ona ma zdecydowanie większe ambicje. Dobrze się bawiła, nauczyła się zadawać mężczyźnie tortury rozkoszy, uzupełniła garderobę, a teraz czas wziąć się do roboty! Chciała odnieść sukces, sama, „bez męskiego kutasa, tej żałosnej parówki"...

Przerażona Henriette podskoczyła.

– Nie miała jeszcze szesnastu lat...! – westchnął wyczerpany Chaval.

– Mój Boże! Nie ma już dzieci na tym świecie...

– W wieku trzynastu lat umieją już omotać mężczyznę. Połykają Kamasutrę, ćwiczą mięśnie pochwy, ssanie, skręcanie, wdychanie, wykręcanie... Wkładają sobie nawet ołówek między uda i trenują. Niektóre potrafią nawet tak palić papierosy! Tak, tak, zapewniam panią.

– Proszę pana! Niech pan się zachowuje. Zapomina pan, że rozmawia z porządną kobietą!

– Wystarczy, że o tym opowiadam i... sama pani widzi! Zmiażdżył członek między nogami, mocno je krzyżując.

– Wyjechała gdzieś daleko, mam nadzieję... – wyszeptała Henriette.

– Do Londynu. Uczyć się projektowania mody. Chce zostać Coco Chanel.

Henriette pobladła. Jej szeroki kapelusz zadygotał. Przypomniała sobie wszystko. Staż Hortense w Casamii przed czterema laty, dyszącego, białego jak ściana Chavala, obcasiki Hortense dzwoniące stuk-stuk, stuk-stuk na podwórzu firmy, chłopaków z magazynu, którzy śledzili ją wzrokiem, śliniąc się na jej widok... A więc o to chodziło! Był do tego stopnia opętany, że zapomniał, iż mówi o jej wnuczce. O jej własnej wnuczce! Nie widział już związku między nią a Hortense. Wyniósł Hortense do rangi Madonny, przed którą zgina się kolana, kobiety górującej nad wszystkimi innymi kobietami. Namiętność prowadziła go do zguby. Pochyliła się na klęczniku i zacisnęła palce. Na jakim świecie ja żyję! Na jakim świecie! Moja wnuczka! Ladacznica, która miażdży członki i wyłudza pieniądze od mężczyzn! Krew z mojej krwi! Mój ród...

Potem przemyślała sprawę. Potrzebowała Chavala. Jej plan nic nie był wart bez zdradzieckiego czarnego rycerza. Co ją w głębi duszy obchodzi, że jej wnuczka jest ladacznicą? Każdy żyje własnym życiem! Dziś słowa nie mają już znaczenia. Takie pojęcia jak prawość, uczciwość, rzetelność, moralność, przyzwoitość budzą drwiący śmiech. Obowiązuje zasada: każdy dla siebie. A poza tym bądźmy realistami, zawsze darzyłam szacunkiem tę smarkatą, która umie budzić respekt...

283

– Panie Chaval, myślę, że wystarczająco już dziś wysłuchałam. Skupię się teraz przez chwilę, aby się oczyścić. Modlić się o zbawienie pana duszy. Niech pan wyjdzie z tego kościoła, który właśnie pan sprofanował, a ja w najbliższych dniach wyznaczę panu spotkanie, aby porozmawiać o interesach. Mam dla pana pewną propozycję, która być może znowu zapewni panu pomyślność. Spotkamy się w kawiarni na rogu rue Courcelles i avenue de Wagram. Ale przedtem proszę mnie uspokoić, nie jest pan już rozpustnikiem? Odzyskał pan pełnię władz umysłowych? Bo do realizacji mojego planu potrzebuję mężczyzny w dobrym stanie, mężczyzny z błyskiem w oku, a nie lubieżnej szmaty!

– Wyssała ze mnie wszystko do ostatniej kropli krwi. Jestem skończony, wyżęty, wyczyszczony do spodu. Żyję z zasiłku i z emerytury matki. Gram w lotto, bo muszę zachować odrobinę nadziei, ale nie wierzę w wygraną, kiedy zakreślam kratki. Jestem narkomanem na głodzie. Nie staje mi już, proszę pani! Ona odeszła z moim libido! Kiedy widzę jakąś dziewczynę, tak bardzo się boję, że uciekam z podkulonym ogonem.

– To znakomicie! Przez jakiś czas niech ten ogon będzie podkulony i proszę mi coś obiecać: jeżeli przywrócę panu zdrowie, oczywiście finansowe, obiecuje mi pan, że zachowa rozsądek, wstrzemięźliwość seksualną i już nigdy nie da się oczarować żadnej skurwionej westaleczce?

– Nasze drogi nie mogą się skrzyżować, proszę pani. Wiem, że jeżeli znowu ją zobaczę, na powrót stanę się wygłodniałym wilkiem.

– Ale jeżeli ona mieszka w Londynie...

– To jedyne ryzyko, proszę pani. Jedyne... Zabiłbym, żeby móc jeszcze raz ją posiąść! Wejść w ten ciemny, wąski, wilgotny korytarz... Przeżyć boski spazm...

Wydał w ciemności pomruk dzikiej bestii, mięśnie szyi mu się napięły, szczęki zacisnęły, zęby zazgrzytały, raz jeszcze mruknął, podniósł rękę między nogi, złapał członek, skręcił go i jego oczy przepełniło cudowne przerażenie.

Zdumiona Henriette patrzyła, jak ten niegdyś tak dumny, tak męski facet miętosi się na klęczniku u jej boku. Dziękuję, słodki Jezu, że oszczędziłeś mi tej przywary, mruknęła przez zęby. Jakie to wstrętne! Umiałam panować nad mężczyznami. Prowadziłam ich stanowczą, szlachetną, budzącą szacunek ręką. Z godnością. Żelazną ręką w żelaznej rękawicy. Nigdy nie używałam tego narzędzia kobiet, tej szczęki...

W głowie rodził jej się straszny obraz. Żelazna rękawica, stalowe szczęki... Odmówiła trzy razy *Ojcze nasz* i dziesięć razy *Zdrowaś Mario*, podczas gdy przygarbiony Chaval opuszczał kościół w ciszy i zanurzał prawą dłoń w wodzie święconej, aby dodać sobie odwagi.

Było Boże Narodzenie. I siedziała sama nad gramatyką Larousse'a. Z półlitrową butelką czerwonego wina, puszką sardynek w oleju roślinnym, kawałkiem sera brie i mrożonym ciastem bożonarodzeniowym, na którym postawiła trzy wesołe krasnoludki znalezione na dnie szuflady. Wspomnienie dawnych czasów, kiedy to biały obrus i czerwone świece, wspaniałe prezenty od małżonka pod każdą serwetką, bukiety kwiatów z Lachaume, perfumowane świece, kryształowe kieliszki, srebrne sztućce wyśpiewywały radość i obfitość świąt.

Obrus z ceraty na kuchennym stole był miejscami poplamiony, znaczyły go okrągłe ślady po garnkach odstawionych w pośpiechu, bo rączka parzyła, a całą swoją ucztę ukradła w sklepie spożywczym Ed. Zmieniła taktykę. Podchodziła do kasy ubrana jak dama, wyposażona w dawne atrybuty, w rękawiczkach, kapeluszu, z torebką z krokodylej skóry na przegubie, kładła na taśmie paczkę chleba tostowego i butelkę wody mineralnej, podczas gdy na dnie torby znajdowały się skradzione wiktuały. Mówiła głośno: Niech się pani pospieszy, kierowca na mnie czeka i blokuje przejazd, – podczas gdy kasjerka nabijała 1,75 euro, z pokorą znosząc niecierpliwość aroganckiej starszej damy. Tak to jest, mruknęła, rozrywając worek z pieczywem tostowym. Zaznałam już w życiu lepszych dni i zaznam ich jeszcze. Nie ma co rozpaczać. Jedynie słabi tracą siły wobec przeciwności. Wspomnij, moja droga Henriette, słynne zdanie powtarzane przez doświadczonych przez los: „Co cię nie zabije, to cię wzmocni".

Westchnęła, nalała sobie kieliszek wina i zdecydowanym ruchem otwarła gramatykę. Próbowała się nią zainteresować. Wzruszyła ramionami. Chłopak ma dwanaście lat i jest w czwartej klasie! Beznadziejny. Jest beznadziejny. Z ortografii, gramatyki, matematyki, historii. Nie ma przedmiotu, w którym by się wyróżniał. Przechodził z klasy do klasy, bo matka rzucała groźby, a ojciec grzmiał, ale dzienniczek opowiadał przykrą historię jego postępów w nauce. Fatalne oceny i gorzkie uwagi zniechęconych nauczycieli: „Gorzej być nie może", „Niespotykany brak wiadomości", „Uczeń, którego należy unikać", „Zasługuje na wpis do Księgi rekordów Guinnessa w kategorii Osły", „Gdyby mógł przynajmniej cichutko spać!".

Zdaniem Kevina Moreiry dos Santosa dolmeny były przodkami wiat na przystankach autobusowych, miasto Rzym zbudowano przy alei Jezusa Chrystusa, Franciszek I był synem Franciszka O, Morze Karaibskie opływało francuskie antylopy. A linia prostopadła to prosta, która oszalała i nagle i niespodziewanie skręciła.

Myślała o Kevinie. Myślała o Chavalu. Stwierdziła, że ignorancja i chciwość rządzą światem. Przeklęła wiek, w którym niczego już się nie szanuje, skończyła półlitrową butelkę wina, pomacała chudy kosmyk siwych włosów i zabrała się do reformowania nauczania we Francji w klasie czwartej.

Dnia 26 grudnia o siedemnastej dziesięć Gaétan zadzwonił do drzwi mieszkania pań Cortès.

Zoé pobiegła mu otworzyć.

Była w mieszkaniu sama.

Joséphine i Shirley poszły na spacer jakby nigdy nic, żeby zostawić ją samą. Hortense i Gary jak codziennie przemierzali Paryż w poszukiwaniu pomysłu na słynne witryny u Harrodsa.

Gary zabierał ze sobą iPoda lub aparat fotograficzny, podnosił kołnierz marynarki, zawiązywał na szyi niebieski szalik, wkładał futrzane rękawiczki.

Hortense sprawdzała, czy ma w kieszeni notes rysunkowy i kolorowe kredki.

Wracali szczęśliwi lub pokłóceni.

Milczeli w samotności bądź wczepieni w siebie zwijali się razem na kanapie przed telewizorem i nie wolno im było przeszkadzać.

Zoé obserwowała ich i myślała, że miłość jest bardzo skomplikowana. Ciągle wszystko się zmienia, nie wiadomo, na czym się stoi.

Gdy Gaétan zadzwonił, stanęła w drzwiach trochę ogłupiała i trochę zdyszana. Nie wiedziała, co powiedzieć. Zapytała, czy chce zanieść plecak do pokoju albo się czegoś napić. Popatrzył na nią z uśmiechem. Spytał, czy ma jakąś trzecią propozycję. Nie mogła się zdecydować i powiedziała: Zachowuję się tak, bo mam tremę.

Odpowiedział: Ja też i opuścił plecak na ziemię.

Stali naprzeciw siebie z opuszczonymi rękami i obserwowali się.

Zoé pomyślała, że urósł. Miał dłuższe włosy, usta, ramiona, zwłaszcza nos. Również posmutniał. Gaétan uznał, że się nie zmieniła. Powiedział jej to, dzięki czemu nabrała pewności siebie.

– Mam ci tyle do opowiedzenia – stwierdził – że nie wiem, jak zacząć.

Przybrała uważny i skupiony wyraz twarzy, żeby go zachęcić.

– Tylko z tobą mogę rozmawiać.

Objął ją i pomyślała, że czekała na to od dawna. Nie wiedziała, co zrobić, i zbierało jej się na płacz.

Potem łagodnie pochylił do niej głowę i prawie zgiął się w pół, żeby ją pocałować.

Zapomniała o wszystkim. Zaciągnęła go do pokoju i położyli się na łóżku, objął ją i bardzo mocno przytulił, powiedział, że tak bardzo czekał na tę chwilę, że sam nie wiedział już, co robić, co mówić, że Rouen jest za daleko, że jego matka cały czas płacze, że Łysy z Meeticu odszedł, ale ma to gdzieś, bo ona z nim jest i jest tak dobrze... Dalej do niej mówił, czułe słówka, słówka tylko o niej, i pomyślała sobie, że w gruncie rzeczy miłość nie jest aż tak bardzo skomplikowana.

– A gdzie będę spał? – zapytał.

– No... ze mną.

– Coś ty?! Ściemniasz... Twoja matka się zgodzi?

– Tak, ale... ja z Hortense będę spała w łóżku, a ty na ziemi na dmuchanym materacu...

– Ach...

Przestał szeptać blisko jej szyi i Zoé zrobiło się zimno w ucho.

– Trochę głupio, nie?

– To była jedyna możliwość, żebyś mógł przyjechać.

– Idiotyczne – powiedział.

Odsunął się od niej, myśląc, że to naprawdę idiotyczne. I wyglądał na kogoś, kto jest tak daleko stąd, że odnosiła wrażenie, iż przebywa z kimś obcym. Wpatrywał się w jakiś punkt w pokoju tuż nad klamką i milczał.

I Zoé pomyślała, że miłość jest naprawdę bardzo skomplikowana.

Hortense uznała, że najpiękniejsze paryskie aleje rozchodzą się gwiaździście od Łuku Triumfalnego. I że tam znajdują się najpiękniejsze kamienice. I że te gładkie uporządkowane budynki poddadzą jej jakiś pomysł. Nie umiała wytłumaczyć, dlaczego tak sądzi, ale była tego pewna. Upierała się: To tu, to tu, i nie wolno było jej się sprzeciwiać.

Od rana do wieczora Hortense i Gary przemierzali avenue Hoche, avenue Mac-Mahon, avenue de Wagram, avenue de Friedland, avenue Marceau, avenue Kléber, avenue Victor-Hugo. Starannie unikali avenue de la Grande-Armée i Pól Elizejskich. Hortense je skreśliła: straciły duszę. Drobny handel, neony, szpan, bary szybkiej obsługi z jedzeniem bez smaku wynaturzyły subtelną architekturę odpowiadającą założeniom barona Haussmanna i jego współpracowników.

Hortense zapewniała Gary'ego, że biały kamień jest dla niej inspiracją. Mówiła, że ściany paryskich kamienic mają duszę. Każdy budynek jest inny, każdy budynek jest wytworem sztuki, a jednak każdy posiada te same cechy charakterystyczne podporządkowane ścisłym regułom: elewacje z ciosowego kamienia, ściany ze spoinami, balkony z kutego żelaza wzdłuż całego drugiego i piątego piętra, ściśle ograniczoną wysokość w zależności od szerokości ulicy, przy której stoi. Z tej jednorodności narodził się styl. Styl niedościgniony, który czynił z Paryża najpiękniejsze miasto świata. Dlaczego? zastanawiała się. Dlaczego?

Było tu coś sekretnego, tajemniczego, wiecznego. Jak kostium Chanel. Smoking Saint-Laurenta. Krawat Hermèsa. Dżinsy Levisa. Butelka coca-coli. Opakowanie sera Kiri. Maska Ferrari. Reguły, linia, schemat, który powiela się, aż zostanie uznany za klasyczny na całym świecie.

Moje wystawy powinny mieć to coś, co sprawi, że mijając je, ludzie będą się zatrzymywali, dziwili, mówili: Ależ oczywiście! To jest właśnie styl...

Wystarczyło tylko znaleźć to „coś".

Chwytała aparat Gary'ego i robiła zdjęcia balkonów, maszkaronów, kamiennych wsporników, sklepionych okien, drewnianych drzwi. Marszcząc brwi, rysowała sylwetki domów. En face i z profilu. Pochłaniały ją detale każdej fasady, każdych drzwi. Gary chodził za nią, wymyślając melodie, podśpiewując do-mi-sol-fa-la-re. Nauczyciel fortepianu zasugerował mu, by komponował krótkie melodyjki, stojąc przed stacją metra, widząc gołębia ze złamanym skrzydłem lub piękny zabytek. By zawsze miał w głowie nuty i rozsiewał je. Powinien wysłać mu pocztówkę z Paryża. Napisać, że myśli o nim, jest szczęśliwy, iż go spotkał, że odkąd go poznał, nie czuje się już samotny. Że czuje się mężczyzną... Mężczyzną z owłosieniem, problemami z dziewczynami, brodą, którą zapuszcza się lub nie, dziewczyną, którą przelatuje się lub nie. Dobrze mieć w swoim życiu mężczyznę...

Podśpiewywał, podśpiewywał.

Nieraz denerwował Hortense, nieraz się śmiała, nieraz prosiła go, żeby był cicho: wpadła na pomysł. Potem wzdychała: Pomysł się ulotnił, a Gary ją obejmował i mówił: Przestań myśleć, a pomysł przyjdzie i narodzi się w twojej głowie jak za dotknięciem magicznej różdżki. Odpuść, odpuść, rozluźnij się. Jesteś tak spięta, że powietrze nie ma do ciebie dostępu.

Zawsze odbywał się ten sam rytuał. Spacerowali. Hortense przystawała, głaskała jasny kamień budynku, zamykając oczy, przejeżdżała palcami, śledząc każdą wypukłość, gubiąc się w wyżłobieniach i wypolerowanej powierzchni, nie przerywała, nie ustępowała jak różdżkarz z wahadełkiem.

Gary mruczał, że to szaleństwo tak się rozczulać nad kamiennymi blokami. Cytował Ernesta Renana, który twierdził, że Île-Grande, wyspa należąca do Bretanii, zniknęła z mapy, bo baron Haussmann spustoszył ją, bezlitośnie eksploatując tamtejsze kamieniołomy, aby zbudować piękne paryskie budynki.

– Uważasz, że to moralne? Zniszczyć wyspę, żeby zbudować miasto?

– Mam to kompletnie gdzieś, jeżeli efekt jest taki piękny. Ludzie z całego świata przyjeżdżają, żeby zobaczyć Paryż, nie Île-Grande. Więc olewam to.

– Dla ciebie wszystko, co się świeci, jest złotem!

– Dla mnie wszystko, co się świeci, jest piękne... Zwłaszcza gdy mowa o Paryżu.

– A poza tym był pretensjonalny i taki sam z niego baron jak ze mnie tancerka kankana!

– Też mam to gdzieś! Cicho bądź!

– Pocałuj mnie...

– Nie masz nawet co o tym marzyć, póki czegoś nie wymyślę!

Wtedy gwizdał pieśń kamienia emigranta, krzyk kamienia wyrwanego z kamieniołomu, opłakującego przymusowe wygnanie, zanieczyszczenie miast, tagi i graffiti, psa, który podnosi łapę i sika, bezlitosny los wmurowanego anonimowego kamienia ciosowego nie mogącego już oddychać morskim powietrzem wyspy.

Hortense ignorowała go. Lub ofukiwała.

Od czasu do czasu wymykał się. Znikał na rogu rue Margueritte i boulevard de Courcelles, wchodził do Hédiarda, kupował czekoladki lub słodycze, rozmawiał z kreolską sprzedawczynią, która zachwalała kandyzowany ananas, albo siadał do fortepianu pod numerem 221 przy rue du Faubourg-Saint-Honoré, naprzeciw sali Pleyel, i przebiegał palcami po klawiszach zgodnie z własną fantazją.

Hortense rozmyślała.

Uciekał dalej i przeszedłszy na drugą stronę ulicy, otwierał drzwi sklepu Mariage i wchodził do sanktuarium herbaty. Wąchał czarne herbaty, białe herbaty, zielone herbaty w dużych czerwonych puszkach, które podawał mu młody człowiek z powagą malującą się na twarzy. Potakiwał, udając przejętego, wybierał zestaw herbat, przebiegał przez aleję i wskakiwał do La Maison du chocolat, gdzie pogrążał się w cudownych marzeniach...

Musiał potem biec, żeby dogonić Hortense.

– Ale dlaczego? Dlaczego? – pytał Gary, podając swojej lubej pralinkę. – Dlaczego uczepiłaś się tych budynków z ciosanego kamienia? To bez sensu! Idź raczej do muzeów, galerii malarstwa albo powłócz się po bukinistach. Tam znajdziesz pomysły. Na pęczki!

– Bo od dzieciństwa lubiłam piękno paryskich kamienic i traktuję chodzenie po Paryżu jak obcowanie z dziełem sztuki. Nie widzisz piękna na każdym rogu ulicy?

Gary wzruszał ramionami.

Hortense pochmurniała. Każdego dnia bardziej.

Minął 26 grudnia.

Potem 27, 28, 29, 30...

Ciągle spacerowali w poszukiwaniu pomysłu.

Gary już nie podśpiewywał. Nie robił zdjęć boskich elewacji. Nie kupował pomarańczy w czekoladzie ani kasztanów w lukrze. Nie próbował jej już całować. Nie kładł jej ręki na ramieniu. Żądał odpoczynku. Gorącej czekolady z makaronikiem truskawkowym w Ladurée. Albo Paris-Brest z masą bitej śmietany w jakimś barze.

Zatykała sobie uszy i dalej szła jak szalona.

– Nie musisz ze mną chodzić – odpowiadała, wydłużając krok.

– A co mam innego robić? Śledzić żebraczkę na bulwarach Sekwany, bawić się w przyzwoitkę z Zoé i Gaétanem, jeść samotnie popcorn przed gigantycznym ekranem? Nie, dziękuję. Z tobą przynajmniej mogę się przewietrzyć, widzę autobusy, kasztany, ronda, fontanny Wallace'a, złapię jakąś czekoladkę to tu, to tam, pogram sobie gdzieś na pianinie... i pod koniec ferii będę mógł powiedzieć, że znam Paryż. Przynajmniej piękny Paryż, Paryż mieszczański i elegancki... Nie Paryż, który się wije i śmierdzi...

Hortense zatrzymywała się, długo na niego patrzyła, przybierała swój najpiękniejszy uśmiech i obiecywała:

– Jeżeli wpadnę na jakiś pomysł, oddam ci się.

– Mówisz prawdę? – pytał Gary, nieufnie unosząc brew.

– Najprawdziwszą – odpowiadała Hortense, przysuwając się tak blisko, że czuł jej ciepły oddech na wargach.

– Ale – mówił, odskakując – może ja wtedy nie będę już chciał... Może do tego czasu znajdę dziewczynę, która...

– Ach! Proszę cię, Gary! Nie zaczynaj znowu!

– Pożądanie jest ulotne, *my lovely one*, trzeba je chwytać, gdy przechodzi obok. Nie wiem, czy jutro nadal będę trwał na warcie...

– To znaczy, że twoje pożądanie jest ubogie, a ja takiego nie chcę!

– Pożądanie jest zmienne, nieprzewidywalne, w przeciwnym razie nie byłoby to pożądanie, a rutyna.

I znowu odwracał się na pięcie i odchodził.

Wreszcie 31 grudnia stało się światło.

Kończyło się zimowe popołudnie, słońce skryło się nagle za dachami, świetliste, błękitne powietrze szarzało, a ramiona drżały z zimna.

Hortense usiadła na ławce. Z nosem wbitym w ziemię, nadąsana.

– Zostały mi tylko dwadzieścia cztery godziny, Gary, tylko dwadzieścia cztery godziny, i jeżeli nic nie wymyślę, będę tylko coś dukać, jak miss Farland do mnie zadzwoni. Czuję się jak wyrzucony na plażę wielki wieloryb, który z trudem oddycha.

– Dumny wieloryb, co ma szary grzbiet, co ma szary grzbiet, co ma szary grzbiet i zdrowe zęby bielutkie jak śnieg, bielutkie jak śnieg – zaśpiewał Gary na melodię *Yellow Submarine*, chodząc dookoła ławki.

– Przestań, kręci mi się od tego w głowie!

– Bielutkie jak śnieg, bielutkie jak śnieg!

– Przestań! Mówię do ciebie! Jeżeli myślisz, że to śmieszne...

– Co ma szary grzbiet, co ma szary grzbiet!

Hortense zerwała się z ławki i wyciągnęła rękę, żeby zatkać mu usta.

Jej ramię zawisło pionowo w powietrzu i Gary sądził, że zamarła wreszcie z podziwu wobec jego talentów wokalnych. Ukłonił się, czekając na oklaski, udał, że zamiata po trzykroć kapeluszem muszkietera, zanucił: Dziękuję, dziękuję, piękna damo! Moje serce drży z radości na myśl o tym, że... i przerwało mu suche zdanie:

– Przestań się wygłupiać! Idzie Josiane z Juniorem!

Odwrócił się i zobaczył w oddali dziecko i matkę, którzy zmierzali w ich stronę.

– Ach! – powiedział rozczarowany – to dlatego... a ja myślałem, że...

– Kurdemol! I do tego trzeba będzie rozmawiać z tą czerwoną fasolką!

– Przesadzasz! To dziecko jest urocze.

Opadł na ławkę obok Hortense i czekał, aż zaprzęg matka-syn zatrzyma się na ich wysokości.

– Szkoda, że pożyczyłem aparat matce, zrobiłbym zdjęcie.

– Gruba kobieta z karzełkiem na ulicach Paryża! Fascynujące!

– Ale co ci się stało? Jesteś wkurzająca! Przysięgam, że jutro będziesz chodzić sama! Mam tego dość! Udało ci się nawet obrzydzić mi Paryż tym ciągłym narzekaniem!

I odwrócił się do niej plecami, szukając wzrokiem jakiejś ładnej dziewczyny, którą mógłby zaczepić tylko po to, żeby zdenerwować porywczą Hortense.

– To się stało, że jest trzydziesty pierwszy! Jutro jest pierwszy stycznia, a ja ciągle nie mam żadnego pomysłu! A ty chciałbyś, żebym promieniała z radości, robiła gwiazdy i pogwizdywała razem z tobą!

– Mówię ci i powtarzam, wyluzuj, wyluzuj i odpręż się! Ale ty uparcie się katujesz!

– Cicho, zbliżają się! Uśmiechnij się! Nie chcę, żeby zobaczyła, że się kłócimy!

– A do tego jesteś hipokrytką!

Josiane dostrzegła ich i uśmiechała się szeroko uśmiechem kobiety spełnionej. Wszystko było w porządku. Mały przebrany za dwuletnie dziecko jadł biszkopta, śliniąc się, słońce rzucało ostatnie różowe promienie na łupkowe dachy, świeże powietrze zaróżowiło jej policzki, niedługo wrócą do domu, przygotuje kąpiel dla Juniora, zanurzy łokieć w wodzie, żeby sprawdzić temperaturę, namydli mu ciało owsianym mydłem do skóry wrażliwej, będą gaworzyć, gaworzyć, on będzie się śmiał ze szczęścia opatulony w ciepły ręcznik, posyłał jej pocałunki, życie jest piękne, piękne, piękne...

– Witam was! – powiedziała, blokując koła wózka. – Jakie dobre wiatry was tu przygnały?

– Cuchnące wiatry – odparł Gary. – Hortense szuka pomysłu, przyklejając nos do paryskich murów, a ja dotrzymuję jej towarzystwa. Przynajmniej próbuję...

– A czego szukasz, ślicznotko? – spytała Josiane na widok ponurej miny Hortense.

– Szuka pomysłu. I nie znajduje. Ma to za złe całemu światu, ostrzegam cię...

Hortense odwróciła głowę, nie chcąc odpowiadać.

– A gdzie szukasz tego pomysłu? W kasztanowcach? W ogródkach kawiarnianych?

Hortense wzruszyła ramionami.

– Nie – wyjaśnił Gary. – Ona wierzy, że gotowy pomysł wytryśnie z szeregu budynków. Ogląda kamienie, głaska je, rysuje, uczy się ich na pamięć. To idiotyczne, ale tak właśnie robi!

– Ach! – wykrzyknęła zdziwiona Josiane. – Pomysł, który wynurza się z kamienia... Nie bardzo rozumiem, ale pewnie dlatego, że nie jestem szczególnie inteligentna.

Jesteś kompletnie ograniczona! pomyślała Hortense. Wystarczy popatrzyć, co ta kobieta na siebie włożyła! Wygląda jak prosta gospodyni domowa, która czyta ckliwe romanse i ubiera się w dziale dla puszystych.

Wówczas Junior upuścił obślinionego biszkopta i oświadczył:

– Hortense ma rację. Te kamienice są wspaniałe. I inspirujące. Ja kontempluję je codziennie w drodze do parku i wcale mi się nie nudzi ich widok. Są tak podobne do siebie, a zarazem takie różne.

Hortense podniosła głowę i przyjrzała się czerwonej fasolce.

– Coś podobnego, Karzełek zrobił duże postępy. Nie mówił tak dobrze, kiedy byliśmy u was na obiedzie w Boże Narodzenie.

– Bo odgrywałem dzidziusia, żeby zrobić przyjemność matce – wyjaśnił Junior. – Promienieje szczęściem, gdy bełkotam bzdury, a ponieważ kocham ją ponad wszystko, staram się robić z siebie debila.

– Ach! – wykrzyknęła urzeczona Hortense, która nie spuszczała już wzroku z dziecka. – Znasz dużo słów, które przed nami ukrywasz?

– Całe mnóstwo, miła pani! – oznajmił Junior, wybuchając śmiechem. – Na przykład mogę wyjaśnić, dlaczego podobają ci się te budynki ze złocistego kamienia. Poproś mnie grzecznie, a powiem ci.

Hortense posłuchała, ciekawa teorii Karzełka na ten temat.

– To detal stanowi o pięknie tych kamienic – wytłumaczył Junior. – Żadna nie jest taka jak inne, a mimo to wszystkie są takie same. Detal stanowił sygnaturę architekta. Nie mógł zaburzyć jednorodności, więc poświęcał się poszukiwaniu detalu, aby wyrazić swoją indywidualność. A detal zmieniał wszystko. Sygnował budynek. Detal tworzy styl. *Intelligenti pauca. Fiat Lux. Dixi...**

Hortense opadła na ziemię u stóp wózka. Ucałowała buciki dziecka. Uścisnęła mu dłoń. Skoczyła na równe nogi. Ucałowała Gary'ego. Ucałowała Josiane. Chciała ucałować niebiosa, ale ponieważ nie była w stanie, zaczęła tańczyć z radości, skandując: Dumny wieloryb co ma szary grzbiet, co ma szary grzbiet, co ma szary grzbiet i zdrowe zęby bielutkie jak śnieg, bielutkie jak śnieg.

– Dziękuję, kruszynko! Dziękuję! Właśnie podsunąłeś mi pomysł! Jesteś genialny!

Junior wybuchnął radosnym śmiechem.

Wyciągał nogi, wyciągał ręce, nastawiał usta w stronę tej, która właśnie pasowała go na księcia z bajki, uczonego księcia, cudownego księcia.

Nie był już Karzełkiem, został Kruszynką.

*

– A co ty tam chowasz pod płaszczem, Joséphine? – spytała Shirley. – Wyglądasz, jakbyś miała duży garb... Dziwne. Jakbyś była w ciąży, ale tylko z jednej strony!

Siedziały w metrze i jechały pooglądać wystawy do Village Suisse. Zobaczyć meble u antykwariuszy, powałęsać się po Polach Marsowych, pośmiać się z turystów tłoczących się pod wieżą Eiffla, policzyć Japończyków, Chińczyków, Ame-

---

* Mądrej głowie dość dwie słowie. Niech się stanie światłość! Powiedziałem.

rykanów, Anglików, Meksykanów i Papuasów, podnieść głowę i podziwiać perspektywę Trocadéro, potem wrócić wolniutko przez rue de Passy, oglądając wystawy, taki był cel spaceru, na który wybrały się 31 grudnia.

Aby pięknie zakończyć rok.

I dokonać podsumowania.

Porozmawiać o tym wszystkim, o czym nie miały jeszcze czasu pomówić. Ostatnie zwierzenia zdzierane jak martwy naskórek, pod którym bije serce. Wyznania, które rodzą się pomiędzy rzeźbą ze złoconego brązu Claude'a Gallégo, stolikiem do czytania w stylu Ludwika XV czy kanapą ze złoconego drewna z warsztatu Georges'a Jacoba przemalowaną na turkusowy niebieski. Wyszeptać: Jakie to piękne, jakie to piękne! dodając cieniutkim głosikiem: I wiesz, zapomniałam ci powiedzieć, że... podczas gdy przyjaciółka i powiernica wpatruje się w cenny przedmiot i ledwie odpowiada, aby usłyszeć dalszy ciąg wyznania i potraktować je poważnie.

– Wezmę butelkę wody.

– Po co?

– Na wypadek gdyby chciało nam się pić.

– Jeżeli będzie nam się chciało pić, wstąpimy do kawiarni! Co za pomysł!

– Pomyślałam sobie też, że gdy oglądniemy już antyki, mogłybyśmy pójść na uniwersytet. Chciałabym wziąć papiery. Mam do przygotowania wykład. Muszę coś robić, skoro biorę pensję.

– W sylwestra? Przecież będzie zamknięte.

– Nie. To niedaleko od Village Suisse, wiesz. Przy tej samej linii metra.

Shirley wzruszyła ramionami i powiedziała:

– Czemu nie?

Wydawało się, że Joséphine ulżyło.

– Będę mogła sfotografować twoje miejsce pracy – dodała Shirley, uśmiechając się.

– Och! To nie jest bardzo piękny budynek...

– Zajmę się tym, kiedy ty będziesz w środku. Poza tym Gary pożyczył mi aparat, muszę to wykorzystać.

– Poczekasz tu na mnie? Zaraz wrócę.

– Nie mogę z tobą wejść?

  – Wolałabym nie...

  – Dlaczego?

  – Wolałabym nie...

Zaintrygowana Shirley cofnęła się, przepuszczając Joséphine, patrzyła, jak idzie przez hol wydziału zawalony tablicami ogłoszeniowymi, wielkimi koszami na śmieci, stołami, krzesłami, pojemnikami, w których drżały anemiczne rośliny. Joséphine odwróciła się i pomachała jej, jakby chciała, żeby sobie poszła. Shirley zrobiła parę kroków do tyłu i sfotografowała wielką fasadę ze szkła. Potem wróciła, wśliznęła się do holu, rozglądnęła za Joséphine, lecz nie dostrzegła jej. Co ona kombinuje? Skąd ta tajemnica? Czy ma z kimś randkę? Nie chce mi o tym powiedzieć?

Przeszła przez hol na paluszkach i stanęła jak wryta.

Kucająca w kącie Joséphine pochylała się nad rośliną. Marniutką roślinką z pomarszczonymi liśćmi. Wyjęła z kieszeni łyżkę i żłobiła kanał dookoła rośliny, mówiąc cichutko. Shirley nie słyszała słów, ale widziała, że porusza wargami. Joséphine delikatnie zerwała kilka suchych liści, poprawiła te, które były jeszcze zielone, przetarła je chusteczką, wyprostowała patyczek służący za podpórkę, sprawdziła wiązania, cały czas mówiąc. Przypominała gospodynię domową oburzoną na widok zaniedbanej rośliny. Potem wyjęła z kieszeni płaszcza butelkę z wodą, wlewała ją wolno, aby wsiąkła w ziemię, później czekała, aż znikną ostatnie bańki i ziemia się uspokoi nasycona.

Joséphine wyprostowała się i masowała sobie dół pleców. Shirley sądziła, że przygotowuje się do wyjścia, toteż schowała się za betonowym słupem. Ale Joséphine znowu się pochyliła. Podrapała powierzchnię doniczki, po czym się wyprostowała. Wymamrotała kilka niezrozumiałych słów. Na powrót przykucnęła. Wsadziła palec do doniczki, aby sprawdzić, czy ziemia jest wilgotna. Delikatnie przesunęła doniczkę, żeby docierało do niej nieco szarego światła ostatniego dnia roku. Obejrzała swoje dzieło z życzliwością i satysfakcją. Na jej ustach błąkał się uśmiech pielęgniarki. Szczęśliwy uśmiech osoby, która właśnie zrobiła coś pożytecznego.

Shirley zrobiła zbliżenie twarzy przyjaciółki. Pstryknęła kilka zdjęć niewyraźnego, trudnego do zdefiniowania uśmiechu, który rozświetlał jej twarz i nadawał wyraz powagi godnej papieża. Potem cofnęła się, minęła hol i wyszła poczekać na nią przed budynkiem.

Joséphine zjawiła się z pustymi rękami i bez garba pod płaszczem.

– Nie znalazłaś papierów?

– Nie.

– A po drodze zgubiłaś butelkę?

– Och! – jęknęła Joséphine, czerwieniejąc jak piwonia i klepiąc się po biodrach, jakby szukała butelki.

– Umieram z zimna. Znasz jakieś miejsce, gdzie mogłybyśmy się napić gorącej herbaty i zjeść ciastko?

– Możemy iść do Carette na placu Trocadéro. Mają najlepszą gorącą czekoladę na świecie i wyśmienite palmiery... A poza tym są tam bardzo ładne białe lampki, które dają światło świec, światło szczęścia.

Przeszły przez Pola Marsowe i pont d'Iéna, place de Varsovie, przecięły ogrody Trocadéro. Zmrożone trawniki rysowały wielkie żółte plamy, które ostatecznie deptały zdecydowane obcasy turystów; papierowe kubki, puszki po napojach gazowanych, niedopałki znaczyły żwirowe alejki, porzucony sweter wisiał na ławce, a dzieci bawiły się, goniąc i wznosząc okrzyki Apaczów, chwaląc się prezentami, które dostały na gwiazdkę od rodziców starających się im nie przeszkadzać. Ich krzyki niosło echo, gdy dzieci popychały się, wydzierały, stroiły miny, starając się wystraszyć pozostałe.

Shirley zatrzymywała się przed skrzydłorzechem kaukaskim, leszczyną turecką, tulipanowcem amerykańskim, wiązem syberyjskim, perełkowcem japońskim, kasztanowcem zwyczajnym i fotografowała je.

Joséphine obserwowała ją z otwartymi ustami.

– Skąd znasz nazwy wszystkich tych drzew?

– Od ojca. Gdy byłam mała, zabierał mnie do ogrodów i parków i uczył nazw drzew. Opowiadał o drzewach hybrydowych, krzyżówkach, gałązkach, ugałęzieniu, gałązeczkach, korzeniach bocznych i włoskowatych. Nigdy tego nie zapomniałam... A gdy Gary nauczył się chodzić, ja z kolei zabierałam go do londyńskich parków. Nauczyłam go nazw drzew, nauczyłam go otaczać je ramionami, aby czerpać z nich siłę, mówiłam, że gdy będzie mu smutno, nikt nie wysłucha go lepiej od stuletnich drzew, pocieszą go, wyszepczą słowa zachęty i przegonią czarne myśli... Dlatego tak bardzo lubi spacerować po parkach. Stał się prawdziwym człowiekiem lasu.

Usiadły przy stoliku w Carrete przed dwoma filiżankami gorącej czekolady, palmierami i kolorowymi makaronikami, pośród białych lampek, których światło tworzyło atmosferę zakrystii. Shirley położyła aparat na stole, oparła na ręce podbródek i śledziła wzrokiem chude zgryźliwe kelnerki, które krążyły po sali, przyjmując zamówienia. Joséphine chciała zobaczyć zdjęcia zrobione przez Shirley, prześledziły więc od końca cały swój spacer, komentując każde ujęcie, wydając okrzyki i trącając się łokciem, jeżeli odkryły jakiś szczegół.

– A to? Co to jest? – spytała Joséphine na widok zdjęcia kucającej kobiety, którą było widać od tyłu.

– Zaraz zobaczysz...

Shirley przewinęła jedno zdjęcie, potem drugie i trzecie.

Joséphine otworzyła usta i poczerwieniała.

– To ja...

– Ty w trakcie działań konspiracyjnych!

– Bo ja...

– Boisz się, że uznam cię za śmieszną?

– Trochę...

– To do ciebie podobne, Jo! Przemierzasz cały Paryż, żeby podlać jakąś marną roślinkę!

– Bo rozumiesz, na nią nikt nie zwraca uwagi. Nie wsadzili jej do pojemnika razem z innymi, zajmują się nią tylko, jak sobie o niej przypomną, a przeważnie zapominają. Zwłaszcza w okresie ferii... Za każdym razem gdy jestem na uczelni, idę ją odwiedzić, zanim wejdę na górę, i podlewam ją.

– Wiesz, Jo, sądzę, że właśnie z powodu takich rzeczy kocham cię do szaleństwa.

– Uf! Bałam się, że weźmiesz mnie za idiotkę! Zobaczymy inne zdjęcia? Gary'ego i Hortense? Sądzisz, że możemy?

– To nieładnie, ale pałam chęcią, żeby je obejrzeć.

Wówczas zaczęły się przesuwać po kolei zdjęcia Gary'ego chodzącego za Hortense po ulicach Paryża. Hortense rysująca na ławce, Hortense z nadąsaną miną, Hortense grająca na nosie w stronę aparatu, wspaniały biały fortepian na wystawie, witryna z czekoladkami, zbliżenie jednej czekoladki z pistacją, cytrynowy krem Chiboust na warstwie biszkoptów orzechowych, mleczny mus czekoladowy posypany kawałeczkami ciasteczek migdałowych, rząd czarnych puszek, czerwonych puszek, perliczka w galarecie, fasady budynków, detale fasad budynków, balkony z kutego żelaza, wieżyczka, kamienne fryzy, znowu fasady budynków i...

Twarz wesołego mężczyzny podnoszącego kufel piwa.

Shirley upuściła aparat tak, jak upuszcza się zbyt ciężki kamień.

Joséphine popatrzyła na nią zaskoczona.

– Co ci się stało?

– Ten mężczyzna... tu... na zdjęciu...

Joséphine wzięła aparat i przyglądała się roześmianemu mężczyźnie z wąsami z piwa. Wyprostowanemu i dumnemu mężczyźnie, który urodził się po to, by się podobać, zdawał się nie wiedzieć, co to strach, i chciał się rzucić na łeb na szyję w odmęty życia. Wspaniałemu mężczyźnie o szerokich barkach oracza i dłoniach artysty.

– Przystojny facet... Wygląda na kogoś, kto... jak by to powiedzieć... czuje się dobrze, wygodnie we własnej skórze... To kolega Gary'ego? Wydaje się od niego znacznie starszy. Są jeszcze inne jego zdjęcia?

Shirley bez słowa nacisnęła przycisk w aparacie i odkryły kolejne zdjęcia mężczyzny z wąsami z piwa. W alejce w supermarkecie... Nie miał już wąsów. Niósł metalowy koszyk pełen słoików, puszek, jogurtów, kartonów mleka, jabłek, pomarańczy. Gary wygłupiał się, z roześmianą twarzą potrząsał brokułami.

– To przyjaciel Gary'ego? – powtórzyła pytanie Joséphine zaskoczona reakcją Shirley, która nic nie mówiła, tylko mechanicznie naciskała przycisk.

– Gorzej...

– Nie rozumiem... Można odnieść wrażenie, że to koniec świata.

– Joséphine, ten mężczyzna tu, w aparacie...

– Tak...

– To jego nauczyciel fortepianu!

– I co z tego? Wygląda na to, że dobrze się rozumieją. To ci przeszkadza?

– Joséphine...

– Jeżeli będziesz mówiła bez podpisów, to nigdy nie zrozumiem!

– To Oliver. MÓJ Oliver...

– Mężczyzna, którego spotkałaś, gdy pływałaś...

– Tak. Ten sam.

– Ten, w którym się zakochałaś?

– To nauczyciel fortepianu Gary'ego! Ten, o którym bez przerwy opowiada, nigdy nie wymieniając jego nazwiska, mówi „on" albo „maestro", śmiejąc się... a może mi zresztą podał nazwisko, tylko nie dosłyszałam. Nie chciałam usłyszeć. W Londynie są setki nauczycieli fortepianu, dlaczego musiał trafić właśnie na niego?

– Przecież nie traktujecie go w ten sam sposób.

– Gary niewiele o nim mówi, ale odgadłam, jak bardzo ten mężczyzna jest dla niego ważny. Gary nie miał ojca, Jo, potrzebuje kontaktu z mężczyzną...

Powiedziała to z bolesnym zdziwieniem osoby, która po raz pierwszy zdała sobie sprawę, że nie ma jednej ręki. Że nie może robić wszystkiego. Że ogrom jej miłości natrafił na twardy, zimny słup graniczny, który każe jej wrócić na swoje miejsce, miejsce zwykłej matki.

– Po raz pierwszy ma przyjaciela, prawdziwego mężczyznę, nie smarkacza, ale mężczyznę, z którym dobrze się czuje, może z nim porozmawiać, zwierzyć mu się, a on w dodatku uczy go tego, co kocha, czyli gry na fortepianie. Prosiłam go kilka razy, żeby mi go przedstawił, a on powiedział: Nie, to moja historia, nie chcę, żebyś się w nią mieszała... To jego własność, Jo, jego własność prywatna! A jeżeli ja wkroczę na jego terytorium...

– Nie wiedziałaś o tym przecież!

– Teraz wiem... I wiem także, że nie powinnam się z nim więcej spotykać. Nigdy więcej!

Przewinęła po kolei zdjęcia mężczyzny w czerwonej kanadyjce w szkocką kratę i wyłączyła aparat, jakby okrywała zrozpaczoną twarz czarnym wdowim welonem.

– Było mi tak dobrze i już się skończyło...

– Nie mów tak. Może Gary zrozumie...

– Nie. Gary nie jest w wieku, w którym się rozumie... To wiek niecierpliwości i łapczywości. Wszystko albo nic. Nie chce się dzielić. Oliver jest jego przyjacielem i w żadnym wypadku nie może być moim. Gary nie będzie się nim dzielił. Teraz zdobywa niezależność, buduje własne życie. Czuję to i tak jest dobrze... Długo żyliśmy tak, jakbyśmy byli sklejeni. Śmialiśmy się z tego samego, myśleliśmy to samo, mrugaliśmy do siebie, zamiast wygłaszać przemowy... Teraz Gary z Oliverem zaczyna życie na własny rachunek. Potrzebuje tego jak powietrza, a ja nie chcę go udusić. Wycofuję się. Koniec, kropka.

Odsunęła talerz z makaronikami i potrząsnęła głową.

– No ale... – zaprotestowała cieniutkim głosikiem Joséphine. – Nie sądzisz, że...

– To koniec, Jo, nie mówmy o tym więcej!

I nagle światło białych lampek z perłowymi abażurami w Carette nie było już pełne ciepła, łagodne ani czułe, tylko blade i ponure. Jak zrozpaczona twarz Shirley.

*

Zoé była zakochana. Śpiewała, szturchała Du Guesclina, chwytała go za pysk i uszy, świergotała: Ty wiesz, że cię kocham! Ty wiesz, że cię kocham! potem puszczała go, biegała po mieszkaniu, śmiała się, wyrzucała ramiona w powietrze, wieszała się na szyi ukochanego, pytała: Wolisz ostry błękit czy delikatny błękit? nie czekała na odpowiedź, wkładała szary podkoszulek, kradła mu całusa, a wieczorem spryskiwała się perfumami za uchem z tajemniczą miną, jakby to był talizman, który zagwarantuje jej wieczną miłość adoratora. Gaétan obserwował ją i próbował się dostosować. Nie był przyzwyczajony do takiej radości i nieraz jego wybuchy śmiechu załamywały się i opadały. Słyszał, że jego śmiech brzmi fałszywie, i nagle milkł zbity z tropu, czując, że wypada komicznie. Nie mówił już ani słowa w nadziei, że odnajdzie stosowną powagę i godność. Przypominało to numer cyrkowy ze smutnym i wesołym klaunem, toteż Joséphine obserwowała ożywienie córki, prosząc niebiosa, aby Zoé nie straciła złudzeń. Niepokoił ją nadmiar wesołości.

Gdy tego wieczoru wróciły z Carrete, Zoé z otwartymi ramionami wirowała po mieszkaniu, zatrzymywała się przed lustrem, poprawiała kosmyk włosów, sprawdzała biel kołnierzyka, długość dżinsów i znowu zaczynała wirować, podśpiewując: Życie jest piękne! Życie jest piękne i jestem zakochana jak półmisek tagliatelle! Gaétan tymczasem, milczący jak chłopak, którego przerosła sytuacja, starał się przybrać odpowiedzialną minę osoby będącej przyczyną tego olbrzymiego szczęścia.

– Byliśmy w kinie i wracając, minęliśmy nowych sąsiadów! – oznajmiła Zoé, opadając na kraj kanapy. – Państwa Boisson z dwoma synami z niewidzącym wzrokiem, a w windzie spotkaliśmy też naszą parę gejów, którzy wystrojeni i wyperfumowani szli na bal sylwestrowy, tak wyperfumowani, że o mało nie udusiliśmy się w windzie! Prawda, Gaétan? Powiedz, że to prawda, bo mama mi nie uwierzy...

– To prawda – wyartykułował Gaétan, odgrywając rolę osoby, która podkreśla znaczenie zdań.

– A gdy czekaliśmy na was, przygotowaliśmy kolację!

– Ugotowaliście coś? – wykrzyknęła Joséphine.

– Przygotowałam udziec na blasze, posmarowałam go tymiankiem, rozmarynem, masłem, grubo mieloną solą, dodałam ząbek czosnku do czerwonego mięsa i ugotowałam zieloną fasolkę i ziemniaki. Nie zostało ci już właściwie nic do roboty... i powiedz, mamo, zostawimy kość dla Du Guesclina? Nie ma powodu, żeby on też nie świętował końca roku.

– A gdzie staruszek Dug? – spytała Joséphine zaskoczona, że pies nie rzuca się na nią jak zwykle całym ciężarem ciała.

– Słucha TSF Jazz w kuchni i wygląda na to, że bardzo mu się podoba!

Joséphine otworzyła drzwi do kuchni.

Du Guesclin leżał przed radiem i słuchał *My favourite things* Johna Coltrane'a, ruszając uszami. Położył łeb na wyciągniętych łapach, nie odwrócił się i zignorował intruza.

– Zadziwiające, jak wielkim melomanem jest ten pies – powiedziała Joséphine, zamykając drzwi.

– To normalne, mamo, jego pierwszy właściciel był kompozytorem.

– A gdzie Hortense?

– W swoim pokoju... Z Garym. Ma pomysł na wystawę, pieje ze szczęścia i wszystkich całuje. Powinnaś to wykorzystać.

– A jaki to pomysł?

– Obiecała, że powie nam przy kolacji. Chcesz, żebyśmy nakryli do stołu?

– Ależ ty nie możesz usiedzieć na miejscu, kochanie!

– Bo chcę, żeby wszyscy świętowali, żeby te święta były doskonałe, co, Gaétan?

Gaétan po raz kolejny przytaknął.

W holu Shirley zdecydowała się uśmiechnąć. Uśmiechając się, stajemy się radośni, przekonywała się zgnębiona. Nie myśleć więcej o czerwonej kanadyjce w szkocką kratę, nie kojarzyć z nią imienia, nie czuć więcej jego ciepłej ręki na swojej dłoni, wzroku, który spoczywa na jej ustach, jego ust zbliżających się i wprawiających w drżenie jej usta, warg, które lekko gryzie, zanim je pocałuje. Szczęście odtąd zabronione. Po prostu muszę pamiętać o tym, aby już więcej nie, już nie, już nie. Nie pozwalać już sercu bić jak oszalałe, nie czekać już na spotkanie, popychając sekundnik, nie wypatrywać już jego roweru, nie czuć już, że serce opada do skarpetek, nie wyobrażać już sobie swojej ręki na jego ramieniu,

ręki gładzącej jego plecy, przesuwającej się ku włosom, cze-
szącej je rozłożonymi palcami, aby poczuć grubość pukli.
Już nie...

– Chcesz, żebym ci pomogła? – zwróciła się Shirley do Zoé.
– Jeśli chcesz... Czy damy talerze z szyją mokrej kaczki?
I sztućce z trzonkami z masy perłowej?

Kręciła się dookoła stołu, posyłała całusy ponuremu Gaétanowi i biegała od krzesła do krzesła, stawiając szklanki
na wodę, kieliszki do wina, kieliszki do szampana.

– Bo poleje się szampan, w przeciwnym razie nie byłby
to prawdziwy sylwester!

Shirley potrząsnęła głową, aby przepędzić rój pszczół
afrykańskich, który brzęczał jej w uszach. Zapomnieć, zapomnieć, robić dobrą minę do Gary'ego. Zostawić mu trochę
miejsca. Całe miejsce.

– Poleje się strumieniami – odpowiedziała Shirley wesołym tonem, w którym zabrakło jednej nuty.

Gaétan podniósł głowę. Wychwycił fałszywą nutę, tę
samą, która tak często jego zdradzała, i w źrenicy rozbłysło
mu jedno pytanie: Pani też?

Shirley popatrzyła poważnie na małego narzeczonego, który musiał udawać dorosłego. Siedział w salonie nad
mieszkaniem, w którym żył niegdyś z ojcem. Wyczytała
w jego oczach, że nie może przestać o tym myśleć, nasłuchi-
wać kroków, które już się nie rozlegną. Zna układ pomiesz-
czeń, może po nich chodzić z zamkniętymi oczami. Wie,
gdzie stało jego dziecięce łóżeczko, w którym tak często zasypiał, przeklinając ojca. Ojca, którego już nie ma i brakuje
mu go. Nawet ojców, którzy są przestępcami lub nie zasłu-
gują na to miano, może brakować. Dlatego chłopak śmieje
się w niewłaściwych momentach lub uśmiecha z przymu-
sem. Gubiąc się między rolą zabłąkanego syna i zakochanego chłopaka, chwieje się na nogach. Nie umie już stać

prosto. Chciałby, żeby to ciężkie zmartwienie opadło, ale nie jest wystarczająco silny, aby zrzucić je jednym ruchem ramion. Toteż błądzi po salonie niepewnym, pełnym smutku wzrokiem, który skupia się na wnętrzu Gaétana i ignoruje świat.

Zrozumiała to, obserwując go siedzącego prosto jak słup na kanapie.

Poczuła się jak jego siostra bliźniaczka. Ona, kobieta zuchwała, zawsze umiała się bronić i odeprzeć wroga, a wystarczyło ukłucie serca, aby spadła na ziemię jak szmaciana lalka.

Położyła noże i widelce z perłowym trzonkiem na białym obrusie, usiadła koło chłopaka i korzystając z tego, że Zoé i Joséphine były w kuchni i wkładały do pieca obłożony słoniną, natarty pachnącymi ziołami udziec, wzięła go za rękę i powiedziała:

– Rozumiem, rozumiem, co się dzieje w twojej głowie...

– Rzucił jej pełne wahania spojrzenie, wyciągnęła więc rękę, odgarnęła mu kosmyk włosów z czoła, dodała łagodnie:

– Możesz płakać, wiesz, to dobrze robi...

Potrząsnął głową, jakby chciał powiedzieć: Chłopaki nie płaczą, zwłaszcza zakochani! Ale dziękuję, dziękuję, że do mnie podeszłaś... I siedzieli tak dłuższą chwilę oparci o siebie, smutek koło smutku, głowa przy głowie, Shirley obejmująca chudy tors chłopca zmuszonego odgrywać mężczyznę, i tak podtrzymując się nawzajem, wymieniali się swoją udręką.

Kiedy się rozdzielili, na ich wargach błąkał się cień uśmiechu. Gaétan wymamrotał: Dziękuję, już mi lepiej... Shirley zmierzwiła mu włosy i powiedziała: Ja też ci dziękuję. Popatrzył na nią zaskoczony, a ona dodała: Dobrze jest się z kimś podzielić. Nie zrozumiał do końca. Podzielić się? Czym się podzielić? Odgadł, że powierzyła mu tajemnicę i ta tajemnica go wzbogaciła, dała mu szczególne miejsce, większy szacunek do siebie; dorosła kobieta zwierzyła mu się, zaufała, a jeżeli do końca nie rozumiał, to nie szkodzi. Nie był już sam i świadomość tego rozwiązała węzeł, który ściskał mu gardło, odkąd wszedł do tego budynku, znowu zobaczył hol i schody, windę i wielkie lustra przy wejściu, i uśmiechnął się jeszcze raz. Jego uśmiech nie był już drżący. Stał się szczery, pewny. Gaétan otrząsnął się, nieco zmieszany tą skradzioną chwilą szczerości, i spytał: Skończymy nakrywać stół? ponownie wchodząc w skórę walecznego ukochanego, Shirley zerwała się więc razem z nim, wybuchła gwałtownym śmiechem, w którym pobrzmiewały jeszcze łzy pożegnania z mężczyzną z wąsami z piwa.

Wiedzieli, że odtąd będą przyjaciółmi.

Hortense rzuciła się do stołu i uderzyła weń łokciami tak, że kieliszki i talerze aż podskoczyły.

– Skończyłam! Wszystko gotowe! Jestem głodna jak wilk!

Joséphine, która kroiła udziec, podniosła nóż i zapytała:

– Czy możemy się dowiedzieć?

– No więc... – ożywiła się Hortense, nadstawiając talerz i prosząc o duży kawał czerwonego mięsa. – Tytuł mojego show na dwóch wystawach: *Rehab the detail...* Zrehabilitujmy detal. Po angielsku to brzmi lepiej. Po francusku raczej kojarzy się z kliniką dla narkomanów.

Sięgnęła po podsmażone ziemniaczki, zieloną fasolkę, nalała sobie sosu, oblizała się, mruknęła z zadowoleniem na widok dymiącego półmiska i rozwinęła swoją myśl:

– Punktem wyjścia były identyczne kamienice barona Haussmanna, Gary świadkiem.

Gary westchnął, bawiąc się swoim telefonem i telefonem Hortense jak dwoma kostkami domina leżącymi na białym obrusie.

– Ileż czasu straciliśmy na oglądanie tych przeklętych budynków! – jęknął. – I to mają być ferie!

- Więc, kontynuując... Te fasady są właściwie takie same, a jednak każda jest inna. Dlaczego? Bo na każdej z nich architekt umieścił detale, drobne detale, które nadają całości niepowtarzalny styl. W modzie jest tak samo. Ubiór jest niczym. Ubiór jest monotonny, ubiór jest płaski, ubiór nie wyróżnia się bez DETALU. Detal go uszlachetnia, czyni oryginalnym, uwzniośla... Rozumiecie, ludzie?

Słuchali zaintrygowani. Łączyła subtelną kobiecość paryżanki z wytrawnym okiem brodatego mistrza, który w swojej pracowni szuka właściwej kreski węglem.

- No więc pierwsza wystawa. W kącie po lewej kobieta ubrana zgodnie z zasadami, dobry płaszcz, oczywiście czarny, dobre buty, botki na niskich obcasach, też czarne, dobra torebka w królewskim błękicie, dobre rajstopy także czarne, pod płaszczem spódnica w królewskim błękicie, włosy rozpuszczone, blada cera. Jest piękna, dobrze ubrana, OK. Ale NIE ISTNIEJE. To fasada budynku. Wszystko jest wyraźne, symetryczne, nudne, płaskie, monotonne... Nie dostrzega się jej.

Podkreślała swoje pomysły gestami reżysera, gryząc jednocześnie kęs udźca i podsmażony ziemniak.

- Dookoła tej konwencjonalnej kobiety bez wyrazu, która zdaje się unosić w powietrzu, wieszam akcesoria, które obracają się wolno jak mobile Caldera. Nadążacie za mną, ludzie? W głębi na wielkim ekranie wideo Amy Winehouse zdziera sobie gardło, śpiewając swój przebój *Rehab*. Grzeczna dziewczyna jest nadal grzeczna. Nie porusza się nic z wyjątkiem akcesoriów, boskich detali. Nawet jej długie włosy... I tu przechodzimy do drugiej części wystawy w prawym rogu. I wtedy ta-dam! Grzeczna dziewczyna zmienia się w *fashion killer*: włosy spięła do tyłu, narysowała sobie na bardzo bladej twarzy wielkie czerwone usta, owinęła szyję dużym szalikiem, czymś olbrzymim, im więcej dookoła szyi, tym dziewczyna będzie się wydawać szczuplejsza... Cienki, długi beżowy pasek otacza kilka razy płaszcz i płaszcz przestaje być płaszczem, staje się kobiecy, nieokreślony... Torebka? Nie nosi jej już jako dodatek, ani na łokciu (to staromodne), ani na ramieniu, ani przewieszonej przez piersi (to nie skautka, która biegnie z pomocą!). Trzyma ją po prostu w rękach. I nagle torebka zaczyna istnieć. Jest czymś pięknym, właśnie tym c z y m ś, jest niewytłumaczalna... Spódnica wystaje dwa centymetry spod płaszcza i tworzy dodatkową warstwę, a wreszcie zabójczy detal, który zbija z nóg i czyni ją nieśmiertelną: odblaskowa skarpetka na czarnych rajstopach, jadowicie fioletowa, która wnosi kolor, wiosnę, słońce, zapowiada przebudzenie świstaka! To nie jest już grzeczna dziewczyna, fasada nie jest już fasadą, wykracza poza siebie dzięki detalom... To dopiero początek, wpadnę jeszcze na masę innych pomysłów, bądźcie spokojni!

Znowu wzięła do ust kawałek udźca, nadstawiła kieliszek, aby go napełniono, i ciągnęła:

– Zrobię to samo z drugą wystawą, z tą różnicą, że ludzie już zrozumieją zasadę, więc rozmieszczę tu manekiny ubrane w detale, które zmieniają wszystko. Dziewczyna w czarnej marynarce i podkoszulku na dżinsy... tylko że podrę dżinsy, zrobię dziurę w podkoszulku; marynarka z podniesionym kołnierzem, podwinięte rękawy, wielka agrafka z brelokami w klapie marynarki, apaszka zawiązana na głowie na olbrzymi węzeł, przykrótkie rękawiczki, które odsłaniają nadgarstki, paszmina zwinięta z szalikiem na szyi... krótko mówiąc, detale na maksa! Kolejna dziewczyna w za dużym męskim płaszczu, w męskiej kamizelce, długiej koszuli, męskich spodniach, ze złotym łańcuchem w talii, futrem na szyi, oczywiście sztucznym futrem, bo w przeciwnym razie zniszczą mi witrynę! I tak dalej, odmieniam detal przez wszystkie przypadki... Tworzę nową koncepcję, narzucam modę ulicy, wynalazek, który pachnie burdelem i prowincjonalną gwiazdą. Wymyślam, przetwarzam, przesuwam, dostosowuję się do kryzysu i pobudzam wyobraźnię... jestem genialna, gromadzę pomysły, drobiazgi, które wszystko zmieniają, ludzie będą się zatrzymywać, robić notatki i będą chcieli się ze mną spotkać!

Patrzyli na nią z otwartymi ustami. Nie byli pewni, czy wszystko zrozumieli, oprócz Zoé, która uważała, że to zabójcze.

– Nikt nie ma tak genialnej siostry!

– Dziękuję, dziękuję... Nie mogę usiedzieć na miejscu, mam ochotę wrzeszczeć, tańczyć, całować was wszystkich! I zabraniam wam myśleć to, co wszyscy teraz myślicie. A przynajmniej ty, mamo! Królowo zasieków w głowie!

Joséphine spuściła wzrok na udziec i wróciła do krojenia.

– A jeżeli moja córka nie wygra konkursu? To właśnie myślisz, co?

– Ależ nie, kochanie! – zaprotestowała Joséphine, która właśnie tak pomyślała.

– Tak, tak, słyszę, jak wątpisz! I odpowiadam ci kategorycznie: wygram... Nigdy bym nie wpadła na ten pomysł, gdybym nie miała wygrać. To jasne jak słońce, nie?

– Rzeczywiście...

– Ha! Widzisz? Miałam rację. Zawsze się boisz, wyobrażasz sobie najgorsze, chowasz się w okopach, a ja nigdy! W efekcie nie zdarza ci się nic lub prawie nic, a ja wzlatuję do księżyca! Rzym leży u mych stóp, Rzymianie potykają się o togi, chcąc się do mnie zbliżyć... À propos, wiedzieliście, że Junior zna łacinę?

Bąknęli, że nie. Zakończyła:

– No więc właśnie! Nawija po łacinie i mówię wam, że ten smarkacz to z pewnością nie tępotas maluchos rudus... Trzeba będzie go odwiedzać i na sto procent nieraz nas jeszcze zadziwi!

Potem obróciła się do Gary'ego i rzuciła:

– A co będziemy robili dziś wieczorem, Gary? Nie będziemy tu gnić. Spotkamy się z Peterem i Rupertem, którzy są w Paryżu? Będziemy świętować, tańczyć kankana, nie zmrużymy tej nocy oka, będziemy pić Jasia Wędrowniczka i palić papierosy, od których kręci się w głowie. Bo jestem w takim nastroju, że nie usiedzę na miejscu! O północy uściskamy się ze wszystkimi i pójdziemy imprezować, zgoda?

– A ja bym chciała zejść do piwnicy z Gaétanem, mamo. Weźmiemy świeczkę, kieliszek szampana i pójdziemy całować się tam, gdzie wszystko się zaczęło – oświadczyła Zoé niczym mniszka, która udaje się z pielgrzymką pomodlić w świętym miejscu.

– Gary? Słyszysz? – wykrzyknęła Hortense.

Gary nie słuchał. Gary pisał SMS-a, chowając telefon pod stołem.

– Gary, co ty robisz? – zdenerwowała się Hortense. – Założę się, że nawet nie wysłuchałeś mojego genialnego pomysłu!

Zwraca się do mojego syna tak, jakby był jej własnością, pomyślała Shirley. Zbuntuj się, synu, zbuntuj się, powiedz, że właśnie dostałeś wiadomość od Charlotte Bradsburry, jest w Paryżu i biegniesz się z nią spotkać.

Gary z uśmiechem podniósł głowę. Może to Charlotte, łudziła się Shirley. Nie lubię, gdy ktoś uważa mojego syna za swoją własność. Natychmiast zganiła się za to, że jest zaborczą matką. Ale został mi tylko on! miała ochotę zaprotestować. I zmrużyła duże oczy udręczonej kobiety, czującej, że została wysłana na przymusową emeryturę, bo właśnie straciła miłość, na którą czekała niczym wygłodniała samiczka. Już nigdy nie będę wygłodniałą samiczką, pomyślała, raniąc się tym słowem, aby odzyskać godność. Zareaguj, moja droga, zareaguj, ale nie bądź złośliwa i pozwól tym dwojgu kochać się na swój sposób, to nie twoja sprawa. Poczuła narastającą rozpacz i szukała wzrokiem kawałka obrusa lub serwetki, którą mogłaby się pobawić, żeby się uspokoić.

– To maestro życzy mi pięknego roku – powiedział wreszcie Gary, zamykając klapkę telefonu. – Pisze, że nowy rok będzie piękny. Pisze, że jest szczęśliwy, ma masę planów i czeka na kobietę, która spędza święta w Paryżu. Chyba się zakochał...

O pierwszej w nocy, kiedy Joséphine ucałowała już pod jemiołą Shirley, swoje córki, Gaétana i Gary'ego, włożyła do brudów piękny biały obrus, pochowała sztućce z perłowym trzonkiem, umyła półmiski i zgasiła świece, kiedy objęła zbolałą przyjaciółkę, która jak otępiała chciała spać i zapomnieć, poszła na balkon wyszeptać życzenia do białego księżyca.

Pierwszy stycznia. Pierwszy dzień roku. Gdzie zastanie mnie ostatni dzień nadchodzącego roku? Będę w Londynie czy w Paryżu? Sama czy w towarzystwie? Z Philippe'em czy bez niego? Nie zadzwonił i pewnie ogląda księżyc ze swojego angielskiego balkonu.

W momencie, gdy dowlokła grubą kołdrę na balkon, usłyszała kobiecy śmiech i męski głos szepczący: Edwige, Edwige – potem dźwięki umilkły. Wyobraziła sobie pocałunek, który rozciągał się w noc. Dostrzegła w tym znak i pobiegła po telefon, aby zadzwonić do mężczyzny na angielskim balkonie.

Ze ściśniętym gardłem wybrała numer.

Odczekała kilka sygnałów. Zacisnęła zęby, modląc się, żeby odebrał. Potarła sobie skronie. Wyszedł. O mało się nie rozłączyła. Co ja mu powiem? Szczęśliwego Nowego Roku, myślę o tobie, tęsknię. Płaskie słowa, które nie mówią nic o sercu bijącym jak szalone i wilgotnych dłoniach. A może właśnie pije szampana z przyjaciółmi lub co gorsza z jakąś omdlewającą pięknością, która obraca się do niego i marszczy brwi, mrucząc: Kto to?... Pozostałby mi tylko biały księżyc, aby mnie ogrzać. Przejechała palcem po zimnej płycie balkonu, potarła lekko, by ją ogrzać, dodać sobie odwagi. Narysowała coś w rodzaju jabłka z włosami czarownicy, wielki nos, szeroki głupi uśmiech. Nie ma automatycznej sekretarki albo jej nie włączył. Pamiętam, jak pochylił się nade mną w półmroku teatru, jego usta wydały mi się duże, takie duże, i wziął moją twarz w dłonie, jakby chciał ją zbadać... Pamiętam, że materiał, z którego uszyta była jego marynarka, wydał mi się miękki... Pamiętam jego ciepłe ręce, które więziły moją szyję i sprawiały, że drżałam, zapominałam o wszystkim...

To nie są gesty bez znaczenia. Z pewnością o nich myśli, gdy zapada ostatnia noc w roku nad małym parkiem naprzeciw jego mieszkania. Zastanawia się, gdzie jestem i dlaczego nie dzwonię.

Odbierz, Philippe, odbierz. Bo się rozłączę i nie odważę się już zadzwonić. Nie odważę się myśleć o tobie, nie spuszczając głowy z westchnieniem skrywanej radości. Przybiorę poważną minę kobiety pogodzonej z tym, że szczęście się wymknęło. Znam tę rolę, często ją grałam, chciałabym się zmienić w ten ostatni wieczór starego roku. Jeżeli nie zdobędę się na odwagę w tę błogosławioną noc, to już nigdy się na nią nie zdobędę.

Nigdy! I na tę straszną myśl, która pozbawia nadziei, Joséphine ma ochotę się rozłączyć, żeby móc zachować nadzieję.

Ale czyjaś ręka podnosi słuchawkę po drugiej stronie kanału La Manche, ręka, która przerywa dzwonek telefonu. Joséphine pochyla się nad aparatem, aby coś wyszeptać, gdy czyjś głos mówi: Yes?

To głos kobiecy.

Joséphine się nie odzywa.

316

Kobieta dalej mówi po angielsku w ciemności. Pyta: Kto dzwoni? Mówi: Nie słyszę, za duży tu hałas! Wrzeszczy i pyta: Kto mówi, kto mówi, proszę się odezwać...

Nikt, ma ochotę odpowiedzieć Joséphine. Mówi nikt.

– Halo, halo... – mówi jeszcze kobieta z angielskim akcentem, który kradnie sylaby, zmiękcza je, przekształca „a" ze słowa halo w „y", zmienia „o".

– Dottie! Znalazłem twój zegarek! Był w waszej sypialni na stoliku nocnym taty! Dottie! Chodź do nas na balkon! Puszczają sztuczne ognie w parku!

Głos Alexandre'a.

Każde słowo ją zabija. Wasza sypialnia, nocny stolik taty, chodź do nas.

Dottie z nim mieszka. Dottie z nim sypia. Dottie spędza z nim sylwestra. Całuje Dottie w ostatnią noc starego roku. Jego ciepłe dłonie trzymają szyję Dottie, usta przesuwają się w dół po szyi Dottie...

Ból jak wszechogarniająca fala porywa ją, unosi, wyrzuca i znów ogarnia. Kilka słów, które tną jak nożem... Słowa codzienne, słowa, które opowiadają o życiu. Wspólnym życiu. Sypialnia, stolik nocny, balkon. Drobne słowa. Joséphine zaciska ramiona na piersi i kołysze swój ból jak ładunek wybuchowy, który rozniesie ją w drobny mak.

Podnosi głowę do gwiazd i pyta dlaczego.

Dlaczego?

– Zadowolona? Znalazłaś zegarek? – pyta Philippe, obracając się do Dottie, która dołącza do nich na balkonie.

– To piękny zegarek. Dałeś mi go, gdy spędziliśmy razem pierwszą noc* – odpowiada Dottie, wślizgując się w jego ramiona. – Zimno mi...

* Patrz *Wolny walc żółwi*, op. cit.

Philippe z roztargnieniem otacza ją ramieniem, jakby przytrzymywał jej drzwi, wchodząc do restauracji. Dottie zauważa to i jej wzrok gaśnie. Co w tej chwili robi Joséphine? zastanawia się Philippe, patrząc na czerwono-zielone pióropusze wybuchające na ciemnym niebie niczym długie włochate stonogi. Nie zadzwoniła. Zadzwoniłaby, gdyby była w domu z Shirley, Garym i córkami. Oznacza to, że wyszła... Do restauracji... z Giuseppem. Wznoszą kieliszki i szepczą sobie życzenia szczęścia. On nosi granatowy blezer, koszulę w niebiesko--białe prążki z wyhaftowanymi inicjałami, jest szatynem o zielonych oczach w kolorze stojącej wody, ma krzywy uśmiech, zawsze się uśmiecha i mówi, rozpościerając szeroko ramiona, wykrzykuje „Màaa!", odwracając dłonie, aby wyrazić zdziwienie lub wściekłość. Podarował jej czekoladki Gianduiotti, najlepsze w Turynie, bo dzięki niemu polubiła słodycze i dobrą kuchnię. Śpiewa jej wiersze Guinizellego, dwunastowiecznego trubadura. Wiersze, które tak się podobały Joséphine, że przepisała je i posłała kiedyś Iris do Megève. Iris przeczytała je głośno, potrząsając głową, powtarzając: Moja biedna siostra, co za głupia z niej gąska! Przepisywać wiersze w jej wieku to chyba przesada!

Io voglio del ver la mia donna laudare,
e assembrarli la rosa e lo giglio;
più che stella diana splende e pare,
*e ciò ch'è lassù bello a lei somiglio.**

Philippe schował kartkę do kieszeni marynarki. On też uważał, że są bardzo piękne. Miłość opiewa się tak dobrze

---

* „Chcę mojej pani chwalić wszystkie cnoty: / róży i lilii jej przystoją wonie, / nie ma wspanialszej ponad nią istoty / wśród najjaśniejszych gwiazd na nieboskłonie", przeł. Monika Woźniak (przyp. tłum.).

po włosku. A potem zastanawiał się, dlaczego mu się tak spodobały.

– Zimno mi, pójdę po sweter – powiedziała Dottie ze łzami w oczach, wyswobadzając się z jego ramion.

– Jesteś smutny? – pyta ojca Alexandre.

– Nie. Dlaczego pytasz?

– Myślisz o mamie... Lubiła sztuczne ognie. Wiesz, nieraz mi jej brakuje. Mam ochotę coś jej powiedzieć, tylko że jej już nie ma...

Philippe nie wie, co powiedzieć. Zaskoczony nie znajduje słów. Brakuje mu także odwagi. Mówienie to dobieranie słów. Jeżeli użyję niezręcznych słów, Alexandre je zapamięta. Mimo wszystko powinienem z nim porozmawiać...

– To dziwne, bo wiele ze sobą nie rozmawialiśmy – dodaje Alexandre.

– Wiem. Ona była tajemnicza, powściągliwa... Ale kochała cię. Kładła się przy tobie w pokoju, kiedy nie mogłeś zasnąć, brała cię w ramiona, kołysała, a ja wpadałem w szał.

– Odkąd jest tu Becca i Dottie, jest lepiej – mówi Alexandre. – Przedtem było trochę smutno, gdy mieszkaliśmy tylko we dwójkę.

– Tak?

– Podoba mi się tak, jak jest teraz.

– Mnie też.

I to prawda. Właśnie spędzili razem tydzień ferii. Każdy odnalazł swoje miejsce w domu. Becca w garderobie zamienionej na sypialnię, on z Dottie w jego pokoju. Leciutka obecność Dottie nie proszącej o nic i drżącej z powstrzymywanego szczęścia, którego nie chce pokazać w obawie, żeby się nie ulotniło. Annie rozmawia z Beccą, pokazuje jej pocztówki z rodzinnej Bretanii. Brest. To jest Brest, a to Quimper. Powtarza: Quimper... a Becce nie udaje się wymówić ani „q", ani „r" i mamrota sylaby ustami pełnymi angielskiej papki.

– Cieszę się, tato.

– A ja się cieszę, że ty się cieszysz.

– Nie chciałbym, żeby to się zmieniło.

Becca idzie się położyć o wpół do pierwszej.

– Odkąd mam prawdziwy dom, cały czas śpię. Robi się ze mnie prawdziwa staruszka. Komfort osłabia. Byłam o wiele dzielniejsza w parku. – Mówi to z uśmiechem, ale można odgadnąć, że tak myśli i niespecjalnie jej się to podoba.

– Sądzę nawet, że nigdy wcześniej nie byłem taki szczęśliwy – wzdycha Alexandre. Patrzy na ojca. Z szerokim uśmiechem. Uśmiechem mężczyzny do mężczyzny. – Jestem szczęśliwy – powtarza, spoglądając na ostatni pióropusz oświetlający park.

Zoé i Gaétan zeszli do piwnicy. Zabrali świeczkę, zapałki, resztkę szampana i dwa kubki do mycia zębów. Gaétan pociera zapałkę i w piwnicy rozbłyskuje drżący płomień. Zoé podwija nogi i przytula się do niego, skarżąc się na zimną, twardą podłogę.

– Pamiętasz pierwszy raz w piwnicy z Paulem Mersonem?

– Nie widziałem Paula.

– Pewnie wyjechał na narty.

Szczelnie otula się płaszczem i wsadza podbródek w kołnierz, który trochę drapie.

– Za trzy dni wyjeżdżasz – szepcze.

– Nie myśl o tym. To nic nie da.

– Nie mogę o tym nie myśleć.

– Tak bardzo lubisz być nieszczęśliwa?

– A ty będziesz nieszczęśliwy? – pyta, podnosząc zaniepokojony nosek czujnej kobiety.

Czuje się poruszona przy chłopaku, który udaje dorosłego i próbuje zapanować nad życiem. Nie jest już pewna niczego. Najwyraźniej na tym polega zakochanie. Nie być pewną niczego, wątpić, mieć tremę, wyobrażać sobie najgorsze.

Gaétan wsuwa nos we włosy Zoé i nie odpowiada.

Zoé wzdycha. Miłość jest jak rollercoaster, wjeżdża się na górę i zjeżdża w dół, to się bez przerwy zmienia. Raz jestem pewna, że mnie kocha, i tańczę z radości, a kiedy indziej nic już nie wiem, mam ochotę usiąść na ziemi i umrzeć.

– Dlaczego codziennie myjesz włosy? – pyta Gaétan, poruszając nosem we włosach Zoé.

– Bo nie lubię, jak rano pachną... pachną snem.

– A ja lubię rano czuć sen w twoich włosach.

I Zoé się rozluźnia, ramiona jej opadają; przysuwa się do niego jak zwierzę szukające ciepła innego zwierzęcia, aby zasnąć, i podaje kieliszek, by napełnił go szampanem.

Joséphine wślizguje się do łóżka obok Shirley. Śpi wyprostowana, z rękami skrzyżowanymi na piersi. Myśli o średniowiecznych nagrobkach, o tych wspaniałych kobietach i mężczyznach, których przedstawiono leżących na kamiennej lub marmurowej płycie. Umiejętnie zarządzali prowincją, opactwem, zamkiem, dawali odpór bandom rabusiów, watażków, walcząc z ogniem, wrzącą smołą, przemocą żołnierzy, którzy odcinali piersi, nosy i gwałcili kobiety. Jesteśmy dwoma kobietami splądrowanymi przez mężczyzn, dwoma kobietami, które chronią się w lodowatej samotności zamku czy klasztoru i śpią obok siebie ze złożonymi rękami. Leżą, bo nie żyją. W średniowieczu sypiano na siedząco. Otaczano się poduszkami, prostowano nogi, ciało było ułożone pod kątem prostym. Obawiano się pozycji horyzontalnej. Oznaczała śmierć.

Du Guesclin popycha drzwi do pokoju i zwija się w nogach łóżka. Joséphine uśmiecha się w ciemności. Staruszek odgaduje jej uśmiech i przychodzi polizać ją po ręce. Pies u stóp zmarłej symbolizował wierność. Dug ma rację, jestem kobietą wierną. I wyciąga rękę, żeby go pogłaskać.

Jestem kobietą wierną, a on sypia z inną.

W nocy Shirley budzi się i słyszy cichy płacz Joséphine.

– Dlaczego płaczesz? Nie należy zaczynać roku od płaczu.

– Chodzi o Philippe'a – zanosi się Joséphine. – Zadzwoniłam do niego. Odebrała Dottie... ona z nim sypia. Nawet mieszka u niego, śpi w jego sypialni, i to mnie boli... Zgubiła zegarek, a on leżał na jego stoliku nocnym i wydawało się, że to coś normalnego...

– Rozmawiałaś z nim?

– Nie... Rozłączyłam się. Bałam się z nim rozmawiać... usłyszałam, jak Alexandre mówi to wszystko, zwracając się do Dottie... Powiedział: Znalazłem twój zegarek, był na stoliku nocnym taty...

Shirley nie była pewna, czy zrozumiała. Widzi, że Joséphine się martwi i nie należy prosić jej o wyjaśnienia.

– To nie był nasz dzień, co?

– Nie, to nie był wcale nasz dzień – mówi Joséphine, składając kawałek prześcieradła i mnąc je. – Trzeba przyznać, że źle się ten rok zaczyna.

– Ale mamy cały rok, żeby to zmienić!

– Ja już niczego nie zmienię. Skończę jak Hildegarda z Bingen. W klasztorze...

– Czy mimo wszystko nie przeginasz? Ona była prawdziwą dziewicą.

– Rezygnuję z miłości... A zresztą jestem za stara! Skończę czterdzieści pięć lat...

– Za rok!

– Moje życie jest skończone. Straciłam swoją szansę.

I znowu zaczyna szlochać.

– O rany! Ależ ty wszystko mieszasz, Jo! OK, Philippe spędza sylwestra z Dottie, ale to też twoja wina. Nic nie robisz, nie dzwonisz, siedzisz kołkiem we Francji!

– Jak ja mam coś zrobić? – krzyczy Joséphine, prostując się na łóżku. – To mąż mojej siostry! Nic na to nie mogę poradzić!

– Twoja siostra nie żyje!

– Odeszła, ale ja cały czas o niej myślę.

– Myśl o czym innym! Myśl o jej prochach i stań się na powrót żywa, sexy!

– Nie jestem sexy, jestem paskudna, stara i głupia.

– Tak jak myślałam, kompletnie ci odbiło... Wróć na ziemię, Jo, to wspaniały facet, a ty właśnie pozwalasz mu przejść obok, przywdziewając wdowi welon. To ty zostawiłaś jego, a nie on ciebie!

– Jak to: ja go zostawiłam? – spytała zaskoczona Joséphine.

– No tak... Całujesz go namiętnie i nie dajesz potem znaku życia!

– Ale on też całował mnie namiętnie i też mógłby do mnie zadzwonić!

– Ma dość wysyłania ci kwiatów, maili i słodyczy, które ignorujesz lub wyrzucasz do kosza! Postaw się na jego miejscu! Zawsze trzeba się stawiać na miejscu tej drugiej osoby, jeżeli chce się zrozumieć.

– Możesz mi wytłumaczyć, co się dzieje?

– To bardzo proste. Tak proste, że nawet o tym nie pomyślałaś! Jest sam, mamy sylwestra. Zaprosił przyjaciół i Dottie, żeby mu pomogła... Nadążasz za mną?

Joséphine skinęła głową.

– Dottie przyszła w ciężkich butach, grubych spodniach, grubym swetrze, grubym płaszczu, przypominam ci, że w Londynie pada śnieg, wystarczy sprawdzić prognozę pogody, jeżeli mi nie wierzysz, więc on jej powiedział, żeby

323

wzięła rzeczy do przebrania, sukienkę, czółenka, szminkę, kolczyki, nie wiem, co tam jeszcze! – Machnęła ręką jak ktoś, kto nie wie, wznosząc dłoń do sufitu. – Dodał, że przebierze się w jego sypialni. Pomogła mu nakryć do stołu, przygotować kolację, śmiali się i pili w kuchni, są przyjaciółmi, Jo, przyjaciółmi... jak ty i ja, nic więcej! A potem poszła wziąć prysznic, w drodze do łazienki położyła zegarek na stoliku nocnym, ubrała się, pomalowała i dołączyła do Philippe'a, Alexandre'a i ich przyjaciół w salonie, zostawiając zegarek w pokoju... To właśnie się zdarzyło i nic więcej. A ty wymyślasz tragiczną telenowelę, widzisz Dottie w przezroczystej koszulce w łóżku Philippe'a z pierścionkiem na palcu. Odgrywasz sobie ich noc poślubną i łkasz w prześcieradło!

Joséphine ukryła podbródek w fałdzie kołdry. Słucha. Shirley ma rację. Shirley po raz kolejny ma rację. Właśnie tak było... Ma ochotę uwierzyć w historię opowiedzianą przez Shirley. To piękna historia. A jednak w nią nie wierzy. Jakby ta wersja była dobra dla Shirley i jej podobnych, ale nie dla niej, Joséphine.

Ona nigdy nie odgrywa głównej roli.

Zawsze wymyśla się jakieś scenariusze, gdy jest się zakochanym. Wymyśla się rywalki, wymyśla rywali. Wymyśla spiski, skradzione pocałunki, wypadki samolotowe, niewytłumaczalne milczenie, telefony, które nie dzwonią, wymyśla się spóźnienia na pociąg, zagubione listy, nigdy nie ma spokoju. Jakby zakochani nie mogli zaznać szczęścia... Jakby to szczęście istniało tylko w książkach, bajkach lub kolorowych czasopismach. Ale nie naprawdę. Albo tak przelotnie, że przepływa jak woda między palcami ręki zdziwionej, że jest pusta...

Świeca się stopiła i płomyczek drży jeszcze na resztce miękkiego wosku.

Niedługo w piwnicy zrobi się ciemno i Zoé się boi. Czuje, jak kula w żołądku rośnie, rośnie i Zoé stara się ją zlikwidować, wbijając w nią palce.

Gaétan zamilkł. On też pewnie ma poczucie zagrożenia. Noc sylwestrowa. Sami we dwójkę w piwnicy. On za trzy dni wyjeżdża. Zobaczą się dopiero, dopiero... za bardzo długi czas.

To się stanie tego wieczoru.

Nieuchronnie.

Teraz lub trochę później.

To się stanie.

Lęk w ich oczach i oczekiwanie.

Zapala się neonówka w piwnicy i słyszą kroki w korytarzu.

Czytają w swoich oczach ten sam strach.

Słyszą zbliżające się kroki, głosy ludzi, którzy się zgubili i szukają parkingu, mówią: To tędy, nie, tędy. Potem drzwi trzaskają, głosy oddalają się, neonówka miga i gaśnie.

Gaétan przechyla butelkę szampana, aby nalać sobie ostatnią kroplę. Zoé myśli, że chce sobie dodać odwagi. Boi się tak jak ja. Ogląda w ciemności jego ciemną niewyraźną sylwetkę i ma wrażenie, że jest w nim coś groźnego. Jej serce bije tysiąc razy na minutę. Ma ochotę wstać i powiedzieć: Chodź, wracamy na górę. Ale nie potrafi. Jej brzuch i głowę ogarnia zupełne szaleństwo. Serce bije wszędzie. Nie wie, czy zdoła ustać na nogach.

Rozciągnął na podłodze płaszcz Zoé, zdjął jej balerinki, rajstopy. Nieco czasu zajmuje mu rozpięcie stanika i Zoé wybucha śmiechem, który w jednej chwili zamiera. Sama nie wie, czy powinna się śmiać, czy drżeć. Śmieje się i drży. Drży jak źdźbło trawy, a jego ręka, która wykonuje nerwowe ruchy na jej plecach, też drży jak źdźbło trawy. W piwnicy jest zimno, lecz jej jest bardzo ciepło. Mówi cichutko: To pierwszy raz... A on mówi: Wiem, nie przejmuj się... głosem, który już nie drży, a on sam wydaje się jej bardzo duży, bardzo silny, bardzo stary, znacznie starszy od niej, i Zoé się zastanawia, czy już wcześniej to robił. Nie ma odwagi go zapytać. Chce się przytulić do niego, zdać na niego i już się nie boi. Nie zrobi jej krzywdy, teraz to wie.

Gaétan zrzuca adidasy, rozpina spodnie, zdejmuje je, podnosząc nogi, o mało się nie wywraca, a ona się śmieje.

Kiedy kładzie się na niej, Zoé szepcze:

– Mów do mnie głosem, który mnie uspokoi...

Gaétan nie bardzo wie, co Zoé ma na myśli. Powtarza:

– Wiem, wiem, nie bój się, jestem przy tobie... – jakby w piwnicy czaiło się jakieś inne niebezpieczeństwo.

I wówczas Zoé czuje, że staje się bardzo lekka.

I wówczas wszystko staje się bardzo łatwe. A może myśli o czymś innym albo nie myśli wcale. Są tylko oni dwoje i Zoé ma wrażenie, że są sami w całym mieście. Że serce całego miasta przestało bić. Że noc zgęstniała, aby ich chronić.

– Kocham cię do szaleństwa – mówi Gaétan uspokajającym głosem, mówi też, że nie zrobi jej krzywdy. – Tak bardzo cię kocham, Zoé.

I to krótkie słowo, Zoé, rozbrzmiewające w ciemności, gdy ona leży naga, tuląc się do niego, gdy się boi, krzyżuje ręce na piersiach, to pieszczotliwe słowo, którego wszyscy bez przerwy używają, Zo-é, w liceum czy w domu, to słówko, które się rozpościera, staje jedynym, staje olbrzymim, chroni ją i oddala od niej cały strach. Ziemia przestaje się kręcić, świat wstrzymuje oddech i Zoé wstrzymuje oddech, gdy Gaétan w nią wchodzi wolniutko, wolniutko, nie na siłę, nie śpiesząc się, gdy pozwala mu się otworzyć, i wtedy nie myśli już, nie słyszy, tylko to jest ważne, miłość, która zamieszkuje ich ciała, miłość, która wypełnia jej ciało bez reszty. Ona istnieje tylko dla niego, on istnieje tylko dla niej, tworzą okrągły globus ze skrzydłami, globus z korzeniami, podróżują w kosmosie. Wszystko się kręci i kręci. Nie przestaje się kręcić, a ona nie wie, czy wrócą na ziemię...

Potem...

Odsuwają się od siebie, on kładzie głowę na lewym policzku, ona kładzie głowę na prawym policzku i patrzą na siebie zdziwieni, otumanieni. Gaétan nuci piosenkę Cabrela: Kocham cię na śmierć i życie, kocham cię na śmierć i życie, a Zoé całuje go wolno jak doświadczona kobieta.

Nigdy już nie będzie taka sama. Zrobiła to.

Wracają, żeby się położyć w dużym łóżku Zoé.

Gaétan mówi: Nie pojedziemy windą, będziemy się ścigać po schodach – i rusza pierwszy, a Zoé krzyczy, że oszukuje, oszukuje, bo nie poczekał na nią. Nie jest pewna, czy będzie mogła biec. Ma nogi kobiety, ciało kobiety. Piersi kobiety. Jest cała połamana i chodzi na rozstawionych nogach. Ma wrażenie, że nagle urosła i wszyscy to zobaczą. Obrazy przesuwają się jej w pamięci jak film i myśli, że już nigdy, nigdy nie będzie sobie mogła tego wyobrażać. Jest smutna. Trochę. A potem nie jest już wcale smutna, bo podobał jej się ten film. Bardzo jej się podobał. I zastanawia się, czy Emma miała tyle szczęścia co ona. Gertrude to zrobiła. A Pauline? Zoé zaczyna biec po schodach. Gaétan się zatrzymuje, więc go dogania, on ją obraca, to przypomina balet, całują się na każdym piętrze. Nie boją się już. Nie boją się. Zrobili to.

Zoé uśmiecha się trochę głupio. Gaétan też uśmiecha się trochę głupio. Opierają się bez tchu o drzwi wejściowe. Pozwalają opaść głowie, rękom, ramionom, zbliżają się do siebie, zderzają czołami, wargami...

– Nikomu nie powiemy – mówi Gaétan.

– Nikomu nie powiemy. To nasza tajemnica – odpowiada Zoé.

I ma ochotę wszystkim o tym powiedzieć.

O dziesiątej rano Gary i Hortense wychodzą z dyskoteki Show Case pod mostem Aleksandra III.

Czekają na Petera i Ruperta, którzy podrywają dziewczynę z szatni. Chcą zabrać ją ze sobą, chcą, żeby znalazła koleżankę, żeby dwa dodać dwa było cztery, a dziewczyna uśmiecha się bez słowa, ścierając palcem zielony cień, który rozmazał się na powiekach opadających na zmęczone oczy.

Hortense i Gary opierają się łokciami o kamienną balustradę nad Sekwaną. Wzdychają jednocześnie: Jaki Paryż jest piękny! I szturchają się po przyjacielsku.

Blade żółtawoszare światło odbija się w czarnej wodzie, rysując w niej garby i dziury, a całun mgły unosi się niczym długie prześcieradło. Przepływa statek, pasażerowie leżący na przednim pokładzie wrzeszczą: Szczęśliwego Nowego Roku, wyciągając do nich butelkę. Odpowiadają im, apatycznie machając.

– Dziewczyna nie przyjdzie – mówi Gary.

– A dlaczego nie?

– Bo nie skończyła pracy, pada z nóg, powiesiła tony płaszczy, wydała tony bloczków, ma dość usiłujących ją poderwać imprezowiczów. Marzy tylko o jednym, to znaczy o swoim łóżku.

– Pan wnikliwy psycholog – uśmiecha się Hortense, głaskając rękaw Gary'ego.

– Pan obserwuje ludzi. I ma wielką ochotę panią pocałować...

Hortense zdaje się wahać, zastanawia się, zamyka oczy i przechyla się przez balustradę, która góruje nad bulwarem z kocich łbów. Na jej wargach pojawia się uśmiech, uśmiech skierowany wyłącznie do niej samej.

– *One penny for your thoughts* – mówi Gary.

– Myślę o moich wystawach. Za dwadzieścia cztery godziny będę wiedziała...

– Wkurzasz mnie.

Peter i Rupert dołączają do nich. Sami. Gary miał rację, dziewczyna marzy tylko o tym, żeby pójść spać.

– No jak tam, zakochani? Świętujecie pierwszy dzień roku? – pyta Peter, czyszcząc okrągłe okularki wełnianym szalikiem, który wszędzie zostawia kłaki.

– Niczego nie świętujemy! – mówi Gary, odsuwając się ostentacyjnie od Hortense. – Ja wracam do domu.

– Poczekaj na mnie! – krzyczy Hortense, gdy Gary się oddala z podniesionym kołnierzem skafandra i rękami głęboko wsuniętymi do kieszeni.

– Co mu się stało? – pyta Peter.

– Uważa, że nie jestem wystarczająco romantyczna.

– Jeżeli zależało mu na romantycznej dziewczynie, powinien był poszukać gdzie indziej – mówi Peter.

Rupert się śmieje. Pije z gwinta scotcha, włożył butelkę do kieszeni, wychodząc z dyskoteki.

– Wczoraj wieczorem graliśmy u Jeana w pokera przez Internet i wygrałem striptizerkę – mówi Rupert.

– Gdzie śpicie? – pyta Hortense, rezygnując z pościgu za Garym.

– U wujka Jeana. Przy rue Lecourbe.

– Kto to jest Jean?

– Potencjalny współ...

– Kto?

– Ach! Nie mówiliśmy ci? Musimy znaleźć nowego współspacza.

– Mogliście o tym ze mną porozmawiać.

– Nie jesteśmy pewni, czy będziemy w stanie płacić dalej czynsz – oświadcza Peter. – Lada chwila Sam straci pracę, zwalnia pokój, wraca do rodziców. Został bez grosza.

– Wszyscy jesteśmy spłukani – dodaje Rupert. – Wszyscy się teraz wynoszą, City pustoszeje, bankierzy zostają sprzedawcami frytek w McDonaldzie, ponuro to wygląda.

Więc przyjechaliśmy do Paryża... Zaprosił nas Jean. Do swojego wujka.

– Wyjechałam dziesięć dni temu, a wy to wykorzystujecie, żeby wszystko zmienić.

– Nie podjęliśmy jeszcze decyzji, ale Jean jest z pewnością naszym nowym przyjacielem – mówią chórem obaj chłopcy.

– Jest Francuzem?

– Tak. Francuzem, i do tego godnym pochwały. To chłopak o nieco niewdzięcznej fizjonomii, możesz mieć z nim na początku kłopot...

– Nieźle się zaczyna! – kwituje Hortense, ziewając. – Co za nuda!

– Studiuje ekonomię i finanse międzynarodowe w London School of Economics, pracuje, żeby zarobić na kanapki i czynsz, niekoniecznie będziesz miała ochotę go uwieść. Bo cierpi na uporczywy trądzik, a wiemy wszyscy, że gustujesz w chłopcach czystych, zdrowych, apetycznych, o gładkich czołach i różowych policzkach!

– Będę musiała dzielić łazienkę z jakimś pryszczatym...

– Jeszcze nie podjęliśmy decyzji, ale lubimy go bardzo, co do tego nie ma wątpliwości – mówi Peter.

Hortense protestuje pro forma. Wie, że życie chłopców jest z każdym dniem trudniejsze; ci, którzy pracują, modlą się, żeby nie stracić pracy, innych utrzymują rodzice, którzy też się modlą, żeby nie stracić pracy.

A poza tym nie zniosłaby, gdyby wybrali dziewczynę.

Nie lubi dziewczyn. Nie znosi babskich obiadów, chichotania, zwierzeń, wspólnych zakupów, zazdrości maskowanej szerokim uśmiechem. Z dziewczynami zawsze trzeba iść na kompromis, posuwać się do przodu na paluszkach, uważać, żeby którejś nie urazić, nie wzbudzić podejrzeń.

Hortense lubi zmierzać prosto do celu. Zyskuje się na czasie, zmierzając prosto do celu. A poza tym nie wszystkim ma coś do powiedzenia.

– Albo decydujemy się na to, albo będziemy musieli zwiększyć nasze wpłaty, a biorąc pod uwagę, że ceny rosną w zastraszającym tempie...

– Aż tak? – pyta sceptycznie Hortense.

– Wszystko drożeje. Tesco staje się potwornie drogie! Black Currant Ribeny? Potwornie drogi! Chipsy Walkers z octem winnym? Potwornie drogie! Gorzka czekolada Cadbury? Potwornie droga! Wyborne krakersy Carr's? Potwornie drogie! Obrzydliwe *pork sausages*, które uwielbiamy? Potwornie drogie! *Worcestershire sauce*? Potwornie drogi! A bilety na metro znowu podrożały!

– Czasy są ciężkie, droga Hortense...

– Mam to gdzieś – mówi Hortense. – Dostanę witryny! A nawet gdybym miała spać na chodniku, wstawałabym w nocy, żeby pracować, chcę odnieść wielki sukces.

– Ależ nie wątpimy w to, nie wątpimy nawet przez sekundę!

Po tych słowach żegnają się, kłaniając, powtarzając w kółko: Do widzenia, ślicznotko, i kłócą się o butelkę scotcha.

Przechodzą przez most, zmierzając do mieszkania wuja Jeana. Rue Lecourbe, rue Lecourbe, to w prawo czy w lewo?... To we Francji, wrzeszczą, zataczając się.

Hortense wraca pieszo. Chce pomyśleć. Wbijając obcasy w paryski asfalt. Paryż przeciąga się po nocnej zabawie. Butelki po piwie i szampanie leżą na ławkach, w koszach, na skrzyżowaniach. Paryż, piękne śpiące miasto, miasto rozmarzone, miasto rozleniwione, miasto zakochane. Straciłam ukochanego. Zniknął w szarym świetle poranka z rękami wciśniętymi ze złości w kieszenie niebieskiego skafandra... Długa smuga mgły niknie nad szarymi dachami Paryża. Straciłam ukochanego, ukochanego, ukochanego, podśpiewuje Hortense, przeskakując rynsztoki pokryte przezroczystą warstewką lodu.

Gary śpi w poprzek łóżka. W ubraniu.

Hortense kładzie komórkę pod poduszkę.

Na wypadek gdyby miss Farland wydała wcześniej werdykt.

Na wypadek gdyby...

Kładzie się obok niego.

Nie może zasnąć. Nazajutrz wyjeżdża. Najbliższe dwadzieścia cztery godziny będą krótkim snem, marzeniem, które musi wypełnić szczęściem i pięknem. Musi zawrzeć z Garym pokój. Odnaleźć niespokojną radość pocałunku w Hyde Parku, pod szpiczastymi wierzchołkami drzew. Pewnego dnia będziemy się całować pod drzewami w Central Parku, a wiewiórki będą jeść nam z ręki. Wiewiórki z Central Parku nie są płochliwe. Podchodzą za dolara... Czym właściwie jest wiewiórka? Szczurem z dobrą attachée prasową. Niczym więcej. Zabierzcie jej puszysty ogon i zostanie włochaty szczur. Wstrętny włochaty szczur stojący na dwóch łapach. Hortense śmieje się do siebie, trąc sobie nos. Uśmiechamy się do jednego, krzywimy na widok drugiego. Jasny dowód na to, że wszystko zależy od stroju. Pozorów. Detal, zwykły detal i szczur staje się wiewiórką. Przechodnie rzucają mu orzeszki, a dzieci chcą takiego w klatce.

Ma ochotę obudzić Gary'ego, żeby wyjaśnić mu różnicę między wiewiórką a szczurem.

A wiesz, dlaczego delfiny pływają tylko w słonej wodzie? Bo od pieprzu kichają!

Nie może zasnąć.

Chce, aby początek nowego roku znaczyło gorące wspomnienie.

Przesuwa palcem po twarzy Gary'ego. Jest taki piękny, gdy śpi; długie czarne rzęsy tworzą ciemną zasłonę, uchylone, nabrzmiałe snem usta, trochę białe, trochę różowe policzki, lekkie chrapanie mężczyzny, który późno położył się spać, zarost drapiący pod palcem przesuwającym się wolno...

Wolno...

Dziś wieczorem będą się całować.

Dziś spędzą razem noc. Ich pierwszą noc. Będzie wiedziała, co zrobić, aby jej wybaczył.

Nie oprze się jej.

*

– Drogi panie Chaval, fakt, że umówiłam się z panem w tej kawiarni w pierwszy dzień roku, ma wymowę symboliczną.

Chaval siedział wyprostowany, lekko ukośnie na krześle. Pod stołem chował ręce z obgryzionymi paznokciami. Aby wywrzeć korzystne wrażenie na Henriette, włożył marynarkę, krawat, posmarował żelem kruczoczarne włosy, skrócił baczki i zamówił małą wodę Vittel.

– Z pewnością pan wie, że rozstaliśmy się z panem Grobzem.

Chaval skinął głową z miną przestraszonego psa, który czeka na nieprzewidywalny gest brutalnego pana i siedzi spokojnie.

– Rozwiedliśmy się, ale zachowałam jego nazwisko. Nazywam się więc Grobz, tak jak on. Henriette Grobz. Rozumie pan? Marcel Grobz, Henriette Grobz... Marcel, Henriette...

Mówiła do niego jak do tępego dziecka. Nalegała, podkreślała. Pomyślał, że przypomina mu nauczycielkę.

– Podpisuję listy literą H, która może bardzo przypominać literę M. H, M, H, M...

A Chaval przypomniał sobie łowy Hortense w H&M.

Wchodziła do sklepu, rzucała się łapczywie na rzędy tunik, topów, sukienek, szalików, dżinsów, płaszczy, jej śliczna rączka dzwoniła wieszakami, kling-klang-kling-klang, zdejmowała, kładła na stos, zdejmowała, kładła na stos, wślizgiwała się do kabiny, mierzyła, wyciągała rękę do sprzedawczyni, żądając innego rozmiaru, innego koloru, innego modelu, wychodziła z rozpalonymi policzkami, zmierzwionymi włosami i kładła swój łup przy kasie. Chaval wyjmował kartę, płacił. Niósł torby do samochodu. Wystarczyło, że Hortense wyraziła najmniejsze życzenie, a natychmiast było spełniane. W zamian prosił jedynie o prawo do pieszczenia szaleńczo pożądanego ciała lub gdy była bardziej hojna, do wśliźnięcia się w wąski przesmyk prowadzący do szczęścia.

– H&M... – powtórzył rozmarzony, skubiąc palce pod stołem.

– Chaval! – zagrzmiała starucha, uderzając w szklankę długą łyżeczką, która służyła jej do mieszania cukru w wodzie z sokiem ze świeżych cytryn. – Gdzie pan jest?

– Ależ tutaj, z panią...

– Niech pan nie mówi bredni! Nienawidzę kłamstw! Myśli pan o niej, prawda?

– Nie, próbowałem zrozumieć H i M...

– Ależ to jasne jak słońce, biedny chłopcze.

Obrzuciła zirytowanym wzrokiem siedzącego naprzeciw niej mężczyznę. Chudego jak krawędź centyma. Miał na sobie czarne dżinsy, marynarkę, która wyglądała na farbowaną, zniszczone kowbojki, a jego twarz o profilu ostrza miecza wydawała się niemal przezroczysta, do tego stopnia uszło z niej życie. Blady zniewieściały statysta. Co też będzie mogła zrobić z takim nędznym partnerem? Odpędzając ponure myśli, kontynuowała ze stanowczością w głosie:

– H i M w podpisie łatwo pomylić. Mogę więc, zachowując wszelkie prawdopodobieństwo, składać w imieniu firmy Casamia zamówienia, które będą podpisane przez Marcela Grobza, obciążą konto Marcela Grobza, pieniądze zostaną ściągnięte z jego rachunku, a potem przechwycę towary i każę je dostarczyć do magazynu, gdzie sprzedawane będą po niskiej cenie pozbawionym skrupułów sieciom handlowym, które powodowane żądzą zysku rzucą się na okazję. I w tym momencie pan włącza się do akcji. Pośredniczy pan w kontaktach między mną a sieciami. Zna pan nabywców, zna pan ceny, marże, ilości, które trzeba zamówić, zajmuje się pan całą stroną handlową, a ja zajmuję się organizacją i administracją.

– Ależ to zupełnie nieuczciwe, pani Grobz! – wykrzyknął Chaval, który momentalnie dostrzegł skalę oszustwa.

– To nie jest nieuczciwe, odzyskuję swój majątek! Zostałam ograbiona, Chaval. Ograbiona... Powinnam była dostać połowę firmy, a nie dostałam nic. Nic. – Uderzyła paznokciem kciuka w zęby, aby podkreślić ogrom grabieży. – Może uważa pan, że to uczciwe?

– Niech pani posłucha... nie obchodzi mnie, co zaszło między panią a pani mężem. Nie mam z tym nic wspólnego. O mało nie wylądowałem w więzieniu za zabawy z podpisami i kreatywną księgowość... Los okazał się dla mnie łaskawy. Ale jeżeli przyłapią mnie po raz drugi, będę gnił za kratkami, i to przez dłuższy czas.

– Nawet jeżeli wyjdzie pan na swoje, a ja z nawiązką wszystko panu wynagrodzę? Wezmę na siebie wszystkie koszta, całe ryzyko, wynajmę skład, będę podpisywać zlecenia, pana nazwisko nie pojawi się w żadnej księdze rachunkowej, w żadnym piśmie, nigdzie. Posłuży mi pan tylko za parawan. Nieźle pan zarobi w charakterze dekoracji!

– Ależ proszę pani, to małe środowisko, natychmiast się zorientują, co jest grane! Wpadniemy jak kto głupi...

Henriette zauważyła, że wyszło szydło z worka. Powiedział „wpadniemy". A więc, stwierdziła, pusząc się pod szerokim kapeluszem, nie ma nic przeciwko kombinowaniu. Nie chce tylko skończyć w więzieniu. Co dowodzi, że ma jeszcze kilka sprawnych neuronów. Facet nie podupadł tak bardzo, jak się wydawało. Wrócił mu apetyt.

Przez chwilę się zastanawiała. Nie mylił się. Środowisko związane z wystrojem wnętrz to mały światek, szybko by ich namierzyli. Chyba że sprzedawaliby małe ilości. A „małe ilości" znaczą małe zyski. O tym nie było mowy. Musiała więc znaleźć inny sposób, żeby doprowadzić starego Grobza do ruiny. Mieszała wodę z sokiem z cytryny, marszcząc brwi.

– Ma pan jakąś inną propozycję? – spytała, nie spuszczając wzroku ze szklanki.

– Nie – powiedział Chaval, który drżał na myśl o więzieniu. – Prawdę mówiąc, zanim pani mnie znalazła, porzuciłem wszelką myśl o wielkich pieniądzach... Oczywiście z wyjątkiem lotto.

– Phi! – prychnęła Henriette, wzruszając ramionami. – To zajęcie dla mięczaków. Zresztą zawsze wygrywają mięczaki, nigdy wykształceni ludzie, którym się dobrze powodzi.

– Bo jest jeszcze sprawiedliwość na tym świecie – mruknął Chaval. – Lotto to pocieszenie dla doświadczonych przez los.

– Moralność lotto! – żachnęła się Henriette. – Co za absurd! Bzdury pan opowiada! Stara się pan usprawiedliwić własne lenistwo!

– Tylko to mi pozostało – przeprosił zgarbiony Chaval.

– Nie ma pan za grosz ambicji ani energii! Myślałam, że jest pan sprytniejszy. Pokładałam w panu wielkie nadzieje. Kiedyś był pan przedsiębiorczy i przebiegły.

– Przecież mówię, że wyprała mi mózg, złamała mnie...

– Niech pan przestanie mówić o sobie w czasie przeszłym! Niech pan myśli o sobie inaczej, jako o silnym, potężnym, bogatym mężczyźnie. Nie jest pan odrażający, może pan odzyskać błysk w oku, pewną aparycję. Może ona do pana jeszcze wróci. Jeżeli nie z miłości, to z wyrachowania, między jednym a drugim różnica jest niewielka, a wynik ten sam!

Podniósł na nią wzrok pełen bezsensownej nadziei, nadziei, którą już dawno odłożył do lamusa.

– Sądzi pani, że gdybym był bardzo bogaty, zechciałaby mnie znowu?

Bo z dwojga złego wolał cierpieć, niż wegetować bez najmniejszej nadziei na przyszłe cierpienia.

– Pojęcia nie mam, ale jestem pewna, że ponownie przemyślałaby sprawę. Mężczyzna bogaty jest siłą rzeczy mężczyzną pociągającym. To oczywiste. Jasne jak słońce. Tak kręci się świat od najdawniejszych czasów... Niech pan pomyśli o Kleopatrze. Kochała jedynie potężnych mężczyzn, którzy ofiarowywali jej ziemie i morza, mężczyzn gotowych dla niej zabijać, co ja mówię, zabijać: wyrzynać całe armie. Nie traciła czasu na niedorajdy! Hortense przypomina raczej Kleopatrę niż Izoldę czy Julię!

Nie śmiał zapytać, kim były tamte dwie, lecz przemówiło do niego porównanie do Kleopatry. Kiedyś oglądał z matką film, popijając napar z macierzanki, bo obydwoje byli przeziębieni. Kleopatra miała fiołkowe oczy Elizabeth Taylor i obfite, falujące piersi. Sam nie wiedział, na co patrzeć: na wielkie, niepokojące, władcze fiołkowe oczy czy na mleczne półkule, które wznosiły się i opadały na ekranie. Poszedł się spuścić do toalety.

– A co miałbym zrobić, żeby być bogaty? – spytał, prostując się, uniesiony przez obfite piersi Kleopatry.

– Musimy wymyślić razem jakiś przekręt, i to pewny przekręt... A potem z pana znajomością firmy i moją wyobraźnią napełnimy sobie kieszenie. Ja nie będę miała skrupułów! Będę parła do przodu.

– Gdybym tylko znowu mógł ją mieć... zagłębić się raz jeszcze w wilgotny i ciepły gąszcz...

– Chaval! – wrzasnęła Henriette, uderzając w stół. – Nie życzę sobie, aby kiedykolwiek mówił pan w ten sposób o mojej wnuczce! Zrozumiał pan? W przeciwnym razie doniosę na pana do obyczajówki. Przecież sam pan przyznał, że utrzymywał grzeszne stosunki z dziewczynką, która nie miała nawet szesnastu lat... To prosta droga do więzienia. A wie pan, co robią w więzieniu z gwałcicielami dziewczynek?

Chaval patrzył na nią przerażony, a jego ramionami wstrząsał mimowolny dreszcz.

– Och, nie! Proszę pani... tylko nie to... tylko nie to...

– Więc proszę coś wymyślić, coś genialnego, żeby oskubać starego Grobza. Daję panu tydzień. Ani dnia więcej! Za tydzień spotkamy się w kościele Saint-Étienne, w małej kaplicy Najświętszej Marii Panny na klęcznikach, i przedstawi mi pan swój plan. A jak nie, to pójdzie pan siedzieć!

Teraz Chaval drżał na całym ciele. Ta stara naprawdę jest do tego zdolna! Mógł odczytać na jej twarzy determinację dzikiej bestii gotowej pożreć swoje potomstwo, aby nie umrzeć z głodu.

– Tak, proszę pani...

– Może pan już iść! I niech pan uruchomi szare komórki! Tak długo leżały odłogiem, że zdążyły odpocząć. No już!

Wstał. Wybełkotał: Do widzenia pani i wyszedł, przemykając do drzwi jak skazaniec, który nie chce zostać zauważony.

– Kelner! Rachunek – rozkazała Henriette mocnym głosem, wyjmując portmonetkę, aby zapłacić za napoje.

Zostały jej jeszcze drobne skradzione z kościelnych skarbonek. Zamki były stare. Dawało się je łatwo podważyć, a także łatwo zamknąć. Bezszelestnie. Wystarczyło pojawić się przed proboszczem. Słaby połów, pomyślała, licząc grosze, parafianie to coraz większe sknery. A może proboszcz mnie namierzył i częściej opróżnia skarbonki. Biedny Jezusie, biedna Matko Boska, biedny święty Stefanie! Żarliwość religijna to nie to co dawniej, a wy musicie za to płacić...

Zaczęła pomstować na czasy, w których nie szanuje się ani samotnych kobiet, ani pozbawionych dochodów księży. A potem nie ma się co dziwić, że czyste dusze kusi zbrodnia, ale w tym wypadku chodzi tylko o sprawiedliwość, pomyślała, tylko o sprawiedliwość...

*

Wieczorem pierwszego stycznia u Cortèsów wszyscy udawali wesołych. Gestykulowali, pokrzykiwali, starali się pokryć udręki serca rozbawioną miną, wymuszonym śmiechem, ale czuli także granicę tej sztucznej wesołości.

Miało się wrażenie, że to bal przebierańców dla rekonwalescentów.

Joséphine mówiła, zagłuszając własne myśli, aby zapomnieć o zegarku Dottie leżącym na nocnym stoliku; odgrzewała królika w musztardzie i mieszała wolno sos drewnianą łyżką, opowiadając, co jej ślina na język przyniosła. Śmiała się sztucznie, mówiła sztucznie, przewracała butelkę mleka, kosztowała kawałek masła, wkładała plaster kiełbasy do tostera.

Zoé chodziła na rozstawionych nogach, Gaétan obejmował ją ramieniem niczym pewny siebie właściciel. Hortense i Gary mierzyli się wzrokiem, przybliżali, zderzali, potem odrywali od siebie, fukając. Shirley obserwowała syna i myślała, że właśnie popycha ją delikatnie w stonę przymusowej kapitulacji zmysłów i serca. Czy to właśnie znaczy kochać dziecko ponad wszystko? zastanawiała się. A dlaczego mam wrażenie, że rezygnuję z ostatniej miłości? Moje życie przecież się nie skończyło...

Jedynie Du Guesclin żwawo krążył między nimi, domagając się pieszczot, odrobiny sosu na kawałku chleba, kostki cukru zostawionej na stole. Kołysał się na grubych, mocnych łapach jak niecierpliwy pies, który czeka na nagrodę, a ślina ciekła mu z pyska.

Każdy myślał o sobie, udając, że interesuje się innymi.

Wyjeżdża pojutrze i bardzo długo się nie zobaczymy, cierpiała Zoé. Czy będzie mnie kochał tak jak dawniej? A jeżeli zaszłam w ciążę?

Stało się! cieszył się Gaétan. Zrobiłem to, zrobiłem, jestem prawdziwym mężczyzną! Kocham ją i ona mnie kocha, kocha mnie i ja ją kocham.

Tej nocy, to stanie się tej nocy, nuciła Hortense, przesuwając rękę po szyi Gary'ego. Udam, że kładę się w pokoju Zoé, i pójdę do niego, wśliznę się do niego, pocałuję go, obrócę siedem razy język w jego ustach, będzie mi dobrze, tak dobrze...

Sądzi, że będzie mnie miała ot tak, ale nie, nic z tego, to by było zbyt łatwe, zżymał się Gary, dokładając sobie makaronu i królika w musztardzie. Mógłbym też dostać kawałek chleba czy to dla ciebie za duży kłopot? pytał Hortense, która podawała mu kawałek bagietki z szerokim, pełnym ufności uśmiechem.

Jak ja mu dam do zrozumienia, że nie powinniśmy się więcej spotykać? zastanawiała się Shirley. Nigdy więcej... Nie mogę mu podać prawdziwego powodu, machnąłby na to ręką, zapewniając, że Gary jest dorosły, musi zrozumieć, że jego matka ma prawo do życia prywatnego... Robisz mu niedźwiedzią przysługę, wmawiasz mu, że jest wszechwładny, a on powinien nauczyć się godzić z rzeczywistością. Musicie się rozstać, zbyt długo żyliście w osmozie. Z góry wiedziała, co powie, mogłaby to napisać i nie miała argumentów, które byłyby w stanie go przekonać, poza tym jednym, że nie chce sprawić przykrości swojemu synkowi. Ależ on ma dwadzieścia lat! To nie jest już twój mały synek. Zawsze pozostanie moim małym synkiem... *Bullshit!* odpowie zirytowany, wciśnięty w czerwoną kanadyjkę. *Bullshit!* Pokłócą się, rozstaną w gniewie. Nie będę miała siły się gniewać, spróbuję mu to raz jeszcze wyjaśnić i padnę mu w ramiona... Lepiej uciec, nic nie mówić lub utrzymywać, że spotkałam dawnego adoratora w Paryżu.

A jeżeli Shirley się myli? myślała Joséphine. Jeżeli Dottie naprawdę mieszka z Philippe'em? Jeżeli każdego wieczoru ona kładzie zegarek na stoliku nocnym, po czym on bierze ją w ramiona?... Nigdy nie przestał się spotykać z Dottie. Jest młoda, zabawna, lekka, słodka, a on nie może już znieść samotnego życia. Mawia się, że mężczyźni nie lubią samotności, podczas gdy kobiety ją wytrzymują. A poza tym lubi z nią spać, jest przyzwyczajony, każde z nich śpi po swojej stronie łóżka...

Każdy ciągnął monolog wewnętrzny, wycierając chlebem sos musztardowy, odkrawając kawałek brie lub koziego sera, częstując się tartą cytrynową upieczoną przez Zoé, sprzątając ze stołu, wkładając talerze do zmywarki, przeciągając się, ziewając, oświadczając, że jest zmęczony, wykończony, i zamykając się pospiesznie w pokoju.

Hortense zmyła makijaż, przejechała sto razy szczotką po włosach z głową odchyloną do tyłu, aż jej długie kasztanowe kosmyki zachrzęściły, skropiła się delikatnie perfumami za uszami, włożyła nocny podkoszulek, przekroczyła materac, na którym leżał Gaétan. Czytał komiks i śmiał się, opowiadając, jak Sknerus McKwacz oszukiwał Kaczora Donalda, który pracował dla niego i nie dostawał za to ani grosza. Naprawdę miły jest ten stary Donald! Daje się wykorzystywać bez słowa skargi... A Sknerus przypomina prezesa CAC 40. Nigdy mu nie dość, ciągle chce więcej pieniędzy.

Zoé z kołdrą naciągniętą pod brodę zastanawiała się, jak zasugerować Hortense, żeby zostawiła ich samych na ostatnią wspólną noc. Jak dać jej do zrozumienia, że dobrze byłoby, gdyby spała gdzie indziej? Na przykład w salonie... Albo żeby poszła popracować nad swoimi wystawami do kuchni. Uwielbia pracować nocą w kuchni. Mogłabym ją o to poprosić wprost lub zagrać na jej uczuciach. Lub powiedzieć coś o kobiecej solidarności. Nie, z Hortense solidarność nie chwyci. Myślała, myślała, kręciła stopami pod kołdrą, aby znaleźć zdanie, które otworzy serce Hortense, kiedy ta wskoczyła do łóżka i zaproponowała:

– Zgasimy światło, poczekamy, aż mama z Shirley zasną, i pobiegnę do Gary'ego... Ani słowa staruszkom! Miałyby wdzięczny temat, a wcale mi na tym nie zależy!

– OK – wymamrotała Zoé z ulgą. – Nic im nie powiem.

– Dziękuję, siostrzyczko! A ty masz się dobrze zachowywać! Nie chcę być odpowiedzialna za dziewięć miesięcy za jakiegoś gnoma!

– Nie ma sprawy – odpowiedziała Zoé, czerwieniejąc.

– Mogę mieć do ciebie zaufanie, bim-bam-bom?

– Bim-bam-bom... – powtórzyła Zoé.

Odczekały, aż zgaśnie światło w pokoju Joséphine i Shirley. Odczekały, aż rozlegnie się lekkie chrapanie Joséphine, potem mocniejsze Shirley. Ho, ho, zauważyła Hortense, staruszki za dużo wypiły, dudnią jak miechy kowalskie! Zoé zaśmiała się nerwowo. Miała zimne stopy i gorące ręce. Hortense wstała, wzięła komórkę i wyszła na paluszkach z pokoju.

– Śpij dobrze, Zoétounette, i zachowaj czystość!

– Obiecuję! – szepnęła Zoé, krzyżując pod kołdrą palce, aby kłamstwo zostało jej wybaczone.

Gaétan wskoczył do łóżka i położył się koło niej.

– Cała noc w prawdziwym dużym łóżku! – cieszył się, przytulając ją do siebie. – To jest klasa!

Położył miękką dłoń na piersiach Zoé, która jęknęła...

Tej nocy po raz kolejny całe miasto miało wstrzymać oddech.

Gary z nagim torsem czytał w łóżku stary komiks z serii *Quick et Flupke*. Ze słuchawkami iPoda przyspawanymi do uszu. Zobaczył, że Hortense wchodzi do pokoju, i uniósł zdziwiony brew.

– Szukasz czegoś? – spytał, nie podnosząc wzroku znad komiksu.

– Tak. Ciebie.

– Chciałaś mnie o coś zapytać?

– Nie do końca...

Weszła do łóżka i położyła się po przeciwnej stronie, przykrywając kołdrą.

– A teraz będziemy spać, jeśli masz ochotę.

– Śpię sam.

– W takim razie nie będziemy spać.

– Wracaj do swojego pokoju, Hortense.

– Jestem w swoim pokoju.

– Nie czepiaj się słów, dobrze wiesz, co mam na myśli.

– Mam ochotę cię pocałować.

– A ja nie!

– Kłamczuch! Mam ochotę kontynuować ten cudowny pocałunek z Hyde Parku. Pamiętasz? Tej nocy, kiedy zostawiłeś mnie samą na ulicy...

– Hortense, powinnaś wiedzieć, że nie można rozkazywać pożądaniu. Nie wkracza się jak bojówka do pokoju chłopaka, każąc mu się całować.

– Wolałbyś, żebym przed wejściem zapukała?

Wzruszył ramionami i wrócił do lektury.

– Wiem, że masz na to wielką ochotę, tak jak ja mam wielką ochotę – dodała Hortense, nie zniechęcając się.

– Ach! Bo masz wielką ochotę... powiedz mi to jeszcze raz. Nigdy mi się to nie znudzi... Panna Hortense ma na pana ochotę, proszę ją natychmiast przelecieć!

– Jesteś wulgarny, mój drogi.

– A ty zbyt autorytarna!

– Mam wielką ochotę całować cię, tulić się do ciebie, całować cię wszędzie, wszędzie... smakować cię, lizać...

– Z komórką w ręce? To nie będzie bardzo praktyczne! – oświadczył drwiąco, próbując pokryć sarkastycznym śmiechem budzące się w nim pożądanie.

Hortense zdała sobie sprawę, że trzyma w ręce komórkę, i wsunęła ją pod poduszkę.

– Odmawiam spania z komórką – powtórzył Gary, otrząsnąwszy się z pierwszego wrażenia.

– Ależ Gary, a jeżeli miss Farland zadzwoni?! – zaprotestowała Hortense, ściskając telefon w ręce.

– Odmawiam spania z komórką i już!

Znowu wrócił do lektury i oświadczył, że *Quick et Flupke* to wspaniała rzecz. Tylko dlaczego popadła w zapomnienie? To znacznie lepsze niż Tintin! Dwaj bohaterowie za cenę jednego! I co za piękne porozumienie, jaka wspaniała skuteczność! Może ciut trąci myszką, ale w owych czasach dziewczęta nie podnosiły spódnic przed chłopakami. Umiały się zachować... Inne czasy, inne obyczaje, westchnął z nostalgią. Nie lubię kobiet żołnierek. Lubię kobiece, łagodne kobiety, które pozwalają mężczyźnie powozić stanowczą ręką, kładą głowę na jego ramieniu i oddają się w ciszy.

– Wiesz, co to jest czułość, Hortense?

Hortense skręcała się w łóżku. Nie chwytała tego rodzaju słów. Już niemal wygrała. W dodatku z łatwością! A on odsyłał ją teraz do punktu wyjścia. Do punktu „dobra stara koleżanka".

Wśliznęła gładką, miękką stopę między nogi Gary'ego, stopę ambasadora proszącego, aby wybaczyć mu śmiałość, i wymamrotała:

– Mam to gdzieś, poddaję się, za bardzo mam ochotę cię pocałować. Umieram z pragnienia, Gary, jeśli chcesz, będę pruderyjna, wycofana, uległa, słodka jak spłoszona dziewica...

Uśmiechnął się do tej wizji i poprosił, aby rozwinęła swoją myśl. Chciał się przekonać, jak dalece zgodzi się poniżyć.

Zamilkła, rozważała to, doszła do wniosku, że słowa nie wystarczą, i zdała się na swoje doświadczenie w miłości, które doprowadzało mężczyzn do szaleństwa.

Zniknęła pod kołdrą.

Wówczas ton się zmienił.

Zgadzał się z nią spać, ale pod jednym warunkiem.

Wyłoniła się spod kołdry i słuchała.

– Odłożysz komórkę – powiedział Gary.

– Nie możesz mnie o to prosić. To szantaż. To zbyt ważne dla mnie, wiesz o tym dobrze...

– Chcesz powiedzieć: znam cię za dobrze.

Zmienił się przedmiot polemiki. Nie chodziło już o hipotetyczną noc miłosną, lecz o obecność telefonu w łóżku.

– Gary... – błagała Hortense, wsuwając kolano między jego uda.

– Nie będę spał we trójkę! A już na pewno nie z miss Farland!

– No nie!... – protestowała Hortense. – A jeżeli zadzwoni, a ja nie usłyszę?

– To zadzwoni drugi raz.

– Mowy nie ma!

– Więc wyjdź z tego pokoju i daj mi spokojnie czytać komiks.

Zdawał się mówić poważnie. Hortense szybko się namyśliła.

– Położę komórkę tu, na krześle.

Gary rzucił okiem na krzesło, na którym leżały zwinięte w kłębek dżinsy, podkoszulek i sweter. Krzesło jest za blisko, pomyślał. Zobaczę, jak świeci w nocy, i będę mógł myśleć tylko o miss Farland.

– I masz ją wyłączyć – dodał.

– Nie.

– To wyjdź.

– Położę na biurku, trochę dalej... W ten sposób nie będziesz jej widział.

Wyrwała komiks z rąk Gary'ego, rzuciła go na ziemię, przywarła do jego gołego torsu. Zawsze śpisz nago? Obsypała jego ramiona, usta, szyję delikatnymi pocałunkami, położyła mu głowę na brzuchu...

– Komórka tam! – powiedział Gary, pokazując palcem biurko.

Hortense z wściekłością wstała, poszła odłożyć telefon na biurko. Sprawdziła, czy jest naładowany, czy będzie dzwonił, pogłośniła dźwięk. Położyła go delikatnie na skraju, jak najbliżej łóżka, i wróciła się położyć. Wyciągnęła się koło Gary'ego, zamknęła oczy i szepnęła: Och! Gary! Tak cię proszę... Zawrzyjmy pokój. Tak bardzo cię chcę...

Jej usta prześliznęły się po jego ciele...

I nie odpowiedział już nic.

To była miłosna noc niczym symfonia.

Nie kochał się tylko jeden mężczyzna z jedną kobietą, ale wszyscy mężczyźni i wszystkie kobiety wszech czasów, na całej ziemi, postanowili umrzeć z rozkoszy. Jakby tych dwoje czekało zbyt długo, wyobrażało sobie zbyt często i wreszcie uczestniczyło w balecie wszystkich zmysłów.

Jeden pocałunek pociągał za sobą drugi. Nabrzmiewał w ustach Gary'ego, aby wypełnić usta Hortense, która wdychała go, smakowała, wymyślała kolejny pocałunek, potem jeszcze jeden i jeszcze, a zdziwiony, bezbronny, ożywiony Gary odpowiadał, rozpalając kolejny ogień z kolejnego żaru. Taniec chochlików, który ich unosił, budził głód. Olśniona Hortense zapominała o podstępach, pułapkach, aby złapać mężczyznę w sidła, i pozwalała, by pochłonęła ją rozkosz. Szeptali, uśmiechali się, łączyli, ich ciała się splatały, chwytali się za włosy, aby zaczerpnąć nieco powietrza, znowu się zanurzali, zbliżali do siebie, oddalali, wzdychali, wracali do upragnionych warg, znowu je smakowali, śmiali się zachwyceni, wbijali zęby w miękkie ciało, gryźli, warczeli, znowu gryźli, potem cofali się, wyzywając na pojedynek, po czym znowu ruszali do tańca. Nie tylko się całowali, ale rozpalali nawzajem, płonęli, rzucali sobie płomyczki i płomienie, odpowiadali niczym kanon, rozstępowali się, łączyli, wymykali, znowu spotykali. Milczenia i westchnienia, żar i pocałunki, płomienie i drżenie. Każdy pocałunek był inny, jak oddzielna nuta, każdy pocałunek otwierał drzwi nowej rozkoszy.

Hortense wiła się, traciła głowę i grunt pod nogami, nie panowała już nad niczym, powtarzała: Więc to to, więc to to? Jeszcze, jeszcze, och, Gary! Gdybyś wiedział... A on mówił: Poczekaj, poczekaj, tak dobrze jest czekać – i sam nie mógł już dłużej czekać... Więc szczypał jej pierś, najpierw czule, jakby kochał ją miłością pełną szacunku i drżenia, niemal nabożną, potem mocniej, jakby miał ją posiąść jednym ruchem bioder, jednym ciosem, a ona wyciągała się do niego, protestowała, mówiąc, że sprawia jej ból, przerywał, pytał poważnie, niemal zimno: Mam przestać? Mam przestać? A ona krzyczała: Och, nie! Nie! Bo ja nie wiedziałam, nie wiedziałam, i wtedy znowu zaczynał grać gamy w innych miejscach na smukłym, wijącym się wokół niego niczym wąż ciele, po którym przebiegał palcami, wygrywał wszystkie nuty, wszystkie akordy, wszystkie wariacje, a muzyka wzbierała w nim, śpiewał przesuwając po niej usta, ręce, aż się poddała i błagała, żeby wszedł w nią teraz, teraz, natychmiast...

Odrywał się od niej, opadał na bok, obserwował ją i mówił po prostu: Nie, moja piękna Hortense, to by było za łatwe, za łatwe... Przyjemność musi trwać, w przeciwnym razie ulatuje i robi się tak smutno. Popychała go biodrami, próbowała złapać jego biodra na lasso. Nie, nie, mówił Gary, wracając do gam. Do re mi fa sol la si do, mówił, muskając wargami jej wargi, liżąc je, rozsuwając językiem, przygryzając, szepcząc w nie słowa i rozkazy, aż nie wiedziała już, co się dzieje.

Głowa opadła jej na bok. Miała ochotę krzyczeć, ale zakneblował ją i rozkazał: Cicho bądź. I ton jego głosu, twardy, niemal bezosobowy, znowu wyprężył jej ciało, i nie pamiętała kompletnie nic z dobrze jej znanych starych przepisów, które sprawiały, że mężczyźni szaleli, tracili głowę i wszelką chęć oporu, wpadając w jej sieci.

Znowu była nowicjuszką. Czystą i drżącą. Stawała się zakładniczką. Ze związanymi stopami i rękami. Cichy głosik powtarzał jej w głowie: Uwaga, niebezpieczeństwo, uwaga, niebezpieczeństwo, te ramiona doprowadzą cię do zguby, lecz uciszała go, wbijając paznokcie w szyję Gary'ego, wolała umrzeć, niż nie poznać tego drżenia, które prowadziło prosto do nieba lub do piekła. Bo co tam! Tu właśnie chcę być, w jego ramionach, w jego ramionach...

Opierał się jeszcze...

Stawał się władczy i delikatny. Umacniał swoje królestwo, rozszerzał granice, wysyłał garnizony na podbój każdego centymetra skóry, dowodził nimi z mistrzostwem wytrawnego stratega, potem wracał do jej ust, które muskał, pożerał, pożerał nowymi pocałunkami... A więc to to, to to? nie przestawała powtarzać sobie między dwoma falami rozkoszy.

Wyciągając ramiona, wyginając się, tracąc głowę.

Ocierać się o siebie, aby się ujarzmić. Zamykać oczy pod naporem gorejącego żaru. Pożerać się jak para wariatów, wściekłych fanatyków, którzy pijani szczęściem dają się unosić w mgle rozkoszy, muskając się koniuszkami szukających brzegu palców.

Więc to to... Więc to to...

A noc dopiero się zaczynała.

O czwartej rano Joséphine zachciało się pić, więc wstała.

W korytarzu usłyszała dochodzące z pokoju Hortense dźwięki skrzypiącego łóżka, odgłosy słodkiej walki, jęki, westchnienia.

Znieruchomiała w długiej, białej bawełnianej koszuli nocnej. Zadrżała.

Hortense i Gary...

Delikatnie, bardzo delikatnie pchnęła drzwi do pokoju Zoé.

Zoé i Gaétan spali nago w objęciach.

Nagie ramię Gaétana na nagim ramieniu Zoé.

Szczęśliwy uśmiech zaspokojonej Zoé.

Uśmiech kobiety...

– Tym razem rzeczywistość bez wątpienia mnie przerosła – powiedziała Joséphine do Shirley, gdy wróciła do łóżka.

Shirley przetarła oczy i popatrzyła na nią.

– Co ty robisz? Spacerujesz w środku nocy?

– Mogę ci powiedzieć, że twój syn i moja córka poszli ze sobą do łóżka i najwyraźniej świetnie się bawią!

– Nareszcie... – westchnęła Shirley, ugniatając poduszkę, aby przywrócić jej okrągły kształt. – Od tak dawna się na to zanosiło!

– A Zoé i Gaétan śpią snem sprawiedliwych i wygląda na to, że też uprawiali seks.

– Tak? Zoé też?

– Nie robi to na tobie większego wrażenia?

– Posłuchaj, Jo, takie jest życie... Ona go kocha, on ją kocha. Ciesz się!

– Ma piętnaście lat! To o wiele za wcześnie!

– Tak, ale myśli o Gaétanie od dawna. To musiało się stać.

– Mogli poczekać... Co ja jej powiem? Powinnam coś powiedzieć czy udawać, że nic nie wiem?

– Pozwól, żeby sama ci powiedziała. Jeżeli będzie chciała z tobą porozmawiać, powie ci o tym.

– Mam nadzieję, że nie zaszła w ciążę!

– Mam nadzieję, że dobrze im poszło! Gaétan wydaje mi się za młody na idealnego kochanka.

– Nie pamiętam, kiedy miała cio-cio...

– A cóż to takiego? – spytała Shirley, która wreszcie znalazła miękkie wgłębienie w poduszce i wtulała w nie policzek.

– Zoé wymyśliła to słowo. Zamiast mówić „ciotka", mówiła „cio-cio", to słodkie, nie?

– Bardzo słodkie... sztuka zamieniania czegoś niesmacznego w dekoracyjny drobiazg.

Joséphine dalej myślała z ramionami skrzyżowanymi na piersi i wreszcie rzuciła ponuro:

– Pysznie wyglądamy razem w tym łóżku!

– Jak dwie pomarszczone zakonnice! Będziesz się musiała do tego przyzwyczaić, moja droga, właśnie przekazujemy klucze do pożądania naszemu potomstwu, starzejemy się, starzejemy!

Joséphine rozmyślała. Stara, stara, stara. Wygłaszała kiedyś wykład na temat pochodzenia słowa „stary". Na uniwersytecie Lyon 2-Lumière. Słowo „stary" po raz pierwszy pojawia się w *Legendzie o świętym Aleksym*, potem w *Pieśni o Rolandzie* w 1080 roku. Z łaciny *vetus*, potem *vetulus*, w starofrancuskim *viez*, co odpowiadało pojęciu „dawny" w znaczeniu „który szlachetnieje z wiekiem, weteran, doświadczony", ale także „zużyty". Znaczenie, które pojawiło się w XII wieku. „Zniekształcony, nie do użytku, nadający się do wyrzucenia". W jakim wieku kobieta zaczyna się nadawać do wyrzucenia? Czy ma datę ważności jak jogurt? Kto o tym decyduje? Spojrzenie innych, które sprowadza cię do pomarszczonego jabłka, czy pożądanie, które gaśnie i wzywa do odwrotu? „Jara starość" – zapewniał sybaryta Rabelais. „Starzec" – mówił Corneille, wspominając o Diegu, który nie był w stanie bronić swojego honoru. W dwunastym wieku starcem było się, mając czterdzieści lat. Starzeć się. Co za dziwne słowo.

– Myślisz, że tej nocy śpi z Dottie?

Dottie nie jest stara. Dottie nie jest przestarzała. Dottie jest jogurtem nadającym się do spożycia.

– Przestań, Jo! Mówię ci, że ona śpi u siebie, a on zamartwia się w domu... Myśli o tobie, maca duże puste łóżko. Jak pustelnik.

Shirley szturchnęła Joséphine i parsknęła śmiechem. Potem jęknęła, bo zniszczyła zagłębienie w poduszce.

Joséphine się nie uśmiechnęła.

– Nie sądzę, żeby był smutny... Nie sądzę, żeby spał sam w wielkim pustym łóżku. Śpi z nią i zapomniał o mnie...

Philippe obudził się i uwolnił ramię zdrętwiałe pod ciężarem ciała Dottie.

Pierwsza noc nowego roku.

Niebieskawe światło sączyło się przez zasłony, nadając sypialni zimny odcień. Wczoraj Dottie wysypała zawartość torebki na komodę. Szukała zapalniczki. Paliła, gdy miała chandrę. Paliła coraz więcej. Dottie odwróciła się i przytuliła do niego. Poczuł zapach dymu papierosowego w jej włosach, zimnego cierpkiego dymu, który sprawił, że odwrócił głowę.

Otwarła jedno oko i spytała:

– Nie śpisz? Źle się czujesz?

Pogłaskał ją po włosach, żeby zasnęła.

– Nie, nie, wszystko w porządku... Po prostu chce mi się pić.

– Przynieść ci szklankę wody?

– Nie! – zaprotestował rozdrażniony. – Jestem duży i sam mogę pójść. Śpij już...

– Tylko tak powiedziałam...

– Śpij już...

Leżał z otwartymi oczami.

Joséphine. Co teraz robi Joséphine?

O czwartej pięćdziesiąt rano...

O wpół do pierwszej rozległ się dzwonek telefonu Hortense. Piosenka Massive Attack *Tear Drop*.

Odgarnęła długie, splątane włosy, skrzywiła się, zastanawiając, kto może tak wcześnie dzwonić, przecież dopiero zasnęli. Na jej twarzy pojawił się uśmiech zadowolenia na widok Gary'ego, którego długie ramię leżało na jej brzuchu, wcisnęła głowę pod poduszkę, nie chciała słyszeć. Spać, spać, zasnąć... Wspominać niesłychaną rozkosz poprzedniego dnia, przebiegać palcami po skórze kochanka. Mój kochanek, mój cudowny kochanek. Nagle się skuliła, przypominając sobie moment, kiedy wreszcie, wreszcie... A więc to właśnie sprawia, że kręci się świat... I pomyśleć, że żyłam dwadzieścia lat i nie wiedziałam, mmmm! To się zmieni, to się zmieni! Mężczyzna, który zabrał ją na dno otchłani, spał obok niej. A sądziła, że zna go od tak dawna.

Wzruszyłam się jak młoda indyczka.

Telefon dzwonił natarczywie, spojrzała na tarczę budzika z Myszką Miki, który dał jej ojciec, gdy miała osiem lat... Wpół do pierwszej!

Zerwała się z łóżka jednym susem. Wpół do pierwszej w Paryżu, wpół do dwunastej w Londynie! Miss Farland!

Rzuciła się na telefon.

Wyszeptała cichutko: Halo, halo? wkładając podkoszulek i starając się nie obudzić Gary'ego.

Wyszła na palcach z pokoju.

– Hortense Cortès? – zaszczekał głos w telefonie.

– *Yes...* – wyszeptała Hortense.

– *Paula Farland on the phone. You're in! You are the one! You won!*

Hortense opadła na pięty w korytarzu. Zwycięstwo! Wygrała!

– *Are you sure?* – spytała przez zaciśnięte gardło, przełykając ślinę.

– *I want to see you at my office today, five o'clock sharp!*

352

Punktualnie o piątej w jej biurze w Londynie? W Paryżu było wpół do pierwszej. Miała zaledwie czas, żeby się spakować, wskoczyć do Eurostaru, wspiąć się na ósme piętro budynku przy Bond Street, zagrać na nosie sekretarce, otworzyć drzwi i oświadczyć triumfalnie: *Here, I am!*

– *OK, Miss Farland, five o'clock in your office!*

– *Call me Paula!*

Pobiegła do kuchni.

Shirley i Joséphine obierały marchewkę, pory, seler, pietruszkę, ziemniaki na zupę jarzynową. Shirley tłumaczyła Joséphine, że podłużne duże ziemniaki znakomicie smakują z solonym masłem, podczas gdy małe okrągłe nadają się raczej na frytki albo purée.

– Dzień dobry, kochanie – powiedziała Jo, oglądając córkę od stóp do głów. – Dobrze spałaś?

– Mamo! Mamo! Mam wystawy! Dostałam je! Właśnie dzwoniła miss Farland, wyjeżdżam! Jestem z nią umówiona o piątej w biurze w Londynie! To super, genialnie, cool, megatrendy, over droopy yupi yupo. *I'm the big boss!*

– Wyjeżdżasz do Londynu? – powtórzyły osłupiałe Shirley i Joséphine. – A...

O mało nie powiedziały: A Gary? Ale się w porę powstrzymały.

– Czy twój wyjazd nie jest nieco pospieszny? – spytała Joséphine.

– Mamo! DOSTAŁAM WYSTAWY! Widzisz? Miałam rację! Miałam rację! Mogę zabrać resztki królika w sosie musztardowym na wieczór? Nie będę miała czasu zrobić zakupów, a nie wiem, czy chłopcy zostawili coś w lodówce.

Wróciła do pokoju, żeby się cicho spakować.

– Miej uszy nadstawione! Zaraz rozegra się tu scena! – uprzedziła Shirley.

– Nie może ani sekundy usiedzieć na miejscu! Po kim ona to ma? – utyskiwała Joséphine. – A on będzie strasznie nieszczęśliwy...

– Wiedział, co robi. Miał świadomość, że nie zmieni jej w potulną gospodynię domową.

– Wydawało mi się czy dzwonił twój telefon? – spytał Gary, opierając się na łokciu w łóżku.

Hortense popatrzyła na niego i pomyślała: Jaki on jest piękny! Ależ on jest piękny! Miała ochotę zacząć noc od nowa.

– Ach? Obudziłeś się? – odpowiedziała cienkim zduszonym głosem.

– A może śpię z otwartymi oczami?! – stwierdził z ironią Gary.

Hortense otwarła szafę i wrzucała rzeczy do torby.

– Co ty robisz? – spytał, przysuwając do siebie poduszki.

– Pakuję się. Jadę do Londynu.

– W tej sekundzie?

– Punktualnie o piątej jestem umówiona z miss Farland. O, przepraszam! Z Paulą. Powiedziała, żebym mówiła do niej Paula.

– Wygrałaś konkurs?

– Tak.

– Gratulacje – powiedział ponuro, kładąc się i odwracając do niej plecami.

Hortense popatrzyła na niego zniechęcona. O nie, jęknęła w głębi ducha. Nie! Nie obrażaj się, nie rób mi tego. I tak trudno mi wyjeżdżać...

Usiadła na łóżku i zwróciła się do odwróconych pleców.

– Spróbuj zrozumieć. To moje marzenie, marzenie, które właśnie staje się rzeczywistością...

– Bardzo się cieszę ze względu na ciebie. Może nie sprawiam takiego wrażenia, ale jestem radosny! – mruknął z nosem w poduszce.

– Gary... proszę cię... Chcę zrobić w życiu coś wielkiego, chcę iść do przodu, odnieść sukces, dostać się na szczyt, to jest dla mnie wszystkim...

– Wszystkim? – podchwycił z ironią.

– Gary... Ta noc była... cudowna. Więcej niż cudowna. Nigdy nie sądziłam, że... Myślałam, że oszaleję, oszaleję z rozkoszy, ze szczęścia...

– Bardzo dziękuję, moja droga – przerwał jej Gary. – Głęboko wzrusza mnie fakt, że stanąłem na wysokości zadania.

– Nigdy nie przeżyłam czegoś takiego, Gary, nigdy...

– Ale pędzisz do Londynu i pakowałaś się w nadziei, że się nie obudzę.

Nadal mówiła do odwróconych pleców. Odwróconych pleców w złym humorze.

– To niesamowita okazja, Gary. A jeżeli nie pojadę...

– Jeżeli nie staniesz na baczność przed miss Farland?

– Jeżeli nie pojadę, ktoś inny może zająć moje miejsce!

– Więc jedź, Hortense, biegnij, leć, wskakuj w Eurostar, rzuć się do stóp miss Farland... Nie zatrzymuję cię. Świetnie rozumiem. To logiczne... A raczej powinienem powiedzieć: zgodne z twoją logiką.

– Ale przecież nie zostawiam cię dla innego!

– Dla dwóch kretyńskich wystaw u Harrodsa! W najbardziej wulgarnym sklepie w Londynie! To też moja wina. Zwykle gdy chodzi o dziewczyny, jestem bardziej przewidujący.

Hortense popatrzyła na niego, podcięło jej ręce i nogi. Jak mógł tak powiedzieć! Postawić ją na równi z innymi dziewczynami. Czy spędzał takie noce ze wszystkimi dziewczynami? Niemożliwe. Ta noc była jedyna. Nie mógł tego nie czuć. To niemożliwe. Niemożliwe.

– Przecież to nie oznacza, że przekreślam nasze wspólne przeżycia, tę noc, nas dwoje – nalegała, akcentując „nas dwoje".

– Jakich „nas dwoje"? – spytał, obracając się do niej.

– Mamy czas, Gary, masę czasu.

Popatrzył na nią z szerokim uśmiechem.

– Wcale cię nie zatrzymuję, Hortense. Jedź. Będę patrzył, jak się pakujesz, bez jęków i zgrzytania zębami, a jeżeli o czymś zapomnisz, zwrócę ci na to uwagę. Widzisz? Jestem gotów ci pomóc...

– Gary, przestań! – zniecierpliwiła się Hortense. – Biorę własne życie w swoje ręce. Teraz. W tym momencie. Chodzi o moją pasję... marzenie, które się spełnia... I zrobię to wbrew wszystkim, jeżeli będzie trzeba.

– To właśnie widzę: pasję i marzenie, które się spełnia. To piękne, nigdy nie oglądałem tego z tak bliska. Brawo!

Złożył ręce i słabo zaklaskał, jakby z niej drwił.

– Nie robię tego przeciw tobie, Gary... Ale muszę jechać! Jedź ze mną.

– Aby nosić za tobą torby i dekorować twoje wystawy? Nie, dziękuję! Mam coś lepszego do roboty.

A potem Hortense się zastanowiła. Nie będzie przecież przed nim klękać. Nie rozumie? Trudno! Wyjedzie. Sama. Przywykła do tego, że jest sama. Nie umarła od tego. Ma dwadzieścia lat i całe życie przed sobą.

– Dobrze! W takim razie zostań tu. Obrażaj się w spokoju! Podbiję Harrodsa, podbiję Londyn, podbiję Paryż, podbiję Nowy Jork, Mediolan, Tokio... I zrobię to bez ciebie, skoro się krzywisz.

Znowu zaczął klaskać z coraz większą ironią.

– Jesteś wspaniała, Hortense, wspaniała! Chylę czoła przed wielką artystką.

Wówczas odniosła wrażenie, że ją upokarza, wykpiwa jej dążenie do sukcesu, wkłada ją do jednego worka z oportunistami, karierowiczami, słodkimi idiotkami gotowymi na wszystko – *I want to be a star, I want to be a star* – marzącymi o kwadransie sławy i po to przyklejającymi się do jakiegoś nawalonego celebryty pod koniec imprezy. Sprowadzał ją do kategorii pracowitych mrówek, a sam wynosił się do rangi prawdziwych artystów. Tych, którzy przynoszą chwałę Ludzkości, wszystko piszą dużymi literami i uczciwie kroczą przez życie. Miażdżył ją swoją pogardą. Cała jej istota się zbuntowała, nie mogła tego znieść.

– Och, drogi panie, łatwo to panu mówić, żyje pan jak pączek w maśle! Jest pan wnukiem królowej! Nie musi pan zarabiać na życie, może sobie leniwie ćwiczyć gamy, które wznoszą się i opadają na klawiaturze, i mieć się za Glenna Goulda! To takie łatwe!

– Hortense! Zabraniam ci tak mówić, to niskie i podłe – powiedział Gary, który zbladł.

– Mówię, co myślę! Życie jest dla ciebie zbyt łatwe, Gary! Wyciągasz leniwie rękę i wpadają do niej pieniądze. Dlatego odgrywasz obrażonego. Nigdy nie musiałeś walczyć! Nigdy! A ja się biję od małego!

– Biedna mała dziewczynka!

– Właśnie tak: biedna mała dziewczynka! I jestem z tego dumna!

– Więc dalej gryź ludzi! Jesteś w tym doskonała!

– Kretyn!

– Nie będę tego ciągnął.

– Nie znoszę cię!

– A ja ciebie nie! Jest cała masa takich dziewczyn jak ty. Roi się od nich na ulicach... Wiesz, jak się je nazywa?

– Nienawidzę cię!

– Szybko przechodzi pani od uwielbienia do nienawiści, moja droga! – odpowiedział z uśmieszkiem, który zniekształcał mu kącik ust. – Uczucia nie zdążą się nawet w pani zakorzenić! To sztuczne kwiaty unoszone podmuchem wiatru... Jeden telefon od miss Farland i pffft! Nie ma już kwiatów, tylko asfalt, wstrętny asfalt.

Skośne zielone oczy Hortense zasnuł ponury cień. Cisnęła w niego torbą, którą właśnie zamknęła.

Wybuchnął śmiechem. Rzuciła się na niego. Uderzyła go, próbowała ugryźć. Odepchnął ją ze śmiechem; spadła całym ciężarem ciała na ziemię. Wówczas upokorzona, że leży jak długa, krzyknęła, celując w niego palcem:

– Gary Wardzie, nie próbuj nigdy, nigdy więcej się ze mną spotkać!

– Och, to ci nie grozi, Hortense, udało ci się zniechęcić mnie do siebie na długo!

Włożył dżinsy, podkoszulek i wyszedł z pokoju, nie patrząc na leżącą na ziemi Hortense.

Usłyszała, jak trzaskają drzwi.

Rzuciła się na łóżko i rozpłakała. Ma nauczkę. Szaleństwem było myśleć, że można stanowić jedno z jakimś chłopakiem, wierzyć w unię, fuzję, kłębek miłości i uczuć, a równocześnie stać się kimś! *Bullshit!* Sądziła, że go kocha, sądziła, że on ją kocha, sądziła, że pomoże jej dokonać rzeczy wielkich i pięknych, to było groteskowe. Wybuchnęła śmiechem. Wpadłam w pułapkę, w którą wpadają wszystkie dziewczyny, i mam za swoje! Biedna kretynka! I kim bym się stała? Zakochaną dziewczyną! Wiadomo, jak takie kończą! Jak głupie gęsi szlochające w łóżku. Nie jestem głupią gęsią szlochającą w łóżku. Jestem Hortense Cortès i pokażę mu, że mogę zajść do samego nieba, aż przebiję niebo, przebiję chmury i wtedy... wtedy... nie spojrzę na niego, zignoruję go, zostawię tego zrozpaczonego karła na skraju drogi i pójdę własną ścieżką. Wyobraziła sobie zrozpaczonego karła na skraju drogi, obdarzyła go twarzą Gary'ego i minęła wolno, wolno, nawet nie spuszczając wzroku. *Bye, bye,* zrozpaczony karle, zostań na twojej wytyczonej dróżce na ponurej równinie.

Jadę do Londynu i nie zobaczę cię już nigdy, nigdy więcej!

Wstała, odetchnęła głęboko i pozbierała swoje rzeczy.

Eurostar odjeżdżał co czterdzieści minut.

Będzie punktualnie o piątej w biurze Miss Farland w Londynie.

Nie może zapomnieć kupionego na placu Pigalle długopisu z kobietą, która się ubiera i rozbiera, gdy się go obraca.

Może jest nieco zbyt śmiały.

Ale Pauli się spodoba.

Część trzecia

To miał być wspaniały wieczór, a skończył się kompletną klapą.

Co roku w pierwszą niedzielę stycznia Jacques i Bérangère Clavert „z całą prostotą" przyjmowali gości. Nie obowiązywały ani krawaty, ani marynarki, ani żaden protokół. Spotkanie przyjaciół w otoczeniu gromadki dzieci, luźne spodnie i zarzucone na ramiona swetry. „Przyjdźcie świętować zimę u Jacques'a i Bérangère", głosiło zaproszenie. Był to sposób, by podlizać się możnym tego świata, mieszając ich z bliskimi, nadając całości pozory serdeczności, okazja do wymiany wizytówek i zwierzeń pośród krzyku maluchów i opowiadań o świętach. Jacques i Bérangère Clavert mogli dzięki temu zmierzyć stopień swojej popularności i sprawdzić, czy aby nie popadli w niełaskę.

Wystarczyło odnotować liczbę zaproszonych, którzy się zjawili, i ocenić ich jakość. Ważny prezes był wart trzech koleżanek Bérangère, ale jedna koleżanka Bérangère w towarzystwie ważnego prezesa, który był jej mężem, dawała dodatkowe punkty.

A poza tym...

A poza tym, myślała Bérangère, radosny akcent na początku roku nie będzie zły. Nastroje są ponure, a opinie pesymistyczne. To niemal akt miłosierdzia, myślała, wkładając obcisłą czarną suknię i gratulując sobie płaskiego brzucha i wąskich bioder. Ani grama cellulitu czy rozstępów mimo

363

czwórki dzieci! Mam jeszcze przed sobą piękne dni. Pod warunkiem, że znajdę mężczyznę, który...

Jej ostatnia randka szybko się skończyła. A przecież... Był przystojny, mroczny, samotny, owłosiony. Straszliwie ją pociągały opalone nadgarstki pokryte czarnymi włoskami. Przemierzał pustynie, budując szyby wiertnicze dla amerykańskiej firmy. Wyobrażała sobie, jak bawi się jego ciemnymi lokami, leży mu na klatce piersiowej, upaja się zapachem silnego mężczyzny, który zabija dzikie bestie krążące wokół odwiertu. Jej marzenia legły gwałtownie w gruzach, gdy przyszło zapłacić rachunek i wyjął zwykłą kartę debetową. Coś takiego jeszcze istnieje? zastanawiała się z szeroko otwartymi oczami. Ziewnęła, poprosiła wiertnika, aby odwiózł ją do domu. Nagła migrena. Potworne zmęczenie. Minął już wiek, kiedy angażowała się bez zastanowienia. Zwykła karta debetowa przywodziła jej na myśl młode lata, gdy całowała się z pierwszym chłopakiem, który ośmielił się otrzeć o jej aparat ortodontyczny, i nie stać go było, aby zaprosić ją na colę. W wieku czterdziestu ośmiu lat powinnam inwestować. Znaleźć następcę ze złotą lub platynową kartą albo jeszcze lepiej z Infinite Noire na wypadek, gdyby Jacques mnie odprawił. Ta chwila zbliża się nieuchronnie. Wystarczy zaobserwować jego coraz późniejsze powroty do domu... W końcu przestanie wracać i zostanę na lodzie. Odstawiona na półkę rozwiedzionych kobiet. W moim wieku kobieta samotna jest gatunkiem zagrożonym.

Nakrywano stoły, rozstawiano świece zapachowe i bukiety, rozpościerano piękne białe obrusy, układano wiaderka na szampana, kwaskowate słodycze, pstrokate sorbety, ale nade wszystko, nade wszystko czekano na bezy, które Bérangère – jak utrzymywała – piekła sama, a tak naprawdę Jacques kupował je ukradkiem w cukierni w XV dzielnicy. U niejakiej pani Keitel, jowialnej Austriaczki, która nie miała szyi ani podbródka, lecz wieczny uśmiech wyryty w trzech fałdach tłuszczu.

Jacques się wzdragał. Z biegiem lat coraz trudniej mu było uczestniczyć w tej maskaradzie. Wychodził z domu, powłócząc nogami, wściekał się na żonę, na kobiety, ich podstępy, dwulicowość, mruczał: My, mężczyźni, jesteśmy karłami, biednymi karłami, które dają im się wodzić za nos. Wgniatał bok swojego rovera, wyjeżdżając z garażu, przytrzaskiwał sobie palec skrzynką na bezy, klął, czuł kłujący kolec nienawiści i wychodził od pani Keitel, obiecując, że więcej nie da się na to nabrać, że ujawni tajemnicę.

I ocali swoją duszę.

– To ty masz duszę? – dziwiła się Bérangère, wzruszając ramionami.

– Śmiej się, śmiej! Zbliża się dzień, w którym cię wydam...

Bérangère uśmiechała się, spryskując lakierem ciemną grzywkę, i nerwowo dotykała trzech nowych maleńkich zmarszczek wokół ciemnych oczu.

Jej małżonek groził, ale nigdy nie przechodził do czynów.

Jej małżonek był tchórzem.

Wiedziała o tym od dawna.

Bezy z kremem Bérangère stanowiły clou wieczoru.

Mówiono o nich wcześniej, opowiadano później, wyobrażano je sobie, wyczekiwano, oznajmiano, kontemplowano, chwytano, degustowano z zamkniętymi oczami, poważnie, ze wzruszeniem, niemal oszołomieniem i każda sprytna kobieta, każdy bezlitosny mężczyzna na czas jedzenia bezy stawał się ponownie niewinny i słodki. Aby mieć prawo skosztować bez z kremem Bérangère Clavert, jednali się zażarci wrogowie, najlepsze przyjaciółki na powrót stawały się przyjaciółkami, ostre języki pokrywały się miodem. Zastanawiano się, jak Bérangère udaje się uzyskać ten krem, tę bitą śmietanę, tę cieniutką warstewkę karmelu... ale nie roztrząsano tej kwestii zbyt długo: fala przyjemności zmiatała wszelkie uwagi krytyczne.

Gdy tego wieczoru personel się krzątał, Bérangère Clavert weszła do sypialni małżeńskiej i zdziwiła się na widok męża leżącego na łóżku w bokserkach i czarnych skarpetkach. Czytał *Le Monde Magazine*, dodatek, który odkładał co piątek, aby mieć się czym zająć w niedzielę. Najważniejszą sprawą dla niego było rozwiązanie sudoku „dla eksperta" lub „bardzo trudnego", zamieszczanego na ostatniej stronie. Kiedy mu się powiodło, wydawał zwierzęcy ryk, boksował powietrze i wrzeszczał:– *I did it, I did it* – jedyne angielskie słowa, jakie zdołał zapamiętać.

– Nie jedziesz po bezy? – spytała Bérangère, starając się opanować złość wzbierającą w niej na widok męża w negliżu.

– Już nigdy nie pojadę po bezy – odparł Jacques Clavert, nie podnosząc nosa znad sudoku.

– Ale...

– Nie pojadę więcej po bezy... – powtórzył, wpisując w kratki 7 i 3.

– Ale co powiedzą nasi przyjaciele? – udało się wyjąkać Bérangère. – Wiesz, jak bardzo...

– Będą straszliwie rozczarowani i będziesz musiała wymyślić jakieś mistrzowskie kłamstwo! – Podniósł głowę i spoglądając na nią z szerokim uśmiechem, dodał: – A ja umrę ze śmiechu!

Potem wrócił do sudoku.

– Ależ Jacques! Oszalałeś!

– Wcale nie. Wręcz przeciwnie, właśnie odzyskałem rozum. Nigdy już nie pojadę po bezy, a jutro opuszczę ten dom.

– A czy można wiedzieć, gdzie się wyprowadzisz? – spytała Bérangère, której serce zaczęło bić jak szalone.

– Wynająłem garsonierę przy rue des Martyrs; zamieszkam tam ze swoimi książkami, płytami, filmami, papierami i psem. Zostawiam ci dzieci... Będę je zabierał w niedzielę rano i odprowadzał wieczorem. Garsoniera jest za mała, żeby mogły mieszkać ze mną.

Bérangère opadła na skraj łóżka. Z otwartymi ustami, opuszczonymi rękami. Czuła, jak nieszczęście wypełnia pokój.

– I wiesz o tym od dawna?

– Od tak dawna jak ty... Nie mów mi, że to dla ciebie nowość. Nie rozumiemy się już, nie znosimy się, udajemy, że... Okłamujemy się jak najęci. To wyczerpujące i jałowe. Mam jeszcze przed sobą parę ładnych lat, ty też, wykorzystajmy je, zamiast psuć sobie wzajemnie życie.

Powiedział te słowa, nie podnosząc głowy znad gazety, a jego umysł nadal zajmowała japońska łamigłówka cyfrowa.

– Jesteś podły! – zdołała powiedzieć Bérangère.

– Oszczędź mi przekleństw, płaczu i zgrzytania zębami. Zostawiam ci dzieci, mieszkanie, będę pokrywał koszty związane z prowadzeniem domu, Bóg jeden wie jakie, bo nigdy nie udało mi się ustalić, za co dokładnie płacę. Ale chcę pokoju przez duże P.

– Drogo cię to będzie kosztowało!

– Będzie mnie kosztowało tyle, ile będę chciał. Mam dowody twoich licznych zdrad. Nie chciałbym po nie sięgać... żeby oszczędzić dzieci.

Bérangère ledwie słyszała. Myślała o bezach. Wieczór u Clavertów bez osławionych bez z kremem to wieczór nieudany. Jej bezy słynęły na cały świat. Nie wystarczało już przymiotników na ich określenie. Zaczynało się od „zachwycających", a kończyło na „cudownych" poprzez „niesłychane", „mój Boże! *Oh! My God!*", „*knock out*", „*maravilloso*", „*deliziosi*", „*diviiiine*", „*köstlich*", „*heerlijk*", „*wunderbar*". Pewnego wieczoru rosyjski biznesmen rzucił głośno „*prievoschodno*", co znaczyło, jak jej przetłumaczono, „zapierający dech w piersi" w języku ojczyzny samowaru. Bezy były jej krzyżem zasługi, dyplomem uniwersyteckim, tańcem brzucha. Oferowano jej duże pieniądze za przepis. Odmówiła, zapewniając, że przekazywany jest z matki na córkę i nie wolno go zdradzać nikomu obcemu.

– Proponuję ci układ: rozstaniemy się spokojnie, ale pojedziesz mi po bezy...

– Już nigdy więcej nie pojadę po bezy! I lepiej byłoby dla ciebie, gdybyśmy się rozstali w pokoju, moja droga. Przypominam ci, że poślubiłem cię jako Bérangère Goupillon... Chcesz wrócić do tej nędzy?

Bérangère Goupillon. Zapomniała, że niegdyś nosiła to nazwisko. Wyprostowała się, zraniona do krwi. Goupillon! Może zażądać, żeby wróciła do nazwiska panieńskiego.

Spuściła głowę i wyszeptała:

– Nie chcę już nigdy nazywać się Goupillon.

– Widzę, że wraca ci rozsądek... Będziesz mogła zachować moje nazwisko, jeżeli zachowasz przytomność umysłu – oświadczył, wykonując zamaszysty gest dłonią niczym Neron oszczędzający gladiatora rozszarpywanego przez lwy.

– I możesz sobie sama jechać po bezy. Zejdę do gości, kiedy skończę sudoku.

To było nie do pomyślenia. Nie mogła jechać po bezy. Paznokcie jej nie wyschły, nie skończyła kreski pod okiem ani nie wybrała kolczyków. Musiała znaleźć kogoś, mężczyznę lub kobietę, kto się dla niej poświęci.

Szybko się zastanawiała.

Filipińczycy zatrudnieni w charakterze dodatkowej obsługi?

Nigdy, przenigdy nie dałaby im kluczy do swojego mini. Ani do rovera Jacques'a. A poza tym mogliby komuś coś powiedzieć.

Jej najlepsza przyjaciółka?

Od dawna nie miała żadnej.

Wzięła komórkę. Zaczęła przeglądać nazwiska. Znalazła Iris Dupin i zauważyła, że nie wykasowała jej z listy kontaktów. Iris Dupin. Ona chyba była kimś, kto najbardziej przypominał „najlepszą przyjaciółkę". Nieco cierpka, można wręcz powiedzieć wredna, ale cóż... Ona nigdy by nie pojechała po bezy. Skrzyżowałaby ramiona i patrzyła, jak tonę. Z takim samym zachwyconym uśmieszkiem jak Jacques w skarpetkach na łóżku. Zachichotała nerwowo. Opanowała się. Iris może nie, ale jej siostra... Poczciwa Joséphine... Siostrzyczka wspierająca biednych i zagubionych. Zawsze gotowa pomóc. Joséphine pojedzie po bezy.

Zadzwoniła do niej. Wytłumaczyła, w czym rzecz. Wyznała swój występek.

– Tobie mogę o tym powiedzieć, bo jesteś miła, naprawdę miła, ale reszta... jeżeli się dowiedzą... nigdy więcej nie odezwą się do mnie ani słowem... Joséphine, bardzo cię proszę, czy nie mogłabyś pojechać po moje bezy do pani Keitel? To niedaleko od ciebie... W imię pamięci Iris... Wiesz, jak bardzo się lubiłyśmy... Uratujesz mi życie, a Bóg jeden wie, że moje życie nie będzie wesołe, gdy Jacques odejdzie... Bo odchodzi! Oświadczył mi to dwie minuty temu...

– Odchodzi? – powtórzyła Joséphine, patrząc na zegar. Osiemnasta dziesięć... Zoé poszła do Emmy. Zamierzała zjeść talerz zupy, wejść do łóżka i poczytać dobrą książkę.

– Nie wiem, jak sobie poradzę! Sama z czwórką dzieci!

– Da się to przeżyć, wiesz. Ja przeżyłam...

– Ale ty jesteś silna, Jo!

– Nie bardziej niż każda inna.

– Ależ tak, jesteś silna! Iris zawsze powtarzała: „Jo to wojowniczka ukryta pod serduszkiem z pierniczka".

Trzeba jej było schlebiać, delikatnie ją omotać, zmiękczyć komplementami. Po to, żeby szybciutko pojechała po te kretyńskie bezy. Za godzinę w szatni pojawią się pierwsi goście.

– Wyciągnęłabyś mnie ze strasznego bagna, wiesz...

I Joséphine przypomniała sobie Iris wypowiadającą dokładnie te same słowa: „straszne bagno".* Iris błagała, żeby napisała za nią książkę. Wielkie niebieskie oczy Iris, głos Iris, czarujący uśmiech Iris, Chrupik i Chrupek schrupali chrupkiego Chrupaka, który z chęcią by ich schrupał!...

Zgodziła się.

– Skoro to dla ciebie takie ważne, Bérangère, pojadę po te bezy. Podaj mi adres.

Zapisała adres pani Keitel. Usłyszała, że wszystko zostało zapłacone, że ma przynieść fakturę, by Jacques mógł wliczyć bezy w koszty. – To bardzo ważne, Joséphine, bardzo ważne, w przeciwnym razie wpadnie w szał! Wziąć duże pudła. Ułożyć je na płask na tylnym siedzeniu, jechać wolno, żeby bezy się nie ześlizgnęły, nie pogniotły, nie wysypały.

– I jeszcze jedno, Jo... Czy możesz wejść wejściem dla służby? Nikt nie powinien cię zobaczyć.

– Nie ma sprawy. Jest tam kod?

Zapisała kod.

– A potem dołączysz do nas i będziemy się świetnie bawić.

– Och, nie! Wrócę do domu. Jestem zmęczona.

– Nie mów tak! Wypijesz z nami lampkę szampana!

– Zobaczymy, zobaczymy – powiedziała Joséphine, wycofując się.

Pierwsi goście zjawili się dziesięć po siódmej.

Podali płaszcze małej Filipince, która obsługiwała szatnię.

Weszli do pierwszego salonu, szeroko otwierając ramiona, uściskali Bérangère, nie zamykając ich. Spytali, gdzie jest Jacques. W swoim pokoju, przygotowuje się, odpowie-

_____
* Patrz *Żółte oczy krokodyla*, op. cit.

370

działa Bérangère, błagając niebiosa, żeby jak najszybciej skończył sudoku.

O dziewiętnastej trzydzieści Joséphine weszła tylnym wejściem, położyła wielkie pudła z bezami na kuchennym stole i poprosiła, aby poinformowano Bérangère o jej przybyciu.

Bérangère wparowała do kuchni i podziękowała jej, posyłając z daleka całusy. Dziękuję, dziękuję, uratowałaś mi życie! Nie masz pojęcia, jak mi na tym zależało! Z rozpaczy o mało nie popełniłam seppuku! To bezy z kremem są aż tak ważne? zastanawiała się Joséphine, obserwując przerażoną minę Bérangère, która liczyła je po raz kolejny.

– Zgadza się! Wszyscy już są. Wiedziałam, że mogę na ciebie liczyć! A faktura? Mam nadzieję, że nie zapomniałaś...

Joséphine zaczęła szukać. Nie mogła znaleźć faktury. Bérangère oświadczyła, że ostatecznie nie jest to aż tak ważne; to nie jej problem, skoro i tak mają się rozejść. Odcina się od tego.

Poprosiła, aby ktoś z obsługi pomógł jej ułożyć bezy na półmiskach, a potem zaniósł je na duży stół w drugim salonie.

– To ile ty masz salonów? – zapytała rozbawiona Joséphine.

– Trzy. I pomyśleć, że Jacques się przenosi do garsoniery. Stracił rozum. Ale to nic nowego. Od dłuższego czasu już nic z tego nie rozumiem! Na początku myślałam, że ma kochankę... Ale podobno nie! Po prostu ma dość. Czego? Dokładnie nie wiem. A zresztą nie obchodzi mnie to... Już od dawna szukam kogoś na jego miejsce.

Spojrzała na Joséphine i pomyślała o Philippie Dupinie. Byłby naprawdę idealną ofiarą. Bogaty, ujmujący, kulturalny. Mówiono jej, że ma słabość do Joséphine. Podobno nawet...

– Długo myślałam o Philippie Dupinie... ale niedawno się dowiedziałam, że nie mieszka już sam.

– Ach!... – wykrzyknęła cicho Joséphine, chwytając się brzegu stołu.

Nogi ugięły się pod nią i nie była pewna, czy zdoła na nich ustać.

– Mam koleżankę w Londynie. Dzwoniła do mnie wczoraj. Podobno mieszka z jakąś dziewczyną. Jak ona ma na imię?... Debbie, Dolly... Nie! Dottie. Wprowadziła się do niego ze wszystkimi klamotami. Nie pytając go o zdanie. Szkoda! Podobał mi się. Wszystko w porządku? Źle się czujesz? Jesteś taka blada.

– Nie, nie, wszystko dobrze – mruknęła Joséphine uczepiona stołu, aby nie upaść.

– Bo mówiono, że kiedyś byliście ze sobą bardzo blisko.

– Tak mówiono? – spytała Joséphine głosem, który nie przypominał jej głosu.

– Ludzie opowiadają bzdury. To nie w porządku w stosunku do ciebie. Zabieranie męża siostrze nie byłoby w twoim stylu...

Przerwała im kobieta, która weszła do kuchni, dostrzegła bezy i rzuciła się na półmisek, krzycząc: Boskie, boskie! Bérangère uderzyła ją po palcach. Łakomczuszka przeprosiła z miną dziecka złapanego na psocie.

– No już! Zmykajcie stąd! – wykrzyknęła Bérangère. – Proszę, żebyście wyszły z kuchni. Skończę układać bezy i jestem do waszej dyspozycji.

Joséphine zgodziła się wypić kieliszek szampana. Czuła się zmęczona. Słaba, taka słaba. Potem wypiła drugi i trzeci. Jej ciało przepełniła dziwna słodycz. Rozkoszne mrowienie. Rozejrzała się dookoła i poznała ludzi, którzy ją otaczali.

To byli ci sami ludzie.

Ci sami, co kiedyś u Philippe'a i Iris, gdy podejmowali gości.

Ludzie, którzy mówią bardzo głośno. Wszystko wiedzą. Przekartkowali jakąś książkę? Znaczy, że ją przeczytali. Zobaczyli reklamę przedstawienia? Widzieli je. Słyszą jakieś nazwisko? To ich najlepszy przyjaciel. Albo najgorszy wróg, nie pamiętają dobrze. Tak często kłamią, że wierzą w swoje kłamstwa. Wieczorem są zachwyceni, nazajutrz mieszają to samo z błotem. Co takiego się stało, że zmienili zdanie? Nie wiedzą. Usłyszeli złośliwą uwagę, która się im spodobała, czy błyskotliwą opinię, która zrobiła wrażenie na zebranych. Przekonań nie mają wcale. Jeszcze rzadziej dokonują głębokiej analizy. Nie mają czasu. Powtarzają to, co usłyszeli, nieraz tej samej osobie, która im to powiedziała.

Znała ich na pamięć. Mogła ich opisać z zamkniętymi oczami.

Nie mają poglądów, jedynie się oburzają. Używają wielkich słów, zachłystują się nimi, robią pauzę, żeby ocenić efekt, unoszą brew, aby zmierzyć wzrokiem bezczelnego, który śmiał zakwestionować ich zdanie, i mówią dalej do osłupiałej publiczności.

To mgiełka myśli. Wszyscy śpiewają tę samą melodię. Wystarczy tylko udawać, że się ją zna, i... śpiewać z innymi chórem, aby nie wyjść na głupka.

Joséphine pomyślała o Iris. Iris czuła się swobodnie w tym środowisku. Wdychała jego stęchły zapach, jak wciąga się do płuc haust świeżego powietrza.

Mieszkanie stanowiło ciąg salonów, dywanów, obrazów wiszących na ścianach, głębokich kanap, kominków, ciężkich zasłon. Filipińscy służący przemierzali pomieszczenia, wnosząc półmiski większe od nich. Uśmiechali się przepraszająco, że są tacy drobni.

Rozpoznała aktorkę, która niegdyś królowała na okładkach gazet. Miała chyba koło pięćdziesiątki. Ubierała się jak małolata, sweter powyżej pępka, obcisłe dżinsy, balerinki, i śmiała się ze wszystkiego, miętosząc ciemne kosmyki włosów na oczach dwunastoletniego syna, który obserwował ją zażenowany. Najwyraźniej ktoś jej powiedział, że wybuchanie śmiechem jest oznaką młodości.

Nieco dalej dawna piękność z długimi blond włosami przeplatanymi kosmykami siwizny, znana ze swoich trzech mężów, z których każdy był bogatszy od poprzedniego, opowiadała, że nie dba już o swoje wdzięki. Teraz troszczy się o swoją duszę i podąża śladem dalajlamy. Pije ciepłą wodę z plasterkiem cytryny, medytuje i szuka babysitterki dla męża, aby móc rozwijać się duchowo, nie tracąc czasu na obowiązki małżeńskie. Seks! Kiedy pomyślę o tym, jak wielką wagę przypisuje mu nasze społeczeństwo!... oburzała się pełnym irytacji tonem, wachlując dłonią powietrze.

Kolejna wczepiała się w ramię męża jak niewidomy w uprząż swojego psa. On klepał ją po ramieniu, mówił do niej ciepło i opowiadał w najdrobniejszych szczegółach, jak ostatnio jeździł na lodowcu ze swoim przyjacielem Fabrice'em. Nie wyglądało na to, żeby jego żona pamiętała, kim jest Fabrice. Zaczęła się ślinić. Z czułością otarł jej usta.

A ten mężczyzna spuchnięty od botoksu! Iris opowiadała jej, że powinien nosić buty numer 41, ale kupował 46 i wsuwał do środka zwinięte skarpety, by sprawiać wrażenie, że ma olbrzymie stopy, i móc utrzymywać, że nie tylko stopy. Kiedy rysował – był architektem wnętrz – asystent strugał mu i wkładał do ręki ołówki. Raz w miesiącu specjalnie z Nowego Jorku przyjeżdżał fryzjer, żeby ściąć mu włosy i zrobić balejaż. Cena za wizytę: trzy tysiące euro. W tym bilet lotniczy, chwalił się. W sumie nie tak drogo.

Joséphine rozpoznawała ich po kolei.

Piła jeden kieliszek szampana za drugim. Kręciło jej się w głowie.

Co ja tu robię? Nie mam tym ludziom nic do powiedzenia.

Opadła na kanapę i błagała niebiosa, by nikt się do niej nie odezwał. Pomalutku zniknę, wycofam się i wyjdę.

Wówczas...

Wówczas wniesiono bezy. Ich wspaniałe entrée dokonało się za sprawą Filipińczyków, którzy na wyciągniętych rękach nieśli posrebrzane półmiski. Zewsząd rozległy się krzyki, zabrzmiały oklaski, po czym tłum ruszył w kierunku stołów, na których je postawiono.

Joséphine skorzystała z tego, aby wstać, wziąć torebkę i przygotowywała się do ucieczki, gdy drogę zablokował jej Gaston Serrurier.

– No coś podobnego... Przychodzi się robić notatki u bogatych i zdeprawowanych? – spytał sarkastycznym tonem.

Joséphine gwałtownie się zaczerwieniła.

– A więc mam rację. Jest pani szpiegiem. Dla kogo pani pracuje? Mam nadzieję, że dla mnie. Z myślą o nowej powieści...

Joséphine bąknęła, że nie, nie, nie robi notatek.

– To błąd! Ci ludzie stanowiliby wdzięczny temat. Opowieści wystarczyłoby na listy Madame de Sevigné, byłaby to dla pani odmiana po dwunastym wieku. A ja też wyszedłbym na swoje. Niech pani popatrzy na przykład na tę rozczulającą parę...

Wskazał podbródkiem kobietę, która wczepiała się w ramię męża.

– Oni jedni mnie tutaj wzruszają – powiedziała Joséphine.

– Chce pani usłyszeć ich historię?

Wziął ją za łokieć i zaprowadził na kanapę, na której usiedli obok siebie.

– Wygodnie tutaj, prawda? Jak w kinie. Niech pani na nich popatrzy. Wszyscy rzucili się na bezy Bérangère. Jak wielkie żarłoczne muchy, muchy, które łatwo oszukać... Bo to nie Bérangère piecze te wyśmienite bezy, tylko pani Keitel z cukierni w piętnastej dzielnicy. Wiedziała pani o tym?

Joséphine udała oburzenie wobec takiego pomówienia.

– Ciii, ciii – szepnął Serrurier. – Nie trzeba... Źle pani kłamie. Widziałem, jak wśliznęła się pani tylnym wejściem, uginając się pod ciężarem pudeł z bezami. W dodatku upuściła pani rachunek. Jacques się nie ucieszy! Nie będzie mógł ich wliczyć do kosztów reprezentacyjnych.

Wsunął rękę do kieszeni, pokazał fakturę, którą następnie starannie schował na miejsce. Joséphine parsknęła śmiechem i zakryła ręką usta. Czuła się lepiej i chciało jej się śmiać.

– Więc dlatego panią zaprosiła... – kontynuował Gaston Serrurier. – Zastanawiałem się, cóż ta cudowna, delikatna kobieta robi w tym tłumie. Powinienem był na to wpaść! Jacques się wykręcił, Bérangère zadzwoniła do pani w ostatniej chwili, a pani powiedziała: Tak, naturalnie... Jak tylko kogoś trzeba w coś wrobić, spada to na panią. Powinna pani otworzyć nowy zakon sióstr miłosierdzia albo kuchnię dla ubogich.

– Często o tym myślę. Wystarczyłoby choćby to, co trafi do kosza po dzisiejszym wieczorze. Niedobrze mi się robi na myśl o takim marnotrawstwie.

– Tak właśnie myślałem. Cudowna i delikatna...

– Brzmi to tak, jakby pan mówił głupia i naiwna.

– Wcale nie! Nadaję słowom właściwy sens i podtrzymuję swoją opinię na pani temat.

– Nigdy nie wiadomo, czy pan żartuje, czy mówi serio.

– Nie sądzi pani, że tak jest lepiej? Nudno jest żyć z osobą przewidywalną. Człowiek pewnie szybko się nudzi. A jeżeli jest w życiu coś, czego nie znoszę, to właśnie nudy... Mógłbym zabić z nudów. Albo ugryźć. Albo podłożyć bombę... – Przejechał ręką po włosach i dodał tonem rozżalonego dziecka: – A w dodatku nie mogę zapalić! Musiałbym wyjść na zewnątrz, a wolę zostać z panią... Nie przeszkadza pani, że panią podrywam?

Joséphine nie wiedziała, co odpowiedzieć. Wpatrywała się w czubki butów.

– Najwyraźniej panią nudzę.

– Nie! Nie! – zaprotestowała przerażona na myśl o tym, że go zraniła. – Ale odbiega pan od tematu, miał mi pan opowiedzieć historię tej pary, którą uważam za tak rozczulającą.

Na twarzy Gastona Serruriera pojawił się delikatny szyderczy uśmiech, który powoli się rozciągał.

– Zaraz, zaraz, proszę ostudzić emocje. Niech pani nie wpada w taki zachwyt, bo to dziwna sprawa, która pachnie siarką i wodą święconą.

– Nie widać tego po nich.

– Można to tak określić.

– To mógłby być temat na jedno z opowiadań z tomu *Diable sprawy*.

– A jakże! Trzeba by porozmawiać z Barbeyem d'Aurevilly i na pewno by je napisał! Mówiąc w skrócie: ona pochodzi z prowincji, z bogatej katolickiej rodziny. On urodził się w skromnej, stuprocentowo paryskiej rodzinie. Inteligentny, zdolny, błyskotliwy, czarujący, skończył świetne studia. Ona nieśmiała, naiwna, czerwieni się, z trudem zdała maturę. To nie miało znaczenia, jej majątek zastępował wszystkie dyplomy. Poznał ją na kursie prawa jazdy, oczarował, poślubił, kiedy była bardzo młoda, bardzo dziewicza. I bardzo zakochana...

– Historia jak z bajki! – parsknęła Joséphine, czując się coraz lepiej w towarzystwie tego mężczyzny.

Miała ochotę się śmiać ze wszystkiego, co mówił. Nie czuła się już tak obco w salonie.

– A to jeszcze nie koniec! – powiedział, robiąc mały suspens. – Nie wiem zresztą, czy powinienem pani to opowiadać. Czy zasługuje pani na zaufanie?

– Przysięgam na wszystkie świętości, że nikomu nie powiem... Nie wiem zresztą, kogo spośród ludzi, których znam, mogłoby to zainteresować.

377

– To prawda... Z nikim się pani nie spotyka, wychodzi jedynie, aby pójść na mszę do kościoła. W długiej mantylce na głowie i z różańcem owiniętym na nadgarstku.

– Niewiele się pan pomylił – odpowiedziała Joséphine, wybuchając śmiechem.

Śmiała się jak dziecko. I naraz wyładniała, rozbłysła, zajaśniała. Znalazła się w świetle projektora. Śmiech uwolnił ukryte w niej piękno, które sprawiało, że błyszczały jej oczy, skóra, uśmiech.

– Powinna pani częściej się śmiać – rzekł Gaston Serrurier, patrząc na nią z powagą.

Dokładnie w tej chwili Joséphine poczuła, że tworzy się między nimi więź. Pełne ciepła wspólnictwo. Jakby Serrurier składał na jej opuszczonych powiekach czysty pocałunek, który przyjmowała w ciszy. Zawarli pakt. Ona akceptowała jego szorstką szlachetność, jego z kolei wzruszała jej radosna niewinność. Szturchał ją, rozśmieszał, zadziwiał, rozczulał. Będziemy stanowić piękną parę przyjaciół, pomyślała, dostrzegając po raz pierwszy jego długi prosty nos, opaloną twarz, czarne włosy hidalga przeplatane pasemkami siwizny.

– Więc opowiadam dalej... Piękny ślub, piękne mieszkanie podarowane przez jej rodziców, piękny zameczek w Bretanii także należący do jego teściów. Krótko mówiąc, piękny początek życia. Bardzo szybko postarał się zrobić jej dzieci, dwójkę pięknych dzieci, i... nigdy więcej jej już nie tknął. Nie bardzo się zdziwiła, myślała, że tak się dzieje we wszystkich małżeństwach. A potem pewnego dnia, wiele lat później, na wczasach w górach zapomniała wełnianej czapki w swojej... czy raczej powinienem powiedzieć: w ich sypialni. Weszła na górę i zobaczyła męża w łóżku... z przyjacielem. Jego najlepszym przyjacielem. W pełnej akcji. To był straszny szok. Od tego czasu przy życiu trzyma ją prozac i pani nie odstępuje na krok mężczyzny, który ją zdradził. I w tym miejscu historia staje się niezwykła: pan bowiem stał się najlepszym mężem pod słońcem. Uważnym, łagodnym, uczynnym, cierpliwym. Można wręcz powiedzieć, że od tej chwili, od tego straszliwego rozczarowania wreszcie zaczęli stanowić parę... Zadziwiające, prawda?

– Rzeczywiście...

Miłość jest zadziwiająca. Philippe mówi, że mnie kocha, a sypia z inną. Ona kładzie zegarek na jego stoliku nocnym, zanim uda się pod prysznic, wślizguje się w jego ramiona, żeby w nich zasnąć...

– A to tylko jedna historia z wielu. Żadna z osób tu obecnych, podkreślam, żadna, nie żyje tak, jak opowiada. Wszyscy oszukują. Niektórzy żyją w szpagacie, inni mają skoki na boki. Ale wszyscy zeszli z drogi, którą jak utrzymują, podążają... Ale pani jest inna, Joséphine... Pani jest dziwną kobietą.

Położył rękę na kolanie Joséphine. Zaczerwieniła się gwałtownie. Zauważył to i objął ją ramieniem, aby jeszcze bardziej się speszyła.

Te uściski nie uszły uwagi Bérangère Clavert, która stała nieco dalej.

Dzieci wrzuciły bezy do karafki z sokiem pomarańczowym, małe bezy pływały po powierzchni; robiło to wrażenie nieporządku.

Miała właśnie zanieść karafkę do kuchni, gdy jej wzrok uchwycił gest Serruriera...

Co tak wyjątkowego ma w sobie ta dziewczyna? Philippe Dupin, ten Włoch od średniowiecza, Serrurier! Musi mieć ich wszystkich dla siebie czy co? zdenerwowała się, gwałtownie otwierając drzwi do kuchni.

Popchnęła Filipińczyka, który się zatoczył, o mało nie upuszczając półmiska, oparł się ręką o rozgrzany palnik kuchenki, aby złapać równowagę, krzyknął, opanował się i udało mu się niczego nie rozbić. Bérangère wzruszyła ramionami. – Do czego to podobne, żeby być tak małego wzrostu, nie widać go pod tym półmiskiem! – i wróciła do nurtującej ją myśli o Joséphine Cortès. Łapie ich na miny spłoszonej zakonnicy. Okazuje się, że aby uwieść faceta, trzeba teraz składać śluby czystości!

Zbeształa pomoc, która pojedynczo układała małe pomarańcze na talerzu.

– Niech je pani przesypie! Ludzie zdążą wyjść, a pani dalej będzie je układać!

Młoda kobieta popatrzyła na nią zmieszana.

– Ach! Zapomniałam, że ta nie mówi po francusku! *You're too slow! Hurry up! And put them directly on the plate!*

– OK, madame – powiedziała dziewczyna z idiotycznym uśmiechem na twarzy.

Po co płacić obsłudze, skoro trzeba wszystko za nią robić? zżymała się Bérangère, wychodząc z kuchni i stawiając na stole nową karafkę soku pomarańczowego bez pływających bez.

Ten właśnie moment wybrał Jacques Clavert, aby opuścić pokój i powitać gości.

Szedł schodami wolno, majestatycznie, stawiając jedną stopę przed drugą krokiem doświadczonego tancerza tanga, pozwalając zebranym podziwiać, jak pokonuje kolejne stopnie. Zatrzymał się na ostatnim. Dał znak Bérangère, aby do niego podeszła. Poczekał, aż stanie obok. Objął ją, szczypiąc, żeby się uśmiechnęła. Zachichotała ze zdziwienia i wsparła się na jego ramieniu. Odchrząknął i wygłosił następujące słowa:

– Witam was, drodzy przyjaciele! Chciałbym wam podziękować za to, że odwiedziliście nas dzisiaj... Podziękować za wierną przyjaźń, którą co roku nam okazujecie. Powiedzieć, jak bardzo jestem wzruszony, widząc was zebranych wokół bez z kremem naszej kochanej Bérangère...

Zaczął bić żonie brawo, obracając się do niej. Ukłoniła się, zastanawiając, co jeszcze doda.

– ...cudownych bez, którymi zajadamy się bez umiaru, życząc sobie wszystkiego najlepszego i promieniejąc bezmiernym szczęściem z bezami w dłoni...

Rozległ się śmiech, którym Jacques Clavert napawał się, dumny z wywołanego efektu.

– Chciałbym podziękować mojej żonie za ten doroczny smakołyk... ten wyczyn znakomitej kucharki... Ale chciałem wam także przekazać smutną wiadomość. Bo niestety! bezcenne bezy okazały się bezsilne wobec rozpadu naszego związku. Poniosły bezapelacyjną porażkę... Utrzymywanie go na siłę byłoby beznadziejne i bezcelowe. A żeby obyło się bez cierpień i z naszych twarzy nie znikł beztroski uśmiech, bez żalu postanowiliśmy się rozwieść. Chciałbym was więc poinformować, że odtąd za obopólną zgodą Bérangère i ja będziemy mieszkali osobno. Chcę też was zapewnić, że bez wątpienia zachowamy tylko piękne wspomnienia z okresu wspólnego życia.

Przez tłum zebrany u stóp schodów przeszedł szmer. Słychać było komentarze: Oszalał, upadł na głowę, jest pijany?

Jacques Clavert odczekał, aż gwar ucichnie, i mówił dalej:

– Bez obawy: Bérangère zachowa mieszkanie, które nadal będzie zajmować z dziećmi, ja przeprowadzę się na rue des Martyrs, do dzielnicy mojego dzieciństwa, która bez przerwy nawiedza mnie we śnie... Chciałem wam to oznajmić z Bérangère u boku, żeby poskromić złe języki i uciszyć plotki, bez których nasze środowisko nie może się obyć. Przez te wszystkie lata Bérangère była doskonałą żoną, przykładną matką, znakomitą panią domu.

Znowu uszczypnął ją w talii, przyciągając do siebie, żeby zachowała na twarzy wymuszony uśmiech wywołany pierwszym uszczypnięciem, i ciągnął:

– Ale wszystko, co dobre, niestety się kończy! Ja się nudzę, ona się nudzi, znudziły nam się małżeńskie pęta... Lepiej odzyskać wolność, zanim udusi nas pętla nudy! Rozstajemy się z wdziękiem, godnością i szacunkiem. To by było tyle, drodzy przyjaciele, wiecie już prawie wszystko. Reszta to kwestia bez znaczenia. Jak przy każdym rozstaniu. Dziękuję, że mnie wysłuchaliście, i wypijmy razem za ten nowy rok.

Po wcześniejszym gwarze zapadła lodowata cisza. Goście rzucali sobie zakłopotane spojrzenia. Chrząkali. Patrzyli na zegarki, wzdychali, że pora wracać. Wszystko, co dobre, szybko się kończy, a dzieci idą jutro do szkoły...

Tłum ruszył do szatni. Żegnali się pojedynczo, kłaniając się gospodarzom. Bérangère kiwała głową, jakby rozumiała, dlaczego wszyscy chcą nagle wyjść. Jacques Clavert był z siebie dumny: rozprawił się z bezami i ze swoją żoną.

Gaston Serrurier wyszedł ostatni. Zabrał ze sobą Joséphine Cortès.

Pochylił się do Bérangère, wsunął jej do ręki kartkę złożoną na czworo. Szepnął: Uważaj, nie zgub tego, byłby kłopot, gdyby wpadło w niepowołane ręce...

To była faktura.

Na ulicy obrócił się do Joséphine i zapytał:

– Przypuszczam, że przyjechała pani samochodem.

Skinęła głową, przeciągnęła wierzchem dłoni po czole, aby przepędzić uporczywy ból głowy.

– Zostawię samochód, wrócę po niego jutro. Chyba trochę za dużo wypiłam.

– To do pani niepodobne.

Uśmiechnęła się poważnie i przytaknęła.

– Dziś jestem trochę pijana. Dużo piłam, bo jestem bardzo smutna. Nigdy pan nie zgadnie, jak bardzo jestem smutna.

– Smutna i pijana. No już... niech się pani uśmiechnie! Jest pierwsza niedziela roku.

Próbowała iść po krawężniku i nie wywrócić się. Rozpostarła ramiona, żeby zachować równowagę. Zachwiała się. Złapał ją i zaprowadził do swojego samochodu.

– Odwiozę panią.

– To bardzo miło z pana strony – odpowiedziała Joséphine. – Wie pan, myślę, że bardzo pana lubię. Tak, tak... Za każdym razem, gdy się z panem spotykam, dodaje mi pan odwagi. Czuję się piękna, silna, szczególna. A to dla mnie... niespotykane. Nawet gdy dmucha mi pan dymem prosto w twarz, jak wtedy w restauracji... Mam pomysł na książkę. Ale nie wiem, czy powinnam panu o tym opowiadać, bo to się cały czas zmienia. Mam pomysły, tylko że ulatują. Opowiem panu, jak będę miała większą pewność.

Opadła na przednie siedzenie samochodu Gastona Serruriera.

Chciała, żeby wiózł ją przez Paryż nocą. Bez konkretnego celu. Żeby jechał bulwarami. Chciała zobaczyć połyskującą czerń Sekwany, migoczącą wieżę Eiffla, białe światła samochodów. Żeby włączył radio i żeby zabrzmiała suita włoska Bacha. Chciała zrobić to, co Catherine Deneuve w *Zawirowaniach serca*: opuścić szybę, wystawić głowę na zewnątrz, zamknąć oczy, poczuć wiatr we włosach i...

Obudziła się nazajutrz rano z uczuciem, jakby jej głowa była kowadłem, walącym w nią młotem i całą kuźnią. Poczuła czyjąś obecność. To była Zoé.

Popatrzyła na zegarek. Szósta rano.

– Źle się czujesz? – spytała Zoé cienkim, niespokojnym głosikiem.

– Nie – mruknęła Joséphine, prostując się z trudnością.

– Mogę z tobą porozmawiać?

– Czy ty nie miałaś spać u Emmy?

– Pokłóciłyśmy się... Och! Mamo! Muszę z tobą porozmawiać... Zrobiłam coś strasznego, strasznego...

Joséphine natychmiast odzyskała przytomność umysłu. Podłożyła sobie dwie poduszki pod plecy, zmrużyła oczy, żeby przyzwyczaić się do światła lampki na stoliku nocnym, ugięła się pod ciężarem Du Guesclina, pogłaskała go, podrapała, zapewniła, że jest najpiękniejszym psem na świecie, a potem odesłała na drugi koniec łóżka i oświadczyła:

– Słucham cię, kochanie. Ale najpierw przynieś mi aspirynę... Albo dwie... Głowa mi pęka.

Kiedy Zoé pobiegła do kuchni, próbowała dociec, co się zdarzyło poprzedniego dnia... Zaczerwieniła się, potarła uszy, przypomniała sobie mgliście, jak Serrurier odwiózł ją do domu i czekał, aż wejdzie do środka, zanim odjechał. Mój Boże! Za dużo wypiłam. Nie jestem przyzwyczajona. Nigdy nie piję. Ale to dlatego, że... Philippe i Dottie, Dottie i Philippe, stolik nocny, ich sypialnia, a więc to prawda, śpią razem, wprowadziła się do niego z tobołami. Skrzywiła się i poczuła łzy napływające do oczu.

– Proszę, mamo!

Zoé podawała jej szklankę i dwie aspiryny.

Joséphine połknęła tabletki. Skrzywiła się. Skrzyżowała ramiona. Oświadczyła, że jest gotowa do słuchania, starając się, aby zabrzmiało to jak najbardziej uroczyście. Zoé popatrzyła na nią, gryząc palce, jakby nie mogła mówić.

– Wolałabym, żebyś stawiała mi pytania... Tak byłoby łatwiej. Nie wiem, od czego zacząć.

Joséphine się zastanowiła.

– To coś poważnego?

Zoé skinęła głową.

– Coś poważnego na zawsze?

Zoé dała znak, że to nie jest dobre pytanie. Nie mogła na nie odpowiedzieć.

– Chodzi o coś, co zrobiłaś?

– Tak...

– Coś, co mi się nie spodoba?

Zoé przytaknęła, spuszczając głowę.

– Coś strasznego?

Zoé rzuciła jej zrozpaczone spojrzenie.

– Czy to jest coś strasznego, czy może stać się straszne? Zoé, musisz mi pomóc...

– Och! Mamo... To jest straszne.

Ukryła twarz w dłoniach.

– To coś między Emmą a tobą? – spytała Joséphine, próbując złapać stopę Zoé, żeby ją pogłaskać.

Pewnie chodzi o jakąś sprzeczkę. Zoé nigdy się z nikim nie kłóciła. Zawsze starała się z każdym żyć w zgodzie.

– Nie mogłaś zrobić nic strasznego, kochanie. To niemożliwe.

– Och, możliwe, mamo...

Joséphine przyciągnęła córkę do siebie. Wąchała jej włosy, czuła zapach szamponu zielone jabłuszko, myślała: Wszystko było takie proste, kiedy była mała. Kołysałam ją, całowałam, śpiewałam piosenkę i smutek się rozwiewał.

Zaintonowała łagodnym głosem:

– Statek na wodzie, rzeka, rzeka, statek na wodzie...

Zoé usztywniła się i zaprotestowała.

– Och! Mamo... Nie jestem już małym dzieckiem! – Potem wyrzuciła z siebie: – Spałam z Gaétanem.

Joséphine podskoczyła. A więc to prawda...

– Ale obiecałaś mi, że...

– Spałam z Gaétanem i od tego czasu, mamo, od tego czasu... on jest dziwny.

Joséphine wzięła głęboki oddech i zastanowiła się.

385

– Poczekaj, kochanie... Czym się martwisz? Tym, że spałaś z nim i złamałaś obietnicę, czy tym, że od tego czasu jest... jak mówisz, „dziwny"?

– I jednym, i drugim! A w dodatku Emma mówi, że nie chce już być moją przyjaciółką...

– A to dlaczego?

– Bo nie przedyskutowałam z nią tego wcześniej... zanim to zrobiłam. Powiedziała, że czuje się pominięta... A ja na to, że nie miałam wyboru, bo tak naprawdę się nie zastanowiłam, nie wiedziałam, że to się stanie...

Kowadło, kuźnia i młot znowu uderzyły w głowie Joséphine, która próbowała się uspokoić i postanowiła przeanalizować problemy po kolei.

– Dlaczego z nim spałaś, kochanie? Pamiętasz, co ustaliłyśmy?

– Ale ja tego nie planowałam, mamo. Byliśmy w piwnicy i...

Opowiedziała o białej świecy, butelce szampana, krokach na korytarzu, strachu, a potem pożądaniu.

– To było naturalne. Nie miałam wrażenia, że robię coś złego.

– Wierzę ci, kochanie.

Zoé z ulgą przytuliła się do matki. Potarła nos o jej pierś. Westchnęła, odetchnęła. Wyprostowała się i...

– Nie masz do mnie pretensji?

– Nie, nie mam do ciebie pretensji. Żałuję, że zrobiłaś to tak szybko.

– A dlaczego od tego czasu jest dziwny? Nie dzwoni, to ja zawsze dzwonię i mam wrażenie, że myśli o czymś innym. Odpowiada, bo nie ma innego wyjścia, a poza tym nic, żadnego miłego słowa, żadnego czułego słowa... Nie wiem, co robić...

Gdybym tylko mogła jej pomóc, myślała Joséphine, patrząc na Zoé, która zagryzała wargi, marszczyła brwi i powstrzymywała się, żeby nie wybuchnąć płaczem.

– Może ja nie jestem stworzona do miłości...

– Dlaczego tak mówisz?

– Boję się, mamo... Chciałabym, żeby czas prześliznął się po mnie tak, żebym tego nie zauważyła... żebym zawsze miała piętnaście lat... Myk polega na tym, żeby ciągle powtarzać: nie dorosnę, nie dorosnę...

– Nie trzeba tak mówić, Zoé. Wręcz przeciwnie, powinnaś myśleć, że życie przyniesie ci masę nowych rzeczy, innych rzeczy, których nie znasz i dlatego się ich boisz. Zawsze boimy się nieznanego.

– Czy myślisz, że jak facet przeleci dziewczynę, to już jej więcej nie chce?

– Ależ nie! A poza tym Gaétan nie „przeleciał cię"... Gaétan jest w tobie zakochany.

– Naprawdę tak sądzisz?

– Oczywiście!

– Kocham Gaétana i nie chcę, żeby był beznadziejnym gościem.

– Ale on nie jest beznadziejnym gościem, kochanie... Jestem pewna, że ma jakiś problem. Może zdarzyło się coś strasznego, o czym nie ma odwagi ci powiedzieć. Wstydzi się, wyobraża sobie, że go rzucisz, jak się dowiesz... Spytaj go. Powiedz: wiem, że stało się coś poważnego, o czym nie chcesz mi powiedzieć... I zobaczysz, zacznie mówić, a ty się uspokoisz.

– Bo wiesz... zanim pokłóciłyśmy się z Emmą, poszłyśmy do kawiarni z kolegami i tam... usłyszałam, jak chłopcy mówią o dziewczynach. A mówili o dziewczynach w sposób STRASZNY! Mówili o naszych koleżankach. Coś w stylu: To ostatnia zdzira, każdy może ją przelecieć. Ta jest paskudna, ale jest świetna. Siedziałyśmy tuż obok, a oni opowiadali takie straszne rzeczy! A najgorsze jest to, że nie miałam odwagi nic powiedzieć. Zwinęłyśmy się z Emmą, poszłyśmy do niej. I wtedy przyszedł mi do głowy Gaétan i pomyślałam sobie, że może on o mnie tak mówi, że może opowiedział o naszej nocy wszystkim swoim kolegom. To beznadziejne.

– Ależ nie! Jak możesz myśleć coś podobnego...

– My nigdy tak nie mówimy o chłopakach! Przysięgam ci, to było straszne. To nie oni byli w tym wszystkim świniami, tylko dziewczyny. Nic, tylko dziwki, sex-toys! Nie było w tym wcale uczuć, mamo, zupełnie żadnych uczuć! Byłam zniesmaczona. I tak jakoś opowiedziałam Emmie o Gaétanie, a ona na to, że wkurzyłam ją na maksa, bo nic jej wcześniej nie powiedziałam... że nie uważam jej za przyjaciółkę, prawdziwą przyjaciółkę, i pokłóciłyśmy się... Mamo, kompletnie nie rozumiem miłości, nic z tego nie pojmuję...

A co ja mam na to powiedzieć? pomyślała Joséphine. Czuję się w tych kwestiach jak wieśniak w ubłoconych butach i z palcem w nosie. Powinien istnieć jakiś kodeks zachowania, zestaw zasad, których należy przestrzegać. Dla Zoé i dla mnie byłoby to idealne. Nie mamy broni, żadnej strategii, aby poruszać się w miłosnym labiryncie. Chciałybyśmy, żeby wszystko było proste, piękne, zawsze piękne i czyste. Chciałybyśmy ofiarować wszystko drugiej osobie. Bez wyrachowania ani podejrzeń.

– Mamo, czego chcą mężczyźni?

Joséphine poczuła się potwornie bezradna. Mężczyzna nie kocha dla zalet, nie kocha dlatego, że zawsze przy nim jesteś, nie kocha jak żołnierzyk. Mężczyzna kocha za randkę, na której się nie zjawiasz, za pocałunek, którego odmawiasz, słowo, którego nie wymawiasz. Serrurier powtórzył to nie dalej jak wczoraj, nade wszystko nie wolno być przewidywalną.

– Nie wiem, Zoé... Nie ma reguły, wiesz...

– Ale powinnaś wiedzieć, mamo! Jesteś przecież stara...

– Dziękuję, kochanie! – powiedziała ze śmiechem Joséphine. – Przywracasz mi siły!

388

– Chcesz przez to powiedzieć, że nigdy się tego nie wie? Nigdy?

Joséphine z bólem skinęła głową.

– Ależ to straszne! Hortense nie zadaje sobie takich pytań.

– Przestań porównywać się do Hortense!

– Ona nie cierpi! Nie wahała się między Garym a pracą. Spakowała walizkę i wyjechała. Ona jest silna, mamo, jest niesamowicie silna.

– Taka jest Hortense.

– A my nie jesteśmy do niej podobne.

– Wcale a wcale! – uśmiechnęła się Joséphine, której sytuacja zaczęła się wydawać dość zabawna.

– Czy mogę spać z tobą, póki nie zadzwoni budzik, żebym wstała do szkoły?

Joséphine przesunęła się i zrobiła miejsce Zoé, która przytuliła się do niej. Owinęła kosmyk włosów wokół kciuka. Wsadziła kciuk do ust i oświadczyła:

– Mam dość tego, że chłopaki nie szanują dziewczyn. A najgorsze, że się nie odezwałam, nie powiedziałam nic, jak ostatnia kretynka. Nigdy więcej nie chcę czegoś takiego! Faceci nie mają nic więcej od nas. My też mamy coś między nogami!

*

Podczas gdy Joséphine i Zoé z nosem wtulonym w szyję matki zasypiały w Paryżu, Hortense wstawała z łóżka w Londynie. Czarna kawa, trzy kostki cukru, chleb pełnoziarnisty, masło, sok z cytryny i ruchy nieufnego kota, który się przeciąga. Miała półtora miesiąca na przygotowanie dwóch wystaw. Półtora miesiąca i budżet wygłodniałej wielbłądzicy wypatrującej krzaczka na pustyni. Miss Farland zaakceptowała jej pomysł, schowała do kieszeni długopis ze striptizerką z placu Pigalle, postukała w stół długimi palcami z czerwonymi paznokciami wampirzycy i rzuciła: Trzy tysiące funtów, ma pani trzy tysiące funtów na wystawy.

– Trzy tysiące funtów! – wykrzyknęła Hortense, zaokrąglając usta z wściekłości. – Ależ to nędza! Muszę zaangażować asystenta, zbudować dekorację, wynająć samochód dostawczy, żeby ją przewieźć, znaleźć modeli, ubrania, fotografa, mam masę pomysłów, ale za trzy tysiące funtów nie zrobię nic!

– Jeżeli to pani nie odpowiada, może pani zrezygnować. Mamy tłum kandydatów na pani miejsce!

Wskazała podbródkiem na stos podań na biurku.

Hortense przełknęła oburzenie. Wstała z wdziękiem, z szerokim uśmiechem na twarzy i odeszła krokiem, jak się jej wydawało, spokojnym. Wychodząc, natknęła się na szyderczy wzrok sekretarki. Zignorowała ją, delikatnie zamknęła drzwi do biura, wzięła głęboki oddech i kopnęła kilka razy w futrynę windy.

– Trzy tysiące funtów – wzdychała każdego ranka, wpisując nowy wydatek na listę, która już była dość długa.

Chodziła wściekła. Mruczała: Trzy tysiące funtów pod prysznicem; Trzy tysiące funtów, myjąc zęby; Trzy tysiące funtów, wkładając dziurawe dżinsy; Trzy tysiące funtów, pudrując nos. Trzy tysiące funtów to afront. Napiwek dla babci klozetowej. Już jako dziecko wiedziała, że bez pieniędzy jest się nikim, a z pieniędzmi można wszystko. Matka mogła utrzymywać coś odwrotnego, opowiadać o sercu, duszy, współczuciu, solidarności, szlachetności i innych bzdurach, nie wierzyła w ani jedno słowo.

Bez pieniędzy siada się na krześle i płacze. Nie można powiedzieć: nie, wybieram, chcę. Bez pieniędzy nigdy nie jest się wolnym. Pieniądze służą do kupowania wolności na metry. A każdy metr wolności ma swoją cenę. Bez wolności zgina się kark, pozwala się zdeptać życiu i mówi dziękuję. Co by zrobiła na jej miejscu Chanel? Znalazłaby mężczyznę, który by ją finansował. Nie z miłości do pieniędzy, lecz z miłości do swojej pracy. Tak jak ja. Niech mi pan da pieniądze, a oczaruję pana, dokonam cudów. Do kogo mogłaby tak powiedzieć? Nie mam bogatego kochanka. Boy Capel miał stajnie, banki, papiery wartościowe, wielkie domy pełne kwiatów, służących i kaszmirowe swetry, które nie drapały. Mój kochanek jest wnukiem królowej, ale zawsze nosi ten sam podkoszulek, tę samą wystrzępioną marynarkę i naśladuje wiewiórki w parku.

A poza tym jesteśmy w oziębłych stosunkach.

Wypisywała wydatki w kolumnach, żeby je podliczyć. Modelki, koszty wynajmu studia, honorarium fotografa, zdjęcia, które trzeba wydrukować w formacie olbrzymich plakatów, ubrania i dodatki, dekoracja, prawa do wideo Amy Winehouse itd. Na próżno szukała pozycji, którą mogłaby wykreślić. Nie znajdowała. Wszystko kosztowało. I jak mam ignorować tę prawdę? Wracała do koncepcji bogatego kochanka. Nicholas? Miał pomysły, kontakty, ale był bez grosza i miał chude barki mieszczucha. Nie mógłby nawet się przydać do przeprowadzki. A inni, dawni? Za bardzo się nad nimi znęcała, żeby teraz prosić ich o przysługę. Nie była nawet pewna, czy współspacze zechcą jej pomóc. Od jej uwag na temat samobójstwa siostry Toma trzymali ją na dystans. Powinnam nauczyć się być miła, pomyślała.

O mały włos się nie udławiła.

Do kogo pójść? Komu mogłaby powiedzieć: Niech mi pan zaufa, niech mi pan da pieniądze, odniosę sukces. Niech pan postawi na mnie, nie pożałuje pan.

Kto mógłby jej wysłuchać i nie uznać za bezczelną naciągaczkę? Nie jestem naciągaczką, jestem Gabrielle, która stanie się Coco, niedługo będę miała swoją markę, swoje pokazy mody, swoich wielbicieli, będę królować na pierwszych stronach gazet, a moje słowa zmienią się w nagłówki. Już wszystko mam w głowie: „Moda nie jest fobią, szaleństwem, beztroskim marnowaniem pieniędzy, ale wyrazem szczerości, prawdziwości uczuć, wymogiem moralnym, który daje energię i wdzięk kobietom. Moda nie jest powierzchowna, lecz głęboko zakorzeniona w świecie i w duszach. Moda ma sens". Dziennikarze będą się zachłystywali. Będą powtarzali moje słowa. Wypisywali je w gazetach. Ten prestiż moralny, tę formę ukierunkowanego komentarza powinna sprzedać jakiemuś jeleniowi. Inteligentnemu, subtelnemu, wyrafinowanemu jeleniowi z pokaźnym kontem w banku.

A takich nie znajduje się na każdym rogu.

Mój pomysł z detalem powinien się wyrafinowanemu jeleniowi spodobać. Trzeba mu wyjaśnić, że kobiety odnajdują własną urodę, wtapiając się w ogół i odróżniając się od niego jednym maleńkim detalem, jednym detalem, który stanowi ich sygnaturę. Muszę sprzedać ofierze piękną historię, piękny argument łączący snobizm kultury z ideą piękna. Zemdleje z wrażenia i szeroko otworzy portfel.

Kiedy tak myślała, ufnie patrzyła w przyszłość. Prostowała ramiona, podnosiła podbródek, mrużyła oczy i wyobrażała sobie, jak zalewają ją oferty pracy. Ale gdy głowiła się nad nazwiskiem wyrafinowanego jelenia z pokaźnym kontem w banku, wpadała w panikę. Gdzie go znaleźć? Po jakim chodniku w Londynie się przechadza? Czy figuruje w książce telefonicznej?

Nie miała przyjaciół. Nigdy nie wierzyła w przyjaźń. Nigdy nie zainwestowała w to uczucie. Czy istnieje strona internetowa, gdzie można wynająć przyjaciół na miesiąc, na czas realizacji udanych witryn? Żeby harowali jak niewolnicy, a potem żeby można ich odprawić z uśmiechem na ustach? Dziękuję, kochani, teraz możecie wracać do domu.

Przyjaciele mają świadczyć usługi bezpłatnie. Odczuwała palącą potrzebę posiadania przyjaciół.

Znowu pomyślała o współspaczach. Wprawdzie Sam się wyprowadził, ale Tom, Peter, Rupert... Doszła do wniosku, że nie jest to dobry pomysł. Nigdy nie pozwolą traktować się jak niewolnicy. A nowy współlokator? Pryszczaty Jean? Poczułby się dowartościowany, gdyby poprosiła go o przysługę. Jest taki brzydki. Prawie nieforemny. Na parkingu mógłby bez problemu zatrzymywać się na miejscach dla niepełnosprawnych.

Gdy się wprowadził, zapuścił sobie wąsiki blond pod nosem gryzonia. Coś jej przeszkadzało u tego chłopaka. Miała wrażenie, że go już gdzieś spotkała. Ta reminiscencja z przeszłości nie zwiastowała niczego dobrego. Coś jak déjà vu... A przecież go nie znała. Nie chciał z nią rozmawiać po francusku pod pretekstem doskonalenia angielskiego. Miał akcent trącący sardynkami z Vieux-Port.

– Skąd jesteś?

– Z Awinionu.

– Coś takiego, sądziłam raczej, że z okolic Canebière.

– Pudło!

To słowo wyrwało mu się po francusku. Wybuchło kolorowymi, donośnymi sylabami. Nagle w domu zapachniało bouillabaisse i pastisem. Jego czoło spurpurowiało, a pryszcze zamigały jak jednoręki bandyta wygrywający w kasynie. Nie wiedziała, czy to pryszcze, czy akcent wydają jej się znajome. Może jedno i drugie...

On nie zainwestuje w jej witryny. Jest bez grosza. Pracuje, żeby opłacić studia: zatrudnia się jako pomocnik na przyjęciach, zamiatacz w Starbucksie, pomywacz w McDonaldzie, wyprowadza psy zamożnych ludzi. Jest królem dorywczej pracy, z której wraca czerwony, spocony i migający.

Nieraz gdy stała do niego tyłem, odnosiła wrażenie, że wpatruje się w nią. Odwracała się gwałtownie, a on patrzył w inną stronę. Może to ja czuję się niezręcznie w jego towarzystwie?... Życie jest niesprawiedliwe. Dlaczego niektórzy rodzą się piękni, czarujący, nonszalanccy, a inni paskudni i odrażający? Wygrałam los na loterii w momencie narodzin. Ta-dam, będzie pani miała wąską talię, długie nogi, perłową skórę, gęste błyszczące włosy, białe zęby i oko, które zabija chłopców... Hokus-pokus, będzie pan miał tłuste włosy, ślady pocisków na twarzy, nos gryzonia i krzywe zęby! Dziękowała Opatrzności, a czasem, gdy była w sentymentalnym nastroju, swoim rodzicom. Zwłaszcza ojcu. Kiedy była mała, zamykała się w garderobie i wdychała zapach jego garniturów, badała długość rękawów, wyłogi marynarki, wykończenie kieszonki na piersi. Jak mógł się zadurzyć w tak przeciętnej kobiecie jak jej matka? To pytanie sprawiało, że pogrążała się w refleksjach, z których bardzo szybko się otrząsała. Nie miała czasu do stracenia.

Wówczas myślała o Garym, o uroku Gary'ego, elegancji Gary'ego, i pogrążona w rozmyślaniach rozmasowywała wywołany lękiem skurcz na wysokości splotu słonecznego. Gary, Gary... Co on robi? Gdzie jest? Nie znosi jej. Nie chce jej nigdy więcej widzieć. A może już o niej zapomniał? Miała gdzieś to, że jej nie znosi, ale nie chciała, żeby o niej zapomniał. Opamiętała się. Nie pozwoli, aby jakiś chłopak psuł jej dobry humor i pozbawiał ją energii. Nie, dziękuję! Pomyśli o Garym później, gdy załatwi problem nadzianego jelenia.

Wracała do problemów finansowych i bezradnie drapała się po głowie.

Nicholas. Od niego powinna zacząć. Potrzebuje jego pomocy. Jego rad. Przecież nie na darmo jest dyrektorem artystycznym prestiżowego sklepu Liberty, którego piękna fasada w stylu Tudorów wychodzi na Oxford Street.

Zadzwoniła do niego, umówili się w barze w Claridge'u. Zamówiła dwa kieliszki różowego szampana. Popatrzył na nią zdziwiony. Oznajmiła: Ja stawiam, chciałabym cię o coś prosić, i przedstawiła mu swój problem. Wspomniała o pożyczce. Natychmiast jej przerwał:

– Nie mam ani pensa, żeby zainwestować w twój projekt.

Było to brutalne, ale jasne.

Hortense przyjęła cios, zastanawiała się kilka minut, po czym znowu ruszyła do ataku:

– Musisz mi pomóc, jesteś moim przyjacielem.

– Tylko wtedy, gdy ci to odpowiada. Kiedy indziej jestem dla ciebie czymś w rodzaju wycieraczki.

– Nieprawda.

– Ależ prawda. Porozmawiajmy o tym, jeśli chcesz. Porozmawiajmy o tych wszystkich razach, kiedy to potraktowałaś mnie jak...

– Przestań natychmiast! Mam za dużo problemów, żeby załatwiać teraz stare porachunki, które mnie nie interesują. Potrzebuję cię, Nicholas, musisz mi pomóc.

– W zamian za co? – spytał, podnosząc do ust kieliszek szampana.

Hortense patrzyła na niego z otwartymi ustami.

– Za nic. Nie mam pieniędzy, z trudem udaje mi się przeżyć za pieniądze, które co miesiąc dostaję od matki, i...

– Pomyśl chwilę.

– Och, nie! – jęknęła. – Nie zażądasz chyba, żebym z tobą sypiała?!

– Naturalnie, że tak. I to w celu dydaktycznym.

– Tak to nazywasz?

– Gdy ostatnio jedliśmy razem obiad, dałaś mi do zrozumienia, że jestem beznadziejny. Chcę wiedzieć dlaczego i chcę, żebyś mi pokazała, jak mogę się poprawić. Zraniłaś mnie, Hortense.

– Nie miałam takiego zamiaru.

– Naprawdę sądzisz, że jestem beznadziejny w łóżku?

– No tak...
– Dziękuję. Dziękuję ci bardzo... Więc zawrę z tobą układ: spędzisz ze mną kilka nocy, nauczysz mnie, jak uczynić dziewczynę szczęśliwą, a ja otworzę przed tobą podwoje mojego atelier, pozwolę ci pożyczać sukienki i płaszcze, szaliki i botki, będę ci podsuwał pomysły i pomagał. Krótko mówiąc, znowu będziemy parą, a jeżeli zrobię postępy, zostaniesz ze mną.

– Ale tego nie da się nauczyć! – westchnęła Hortense ze zniechęceniem. – Z tą umiejętnością człowiek się rodzi, z ciekawością dla ciała drugiej osoby, apetytem...

– A ty utrzymujesz, że tego nie posiadam.

– Chcesz naprawdę wiedzieć, co myślę? Uprzedzam cię, znienawidzisz mnie.

– Nie, wolę nie... Zachowaj swój osąd dla siebie.

– Myślę, że tak będzie lepiej.

– Powiesz mi kiedyś?

– Obiecuję. Najpóźniej, jak się da...

Zesztywniał, wyprostował się, próbował udawać, że jest mu to obojętne, zrezygnował i rzucił:

– OK, pomogę ci, otworzę magazyny i ułatwię ci wszystko, ale nie mów o tym nikomu. Nie byłoby dobrze, gdyby w Liberty się dowiedzieli, że ci pomogłem i połowa ich kolekcji jest fotografowana u Harrodsa.

Hortense rzuciła mu się na szyję, uścisnęła go ze szczerego serca, zamruczała do ucha: Kocham cię, wiesz, kocham cię na swój sposób, zresztą nie kocham nikogo, więc powinieneś uznać, że masz szczęście... Bronił się, próbował ją odepchnąć, objęła go, położyła głowę na jego ramieniu, aż przestał stawiać opór i przygarnął ją do siebie.

– Jestem aż tak beznadziejny? – kontynuował przerwany wątek.

– Trochę niezręczny... trochę nudny... Można odnieść wrażenie, że bzykasz się z instrukcją obsługi w ręce, jeden, dotykam prawej piersi, dwa, dotykam lewej, trzy podszczypuję, pieszczę, potem...

– Myślę, że zrozumiałem... Ale możesz mi powiedzieć,
co powinienem robić?

– Lekcje bez przechodzenia do czynów?

Skinął głową.

– Zgoda. Więc lekcja numer jeden, bardzo ważna: łechtaczka...

Gwałtownie się zaczerwienił.

– Nie. Nie tak od razu. Nie tutaj... Któregoś wieczoru,
gdy będziemy we dwójkę trochę pijani lub zbyt zmęczeni
nadmiarem pracy... To będzie przerwa!

– Wiesz co, Nico, uwielbiam cię!

Zamówiła dwa kolejne kieliszki różowego Ruinarta
i westchnęła: Mój Boże! Zrujnuję się. Trudno! Nie będę jadła przez tydzień. Albo pójdę do Tesco do kas samoobsługowych, gdzie nie ma kasjerki, która pilnuje. Kupię rybę
i wstukam ziemniaki. Tak samo w przypadku owoców i warzyw, płatków i jajek, zawsze będę wstukiwać ziemniaki! Ta
-dam, etykietki zatańczą walca!

Opracowali plan. Plan bitwy, tak aby wszystko było gotowe na czas. Aby znaleźć fotografa i modelki, które zgodzą się pracować za darmo. Przewóz dekoracji, ubrania,
zdjęcia i stołówka... Będziesz musiała karmić ludzi, którzy
będą dla ciebie pracować za darmo, zauważył Nicholas.
Obcięli zbędne wydatki i Nicholasowi wyszła ta sama kwota co Hortense: sześć tysięcy funtów. Brakowało trzech tysięcy.

– Widzisz? – mruknęła przybita Hortense. – Miałam
rację.

– A ja nie mogę ci pomóc, nie mam bogatych rodziców
ani nadzianego wujka.

– Zamówimy trzecią kolejkę? To wiele już nie zmieni.

Zamówili po raz trzeci po lampce różowego Ruinarta.

– Ten szampan zasługuje na swoją nazwę – zżymała się Hortense.

– Powiedz – szepnął Nicholas, patrząc na listę koniecznych wydatków – czy nie mówiłaś kiedyś, że masz bogatego wujka, który mieszka w Londynie? Wiesz, męża twojej ciotki, która została... no, tego... w lesie...

Hortense uderzyła dłońmi w stół.

– Philippe? Ależ oczywiście! Co mi się stało? Kompletnie wymazałam go z pamięci!

– No właśnie! Wystarczy, że do niego zadzwonisz...

Tak właśnie zrobiła nazajutrz. Umówili się na obiad w Wolseleyu przy Piccadilly Street 160.

Philippe siedział już przy stoliku, gdy pchnęła drzwi do restauracji, w której należało się umawiać na obiad w Londynie. Czekał na nią, czytając gazetę. Obserwowała go z daleka: naprawdę był bardzo przystojnym mężczyzną. Bardzo dobrze ubranym. Ciemnozielona tweedowa marynarka w cienkie niebieskie paski, butelkowozielona koszulka polo Lacoste'a z długimi rękawami i podniesionym kołnierzykiem, sztruksowe kasztanowe spodnie, piękny klasyczny zegarek... Była dumna, że jest jej wujkiem.

Nie przeszła do rzeczy natychmiast. Najpierw zapytała o Alexandre'a, jego szkołę, przyjaciół, hobby. Jak ma się jej kuzyn? Czy podoba mu się w liceum francuskim? Czy lubi nauczycieli? Czy mówi o matce? Czy jest smutny? Nie przejmowała się szczególnie losem Alexandre'a, ale sądziła, że zjedna sobie wuja i przygotuje teren, aby przedstawić swoją prośbę. Rodzice uwielbiają, gdy się ich pyta o latorośle. Puszą się jak kwoki. Są przekonani, że znieśli najpiękniejsze jajko świata, i lubią, gdy im się to mówi. Wcisnęła kit, że bardzo lubi kuzyna, chociaż rzadko go widuje, uważa, że jest przystojny, inteligentny, różni się od innych dzieci, jest dojrzalszy. Philippe słuchał bez słowa. Zastanawiała się, czy to dobry znak. Potem przeczytali kartę, zamówili dwa dania dnia, dwa razy *roast landaise chicken with lyonnaise potatoes*. Philippe spytał, czy ma ochotę na kieliszek wina i co może dla niej zrobić, bo doskonale wie, że nie zadzwoniła do niego, żeby porozmawiać o Alexandrze, gdyż kuzyn specjalnie jej nie obchodzi.

Hortense postanowiła nie reagować na zarzut dotyczący jej obojętności. To oddalało ją od celu. Opowiedziała, jak została wybrana spośród tysięcy kandydatów, aby przygotować wystrój dwóch wystaw u Harrodsa, jak wpadła na pomysł i...

– ...i mam wrażenie, że nie dam rady. Wszystko jest tak skomplikowane, takie drogie! Mam masę pomysłów, ale przeszkodę ciągle stanowią finanse. Z pieniędzmi straszne jest to, że wszystko staje się naraz potwornie ciężkie i kosztowne. Pomysł wydaje się wspaniały, a robi się budżet i okazuje się, że pomysł waży całe tony. Na przykład żeby przewieźć sprzęt, potrzebuję samochodu. Co ja mówię, samochodu! Furgonetki... A poza tym muszę także karmić całe towarzystwo. Poproszę właściciela mieszkania, które wynajmuję, żeby zrobił mi gar potrawki z kurczaka w curry po niższej cenie, bo on ma hinduską restaurację, w zamian za to umieszczę go na liście sponsorów. Ale... to wymaga tyle pracy, takiej organizacji.

– Ile ci brakuje? – spytał Philippe.

– Trzech tysięcy funtów – rzuciła Hortense. – A gdybym zdobyła cztery, byłoby cudownie.

Patrzył na nią z uśmiechem. Dziwna istota, myślał, odważna, z tupetem, ładna... Wie, że jest ładna, ale ma to gdzieś. Posługuje się urodą jak narzędziem. Jak buldożerem, który wyrównuje trudności życiowe. Świadomość własnej urody gubi młode kobiety, czyni je mdłymi, a czasem głupimi. Pławią się w niej, jakby wygrzewały się w słońcu na leżaku. Iris pławiła się przez całe życie. I to ją zgubiło.

Hortense się nie pławi. Na jej twarzy można wyczytać determinację, pewność, brak wątpliwości. Tych cennych wątpliwości, które dodają urodzie drżącą nutę...

Hortense czekała zakłopotana. Nie znosiła sytuacji, w których musiała żebrać. Proszenie jest upokarzające. Czekanie na dobrą wolę drugiej strony. Patrzy na mnie tak, jakby mnie ważył! Da mi lekcję moralności jak matka. Wysiłek, zasługi, upór, piękne wartości duchowe. Znam na pamięć tę gadkę. Nic dziwnego, że dobrze rozumie się z mamą. Ciekawe, na jakim są etapie? Czy spotykają się jeszcze, czy samobiczują wspomnieniem Iris i wybierają wstrzemięźliwość? Tak kretyński sposób myślenia byłby do nich dość podobny. Odgrywają *Cyda* w technikolorze. Honor, sumienie, obowiązek. Miłość starców śmierdzi. Do wszystkiego mieszają uczucia, aż się od nich lepią! Mam ochotę wyjść i zostawić go tu... Dlaczego się zgodziłam?! Co mówił Salvador Dalí o elegancji? „Elegancka kobieta to taka, która tobą gardzi i nie ma włosów pod pachami". A ja klęczę przed nim i błagam go ze strąkami włosów pod każdym ramieniem! Daję mu dwie i pół sekundy na otwarcie ust. W przeciwnym razie wstanę, powiem mu, że to był błąd, straszny błąd, że żałuję i że już nigdy więcej, nigdy więcej nie...

– Nie dam ci tych pieniędzy, Hortense.

– Ach...

– Nie oddam ci tej przysługi. Gdybym powiedział: tak, wszystko stałoby się zbyt łatwe. Trzeba być kimś naprawdę silnym, żeby nie iść na łatwiznę.

Hortense słuchała go zmęczona i przybita. Nie mam głowy, żeby mu odpowiadać. Bla-bla-bla, a teraz będzie mnie pouczał. Mam za swoje! Wiedziałam, że to zły pomysł, bo to nie był mój pomysł. Zawsze należy polegać na sobie, a nie słuchać innych. Nie tylko odmówił, ale w dodatku prawi mi kazania.

– Oszczędź mi tej gadki! – jęknęła, nie patrząc na niego.

– Poza tym – kontynuował Philippe, nie reagując na przejaw złego humoru Hortense – naprawdę myślę, że o ile drobne prezenty podtrzymują przyjaźń, o tyle wielkie ją niszczą... Jeżeli dam ci te pieniądze, będziesz czuła się w obowiązku być dla mnie miła, rozmawiać ze mną o Alexandrze, o którego dbasz tyle co o zeszłoroczny śnieg, nawet widywać się z nim, i tak zacznie się nieporozumienie. A jeżeli nic nie będziesz mi zawdzięczać, nie będziesz się czuła zmuszona do udawania i pozostaniesz małą zarazą, którą bardzo lubię!

Hortense trzymała się prosto, starała się odzyskać dumę, żeby nie stracić twarzy.

– Rozumiem, świetnie rozumiem... Z pewnością masz rację. Ale tak bardzo potrzebuję tych pieniędzy. I nie wiem, do kogo się zwrócić. Nie znam żadnego miliardera! A ty... masz forsy jak lodu. Dlaczego wszystko jest takie proste, gdy jest się starym, a takie trudne, gdy jest się młodym? Powinno być odwrotnie! Powinno się robić wszystko, żeby wspierać młodych.

– Nie możesz się starać o pożyczkę w szkole? Albo w banku? Masz dobry projekt.

– Nie mam czasu. Rozważałam wszystkie możliwości, nie znajduję rozwiązania.

– Nie ma problemów, których nie da się rozwiązać. Coś takiego nie istnieje.

– Łatwo ci mówić! – zżymała się Hortense, uznawszy, że pouczanie trwa za długo.

Popatrzyła na pieczonego kurczaka i pomyślała o tłustym jeleniu, który właśnie się jej wymyka. Na pewno myśli o Iris. Kochała go tak, jak się kocha czek in blanco. To niespecjalnie dowartościowuje faceta.

– Myślisz o Iris, kiedy wciskasz mi ten kit?

– To nie jest kit.

– Ale ja nie jestem taka jak ona! Ciężko pracuję! I nikogo o nic nie proszę. Z wyjątkiem mamy, z tym że tylko o niezbędne minimum...

– Iris też na początku ciężko pracowała. W Columbii była jedną z wybijających się studentek w swojej grupie, a potem... wszystko stało się zbyt proste. Uwierzyła, że wystarczy się uśmiechnąć i zatrzepotać rzęsami. Przestała pracować, mieć pomysły. Zaczęła manipulować, kombinować... W końcu oszukiwała wszystkich, nawet samą siebie! Gdy miała dwadzieścia lat, była taka jak ty, a potem...

Jak to się szybko zmienia! pomyślała Hortense. Gdy przyszłam, był pełen energii, a nagle wydaje się smutny. Wystarczyło wspomnieć o Iris, żeby jego wspaniała pewność siebie gdzieś się ulotniła, a on po omacku wyruszył w przeszłość.

– Byłem głównym winowajcą. Pomogłem jej ułożyć sobie życie, podtrzymywałem jej złudzenia. Umieściłem ją na piedestale! Przyjmowałem wszystkie jej kłamstwa. Sądziłem, że ją kocham... A jedynie ją zniszczyłem. Mogła być wspaniałą osobą. – Wymruczał, jakby mówił do siebie: Płocha, taka płocha...

Hortense sprzeciwiła się i zaprotestowała:

– To przeszłość. Nie interesuje mnie. Interesuje mnie teraźniejszość. Chwila obecna. Co będę robić za godzinę. Do kogo mam się zwrócić, jak z tego wyjść... Mam to wszystko gdzieś! To nie mój problem. Każdy odpowiada za własne życie, Iris zmarnowała swoją szansę, tym gorzej dla niej, ale ja muszę zdobyć trzy tysiące funtów albo podetnę sobie żyły!

Philippe słuchając jej, pomyślał, że ma rację. Nie powinna płacić za lekkomyślność ciotki. Jest inna, ale nie chcę być mimowolnym sprawcą jej nieszczęścia.

Kelner spytał, czy mają ochotę na deser. Hortense nie usłyszała go. Nie tknęła pieczonego kurczaka. Na widok jej zniechęconej miny Philippe przestał myśleć o Iris i wrócił do teraźniejszości:

– Wiesz, co powinnaś zrobić...

Hortense wpatrywała się w niego ponuro.

– Przygotujesz mi krótką prezentację projektu. Dobrze zbudowaną: punkt a, punkt b, punkt c... Wspomnij o Saint--Martins, opowiedz o swoich doświadczeniach, jak zostałaś wybrana spośród setek kandydatów, jak wpadłaś na pomysł, jak zamierzasz pracować, jaki masz budżet, a ja skontaktuję cię z finansistą, który ewentualnie udzieli ci pożyczki lub przekaże darowiznę, to będzie zależeć od tego, jak zręcznie się sprzedasz. Twój los jest w twoich rękach, a nie w moich, to ekscytujące, nie?

Hortense skinęła głową. Na jej wargi powrócił blady uśmiech. Potem prawdziwy uśmiech dyni z Halloween. Odprężyła się, przeciągnęła. Rzucone wyzwanie sprawiło, że odżyła. Szukała sztućców, żeby zaatakować pieczonego kurczaka *à la landaise* i zorientowała się, że kelner zabrał i sztućce, i talerz. Wyglądała na zaskoczoną, wzruszyła ramionami, chwyciła chrupiącą bułeczkę, którą energicznie ugryzła. Była głodna, a teraz miała pewność, że dostanie brakujące trzy tysiące funtów.

– Przepraszam za to, co powiedziałam o Iris, może wyraziłam się zbyt brutalnie...

– Nigdy więcej ściemy między nami, zgoda?

– OK... żadnej ściemy!

– Będziesz tylko musiała znaleźć argument, który schlebi potencjalnemu mecenasowi, sprawi, że uwierzy, iż dzięki tobie wejdzie do świata sztuki. Ludzie, którzy mają dużo pieniędzy, lubią myśleć, że mają też dobry gust i wyczucie artystyczne. Przedstaw te witryny raczej jako wystawę niż prezentację mody.

– Wiem – odparła Hortense. – Obmyślałam już argumentację dla Wyrafinowanego Jelenia i zamierzałam ci ją zaserwować. Sprzedam mu to samo.

Uśmiechnął się do niej rozbawiony.

– Bo widzisz, Philippe, ja nie jestem lekkomyślna ani płocha. Płocha pozornie, a dynamiczna w środku! Nic mnie nie zatrzyma.

– Miło mi to słyszeć.

Poszła do Nicholasa do Liberty. Zaaferowany w biurze wydał jej się przystojniejszy, ważniejszy, bardziej ujmujący. Niemal tajemniczy. Zatrzymała się zdziwiona i spojrzała na niego czule.

Był tak podniecony, że tego nie zauważył: znalazł fotografa, który zgodził się pracować za darmo.

– Jest aż tak beznadziejny? – spytała Hortense.

– Nie, chce sobie zrobić portfolio. Ponieważ jest Chińczykiem, ma olbrzymie problemy ze zdobyciem wiz i nie może pojechać do Mediolanu czy Paryża, a to mu utrudnia życie. Świadomość, że jego nazwisko pojawi się w Harrodsie, że będzie pracował dla Francuzki, w dodatku studentki Saint-Martins, stanowi dla niego silną motywację, więc bądź dla niego miła.

– Nie pogryzę go! Można by pomyśleć, że jestem potworem!

– Czeka na korytarzu.

Hortense podskoczyła.

– To ten włochaty gnom, który ma metr dziesięć, jeśli stanie na drabinie?

– Nigdy więcej nie chcę czegoś podobnego słyszeć! To bardzo dobry fotograf, zrobi nam bardzo piękne zdjęcia i nie weźmie za to ani grosza. Więc bądź dla niego uprzejma.

Hortense spojrzała na niego podejrzliwie.

– Na pewno jest dobry?

Nicholas westchnął.

– Hortense, czy sądzisz, że naprawdę masz czas, aby kwestionować każdą moją decyzję? Nie. Więc zaufaj mi.

Zaprosił Zhao Lu, który bardzo serdecznie się z nimi przywitał, z zachwytem patrzył na Hortense, pożerając wzrokiem tak piękną panienkę, która patrzyła na niego z góry, i bez przerwy powtarzał *it's wonderful, it's wonderful* po każdym wypowiedzianym przez nią zdaniu.

Tego wieczoru Hortense wróciła do domu wykończona, ale szczęśliwa. Dzień był udany, bim, Philippe przedstawi jej nadzianego jelenia, bam, znalazła fotografa, bom, wybrali dwie wysokie, eleganckie modelki, które zgodziły się pracować dla chwały. Bim-bam-bom, projekt nabierał kształtu.

Weszła do salonu, gdzie Pryszczaty Jean siedział sam w ciemności. Oglądał telewizję z nogami na ławie. A raczej, stwierdziła Hortense, drzemał przed włączonym telewizorem. Ten chłopak cały czas przysypia. Co za rozlazłość! pomyślała, patrząc na niego.

Na wieść o wyprowadzce Sama dali ogłoszenie na gumtree.com. I zaczęło się oglądanie mieszkania. Przyszła para lesbijek – Hello, jesteśmy dwoma fajnymi lesbijkami, szukamy przyjemnego mieszkania, czy przeszkadza wam to, że jesteśmy lesbijkami? Nie? To świetnie. Jesteśmy też trochę nudystkami. Lubimy chodzić nago i bardzo lubimy też, jak mężczyzna patrzy na nas, gdy my... no tego... nie szokuje was to? Zwłaszcza jeżeli jest Hindusem. Nikt z was tu nie jest Hindusem?

Studentka prawa w sandałach i długiej plisowanej spódnicy, która obeszła cały dom, powtarzając: Ależ tu brudno! Ale brudno! Wyjmowała z kieszeni chusteczkę i wycierała klamki, zanim ich dotknęła.

Albo kolejny, który nie przyszedł, lecz odpowiedział na ogłoszenie w Internecie. „Cieszę się, że w pokoju jest duża szafa, choć nie będę jej potrzebował, bo jestem stuprocentowym gejem. Uwielbiam modę i wyrzucam ubrania, kiedy je raz włożę. Nie piszecie w ogłoszeniu, czy też jesteście gejami czy nie, bo jeżeli któryś z was jest gejem, to bardzo by mi to odpowiadało. Mam dwadzieścia pięć lat, pochodzę z Mali, mieszkam od czterech lat w Londynie. Właśnie zerwałem ze swoim chłopakiem. Czy byłby to dla was problem, gdybym przyprowadzał chłopców do domu? Muszę się trochę zabawić w łóżku, żeby zapomnieć. Mam bardzo piękne różowe płótna z mojego kraju, które moglibyśmy powiesić w salonie. Mam także kolekcję czasopism pornograficznych, które z przyjemnością wam pożyczę. Odpowiedzcie mi, czy to was interesuje, chłopaki!"

Peter miał dziwną minę. Przecierał okrągłe okulary i oświadczył, że to wcale nie jest śmieszne. Odrzucili także kandydatów, którzy chcieli się wprowadzić ze szczurem, łasicą, pytonem lub papugą, wegetarian, dziewczynę w burce i kolejną panienkę, która jadła wyłącznie curry i nie myła się.

Kiedy zjawił się Pryszczaty Jean, natychmiast go przyjęli. Ratował ich przed lunatykami, ekshibicjonistkami i napalonym Malijczykiem.

Hortense uznała, że nie ma ochoty go budzić ani z nim rozmawiać. Pobiegła do pokoju zastanowić się, co zostało jej do zrobienia.

Musiała przygotować opis projektu dla Philippe'a.

*

Zgodnie z aktem urodzenia Pryszczaty Jean nazywał się Jean Martin.

Jean Martin nie spał. Jean Martin oglądał telewizję. Kiedy Hortense weszła, zamknął oczy i otworzył je, gdy tylko odwróciła się do niego plecami.

Zaraza.

Dopadnie ją. Nie wiedział jeszcze jak, ale ta dziewczyna słono zapłaci.

Po pierwsze, za swoją złośliwość, a po drugie, za tych wszystkich, którzy nazywali go chodzącym wrzodem lub pączkiem. Piekło zaczęło się, gdy miał czternaście lat: pojawił się pierwszy ropny pryszcz. Najpierw lekka swędząca opuchlizna, potem czerwona plama, która rozszerza się, wzbiera, pojawia się biały, wypełniony ropą czubek i ropa wypływa, zakażając pozostałą część twarzy i zamieniając ją w łańcuch zakaźnych kraterów. Póki nie skończył czternastu lat, kobiety z rodziny całowały go, głaskały, okrywały pieszczotami. Kuzynka, dziewczynka z sąsiedztwa i koleżanki ze szkoły spoglądały na niego ukradkiem. Nie z uwagi na jego urodę, był wręcz trochę nieforemny, ale jako na jedynaka państwa Martin, producentów nugatu w Montélimar, właścicieli rodzinnej firmy przekazywanej z ojca na syna od 1773 roku, kiedy to nugat stał się symbolem miasta, specjałem cenionym na całym świecie. Montélimar, miasto nugatu, trzy tysiące ton produkowanych rocznie. Jean Martin przejmie interes, jak wcześniej przejął go ojciec, dziadek, pradziadek, będzie jeździł mercedesem, mieszkał w pięknym domu i poślubi córkę notabli. Może w grę wchodzi alians z inną rodziną producentów nugatu? Jean Martin stanowił znakomitą partię.

Potem pękł pierwszy wrzód...

Nikt nigdy nie patrzył mu już prosto w twarz, on zaś nauczył się odwracać wzrok. Matka spoglądała na niego ze współczuciem i mamrotała: Mój biedny chłopiec, biedny chłopiec, gdy myślała, że nie słyszy. W rodzinie nie znano dermatologów. Mówiono, że to przejdzie, że to kwestia wieku, że po pierwszej dziewczynie – ojciec śmiał się z kolegami, trącając ich łokciem – to mu przejdzie, pryszcze znikną jak za dotknięciem magicznej różdżki. Ale żadna dziewczyna nie pozwoli się pocałować zadżumionemu, zżymał się wewnętrznie Jean Martin. Zamykał się w łazience, stawał przed lustrem, śledził drogę żółtej lawy, linie znaczone czerwonymi kropkami i rozpaczał. Kiedy za bardzo go swędziało, drapał się, aż rozdrapywał pryszcze do krwi i robiło mu się lepiej, lecz na skórze pozostawały rany, po których blizny nie schodziły.

Więc energicznie się masturbował... Na próżno.

Zaczął czytać wszystko, co udało mu się znaleźć na temat trądziku. Przykładał sobie do twarzy świński łeb, zieloną glinkę, wodę z Morza Martwego, nadtlenek benzoilu, maści z czarnego ołowiu, spirytus, połknął Roaccutane, od czego się rozchorował...

Znowu zaczął się energicznie masturbować.

Wszyscy chłopcy oprócz niego mieli dziewczyny.

Wszyscy chłopcy oprócz niego chodzili na imprezy.

Wszyscy chłopcy oprócz niego pokazywali nagie torsy.

Wszyscy chłopcy oprócz niego golili się, a potem spryskiwali wodą toaletową. Woda po goleniu paliła mu skórę.

Puchł, czerwieniał, płonął, pokrywał się strupami, strupy złuszczały się i wszystko zaczynało się od nowa. Miał ropiejące rany na twarzy, torsie, plecach. Przestał wychodzić z domu.

Skoncentrował się na nauce. Zdał maturę z wyróżnieniem. Przez rok chodził do prestiżowej szkoły, aby zdawać do paryskiej Wyższej Szkoły Handlu. Rodzice, zachwyceni sukcesami syna w szkole, podarowali mu motor, toteż często jeździł na złamanie karku z twarzą na wietrze, aby osuszyć pryszcze.

Wieczorem oglądał telewizję z babcią, która była wielbicielką klasyki kina nadawanej przez France 3. Oczarował go przegląd współczesnego kina angielskiego. Wreszcie na ekranie widział chłopców takich jak on: paskudnych, czerwonych, pokrytych pryszczami. Aktorzy angielscy w niczym nie przypominali aktorów amerykańskich o jędrnej różowej cerze, byli podobni do niego, Jeana Martina. Postanowił pojechać na studia do Anglii. Rodzice się oburzali: powinien zostać w Montélimar i przejąć fabrykę nugatu. Był jedynakiem, przypominano mu w czasie każdego posiłku. Powinien nauczyć się zawodu.

Został przyjęty do prestiżowej LSE, London School of Economics, i opuścił dom, trzaskając drzwiami. Bez grosza. Jego życie miało się zmienić.

I jego życie się zmieniło. Przynajmniej sądził, że się zmieniło. Uległo poprawie. Patrzono mu prosto w twarz, rozmawiano z nim normalnie, klepano go po plecach. Nauczył się uśmiechać, pokazując nierówne zęby. Zaproszono go nawet do pubu. Pożyczano od niego notatki, trochę pieniędzy, kartę na metro. Podbierano mu batoniki nugatu, które babcia posyłała po kryjomu. Nie mówił nie, był szczęśliwy, miał przyjaciół. Ale ciągle nie miał przyjaciółek. Gdy tylko się zbliżał, żeby pocałować dziewczynę, uciekała, wykręcała się, mówiła: Nie, to niemożliwe, mam chłopaka, jest zazdrosny...

Znowu skoncentrował się na nauce. Batonikach nugatowych i Scarlett Johansson. Kochał się w niej na zabój. Była piękną blondynką o delikatnej różowej cerze, pięknym promiennym uśmiechu. Kiedyś będę bogaty, myślał, będę się leczył u sławnego dermatologa i ona mnie poślubi. Zasypiał, ssąc batonik nugatowy. Zamęczał się nauką i dorywczymi pracami, aby opłacić studia, czynsz, jedzenie, telefon, gaz i prąd. Nie miał już czasu myśleć o problemach ze skórą i nadal energicznie się masturbował.

Aż do tego wieczoru, kiedy poznał Hortense. Na przyjęciu u państwa Garson wydawanym przez ich córkę Sybil. Był kelnerem i stał za barem, gdy Hortense podeszła do bufetu i wylała zawartość butelek szampana do wiaderka na lód. Zaprotestował, a ona zabiła go obrzydzeniem. Zwracała się do niego tak, jak on nie zwróciłby się do psa. Każde zdanie było jak cios w zęby.

Bił się już z chłopakami w Montélimar, przyjmował ciosy, wredne ciosy, ale żaden nie bolał go tak, jak słowa wypowiedziane przez Hortense. Słowa podkreślone przez pełne pogardy spojrzenie, które prześlizgiwało się po nim jak po śmieciu, pozbawiało go statusu istoty ludzkiej. Wpatrywał się w nią, jej obraz wrył mu się w pamięć i Jean Martin obiecał sobie, że nigdy jej nie zapomni. Jeżeli pewnego dnia spotka tę Zarazę, zemści się na niej. Hrabia Monte Christo będzie przy nim niemowlakiem. Nie dotknie jej fizycznie, co to, to nie! Nie chciał przez nią trafić do więzienia, ale doprowadzi ją do ruiny, zniszczy, moralnie przerobi na papkę.

A jednak... Gdy zobaczył ją na tym przyjęciu, przy pierwszej wylewanej butelce szampana, nie wierzył własnym oczom: ta dziewczyna była sobowtórem Scarlett Johansson. Jego Scarlett. Obserwował ją w osłupieniu. Gotów nie reagować. Pozwolić jej opróżnić wszystkie butelki szampana. Scarlett we własnej osobie z miedzianymi włosami, zielonymi, lekko skośnymi oczami i uśmiechem, który zabija koty. Taki sam nos buntowniczki, takie same lekko nabrzmiałe wargi wyczekujące pocałunku, taka sama skóra wysyłająca promienie światła, taka sama królewska postawa. Scarlett...

Ubliżyła mu. Jego marzenie mu ubliżyło.

Gdy pierwszy raz odwiedził dom w Angel, była w Paryżu. W końcu wybrali jego. Dobili targu, *high five, low five*, i sprawa była załatwiona. Siedemset pięćdziesiąt funtów za pokój. Plus opłaty.

Pewnego wieczoru, gdy wrócił z pracy – codziennie wyprowadzał dwa urocze psy rasy jack russel, które lizały go po twarzy za każdym razem, kiedy przychodził zabrać je do parku – znalazł się twarzą w twarz z Hortense. O mało nie zemdlał.

Zaraza!

Wydawało się, że go nie poznała.

A więc spotkał swoje przeznaczenie. Jak hrabia Monte Christo. I jak Monte Christo spokojnie obmyślał zemstę. Ta dziewczyna z pewnością ma jakiś słaby punkt. Tajemne miejsce, w które Jean Martin wbije sztylet, aby ją zabić. Zostawi ją wykrwawioną, oszpeconą przez smutek i dopiero wtedy zdejmie maskę i plunie jej w twarz.

Aż do tego wymarzonego dnia, dzięki któremu jego mdłe życie codzienne na nowo odzyskiwało smak, powinien zachować incognito.

Najpierw zapuścił sobie wąsy. Oświadczył, że pochodzi z Awinionu, aby nie zdradził go nugat z Montélimar, i postanowił nie wypowiadać ani słowa po francusku, by ukryć swój akcent. Będzie czekał tak długo, jak długo będzie trzeba. Mówi się, że zemsta to danie, które je się na zimno. Zamrozi ją i później zje jak lody.

*

Gary nie poznawał własnego życia. Przypominało długi latawiec z różnokolorowym ogonem, który wznosi się wysoko, bardzo wysoko na niebie, a on za nim biegnie. Jakby wszystko, co kiedyś się liczyło, przestało się liczyć. Lub schodziło na dalszy plan. Stał na skraju drogi z pustymi rękami, niepokojem w sercu, po raz pierwszy od długiego czasu dopadał go strach, ogromny lęk, który sprawiał, że ciężko oddychał, drżał, niemal wybuchał płaczem.

Kiedyś poznał, co to strach. Gdy matka tuliła go mocno do siebie i mruczała, że go kocha, kocha ponad wszystko tonem osoby, która czuje, że zagraża jej niebezpieczeństwo, i mówi cichutko, by nikt nie usłyszał. Dodawała, że wie, iż odgadł tajemnicę pani w królewskiej koronie, którą widuje na monetach i banknotach, że w żadnym razie nie powinien o tym mówić nigdy, nigdy, że tajemnic nie należy zdradzać nikomu, zwłaszcza o tej nie wolno nigdy wspominać. Nawet słowa, które ją wyrażały, były niebezpieczne, matka kładła więc palec na wargach, powtarzając: Niebezpieczne. Żyli zamknięci we dwójkę w jednej tajemnicy, w jednym niebezpieczeństwie. Ale nade wszystko, powtarzała, nade wszystko powinien wiedzieć, że zawsze go będzie kochać, chronić ze wszystkich sił, że nigdy nie powinien o tym zapominać. – Nigdy – i przytulała go jeszcze mocniej, a on jeszcze bardziej się bał. Drżał, drżał na całym ciele, a ona obejmowała go, by oddalić niebezpieczeństwo, przyciągała do siebie i tworzyli jedno wobec strachu. Nie wiedział, czego się boi, lecz czuł, jak niebezpieczeństwo spowija go niczym białe prześcieradło, pod którym się dusi. I łzy napływały mu do oczu. Emocje były zbyt silne, aby je kontrolować, bo nie mógł ich określić, nazwać, aby się cofnęły... Wielkie białe prześcieradło przykrywało wszystko i pętało ich, więźniów ciszy.

Poznał, co to strach, także wtedy, gdy szła spotkać się z mężczyzną w czerni, wszystko jedno gdzie, wszystko jedno kiedy, w połowie zdania, w środku ciepłej kąpieli, białego jogurtu z cukrem, którym karmiła go łyżeczką. Wystarczyło, że zadzwonił telefon, odbierała i zmieniał jej się głos; była zmieszana, głos jej się łamał, mówiła: Tak, tak, ubierała się w mgnieniu oka, otulała go wielkim płaszczem i wychodzili, trzaskając drzwiami, a ona nieraz zapominała kluczy. Docierali do hotelu, często luksusowego, z portierem przy wejściu, boyem na ławce, boyem koło windy, boyem w każdym kącie, zostawiała go w recepcji, nie patrząc na pana w mundurze siedzącego za wielkim biurkiem, który przypatrywał się jej uważnie i nie wyglądał na zadowolonego, dawała Gary'emu prospekt leżący na stole i mówiła: Masz! Ucz się czytać albo pooglądaj obrazki, zaraz wracam, nie ruszaj się stąd, dobrze? Pod żadnym pozorem się nie ruszaj, zgoda? Oddalała się jak złodziejka, wracała z oczami pełnymi łez i zapewniała, jakby mówiła do siebie, jakby rozmawiała z własnym sumieniem, zapewniała: Kocham cię, wiesz, że kocham cię do szaleństwa, tylko... i hop! Już jej nie było. Pan w mundurze śledził ją wzrokiem, potrząsając głową, spoglądał na niego z litością, a on siedział i czekał. Bez ruchu. Ze strachem, że matka nigdy nie wróci, ściskającym mu żołądek.

Wracała. Czerwona, zmęczona, zawstydzona. Obsypywała go pocałunkami, brała w ramiona i jechali do domu. Nieraz kończyła karmić go białym słodkim jogurtem, kiedy indziej puszczała ciepłą wodę do wanny i nastawiała smutną muzykę lub kładła go, siadała obok i przytulona do niego zasypiała w ubraniu.

Był coraz starszy, ale historia dalej się powtarzała. Siedzieli we dwójkę przed telewizorem, oglądali jakiś program z tacą na kolanach, śmiali się, dla zabawy odpowiadali na pytania, śpiewali piosenki, dzwonił telefon, rzucała mu płaszcz, przemierzali Londyn i lądowali w jakimś hotelu. Sadzała go na dużej kanapie, dawała instrukcje, kiwał głową i czekał, aż sobie pójdzie. Nie zostawał już w środku i nie czytał idiotycznych prospektów o słonecznych wyspach. Szedł do wiewiórek w parku. Koło hotelu zawsze był park. Siadał na trawie. Pozwalał im podejść, karmił je ciasteczkami, które trzymał w kieszeni płaszcza. Nie były płochliwe. Przychodziły jeść mu z ręki. Albo brały kawałeczek ciastka i uciekały, podskakując. To były krótkie, dobrze obliczone, bardzo wysokie i zdecydowane skoki, wiewiórki patrzyły w prawo i w lewo, aby się upewnić, że żaden rywal nie zabierze im kawałka ciastka. Wybuchał śmiechem, patrząc, jak się oddalają, wspinają po szarych pniach niczym zwinni Indianie i znikają w gałęziach. Szybko tracił je z oczu, wtapiały się w korę drzew. Wtedy je naśladował, skakał w dużym płaszczu, podskakiwał z zakrzywionymi rękami i rozglądał się na wszystkie strony, jakby ktoś miał go zaatakować. Aby zapomnieć o strachu ściskającym żołądek. Zapomnieć o pytaniu, które jak szalone kłębiło mu się w głowie: A jeżeli już nigdy nie wróci? Wtedy szybko, bardzo szybko biegł do hotelu i dalej czytał idiotyczny prospekt.

Zawsze wracała. Ale on zawsze się bał.

Pewnego dnia mężczyzna w czerni przestał dzwonić. Albo wyjechali do Francji. Sam już nie pamiętał, w jakiej kolejności to się odbyło. Telefon przestał dzwonić. Skończyło się narzucanie płaszcza, pośpieszne wyjścia, otwarty biały słodzony jogurt na stole. Była w domu dzień i noc. Piekła ciasta, gotowała rosoły, vol-au-vent, przygotowywała paszteciki, keksy, tarty owocowe. Rozmaite potrawy, które sprzedawała firmom cateringowym na przyjęcia. Mówiła, że w ten sposób zarabia na życie. Wiedział dobrze, że kłamie. Zawsze trochę naginała prawdę.

Chodził we Francji do szkoły. Mówił po francusku. Zapomniał o nagłych telefonach, zirytowanych portierach, głupich prospektach, białych słodzonych jogurtach. Podobało mu się życie we Francji. Wydawało się, że matce też się podoba. Ładnie pachniała, była różowa, wróciła do gry na fortepianie w szkole w Puteaux. Spała, nie krzycząc przez sen. Życie się uspokoiło. Przypominało życie innych ludzi.

Brakowało mu tylko wiewiórek...

A teraz znowu zaczął się bać.

Odkąd Hortense pośpiesznie spakowała walizkę, chwyciła płaszcz i wyjechała, nie prosząc go o nic. Nie ruszaj się, czekaj tu na mnie, czytaj prospekt lub oglądaj obrazki. Spędziliśmy wspaniałą noc, to prawda, ale mam co innego do roboty. Czekaj tu na mnie i nie ruszaj się. Był sparaliżowany. Nie mógł się ruszyć. Czuł w sobie wielką, groźną pustkę, która miała go pochłonąć.

I nic jej nie wypełniało.

Odkąd Hortense wyjechała...

Brutalnie przerywając noc, która ledwie się zaczęła. Ich długą, szaloną noc... Liczyła, że będzie na nią grzecznie czekał, ćwicząc gamy na białym fortepianie. Kocham cię, kocham, ale mam coś ważniejszego do roboty.

Patrzył, jak kolorowy ogon latawca oddala się na niebie. Zgubił kołowrotek i nie mógł już ściągnąć na ziemię kolorów: czerwonego, niebieskiego, żółtego, zielonego, fioletowego, żeby na nowo zabarwić nimi swoje życie.

Jego życie stało się białe i puste. Nie wiedział już nic. Nie był już niczego pewien. Nie wiedział, czy ma ochotę grać na fortepianie. Zastanawiał się, czy to nie był sen. Czy nie śnił tylko o tym, że będzie pianistą. Zastanawiał się też, czy przypadkiem nie chciał zostać pianistą, żeby sprawić przyjemność Oliverowi. Żeby wymyślić sobie ojca, którego – musiał to przyznać – strasznie mu brakowało. Nigdy nie wyobrażał sobie, że mógłby potrzebować ojca, odkrył to nagle pewnego dnia pod prysznicem, gdy Simon zapytał: Masz się za Chrystusa czy co? Masz ojca jak każdy.

I z bólem poczuł, że potrzebuje ojca. Jak każdy.

Zadzwonił do Olivera.

Usłyszał głos automatycznej sekretarki. „Tu mieszkanie Olivera Boone'a, nie ma mnie. Proszę zostawić wiadomość. W sprawach zawodowych proszę o kontakt z moim agentem pod numerem...".

Odłożył słuchawkę.

Wszystko mu się mieszało. Cała ta pustka w głowie. To wszystko, o czym nigdy nie chciał myśleć. Czy na tym polega bycie dorosłym? Na tym polega wyrastanie z dzieciństwa, dojrzewanie? Że nie wie się już o sobie nic?

Że ma się w głowie tylko pustkę?

Pomyślał sobie wtedy, że z pewnością się boi, ale nie okaże się tchórzem. W przeszłości bywał tchórzem. Tchórzem, człowiekiem nonszalanckim lub beztroskim, sam dobrze nie wiedział. Przypomniał sobie nazwisko Mrs Howell, pani, u której mieszkała jego matka, kiedy studiowała i spotkała jego ojca. Przypomniał sobie, że mieszkała na starym mieście w Edynburgu.

Nigdy już nie będzie tchórzem ani człowiekiem nonszalanckim czy beztroskim.

Dowiedział się o rozkład pociągów do Edynburga, kupił bilet w jedną stronę, nie wiedział, czy wróci z tej podróży, i pewnego dnia wczesnym popołudniem wyjechał z dworca King's Cross. Cztery i pół godziny podróży. Cztery i pół godziny na przygotowanie się do tego, by już więcej nie być tchórzem.

W pociągu przypomniał sobie, co matka mówiła o Mrs Howell. W sumie niewiele. Czterdziestoletnia, gdy się urodził, trochę piła, nie miała ani męża ani dzieci, przygotowywała dla niego butelki z mlekiem, śpiewała mu piosenki, a jej matka i babka służyły w zamku jego ojca. Sprawdził w Internecie. Znalazł nazwisko, telefon i adres Mrs Howell. Johnston Terrace 17. Zadzwonił, zapytał, czy są wolne pokoje. Czekał, wstrzymując oddech, z bijącym sercem. Nie, odpowiedziała kobieta drżącym głosem, wszystkie pokoje są zajęte. Ach, westchnął rozczarowany. A potem bardzo szybko, jednym tchem, obawiając się, że nie skończy zdania, zapytał:

– Czy rozmawiam z Mrs Howell?

– Tak, mój chłopcze. Czy my się znamy?

– Nazywam się Gary Ward. Jestem synem Shirley Ward i Duncana McCalluma...

Po raz pierwszy wymawiał nazwisko ojca. Po raz pierwszy łączył nazwisko ojca z nazwiskiem matki i zaschło mu od tego w gardle.

– Proszę pani? Słyszy mnie pani? – spytał zachrypniętym głosem.

– Tak. Ale... Czy to naprawdę ty?

– Tak, Mrs Howell, mam teraz dwadzieścia lat. I chciałbym zobaczyć mojego...

416

– Przyjeżdżaj szybko, bardzo szybko.

I odłożyła słuchawkę.

Pociąg jechał przez ciągnące się po horyzont pola, owce przypominały białe plamy na zielonych pastwiskach. Białe nieruchome plamki. Wydawało mu się, że pociąg nigdy nie wyjedzie z zieleni poznaczonej białymi nieruchomymi plamami. Potem wagony sunęły wzdłuż brzegu morza. Na pięknym dworcu o metalowej konstrukcji odczytał nazwę miejscowości, Durham, a gdy ruszyli, zobaczył morze, wysokie, strome białe brzegi, kręte dróżki. Zamki z cegły z wąskimi otworami strzelniczymi, wysokimi murami i zamki z szarego kamienia z wielkimi oknami. Zastanawiał się, jak wygląda zamek jego ojca.

Bo ma ojca...

Jak wszyscy chłopcy. Ma ojca. Czy to nie wspaniałe?

Jak będzie się do niego zwracał? Ojcze, tato, Duncan, proszę pana? A może nie będzie się wcale do niego zwracał...

Dlaczego Mrs Howell powiedziała, żeby przyjeżdżał szybko, bardzo szybko?

Co pomyślała jego matka, odsłuchując wiadomość, którą zostawił jej na komórce? „Wyjeżdżam do Szkocji, do Edynburga, spotkać się z Mrs Howell, chcę poznać mojego ojca". Specjalnie zadzwonił wtedy, gdy nie mogła odebrać telefonu, bo była w jakiejś szkole, w której uczyła dzieci, jak „dobrze" się odżywiać. Wykazał się tchórzostwem, wiedział o tym, nie miał jednak ochoty tłumaczyć jej, dlaczego chce odnaleźć ojca. Zadałaby mu zbyt wiele pytań. Należała do kobiet, które wszystko analizują, chcą zrozumieć, choć nie kieruje nimi niezdrowa ciekawość, lecz miłość do duszy ludzkiej. Mówiła, że zachwycają ją mechanizmy duszy ludzkiej. Ale nieraz to mu ciążyło. Nieraz wolałby mieć lekkomyślną, egoistyczną i powierzchowną matkę. Poza tym, rozważał, próbując liczyć białe owce, żeby zachować porządek myśli, nigdy nie miałby odwagi powiedzieć, co myśli naprawdę: potrzebuję ojca, faceta z jajami i fiutem, który pije piwo, klnie, burczy mu w brzuchu, ogląda w telewizji rugby, drapie się po owłosionym torsie i śmieje się z głupich kawałów. Mam dość życia w otoczeniu kobiet, wokół mnie jest za dużo kobiet. A poza tym ciebie jest za dużo, przez cały czas, mam dość tworzenia pary z matką, kompletnie dość... Chcę sierści i fiuta. I kufel piwa.

Niełatwo to powiedzieć...

Włożył stos swetrów, slipów, podkoszulków, ciepłych skarpet i białą koszulę do torby podróżnej. Szampon, szczoteczkę do zębów. I iPoda. I krawat... gdyby chciał mnie zabrać do eleganckiej restauracji. Ale czy mam krawat? A tak! Ten, który wkładam, gdy idę do Pani Babci.

Czy „mój ojciec" wie, że jestem wnukiem królowej?

Wpisał McCallum na stronie genealogicznej genealogy/scotland.com i przeczytał historię rodziny McCallumów. Mroczną historię. Nawet bardzo mroczną. Zamek został zbudowany na ziemiach Chrichton niedaleko Edynburga. W XVI wieku. Mówiono, że jest przeklęty. Ponura historia mnicha, który zapukał do wrót zamku w burzowy wieczór, prosząc o gościnę i obiecując w zamian wieczny odpoczynek duszom panów zamku. Angus McCallum zabił go jednym ciosem sztyletu: mnich przeszkodził mu w trakcie popijawy po trudach polowania.

– A o odpoczynku ciała słyszałeś? – rzucił, patrząc, jak pada martwy.

Przed śmiercią mnich przeklął zamek i jego właścicieli na pięćset lat: „Po McCallumach zostaną jedynie ruiny i popiół, trupy i ciała wiszące na drzewach, wykolejeńcy i bękarty". Legenda nie określała jasno, kiedy wygasa przekleństwo. Powtarzano uparcie, że od tej nieszczęsnej nocy duch mnicha w czarnym kapturze błąka się pod sklepieniami korytarzy i siada za stołem, przesuwając półmiski i nakrycia, gasząc świece i śmiejąc się ponuro.

Dewiza McCallumów brzmiała: „Zmieniam się dopiero na łożu śmierci".

Opisywano ich jako ludzi gwałtownych, podejrzliwych, skłonnych do bitki, leniwych i aroganckich. Historia zabójstwa Camerona Frasera, kuzyna mieszkającego w sąsiednim zamku, była tego budującym przykładem. Właściciele ziemscy z całego hrabstwa mieli zwyczaj spotykać się raz w miesiącu, aby omówić sprawy dotyczące lasów, ziem, chłopów. Były to mocno zakrapiane wieczory w towarzystwie dziewek z pobliskiej tawerny. Pewnego wieczoru w styczniu 1675 roku tradycyjne spotkanie przebiegało pod znakiem jowialnych uścisków, alkoholu, rozsznurowanych gorsetów dziewcząt, gdy Cameron Fraser poruszył kwestię kłusowników. Opowiadał się za ich surowym traktowaniem. Murray McCallum oświadczył, że najlepszy sposób na rozwiązanie problemu to ignorować ich. Cóż znaczy kilka zwierząt skradzionych przez biednych ludzi, podczas gdy my mamy tyle mięsa, że sami nie wiemy, w co wbić zęby? I aby zilustrować swoje słowa, złapał jedną z dziewek za pierś i odgryzł jej sutek! Cameron Fraser, nie tracąc spokoju, ale z pewną uszczypliwością dodał, iż jego kuzyn McCallum może wykazać się pobłażliwością, gdyż on sam i jego sąsiedzi zajęli się karaniem kłusowników i dzięki nim po jego ziemiach biega jeszcze kilka zajęcy. Gdyby nie oni, musiałby żreć korzenie własnych dębów! Zebrani wybuchnęli śmiechem, a obrażony Murray McCallum zażądał, aby kuzyn poszedł z nim do zbrojowni, gdzie rzucił się na niego i udusił go. Zbrodnia honorowa, panowie! ogłosił sędzia. Znieważył dobre imię McCallumów. Oskarżonego uwolniono od zarzutu morderstwa, ale uznano winnym zabójstwa, co oznaczało uniewinnienie.

Murray McCallum był złym człowiekiem: nocą otwierał śluzy, aby strumyki zalały plony sąsiadów, gwałcił dziewczyny z wioski. Szeptano, że na zamku są tylko stare, pomarszczone, bezzębne służące i ladacznice. Nie chciał pozostawić niczego swoim spadkobiercom, toteż wyciął w parku wszystkie dęby, które sprzedał, aby spłacić karciane długi, a kiedy skończył z parkiem, zabrał się za las. Potem zabił dwa tysiące siedemset danieli na swoich ziemiach i piekł je w czasie pamiętnych orgii, które dały początek legendom, a w szczególności legendzie o olbrzymie z Chrichton. Poślubił młodą, łagodną dziewczynę, która całymi dniami siedziała zamknięta w pokoju, aż pewien służący się nad nią zlitował. Przynosił jej półmiski z resztkami z uczt, jakie jej mąż wydawał po polowaniach. McCallum dowiedział się o tym i podejrzewając, że służący jest kochankiem żony, zabił go strzałem z pistoletu i umieścił trupa w łożu swojej żony. Kazał jej spać koło kochanka przez trzydzieści dni, trzydzieści nocy, aby odpokutowała za swoje czyny.

Miał syna Alasdaira, nieśmiałego i strachliwego z natury, który uciekł z rodzinnego majątku i został kapitanem fregaty. Był tak niezdarny, że nazywano go Alasdair Burza; wystarczyło, że jego noga stanęła na pokładzie, a statek tonął pokonany przez fale lub piratów. Jego syn Fraser został w rodzinnym zamku i założył bandę rabusiów, z którą napadał na podróżnych. Aby go nie wydano, nikogo nie zostawiał przy życiu. Gdy władze pytały mieszkańców o przywódcę bandytów, nikt nie miał odwagi podać nazwiska McCalluma w obawie przed odwetem. Fraser McCallum skończył powieszony na drzewie.

Żaden McCallum nie wyróżnił się szlachetnością czy odwagą. Wszyscy zdawali się majętnymi i leniwymi łajdakami, którzy mieli to szczęście, że żyli w epoce, kiedy bycie panem dawało wszelkie prawa. Jeden z ostatnich McCallumów wyznawał nawet, że nie mógł się powstrzymać od czynienia zła: Wiem, że umrę na szafocie, moją ręką kierują złe instynkty.

Przez wieki panowie z Chrichton siali postrach w okolicznych wsiach i miasteczkach. Ballady szkockie opiewały wyczyny tych okrutnych, ujmujących i cynicznych mężczyzn. Jedna z nich opowiada historię pewnego McCalluma, którego uwielbiała żona, a on kochał inną. Został skazany na śmierć za zamordowanie pięciu sierot, aby przejąć ich spadek. W dniu egzekucji jego żona przyszła błagać o łaskę króla i aby go wzruszyć, zaśpiewała tęskną balladę, w której wychwalała zalety męża i swoją miłość do niego. Wzruszony król okazał łaskę. Gdy tylko niewdzięczny mąż został uwolniony, uciekł na koniu, oświadczając biednej żonie: „Jeden palec damy, którą kocham, jest więcej wart niż całe twoje piękne zakochane ciało, pani". A gdy łkała, mówiąc, że łamie jej serce, odrzekł, iż „złamane serce jest tylko oznaką złego trawienia".

Tacy byli jego przodkowie i chociaż w XVIII wieku Korona zmusiła ich do podporządkowania się prawu, seria nagłych śmierci nie została przerwana. Jeżeli nie walczyli, nie kradli, nie gwałcili, to się topili. Z własnej woli lub nie...

Jedynym szczegółem tej strasznej historii rodzinnej, który poruszył Gary'ego, była historia wiewiórek z Chrichton. Na ziemiach należących do zamku mieszkały wiewiórki, które budowały gniazda na drzewach opodal stawu. Wspaniałe rude wiewiórki z błyszczącym ogonem, które przynosiły zaszczyt ziemiom McCallumów. W żadnym innym majątku nie było równie pięknych rudych wiewiórek. Stare rodzinne przysłowie obdarzało te zwierzęta darem proroczym:

Kiedy ruda wiewiórka opuści Chrichton
Jasne niebo nad hrabstwem pociemnieje
A cały majątek plaga szczurów zaleje.

A zatem jego miłość do wiewiórek nie była przypadkowa. W jego żyłach płynęła krew McCallumów...

Gary zastanawiał się, czy wiewiórki już opuściły Chrichton lub mają je opuścić i czy to z tego powodu Mrs Howell, przeczuwając dramatyczny koniec, prosiła, aby przyjechał bardzo szybko.

„Przyjedź szybko, bardzo szybko..."

Starał się znaleźć powód, dla którego jego obecność była tak ważna.

Zastanawiał się nad tym nadal, gdy pociąg wjechał na dworzec w Edynburgu.

Nazywał się Waverley, na pamiątkę powieści urodzonego w Edynburgu Waltera Scotta, któremu władze miasta wystawiły olbrzymi pomnik, rodzaj złotego mauzoleum przy Princes Street. W Edynburgu, stolicy Szkocji, przyszło na świat wielu autorów, powieściopisarzy i filozofów, David Hume, Adam Smith, Stevenson, Conan Doyle... I wynalazca telefonu Graham Bell. Gary wziął torbę i wysiadł na peron. Dworzec został zbudowany pod ziemią w ten sposób, iż aby wejść do miasta, trzeba było pokonać niekończące się kamienne schody.

Kiedy dotarł na Princes Street i stanął u stóp murów, miał wrażenie, że przeniósł się w inny czas. Oszołomiony przetarł oczy: górowała nad nim ściana murów, mury zamku w kolorze ochry, czerwieni, szarości...

Piętrzyły się przyklejone do siebie. Opowiadały historię Szkocji, jej królów i królowych, spisków, morderstw, ślubów i chrztów. To była dekoracja filmowa. Gdyby dmuchnął ze wszystkich sił, runęłaby, pozostawiając za murami widmowe miasto.

Wszedł do pierwszego hotelu przy Princes Street i poprosił o pokój.

– Z widokiem na mury? – zapytała recepcjonistka.

– Tak – odpowiedział Gary.

Chciał zasnąć, podziwiając majestatyczne piękno starych kamieni pozwalających mu wierzyć, że jest dzieckiem stąd, które wróciło w rodzinne strony.

Chciał zasnąć, marząc o zamku Chrichton i ojcu, który na niego czekał.

Zasnął szczęśliwy.

Miał dziwny sen: duch mnicha z zamku usiadł za stołem w jadalni, opuścił czarny kaptur, przeżegnał się, złożył ręce i oświadczył, że klątwa została zdjęta. Wówczas wszedł Duncan McCallum, pokrzywiony olbrzym z przekrwionymi oczami, wziął go w ramiona i szturchał w żebra, nazywając „swoim synem".

*

Po wyjściu ze szkoły, w której próbowała uczyć „zdrowego odżywiania" karmione tłuszczem i cukrem maluchy, Shirley odsłuchała wiadomość Gary'ego. Stała wyprostowana z papierami pod pachą, telefonem w ręce i sądziła, że wiadomość nie jest adresowana do niej. Pomyłka, to na pewno pomyłka. Przesłuchała ją kilka razy, rozpoznała głos Gary'ego i znieruchomiała na skraju chodnika. Sparaliżowana. Patrzyła na przejeżdżające samochody i zastanawiała się, czy ruch uliczny nie przyspieszył słów nagrania, zmuszając ją do tego, aby usłyszała ten oszałamiający komunikat: jej syn wyjechał na poszukiwanie ojca.

Ale po co? Po co szukać faceta, który nigdy nic dla niego nie zrobił, podczas gdy ja, jego matka, stoję na krawędzi chodnika i mam ochotę rzucić się pod koła samochodów na tę myśl? Ja, jego matka, ja, która go wychowałam, wykarmiłam, wyedukowałam, chroniłam, ja, która zrobiłam dla niego wszystko, poświę...

Nagle przerwała.

Tylko nie to słowo! Zabraniam ci wypowiadać to słowo! Słowo wypowiadane przez wszystkie zaborcze i zazdrosne matki.

Natychmiast się opanowała. Odbija mi, opowiadam bzdury, nie myślę tak... Nigdy nie poświęciłam się dla Gary'ego, kochałam go do szaleństwa. I ciągle kocham do szaleństwa, muszę myśleć rozsądnie...

– Proszę pani...

Chłopczyk z klasy, którą właśnie opuściła, zatrzymał się koło niej i pytał:

– Wszystko w porządku, proszę pani, wszystko w porządku? Jest pani taka blada...

Uśmiechnęła się do niego zmęczonym uśmiechem.

– Tak, wszystko w porządku, musiałam tylko zaczerpnąć świeżego powietrza.

– Dlaczego nie przechodzi pani na drugą stronę?

– Myślałam o czymś.

– O swoim wykładzie?

– No... tak. Zastanawiałam się, czy byłam dość przekonywająca.

– Bardzo mi się podobało to, co pani mówiła o kurczakach McNuggets! Ja w każdym razie nigdy więcej nie będę tego jadł.

– A myślisz, że innych też przekonałam?

Uśmiechnął się niemal z pobłażaniem i nie odpowiedział.

– Moje hasło było niezłe – broniła się Shirley. – „Zachowujcie się jak barany, a skończycie jak kotlety".

– Nie chciałbym pani zniechęcać, ale na pani miejscu jeszcze bym coś dodał. Bo oni uwielbiają McNuggetsy i jedno przemówienie nie wystarczy, żeby ich zniechęcić.

– Ach...

– Moja mama zwraca uwagę na to, co jemy. Ale inni myślą, że to ich nie dotyczy... Zwłaszcza że zdrowe jedzenie dużo kosztuje!

– Wiem, wiem – zżymała się Shirley. – To skandal, że trzeba płacić za to, żeby się nie truć.

– Nie chciałem pani dobić – powiedział z niepokojem chłopczyk.

– Nie przejmuj się... Coś wymyślę.

– Najlepiej, żeby było dużo krwi. Coś jak horror.

Shirley spojrzała na niego sceptycznie.

– Niespecjalnie znam się na horrorach.

– No to musi się pani poznać! – Powtórzył: – Jest pani pewna, że wszystko w porządku, może chce pani przejść ze mną? – Jakby zwracał się do staruszki przerażonej ruchem ulicznym.

A ponieważ nalegał, poszła za nim i po drugiej stronie ulicy wylądowała w coffee-shopie, gdzie sprzedawano kwiaty, słodycze, kurczaki z grilla, żarówki i całą masę innych rzeczy. Rozglądała się z uśmiechem za szpikulcem do lodu lub piłą do metalu, które mogłyby ożywić jej wykłady.

Żeby było dużo krwi. Okazuje się, że powinna zamienić swoje wystąpienia w *Masakrę piłą mechaniczną*! Zapyta Gary'ego, może on wpadnie na jakiś pomysł...

Zatrzymała się raptownie. Nie spyta Gary'ego. Nauczy się żyć, o nic nie pytając Gary'ego.

Pozwoli mu wyjechać na poszukiwanie ojca, nie będzie się naprzykrzała. Dalej pójdzie sama. Utykając.

Poczuła w środku uczucie bezbrzeżnej samotności przypominające bryłę lodu. Zadrżała, poprosiła Pakistańczyka stojącego za kasą o caffè latte i paczkę papierosów. Palenie zabija. Popełni samobójstwo. Wolno, ale skutecznie. Samotność także zabija. Powinni umieścić ten napis na paczkach papierosów, szamponach i butelkach wina. Sama, odtąd będzie sama. Przedtem nigdy nie była sama. Było jej obojętne, czy w jej życiu jest jakiś mężczyzna. Miała syna.

Zamówiła drugą caffè latte i zerknęła na paczkę papierosów.

Jak teraz wygląda Duncan McCallum? Czy jest nadal taki pociągający? Nadal taki wojowniczy? Nadal opowiada, jak pobił się z pijanym Rosjaninem na ulicach Moskwy i zwalił go z nóg jednym uderzeniem szabli? I nadstawia na dowód rozcięty policzek... Gary'emu spodoba się taki przystojny, waleczny i odważny ojciec. Będzie widział go w jasnych barwach. Duncan McCallum jako heros. Pffft... prychnęła Shirley. Jako zero. Tak, zero. I zabrzmiał głos rozsądku: Przestań, dziewczyno, przestań fantazjować. Pozwól mu żyć własnym życiem. Wycofaj się i zajmij raczej własnym.

Moje życie jest naprawdę piękne, odpowiadała wściekła Shirley. W środku nie ma już nic. Puste pudełko z biednym, kalekim, kulejącym chrabąszczem. Nie mam nawet zapałek, żeby zapalić tego cholernego papierosa. Czyja to wina? pytał głos rozsądku. Kto odprawił przystojnego kochanka, który miał właśnie złożyć swe serce u twych stóp? Co? Teraz już nic nie mówisz.

Oliver? szepnęła Shirley. Oliver? No... Zniknął.

A jak zniknął? Może za sprawą magii?

No, nie...

Nie miała już wieści od Olivera.

Nie zanosiło się na to, żeby to się miało zmienić.

Po jej powrocie z Paryża zadzwonił wesoły i zdecydowany.

– Kiedy się zobaczymy? Mam jeden lub dwa pomysły.

– Nigdy się już nie zobaczymy.

I w przypływie natchnienia dodała:

– Zakochałam się w Paryżu... Nie planowałam tego.

Próbował żartować.

– Na jeden wieczór czy to coś poważniejszego?

– Poważniejszego – odpowiedziała, zagryzając wargi, aby nie brnąć dalej w kłamstwo.

– Ach... Zrozumiałem. Nigdy nie powinienem był ci pozwalać wyjeżdżać. To też moja wina. Niektóre miasta są takie romantyczne, że człowiek ulega za każdym razem. Rzym albo Paryż, dziewczyny nie powinny tam jeździć. Chyba że z przyzwoitką. Starą Angielką z włosami na brodzie.

Wydawało się, że lekko traktuje rozstanie. Poczuła się urażona.

Od tamtej chwili bez przerwy o nim myślała.

Od tamtej chwili nigdy nie jeździła się kąpać w lodowatych stawach w Hampstead.

To było przed trzema tygodniami. Liczyła dni. Liczyła noce. I serce skręcało jej się tak, że krzyczała.

A może przejechałabyś się do lodowatych jezior? sugerował głosik. Po co? mruczała Shirley. Już o mnie zapomniał... No już! Już! Wsiądź na rower i pedałuj... Nie odpowiadasz? Boisz się? Ja się boję? oburzała się Shirley. Wiesz, do kogo mówisz? Do byłej agentki MI5, tajnych służb Jej Królewskiej Mości. Wiem, co to niebezpieczeństwo, i umiem je zneutralizować. Znam wszystkie chwyty, żeby zatrzymać podwójnego agenta czy terrorystę włóczącego się po ulicach Londynu. Więc chyba żartujesz, że boję się faceta w nędznych sztruksach wytartych na kolanach. Och! Ależ się przechwalasz... Nie przechwalam się, jestem realistką! Ja, Shirley Ward, umiem na przykład rozbroić bombę w kuchence mikrofalowej w dwadzieścia sekund... I znam także numer z uściskiem dłoni pozostawiającym na dłoni podejrzanego magnetyczną substancję, dzięki której można go śledzić, a on się niczego nie domyśli! Ha! Nie odzywasz się już, głosie rozsądku? Może, ale nie o tym strachu mówię! Mówię o innym strachu, bardziej rozproszonym, bardziej intymnym, strachu przed relacją z drugą osobą... Pffft... Ja się niczego nie boję! Unieruchamiam faceta, atakując go od tyłu, jednym ciosem pięści między łopatki... Zanurkuj w lodowate wody Hampstead. To wymaga większej odwagi niż atakowanie faceta od tyłu!

Shirley się skrzywiła. Pomyśli o tym. To niekoniecznie był dobry pomysł. Zapłaciła za dwie caffè latte, zmierzyła wzrokiem paczkę papierosów i postanowiła zostawić ją na stole.

Nie popełni samobójstwa natychmiast.

Głos rozsądku zdenerwował ją i dobrze jej to zrobiło. Postanowiła wrócić do domu i zastanowić się, jak mogłaby konkurować z *Masakrą piłą mechaniczną*...

*

Kiedy wiadomo, że odnalazło się swoje miejsce w życiu? zastanawiał się Philippe, pijąc ranną kawę i patrząc na park. Nie wiedział.

Ale wiedział, że jest szczęśliwy. Przez długi czas był człowiekiem „sukcesu". Posiadał wszystkie zewnętrzne oznaki szczęścia, lecz gdy był sam ze sobą, wiedział, że czegoś mu brakuje. Nie zastanawiał się nad tym długo, przypominało to jednak ukłucie w sercu, które psuło bieżącą chwilę.

Nie miał już żadnych wieści od Joséphine. Postanowił zdać się na upływający czas. I akceptował to oczekiwanie, które raniło go jeszcze kilka tygodni wcześniej. Nie cierpiał już z powodu jej nieobecności, rozumiał ją, czasem miał ochotę jej powiedzieć, że szczęście może być proste, takie proste...

Wiedział o tym, bo bez żadnego powodu był szczęśliwy.

Wstawał wesoły, jadł śniadanie, słyszał radosny głos Alexandre'a wychodzącego do szkoły: Do widzenia, tato, nara! odgłos suszarki w łazience, w której stała Dottie, wokalizy Bekki na melodię arii operowych, głos Annie w kuchni pytającej każdego ranka: Co dziś będziemy jedli? W niegdyś pustym i cichym domu rozbrzmiewał odgłos kroków, śmiech, śpiewy, radosne okrzyki. Skubał bekon, czytał gazetę, szedł do biura albo nie szedł, uśmiechał się, kiedy dzwonił do niego Ropucha i płakał nad spadkiem zysków. Miał to gdzieś. Nie czekał na nic.

Nie musiał już czekać.

Korzystał ze wszystkiego, wszystkiego próbował, smakował.

O piątej pił herbatę z Beccą. Chińską herbatę z kanapeczkami z rzeżuchą, podawaną w serwisie do herbaty Worcester w jaskrawych kolorach. Komentowali nowości, jakie przyniósł dzień, najbliższy wieczór, ostatnie przemyślenia Alexandre'a, partię tenora na starym nagraniu, porównywali ją z innymi występami, Becca nuciła, zamykał oczy.

Rozliczył się z przeszłością. Zadecydował, że nie może jej zmienić, ale może zmienić sposób, w jaki ją postrzega. Nie dopuścić, by była dla niego ciężarem, raniła go, zajmowała całe miejsce i nie dawała oddychać. Nie grał już żadnej roli. Wcześniej zawsze grał jakąś rolę. Dobrego syna, dobrego ucznia, dobrego męża, dobrego fachowca... lecz w żadnej z tych ról nie był sobą. Jakie życie jest dziwne! Strawiłem ponad pięćdziesiąt lat na szukaniu swojego miejsca, na tym, aby przestać udawać, dostosowując się do oczekiwań innych. Wystarczyło, że pojawiły się dwie kobiety, Becca i Dottie. Dwie kobiety, które nie grają, nie udają, nie starają się być kimś innym. I życie staje się proste, i pojawia się w nim szczęście.

Pije poranną kawę, patrząc na park. Bukiet różowych piwonii rozkwita na stole koło okna, a dalej, na balkonie, dwie kule zielonego bukszpanu wypełniają dwie duże kamienne misy. W kącie metalowa konewka z długim dzióbkiem, której Annie używa do podlewania kwiatów. Dwie kamienne kolumny zdobią elewację domu zbudowanego przez Roberta Adama, wielkiego osiemnastowiecznego architekta angielskiego. Na dachach czarne od dymu kominy z czerwonej cegły i anteny telewizyjne. Okna z małymi szybkami, które podnosi się mocnym szarpnięciem. Dachy z czarnego łupka. Rynny biegnące przez elewacje...

Szczęście, czyli teoria gwoździ Bossueta. Lubił ten fragment *Medytacji na temat krótkości życia*: „Moje życie co najwyżej 80 lat potrwa, przypuśćmy sto... Co zatem będę liczył? Czas, kiedy miałem jakieś zadowolenie albo doznałem zaszczytu, lecz jakże te chwile są rzadko rozsiane w mem życiu. To jak gwoździe poprzybijane w pewnych odstępach do długiego muru; powiesz może, że to wiele miejsca zajmuje: zbierz je, nie ma czem ręki napełnić".[*]

Ile gwoździ on trzyma w ręce?

Uchylił okno i do pokoju wnika łagodna wilgoć. Lubi to niebieskie zimne niebo, które rozgrzewa się, gdy słońce przebija chmury, i wibrującą w powietrzu wilgoć znikającą stopniowo, gdy wraz z upływem dnia robi się cieplej. Lubi Londyn. Londyn jest wielką wsią tętniącą życiem, interesami, pomysłami, z hałaśliwymi arteriami, cichymi alejami i parkami.

Ogląda drzewa na ulicy, parkometry, za które płaci się, wysyłając SMS, *Pay by phone*. Listonosz w czerwonej furgonetce właśnie przywiózł rulony gazet i paczki. Sąsiadka jedzie na wieś, pakuje samochód. Ma na sobie różową bluzkę, wkłada czerwony rower do bagażnika. Do każdej latarni przymocowane są grubymi łańcuchami rowery bez przedniego koła. Aby nikt ich nie ukradł. Ptaki śpiewają. Mężczyzna w szarym garniturze parkuje na sąsiednim miejscu i uważnie czyta instrukcję obsługi parkometru. Pewnie jest spoza Londynu, nie zna zasad parkowania w mieście. Wyjmuje telefon, żeby zapłacić. Potem patrzy w niebo i krzy-

---

[*] *Wybór pism kaznodziejskich Bossueta*, przeł. prof. M. M. Paciorkiewicz, Nakładem Księgarni św. Wojciecha, Poznań-Warszawa-Wilno--Lublin 1931 (przyp. tłum.).

wi się. Ten człowiek pewnie cały czas się krzywi. Ma usta w podkówkę. Wsiada do samochodu. Słychać kwakanie kaczek. Kołyszą się przez chwilę na skwerku, po czym odchodzą. Mężczyzna siedzi za kierownicą z rękami na kolanach. Zdaje się medytować.

– Wychodzę na zakupy, potrzebuje pan czegoś? – pyta Annie.

– Nie, dziękuję... Nie będzie mnie na obiedzie.

Umówił się z Hortense i finansistą. Dostał tekst, który przygotowała. Znakomity. Jasny i zwięzły, z nutą impertynencji, która sprawia, że miałoby się ochotę uczestniczyć w jej projekcie.

– Posprzątam, jak wrócę.

– Nie ma problemu, Annie. Dom lśni jak nowy!

Puszy się szczęśliwa i odwraca w długiej szarej spódnicy klasztornej pensjonarki.

Pewnego wieczoru zastał ją, gdy śmiała się na całe gardło. Łzy płynęły jej po policzkach, miała czkawkę, stała przed Dottie i Beccą i mówiła: Przestańcie, przestańcie, bo się posikam! Delikatnie zamknął drzwi do kuchni; zmieszałaby się, gdyby zobaczył ją w takim momencie.

Dottie wślizguje się do salonu.

Philippe czuje obecność Dottie, ale się nie odwraca.

Odkąd u niego zamieszkała, nabrała zwyczaju bezgłośnego chodzenia, jakby chciała przejść niezauważona. Ta oszczędność ruchów jednocześnie wzrusza i irytuje. Jakby mówiła: Jestem tu szczęśliwa, Philippe, nie wyrzucaj mnie. I mimowolnie podkreśla to, iż jej obecność, która miała być tymczasowa, przedłuża się. Chciałby jej przypomnieć, że jego uczucia się nie zmieniły, że bardzo ją lubi, ale to nie jest miłość, tak by zrobił dawny Philippe. W jego poprzednim życiu panował porządek.

Każdego wieczoru, gdy są we dwójkę w sypialni i nadchodzi jedyny moment, w którym mógłby z nią porozmawiać, przytula się do niego z takim oddaniem, taką ufnością,
że odkłada szczere wyjaśnienia na później. Śpi jak dziecko.
Nawet w łóżku nie zabiera miejsca. Odkąd zamieszkała
w jego pięknym mieszkaniu, zniknął jej drwiący ton. Piękne
meble, dobre jedzenie, srebra, świeczniki, bukiety kwiatów,
zapach pasty stępiły tupet dziewczyny z przedmieść Londynu; powoli staje się inną kobietą, wyważoną, łagodną,
z wiecznym zdziwieniem mieszającym się na twarzy z uporem tej, która odnalazła swoje miejsce i nie zamierza go nikomu ustąpić.

Nieraz gdy Philippe pyta, czy chce z nim pójść do kina
lub do opery, daje się ponieść nagłemu przypływowi nieśmiałej radości, skacze na równe nogi, biegnie po płaszcz
i torebkę i czeka wyprostowana przy drzwiach, jakby chciała powiedzieć: Jestem gotowa, w obawie że zmieni zdanie
i nie zabierze jej ze sobą. Kiedy dzwoni telefon, rzuca mu
ukradkowe spojrzenia, starając się usłyszeć, z kim rozmawia
i czy padają słowa „Paryż", „Francja", „Eurostar", i wtedy
Philippe może odczytać w jej oczach lęk, że wyjedzie, a po
powrocie nie będzie już dla niej miejsca.

Nie lubi widzieć tej rozpaczy, pyta: Chcesz, żebym pomógł ci znaleźć pracę? Odpowiada: Nie, nie, ma jakieś
namiary. Mówi to szybko, bełkoce, a on łagodnieje, dodaje: Nie spiesz się, Dottie, nie przyjmuj byle czego. I Dottie
uśmiecha się blado jak ofiara, której udało się umknąć przed
katastrofą.

Nie jestem dla niego wystarczająco ładna, wystarczająco
inteligentna, wystarczająco wykształcona, to pewne, myśli
Dottie, odkąd zamieszkała u Philippe'a. Skromność, oba-
wa, lęk często idą w parze z miłością i Dottie nie stanowi
wyjątku od tej niesprawiedliwej reguły. Cierpi w milczeniu,

ale niczego nie daje po sobie poznać. Stara się być wesoła, lekka, lecz tych cech nie można udawać i brzmią fałszywie, gdy są pozorne.

Kiedy Becca i Annie wciągają ją do rozmowy o pieczeniu kaczki czy jakimś ściegu koronkowym, śmieje się razem z nimi, otacza ją ich łagodna czułość, ale gdy jest sama z Philippe'em, znowu staje się niezdarna i wybiera milczenie.

I prześlizguje się, prześlizguje...

Kiedy roztargniony wzrok Philippe'a pada na nią, nie widząc jej, kuli się w środku i zbiera jej się na płacz. A jednak nie ma siły, by odejść, odzyskać niezależność i zapał. Ciągle ma nadzieję... Czy nie są szczęśliwi we czwórkę w tym pięknym mieszkaniu przy Montaigu Square? W końcu Philippe złapie się w sieć szczęścia, którą cierpliwie tkają z Beccą i Annie.

W końcu zapomni o tamtej.

O tej, która mieszka w Paryżu, wskakuje do kałuży obiema nogami i wykłada na uniwersytecie. Joséphine. Zna jej imię, zapytała Alexandre'a. I jej nazwisko. Nazwisko, które brzmi jak odgłos trąbki. Cortès. Joséphine Cortès. Wyobraża sobie, że jest piękna, oczytana, silna. Przywodzi na myśl urok i paryską elegancję, pewność Francuzek, które wydają się wolne, wyzwolone ze wszystkiego, umieją zawładnąć sercem mężczyzny. Joséphine Cortès napisała prace naukowe, mądre książki, bestsellerową powieść, która została przetłumaczona na angielski. Dottie nie ma odwagi jej przeczytać. Joséphine Cortès sama wychowuje dwie córki, odkąd jej mąż zginął pożarty przez krokodyla. Wszystko wydaje się w niej wielkie i romantyczne. Dottie czuje się przy niej jak ciemna liliputka. Przegląda się w lustrze i uznaje, że ma za jasne włosy, jest za blada, za chuda, za głupia. Chciałaby mieć włosy „tamtej", energię „tamtej", jej maniery, dezynwolturę. Widzi w Joséphine same zalety i drży.

Nieraz zdaje się jej, że w oczach Philippe'a widzi odbicie „tamtej".

Jeżeli wtedy ich spojrzenia się skrzyżują, przez sekundę widać w jego oczach coś na kształt irytacji. Philippe otrząsa się i pyta: Wszystko w porządku? A ona wie, że właśnie myślał o Joséphine Cortès.

Tworzą w piątkę dziwną rodzinę, lecz mimo wszystko rodzinę.

Dottie lubi myśleć, że odgrywa jakąś rolę w tej historii. Małą, nieznaczącą rólkę, ale mimo wszystko jakąś. Niespecjalnie ma ochotę znaleźć nową pracę.

Chodzi na spotkania. Miejsc pracy dla księgowych jest multum. Czeka, myśli sobie, że może, może pewnego dnia Philippe poprosi, żeby została na dobre.

Żeby została w domu.

A jeżeli znajdzie pracę, będzie musiała się wyprowadzić, prawda?

Każdy dzień spędzony w tym mieszkaniu znaczy dla niej niemal tyle co oświadczyny. Pewnego dnia, myśli, pewnego dnia Philippe się odwróci, wyciągnie rękę, a jeżeli mnie nie będzie, zacznie mnie szukać. Tego dnia będzie za mną tęsknił... Dottie czeka na ten dzień, jak młoda zakochana dziewczyna czeka na pierwszą randkę.

Właśnie stanęła za nim, delikatnie obejmuje go ramionami. Mówi, że wychodzi, ma spotkanie w sprawie pracy w Berney's.

Philippe słyszy trzaśnięcie drzwiami. Zostaje sam. W tym roku nie pojedzie do Wenecji ani do Bazylei, ani na Documentę do Kassel... Po co gromadzić dzieła sztuki? Sam nie wie, czy ma jeszcze na to ochotę.

Kiedyś Alexandre pokazał Becce w Internecie zdjęcie *My lonesome cowboy* Takashiego Murakamiego, współczesnego artysty japońskiego, i podał jej cenę: piętnaście milionów dolarów. Becca rozlała herbatę, wymamrotała: Mój Boże! dwa razy pod rząd wpatrzona w pustkę, z błyskiem wściekłości w oku.

Philippe miał ochotę wyjaśnić, dlaczego ta naturalnej wielkości rzeźba, przedstawiająca młodego bohatera mangi, jak wypuszcza strumień spermy wznoszący się do góry i kreślący lasso, jest ważna, w jaki sposób znosi granice między sztuką muzealną a sztuką ludową, dlaczego jest także formą ironicznej odpowiedzi na współczesną sztukę zachodnią, ale nie powiedział nic. Alexandre wydawał się zmieszany. Becca zamknęła się w sobie i nikt nie odezwał się ani słowem.

Becca się zmieniła, odkąd zamieszkała z nimi.

Nadal nic nie wie o jej życiu. Nie zna jej nazwiska. To po prostu Becca. Nie jest w stanie określić jej wieku. Ma takie młode oczy, gdy się śmieje, słucha, zadaje pytania.

Becca posiadła sztukę odczuwania szczęścia. Gdy zwraca się do kogoś, obejmuje go wzrokiem, otacza światłem, zapamiętuje jego imię, wymawia je starannie. Trzyma się prosto, eleganckim gestem sięga po chleb, podaje sól czy poprawia kosmyk włosów. Gestem wolno rysującym arabeski, majestatycznym, gestem, który sytuuje ją we własnym ciele, we własnym życiu. Śpiewa, gotuje, zna historyjki o królach Francji i Anglii, carach i wielkich sułtanach tureckich. Podróżowała po całym świecie i przeczytała więcej książek, niż by ich trzeba, aby wytapetować ściany całego mieszkania.

Nie nosi już różowych i niebieskich spineczek.

Ubrali ją od stóp do głów. Wystarczyły ubrania Iris. Dziwnie jest widzieć inną kobietę w tych ubraniach... Philippe nieraz się orientuje, że wymawia imię żony, gdy dostrzega sylwetkę Bekki, która skręca na końcu korytarza. Becca ma ten sam wdzięk. Tego nie da się nauczyć. Wie, jak zapiąć sweter, związać apaszkę na szyi, wybrać naszyjnik... Gdy pewnego wieczoru w restauracji zobaczył, jak otwiera torebkę Birkin po Iris, odniósł wrażenie, że zawsze do niej należała.

Gdy Becca pozbyła się łachmanów, pojawiło się pełne wdzięku, lekkie, umięśnione ciało. Dottie aż wykrzyknęła: Ależ ty masz figurę młodej dziewczyny! Ciało tancerki, suche jak wiór.

I wzrok Bekki umknął...

Skąd pochodzi? Co zaszło w jej życiu, że została bezdomna? Żyjąc na ulicy, przejęła pewne wyrażenia, ale już ich nie używa, nie mówi *luv*, tylko Alexandre. Delikatnie pije herbatę i bardzo dobrze się zachowuje przy stole. Ma bogate i wyszukane słownictwo. Śpiewa arie operowe.

O jej poprzednim życiu chciałby wiedzieć.

W tamtym życiu nie zabrałby jej do domu...

W tamtym życiu w jego dłoni było mało gwoździ...

*

Podmiot, orzeczenie, dopełnienie bliższe.

Podmiot, orzeczenie, dopełnienie bliższe.

Podmiot wykonuje działanie, orzeczenie wyraża działanie, dopełnienie bliższe podlega działaniu.

Tak właśnie miała zacząć lekcje z galaretowatym Kevinem. Ten jasny sposób prezentowania gramatyki na nowo zaprowadzi porządek w przyćmionym mózgu chłopaka. Następnie przejdzie do innych subtelności.

Henriette daje lekcje.

Kevin ma komputer.

Zawsze będzie czas na to, żeby skomplikować sprawę i wprowadzić dopełnienie dalsze, okolicznik miejsca, czasu i sposobu. I wyjaśni to równie prosto. Dopełnienie dalsze można znaleźć, zadając po orzeczeniu pytanie: kogo, czego? komu, czemu? z kim, z czym? o kim, o czym? Okolicznik miejsca, stawiając pytanie: gdzie? Okolicznik czasu, stawiając pytanie: kiedy? A okolicznik sposobu, stawiając pytanie: jak?

Stawiając te pytania i odpowiadając na nie, układa się w głowie. A także w życiu. Włóczcie dziecku papkę do głowy, a ono wypluje wam papkę w twarz. Proste jak przejrzysta woda z Evian.

Przekopując piwnicę w poszukiwaniu starych łachów, znalazła gramatykę ze swoich czasów szkolnych. Przekartkowała ją i, o cudzie, gramatyka stała się nauką przejrzystą, niemal pełną uroku. „Łatwo się wytłumaczy, co się wprzód zrozumie".* Stary Boileau miał po stokroć rację!

Podmiot, orzeczenie, dopełnienie.

Podmiot, orzeczenie, dopełnienie.

Porzuci mętne nazwy „grupa podmiotu", „grupa orzeczenia", „funkcja", „dopełnienie bliższe pierwsze", „dopełnienie dalsze drugie" itd. I wróci do starych dobrych czasów, kiedy rzeczy nazywano po imieniu. Do czasów swojej gramatyki, swojej nauczycielki, która długą drewnianą linijką uderzała w stół. A uczniów po łapach, gdy się nie uczyli. Do błogosławionego czasu, gdy w szkole panowała dyscyplina. Jeden plus jeden równało się dwa, słowo było słowem, a nie fonemem. Uczono się nazw stolic i departamentów. I szare fartuchy podnosiły się, kiedy pani Collier wchodziła do klasy.

Podmiot, orzeczenie, dopełnienie. Porządek i dyscyplina wracają do szkół. Francja się prostuje. Dzieci powiewają trójkolorowym sztandarem i są dumne ze swojego kraju. Jak za czasów generała de Gaulle'a. Oto piękny przykład gramatyki i postawy obywatelskiej. Henriette czciła generała de Gaulle'a. Był człowiekiem, który mówił po francusku bez błędów i niepoprawnych sformułowań. Ach, kiedy język łączy się z prawością umysłu i zdrowym ciałem! Nie mogła tego powiedzieć o ociężałym umyśle swojego ucznia.

Henriette Grobz traktowała poważnie sprawę postępów w nauce Kevina Moreiry dos Santosa. Zrozumia-

---

* Nicolas Boileau Despréaux, *Sztuka rymotwórcza*, przeł. Maciuński, Universitas, Kraków 2002 (przyp. tłum.).

ła, że to dziecko nosi w sobie żyłę złota. Zło, które mogła wykorzystać dla siebie. Zdawało się wykazywać talent do zbrodni. Brakowało mu jeszcze kilku narzędzi, których ona bez zwłoki mu dostarczy. Kevin Moreira dos Santos nie miał oporów ani najmniejszych wyrzutów sumienia na myśl o tym, że wyrządza zło. Zresztą nie znał różnicy między Dobrem a Złem. Wiedział tylko, co znaczy jego własny komfort. To, co mu odpowiadało, było Dobrem, a to, co go mierziło, było Złem. Miał tysiące pomysłów, aby ominąć trudności, nie wysilać się, wykorzystać bliźniego, dostać to, czego chciał w danej chwili, a o ile był oporny na samą myśl o nauce, o tyle wykazywał się sprytem, gdy tylko chodziło o poprawę jego codziennej wygody, i wówczas był w stanie wykazać się olbrzymią energią. Tego dnia po raz kolejny jej nie zawiódł.

Kiedy przyszła na cotygodniową lekcję, Kevin mruknął coś, czego nie zrozumiała. Nigdy nie mówił dzień dobry ani nie wstawał, gdy wchodziła do jego pokoju. Nie przestawał żuć gumy w trakcie lekcji i strzelać gumką między zębami.

Zamierzała usiąść na swoim tradycyjnym miejscu między łokciem Kevina a ścianą, lecz chłopak wydawał się niezadowolony i próbował ukryć to, co właśnie robił na ekranie komputera.

– Przyszłaś za wcześnie, stara krowo. Wróć później, jestem zajęty.

– Przyszłam, więc zostanę. Wyjmę swoje rzeczy i poczekam, aż będziesz gotowy.

Wyjęła zeszyty Kevina, zadania, które odrobiła na brudno, aby mógł je przepisać, podręcznik do gramatyki i kolejny do geografii.

– Spadaj, mówiłem już.

– Co ci jest, aniołku? Przeszkadzam ci?

– Jasne, stara macioro... spieprzaj!

Henriette, przyzwyczajona do wulgarnego zachowania chłopca, usiadła i odwróciła głowę.

– Jeszcze bardziej... chcę widzieć tylko twoje plecy!

Słyszała, jak palce chłopaka uderzają w klawiaturę. Udała, że pochyla się, aby wyjąć książkę z teczki leżącej u stóp Kevina, i stała się naocznym świadkiem napadu na bank. Kevin wszedł na stronę internetową banku swojej matki, wstukał serię cyfr, a potem hasło, wszedł na konto pani Moreiry dos Santos i oglądał je.

– A w ogóle... co ty robisz? – spytała Henriette, podnosząc nagle głowę.

– Nie twoja sprawa.

– Tak, ale sprawa twojej matki.

Chłopak przygryzł sobie język. Złapała go, złapała. W samym środku akcji.

– I nie spodobałoby jej się, gdybym jej opowiedziała, co właśnie zobaczyłam... – syknęła Henriette, zdobywając kolejny punkt przewagi.

Wiercił się teraz na tłustych pośladkach. Krzesło skrzypiało.

– Co zrozumiałaś?

– Zrozumiałam twój podstęp. Uważam, że jest bardzo inteligentny, jeżeli chcesz znać moje zdanie. Traktuj mnie raczej jak sojuszniczkę, a nie jak donosicielkę... chyba że mnie do tego zmusisz.

Patrzył na nią nieufnie.

– No już... Nie masz nic do stracenia, a wiele do wygrania. Możemy razem robić interesy.

– Nie jesteś mi potrzebna do zarabiania kasy.

– Tak, ale musisz kupić moje milczenie. Więc coś za coś: wyjaśnisz mi, a ja będę milczeć, albo...

Palce zaplątały mu się w gumkę i sam nie wiedział, co powiedzieć.

– Będziesz trzymała gębę na kłódkę, jeśli ci wytłumaczę, stara krowo? Zamkniesz się, a jeżeli nie, to złamię ci nogę na schodach, jak będziesz szła pieszo, żeby oszczędzać windę. Albo doniosę, że włączasz odkurzacz na klatce.

– Nie powiem nic. Ani słowa.

– Wiesz, że jestem do tego zdolny?

– Wiem.

– W dodatku zrobiłbym to z przyjemnością.

– Jestem o tym przekonana – uśmiechnęła się Henriette, wiedząc, że wygrała, a on mnoży groźby, żeby złagodzić prawdę, którą był zmuszony jej wyznać.

I pomyślała: Przypominasz mi szczura, Kevinku, i odtąd będę mogła cię szantażować.

Wyjaśnił jej zatem.

Regularnie wchodził na konto matki, a gdy były na nim pieniądze, podkradał rodzicielce kartę i wybierał z niej dziesięć, dwadzieścia, trzydzieści euro. W zależności od potrzeb. Jeżeli na koncie było zero, nie tykał go. Trwało to od dawna, a ona niczego nie zauważyła.

– Proste, nie? – powiedział z nutą dumy w głosie. – Po prostu sprawdzam konto bez jej wiedzy. Podbieram małe kwoty.

Podmiot, orzeczenie, dopełnienie bliższe, pomyślała Henriette. Najlepsze są najprostsze kombinacje.

– Tak, ale skąd wziąłeś hasło i PIN? Do konta i do karty? Powinna uważać, mając takiego syna.

– Jeszcze jak uważa! Śpi z portmonetką pod poduszką!

– Ale to cię przecież nie powstrzyma! Jesteś bardziej przebiegły.

– Przestań mi kadzić, stara macioro! Nie ze mną takie numery.

– Dobrze – westchnęła Henriette – postanowiłeś być niemiły... Powiem jej o wszystkim i w przyszłym roku pojedziesz do internatu. Nawet nie będziesz mógł złamać mi nogi.

440

Kevin Moreira dos Santos zastanawiał się. Zaczął energicznie żuć gumę.

– Nie wydam cię – powtórzyła Henriette słodkim głosem. – Coś ci wyznam: pasjonują mnie oszustwa i oszuści, moim zdaniem to najbardziej zmyślni ludzie na świecie.

Kevina zaintrygowało słowo „zmyślny". Popatrzył na nią nieufnie. Zmyślny – co to za hasło – rodzaj myśliciela, frajera, który pracuje dla innych po długich latach studiów?

– Ależ nie! Zmyślny to sprytny, inteligentny, z dużą wyobraźnią... Więc powiesz mi, jak to robisz? Nie masz wyjścia, wpadłeś po uszy. Mam cię w garści.

– Dobra, zgoda – powiedział, opuszczając ramiona.

Po raz pierwszy opuścił przed nią ramiona i Henriette cieszyła się, że przyszła kwadrans wcześniej. Ich stosunki ulegną zmianie, niedługo z osoby wyzyskiwanej stanie się wspólniczką i o ile ich relacjom brakowało jeszcze serdeczności, o tyle miała nadzieję, że pewnego dnia zyska jego szacunek.

– Zamknęła tajne papiery w sejfie, do którego klucz nosi przy sobie... w staniku. Kiedyś ją pocałowałem, a że nie jest do tego przyzwyczajona, wzruszyła się i wtedy ukradłem klucz. Całowałem ją, robiłem gili-gili, łaskotałem, płakała z radości, rozkrochmaliła się, wsadziłem jej palec między piersi, pogrzebałem w prawej miseczce, w lewej miseczce i... Niczego nie zauważyła! A potem przyszła sąsiadka i zaczęła coś opowiadać o zalanej piwnicy. Matka pobiegła, a ja ukradłem PIN-y i hasła z sejfu. Nigdy ich nie zmienia, boi się, że się jej pomylą. Ma mózg krewetki. Potem łatwo jej było wykraść kartę. Na przykład rano, kiedy roznosi pocztę, a ja nie mam lekcji. A bankomat jest tuż po lewej, wychodząc z budynku... To zabiera dwie minuty, chyba że jest kolejka!

Wydawał się dumny z tych machlojek i szczęśliwy, że może się przed kimś pochwalić swoimi wyczynami. Czym jest odważny czyn, jeżeli nie można się nim pochwalić? Połowa przyjemności tkwi w okazaniu siły i inteligencji.

Henriette starała się zapamiętać. Podmiot, orzeczenie, dopełnienie. Kevin całuje matkę. Kevin kradnie klucz, PIN, kartę. Kevin okrada matkę. Dziecinnie proste. Po co komplikować proste sprawy? Wykorzysta doświadczenia Kevina, by okraść Marcela. Chaval miał rację: oszustwo na wielką skalę łatwo zostanie wykryte. A porządne oszustwo w starym stylu jest znacznie pewniejsze.

Całowanie, kradzież PIN-ów, podbieranie pieniędzy. Przelewanie kwot z rachunku Marcela na własne konto. Obsługiwał ich ten sam bank. Kiedy byli małżeństwem, Marcel Grobz otworzył dla niej oddzielne konto na wszelki wypadek... Na wypadek, gdyby umarł nagłą śmiercią i spadek został zablokowany. Co kwartał przekazywał na nie okrągłą sumę, która umieszczona na korzystnej lokacie, przynosiła niezły zysk. Po rozwodzie nie zamknął konta. Zostawił je, aby nigdy nie znalazła się w potrzebie. Imbecyl! Miała gdzieś jego litość. Co on sobie myśli? Że jest słabą kobietą? Skończoną starą kobietą, która nadaje się do wyrzucenia? Nie wie, z kim ma do czynienia... To będzie jej emerytura – wyjaśnił sędziemu – nie pracowała i nie ma prawa do żadnego zasiłku. Sędzia się zgodził. Henriette zachowała mieszkanie, Marcel przekazywał jej co miesiąc pokaźną kwotę, a w dodatku miała konto emerytalne, które w razie potrzeby mógł zasilić. Figurowało ono na długiej liście kont Marcela Grobza w banku. Po kontach osobistych i kontach firmowych. Na samym dole. Na nazwisko Henriette Grobz.

Przelewanie pieniędzy z konta osobistego Marcela na uśpione konto Henriette byłoby dziecinnie proste.

Obsługa w banku znała wielką hojność Marcela. Często zdarzało mu się wypisywać czeki z okazji ślubu pracownika, narodzin dziecka, pogrzebu krewnego. Uśmiechał się, mówił: Proszę nie dziękować, nie ma za co, tak dużo dostałem od życia, że chcę się tym podzielić. Nikt się nie zdziwi, że robi przelewy. A Marcel ma na głowie za wiele innych spraw, żeby zajmować się sprawdzaniem prywatnych kont. Zdawał się na swoją wierną Denise Trompet, pracującą od dwudziestu lat w firmie Grobza, którą Henriette ochrzciła Trąbką na cześć jedynej zabawnej części jej płaskiej twarzy: małego perkatego noska. Miękka jak biszkopt wyjęty z celofanu, bezbarwna i zwiędnięta, znała miłość wyłącznie z kolekcji harlequinów, które wsuwała do torebki, aby poczytać w metrze. Marząc o księciu z bajki, który ją porwie i wyzna jej miłość, klęcząc na kolanie z płonącym wzrokiem i uśmiechem hidalga. Miała pożółkłe zęby, pomarszczone usta, a jej rzadkie włosy, które nadmiernie tapirowała, fruwały, jak tylko otwarło się drzwi do jej biura. W wieku pięćdziesięciu dwóch lat nie miała w sobie nic, co mogłoby wzbudzać jakiekolwiek uczucia, a patrząc na jej zniszczoną twarz, odnosiło się wrażenie, że się z tym pogodziła.

Całowanie. To będzie rola Chavala. Będzie całował Trąbkę. Szeptał jej komplementy, zabierze ją oglądać księżyc ze wzgórza Montmartre, zaprosi na lemoniadę, przyłoży swoje jędrne wargi do jej pomarszczonych warg... Będzie się musiał poświęcić. Z pewnością będzie się wzdragał, ale przekona go, podkręcając jego marzenia o podbiciu Hortense. Pieniądze, pieniądze, pieniądze, zaśpiewa do ucha Chavalowi. Pieniądze, boskie imię, które czyni wszechmocnym i łamie opór młodych dziewcząt. I Chaval uwiedzie Trąbkę. Wyciągnie hasła, a ona, Henriette, obrabuje Marcela. Zręcznie. Będzie bogata, bardzo bogata. Odpędzi koszmar, który prześladuje ją od dzieciństwa: lęk przed biedą.

Ona odpędzi koszmar.

Podmiot, orzeczenie, dopełnienie.

Kevin Moreira dos Santos nieświadomie znalazł rozwiązanie. Pozostało tylko wysłać Chavala na podbój Trąbki.

– No co, stara krowo, rozmarzyłaś się czy co? Mam co innego do roboty... Dawaj zadania!

Henriette podskoczyła i wręczyła Kevinowi zadania, które miał tylko przepisać.

*

– Marcel, myślę, że mam neurastenię – westchnęła Josiane, gdy Marcel otwarł drzwi po długim dniu pracy.

Otrzepał się, odłożył starą teczkę pełną papierów i wyprostował, ciężko dysząc: Mój Boże, jak ziemia jest nisko! I wyobrażał sobie miękkość filcowych kapci, które zaraz włoży, i whisky o smaku torfu, jakiej wkrótce sobie naleje.

– To nie jest dobry moment, Żabciu, to wcale nie jest dobry moment...

Dzień był ciężki. Na biurku piętrzyły się papiery z wielkimi czerwonymi napisami „PILNE". Wszędzie, gdzie spoczął jego wzrok, widział tańczące czerwone litery, a Cécile Griffard, jego nowa sekretarka, cały czas przynosiła karteczki i listy, informując, że czekają na odpowiedź w ciągu najbliższych minut. Wyczerpany zastanawiał się po raz pierwszy w życiu, czy nie osiągnął pułapu kompetencji. Rozdarty między sprawami zawodowymi a Juniorem, któremu trzeba było poświęcać czas, wykazując się coraz wyższym poziomem wiedzy, czuł, że sytuacja go przerasta. Tego wieczoru przed wyjściem z biura złapał się za głowę, położył ją na biurku i przez dłuższy czas siedział tak bez ruchu. Serce biło mu jak oszalałe i nie wiedział, od której „pilnej" sprawy zacząć. Kiedy się wyprostował, miał przylepiony do policzka kawałek taśmy klejącej, odlepił ją i patrzył na nią dłuższą chwilę.

– Żaden moment nie jest dobry na neurastenię – nalegała Josiane.

– Nie mów, że to się zaczyna od nowa, Żabciu? Że ona cię znowu zaczarowała?*

* Patrz *Wolny walc żółwi*, op. cit.

– Wykałaczka? Nie, to nie to... To nie tamta tęsknota, nie tamten smutek bez powodu. Tym razem wiem, dlaczego się miotam... Dobrze się zastanowiłam, wiesz, nie rozmawiam o tym z tobą nieprzygotowana.

– Powiedz mi, Przepióreczko... powiedz, co cię gnębi... Jestem włochatym Tarzanem, nie zapominaj o tym! Skaczę z gałęzi na gałąź, aby złapać cię za spódniczkę.

Zdjął płaszcz i otwierał ramiona.

Josiane nie uśmiechnęła się. Nadal siedziała zgnębiona na krześle z dala od niego.

– Nie mam już ikry, mój Wilczku... Czuję się niepotrzebna, pusta. Ty masz własne życie w biurze, podróżujesz, załatwiasz sprawy, Junior jest zatopiony w książkach... Trzeba będzie rzeczywiście znaleźć mu nauczyciela, wiesz. Nudzi się ze mną. Nudzi się w parku, nudzi się z rówieśnikami... Próbuje to przede mną ukryć, bo jest wrażliwy i dobry. Stara się, ale wyczuwam jego znudzenie jak zapach amoniaku, zewsząd kapie nudą, robią mu się od niej rynny pod oczami. Stara się dotrzymać mi towarzystwa, opowiadać o tym, co go interesuje, maksymalnie upraszczać, ale ja już za nim nie nadążam. Wymaga to ode mnie za dużego wysiłku, nie mam dość szarych komórek. Jestem raczej ograniczona...

– Bzdury opowiadasz! To prawda, że robi galopujące postępy, aż nam gały na wierzch wychodzą. Popatrz na mnie: musiałem wrócić do książek, żeby zrozumieć, o czym gada. Ale się staram... Uczę się, uczę. A poza tym myślę sobie, że jest wielkoduszny, kocha nas takich, jacy jesteśmy, trochę głuptasy...

– Wiem, że nas kocha, ale to mu już nie wystarcza. Umiera z nudów, Marcel, umiera z nudów i on też niedługo wpadnie w neurastenię.

– Żabciu, wiesz, że zrobiłbym dla was wszystko... dałbym wam księżyc, gdybym był wystarczająco wysoki, żeby go dosięgnąć!

445

– Wiem, grubasie, wiem. To nie twoja wina. To ja jestem w rozsypce. Nie odnajduję się już w tym wszystkim. Tak bardzo czekałam na to dziecko, tak go pragnęłam, modliłam się, paliłam świece w tej intencji, aż sobie poparzyłam palce... Chciałam mu dać całe szczęście tego świata, ale szczęście w moim wydaniu już mu nie wystarcza. Wiesz, jakie jest jego ostatnie marzenie? *Speak English*. Dostał wiadomość od Hortense, która napisała: „Cześć, Kruszynko, moje wystawy posuwają się do przodu i zapraszam cię z rodzicami, żebyś przyjechał je zobaczyć, bo bardzo mi pomogłeś. Przygotuj się i przyjeżdżaj. Przyjmę cię tu z honorami godnymi twojej pozycji". Postanowił pojechać i mówić płynnie po angielsku, żeby wszystko rozumieć, gdy już tam będzie! Właśnie planuje całą wizytę. Uczy się historii zabytków, królów i królowych, linii metra i autobusowych, chce zrobić wrażenie na Hortense. Chyba się zakochał...

Marcel uśmiechnął się i zaszkliły mu się oczy. Mam dziecko olbrzyma, ale zapomniałem siedmiomilowych butów...

– Tak bardzo was kocham – powiedział, osuwając się na krzesło. – Gdyby coś wam się stało, zabiłbym się.

– Nie chcę, żebyś się zabijał, Wilczku. Chciałabym, żebyś mnie wysłuchał.

– Słucham cię, Żabciu.

– Po pierwsze, trzeba się zająć Juniorem. Znaleźć mu nauczyciela na cały etat. Może nawet dwóch lub trzech, wszystko go interesuje... Trudno! Przyjmuję do wiadomości, że odbiega od normy, skoro wiem, że są takie dzieci jak on w Singapurze i w Ameryce. Pogodziłam się z tym. Mówię Panu Bogu, który dał mi to dziecko...

– Wszystko można zwalić na Pana Boga – jęknął Marcel. – Ale ja też miałem w tym swój udział.

– Głupi jesteś, Wilczku. Chcę przez to powiedzieć, że to akceptuję i chcę towarzyszyć Juniorowi w jego drodze. Pozwolić mu uczyć się rzeczy, o których nigdy nie słyszałam. Wiem, że nie wynalazłam pasty do zębów, więc wycofuję się. Kocham go jak własny żołądek, chylę czoło, zwracam mu wolność... Ale ja, Marcel... ja chcę wrócić do pracy.

Marcel wydał okrzyk zaskoczenia i oświadczył, że sprawa robi się poważna, natychmiast musi się napić. Rozwiązał krawat, zdjął marynarkę, rozglądnął się za kapciami, poszedł nalać sobie szklaneczkę whisky. Musiał zatroszczyć się o własną wygodę, aby wysłuchać dalszego ciągu.

– Mów, Żabciu, ja będę milczał, słucham cię.

– Chcę znowu zacząć pracować. U ciebie lub gdzie indziej. U ciebie byłoby lepiej. Moglibyśmy się we dwójkę zorganizować. Na przykład na pół etatu. Kiedy Junior będzie miał lekcje ze swoim gubernatorem...

– Guwernerem, moja śliczna kuleczko.

– Na jedno wychodzi! Kiedy będzie się uczył, na przykład po południu, ja pójdę do biura. Mogę zajmować się masą rzeczy, nie jestem równie inteligentna jak mój syn, ale odpowiadałam ci jako sekretarka.

– Byłaś doskonała, z tym że to praca na pełny etat, moja najdroższa kuleczko.

– Albo w magazynie z Ginette i Reném. Nie boję się ciężkiej pracy... A poza tym brakuje mi ich, byli dla mnie jak rodzina. Prawie się z nimi nie widujemy, a gdy się spotykamy, nie mamy sobie wiele do powiedzenia. Ja siedzę z założonymi rękami jak wielka pani, a oni ciężko harują w firmie. Poznałam się na dobrych winach, nauczyłam się dobrych manier, nowych słów i teraz ich onieśmielam. Zauważyłeś te momenty ciszy, jak jesteśmy we czwórkę? Słychać, jak muchy przebierają łapkami! Kiedyś śmialiśmy się do rozpuku, na całe gardło, śpiewaliśmy stare piosenki, naśladowaliśmy Les Chaussettes Noires i Patricię Carli, robiliśmy sobie czuby na głowie, wciskaliśmy się w suknie Vichy, poszturchiwaliśmy się... A teraz jemy z łokciami przy sobie, pijąc dobre czerwone wino, które wybrałeś, ale atmosfera się zmieniła.

– Starzejemy się, Żabciu, po prostu się starzejemy. A firma się rozrosła, skończyły się dawne beztroskie lata. Staliśmy się firmą światową! Kontenery przyjeżdżają ze wszystkich stron świata. Nie gawędzę już z Reném tak jak przedtem, nie pijemy już białego wina pod glicynią, nie ma czasu... Nawet Ginette się skarży, że nie widuje męża!

– A ja nie uczestniczę w tej przygodzie. Nie uczestniczę już w żadnej przygodzie. Ani twojej, ani Juniora, siedzę w moim pięknym domu z tak ponurą miną, że grabarz by się przestraszył. Nudzę się tak bardzo, że odesłałam sprzątaczkę, żeby móc myć za nią podłogi. To mnie uspokaja. Przez cały czas wszystko poleruję i układam. Wszystko zlewam domestosem... Jak tak dalej pójdzie, Marcel, to żyć mi się odechce.

– Ach! Nie wywołuj nieszczęścia! – zaprotestował Marcel. – Znajdziemy jakieś rozwiązanie, obiecuję ci. Zastanowię się nad tym.

– Obiecujesz?

– Obiecuję, ale daj mi czas, żebym się zorganizował, zgoda? Nie ciśnij mnie. Mam teraz takie kłopoty, że pojęcia nie masz! Walą ze wszystkich stron, a nie mam nikogo, kto mógłby mi pomóc.

– Widzisz? Mogłabym ci się przydać.

– Nie jestem pewien, Żabciu. To szczególny rodzaj kłopotów.

– Chcesz powiedzieć, że nie jestem wystarczająco kumata, żeby pojąć?

– Ależ nie, nie denerwuj się!

– Nie denerwuję się, tylko dochodzę do wniosku, że nie jestem dość rozgarnięta... Tak mi się właśnie wydawało. W końcu zanudzę się na śmierć i będzie trzeba mnie zamknąć w zakładzie dla nieuleczalnych neurasteników!

– Ach, nie! Josiane, proszę cię...

Josiane oprzytomniała. Marcel, jej dobry gruby Marcel musiał być wykończony, skoro zwracał się do niej po imieniu. Zmieniła ton i złagodniała:

– Dobrze, niech będzie, chowam żółć do kieszeni i nie jęczę dłużej– zgodziła się z żalem. – Ale nie zapomnisz o tym pomyśleć? Nie zapomnisz?

– Obiecuję... Na mur-beton będę pamiętał.

– A jakie masz problemy?

Przejechał ręką po łysej czaszce, zmarszczył cętkowaną skórę, mruknął:

– Musimy rozmawiać o tym teraz, natychmiast? Chciałbym zrobić sobie chwilę przerwy. Życie jest w tej chwili ciężkie i gdybym mógł trochę odpocząć, byłbym szczęśliwy, wiesz...

Skinęła głową. Pomyślała, że musi z nim o tym później porozmawiać. Usiadła mu na kolanach. Objęła go za szyję. Dmuchnęła mu w prawe ucho, wydając dźwięk gwizdka... Opadł z westchnieniem, przygwoździł ją do siebie, zastanawiał się, jaką anegdotę z biura mógłby jej opowiedzieć, żeby pokazać, iż zrozumiał lekcję i...

– Nigdy nie zgadniesz, kto mnie dzisiaj odwiedził!

– Jeżeli nie zgadnę, to lepiej od razu mi powiedz, mój gruby włochaty Wilku – szepnęła, gryząc go delikatnie w ucho.

– Nie będzie zabawy, jeżeli trochę cię nie pomęczę... Powiedz, czy ty przypadkiem nie schudłaś? – spytał, gniotąc jej talię. – Nie mogę znaleźć moich najdroższych wałeczków. Czyżbyś zaczęła się żywić wyłącznie szarańczą?

– No nie...

– Nie chcę, żebyś się zrobiła koścista, moja Przepióreczko! Lubię cię puszystą. Rozumiesz? Chcę cię dalej podgryzać kuszony własnym łakomstwem.

– Pomyślałam sobie, że jak mi nie znajdziesz pracy, to zostanę top modelką!

– Pod warunkiem, że będę twoim jedynym fotografem! I że będę mógł oglądać, co masz pod spódniczką.

Za słowami poszły czyny: wsunął jej rękę pod spódnicę.

– Jesteś moim królem, moim nieustraszonym, najdzielniejszym... jedynym, który ma prawo zabrać mnie do cyrku! – parsknęła śmiechem rozczulona Josiane.

Marcel pokraśniał z radości i wbił nos między piersi uwielbianej Żabci.

– Junior jest w swoim pokoju?

– Nie wolno mu przeszkadzać, uczy się angielskiego metodą, którą mu wyszukałam. Całkowite zanurzenie. Ma zajęcie aż do ósmej.

– Pędzimy do łóżka mówić sobie czułe słówka?

– Pędzimy, pędzimy, nic się nie boimy...

Poszli na paluszkach do pokoju, zrzucili kapę, zawirowały spódnice, spodnie i halki i ruszyło koło młyńskie, bawili się w małego węża boa sierotkę, błyszczącego pająka mórz północnych, pingwinka pod lodem, klauna żonglującego główkami kapusty i szaloną żyrafę z akordeonem. Wreszcie zmęczeni, zaspokojeni, rzucili się sobie w ramiona, ciesząc się z takiego apetytu seksualnego, lizali się, pocierali o siebie, nadymali ze szczęścia, aż wreszcie opadli jak dwa sflaczałe pęcherze.

Marcel mruczał i recytował wiersze sprzed trzech tysięcy siedmiuset lat, wyrzeźbione na murach świątyni bogini Isztar w Babilonie w Mezopotamii: „Niech zawieje wiatr, niech zadrży las! Niech moja moc spłynie jak woda w rzece, niech mój penis pręży się jak struna harfy...".

– Jaki giętki masz język, grubasie, tak giętki i bogaty, jak waleczny jest twój członek – westchnęła Josiane.

– Ach! Nie mięknie mi rura! – wykrzyknął Marcel. – I nigdy nie więdnie.

– To fakt, że nigdy ci nie wisi i nie przerywasz oblężenia!

– Co ci mam powiedzieć, moja gołąbeczko, twoje ciało wprawia mnie w nastrój liryczny. Jest moim natchnieniem, każe mi grać tremola, szalone arpeggia. W dniu, w którym mnie zawiedzie, nie pozostanie mi nic innego, jak się powiesić.

– Nie wywołuj nieszczęścia, kochanie.

– To dlatego, że nie jestem już bardzo młody, i myśl o tym, że twemu ciału mogłoby zabraknąć pieprzu, mrozi mnie do szpiku kości. Musiałabyś wtedy zaspokajać pragnienie gdzie indziej i...

Pomyślał o pełnym temperamentu Chavalu, który niegdyś skutecznie wkradł się w łaski jego Żabci. Zabrakło mu tchu i cały zzieleniał ze złości. Zaśmiał się mściwie i przycisnął ją do siebie, żeby się upewnić, iż nikt mu jej nie odbierze.

– A właśnie! Spytaj raczej, kto odwiedził mnie dziś w biurze.

– Więc kto odwiedził cię dziś w biurze? – powtórzyła Josiane, mrucząc z rozkoszy pod ciężarem swojego królewskiego kochanka, Wielkiego Infanta.

– Chaval. Bruno Chaval.

– Co? Ten żeluś? Ten, co poleciał do konkurencji i groził, że nas zrujnuje?*

– Ten sam. Nie jest już pierwszej świeżości! Bieda u niego aż piszczy. Wylali go z ostatniej firmy. Nie chciał mi powiedzieć dlaczego. Wiem w każdym razie jedno: to wszystko śmierdzi na kilometr. Facet nie jest czysty. Oczy mu latają na wszystkie strony. Szuka pracy, chciałby, żebym go znowu przyjął, nawet na bardzo niskie stanowisko. Jest gotów pomagać Renému!

– To podejrzane, mój Wilku, on coś kombinuje... Chaval się szanuje. Nie sprzedałby się za dwa pięćdziesiąt.

– Wiem, że znasz go dobrze, moja gołąbeczko. Kiedyś się z nim widywałaś, i to nie tylko w pozycji pionowej!

– To był błąd. Wszyscy popełniamy błędy. Wtedy byłeś mężem Wykałaczki, a odwagi miałeś tyle co zając... I co mu powiedziałeś?

---

* Patrz *Żółte oczy krokodyla*, op. cit.

– Że nie mogę w żaden sposób mu pomóc. I żeby zwrócił się do innych dobrych ludzi... I zastałem go godzinę później, jak mizdrzył się do Trąbki! Nie wiem, o czym rozmawiali, ale gadali i gadali...

– Zobaczysz, że skończy jako żigolak! Zauważ, że tylko to mu pozostało: stroić lowelasa w łóżku. Cienki w pasie i słodki jak lukrecja...

– Takiej roli nigdy nie mógłbym odgrywać – westchnął Marcel, łaskocząc swoją Żabcię.

Szczęśliwy. Był szczęśliwy. Ich rytmiczne wznoszenie się ku szczęściu obmyło go ze wszystkich trosk i teraz leżał z błogim wyrazem twarzy koło swojej żony, gotowy gadać jeszcze godzinami. Łączyło ich tak doskonałe porozumienie, że nie mógł być długo pochmurny w towarzystwie Josiane, wdychał z rozkoszą zapach jej gęstej, miękkiej grzywy, wąchał fałdki na szyi, smakował jej pot, zagłębiał nos w puszyście pulchne ciało. Życie ofiarowało mu najbardziej wyjątkową z kobiet, jego połówkę pomarańczy, i troski nikły jak cyfry wypisane kredą na czarnej tablicy.

Zapominał o wszystkim, gdy trzymał Żabcię w ramionach.

A jednak kłopotów nie brakowało.

Od piętrzących się trudności kręciło mu się w głowie. Nie wiedział, od której strony zabrać się do rozwiązywania problemów.

Zawsze liczył na swój zdrowy rozsądek chłopaka z ulicy, talent do dostosowywania się do okoliczności, smykałkę do interesów, która pozwalała mu wyrolować jednych i ogłupić innych, aby wyjść z najbardziej niebezpiecznych sytuacji. Marcel Grobz nie był niewiniątkiem. Nie skończył renomowanych szkół, ale posiadał genialny zmysł analizy i syntezy, intuicję, dzięki której zawsze o krok wyprzedzał konkurentów. Nic go nie odstręczało: ani pokaźna łapówka wsuwana do ręki w ostatniej chwili, ani odwrócenie przymierzy, ani stare dobre kłamstwo wypowiadane pełnym szczerości tonem z oczyma wzniesionymi do nieba. Nigdy nie mylił się w kalkulacjach, a jednocześnie był znakomitym strategiem. Nigdy nie gubił się w mętnych domysłach, chyba że chciał zmylić wroga. Udać słabego, a następnie zniszczyć przeciwnika. Umiał się posługiwać perfidną insynuacją, fałszywą informacją, naiwnym zaprzeczaniem, aby potem zatriumfować nad przeciwnikiem niczym rzymski wódz.

Zrozumiał, że za pieniądze można kupić wszystko, i bez oporu podpisywał czeki, aby kupić pokój. Wszystko ma swoją cenę, a jeżeli cena była rozsądna, wykładał pieniądze na stół. W ten sposób zawarł rozejm z Henriette. Chce kasy, to ją dostanie! Niech się nią udławi, byle tylko był spokój. Ufał własnemu sprytowi, licząc, że zarobi pieniądze wydane na tę cierpką, twardą kobietę, która go wykorzystywała. Co mu zależy! Był kretynem, skoro dał się jej złapać, teraz za to zapłaci. Pieniądze rządzą wszystkim, on będzie rządził pieniędzmi. Nie pozwoli, aby kierowała nim zachłanność.

Ale ostatnimi czasy biznes przysparzał coraz więcej trudności. Wszystkim. W Chinach prawdziwym problemem było przestrzeganie norm jakości. Powinien przez cały czas być na miejscu, nadzorować taśmy produkcyjne, instalować systemy kontroli, żądać wprowadzenia testów. Spędzać tam przynajmniej dziesięć dni w miesiącu. Ponieważ poświęcił się szczęściu rodzinnemu, coraz rzadziej jeździł do Chin. Ufał chińskim wspólnikom, a to nie był dobry pomysł. To wcale nie był dobry pomysł... Potrzebowałby skutecznej prawej ręki. Młodego mężczyzny, kawalera, którego nie przerażałyby podróże. Ilekroć próbował zatrudnić handlowca do pomocy, kandydat, zanim usiadł, pytał o liczbę dni urlopu, stawkę za godziny nadliczbowe, zwrot kosztów służbowych i jakość ubezpieczenia. Protestował, jeżeli podróże były zbyt częste lub nie podróżował pierwszą klasą. A ja zakładałem fabryki w różnych zakątkach świata, podróżując z kolanami pod brodą! jęczał Marcel, analizując problem na wszystkie strony i nie znajdując rozwiązania. Przedtem, za czasów Wykałaczki, przemierzał kulę ziemską. Chiny, Rosja, Europa Wschodnia, żył na walizkach. Dziś lot tam i z powrotem do Sofii wydawał mu się podróżą dookoła świata! Tymczasem jego firma rozwinęła się głównie poza granicami Francji. Dwanaście tysięcy osób pracowało dla niego za granicą, czterysta we Francji. I jak tu znaleźć błąd?!

Problemy pojawiały się zwłaszcza w Chinach.

Koszty siły roboczej, kiedyś tak niskie, rosły co roku o dziesięć procent i wielu przedsiębiorców uciekało do innych krajów, przenosząc po raz kolejny swoje firmy. Nowym modnym kierunkiem był Wietnam. Ale trzeba by pojechać do Wietnamu! Poznać tamtejsze zwyczaje, język, wszystko zacząć od nowa, wszystkiego uczyć się od nowa!

Inny problem w Chinach stanowiły podróbki. Tuż koło jednej z jego fabryk powstał zakład, w którym kopiowano jego wzory i sprzedawano je po niskich cenach konkurentom europejskim. Protestował, wytoczono mu proces, utrzymując, że to on kopiuje wzory tamtych! Do tego dochodzą wymogi francuskich służb celnych, które codziennie wymyślają nowe normy bezpieczeństwa w odniesieniu do produktów pochodzących z Chin. Był zmuszony produkować palety z kartonu lub z impregnowanego drewna, żeby nie wywołać epidemii.

Kryzys dotykał także Chińczyków. Wiele fabryk upadało z powodu braku zamówień. Lub niewypłacalności amerykańskich dłużników. Zamykano je i zapominano o spłacie zobowiązań. Prezesi znikali i nie należało liczyć na chiński wymiar sprawiedliwości, żeby ich odnaleźć.

Nie widział żadnego wyjścia z sytuacji.

Próbował rozpocząć działalność w Rosji. Otworzył fabrykę, wysłał prototypy, które mieli produkować, zainwestował pieniądze. Wszystko zniknęło z dnia na dzień! Nawet rośliny z holu! Nie było nic, a gdy zobaczył dyrektora, którego zatrudnił, ten przeszedł na drugą stronę ulicy, żeby się z nim nie spotkać. Nie mógł walczyć sam. Rosja stała się prawdziwym Dzikim Zachodem. Panowało tu prawo kolta.

Nie mógł także zmniejszyć firmy: na rynku utrzymywały się tylko duże przedsiębiorstwa. Małe jedno po drugim zamykały podwoje.

Czuł, że traci czujność. Zmęczenie, wiek, tęsknota za lenistwem... Obchodząc następne urodziny, zdmuchnie sześćdziesiąt dziewięć świeczek. Nie był już człowiekiem młodym, chociaż czuł, że jest w pełnej formie.

Sześćdziesięciodziewięcioletni mężczyzna nie jest stary, powtarzał, jakby chciał przekonać samego siebie. Nic z tych rzeczy. Przypomniał sobie ojca w tym wieku i porównał się z nim. Wyglądał jak zasuszona morela! Pożółkła, pomarszczona twarz, wargi wklęsłe z braku zębów, które by je podtrzymywały, i zapadnięte oczy podobne do czarnych łez. On natomiast tryskał życiem i energią. Choć dyszał ciężko, wchodząc po schodach... W zeszłym tygodniu źle się poczuł, zanim dotarł na trzecie piętro. Chwycił się poręczy i pokonał następny stopień, trzymając się za serce.

Nie opowiadał o tym Josiane.

Kręciło mu się w głowie, dziwny ostry ból z prawej strony ścisnął go za serce, stał z nogą uniesioną w powietrzu, czekając, aż odzyska oddech, a potem ruszył dalej, licząc stopnie, żeby przestało mu się kręcić w głowie. Nie! Nie pójdzie do lekarza. Do tych facetów przychodzi się w niezłym stanie, a wyjeżdża nogami do przodu. Jego ojciec dożył dziewięćdziesięciu dwóch lat, przypominając suchą morelę, a nigdy nie był u żadnego lekarza! Jedynym medykiem, którego Marcel zgadzał się odwiedzać, był dentysta. Bo śmiał się z nim, wyglądał na uczciwego, znał się na winach i kochał piękne kobiety do utraty tchu. Ale przed pozostałymi uciekał i nie czuł się z tego powodu gorzej.

W łóżku z Żabcią nigdy nie kłuło go w sercu. Ani nie dostawał zadyszki... Czy to nie warte tyle samo co wszystkie elektrokardiogramy?

Aczkolwiek...

Musi znaleźć zastępcę. Młodego, sprytnego, zręcznego, energicznego, gotowego dużo z siebie dać, podróżować dwa tygodnie w miesiącu. Rzadką perłę.

Wahał się, kiedy Chaval przyszedł go odwiedzić.

Nie wspomniał o tym Josiane, ale... nie powiedział Chavalowi nie. Tylko: Niech pan jeszcze przyjdzie, nie wiem, czy nie będę kogoś potrzebował, a przede wszystkim nie wiem, czy mogę panu zaufać. Tamten zaprotestował, bił się w piersi, mówił o błędach młodości, przypomniał, jak się przysłużył firmie. A to prawda, że ten gość nie był zły, zanim nie stracił głowy i nie przeszedł do konkurencji! Marcel się wahał. Wahał. Czy można zaufać człowiekowi, który już raz cię zdradził? Czy można wybaczyć i położyć tę zdradę na karb młodości, ambicji pełnego temperamentu człowieka, wiecznie spragnionego większej władzy i większych pieniędzy?

Chaval nie był zły. Wcale nie był zły, gdy pracował jako szef działu sprzedaży. Miał zmysł do interesów i zdrowy rozsądek księgowego. Nawet Josiane go wtedy promowała. Dzisiaj to się zmieniło. Narobiłaby wrzasku, gdyby się dowiedziała, że Chaval wraca.

Więc siłą rzeczy wcale go nie urządzało, że Żabcia chce odzyskać swoje miejsce w firmie.

Wcale a wcale...

Marcel dobrnął właśnie do tego etapu swych ponurych rozważań, gdy do drzwi zapukał Junior.

– Puk! Puk! Mogę wejść czy przeszkadzam? *May I come in or am I intruding?*

– Co on mówi? Co on mówi? – spytała Josiane, ubierając się w te pędy.

– Mówi, że chce wejść.

– Minutkę, skarbie! – krzyknęła Josiane, wkładając spódnicę, bluzkę, rajstopy i próbując zapiąć stanik. – Pospiesz się – rzuciła do Marcela.

– Jesteście w łóżku? Ubrani czy rozebrani? – kontynuował Junior.

– Yyy... Powiedz coś! Tyś mnie tu zaciągnął.

– Mówisz tak, jakbym cię zgwałcił! – zaśmiał się Marcel, wracając do rzeczywistości.

– Już, już, Junior! – powtórzyła Josiane, która szukała po omacku majtek w pościeli.

– Nie spieszcie się, nie chciałbym was popędzać... *Take it easy, life without love is not worth living! And I know perfectly well how much you love each other...**

– Och! Marcel! Łyknął całą metodę! To niemożliwe! Rozumiesz, co on mówi?

– Tak, i to jest urocze... Życzy nam wiele szczęścia!

– Ależ pospiesz się! Będzie zbulwersowany, gdy zobaczy, że leżysz goły w łóżku jak tłusty ślimak!

Marcel wstał z żalem i rozglądnął się za swoimi rzeczami.

– Dobrze mi było, Żabciu, bardzo dobrze...

– Tak, ale się skończyło. Przechodzimy do czego innego. Znowu stajemy się godni szacunku.

– Chętnie zostałbym w łóżku...

– *Stay, father, stay... I know everything about human copulation, so don't bother for me...***

– Junior! Mów po francusku! Mamie będzie przykro.

– *Sorry, mother!* Mam po prostu głowę pełną angielskich słów. Będziesz ze mnie dumna, opanowałem cały kurs.

---

* Nie spieszcie się. Życie bez miłości nic nie jest warte, a ja doskonale wiem, jak bardzo się kochacie.

** Zostań, tato, zostań. Wiem wszystko na temat kopulacji u ludzi, więc nie martwcie się o mnie.

Brakuje mi tylko nieco praktyki, żebym miał doskonały akcent. Hortense osłupieje... Skończyliście się już splatać? Mogę wejść?

Josiane westchnęła:

– Wejdź.

I pojawił się Junior.

Usiadł na skraju łóżka i oświadczył:

– W istocie pachnie tu frenetyczną kopulacją.

Josiane spojrzała na niego groźnie, więc się poprawił:

– Była to jedynie naturalistyczna uwaga, zechciejcie mi wybaczyć... Poza tym wszystko w porządku?

– W najlepszym porządku, Junior! – wykrzyknęli chórem rodzice złapani na gorącym uczynku.

– Co was popchnęło do tego splątania ciał, potrzeba przezwyciężenia smutku czy naturalna skłonność?

– Jedno i drugie, Junior, jedno i drugie – oświadczył Marcel, ubierając się w pośpiechu.

– Masz kłopoty w biurze, ojcze?

Junior wbił wzrok w oczy ojca i Marcel niemal nieświadomie zaczął się zwierzać:

– Sytuacja teraz jest trudna, wiesz... Wszędzie jest kryzys i jest mi ciężko...

– A przecież meble to nie samochody. Mebel jest tańszy, a w czasie kryzysu ludzie lubią się chronić w przyjemnych wnętrzach. Przykładowo, *daddy*, programy o wystroju wnętrz w telewizji nigdy nie cieszyły się taką popularnością.

– Wiem, Junior.

– Masz ciekawy profil: wszystko dla domu na każdą kieszeń. Masz dobrych projektantów, dobrych producentów, dobrą sieć dystrybucji...

– Tak, ale żeby się utrzymać na rynku, trzeba rozwijać firmę, zakładać nowe fabryki, wykupywać małe upadające zakłady... a ja nie mogę być wszędzie naraz! Musiałbym się sklonować. A tego jeszcze nie wymyślono!

Mówił ze wzrokiem wbitym w oczy dziecka. Czytał w nich historię swoich problemów i nadzieję na ich rozwiązanie. Spojrzenie Juniora uspokajało go. Czerpał z niego siłę, kreatywność, nową chęć do walki. Tworzyło się coś na kształt niewidzialnego sojuszu. Dorosły odradzał się w oczach dziecka, odzyskiwał wiarę w przyszłość.

– Zawsze trzeba patrzeć dalej i szerzej, *daddy*. Człowiek, który nie idzie naprzód, jest stracony.

– Mam tego świadomość, synu. Ale widzisz, musiałbym się rozmnożyć, albo spędzać życie w samolotach. A nie mam na to wcale ochoty!

– Potrzebujesz wspólnika. Tego ci brakuje i to cię męczy.

– Wiem. Myślę o tym.

– Znajdziesz go. Nie zniechęcaj się.

– Dziękuję, synu. Kiedyś robiłem złote interesy w oparciu o projekty moich specjalistów handlowych. Weźmy przykład domów drewnianych importowanych z Rygi. Dzięki nim firma zrobiła skok do przodu. No właśnie, a nie był to mój pomysł. Ja go tylko podchwyciłem. Podano mi go na tacy. Potrzebne by mi były dziesiątki takich pomysłów. A tego brakuje, brakuje... Jesteśmy wszyscy przeciążeni pracą. Nie mamy już czasu na refleksję, poszukiwania, antycypację.

– Nie poddawaj się. Nie wychodź z Chin, nawet jeżeli masz tam kłopoty. Oni podniosą się pierwsi. Mają tak elastyczny system, o wiele mniej sztywny od naszego. Jesteśmy starym krajem, z masą zakazów i przepisów. A oni żyją z prędkością tysiąca kilometrów na godzinę, wymyślają własny kraj wciąż na nowo... Kiedy interesy znowu ruszą, oni pociągną gospodarkę światową i wtedy nie będziesz żałował, że zostałeś.

– Dziękuję, Junior, brzmi to zajebiście.

– Szkoda, że jestem jeszcze mały... przynajmniej zgodnie ze standardami naszego społeczeństwa... bo chętnie bym z tobą przez jakiś czas pracował, żeby ci pomóc. Jestem pewien, że razem tworzylibyśmy wspaniałą ekipę.

– Czytasz w moich myślach, Junior, czytasz w moich myślach.

Josiane obserwowała rozmowę ojca z synem z otwartymi ustami i wytrzeszczonymi oczami.

Bez słowa.

A jeżeli potrzebny był jej jakiś dowód na to, że dwaj mężczyźni jej życia zdystansują ją ostatecznie, to właśnie go otrzymała. Nawet na sekundę nie obrócili się do niej, żeby włączyć ją do rozmowy! Rozmawiali jak mężczyzna z mężczyzną, z utkwionym w siebie wzrokiem, i poczuła się po raz kolejny strasznie niepotrzebna.

Kiedy rozpoczęła pracę w firmie Marcela, zanim została jego markizą Pompadour, próbowała się wspinać po szczeblach kariery. Porzucić rolę sekretarki, którą nie pogardzała, skądże znowu, ale się w niej nudziła. Pracowała do późna, nie brała urlopu nawet w sierpniu, odpowiadała dostawcom, wysuwała nowe pomysły, aby wzbogacić i zdywersyfikować działalność firmy. Chaval i inni mu podobni pozwalali jej pracować, przygotowywać projekty, liczyć budżety, a gdy przychodziło pokazać wynik Marcelowi Grobzowi, przypisywali sobie wszystkie zasługi. A ona patrzyła zaskoczona, bełkocząc: Ale to ja... to ja... Marcel zaś ledwie podnosił wzrok, żeby jej wysłuchać.

To ona odkryła żyłę złota, jaką stanowiły drewniane domy z Rygi na Łotwie. Domy o powierzchni stu metrów kwadratowych, importowane za dwadzieścia pięć tysięcy euro, odsprzedawane po pięćdziesiąt tysięcy z dostawą i montażem. Z oszkleniem termicznym, z drewnianych bali o grubości dziewięciu centymetrów. Potężne jodły czerwone, które rosną powoli na wysokości ponad tysiąca pięciuset metrów, o gęstości siedmiuset pięćdziesięciu kilogramów na metr sześcienny w porównaniu do czterystu kilogramów w przypadku tradycyjnej jodły lub świerka. Mogła wyrecytować wszystkie zalety tych domków z zamkniętymi oczami. Nie zaglądając do notatek. Opowiedziała o tym Chavalowi, który jej pogratulował i obiecał, że gdy przyjdzie na to pora, sama przedstawi projekt szefowi. Nic z tego! Spił całą śmietankę. Jak zwykle. Dała się zrobić w konia jak pierwsza naiwna. Przychody Marcela poszybowały w górę dzięki domkom z Rygi, a Chaval dostał niezłą prowizję za to, że trafił taką okazję.

To było dawno... Wtedy dawała się robić na szaro. Nie była w stanie się bronić. Przyzwyczajona do ciosów i padania do nóg temu, kto ją bił. Paskudne przyzwyczajenie z dzieciństwa. Josiane nie musi się uczyć, wystarczy, że będzie umieć kołysać biodrami! Dziwka z mojej córki, że palce lizać, mawiał jej ojciec, głaskając ją po pupie. Kręć tyłkiem, moja mała, kręć. Kobietom wiedza niepotrzebna, nawet zakuta pała ciągnie pałę innym i więcej z tego ma.

Cała rodzina pękała ze śmiechu i wypychała jej watą miseczki stanika, aby przyciągnąć samca. Wujowie łapali ją w ciemnych kątach, by „nauczyć życia", ciotki i matka chichotały, że w ten sposób zdobędzie zawód, nie będzie się przecież stawiać.

Nie miała dość siły, aby dać im odpór.

Te czasy minęły. Przysięgła to sobie w dniu, kiedy wróciła z kliniki położniczej z ukochanym dzieckiem w ramionach. Już nikt nigdy nie zepchnie jej do rowu.

A teraz wszystko zaczynało się od nowa. Patrzyła na przejeżdżające pociągi, które pluły jej żwirem w twarz.

Musiała zareagować.

Była wyautowana.

Nie podobała się jej ta myśl.

Spuściła głowę, zebrała myśli, wpatrywała się w jeden punkt pokoju, wybrała zasłonę i postanowiła: Muszę z tego jakoś wyjść, muszę wpaść na jakiś pomysł, żeby wydostać się z tej ślepej uliczki. Bo jak nie, to zginę, zestarzeję się z zawrotną szybkością, ograniczę do wieczornego rosołu, do słuchania bez słowa, jak rozmawiają, a w moim wieku nie wyjdzie z tego nic dobrego. Czterdzieści trzy lata... mam jeszcze coś w życiu do zrobienia, nie? Mam jeszcze coś do zrobienia...

Bo potem będę za stara na wszystko, nawet na to, żeby ciągnąć pałę.

Łzy napłynęły jej do oczu. Miała ochotę położyć się i nigdy już nie wstać z łóżka. Otarła końce rzęs i walczyła z przypływem ponurych myśli, które rzucają człowieka o ścianę.

Zawsze dawałaś sobie radę, moja droga, zawsze dawałaś sobie radę... Nie zwieszaj nosa na kwintę, rób dobrą minę, uruchom mózg. Nie jęcz. Ci dwaj goście cię kochają. Jesteś światłem ich życia. Ale to silniejsze od nich. Testosteron zawsze będzie górą.

Nie daj się, nie daj się... Wymyśl nową drogę. Idź na południe, jeżeli nie możesz udać się na północ.

Wtedy przyszedł jej do głowy pewien pomysł. Uśmiechnęła się do zasłony: zadzwoni do Joséphine. Joséphine zawsze umiała coś doradzić.

Opowie o swojej porażce, a Joséphine jej wysłucha.

Razem znajdą jakieś wyjście.

Wyprostowała się, pomyślała, że pewnie od łez ma czerwony nos. Nie chciała budzić litości. Wstała, wśliznęła się do łazienki, żeby przypudrować twarz, i krzyknęła, klaskając w dłonie: Do stołu, krasnoludki!

*

Serrurier domagał się nowej książki.

Dzwonił. Joséphine widziała numer na wyświetlaczu telefonu i nie odbierała. Słuchała wiadomości. „Świetnie, świetnie... Pewnie pani pracuje. Niech pani pracuje, Joséphine, niech pani pracuje. Nie mogę się doczekać, żeby zacząć czytać...".

I serce biło jej jak szalone.

Pisać. Pisać.

Czuła strach wszędzie. W brzuchu, gdy zbliżała się do komputera, w głowie, gdy próbowała wymyślić jakąś historię, w rękach leżących nieruchomo na klawiszach. Strach w dzień, strach w nocy. Strach, strach, strach.

Taka pokorna królowa przyszła jej całkiem naturalnie. Nie pisałam, wyświadczałam przysługę Iris. Byłam posłuszna jej rozkazom. Ponieważ zawsze byłam jej posłuszna... Było to całkiem naturalne.

A poza tym łatwe. Pożywkę stanowiły dla mnie lata studiów i oparłam się na epoce, którą znam na pamięć. Floryna, Wilhelm, Isabela, Stefan Czarny, Tybald Trubadur, Baldwin, Gwibert Pobożny, Tankred z Hauteville to moi znajomi; przyoblekłam ich w ciało, które ożywiła moja wiedza. Znałam otoczenie, zamkowe skarbce, suknie i ozdoby, sposób mówienia, polowania, walki, zwracania się do pana lub ukochanej, zapachy dochodzące z kuchni i potrawy, jakie w nich przygotowywano, lęki i niebezpieczeństwa, pragnienia i waleczne czyny.

A może wróciłabym do dwunastego wieku?

Z ramienia CNRS uczestniczyła w przygotowaniu pracy zbiorowej na temat roli kobiet w krucjatach. Mogłaby opowiedzieć historię jednej z kobiet, które ruszyły do boju. Wyjątkowych kobiet, które się nie bały.

Bawiła ją ta myśl, ale ją odrzuciła. Nie miała ochoty zamykać się we własnej specjalizacji. Chciała zagrać na nosie kolegom, którzy patrzyli na nią z góry i uznawali jej powieść za lekturę dla podlotków. „Taka sprzedaż! Poszła na łatwiznę! Schlebia niskim instynktom ludzkim, serwuje tanie historyjki! Znalazła żyłę złota i czerpie z niej bez umiaru, to żałosne!" Upokorzył ją sposób, w jaki została potraktowana przy obronie habilitacji. Rana się nie zabliźniła. Obiecywała sobie cichutko: Pokażę im, że potrafię robić coś innego. Wymyślić jakąś historię. Wymyślić coś...

I wtedy drżała ze strachu.

Wieczorami mówiła do gwiazd, błagała o pomoc ojca. Szukała gwiazdki na końcu Wielkiej Niedźwiedzicy, wołała: Tato, tato... Pieniądze topnieją, muszę znowu wziąć się do pracy. Podpowiedz mi coś, rzuć jakiś pomysł, jak list do skrzynki, a zabiorę się do pracy. Lubię pracować, podobało mi się pisanie pierwszej książki, lubiłam godziny niepokoju, poszukiwań i radości w czasie pisania, błagam, podeślij mi jakiś pomysł. Nie jestem pisarką, tylko debiutantką, która miała szczęście. Nie umiem sama stanąć na wysokości zadania.

Ale gwiazdy milczały.

Wracała do łóżka na zdrętwiałych nogach, z lodowatymi rękami i zasypiała, śniąc o tym, że wczesnym rankiem znajdzie w głowie przesyłkę z nieba.

Znowu brała do ręki książkę, którą miała zredagować dla Presses universitaires. Przeczytać, uporządkować, napisać przedmowę do tekstów kolegów. Myślała: Od tego zacznę, może wtedy strach mnie opuści i z dzieła zbiorowego rzucę się w wir samotnej pracy nad swoją książką.

Codziennie siadała za biurkiem.

I codziennie znajdowała tysiące wymówek, żeby nie brać się do pracy. Sprzątanie mieszkania, płacenie rachunków, wypełnianie formularzy ubezpieczeniowych, telefony do hydraulika, elektryka, wyprowadzanie psa, szczotkowanie go, bieganie nad jeziorem, czytanie rozdziałów autorstwa kolegów, napełnianie lodówki, obcinanie paznokci u nóg, wypróbowanie nowego przepisu, pomoc Zoé w odrabianiu lekcji. Wieczorem kładła się spać niezadowolona, patrząc w lustro, dochodziła do wniosku, że jest gruba i paskudna, i obiecywała sobie: Jutro zabiorę się do dzieła. Jutro na pewno wezmę się do pracy. Napiszę wstęp i zacznę książkę. Przestanę kombinować, tracić czas. Jutro...

A następnego dnia była piękna pogoda. Du Guesclin pokazywał jej drzwi, zabierała go więc, żeby trochę pobiegać. Obiegała jezioro, czekając, aż spod nóg wytryśnie pomysł. Przyspieszała, aby przyspieszyć bieg myśli. Zatrzymywała się zdyszana, zgięta w pół, bo kłuło ją w boku. Wracała z niczym. Zaczynało się popołudnie, Zoé niedługo wróci ze szkoły, opowie jej, jak minął dzień w liceum, co napisał Gaétan w ostatnim mailu, spyta: Czy myślisz, że pan Sandoz ma jakieś szanse u Iphigénie? Chciałabym, żeby powiedziała: tak... A wiesz co, mamo, spotkałam parę gejów i znowu się kłócili! Bez przerwy się przegadują! Ważne, żeby jej wysłuchać, nie zabiorę się do tego teraz, nie mam dosyć czasu, jutro na sto procent, jutro wezmę się do pracy.

Jutro...

I znowu brała do ręki książkę o kobietach uczestniczących w krucjatach. Historie wspaniałych kobiet opisane w aktach prawnych, opowiedziane przez kronikarzy takich jak Joinville czy znane z ikonografii. Miała napisać dziesięć stron, żeby przedstawić te kobiety i znaleźć dla nich wspólny mianownik.

W dwunastym i trzynastym wieku krucjaty przypominały wycieczki organizowane przez biura podróży, z wyznaczoną trasą i miejscami odpoczynku. Chodziło o to, żeby dotrzeć do korzeni, postawić stopę na ziemi przodków, wziąć krzyż na barki jak Jezus, zobaczyć pusty grób, a zgodnie z Apokalipsą Bóg osuszy łzy pielgrzymów. Na końcu podróży czekała ich radość. Podróż zewnętrzna i wewnętrzna. Pokonywali lęki, udawali się w nieznane.

W pierwszym artykule była mowa o tym, jak Orient przyciągał kobiety, które nigdy nie podróżowały, nigdy nie opuściły swojej wsi czy domu i wyruszały w długą drogę, aby odkryć nowe krajobrazy i nieznane cywilizacje.

Była to dla nich okazja do ucieczki przed rutyną. Wiek nie odgrywał roli. Brygida Szwedzka wyjechała, gdy miała sześćdziesiąt osiem lat. Pokusie ulegały kobiety ze wszystkich środowisk. Nie przejmowały się, co ludzie powiedzą, tylko wyruszały.

Joséphine zanotowała na marginesie: „Warto zauważyć, że kobiety w tym okresie nie podporządkowywały się całkowicie mężom, były silne i odważne. Nie wszystkie siedziały w domu zamknięte w pasy cnoty! Kolejny stereotyp!".

Jedna z nich, Anna Komnena, walczyła u boku małżonka, nosiła misiurkę, hełm, strzelała z łuku i katapulty, zachowywała się jak mężczyzna na polu bitwy i znalazła czas na opisanie swoich przygód:

„Wiele kobiet wzięło krzyż i wiele dziewcząt wyjechało z ojcami. Nastał wówczas taki ruch mężczyzn i kobiet, jakiego nikt nie pamięta z przeszłości. Mrowie ludzi bez broni, liczniejszych niż ziarna piasku i gwiazdy, niosących palmy i krzyże na barkach: mężczyźni, kobiety, dzieci, którzy opuszczali swój kraj. Ich widok przypominał rzeki spływające zewsząd".

Joséphine zanotowała jeszcze: „Relacja Anny Komneny jest interesująca, gdyż autorka wspomina o pierwszej krucjacie (1095-1099). Jako pierwsza sygnalizuje obecność kobiet...".

I jako jedyna.

Odłożyła długopis i zamyśliła się.

Historię najczęściej spisywali mężczyźni, którzy musieli grać pierwsze skrzypce! Pewnie przeszkadzało im to, że wędrowali wespół ze słabymi kobietami. Woleli pominąć ten szczegół w opowiadaniach samców wojowników...

Drugi artykuł omawiał warunki podróży.

Aby udać się na krucjatę, trzeba mieć: „Solidne serce, solidne usta i solidną sakiewkę".

Solidne serce, bo trzeba wytrwać do końca podróży. Niektóre kobiety ślubowały, że dojdą do Jerozolimy, ale zdjęte strachem rezygnowały, jak królowa Neapolu Joanna I, która opłaciła pielgrzyma, by udał się tam za nią. Wytykano ją palcami.

Solidne usta oznaczały, że trzeba umieć dochować tajemnicy, nie chełpić się przed muzułmanami, być dyskretnym.

Solidną sakiewkę – bo podróż była kosztowna. Często pojawiał się obraz trzech sakiewek, „jednej pełnej cierpliwości, drugiej pełnej wiary i trzeciej – pełnej pieniędzy".

Trzeci artykuł dotyczył politycznej roli kobiet podczas wypraw krzyżowych.

Często zastępowały mężów, stając na czele królestw, które tworzyli na Wschodzie. Uczestniczyły w walkach, sprawdzały się jako zręczne negocjatorki. To był ważny moment w procesie emancypacji kobiet.

Jej koleżanka opowiadała historię Małgorzaty Prowansalskiej, królowej Francji, małżonki Ludwika IX zwanego Świętym. Była kobietą wielkiej urody, która towarzyszyła mężowi i na Wschodzie wydała na świat kilkoro dzieci. To ona sprowadziła do Paryża, do konsekrowanej w 1248 roku Sainte-Chapelle, koronę cierniową Chrystusa zastawioną przez ostatniego łacińskiego cesarza Konstantynopola.

Razem z królem kierowała wielką wyprawą do Ziemi Świętej. Cała rodzina królewska w porcie w Aigues--Mortes wsiadła na trzy żaglowce: „Reine", „Demoiselle", „Montjoie", wypełnione prowiantem, zbożem, winem. Dwa i pół tysiąca rycerzy, giermków, stajennych, osiem tysięcy koni. Król i jego żona zrezygnowali z luksusu i przywdziali stroje zwykłych pielgrzymów.

Kiedy podczas szalejącej burzy statek przechylił się na mieliźnie, służący pytali: „Najjaśniejsza pani, co robić z pani dziećmi? Czy mamy je budzić?". Królowa odpowiedziała: „Nie budźcie ich, niech śpią dalej, ale pozwólcie im odejść do Boga we śnie".*

Joséphine uderzona szlachetnością Małgorzaty przeczytała kilka razy tę anegdotę. Żadnej paniki, żadnego zwątpienia. Ufała Bogu i oddawała swój los w Jego ręce.

Codzienne lęki wydały jej się nagle czymś błahym, a jej modlitwy słane do nieba pozbawione wszelkiej duchowości.

W Damietcie w Egipcie królowa odegrała znaczącą rolę polityczną. Była w ciąży, a musiała utrzymać miasto aż do nadejścia posiłków, w dodatku sama, gdyż król był chory. W trakcie oblężenia wydała na świat syna, który nosił imię Tristan „ze względu na smutny czas, w jakim się urodził".** Leżąc w połogu, zaklinała krzyżowców: „Panowie, na Boga, nie opuszczajcie tego miasta, jeżeli opuścimy miasto, zginie król, zginą też wszyscy, którzy zostali wzięci do niewoli. A jeżeli to was nie przekonuje, to może przez litość dla tego wątłego stworzenia, które tu leży [jej synek Jan Tristan], poczekajcie aż do chwili, kiedy nabiorę trochę sił".***

Wstała i ruszyła bronić Damietty niczym prawdziwy dowódca armii.

Te kobiety nie tylko toczyły bitwy, stawiały czoła burzom, walczyły z bólem, zimnem i głodem – jeżeli ich mężowie bądź synowie wykazywali się tchórzostwem, obrzucały ich obelgami. Jak matka, która oburzona brakiem odwagi syna, napominała go, krzycząc: „Chcesz uciekać, mój synu! Więc wracaj do łona, które cię nosiło".

Joséphine czytała i myślała...

---

* Régine Pernoud, *Kobieta w czasach wypraw krzyżowych*, przeł. Iwona Badowska, Wydawnictwo Marabut, Gdańsk 2002 (przyp. tłum.).
** Tamże.
*** Tamże.

A więc nigdy się nie bały?

Na pewno drżały z lęku, lecz parły do przodu.

Jakby sam ruch odsuwał na bok lęk.

Zapisała na kartce: „Przezwyciężyć strach. Iść do przodu... Pisać cokolwiek, ale pisać".

Wpatrywała się w słowa zapisane na kartce i głośno je powtórzyła.

Tak, z tym że świat w średniowieczu był prostszy. Wierzono w Boga. Ludźmi kierowała pasja. Marzenie było piękne, a misja – szlachetna.

W tamtych czasach strach był uważany za przejaw diabelskiej mocy. Należało wierzyć w Boga niosącego światło i radość, aby uniknąć demonów lęku. Takie było przesłanie Ojców pustyni, anachoretów, którzy wybierali życie w odosobnieniu, aby odnaleźć przesłanie ewangeliczne. Ich nauczanie było przejrzyste. Uczyli tego, czego nam obecnie brakuje: zaufania, radości, zamiłowania do ryzyka i spokoju. Ten, kto wierzy – ufa i działa, ten, kto stoi po stronie Zła – jest smutny, ma melancholijną „czarną duszę".

Dzisiaj strach nas paraliżuje. Dzisiaj w nic już nie wierzymy.

Kto jeszcze mówi o transcendencji? Wiara w Boga, wiara w miłość bliźniego to słowa, które budzą śmiech kulturalnych ludzi.

Zatopiona w myślach szła do kuchni po tabliczkę czekolady mlecznej z migdałami, wracała za biurko, jadła jeden kawałek, dwa kawałki, trzy kawałki czekolady, czytała gazetę, głaskała po brzuchu Du Guesclina wyciągniętego u jej stóp. Wiesz, co robić, staruszku? Czy ty wiesz, co robić? Mrużył oczy, uciekał wzrokiem w nieruchomą i daleką przyjemność. Nie obchodzi cię to, co? Masz pełną miskę, a gdy pokazujesz mi drzwi, zabieram cię na spacer...

Znowu sięgała po kolejny kawałek, dwa kawałki, trzy kawałki czekolady, wzdychała, otwierała szufladę i chowała w niej tabliczkę. Wracała do przepisanego zdania: „Przezwyciężyć strach. Iść do przodu... Pisać cokolwiek, ale pisać".

Gwizdała na Du Guesclina i wychodziła. Szła, szła przez Paryż, słuchała, patrzyła, szukała detalu, który by ją natchnął, początku historii, wracała do domu przygarbiona, mijała sklep z telefonami komórkowymi, piekarnię, bank, optyka, sklep z ubraniami, pochylała się nad wystawami, wlokła noga za nogą. Na rogu ulicy rozpoznawała kobietę, która każdego wieczoru czekała pod bankiem. Okrąglutka kobieta w pięknych naszyjnikach, jedwabnej garsonce pod rozpiętym futrem, z torebką Chanel, włosami farbowanymi na kruczoczarny kolor, w wielkich ciemnych okularach. Ubrana jak na randkę. Na kogo czeka? Na męża? Kochanka? Joséphine pozwoliła Du Guesclinowi powęszyć po chodniku i obserwowała okrągłą kobietę szczęśliwą, że czeka. Spokojną. Uśmiechała się do przechodniów, z niektórymi rozmawiała. Mówiła o pogodzie, o prognozie meteorologicznej, ponurym lutym. Pewnie mieszka w tej dzielnicy. Joséphine przyglądała jej się i myślała: Ależ tak, widziałam ją już, rozpoznaję tę twarz. Co wieczór czeka na rogu ulicy.

Z banku wyszła kobieta. Powiedziała: Mamo. Powiedziała: Przepraszam za spóźnienie, miałam klienta, który nie chciał wyjść, opowiadał mi o swoim życiu, nie miałam serca go odprawić... Co zadziwiające, wydawała się starsza od matki. Krótkie siwiejące włosy, pokryta pryszczami twarz, bez makijażu, wciśnięta w gruby płaszcz. Szła ze zwieszonymi ramionami przypominającymi płetwy uchatki. Jak nieporadna nastolatka, którą koledzy nazywają Kulką.

Matka z córką, trzymając się pod rękę, wchodziły do pobliskiej restauracji. Wielkiego baru ozdobionego czerwonymi kwiatami. Joséphine widziała je przez szybę. Kelner świadczącym o zażyłości gestem wskazywał „ich" stolik.

Siadały i w milczeniu czytały kartę. Matka komentowała, córka potakiwała, potem matka zamawiała, rozwijała serwetkę i zawiązywała ją na szyi córce, a ta posłuszna nie protestowała, potem matka brała chleb, smarowała go masłem i karmiła nim córkę, która otwierała usta jak pisklę...

Joséphine obserwowała scenę z osłupieniem. I zachwytem.

Oto początek historii.

Historii niegdyś pięknej i apetycznej dziewczyny oraz matki, która nie chce zestarzeć się sama i tuczy córkę, aby zatrzymać ją przy sobie.

Tak, to jest to.

Każdego wieczoru matka czeka na córkę przy wyjściu z banku. Zabiera ją do restauracji i tuczy. Córka je, je i tyje. Nie będzie miała narzeczonego ani męża, nie urodzi dzieci, całe życie będzie mieszkać z matką.

Zestarzeje się karmiona, czesana, ubierana przez matkę jak mała dziewczynka. Gruba, coraz grubsza...

A matka pozostanie atrakcyjna, pełna wdzięku, miła dla wszystkich, ciesząca się życiem.

– Wymyśliłam historię – powiedziała podniecona Joséphine do Zoé, wróciwszy tego wieczoru do domu.

Jutro siądę do pisania.

Nie, nie jutro. Zaraz. Jak tylko zjemy kolację i Zoé pójdzie się uczyć do swojego pokoju. Jestem pełna zapału, zabiorę się za dwie grube panie i będę pisać cokolwiek, ale będę pisać.

Jadły kolację w milczeniu, zatopione we własnych myślach.

A jak się skończy moja historia? zastanawiała się Joséphine. Córka umrze z przejedzenia? Zakocha się w kliencie restauracji, który też przychodzi tam co wieczór, bo jest starym kawalerem? A wściekła matka...

Do drzwi zadzwoniła Iphigénie.

– Pani Cortès, pani Cortès, niech pani pomyśli o tej petycji, dostałam list od syndyka, w którym żąda, żebym się wyprowadziła. Niech mnie pani nie zostawia. – Joséphine patrzyła na nią, jakby jej nie poznawała, i Iphigénie zawołała: – Pani Cortès, nie słucha mnie pani, gdzie pani jest?

Z dwoma grubymi paniami, miała ochotę odpowiedzieć Joséphine, proszę, niech mnie pani od nich nie odrywa, bo stracę je z oczu, jeśli nadal będzie pani do mnie mówić, ucieknąą mi.

– Piszemy tę petycję, pani Cortès?

– Teraz, zaraz? – pytała Joséphine.

– Jeśli nie teraz, to kiedy? Wie pani dobrze, pani Cortès, teraz albo nigdy...

Zoé skończyła jogurt, poskładała serwetkę, wrzuciła ją do koszyka na kredensie, krzyknęła: Jeden zero! Sprzątała ze stołu, mówiąc: Pójdę do pokoju się pouczyć. Joséphine wzięła kartkę i ołówek i przystąpiła do pisania petycji, żegnając się z dwoma grubymi paniami, które znikały za rogiem ulicy.

Iphigénie miała całkowitą rację. Jeśli nie teraz, to kiedy? Znalazła swój słaby punkt. Maleńką wadę, która ścinała ją z nóg i utrzymywała w strachu.

To było słowo „jutro". Wróg. Hamulec.

Serrurier zaprosił ją na obiad.

– Pewnie pracuje pani jak szalona, nie odbiera pani telefonów...

– Chciałabym bardzo...

Przezwyciężyła strach i zadała męczące ją pytanie, bawiąc się ośćmi soli normandzkiej. Obydwoje zamówili solę, rybę dnia.

– Czy sądzi pan, że jestem pisarką?

– Wątpi pani w to, Joséphine?

– Myślę, że nie jestem dość...

– Nie dość co?

– Nie dość błyskotliwa, nie dość inteligentna...

– Nie trzeba być inteligentnym, żeby pisać.

– Właśnie że trzeba.

– Nie. Trzeba być wrażliwym, obserwować, otworzyć się, wejść w psychikę innych ludzi, postawić się na ich miejscu. Umiała pani znakomicie to zrobić przy poprzedniej książce. A skoro odniosła taki sukces...

– Iris żyła. Bez niej...

Potrząsnął głową i rzucił sztućce, jakby parzyły mu palce.

– Ależ pani potrafi być denerwująca! Niech pani przestanie się deprecjonować! Każę pani za to płacić. Za każdym razem sto euro.

Joséphine uśmiechnęła się przepraszająco.

– To nie przeszkodzi mi dalej się bać.

– Niech pani pisze! Wszystko jedno co! Niech pani weźmie pierwszą lepszą historię, która się pani nawinie pod rękę, i niech pani da się jej ponieść.

– Łatwo powiedzieć... Już próbowałam, ale historia się rozwiewa, zanim zdążę usiąść i napisać pierwsze słowo.

– Niech pani prowadzi dziennik, pisze codziennie. Co bądź. Niech się pani zmusi. Czy pisała już pani kiedyś pamiętnik?

– Nigdy. Nie uważałam się za dość interesującą.

– Sto euro... Dzięki pani będę bogaty!

Zbeształ tego samego kelnera, czerwonego i drżącego, twierdząc, że sola była sucha. Ryba dnia! Ryba dnia! Pańska ryba ma sto lat! I kontynuował:

– Nawet gdy miała pani szesnaście lat? W tym wieku ma się wrażenie, że wszystko, co nas spotyka, jest ważne. Zakochujemy się w sylwetce, mężczyźnie czy kobiecie, którą dostrzegamy w autobusie, w aktorze czy aktorce...

– Nigdy nie zakochałam się w aktorze.

– Nigdy?

– Wydawali mi się zbyt odlegli, nieosiągalni, a ponieważ uznawałam, że jestem bez wyrazu...

– Sto euro. Doszliśmy już do dwustu! Powinna pani wziąć się do pisania choćby po to, żeby spłacić dług. Moja matka szaleńczo się kochała w Carym Grancie. O mały włos dałaby mi tak na imię! Cary Serrurier, dziwnie by to brzmiało, nie? Mój ojciec odmówił i uparł się przy imieniu dziadka Gastona. I dobrze się stało, bo to imię nosił w przeszłości słynny wydawca. Zastanawiam się zresztą, czy nie zostałem wydawcą ze względu na to imię. Ciekawe byłoby prześledzenie relacji między imionami ludzi i ich zawodem. Gdyby każdy, kto ma na imię Arthur, zostawał poetą z powodu Rimbauda, to...

Joséphine już nie słuchała. Cary Grant. Dziennik Młodzieńca znaleziony w śmietniku! To była wspaniała historia. Gdzie schowała ten czarny zeszyt? Do szuflady biurka. Pewnie dalej tam jest upchnięty na dnie, pod rozpoczętymi tabliczkami czekolady!

Wyprostowała się, miała ochotę pocałować Serruriera, ale nie zamierzała mówić mu, że oddał jej wielką przysługę, w obawie że Młodzieniec i Cary Grant znikną jak dwie grube panie.

Popatrzyła na zegarek i wykrzyknęła:

– Mój Boże! Muszę biec na uczelnię, mam spotkanie. Pracuję nad zbiorem tekstów dla wydawnictwa uniwersyteckiego.

– Nad czymś, co sprzeda się w nakładzie półtora tysiąca egzemplarzy? Niech pani nie traci na to czasu! Proszę raczej pracować dla mnie. Dwieście euro, Joséphine, jest mi pani winna dwieście euro!

Popatrzyła na niego z ogromną czułością. W jej wzroku błyszczała wdzięczność i radość. Zastanawiał się, co też takiego powiedział, że doprowadził ją do tego stanu, czy się w nim aby nie zakochała, i dał jej znak, żeby spadała natychmiast.

*

Gary'ego obudził o ósmej rano kobziarz grający marsz weselny pod jego oknami. Złapał poduszkę, przycisnął ją do uszu, ale przenikliwe dźwięki wibrowały mu w skroniach. Wstał, podszedł do okna, zobaczył mężczyznę w kilcie, który grał, a turyści rzucali mu monety, robiąc zdjęcia. Przeklął grającego, jego kilt i kobzę, przetarł oczy i wrócił do łóżka, przykrywając głowę poduszką.

Nie udało mu się zasnąć, więc postanowił wstać i pójść na śniadanie. Potem zadzwoni do Mrs Howell.

Umówiła się z nim we Fruit Market Gallery w porze herbaty. Na pewno pan nie zabłądzi, to tuż za dworcem. Wystawia się tam prace artystów, sprzedaje książki, próbuje pysznego jedzenia. Bardzo lubię to miejsce... Rozpozna mnie pan, jestem małą, kruchą kobietą i będę miała na sobie fioletowy płaszcz i czerwony szalik.

Postanowił przejść się po mieście. Po swoim mieście, bo był w połowie Szkotem. Wszystko wydawało mu się piękne, a jego ojciec mógł się pojawić na każdym rogu ulicy i wziąć go w ramiona.

Szedł energicznym krokiem z zadartą głową, odczytując historię miasta z murów domów. Wszędzie wisiały tablice upamiętniające dawne walki i zwycięstwa mieszkańców nad najeźdźcami. Minął mury zamkowe, wszedł do Starego Miasta, wędrował wciśniętymi między domy schodami, które zastępowały ulice, szedł Royal Mile, minął nowy parlament szkocki, trafił na Grass Market Place, który zdawał się punktem zbornym. Wielki plac z rzędami pubów, a na każdym wywieszono to samo menu *cullen skink, haggis, neeps, tatties*... Każdy kamień opowiadał o starciach z Anglikami, którzy w końcu wygrali, ale pozostawali odwiecznym wrogiem. Nazwanie Szkota Anglikiem było dla niego obrazą. A Gary udawał francuskiego turystę.

W porze obiadu zamówił w jednym z pubów *stovis* i pintę piwa. Przeżuwał mielone mięso z siekanymi ziemniakami, wypił piwo, a w miarę jak zbliżała się pora spotkania, czuł rosnącą gulę w żołądku. Za kilka godzin będzie wiedział. Nie mógł się doczekać, aż usłyszy, co ma mu do powiedzenia Mrs Howell. Ma ojca, ma ojca... Jego ojciec żyje i potrzebuje go. Już nigdy nie będzie beztroski ani tchórzliwy.

Kontynuował spacer, który zaprowadził go do Dean Village, gdzie wydawało mu się, że wrócił do czasów średniowiecza. Pobłyskująca srebrem rzeka wiła się pod białymi mostami porośniętymi mchem, domy były niskie, a ze starych kamiennych murów wyrastały krzaczki. Wrócił pieszo na starówkę i stawił się punktualnie we Fruit Market Gallery, usiadł przy dużym okrągłym stole, nieco na uboczu, i wpatrywał się w drzwi wejściowe.

Weszła. Mała, krucha kobieta ginąca w wielkim fioletowym płaszczu i długim czerwonym szaliku. Natychmiast go rozpoznała, usiadła naprzeciw niego i patrzyła w osłupieniu. Wstał, aby godnie ją powitać, a ona przyglądała mu się długo, mrucząc: Nie do wiary, nie do wiary, jakbym widziała twojego ojca, gdy był młody... Mój Boże! Mój Boże! I zakryła rękami twarz. Przygotowała się na to spotkanie, nałożyła niebieski cień na powieki jasnych oczu.

Zamówili herbatę i dwie tarty jabłkowe z bitą śmietaną.

Ciągle milczała, wpatrywała się tylko w niego, potrząsając głową.

– Gary McCallum... Niech mnie piekło pochłonie, jeśli nie jesteś synem swego ojca!

– Tak bardzo jestem do niego podobny? – spytał wzruszony.

– Nie mógłby się ciebie wyprzeć, należysz do rodu McCallumów, bez dwóch zdań... Zdawało mi się, że znów mam dwadzieścia lat, kiedy cię zobaczyłam. Kiedy tańczyłam na zabawach w zamku... Słyszałam dźwięk skrzypiec i fletów, i głos *callera* zapraszającego ludzi do tańca. Wszyscy mężczyźni nosili kilty swoich klanów i piękne czarne marynarki.

– Niech mi pani o nim opowie, nie mogę się doczekać.

– Przepraszam, siedzę tu, patrzę na ciebie i milczę jak grób. Ale to dlatego, że przywołujesz tyle wspomnień... Pracowałam w zamku, kiedy byłam młoda, nie wiem, czy matka ci o tym opowiadała.

Gary skinął głową. Chciał przede wszystkim usłyszeć historię. Swoją historię.

– Wszystkie kobiety z mojej rodziny pracowały w zamku. Taka była tradycja. W chwili urodzenia miało się już pewną pracę w charakterze pokojówki, kucharki, służącej, niańki, garderobianej... W Chrichton w tamtych czasach była cała armia służących, a ja poszłam w ślady matki, babki, prababki i wstąpiłam na służbę do McCallumów. To było w roku narodzin twojego ojca, Duncana. Wydano wspaniałe przyjęcie. Wszyscy się cieszyli. Słyszałeś o klątwie ciążącej nad zamkiem?

– Czytałem tę historię, gdy starałem się czegoś dowiedzieć.

– Więc wiesz, o co chodzi. Nas wszystkich to dotyczyło, bo... wiesz, McCallumowie mieli w zwyczaju wykorzystywać służące i myślałyśmy wszystkie, że w naszych żyłach płynie krew McCallumów. I że na nas też ciąży klątwa rzucona przez mnicha. W odległej przeszłości jedna moja krewna urodziła bastarda w stajni. Umarła po porodzie i zdążyła tylko zrobić znak krzyża na czole dziecka i wyszeptać modlitwę, aby oddalić zło... Nie buntowałyśmy się. Taki był nasz los. Najsprytniejsze spędzały płód, inne rodziły dzieci... i wracały na służbę. Ja miałam czelność stawić im opór. Zakochałam się w Angliku, Howellu, a kiedy dowiedział się o tym ojciec twojego ojca, odprawił mnie. Zawarłam pakt z odwiecznym wrogiem, więc musiałam odejść. Pojechałam do Howella do Londynu i mieszkałam z nim tam aż do jego śmierci. Ale tracę wątek, opowiadam trochę chaotycznie...

– Nie, proszę mówić dalej – zachęcił ją Gary, który rozumiał, że kobieta w fioletowym płaszczu po raz pierwszy się komuś zwierza.

Uśmiechnęła się do niego z wdzięcznością i kontynuowała:

– Po śmierci męża wróciłam do Edynburga. Brakowało mi miasta. Kupiłam ten domek i założyłam pensjonat, w którym wynajmowałam pokoje studentom. Tak poznałam twoją matkę, Shirley... Była piękna, młoda, buntownicza, śmiała. I prowadziła bogate życie towarzyskie, często musiałam interweniować, żeby przywrócić spokój w jej pokoju. Niczego się nie bała, tak można to ująć, nie obmawiając jej.

Gary uśmiechnął się na myśl o matce budzącej popłoch w małym pensjonacie Mrs Howell.

– Kiedy zakochała się w twoim ojcu, starałam się jej powiedzieć, że nie wyniknie z tego nic dobrego, że krew McCallumów jest przeklęta, ale oczywiście mnie nie słuchała. Robiła, co jej się żywnie podobało, a poza tym była zakochana, a zakochanej dziewczynie niczego nie można wyperswadować... W dodatku w tamtym czasie zaczęłam pić. Powrót w rodzinne strony okazał się trudny i czułam się bardzo samotna. Nawet moja własna rodzina miała do mnie pretensje! Musisz wiedzieć, że Szkoci nie znoszą Anglików. Jeżeli chcesz obrazić Szkota, wystarczy, że nazwiesz go Anglikiem!

– Naprawdę?

Skinęła głową i mówiła dalej:

– Muszę przyznać, że Anglicy zrobili wszystko, aby upokorzyć dumną szkocką krew. Wiesz, że był taki czas, kiedy mapy pogody pokazywane w telewizji były narysowane w ten sposób, że Szkocja miała rozmiar confetti?! W czasie meczów rugby Anglia–Francja Szkoci zawsze kibicują Francuzom. Nienawiść do Anglików nie wygasa. Dziś mamy własny parlament, stanowimy własne prawo, mamy swoją walutę, a niektórzy marzą o niepodległości... Z uwagi na angielskie nazwisko byłam tu bardzo źle odbierana. I bardzo samotna. Więc piłam, piłam wieczorami, żeby zapomnieć, że jestem całkiem sama... Twój ojciec też był sam. Uganiał się za dziewczynami, włóczył po pubach, polował na daniele i łowił ryby w rzekach. Nigdy nie pracował! Powoli wyprzedał wszystkie ziemie otaczające zamek... Zabiorę cię, żeby ci pokazać zamek, i będziesz dumny. Mimo że teraz pozostały tylko kamienie. Stare, szare, kruszące się kamienie. Mury się walą i zastanawiam się, jak to się dzieje, że twój ojciec jeszcze tam mieszka i żadna belka nie spadła mu na głowę.

– Nigdy się nie ożenił?

– Nigdy! Czasy się zmieniły, dziewczęta nie są już tak posłuszne i uległe. Studiują, pracują i podróżują. Nie marzą już o tym, by być paniami na zamku.

W jej drżącym wzroku Gary wyczytał nieśmiałą pochwałę kobiet, które zrzuciły jarzmo McCallumów i im podobnych. Wypiła łyk herbaty, lecz nie tknęła tarty jabłkowej pokrytej grubą warstwą bitej śmietany. Miała przezroczyste, pomarszczone palce i kreśliła nimi koła na stole, jakby zbierała okruszyny wspomnień.

– Nadal żyje jak jego przodkowie, ale nie ma już majątku. Niedawno dowiedział się, że ma raka. Lekarz zabronił mu pić i kazał się leczyć. Odmówił. Dalej chodzi do pubów, gdzie stawiają mu drinki jak staremu klaunowi, który stanowi część lokalnego kolorytu. Śpiewa szkockie piosenki, drze się jak opętany... To smutne, wiesz, ale nie to jest najgorsze...

– Umrze? – spytał Gary, opierając łokcie na stole, żeby powstrzymać drżenie.

Skinęła głową.

– Umrze i zamek McCallumów trafi do jego kuzyna... Anglika, a w dodatku dziesiątej wody po kisielu. Pracuje w City w Londynie i myśli tylko o pieniądzach. Nie jest w najmniejszym stopniu przywiązany do ziemi swoich przodków. To doprowadza twojego ojca do szaleństwa, toteż miota się jak mucha uwięziona w pajęczej sieci, aby powstrzymać przeznaczenie.

– I dlatego kazała mi pani przyjechać? Dlatego powiedziała mi pani, że to pilne?

– Tak, mój chłopcze... Jeżeli twój ojciec nie weźmie się w garść, nie przestanie pić, umrze i zamek zniknie. Trafi do rąk kuzyna, który zamieni go na hotel dla bogatych Amerykanów czy Rosjan. Najpiękniejszy zamek w regionie! Co za wstyd dla naszego kraju!

– Mówi pani jak prawdziwa Szkotka!

Uśmiechnęła się słabo. Jej palce przestały zbierać okruszyny i popatrzyła mu prosto w oczy.

– Nie można wyrzec się siebie. Kto raz poczuł się Szkotem, jest nim na zawsze.

Gary wyprostował się, czując, że z każdą chwilą bardziej staje się Szkotem.

– Więc pomyślałam sobie, że gdy cię zobaczy, gdy rozpozna własną krew, może... ale nie jestem tego pewna. Z McCallumami nigdy nic nie wiadomo. Z woli przeznaczenia ich los jest ponury, tak ponury, a nie mają ani krzty rozsądku.

– A kiedy go zobaczę? – zapytał Gary, który się niecierpliwił.

Myślał, że ocali ojca, przemówi mu do rozsądku, wyleczy go. Wyobrażał sobie, jak to zamieszka w zamku z Duncanem McCallumem, pozna go i pozna historię swojego kraju. Nagle ogarnęła go straszliwa potrzeba posiadania korzeni, noszenia kolorów klanu i przywrócenia honoru rodzinie. A może zamek mógłby się stać wielkim centrum kultury, miejscem festiwalu, na którym spotykaliby się najwybitniejsi muzycy z całego świata? Pani Babcia na pewno by mu pomogła... Mógłby nadal uczyć się gry na fortepianie i przywrócić życie posiadłości Chrichton.

– Za chwilę. Zabiorę cię do pubu, w którym spędza wszystkie wieczory. Wtedy gdy zadzwoniłeś, poszłam tam, żeby się z nim spotkać, i powiedziałam mu, że ma syna. Pięknego chłopaka, z którego może być dumny, może przekazać mu pałeczkę i uniknąć przeklętego Anglika, który zamieni jego zamek w hotel dla turystów.

– I co powiedział?

– Wysłuchał mnie... bez słowa. Kiedy był zbyt pijany, aby samemu wrócić do domu, odprowadziłam go do zamku i położyłam w holu na starej zniszczonej kanapie, gdzie kończy większość nocy... Nie wyglądał ani na szczęśliwego, ani na zirytowanego, co oznacza, że dotarły do niego moje słowa i jest gotów się z tobą spotkać.

– Pamięta moją matkę?

Przecząco pokręciła głową.

– Ale pamięta, że ma syna.

– Wie, że jestem Anglikiem.

I wnukiem królowej!

– Nie. O tym mu nie powiedziałam. Wyszłam z założenia, że pycha, duma z tego, iż cię widzi, świadomość, że ma syna, wspaniałego chłopaka, okaże się ważniejsza niż wszystko inne.

– A gdybym się okazał pretensjonalną, beznadziejną pokraką? – spytał Gary z uśmiechem.

481

– Nie zadzwoniłbyś do mnie, mój mały, nie zadzwoniłbyś. Słychać było takie błaganie w twoim głosie, kiedy ze mną rozmawiałeś...

– Ale niewiele rozmawialiśmy.

– Tak, usłyszałam jednak, co do mnie mówiłeś.

Gary położył szeroką dłoń na drobniutkiej dłoni Mrs Howell, której łzy napłynęły do oczu.

– Gdyby tylko, gdyby tylko... – wymamrotała, patrząc w pustkę, jakby chciała z niej wyczytać przyszłość.

Zabrała Gary'ego starym samochodem, który z trudem wspinał się na wzgórza, żeby mu pokazać zamek. Gary zamykał oczy i znowu je otwierał. Patrzył przez szybę, wyciągając szyję. Tak często wyobrażał sobie ten zamek przez ostatnie dni.

Nie rozczarował się.

Nagle za zakrętem wyrósł przed nim zamek Chrichton. Wielki, majestatyczny, arogancki. Górował nad okolicą białymi murami, które miejscami poszarzały i pokryły się mchem. Dachy się zapadły i wprost z więźby dachowej wyrastały w niebo krzaki.

– Po co te wszystkie mury otaczające zamek? – zapytał zaintrygowany. – Nie widziałem nigdzie czegoś takiego.

Wyglądało to tak, jakby postawiono zamek za pięcioma lub sześcioma pierścieniami murów.

Mrs Howell westchnęła.

– To wynik wszystkich bratobójczych wojen McCallumów. Kiedy zagrażał im jakiś kuzyn lub krewny, za każdym razem otaczali zamek nowym rzędem kamieni. I odważnie czekali na wroga, schowani za murami.

Zaparkowali przed głównym wejściem i poszli pieszo. Minęli kolejne pierścienie murów. Wiał silny wiatr i Gary miał wrażenie, że policzki mu odpadną i odlecą w siną dal. Wybuchnął śmiechem i zaczął się kręcić i kręcić pośród szarych kamieni. Żegnaj, Gary Ward! Witaj, Gary McCallum. Zmieni nazwisko, zmieni życie, w tych szarych popękanych kamieniach odnalazł właśnie kolor, wszystkie kolory latawca. Kręcił się i kręcił, opadł na trawę, śmiejąc się do niskiego zachmurzonego nieba, które zdawało się zalegać nad całą posiadłością ponurą pokrywą.

Chciał wszystko zobaczyć.

Pchnęli drzwi wejściowe, modląc się, żeby nie zastać Duncana skulonego na kanapie.

– Nie bój się. O tej porze pije już w pubie.

Przebiegał korytarze, wznosząc tumany kurzu, otwierał ciężkie drzwi, uderzał pięściami w pajęczyny, zobaczył długie, puste pomieszczenia, a w głębi wysokie, poczerniałe od dymu kominki. Nie było już mebli, tylko stare zbroje, których hełmy zdawały się śledzić go wzrokiem.

Kiedy Mrs Howell wskazała brodą drzwi do sypialni ojca, cofnął się i powiedział:

– Nie wejdę tam, zanim się z nim nie spotkam.

I wrócili do miasta.

Znaleźli go w Bow Bar. Barze z wielkimi oknami, zewnętrznymi ścianami w kolorze pruskiego błękitu. Gary przepuścił w drzwiach Mrs Howell. Słyszał, jak serce bije mu w piersi. Szedł za fioletowym płaszczem i czerwonym szalikiem. Oślepił go sufit baru z cynobrowymi belkami i żółtopomarańczowy parkiet. Zmrużył oczy porażony kolorami.

Skierowała się w stronę mężczyzny opartego o bar, niemal leżącego na olbrzymiej pincie piwa. Poklepała go lekko po ramieniu i powiedziała:

– Duncan McCallum?

– *Yeah!* – ryknął mężczyzna, odwracając się.

To był olbrzym, szeroki jak szafa, z czerwoną opuchniętą twarzą. Oczy miał tak nabiegłe krwią, że nie można było rozpoznać ich koloru, zęby pożółkłe od tytoniu, z przodu jednego brakowało. Znad starego zielono-niebieskiego kiltu wylewał się brzuch, czarna kamizelka i marynarka były poplamione, a podkolanówki zdobiły śmieszne czerwone pompony zwisające po bokach. Stary klaun, powiedziała o nim wcześniej Mrs Howell. Stary, pokiereszowany klaun...

– *Hey!* Angielko! – krzyknął Duncan McCallum. – Chcesz znowu odwieźć mnie do domu?

Potem jego wzrok spoczął na Garym i znowu ryknął:

– A ty coś za jeden?

Gary odchrząknął i nie był w stanie wydusić ani słowa.

– Jesteś ze starą Angielką?

– Ja... ja...

– Zapomniał języka w gębie albo stara mu go odcięła! – wrzasnął Duncan McCallum, obracając się do kelnera za barem. – Z kobietami trzeba uważać, nawet ze starymi, mogą obciąć język albo coś innego!

Wybuchnął śmiechem, wyciągając swój kufel w stronę Gary'ego.

– Napijemy się, mój chłopcze, czy będziesz stał jak niemota?

Gary podszedł bliżej, a Mrs Howell szepnęła:

– Duncan, przedstawiam ci twojego syna Gary'ego... Pamiętasz, że masz syna?

– Pytasz mnie, czy pamiętam, stara! Ty mi o tym przypomniałaś tamtego wieczoru, gdy byłem zbyt pijany, żeby wrócić do domu.

Potem jego wzrok spoczął na Garym i oczy mu się zwęziły jak otwory strzelnicze w zamku. Znowu zwrócił się do kelnera stojącego za barem:

– Bo ja mam syna, Ewan! Krew z mojej krwi, kość z mojej kości! I co na to powiesz?

– Powiem, że to bardzo dobrze, Duncan.

– McCalluma... Jak się nazywasz, synu?

– Gary...

– Gary i jak dalej?

– Gary Ward, ale...

– Więc nie jesteś moim synem. McCallumowie nie zmieniają nazwisk jak kobiety po ślubie. Pozostają całe życie McCallumami! Ward, Ward to nazwisko angielskie, jak mi się zdaje. Pamiętam pewną Angielkę, która utrzymywała, że zrobiłem jej brzuch, dziewczynę nie najcięższego prowadzenia. To twoja matka?

Gary nie wiedział, co odpowiedzieć.

– To twój syn – powtórzyła Mrs Howell łagodnym głosem.

– Jeżeli nazywa się Gary Ward, to nie mam z nim nic wspólnego!

– Ale nie uznałeś go, gdy się urodził! Jak miałby się nazywać?

– McCallum! Jak ja! Żartów jej się zachciało!

Odwołał się do pozostałych mężczyzn, siedzących w barze nad kuflami piwa i oglądających mecz piłkarski w telewizorze.

– Hej! Chłopaki! Podobno mam syna... Pewnie niejednego! Nasienie McCallumów zapłodniło wiele kobiet! Z radością rozchylały uda...

Gary się zaczerwienił i miał ochotę tylko na jedno: wyjść z pubu. Mrs Howell odgadła jego zmieszanie i chwyciła go za rękaw.

– Masz syna, Duncanie McCallum, i on stoi przed tobą. Przestań udawać pijaka i porozmawiaj z nim!

– Stul pysk, starucho! To ja decyduję. Nigdy kobieta nie decydowała za McCalluma.

I znowu zwrócił się do zebranych.

– Duncanie McCallum, cicho bądź! – nakazała Mrs Howell. – Masz odwagę, żeby ryczeć w tawernach, ale zachowujesz się jak słaba kobieta, gdy trzeba stawić czoła chorobie! Jesteś tylko tchórzem i zarozumialcem. Umrzesz niedługo, więc skończ już z tym cyrkiem!

Wtedy zgarbił się, obrzucając ją wściekłym wzrokiem, i skulił nad piwem. Nie odezwał się więcej.

– Proszę pana – wymamrotał Gary, podchodząc bliżej.

– Usiądźmy i porozmawiajmy.

Wybuchnął śmiechem.

– Miałbym usiąść z tobą, z Garym Wardem?! Nigdy nie piłem z żadnym Anglikiem! Wiedz o tym i zdejmij rękę z mojego ramienia, bo dostaniesz pięścią w twarz! Chcesz, żebym ci opowiedział, jak biłem się z pijanym Rosjaninem na ulicach Moskwy?

Ręka Gary'ego zawisła w powietrzu, spojrzał błagalnym wzrokiem na Mrs Howell.

– Widzisz bliznę, o, tu? – Nadstawił policzek jak kuglarz odgrywający wyuczony numer. – A ja ciąłem go przez pół! Od góry do dołu! Posiekałem go na plasterki! Skulił ogon pod siebie i uciekł, pozostawiając mi tę pamiątkę.

– Osioł patentowany z ciebie, Duncanie McCallum. Nie zasługujesz na to, żeby mieć syna... Chodź, Gary, idziemy stąd.

Wzięła Gary'ego za rękę i z bijącym sercem, ale godnie wyszli na ulicę.

Oparli się o witrynę pubu. Mrs Howell wyjęła papierosa i zapaliła. Paliła, mrużąc oczy, i strzepywała popiół na dłoń. Trzymała go pionowo, żeby palił się wolno, i powtarzała: Bardzo mi przykro, tak mi przykro, nie powinnam ci mówić, żebyś przyjeżdżał, to nie był dobry pomysł...

Gary sam nie wiedział, co o tym myśleć. Wpatrywał się w czerwony koniuszek papierosa i śledził wzrokiem snujący się dym. Konfrontacja przebiegła zbyt szybko, nie potrafił sobie przypomnieć, co powiedział mu ojciec, i poczuł, jak znowu zalewa go biel smutku.

– Przyjdziemy tu znowu jutro – powiedziała Mrs Howell. – Namyśli się i nie będzie już zgrywał ważniaka. Pewnie przeżył szok na twój widok... ty zresztą też, mój mały. Tak mi przykro...

– Niech pani nie przeprasza, Mrs Howell, niech pani nie przeprasza.

Patrzył na elewację w kolorze pruskiego błękitu, nie była już tak błyszcząca jak wtedy, gdy wchodzili do pubu. Gary czuł, jak jego jestestwo rozpada się na kawałeczki.

Był głupi, wierząc, że można zmienić człowieka. W dodatku McCalluma.

Pożegnał się z Mrs Howell i wrócił do hotelu przy Princes Street.

Nie pójdzie tam jutro.

Obudzi go kobza i marsz weselny i wróci pierwszym pociągiem do Londynu.

Niech McCallumów piekło pochłonie, a zamek niech się zawali!

W nocy Duncan McCallum zakończył żywot, strzelając sobie w usta z rewolweru na zniszczonej kanapie w holu. W ten sposób stanowił ilustrację dewizy swoich przodków: „Zmieniam się dopiero na łożu śmierci".

Wcześniej napisał i wysłał list, w którym czynił Gary'ego Warda, swojego syna urodzonego ze związku z Shirley Ward, jedynym dziedzicem zamku w Chrichton.

*

Dochodziła północ i Harrods był pusty. Zgaszono ciężkie złocone żyrandole, ruchome schody stały, armia sprzątaczek uwijała się z odkurzaczami i szmatami, Hortense i Nicholas klęczeli na podłodze, podziwiając swoje wystawy. Stróż nocny regularnie zaglądał i pytał: *Still here?* Hortense w milczeniu kiwała głową.

Wykonała to, co wyobraziła sobie w Paryżu, kiedy przeszła z Garym setki razy ulice i aleje wokół placu Gwiazdy. Nieraz wpada się na jakąś myśl, a ona gdzieś po drodze umyka. Jakby nie dochowało się wierności cudownej iskierce, która rozpaliła wyobraźnię. Nie zdradziła jej i ambitna oryginalna myśl stała się ciałem. Eleganckie, nieskazitelne modelki sfotografowane przez Zhao Lu zdawały się uosabiać nonszalancki wdzięk i szyk. Detale niczym lekkie chmurki kładły się na wielkich zdjęciach i czyniły z każdej z nich *it girl*.

– Czy czujesz się na siłach, aby wyjaśnić jutro zebranym, czym jest ten słynny *it*, który prezentujesz? – spytał zamyślony Nicholas.

– To drobiazg, który wszystko zmienia... Nieraz mały detal, który nosisz nieświadomie i beztrosko, który napełnia cię zaufaniem, czyni obojętnym na to, jakie wrażenie wywierasz na ludziach. Coś, co należy tylko do ciebie, co wymyśliłeś, przyswoiłeś sobie. Detal, który sprawia, że jesteś królem lub królową. Ma się to coś lub się tego nie ma... Daję po prostu ludziom klucze, aby to odnaleźli.

– A wiesz, jak się ubierzesz jutro na wernisaż?

Hortense wzruszyła ramionami.

– Oczywiście! Ja się urodziłam z *it*... Wystarczy drobiazg, abym była dobrze ubrana! Wejdę na stronę, gdzie można wypożyczyć wszystko, co się chce na jeden wieczór, i będę powalająca!

– Przepraszam cię – rzucił z ironią Nicholas wobec takiej pewności siebie – zapomniałem, z kim rozmawiam.

Hortense obróciła się do Nicholasa i powiedziała jednym tchem:

– Dziękuję... Bez ciebie nie dałabym rady.

– *You're welcome, my dear!* Dla mnie to była przyjemność, wiesz... Taki piękny efekt!

Chciałabym, żeby Gary przyszedł jutro wieczorem. Zrozumiałby... Zrozumiałby, że nie można zaangażować się w taki projekt, myśląc o chłopaku, który zaprząta ci głowę, ramiona, nogi, usta i zgina cię w pół. Nie można mieć nikogo w głowie, tworząc. Trzeba myśleć tylko o tym. Dzień i noc. W każdej sekundzie każdej minuty każdej godziny każdego dnia. Kiedy pocałował mnie tamtej nocy w Paryżu, zamieniłam się w pożałowania godną, rozmarzoną dziewczynę wczepiającą się w ramiona, które niosą ją tam, gdzie niebezpiecznie się zapuszczać... Bim-bam-bom! Wymazuję go z głowy i nie myślę o nim więcej! Wysłałam mu zaproszenie, ale nie odpowiedział. Jego strata! Chcę zdobyć wspaniały kontrakt, zostać zatrudniona przez Toma Forda, być wyniesiona na szczyt najwyższego wieżowca świata, chcę mieć swój *corner* w Barney's lub w Bergdorf Goodman... i chciałabym, żeby Gary przyszedł jutro wieczorem, żeby mi pogratulował z błyskiem w oku. Towarzyszył mi na ulicach Paryża, był ze mną, gdy spotkaliśmy Juniora i oświeciło mnie! Musi przyjść!

Junior będzie. Niestety nie sam! Marcel i Josiane stawią się razem z nim.

Obawiała się, że przyniosą jej wstyd na inauguracji. Kiedy Marcel Grobz postanawiał być elegancki, należało obawiać się najgorszego! W dniu ślubu z Henriette, jej babką, włożył lureksową marynarkę w kolorze zielonego jabłuszka i szkocki skórzany krawat! Henriette o mało nie zemdlała...

Nicholas wymamrotał coś, czego nie zrozumiała od razu. Coś na temat podkładu muzycznego, który dopełniał jej scenografię.

– Sądzę, że powinnaś zmienić muzykę. Twoje wystawy są nieskazitelne, nie możesz podłożyć do nich głosu i obrazu Amy Winehouse. Potrzebna ci Grace Kelly lub Fred Astaire, coś w tym rodzaju.

– Jesteś chory!

– To znaczy elegancka piosenka z klasą, a nie przebój zapitej, naćpanej i wytatuowanej dziewczyny, która nosi szmaty.

– Nie będziemy wszystkiego zmieniać w ostatniej chwili.

– Kiedy wielki projektant mody prezentuje kolekcję, wszystko zmienia za kulisami, gdy sala jest pełna i ludzie przebierają nogami. Miej odrobinę ambicji, moja droga! Pamiętaj, że chcesz wspiąć się na szczyty! Nie zatrzymuj się w połowie drogi.

– Co proponujesz? – spytała Hortense dumna, że porównał ją do wielkiego projektanta mody.

– Myślałem o starej piosence Gershwina. Potem znalazła się na płycie Roda Stewarta. Moglibyśmy wykorzystać to nagranie. Znam jego menadżera, mógłbym to załatwić.

– Czy jest ktoś, kogo nie znasz, Nicholas? – westchnęła pokonana Hortense.

– Nosi tytuł *You Can't Take That Away From Me*. Na początku śpiewał ją Fred Astaire w starym czarno-białym, nieco drgającym filmie.

– A jak to leci?

I Nicholas pośród zdjęć i mobili, które lekko się kołysały, zaczął śpiewać i wykonywać kroki taneczne.

The way you wear your hat...
The way you sip your tea...
The memory of all that...
No, no, they can't take that away from me...
The way your smile just beams...
The way you sing our key...
The way you hold my dreams...
No, no, they can't take that away from me...

Gruba czarnoskóra kobieta z dredami, która szła ulicą ubrana w czerwoną kurtkę puchową, obładowana torbami, zauważyła go i zaczęła tańczyć na chodniku, wirując razem z paczkami. Potem pomachała im ręką i poszła dalej.

Hortense patrzyła na Nicholasa i myślała: Uwielbiam tego chłopaka, jaka szkoda, że ma taki długi tułów!

– Kupuję to! – wykrzyknęła, żeby nie dać się ponieść emocjom.

– Dziękuję, Księżniczko! Zajmę się tym jutro rano i zdobędę dla ciebie tę taśmę.

W dodatku miał gust, pomysły i poczucie obowiązku. Ale taki długi tułów!

Wysłał zaproszenia do wszystkich dziennikarzy, stylistów, attaché prasowych z Londynu, Paryża, Mediolanu, Nowego Jorku, pisząc kilka słów odręcznie. Do Anny Wintour, która spędzała w Londynie koniec lutego, napisał: „z wyrazami szacunku dla wielkiej damy mody uosabiającej absolutną elegancję i styl". Jeżeli nie pojawi się po tym komplemencie, będzie to znaczyło, że połknęła całą kolekcję parasoli, stwierdziła Hortense.

Philippe oczywiście przyjdzie. I finansista, którego jej przedstawił. Ten ostatni zaczął się do niej lepić. Nie dawał jej spokoju, dzwonił, aby podsuwać jej pomysły. Moja droga Hortense, może by pani... Hortense słuchała i wyrzucała pomysł do kosza. Zaproponował, że sam przewiezie dekoracje. Mógłby wynająć furgonetkę i przebrać się w kufajkę, tak zabawnie byłoby bawić się w pracownika firmy przeprowadzkowej! Kretyn! mruknęła Hortense z szerokim uśmiechem. Pryszczaty Jean także zaproponował swe usługi, lecz odmówiła, chociaż przydałaby się bardzo para dodatkowych rąk do pracy. O mało nie przyjęła propozycji, ale się zreflektowała: był zbyt brzydki. Nie chciała, żeby ktokolwiek widział ją w jego towarzystwie. Byłaby zmuszona zaprosić go na koktajl z okazji inauguracji i wywołałoby to złe wrażenie.

Ssała koniuszki palców pokaleczone przez gwoździe, igły, warstwy kleju. Kto jeszcze przyjdzie? Nie miała żadnych wieści od matki ani od Zoé. Ale przyjadą, to pewne. Matka będzie mdleć z dumy, a Zoé puszyć się, mówiąc wszystkim: To moja siostra, to moja siostra...

Przyjdzie też Shirley, której pożyczyła vana.

– Po co ci on? – spytała ją Hortense.

– Objeżdżam rzeźnie, przygotowuję horror dla szkół. Ładuję tusze, ociekające krwią podroby, puszki żelatyny przemysłowej, same ohydne rzeczy! Pokażę im, z czego produkowane jest żarcie przemysłowe. Jeżeli tych smarkaczy nie zemdli, to się poddam i do końca życia będę żarła nuggety!

– Tylko nie wybrudź auta!

– Nie, wyłożę je folią.

Hortense wręczyła jej kluczyki, krzywiąc się.

– Tylko oddaj mi punktualnie i w nienaruszonym stanie!

– Obiecuję!

Shirley miała groźną minę, która zwiastowała burzę.

Kiedy zapytała: Wiesz, gdzie jest Gary? Shirley odpowiedziała: Pojęcia nie mam, rzucając kluczyki od vana.

Miss Farland przyjdzie. Żeby się chełpić. To ja ją odkryłam, będzie powtarzać wszystkim naokoło. To dzięki mnie... I do znudzenia będzie podkreślała swoje zasługi. Jest żałosna z tymi swoimi czerwonymi ustami wampira i nogami anorektycznego kanarka. Zrobiła sobie botoks na wernisaż i była spuchnięta jak pupa niemowlaka. Nie mogła się już nawet uśmiechać!

Hortense zaprosiła także kilka dziewczyn z Saint-Martins. Żeby zobaczyć, jak żółkną z zazdrości. I swoich wykładowców.

Współlokatorów z wyjątkiem Pryszczatego Jeana. Poczuje się boleśnie dotknięty, ale miała to gdzieś.

Zaraz, zaraz, chyba o nikim nie zapomniałam...

Może Charlotte Bradburry wsunie na moment swój kuni ryjek. Napisze miażdżący artykuł, który będzie stanowił znakomitą reklamę.

Agyness Deyn też będzie. Nicholas znał jej narzeczonego i wymusił na nim obietnicę, że przyprowadzi swoją lubą. Agyness zaś znaczy tłumy oszalałych paparazzich. Nie mogę tylko dać się jej zdominować, kalkulowała Hortense, muszę walczyć o to, aby pozostać na pierwszym planie na zdjęciach.

To dziwne, że matka nie zadzwoniła, aby powiedzieć, o której przyjadą z Zoé na dworzec Saint-Pancras. To do niej niepodobne.

– Jesteś na bieżąco z zaproszeniami? – spytała Hortense Nicholasa.

– Wszystkich odhaczyłem, prawie wszyscy odpowiedzieli – powiedział.

– Pamiętaj, że to ja jestem bohaterką. Jeżeli zobaczysz, że jakaś menda chce wejść na krzywy ryj, to momentalnie ją wywal.

– Zrozumiałem, Księżniczko... Zjemy coś? Umieram z głodu.

– Sądzisz, że możemy to wszystko tak zostawić?

– Co chcesz przez to powiedzieć?

– Nikt nie zniszczy mi wystaw?

– Zwariowałaś?!

– Mam złe przeczucia.

– Chcesz przez to powiedzieć, że masz masę wrogów, którzy chcą ci się dobrać do skóry.

– Nie chciałabym, żeby jakiś przepełniony nienawiścią rywal spryskał mi modele czerwoną farbą.

– Ależ nie! W sklepie są strażnicy i wszystko jest zamknięte na cztery spusty.

Hortense z żalem wyszła.

– Najchętniej spałabym tutaj.

– Rozczarowujesz mnie, Hortense. Boisz się?

– Mówię ci, że mam złe przeczucia. Mogę pożyczyć twój telefon, żeby zadzwonić do matki?

– Nie masz swojego?

– Mam, ale za niego płacę, a ty nie. To telefon służbowy.

– A jeżeli powiem: nie?...

– Nigdy nie wyjaśnię ci tajemnicy życia seksualnego mężczyzny i kobiety... i twojej roli w tej bezlitosnej dżungli! Podał jej komórkę.

Joséphine sama nie wiedziała, co robić.

Nie pojedzie do Londynu na wernisaż Hortense.

Miała w głowie początek historii i nie chciała, aby się jej wymknęła.

Odnalazła czarny zeszyt Młodzieńca i uważnie go czytała, robiąc notatki, aby historia napęczniała i rozwinęła się jak kwiat, którego wyglądamy każdego ranka po obudzeniu. Biegniemy boso do lasu, szukamy, a potem odchodzimy, myśląc: Na pewno zakwitnie jutro. Właśnie uczestniczyła w narodzinach swojej powieści i nie miała najmniejszej ochoty tracić wątku, jadąc do Londynu. Obawiała się, że Cary i Młodzieniec rozpłyną się jak dwie grube panie.

Każdego wieczoru długo patrzyła na telefon i zaklinała się: Zadzwonię do niej, powiem jej... Ale drżała ze strachu.

Tego wieczoru, w przeddzień wystawy, punktualnie o północy nie mogła dłużej zwlekać. Położyła rękę na telefonie i...

Shirley opowiadała jej, jak ciężko Hortense pracowała.

Powiedziała też, iż Gary'ego nie będzie, bo wyjechał do Szkocji odnaleźć ojca i nie wie, kiedy wróci.

– A co ty na to?

– Szczerze? Wkurza mnie to, ale się leczę. Biorę lekcje oddychania, jeżdżę na rowerze, odwiedzam rzeźnie...

– Byłaś w Hampstead?

– Nie... Unikam lodowatej wody. A w Londynie jest potwornie zimno.

– Powinnaś tam pojechać.

– Przyjeżdżasz na wystawę twojej córki?

– Chyba nie.

Shirley wydała okrzyk zdziwienia:

– Joséphine, czy to naprawdę ty, tam, po drugiej stronie?

– Tak.

– I nie rzucasz wszystkiego, żeby przyjechać i z pokorą oddać hołd Hortense?

– Mam pomysł na książkę, Shirley. Nie na esej akademicki, ale na powieść zaczerpniętą z życia. O zabarwionej miłością przyjaźni między młodym chłopakiem, Francuzem, a gwiazdą kina amerykańskiego... Pamiętasz czarny zeszyt, który znalazłam w śmietniku? Powoli wszystko układa się w całość. Historia rośnie w moim wnętrzu. Nie mogę się rozpraszać.

– No coś podobnego... Ktoś zamienił mi koleżankę! Czy to dobry wpływ Serruriera?

Joséphine zaśmiała się nerwowo.

– Nie. Sama podjęłam tę decyzję... Myślisz, że Hortense będzie miała do mnie pretensje?

– To jeszcze jej nie powiedziałaś?

– Nie mam odwagi, jestem przerażona.

– Rozumiem cię. *Little Princess* wpadnie w gniew!

– Boję się, że pomyśli, że już jej nie kocham.

– Jeśli o to chodzi, to masz jeszcze niezły margines, wiesz!

– Więc co mam zrobić?

– Weź telefon i zadzwoń do niej. Powiedz, czy to nie ty dręczyłaś mnie kiedyś, powtarzając, że „jeśli nie teraz, to nigdy"?... Filozoficzną myśl naszej drogiej Iphigénie?... Więc weź telefon i powiedz jej. Teraz!

– Masz rację.

Jednakże nie mogła się na to zdobyć. Powie, że jestem złą, egoistyczną matką, mam serce zimne jak lód, zranię ją i nie przeżyję tego. Tak bardzo ją kocham, ale po prostu... Boję się stracić wątek mojej historii...

Właśnie miała wybrać numer Hortense, kiedy zadzwonił telefon.

– Mamo?

– Tak, kochanie.

– Wszystko w porządku? Mówisz takim słabym głosem.

Joséphine przełknęła ślinę i odpowiedziała:

– Tak, tak, wszystko w porządku, u nas wszystko w porządku.

– O której jutro przyjeżdżasz? Spotkamy się w Harrodsie?

– Yyy...

– Och! Mamo! Zobaczysz, wystawy wyglądają wspaniale! Wszystko odbyło się dokładnie tak, jak chciałam! Zrealizowałam swój pomysł co do joty, nie odpuściłam, pracowałam dzień i noc. Zemdlejesz z wrażenia.

– Yyy...

– A Zoé? Napisałaś jej usprawiedliwienie do szkoły? Co wymyśliłaś? Świnkę czy śmierć babci?

– Nic nie wymyśliłam.

– Więc kiedy przyjeżdżacie? Domyślam się, że zatrzymacie się u Shirley...

– Hortense, moja najsłodsza, wiesz, jak bardzo cię kocham, jak bardzo jesteś dla mnie ważna...

– Och, mamo! Dość tego kadzenia! Jest po północy, padam ze zmęczenia... Oczywiście, że wiem, że mnie kochasz i tak dalej!

– Jesteś tego pewna?

– Więcej niż pewna! Przytłaczasz mnie swoją miłością!

Te słowa dotarły do Joséphine, nie uznała ich za zbyt pochlebne i pomogły jej zwalczyć ostatnie skrupuły.

– Nie przyjadę. I Zoé też.

– Ach...

Nastała długa cisza.

– Jesteście chore?

– Nie...

– Nie jesteś chora i nie przyjeżdżasz? Złamałaś sobie jedną nogę czy obie?

– Nie... Hortense, najdroższa...

– *Cut the crap!* Wyduś to z siebie wreszcie, do cholery!

Zdumiona jej gwałtowną reakcją Joséphine odsunęła telefon, przełknęła ślinę i zdołała wykrztusić:

– Nie przyjadę, bo wreszcie mam pomysł na powieść, pomysł dojrzewa, jeszcze się całkiem nie skrystalizował, ale już prawie, a boję się, że jeżeli wyjadę, to przepadnie na zawsze.

– Ależ to wspaniale! Tak się cieszę, że ci się udało! Dlaczego od razu mi nie powiedziałaś?

– Obawiałam się twojej reakcji.

– Zwariowałaś? Jakbym mogła tego nie zrozumieć! Gdybyś wiedziała, ile się napracowałam... Palce mam całe zakrwawione, zdarte kolana, jedno oko purpurowe, nie śpię, ledwo się trzymam na nogach, ale efekt jest wspaniały!

– Jestem tego pewna, kochanie – powiedziała z ulgą Joséphine.

– A gdybyś wpadła na szaleńczy pomysł, żeby przyjechać tu spotkać się ze mną, gdy pracowałam, wysłałabym cię do wszystkich diabłów!

Joséphine wybuchnęła głośnym śmiechem pełnym ulgi.

– Moja najpiękniejsza, najsilniejsza, najmądrzejsza córeczka...

– Okay, mamo, stop! Nicholas się niecierpliwi, dzwonię z jego telefonu, zzieleniał ze złości! Myślcie o mnie jutro wieczorem.

– A jak długo będzie można zobaczyć twoje wystawy?

– Przez miesiąc.

– Spróbuję przyjechać.

– Nie przejmuj się, pisz dalej, to świetnie, pewnie jesteś przeszczęśliwa! Ciao!

I rozłączyła się.

Joséphine zaszokowana usłyszała sygnał w słuchawce, odłożyła telefon i miała ochotę zatańczyć w mieszkaniu walca.

Hortense nie gniewała się na nią, Hortense się nie gniewała... Będzie pisać, pisać, pisać, jutro i pojutrze, i codziennie w każdy następny dzień.

Nie mogła spać. Była zbyt podniecona.

Otwarła czarny zeszyt Młodzieńca i zaczęła czytać w miejscu, w którym przerwała.

„28 grudnia 1962.

Teraz wiem... To nie jest chwilowe wzruszenie. To miłość, która mnie pochłonie. Przypuszczam, że tak musiało się stać. Nie uciekam przerażony. Przyjmuję tę miłość, która ściska mnie w gardle. Każdego wieczora czekam, że Cary zabierze mnie na obiecanego drinka do hotelu, ale każdego wieczora ktoś go zaprasza i wracam do domu, mając jedynie ochotę zamknąć się w pokoju i płakać. Nie uczę się, nie śpię, nie jem, żyję tylko chwilami spędzonymi z nim... Nieraz opuszczam zajęcia, żeby wrócić na plan. A za niecałe pół roku zdaję na politechnikę! Na szczęście rodzice o niczym nie wiedzą! Nie chcę stracić ani minuty w jego towarzystwie. Nawet gdy się do mnie nie odzywa, przynajmniej go widzę, oddycham tym samym powietrzem.

Mam gdzieś, że zakochałem się w mężczyźnie, bo to ten mężczyzna. Lubię, gdy się uśmiecha, śmieje, gdy wyjaśnia mi problemy życiowe. Zrobiłbym dla niego wszystko... Nie boję się już wcale. Dobrze to przemyślałem w czasie świąt. Poszliśmy z rodzicami na pasterkę i modliłem się, modliłem, żeby ta miłość nigdy się nie skończyła, chociaż ta miłość nie jest n o r m a l n a. Kiedy widzę mojego ojca i matkę,

którzy przeżywają «normalną» miłość, to nie mam ochoty
być taki jak oni! Nigdy się nie śmieją, nigdy nie słuchają muzyki, mają coraz bardziej zaciśnięte usta... Na Gwiazdkę podarowali mi podręczniki do matematyki i do fizyki! On dał
mi piękne spinki w pięknym pudełku, podobno od bardzo
znanego angielskiego krawca. Powiedziała mi to jego garderobiana.

Ta garderobiana obserwuje mnie kątem oka. Wszystko
zrozumiała. Pracuje z nim od dawna i uprzedziła mnie: *To
see him is to love him, to love him is never to know him,*[*]
uważaj, trzymaj dystans. Nie umiem trzymać dystansu, powiedziałem, a ona potrząsnęła głową, mówiąc, że będę cierpiał:

– Wiesz, on ci pokazuje to, co chce ci pokazać, to, co
pokazuje wszystkim. Wymyślił postać Cary'ego Granta, czarującego, eleganckiego, zabawnego mężczyzny, któremu nie
sposób się oprzeć, ale pod nim, mój chłopcze, kryje się inny
człowiek, którego nikt nie zna... A on może być przerażają-
cy. Najgorsze, że to nawet nie jego wina, iż jest tym innym.
Życie go takim uczyniło.

Spojrzała na mnie tak, jakbym był w wielkim niebezpieczeństwie.

Mam gdzieś to, że jestem w niebezpieczeństwie.

Kiedy on patrzy na mnie, istnieję i jestem odważny.

Nie mogę uwierzyć, że jest potworem.

Jest tak bardzo... Muszę wymyślić dla niego specjalne
określenie.

Pierwszą rzeczą, którą zrobił, gdy porzucił prawdziwe
nazwisko i stał się Carym Grantem, było kupno psa, którego
nazwał Archie Leach! Czarujące, nie? Taki facet nie może
być potworem! Opowiedziałem to Geneviève, a ona stwierdziła: To dziwne, że facet nazywa psa swoim imieniem! Bo
trzyma tego psa na smyczy... I ułożyła usta w podkówkę.

[*] Zobaczyć go, znaczy pokochać, a pokochać go, znaczy nigdy nie poznać.

Gdy usłyszę coś paskudnego na jego temat, natychmiast mam ochotę go bronić. Ludzie tak mu zazdroszczą... Kilka dni temu fotosista opowiadał oświetleniowcowi: Wiedziałeś, że na początku pracował jako *escort boy* w Nowym Jorku? To prawie żigolak. Wystarczy popatrzeć, jak uwodzi wszystkich naokoło. Moim zdaniem jest biseksem... Miałem ochotę plunąć mu w twarz. Zemściłem się. Facet, który to powiedział, jest ohydny. Traktuje mnie jak psa. Warczy: Kawa! Cukier! Sok pomarańczowy! Nawet nie zwraca się do mnie po imieniu, tylko za każdym razem mówi: Hej, ty tam! Więc pod koniec dnia, gdy znowu warknął, żebym mu przyniósł kawę, naplułem do niej i podałem mu ją z szerokim uśmiechem..."

*

Po powrocie do domu Gary znalazł w stosie poczty zaproszenie od Hortense. Długo na nie patrzył i postanowił pójść. Chciał zobaczyć te dwie wystawy, które zajęły jego miejsce w sercu Hortense. I lepiej byłoby dla niej, gdyby były świetne, w przeciwnym razie zrobię jej scenę! pomyślał, bawiąc się zaproszeniem i machając nim w powietrzu.

Zorientował się z zaskoczeniem, że śmieszy go ta uwaga, i pomyślał, że jego podróż do Szkocji na coś się przydała. Wyszedł z białej, duszącej go mgły. Zbliżył się do przepaści, ale się w nią nie rzucił. Miał wrażenie, że odniósł zwycięstwo. Nie wiedział dobrze nad kim, lecz zwyciężył. Czuł się spokojniejszy, bardziej zdystansowany, lżejszy. Pozbył się kawałka samego siebie, który łączył go z dzieciństwem... Tak, to jest to, pomyślał zadowolony, przeglądając się w lustrze w holu, podchodząc bardzo blisko i pocierając podbródek. Porzuciłem swoją przeszłość.

Ostatecznie nie był ani tchórzliwy, ani beztroski. A może kiedyś był... Ale nie przejmował się tym. Pojechałem tam, odbyłem tę podróż, to on mnie odtrącił, nie mam sobie nic do zarzucenia. Mogę na powrót stać się tchórzliwy i beztroski, jeżeli tak postanowię.

A teraz w drogę do pięknej Hortense!

Kiedy znalazł się w pobliżu Brompton Road, na Knightsbridge, przed wystawami Harrodsa kłębił się tłum. Gary chciał wejść, zawahał się jednak.

W ostatniej chwili cofnął się i ukrył za grupą turystów: dostrzegł na chodniku Marcela, Josiane i Juniora. Junior szedł przodem z rękami wciśniętymi w kieszenie granatowego blezera z czerwono-zieloną naszywką pasującą do krawata. Z wściekłością malującą się na twarzy, zmarszczonymi brwiami, nastroszonymi rudymi włosami szedł prosto przed siebie. Rodzice krzyczeli, żeby na nich poczekał, bo się zgubi.

– To się zgubię! Pójdę prosto do Tamizy! Mam szaloną ochotę się utopić.

– Ależ nie stało się nic strasznego, Junior! Nic się nie stało – mówił Marcel, próbując złapać za rękaw syna, który uwolnił się jednym gwałtownym gestem.

– Może dla ciebie nic się nie stało. Ale ja się ośmieszyłem! Nigdy już na mnie nie spojrzy. Mam dziesięć punktów karnych. Wróciłem na pozycję Karzełka!

– Ależ nie! Ależ nie! – zapewniała zdyszana Josiane, goniąc synka.

– Tak. Ośmieszyłem się. To właściwe słowo.

– Nie będziesz robił z tego tragedii!

– Będę robił to, co będę chciał, ale takie są fakty: mówiłem i nikt mnie nie rozumiał. Pytali: *What?* Pytali: *Pardon?* I na próżno formułowałem piękne zdania po angielsku, nie kumali ani w ząb.

– To przynajmniej jest po francusku – powiedział Marcel, obejmując syna dwoma potężnymi ramionami.

Junior przytulił się do ojca i wybuchnął płaczem:

– Po co przerobiłem dwa kursy „Jak płynnie mówić po angielsku", jeden prawym okiem, drugi lewym okiem? Co? Na co mi się to przydało? Wyglądałem jak brzydkie czarne kaczątko w stawie z białymi łabędziami! Byłem śmieszny, śmieszny...

– Ależ nie! Nie masz dobrego akcentu, to wszystko. To normalne. Ludzie zatopieni w książkach nie gadają tak jak ci z ulicy... Zobaczysz, gdy spędzisz tu dwa dni, będziesz mówił jak dżentelmen i będą cię pytać, czy należysz może do rodziny królewskiej.

Przeszli przed Garym, nie dostrzegając go.

Gary uśmiechnął się i postanowił wrócić później.

Spojrzał na zegarek, była dwudziesta. Zadzwonił do swojego kolegi, Charly'ego, który mieszkał tuż za sklepem przy Bazil Street.

Charly przygotowywał się do zerwania ze swoją dziewczyną Sheerą i zwijał skręta, aby dodać sobie odwagi. Gary patrzył na niego z rozbawieniem. Przestał palić trawę. Wprawiała go w strasznie sentymentalny nastrój; zdarzało mu się wtedy śpiewać stare piosenki, ocierając mankietem łzy, wspominać swojego pierwszego pluszowego misia i jego oberwane ucho lub opowiadać o swoim życiu pierwszemu człowiekowi napotkanemu na ulicy.

Zadzwoniła jego komórka. Spojrzał na numer. Mrs Howell! Dzwoniła po raz trzeci. Nie odebrał. Nie miał ochoty się tłumaczyć. Okay, nieładnie było wyjechać, nie informując jej o tym, ale nie chciał już słyszeć ani o ojcu, ani o Szkocji, ani o Szkotach. Nie potrzebuję ojca, potrzebuję fortepianu, Olivera... i niedługo Juilliard School w Nowym Jorku! Przed wyjazdem do Szkocji wysłał papiery i czekał na odpowiedź, czy zostanie przyjęty. Odtąd patrzył w przyszłość. Zmieniał kierunek. Dorastał bez ojca, nie on jeden. Nadal będzie się obywał bez niego. Zachował w pamięci dziadka, a jeżeli będzie czuł potrzebę męskiej rozmowy, zwróci się do Olivera.

Niecierpliwie czekał na spotkanie z Oliverem. Dzwonił do jego agenta, który powiedział, że wrócił z zagranicznego tournée i może zadzwonić do niego do domu. Zadzwoni, lecz najpierw chciał zamknąć rozdział szkocki, opowiadając matce o podróży. Pewnie było jej przykro, że wyjechał niemal po kryjomu do Edynburga. Hum! Hum! Gary Ward, właśnie stajesz się dorosły i musisz posklejać to, co rozbiłeś. Ona zrozumie. Zawsze rozumiała.

Charly podał mu poczerniałego jointa, którego Gary wziął.

– Spróbuję jeszcze raz – powiedział, uśmiechając się – ale jeżeli potem będę płakał na twoim ramieniu, wsadzisz mnie do taksówki i zabronisz mi iść do Harrodsa.

– A po cholerę wybierasz się do Harrodsa?

– Zobaczyć się z piękną Hortense. Zlecili jej wystrój dwóch wystaw i to jest wieczór jej życia! Będzie cała prasa.

– He! He! Możesz się też nadziać na Charlotte!

– Ach! To prawda... Kompletnie wymazałem ją z pamięci!

Charly zakochał się do szaleństwa w Charlotte, gdy Gary mu ją przedstawił. Zrobił wszystko, co mógł, aby ją zdobyć, zresztą po dżentelmeńsku uprzedził Gary'ego, który nie sprzeciwiał się temu, wiedząc, że chłopak jest bez szans. Charlotte nie znosiła pucułowatych blondynków, podobali jej się wyłącznie wysocy, smukli bruneci.

Zaciągnął się kilka razy poczerniałym jointem i poczuł przypływ euforii.

– Dobrze mi to robi! Od tak dawna nie paliłem...

– Mnie to dodaje odwagi. Postrzegam wszystko mniej tragicznie, gdy palę... a potrzebuję tego przed rozmową z Sheerą!

– Powinna docenić, że zrywasz z nią osobiście. Nie kończysz związku, wysyłając maila lub SMS-a... Choćby z tego powodu powinna zachować się przyjaźnie i z godnością.

– Znasz zerwania, w trakcie których porzucana zachowała się przyjaźnie i z godnością? Ja nie.

Gary wybuchnął śmiechem i nie mógł przestać się śmiać.

– Coś podobnego, nie tylko nie płaczę, ale skręcam się ze śmiechu... Skąd masz tę trawę?

– Od wujka, anarchisty, który uprawia ją w szklarni. I sprzedaje. A mnie daje za darmo. Jestem jego ukochanym bratankiem.

Gary zamknął oczy i rozkoszował się.

Charly włączył muzykę. Starą piosenkę Billie Holiday, która śpiewała o umarłej miłości i melancholii i obiecywała mężczyźnie, który ją rzucił, że będzie go zawsze kochać.

– Przestań! – powiedział Gary. – Nigdy nie będziesz miał odwagi zerwać!

– Wręcz przeciwnie, wchodzę w tę atmosferę. Słucham głosu cierpiącej kobiety i pozostaję nieugięty.

Gary wybuchnął śmiechem i znowu doszedł do wniosku, że teraz trawka sprawia, że jest szczęśliwy i wesoły.

Wstał, pożegnał się z Charlym, krzycząc: „Harrods należy do nas!".

Kiedy przyszedł, było już po imprezie. Obsługa sprzątała ze stołów, ustawiała krzesła, wyrzucała bukiety kwiatów. Goście wyszli. Nie było nikogo oprócz Hortense, która siedziała zgarbiona na podłodze z głową między nogami. Na początku zobaczył parę czarnych Repetto, długie nogi, potem obcisłą czarną sukienkę Azzedine'a Alaï i gruby czarno-biały jedwabny szal.

Podszedł cicho i mruknął: Hello, *beauty*!

Podniosła głowę, zobaczyła go, uśmiechnęła się słabo i powiedziała:

– Przyszedłeś!

– *Yeah!* Chciałem zobaczyć miny moich rywali... Ale dlaczego założyłaś ciemne okulary? Płakałaś? Coś poszło nie tak?

– Nie... Wręcz przeciwnie. Sukces na całej linii... Tylko mam ropiejący jęczmień na prawym oku. Pewnie ze zmęczenia albo Pryszczaty Jean zaraził mnie jakimś wirusem z wściekłości, że go nie zaprosiłam!

– A ten to kto?

– Niepełnosprawny i nasz nowy współspacz.

Gary pokazał palcem wystawy oświetlone w ciemnościach nocy i powiedział:

– Więc to z ich powodu mnie porzuciłaś!

– Co o nich myślisz? – spytała z niepokojem Hortense.

Gary obejrzał wystawy, oglądnął dokładnie każdą postać, każdy detal i z podziwem kiwał głową.

– Wspaniałe! Dokładnie tak to wymyśliłaś w Paryżu, pamiętasz?

– Naprawdę tak uważasz?

– Dlaczego pytasz? Masz wątpliwości? Chyba po raz pierwszy w życiu!

– Cieszę się... Tak bardzo chciałam, żebyś przyszedł!

– I przyszedłem.

– Junior też był. Mówi po angielsku jak stary upudrowany diuk! Marcel zrobił masę zdjęć i gratulował mi tak, że nie mogłam już tego słuchać. Powiedział, że jeśli będę chciała, stworzy kolekcję ubrań Casamia, którą pokieruję.

– I...

– Nie miałam odwagi mu powiedzieć, ale to, co robi, to trochę... taniocha... Nie dałam mu wiążącej odpowiedzi. Tym bardziej że...

Złapała torebkę, otwarła ją i posypały się z niej wizytówki.

– Widziałeś, ile dostałam wizytówek? Wszyscy chcą się ze mną spotkać!

Przeliczył je na oko – było ich kilkanaście.

– Byli zachwyceni, Gary! Wiesz, co wymyśliłam z tą apaszką wiązaną na szyi? Wybrałam przepiękny model Vuitton... i jeden facet z Vuittona zaproponował, żebym zajęła się projektami następnej kolekcji apaszek. Wyobrażasz sobie?

I przeliterowała: V-U-I-T-T-O-N.

– Zresztą nie on jeden! Mam już co najmniej dwie propozycje pracy w Nowym Jorku! Wyobrażasz sobie? W Nowym Jorku...

– To mnie nie dziwi. Wyglądają pięknie, prawdziwa klasa... Jestem z ciebie dumny, Hortense, naprawdę jestem z ciebie dumny.

Hortense patrzyła na niego, siedząc na ziemi z łokciami na kolanach, w ciemnych okularach na czubku nosa, i uważała, że jest wysoki, przystojny, silny, szlachetny. Słuchał, patrzył na nią inaczej, jakby nie musieli już ze sobą walczyć. Jakby zrozumiał coś bardzo ważnego. W jego postawie był jakiś luz, męska pewność, której przedtem u niego nie dostrzegała.

– Zmieniłeś się, Gary... Co się stało?

Uśmiechnął się do niej, wyciągnął rękę i rozkazał:

– No już, chodź! Spadamy stąd! Zabieram cię na kolację.

– Ale muszę...

Gary z lekką irytacją uniósł brew.

– Wszystko posprzątać – skłamała Hortense.

Nicholas poszedł odprowadzić Annę Wintour. Powiedział: Poczekaj na mnie, wrócę i pójdziemy świętować nasz sukces! Bo to jest sukces, Księżniczko. Zobaczysz, posypią się propozycje, będziesz miała w czym wybierać.

Nie mogła go tak zostawić! Znowu popatrzyła na Gary'ego i wyczytała w jego oczach, że koniecznie musi z nim wyjść. Wrócił, schował dumę do kieszeni, wyciągał do niej rękę. Wahała się. Jej wzrok prześlizgiwał się od wystaw do trencza, który Nicholas powiesił w rogu, i miała wrażenie, że nieskazitelny Burberry nakazuje jej, by została. Ryzykujesz swoją karierę, Hortense! Nie rób tego! Nicholas będzie wściekły i już nigdy nie zechce ruszyć dla ciebie małym palcem. Wyprostowała się, spojrzała Gary'emu prosto w oczy, które pociemniały i stawały się czarne. Jeżeli powiem: nie, nigdy go już nie zobaczę... Wahała się i wahała. Tak, ale... potrzebuję Nicholasa, ciągle go jeszcze potrzebuję. Bez jego pomocy, kontaktów, zmysłu praktycznego ten dzień nie zakończyłby się takim sukcesem. Tego wieczoru zjawili się wszyscy, ale szczerze mówiąc, raczej ze względu na niego niż na mnie. Nicholas ma nazwisko, jest u szczytu sławy, otwiera mi tysiące drzwi. A ja jestem jeszcze nieznana... Walczyła pełna lęku i znowu opuściła głowę między nogi.

– Nie mów mi, że musisz posprzątać resztki po przyjęciu! – zauważył z ironią Gary. – Od tego jest personel. Hortense, bądź szczera. Wszyscy poszli. Nie masz tu już nic do roboty. Czekasz na kogoś?

Potrząsnęła głową, niezdolna udzielić odpowiedzi. Niezdolna podjąć decyzji.

– Czekasz na kogoś i nie masz odwagi mi o tym powiedzieć.

– Nie – wymamrotała Hortense – nie...

Tak źle kłamała, że Gary zrozumiał i cofnął się.

– W takim razie, moja droga, zostawiam cię. A raczej zostawiam was we dwójkę...

Hortense zmarszczyła nos, nie mogąc się zdecydować. Uderzyła się pięściami po głowie i pomyślała: Zawsze ten sam problem, zawsze ten sam problem, zawsze trzeba wybierać, zawsze! Nie znosiła wybierać, chciała mieć wszystko.

Skierował się do wyjścia.

Wbiła wzrok w plecy Gary'ego w starej marynarce z pchlego targu, czarnych dżinsach, długim szarym podkoszulku, którego rękawy wystawały spod marynarki, ze zmierzwionymi włosami. Wiszący sztywno w kącie Burberry wyglądał na zadowolonego, że wygrał. Dokonałaś właściwego wyboru, Hortense, masz jeszcze masę czasu na romantyczną miłość, ten chłopak będzie na ciebie czekał, macie po dwadzieścia lat, wasze życie dopiero się zaczyna. Jeszcze ćwiczycie gamy... Kocha cię? I co z tego? Nie to zapewni ci karierę! Kto spędził z tobą długie godziny, dekorując wystawy? Kto wypożyczył ci modelki, udostępnił notes z adresami, dzwonił do wszystkich po kolei, opowiadając o tobie i robiąc z ciebie przyszłą gwiazdę? Dla ciebie Nicholas jest gotów zrobić wszystko, zobacz, jak potrafił popchnąć cię do przodu, chwalić twoje zalety, pracowitość, prawie się czerwieniłaś... A w tej chwili rozmawia o tobie z Anną Wintour, załatwia ci staż w amerykańskiej edycji *Vogue*, biblii mody, a ty miałabyś go rzucić dla rozchełstanego smarkacza? *No way!*

Hortense śledziła Gary'ego wzrokiem. Oddalał się i oddalał.

Nie mogła tego znieść.

– Poczekaj! Poczekaj na mnie! Idę! – wrzasnęła, wstając.

Wzięła Perfecto, torebkę Lanvin i dogoniła go, gdy był już na chodniku przy Brompton Road.

Wziął ją za rękę i oświadczył:

– Zmieniłem zdanie, nie idziemy na kolację. Idziemy do mnie. Za bardzo mam na ciebie ochotę...

– Ale jestem głodna!

– Mam w lodówce pizzę.

Gary obudził się wczesnym rankiem, leżąc pod kołdrą u boku Hortense. Spała na plecach z ręką odrzuconą do tyłu. Pocałował ją w koniuszek sutka i cicho jęknęła, mrucząc: Spać, dalej spać! Jestem nieżywa. Uśmiechnął się. Odsunął się, owinął kołdrą, wtedy mruknęła: Zimno mi, i pociągnęła kołdrę w swoją stronę, a on postanowił powoli otrząsnąć się ze snu. Tej nocy śnił mu się ojciec. Starał się przypomnieć sobie sen, ale pamiętał jedynie koniec: Duncan McCallum, siedząc na polanie, wyciągał do niego rękę.

Najwyraźniej trawa, którą palił dzień wcześniej, wprawiła go w sentymentalny nastrój.

Odpędził sen i wstał.

Chciał zjeść śniadanie z matką.

Nagryzmolił kartkę do Hortense, którą zostawił na widoku na swoim ciepłym jeszcze miejscu w łóżku, i po cichutku wyszedł.

*

W jaką kabałę się wpakowałam? zastanawiała się Shirley tego ranka, patrząc na mężczyznę, który spał w jej łóżku.

Zauważyła czarną kurtkę, czarne spodnie zwinięte w kłębek na podłodze. Botki i bokserki. Nie rozmawiali, rzucili się na siebie... Zaciągnęła go do sypialni, zsunęła mu z ramion kurtkę, rozpięła czarne spodnie, szybko się rozebrała i wskoczyli do łóżka.

Przez cały tydzień jeździła vanem. Przygotowywała film grozy dla szkół, pędziła z jednej rzeźni do drugiej, nosiła ciężkie pojemniki z żelatyną, miednice z podrobami, tusze, przygotowywała scenariusz horroru, jaki miała przedstawić uczniom, aby zniechęcić ich do żywności przemysłowej, którą tak się zajadali. Jako przykład wybrała nuggety. Najpierw pokazała im jeden, czyściutki i piękny nugget w puszce. Puściła go obiegiem, a potem zapytała słodziutkim głosikiem:

– Czy teraz chcecie się dowiedzieć, co NAPRAWDĘ jest w tych prostokątach, które tak wam smakują? Dobrze! Pokażę wam. W oparciu o skład wypisany maleńkimi literkami na opakowaniu, którego nigdy nie czytacie.

Trzydzieścioro smarkaczy patrzyło na nią z bezczelnymi minami w stylu gadka-szmatka: i tak nas nie nabierzesz... Zakasywała rękawy, wkładała ręce do pojemników, pokazywała ociekające krwią flaki, wątrobę, nerki, skórę zdartą z drobiu, płuca wołowe, świńskie lub cielęce pęcherze, które ściskała palcami, aby wytrysnął z nich strumień ekskrementów, kurze łapki, kogucie głowy, świńskie nóżki, krwiste włókna, które mieszała z litrami żelatyny, kleju, a potem miażdżyła w wielkim mikserze wypożyczonym od rzeźnika. Cały czas udawała, że uważnie śledzi listę składników z opakowania nuggetów. Dzieci patrzyły osłupiałe, słuchały straszliwego dźwięku zdzieranej skóry, miażdżonych kości, robiły się białe, zielone, żółte, zasłaniały sobie rękami usta... Posypywała całość cukrem pudrem, jeszcze raz miksowała ohydną miksturę; powstawała z tego różowa gęsta, lepka masa, którą wlewała do foremek i polewała sosem z substancji barwiących. Formowała je, rzucając jednym okiem na klasę. Niektórzy leżeli na ławkach, inni podnosili rękę, chcąc wyjść. I ten zapach! Zapach był nieznośny. Gryzący smród masakrowanego mięsa, brudnej krwi, który zatykał nos. A to jeszcze nie koniec, triumfowała, wbijając w uczniów wzrok kata, i wlewała zagęszczacz, mażąc całość pędzelkiem lepiącym się od płynnego karmelu, i kończyła triumfująco: To właśnie połykacie, gdy jecie nuggety! Pamiętajcie tylko, że niezależnie od tego, czy będą to nuggety z kurczaka czy z ryby, na jedno wychodzi. W najlepszym wypadku jest w nich siedem setnych procent prawdziwej ryby lub prawdziwego kurczaka. W najgorszym trzy setne procent. Do was należy wybór, czy chcecie się nadal truć... Nowoczesna żywność nie jest już wytwarzana, ale produkowana taśmowo. Produkowana właśnie tak, jak wam pokazałam. Niczego nie wymyśliłam. Wszystkie składniki są wypisane na opakowaniu przy użyciu dziwnych liter i cyfr. Wybór należy do was. Zachowujcie się jak barany, a skończycie jak kotlety!

Bardzo podobało jej się to hasło i głosiła je niezmordowanie, kiedy tylko mogła.

Jedynie chłopczyk, który podszedł do niej na ulicy, patrzył na nią z szerokim uśmiechem. Reszta wybiegła z klasy, aby wymiotować. Kiedy Shirley skończyła prezentację, chłopczyk pomachał do niej z pierwszego rzędu. Podniósł do góry kciuk na znak zwycięstwa.

Wygrała. Nieprędko znowu przełkną prostokątne ryby czy kurczaki.

Była wykończona. Zbryzgana krwią.

Po zakończonym spektaklu zdjęła fartuch, posprzątała, starła ze stolika kawałki zmiażdżonych kości, złożyła stolik, uprzątnęła miseczki i słoiki, schowała mikser do pudełka i bez słowa opuściła salę.

Odda vana Hortense i wróci do domu.

Ale wcześniej z głową opartą na kierownicy zadała sobie pytanie, jedno bardzo proste pytanie: dlaczego zachowałam się tak agresywnie? Mogłam przedstawić to samo, oszczędzając nieco te dzieci, wyjaśniając powoli poszczególne etapy. Zamiast tego ogłuszyłam je, zmasakrowałam, wymachiwałam kilogramami podrobów, pojemnikami z żelatyną, nastawiłam mikser tak głośno, że wył, pokazywałam zakrwawione ręce, nie pozostawiłam im nawet sekundy spokoju. Zawsze ta agresja, która nie pozwala mi nic zrobić spokojnie. Zawsze działam tak, jakbym była zagrożona...

W niebezpieczeństwie.

Oddała furgonetkę Hortense, obiecała, że przyjdzie na wernisaż, i udała się w drogę powrotną do domu. Cały czas myślała o scenie z nuggetami.

Skończy się na tym, że upodobni się do tych nawiedzonych stojących na skrzynkach w kącie w Hyde Parku, którzy przepowiadają koniec świata i karę Boską z palcem wzniesionym do nieba, obrażając przechodniów. Coraz bardziej agresywna, radykalna, zgorzkniała...

I samotna.

Samotna ze szkieletami kurczaków hodowanych w inkubatorach, kurczaków, którym wyłupuje się oczy, żeby straciły poczucie dnia i nocy, obcina się i łapy, i skrzydła... Skończy jak one. Ślepa, z obciętymi łapami i skrzydłami. Znosząc to samo jajko, to samo przemówienie, którego nikt już nie będzie słuchał...

Wzięła rower i pojechała w kierunku Hampstead.

Musiała znów go zobaczyć.

Kręciła się dookoła stawów. Poszła do pubu, w którym się całowali. Tuż przed wyjazdem na święta do Paryża.

Czekała. Wypiła jedno piwo, oglądając mecz krykieta w telewizji.

Znowu pojechała nad stawy.

Patrzyła, jak światła zapalają się w mieszkaniach, loftach artystów i odbijają się w nieruchomej migoczącej wodzie. Pewnie mieszka w jednym z tych loftów...

Zadrżała z zimna. Postanowiła wrócić do domu. Wzięła rower.

Pedałowanie ją uspokajało. Myślała. Na tym świecie są miliony samotnych kobiet, które nie miażdżą pokrwawionych szkieletów wołowych. Zatrzymała się na czerwonym świetle. Nacisnęła hamulec, jakby przyzywała Olivera. Zauważyła dwie samotne kobiety za kierownicą samochodu. Widzisz? Nie ty jedna jesteś sama, uspokój się. Tak, ale już nie chcę być sama, chcę mężczyzny, chcę spać z mężczyzną, zadrżeć pod ciężarem mężczyzny...

Zadrżeć pod ciężarem mężczyzny...

Ręce mężczyzny w czerni na jej skórze... Dotyk dużych, ciepłych dłoni... Niebezpieczeństwo wymyślane przy każdym spotkaniu... Powstrzymywany oddech, powolna rozkosz, którą rządził, drżące uściski, pieszczoty jak ciosy umierające na jej skórze i muskające ją, wyrachowane okrucieństwo

błyszczące w jego oczach, słodkie ugryzienia, szeptane groźby, suche rozkazy, otwierająca się otchłań, ostrzeżenia, które ignorowała, lekceważąc zapowiadaną karę, i następujące
po nich porażające uczucie rozkoszy... Nie zadawał jej bólu,
trzymał ją na dystans, udawał chłód, aby jeszcze bardziej ją
rozpalić, macał długie wyżłobienie pleców jak brutalny han-
dlarz koni, zginał kark, ciągnął za włosy, badał górną część
piersi, macał brzuch. Pozwalała sobą manipulować, rzucając się w tę niebezpieczną przestrzeń, którą stwarzał między
nimi. Szła z bijącym sercem, wyobrażając sobie najgorsze.
Uczyła się odgadywać nagły przypływ pożądania pod jego
zręcznymi palcami. Bez przerwy przesuwać granice, drżeć
z podniecenia, odczuwając wszystkie jego subtelności. Odczuwać aż do omdlenia swoją udawaną kruchość zdaną na
łaskę wszechwładnego mężczyzny.

To było jak oślepiający błysk flesza, który sprawił, że
stanęła znieruchomiała, sztywna, z zaciśniętymi szczękami,
niezdolna do tego, by ponownie wsiąść na rower. Ani regularny odgłos kropel deszczu padających na bruk, ani ruch
uliczny nie były w stanie przywrócić jej do rzeczywistości.

Utrzymywała, że zapomniała...

Że już więcej tego nie chciała...

Ale brakowało jej „tego". Straszliwie.

„To" było wyryte na jej skórze.

Te usta, te dłonie, ten wzrok przez długi czas symbolizo-
wały rządzącą jej życiem rozkosz.

Przecięła Piccadilly. Wjechała na chodnik. Miała właśnie
wejść do kamienicy, zostawić rower w holu pod schodami,
kiedy go dostrzegła.

Kwadratowe plecy w czarnej kurtce...

– Co ty tu robisz? – spytała, nie mówiąc dzień dobry ani:
Co u ciebie słychać? Ani nic innego.

Wzruszając ramionami i krzywiąc się jak ropucha.

– Wychodzę ze spotkania.

Wtedy rzuciła się na niego i zaczęła go całować i całować.

Bez słowa zaciągnęła go do siebie.

A teraz leżał w jej łóżku.

Mężczyzna, którego nigdy więcej miała nie zobaczyć...
W jaką historię się wpakowałam?...

Nalała wody do czajnika.

Spał w jej łóżku.

Przejrzała puszki z herbatą. Jej dłoń spoczęła na Earl Greyu Fortnum & Mason.

Hołd dla króla...

Potrafiła być taka łagodna w czasie ceremonii parzenia herbaty.

Kochali się wolno i czule. Objął rękoma jej twarz i patrzył na nią. Mówił: Dobrze, już dobrze... Nie chciała, żeby na nią patrzył, chciała, żeby ją ściskał, gryzł, szeptał groźby i otwarł przepaść. Zagłębiała zęby w jego szyi, wyrywała mu wargi, cofał się, mówił: Ciii, ciii... Popychała go biodrami, nastawiała brzuch, żeby zatopił w nim pięść. Obejmował ją ramionami, kołysał, powtarzał: Ciii... ciii... jak śpiewa się dziecku, aby je uspokoić. Poddawała się, próbowała podążać za nim wolniutko ku rozkoszy, buntowała się w połowie drogi...

Skąd we mnie ta agresja? zastanawiała się, nalewając wrzątek do czajniczka. Jakby rozkosz trzeba wydrzeć, jakbym musiała ją wywalczyć, jakbym nie miała do niej prawa...

Wolno przekroiła mufinkę widelcem. Żeby się nie pokruszyła, żeby środek odkleił się delikatnie i pozostał miękki.

Ciii... ciii... mruczał mężczyzna, trzymając ją nieruchomo przy sobie. Głaskając delikatnie po głowie.

Walczyła, mówiła: Nie, nie, nie tak, nie tak...

Przerywał zdziwiony. Patrzył na nią pełnym dobroci wzrokiem i sama już nie wiedziała, z kim jest...

Bez prawa, nieprawa...

Agresja. To ja się jej domagam, żądam, zmuszam mężczyznę, żeby przyłożył mi nóż do szyi.

Serce ściśnięte z zagrożenia. Poczuć przebiegający pod skórą dreszcz... Rozpoczęłam życie jak przestępczyni. Uciekając z domu, paląc w pałacowych korytarzach dziwną trawę, od której kręciło mi się w głowie, wykradając się potajemnie, biegnąc w ciemnościach nocy, tańcząc jak szalona, zgarniając chłopaka, dwóch chłopaków, bzykając się w nędznym samochodzie, gdy na tylnym siedzeniu dokazywała inna para. Bez wytchnienia. Czuby punkówy, agrafki w dziurawych podkoszulkach, buty z ćwiekami, dziurawe rajstopy, poparzenia od papierosów, alkohol pity z gwinta, czarne paznokcie, oczy lepiące się od czarnej kredki i spływającego tuszu... Szybki seks, przekleństwa, wulgarne gesty, narkotyki łykane jak miętówki. Ojciec, którego się odrzuca, bo uznaje się, że jest zbyt łagodny, zbyt wycofany, matka, której nie wolno pocałować i myśli się, to nic, to tylko obraz. Obraz, który się niszczy, aby nurzać się w opinii innych. Innych, którzy przekazują zniekształcone odbicie. Ale w końcu zaczyna się wierzyć w to odbicie. W końcu zaczyna się myśleć, że nie zasługuje się na nic lepszego, że nie jest się wiele wartą... Rzucona w wieku lat dwudziestu w ramiona Duncana McCalluma, tego chama, który przyciskał mnie do drzwi, podnosił mi spódnicę i... rzucał mnie jak rozdarte opakowanie.

Gary dał mi łagodność, dumę z posiadania dziecka, maleństwa, które chroniłam, a ono strzegło mnie przed demonami. Przy nim nauczyłam się czułości. Ofiarowywałam mojemu małemu to, czego nie znosiłam u mężczyzn. Z agresji zachowałam jedynie siłę, z którą strzegłam mojego dziecka, mojej miłości...

Z wyjątkiem chwil, gdy mężczyzna w czerni...

Mężczyzna w jej łóżku całował ją, pieścił miękkimi, niemal kobiecymi dłońmi, delikatnie posiadł...

Bez prawa, nieprawa...

Wybrała dżem pomarańczowy, spróbowała... za kwaśny na przebudzenie, wyjęła z szafki konfiturę z czerwonych owoców, drewnianą tacę powleczoną czarną laką, postawiła czajniczek, mufinki, konfiturę, odrobinę masła, dwie białe serwetki. Dwie łyżeczki i srebrny nóż. Srebra od matki... Podarowała jej na dwudzieste urodziny serwis z monogramem Korony.

Nieprawa, nieprawa...

Weszła do sypialni. Usiadł na łóżku i szeroko się do niej uśmiechnął.

– Cieszę się, że znowu się spotkaliśmy.

Położyła tacę zmrożona tym czułym zdaniem.

– Ja też – odpowiedziała, starając się udawać rozbawioną.

– Więc zapomniałaś o tym mężczyźnie z Paryża?

Nie odpowiedziała. Posmarowała mufinkę masłem i konfiturą i podała mu ją z nieco nerwowym uśmiechem. Odsunął kołdrę i zaprosił ją, aby wśliznęła się obok niego. Odmówiła gwałtownym ruchem głowy. Nie chciała być zbyt blisko.

– Wolę zostać tu i patrzeć na ciebie – odpowiedziała niezręcznie.

Jej wzrok spoczął na pełnych wdzięku dłoniach. Rękach artysty...

– Coś jest nie tak? – spytał, gryząc mufinkę.

– Och, nie! – odparła pospiesznie. – Tylko... Porwałam cię nieco brutalnie wczoraj wieczorem.

– Wstyd ci? Niepotrzebnie. To było cudowne...

Podskoczyła na dźwięk słowa „cudowne". Przepędziła je z głowy.

– Miałaś rację – kontynuował. – Zaczęlibyśmy rozmawiać i nie skończyłoby się to tak, jak się skończyło... i byłaby to wielka szkoda.

Uśmiechał się poczciwym uśmiechem spokojnego mężczyzny.

Przepędziła także ten uśmiech i wierciła się na kraju łóżka, nalewając herbatę.

Wtedy właśnie usłyszeli dźwięk klucza w drzwiach wejściowych, odgłos kroków, drzwi do sypialni otwarły się i pojawił się w nich Gary.

– *Hello!* Przyniosłem croissanty. Obszedłem cały Londyn, żeby je znaleźć, są jeszcze ciepłe. Rzecz jasna nie takie jak w Paryżu, ale...

Jego wzrok opadł na łóżko. Dostrzegł Olivera z nagim torsem i filiżanką herbaty w dłoni.

Przerwał, drgnął, popatrzył na niego, popatrzył na matkę i krzyknął:

– Tylko nie on, tylko nie on!

Rzucił croissanty na łóżko i wybiegł, trzaskając drzwiami.

*

Biegł.

Biegł do utraty tchu, aż do swojego mieszkania. Potrącał przechodniów na Piccadilly, Saint James's, Pall Mall, Queen's Walk, minął Lancaster House, o mało nie przejechał go autobus, gdy przebiegał na drugą stronę, skręcił w prawo, skręcił w lewo, szukał w kieszeni kluczy, otwarł drzwi do mieszkania, zamknął je za sobą, dysząc ciężko.

Oparł się plecami o futrynę.

517

Wyjechać, wyjechać stąd...

Wyjechać do Nowego Jorku...

Tam znajdzie nauczyciela fortepianu, tam będzie czekał na wyniki i jeżeli wszystko pójdzie dobrze, dostanie się do Juilliard School. Zacznie życie od nowa. Na własny rachunek. Nie potrzebuje nikogo...

Hortense wyszła.

Nie zostawiła kartki.

Opadł na wysoki taboret w kuchni. Obmył twarz. Wypił trochę wody z kranu, spryskał się nią, zmoczył włosy. Polał sobie kark. Wytarł się ścierką. Rzucił ścierkę na podłogę.

Poszedł nastawić CD. Chciał posłuchać jazzu. Duško Gojković. *In My Dreams.*

Sprawdził stan konta w Internecie. Miał wystarczająco pieniędzy, żeby wyjechać. Tego wieczoru pójdzie spotkać się z Panią Babcią. Jest teraz w Londynie. Na maszcie pałacu Buckingham powiewa flaga. Wystarczy mu kwadrans. Wytłumaczy jej, że postanowił przyspieszyć wyjazd. Zgodzi się. To ona wpadła na pomysł z Juilliard School. Zawsze go wspierała. Nasze relacje są dziwne, pomyślał, słuchając pianina Boba Degena i grając tę samą melodię na brzegu zlewozmywaka, szanuję ją, ona szanuje mnie. To niepisane porozumienie. Nigdy nie okazuje swoich uczuć, ale wiem, że jest ze mną. Nieodmienna, majestatyczna, dyskretna.

Wiedział także, że nadzoruje jego konto w banku, sprawdza, jak wydaje kieszonkowe, które co miesiąc mu przelewa. Ceniła fakt, że nie trwoni pieniędzy, żyje oszczędnie. Szalenie spodobała jej się opowieść o tym, że „ma tylko jeden tors", gdy zaproponowano mu dwie koszule w cenie jednej. Wybuchnęła śmiechem i niemal poklepała się po udach. Jej Królewska Mość śmiała się na cały głos! Szanowała pieniądze. Na próżno tłumaczył jej, że to normalne, że to nie jego pieniądze, że jak tylko zacznie zarabiać na życie, będzie dumny, zapraszając kogoś po raz pierwszy do restauracji, i – Wiesz co, Pani Babciu? Pierwszą osobą, którą zaproszę, będziesz ty – uśmiechała się rozbawiona – albo kupię ci kapelusik, taki jak lubisz, jasnożółty albo różowy. Powtarzała: *You're a good boy*, kiwając głową.

I'm a good boy i spadam stąd.

Jednym kliknięciem zarezerwuję bilet na jutro wieczorem.

Klik, klik. Lot o dziewiętnastej dziesięć do Nowego Jorku. Solówka na perkusji i pan Gary Ward wchodzi na pokład. Miejsce w klasie ekonomicznej. Last minute, za bezcen, doskonale, doskonale!

Napisze maila do matki. Żeby się nie martwiła. Nic nie powie Oliverowi. Nie potrzebuje nikogo.

Nie chciał wiedzieć, jak znalazł się w łóżku Shirley.

Coś podobnego! pomyślał, nazwałem ją po imieniu. Shirley, Shirley, powtarzał. Dzień dobry, Shirley! Co słychać, Shirley?

Rozebrał się, wziął prysznic, włożył czyste bokserki, zrobił sobie czarną kawę, dwa mocno przypieczone tosty, jajka sadzone. Co za przygoda! myślał, obserwując, jak bekon marszczy się na patelni. Człowiek wychodzi jedną nogą z dzieciństwa i natychmiast dostaje się w wir niesamowitych wydarzeń. To równocześnie przerażające i ekscytujące. Będą dni z i dni bez, dni, kiedy będę się czuł na swoim miejscu, i inne, gdy będzie mi niewyraźnie, będę tęsknił za Londynem... *Bye bye*, Shirley! *Bye bye*, Duncan! *Hello*, Gary!

I odpowiedziała mu trąbka Duška...

Przewrócił plastry bekonu, dodał odrobinę masła, aby się przyrumieniły, wypił z butelki sok pomarańczowy wyjęty z lodówki. Żyć własnym życiem, tak jak mi się podoba, być uzależnionym wyłącznie od siebie... Strzelił gumką bokserek. Uśmiechnął się: stał mu...

Noc z Hortense była wspaniała.

Zsunął bekon i jajka na talerz.

Zabierze ze sobą Hortense. Powiedziała, że dostała stamtąd oferty pracy. Powiedziała też: Gary, myślę, że... myślę, że cię... Myślę, że cię co? spytał Gary, domyślając się dalszego ciągu.

Ale nie powiedziała tego!

Jedynie się do tego zbliżyła. Robi postępy.

Trzeba przyznać, że ta noc była nieziemska... Po prostu nieziemska! Zadzwonię do niej po spotkaniu z Panią Babcią.

Nalał na talerz keczup, zjadł jajka i tosty. Wypił czarną kawę. Zrobił przewrót na dywanie „Hello Sunshine!" w salonie, na śmiesznym dywanie z wielkim żółtym słońcem na tle nieba pokrytego srebrnymi gwiazdami. Na kiczowatym dywanie, który kupił na pchlim targu w Camden. Hortense go nie znosiła.

Usiadł do pianina i spróbował zagrać to, co właśnie usłyszał. Powalające solo na fortepianie. Pogłaskał perłowe i czarne klawisze. Będzie musiał sobie zorganizować pianino w Nowym Jorku.

*

Hortense się obudziła. Przeczytała kartkę Gary'ego. Shirley nie przyszła do Harrodsa. Pewnie zdarzyło się coś ważnego, skoro się nie zjawiła. Co za wieczór! pomyślała, zagłębiając się w poduszki. I co za sukces! Kopała nogami pod kołdrą i biła sobie brawo. Brawo, Hortense, brawo, moja droga! I brawa także dla Nicholasa, przyznała półgębkiem.

Nicholas!

Trencz Burberry Nicholasa przerwał oklaski.

Pewnie dusi się z wściekłości.

Musi biec go przeprosić. Zagryzła wargi, zastanawiając się, co też mu powie. Skłamie. Nienawidzę kłamać. Ale w tym wypadku... Nie mam wyboru.

Włożyła sukienkę Alaï, odszukała pod łóżkiem czarne repetto, wyszczotkowała włosy, pożyczyła szczoteczkę do zębów Gary'ego i udała się do Liberty.

Siedział sztywny i zimny za długim biurkiem. Jednym gestem odprawił asystentkę. Nie odebrał dzwoniącego telefonu i powiedział:

– Słucham cię.

– Nie miałam innego wyjścia...

– Tak? – zdziwił się z nutą ironii w głosie.

– Pękł mi jęczmień i zaczęło się z niego wylewać coś w rodzaju żółtej ropy, która mnie oślepiała i parzyła, nie widziałam nic, wpadłam w panikę i popędziłam do szpitala. Czekałam trzy godziny, zanim zainteresował się mną jakiś lekarz. Zrobił mi zastrzyk z antybiotyków w pośladek, końską dawkę jak dla umierających słoni, i wróciłam kompletnie wycięta do domu.

Zdjęła okulary i pokazała spuchnięte zaczerwienione oko.

– Hm... – mruknął Nicholas, drapiąc się w szyję i zastanawiając, czy nie wymyśliła tej historyjki ze szpitalem. – Nie pomyślałaś o tym, żeby do mnie zadzwonić?

– Siadła mi bateria w komórce.

Podała mu komórkę. Nie chciał sprawdzać. Odetchnęła z ulgą. Połknął haczyk.

– A dzisiaj rano wolałam przyjść, niż do ciebie dzwonić. Domyślałam się, że możesz być... trochę zdenerwowany.

Podeszła do fotela, na którym siedział, pochyliła się do niego i szepnęła:

– Dzięki, tysięczne dzięki... To było wspaniałe! Dzięki tobie.

Odsunął się zirytowany. Potarła oko, aby wzbudzić jego litość.

– Nie rób tak! – krzyknął. – Przeniesiesz sobie ropę do oka, zrobi ci się wrzód i trzeba będzie go przeciąć! To obrzydliwe!

– Czy zgodzisz się zjeść dziś wieczorem kolację z odrażającą dziewczyną? – spytała, wykorzystując swoją przewagę.

– Dziś wieczorem jestem zajęty.

– Nawet gdybym cię błagała?

– Jem kolację z Anną Wintour.

– We dwoje? – spytała zdumiona Hortense.

– Nie... nie do końca. Ale zaprosiła mnie na wystawną kolację, którą wydaje w Ritzu. I zamierzam tam pójść...

– Ze mną.

– Nie zostałaś zaproszona.

– Ale powiesz, że jestem twoją dziewczyną. Przedstawisz mnie.

– Przedstawić dziewczynę z zaropiałym okiem? Mowy nie ma!

– Nie będę zdejmować okularów.

Wahał się. Bawił węzłem pomarańczowego krawata. Oglądał krzywiznę paznokci.

– Powiedz tak – błagała Hortense. – Powiedz tak, a natychmiast znowu pojadę na zastrzyk do szpitala, żeby oko jakoś wyglądało...

Nicholas wzniósł oczy do nieba.

– Hortense... Hortense... Jeszcze nie narodził się mężczyzna, który byłby w stanie ci się oprzeć. Spotykamy się o dziewiątej w Ritzu. Będę na ciebie czekał w holu. I zrób się na bóstwo! Żebym nie musiał się wstydzić!

– Jakbym mogła wyglądać inaczej!

Wróciła do domu tanecznym krokiem, przebiegając korytarze metra. W rytm słów „posuń się, robaku, posuń się, robaczku, przepuść mnie". Nie musiała wybierać, miała wszystko. A nawet więcej niż wszystko! Mężczyznę o łakomym wzroku, otwierającą się przed nią świetlaną karierę...

Patrzyła na ludzi z politowaniem. Biedacy! Bidusie! I z czułością: Niedługo wszyscy będą mówić wyłącznie o mnie, nastawiajcie uszu...

O mało nie pomogła przejść przez ulicę starszej pani, powstrzymała się w ostatniej chwili.

Pryszczaty Jean drzemał na kanapie przed telewizorem.

Przeszła przez salon na paluszkach.

Poszła do kuchni zaparzyć sobie oczyszczającą herbatę. Wielki czajnik herbaty, aby usunąć ślady wczorajszego zmęczenia. Półtora litra herbaty oczyszczającej i będę piękna jak róża, gotowa stanąć przed obliczem wielkiej kapłanki. Jak się do tego zabiorę? Muszę zrobić na niej wrażenie, ale tak, by nie poczuła się zagrożona. Ubrać się subtelnie, wymalować subtelnie. I być niepowtarzalną...

Prześpię się do wpół do ósmej, zaprojektuję ubiór w głowie, wezmę prysznic, umyję włosy, włożę kreację, wskoczę do taksówki i pojadę do Ritza.

Wzięła czajnik, zapomniała torebki Lanvin w aneksie kuchennym w salonie. Żeby tylko nie obudzić Pryszczatego. Cichutko wejść po schodach do pokoju, położyć się i śnić o świetlanej przyszłości.

Wrócić myślami do ostatniej nocy... Gary, Gary...

Wyrwało jej się westchnienie rozkoszy.

W salonie Jean Martin otworzył jedno oko i zobaczył znikającą na schodach balerinkę Hortense. Wszyscy współlokatorzy zostali zaproszeni na jej prezentację z wyjątkiem niego. Skrzyżował ramiona, wbił podbródek w pierś, skrzywił się. Drogo za to wszystko zapłaci...

W końcu się doigra. Rachunek krzywd wydłużał się i wydłużał. Kopie własny grób.

Zadzwonił telefon w torebce Lanvin.

Zaskoczony słuchał, jak dzwoni. Okrutna Hortense zapomniała komórki w kuchni.

Do torebki napływały oferty pracy.

Nie wstanie.

O ósmej usłyszał, jak bierze prysznic.

Telefon zadzwonił jeszcze kilka razy.

Wreszcie wstał, chwycił torebkę, wyjął telefon, odsłuchał wiadomości.

Gratulacje, komplementy, dwie propozycje spotkań w sprawie pracy. Facet z Vuittona i ktoś jeszcze.

I wiadomość od chłopaka, niejakiego Gary'ego, który mówił: „Hortense, moja droga, wyjeżdżam jutro wieczorem do Nowego Jorku samolotem o dziewiętnastej dziesięć. Jedź ze mną. Mówiłaś, że proponują ci tam robotę. Właśnie spotkałem się z Panią Babcią, wychodzę z pałacu królewskiego. Ha! Zapłaci za mieszkanie i za studia. Pójdę do Juilliard School, a ty podbijesz miasto. Życie należy do nas! Nie oddzwaniaj... Pomyśl tylko: tak i przyjedź na lotnisko! Będę tam na ciebie czekał, kupiłem ci bilet. Hortense, nie wygłupiaj się, tylko leć ze mną. I posłuchaj, powiem ci coś jeszcze, coś, czego nigdy nie powtórzę, chyba że wskoczysz ze mną do samolotu: Hortense, *I love you!*".

Chłopak wykrzyczał ostatnie słowa, po czym się rozłączył.

Jean Martin uśmiechnął się z satysfakcją i po kolei skasował wszystkie wiadomości.

Część czwarta

Dwa miesiące!

Od obiadu z Gastonem Serrurierem minęły dwa miesiące.

Uciekła pędem...

Biegła między samochodami, biegła korytarzami metra, stała w wagonie oparta o złożone siedzenie, nie mogąc doczekać się momentu, kiedy wróci do domu i otworzy czarny notes. Chciała jak najszybciej odnaleźć na tych niezdarnie zapisanych stronach oddech nastolatka, który odkrywał miłość i dawał się jej porwać bez żadnego wyrachowania. Jego wysiłki, aby przyciągnąć spojrzenie ukochanego mężczyzny, serce podskakujące w piersiach, zakłopotanie, że nie umie się zachować...

I co zrobiła przez dwa miesiące? Przeczytała i poprawiła około dziesięciu rozdziałów autorstwa kolegów i napisała dziesięciostronicowy wstęp do książki o kobietach w czasach wypraw krzyżowych. Skromny wynik. Dziesięć stron w dwa miesiące, czyli pięć stron na miesiąc! Godzinami siedziała nieruchomo przed ekranem komputera, brała czystą kartkę papieru, kreśliła słowa „zapał", „ogień", gorączka", „upojenie", włochate insekty, koła, kwadraty, różowy pysk Du Guesclina, jego pokryte bielmem oko pirata i dłoń wyruszała na poszukiwanie czarnego notesu w szufladzie, mówiła sobie: Tylko kilka stron i wracam do krucjat, katapult, łuczników, kobiet w zbrojach.

Czytała jedną stronę i przerażona wstrzymywała oddech. Młodzieniec wiele ryzykował, obnażając swe serce.

527

Miała ochotę go ostrzec. Nie dawaj wszystkiego, zrób krok w tył... Pochylała się nad pismem, odczytywała okaleczone końcówki słów jako zły znak. Podcięte skrzydła.
Nie zdążył odlecieć.
Notes wylądował na śmietniku. Nie miał już skrzydeł.
I ciągle to samo pytanie: kto jest autorem? Mieszkaniec budynku B, budynku A? Kiedy wprowadzamy się do mieszkania, pytamy o azbest, ołów w farbach, obecność termitów, metry kwadratowe, zużycie energii, izolację... Nigdy nie sprawdzamy stanu sąsiadów. Czy są wyniszczeni czy też cieszą się dobrym zdrowiem? Zdrowi na umyśle czy prześladowani przez duchy? Nic o nich nie wiemy. Nie miała świadomości, że codziennie spotykała dwóch morderców: Lefloca-Pignela i Van den Brocka.* Zebrania wspólnoty, dyskusje w holu, dzień dobry panu, dzień dobry pani, wesołych świąt i szczęśliwego Nowego Roku, a może wymienilibyśmy wykładzinę na schodach?

Co wiedziała na temat nowych mieszkańców? Państwa Boisson, Yves'a Légera i Manuela Lopeza? Spotykała ich w holu czy w windzie. Mówili sobie dzień dobry. Gładki, zimny pan Boisson otwierał gazetę. Miało się wrażenie, że zaciska wargi. Pani Boisson z przesianymi siwizną, ściągniętymi w kok włosami i w bluzce zapiętej pod samą szyję kłaniała się sztywno. Przypominała urnę z prochami. Nosili takie same płaszcze. Pewnie kupowali je w zestawach po dwa. Beżowy płaszcz z fakturowanej tkaniny na zimę, beżowy nieco lżejszy płaszcz na wiosnę. Byli jak rodzeństwo. W każdą niedzielę przychodzili do nich na obiad dwaj synowie. Przylizane włosy, obcisłe szare garnitury, jeden blondyn przypominający albinosa, z czerwonymi odstającymi uszami, drugi – smutny szatyn z nosem w kształcie pieczarki i wypłowiałymi niebieskimi oczami. Wydawało się, że życie toczy się obok nich. Raz, dwa, raz, dwa, szli po schodach,

* Patrz *Wolny walc żółwi, op. cit.*

podnosząc bardzo wysoko kolana, z parasolem wiszącym na łokciu. Nie sposób było określić ich wieku. Ani płci.

Pan Léger z trzeciego piętra trzymał pod pachą wielką teczkę na rysunki. Nosił różowe, fioletowe lub perłowe kamizelki, które lekko zaokrąglały mu się na brzuchu. Ślizgał się jak zdenerwowany łyżwiarz z teczką pod pachą. Zżymał się, gdy gasło światło lub gdy nieco przestarzała winda ruszała z opóźnieniem. Jego znacznie młodszy partner gwizdał, przechodząc przez hol, kłaniał się Iphigénie, mówiąc nieco teatralnie „Dzień dobry pani" i przytrzymywał drzwi, aby przepuścić starszych. Pani Pinarelli zdawała się to doceniać. Ani pan Boisson, ani pan Léger nie budzili skojarzeń z niewinną namiętnością Młodzieńca.

Przerywała jej Zoé, Josiane, Iphigénie, Giuseppe i cała reszta.

Mącili spokojny strumień myśli, opowiadali o swoich stanach ducha, nieszczęściach, rozczarowaniach, życiowych wypadkach, które dla Hortense stanowiłyby zbiór głupot. Joséphine słuchała. Nie potrafiła zachować się inaczej.

Siedząc w salonie, Josiane rozpaczała, jedząc przyniesioną przez siebie tartę jabłkową. Upieczona własnoręcznie, sprecyzowała, wyjmując tartę przykrytą dużą białą ścierką. Du Guesclin stał przed nią wyprężony, czyhając na spadające na podłogę kawałek. Pewnie sądził, że jeżeli będzie stał nieruchomo, stanie się niewidzialny, będzie mógł podkradać okruszyny i nikt tego nie zauważy.

Nazajutrz, 6 maja, Junior kończył trzy lata i Josiane postanowiła nie urządzać urodzinowego podwieczorku.

– Nie ma kolegów! Podwieczorek bez kolegów jest jak bukiet bez łodyg! Wygląda ponuro. A nie zaproszę dwóch węży w okularach, których zatrudniliśmy w charakterze nauczycieli! Wyobrażałam sobie przyjęcia urodzinowe z iluzjonistami, opowiadaczami bajek, różnokolorowymi balonikami i śmiesznymi maleństwami biegającymi we wszystkie strony!

– Chcesz, żebym przyszła? – spytała Joséphine wbrew własnej woli.

Josiane nie odpowiedziała, tylko dalej lamentowała.

– Co ja mam teraz zrobić? No co? Marcel już mnie nie potrzebuje. Wraca z pracy coraz później i rozmawia niemal wyłącznie z Juniorem... A Junior po całych dniach się uczy. Je na obiad kanapkę, nie odrywając się od książki! Nie prosi mnie nawet, żebym go przepytała... Sądzę, że nie byłabym w stanie! Czeka na ojca i wieczorami robię za dekorację w towarzystwie dwóch mężczyzn. Nie jestem już nikomu potrzebna, Jo... Moje życie jest skończone!

– Ależ nie... – zapewniła Joséphine. – Nie jest skończone, zmienia się. Życie nigdy nie stoi w miejscu, cały czas się zmienia, powinnaś się do tego przyzwyczaić, jeżeli nie chcesz się upodobnić do tłustej krowy na łące, która cały czas przeżuwa to samo zielsko.

– Chciałabym być tłustą krową, która nie ma nic we łbie... – westchnęła Josiane, przeżuwając tartę jabłkową z oczyma błądzącymi w pustce.

– Nie możesz znaleźć sobie jakiegoś zajęcia, jakiejś pracy?

– Marcel nie chce, żebym wracała do biura. Czuję jego opór. Kiedyś poszłam odwiedzić Ginette w magazynie i wiesz, na kogo wpadłam? Jestem pewna, że nie zgadniesz! Na Chavala! Węszył i puszył się. Z całkiem zadowoloną miną. I to nie po raz pierwszy! Zastanawiam się, czy Marcel znowu go nie zatrudnił. Przysięga, że nie, ale uważam, że to dziwne, że kręci się po firmie.

– Przeglądaj ogłoszenia.

– W dzisiejszych czasach i przy galopującym bezrobociu? To tak jakbym postanowiła zostać łyżwiarką figurową!

– Zapisz się na jakieś szkolenie.

– Nie umiem nic innego, jak być sekretarką.

– Bardzo dobrze gotujesz.

– Ale przecież nie zostanę kuchcikiem!

– A dlaczego nie?

– Łatwo powiedzieć – jęknęła Josiane, bawiąc się guzikami różowego sweterka. – I co ci mam mówić, Jo, utyłam... Stałam się grubą kobietą, utrzymanką. Przedtem byłam sucha jak zapałka i walczyłam.

– Zacznij dietę! – zasugerowała Joséphine, uśmiechając się.

Josiane dmuchnęła zrozpaczona na jasny kosmyk włosów, który spadał jej na oczy.

– Sądziłam, że Junior dostarczy mi pracy. Bycie matką to piękne zajęcie... Miałam tyle marzeń! A on mi to wszystko odebrał!

– Wymyśl coś innego. Zostań astroloźką, dietetyczką, otwórz sklepik z kanapkami, produkuj biżuterię i sprzedawaj ją w Casamii. Masz faceta, który może ci pomóc, nie jesteś sama, wymyśl coś, wymyśl... A nie siedź bezczynnie i nie zamartwiaj się całymi dniami!

Josiane przestała się bawić guzikami swetra i wymamrotała:

– Zmieniłaś się, Joséphine, nie słuchasz już ludzi tak jak dawniej. Stajesz się taka jak wszyscy, jesteś zabieganą egoistką.

Joséphine zagryzła wargi, żeby nie odpowiadać. Notes Młodzieńca czekał na nią na biurku, chciała tylko jednego: otworzyć go, zatopić się w nim, znaleźć myśl przewodnią, aby opowiedzieć tę historię. Muszę się wybrać do WH Smith przy rue de Rivoli, kupić biografię Cary'ego Granta. A potem powracało to samo pytanie: dlaczego notes wylądował na śmietniku? Czy jego autor zaczął nowe życie i chciał się odciąć od przeszłości? Czy obawiał się, że notes wpadnie w niepowołane ręce i zdradzi jego sekret?

– Zostawię cię – powiedziała Josiane, obciągając spódnicę. – Czuję, że cię nudzę.

– Ależ nie – zaprotestowała Joséphine – zostań jeszcze chwilę. Zoé wróci i...

– Szczęściara z ciebie... Ty przynajmniej masz dwie.

– Jakie dwie? – spytała Joséphine, zastanawiając się, o co chodzi Josiane.

– Dwie córki. Hortense wyjechała, ale została ci Zoé. Nie jesteś sama. Podczas gdy ja...

Josiane znowu siadła, zastanawiała się przez chwilę, a potem twarz jej się rozjaśniła.

– A gdybym tak miała drugie dziecko? – mruknęła.

– Drugie dziecko?

– Tak... Nie geniusza, dziecko, które po kolei pokonuje poszczególne etapy życia, a ja za nim nadążam. Będę musiała porozmawiać o tym z Marcelem, nie jestem pewna, czy będzie chciał ze względu na swój wiek... Nie jestem pewna, czy Juniorowi by się to podobało...

Zamyśliła się. Wyobraziła sobie siebie z dzidziusiem przy piersi, strużką mleka cieknącą mu z kącików warg. Ssał łapczywie, a ona zamykała oczy.

– Ależ tak... Drugie dziecko... które zachowam dla siebie, tylko dla siebie.

– Naprawdę sądzisz, że...

Josiane jej nie słuchała. Wstała, uścisnęła Joséphine, złożyła ściereczkę, wzięła formę na tartę i wyszła, dziękując jej i przepraszając za zły humor. I obiecując, że następnym razem przyniesie ciasto czekoladowe.

Uf! pomyślała Joséphine, zamykając drzwi za Josiane. – Wreszcie sama...

Zadzwonił telefon. Giuseppe. Niepokoił się. Nie widuję cię już, Joséphine, co się stało? Zjedli cię na uniwersytecie? Śmiała się, drapiąc po głowie. Jestem w Parigi, zjemy dziś razem kolację? Odpowiedziała: Nie, nie, nie skończyłam wstępu, muszę go oddać za tydzień... Do diabła ze wstępem! Odkryłem małą włoską restaurację przy Saint-Germain, zabieram cię, no już, powiedz tak. Zbyt długo cię już nie widziałem... Powiedziała nie. Słyszała długą ciszę. Niepokoiła się, więc dodała: Później, później, jak skończę... Ale mnie tu już wtedy nie będzie, *amore mio*! Trudno! pomyślała. Nie mogła powiedzieć prawdy: Noszę w sobie książkę, która we mnie rośnie, zabiera całe miejsce, zadałby jej tysiące pytań, na które nie chciała, nie mogła odpowiedzieć. Wymamrotała zatem: Przepraszam, jakby była czemuś winna. Spytał, co słychać u córek. Westchnęła z ulgą, że może zmienić temat. Wszystko u nich w porządku.

Potem pomyślała: Nie miałam wieści od Hortense, prawdziwych wieści, tylko pisane pospiesznie maile: Mam masę roboty! Nie mam czasu! Wszystko w porządku! Zadzwonię, gdy będę miała chwilę!

Nigdy nie miała „chwili".

Zastanawiała się, czy Hortense ma do niej pretensje.

– I co, pani Cortès? – nalegała Iphigénie, stojąc w progu służbówki. – Na co pani czeka ze zbieraniem podpisów pod petycją? Napisałyśmy ją, wystarczy tylko przycisnąć guzik, wydrukować i hop! Puścimy ją obiegiem...

– Poczekajmy na następne zebranie wspólnoty, syndyk będzie musiał nam powiedzieć, że chce kogoś przyjąć na pani miejsce, i przekonamy się, czy zagrożenie jest realne.

– Co?! – krzyknęła Iphigénie z pięściami na biodrach, a jej dzieci schowały się za zasłonką w służbówce, obawiając się gromów matki. – Nie wierzy mi pani? Nie daje pani wiary moim słowom?

– Ależ daję, daję... Tylko nie chcę rozpoczynać tej...

Cary Grant uśmiechał się do niej. Zastanawiała się, jak określić ten chytry i wesoły uśmiech. Szukała właściwego słowa, miała je na końcu języka. Kpiący, żartobliwy, przekorny, drwiący... Istniało takie słowo, inne słowo.

– Bitwy, niech pani to powie, pani Cortès, strach panią obleciał, co?

– Ależ nie, Iphigénie, niech pani jeszcze chwilę poczeka, a obiecuję, że...

– Obiecanki cacanki!

– Dotrzymam słowa.

– Zapamiętała pani, co powiedziałam?

– Tak. „Jeśli nie teraz, to nigdy". Zrozumiałam, Iphigénie.

– Ja uważam, że zrobiłoby większe wrażenie, gdyby pani przyszła na zebranie z petycją w kieszeni.

Figlarny! Figlarny uśmieszek...

Gwizdnęła na Du Guesclina, pomachała do Clary i Léa ukrytych za zasłonką i pożegnała się z Iphigénie, posyłając jej... figlarny uśmieszek.

Znowu brała do ręki czarny notes i otwierała go.

Nastawiała czajnik, trzymała książkę nad dzióbkiem, żeby rozkleić strony nad parą, wsuwała między nie ostrze noża, z powolną determinacją odklejała stronę po stronie i wkładała bibułę, nigdy się nie spiesząc w obawie, że straci słowa, zmaże cenne zdania.

Przypominała egiptologa pochylonego nad resztkami mumii.

Mumii zmarłej z miłości.

„4 stycznia 1963.

Wreszcie opowiedział mi, jak stał się Carym Grantem.

Byliśmy w jego apartamencie. Nalał mi kieliszek szampana. Dzień był ciężki. Kręcił jedną scenę i nie był z niej zadowolony. Uważał, że brakuje w niej rytmu; coś mu nie pasowało w tekście, trzeba ją było napisać od nowa. Stanley

Donen i Peter, scenarzysta, rwali sobie włosy z głowy i próbowali go przekonać, że jest doskonała, ale on powtarzał, że nie, coś jest nie tak, brakuje tempa. I strzelał palcami, wybijając rytm.

– Do kina idzie się po to, żeby zapomnieć. Zapomnieć o brudnych talerzach w zlewie. Potrzebny jest rytm.

Wymienił *Philadelphia Story* jako doskonały przykład rytmu utrzymanego przez cały film.

Wyglądał na wściekłego. Nie miałem odwagi do niego podejść.

Po raz kolejny nie poszedłem na zajęcia, żeby się z nim spotkać. Słuchałem, jak mówi, sprzeciwia się, podziwiałem jego determinację. Miałem ochotę bić mu brawo. Pewnie jako jedyny. Reszta wściekała się w cichości ducha.

Reszta... Obgadują mnie, mówią, że się w nim zakochałem, ale mam to gdzieś. Liczę dni do jego wyjazdu i... nie chcę o tym myśleć!

Pławię się w oparach szczęścia. Z najgłupszego chłopaka na świecie stałem się najbardziej uśmiechniętym chłopakiem na świecie. Mam coś w piersi, w całej piersi, nie tylko w sercu... Pulsujące imadło. Bez przerwy. I myślę sobie: Nie mogłeś zakochać się w uśmiechu, w oczach, w dołeczku na brodzie! W dodatku w mężczyźnie! W mężczyźnie! To niemożliwe! A mimo to nie mogę przestać biec przez ulice, czuć, że znika cały smutek i brzydota, że ludzie najwyraźniej są w lepszych nastrojach, że gołębie na chodniku są żywymi istotami! Patrzę na ludzi i mam ochotę ich całować. Nawet moich rodziców. Nawet Geneviève! Jestem dla niej znacznie milszy, nie dostrzegam już jej wąsów...

Dobrze, wracam do naszego wieczoru.

Byliśmy we dwóch w jego apartamencie. Na niskim stoliku stała butelka szampana w wiaderku i dwa piękne kieliszki. W domu też mamy kieliszki do szampana, ale mama nigdy ich nie używa, boi się, że się stłuką. Trzyma je za szybą, wyjmuje tylko, żeby umyć, i z powrotem wstawia na miejsce.

Poszedł wziąć prysznic. Czekałem na niego trochę onieśmielony. Siedziałem na skraju kanapy. Nie miałem odwagi się o nią oprzeć. Ciągle myślałem o jego sporze z reżyserem i napadzie złości.

Kiedy wrócił, miał na sobie szare spodnie i białą koszulę. Piękną koszulę z podwiniętymi rękawami. Uniósł brew i spytał: Wszystko w porządku, *my boy*? Skinąłem głową, pewnie musiało to głupio wyglądać. Czułem, że wraca myślami do sceny, i miałem ochotę mu powiedzieć, że się z nim zgadzam. Ale nie zrobiłem tego, nie chciałem, żeby uznał, iż jestem zarozumiały. Cóż ja wiem o kinie?

Pewnie czytał mi w myślach, bo powiedział:

– Widziałeś film pod tytułem *Podróże Sullivana*?

– Nie.

– Więc idź go zobaczyć, gdy będziesz miał okazję. Nakręcił go wielki reżyser Preston Sturges, dokładnie odzwierciedla moje poglądy na temat kina.

– I...?

– To historia wybitnego reżysera, który odnosi wielkie sukcesy, kręcąc komedie. Pewnego dnia chce zrobić poważny film o biednych i wykluczonych. Akcja dzieje się w czasie kryzysu w 1929 roku i drogi pełne są włóczęgów, których bieda rzuciła na ulicę. Zwraca się do producenta i oświadcza, że chce się przebrać za żebraka, poznać życie tych ludzi i uczynić je tematem następnego filmu. Producent odpowiada, że to nie jest dobry pomysł. «To nikogo nie zainteresuje. Biedni wiedzą, co to bieda, i nie chcą jej oglądać na ekranie, jedynie bogaci pławiący się w luksusie fantazjują na ten temat». Reżyser obstaje przy swoim, rozpoczyna żywot włóczęgi, dołącza do bezdomnych, zatrzymuje go policja i trafia do więzienia. I tam pewnego wieczoru wyświetlają więźniom film, jedną z tych jego lekkich zabawnych komedii, i nasz reżyser osłupiały słucha, jak jego towarzysze z celi wybuchają śmiechem, klepią się po udach, zapominając o własnym losie... I wtedy dociera do niego, co miał na myśli producent.

– I pan uważa, że ten producent miał rację.

– Tak... Dlatego zwracam uwagę na rytm. Nie chciałbym grać w filmie, który pokazuje, że świat jest brzydki, brudny, odstraszający. Nazywanie takiego filmu «rozrywką» jest oszustwem. Znacznie trudniej przekazać to samo za pomocą komedii. Wielkie filmy pokazują brzydotę świata, wywołując śmiech. Jak *Być albo nie być* Lubitscha czy *Dyktator* Chaplina... Ale to nie takie proste! Wymaga szaleńczego rytmu. Dlatego właśnie rytm jest taki ważny w filmie i nigdy nie wolno go stracić.

Nie mówił w tym momencie do mnie, mówił do siebie. Zrozumiałem, z jaką powagą wykonuje zawód, który zdawał się traktować jak zabawę.

Zapytałem, jak udało mu się zostać tym, kim jest. Mieć odwagę sprzeciwić się, narzucić własny wybór. Chciałem to wiedzieć ze względu na niego i ze względu na siebie. Zapytałem: Jak stać się Carym Grantem? To było trochę idiotyczne pytanie.

Popatrzył na mnie pełnym dobroci wzrokiem, który wchodzi ci do oczu i sięga głębiej, i zapytał: Naprawdę cię to interesuje? Odpowiedziałem: Tak, tak... jakbym stał na skraju przepaści i miał w nią spaść.

Miał dwadzieścia osiem lat, kiedy wyjechał z Nowego Jorku do Los Angeles. Nie mógł już znieść stagnacji na Broadwayu. Wiedział, że ludzie z Paramount szukają nowych twarzy. Potrzebowali nowych gwiazd. Mieli już Marlenę Dietrich i Gary'ego Coopera, ale ten przysparzał im wielu kłopotów. Wyjechał na roczne wakacje do Afryki i wysyłał stamtąd lakoniczne telegramy, grożąc, że nigdy nie wróci i wycofa się z zawodu. Wezwali Archibalda Leacha na zdję-

cia próbne. I następnego dnia Schulberg oznajmił, że go zatrudnia, lecz musi zmienić nazwisko. Chciał, żeby brzmiało
jak Gary Cooper. Lub Clark Gable.

Usiedli któregoś wieczoru przy stole z koleżanką Fray
Wray, tą, która grała w *King Kongu*, i jej mężem i zaczęli się
zastanawiać. Myśleli nad Carym Lockwoodem. Cary mogło
być, ale Lockwoodem nie był zachwycony. Schulberg po-
dzielał jego zdanie. Podał mu wtedy listę nazwisk i wśród
nich figurował Grant.

W mgnieniu oka stał się Carym Grantem. Żegnaj, Archi-
baldzie Leachu! Witaj, Cary Grancie! Cary Grant stał się jego
obsesją. Chciał, by był doskonały. Godzinami przeglądał się
w lustrze i starał się udoskonalić każdy centymetr kwadratowy skóry. Szczotkował zęby, aż krwawiły mu dziąsła. Zawsze
miał w kieszeni szczoteczkę do zębów i wyjmował ją, gdy
tylko skończył palić papierosa. Palił wtedy paczkę dziennie
i bał się, że zżółkną mu zęby. Przeszedł na dietę, podnosił
ciężary, ograniczył spożycie alkoholu, naśladował aktorów,
których podziwiał: Chaplina, Fairbanksa, Rexa Harrisona,
Freda Astaire'a. Imitował ich, podkradał różne detale. Na
przykład opowiedział mi, że ćwiczył wkładanie rąk do kieszeni, aby wyglądać na rozluźnionego, ale miał taką tremę,
że ręce pociły mu się i nie mógł ich potem wyjąć z kieszeni!
Śmialiśmy się bez końca.

Uwielbiam jego śmiech... To nie do końca śmiech, a raczej rodzaj powstrzymywanego sarkastycznego parskania.
Niemal pisk.

Spytał: Chcesz, żebym ci pokazał, *my boy*? I sparodiował
samego siebie z rękami uwięzionymi w kieszeniach! Wszystko na nic, dodał, bo przewyższał go zawsze mistrz i wzór elegancji, Gary Cooper, który ozięble patrzył na niego z góry.

Odnoszę wrażenie, że w tamtych czasach aktor niewiele
znaczył. Był jak ozdoba, którą umieszczano w filmie. Ładna
doniczka z kwiatami. Poprawiano im nosy, szlifowano zęby,

żłobiono policzki, wyrywano włosy, brwi, depilowano ich, nakładano całe tony podkładu, zaręczano ich, żeniono, narzucano im role, promowano jak mydełka. Nie mieli nic do powiedzenia.

On nie chciał być mydełkiem, więc się doskonalił. Sam przed lustrem. Produkował Cary'ego Granta. Nosił ze sobą notesik, gdzie zapisywał nowe słowa, których się uczył: *avuncular, attrition, exacerbation*. Pracował nad akcentem, gestami, postawą i szło mu raczej nieźle. Chyba że Josef von Sternberg robił mu przedziałek z drugiej strony, nie pytając go o zdanie! To był jego piąty film i był już przyzwyczajony do wyraźnego przedziałka po lewej stronie, gdy tuż przed kolejną sceną Sternberg wziął grzebień i zrobił mu przedziałek po prawej stronie! Był wściekły. Zapewniał, że Sternberg zrobił to specjalnie, aby wyprowadzić go z równowagi.

– Nie można zrobić aktorowi nic gorszego tuż przed hasłem akcja, ale zemściłem się, zachowałem przedziałek po prawej stronie przez całe życie tylko po to, żeby zrobić mu na złość!

Film nosił tytuł *Blond Venus*, grała w nim Marlena Dietrich i też go jeszcze nie widziałem.

Chyba zafunduję sobie dłuższy pobyt w kinie studyjnym. Nie wiem, jak znajdę czas, żeby zobaczyć te wszystkie filmy! Nigdy w życiu nie zdam na politechnikę, nigdy! Ale mam to gdzieś.

Przerwał nam telefon. Ktoś dzwonił z Bristolu. Zrozumiałem, że mówił o jego matce, a on odpowiadał: OK, OK. Wyglądał na zaniepokojonego.

Nie opowiadał mi jeszcze o matce, a nie mam odwagi go zapytać.

Patrzyliśmy na paryskie dachy przez okno i powiedziałem: Lubię, jak opowiada mi pan o swoim życiu, dodaje mi to odwagi.

Uśmiechnął się, wyglądał na trochę znużonego i powiedział, że nie można żyć cudzym życiem, że swoje życie buduje się samemu. Miałem wrażenie, że chce mi coś powiedzieć, ale nie wiedział jak.

Opowiadał dalej.

W Paramount nie traktowano go poważnie. Zatrudniano go ze względu na aparycję. Grał ogony. Pierwszoplanowe role proponowano najpierw Gary'emu Cooperowi, a gdy je odrzucał – George'owi Raftowi lub Fredowi MacMurrayowi. Był jedynie elegancką sylwetką, która przewijała się w filmie z rękami w kieszeniach. Zawsze grał tego samego wysokiego, przystojnego, eleganckiego bohatera. Miał trzydzieści lat, zaczynało go to nudzić. Zwłaszcza że pojawiali się nowi, młodsi, jak Marlon Brando.

– Patrzyłem na aktorów i aktorki, obserwowałem i uczyłem się. Gdy grasz, nie liczy się szczerość, tylko rytm. Musisz narzucić własny rytm i wówczas na ekranie widać tylko ciebie. Ale nie dawano mi miejsca, abym mógł to zrobić...

Aż do momentu, kiedy Cukor zaangażował go obok Katharine Hepburn w filmie, który nosi tytuł *Sylvia Scarlett*. Też go nie widziałem. Cary wypłynął na tym filmie, który dla wszystkich innych okazał się porażką. Był w nim wspaniały...

– A wiesz, dlaczego byłem dobry w tej roli, *my boy*? Bo mogłem być jednocześnie Archiem Leachem i Carym Grantem... i nagle poczułem się komfortowo. Wyzwoliłem się. Przez całe życie próbowałem być sobą na ekranie i zrozumiałem, że to najtrudniejsza rzecz na świecie. Bo trzeba mieć pewność siebie. Odważyłem się na pewną mimikę, unoszenie brwi, postawy, które były wyłącznie moje. Stworzyłem własny styl.

Z dnia na dzień stał się aktorem, który się liczył. Paramount chciał, żeby podpisał nowy kontrakt, bo stary dobiegał końca. I wtedy Cary zrobił coś niesamowitego: odmówił i zaczął pracować na własny rachunek. Podjął ryzyko. To był w tamtych czasach niesłychanie odważny krok.

Odnalazł energię małego Archiego, smarkacza z ulicy, który przyłączył się do trupy wędrownych aktorów w Bristolu, gdy miał czternaście lat, wylądował w Stanach w wieku lat szesnastu, próbował sił w teatrze, pojechał do Hollywood, tego właśnie człowieka lubił, a nie marionetkę produkcji Paramount. Trzasnął drzwiami.

– Gdybym został, nadal grałbym ogony. I wtedy albobym zniknął, pogrążył się w anonimowości, albo wreszcie stałbym się aktorem, jakim zawsze chciałem być... Masz ochotę skończyć tę szkołę, do której zdajesz?

– Nie, niespecjalnie... Ale to bardzo dobra szkoła, najlepsza we Francji.

– Czy to twój pomysł?

– Nie. Rodzice chcą, żebym...

– Więc zastanów się, czego ty chcesz... Bo jak słucham tego, co opowiadasz, mam wrażenie, co przykro mi mówić, że jesteś jedynie statystą we własnym życiu. Nie podejmujesz żadnych decyzji, znosisz los.

Trochę się obraziłem, gdy to powiedział.

– Pan też przez długi czas znosił los.

– Dlatego wiem, czego nie należy robić! W pewnym momencie trzeba wziąć życie w swoje ręce i podjąć decyzję.

To wydaje się takie proste, gdy on o tym mówi...

Znowu opowiedział mi historię o miejscu za mgłą.

Znalazł swoje miejsce za mgłą.

Ten wieczór był magiczny.

Zjedliśmy razem kolację. Cary wezwał room-service i obsłużono nas po królewsku. On zjada tylko najpiękniejsze liście sałaty, pozostałe odsuwa na bok. Zachwyciło mnie to. W domu jemy wszystko, nawet pożółkłe liście. Naśladowałem go, odsunąłem brzydsze liście. Nie było ich wiele, muszę przyznać. Miałem wrażenie, że pławię się w luksusie. Myślę, że wychodząc z hotelu, nie szedłem już w ten sam sposób. Trzymałem ręce w kieszeniach i gwizdałem.

Kiedy wróciłem, rodzice czekali na mnie w piżamach i szlafrokach w salonie. Z ponurymi minami. Wytłumaczyłem im, że poszedłem do kina z Geneviève, a film był tak dobry, że oglądnęliśmy go dwa razy. Będę musiał ją uprzedzić, żeby mnie nie wsypała!

12 stycznia 1963.

Rozmawiałem z Geneviève, powiedziałem, że spędziłem wieczór z NIM i posłużyłem się nią w charakterze alibi. Spuściła oczy, spytała: Jesteś zakochany? A ja na to: Odbiło ci? Wtedy popatrzyła mi prosto w oczy i powiedziała: Udowodnij! Pocałuj mnie. Naprawdę nie miałem na to ochoty, ale zmusiłem się, żeby nie doniosła! Poczułem delikatny meszek... przyłożyłem tylko wargi do jej warg, nie naciskałem ani nie włożyłem jej języka, nic z tych rzeczy! Potem położyła mi głowę na piersi i westchnęła, mówiąc: Teraz jesteśmy zaręczeni! Po plecach spłynął mi strumień zimnego potu..."

– Mamo, mamo! – krzyczała Zoé, wracając ze szkoły.
– Gdzie jesteś? Co robisz?
  – Czytam notatki Młodzieńca.
  – Ach... I co tam się dzieje?
  – Właśnie pocałował Geneviève.
  – Fuj! Dlaczego to zrobił?
Joséphine wyjaśniała, a Zoé słuchała, opierając policzek na otwartej dłoni. Opowiadając Zoé o Młodzieńcu, Joséphine poznawała go. Wchodziła w jego umysł. Nie osądzała. Czyniła z niego bohatera. Przesiąkała nim. I myślała, że tak właśnie trzeba pisać. Zrozumieć postać, gromadzić detale,

dać im się odleżeć, a pewnego dnia coś się odblokuje i postać ożyje. I wtedy wystarczy za nią pójść.

– Nie przeszkadza ci, że chcę, żebyś mi o nim opowiadała? – spytała Zoé.

– Nie. Wręcz przeciwnie, tobie lubię o nim opowiadać... To jakbym mówiła do siebie. Dlaczego pytasz?

– Bo czasami jesteś w złym humorze. Mam wrażenie, że ci przeszkadzam... Nie jesteś taka jak dawniej. Przedtem można ci było opowiadać bez przerwy o wszystkim, a ty słuchałaś.

– Mam dla ciebie mniej czasu?

– Taaa... – przyznała Zoé, opierając się o matkę.

– Jestem nabuzowana?

– Podoba mi się słowo „nabuzowana". Zapiszę je w zeszycie... Nie chciałabyś się dowiedzieć, kim jest Młodzieniec?

– Ależ tak, zastanawiam się nad tym. Przyglądam się mężczyznom z kamienicy.

– I już wiesz?

– W budynku B poza panem Dumasem nikt mi nie pasuje.

– To ten, co pudruje sobie twarz?

– Tak.

– A w budynku A? Pan Merson? Jest za młody... Pinarelli?

– Ma około pięćdziesięciu lat.

– Tak mówi! Poza tym... pan Boisson? Nie wygląda zabawnie. Nie bardzo widzę, jak zakochuje się w Carym Grancie! A może pan Léger? Wiesz, starszy z tych dwóch facetów, którzy wprowadzili się na czwarte piętro do Gaétana?

– Też o tym myślałam.

– A poza tym – dodała tajemniczo Zoé – jest pan Sandoz. Pracował w branży filmowej, gdy był młody. Mówił mi o tym. Może to on... Dlatego jest smutny. Stracił wielką miłość.

– A dziś kochałby się w Iphigénie? To się kupy nie trzyma, Zoé.

– Ależ tak, tak... Iphigénie jest postacią. Ma silną osobowość. Podobają mu się osoby, które robią wrażenie. Pozostał małym chłopcem... Powiedz, mamo, obejrzymy dziś wieczorem *Szaradę*? Odrobiłam już lekcje...

Obejrzały *Szaradę*. Jak tylko na ekranie pojawiała się Audrey Hepburn, Zoé krzyczała: Ależ ona jest piękna! Chyba nic nie jadła, skoro jest taka szczupła... Przestaję jeść! I czekała na scenę, w której Bartholomew, postać odgrywana przez Waltera Matthau, mówił po raz ostatni: Jak oddałem krawat do pralni, tylko plama wróciła! Zwijała się ze śmiechu, chwytając się za palce u nóg.

Joséphine myślami była gdzie indziej. Patrzyła na Audrey Hepburn, która nie tracąc nadziei, biegała za Carym Grantem. Z wdziękiem i poczuciem humoru. Jak udawało jej się wyznawać namiętność i zachować lekkość? Wszystko było w niej czystym wdziękiem.

Spotkała Bérangère Clavert na ulicy. A raczej dopadła ją Bérangère Clavert, która biegła z prywatnej wyprzedaży u Prady na kolejną u Zadiga i Voltaire'a.

– Jestem wykończona, moja droga! Bez przerwy mnie gdzieś nosi! Wspaniale się żyje samotnie, bez mężczyzny w domu. Jacques zachowuje się wzorowo, płaci za wszystko i daje mi święty spokój. Wychodzę co wieczór i bawię się jak szalona. A co u ciebie? Chyba jesteś w nie najlepszej formie... Ciągle kochasz się w Philippie Dupinie? Powinnaś odpuścić. Dalej mieszka z... wiesz, z tą dziewczyną, która...

– Tak, tak – powiedziała pospiesznie Joséphine, która nie chciała słyszeć dalszego ciągu.

– Mieszka u niego i on wszędzie ją zabiera! Znasz ją?

– Nooo, nie...

– Podobno jest bardzo ładna! A w dodatku młoda! Mówię ci o tym, żebyś nie traciła czasu. W naszym wieku czasu nie można marnować! Zostawiam cię, muszę jeszcze wpaść do masy sklepów, prywatne wyprzedaże doprowadzają mnie do szaleństwa!

Udała cmoknięcie i obładowana paczkami pospiesznie wsiadła do taksówki.

Joséphine na przemian była szczęśliwa i bardzo nieszczęśliwa. Nie miała żadnych wieści od Philippe'a. Nieraz myślała przybita: Zapomniał o mnie, mieszka z inną, potem odzyskiwała nadzieję, miała niemal pewność, że to ją kocha. Postanawiała: Pojadę się z nim spotkać... Ale nie jechała. Za bardzo się bała, że straci Cary'ego Granta i Młodzieńca.

W dniu, w którym spotkała Bérangère, kompletnie się załamała.

Film się skończył i Zoé się przeciągała.

– Wiesz, rozumiem Młodzieńca... Cary Grant był nieziemsko przystojny, choć uważam go za starego.

– Kiedy jest się zakochanym, nie zwraca się uwagi na szczegóły. Kocha się, to wszystko.

Zoé pilotem zmieniała kanały. Zatrzymała się na starym Maigrecie, kręconym przy quai des Orfèvres pod numerem 36, wyłączyła dźwięk i spytała:

– A gdybyś porozmawiała z Garibaldim? Może Młodzieniec ma teczkę... Podasz mu pięć czy sześć nazwisk, które chodzą ci po głowie. Wiesz, ile ma lat, gdzie się urodził, znasz zawód ojca... Przypomnij sobie Bassonnière i jej wuja, mieli teczki wszystkich.*

– Dlaczego miałbym figurować w aktach policyjnych?

– Nie wiem... Ale nic nie szkodzi zapytać.

– Masz rację, zadzwonię do niego jutro. A teraz marsz do łóżka! – zakończyła Joséphine. – Jutro idziesz do szkoły!

---

* Patrz *Wolny walc żółwi, op. cit.*

Zoé pochyliła się, pogłaskała Du Guesclina, podrapała go za uszami. Jęknął i odsunął się. Zoé spytała: Coś nie tak, gruby psie? D'oh! Nie ma już donnutów w lodówce? naśladując gruby głos Homera Simpsona, a Joséphine pomyślała: Ma piętnaście lat i kochanka, a udaje Homera Simpsona. Dalej leżała owinięta pledem na kanapie.

Garibaldi... Nie widziała go od tego strasznego dnia, kiedy to zostali wezwani z Philippe'em na policję, gdzie dowiedzieli się o śmierci Iris. Mocniej owinęła się pledem.

Niedługo minie dziewięć miesięcy...

Zoé wróciła, szczotkując sobie włosy, przytuliła się do matki; Joséphine objęła ją. Nadeszła pora zwierzeń. Zoé zaczynała zawsze od drobiazgów, a potem przechodziła do poważniejszych tematów. Joséphine lubiła momenty pełnej otwartości córki. Zastanawiała się, kiedy Zoé przestanie uważać ją za powiernicę. Ten dzień musiał nadejść i obawiała się go.

– Wiesz, psorka od francuskiego, pani Choquart, wzięła nas na bok z dziewczynami z mojej paczki i powiedziała, że nie powinnyśmy się zachowywać jak głupie gęsi, że jesteśmy w stanie dokonać wielu pięknych rzeczy i że zbyt łatwo jest żyć, powtarzając sobie, że kiedyś mogło się coś zrobić, gdyby się tylko chciało.

Wyprostowała nogę, podrapała się w łydkę, znowu ją zgięła, wtuliła się mocniej w zagłębienie pledu Joséphine.

– A potem dodała: Patrzę na was i wszystkie jesteście takie śliczne! Więc zapowiadam wam, nie życzę sobie, żebyście za dziesięć lat stały się bezwolne i cierpiały na depresję! Nigdy nie miałam takiej ekstranauczycielki! Gdy na nią patrzę, myślę, że mogę się spokojnie zestarzeć, bo można mieć siwe włosy jak ona, a wcale nie być starym. Jest się starym, gdy jest się smutnym i sprawia, że inni są smutni. Ty na przykład nigdy nie będziesz stara, bo nikt przy tobie nie jest smutny.

– Dziękuję, uspokoiłaś mnie.

Joséphine czekała na dalszy ciąg zwierzeń. Pochyliła głowę, oparła brodę o włosy Zoé, aby ją zachęcić, by mówiła dalej.

– Mamo, wiesz, Gaétan...

– Tak, kochanie...

– Miałaś rację. W końcu powiedział mi, co jest nie tak. Zajęło to trochę czasu. Nie chciał mówić.

– I?

– Uprzedzam cię, to okropne.

– Słucham cię, zaciskam zęby...

– Chodzi o Domitille. Nakryli ją w gimnazjum w pełnej akcji.

– Jak to w pełnej akcji?

– Yyy... Nie wiem, czy powinnam ci mówić...

– No już, moja ślicznotko, nic mnie nie zdziwi.

– Obciągała chłopakom w toalecie za pięć euro.

Joséphine zrobiło się niedobrze.

– Robiła to już w zeszłym roku w Paryżu, ale tym razem ją nakryli! Wszyscy się dowiedzieli... W gimnazjum i w całej dzielnicy. W rodzinie nastąpiła rewolucja. Babcia o mało zawału nie dostała. Gaétan wiedział o tym od dawna, dlatego był taki dziwny, prawie się do mnie nie odzywał. Domyślał się, że to wyjdzie na jaw... i bingo! Wszyscy teraz wiedzą. Naprawdę wszyscy! Nawet sprzedawczyni w piekarni... Śmieje się, gdy podaje im bagietki! Pięć euro, mówi. Och! Przepraszam... Z tego powodu Gaétan nie chce chodzić do liceum, a Charles-Henri, ten starszy, marzy tylko o jednym: żeby zamieszkać w internacie w Paryżu. Wyobrażasz sobie, jaka panuje u nich atmosfera!

– Rzeczywiście...

– Dziadek próbował z nią rozmawiać... to znaczy z Domitille, a jedyne, co była w stanie mu powiedzieć, to: Mam to gdzieś, nic nie czuję, zupełnie nic... Ja wolę codziennie czuć coś innego, niż zupełnie nic nie czuć.

– Biedny Gaétan!

– Wiedziałam, że Domitille coś kombinuje z chłopakami, ale nigdy nie wyobrażałam sobie, że o to chodzi!

*

W małym domku w Mont-Saint-Aignan dla rodziny Mangeain-Dupuy nadeszła godzina rozliczeń.

Pani Mangeain-Dupuy, babcia, zwołała naradę rodzinną w saloniku. Isabelle Mangeain-Dupuy, Charles-Henri, Domitille i Gaétan siedzieli za stołem. Pan Mangeain-Dupuy, dziadek, wolał w tym nie uczestniczyć. To sprawy rodzinne, a ty jesteś doskonała w załatwianiu takich rzeczy, powiedział żonie, ciesząc się w skrytości ducha, że nie musi się tym zajmować.

– Mam w dupie, co myśli stara – uprzedziła Domitille, siadając w mini na rozchwierutanym krześle – nudzę się tu jak fiks, chcę wrócić do Paryża. Same wieśniaki, wypomadowani kretyni, którzy szpanują, bo wypalili jointa.

Ostro umalowała się na czerwono i czarno, włożyła słuchawki iPoda do uszu i wierciła się na krześle w nadziei, że babcia zauważy tatuaż na dole pleców i naprawdę padnie na zawał.

Charles-Henri wzniósł oczy do nieba, a Gaétan spuścił głowę. Nie chciał wracać do liceum. Jeżeli straci rok, trudno... Też wolałby wrócić do Paryża. Tu wszyscy o wszystkim wiedzieli, plotkowali.

Isabelle Mangeain-Dupuy starała się trzymać prosto i myślała o mężczyźnie swojego życia. Zabierze ją daleko od tego piekła i będą żyli razem szczęśliwi. Życie nigdy nie jest smutne, gdy się jest zakochanym. A ona była zakochana.

Gaétan obserwował idiotyczny uśmiech na ustach matki i wiedział, o kim myśli. O ostatnim znajomym poznanym na Meeticu. Ten portal to prawdziwe przekleństwo, poznaje się

548

tam wyłącznie kretynów! Albo ona ma jakiś dar do zakochiwania się w beznadziejnych facetach. Ostatni nazywał się Jean-Charles. Kiedy Gaétan zobaczył jego zdjęcie, nieskazitelny uśmiech, miłą twarz i roześmiane niebieskie oczy, początkowo był dobrej myśli. Wreszcie trafiła na fajnego gościa, który ją kocha i zajmie się nią. Nie była stworzona do samotnego życia.

Facet kazał się nazywać „Carlito". Uważał, że to atrakcyjniejsze imię niż Jean-Charles. Pewnie, że „Carlito" brzmiało lepiej! Matka poznała go przed dwoma miesiącami i przyjechał trzy razy z południa, żeby ich odwiedzić. Jak tylko Gaétan zobaczył podkoszulek Carlita, natychmiast stracił złudzenia. Fioletowy podkoszulek z napisem „Nie jestem ginekologiem, ale jak chcesz, mogę rzucić okiem". Rozgaszczał się u nich z płaskoekranowym telewizorem i konsolą Nintendo, po czym nagle wyjeżdżał bez uprzedzenia. Kiedy matka dzwoniła, odpowiadała jej automatyczna sekretarka. Bankomat połknął mu kartę w dniu, w którym postanowił zabrać ich na sushi! Spoko, powiedział, odkuję się! Miał na południu kolegów, którzy zlecali mu prace dorywcze, gdy przyjeżdżali turyści na początku sezonu, a na południu sezon zaczynał się już w kwietniu. Ale sezon trwał dobry miesiąc, a żaden z jego „bliskich kumpli z dzieciństwa" go nie zatrudnił.

Zaprosił ich do siebie na ferie wielkanocne. Pojechali wszyscy z wyjątkiem Charles'a-Henriego, który dostawał gęsiej skórki na sam widok Jeana-Charles'a. Mówił, że mieszka w willi z basenem w Cannes. Przyjechali do dziadowskiego bloku z zepsutą windą, rozwaloną umywalką, bardzo daleko od centrum miasta. Kiedy mówił, wszędzie wstawiał „y". Mama twierdziła, że to nie jego wina, że taki ma akcent... Nie podoba mi się jego akcent. Nie podobają mi się jego okulary Prada, to nie jest prawdziwa Prada. I co z tego? Mam w dupie, że to podróbka. A po cholerę prawdziwe? Najważniejsze, że jest napis!

Jego ulubione zdanie brzmiało „a po cholerę?".
– Nie chcesz się przejść? – pytała mama.
– A po cholerę?
– Pójdziemy się kąpać?
– A po cholerę?
Najgorzej było, jak prowadził. Kiedy nie wrzeszczał: O kurde! Ale fura! wyprzedzał, drąc się: Spieprzaj, stara krowo! Wracaj na cmentarz! Najbardziej lubił opowiadać, jak to kumple zabrali go na festiwalowe schody. Był tam Jamel Debbouze! W zależności od dnia i wersji pojawiali się Marion Cotillard, Richard Gere, Schwarzenegger... Najśmieszniej było, jak jechali samochodem przez Cannes, a on mówił, czytając tabliczki z nazwami ulic, to jest bulwar jakiś tam, a tu jest prywatna plaża Grand Hotelu... Niewiele brakowało, a pokazałby nam Intermarché i UGC! Więc gdy mama mówi, że smutno jej, że wróciliśmy z Cannes, że chciałaby tam znów pojechać, myślę sobie skrycie: A po cholerę?

A po cholerę ta narada rodzinna? Mamie znów się dostanie i niczego to nie rozwiąże. Nieraz rozumiem tatę... Kiedy był z nami, wszystko jakoś się trzymało. Wszystko szło prostą drogą, chociaż nie zawsze było wesoło. Mam tego dość, kompletnie dość. Chciałbym być normalny i mieszkać w normalnej rodzinie.

Wszyscy siedzieli z wyjątkiem babci. Chce nas zdominować, pomyślał zdenerwowany Gaétan. Uderzyła w stół i powiedziała, że to nie może dłużej trwać. Że się wyprowadzą, zamieszkają w dużym domu rodzinnym, że weźmie ich życie w swoje ręce i przywróci porządek.

– Dotąd nic nie mówiłam, ale ostatnie wybryki Domitille każą mi działać. Nie chcę, żeby nazwisko naszej rodziny zostało zbrukane, i mimo że już jest za późno, zamierzam zapobiec rozkładowi, w jakim znalazł się ten dom. – Przejechała palcem po stole i pokazała warstwę tłuszczu, jaką zeń zebrała. – Isabelle, nie jesteś w stanie prowadzić domu ani wychowywać dzieci. Nauczę was porządku, dyscypliny, dobrych manier. Nie będzie to łatwe zadanie, ale mimo wieku i słabego zdrowia wezmę ten krzyż na swoje wątłe barki. Dla waszego dobra. Nie chcę, żebyście skończyli jako łajdacy, rozwiązłe kobiety i męty społeczne.

Charles-Henri słuchał i zdawał się podzielać jej zdanie.

– Ja w każdym razie – powiedział – w przyszłym roku jadę do szkoły do Paryża. Nie zostanę tu.

– Pomożemy ci z dziadkiem. Zrozumiałeś, że sukces wymaga pracy, wysiłku, i tego ci gratuluję.

Zadowolony Charles-Henri skinął głową.

– Natomiast ty, Isabelle – ciągnęła babka – będziesz musiała wziąć się w garść. Wstyd mi, gdy ludzie pytają, co u ciebie słychać. Żadna z moich przyjaciółek nie ma takiej córki jak ty. Wiem, że przeżyłaś koszmar, ale wszyscy mamy jakieś doświadczenia, takie jest życie. Nie może to stanowić wymówki.

– Ale ja... – zaprotestowała Isabelle Mangeain-Dupuy.

– Nosisz nazwisko, któremu winnaś przynosić chlubę. Musisz się opamiętać. Nauczyć przyzwoicie zachowywać. Być wzorem dla swoich dzieci.

Jej wzrok spoczął na Domitille, która rozwalona na krześle wpatrywała się w czubki kozaczków, ostentacyjnie żując gumę.

– Domitille, wyjmij tę gumę z ust i siedź prosto!

Domitille zignorowała ją i zaczęła żuć z większą energią.

– Domitille, będziesz musiała się zmienić! Czy ci się to podoba czy nie!

Potem obróciła się do Gaétana.

– A ty, mój mały... Tobie nie mam nic do zarzucenia. Masz doskonałe oceny, a nauczyciele nie szczędzą ci pochwał. Znajdziesz u nas atmosferę sprzyjającą nauce i pracy.

Wówczas właśnie, w ciszy, która zaległa po komplemencie pod adresem Gaétana, zabrzmiał niepewny głosik Isabelle Mangeain-Dupuy:

– Nie zamieszkamy z wami.

Babcia podskoczyła i zapytała:

– Proszę?

– Nie przeprowadzimy się do was. Zostaniemy tu. Lub gdzie indziej... ale nie u was.

– Mowy nie ma! Nie pozwolę ci wieść dalej rozwiązłego życia.

– Jestem dorosła, chcę żyć jak osoba wolna... – wymamrotała Isabelle, uciekając wzrokiem. – Nigdy nie byłam wolna.

– Pięknie korzystasz z własnej wolności!

– Podejmujesz za mnie wszystkie decyzje, zawsze podejmowaliście za mnie wszystkie decyzje. Nie wiem nawet, kim jestem. W moim wieku... Chcę stać się kimś w porządku, wewnętrznie. Chcę, żeby było widać moje wnętrze...

– Dlatego właśnie zawierasz znajomości z mężczyznami w Internecie?

– Kto ci powiedział...

– Domitille. Twoja córka.

Domitille wzruszyła ramionami i dalej żuła gumę.

– Chcę poznawać mężczyzn, żeby się dowiedzieć, kim jestem, chcę, żeby mnie kochano dla mnie samej... Och! Nie wiem! Sama już nie wiem...

Pani Mangeain-Dupuy patrzyła ze złośliwą ironią, jak córka się miota. Była zimną kobietą, która obowiązek traktowała jak religię. Czekała na uwielbienie ze strony córki i wnuków w zamian za wyrachowaną życzliwość.

– Życie, moje dziecko, nie polega na poznawaniu mężczyzn, jak to określiłaś. Życie to długa droga, na którą składają się obowiązki, rzetelność i cnota, a wydaje mi się, że ty utraciłaś te piękne wartości już dawno.

– Nie przeprowadzę się do was – powtórzyła z uporem Isabelle Mangeain-Dupuy, nie patrząc matce w twarz.

– Ja też nie! – zapewniła Domitille. – Nudzę się tu śmiertelnie, a z wami będę się nudzić jeszcze bardziej.

– Nie będziecie miały wyboru – zapewniła pani matka, uderzając dłońmi w stół, aby oznajmić, że dyskusja jest skończona.

Gaétan słuchał zirytowany. Kiedyś to się wreszcie skończy... Kiedyś to się wreszcie skończy...

*

Nazajutrz po rozmowie z Zoé Joséphine zadzwoniła do Garibaldiego.

Nauczyła się cenić tego mężczyznę z czarnymi, gładko zaczesanymi włosami, brwiami przypominającymi dwa ciemne parasole, które się otwierają i zamykają, gumową twarzą skręcającą się we wszystkie strony. Prowadził śledztwo w sprawie śmierci pani Bassonnière, a potem śmierci Iris ze zręcznością i taktem. Kiedy poszła porozmawiać z nim do prefektury policji na quai des Orfèvres, miała wrażenie, że słucha oczami, uszami i... duszą.

Położył na biurku odznakę policyjną i przemówiły do siebie ich dusze. Ponad słowami, w milczeniu, w chwilach wahania, drżeniu głosu. Rozpoznały się.

Nieraz się zdarza, że nasza dusza rozmawia z duszą nieznajomego.

Nie widzieli się od śmierci Iris. Ale wiedziała, że może do niego zadzwonić i poprosić go o przysługę.

Rozpoznała jego głos, kiedy odebrał telefon.

Spytała, czy nie przeszkadza. Odpowiedział, że zrobił sobie przerwę w biurze między dwoma sprawami. Wymienili kilka banalnych uwag, potem zapytał, w czym może jej pomóc. Czy znowu jest na tropie niebezpiecznego mordercy? Joséphine się uśmiechnęła, odpowiedziała, że nie, że to inna historia, spokojniejsza i bardziej romantyczna.

– Nie musi się pani obawiać Van den Brocka* – zapewnił Garibaldi. – Czeka w więzieniu na rozpoczęcie procesu, co chyba potrwa jeszcze trochę... A potem pewnie go zamkną na dłuższy czas.

– To dziwne, nigdy nie myślę o Van den Brocku.

– A miała pani jakieś wieści od Luki Giambellego?

Joséphine odparła, że nie. Nie słyszała o nim od czasu, gdy się dowiedziała, że chce się leczyć w klinice psychiatrycznej z uwagi na zaburzenia osobowości.

– I nadal tam przebywa – odparł Garibaldi. – Dowiadywałem się. Pani bezpieczeństwo leży mi na sercu. Zachowałem w pamięci naszą doskonałą współpracę.

– Ja też – powiedziała Joséphine, czując, że czerwienieją jej uszy.

– Pani trafne uwagi bardzo nam pomogły.

– Przesadza pan – stwierdziła Joséphine. – To pan...

– Ma pani znakomity zmysł obserwacyjny i byłaby pani wybitnym oficerem śledczym... Jak mogę dziś pani pomóc?

Joséphine opowiedziała historię czarnego notesu i jego tajemniczego autora.

– Ochrzciłam go Młodzieńcem. Uważam, że jest wzruszający. Podoba mi się także postać Cary'ego Granta. Nie znałam historii jego życia, jest pasjonująca.

Wyznała, że chce napisać powieść o spotkaniu tych dwóch mężczyzn. Robaczka i gwiazdy. Nie wie jeszcze, jak się do tego zabierze, ale chciałaby ustalić, kim jest Młodzieniec, i spotkać się z nim.

– Dziś nie jest już bardzo młody – zauważył Garibaldi.

– Nie... i to zawęża pole poszukiwań. Właściwie to Zoé podsunęła mi myśl, żeby do pana zadzwonić.

* Patrz *Wolny walc żółwi, op. cit.*

– Co pani wie o tym człowieku?

– Znam jego wiek, miejsce urodzenia, zawód ojca... Myślę, że mieszka w kamienicy lub w niej bywa. Mogę podać nazwiska osób, które przychodzą mi na myśl. Zastanawiałam się... a właściwie Zoé mi podpowiedziała, że mógłby pan przeprowadzić dochodzenie. Nie wiem, czy to możliwe...

– Będę się musiał zwrócić do kolegi z WW – stwierdził Garibaldi.

– Z wywiadu wewnętrznego? – przetłumaczyła Joséphine.

– Tak.

– To zgodne z prawem?

Garibaldi zawahał się, po czym oświadczył:

– Zgodne z prawem, to nie jest dobre określenie... Powiedzmy, że można to uznać za odwzajemnienie przysługi.

– To znaczy?

Milczał przez dłuższą chwilę.

– Nie musi mi pan odpowiadać.

– Przepraszam panią na chwilę...

Usłyszała odgłos otwieranych drzwi, czyjś głos i odpowiedź Garibaldiego. Czekała, chodząc po salonie. Du Guesclin chwycił smycz, którą rzucił jej pod nogi. Uśmiechnęła się i pokazała mu telefon. Odłożyła smycz na szafkę w holu. Rozczarowany Du Guesclin poszedł się położyć, dysząc pod drzwiami, z pyskiem na przednich łapach i wbitym w nią pełnym wyrzutu okiem.

– Ale ja mam co innego do roboty, Dug! – mruknęła do niego.

– Pani Cortès?

– Tak, słucham.

– Przerwano nam... Więc... wyobraźmy sobie, że kiedyś oddałem przysługę koledze z WW... Wyobraźmy sobie, że razem pracowaliśmy nad sprawą związaną na przykład z handlem narkotykami, i w czasie rewizji u dilera zobaczyłem, jak bierze ze stołu pliki banknotów i chowa je do kieszeni...

– Tak... – powiedziała Joséphine, śledząc wywód Garibaldiego.

– Wyobraźmy sobie, że powiedziałem, iż przymknę na to oko, jeżeli odłoży je na miejsce, i zaproponowałem, że pożyczę mu te pieniądze, wyobraźmy sobie, że z wdzięcznością przyjął moją propozycję...

– Czy takie historie często się zdarzają?

– Powiedziałem: „wyobraźmy sobie".

Joséphine wycofała się i przeprosiła.

– Niech pani nie przeprasza. W policji nie zarabia się kroci. I często ma się pokusę, by wziąć narkotyki czy pieniądze, aby poprawić sobie codzienne życie. Narkotyki, żeby je sprzedać, a pieniądze, bo ktoś przeżywa trudny okres, rozwodzi się albo kupił mieszkanie, którego nie może spłacić...

– A pan zrobił już coś takiego?

– Ukradłem narkotyki czy pieniądze? Nie, nigdy.

– Chciałam powiedzieć... Czy pan nakrył kolegę, który...

– To moja sprawa, proszę pani. Powiedzmy, że jakoś to załatwię i spróbuję odnaleźć tego mężczyznę na podstawie informacji od pani.

– To byłoby znakomicie! – wykrzyknęła Joséphine. – Mogłabym się z nim spotkać i...

– Jeżeli będzie chciał rozmawiać. Pewnie wyrzucił notes do kosza, żeby pozbyć się przeszłości.

– Zawsze mogę spróbować.

– Nie poddaje się pani łatwo.

Joséphine się uśmiechnęła.

– Robi pani wrażenie nieśmiałej, wycofanej, niepewnej, ale w środku jest pani uparta i twarda.

– Chyba trochę pan przesadza.

– Nie sądzę. Ma pani odwagę ludzi nieśmiałych... Niech pani mi poda nazwiska osób, o których pani myśli, a powiem pani, jeżeli coś znajdę.

Joséphine zastanowiła się i zaczęła wymieniać nazwiska.

– Pan Dumas. Mieszka w budynku B pod tym samym adresem co ja, ale nie sądzę, żeby...

– Proszę poczekać, wezmę kartkę i zapiszę.

Znowu przerwał im głos, który prosił Garibaldiego o jakąś informację. Usłyszała, jak odpowiada, poczekała, aż skończy, i mówiła dalej:

– Pan Boisson.

– Boisson jak napój, Red Bull?

– Tak, tylko niespecjalnie energetyzujący. Nie wydaje mi się, żeby to był on...

– Nie należy ufać wygasłym wulkanom! – powiedział Garibaldi.

– Mieszka w mojej kamienicy w budynku A, ale nie bardzo sobie wyobrażam, żeby mógł przeżyć podobną miłość jak Młodzieniec. Wygląda na osobę zamkniętą na cztery spusty i pewnie reaguje alergicznie na najlżejszy przejaw fantazji.

– Kto poza tym?

– Pan Léger. Yves Léger. Wprowadził się do mieszkania Lefloca-Pignela z młodszym partnerem. Nosi różnokolorowe kamizelki i wielkie teczki rysunkowe. On przynajmniej wygląda na żywą osobę.

– Bardziej przypomina mężczyznę, którego szukamy.

– Też tak myślę. Ale cóż... Fakt, że jest homoseksualistą, niekoniecznie oznacza, że...

– To prawda – przyznał Garibaldi.

– I pan Sandoz... Wie pan, ten, który pomagał nam w remoncie służbówki Iphigénie, dozorczyni. Nie wiem, gdzie mieszka, ale zdaniem Iphigénie oszukuje w kwestii swojego wieku i...

– Nie on jeden!

– Nie bardzo wierzę, żeby to mógł być on.

– Zobaczymy.

– I wreszcie pan Pinarelli. Też mieszka w mojej kamienicy. Też nie chce mi się wierzyć, że to on...

Garibaldi wybuchnął śmiechem.

– Czyli nie wierzy pani w żadnego mężczyznę spośród tych, których pani wymieniła!

– I na tym polega problem. Żaden mi nie pasuje.

– A może to kto inny? Ktoś, kto wyrzucił ten notes do śmietnika w pani kamienicy, żeby nikt nie mógł ustalić, że to on? Ja bym tak zrobił. Wydawałoby mi się, że tak jest ostrożniej, jeżeli chciałbym się czegoś pozbyć.

– Wtedy miałabym duży kłopot.

– Nie chcę pani zniechęcać, ale wydaje mi się to bardziej prawdopodobne.

– Z pewnością ma pan rację... ale myślę sobie, że były małe szanse, by ktoś znalazł ten notes. Gdyby Zoé nie wybuchnęła płaczem na myśl o tym, że już nigdy nie zobaczy swojego czarnego zeszytu, nie grzebałabym w kubłach. Nie jest to zajęcie, któremu poświęcam się w każdy wieczór.

– Słuszna uwaga.

– Ile osób w Paryżu przetrząsa śmietniki w poszukiwaniu zeszytu córki?

– Masa ludzi grzebie w śmietnikach w Paryżu, wie pani... – powiedział z lekkim wyrzutem w głosie.

– Wiem – powiedziała Joséphine. – Wiem... Ale czarny zeszyt nie nadaje się do jedzenia.

– A co pani zrobi, jak już go pani zidentyfikuje? Jeżeli znajdę tego człowieka...

– Chciałabym się z nim spotkać, porozmawiać, dowiedzieć się, czy spełniły się jego marzenia. Boję się o niego, gdy to czytam. Boję się, że będzie strasznie cierpiał. I chciałabym się dowiedzieć, czy znalazł swoje miejsce za mgłą.

Opowiedziała historię Freda i wieżowca. Miała ochotę spytać Garibaldiego, czy on znalazł swoje miejsce za mgłą.

– Ta historia z Carym Grantem była jak sen, marzenie. Gdyby pan wiedział, jakie nadzieje wzbudziło w nim to spotkanie... Potrzebuję szczegółów, aby ożywić moją opowieść, a cóż może ją lepiej ożywić niż rzeczywistość?

– To właśnie powiedziałem pani, kiedyśmy się spotkali. Rzeczywistość często przerasta fikcję... Właśnie skończyłem pewne śledztwo. Młoda kobieta zabita w supermarkecie przez mężczyznę, o którym nie wiedziała nic. Zadźgana nożem na oczach kasjerki. Gdy zatrzymaliśmy mordercę, powiedział tylko: „Nie zasługiwała na to, by żyć, była zbyt piękna". Umieściłaby pani taką scenę w powieści kryminalnej?

Joséphine potrząsnęła głową i mruknęła:

– Nie, to niemożliwe.

– I miałaby pani rację! Taki argument wydaje się zbyt słaby, żeby popełnić zbrodnię.

– Ale tu nie chodzi o zbrodnię. Wręcz przeciwnie... To historia pewnego spotkania, a ja sądzę, że dojrzewamy dzięki spotkaniom z ludźmi.

– Jeżeli wychodzimy im naprzeciw. Wielu ludzi nie potrafi wykorzystać pięknych spotkań z obawy, że zmienią ich życie, zaprowadzą na nieznaną drogę. – Przerwał i spytał:

– Co panią porusza w tej historii?

– Daje mi zapał, odwagę.

– Czy przypomina pani własną historię?

– Tylko że ja nie spotkałam Cary'ego Granta ani nikogo, kto by go przypominał! Nigdy nie spotkałam nikogo, kto dałby mi pewność siebie. Wręcz przeciwnie.

– Wie pani?... Wreszcie przeczytałem pani powieść.

– *Taką pokorną królową*?

– Tak. To jest świetnie pomyślane... Ja, czterdziestoletni gliniarz, który czyta wyłącznie czarne, pokręcone powieści Jamesa Ellroya, szedłem ulicą z Floryną i całą resztą i wpadłem na latarnię, przejechałem swoją stację, spóźniłem się do pracy, zapominałem, gdzie mieszkam. Po prostu uczyniła mnie pani szczęśliwym. Nie sądziłem nawet, że to możliwe.

– Och! – wymamrotała zachwycona Joséphine. – Więc to pan wykupił wszystkie egzemplarze?

Wybuchnął gromkim, szczerym śmiechem.

– Nie przespałem przez panią kilku nocy. Jest pani bardzo zdolna, pani Cortès.

– Mam tyle wątpliwości... Tak się boję, gdyby pan wiedział, jak bardzo się boję... Mam ochotę znowu zacząć pisać, ale nie wiem, jak się do tego zabrać. Czuję się, jakbym była w ciąży i nosiła w sobie tę historię. Rośnie, napiera, kopie od środka. W tej chwili ledwie zajmuję się innymi ludźmi.

– A wydawała się pani niesłychanie uzdolniona w tym kierunku!

– Nie poznałby mnie pan! Posyłam wszystkich na drzewo.

– To początek niezależności.

– Może... Mam tylko nadzieję, że coś z tego wyjdzie.

– Pomogę pani. Obiecuję.

– Dziękuję – wyszeptała Joséphine. – Czy mogę jeszcze coś panu powiedzieć?

– Słucham.

– Jak Iris... odeszła... miałam wrażenie, że obcięto mi nogę, że już nigdy nie będę mogła chodzić... Byłam sparaliżowana, głucha, niema. Odkąd czytam czarny notes, to tak jakbym...

Nie odzywał się. Czekał, aż dobierze słowa, a może nawet sama dla siebie sformułuje to wyznanie.

– Jakby mi noga odrastała i jakbym znowu miała zacząć chodzić... na dwóch nogach. Dlatego właśnie to jest takie ważne.

– Rozumiem i z chęcią pani pomogę, proszę mi wierzyć. Zrobię, co w mojej mocy.

– A u pana wszystko w porządku, jest pan zadowolony?

To była najgłupsza rzecz, o jaką mogła zapytać mężczyznę, którego ledwie znała. Ale nie wiedziała, jak mu podziękować. Dziękuję za to, że mnie pan wysłuchał, dziękuję za zrozumienie, dziękuję, że pan jest. Po raz pierwszy mówię o Iris, czuję się trochę tak, jakby cierpienie się cofało i zostawiało mi nieco miejsca, abym mogła oddychać. Bała się, że wyjdzie na zbyt emocjonalną, dramatyzującą.

– Nie miałem od pani wieści, od... – zauważył. – Często się zastanawiałem, co u pani słychać.

– Wolałam o tym nie rozmawiać.

Podrapał się w szyję, odchrząknął i zakończył rozmowę, znowu przybierając ton inspektora policji:

– Dobrze, podsumujmy. Poszukiwany mężczyzna miał siedemnaście lat w sześćdziesiątym drugim roku, urodził się w Mont-de-Marsan, jego ojciec skończył politechnikę i był prezesem Charbonnages de France, mieszka pod tym samym adresem co pani.

Joséphine potwierdziła.

– Będę się teraz musiał z panią pożegnać – powiedział Garibaldi. – Zadzwonię do pani, jak tylko się czegoś dowiem.

Zamilkł na chwilę. Czekała. Potem dodał:

– Lubię z panią rozmawiać. To tak, jakby się poruszało to, co... najistotniejsze.

Zrobił przerwę przed słowem „najistotniejsze".

Odłożyła słuchawkę szczęśliwa, że udało im się nawiązać nić porozumienia.

Rozmowa z tym mężczyzną stanowiła dla niej inspirację. Joséphine nie była zakochana, ale kiedy mu się zwierzała, rosła, rozwijała się, wyrastały jej skrzydła u ramion. Kiedy była zakochana, nie wiedziała, co powiedzieć, jak się zachować, zwijała się w kłębek i przypominała wielką, pustą torbę, która nie stoi prosto.

Joséphine wybrała numer Shirley w Londynie, aby opowiedzieć jej o rozmowie z Garibaldim. Próbowała wyjaśnić, jak ich połączone dusze uniosły się w górę.

– Nieraz to sprawa serc – dodała.

– A kiedy indziej ciał – powiedziała Shirley. – Dobra kopulacja i odlatujemy!

– A kiedy występują wszystkie elementy, kiedy dusza, serce i ciało obejmują się i wzlatują w niebo, to oznacza wielką miłość... Ale nie zdarza się często.

– I zdarzyło ci się to z Philippe'em? – spytała Shirley.

– O, tak!

– Masz szczęście. Ja mam wrażenie, że zwracam się tylko do ciała mężczyzn... Tylko ono do mnie przemawia. Pewnie nie mam serca ani duszy.

– Bo boisz się oddać komuś do końca. Coś w tobie stawia opór. Nie oddajesz się bez reszty. Myślisz, że oddając ciało, będziesz kwita, nic ci nie grozi, i w pewnym sensie masz rację. Tylko że zapominasz o duszy.

– Tere-fere! – mruknęła Shirley. – Skończ z tą psychoanalizą.

– Fałszywie pojmujesz mężczyznę i miłość. Podczas gdy ja ciągle czekam na księcia z bajki na białym koniu.

– Ja biorę konia i zostawiam ci księcia!

– Nie wierzysz w księcia z bajki?

– Wierzę w księcia z nahajką!

Shirley wybuchnęła śmiechem.

– Książę z bajki nie oznacza, że wszystko u niego jest doskonałe – nalegała Joséphine. – Nie chodzi o żadne naiwne głupoty, tylko o doskonałą harmonię.

– *Bullshit*, stara! Od mężczyzn biorę tylko ciało. Co do reszty, serca i duszy, mam syna, koleżanki, kantaty Bacha, książki, drzewa w parku, zachód słońca, dobrą herbatę, ogień w kominku...

– I tym się właśnie różnimy!

– Tym lepiej! Zapętlanie się w lepkich uczuciach, nie, dziękuję!

– Mówisz jak Hortense.

– Hortense i ja żyjemy w rzeczywistości. Ty żyjesz marzeniami! W twoich marzeniach książę z bajki obejmuje cię i unosi, w codziennym życiu jest żonaty, przysięga, że nie tyka żony i sypia w salonie, i nie przychodzi na randki!

*

Tego wieczoru było *spaghetti party*.

Hortense nie znosiła spaghetti i błędnego użycia słowa *party* w tym kontekście.

Z całą pewnością nie chodziło o wesołą zabawę.

Raczej o egzamin.

Raz w miesiącu jedli razem kolację, rozmawiali o domu, kosztach, opłatach, prądzie i ogrzewaniu, zakazie palenia w środku, utrzymaniu tarasu, kluczach, których nie powinno się zostawiać byle gdzie, skrzynce na listy, którą należało regularnie opróżniać, sortowaniu śmieci i *tutti quanti*. Peter w okrągłych okularach na czubku nosa pilnował ściśle określonego porządku obrad i każdy miał się wypowiedzieć, co mu nie odpowiada. Albo obiecać, że się poprawi, słuchając ze spuszczoną głową kazania pana.

To był wieczór Petera. Prowadził rachunki domu, rozmawiał z właścicielem, sporządzał listę żądań i obowiązków. Był niskim, pozbawionym krzepy i ambicji mężczyzną, który nagle stawał się Napoleonem. Kołysał głową w bikornie. Klepał się po brzuchu. Groził jednym, karcił innych, wskazując ich palcem. Hortense zagryzała wargi, żeby nie wybuchnąć śmiechem w tej groteskowej sytuacji, gdyż wszyscy drżeli przed Peterem.

Nie znosiła spęczniałego od sera i śmietany spaghetti, które gotował Rupert, kiepskich gier słów Toma, nie cierpiała nakazów rzucanych przez wąskie wargi Petera.

Każdemu się dostawało.

Hortense, czy załatwiłaś sprawę *council tax*, wiem, że go nie płacisz, ale czy poprosiłaś w szkole o dokument, który cię z niego zwalnia? Tak czy nie? Czy zapłaciłaś w tym miesiącu swoją część opłaty za telewizję? Nigdy z niej nie korzystam, zżymała się Hortense, przez cały czas oglądacie tylko mecze piłkarskie. Hortense! groził Peter z wyciągniętym palcem. Dobrze, zgoda, dołożę się, dołożę... Bla-bla-bla ogrzewanie, bla-bla-bla sprzątaczka, bla-bla-bla kto płaci za to, kto płaci za tamto... Czy sądzicie, że pławię się w złocie? Tylko ja w tym domu jestem studentką, mam mały budżet, utrzymuje mnie matka i Bóg jeden wie, jak mnie to wkurza!

Tom ruszał stopami w dziurawych skarpetkach pod ławą i śmierdziało. Hortense zmarszczyła nos. Kopała obcasem skarpetki. Rupert jadł chipsy z papryką i kruszył na wykładzinę. Uwaga na karaluchy! A Pryszczaty Jean miał nowy wrzód na brodzie. Wielki czerwony gwóźdź. Nie było go widać jeszcze wczoraj wieczorem, gdy go mijałam. Brakowało mu go do kolekcji! Ten chłopak jest naprawdę odrażający. Poza tym od jakiegoś czasu patrzy na mnie z radosnym błyskiem w oku. Można odnieść wrażenie, że promienieje... Co on sobie wyobraża? Że zapomnę, iż jest bezkształtny, przyzwyczaję się wreszcie i zacznę rozmawiać z nim jak z istotą ludzką? Niech ci się nawet nie śni, biedny chłopcze, koniec filmu, schowaj kasetę! Wydawało się jej, że ją śledzi. Ciągle był za jej plecami. To chyba jakaś obsesja. Pewnie dość ma samotnego brandzlowania się wieczorami pod kołdrą. I jeszcze ten śmieszny wąsik!

Peter mówił o porządku, walających się rzeczach. Chyba nie przypomni mi historii z tampaxem?! Nie. Wspominał o pustych szklankach, brudnych talerzach, rozdartych workach z pieczywem tostowym, komórkach. Kiedyś znalazł komórkę w koszu na śmieci. Czy moja komórka wreszcie zadzwoni?! Równie dobrze mogłabym wsadzić ją do doniczki i czekać, aż urośnie! To niewiarygodne! Mój wieczór był prawdziwym sukcesem, a żadna oferta pracy się nie skonkretyzowała. Nikt do mnie nie zadzwonił. Bla-bla-bla, komplementy w wieczór inauguracyjny były jak wiatr. Zostały jej tylko wizytówki, które włożyła do słoika po dżemie stojącym na biurku. Patrzyła na nie spode łba. A więc to, czy jej komórka wala się czy nie, niewiele zmienia.

I Gary nie zadzwonił!

Nic. Zero wiadomości. Dwa miesiące kompletnej ciszy.

Kładę się oszołomiona i lekka pod ciałem mężczyzny, wzdycham, po raz pierwszy podoba mi się ten ciężar na moim ciele, wzdycham jeszcze mocniej, oddaję się...

A on ucieka jak złodziej!

Pewnie czeka, aż zadzwonię, będę się czołgać u jego stóp. Nie ze mną takie numery, mój drogi! Nie wykręci jego numeru telefonu, błagając, żeby znowu ją zechciał! Co ze mnie za idiotka! I pomyśleć, że z tego powodu o mało nie straciłam Nicholasa! Kolejny dowód, że miłość ogłupia. Wydawało jej się, że stawia palec u nogi na tym słynnym kontynencie, który kretynki nazywają miłością. Była o dwa milimetry od tego, żeby mu powiedzieć: Kocham cię. Jeszcze dwa milimetry i ośmieszyłaby się. Tak mocno wzdychała w jego ramionach, że prawie wymknęło jej się wyznanie. Nigdy więcej już tego nie powie! Nigdy więcej nie chce usłyszeć swojego uległego, złamanego głosu szepczącego to słowo! Nie zadzwoni do niego ani do jego matki. Nic w stylu czołgam się do matki, żeby się dowiedzieć, co słychać u syna. Unikam i syna, i matki z rodziny Buckingham Palace, mogę znosić śmieszne kapelusze babki w telewizorze, wybryki książąt, ich przedwczesną łysinę i głupawe przyjaciółki... ale tamtą dwójkę usuwam z gry! Co za charakter! Co za rodzina! Królowie to pretensjonalne chamy. Dobrze, że we Francji ich zgilotynowano. Myślą, że wszystko im wolno, bo mają berło pod pachą i pławią się w gronostajach.

Hortense wróciła do codziennego życia, życia, które podobne było do życia wszystkich innych ludzi. Metro, praca, dom. Chodziła na zajęcia, spóźniała się z powodu awarii metra, uczyła się, jadła obrzmiałe od sera spaghetti, wdychała zapach brudnych skarpetek; straciła zapał i energię. Ogarnęło ją zniechęcenie.

Padła ofiarą niespełnionych marzeń.

Najgorsze, co może się zdarzyć, to niespełnione marzenie. Wydaje straszny odgłos dziurawionej opony, który długo rozbrzmiewa w głowie.

Pśśśt...

Jej marzenia zrobiły pśśśt. Postawiła na wystawie elegancką kobietę, która prowokuje, bo odróżnia się od reszty. Kobietę jedyną w swoim rodzaju, nieraz ekscentryczną, ale zawsze szykowną i świadomą swojej uwodzicielskiej władzy nad mężczyznami. To było piękne marzenie.

Nie miało szczęścia się spodobać.

Więc powtarzała sobie, zaciskając pięści, zaciskając szczęki: Będę projektantką mody, będę projektantką mody, muszę się jeszcze wiele nauczyć. To moja pierwsza porażka, nie ostatnia. Porażki uczą. Jaki imbecyl to powiedział? Miał rację... Muszę się dalej uczyć. Na przykład zgłębić tajemnicę tkanin. Znaleźć producenta materiałów, który mnie zatrudni. A kiedy ktoś rzuci słowo „aksamit", będę mogła przedstawić sto trzydzieści różnych propozycji i wtedy zostanę dostrzeżona... Zostanę wybrana i zatrudniona w wielkim atelier. Muszę się mocno, bardzo mocno skoncentrować i to się w końcu stanie.

Laura, jej koleżanka, a przynajmniej osoba, którą uważała za koleżankę, próbowała przemówić jej do rozsądku. Ależ

Hortense, zastanów się, prawdziwe życie wygląda inaczej, nie można stać się sławą w jeden wieczór! A dlaczego nie? wrzasnęła Hortense. Gdzie jest napisane, że nie? Poczekaj trochę, powiedziała Laura, nie ty jedna chcesz odnieść sukces. Potem pełnym wyższości tonem dodała: To dobry pomysł, żeby zająć się studiowaniem tkanin. Znam dziewczynę, która zajmuje się materiałami, uczy się technik pozwalających uzyskiwać różne odcienie, łączyć skórę z filcem, a potem z muślinem, pracuje nad młodzieżową kolekcją Galliano, przedstawię ci ją, jeśli chcesz.

To by jeszcze uszło. Nie podobał jej się specjalnie ton, jakim zwracała się do niej Laura, ale wydawało się, że jej współczuje.

Hortense już miała powiedzieć: Dziękuję, to miło w twojej strony, kiedy żmija strzyknęła trucizną ukrytą w miodzie:

– Słyszałaś o tej trzynastoletniej dziewczynce, która jest nową królową mody w Nowym Jorku?

– Nie... Dlaczego miałabym o niej słyszeć?

– Bo wszyscy o niej mówią! To niesamowita historia!

Zamilkła na chwilę, trzymając Hortense w napięciu. Obróciła kosmyk włosów między upierścienionymi palcami. Postukała w blat stołu, jakby grała sonatę Księżycową.

– Nazywa się Tavi.

Zanuciła kilka taktów. Sol, do, mi, sol, do, mi. Sol, do, mi.

– Prowadzi blog, którym fascynuje się planeta fashion... cztery miliony wejść! Wszyscy mówią tylko o niej... Jeśli chcesz, podam ci adres bloga.

La, do, mi, la, do, mi...

– Phi...

– Przyjaźni się ze wszystkimi kreatorami. Widywano ją z Markiem Jacobsem, Alexandrem Wangiem, Yohji Yamamoto. Sprzedaje swoje podkoszulki za nieziemskie pieniądze i podpisała właśnie pierwszy kontrakt z wielkim domem mody. W wieku trzynastu lat! Wyobrażasz sobie?

– Phi... – powtórzyła Hortense ze zwieszoną szczęką, pożerana przez zazdrość.

– Taka młoda...

Kolejne zawieszenie głosu. La, re, fa, la, re, fa. I Laura kontynuowała:

– Znacznie młodsza od ciebie! Może dlatego wszyscy o niej mówią. Może nie jest tak utalentowana jak ty, ale jest młoda.

– Pewnie! – warknęła Hortense. – Dodaj jeszcze, że jestem stara i niemodna! I dlatego nikt do mnie nie dzwoni!

– Och... tego nie powiedziałam...

– Nie powiedziałaś, ale zasugerowałaś... Jesteś królową hipokryzji! Nie masz nawet odwagi być otwarcie złośliwa!

– Jeżeli tak to odbierasz... Próbowałam po prostu zrozumieć, chciałam ci pomóc, to wszystko.

Hortense się zagotowała.

– I Suri Cruise! – wrzasnęła. – Suri Cruise! Córka gnoma od scjentologii i jego żony, co to nikt już nie pamięta której! Zapomniałaś o niej! W wieku trzech lat jest już ikoną! Wystarczy, że wyjdzie w butach na obcasach, a już błyskają flesze! Niedługo zdetronizuje wszystkie królowe mody! Więc ta twoja trzynastoletnia dziewczynka to staroć! Wiesz, kim jesteś, Lauro? Jesteś pasywnie agresywną żmiją... Rzygam takimi ludźmi!

– Kim jestem? – wybąkała żmija umazana jadem.

– Pasywnie agresywną żmiją... Takie są najgorsze! Smarują cię konfiturą, aby łatwiej im było wbić w ciebie zęby z szerokim uśmiechem.

– Ale ja...

– A żmije to ja depczę! Robię z nich miazgę, wyrywam im po kolei zęby jadowe, wydłubuję oczy...

Cała złość, rozczarowanie, smutek, który starała się powstrzymać od dwóch miesięcy, wytrysnął jak pełna nienawiści żółć i ona z kolei strzyknęła jadem. Złość, że uwierzyła, iż wejdzie na szczyt, wbije tam swój sztandar, który załopocze jej barwami... Rozczarowanie brakiem telefonów i gorycz spowodowana milczeniem Gary'ego, który ją ignorował, a ich piękna noc miłości była dla niego tylko piękną nocą zemsty. Jeden jeden, moja piękna Hortense, myślał pewnie, dumnie wypinając pierś we fraku pianisty.

Wykreśliła Laurę Cooper z krótkiej listy koleżanek, pocieszając się, że żmija rzuci się na podręcznik do psychologii, żeby zrozumieć co znaczy „pasywnie agresywny". Miłej lektury, moja droga, zrób notatki i odtąd schodź mi z drogi, kiedy będę cię mijać!

Na szczęście pozostał Nicholas. Zawsze wierny na posterunku. Ze zbyt długim torsem, beznadziejny jako kochanek, ale oddany, kreatywny, przebiegły, szlachetny, pracowity. Piękne przymiotniki, które nie skracały, niestety, zbyt długiego torsu...

Starał się, żeby zapomniała o niepowodzeniu, proponując jej liczne atrakcje. Gwizdał, kiedy wchodziła do jego biura. Pochwalił długą męską marynarkę spiętą w pasie niczym płaszcz na sukience ze streczu barwy granatowego dżinsu. Pogratulował jej.

– To nie ja wpadłam na ten pomysł, ściągnęłam to z ostatniego numeru Elle... Nie potrafię już nic wymyślić, jestem skończona.

– Ależ nie, ależ nie – zaprotestował Nicholas. – Odbijesz się. Jestem pewien!

Sam przyznawał, że nie rozumie. Un-be-lie-va-ble! Niesłychane, powtarzał, potrząsając głową. Złościł się na ludzi, którzy obiecują gwiazdkę z nieba, a potem znikają.

Dwoił się i troił, żeby ją zaskoczyć.

Chce się zająć tkaninami? Znajdzie jej atelier, w którym przyjmą ją na staż.

Chce uprawiać sport, aby się odprężyć? Zapisał ją do swojego klubu z bardzo pięknym basenem. To bardzo elegancki klub, nie przyjmują każdego, musiałaś wpaść im w oko.

Albo im zagroziłeś, tłumaczyła sobie Hortense poruszona trudem, jaki Nicholas sobie zadawał, aby przywrócić uśmiech na jej wargi skazańca.

Zabrał ją do klubu Whisky Mist, do którego tłumnie przybywała cała londyńska śmietanka. W karcie figurował koktajl Ibiza Mist za dwanaście tysięcy funtów.

– Piętnaście tysięcy euro za napój! – wykrzyknęła zdumiona Hortense.

– To więcej niż napój, to produkt – wyjaśnił Nicholas.

– Produkt?

– Tak. Zamawiasz Ibiza Mist i wówczas... – Zaczął naśladować tusz werbli. – Wychodzisz z klubu, przyjeżdża po ciebie bentley, zawozi cię na lotnisko, skąd odlatujesz na Ibizę, a potem prywatnym helikopterem na prywatną wyspę z szefem kuchni do twojej dyspozycji, basenem i koktajlem... Miłe, nie?

– Dużo tu mają takich produktów?

– Za dwadzieścia pięć tysięcy funtów możesz polecieć do jednej z willi Hugh Hefnera w Miami. Z szampanem, basenami, jacuzzi, króliczkami i Apollonami w wielkich ilościach! Czy życie nie jest piękne?

Hortense patrzyła na Nicholasa pustym wzrokiem.

Błagał ją:

– Uśmiechnij się, Hortense, uśmiechnij się, nie lubię, gdy jesteś smutna.

Uśmiechnęła się i jej wątły, pełen wahania uśmiech przypominał grymas żebraczki.

Wziął ją za rękę, zaciągnął do salonu dla VIP-ów, mówiąc: Zobaczysz, będziesz zachwycona. Sami pomyleńcy, karykatury! Patrz!

Uniosła brew. Kreski koki na stole, pary całujące się w usta, nagie piersi, strzelające korki szampana, krzyki, wrzaski udawanej radości, fałszywe podniecenie. Porozpinane wesołe, głośne dziewczyny przypominające szkielety, worki sztucznych kości, wymalowane tak, jakby początkujący murarz nałożył im na twarz warstwy farby.

Hortense poczuła się ciężka jak tłusta maciora.

– I co? – wykrzyknął z triumfem Nicholas. – Jak z Felliniego, nie?

– Na ten widok robi mi się jeszcze bardziej smutno.

– Poczekaj, pójdę po coś do picia. Na co miałabyś ochotę?

– Na sok pomarańczowy – powiedziała Hortense.

– O, nie! Tylko nie to! Nie mają go tu.

– W takim razie przynieś mi szklankę wody.

– Koktajle do wyboru, do koloru! Postaram się już, żebyś miała nowe marzenia i projekty. Zaufaj mi, mam masę pomysłów.

Podziękowała mu i pomyślała: Dlaczego się w nim nie zakochałam? Dlaczego myślę o Garym?

Oddalał się, mówiąc dzień dobry na prawo, dzień dobry na lewo, wykrzykując: *Of course! I call you.* Zna wszystkich, a ja nie znam nikogo. Jestem Hortense Nobody. Od dwóch lat mieszkam w Londynie i dalej jestem nieznana.

Podszedł do niej jakiś facet i zaczepił ją, pijąc jakiś turkusowy napój przez długą rurkę:

– Nie jesteś czasem koleżanką Gary'ego Warda?

– Jakiego Gary'ego?

– Czy ja cię już nie widziałem z Garym Wardem?

– Jeżeli to taki chwyt, aby zawrzeć znajomość, to wyhamuj! Nigdy nie słyszałam o tym gościu.

– Coś takiego! Wydawało mi się... Bo wiesz, że on jest...

Odwróciła się do niego plecami i rozejrzała za Nicholasem.

Wracał z dwoma napojami w jadowitych kolorach. Wskazał jej kąt, w którym mogli usiąść. Hortense oparła głowę na jego ramieniu i zapytała, czy uważa, że jest za gruba.

– Powiedz mi to, bądź szczery, wiesz, biorąc pod uwagę mój stan... Nie mogę już upaść niżej.

A więc nie mogła tego wieczoru opychać się spaghetti, którego każdy kęs zawierał sześćset tysięcy kalorii.

– Nie jesz, Hortense? Nie smakuje ci moje spaghetti? – martwił się Rupert, nawijając na widelec kolejną porcję makaronu.

– Nie jestem głodna.

– Chociaż trochę – nalegał Peter. – Rupert zadaje sobie tyle trudu, gotując, a ty udajesz wybredną. Nieładnie, Hortense, nieładnie! Pomyśl przez chwilę o innych! Nie tylko ty jedna jesteś na świecie.

– Nie wiem, co by to pomogło Trzeciemu Światu, gdybym się opychała.

– To nie jest zwykłe spaghetti, Rupert włożył wiele serca w jego przygotowanie. A nie musiał.

– Wkurzasz mnie! – krzyknęła Hortense, odsuwając talerz, przewracając kieliszek taniego czerwonego wina na ławę. – Przestań wywoływać we mnie poczucie winy, ajatollahu!

Uciekła do swojego pokoju, wrzeszcząc, że nienawidzi ich wszystkich. WSZYSTKICH.

– Co jej się stało? – spytał Tom, kładąc dziurawe skarpetki na stole. – Ma jakiś problem?

Peter dołożył sobie tartego sera i wyjaśnił z powagą:

– Myślała, że po pokazie u Harrodsa posypią się propozycje, i nic z tego! *Niente!* Więc to jasne, że Księżniczka jest zniesmaczona. Bardzo dobrze, to ją nauczy żyć...

Pryszczaty Jean uśmiechnął się chytrze i oświadczył:

– Spaghetti było doskonałe, może jeszcze coś zostało?

Shirley nie rozumiała już nic.

Patrzyła, jak ucieka jej życie, i zastanawiała się, czy porównywać je do kupy gruzów czy do nowej jutrzenki. Miała wrażenie, że wszystko dzieje się niezależnie od jej woli. Falami. Jakby miały wszystko zmyć.

Życie zmiotło jej szczęście. To szczęście, które przez tyle lat budowała. I proponowało jej nowe szczęście, dając mężczyznę, do którego nie miała instrukcji obsługi.

Jeszcze pół roku temu chodziła wyprostowana, z rękami na biodrach i gratulowała sobie. Niemal puszyła się z dumy. Miała syna, pięknego, zrównoważonego, uczciwego, prawego, inteligentnego, zabawnego, czułego chłopaka; był jej miłością i wspólnikiem. Miała ciało, które mogła zanurzyć w lodowatej wodzie stawu w Hampstead, nie obawiając się kataru ani kaszlu. Fundację, której poświęcała czas i pieniądze pochodzące od matki, pieniądze, których tak długo nie chciała przyjmować. I kochanków, gdy miała ochotę odpędzić od siebie ponure demony. Demony przeszłości, której dobrze nie rozumiała, ale akceptowała ją, myśląc: Taka już jestem, i co z tego? Wszyscy mają jakieś demony.

Niech ten, w którego piersi nie kryje się diabełek, pierwszy rzuci kamieniem...

Tyle czasu zajęło jej zbudowanie tego szczęścia własnymi rękami, umacnianie go, podpieranie, ozdabianie fryzami, girlandami, pięknymi zaimpregnowanymi belkami... a tu życie jednym kopnięciem zwaliło budowlę, którą tak kochała.

Jakby szczęście nie mogło trwać.

Jakby było tylko momentem przerwy, wytchnienia przed kolejną próbą...

Zaczęło się od pytań Gary'ego o ojca. Pewnego wieczoru w kuchni obok zmywarki. Poczuła, jak Życie zbliża się, kładzie jej rękę na ramieniu, mówi: Przygotuj się, moja droga, będzie zamieszanie. Przyjęła cios z wprawą boksera. Przyzwyczaiła się do tej myśli. Oswoiła ją, pozbawiła kolców, uczyniła z niej piękną, gładką, długą, rozkwitniętą, pachnącą różę. Wymagało to pracy. Pracy nad sobą. Rozluźnić się, zrozumieć, uśmiechnąć się, rozluźnić się, zrozumieć, uśmiechnąć się.

I zacząć od nowa.

Potem była podróż do Szkocji. Nie podobało jej się, że dowiedziała się o niej z poczty głosowej. Zadzwonił wtedy, gdy wiedział, że będę zajęta, nie będę mogła odebrać telefonu. Uciekał. Uciekał przede mną.

Nagłe wtargnięcie Gary'ego tamtego ranka do niej do domu... Torba z croissantami rzucona na łóżko i ten okrzyk: Tylko nie on! Tylko nie on!...

I wreszcie nagły wyjazd do Nowego Jorku.

Tym razem dostała maila. Nie znosiła nowej technologii, która pozwala mężczyznom odejść i uważać, że są kwita. Zniknąć z twojego życia, nie tracąc twarzy.

Słowa, które napisał Gary, były szlachetne i piękne.

Ale nie podobały jej się. Nie podobało jej się, że syn zwraca się do niej jak mężczyzna.

„Shirley..."

Proszę, zwraca się do niej po imieniu! Nigdy wcześniej nie zwracał się do niej po imieniu.

„Wyjeżdżam do Nowego Jorku. Tam będę czekał na informację, czy dostałem się do Juilliard School. Nie chcę tu zostać. Wydarzyło się zbyt wiele rzeczy, które mi się nie podobają..."

Co znaczyło „zbyt wiele rzeczy"? Spotkanie z ojcem? Oliver w jej łóżku? Historia z jakąś dziewczyną? Nowa kłótnia z Hortense?

„Pani Babcia wie. Na początku mi pomoże..."

Pani Babci się zapytał. Pani Babcia wyraziła zgodę.

„Chcę mieszkać sam. Byłaś doskonałą, wspaniałą matką, jednocześnie ojcem i matką, wychowywałaś mnie z mądrością, taktem i humorem i będę Ci za to zawsze wdzięczny. Stałem się tym, kim jestem, wyłącznie dzięki Tobie i dziękuję Ci za to. Ale dziś muszę wyjechać, a Ty musisz mi pozwolić wyjechać. Zaufaj mi. Gary".

I tyle! Kilka linijek i sprawa załatwiona.

Było postscriptum.

„Jak tylko się urządzę, podam Ci adres i numer telefonu. Na razie możesz pisać do mnie maile. Będę regularnie sprawdzał skrzynkę. Nie martw się. *Take care...*"

Koniec wiadomości. Koniec epoki, w której była szczęśliwa.

Bardziej szczęśliwa niż z jakimkolwiek mężczyzną.

A ja co mam teraz zrobić? mamrotała, patrząc na samochody na ulicy, przechodniów pod parasolami unoszonymi podmuchami wiatru, wejście do metra wsysające te śpieszące się mróweczki. Porywy wiatru i porywy życia.

Życie nie lubi stać nieruchomo w miejscu.

I do akcji wkroczył Oliver.

Z miną skromnego króla, śmiechem łagodnego olbrzyma.

Śmiechem rozciągającym się na kilka oktaw, śmiechem, który zalewał słowa jak potok wesołych chrząknięć, nie można było mu się oprzeć. Każdy, kto z daleka słyszał jego śmiech, uśmiechał się i myślał, zazdroszcząc mu odrobinę: Oto szczęśliwy człowiek!

Kochał się tak, jakby piekł chleb.

Ręce ugniatały ją niczym ciasto, pieszcząc, zasypując obietnicami, niosąc pokój kochającym się mężczyznom i kobietom.

Pocałunki były czułe, uważne, niemal pełne szacunku, podczas gdy w jej wnętrzu narastało drżące żądanie, ślad dawnej rany, której otwarcia, pogłębienia się domagała... Nie tak, nie tak... Te słowa bez końca wciskały się w pocałunki Olivera, w jego zdziwione, życzliwe spojrzenia, w uściski, od których niecierpliwie oczekiwała czegoś innego, czegoś, czego nie miała odwagi wyrazić.

Czego nie umiała wyrazić.

Kręciła się w kółko, złościła. Miała ochotę go zranić, wbić mu szpilę, a on szeroko otwierał ramiona, otwierał swoje życie na oścież, żeby znalazła sobie w nim miejsce.

Domagał się jej duszy.

Miała problem ze swoją duszą.

Nie chciała dzielić jej z nikim. To nie była jej wina.

Nauczyła się bronić, zadawać ciosy, nigdy nie nauczyła się oddawać komuś. Dawała, licząc monety, nieufna jak sklepikarka, która wydaje resztę i nie odpuści ani pensa.

Pozwalała się obejmować, kłaść na wielkim łóżku, starała się ze wszystkich sił podążać za nim, mówić jego językiem. Wstawała wściekła, szczotkowała włosy, aż kaleczyła sobie skórę na głowie, brała gorący prysznic, lodowaty prysznic, wściekła szorowała ciało rękawicą z włosia, zaciskała zęby, rzucała mu ponure spojrzenia.

Wychodził. Miał przyjść wieczorem. Zabierze ją na koncert preludiów Chopina. Wiesz, tych, które tak lubisz, opus dwudzieste ósme. Potem pójdą na kolację do małej restauracji na Primrose Hill, którą wypatrzył pewnego wieczoru, wracając z nagrania, i będą podziwiali Londyn ze szczytu wzgórza, pijąc dobre, stare francuskie wino. Burgund czy bordeaux? Ja lubię jedno i drugie, zakończył, wybuchając wielooktawowym śmiechem.

Obwąchał ją przed wyjściem. Chcę cię czuć, czuć twój zapach, twój przyjemny zapach... Odepchnęła go, wyrzuciła za drzwi, śmiejąc się, aby ukryć zmieszanie.

Oparła się o drzwi. Podniosła wzrok do nieba. Wreszcie sama! Jak on się klei!

Wyszedł, wyszedł. Zrozumiał, że Shirley go nie kocha.

Nie wróci.

Miała ochotę wyważyć drzwi i biec po schodach, żeby go dogonić.

W takim razie... kocham go, zdziwiła się głośno. Czy to jest miłość? To znaczy prawdziwa miłość? Czy muszę nauczyć się kochać? Kochać jego? Zrezygnować z walki, po której wstaję bez szwanku, aby stawić czoła kolejnemu, jeszcze bardziej przerażającemu niebezpieczeństwu? Które polega na kochaniu kogoś ciałem i duszą? A moja złość... Czy on się w tym odnajdzie? Czy ustąpi? Czy powinnam się jej pozbyć? Jak mam to zrobić?

Stała wyprostowana na ulicy, chroniąc się przed deszczem, z plecami przylepionymi do wystawy księgarni Waterstone's przy Piccadily, obserwując przechodniów, zastanawiając się. A jak oni sobie z tym radzą? Czy zadają sobie te wszystkie pytania? Czy ja jestem chora, udręczona, pokręcona? Dlaczego jestem taka nieufna? Taka niechętna?

Gryzła palce, gryzła dłonie, biła się zaciśniętymi pięściami po głowie i powtarzała niestrudzenie: Dlaczego? Dlaczego?

Będę musiała porozmawiać o tym z Joséphine. Nie oszukując. Muszę jej to wyznać. Opowiedzieć o upale zwiastującym burzę...

Gdy Joséphine wspomniała o dialogu dusz z tym facetem, inspektorem Garibaldim, Shirley wybuchnęła śmiechem, zbyt gwałtownym śmiechem, aby brzmiał szczerze, wyśmiała księcia z bajki, dosiadła księcia z nahajką. Ale słowa Joséphine zachwiały jej pewnikami.

Telefon zadzwonił, gdy Joséphine czyściła prawe ucho Du Guesclina. Zapalenie ucha, stwierdził weterynarz, puszczając bolące ucho psa. Trzeba będzie je codziennie pielęgnować. Rano i wieczorem przemywała mu ucho roztworem antyseptycznym, potem pryskała żółtym sprayem przeciwzapalnym, który zabarwiał różową małżowinę na kolor szafranu. Du Guesclin zachował stoicyzm i wpatrywał się w nią jedynym okiem, zdając się mówić: Dobrze, że to ty. Inaczej dawno bym już ugryzł!

Joséphine ucałowała go w pysk i odebrała telefon.

– Joséphine, muszę z tobą porozmawiać, to pilne – westchnęła Shirley.

– Stało się coś? – spytała Joséphine, słysząc poważny głos przyjaciółki.

– W pewnym sensie.

– W takim razie już siadam.

Wybrała krzesło, z którego mogła końcem stopy dalej masować brzuch leżącego na grzbiecie Du Guesclina, żeby wybaczył jej historię z uchem.

– Mów. Słucham cię.

– Chyba się zakochałam.

– Ależ to wspaniale! Jaki on jest? – spytała Joséphine, uśmiechając się.

– Na tym właśnie polega problem.

– Ach... – zmartwiła się Joséphine, która natychmiast pomyślała o mężczyźnie w czerni. – Jest brutalny, nieprzewidywalny, grozi ci?

– Nie. Wręcz przeciwnie.

– Chcesz powiedzieć: łagodny, miły, cudowny, dobry... Ma ręce, które leczą, oczy, które głaszczą, uszy, które słuchają, i wzrok, który sprawia, że unosisz się w powietrzu?

– No właśnie... – odparła ponuro Shirley.

– To wspaniale!

– To straszne!

– Chyba jesteś chora!

– Wiem o tym od dawna... Dlatego właśnie do ciebie dzwonię. Och! Jo! Pomóż mi!

Joséphine patrzyła na stół kuchenny, który przywodził na myśl przychodnię: brudne waciki, otwarte buteleczki, pomięte chusteczki. Dug nie miał gorączki. Będzie musiała umyć termometr.

– Wiesz, że nie jestem specjalistką – mruknęła Joséphine.

– Ależ tak, wręcz przeciwnie. Powiedziałaś mi wiele pięknych rzeczy, gdy rozmawiałyśmy ostatnio, a ja się głupio śmiałam. Kochasz duszą, sercem i ciałem. A ja nie umiem. Boję się otworzyć, boję się, że ktoś mnie okradnie, boję się...

– Mów dalej.

– Boję się, że stracę siłę... Tę, którą mam od zawsze. Wobec niego jestem bezbronna. Nie taki powinien być mężczyzna.

– Nie? – zdziwiła się Joséphine.

– Mam ochotę go ugryźć!

– Bo zwraca się do tej drugiej Shirley, a ty dawno straciłaś ją z oczu. On natychmiast ją dostrzegł.

– A ty też?

– Oczywiście. I dlatego właśnie cię kocham.

– Nic z tego nie rozumiem... Ja jej nie znam.

– Pomyśl o tym, jaka byłaś, zanim życie zmusiło cię do odgrywania roli, przyjrzyj się swojemu dzieciństwu... Zawsze można się wiele dowiedzieć, pytając małej dziewczynki.

– Nie bardzo mi pomagasz.

– Bo nie chcesz mnie posłuchać.

– Mam sobie za złe, tak bardzo mam sobie za złe!

– Co?

– To, że jestem taka śmieszna, taka w to wszystko zaplątana! Jestem szczęśliwa i wściekła. Tak mocno obiecywałam sobie, że nigdy się nie zakocham...

Joséphine się uśmiechnęła.

– Tego nie można postanowić, Shirley, to na człowieka spada jak grom z jasnego nieba.

– Zawsze można otworzyć parasol!

– Obawiam się, że jest za późno.

– Tak myślisz? – spytała przestraszona Shirley.

Zaniemówiła. Ogłuszona. Rażona gromem.

Wszystko trzeba zmienić. Wszystko zmienić w głowie, w sercu, w ciele, aby zrobić miejsce dla duszy. Zmienić przyzwyczajenia. A przyzwyczajeń nie zmienia się, wyrzucając je przez okno. Trzeba je rozsupłać, oczko po oczku. Nie bać się już, że miłość wykroczy poza granice ciał i stanie się po prostu miłością. Obejmie serce, ciało i duszę.

Nauczę się oddania...

W nadziei, że oddanie nie jest podstępem duszy, żeby wziąć nogi za pas.

*

Philippe leżał nieruchomo pogrążony w myślach. U jego boku spała Dottie zwinięta w kącie łóżka; słyszał jej cichy, regularny oddech. Czuł się przez to jeszcze bardziej samotny. Zauważył, że zawsze był sam. Że zawsze wydawało mu się to naturalne...

Nigdy nie cierpiał z tego powodu.

Ale nagle w środku nocy samotność wydała mu się nieznośna.

Wolność także wydała mu się nieznośna.

Piękne mieszkanie, obrazy, dzieła sztuki, kariera... Miał wrażenie, że wszystko na nic.

Jego życie było niepotrzebne.

Nieznośne.

Coś nagle się w nim otwarło niczym olbrzymia przepaść, która sprawiała, że kręciło mu się w głowie, miał wrażenie, że serce przestało mu bić. Że spada w niekończącą się otchłań.

Po co w takim razie żyć, zastanawiał się, jeżeli żyje się po nic? Jeżeli życie to po prostu dodawanie kolejnego dnia do poprzednich i powtarzanie sobie, wzorem wielu innych ludzi, że czas mija niepostrzeżenie? W przebłysku świadomości dostrzegł obraz gładkiego, płaskiego życia, które zmierzało z niesamowitą prędkością w stronę próżni, i innego życia, pełnego wybojów i niepewności, w którym człowiek się angażuje, walczy, aby utrzymać się na nogach. I wbrew pozorom to płaskie życie budziło jego przerażenie.

Nie po raz pierwszy otwierała się w nim wielka otchłań. Zdarzało mu się to coraz częściej, zawsze w nocy, zawsze gdy słuchał lekkiego oddechu leżącej obok Dottie. Przeważnie przewracał się z boku na bok w łóżku, nieraz nawet wyciągał ramię do Dottie, przysuwał ją do siebie delikatnie, żeby jej nie obudzić, żeby nie musieć z nią rozmawiać, tylko móc wczepić się w nią i pod ciężarem jej ciała znowu zapaść w sen.

Ale tym razem przepaść była zbyt duża, zbyt głęboka, nie mógł już dosięgnąć Dottie.

Ześlizgiwał się w pustkę.

Chciał krzyczeć, lecz żaden dźwięk nie wydobywał się z jego ust.

W ułamku sekundy dostrzegł obraz walki o życie, odwagi, jakiej to wymaga, i zastanowił się, czy znalazłby w sobie taką odwagę. Obraz niekończącego się wyścigu, który popycha ludzkość w stronę przeznaczenia. Umrę, pomyślał, umrę, nie zrobiwszy nic, co wymagałoby odrobiny odwagi i determinacji. Ograniczę się jedynie do posłusznego podążania drogą życia wyznaczoną w momencie narodzin: szkoła, znakomite studia, znakomite małżeństwo, znakomite dziecko, a poza tym...

A poza tym... czy podjąłem jakąś decyzję, która wymagałaby nieco odwagi?

Żadnej.

Nie wykazałem się żadną odwagą. Byłem mężczyzną, który pracuje, zarabia pieniądze, ale nie podejmuje żadnego ryzyka. Nawet w miłości nie podjąłem żadnego ryzyka. Mówię, że kocham, lecz nic mnie to nie kosztuje.

Poczuł falę strachu zalewającą mu serce i oblał go lodowaty pot.

Wisiał na skraju przepaści, a jednocześnie spadał, nie mogąc się zatrzymać.

Wstał cicho, żeby napić się wody w łazience, i dostrzegł swoje odbicie w lustrze. Wilgotne skronie, szeroko otwarte oczy pełne strachu, pełne przerażającej pustki... Obudzę się, to koszmarny sen. A jednak nie! Nie spał, bo pił wodę ze szklanki.

Moje życie upływa, a ja daję mu upływać.

I znowu ogarnęło go przerażenie. Odkrywał z lękiem przyszłość złożoną z identycznych nocy, identycznych dni, przyszłość, w której nie dzieje się nic, w której nie robił nic, i nie wiedział, jak powstrzymać tę wizję mrożącą mu krew w żyłach.

Oparł się dwoma rękami o umywalkę w łazience i popatrzył na mężczyznę w lustrze. Miał wrażenie, że widzi człowieka, który znika, matowieje...

Czekał z bijącym sercem, aż światło poranka przebije się przez zasłony.

Aż dobiegną go pierwsze hałasy ulicy.

Pierwsze odgłosy z kuchni. Annie przygotowywała śniadanie, otwierała lodówkę, wyjmowała butelkę mleka, sok pomarańczowy, jajka, masło, dżemy, powłóczyła nogami w mysich pantoflach, nakrywała do stołu, stawiała na nim miseczkę na płatki zbożowe dla Alexandre'a.

Dottie wstawała, cichutko wkładała sweter na różową piżamę i wychodziła z pokoju, delikatnie zamykając drzwi.

W korytarzu mówiła Becce dzień dobry.

Też będzie musiał wstać.

Zapomnieć o koszmarze.

Nie zapomni koszmaru, wiedział o tym.

Przedpołudnie spędził w biurze. Zjadł obiad ze swoim przyjacielem Stanislasem w restauracji Wolseley. Opowiedział mu o nocnych lękach. Wyznał, że czuje się nieszczęśliwy i niepotrzebny. Stanislas odparł, iż nikt na ziemi nie jest niepotrzebny, i skoro jesteśmy jeszcze na tym świecie, najwyraźniej jest ku temu jakaś przyczyna.

– Przypadek nie istnieje, Philippie, wszystko ma zawsze jakąś przyczynę.

Stanislas zamówił drugą mocną kawę i dodał, że Philippe musi znaleźć przyczynę. Gdy ją znajdzie, poczuje się szczęśliwy. Nie będzie się nawet zastanawiał, czy jest szczęśliwy. Uzna to za oczywiste, a poszukiwanie szczęścia wyda mu się czymś błahym, powierzchownym, niemal idiotycznym. Zacytował zdanie świętego Pawła: „Panie, zachowaj mnie na ziemi tak długo, jak długo uznasz to za użyteczne".

– Wierzysz w Boga? – spytał Philippe w zamyśleniu.

– Tylko wtedy, gdy mi to odpowiada – uśmiechnął się Stanislas.

Wieczorem, gdy wrócił do domu, Dottie i Alexandre byli na basenie, Annie odpoczywała w swoim pokoju. W kuchni Becca gotowała zupę z dyni. Włożyła dynię do zlewu i polewała dużą ilością gorącej wody, aby skóra zmiękła i można było ją łatwo obrać.

– Umie pani gotować, Becco? – spytał Philippe, przyglądając się jej.

Stała wyprostowana z wielką pewnością siebie. Uśmiechnęła się szeroko, ale Philippe dostrzegł w tym uśmiechu nutę bezczelności i irytacji.

– A dlaczego miałabym nie umieć gotować? – odpowiedziała, lejąc kolejny garnek gorącej wody. – Bo nie mam domu?

– Nie to miałem na myśli, dobrze pani wie.

Odłożyła garnek i czekała, aż dynia zmięknie, trzymając w ręku nóż z cienkim ostrzem.

– Niech pani uważa, żeby się pani nie skaleczyła – dodał pospiesznie Philippe.

– A dlaczego miałabym się skaleczyć? – spytała Becca nadal wyprostowana niczym górski szczyt, patrząc mu prosto w oczy, jakby rzucała wyzwanie, domagając się odpowiedzi.

Miała na sobie szarą suknię z szerokim koronkowym kołnierzem i naszyjnik z białych pereł.

– Jest pani bardzo elegancka – uśmiechnął się Philippe, który nie chciał podjąć rzuconego przez Beccę wyzwania.

– Dziękuję – powiedziała Becca z ukłonem, lecz błysk irytacji nadal lśnił w jej oczach.

Musiała czymś zająć ręce, w przeciwnym razie serce znowu zacznie jej bić jak szalone. A gdy tak biło, zawsze niosło ją ku nieszczęściu, ponurym myślom, które doprowadzały ją niemal do płaczu. Jeżeli zaś do czegoś nie chciała dopuścić, to właśnie do płaczu nad swoją skromną osóbką. Uważała, że jej osóbka jest zupełnie nieciekawa w porównaniu ze wszystkimi innymi osobami na świecie, znacznie bardziej nieszczęśliwymi od niej. Tego ranka, budząc się, włączyła radyjko, które trzymała pod poduszką na wypadek bezsenności, i usłyszała, że miliard ludzi na świecie umiera z głodu. I co roku przybywa ich sto milionów... Popatrzyła na szary świt wyzierający spod białych firanek i mruknęła: Wredne życie! Wredne pieniądze!

Wyszła, udała się do sklepu z żywnością ekologiczną na rogu ulicy i kupiła dynię. Bo była okrągła, pyzata, pomarańczowa i wyżywi cały świat. Przygotuje zupę z dyni na kolację. Zajmie czymś ręce. Będzie uważała na każdy drobny szczegół związany z gotowaniem dyni, żeby zapomnieć o szczegółach nieszczęścia.

Ostatniej nocy znowu odwiedził ją ukochany.

Wyciągnęła ramiona, myślała, że po nią przyszedł, i chciała pójść za nim. Tak jak w tym filmie z Gene Tierney i Rexem Harrisonem, gdy duch ukochanego mężczyzny, który od dawna nie żyje, przychodzi po siwiuteńką, pomarszczoną Mrs Muir pod koniec filmu, a ona nagle młodnieje, bierze go za rękę i we dwoje odchodzą w stronę światła... Piękni jak młodzi kochankowie. Nieraz jej zmarły ukochany przychodził w środku nocy. Budził ją. Wyglądał tak jak wtedy, gdy go znała, młody, przystojny, elegancki. Przypominał jej, że jest stara i samotna. Miała wrażenie, że się dusi, chciała pozbyć się ciała i rzucić w jego ramiona...

Była stara, ale jej miłość żyła. Jej ukochany, który odszedł już dawno... Sprawiał, że tańczyła, skakała, unosiła się w powietrzu. Unosiła tak wysoko, gdy na nią patrzył!... Razem wymyślali wspaniały balet, podskoki, *entrechat*, *fouetté*, i życie stawało się wielkie, piękne, i nie bała się, że będzie stara, że będzie sama.

A potem on odszedł.

Nie było już mężczyzny, który sprawiał, że skakała w powietrzu. Mężczyzny, który dotykał jej serca i rodziło się w niej uczucie, więź, przeświadczenie, że należy do kogoś. Wówczas miała straszliwą pewność, że nie jest niczym... Kiedy odszedł, odnosiła wrażenie, że ktoś do niej z bliska strzelił. Bang! Nie żyła. Nikt tego nie zauważył, ale ona wiedziała, że powoli się wykrwawia. To była niewidoczna rana, rana, o której właściwym znaczeniu nie mogła mówić, bo takie rzeczy zdarzają się różnym ludziom. Więc nie mówiła o tym.

Dalej się wykrwawiała.

Wyprostowana, blada, drobna. Znalazła się na ulicy. W wózku inwalidzkim. Stara, nieszczęśliwa. I taka banalna. Banalna powszechnym nieszczęściem. Niepotrzebna. Jakby po to, żeby czemuś służyć, stanowić część życia, trzeba być młodym i podskakującym, z masą projektów w kieszeniach. A przecież żyje się jeszcze, gdy jest się starym i już się nie podskakuje.

Przypominała dynię w zlewie. Pomarszczyła się i dawała się bez słowa oskubywać. Aż do momentu, gdy spotkała w parku Alexandre'a...

Tej nocy odwiedził ją ukochany.

Powiedział, że to on przysłał Alexandre'a i Philippe'a. Żeby już nie była sama. Że może jeszcze być użyteczna na tej ziemi, że nie wolno jej tracić nadziei. Że jest kobietą o wielkim sercu i musi zachować nadzieję, walczyć. Rozpacz jest tchórzostwem. Łatwo jest rozpaczać. To naturalna skłonność słabego człowieka.

I odszedł, nie zabierając jej ze sobą.

Westchnęła i otarła oczy wierzchem dłoni.

Nie miała już łez, ale nadal sprawdzała, czy nie została jej jedna czy dwie, suche jak kamyczki, gotowe spaść z cichym odgłosem kamieni toczących się po zlewie.

Westchnęła i z jej oczu znikła irytacja.

Obróciła się do Philippe'a i powiedziała:

– Miałam tej nocy dziwny sen...

Wzięła dynię, wyjęła ją ze zlewu i zaczęła obierać, starając się nie poplamić pięknej szarej sukienki. Nie chciała wkładać fartucha. Przypominał jej kobiety, które podawały w schroniskach dla ubogich. Nosiły fartuchy i rzucały jedzenie dużymi chochlami wypełnionymi po brzegi wstrętną papką.

Skóra dyni była gruba i twarda. Nóż ślizgał się i nie wbijał. Pomyślała: Kolejne kłamstwo ekspedientki. Nikt nie chciał jej argentyńskiej dyni, która wyrosła na kupie organicznego gnoju, więc zbajerowała mnie, mówiąc o gorącej wodzie. A ja jej uwierzyłam. Tak bardzo chciałam jej uwierzyć...

Philippe podszedł do niej, wziął deskę, nóż i powiedział:

– Niech pani pozwoli, trzeba męskiej ręki, żeby rozebrać dynię.

– Dużo ich pan w życiu rozebrał? – spytała Becca, uśmiechając się.

– To pierwsza, ale ją ujarzmię.

– Swoją męską ręką.

– No właśnie.

Kroił ją na cienkie plastry, które kładł na desce, tak że teraz łatwo można było je obrać. Dało się chwycić mocno plaster i nóż się nie ześlizgiwał. Zdjęli pestki, które lepiły się do noża, lepiły do palców, spróbowali je i tak samo się skrzywili.

– A co teraz? – spytał dumny ze swego dzieła.

– Wkłada się plastry do garnka i gotuje się je z odrobiną mleka, solonego masła i szalotki. Miesza się i czeka. Sprzedawczyni powiedziała mi, że jeżeli zleję ją wrzątkiem, skóra zmięknie.

– I pani uwierzyła.

– Miałam ochotę uwierzyć.

– Sprzedawcy opowiadają bzdury, żeby tylko sprzedać towar.

– Z powodu snu chciałam jej uwierzyć.

– Czy to był smutny sen?

– Och, nie! Zresztą to nie był sen... Wrócił mój ukochany. Czasami przychodzi nocą, dotyka mnie lekko, pochyla się nade mną i czuję go. Wolno otwieram oczy. Siedzi koło mnie i patrzy na mnie z miłością i skruchą... Widział pan film *Duch i pani Muir*?

– Tak, bardzo dawno temu... Na przeglądzie Mankiewicza w Dzielnicy Łacińskiej.

– No więc... on tak właśnie wraca. Jak kapitan w tym filmie.

– I rozmawia z nim pani?

– Tak. Tak jak w filmie. Rozmawiamy o dawnych dobrych czasach. Rozmawiamy także o panu... Mówi, że to dzięki niemu pana spotkałam. Lubił czuć się ważny, myślał, że bez niego będę stracona. Właściwie nie do końca się mylił. Słucham go i jestem szczęśliwa. I czekam, aż mnie ze sobą zabierze. Ale odchodzi sam... I jestem smutna. I idę kupić dynię na zupę...

– I nie udaje się pani jej obrać.

– Może dlatego, że dalej o nim myślałam, że nie zajmowałam się w stu procentach obieraniem dyni. Te rzeczy wymagają wielkiej uwagi.

Potrząsnęła głową, aby dojść do siebie, odpędzić sen, i dodała cienkim głosikiem, z którego wyparowała bezczelność i złość:

– Nie wiem, dlaczego panu to opowiadam.

– Bo to ważne, bo panią osłabiło.

– Może rzeczywiście...

– Każdego dręczy jakiś zły sen. Dopada nas w środku nocy, gdy stracimy czujność.

Wówczas zrobił coś niesłychanego. Coś, czego się nie spodziewał. Potem zastanawiał się, jak mógł to zrobić. Jak znalazł odwagę. Usiadł na krześle, podczas gdy Becca mieszała drewnianą łyżką szalotkę w wielkim garnku i pilnowała, żeby się równo przyrumieniła.

Opowiedział jej o swoim koszmarnym śnie.

– Ja też miałem tej nocy sen. Ale to nie był sen, bo nie spałem. Raczej lęk, który ścisnął mi trzewia...

– Bał się pan, że będzie samotny i stary.

– I niepotrzebny. To było straszne. Ale to nie był sen, tylko jakby stwierdzenie faktu i ten fakt budził we mnie przerażenie.

Podniósł na nią wzrok, jakby mogła wyleczyć go z tego koszmaru.

– A więc to pan był tym duchem – powiedziała Becca, mieszając szalotkę drewnianą łyżką.

– Duchem w moim własnym życiu... Żywym duchem. To straszne, widzieć się jako ducha.

Zadrżał i wzruszył ramionami.

– A miłość Dottie nie jest w stanie pana wyleczyć? – spytała Becca, wkładając cienkie plastry dyni do garnka.

– Nie.

– Wiedziałam. Jest pan przy niej blady. Kocha pana, a pan nie zatrzymuje nic z jej miłości.

Dodała soli, pieprzu, mieszała drewnianą łyżką. Rozgniatała plastry, które rozpuszczały się wolno, osiadały na brzegach garnka, tworząc pomarańczowe strzępki.

– Miłość nie przywróciła panu kolorów.

– Mimo że kocham pewną kobietę... Ale nic w związku z tym nie robię.

– Dlaczego?

– Nie wiem. Czuję się stary... przedatowany.

Uderzyła łyżką w kuchenkę i wykrzyknęła:

– Niech pan tak nie mówi! Nie wie pan, co znaczy być naprawdę starym.

– ...

– Wtedy człowiek ma prawo czuć się niepotrzebny, bo już nikt na niego nie zwraca uwagi, bo nie ma już żadnego znaczenia. Nikt nie czeka, aż wróci wieczorem, opowie, jak minął dzień, zdejmie buty i poskarży się, że przez cały dzień uwierały go w stopy... Ale zanim to nastąpi, jest tyle rzeczy do zrobienia. Nie ma pan prawa się skarżyć. – Popatrzyła na niego surowo. – Tylko od pana zależy, co pan zrobi ze swoim życiem.

– A co mam zrobić? – spytał zaintrygowany, podnosząc na nią wzrok.

– Wiem co – powiedziała Becca, nie przestając mieszać drewnianą łyżką. – Wiem o panu wiele rzeczy. Obserwuję pana... Patrzę, jak pan żyje.

– I nic mi pani nie mówi.

Zrobiła przebiegłą minę.

– Nie trzeba od razu mówić wszystkiego. Trzeba poczekać, aż druga strona będzie gotowa tego wysłuchać, w przeciwnym razie słowa trafią w próżnię.

– Powie mi pani kiedyś?

– Powiem... Obiecuję. – Położyła łyżkę na garnku i obróciła się do niego. – Gdzie mieszka ta kobieta, którą pan kocha?

– W Paryżu.

– No to niech pan jedzie do Paryża i powie jej, że ją kocha.
– Ona wie.
– Powiedział jej pan?
– Nie. Ale wie. A poza tym to jest... – Zamilkł, bo powstrzymała go waga słów, które trzeba by wypowiedzieć, żeby to wytłumaczyć. To siostra mojej żony, Iris... Iris nie żyje, a Joséphine umarła razem z nią. Muszę poczekać, aż w pewnym sensie wróci do życia.
– To skomplikowane? – odgadła Becca, która śledziła bieg jego myśli pod zmarszczonymi brwiami.
– Tak...
– Nie może mi pan powiedzieć?
– Już dużo powiedziałem, nie uważa pani? W mojej rodzinie się nie rozmawia... Nigdy. To dowód złego wychowania. Wszystko należy zachować dla siebie. Wepchnąć bardzo głęboko i zamknąć na cztery spusty. I zamiast nas zaczyna żyć ktoś inny, kto wszystko robi dobrze, tak jak trzeba, nigdy się nie skarżąc... Ktoś inny, kto w końcu nas dusi...
Becca wyciągnęła rękę, położyła ją na jego skrzyżowanych na stole dłoniach. Przezroczystą, pomarszczoną rękę z grubymi fioletowymi żyłami.
– Ma pan rację. Już dużo powiedzieliśmy... Dobrze jest porozmawiać. Mnie to dobrze robi. Może dlatego przyszedł tej nocy. Żebyśmy we dwójkę porozmawiali... Zawsze ma ważny powód, gdy mnie odwiedza.
Plastry dyni zamieniały się w strzępki, które kipiały z garnka i brudziły białą emalię kuchenki. Becca odwróciła się, żeby przykręcić płomień, i wytarła plamy ścierką.
Siedział dalej z rękami złączonymi na stole.
– Dynia właściwie nie pachnie.
– Zobaczy pan, jakie to dobre. Łyżka śmietany i będziemy mieli prawdziwą ucztę. Kiedyś często to gotowałam.

*

Sparaliżował ją przebłysk przerażenia. Była całkowicie zdana na jego łaskę. Wszystko miał w swoich rękach: jej przyszłość, całe jej życie. Nagle strach zmiotło ogromne, eksplodujące, niszczycielskie pożądanie. Chciała tylko jednego: poczuć go w sobie. Żeby ją wziął, posiadł, złamał, napełnił swoją męskością, niszcząc ostatnie przyczółki obrony.

Otwarła się, a on rzucił się na nią, więżąc jej usta w ciepłym, wilgotnym, żarłocznym pocałunku. Owinęła nogi wokół jego bioder, aby poczuć, jak wchodzi w głąb, by uwolnić rozkosz, jakiej pożądała całą swoją istotą.

Nie zamierzał jej jednak tak szybko zaspokoić i znajdował przyjemność w dręczeniu jej powolnym ruchem bioder w narzuconym przez siebie rytmie. Każde pchnięcie rodziło w niej nowe doznania, jeszcze bardziej rozkoszne niż poprzednie, i unosiło ją jeszcze wyżej. Zmuszał ją do błagania, jęku, płaczu i dopiero gdy zupełnie poddała się jego prawu, zgodził się zaspokoić ją, zatapiając w niej mocno swój kieł, co doprowadziło ją do nieopisanej ekstazy, w której on także się pogrążał, słuchając z fascynacją dzikiej, radosnej pieśni, jaką rodził w jej piersi.

Denise Trompet odłożyła książkę na kolana. *Prywatne układy* Sherry Thomas. Drgania metra towarzyszyły ruchowi ciał bohaterów. Philippa Rowland i lord Tremain wreszcie się odnaleźli. W końcu zrozumieli, że się kochają, że zostali dla siebie stworzeni. Potrzebowali na to sporo czasu! Ale nie było już żadnych wątpliwości. Odtąd będą żyli razem i urodzą im się piękne dzieci. Zbuntowana Philippa przestanie udawać dumną, a lord Tremain, pokonany przez miłość, zrezygnuje z zemsty.

Przeczytała raz jeszcze scenę, rozkoszując się każdym słowem, a gdy jej wzrok padł na sformułowanie „zatapiając w niej mocno swój kieł, co doprowadziło ją do nieopisanej ekstazy", nie mogła powstrzymać myśli o Brunonie Chavalu. Przychodził do niej do biura, siadał naprzeciwko, kładł kwiatek, czekoladę od Hédiarda, gałązkę zerwaną z krzewu w parku Monceau i patrzył na nią wytężonym, uważnym wzrokiem. Pytał, co u niej słychać, czy dobrze spała, co oglądała dzień wcześniej w telewizji. Czy dziś rano w metrze nie było zbyt dużego tłoku? Pewnie z trudem znosi pani te kłębiące się ciała, bo jest pani taka delikatna...

Mówił tak jak w tej książce.

Spijała każde jego słowo, aby żadnego nie zapomnieć i móc powtarzać je sobie, gdy będzie daleko.

Nie siedział długo, mówił, że pan Grobz czeka na niego w gabinecie, i wstawał, rzucając jej ostatnie ogniste spojrzenie. Serce zaczynało jej bić jak szalone. Z trudem ukrywała drżenie ramion. Chwytała długopis lub spinacz, spuszczała głowę, aby ukryć płonące policzki, i bąkała jakąś głupotę. Było dokładnie tak jak w książkach, które czytała:

Oblała ją fala gorąca, a potem nagle zimny pot. Z trudem oddychała. Siedział prosto z nonszalancko skrzyżowanymi nogami. Przypominał do złudzenia wspaniałego Adama Michała Anioła, który opuścił sklepienie Kaplicy Sykstyńskiej i pobiegł do krawca z Savile Row, aby włożyć doskonale skrojoną marynarkę. Drapieżny uśmiech. Ciemnozielone oczy przypominające uralskie malachity. Jej wzrok zatrzymywał się na opalonej skórze wyzierającej spod białej koszuli. Miał rosłe barki, długie, umięśnione ramiona. A kiedy pochylał się, żeby coś do niej powiedzieć, czuła na włosach jego ciepły oddech...

Omdlewała za każdym razem, gdy wchodził do jej pokoju. Czekała na łagodną bryzę, która rozpali jej ciało.

Kochała go. To odkrycie nie było dla niej czymś nagłym, jak letnia burza, ale raczej powolnym i uporczywym, jak wiosenny deszcz. Cierpiała męki, gdy wychodził. Pożądała go całym swoim ciałem...

W biurze wszyscy nazywali go Chaval, lecz ona nauczyła się jego imienia. Było niczym słodka tajemnica, którą zamykała w sercu. Bruno. Bruno Chaval. Bruno, Bruno, szeptała wieczorem w łóżku, starając się zasnąć w pokoiku na poddaszu. Śniła o tym, że unosi ją w ramionach i kładzie na miękkim, puszystym posłaniu przykrytym grubą aksamitną narzutą w kolorze królewskiego błękitu ze złoconymi brzegami. Odgadywała „twardą wypukłość rysującą się pod spodniami i pociągającą jej kobiecość ku ciele mężczyzny, by ofiarować mu to, co miała najdroższego, najcenniejszego, i poddać się bez reszty pożądaniu".

Metro zatrzymało się na stacji Courcelles. Denise Trompet wysiadła, włożywszy przedtem książkę do torebki mocno ściśniętej pod pachą w obawie, żeby nie porwał jej jakiś urwis.

Wyszła z wagonu jednocześnie szczęśliwa i smutna. Szczęśliwa, że na kilka sekund przeniosła się w ten cielesny, ognisty, pełen pasji związek, smutna, że nigdy nie zaznała takiej jedności zmysłów i uczuć. Nigdy nie będzie mieć pięknych dzieci, nigdy nie spocznie na niej wzrok lorda Tremaina. Życie postanowiło inaczej...

Masz pięćdziesiąt dwa lata, Denise, powtarzała, pokonując schody metra i chowając kartę Navigo do plastykowego etui. Otwórz oczy, twoje ciało zwiotczało, twarz żłobią zmarszczki. Nie ma w tobie nic, co mogłoby wzbudzić uczucie miłosne, czas, kiedy mogłaś się spodobać mężczyźnie, minął. Zapomnij o wzruszeniach. To nie dla ciebie.

To właśnie powtarzała sobie każdego wieczoru, rozbierając się w małej łazience w mieszkaniu, które zajmowała przy rue de Pâli-Kao w dwudziestej dzielnicy Paryża.

A jednak regularnie do niej przychodził.
Pojawił się pewnego pięknego dnia.

Rozświetlił swoją urodą chłodny, ponury zimowy ranek, a przypływ pożądania odebrał jej rozsądek. Fala gorąca wystąpiła jej na policzki. Wydawało się, że mózg przestał działać, a serce zaczęło jej bić jak oszalałe. Powietrze dookoła zgęstniało tak, że z trudem oddychała. Od pierwszego spojrzenia sprawował nad nią nieskończoną władzę, która dalece przewyższała to, na co pozwalała przyzwoitość.

Był umówiony z panem Grobzem i pomylił drzwi. Zatrzymał się na progu, zdając sobie sprawę z błędu, i przeprosił jak prawdziwy dżentelmen. Ukłonił się.

Dyskretnie wdychała jego zapach, zapach drzewa sandałowego i melisy. Te zapachy zawsze kojarzyły jej się ze szczęściem.

Wskazała mu gabinet pana Grobza i wyszedł jakby z żalem.

Odtąd wracał, kładł na jej biurku prezent, kręcił się koło niej, upajając ją subtelnym zapachem drzewa sandałowego i melisy. Jak w książkach! wzdychała. Jak w książkach! Takie samo zachowanie, taki sam słodki, upajający zapach, taka sama rozpięta biała koszula, spod której prześwituje opalenizna, taka sama subtelna, okrutna powściągliwość. I jej życie stawało się powieścią.

– *Powiedz mi, do kogo należysz, Denise?*
– *Do ciebie, Bruno, do ciebie...*
– *Masz taką gładką skórę... Dlaczego nigdy nie wyszłaś za mąż?*
– *Czekałam na ciebie, Bruno...*

– Czekałaś na mnie, moja najdroższa brzoskwinko?
  – Tak – *wzdychała, spuszczając oczy i przez spodnie*
z szarej surówki czując na wysokości kroku wypukłość,
która sprawiła, że zesztywniała z pożądania.
  I ich wargi połączyły się w ekstazie...

On, jak mówił wstydliwie, szukał pracy i miał nadzieję na
powrót do firmy. Kiedyś tu pracował, ale wtedy na nią nie
patrzył. Miał tysiące projektów, podróżował, prowadził spotkania, jeździł pięknym kabrioletem. Zwracał się do niej
z pośpiechem w głosie, niemal brutalnie, żądając jakiegoś
dokumentu, kserokopii, zapomnianej faktury suchym tonem brygadzisty; drżała na widok męskiej siły, lecz nie miała żadnego powodu, by odczuwać zmieszanie.
  Ignorował ją.
  Jednakże czas i cierpienie wywołane brakiem pracy wy-
żłobiły w nim „dolinę łez". Nie był już młodym, atrakcyjnym
marketingowcem, który przebiegał korytarze, ale „bladym,
drżącym cieniem szukającym powodu, by nadal żyć". Zła-
godniał, a jego ciemnozielone oczy przypominające uralskie malachity spoczęły na niej... Nieraz rzucał, jakby chciał
przeprosić: Jestem innym człowiekiem, Denise, bardzo
się zmieniłem, wie pani, życie wskazało mi moje właściwe
skromne miejsce. I wtedy walczyła z pragnieniem, by go pocieszyć. Kim była, żeby sobie wyobrażać, iż może spodobać
się tak przystojnemu mężczyźnie?

I wybuchało w niej niszczycielskie, zgubne cierpienie. Ro-
dzaj cierpienia, którego – jak sądziła – nigdy nie będzie
odczuwać. Traciła grunt pod nogami. Miłość Brunona nie
była jej przeznaczona. Chyba że zdarzyłby się cud. A jed-
nak wyobrażała sobie, że stoi u jej boku lojalny i niezawod-
ny i że będzie kochał ją wystarczająco mocno, aby pogodzić
się z myślą, iż i na niego spadnie odium ohydnego skanda-

lu. Skandalu, który niegdyś zniszczył jej rodzinę i trafił na
pierwsze strony gazet...
   Czy będzie kochał ją wystarczająco mocno? Ach! Gdy-
by tylko mogła być pewna jego odpowiedzi...
   I serce dławiło jej to bolesne pytanie.

A przecież jej życie zaczęło się całkiem dobrze pięćdziesiąt
dwa lata temu.

Była jedynaczką, córką państwa Trompetów, właścicieli
masarni w Saint-Germain-en-Laye. Na zielonym, bogatym,
wesołym przedmieściu Paryża, gdzie mieszkańcy ubierali
się schludnie i posługiwali świetną francuszczyzną. Gdzie
klienci mówili, wchodząc do sklepu: Dzień dobry, pani
Trompet, co u pani słychać? Co ma pani dziś smakowitego?
Mój zięć bankier i jego rodzice przychodzą na kolację i gdyby miała pani jeszcze tę doskonałą wieprzowinę z Limousin,
chętnie wzięłabym kawałek.

Jej rodzice pochodzili z Owernii, mieli znany sklep
„Złote Prosię", gdzie zaopatrywano się w gotowe potrawy,
mięsa nadziewane, flaczki, smalec gęsi lub kaczy, pasztety,
musy z wątróbki drobiowej, kiełbaski z Morteau czy z Mont-
béliard, surową szynkę, białą szynkę gotowaną w ścierce,
szynkę w galarecie, szynkę z pietruszką, naleśniczki, smal-
ce, głowiznę i galantynę, kiszkę pasztetową, czarną kiszkę,
salami, mortadelę, piękne pasztety strasburskie na Boże
Narodzenie i te wszystkie cuda, które wyrabiał jej ojciec
odziany w nieskazitelnie biały fartuch, a uśmiechnięta matka sprzedawała w sklepie w różowym kitlu podkreślającym
jej duże szmaragdowe oczy, perłowe zęby i włosy w kolorze
miedzianego brązu, których miękkie loki spadały na okrągłe
ramiona. Mężczyźni pożerali ją wzrokiem, kobiety ceniły ją,
bo nie odgrywała Brigitte Bardot.

Zewsząd przyjeżdżano na zakupy do Trompetów. Gustave Trompet długo liczył na męskiego potomka, po czym

zaczął pokładać nadzieję w córce, małej Denise, która wyróżniała się w szkole. Pokazywał palcem wiszący nad wejściem do sklepu herb swojego regionu, Owernii, złoty z czerwoną chorągwią obwiedzioną zieloną obwódką, i oświadczał dumny jak jego przodek Wercyngetoryks: Moja mała Denise przejmie pałeczkę, znajdziemy jej dobrego męża, który nie będzie się bał ciężkiej pracy, pojedziemy po niego do Clermont-Ferrand i we dwójkę będą prowadzić zakład.

Zacierał ręce, marząc o wychowaniu kolejnego pokolenia małych masarzy. Pani Trompet słuchała, prostując fałdy różowego kitla. Denise patrzyła na tę sympatyczną parę, która szykowała jej świetlaną przyszłość opartą na szczytnych wartościach i wielkiej gotówce.

Gdy wracała ze szkoły i nie miała zadań do odrobienia, pozwalano jej siadać za kasą i wydawać resztę. Naciskała guziki kasy fiskalnej, słyszała brzęk otwierającej się szuflady, oznajmiała stanowczym głosem należną kwotę i wyciągała rączkę po banknoty i monety, które starannie układała w szufladzie. Na trzynaste urodziny dostała w prezencie wisiorek w kształcie klucza na złotym łańcuszku.

Denise nie odziedziczyła urody po matce, a raczej pozbawioną wdzięku twarz ojca, jego rzadkie włosy, osadzone blisko siebie oczy, niski wzrost i okrągłą sylwetkę. To nie szkodzi, mój drogi, mawiała matka, będzie miała mniej pokus, a jej mąż będzie mógł spać spokojnie... I my także!

Przyszłość zapowiadała się dostatnio i szczęśliwie aż do tego strasznego dnia, w którym wybuchł skandal. Zawistna konkurencja doniosła na policję, że pan Trompet kupuje mięso bez faktur. Wczesnym rankiem w lutym 1969 roku zabrała go brygada wydziału przestępstw gospodarczych. Ledwie znalazł się przed obliczem policjantów, wyznał wszystko. Tak, oszukiwał, tak, to nieładnie, tak, wiedział, że prawo tego zabrania. Nie ma duszy oszusta, chciał tylko odłożyć parę groszy, aby powiększyć sklep, żeby był jeszcze piękniejszy, gdy przekaże go zięciowi i córce.

Zrobił się wielki skandal. Pisały o tym gazety i pisma lokalne. Na temat Trompetów zaczęły krążyć najbardziej absurdalne plotki. Fałszywe faktury, malwersacje, tak piszą w gazetach, utrzymywały złe języki, lecz chodzi o coś znacznie gorszego! Wówczas ludzie zniżali głos i padały najohydniejsze oszczerstwa. Piszą o handlu mięsem na czarno, ale nie wie pani, o jakie mięso chodzi! Pan Trompet lubił małe dziewczynki i żeby zaspokoić swoje żądze, potrzebował pieniędzy, ciągle więcej pieniędzy! Bo życie dziewczynek, które dopiero co osiągnęły dojrzałość, drogo kosztuje! Różowe balety, różowe balety, a może różowe przedszkole! A wyglądali na takich porządnych ludzi! Kolejny dowód na to, że szata nie czyni mnicha, a biały fartuch uczciwego rzeźnika. Pani Trompet przymykała oko, żeby zachować ten piękny sklep, ale teraz wiadomo, skąd miała te sine cienie pod oczami. Biedna kobieta co wieczór oczy sobie wypłakiwała. A nawet podobno próbował sprzedać własną córkę, małą Denise! Występek nie zna granic.

Wytykano ich palcami, oczerniano, mieszano z błotem; musieli sprzedać piękny sklep, żeby zapłacić grzywnę, i wyprowadzili się.

Z dnia na dzień Trompetowie zostali z niczym.

Zamieszkali w dwudziestej dzielnicy Paryża. Kupili arabski sklepik spożywczy. Arabski spożywczy! Na dźwięk tych słów pani Trompet wybuchała płaczem. Na nich, którzy pamiętali dostatek, eleganckich klientów, piękne samochody stojące przed sklepem w dwóch rzędach i wystawy pełne smakołyków, spadło takie nieszczęście! Musieli mieszkać w dzielnicy kobiet w papuciach, zasmarkanych dzieci, mężczyzn w galabijach, na ulicy noszącej nazwę algierskiej wioski Pâli-Kao wychodzącej na boulevard de Belleville. Metro Couronnes.

W chwili tragedii Denise Trompet miała czternaście lat. Któregoś wieczoru po powrocie ze szkoły wyrzuciła do rynsztoka klucz i złoty łańcuszek.

Rodzice zabronili jej przyjaźnić się z kimkolwiek z dzielnicy, odzywać do sąsiadów. Nie będziemy przestawać z takimi ludźmi, zachowajmy godność! Nie miała ochoty z nikim się wiązać. Czuła się obco na tej ziemi jakby żywcem przeniesionej z Algierii. Samotna, skazana na ostracyzm, pozbawiona planów na przyszłość, rzuciła się na powieści sentymentalne i wymyśliła sobie świat książąt, księżniczek i miłości pełnych przeszkód. Czytała do utraty tchu, tracąc ochotę na sen, wieczorami pod kołdrą przy świetle latarki. Pomagało jej to znieść swój los i upadek rodziny.

Bo echa skandalu dotarły do Clermont-Ferrand. Rodziny ojca i matki zerwały z nimi wszelkie kontakty. Nie miała już dziadka ani babci, ciotki ani wujka, kuzyna ani kuzynki. Sama w Boże Narodzenie, sama w czasie wakacji. Dobrze ukryta pod kołdrą, gdy rodzice barykadowali drzwi do mieszkania na wypadek, gdyby „obcy" mieli ich zaatakować.

Zdała maturę, zaczęła studiować księgowość. Ukończyła szkołę z pierwszą lokatą. Zawsze z nosem utkwionym w liczbach albo w niesamowitych przygodach ulubionych bohaterów.

Pierwszą posadę dostała w biurze przy avenue de l'Opéra. Nadzieje jej ojca odżyły. Avenue de l'Opéra to elegancka dzielnica. Dzielnica biznesowa. Wyobrażał sobie młodego, atrakcyjnego, wykształconego człowieka, który zakochuje się w jego córce. Matka powtarzała „elegancka dzielnica", kiwając głową. Sprzedadzą sklep przy rue de Pâli-Kao i zamieszkają bliżej centrum Paryża, odzyskując nieco dawnej świetności.

W niedzielne popołudnia chodzili we trójkę na spacery na cmentarz Père-Lachaise i odczytywali z tablic nagrobnych życie sławnych nieszczęśników, którzy spoczywali w ziemi. Widzisz, nie tylko my niesprawiedliwie cierpieliśmy, mówił ojciec, my też pewnego dnia weźmiemy rewanż. Mam nadzieję, że stanie się to, zanim złożą nas do grobu, mówiła nieśmiało pani Trompet.

Grób wyprzedził rehabilitację.

Żaden mężczyzna nie spojrzał na Denise ani nie poprosił jej o rękę. Każdego ranka wychodziła do pracy, wsiadała do metra na stacji Couronnes, otwierała powieść i wciągał ją wir porywających przygód. Wracała wieczorem, nie znając nawet początku własnej romantycznej historii. Ojciec tracił nadzieję. Matka potrząsała głową. Gdyby przynajmniej odziedziczyła po mnie urodę, myślała, patrząc na córkę, nasze kłopoty skończyłyby się już dawno. Jako właściciele sklepu mogliśmy jeszcze mieć nadzieję, że wydamy ją za mąż, ale bez pieniędzy nikt jej nie będzie chciał. I nigdy się stąd nie wyprowadzimy.

Pani Trompet miała rację.

Denise Trompet została starą panną i z biegiem lat straciła tę odrobinę powabu, jaki zawdzięczała młodości. Rodzice zmarli, gdy miała czterdzieści dwa lata, i została sama przy rue de Pâli-Kao, jeżdżąc każdego ranka metrem ze stacji Couronnes.

Zmieniła firmę. Zatrudniła się w Casamii. Jeździła do pracy linią numer 2 i nie musiała się przesiadać, więc bez przeszkód pogrążała się w lekturze. Jej życie dzieliło się na dwie części: jedną stanowiły podniecające przygody bohaterów, zamki, łóżka z baldachimami, namiętna miłość, a drugą – kalkulator, wyciągi, tabele suchych, szarych liczb. Myślała czasem, że żyje podwójnym życiem: jedno było kolorowe na wielkim ekranie, drugie – czarno-białe.

Sama już nie wiedziała, które jest prawdziwe.

– I co? I co? – dopytywała się Henriette, stukając obcasem pod stołem w kawiarni, gdzie często się spotykali, by dokonać podsumowania. – Na jakim jest pan etapie z Trąbką?

– Robię postępy, robię postępy... – mamrotał Chaval ze średnim entuzjazmem.

– Co to ma być?! Uwodzi ją pan od tak długiego czasu, że już dawno powinien rzucić ją na łóżko i zatopić w niej swój kieł!

– Nie jest specjalnie zachęcająca...

– Niech pan nie myśli o niej! Niech pan myśli o pieniądzach! O małej Hortense, o jej krągłych, jędrnych pośladkach, nabrzmiałych piersiach...

– Pani Grobz! Jak pani może tak mówić o własnej wnuczce?!

– Sama zmusza mnie do tego swoim lekkim prowadzeniem się. Występek rodzi występek.

– Miała pani od niej jakieś wieści? – spytał znęcony Chaval.

– Oczywiście, że tak! I niech pan ruszy tyłek! Hortense nie będzie czekać w nieskończoność.

– Trąbka jest obwisła i zwiotczała. Na samą myśl o tym, że miałbym ją pocałować, robi mi się niedobrze.

– Niech pan pomyśli o pieniądzach, które wpadną panu do kieszeni bez najmniejszego wysiłku. Marcela łatwo można oskubać. Nie zda sobie sprawy z niczego. Ślepo ufa swojej księgowej. Musi pan wiedzieć, czego pan chce.

No właśnie, pomyślał Chaval, nie jestem wcale pewien, czy chcę przelecieć Trąbkę. Mam inne plany.

Ale nie śmiał o tym powiedzieć Henriette.

Która świdrowała go przenikliwym wzrokiem i upierała się:

– Te karmione słodyczą kobiety trzeba gwałcić. To stanowi część ich fantazji erotycznych. W tych powieściach nie zbiera się miłości jak kwiatków, szarpie się ją zębami!

– Ależ pani ostra!

– Tak, tak... Żeby pomóc panu wypełnić misję, przeczytałam dużo tych idiotycznych książek i zrozumiałam mechanizm. Bohaterki drżą przed samcem, wyobrażają go sobie jako ognistego, brutalnego zdobywcę. Pożądanie fizyczne mężczyzny przeraża je, ale płoną pragnieniem poznania, czym jest spółkowanie, nie mając odwagi się do tego przyznać. W tym tkwi sedno! W rozkosznym dreszczu lęku i pożądania... Krok w przód, krok w tył, w przód, w tył. Więc trzeba je zmusić, wziąć siłą lub upić. Często oddają się pod wpływem alkoholu.

Chaval wypił łyk wody z miętą i popatrzył na nią bez przekonania. Z dwojga złego wolał totolotka.

– Czy próbował pan upić ją niepostrzeżenie?

– Nie mam odwagi się z nią pokazać. Zniszczyłbym sobie resztki reputacji. Co ludzie by pomyśleli, gdyby zobaczyli mnie w jej towarzystwie?

– Pomyśleliby, że to znajomość służbowa... A zresztą nie jest pan aż tak znany, żeby ścigali pana paparazzi, mój drogi.

– No właśnie. Gdy człowiekowi nie pozostało już nic, staje się drobiazgowy, ostrożny...

– Idiotyzmy! Bzdury! Wie pan, co pan zrobi? Zaprosi ją pan w jakieś eleganckie, romantyczne miejsce, na przykład do baru luksusowego hotelu, byłoby doskonale, gdyby płonął tam ogień w kominku.

– Ogień w kominku w środku maja?

– Zbyt długo się pan ociągał! Zima minęła nam na pana utyskiwaniach! Niech pan zapomni o płonącym kominku! Poi ją pan szampanem, kładzie rękę na jej kolanie, delikatnie je głaska, szepcze czułe słówka, dmucha we włosy... Uwielbiają, jak im się dmucha we włosy, to też zauważyłam, i obejmując w talii, całuje ją pan namiętnie w momencie pożegnania... Wystarczy, że wybierze pan jakieś ciemne miejsce, załom muru, ślepą uliczkę, żeby nikt pana nie zauważył.

– A potem? – spytał Chaval, wykrzywiając usta z niesmakiem.

– Potem się pan zastanowi. Moim zdaniem nie musi pan natychmiast przechodzić do zatapiania w niej kła. Może pan to trochę odwlec. Ale nie za długo! Potrzebujemy tych haseł.

– A jak je dostanę? Sądzi pani, że da mi je ot, tak?...

– Stawia pan zręczne pytania. Na temat tego, co robi w biurze, gdzie ukrywa swoje tajemnice, tajemnice firmy, oczywiście. Cały czas dmuchając na nią! Całując delikatnie jej nadgarstek, wzdychając, nazywając swoją małą kameą, ważką, mogę panu zrobić listę czułych słówek, jeśli pan chce.

– Nie! – postawił się. – Odegram tajemniczego brutala. To lepiej do mnie pasuje.

– Jak pan chce! Byle tylko dostał pan hasła... Niektóre kobiety zapisują je na karteczkach i chowają do notesu, szuflady, kieszonki w torebce. Albo po wewnętrznej stronie kartonowej teczki. Komplementuje ją pan, pieści, ona traci głowę, a pan wyrywa jej te magiczne cyfry.

Chaval skrzywił się z powątpiewaniem.

Henriette się zdenerwowała:

– A myśli pan, że jak się do tego zabrałam ze starym Grobzem? Dałam z siebie wszystko. Nie można odnieść sukcesu, nie brudząc sobie rąk! Nie proszę pana o wiele, tylko o te hasła, potem będzie pan mógł zostawić ją na lodzie. Pod jakimś naciąganym szlachetnym pretekstem, który bez trudu łyknie szczęśliwa, że wyrwał ją pan na kilka chwil z nędznego staropanieńskiego życia... I będzie miała co wspominać! Poza tym zrobi pan dobry uczynek. Nie słucha mnie pan, Chaval, nie słucha mnie pan. O czym pan myśli, gdy ja do pana mówię?

– O Trąbce.

Chaval kłamał. Chaval myślał sobie, że jest być może inny sposób, żeby się odkuć. Odkąd znowu pojawił się w firmie Marcela Grobza, czuł, że możliwe jest nowe otwarcie. Stary miał zadyszkę. Nie nadążał już z robotą. Był sam. Potrzebował nowej krwi, energicznego podróżującego, węszącego menadżera, który podaje mu na tacy pomysły, projekty, liczby. A Chaval wolał węszyć w biznesie niż wąchać zwiotczałe, zwiędłe ciało Trąbki. To była intuicja, jeszcze nie pewność. Niedługo jednak będzie wiedział... Usłyszał, wałęsając się po biurze, iż Casamia szuka nowych produktów do katalogu. Trzeba wprowadzać nowości, bez przerwy dywersyfikować działalność. Pobić konkurencję, oferując obniżki, nowe produkty, promocje. Znowu powinien stać się niezbędny. Jak? Jeszcze nie wiedział. Ale gdyby położył na biurku Starego dobrze obmyślony projekt, może Stary znowu by go zatrudnił.

Żeby tylko Josiane się nie domyśliła. Josiane miała nosa do pomysłów i wpadła na wiele z nich. Zawsze je przejmował i zgarniał pochwały, premie i gratulacje szefa. Jeżeli zorientuje się, że on się tu kręci, ostrzeże swojego grubego kochanego Wilczka. Zamiast neutralizować Trąbkę, powinien raczej uśpić czujność Josiane. Zadzwonić do niej, zaproponować zawarcie pokoju, omamić ją...

To niesamowite, jakie życie stało się skomplikowane, odkąd zgodził się pójść na układ z Henriette. Nie wiedział już, w co ręce włożyć. Co wieczór miał migrenę. Matka musiała parzyć mu specjalne zioła i nacierać skronie tygrysią maścią.

– Chaval! – zagrzmiała Henriette, podnosząc tak wysoko kolano pod stołem, że przesunęła go i w ostatniej chwili złapała wodę z miętą. – Nie odpowiedział mi pan! Od pewnego czasu czuję, że coś pan kombinuje... Przypominam panu, że w rozmowie z Marcelem Grobzem mogłabym napomknąć, że jest pan starym zbereźnikiem i że spał pan z Hortense. W swojej naiwności nigdy by na to nie wpadł! Jestem pewna, że wtedy zacząłby postrzegać pana inaczej, nie pozwoliłby już panu pałętać się po biurze... Z dziecinną łatwością mogłabym wsączyć mu do ucha truciznę podejrzenia. – Otrząsnęła się zdziwiona. – Zaczynam mówić jak w tych książkach za trzy grosze! Ta kretyńska proza jest zaraźliwa... Ale niech się pan ma na baczności, jestem gotowa gryźć i zaszkodzić panu.

Chaval się przestraszył. Pomyślał, że jest do tego zdolna. Że mając do wyboru przelecenie Trąbki i donos tej starej zołzy, z dwojga złego woli przelecieć Trąbkę.

Wahał się jednak.

Może uda mu się coś zrobić, żeby wilk był syty i owca cała.

Zachód słońca na Montmartrze, aby zachwycić Trąbkę, ugryźć jej koniuszek ucha, myśląc o krągłych pośladkach Hortense, wyciągnąć od niej hasła, a następnie odzyskać status wiernego przybocznego, proponując Marcelowi Grobzowi jakiś projekt.

Czuł narastającą migrenę.

Popatrzył na zegarek, było dopiero wpół do trzeciej. Za wcześnie, by wrócić do domu i położyć się...

*

WQXR FM, 105,9, classical music, New York. The weather today, mostly clear in the morning, partly cloudy this afternoon, a few showers tonight, temperature around 60°F...

Ósma rano. Radio z budzikiem wyrwało go ze snu, wyciągnął rękę, żeby je wyłączyć. Otwarł oczy. Powtórzył sobie jak każdego ranka: Jestem na Manhattanie, mieszkam przy 74 Ulicy Zachodniej, między Amsterdam a Columbus Avenue, zostałem przyjęty do Juilliard School i jestem najszczęśliwszym z ludzi...

Marzenie, które narodziło się w kuchni jego londyńskiego mieszkania, stało się rzeczywistością. Dokumenty wysłane do Juilliard School, 60 Lincoln Center Plaza, New York, NY 10023-6588, zostały przyjęte, a nagrane przez niego

CD, fuga i preludium z *Das Wohltemperierte Klavier* Bacha – wysłuchane i docenione.

Miał przesłuchanie w wielkim amfiteatrze, andante z V symfonii Beethovena. Wiedział, że jego dossier przeszło selekcję wstępną, że ma wielkie szanse, by został przyjęty, jeżeli zda ten ostatni egzamin.

I dostał się.

We wrześniu rozpocznie naukę na pierwszym roku słynnej Juilliard School. *Imagine yourself* – głosiła broszura wydana przez szkołę – *motivated, innovative, disciplined, energetic, sophisticated, joyous, creative...* Taki właśnie będzie. Jednocześnie zmotywowany, pomysłowy, energiczny, wyrafinowany, zdyscyplinowany, pracowity i radosny. Radosny!

Podskakiwał na ulicy. Dostałem się, ludzie, dostałem się! *Hi, guys! I'm in, I'm in!* Ja, Gary Ward, nie wierzę własnym oczom, nie wierzę własnym palcom, nie wierzę swojej biednej głowie! Dostałem się!...

Start spreading the news... I want to be a part of it, New York, New York! If I can make it there, I'll make it everywhere!

Pobiegł do Levain Bakery i zafundował sobie największe śniadanie w życiu. Chciał zjeść wszystko, co było w karcie. *Cookies, crispy pizzas, sweet breads*, wielkie miasto i wspaniałe życie. Chciał wszystkich całować, opowiadać mijanym nieznajomym, że jest poważnym studentem, niedługo będzie sławnym pianistą, artystą, z którym trzeba się będzie liczyć...

Start spreading the news...

Gdy został przyjęty, zgodnie z tradycją oprowadziła go po szkole studentka wyższego roku, która wyjaśniła mu, jak funkcjonuje Juilliard School, i co tu można robić. Był zachwycony. Prowadzono zajęcia ze wszystkiego, absolutnie ze wszystkiego. Teatr, balet, komedia, muzyka klasyczna, muzyka jazzowa, taniec nowoczesny, nauczano tu wszystkich sztuk scenicznych i huczało jak w szczęśliwym ulu. W małych studiach przylepionych jak plastry miodu wzdłuż korytarzy studenci grali na fortepianie, harfie, kontrabasie, klarnecie, skrzypcach, inni ćwiczyli przy drążkach w czarnych rajstopach, jeszcze inni stepowali bez wytchnienia. Słyszał głosy tenorów rozpoczynających swoją partię, fałszujących i zaczynających od nowa, przyszłych aktorów recytujących wiersze, smyczki skrzypiące na strunach, obcasy i palce stukające w drewnianą podłogę, miał wrażenie, że jest pośrodku wielkiego świata, który śpiewa, tańczy, improwizuje, kocha, cierpi, zaczyna od nowa...

Będzie stanowił część tego świata.

I want to be a part of it! New York! New York!

Pamiętał, że bardzo się bał, lądując w Nowym Jorku. Sam. Całkiem sam. Hortense nie pojawiła się na lotnisku w Londynie. Czekał aż do ostatniej minuty, aż do ostatniego wezwania do boardingu; wsiadł do samolotu zgarbiony, z głową zwróconą w stronę wielkiego holu lotniska, żeby sprawdzić, czy Hortense nie biegnie, krzycząc: Gary! Gary! Zaczekaj na mnie! I łamiąc sobie obcas, bo biegła za szybko. Wtedy by powiedział: Ale co to ma być, te wysokie różowe obcasy na podróż? I słomkowy kapelusz w środku zimy? I do tego lakierowana torba w kolorze zielonego jabłuszka! Jesteś śmieszna, Hortense!

Uniosłaby podbródek i rzuciła hasło w stylu: No co! To ostatni look Lanvina! Chcę tam wyglądać jak wspaniała kobieta! Roześmiałby się, wziął ją w ramiona, spadłby jej kapelusz i wirowaliby w kolejce pośród ludzi, którzy zżymaliby się, bo przyszła w ostatniej chwili, a nawet nie przeprosiła.

Nie przyszła w ostatniej chwili w słomkowym kapeluszu w środku zimy, na wysokich różowych obcasach.

Trzymał w palcach jej bilet.

Poskładał go, wsunął do kieszeni marynarki i pierwszą rzeczą, którą zrobił po wprowadzeniu się do mieszkanka przy 74 Ulicy, było przyklejenie biletu na ścianie w kuchni, aby każdego ranka przy kawie przypominać sobie, że nie przyszła.

Wolała zostać w Londynie.

If I can make it there, I'll make it everywhere...

Pierwsze dni były trudne.

Trwała jeszcze zima. Lodowaty wiatr smagał policzki na każdym rogu ulicy, bez przerwy padało, a częste zamiecie śnieżne zastawały go drżącego z zimna w czarnej marynarce i szarym podkoszulku na skraju chodnika. Ochlapywały go żółte taksówki, opatuleni przechodnie potrącali, kierowca autobusu wyrzucał go, bo nie miał Metrocard ani drobnych, zostawał na chodniku z przemoczonymi stopami w cienkich skórzanych butach, podnosił kołnierz marynarki, stał, drżąc z zimna i zastanawiając się, jak funkcjonuje to miasto, czy mieszkają w nim ludzie i dlaczego go odrzuca.

Poszedł kupić ciepłe buty, kurtkę i czapkę z nausznikami, którą zawiązywał pod brodą w czasie zadymki. Z czerwonym nosem przypominał klauna, ale miał to gdzieś. Klimat w tym mieście z pewnością nie należał do umiarkowanych i zdarzało mu się żałować dobrze wychowanej londyńskiej mżawki.

Wszystko tutaj było większe.

Większe, silniejsze, gwałtowniejsze, dziksze i o wiele bardziej podniecające.

Dyrektor studiów muzycznych, który spotkał się z nimi, żeby pogratulować im zdanego egzaminu, oznajmił, że studenci mają obowiązek być wyjątkowi. Macie być wytrwali, pracowici, kreatywni i ciężko harować. Bardzo szybko zrozumiecie, że to jeszcze trudniejsze, niż sądziliście, i zamiast kulić się ze strachu, powinniście jeszcze bardziej się starać i jeszcze ciężej pracować. W Nowym Jorku zawsze jest ktoś, kto wstał rano wcześniej niż wy, kto pracował dłużej w nocy niż wy, kto wymyślił coś, na co wy nie wpadliście, i właśnie tego kogoś powinniście pokonać. Żeby być zawsze najlepszym. W Juilliard School nie zadowalamy się myśleniem o muzyce, powinniśmy być muzyką, żyć nią z pasją, a jeżeli nie czujecie się na siłach, żeby przekraczać własne granice bez słowa skargi, zostawcie swoje miejsce komu innemu.

Gary wrócił do swojego pokoiku w hotelu Amsterdam Inn niedaleko Lincoln Center i położył się w ubraniu na łóżku.

Nie da rady.

Wróci do Londynu. Miał tam swoje ścieżki, punkty odniesienia, kolegów, matkę, Panią Babcię, dalej będzie brał lekcje fortepianu, są tam bardzo dobre szkoły, po co było się wykorzeniać i przyjeżdżać do tego szalonego miasta, w którym nikt nigdy nie śpi?

Zasnął z biletem Hortense w dłoni. Wymieni go i wróci do Londynu.

Nazajutrz ruszył na poszukiwanie mieszkania. Nie chciał dłużej być turystą, tylko stanowić część miasta. A w tym celu musiał mieć adres, nazwisko na dzwonku, licznik gazowy czy elektryczny, pełną lodówkę, kolegów i możliwość wpisania nazwiska do książki telefonicznej. I potrzebna mu była Metrocard. Nigdy więcej nie da się już wyrzucić z autobusu! Nauczył się tras wszystkich linii na pamięć. Uptown, Downtown, East, West, Cross Over. Nauczył się także linii metra A, B, C, D, 1, 2, 3, „local" i „express". Raz się pomylił i zajechał do Bronksu.

Zgadzał się wstawać rano wcześniej niż ktokolwiek inny, pracować jeszcze dłużej w nocy, skomponować kawałek, którego nikt nigdy nie skomponował, i pobić wszystkich.

Szukał czegoś niezbyt daleko od Juilliard School. Przemierzał ulice z uniesioną do góry głową, kupował gazetki dzielnicowe z ogłoszeniami sprzedawane w sklepach spożywczych, barach, punktach handlowych. Wyjmował z kieszeni długopis, zakreślał ogłoszenia, w których cena pozostawała w jego zasięgu, dzwonił. Zwiedził dziesięć, dwadzieścia mieszkań, marszczył nos, wzruszał ramionami, w myślach nazywał właścicieli oszustami. Wracał do hotelu zniechęcony. Nic nie mógł znaleźć, mieszkania były zbyt drogie, zbyt paskudne, zbyt brudne, zbyt małe. Ktoś mu powiedział, żeby nie tracił nadziei, że z powodu kryzysu ceny spadły, może się targować. Wrócił do ogłoszeń, zwiedzał dalej mieszkania i wreszcie trafił na jedno w budynku z czerwonej cegły z wysokimi zielonymi oknami przy 74 Ulicy. Czerwień i zieleń, to mu się podobało. Mieszkanie było małe i brudne – trzeba będzie zmienić wykładzinę – sypialnia, pokój dzienny, porzucona juka o pożółkłych liściach, aneks kuchenny, łazienka wielkości szafy, na piątym piętrze bez windy, ale okna wychodziły na ulicę i na dwa zielone drzewa. Cena była rozsądna. Trzeba było decydować się natychmiast. Podpisał, nie dyskutując.

Zerwał wykładzinę. Kupił nową, w kolorze zielonego jabłuszka, i nakleił ją na starym, rozsypującym się parkiecie. Odmalował ściany na biało. Wyczyścił futryny, okna, jedno rozbił. Wstawił nową szybę. Przepędził karaluchy, spryskując żrącym płynem listwy podłogowe i wilgotne miejsca. Prysnął sobie do oczu, pobiegł do apteki po płyn łagodzący. Zorientował się, że zapomniał kluczy w mieszkaniu. Musiał wejść przez okno z mieszkania sąsiadki.

Miała na sobie podkoszulek z napisem: *„I can't look at you and breathe at the same time"*.* Pomyślał, że to znak, i pocałował ją w dowód wdzięczności.

Miała na imię Liz, brązowe oczy, zielono-niebieską grzywkę, piercing w języku i wielkie, cały czas roześmiane usta.

---

* Nie mogę patrzeć na ciebie i oddychać jednocześnie.

Została jego dziewczyną. Studiowała filmoznawstwo na Columbia University i pokazała mu miasto. Galerie w Chelsea, kina studyjne w SoHo, kluby jazzowe w Village, tanie restauracje, sklepy z używaną odzieżą. Nazywała je *thrift shops* i pryskała śliną. Pod koniec maja miała wyjechać, żeby spróbować swoich szans w Hollywood, gdzie jeden z jej wujów był producentem. *Too bad*, mówiła, otwierając w uśmiechu szerokie usta, *too bad*, ale nie wyglądała na zmartwioną. Wyjeżdżała podbić świat filmu, to było warte wszystkich poświęceń.

Nie protestował. Zdarzało mu się jeszcze myśleć o Hortense...

O swojej ostatniej nocy z Hortense.

A kiedy mu się to zdarzało, nie mógł oddychać.

Znalazł salę na zapleczu sklepu z fortepianami, którego właściciel – nazywał się Kloussov – pozwalał mu grać na używanych steinwayach. Walały się tu stare partytury, sonaty Beethovena, Mozarta, Schuberta, Brahmsa, Szopena. Wstawał wczesnym rankiem, biegł do sklepu i siadał na starym, zniszczonym taborecie. Udawał Glenna Goulda, pochylał się i grał przez całe przedpołudnie, mamrocząc. Właściciel patrzył, jak gra, siedząc przy długim czarnym stole przy wejściu do sklepu. Był to gruby pan z łysą czerwoną czaszką, który nosił zawsze szerokie muszki w groszki. Przymykał oczy i mruczał, słysząc ręce przesuwające się w górę i w dół po klawiszach, wiercił się, podskakiwał jak w tańcu świętego Wita, purpurowiała mu twarz, mówił, strzykając śliną, a czaszka mu parowała.

– Dobrze, mój chłopcze... Robisz postępy, robisz postępy. Uczymy się grać, grając. Zapomnij o solfeżu i lekcjach, otwórz szeroko serce przed fortepianem, niech zapłaczą struny. W grze nie liczą się palce, nie liczą się obowiązkowe godziny codziennych ćwiczeń, liczy się brzuch, trzewia. Mógłbyś mieć po dziesięć palców u ręki, ale jeżeli twoje serce nie jest gotowe krwawić, nie jest gotowe szeptać, nie jest gotowe pęknąć, technika niczemu nie służy. Trzeba wydobywać dźwięki, wzdychać, unosić się, serce musi tańczyć walca dziesięcioma palcami. Nie chodzi o dobre wychowanie. Nigdy nie wolno być dobrze wychowanym!

Wstawał, krztusił się, próbował zaczerpnąć tchu, kaszlał, wyjmował z kieszeni długą chusteczkę, ocierał sobie czoło, nos, szyję i rozkazywał:

– Zagraj coś jeszcze i niech twoje serce krwawi.

Gary kładł palce na klawiaturze i zaczynał grać jakieś impromptu Schuberta. Stary Kloussov opadał na krzesło i zamykał oczy.

Klientów było niewielu, lecz nie wydawało się, żeby mu to przeszkadzało.

Gary zastanawiał się, z czego on żyje. Koło południa szedł zjeść *meat sandwiches* do Levain Bakery, najbardziej lubił świeżą bagietkę z pieczonym indykiem, ogórkiem, serem gruyère i musztardą z Dijon. Jadł dwie pod rząd i ślina ciekła mu tak, że rozśmieszało to dziewczynę stojącą za ladą. Obserwował, jak miesza ciasto na cookies, i chciał się nauczyć je wyrabiać. Pokazała mu, jak to się robi. Nauczył się tak szybko, że zaproponowała, iż zatrudni go na popołudnia. Potrzebowała pomocnika do wyrabiania ciasta. Będzie mu płacić. Nie miał pozwolenia na pracę, więc pokazała mu, jak uciec przez tylne drzwi, gdyby zjawiła się policja imigracyjna. Ale nie ma powodu do obaw, dodała, jesteśmy znani, pokazała nas Oprah Winfrey... Ach tak, powiedział, obiecując sobie, że dowie się, kim jest ta wzbudzająca respekt policji Oprah Winfrey.

Układał mu się rozkład dnia. Fortepian, wyrabianie ciasta, a wieczorami perlisty śmiech Liz, jej zielono-niebieska grzywka pod białą pościelą. Dziwny gwóźdź w języku, kiedy się całowali...

Znalazł sobie przyjaciół na codziennej trasie.

Któregoś dnia, gdy mijał Brooks Brothers przy 65 Ulicy między Broadwayem a Central Park West, przeczytał, że jest promocja. Trzy koszule w cenie jednej! Zmusił się do zakupu: będą mu potrzebne do szkoły. I w dodatku nie trzeba ich prasować! Suszyło się je na wieszaku i nie miały żadnej fałdki. Wszedł do środka. Wybrał dwie białe i jedną w niebiesko--białe prążki. Sprzedawca miał na imię Jerome. Gary spytał, dlaczego nosi takie imię. Odpowiedział, że jego matka była fanką Jerome'a Davida Salingera. Czytał *The Catcher in the rye*?* Nie, odparł Gary. O, to błąd, oświadczył Jerome, który później wyznał, że wszyscy koledzy nazywają go Jerry. I aby wbić gwóźdź do trumny, zapytał, czy Gary zna malarza Gustave'a Caillebotte'a. Tak! odpowiedział z dumą Gary. Więc byłeś w Muzeum Orsay w Paryżu? Oczywiście, często tam chodziłem, bo mieszkałem w Paryżu, powiedział Gary, który miał wrażenie, że zdobywa punkty. Tego lata, rzekł chłopak, pojadę do Paryża, do Muzeum Orsay, bo uwielbiam Gustave'a Caillebotte'a, uważam, że jego talent nie został należycie doceniony. Ciągle mówi się o impresjonistach, a o nim nigdy. I wygłosił długą tyradę w obronie malarza, którym Francuzi przez długi czas gardzili, tak że odniósł za życia sukces wyłącznie w Stanach Zjednoczonych.

– Wywarł wpływ na jednego z naszych największych malarzy, Edwarda Hoppera. A pewien amerykański kolekcjoner kupił niemal wszystkie jego płótna. Znasz obraz *Ulica paryska w deszczu*? Uwielbiam ten obraz.

Gary kiwnął głową, żeby nie rozczarować nowego przyjaciela.

– Jest w muzeum w Chicago. To arcydzieło... A kolekcjoner był kimś wyjątkowym. Zapisał sześćdziesiąt siedem obrazów państwu: płótna Degasa, Pisarra, Moneta, Cézan-

---

* *Buszujący w zbożu.*

ne'a, a państwo francuskie odmówiło ich przyjęcia! Uznało je za „niegodne". Wyobrażasz sobie, co za mentalność?!

Jerome wydawał się oburzony.

Na Garym zrobił wielkie wrażenie i Jerome został jego przyjacielem.

To znaczy... kolegą, któremu mówił cześć, mijając rano sklep. Siedząc na taborecie przy kasie, czytał książkę o nieznanym Caillebotcie.

– Cześć, Jerome! – rzucał Gary, wsadzając nogę do sklepu.

– Cześć, Angliku!

I Gary szedł dalej.

Był to dla niego kolejny punkt odniesienia. Czuł się w tym mieście coraz mniej obco.

Nieco dalej, w Chlebie Powszednim, była Barbie. Czarna jak lukrecja, haczykowata, wysoka jak trzy topole, z głową w dredach z kolorowymi koralikami. Śpiewała w niedzielne ranki w chórze w Elmendorf Reformed Church w Upper East Side. Daleko na północy w Harlemie. Nalegała, żeby przyszedł jej posłuchać, obiecywał... ale w niedzielę rano spał. Nie nastawiał budzika i leżał w łóżku do wpół do dwunastej.

Ze snu wyrywał go perlisty śmiech Liz i Gary biegł po niedzielne wydanie *New York Timesa*, które czytali w łóżku z wielkim kubkiem kawy i cookies, kłócąc się o strony *Arts and Leisure*. To był ich rytuał.

Co niedzielę Barbie czekała na niego w kościele i co poniedziałek była obrażona.

Podawała mu croissanty i bułeczki z francuskiego ciasta z czekoladą, nie patrząc na niego.

Wydawała resztę, nie podnosząc wzroku. Obsługiwała kolejnego klienta.

Wtedy kupował dwie bułeczki z czekoladą, jedną zawijał w bibułkę i wracał, żeby wręczyć jej jak bukiet kwiatów. Kłaniając się nisko. Ze skruchą malującą się na twarzy. Uśmiechała się, spuszczając głowę, aby ukryć uśmiech. Wybaczała mu. Aż do kolejnej niedzieli...

– Chcesz mnie nawrócić czy co? – pytał, jedząc maślanego croissanta i pijąc podwójne espresso.

Wzruszała ramionami i mówiła, że Bóg potrafi go znaleźć. Że już niedługo stanie na jego drodze i Gary będzie z nią śpiewał co niedzielę. Przedstawi go rodzicom. Nie znają żadnego angielskiego pianisty.

– Jestem ciekawym okazem? To masz na myśli, nie? – mówił, uśmiechając się lepkimi ustami.

Raz w miesiącu zmieniała kolor koralików, a jeżeli tego nie zauważał, znowu się obrażała.

Miał urwanie głowy z tą Barbie.

Naprawdę nazywała się Barbara.

A poza tym był Central Park. Zdobył mapę parku i przemierzał go codziennie, wracając ze sklepu z fortepianami.

I codziennie odkrywał jakiś nowy aspekt.

To był świat w pigułce. Mężczyźni w garniturach i krawatach, kobiety w garsonkach menedżerek, grubasy w bermudach, szkielety w szortach, dzieci w mundurkach szkolnych, biegacze, kulturyści, riksze, bejsboliści grający w bule, podchmieleni marynarze, szydełkujące kloszardki, karuzele, stoiska z watą cukrową, saksofoniści, mnich buddyjski z komórką przy uchu, latawce i helikoptery na niebie, mosty, jeziora, wyspy, stuletnie dęby, altanki z bali, drewniane ławki z przykręconymi do nich złoconymi tabliczkami, na których napisy głosiły: „Tu pocałowała mnie Karen i ten pocałunek uczynił mnie nieśmiertelnym" czy: „Patrz na życie z wdzięcznością, a ono odda ci to stukrotnie". I wiewiórki. Setki wiewiórek.

Przechodziły przez dziury w ogrodzeniu, zatrzymywały się, żeby schrupać żołędzia, goniły się, kłóciły, popychały puszki po piwie, próbowały się na nie wspinać, spadały, próbowały jeszcze raz... Brały puszki w łapki.

Miały długie, szczupłe palce pianistów.

Pierwsza, którą spotkał, zakopywała pod drzewem podwieczorek. Podszedł bliżej. Wiewiórka obojętna kopała dalej. Potem utrudzona weszła na gałąź i spadła z niej na brzuch. Gary wybuchnął śmiechem i zrobił jej zdjęcie.

Będzie miał masę koleżanek.

W sobotę i niedzielę wiewiórki miały święto, bo stawały się atrakcją parku. Dzieci goniły je, śmiejąc się, cofając przerażone, jeżeli podeszły zbyt blisko. Zakochani leżący na dużych trawnikach rzucali im kawałki kanapek, a wiewiórki skakały między grupami w poszukiwaniu jedzenia i komplementów z rozcapierzonym ogonem i czujnym wzrokiem. Pędziły schować łup w gałęziach drzew, w zaroślach, pod stosem liści i wracały żebrać niczym niezmordowani petenci.

W sobotę i w niedzielę królowały. Turyści wyciągali dolary, żeby zrobić im zdjęcie, wąchały je i urażone uciekały, skacząc z pogardą – za kogo je mają?

W sobotę i w niedzielę miały masę roboty, gromadziły bowiem zapasy na tydzień.

Za to w poniedziałek...

W poniedziałek schodziły z pośpiechem z drzew i szukały weekendowych przyjaciół. Puste trawniki, zero przyjaciół. Podskakiwały, piszczały, łebki kręciły im się jak latarnie morskie, czekały, czekały, odchodziły z podkulonym ogonem, rozczarowane wracały na drzewa. Nikt ich już nie kochał, przestały się podobać. Z czubków drzew obserwowały duże trawniki. Nie było już bejsbolistów ani dzieci, ani rzucanych orzeszków ziemnych. Show się skończył. Ich czas również. Takie jest życie... Myślisz, że jesteś wieczny, a ludzie o tobie zapominają.

Więc w poniedziałek Gary, wracając z długich posiedzeń na zniszczonym taborecie przy fortepianie, rozdawał im chleb tostowy i orzechy nerkowca, żeby je pocieszyć. Myślał: One też czują się czasem samotne. Też potrzebują przyjaciół... Jesteśmy do siebie podobni, wy, szczury z lśniącym ogonem, i my, ludzie.

Wyciągał do nich rękę. Szukał tej, która mogłaby zostać jego koleżanką. Szukał jej pośród wszystkich szarych wiewiórek. Sprytnej i wyzwolonej, która będzie jego przyjaciółką.

Myślał o rudych wiewiórkach z zamku Chrichton.

Mrs Howell już więcej do niego nie zadzwoniła i nie przejmował się tym.

Wydawało mu się to odległe, takie odległe. Jakby to wspomnienie dotyczyło innego człowieka. Człowieka z przeszłości. Nie miał już nic wspólnego z tym człowiekiem. Opadał na trawnik, rzucał na murawę ostatnie orzeszki...

Zadzwonił do babci.

Oznajmił: Wszystko w porządku, Pani Babciu, udało mi się przeżyć w wielkim mieście. I nie wydaję wszystkich twoich pieniędzy. Nie mówił, że niespecjalnie lubi te pieniądze, ale tak myślał. Przyznawał, że ten fundusz jest bardzo użyteczny, lecz wiedział też, że pewnego dnia zwróci pieniądze co do grosza.

– Byłabyś ze mnie dumna! Rano ćwiczę na fortepianie, a każdego południa wyrabiam ciasto.

– Nie masz papierów! Pracujesz nielegalnie! – oburzyła się Pani Babcia.

– Ach, to ty wiesz, że trzeba tu mieć pozwolenie na pracę? Coś podobnego, Pani Babciu, jesteś bardzo na bieżąco. Można powiedzieć, że idziesz z duchem czasu!

– Wiesz, podczas wojny mnie też dotknęły restrykcje. Miałam kartkę żywnościową tak jak wszyscy... i używałam znacznie mniej masła do pieczenia ciast.

– I dlatego poddani cię uwielbiają, Pani Babciu! Pod pokrywą protokołu bije ci serce.

Parsknęła urywanym śmiechem, który natychmiast milkł.

– Mogą cię odstawić na granicę i zakazać ci wjazdu! I wtedy koniec szkoły, koniec planów, koniec przyszłości.

– Tak, ale są tam tylne drzwi wychodzące na podwórze. Jak przyjdą, ucieknę!

Chrząknęła i dodała:

– Miło, że do mnie zadzwoniłeś. Czy informujesz też matkę o tym, co u ciebie słychać?

Nie potrafił jeszcze rozmawiać z matką, wysyłał do niej maile. Opowiadał o codziennym życiu. Dodawał, że pewnego dnia będzie w stanie odezwać się żywym głosem. Kiedy przejdzie mu cała złość.

Nie wiedział za bardzo, dlaczego jest zły.

Nie wiedział nawet, czy jest zły na nią.

*

Joséphine nie wypuszczała już z rąk notesu Młodzieńca.

Dalej cienkim ostrzem noża delikatnie odklejała poszczególne kartki nad parą czajnika, uważając, żeby krople wody nie rozpuściły atramentu. Oddzielała troskliwie kolejne strony, prostując je między dwoma bibułami. Czekała, aż kartka wyschnie, zanim przeszła do następnej.

To była praca archeologa.

Potem wolno ją odczytywała. Smakowała każde zdanie. Oglądała skreślenia, plamy atramentu, próbowała przeczytać zamazane słowa. Kiedy Młodzieniec coś przekreślał, trudno było zrozumieć sens słów, które chciał ukryć. Liczyła resztki stron, które jej jeszcze zostały, myśląc, że tekst niedługo się skończy. Cary Grant wsiądzie do samolotu i odleci do Los Angeles.

I Joséphine zostanie sama jak Młodzieniec.

On także czuł, że zbliża się koniec. Przybierał melancholijny ton. Wszystko się w nim kurczyło. Liczył dni, liczył godziny, nie chodził na lekcje, czekał rano, aż Cary Grant wyjdzie z hotelu, śledził go, zauważał podniesiony kołnierz białego trencza, buty wypastowane na wysoki połysk, podawał mu kanapkę, kawę, trzymał się z dala, nie spuszczając go z oczu.

Był też drugi wieczór w hotelu.

Tym razem Młodzieniec uprzedził Geneviève, znowu posłużyła mu za alibi. Powie, że byli razem w kinie. Skrzywiła się. Nigdy nie zabierasz mnie do kina. Obiecuję, że cię zabiorę, jak on wyjedzie. A kiedy wyjeżdża?

„Zamknąłem oczy, żeby nie słyszeć tego pytania".

To zdanie zajmowało całą stronę. Pod spodem narysował twarz mężczyzny z zawiązanymi oczami. Przypominał skazańca.

„Znowu zaprosił mnie do apartamentu hotelowego. Byłem tak zaskoczony, że spytałem:
– Dlaczego spędza pan ze mną tyle czasu? Jest pan wielką gwiazdą, a ja jestem nikim...
– Ależ oczywiście, że jesteś kimś. Jesteś moim przyjacielem.
I położył swoją dłoń na mojej.
Wystarczy jego uśmiech, żeby moja trema zamieniła się w zaufanie, żeby zniknęła rezerwa, żebym odważył się zadać mu wszystkie te pytania, które zadaję sobie, gdy go nie ma.
Chciałby poznać Geneviève. Nie mogłem powstrzymać uśmiechu. Wyobraziłem ich sobie naprzeciwko siebie. Ona przypominająca poważną dziewicę z wąsikiem i rudymi, suchymi jak siano, kręconymi włosami. A on taki elegancki,

wyluzowany! Więc wybuchnąłem śmiechem i powiedziałem: Och! Nie! A on zapytał: A dlaczego nie, *my boy*? Zaufaj mi. Przyjrzę się jej uważnie i powiem ci, czy możesz z nią być szczęśliwy. Sposępniałem i więcej się nie odezwałem. Ja chcę być szczęśliwy z nim...

– Znam się na ślubach, wiesz? Byłem trzykrotnie żonaty. Ale żony zawsze ode mnie odchodzą. Często zastanawiałem się dlaczego. Może moje małżeństwa zakończyły się fiaskiem z powodu tej historii z matką... To całkiem możliwe. A może jestem strasznie nudny? Rzecz w tym, że gdy jestem żonaty, marzę o byciu kawalerem, a kiedy jestem kawalerem, marzę o małżeństwie.

Wstał, nastawił płytę Cole'a Portera. Piosenkę zatytułowaną *Night and Day*. I nalał nam po kieliszku szampana.

– Grałem Cole'a Portera w jednym filmie. Sądzę, że byłem bardzo niedobry, ale tak lubię jego muzykę!

Wtedy zebrałem się na odwagę i powiedziałem, że wszyscy się dziwią, iż jesteśmy przyjaciółmi. Że na planie śmieją się ze mnie i z mojego przywiązania do niego. Mówiłem bardzo szybko, byłem zmieszany...

– I co z tego? Zwracasz uwagę na to, co mówią inni? Niepotrzebnie. Gdybyś wiedział, co słyszałem na swój temat!

Pewnie moja niewiedza wypisana była na twarzy, bo wyjaśnił:

– Posłuchaj mnie uważnie... Zawsze starałem się być elegancki, dobrze się ubierać, miałem powodzenie, kochałem kobiety. Wspaniałe kobiety... Wiem jednak, że wielu ludzi sądzi, iż kocham mężczyzn. I co mam na to poradzić?

Przerwał, rozłożył ramiona.

– Myślę, że to los wszystkich, którzy odnoszą sukces. Opowiada się na ich temat bzdury. Nie pozwalam, aby dotykały mnie tego typu historie. I nie pozwalam także, aby idioci dyktowali mi, jak mam żyć. Niech myślą, co chcą, niech piszą, co im się podoba! Zależy mi jedynie na tym, żebym sam wiedział, kim jestem. Mam gdzieś, co myślą inni, i ty powinieneś postępować podobnie.

Znowu włączył piosenkę, zanucił: *Night and day, you are the one, only you beneath the moon or under the sun...* Zrobił kilka kroków tanecznych, opadł na kanapę.

Dalej do mnie mówił. Był pełen energii. Wyglądał na szczęśliwego.

Może cieszył go zbliżający się koniec zdjęć i perspektywa rychłego ujrzenia Dyan Cannon? Nie lubię jej. Ma za dużo włosów, za dużo zębów, za dużo makijażu. Bacznie obserwowałem ją przez ten tydzień, kiedy była w Paryżu, i wcale mi się nie podoba. W dodatku zachowuje się tak, jakby Cary był jej własnością. Za kogo ona się ma? Czy myśli, że ona jedna go kocha? Uważam to za aroganckie i pretensjonalne z jej strony.

Wyjaśnił mi, że nigdy nie zrobił nic, aby podobać się innym. Nigdy nie czuł potrzeby usprawiedliwiania się, tłumaczenia. Jego idolką jest Ingrid Bergman.

Na marginesie narysował twarz Ingrid Bergman z krótkimi włosami. Była niepodobna do siebie. I napisał pod spodem: Słabo! Do poprawy! A gdybym poszedł na Akademię Sztuk Pięknych zamiast na politechnikę? Czy uznałby mnie za bardziej interesującego, gdybym został artystą?

– To fascynująca, uparta, łagodna kobieta, która zawsze miała odwagę żyć w zgodzie ze sobą i musiała stawić czoła pełnemu zahamowań, ograniczonemu i drżącemu ze strachu społeczeństwu! Zawsze ją wspierałem przeciwko wszystkim. Nie znoszę hipokryzji.

Nie wiem, co między nimi było, ale bronił jej pazurami.

Znowu zebrałem się na odwagę i zapytałem o jego matkę. Pomyślałem sobie, że mogę to zrobić, dał mi pretekst, skoro wspomniał o niej pierwszy.

Nie bardzo wiedziałem, jak sformułować pytanie.

– Jaka była pana mama? – spytałem nieco niezręcznie.

– Była wspaniałą matką... a ja byłem ślicznym dzidziusiem!

Wybuchnął śmiechem. Naśladował „ślicznego dzidziusia", strojąc urocze miny.

– Ubierała mnie w dziewczęce sukienki z pięknymi białymi kołnierzykami, robiła mi śliczne długie loczki, które zawijała żelazkiem, parząc mi uszy. Myślę, że byłem jej lalką... Nauczyła mnie dobrze się zachowywać, ładnie mówić, unosić kaszkiet, gdy kogoś spotykałem, myć ręce przed jedzeniem, grać na pianinie, mówić dzień dobry, dobry wieczór, dziękuję bardzo, co u pana słychać...

A potem przerwał, zmienił gwałtownie ton i powiedział:

– Wszyscy mamy jakieś blizny, *my boy*, niektóre z nich są na zewnątrz i widać je, a inne, wewnętrzne, są niewidoczne. I tak jest w moim przypadku...

Niesamowita jest ta historia z jego matką! Miałem łzy w oczach, gdy go słuchałem. Pomyślałem, że tak naprawdę nic nie przeżyłem, w porównaniu z nim byłem maleńki. Opowiadał mi to po kawałeczku, wstając, nalewając szampana, po raz kolejny nastawiając płytę, siadając, cały czas był w ruchu.

Ta historia przedstawia się następująco, muszę ją dobrze zapamiętać, bo nigdy czegoś podobnego nie słyszałem.

Miał dziewięć lat, gdy to się zdarzyło, mieszkał z rodzicami w Bristolu.

Jego matka, Elsie, na krótko przed jego urodzeniem straciła dziecko. Chłopca, który zmarł, gdy miał rok. Obwiniała się o jego śmierć. Nie była dość uważna. Więc gdy na świat przyszedł mały Archibald Alexander, bała się tak bardzo, że go straci, iż strzegła go jak oka w głowie. Wiecznie się obawiała, że coś mu się stanie. Uwielbiała go i on ją też uwielbiał. Ojciec mówił, że przesadza, że powinna przestać się nad nim trząść, i kłócili się z jego powodu. Bez przerwy. W dodatku brakowało im pieniędzy i Elsie się skarżyła. Jego ojciec pracował w pralni, a ona opiekowała się w domu małym Archiem. Elias wymykał się do pubu, by jej nie słuchać. Matka zabierała go do kina na piękne filmy.

Ojciec uganiał się za dziewczynami.

A potem, pewnego dnia, gdy miał dziewięć lat, wrócił ze szkoły koło piątej, otworzył drzwi do domu i jak codziennie zawołał matkę. Wołał ją, a ona nie odpowiadała. To było dziwne. Zawsze na niego czekała, gdy wracał ze szkoły. Szukał jej po całym domu – bez powodzenia. Zniknęła. A przecież rano, gdy wychodził, nic mu nie powiedziała. Ani dzień wcześniej. Prawdą jest, że ostatnio była trochę dziwna... Przez cały czas myła ręce, zamykała drzwi na klucz, chowała jedzenie za zasłonami, pytała: Gdzie są moje baletki? A nigdy nie widział, żeby tańczyła. Długimi godzinami siedziała przed piecem węglowym, wpatrując się bez ruchu w żarzące się kawałki węgla. Tego ranka, gdy wychodził, pocałowała go i powiedziała: To na razie, widzimy się wieczorem...

Dwaj kuzyni, z którymi mieszkali, zbiegli po schodach. Spytał, czy wiedzą, gdzie jest jego matka, a kuzyni odpowiedzieli, że umarła. Że miała zawał serca i natychmiast ją pochowano. A potem przyszedł ojciec i oświadczył, że wyjechała nad morze odpocząć. Była zmęczona. Niedługo wróci...

I Archie stał tak na schodach. Próbował zrozumieć, co usłyszał. Nie wiedział, czy to prawda czy nie. Wiedział tylko, że matki nie ma.

Życie toczyło się dalej i nie wspominano już o niej.

– Nagle poczułem pustkę. Straszną pustkę... Od tego momentu cały czas byłem smutny. Nigdy więcej o niej nie mówiono. Nie poprosiłem o wyjaśnienie. Tak to było. Wyjechała... Przyzwyczaiłem się do jej nieobecności. Myślałem, że to moja wina. Nie wiem dlaczego, ale czułem się winny. Winny i porzucony...

Ojciec także zniknął. Wyjechał do innego miasta, by zamieszkać z inną kobietą. Powierzył opiekę nad Archiem babci, która piła, biła go, przywiązywała do kaloryfera, gdy szła chlać do pubu. Nigdy już nie wrócił do szkoły. Włóczył się po ulicach, kradł, łobuzował. Tak właśnie w wieku czternastu lat dołączył do trupy akrobatów pana Pendera. Znalazł sobie inną rodzinę. Nauczył się skakać, robić koziołki, figury akrobatyczne, miny, chodzić na rękach, wyciągać kapelusz, aby zarobić kilka pensów. Wyjechał z trupą do Ameryki, wziął udział w tournée, później trupa wróciła do Anglii, a on został w Nowym Jorku.

A potem pewnego dnia, niemal dwadzieścia lat później, gdy był już gwiazdorem, wielkim gwiazdorem, dostał list od adwokata z informacją, że jego ojciec zmarł, a matka mieszka w przytułku dla wariatów niedaleko Bristolu.

Na początku ścięło go z nóg. Tak mi powiedział. Świat mu się zawalił.

Miał trzydzieści lat. Gdziekolwiek się ruszył, w ślad za nim podążało stu fotografów i stu dziennikarzy. Nosił eleganckie garnitury, koszule z inicjałami wyhaftowanymi na kieszonce i grał w filmach cieszących się olbrzymim powodzeniem.

– Znał mnie cały świat z wyjątkiem matki.

Matkę zamknął w przytułku ojciec. Elias poznał inną kobietę, chciał z nią zamieszkać, ale nie płacić za rozwód, to było zbyt kosztowne. Usunął żonę. Jak za sprawą magicznej sztuczki. I nikt nigdy się tym nie zajął!

Opowiedział mi o spotkaniu z matką. W skromnym, pustym pokoiku w przytułku. Nie tylko opowiadał, odgrywał całą scenę, przeżywał ją na nowo. Naśladował głosy, matki i swój.

– Podbiegłem do niej, chciałem ją wziąć w ramiona, a ona zasłoniła się łokciem. Kim pan jest? Czego pan ode mnie chce? krzyknęła. Mamo, to ja! Archie! Nie jest pan moim synem, nie przypomina go pan, ma pan inny głos! Ale to ja, mamo, to ja! Po prostu urosłem!

Wskazywał na swoją pierś i mówił: To ja! To ja! wzywając mnie na świadka.

– Nie chciała, żebym ją objął. Trzeba było kilku wizyt, żeby się zgodziła, abym się do niej zbliżył, kilku kolejnych wizyt, żeby opuściła przytułek i zamieszkała w domku, który dla niej kupiłem... Nie rozpoznawała mnie. Nie rozpoznawała małego Archiego w mężczyźnie, którym się stałem.

Kręcił się, siadał, wstawał. Wyglądał na zdruzgotanego.

– Zdajesz sobie sprawę, *my boy*?

Z biegiem lat jakoś się to ułożyło, ale zawsze zachowywała pewien dystans, jakby nie miała nic wspólnego z mężczyzną, który nazywał się Cary Grant. Doprowadzało go to do szaleństwa.

– Przez większość życia wahałem się między Archibaldem Leachem i Carym Grantem, nie byłem pewien, czy jestem jednym czy drugim, żadnemu z nich nie ufając...

Mówił ze wzrokiem utkwionym w pustce, z niepokojącym błyskiem w oku. Mówił cicho, jakby zwierzał się komuś, kogo nie widziałem. Muszę przyznać, że poczułem wtedy gęsią skórkę. Zastanawiałem się, z kim właściwie jestem, i nie byłem pewien, czy tym kimś jest Cary Grant. Przypomniałem sobie zdanie, które powiedziała jego garderobiana: *To see him is to love him, to love him is never to know him.*

– A ja tak bardzo chciałem z nią mieć prawdziwy kontakt... Chciałem z nią rozmawiać, zwierzać się z małych sekretów, żeby mi powiedziała, że mnie kocha, że jest szczęśliwa, żeśmy się odnaleźli... Chciałem, żeby była ze mnie dumna. O, tak! Żeby była ze mnie dumna!

Westchnął. Podniósł ramiona i opuścił je.

– Nigdy nam się to nie udało, a Bóg jeden wie, jak bardzo się starałem! Chciałem, żeby zamieszkała ze mną w Ameryce, ale nigdy nie zgodziła się opuścić Bristolu. Dawałem jej prezenty, a ona nie chciała ich przyjmować. Nie podobała jej się myśl, że jest na moim utrzymaniu. Pewnego dnia, gdy dałem jej futro, popatrzyła na nie i spytała: Czego ty ode mnie chcesz? a ja odparłem: Ależ niczego, zupełnie niczego... Po prostu cię kocham. I wtedy rzuciła coś w rodzaju: Co ja z tobą mam! i machnęła ręką, jakby mnie odganiała. Nie przyjęła futra. Innym razem przyniosłem jej kota, maleńkiego kotka. Mieliśmy kota w domu, zanim trafiła do przytułku. Wabił się Buttercup. Ubóstwiała go. Kiedy pojawiłem się z kotem w klatce, popatrzyła na mnie jak na wariata.

– A co to ma być?

– Pamiętasz Buttercupa? Jest bardzo do niego podobny. Pomyślałem, że go polubisz, dotrzyma ci towarzystwa... Śliczny, prawda?

Spiorunowała mnie wzrokiem.

– A cóż to za cudaczny pomysł?

Chwyciła kota za kark i rzuciła nim na drugi koniec pokoju.

– Chyba naprawdę ci odbiło, skoro myślałeś, że chcę mieć kota!

Wziąłem go i włożyłem do klatki. Patrzyła na mnie pełnym złości wzrokiem.

– Jak mogłeś mi to zrobić? Jak mogłeś mnie zamknąć w szpitalu dla wariatów? Jak mogłeś o mnie zapomnieć?

– Ależ ja o tobie nie zapomniałem! Wszędzie cię szukałem! Nikt nie był bardziej zrozpaczony ode mnie, gdy wyjechałaś, mamo...

– Przestań mówić do mnie mamo! Mów do mnie Elsie, jak wszyscy!

W końcu zacząłem się czuć przy niej niezręcznie. Sam nie wiedziałem, co robić. Dzwoniłem do niej co niedzielę i za każdym razem, zanim wykręciłem numer, czułem suchość i ucisk w gardle, nie mogłem mówić... Chrząkałem jak szalony. Jak tylko odłożyłem słuchawkę, odzyskiwałem normalny, dźwięczny głos... To o czymś świadczy, co, *my boy*?

Słuchałem go i ciągle nie wiedziałem, co powiedzieć. Bawiłem się kieliszkiem, obracałem go w dłoniach. Był lepki, tak bardzo się pociłem. Płyta się skończyła, nie nastawił jej po raz kolejny. Przez okno wpadał wiatr i nadymał zasłony. Pomyślałem sobie, że będzie burza i że nie wziąłem parasola.

– Później, *my boy*, zrozumiałem wiele rzeczy. Zrozumiałem, że to nie była wina moich rodziców, że ich postawa była efektem wychowania, błędów ich rodziców, i postanowiłem zachować w pamięci tylko to, co dobre. Zapomnieć o reszcie... Wiesz, *my boy*, rodzice zawsze w końcu wystawiają ci rachunek i każą go zapłacić. I lepiej jest zapłacić i wybaczyć im. Ludziom zawsze się wydaje, że wybaczanie jest oznaką słabości, ja myślę coś wręcz przeciwnego. Właśnie gdy przebaczasz rodzicom, stajesz się silny.

Pomyślałem o swoich rodzicach. Nigdy nie powiedziałem im, że ich kocham albo nienawidzę. Byli moimi rodzicami i tyle. Nie zadawałem sobie pytań na ich temat. Zresztą wiele ze sobą nie rozmawiamy. Udajemy tylko... Tata wyznacza mi cele, a ja je realizuję. Nigdy się nie buntuję. Jestem posłuszny. Tak jakbym nigdy nie dorósł, jakbym ciągle był małym chłopcem w krótkich spodenkach...

– Cały ten okres był straszny. Miałem wrażenie, że błądzę we mgle. Byłem głodny, zmarznięty, samotny. Robiłem różne głupoty. Nie rozumiałem, dlaczego mnie zostawiła. Myślałem, że niebezpiecznie jest kogoś kochać, bo ta osoba zwróci się przeciwko mnie i uderzy mnie z całej siły w twarz. Z pewnością nie pomogło mi to w relacjach z kobietami. Popełniłem błąd, sądząc, że każda kobieta, którą pokocham, zachowa się jak moja matka. Ciągle się bałem, że mnie zostawi.

Podniósł na mnie wzrok, zdziwił się, że tu jestem. W jego oczach przez sekundę widziałem zaskoczenie. Zmieszałem się. Odchrząknąłem: Hum! Hum! Uśmiechnął się, też odchrząknął: Hum! Hum! I siedzieliśmy tak we dwóch bez słowa.

Po chwili wstałem, mruknąłem, że może lepiej by było, gdybym już poszedł, bo późno. Nie zatrzymywał mnie.

Byłem trochę oszołomiony. Pomyślałem, że zbyt wiele mi powiedział, że nie byłem wart jego zaufania. Że nazajutrz będzie żałował, że mi się zwierzył.

Wyszedłem z hotelu. Było ciemno, wiał wiatr, niebo przesłaniały czarne groźne chmury. Portier podał mi parasol, odmówiłem. Podniosłem kołnierz i zanurzyłem się w paryską noc. Byłem zbyt smutny, żeby jechać metrem. Musiałem się przejść. Musiałem przemyśleć to, co mi powiedział.

I wtedy rozpętała się burza.

Nie miałem parasola, wróciłem do domu przemoczony".

Joséphine odłożyła czarny notes i pomyślała o matce.

Też chciałaby, żeby matka na nią spojrzała, była z niej dumna, żeby dzieliły się sekretami.

Nigdy tak się nie stało.

Też myślała, że kochanie kogoś oznacza ryzyko, iż oberwie się z całej siły w twarz. Bito ją z całej siły w twarz. Antoine odszedł do Mylène, Luca był w ośrodku zamkniętym, Philippe wiódł szczęśliwe życie u boku Dottie w Londynie.

Nie walczyła. Pozwalała się odzierać ze wszystkiego. Powtarzała, że takie jest życie...

Wróciła do lektury, cofając się o kilka stron:

„Popełniłem błąd, sądząc, że każda kobieta, którą pokocham, zachowa się tak jak moja matka. Ciągle się bałem, że mnie zostawi..."

Henriette porzuciła ją w wirach morskich, gdy Joséphine była dzieckiem. W walce z rozszalałym żywiołem wybrała jej siostrę, a nie ją. Podjęła decyzję, że pozwoli jej umrzeć i ocali Iris. Uznała to za normalne. Uczepiła się tego, co wydawało jej się oczywiste.

Wielki sukces Cary'ego Granta nigdy nie wymazał cierpienia małego Archibalda Leacha.

Wielki sukces *Takiej pokornej królowej*, habilitacja, wspaniałe wyniki na studiach, wykłady na całym świecie nie wymazały cierpienia wywołanego świadomością, że matka jej nie kocha, że nie pokocha jej nigdy.

Cary Grant pozostał dziewięcioletnim chłopcem, który po całym domu szuka matki.

Ona pozostała siedmioletnią dziewczynką, która trzęsie się na plaży w Landach.

Zamknęła oczy. Oparła czoło na czarnym notesie i rozpłakała się.

Wybaczyła matce. Matka jej nie wybaczyła.

Joséphine krótko po śmierci Iris zadzwoniła do Henriette.

– Joséphine, lepiej by było, gdybyś do mnie więcej nie dzwoniła. Miałam jedną córkę i straciłam ją...

I znowu zmiażdżyła ją fala.

Nie można się wyleczyć z braku miłości matki, myśli się, że nie zasługuje się na miłość, że nie jest się wartą funta kłaków.

Nie pędzi się do Londynu, aby rzucić się w ramiona mężczyzny, który cię kocha.

Philippe ją kochał. Wiedziała o tym. Miała tę świadomość w głowie, miała ją w sercu, ale ciało nie chciało iść do przodu. Nie mogła ruszyć i biec do niego na łeb na szyję.

Dalej stała i trzęsła się na plaży.

Iphigénie, która odkurzała mieszkanie, zapukała do drzwi jej gabinetu i spytała:

– Mogę wejść, nie przeszkadzam?

Joséphine wyprostowała się, otarła oczy, udawała, że pochyla się nad książką.

– Ależ proszę pani! Pani płacze?

– Nie! Nie! Nic mi nie jest, Iphigénie, to tylko alergia...

– Pani płacze! Nie wolno płakać! Co się pani stało?

Iphigénie odłożyła rurę od odkurzacza i objęła Joséphine. Przycisnęła ją do fartucha.

– Za dużo pani pracuje. Ciągle siedzi pani zamknięta w gabinecie z książkami i zeszytami. To nie jest życie!

Kołysała ją, powtarzała: To nie jest życie, to nie jest życie, dlaczego pani płacze, pani Cortès?

Joséphine pociągała nosem, wycierała go w rękaw swetra, powtarzała: To nic, przejdzie mi, niech się pani nie przejmuje, Iphigénie, przeczytałam coś bardzo smutnego...

– Ja od razu widzę, jak pani jest nie w humorze, a mogę pani powiedzieć, że teraz jest pani zupełnie nie w humorze! Nigdy nie widziałam pani w takim stanie!

– Bardzo mi przykro, Iphigénie.

– Niech pani w dodatku nie przeprasza! Każdemu zdarza się chandra. Po prostu jest pani zbyt samotna i tyle. Jest pani zbyt samotna. Zrobię pani kawę, napije się pani kawy?

Joséphine powiedziała:

– Tak, tak.

Iphigénie obserwowała ją, stojąc w progu, westchnęła i poszła zrobić kawę, wydając ponury dźwięk trąbki. Wróciła z dużą filiżanką, trzema kostkami cukru na dłoni i spytała:

– Ile kostek wrzucić?

Joséphine uśmiechnęła się i odpowiedziała:

– Ile pani chce...

Iphigénie potrząsnęła głową i wrzuciła do filiżanki trzy kostki cukru.

– Cukier krzepi. – Mieszała kawę, kręcąc głową. – Nie mogę się nadziwić! Taka kobieta jak pani płacze jak małe dziecko!

– No cóż... – odpowiedziała Joséphine. – Iphigénie, a może byśmy porozmawiały o czymś weselszym? W przeciwnym razie znowu zacznę płakać, a szkoda byłoby takiej dobrej kawy!

Iphigénie dumnie wypięła pierś zadowolona, że kawa się udała.

– Trzeba zalać kawę, zanim woda zacznie wrzeć. Na tym polega sekret.

Joséphine piła pod czujnym okiem Iphigénie. Przychodziła dwa razy w tygodniu, żeby u niej posprzątać. Kiedy wychodziła, dom lśnił czystością. Dobrze się czuję u pani, tak jakbym sprzątała u siebie, wie pani... Nie u każdego tak bym sprzątała.

– Niech pani powie, skoro razem robimy sobie przerwę w pracy, zastanawiałam się nad czymś... Pamięta pani naszą rozmowę, jak mówiłyśmy o tym, że my, kobiety, zawsze wątpimy we własne siły, myślimy, że jesteśmy beznadziejne, niezdolne do niczego...

– Tak – odparła Joséphine, pijąc zbyt słodką kawę.

– No więc pomyślałam, że skoro my mamy wątpliwości, zawsze myślimy, że nigdy się nam nie uda, to jak inni mogą mieć do nas zaufanie?

– Nie mam pojęcia, Iphigénie.

– Niech pani mnie dobrze posłucha... Jeżeli ja nie uwierzę w siebie, to kto we mnie uwierzy? Jeżeli ja nie jestem w stu procentach pewna siebie, to kto będzie? Trzeba pokazać ludziom, że jesteśmy wspaniałe, bo w przeciwnym razie nie będą o tym wiedzieć.

– To niegłupie, co pani mówi, Iphigénie, wcale niegłupie!

– Ha! Widzi pani!

– Sama pani na to wpadła? – spytała Joséphine, maczając wargi w zdecydowanie za słodkiej kawie.

– Tak. A przecież nie skończyłam politechniki jak ten pan z drugiego piętra.

Joséphine podskoczyła.

– Politechniki? Kto skończył politechnikę?

– No... pan Boisson. Sortując pocztę, uważam, żeby się nie pomylić, więc dokładnie czytam, co jest napisane na kopercie, i widziałam, że dostaje zaproszenia na spotkania absolwentów czy coś w tym stylu. Na kopercie jest nazwa szkoły i Stowarzyszenie Absolwentów...

– Pan Boisson skończył politechnikę?

– Przecież nie ja. Ale nie przeszkadza mi to myśleć. O różnych sprawach związanych z codziennym życiem. Wystarczy usiąść na krześle, gdy dzieci leżą już w łóżkach, i zastanowić się, dlaczego taka kobieta jak pani, inteligentna, wykształcona, myśli, że jest niewiele warta, i wszyscy mogą deptać jej po palcach...

– Pan Boisson skończył politechnikę? – spytała po raz kolejny Joséphine. – A jak ma na imię jego żona?

– Tego to ja już nie wiem. Nie otwieram przecież listów. Chyba mnie pani o to nie posądza! Czytam, co jest na nich napisane. Ale nie to powinna pani zapamiętać, pani Cortès, tylko to, co mówiłam wcześniej. Jeżeli nie będzie pani na sto procent pewna siebie, to kto będzie? Niech pani o tym pomyśli.

– Ma pani rację, Iphigénie. Zastanowię się nad tym.

– Bo jest pani wspaniałą osobą, proszę pani. Tylko pani o tym nie wie... Więc niech sobie to pani wbije do głowy i powtarza co wieczór, zasypiając: Jestem wspaniałą kobietą, jestem wspaniałą kobietą...

– I myśli pani, że to tak właśnie działa?

– Nic panią nie kosztuje spróbować, a ja uważam, że ten pomysł nie jest taki głupi. A na pewno nie skończyłam politechniki!

– I całe szczęście, Iphigénie! Nie czuwałaby pani teraz nade mną.

– No już! Nie chcę nigdy więcej widzieć, że pani płacze. Obiecuje pani?

– Obiecuję... – westchnęła Joséphine.

Musi koniecznie porozmawiać z Garibaldim.

*

Dziesiąta rano.

Siedząc w wielkiej kuchni, Josiane wpatrywała się w szyby w oknach. Umyła je przed dwoma dniami, padało, będzie mogła umyć je dzisiaj znowu. Znalazła we Franprix nową markę ściereczek do okien, których producent obiecywał cuda. Albo przetrze krany Antikalem. Odkamieni filtry. Odkurzy półki. Wyczyści w środku piekarnik. Zrobiłam to już trzy dni temu! Zdjąć zasłony w salonie i zanieść je do farbowania? Tak, ale... dopiero co je odebrałam... Ach! podskoczyła pełna nadziei, od tygodnia nie czyściłam już sreber! Będę mogła się tym zająć po południu...

Wstała, wzięła wielki fartuch, zawiązała go w pasie, otworzyła szufladę, w której leżały srebrne sztućce. Lśniły tysiącem świateł.

Rozczarowana usiadła.

Iść do fryzjera? Do masażysty? Oglądnąć wystawy? Popatrzeć w telewizję? Potrząsnęła głową. Takie zajęcia jej nie rozweselały. Wręcz przeciwnie! Wychodziła od fryzjera z ponurą miną. Nie otwierała opakowań z nowymi ubraniami, które właśnie kupiła. Układała w szafie nowiutkie swetry i spódnice z metkami i więcej ich nie tykała.

Zasypiała przed telewizorem.

Próbowała robić na drutach.

Była kobietą czynu. Potrzebowała gór do zdobycia, problemów do rozwiązania. Zastanawiała się nad nauką chińskiego, angielskiego, ale szybko zrozumiała, że to nie wystarczy. Chciała podjąć działania praktyczne. Potrzebowała ruchu, konkretnego celu...

Rzuciła okiem na potrawkę cielęcą z jarzynami, która gotowała się na wolnym ogniu na kuchence w wielkim miedzianym garnku. Drzwiczki do piekarnika! Mogłabym je rozmontować i wyczyścić przestrzeń między dwoma szybami. Pewnie gromadzi się tam tłuszcz. Nie będzie z tym lekko... Przy odrobinie szczęścia zajmie mi to pół dnia! A potem przyjdzie już pora na obiad. Nakryje do stołu, popatrzy, jak Junior pożera potrawkę cielęcą, czytając książkę, posprząta ze stołu, sama umyje naczynia, powyciera je, starannie wyczyści brzeg zlewu...

Nie usłyszała, jak syn wchodzi do kuchni. Wspiął się na taboret i wyrwał ją z gospodarskich marzeń.

– Coś nie w porządku, mamusiu? Czuję, że jesteś w smętnym nastroju... Trapi cię melancholia?

– Powiedzmy, że mogłoby być lepiej, najdroższy grubasku.

– Chcesz, żebyśmy o tym porozmawiali?

– Nie ma twojego nauczyciela?

– Odesłałem go do domu, nie odrobił wszystkich lekcji. A poza tym nie wywiązuje się z obowiązków nauczyciela. Podstawową rolą nauczyciela jest rozbudzanie radości uczenia się i poznawania.

– Och, Junior! Jak możesz mówić w ten sposób o tak wykształconym człowieku? – oburzyła się Josiane, patrząc na niego surowo.

– Mówię wyłącznie prawdę, mamusiu. Jest wykończony. Trzeba go będzie wymienić. Od pewnego czasu drepcze w miejscu, dostaję lepsze oceny od niego, gdy odsyłają nam sprawdzone prace.

– Ten drugi także słabnie?

Junior miał dwóch nauczycieli: jednego rano, a drugiego po południu. Dwóch młodych ludzi, absolwentów prestiżowych szkół, którzy stawiali się punktualnie na zajęcia z teczkami pełnymi książek i zeszytów, różnokolorowych długopisów i notatek na kratkowanym papierze. Zdejmo-

wali płaszcze i wchodzili do pokoju Juniora jak do sanktuarium. Z czymś w rodzaju tremy ściskającej żołądek. Wycie-
rali nogi, poprawiali krawat, chrząkali, drapali się w szyję
i pukali do drzwi, czekając na rozkaz, aby wejść. Dziecko
robiło na nich olbrzymie wrażenie.

– Nie! Tamten się trzyma. Nasze dyskusje są podniecające. Chłoszcze mi mózg swoimi uwagami i stawia przede
mną tysiące zadań. Ma żywy umysł, dużą wiedzę, znakomitą
pamięć i właściwy sposób rozumowania. Świetnie się razem
bawimy... Ale przestańmy rozmawiać o mnie, powiedz, co
cię martwi.

Josiane westchnęła. Nie wiedziała, czy powinna powiedzieć synowi prawdę, czy wspomnieć o zmęczeniu, porze
roku, przeziębieniu. Przez moment chciała zwalić winę na
pylenie drzew.

– Nie próbuj niczego przede mną ukrywać, mamusiu.
Czytam w tobie jak w otwartej książce... Nudzisz się, prawda? Kręcisz się w kółko po domu i sama nie wiesz już, co by
tu wyszorować. Przedtem pracowałaś, uczestniczyłaś w życiu firmy, wychodziłaś rano energicznym krokiem z dumną
miną, wracałaś wieczorem z głową pełną pomysłów. Miałaś
swoje miejsce w społeczeństwie. Dziś z mojego powodu siedzisz zamknięta w domu, sprzątasz, robisz zakupy, gotujesz
i nudzisz się.

– Dokładnie tak, Junior – odpowiedziała Josiane zaskoczona przenikliwością syna.

– A dlaczego nie wrócisz do pracy w Casamii?

– Twój ojciec nie chce. Chce, żebym zajmowała się tobą,
wyłącznie tobą!

– I masz tego dość.

Spojrzała na niego zmieszana.

– Kocham cię do szaleństwa, mój grubasku, ale ty mnie
już nie potrzebujesz, trzeba patrzeć na życie realne.

– Rozwinąłem się za szybko.

– O wiele za szybko.

– Nie spełniłem swojej roli jako dzidziuś. Wiem o tym. Często to sobie wyrzucam. Ale cóż na to poradzę, mamo, że życie dzidziusia jest takie nudne!

– Nie wiem. Nie pamiętam... – odparła Josiane, śmiejąc się. – To było tak dawno temu!

– Więc... powiedz... Niezręcznie mi tak cię odpytywać. Powinnaś mi pomóc.

– No więc pomyślałam... – powiedziała Josiane, nie mając pewności, czy może wyznać prawdę.

– Że miałabyś ochotę na drugie dziecko.

– Junior!

– A dlaczego nie? Trzeba tylko będzie przekonać tatę. Nie wiem, czy spodoba mu się ten pomysł. Starzeje się...

– Masz w stu procentach rację.

– I nie masz odwagi mu o tym powiedzieć.

– Ma tyle zmartwień.

– A ty kręcisz się w kółko i łamiesz sobie nad tym głowę. Dręczą cię ponure myśli.

– Czytasz we mnie, synu.

– Trzeba zatem coś wymyślić. Wymyślić nowy sposób życia. Wymyślać oznacza myśleć obok.

– Czyli? – zapytała Josiane niepewna, czy rozumie.

– Iść tam, gdzie nikt nie czeka... Wiedzę nabywa się poprzez doświadczenie, cała reszta to tylko kwestia informacji. Niewiele osób zdolnych jest wyrazić spokojnie opinię różną od stereotypów obowiązujących w ich środowisku. Większość nie jest nawet w stanie sformułować takiej opinii. Ale ty możesz to zrobić, mamo.

– Junior, czy możesz mówić prościej? To nieco zagmatwane...

– Wybacz, mamo. Spróbuję wyrażać się jaśniej.

I poprosił, aby siedzący w nim Albert Einstein zamilkł i dopuścił do głosu Juniora Grobza.

– Wiem, dlaczego tylu ludzi lubi rąbać drewno. To czynność, przy której od razu widać efekt. Rozumiem, dlaczego tak bardzo chcesz sprzątać, chcesz czuć się użyteczna i osiągnąć efekt.

– Obawiam się, że w kuchni już mi nic nie zostało.

– A co chciałabyś robić, najdroższa mateczko?

– To, co powiedziałeś: być użyteczna. Przedtem byłam użyteczna... Użyteczna w przedsiębiorstwie, użyteczna, by urodzić dziecko, ale teraz dziecko mnie przerosło, stoję w miejscu i nie wiem, co mam robić.

– Wielkie umysły zawsze napotykały zaciekły opór umysłów ograniczonych. A ty boisz się wyrazić swoje życzenie. Więc pytam cię raz jeszcze, matko, co chciałabyś robić?

– Chciałabym wrócić do pracy. Twojemu ojcu jest potrzebna pomoc. Casamia się rozrosła, stała się olbrzymem, który bez przerwy potrzebuje nowych projektów, a ja czuję, że go to wykańcza. Nie daje już sam rady. Chciałabym, aby przywrócił mi właściwe miejsce w przedsiębiorstwie. Żeby dał mi pokierować działem, który nosiłby nazwę...

– Na przykład „Perspektywy i nowe pomysły"?

– Dokonałabym cudów na tym stanowisku. Sprawdziłam się w przeszłości. Nikt się o tym nigdy nie dowiedział, bo wykradano mi pomysły, ale nikt mi nie dorównywał pod względem wynajdywania nowych możliwości. Podobało mi się to. Lubiłam grzebać w projektach innych, badać, co można zrealizować, a co nie... Te poszukiwania mnie bawiły.

– Jestem tego pewien, matko. Przemawia przez ciebie intuicja, a intuicja często się nie myli. Intuicja jest świętym darem, a rozum wiernym sługą. Stworzyliśmy społeczeństwo, które czci sługę, a zapomniało o darze. Niewielu potrafi patrzeć własnymi oczami i odczuwać własną wrażliwością. Idź do przodu! Wymyśl projekty i przedstaw je ojcu. Z pewnością uzna, że masz rację, i da ci posadę, o której marzysz.

637

– To nie takie proste, Junior. Próbowałam z nim rozmawiać, ale nie chce o tym słyszeć. Mówi tak, tak, żeby mnie uspokoić, nic jednak nie robi, żeby mi pomóc. Mogłabym oczywiście zaproponować swoje usługi komu innemu, ale miałabym wrażenie, że to zdrada.

– Wszystko jest względne, matko. Temu, kto potrzyma przez minutę rękę na piecu, zdawać się będzie, że to godzina. A temu, kto przez godzinę posiedzi koło ładnej dziewczyny, zdawać się będzie, że to minuta. To właśnie jest względność. Przygotuj dopracowany w każdym calu projekt, połóż mu go na biurku, nie mówiąc, że to twój pomysł, a będzie się chciał dowiedzieć, skąd się wziął, i zwróci się do ciebie. Wszystkie wątpliwości znikną, będzie tylko chylił czoło.

– Junior! Idziesz do przodu za szybko, nawet gdy myślisz!

Popatrzyła mu w oczy, żeby spróbować zrozumieć, jakim cudem ten trzyletni smarkacz może do niej przemawiać w ten sposób, po czym się poddała. Nigdy nie zdoła zrozumieć syna. Musi się z tym pogodzić. Nie usiłowała już nawet ukrywać jego oryginalności. Niedawno rozmawiała o tym z Ginette. I ta jej powiedziała: Pogódź się z tym, przyjmij ten dar niebios i przestań starać się go hamować. Nie jest taki jak inni i co z tego? Wyobrażasz sobie świat, w którym wszyscy byliby tacy sami? Chyba trzeba by się zabić! Tylu rodziców skarży się, że ich dzieci są osłami, leniami, nieukami. Masz małego Einsteina, troszcz się o niego, zachęcaj go. Nie mierz miarą innych. Równość jest głupim pojęciem. Każdy z nas jest inny.

Westchnęła i potarła sobie dłonie. Wróciła do rozmowy z synem.

– Masz rację, Junior. Muszę tylko wymyślić taki projekt. A ja siedzę sama w kuchni...

– A jak robiłaś to wcześniej?

– Chodziłam na targi branżowe, salony, wystawy... Rozmawiałam z architektami, projektantami, niezależnymi wynalazcami, segregowałam pomysły... Myślałam, że w całym tym bałaganie na pewno są rzeczy, które można wykorzystać.

– I miałaś rację. Wyobraźnia jest ważniejsza od wiedzy.

– Ale jak mam wrócić do świata wyobraźni, jeżeli cały czas siedzę w domu, opiekując się tobą?

– Pomogę ci, matko. Pójdę z tobą. Wystarczy, że powiesz, iż chodzi o pogłębienie mojej wiedzy, a ja cię poprę. Razem przemierzymy największe targi handlowe i znajdziemy nowe pomysły, które położymy na biurku ojca.

– Zrobiłbyś to dla mnie?

– O, tak! A nawet więcej, gdybyś mnie o to poprosiła! Tak bardzo cię kocham, mateczko. Jesteś moją skałą, moimi korzeniami, moim liściem topoli... Chcę ci pomóc. Po to jestem na ziemi, nie zapominaj o tym.

– Ale my tobie zawdzięczamy nasze szczęście, Junior. Twoje narodziny były błogosławieństwem, źródłem nieskończonej radości. Szkoda, że nie widziałeś, jak klęczeliśmy przed boskim dzieciątkiem, które było ukoronowaniem naszej miłości. Patrzyliśmy na ciebie jak na skarb... Miałeś zmienić nasze życie. I zmieniłeś.

– A to jeszcze nie koniec, zobaczysz. Razem dokonamy rzeczy wielkich! Bardzo bawi mnie myśl, że udamy się w teren, będziemy rozmawiali z nowymi ludźmi, którzy mają oryginalne pomysły, przekształcali ich projekty w konkretne produkty. Zaczęła mnie nudzić nauka w czterech ścianach.

– Nie możesz się przemęczać. Jesteś jeszcze mały! Zbyt często o tym zapominasz. Nie śpisz już po południu...

– To niepotrzebne, matko, niepotrzebne. Nie śpię długo, za to szybko. Sen jest stratą czasu, narkotykiem dla leniwych.

– Dawno już się poddałam i nie staram się zrozumieć, w jaki sposób funkcjonujesz, Junior. Wyznaję, że kompletnie mnie to przerosło... ale jestem szczęśliwa, że odbyliśmy tę rozmowę! Szczęśliwym trafem...

– Nie ma przypadków, matko. Przypadek to Bóg przechadzający się incognito. Zobaczył, że nachodzą cię ponure myśli, i wysłał mnie do ciebie.

– I we dwójkę pomożemy twojemu ojcu. Tak bardzo nas potrzebuje, wiesz. Świat obecnie tak szybko idzie do przodu, a on starzeje się, mimo że nie chce się do tego przyznać.

– Świat jest niebezpieczny. Nie tyle za sprawą tych, którzy czynią zło, ile za sprawą tych, którzy na to patrzą i nie reagują.

– Nikomu nie pozwolimy go skrzywdzić, prawda, Junior?

– Obiecuję, mamo! Natychmiast ruszę na poszukiwanie pomysłów i projektów dla Casamii, a ty zrobisz listę targów, po których moglibyśmy się powłóczyć.

– No to jesteśmy po słowie! – wykrzyknęła Josiane, wstając i biorąc dziecko w ramiona. – Junior! Co za szczęście, że cię urodziłam! Jak mogłam wydać na świat takie dziecko?! Ja, taka prosta i niewykształcona. To wielka tajemnica.

Junior uśmiechnął się i poklepał ją po ramieniu na znak, że nie powinna się za bardzo nad tym zastanawiać.

– Niezrozumiałe jest to, że świat jest zrozumiały – dodał cicho, dopuszczając do głosu wielkiego Alberta Einsteina.

*

Nazajutrz po rozmowie z Iphigénie Joséphine zadzwoniła do Garibaldiego. Nie było go w biurze, zostawiła wiadomość koledze, który odebrał telefon. Kiedy przeliterowała swoje nazwisko, Joséphine C-O-R-T-E-S, kolega zawiesił głos i powiedział po chwili:

– Ach... To pani jest panią Cortès...

Z nutą szacunku i łagodności. Jakby ją znał. Jakby Garibaldi opowiadał o niej w ciepłych słowach. I głos stał się serdecznym głosem przyjaciela. Powiedział: Joséphine Cortès, i nieco światła wpadło do zimnego szarego gabinetu Garibaldiego.

– Pojechał na akcję. To duża operacja w środowisku narkotykowym. Namierzyliśmy ich, zmieniamy się dzień i noc. Ale powiem mu, że pani dzwoniła i na pewno oddzwoni.

Joséphine podziękowała mu i ze łzami w oczach odłożyła słuchawkę.

Potem stwierdziła z wyrzutem, że jest zbyt sentymentalna, i otrząsnęła się. Przestań mazać się z byle powodu, dziewczyno! Garibaldi oddaje ci przysługę, bo cię lubi, to wszystko! Co ty sobie wyobrażasz? Że mówił o tobie drżącym głosem? Westchnęła. Męcząca jest ta zdolność do wyczuwania, odczuwania wszystkiego. Przeżywania intonacji głosu, ironicznej uwagi, uniesienia brwi. Nie udawało jej się odgrodzić od ludzi. Myślała: Tym razem spróbuję, wyjdę uzbrojona, w hełmie i zbroi, nie dam się zranić scyzorykiem. Ale to się nigdy nie udawało. Wystarczył drobiazg, aby ją drasnąć bądź uszczęśliwić. Błahostka przybijała ją lub budziła falę nadziei i ciepła. Jestem wielką bibułą, pomyślała, aby zmusić się do uśmiechu. Do tego, aby śmiać się z siebie i własnego sentymentalizmu. Wielką bibułą pełną kleksów.

Pomyślała o wzruszeniu, jakie ją ogarnęło, gdy przeczytała notatnik Młodzieńca.

Płakała, czytając fragment, w którym Cary Grant opowiadał o matce.

Pomyślała o tym, co powiedziała Iphigénie: „Jeżeli pani w siebie nie wierzy, to jak inni mają wierzyć?".

Nigdy nie zapomni dziewczynki porzuconej wśród fal. Nosiła w sobie topielicę.

Obróciła się do matki, udało jej się do niej dopłynąć, krzyczała: Poczekaj na mnie, poczekaj na mnie, wczepiła się w nią, ale matka odepchnęła ją łokciem. Nie powiedziała tego, lecz Joséphine czuła się tak, jakby usłyszała słowa: Ty nie! Ty nie! Zostaw mnie!

Pozwól mi uratować swoją siostrę.

Iris. Ludzie uwielbiali Iris. Nic nie mogli na to poradzić. Ta dziewczynka zabierała całe światło. Przyciągała wszystkie spojrzenia. Nie robiąc w tym kierunku nic. Po prostu tak było. Takie dzieci mają wszelkie prawa, pełnię władzy. Bo przynoszą ludziom marzenia, zabierają ich w inny świat. Kochać Iris znaczyło cieszyć się jej światłem, wziąć z niego promyczek i zrobić sobie z niego świeczkę.

Wobec Iris była bezsilna.

Wtedy wśród rozszalałych fal morskich odpuściła. Zamknęła oczy i dała się nieść wodzie.

Znalazła się na brzegu wyrzucona przez spienione fale. Jakby wystrzelono ją z katapulty, mimo że nic nie zrobiła. Wyszła z wody, chwiejąc się na nogach, plując, szczękając zębami. Sama. Całkiem sama... Ojciec wziął ją na ręce, wrzeszcząc do matki, że jest morderczynią. Joséphine usłyszała te słowa, ale ich nie zrozumiała. Chciała go uspokoić, pocieszyć, lecz nie miała na to siły.

Życie dalej się toczyło, a oni nigdy o tym nie rozmawiali. Ona natomiast nie wiedziała, raz myślała, że mama miała rację, a raz, że tata, myślała też, że prawda zależy od punktu widzenia.

Pewnie wielu ludzi przeżywało podobne rzeczy. Nie stanowiła wyjątku. Nie ma co przesadzać. I wszyscy żyjemy dalej, udajemy, że żyjemy... tylko nie wiemy, że udajemy.

Chwytała kawałeczki radości, kawałeczki szczęścia. Nie mogła przełknąć dużych kawałków. Cieszyła się z tych małych. W pełni jej wystarczały.

Tak jak świadomość, że Garibaldi ją lubi.

Rozumiała historię Cary'ego Granta i jego matki.

Wszyscy go kochali, wszyscy uważali za wspaniałego, był największą gwiazdą Hollywoodu, ale pozostał dziewięcioletnim chłopcem, którego porzuciła matka. Archibald Leach błagał matkę, aby na niego spojrzała. Elsie widziała Cary'ego Granta i nie poznawała go.

Podnosiła łokieć, gdy się zbliżał.

Nie przyjęła futra.

Rzuciła kotem przez pokój.

Zabroniła nazywać się mamą.

Nie chciała mieszkać w pięknym domu w Los Angeles, blisko niego.

Udawała roztargnioną, gdy dzwonił.

Mówiła: Ty nie jesteś Archiem, nie jesteś moim synem...

Nalegał. Dzwonił w każdą niedzielę niezależnie od tego, gdzie był na świecie.

Ze ściśniętym gardłem. Drżąc za każdym razem.

Nie wiedząc już, kim jest.

Archiem Leachem, Carym Grantem?

Dorósł, odniósł sukces, ale czuł się tak, jakby jego dorosłość i kariera były złudą. Bo stworzył postać, która nazywała się Cary Grant.

Stworzył ją sam.

Obserwując się w lustrze, oceniając grubość szyi, rozmiar kołnierzyka, wciskając ręce do kieszeni, poprawiając akcent, dopracowując mimikę, zachowanie, ucząc się wyszukanych słów, które przepisywał do notesu...

Wyszedł z tego sam.

Całkiem sam.

Ludzie, którym udaje się uciec przed dzieciństwem, zawsze są samotni. Nie potrzebują nikogo, idą naprzód z rękami w kieszeniach, nieco chwiejnym, niepewnym krokiem, ściska ich w gardle, ale idą naprzód.

Joséphine podniosła głowę. Podziękowała Młodzieńcowi za to, że opowiedział jej historię Cary'ego Granta. Za każdym razem, gdy wracała myślą do burzy na plaży w Landach, dodawała kolejny element puzzli.

Cary Grant wstawił nowy kawałek do wielkiej układanki. Krótkie zdanie, które bezwiednie sformułowała: „Wyszła z wody... sama".

Całkiem sama.

Pomyślała o swoich córkach.

O śmierci Antoine'a.

Zastanawiała się, czy Hortense i Zoé mają koszmarne sny, myśląc o końcu Antoine'a.

Zastanawiała się, czy Zoé przytula się do niej i mówi jak mała dziewczynka, którą już nie jest, żeby zapomnieć o śmierci ojca. Że miesza wszystko, Gaétana, noc w piwnicy, objęcia matki, ucho Przytulanki, które gryzie... Zachowywała równowagę, stojąc jedną nogą w dzieciństwie, a drugą w przyszłości. Nie było pewne, która strona przeważy. Wahała się.

Hortense dawno zatrzasnęła drzwi dzieciństwa. Patrzyła śmiało przed siebie i skreślała wszystko, co mogłoby stanowić dla niej obciążenie. Jakby chronił ją jakiś rodzaj amnezji. Przywdziała zbroję. Jak długo będzie mogła korzystać z tej ochrony? Zawsze nadchodzi moment, w którym zbroja rozpada się na kawałki.

Ja także czuję suchość w gardle, gdy mam rozmawiać z Hortense. Kręcę się wokół telefonu, zanim wybiorę numer.

Ja też się boję, że mnie odtrąci i rzuci mi kotem w twarz.

A przecież jestem wspaniałą matką.

Jestem wspaniałą matką.

Wykręciła numer Hortense.

Była w domu. Wściekła.

– W łazience są trzy centymetry wody i nikt nic nie robi, mam dość tego miejsca, mam go kompletnie dość! I wiesz? Ten świr ajatollah...

– Peter? – zgadywała Joséphine.

– Ten debil! Postanowił mnie tresować. Nauczyć życia! Powiedział, że tym razem ja mam zadzwonić do właściciela i zrobić awanturę. Zamienił się w ojca moralności i bez przerwy prawi mi kazania. Nie mogę go już znieść. Chyba się stąd zwinę. Kilka dni temu postanowiliśmy się pogodzić. Wyszliśmy razem i wiesz, co mi powiedział przy wejściu do klubu?

– Nie – odparła Joséphine zdziwiona, że córka jest taka rozmowna.

Pewnie Hortense była bardzo zła i musiała wlać swoją wściekłość do czyjegoś ucha.

– Powiedział: Wszyscy faceci patrzą na ciebie, Hortense, ale ty grzecznie zostaniesz ze mną. Nie ruszysz się na krok. Co to ma być? Wyobraża sobie, że do niego należę? Że będę z nim chodzić? Z gościem w okrągłych okularkach przypominającym cierpiącego na zaparcie karła? Jest chory, mówię ci, całkiem mu odbiło...

– Miałaś jakieś wieści od Gary'ego? – spytała Joséphine.

– Nie. Nie widujemy się.

– To akurat mnie nie dziwi – powiedziała Joséphine, która wiedziała od Shirley, że Gary jest w Nowym Jorku.

– Uważasz, że to normalne? W dodatku go bronisz! No nie, to się w pale nie mieści! Wszystko wskazuje na to, że byłoby lepiej, gdybym teraz nie wstawała z łóżka i zatkała sobie uszy... To jakiś spisek czy co?

– Hortense, kochanie, uspokój się... Chciałam po prostu powiedzieć, że nie dziwi mnie, że się nie widujecie, bo on jest w Nowym Jorku, a ty w Londynie. Chciałam wiedzieć, czy od czasu do czasu dzwonicie do siebie...

– W Nowym Jorku? A cóż on robi w Nowym Jorku? – spytała zdziwiona Hortense.

– Mieszka tam. Chyba od ponad dwóch miesięcy...

– W Nowym Jorku? Gary?

– Shirley nic ci nie mówiła?

– Nie widuję się też z Shirley. Z powodu Gary'ego. Wykreśliłam matkę i syna z mojego notesu.

– Wyjechał z dnia na dzień.

– Ale dlaczego?

– Yyy... myślę, że... Niezręcznie mi o tym mówić, wolałabym, żeby Shirley ci opowiedziała...

– Mamo! Nie cuduj. Po prostu dzięki temu zaoszczędzę na czasie!

Joséphine opowiedziała o podróży Gary'ego do Edynburga w poszukiwaniu ojca, o powrocie do Londynu, o tym, jak wczesnym rankiem zjawił się w mieszkaniu Shirley i...

– Zastał Shirley w łóżku z Oliverem, swoim nauczycielem fortepianu.

– Wow! To musiał być dla niego szok!

– Od tego czasu nie odzywa się do Shirley. Chyba wysyła do niej maile. Wyjechał do Nowego Jorku, dostał się do Juilliard School...

– To ekstra!

– Wynajął mieszkanie, najwyraźniej bardzo mu się tam podoba.

– Spędziliśmy razem noc po moim wernisażu i rano pobiegł do matki. Wyglądało to na coś pilnego.

– Pewnie chciał jej opowiedzieć o podróży do Szkocji. Nie zdążył.

– A ja sądziłam, że cały czas jest w Londynie i nie chce mnie znać.

– Nie uprzedził cię?

– Nie. Nie powiedział ani słowa, nawet nie wysłał SMS-a! Spędziliśmy razem noc, mamo, cudowną noc, a on zwinął się wczesnym rankiem, żeby się spotkać...

– Może zostawił ci wiadomość w poczcie głosowej, a ty jej nie dostałaś? To się zdarza, wiesz.

– Naprawdę w to wierzysz?

– Tak. Mnie przynajmniej to się zdarza. Ktoś mówi, że wysłał mi SMS-a albo nagrał wiadomość, a ja nic nie dostałam.

– Faktem jest, że od jakiegoś czasu nie dostaję dużo wiadomości. Myślałam, że to zły okres, czekałam jak zbity pies, że to minie. Pewnie to znowu wina Orange.

– W Anglii też mają Orange?

– Ja tu mam Orange... Myślisz, że dzwonił, a ja nie dostałam żadnej wiadomości?

– Nie wyjechałby bez słowa. Zwłaszcza że spędził z tobą noc. Gary to porządny gość.

– Wiem, mamo, wiem... Ta noc była wspaniała... Wszystko było wspaniałe...

Joséphine zauważyła, że Hortense łamie się głos. Udała, że nie słyszy.

– Wyślij do niego maila, Hortense.

– Zastanowię się... Powiedz, dlaczego właściwie dzwonisz?

– Bo tęsknię za tobą, kochanie... Od dawna cię nie słyszałam. Za każdym razem gdy dzwonię, mówisz, że się spieszysz, że nie masz czasu, a mnie jest smutno...

– Och, mamo! Skończ z tymi sentymentami, bo się zdenerwuję, poślę cię na drzewo i będzie ci przykro! Ale bardzo się cieszę, że z tobą rozmawiam. Praca nad książką się posuwa? Zaczęłaś pisać?

Joséphine opowiedziała historię Młodzieńca i Cary'ego Granta. Hortense stwierdziła, że to historia dla niej, dla Joséphine, uczucia buchają jak krew... Powiedziała to bez złośliwości, lekkim tonem osoby, która trzyma uczucia na dystans w obawie, że zostanie trafiona i zatopiona.

*

Denise Trompet tańczyła z radości w pokoiku przy rue de Pâli-Kao. Patrzyła na swoje odbicie w lustrze ozdobionym białymi muszelkami, które przywiozła z podróży z rodzicami do Port-Navalo. Z ich jedynych wakacji w ciągu niemal trzydziestu lat. Nigdy nie zamykali sklepu, bo oznaczało to stratę pieniędzy. Ale pewnego lata zebrali się na odwagę. Wyjechali we trójkę autokarem do Port-Navalo, dawnego portu rybackiego i kryjówki piratów w zatoce Morbihan.

Podarowali jej to lusterko, obietnicę urody i szczęścia. I mały zestaw kosmetyków do makijażu. Musisz nieco zadbać o urodę, powiedziała matka zirytowana, że córka jest tak mało atrakcyjna.

Tego wieczoru zrobi się na bóstwo.

Tego wieczoru ma się spotkać z Brunonem Chavalem.

Tego wieczoru będą razem oglądać zachód słońca ze wzgórza Montmartre.

Tego wieczoru weźmie ją w ramiona i mocno objęci będą patrzeć, jak wspaniała kula słoneczna niknie na horyzoncie w różowopomarańczowej poświacie.

Wybrała różowopomarańczową suknię. Złote szpileczki. Złotą torebkę. Pomalowała oczy cieniami w ciepłych kolorach zachodzącego słońca. Odważnie utapirowała rzadkie włosy, spryskała je lakierem, odrzucając głowę w dół, aby zwiększyć ich objętość, i znowu zaczęła tańczyć w pokoiku.

Umówili się na place du Tertre. Mieli się spotkać pośród sztalug malarzy i kolorowych płócien zdobiących kawiarnie. Weźmie ją za rękę, obejmie...

Dziś wieczorem spotkają się ich wargi...

Poprzedniego wieczora, gdy położyła się do łóżka, przeczytała po raz kolejny swoją ulubioną książkę. *Prywatne układy*. Znała jej duże fragmenty na pamięć. Powtarzała je sobie, zamykając oczy, a jej ciało zalewało łagodne ciepło:

Gdy tylko jej wargi dotknęły jego warg, jej ciało przeszył dreszcz rozkoszy jak ciało dziecka kosztującego po raz pierwszy w życiu kawałka cukru. Jego pocałunek był rów-

nie lekki jak beza, równie odświeżający jak pierwszy wio-
senny deszcz.

Zaskoczona, oszołomiona, spijała jego oddech, aż
pocałunek przestał jej wystarczać. Ujęła wówczas w dło-
nie jego twarz i pocałowała ją z nieznaną, przerastającą
entuzjazm żarliwością, zbliżoną raczej do szału namięt-
ności.

Dziś wieczorem, dziś wieczorem...

Zbiegła po schodach, przeskakując po kilka stopni,
powiedziała dzień dobry arabskiemu sklepikarzowi, który
przejął sklep po jej rodzicach. Zazwyczaj się do niego nie
odzywała.

– Wszystko w porządku, pani Trompet? – rzucił zdziwiony.

– W porządku, a nawet jeszcze lepiej – odpowiedziała,
skacząc jak gazela w kierunku metra.

Wysiądzie na stacji Anvers i powoli wejdzie po schodach
prowadzących do bazyliki. Nie skorzysta z kolejki, aby nie
przesiąknąć zapachem ciał zbitych w małej kabinie, i zjawi
się świeża, różowa, rześka u boku ukochanego. To będzie jak
powolny marsz ku szczęściu. Pokona kolejno stopnie rozkoszy. Wreszcie, wreszcie! Tego wieczoru ją pocałuje...

Dostrzegła swoje odbicie w witrynie i uznała się niemal
za ładną. Miłość, miłość! podśpiewywała, to najlepszy balsam zapewniający urodę. Sekretny talizman przyciągający
mężczyzn, którzy w upojeniu całują kobiety i klękają u ich
stóp. Czy zechce zamieszkać przy rue de Pâli-Kao, czy będziemy się musieli przeprowadzić, gdy postanowimy być
razem? Lepiej byłoby się przeprowadzić. Tak, ale on nie ma
pracy... Na początku trzeba będzie wykazać się rozsądkiem.
Nie szaleć. Oszczędzać, założyć książeczkę mieszkaniową,
potem sprzedać mieszkanie przy rue de Pâli-Kao i kupić
inne, godne nas, w eleganckiej dzielnicy. Będę pracowała

za dwoje, dopóki nie znajdzie pracy. To wybitny mężczyzna. Nie może przyjąć byle jakiej posady.

Robiła plany, opracowywała budżet, zastanawiała się nad poszczególnymi wydatkami (wakacje, samochód, jedzenie, opłaty, podatki, różne nagłe wypadki, nieprzewidziane katastrofy), myślała, przygotowywała, przewidywała kilka trudnych miesięcy, zanim na dobre ze sobą nie zamieszkają.

Pokonywała stopnie.

Zwalniała, aby rozkoszować się swoimi emocjami.

Nagle wpadła w panikę... A jeżeli nie przyjdzie? Jeżeli w ostatniej chwili odwoła spotkanie? Bo jego stara matka zachoruje? Źle się poczuje? Mówił o niej z wielką czułością. Nigdy nie wychodził wieczorem, żeby nie zostawiać jej samej. Przygotowywał jej kapcie, lizeskę, parzył ziółka. Oglądał jej ulubiony program w telewizji. Był wzorowym synem.

Denise poczeka.

Czekałam pięćdziesiąt dwa lata, mogę poczekać jeszcze trochę, zanim spełni się moje marzenie. Bruno Chaval, Denise Chaval, muszę poćwiczyć podpisywanie dokumentów moim nowym nazwiskiem. Mama z tatą byliby ze mnie dumni.

Czekał na nią. Wielki, wspaniały, u szczytu schodów. Niedbale oparty o kolumnę, która jej zdaniem miała w sobie coś z kolumny doryckiej. Nie ruszył się i musiała podejść do niego. Spuścił na nią wzrok i zapytał:

– Szczęśliwa?

Westchnęła „tak", zaczerwieniła się i poszła za nim, gdy oderwał się od kolumny.

Poszli aż do bazyliki. Pragnęła, żeby wziął ją za rękę, ale zdawał się bardzo dbać o dobre maniery i zachował wyraźny dystans. Nie chciał narazić na szwank jej reputacji niestosownym gestem.

Usiedli na schodach i obserwowali słońce, które kończyło swój bieg na horyzoncie.

– Dziś wieczorem zachodzi o dwudziestej pierwszej dwanaście – powiedziała Trąbka, która sprawdziła to w kalendarzu astronomicznym.

– Ach... – westchnął Chaval, starając się bardzo, aby ich łokcie się nie dotykały. – A skąd pani wie?

– Jestem uczoną kobietą – powiedziała, czerwieniejąc. – Przepadam za liczbami... Mogę panu wyrecytować tabliczkę mnożenia od końca i wszystko policzyć w głowie, bez ołówka i kartki. Wygrałam raz konkurs organizowany przez producenta makaronu Lustucru.

– I co pani wygrała?

– Podróż do Port-Navalo. Pojechałam tam z rodzicami. Tak się cieszyłam, że mogę zaprosić ich w tę podróż dzięki mojej wiedzy. Trzy dni słodkiego lenistwa. To było wspaniałe! Był pan w Port-Navalo i w zatoce Morbihan? To sto dwadzieścia kilometrów od Nantes, sto trzydzieści od Quimper, czterysta sześćdziesiąt od Paryża...

– Nie. Moja noga nigdy tam nie postała.

Nie cierpię krzyku mew i zapachu wodorostów, pomyślał, krzywiąc się z niesmakiem.

Moglibyśmy wybrać się tam w podróż poślubną, pomyślała Denise Trompet, znów czerwieniejąc. Oglądalibyśmy zachody słońca nad zatoką, kiedy żaglówki wracają do portu. Białe żagle opadają, żółte sztormiaki za sterem i przy lukach. Łagodna bryza muska nam drżące karki. Bruno przyciska mnie mocnym ramieniem i mruczy: Nie chcę, żebyś odleciała! Wygląda bardzo poważnie, a ja z jękiem przytulam się do niego. Nigdy mnie nie stracisz, mój najdroższy, przyrzekła sobie, drżąc.

Czekał, aż się ściemni, żeby się trochę przysunąć.

Ostrożnie otoczył ją ramieniem i poczuła, że omdlewa z wrażenia.

Siedzieli nieruchomo dłuższą chwilę. Na schodach zostało niewiele ludzi. Kilku rzępolących na gitarach i zakochane pary. Jestem taka jak wszyscy, pomyślała Denise Trompet, wreszcie jestem taka jak wszyscy...

– Szczęśliwa? – spytał znów Chaval.

– Gdyby pan wiedział... – westchnęła zachwycona Denise.

– A o której jutro zachodzi słońce?

– O dwudziestej pierwszej dwadzieścia trzy.

– Jest pani naprawdę uczoną kobietą – powiedział, muskając jej ucho.

O mało nie umarła z rozkoszy.

Przycisnął ją nieco mocniej, myśląc o ciele boskiej Hortense.

– Bruno – zamruczała Denise, nabierając odwagi.

– Tak?

– Jestem taka...

– Niech pani nic nie mówi, Denise, rozkoszujmy się tą chwilą spokoju i piękna. Pomyślmy w ciszy.

Zamilkła, starając się wyryć w sercu tysiące odcieni szczęścia.

Potem nagle wyprostował się jak sprężyna. Pomacał kieszenie i wykrzyknął:

– Mój Boże! Klucze!... Nie mam kluczy!

– Jest pan pewien?

– Miałem je przedtem, w pani pokoju w pracy... Pamiętam, że czułem je w kieszeni, gdy z panią rozmawiałem...

Wyrwała się wówczas z objęć boskiego torsu przywodzącego na myśl dzieło samego Berniniego i bicepsów wydatnych niczym mięśnie marynarza, który przez cały dzień stawia żagle... Miękkość jego skóry doprowadzała ją do szaleństwa i kojarzyła się z garnuszkiem świeżo udojonego, jeszcze lekko parującego mleka ze śmietanką...

– Musimy po nie pojechać! Nie mogę obudzić matki, gdy wrócę późno... Jest taka słaba!

– Ale dopiero co usiedliśmy i myślałam, że...

Myślała, że zabierze ją na kolację do jednej z restauracji dla turystów, marzyła o takiej, kiedy spacerowała z rodzicami w niedzielne popołudnie. Gdy byli w dobrym humorze, gdy nadzieja rysowała się na horyzoncie ich ponurego życia, porzucali cmentarz Père-Lachaise i szli aż na Montmartre. Wyobraziła sobie, że mogłaby odbyć sekretną pielgrzymkę. Jednocześnie myśleć o Brunonie i rodzicach...

– Chodźmy! – rozkazał Chaval głosem cesarza rzymskiego przyzwyczajonego do posłuszeństwa. – Zaprowadź mnie do biura, żebym odzyskał klucze, moja złota brzoskwineczko.

Znalazł taki wybieg. Na zmianę zwracał się do niej per ty i per pani, a ona traciła głowę. Kolejna sztuczka: bez przerwy nazywał ją „swoją złocistą brzoskwineczką".

Wyciągnął dłoń, chwycił ją za wyłogi płaszcza i gwałtownym gestem przyciągnął do siebie. Krzyknęła raz, potem drugi, gdy zatopił zęby w delikatnej skórze jej szyi. Słodkie ugryzienie. Objął ją jeszcze mocniej, płonąc żądzą, by dotknąć jej naprawdę, pieścić jej aksamitne ciało, śledzić cudowne krzywizny kobiecych kształtów...

Szepnęła: Tak, tak, i ruszyli na poszukiwanie taksówki, aby jak najszybciej dotrzeć na avenue Niel.

Wymyślił pewien fortel...

Odkąd znowu zrobiło się ciepło, Trąbka nosiła bluzki z dużym dekoltem; w pooranym zmarszczkami zagłębieniu między piersiami dostrzegł pozłacany łańcuszek, na którym wisiał klucz. Zwykły, szary płaski klucz, który nie pasował do złoconych ogniw łańcuszka. Któregoś wieczoru, gdy zamykała biuro, a on ją obserwował, niespostrzeżenie zdjęła łańcuszek i zamknęła kluczem szufladę.

Pomyślał wtedy, że to musi być ważny klucz. Chciał to sprawdzić.

Mdły zapach Trąbki i zachodzące słońce działały mu na nerwy. Potrzebował ruchu...

Było po dziesiątej, gdy weszli do firmy. W oknach mieszkania, które zajmowali René i Ginette, nie paliło się żadne światło. Pewnie spali. Nikt im nie przeszkadzał.

Denise wstukała kod, aby wyłączyć alarm, i Chaval zapamiętał układ cyfr: 1214567. Mogło się to przydać.

Wyjęła pęk kluczy z torebki i otwierała po kolei drzwi.

– Niech pani nie zapala światła. Ktoś mógłby pomyśleć, że to włamanie.

– Ależ nie robimy nic złego! – zaprotestowała Denise.

– Wiem – oświadczył Chaval – ale ludzie o tym nie wiedzą. Co by było, gdyby wszczęli alarm? Mogłoby się to dla pani fatalnie skończyć! Niektórzy wszędzie węszą podstęp, wie pani...

Zadrżała i o mało nie zrezygnowała.

Poczuł, że się waha, i przyciągnął ją gwałtownie do siebie.

– Nie robimy nic złego, moja złociutka brzoskwineczko...

Szedł za Denise do jej pokoju podniecony na myśl o tym, że popełni niecny uczynek. Tylko jak się do tego zabrać? Grał o wielką stawkę. W żadnym wypadku Trąbka nie może się domyślić, że interesuje go wyłącznie klucz. Przebiegł go dreszcz i poczuł, że mu twardnieje. Cel był blisko. W półmroku ledwo ją dostrzegał i na twarz Trąbki nałożył twarz Hortense. Pomyślał znowu o długich nogach Hortense, jej obcasikach stukających na bruku, gorących kleszczach, które miażdżyły mu członek. Krzyknął cicho i przycisnął Trąbkę do siebie. Brutalnie pociągnął ją za włosy do tyłu, szukał ust.

– Nie tutaj! Nie teraz! – zaprotestowała, odwracając głowę.

– Nie chce mi się pani oddać? A ja pożądam pani od tylu miesięcy...

– Nie tutaj – powtórzyła, próbując się oswobodzić.

– Należysz do mnie, Denise, nie wiesz o tym, ale należysz do mnie.

Wsunął palec między jej obwisłe piersi i natknął się na kluczyk, który spoczywał w zagłębieniu.

Pomacał go i udał zdziwienie.

– A cóż to jest? Złowrogi talizman, który ma mnie odsunąć od ciebie? Sposób na to, aby delikatnie mi powiedzieć, że nie powinienem posuwać się dalej? Że moje pożądanie rani cię i obraża? Dlaczego w takim razie nie powiesz mi tego natychmiast? Po co bawisz się moim uczuciem? Ach! Jesteś taka jak inne kobiety! Zimna i wyrachowana... Wykorzystałaś mnie!

Zaczerwieniła się i zaprotestowała, że wcale nie o to chodzi.

– Ależ tak – nalegał – czuję, że unikasz moich pieszczot... To przez ten zdradziecki klucz! To on jest źródłem nieszczęścia...

Owiewał ciepłym oddechem piersi Denise, przebiegał po karku, uszach, dmuchając, dmuchając, próbując przypomnieć sobie słowa Henriette.

Trąbka omdlewała w jego ramionach; nagle wypuścił ją, jakby uderzony jej zdradą. Opadła na krzesło ze spuszczonymi ramionami i jęknęła.

– Zostawiam cię, moja złociutka brzoskwinko, myślałem, że między nami coś może się wydarzyć, a ty odmawiasz.

– Ale ja...

– Klucz, który nosisz, jest symbolem twojej odmowy... Jesteś podła, nic nie mówisz, ale ten klucz mówi za ciebie! Kto ci go dał? Kto?

– To klucz do szuflady, w której chowam papiery i ważne dokumenty! – wykrzyknęła Denise. – Nic poza tym! Przysięgam!

– Klucz do tajemnej szuflady, która czuwa nad twoją cnotą?

– Och, nie! Nie moją – westchnęła Trąbka. – Nie potrzebuję klucza, dobrze pan o tym wie...

Nie miała odwagi mówić do niego per ty. Nie można zwracać się per ty do marzenia.

– A dlaczego ten klucz staje na drodze moich pocałunków?

– Nie wiem, nie wiem – protestowała oszalała Trąbka.

– Ale wiesz, że mnie oburza...

– Nie powinien. Trzymam go tu, żeby nie zginął. To klucz do szuflady... I nic innego. Przysięgam!

Aby zobrazować swoje słowa, pokazała Chavalowi, że klucz otwiera tę szufladę i tyle.

– Szufladę, w której trzymasz swoje tajemnice, rzeczy ukrywane przede mną? Na przykład nazwiska kochanków i ich numery telefonu...

– Och, nie! – spąsowiała Trąbka – Nie mam kochanka...

– Kto może mi tego dowieść?

– Zaręczam panu...

– Więc po co ten klucz? Czy to prezent od byłego kochanka? Mężczyzny, który cię pożądał, pragnął, a może nawet otwarł i posiadł namiętnie...

Popatrzyła na niego bezradnie, nie wiedząc, co powiedzieć.

– Ale ja... nigdy nie miałam kochanka. Jest pan moim pierwszym...

– Niemożliwe! Nie wierzę ci! Ukrywasz coś przede mną! Ten klucz naigrawa się ze mnie, odkąd spoczął na tobie mój wzrok. Staje między mną a tobą i nie pozwala mi cię pożreć. Daj mi go! – rozkazał z brutalnością w głosie.

– Nie! Nie mogę!

– Więc... żegnaj! Nie zobaczysz mnie już więcej!

Odwrócił się i wolno skierował w stronę drzwi.

– Nie mogę, nie mogę – powtarzała Denise Trompet rozdarta między obowiązkiem a miłością. Wiernością wobec mężczyzny, którego zawsze szanowała, Marcela Grobza, a chęcią oddania się innemu, torturującemu ją ślepą zazdrością.

Jak w powieściach.

Właśnie przeżywała jedną ze swoich powieści...

Wówczas zalała go złość, rozwścieczył twardy upór, który mu stawiała, i prostując się, złapał oburącz za poły bluzki i rozerwał ją z trzaskiem, który przeszył ciszę w pokoju.

– Proszę! Tym sposobem jeżeli ktoś zapyta, będzie pani mogła powiedzieć, że na nic mi nie chciała pozwolić!

Dyszała. Jej pierś unosiła się w szybkim, urywanym rytmie. Znowu przycisnął ją do siebie. Dotyk jej skóry był czymś niesłychanie znajomym, a jednocześnie diabelsko ekscytującym, jakby spędził cały dzień, wpatrując się w nią, drżąc z niecierpliwości, czekając, aż dzień się skończy...

Za późno!

Tonęła w brutalnym uścisku, zachwycał ją brutalny dotyk jego skóry. Pocałował ją. Jego usta pozostawiły deszcz pocałunków wzdłuż jej obojczyka... Wydała znowu pełne rozpaczy westchnienie, gdy przywierał wargami do doliny jej piersi. Podała mu tak upragniony klucz z westchnieniem. Wiedziała, że popełnia błąd, ale wiedziała także, iż odtąd nie będzie w stanie niczego mu odmówić.

– Niech pan weźmie ten klucz... od tej chwili należy do pana – powiedziała zwyciężona Denise.

– Nie, nie chcę go już.

– Niech pan go weźmie i sam sprawdzi, że nie kłamałam.

– Zrobiłabyś to w imię naszej miłości? – spytał Chaval, patrząc na nią z powagą.

– Tak – powiedziała dzielnie Trąbka. – Daję go panu. W dowód mojej miłości do pana.

Podała mu klucz, który schował do kieszeni.

Jego usta posuwały się w górę, do podbródka, aż do kącika drżących warg. Zawahał się. Lekko się odsunął...

– *Ponieważ kazała mi pani czekać, zostanie pani ukarana. Nie pocałuję pani dzisiaj, a klucz oddam dopiero jutro rano... Będę go odpytywał przez całą noc i wyjawi mi swoje tajemnice.*

Czuła w klatce piersiowej oszalałe bicie serca nękanego zwątpieniem. Co chciał przez to powiedzieć? Czy bezwiednie go obraziła?

Pozwolił sobie na ostatni czuły gest, wsunął palce w jej włosy, mruczał, muskając wargami jej kark:

– *Pani włosy koloru nocy są miękkie i jedwabiste, świeże jak poranna rosa... Będę je znowu pieścił, gdy pani wybaczę...*

Ręka przesuwająca się w jej włosach dawała jej absurdalne uczucie spokoju. Palce poruszały się delikatnie, muskały skronie, potem ześlizgiwały się pod ucho i żuchwę w niedbałej pieszczocie. Położył kciuk w kąciku jej ust, przejechał nim po dolnej wardze, leciutko naciskając...

Zamknęła tylko oczy i odwróciła głowę.

Jutro wróci. Do jutra jej wybaczy.

Jutro o świcie, pomyślał Chaval, dorobię klucz. Dam go starej Grobzowej, podam jej kod do systemu alarmowego i wskażę szufladę, którą ma przeszukać. Niech sobie dalej radzi sama. Niech znajdzie pretekst, żeby pokręcić się po firmie. Moja misja będzie zakończona. I dostanę prowizję.

Dochodziła północ, gdy chyłkiem opuścili firmę.

Chaval odprowadził Denise Trompet do metra i udawał chłód obrażonego mężczyzny.

– Ukarana, jesteś ukarana – szeptał, owiewając jej włosy ciepłym oddechem i pokazując brunatny mocny tors wyzierający spod koszuli. – Zobaczę się z panią dopiero jutro... Oczywiście jeśli będzie pani grzeczna! Niech pani teraz pędzi do metra. Niech pani mnie słucha, bo ja tak chcę!

Patrzyła na niego z oddaniem, złożyła ręce, wyszeptała „do jutra" i pobiegła lekkim krokiem młodej dziewczyny złapać ostatnie metro, które zawiezie ją na rue de Pâli-Kao.

Patrzył, jak zbiega po schodach uległa i szczęśliwa, że jest mu posłuszna, i przyszła mu do głowy dziwna myśl. Tak łatwo było oszukać Trąbkę. Zawrócić jej w głowie. Zupełnie zapomniała o pretekście, jakim były zgubione klucze. Będzie musiał wymyślić jakąś historyjkę. To nie będzie trudne. Łatwowierność tej dziewczyny budziła w nim brutalną chęć, aby bawić się nią, manipulować. Po co miałby to kończyć? Ta kobieta może mu się na coś przydać. Nie wiedział jeszcze na co. Mogłaby dla niego pracować. Byłoby to korzystne pod każdym względem... Jeżeli wystarczyło dmuchać jej w ucho i nazywać ją „swoją brzoskwinką", żeby straciła głowę, byłby głupi, gdyby tego nie wykorzystał.

Znowu poczuł, że członek twardnieje mu w spodniach.

I tym razem Hortense Cortès nie miała z tym nic wspólnego.

*

Hortense zamknęła się w pokoju i rozmyślała.

Gary wyjechał do Nowego Jorku bez uprzedzenia, to nie jest normalne, to zupełnie nienormalne. Coś musi być na rzeczy. Kobra albo żmija podła. Uruchomiła program Głębokiego Myślenia. Zdystansować się od problemu i popatrzyć na niego jak na stary, wypatroszony puf.

Usiadła na łóżku po turecku, skoncentrowała się na szkarłatnej azalii, jedynej pamiątce po jej witrynach, która więdła na parapecie, i oddychała. Nadi shodana. Metoda oddychania, której nauczył ich wykładowca w Saint-Martins, aby zwiększyć koncentrację przy pracy. Nadi shodana napełniała ją przejrzystą energią, piękną trzeźwością umysłu, Hortense oddychała i stawała się światłość.

Poza oddychaniem opracowała strategię myślenia.

Wychodziła zawsze z tego samego założenia: ja, Hortense Cortès, jestem jedyna na świecie, wspaniała, inteligentna, dzielna, błyskotliwa, podniecająca, rzucająca na kolana, niesamowita. Po przyjęciu tej zasady zadawała pytanie w jak najprostszy sposób.

Tego dnia temat refleksji brzmiał: dlaczego Gary Ward nie uprzedził Hortense Cortès, że leci do Nowego Jorku?

Jak nazywa się to coś, co było na rzeczy? Kobra to czy żmija podła?

Opracowała kilka hipotez.

1) Przeżył szok, zastając Shirley i Olivera w jednym łóżku. Dopiero co wrócił ze Szkocji. Pewnie coś poszło nie po jego myśli, bo w przeciwnym razie opowiedziałby jej o tym. Nie mógłby powstrzymać radości, zewsząd by się wylewała. Powiedziałby: *Guess what?* Mam ojca. Jest wysoki, przystojny, szaleje z radości, że się ze mną spotkał, piliśmy razem piwo i dał mi kilt z tartanem klanowym. Wstałby, włożyłby kilt klanu, radośnie kręciłby się w kółko na tym wstrętnym dywanie z wielkim żółtym słońcem i gwiazdozbiorami. Nie włożył kiltu, nie kręcił się, a zatem nie miał do powiedzenia nic w stylu: grajcie Panu na harfie, grajcie Panu na cytrze.

Hortense powoli wypuściła powietrze, zatykając prawą dziurkę nosa. Jego ojciec! Po co go szukał? Rodzice to jedynie blokada, obciążenie, wtłaczają nam wątpliwości, poczucie winy, same śmierdzące rzeczy.

Wzięła głęboki wdech lewą dziurką.

Gary biegnie do mieszkania matki i zastaje nagiego Olivera z nagą Shirley leżącą u jego boku. Albo na nim. Albo obydwoje połączonych lubieżnym węzłem. Jakby belka spadła mu na głowę! Matka nie jest kimś, kto uprawia seks. Nie ma piersi, nie ma płci, a przede wszystkim nie ma kochanka! A już z całą pewnością nie jest nim ukochany nauczyciel fortepianu!

Trzaska drzwiami i ucieka. Biegnie jak szaleniec, o mało nie wpada pod samochód, uskakuje przed autobusem, przybiega do domu zdyszany, wkłada kark pod zimną wodę, prostuje się i krzyczy: *New York! New York!*

Ale żeby wyruszyć przez Atlantyk bez uprzedzenia...

Brakowało jednego elementu.

Zmieniła dziurkę, wciągnęła powietrze z cichym chrzęstem w gardle, poczuła, jak powietrze wypycha jej obojczyki, i zajęła się drugą hipotezą.

2) Gary zastaje Shirley i Olivera nagich w łóżku. Belka spada mu na głowę, Gary chwieje się na nogach, krwawi, stara się ze mną skontaktować, nie odbieram telefonu, zostawia wiadomość, czeka, żebym przyszła opatrzyć mu rany, przybiegła na lotnisko, by odlecieć razem z nim. Nie oddzwaniam. Rozczarowany znowu zaczyna mnie nienawidzić i wyjeżdża do Nowego Jorku, obnosząc się ze swoją samotnością. Gary lubi się z czymś obnosić. Lubi cierpieć w milczeniu i pokazywać później ślady gwoździ na dłoniach. Od tego czasu jest obrażony. Czeka, aż zadzwonię.

Wąż nazywa się Orange. Mam uszkodzoną skrzynkę głosową. To by wyjaśniało, dlaczego dostaję tak mało wiadomości.

Długi wydech. Zmiana dziurki. Powstrzymywany wdech.

3) Albo...

Albo... to pewna ekstrapolacja, luźne dywagacje, koncepcje, oskarżenia zakrawające na paranoję. I wskazuję palcem ajatollaha.

Aby mnie „ujarzmić", albo z zazdrości, odsłuchuje moje wiadomości i po kolei je kasuje. Gary informuje mnie, że wyjeżdża do Nowego Jorku, i proponuje, żebym z nim pojechała... Dlaczego nie? Taki szalony pomysł byłby w jego stylu. Szaleńczo romantyczny pomysł...

Peter słyszy: Śliczna Hortense, kupiłem bilet w przestworza, przybywaj, chmury widziane z samolotu są miękkie i białe, kocham cię, rusz tyłek. Ajatollah ślini się z zazdrości i kasuje wiadomości, wszystkie wiadomości, zostawiając tylko te nieistotne, marna pociecha, aby uśpić moją czujność.

Długi wydech. Zmiana dziurki. Długi wdech, który ponownie napełnia plecy, dochodzi do mózgu, otwiera tysiące okien na świat i ostrzega przed zgniłymi wiatrami, jakie nad nim wieją. Nadi shodana jest jak potężna latarnia, która oświetla strefy cienia, przepędza miazmaty i wrogów z długą czarną brodą.

A kobra nazywa się Peter i nosi okrągłe okularki.

Może o jednej czy dwóch rzeczach dotyczących Petera nie opowiedziała matce, żeby jej nie przerażać.

Po pierwsze, zastała go pewnego wieczoru z nosem w kresce kokainy. Dochodziła północ, pewnie myślał, że wszyscy śpią. Pochylony nad ławą w salonie wesoło wdychał. Cichutko weszła po schodach, położyła się w wielkim łóżku i pomyślała: Coś podobnego! Ajatollah się wyluzował... Pieczołowicie zachowała tę informację w zakamarku głowy. Pewnego dnia ją wykorzysta.

Po drugie, w czasie wieczoru z Peterem, kiedy rozkazał jej, żeby grzecznie siedziała obok niego, oczywiście się oddaliła i nad ranem zobaczyła trzy SMS-y od ajatollaha, treści: Gdzie jesteś? Jak cię znajdę, to cię przelecę.

Jestem molestowana przez naćpanego ajatollaha.

Długi mocny wydech, żeby rozluźnić całe ciało, wydech, który niesie życie, oczyszcza, kolejny wdech przez prawą dziurkę...

Postanowienia.

Odtąd będzie pilnować telefonu. Nie będzie się już walał wszędzie, w salonie, na werandzie, w aneksie kuchennym, na stole przed telewizorem, na stoliku w łazience.

Odtąd będzie go trzymać w dłoni.

A przede wszystkim, przede wszystkim opuści ten dom.

Szkoda. Lubiła dzielnicę, pokój na poddaszu, niebo oglądane przez świetlik, gałąź platana uderzającą w okno, francuską restaurację na rogu, kelnerkę, która zostawiała jej zawsze kawałek sztuki mięsa; lubiła przystanek autobusowy, labirynt uliczek, sklepów z koronkami i kasjerkę z Tesco, która przymykała oko, gdy zawsze wstukiwała ziemniaki... Wyprowadzi się.

Koniec nadi shodany.

Natychmiast zacznie przeglądać ogłoszenia na gumtree. com.

A w tej fazie, pomyślała, liczy się „natychmiast".

Włożyła różowe satynowe sandały kupione na pchlim targu przy Brick Lane. Ubierając się jak księżniczka, znajdzie pałac.

Pomyślała też, że musi szybko znaleźć sobie staż na lato. Bim-bam-bom, znajdzie.

Była Hortense Cortès, jedyną na świecie, wspaniałą, inteligentną, dzielną, błyskotliwą, podniecającą, rzucającą na kolana, niesamowitą.

– I nie masz od niego żadnych wieści?

Hortense i Shirley umówiły się przy Southbank, żeby zjeść miseczkę chińskich nudli w Wagamamie. Była piękna pogoda, siedziały na tarasie i machały nogami w słońcu.

– Tylko maile... Nie chce ze mną rozmawiać. Jeszcze nie teraz. Dostaję tylko maile.

– A co w nich pisze?

– Że życie jest piękne, że ma mieszkanie w czerwonym ceglanym budynku z zielonymi oknami przy Siedemdziesiątej Czwartej Zachodniej.

– Masz dokładny adres?

– Nie. Dlaczego pytasz?

– Żeby wiedzieć.

– Gdzieś między Amsterdam a Columbus Avenue.

– To dobra dzielnica?

– Bardzo dobra. Pod oknami rosną dwa drzewa.

Jakiś gość na deskorolce prześliznął się między nimi, nagle zahamował, popatrzył, jak jedzą nudle, i rzucił: *Eat the bankers!*,* po czym wściekły odjechał.

– A co poza tym?

– Kolega Jerome w Brooks Brothers, haczykowata koleżanka, która sprzedaje bułeczki z czekoladą, i kolejna z zielono-niebieskimi włosami.

– Sypia z nią?

– O tym nie pisze.

Shirley mówiła smutnym głosem, mieszając nudle z curry. Przytaczała maile od syna słowo po słowie. Hortense zastanawiała się, ile razy je czytała, skoro nauczyła się ich na pamięć.

– Uwielbia Nowy Jork, jest wiosna, pyłki opadają w parku, przypominają śnieg, ludzie mają zaczerwienione oczy, kichają, płaczą, ptaki śpiewają tak-tak-tak, a on im odpowiada nie-nie-nie, bo on nie kicha, nie płacze, tylko pod-

* Dymać bankierów!

664

skakuje. Ma masę koleżanek wśród wiewiórek. Są smutne w poniedziałki, bo nikt się nimi nie zajmuje.

– Wiewiórki z Central Parku są smutne w poniedziałki? – zdziwiła się Hortense.

Shirley skinęła głową z pustym wzrokiem.

– To wszystko? – spytała Hortense.

– Gra na fortepianie na zapleczu sklepu, pracuje popołudniami w piekarni, zarabia na życie. Krótko mówiąc, jest szczęśliwy... – powiedziała ponuro.

Hortense pomyślała o zdaniu Balzaca, które powtarzała im matka, żeby je rozśmieszyć: „Ach – rzekł hrabia, który weselał na widok smutnej żony". Shirley wyglądała na zmartwioną, że jej syn się cieszy.

– Pisze o mnie? Pyta, co u mnie słychać?

– Nie.

– Pewnie sypia z tą z zielono-niebieską grzywką. Nie szkodzi, to dlatego, że jestem daleko.

To była ich niepisana zasada. Nigdy nie ustalali, kiedy się znów zobaczą, ani nawet że w ogóle się zobaczą. Nigdy nie przyznawali, że zależy im na sobie. Że mają ochotę odchylić głowę i pocałować w usta aż do bólu. Z powodu dumy. Byli uparci. Za każdym razem mówili sobie do widzenia z pewną nonszalancją, jakby myśleli: Nic się nie stanie, jeśli cię jutro nie zobaczę. Ale wiedzieli. Wiedzieli...

Więc dziewczyna z zielono-niebieską grzywką nie miała znaczenia. Hortense nie przejmowała się nią.

Przeszedł przed nimi pomarszczony człowieczek. Na plecach niósł reklamę maści na hemoroidy. Hortense szturchnęła Shirley, ale Shirley się nie uśmiechnęła. Zdawała się tkwić za murami olbrzymiego smutku. Smutek otaczał ją szarymi murami, nie pozwalał dostrzec człowieczka przygniecionego reklamą leku na rozpalony odbyt. Hortense zapragnęła uciec. Różowe satynowe paski sandałów wrzynały jej się w kostki, nie powinna w nich spacerować po asfalcie. Huśtała nogami, aby uśmierzyć ból kostek.

– Mama powiedziała mi o Garym. O tym, że zastał cię z Oliverem.

– Oliver był ostatnim etapem. Gary zostawił mnie już dawno... Oddala się i nie mogę znieść tej myśli.

– To widać, wyglądasz ponuro.

– Jestem jak Ariadna w labiryncie. Zgubiłam nić.

– To Gary był nicią, co?

– No tak...

Shirley westchnęła i wciągnęła długi żółty makaron.

– Niebezpiecznie jest mieć tylko jedną nić w życiu – powiedziała Hortense. – Kiedy się ją gubi, błądzi się w labiryncie.

– Właśnie tak jest ze mną, błądzę w labiryncie... A jak skończyła Ariadna?

– „Szaleństwem trawiona zginęła na pustkowiu kędyś porzucona!"* Jeśli dobrze pamiętam.

– Tak właśnie będzie ze mną.

Hortense nigdy nie widziała Shirley w takim stanie. Miała sine worki pod oczami, niezdrową cerę, włosy zlepione w nędzne, brudne strąki.

– Jestem wdową, Hortense, wdową po swoim synu...

– Cóż to za pomysł, chcieć poślubić własnego syna!

– Tak dobrze się rozumieliśmy...

– Być może, ale to nie jest normalne. Byłoby lepiej, gdybyś dalej sypiała z Oliverem. Dobrze by ci to zrobiło. Wiesz, prowadzenie życia seksualnego nie mającego związku z synem nie jest zbrodnią.

– Och! Oliver... – Shirley wciągnęła drugi żółty makaron, wzruszając ramionami. – Oliver to osobny problem...

– Wszędzie widzisz problemy, Shirley! Zdaniem Gary'ego to raczej fajny facet.

* Jean Racine, *Fedra*, przeł. Tadeusz Boy-Żeleński (przyp. tłum.).

– Wiem... Tylko że...

Znowu westchnęła. Wciągnęła trzeci makaron. Hortense miała ochotę chwycić ją za ramiona i potrząsnąć.

– Będziesz jadła po jednym makaronie?

– Chciałabym poznać swoją tajemnicę...

– Dlaczego ci odbija?

Shirley nie odpowiedziała.

– Chciałabym poznać swoją tajemnicę... – powtórzyła z uporem.

– Powinnaś zrobić coś z włosami, wyglądają smutno.

– Nie tylko włosy.

– Ależ weź się w garść, Shirley! Tak się nie da, wpędzasz mnie w chandrę.

– Nie mam już ochoty, nie mam już ochoty na nic.

– Więc skocz do Tamizy!

– Rozważam to.

– Dobrze, zostawiam cię. Cześć! Nie lubię ludzi w depresji. Z tego co mówią, podobno to jest zaraźliwe.

Shirley zdawała się ledwo ją słyszeć. Robiła wrażenie zagubionej w labiryncie z miseczką nudli w ręce.

Hortense wstała, położyła trzy funty na stole i zostawiła ją na tarasie Wagamama wciągającą makaron po jednej nitce.

Shirley patrzyła, jak Hortense się oddala. Wysoka, szczupła, kołysząca się na wysokich obcasach różowych sandałów. Machając torebką w powietrzu, aby odpędzić męta, który chciałby się do niej zbliżyć. Długie ramię Gary'ego otoczyło ramiona Hortense. Ciemna czupryna Gary'ego pochyliła się nad falującymi włosami Hortense. Oddalali się głowa przy głowie. Shirley miała przed oczyma kuchenkę w Courbevoie, gdzie Gary i Hortense przychodzili wylizywać miski, gdy piekła ciasto czekoladowe. Białe firanki zebrane taśmą, para na szybach, słodki, uspokajający zapach ciasta, sonata Mozarta w radiu. Siadali przy stole obok siebie, mieli po dziesięć lat, wracali ze szkoły, zawiązywała im serwetki pod szyją, podwijała rękawy i podawała salaterki ze śladami topionej gorzkiej czekolady, które czyścili językiem, palcami, rękami, brudząc się na czarno aż po oczy. Rozpłakała się. Gorące łzy spływały jej po policzkach, spływały do miseczki z żółtym makaronem, łzy o smaku przeszłości.

*

Stało się to ich dziwnym i cudownym zwyczajem.

W niektóre wieczory.

Becca czekała w kuchni bez fartucha.

Philippe do niej dołączał.

Przejeżdżał sobie ręką po włosach i pytał: Co dziś będziemy gotować?

Becca zapowiedziała Annie, że od tej pory to ona będzie przygotowywać kolacje. Annie może się zdrzemnąć, haftować śliczne serwetki, które położy się pod talerze i będą przypominać kółka we wszystkich kolorach tęczy. Annie potakiwała. Nie miała już siły gotować po południu. Nogi jej ciążyły, musiała kłaść je na małym taborecie.

Becca szła po zakupy, wykładała na stół jarzyny, mięso, ryby, sery, korniszony, truskawki i czereśnie. Otwierała książkę kucharską, aby ułożyć menu. Rozmyślała nad tysiącem dziwacznych kombinacji. Kurczak z truskawkami? Królik z brukwią? Sola w karmelu i czekoladzie? A dlaczego nie? Życie jest smutne, bo codziennie je powtarzamy. Wystarczy zmienić składniki, a zaczyna śpiewać. Klucz obracał się w drzwiach wejściowych, Philippe krzyczał: *Hello! Hello!* Zdejmował sznurowane buty, marynarkę i krawat, wkładał pulower, który mógł poplamić, chwytał biały fartuch.

Obierał, kroił, mył, tarł, siekał, ciął, nadziewał, patroszył, skubał, ubijał, skrobał, łuskał, mieszał, rozdrabniał, rozmrażał, odparowywał, zagęszczał, przesiewał, ucierał, rumienił i...

Mówił.

O wszystkim i o niczym. Czasami o sobie.

Becca słuchała, jednym okiem patrząc na produkty, a drugim zerkając do książki kucharskiej.

Przystępowali do pracy.

Ona grała pierwsze skrzypce.

Mówił, że przypomina mu to dzieciństwo. Wielką kuchnię normandzką, niemal czerwone miedziane garnki, wiszące na ścianach rondle, stare płytki ceramiczne, warkocze czosnku i cebuli zwisające niczym girlandy nad oknami, niebiesko-białe zasłony z bawełny. Był jedynakiem i chronił się pod spódnicą Marcelline, kucharki i pomocy domowej.

Becca wybierała utensylia, przygotowywała jajka i mąkę, masło i pietruszkę, cukinie i oberżyny, przyprawy, odkręcała butelkę oliwy i utrzymywała, że gotowanie to bułka z masłem, tylko Francuzi robią z tego wielkie halo. Protestował, zapewniał, że w żadnym innym języku na świecie nie ma tylu słów w hołdzie dla sztuki kulinarnej: Bo to się tak nazywa, moja droga... Kwitowała: Bla-bla-bla, marmolada. Odpowiadał: Rosół, sos *gribiche*, winegret, sos tatarski, *escabeche*. A ona zamykała mu dziób kulebiakiem i dostawał figę z makiem...

Promieniała.

Uczyła się skomplikowanych słów po francusku, czytając książkę kucharską.

Uczyła się rozmawiać z nim, topiąc masło i rumieniąc czosnek w łupince.

Z każdym dniem zbliżali się do siebie.

Każde wyznanie nosiło nazwę potrawy.

Zapisywała ją na czarnej tablicy Annie w kuchni.

Przypominało to wyliczankę.

Opowiadała o utraconej miłości...
Która w nocy przychodzi do niej w gości.
Kiedy wszyscy śpią, bo nie chce nikogo spotkać.
I przemawia głosem pełnym złości...
Zaprotestował:
– Niech pani tak o nim nie mówi, Becco, bo go pani kocha.
– O, tak! Kochałam go i dalej go kocham – odpowiedziała, gryząc się w język. – Ale tylko ja go widzę nocą... Jak pani Muir swojego ducha.
– Ja też jestem duchem dla kobiety, którą kocham.
– Od pana tylko zależy, czy zrzuci pan białe prześcieradło... A może upieklibyśmy *gratin* z kalafiora na dzisiejszy wieczór? Z beszamelem. Biały rosół na białym warzywie z białym mlekiem i białym serem, co pan na to?
Pokiwał głową.
Przystąpili do pracy, nie przerywając zwierzeń.
– Pewnego dnia pojadę do Paryża. Czekam, aż ona zadzwoni, powie mi, że wyszła już z mgły.
– I jajecznica w charakterze dodatku do tej rośliny warzywnej z kapustowatych.
– Dobrze zapamiętała pani lekcję, droga Becco.
– A pan niech zapamięta, co następuje: niech pan nie traci czasu. Czas płynie tak szybko... Przecieka między palcami. Nieraz to tylko kwestia sekund i te sekundy potem mogą stać się wiecznością.
– Pewnego dnia zadzwoni i wskoczę do Eurostaru.
– I tego dnia będzie pan najszczęśliwszym z zakochanych.
– Była pani bardzo zakochana, Becco? – odważył się zapytać, zaklejając palec. Siekał tak drobniutko pietruszkę do sałatki, że się skaleczył i cała lada była czerwona.
– O, tak! Nawet na minutę nie przestałam go kochać... Aż zostawił mnie na skrzyżowaniu Soho. Potrąciła go karetka, gdy jechał na motocyklu, ironia losu, prawda? Odszedł na trzy takty. W pierwszym pożegnał się ze mną z szerokim

uśmiechem, w drugim założył kask, w trzecim zniknął za rogiem ulicy. Raz, dwa, trzy, raz dwa, trzy, przypominało to krok taneczny.

Zakołysała głową, złączyła ramiona nad głową i zaczęła wyginać biodra.

– Nigdy go więcej nie zobaczyłam. Nigdy.

– Nawet w szpitalu?

– Nie ja zidentyfikowałam ciało, nie miałam na to siły; chciałam zachować piękny obraz żywego, skaczącego mężczyzny, dla którego moje serce biło tak długi czas. Był moim mistrzem i moim natchnieniem. Tańczyłam dla niego, aby zobrazować to, co miał w głowie. Sprawiał, że frunęłam w powietrzu i nigdy nie opadałam... Aż do tego straszliwego dnia, kiedy roztrzaskałam się o ziemię.

– I nigdy już pani nie tańczyła?

– Byłam w wieku, gdy opuszcza się scenę. Gdy ma się czterdzieści lat, chowa się baletki, jest się starą.

Odwróciła głowę, patrzyła przez okno, uśmiechała się z powagą.

– Byłam stara kilka razy w życiu...

Wróciła do niego, znowu patrzyła mu w oczy.

– Postanowiliśmy otworzyć szkołę tańca. Był choreografem, a ja jego gwiazdą. Ludzie przyjeżdżali z całego świata zobaczyć jego spektakle. Tańczyłam w Royal Ballet, mój drogi. Dlaczego intendent królowej otwiera mi w nocy komórkę, jak pan myśli? On pamięta. Widział, jak tańczyłam na scenie, oklaskiwał mnie.

Ukłoniła się i dygnęła jak baletnica w spódniczce, trzepocząc rzęsami.

– Przeżyliśmy piękne lata, wymyślaliśmy tak piękne balety; nie chciał, żebyśmy tańczyli, chciał, żeby widać było, jak tańczy muzyka... Studiował kompozycję w Sankt Petersburgu, był Rosjaninem, synem wielkiego pianisty. Oddzielał każdy ruch jak nutę. Lubił wszystkie rodzaje muzyki, to stanowiło jego bogactwo... Obejmował cały świat. Chciał otworzyć szkołę kształcącą gwiazdy i choreografów, kiedy przestanę tańczyć w Royal Ballet. Coś w rodzaju akademii tańca. Znaleźliśmy pieniądze, znaleźliśmy lokal w Soho. Jechał podpisać umowę wynajmu, kiedy potrąciła go karetka...

– Nie mieli państwo dzieci?

– To było moje drugie wielkie nieszczęście. Straciłam chłopca, zmarł tuż po urodzeniu... Tak bardzo razem płakaliśmy... Mówił: Nie płacz, to był anioł zwiastowania, otwarł drogę dla następnego... Podnosił wzrok do nieba, jakby się modlił. Powtarzał: Duszko, nie płacz, nie płacz... Kiedy odszedł, nie miałam już po co żyć ani tańczyć.

– I spadła pani w otchłań.

– I zeszłam na ziemię. To było piekło.

Uśmiechała się, wlewając mleko.

– Nie widzi się, jak się spada w otchłań. Wydaje się, że to sen, że to koszmarny sen... Przestaje się płacić czynsz, zapomina zjeść śniadanie, uczesać się, zasnąć, obudzić, później nie czuje się już głodu ani pragnienia, ciało gubi się w ubraniach, człowiek się dziwi, że jeszcze żyje. Przyjaciele go unikają. Kiedy ktoś ma problem, ludzie boją się, że się nim zarażą. Nieszczęście jest jak choroba zakaźna... A może to ja odpuściłam z obawy, że będę przeszkadzać.

Przed jej oczyma przewijał się stary film z tych strasznych lat. Philippe zgadywał, że Becca koncentruje się, aby odczytać obrazy.

– A potem to idzie bardzo szybko. Telefon już nie dzwoni, bo go odcinają. Mijają miesiące. Człowiek myśli, że wreszcie skończy się to życie, które wisi na włosku... A ono nie kończy się tak, jak sądził.

– Niech zgadnę...

– Nie może pan zgadnąć, zawsze był pan bezpieczny. Kiedy ktoś chodzi po linie bez siatki, jest w niebezpieczeństwie.

– A mnie paraliżuje właśnie siatka.

– Na własne życzenie... Niech się pan zastanowi. Siatka jest na zewnątrz. Może pan ją zerwać, to zależy tylko od pana. Ja byłam spętana od środka.

Rozłożył ręce na znak, że nie do końca rozumie. Kalafior gotował się we wrzątku. Nakłuwała go nożem, żeby sprawdzić, czy jest ugotowany.

Nalegał.

– Musi mi pani wyjaśnić. Nie może pani formułować tak poważnych twierdzeń i uciekać, obróciwszy się na pięcie.

– Niech pan pójdzie ze mną.

Wzięła go za rękę i zaprowadziła do salonu.

Jej wzrok padł na cztery majestatyczne lampy w mosiężnych wazonach Jeana Dunanda, przeniósł się wyżej, na obrazy wiszące na ścianach. Autoportret Van Dongena, obraz olejny Hansa Hartunga, rysunek węglem Jeana-François Milleta, szaro-czerwono-zielona kompozycja Poliakoffa. Milczała. Philippe opadł na fotel i potrząsał głową.

– Nie rozumiem, co chce mi pani powiedzieć.

– Dużo się nauczyłam na ulicy. Nauczyłam się, że różne drobiazgi mogą uczynić mnie szczęśliwą. Schronienie u intendenta królowej, dobra, ciepła zupa, koc znaleziony w śmietniku...

– Te przedmioty, które wskazuje pani w milczeniu, też czynią mnie szczęśliwym.

– Te przedmioty otaczają pana murem, nie dają panu żyć. Nie można się tu ruszyć. Jest pan otoczony. Dlatego nawiedzają pana koszmary. Niech pan wszystko rozda, a poczuje się pan lepiej.

– To całe moje życie! – zaprotestował Philippe.

Codziennie wskazywała nowy przedmiot, obraz, fotel, rysunek, akwarelę, zegar z repusowanego brązu o dziwacznym kształcie i codziennie mówiła łagodnym głosem:

– To, co nazywa pan swoim życiem, dusi pana... Niech się pan pozbędzie tej kupy mebli, obrazów, dzieł sztuki, które pan gromadzi, nie widząc ich nawet. Jest tu za dużo pieniędzy, Philippe, a to niedobrze!

– Naprawdę tak pani sądzi? – pytał cienkim głosem, w którym słychać było opór.

– Wie pan o tym... Wie pan o tym od dawna. Słucham, co pan mówi, ale słyszę przede wszystkim to, czego pan nie mówi. A to, czego pan nie mówi, jest ważniejsze niż wypowiadane przez pana słowa.

Tego dnia wrócili do kuchni. Polała gotowany kalafior sosem beszamelowym. Upiekli kawałek wołowiny z białą cebulką, otwarli butelkę lekkiego wina.

Annie, Dottie i Alexandre bili brawo. Przyznawali oceny, wycierając usta z powagą uczonych gastronomów.

Nie słyszał. Myślał o tym, co powiedziała Becca.

Więc któregoś pięknego majowego dnia...

Wszedł do kuchni, gdzie Becca obierała koper do uduszenia, stanął za nią, twarzą do okna nad zlewem. Nie odwróciła się, dalej rwała koper na pół.

– Pamięta pani, co mi powiedziała o czterech lampach w salonie?

– Dokładnie pamiętam.

– Nadal tak pani uważa?

– Za jedną taką lampę można by nakarmić dziesiątki głodnych. Będzie równie jasno z trzema!

– Jest pani. Daję ją pani. Niech pani z nią zrobi, co chce.

Odparła z pełnym pobłażania rozbawieniem:

– Wie pan dobrze, że to tak nie działa. Nie stanę na rogu ulicy z lampą i nie zacznę jej wymieniać na jedzenie i koce.

– Więc niech mi pani coś zaproponuje i zróbmy to razem... Przekażę pani lampy i obrazy. Nie wszystkie, ale wystarczająco, żeby można z tym coś zrobić.

– Mówi pan poważnie?

– Dobrze to przemyślałem. Czy sądzi pani, że ja się nie nudzę w tym pięknym mieszkaniu? Czy sądzi pani, że nie widzę dookoła biedy? Czy aż tak źle pani o mnie myśli?

– Och, nie... Oczywiście, że nie! Nie mieszkałabym u pana, gdybym myślała, że jest pan wstrętnym typem.

– Więc niech mi pani coś zaproponuje.

– Ale nie mam nic konkretnego w głowie. Rozmawiałam z panem ot tak, nie myśląc specjalnie...

– To niech się pani zastanowi.

Podniosła wzrok do nieba, wytarła ręce w ścierkę wiszącą na uchwycie piekarnika, westchnęła.

– Czego pan dokładnie chce, Philippe? Zbija mnie pan z tropu.

– Chcę spokoju. Spokoju płynącego ze świadomości, że żyję w zgodzie z sobą, że czemuś służę, że uszczęśliwiam jedną lub dwie osoby, i chcę móc z dumą powiedzieć sobie, że żyję szlachetnie... Może mi pani pomóc, Becco.

Słuchała go z powagą. Jej niebieskie oczy pociemniały, utkwiła w nim wzrok.

– Zrobiłby pan to? Zrezygnowałby pan z całego tego kramu?

– Sądzę, że jestem gotowy... Ale róbmy to powoli, proszę mnie nie poganiać.

*

Joséphine spotkała pana Boissona w aptece.

Stał w długiej kolejce z opuszczonymi rzęsami na bladych policzkach. Była za nim. Du Guesclin czekał na chodniku; pilnował wózka z zakupami. To dla ciebie idę do kolejki, z powodu twojego bolącego ucha, więc siedź tu grzecznie i nie wyj!

Stała z receptą od weterynarza w dłoni, kiedy zobaczyła przed sobą kark mężczyzny. Lubiła oglądać męskie karki.

Uważała, że można z nich odczytać duszę właściciela. Ten kark ją wzruszył. Sprawiał wrażenie karku człowieka pokonanego. Krótko ogolone włosy, jak od skalpela, zaczerwieniona, podrażniona miejscami skóra, cienkie, przezroczyste uszy, głowa pochylona w dół. Mężczyzna zaniósł się chrapliwym kaszlem, który rozrywał płuca; podniósł dłoń do ust, obrócił się bokiem i wtedy rozpoznała pana Boissona. Usta o zaciśniętych wargach, które nigdy się nie uśmiechają. Zastanawiała się przez moment, czy nie położyć mu ręki na ramieniu i nie powiedzieć: Znamy się, nie wie pan o tym, ale znamy się. Od kilku miesięcy żyję z panem, czytam o pana zmartwieniach i wzruszeniach... Powstrzymała się jednak. Dziwnie było znajdować się tak blisko tego mężczyzny, którego bicie serca mogła usłyszeć w każdym słowie zapisanym w czarnym notesie. Tak często miała ochotę doradzić mu coś, pocieszyć go.

Zadowoliła się oglądaniem karku w milczeniu. Dalej kaszlał, zasłaniając ręką usta. Zauważyła piękne perłowe spinki do mankietów. Prezent od Cary'ego Granta?

Podszedł do okienka. Miał na sobie beżowy cienki, płócienny płaszcz w wersji wiosenno-letniej. Identyczny jak płaszcz pani Boisson. Podał długą, zapisaną maczkiem receptę; aptekarka spytała, czy potrzebuje wszystkiego natychmiast, czy też może przyjść po południu. Odpowiedział, że zaczeka, i stanął z boku. Ich spojrzenia skrzyżowały się i Joséphine się uśmiechnęła. Popatrzył na nią ze zdziwieniem. Podniósł kołnierz płaszcza, jakby chciał pozostać niezauważony. Spostrzegła, że jest bardzo szczupły, niemal chudy.

Garibaldi potwierdził hipotezę Iphigénie.
Młodzieniec nazywał się Boisson.
Odczytał jej przez telefon treść teczki, którą przekazał mu jego kontakt w wywiadzie wewnętrznym.

– Wiele tego nie ma, proszę pani. Moim zdaniem założono mu teczkę wyłącznie dlatego, że przez dwa lata był w rządzie Balladura, a potem kolejne dwa w rządzie Alaina Juppégo. Przeczytam pani, co mam... Boisson Paul, urodzony 8 maja 1945 roku w Mont-de-Marsan. Ojciec: prezes Charbonnages de France. Matka bez zawodu. Absolwent politechniki, rocznik tysiąc dziewięćset sześćdziesiąt cztery. Co oznacza, że rozpoczął studia na politechnice w sześćdziesiątym czwartym roku.

– A kiedy je ukończył? – spytała Joséphine.

– W czerwcu sześćdziesiątego siódmego i natychmiast został zatrudniony w Charbonnages de France, z pewnością za sprawą ojca. Facet nie jest łowcą przygód! Poszedł w ślady tatusia, nie protestując.

– Pewnie był zrozpaczony.

– Niewiele się o nim mówiło. Nie należał do żadnej partii politycznej, stowarzyszenia czy związku. Nie ma nawet karty bibliotecznej! Życie mu obrzydło czy co?

– Biedny... – współczuła mu Joséphine.

– W siedemdziesiątym trzecim na spotkaniu absolwentów politechniki poznaje Antoine'a Brennera, wschodzącą gwiazdę UDR.* To bardzo przystojny mężczyzna. Wysoki, wysportowany, elegancki. Pani protegowany ceni czarujących mężczyzn, prawda?

Joséphine nie odpowiedziała.

– Brenner zauważa go i spotykają się ponownie. Współpracują przy różnych okazjach i wydają się sobie bliscy, choć nadal zwracają się do siebie per pan i nigdy nie spotykają w towarzystwie rodzin. Gdy Antoine Brenner zostaje ministrem środowiska w dziewięćdziesiątym trzecim, mianuje naszego bohatera szefem gabinetu. Pan Boisson spędzi w ministerstwie dwa lata, które wydają się szczęśliwe. Wygląda na całkowicie oddanego Brennerowi. Potem w maju

* Unia Demokratów na rzecz Republiki, tzw. gaulliści (przyp. tłum.).

dziewięćdziesiątego piątego Antoine Brenner otrzymuje tekę ministra delegowanego do spraw europejskich w nowym rządzie Juppégo i zatrzymuje przy sobie Paula Boissona. Później ich drogi się rozchodzą i pan Boisson zostaje... bardzo proszę, żeby się pani nie śmiała.

– Jestem śmiertelnie poważna.

– Zostaje dyrektorem technicznym spółki Tarma z siedzibą w Grenoble.

– Nie ma w tym nic śmiesznego!

– Wyspecjalizowanej w transporcie linowym osób i materiałów.

– To nadal nie jest śmieszne.

– Mówiąc wprost: spółki produkującej wyciągi dla stacji narciarskich... Pan Boisson z pewnością nie należy do osób ambitnych ani intrygantów. Zamiana złota i zaszczytów Republiki na żelastwo wyciągów mechanicznych nie ma w sobie nic ekscytującego... a w żadnym przypadku nie można jej uznać za awans.

– To mnie nie dziwi, jest mężczyzną sentymentalnym.

– No właśnie, porozmawiajmy o jego życiu uczuciowym.

– Przypuszczam, że jego żona ma na imię Geneviève.

– Pierwsza żona. W wieku dwudziestu dwóch lat ożenił się z Geneviève Lusigny. Zmarła na białaczkę dziesięć lat później. Nie mieli dzieci. Ożenił się ponownie w siedemdziesiątym ósmym z Alice Gaucher, bez zawodu, z którą ma dwóch synów.

– Znam ich z widzenia.

– Reszta nie zasługuje na uwagę. Bezbarwne życie, bezbarwna kariera zawodowa, bezbarwny los... Pewnie nie należy do hałaśliwych sąsiadów. Ani jednej skargi na zakłócanie ciszy nocnej. Moim zdaniem ten pani Młodzieniec żył intensywnie przez trzy miesiące w trakcie zdjęć do *Szarady*, a potem przeszedł w stan hibernacji. W wieku siedemnastu lat wycofał się z życia! Nie bardzo wiem, jak zrobi pani z tego wszystkiego powieść.

– Bo nie czytał pan jego dziennika ani biografii Cary'ego Granta.

– W każdym razie cieszę się, że mogłem pani pomóc, a jeżeli potrzebowałaby pani czegoś jeszcze, proszę dać mi znać. Zawsze będę do pani dyspozycji.

Joséphine poprosiła o krople dla Du Guesclina, wróciła do domu, otwarła czarny notes. Pod niepewnymi słowami Młodzieńca dostrzegała teraz zgięty, delikatny kark pana Boissona, który kaszlał w rękawiczkę.

„Dzisiaj, 18 stycznia, są jego urodziny. Kończy pięćdziesiąt dziewięć lat. Na planie była impreza. Wielki tort z dwudziestoma świeczkami. Dwudziestoma! Bo – rzucił producent w imieniu nas wszystkich – dla nas jest pan i zawsze pozostanie młodzieńcem. Podziękował, wygłaszając bardzo zabawne, krótkie przemówienie. Na początku powiedział, że osiągnął szacowny wiek, w którym to nie on ugania się za kobietami, ale kobiety uganiają się za nim! I że to jest bardzo przyjemne... Wszyscy się śmiali. Dodał, że w wieku niemal sześćdziesięciu lat ciągle jest równie naiwny i zastanawia się, jakim sposobem zrobił karierę. Niedawno odrzucił rolę Rexa Harrisona w *My fair Lady*, później Jamesa Masona w *Narodzinach gwiazdy*, Gregory'ego Pecka w *Rzymskich wakacjach*, Humphreya Bogarta w *Sabrinie*, Jamesa Masona w *Lolicie*. I na tym skończę, podsumował, w przeciwnym razie uznacie, że jestem strasznie staroświecki. Wszyscy bili brawo i protestowali. Znowu zjednał sobie całą publiczność...

Odkąd mi się zwierzył, zachowuje się inaczej. Jakby mnie unikał. Macha do mnie z daleka, ale stara się, żeby nigdy nie być ze mną sam na sam. Zachodziłem w głowę, co mu kupić... i chyba dałem mu najgłupszy prezent na świecie. Ofiarowałem mu szalik. Piękny, kaszmirowy szalik Charveta. Wydałem na niego wszystkie oszczędności.

Szalik!

Dla faceta, który mieszka w Los Angeles!

Ludzie z ekipy uśmiechali się drwiąco na widok mojego prezentu.

Podziękował mi i schował prezent do pudełka.

Wybąkałem przeprosiny. Uśmiechnął się i powiedział: *Don't worry, my boy!* W Hollywood nieraz jest chłodno... A poza tym będę go nosił w Paryżu.

Niedługo wyjeżdża, wiem o tym. Widziałem jego harmonogram. Zostały mu tylko dwa dni zdjęciowe...

Wreszcie udało mi się do niego podejść. Pewnie wyglądałem ponuro, bo położył mi rękę na dłoni i zapytał:

– Masz jakiś problem, *my boy*? Coś się stało?

– Wyjeżdża pan niedługo.

– Nie powinieneś się martwić. Naprawdę się martwisz?

– Dlaczego mnie pan o to pyta?

– Nie trzeba, *my boy*... Wyjadę, wrócę do swojego życia, a ty do swojego. Masz przed sobą niezły szmat drogi! Ale popatrz, do czego mnie zmuszasz! Do tego, żebym był poważny! No już! Uszy do góry!

Poczułem, jak serce wolno zwija mi się z bólu.

– Naprawdę pan wyjedzie?

Uniósł brew ze zdziwienia, tak jak to robi na ekranie. Miałem wrażenie, że gra jakąś rolę.

– Tak, wyjadę, a ty zostaniesz. I nasza przyjaźń pozostanie wspaniałym wspomnieniem... Dla ciebie i dla mnie.

Pewnie wyglądałem na zupełnie przybitego i to go najwyraźniej zirytowało.

– *Come on, smile!*

– Nie chcę wspomnień, nie jestem w wieku, w którym się wspomina. Chcę zostać z panem. Niech mnie pan ze sobą zabierze! Będę pana sekretarzem, będę nosił pana walizki, prowadził pana samochód, prasował pana koszule, zrobiłbym dla pana wszystko... Nauczę się, mam dopiero siedemnaście lat, w moim wieku ludzie szybko się uczą.

– No już, przestań! Nie dramatyzuj... To było piękne spotkanie, piękna chwila... Nie niszcz wszystkiego.

Usłyszałem te słowa i poczułem się tak, jakbym skakał w przepaść, spadał, spadał i szukał drzewa, korzenia, którego mógłbym się złapać, wyjedzie, on wyjedzie, a ja zostanę. A moja przyszłość? Skończę politechnikę i ożenię się. Wszystko jedno z kim, bo teraz jest mi to obojętne. Zostanę z Geneviève, ona przynajmniej wie, zgadła, będę mógł wdychać przy niej zapach mojej umarłej miłości. Będę mógł jej opowiadać od nowa i po raz kolejny, jak to było, kiedy z nim byłem, kiedy z nim rozmawiałem, piłem z nim szampana, oglądałem z nim paryskie dachy... Skończę politechnikę i ożenię się z Geneviève. Skoro on wyjeżdża i nie czuje z tego powodu smutku ani rozdarcia.

– *Come on, my boy!* – powtórzył zirytowany.

Miałem wrażenie, że wykazałem się brakiem poczucia smaku, jakbym był brudny...

Pojechał z kierowcą do hotelu, a ja stałem jak idiota z oczyma pełnymi łez.

Nienawidziłem się... Co za brak godności! Co za brak elegancji!

Patrzyłem, jak odjeżdża. W tym konkretnym momencie nie wiedziałem o nim nic. Jakby wszystko, co razem przeżyliśmy, wszystkie jego wspaniałe zwierzenia nigdy nie istniały. Zamykał rozdział, przechodził do czegoś nowego.

Po raz pierwszy poczułem, że jestem zbędny. Poczułem, że jestem obok. Miałem straszne poczucie, że mój czas się skończył.

To było okropne.

Zanim wyszedłem, zobaczyłem na rogu stołu pudełko, w które był zapakowany mój szalik.

Nadal w nim leżał...

23 stycznia 1963 roku. To najsmutniejszy dzień w moim życiu. Nie wiem, jak to się dzieje, że mam siłę pisać.

Kiedy wróciłem z imprezy urodzinowej, w domu rozgrywał się dramat. Dyrektor szkoły zadzwonił do rodziców i poinformował ich o moich licznych nieobecnościach. Państwa syn się nie uczy, często jest nieobecny bez usprawiedliwienia, bez ważnego powodu, musimy się z nim rozstać. Ojciec był wściekły. Zaciskał zęby tak mocno, że myślałem, że je połamie. Mama płakała, mówiąc, że jestem stracony, że nic dobrego ze mnie nie wyrośnie, że powinienem iść do wojska! Zamknęli mnie w pokoju i spędziłem tam dwa dni, nie wychodząc, nikogo nie widząc, nie mogąc nigdzie zadzwonić. I powtarzałem sobie, że to jego dwa ostatnie dni w Paryżu! Byłem chory na myśl o tym! Chory! Nie mogłem wyjść przez okno, mieszkamy na szóstym piętrze! Nic, zupełnie nic nie mogłem zrobić...

Byłem uwięziony.

Tata poszedł do dyrektora. Nie wiem, co mu powiedział, ale podobno dostałem ostatnią szansę. I to ma być szansa!

Pozwolono mi wyjść z domu, ale dostałem formalny zakaz chodzenia na plan.

Niezależnie od wszystkiego nie chodziłbym tam, wiedziałem, że zdjęcia się skończyły...

Zastanawiałem się tylko, czy wyjechał, czy przedłużył swój pobyt w Paryżu. Czy włóczył się po quai aux Fleurs. To była jego ulubiona trasa.

Więc wczoraj wieczorem po zajęciach pobiegłem do jego hotelu, biegłem co sił w nogach...

Portier powiedział, że wyjechał, ale zostawił dla mnie list. Podał mi kopertę z nazwą hotelu.

Nie otwarłem jej natychmiast.
Serce biło mi zbyt mocno.
Przeczytałem go wieczorem w pokoju.

«*My boy*, zapamiętaj: każdy sam odpowiada za własne życie. Nie należy winić nikogo za swoje błędy. Każdy jest twórcą własnego szczęścia, a nieraz także główną przeszkodą na drodze do niego. Jesteś u progu życia, a ja u kresu, mogę dać Ci tylko jedną radę: słuchaj, słuchaj głosiku w swojej duszy, zanim wybierzesz własną drogę... A w dniu, w którym usłyszysz ten głosik, idź za nim ślepo. Nie pozwól nikomu decydować za siebie. Nigdy nie bój się dążyć do tego, na czym Ci zależy.

To będzie dla Ciebie najtrudniejsze, bo jesteś tak bardzo przekonany o tym, że nic nie jesteś wart, że nie możesz sobie wyobrazić świetlanej przyszłości, przyszłości, która będzie nosić Twoje piętno. Jesteś młody, możesz coś zmienić, nie musisz powtarzać schematu twoich rodziców...

Love you, my boy...»

Przeczytałem list kilka razy. Nie chciałem wierzyć, że już go nie zobaczę. Nic mi nie zostawił, żadnego adresu, żadnej skrzynki pocztowej, żadnego telefonu. Nie miałem żadnego sposobu, by go znaleźć.

Płakałem i płakałem...
Pomyślałem, że moje życie jest skończone.
I sądzę, że rzeczywiście jest skończone.

25 grudnia 1963 roku. Premiera *Szarady* w Stanach Zjednoczonych. Czytałem artykuły w gazetach. To olbrzymi sukces. Tysiące osób stało w kolejce od szóstej rano przed Radio City Music Hall przy Szóstej Alei, aby kupić bilet. Było zimno, padało, a ludzie czekali...

Przeczytałem w gazecie wywiad ze Stanleyem Donenem, który o nim mówił. «Nie ma drugiego takiego aktora jak Cary Grant. Jest jedyny. W jego grze nie ma ani jednej fałszywej nuty. Emanuje z niego łatwość i pewność siebie, ale dzieje się tak dlatego, że jest niesłychanie skoncentrowany. Że wszystko przygotował... Nie czuć w nim nawet odrobiny strachu, kiedy gra. Jego scenariusze zawsze pokrywają tysiące notatek. Wszystko opisuje z detalami, minuta po minucie. Detal to coś, w czym jest doskonały. Jego talent nie jest darem od Boga, lecz wynikiem olbrzymiej pracy».

Poczułem, że ostatecznie mi się wymyka...

Przeczytałem też refleksję Tony'ego Curtisa. «Można się więcej nauczyć, patrząc, jak Cary Grant pije filiżankę kawy, niż w ciągu sześciu miesięcy zajęć w szkole teatralnej».

Czego się od niego nauczyłem?

Czego się od niego nauczyłem?"

To były ostatnie słowa w czarnym notesie. Joséphine zamknęła go i pomyślała, że wiele się nauczyła od Cary'ego Granta.

Zoé zamknęła się w pokoju z Emmą, Pauline i Noémie. Kończyły referat o Diderocie, który nazajutrz rano miały przedstawić klasie i pani Choquart.

Nie chciała stracić w jej oczach. Za bardzo lubiła panią Choquart.

Wyciągnięta na łóżku myślała o Diderocie.

I o Gaétanie.

Gaétan! Odkąd szczerze porozmawiali, miłość kwitła. Robiła sobie listę „chcę" i „nie chcę". To była taka zabawa. Im lista była dłuższa, tym jej miłość wydawała się większa, potężniejsza, trwalsza. Nie chcę, żeby nasza miłość osłabła. Chcę, żeby zawsze było jak na początku, piosenki w głowie, serce bijące jak oszalałe, prawdziwe życie w kolorze róż. Nie chcę się znudzić. Chcę go kochać jak najdłużej. Nie chcę gór i dołów. Chcę pozostać na wysokości stu tysięcy metrów. *Twist and shout, come on, come on, baby now*. Chcę rozsławić miłość, wielką miłość, jak Johnny Depp i Vanessa Paradis *in love* na całe życie.

Koleżanki skrobały notatki. Jako temat referatu wybrały Diderota. Postanowiły zilustrować jego nonkonformizm i cięty język.

Chyba uwielbiam Diderota, myślała Zoé, czytając swoje notatki. Kasuje wszystkich. Kasuje Lully'ego, Marivaux, źle się wyraża o Racinie jako człowieku, „oszust, zdrajca, ambitny, chciwy".* Tak, ale dodaje: „Za tysiąc lat będzie wywoływał łzy; będzie podziwiany przez ludzi we wszystkich krajach ziemi; będzie wszczepiał w dusze ludzkość, współczucie, tkliwość. Będą się pytać, kim był, z jakiego kraju – i będą go Francji zazdrościć. Sprawił cierpienie kilku istotom, których już nie ma, które nas prawie nic nie obchodzą: nie mamy się czego bać, ani ze strony jego występków, ani jego wad. Byłoby lepiej, bez wątpienia, gdyby był od natury otrzymał wraz z talentem człowieka wielkiego cnotę dobrego człowieka. Był drzewem, przez które uschło drzew kilka zasadzonych w jego sąsiedztwie, które zadusiło rośliny u stóp jego rosnące, lecz wzniósł swój wierzchołek aż w chmury, konary jego rozpostarły się w dal; użyczał cienia swego tym, którzy przychodzili, przychodzą i przyjdą spocząć wkoło jego pnia majestatycznego; zrodził owoce o smaku wybornym, które odnawiają się ustawicznie".**

Lubiła styl Diderota. Lubiła sposób użycia średników przez Diderota.

– Zaczniemy od *Salonów*? – spytała Emma.

– Tak... Od Fragonarda?

– I pokażę reprodukcję, gdy Pauline będzie mówiła.

---

* Denis Diderot, *Kuzynek mistrza Rameau*, przeł. Leopold Staff, PIW, Warszawa 1953 (przyp. tłum.).
** Tamże.

– „To duży i piękny omlet zrobiony z dzieci" – przeczytała Pauline. – „Z setek splecionych ze sobą dzieci. Wszystko płaskie, żółtawe, o jednolitej barwie, monotonne i słabo namalowane. Tak samo żółtawe są chmury, które rozpościerają się między nimi i dopełniają kompozycję. Pan Fragonard jest diabelnie mdły. Piękny, puchaty, żółciutki i bynajmniej nie przypalony omlet". Ale złośliwy, co? – zakończyła Pauline, która była z gruntu dobra i brzydziła się krytyką.

– Rozłożył Fragonarda na łopatki.

– Chyba kupię wszystkie tomy *Salonów*, bo ubóstwiam każde słowo, każde zdanie, chciałabym, żeby to się nigdy nie skończyło i rzeczywiście nigdy się nie kończy, bo to potężna książka! – wykrzyknęła Zoé.

– Och, ty i te twoje książki! – zaśmiała się Emma. – Chyba nigdy ci ich nie dość...

– Zoé nie zna umiaru – powiedziała Noémie, zapalając papierosa.

– Nie w moim pokoju! – wykrzyknęła Zoé. – Mama zabrania mi palić!

– Otworzymy na oścież okno.

– W takim razie mogę sobie jednego skręcić? – spytała Emma.

Zoé nie odpowiedziała. Sama sobie z trzema nie poradzi.

Gaétan obiecał jej długiego maila dziś wieczorem.

Diderot, Gaétan, długi mail... Była najszczęśliwszą z dziewczyn.

Kiedy przyjaciółki wyszły, otworzyła okno na oścież, przebrała bluzkę, przejrzała się w lustrze i spodobał jej się ten widok. To był dobry znak. W niektóre dni człowiek widzi się w lustrze, śpiewając ze szczotką do włosów w ręce i podrygując, a w inne rzuca okiem i czuje się jak spalona pianka cukrowa.

Usiadła przed komputerem i otworzyła pocztę.

Pierwszy był mail od Gaétana.

W sprawach poważnych wolał pisać, niż mówić. Twierdził, że trudno jest mówić. Zakłada to, że siedzi się z kimś twarzą w twarz i ta druga osoba patrzy na ciebie, gdy opowiadasz. A gdy się pisze, można sobie wyobrażać, że jest się samym, mówi się do siebie i nikt nie słucha.

On także zdawał egzaminy na koniec roku.

Tego ranka była geografia.

„Nie poszło mi specjalnie, ale to nie szkodzi. Nigdy nie byłem mocny z geografii. Zrobiłem tyle, ile się dało, uczyłem się, nie ma co żałować! Teraz wiem, że jestem w stanie dużo się uczyć i to mi się podoba. Czego chcieć więcej? Mogę mimo wszystko odnosić sukcesy, nie? Opowiedzieć Ci o innych rzeczach? Dobra, opowiem Ci. Dziś rano wstałem i mama też już była na nogach, i przed wyjściem chciała ze mną porozmawiać. I powiedziała mi coś, co zbiło mnie z nóg. Rzeczy, których mi nigdy nie mówiła, które zmieniają wszystko, które... wow, i tyle. Patrzy na mnie, pije kawę, mówi, że nie chce, żebym się nią dłużej zajmował, że wszystko w porządku, że mnie kocha i chce, żebym był szczęśliwy, i że ona nie może być szczęśliwa, jeżeli ja nie jestem szczęśliwy. To niesamowite!! Poczułem się, jakbym był wolny. I to, że mama mi to powiedziała, to wow, wiesz, po prostu wow. Nie mogę Ci tego wytłumaczyć, to tak, jakbym mógł iść do przodu. Rewelacja! Oczywiście dalej się boję o mamę. Ale nie w ten sam sposób, nie tak, jakby była ode mnie zależna... Chociaż wiem, że jest ode mnie zależna. Bo Charles-Henri zgrywa indywidualistę i wyjedzie, i Domitille też. W przyszłym roku pójdzie do szkoły z internatem. To już postanowione. Ona mówi, że nie pojedzie, że cały czas będzie uciekać, ale co z tego, klamka zapadła. Więc zostaniemy sami z mamą. I choć mówi, że może stać na własnych nogach, to wiem, że zawsze będzie mnie potrzebować. Nie da sobie sama rady, nie wie o tym, ale ja wiem. Nie jestem odpowiedzialny wyłącznie za własne życie. Jeżeli zostawię mamę samą, będzie skończona.

Więc chcę, żebyśmy wrócili do Paryża. Nie mogę już tu wytrzymać z dziadkami na karku i całym miastem, które patrzy na ciebie, gdy zrobisz coś głupiego. Ludzie tutaj nie mają nic innego do roboty, jak obgadywać innych. Tylko śmiać się głupkowato, jak ktoś odbiega od normy. A my rzecz jasna odbiegamy od normy... Powiedz, Zoé, przecież to normalne, że ludzie popełniają błędy i robią głupoty, nie? Nawet gdy są dorośli, jak mama... Więc wyjedziemy we dwójkę. Wrócimy do Paryża. Nie wiem tak do końca gdzie, bo mama nie ma dużo pieniędzy. Mówi, że może pracować jako sprzedawczyni w sklepie, że ma do tego odpowiednie wykształcenie, że mogłaby sprzedawać biżuterię artystyczną albo zegarki. Bardzo lubi zegarki. Myślę, że to ją uspokaja. To znaczy mechanizm zegarka... Więc będzie szukać pracy jako sprzedawczyni zegarków i wynajmiemy sobie we dwójkę małe mieszkanie. I będziemy mogli się spotykać i będę szczęśliwy..."

Serce Zoé podskoczyło. Przyjedzie do Paryża! *Twist and shout, come on, come on!* Będzie go codziennie widywać. Mogliby zamieszkać u niej. W pokoju Hortense... Lub w gabinecie mamy, gdy Hortense przyjedzie. Hortense nie przyjeżdża często. Jej życie jest w Londynie. Lub gdzie indziej. Często powtarza, że skończyła z Paryżem...

Będzie musiała porozmawiać z matką.

Usłyszała nie.

Kategoryczne nie.

Nie, którego Zoé nigdy nie usłyszała z ust matki.

– Mowy nie ma, Zoé.

– Ale mieszkanie jest za duże na nas dwie...

– Mówię nie – powtórzyła Joséphine.

– Ale przecież zgodziłaś się na panią Barthillet i Maxa...*

* Patrz *Żółte oczy krokodyli, op. cit.*

– To było dawno temu. Zmieniłam się.

– Stałaś się egoistką!

– Nie. Posłuchaj mnie dobrze, Zoé... W głowie rośnie mi książka. Chęć pisania, która z każdym dniem jest coraz wyraźniejsza, i potrzebuję miejsca, ciszy, pustki, samotności...

– Nie zajmą wiele miejsca! Będą tacy malutcy! Jego matka chce pracować, a on będzie ze mną chodził do liceum... Och! Mamo! Powiedz tak...

– Nie, nie i nie... tamte czasy się skończyły!

– Więc gdzie oni pójdą? – spytała Zoé z oczyma pełnymi łez.

– Nie wiem i to nie mój problem. Nie chcę poświęcać tej książki. To dla mnie ważne, kochanie. Bardzo ważne... Rozumiesz?

Zoé potrząsała głową. Nie rozumiała.

– Ale będziesz przecież mogła pisać...

– Zoé... Nie wiesz, jak to jest. Nie wiesz, co znaczy „pisać". To znaczy poświęcić wszystkie swoje siły, cały czas, całą uwagę jednej rzeczy. Myśleć o niej przez cały czas. Nie być odrywaną od niej nawet na sekundę przez coś innego... To nie sprawa nagłego natchnienia i skreślenia kilku notatek na papierze, ale praca, praca i jeszcze raz praca, sianie pomysłów, czekanie, aż urosną, i zbieranie ich dopiero, gdy dojrzeją. Nie wcześniej, bo wyrwiesz je z korzeniami, nie za późno, bo zwiędną. Trzeba być czujną, opętaną obsesją, manią... Nie można żyć dla innych.

– W takim razie co ze mną?

– Ty stanowisz część tej przygody. Ale inni nie, Zoé, inni nie...

– A więc ten, kto pisze, powinien żyć w samotności, zupełnej samotności.

– To na pewno byłoby idealne rozwiązanie. Ale ja mam ciebie, kocham cię najbardziej na świecie, ta miłość napełnia mnie radością, daje siłę, ta miłość jest częścią mnie. Do ciebie mogę mówić, ty mnie słyszysz, rozumiesz, umiesz słuchać... Ale inni nie, Zoé, inni nie...

– Więc – powiedziała Zoé, spuszczając głowę i poddając się – naprawdę napiszesz historię Młodzieńca?

Joséphine objęła ją i wyszeptała:

– Tak, napiszę, napiszę.

– I wiesz już, kim jest Młodzieniec? – spytała jeszcze Zoé z brodą na ramieniu matki.

I Joséphine wyszeptała:

– Tak, wiem.

Spotka się z nim, porozmawia, poprosi o zgodę, aby mogła opowiedzieć jego historię. Wyjaśni mu, jak dzięki Cary'emu Grantowi i czarnemu notesowi wyszła z mgły, opisze rozszalałe morze w Landach, Henriette i Luciena Plissonnierów, koszyk z wiktuałami na plaży, Iris, parasol, chęć stania się dorosłą, kim innym, kimś, kto stoi na dwóch nogach, kto odnalazł swoje miejsce za mgłą.

Potem zadzwoni do Serruriera, powie mu...

Że ma pomysł, nawet więcej niż pomysł...

Początek książki. Całą książkę, która układa jej się w głowie. Kawałek po kawałku.

Zresztą wymyśliła pierwsze zdanie.

Nie powie mu jakie.

Zatrzyma je dla siebie. Aby słowa zachowały siłę, nie uleciały.

„Pisać tak jak nikt inny, słowami, których używają wszyscy".*

Nie można zdradzać słów, które się napisze, muszą pozostać nowe. Gdy ktoś je będzie czytał, musi odnieść wrażenie, że użyto ich po raz pierwszy, że nikt nigdy nie przelał takich słów na papier...

---

*   Colette.

Część piąta

Część piąta

Shirley położyła adapter na ladzie i spytała o cenę.

To był ostatni adapter wiszący na stojaku. Nie miał etykietki ani kodu kreskowego. Opakowanie było zakurzone, zagięte na rogach. Można było wręcz sądzić, że to towar używany.

Mężczyzna za ladą w czarnym podkoszulku z podobizną wilka szczerzącego kły nie spieszył się, obejrzał stojącą przed nim kobietę; zatrzymał wzrok na torebce, zegarku, dwóch brylancikach w uszach, skórzanej marynarce, po czym oznajmił:

– Piętnaście funtów.

– Piętnaście funtów za adapter?! – wykrzyknęła Shirley.

Powtórzył:

– Piętnaście funtów.

W jego oku nie pojawił się najmniejszy błysk. Był właścicielem adaptera, ustalał cenę, a jeżeli komuś to nie odpowiada, to niech spada. Shirley dostrzegła rozdęty brzuch opięty podkoszulkiem z paszczą wilka. Jakby nosił w brzuchu beczkę piwa.

– Ma pan katalog, żebym mogła sprawdzić cenę?

– Piętnaście funtów.

– Niech pan zawoła kierownika!

– Ja jestem kierownikiem.

– Jest pan oszustem, co do tego nie ma wątpliwości!

– Piętnaście funtów.

Shirley wzięła adapter do ręki, podrzuciła go kilka razy, odłożyła na ladę i obróciła się na pięcie.

– Niech się pan wypcha!

Piętnaście funtów! wściekała się, idąc w dół Regent Street. Piętnaście funtów po tym, jak dokładnie mnie obejrzał i pomyślał: Tę to oskubię! Za kogo on mnie ma? Za zagubioną turystkę, która chce podłączyć suszarkę albo komputer? Jestem Angielką, mieszkam w Londynie, znam ceny i mam go gdzieś! Potrzebuję adaptera, bo nie mogę włączyć lokówki, którą dostałam od koleżanki z Francji na Gwiazdkę! Lokówka kosztuje trzydzieści euro, po co jej adapter za piętnaście funtów?! Szła wielkimi krokami, miała ochotę dać w mordę wszystkim mężczyznom, którzy przechadzali się – jak jej się wydawało – z arogancją wszechmocnych samców wypisaną na twarzy. Nie znosiła wszechmocy. Nie znosiła poleceń, które jak rozkazy sypią się na głowę biednego chłopa pańszczyźnianego.

Ten facet potraktował ją jak biedną chłopkę pańszczyźnianą.

Złość wrzała, zmieniała się w gorącą lawę, istniało ryzyko, że wulkan wybuchnie, a lawa zmiecie wszystko, co stanie jej na drodze.

Wulkan złości obudził się tego poranka...

Wpadła do biura swojej fundacji „Fight the fat" i przeczytała poparty liczbami raport dowodzący, że niektóre produkty żywnościowe dla niemowląt zawierają więcej cukru, tłuszczu i soli niż niezdrowa żywność dla dorosłych. Tuczyło się noworodka, aby później łykał bez sprzeciwu wszystkie świństwa, które mu się poda. Zaczęła kląć.

Wpadła w szał. W dziki szał. W szał, który przesłaniał jej wzrok.

– Co robimy? – wrzasnęła do Betty, swojej sekretarki i asystentki.

– Sporządzimy listę tych produktów, zamieścimy ją na naszej stronie internetowej z linkiem do wszystkich innych stron konsumenckich – odpowiedziała Betty, która nigdy się nie denerwowała i często znajdowała rozwiązania. – Informacja będzie powtarzana. Wszyscy będą ich wytykać palcami i znajdą się na indeksie.

– Co za świnie! Co za świnie! – powtarzała Shirley, rwąc włosy z głowy. – Ci faceci to bandyci! Dobierają się do swoich ofiar w kołysce! Nie ma co się potem dziwić, że liczba osób otyłych stale wzrasta. Powinno się ich zmusić, żeby żarli to gówno! Jestem pewna, że ich dzieci nie jedzą tych słoiczków!

Musiała się uspokoić.

Coś zrobić, żeby nie zniszczyła jej złość.

Złość niszczy. Unicestwia osobę, przeciwko której jest skierowana, ale także unicestwia tego, kto nosi ją w sobie. Wiedziała o tym. Często życie wystawiało jej za to rachunek.

Chciała nauczyć się panować nad sobą. Stłumić złość, zająć się czymś, co ją uspokoi.

Pomyślała o lokówce. Znalazła ją tego ranka, sprzątając w szafce w łazience. Nowiutką, w pudełku świątecznym. I liścik od Joséphine: „Dla mojej pięknej Przyjaciółki z krótkimi i nieraz kręconymi włosami".

Zejdę kupić adapter, skupię się na kosmykach włosów i nabiorę dystansu.

Mężczyzna w podkoszulku z paszczą wilka ją dobił. Trzęsła się ze złości, zbierało jej się na płacz, chwiała się na nogach. Nie mogła znaleźć swojego miejsca na świecie.

Weszła do Starbucksa, zamówiła Venti Caffè Moccha z pełnotłustym mlekiem i bitą śmietaną. W sumie 450 kalorii, 13 gramów złego tłuszczu, ósme miejsce w rankingu niezdrowej żywności 2009 opublikowanego przez bardzo poważne Center for Science in the Public Interest. Zrujnuję sobie zdrowie, po co mam się oszczędzać? pomyślała na widok kawy z zabójczym mlekiem.

– Czy mogę dostać słomkę, czy muszę dodatkowo zapłacić? – wrzasnęła do kasjerki.

Co się ze mną dzieje? Wszystko mieszam, wszystko mieszam. Opanowała się zmartwiona myślą, że zraniła biedną dziewczynę, która pewnie ledwie zarabia na czynsz. Ma dwadzieścia lat, a wygląda na zmęczoną na całe życie.

– Przepraszam – wymamrotała, gdy kasjerka podała jej słomkę – to nie pani wina. Jestem zła...

– Nie szkodzi – powiedziała dziewczyna – ja też jestem zła.

– ...a pani dostaje po głowie.

– Nie pani pierwsza ani nie ostatnia – odparła ponuro dziewczyna. – Jeżeli sądzi pani, że życie jest wesołe, musi mi pani podać przepis!

No właśnie, pomyślała Shirley, idąc w stronę stolika, wcześniej uważałam, że życie jest raczej wesołe. Ale od jakiegoś czasu wszystko widzę w czarnych barwach, życie pali mnie jak sól na otwartej ranie. Kaleczy mnie, drapie jak szczotka ryżowa albo żrący płyn.

Dlaczego ludzie płaczą, gdy ronią łzy z byle powodu? Z powodu tego, co właśnie się stało, czy z powodu starej rany, która otwarła się i jadzi?

Shirley jadziła się wszędzie. Odkąd dostała list od ciotki Eleonore.

Przed dwoma dniami.

Pewnego ranka...

Właśnie pokłóciła się z Oliverem. Przyniósł jej śniadanie do łóżka i przeprosił, że grzanki są zbyt spieczone. Odepchnęła tacę.

– Przestań przepraszać, przestań być miły.

– Nie jestem miły, jestem usłużny.

– Więc przestań być usłużny. Nie mogę tego już dłużej znieść.

– Shirley...

– Przestań! – wrzasnęła ze łzami w oczach.

– Dlaczego krzyczysz? Co ja ci zrobiłem?

Wyciągnął do niej ramiona, odepchnęła go, potrząsnął głową, wyglądał na zrozpaczonego.

– I przestań robić minę zbitego psa!

– Nie rozumiem.

– Nic nie rozumiesz! Jesteś... Jesteś...

Bełkotała, machała rękami, aby chwycić słowa, nie znajdowała ich i złość narastała.

– Jesteś zmęczona? Coś nie w porządku?

– Nie. Czuję się świetnie, po prostu nie mogę cię dłużej znieść!

– Ale wczoraj...

– Idź sobie! Idź precz!

Wstał, włożył kurtkę, otwarł drzwi.

Jednym skokiem była przy nim i wczepiła się w jego ramiona.

– Nie odchodź! Nie zostawiaj mnie samej! Och, nie zostawiaj mnie samej! Wszyscy mnie zostawiają, jestem taka samotna!

Chwycił ją za ramiona, przygwoździł do ściany i spytał twardym głosem:

– Wiesz, na kogo jesteś zła?

Odwróciła głowę.

– Nie wiesz, wyżywasz się na mnie, a ja nie jestem niczemu winien. Więc poszukaj prawdziwego winnego i przestań na mnie napadać.

Patrzyła, jak wychodzi. Nie odwrócił się. Przekroczył próg bez jednego spojrzenia, gestu, który mógłby stanowić wskazówkę świadczącą o tym, jak poważnie należy traktować jego wyjście. Pomyślała: Stracę go, stracę... Opadła na łóżko, łkając, nie rozumiała już nic.

Tego właśnie ranka dostała list od ciotki Eleonore. Pisała: Wczoraj porządkowałam stare papiery, od wielu miesięcy obiecywałam sobie, że się za to zabiorę, i oto co znalazłam. Nie wiem, co z tym zrobisz, ale to dla ciebie. Dwa czarno-białe zdjęcia i niebieska koperta.

Pierwsze zdjęcie przedstawiało jej ojca w długich szortach na wycieczce z kolegami nad brzegiem jeziora. Położył plecak na trawie, opierał się na nim i jadł z apetytem kanapkę. Lewy policzek miał wypchnięty kęsem chleba, a jednocześnie się śmiał. Duży nos, duże usta, śmiał się na całe gardło. Długi kosmyk włosów opadający na oczy, długie umięśnione nogi, trapery. Fular na szyi. Popatrzyła na datę z tyłu zdjęcia; miał siedemnaście lat. Na drugim zdjęciu spacerował z nią w londyńskim parku. W oddali ludzie siedzieli na leżakach i czytali książki lub wylegiwali się. Miała mniej więcej sześć lat i podnosiła wzrok na mężczyznę, który pokazywał jej drzewo. Ona malutka z dwoma warkoczykami blond, on wielki, smukły, w tweedzie. Mieszkali w pałacu w apartamentach wielkiego szambelana. Zabierał ją do Hyde Parku, gdzie uczył ją nazw drzew, zapachów, kwiatów; obserwowali wiewiórki. Pewnego dnia zobaczyli, jak dwa boksery ścigają wiewiórkę, przypierają ją do ogrodzenia, jeden odcina jej drogę ucieczki, a drugi przegryza gardło.

Shirley była zafascynowana pełną okrucieństwa sceną. Poczuła, jak dreszcz przebiega jej po nogach, zakręca w żołądku i wybucha tysiącem rozżarzonych kulek. Zamknęła oczy, żeby ta przyjemność trwała i trwała. Ojciec ciągnął ją za rękę, zabraniając jej patrzyć. Ludzie oburzali się i ubliżali właścicielowi. Ten wzruszał ramionami, wołał psy, które rozdzierały wiewiórkę, nie słysząc go.

Za każdym razem gdy ojciec zabierał ją do parku, wypatrywała włóczących się psów w nadziei na nowe łowy.

I był jeszcze niebieski list w cienkiej kopercie koloru nieba. Adresowany do Shirley Ward u Mrs Howell, Edynburg. Rozpoznała pismo ojca. Strzeliste, krągłe, niemal kobiece. Przez długi czas siedziała nieruchomo, zanim otwarła kopertę. Przeczuwała, że trzyma w ręku tajemnicę. Rozwiązanie swojej tajemnicy. Wzięła kopertę, poszła zrobić sobie kolejną filiżankę herbaty i przelewając czajniczek wrzątkiem, zamknęła oczy i wezwała ducha swojego ojca. W marynarce z grubego, surowego płótna, do której tuliła policzek, kiedy trzymał ją w ramionach, zapach jego mydła, wody toaletowej Yardley, której używał rano po goleniu. Kładła mu głowę na ramieniu. Wyobrażała sobie tysiące niebezpieczeństw. Mężczyźni grozili jej, porywali ją, kneblowali, maltretowali, ciągnęli w kurzu. Udawała, że płacze, przyciskał ją mocniej, zamykała oczy.

Wypiła łyk wrzącej herbaty i otwarła list. Został napisany tuż po jej wyjeździe do Szkocji.

„Moja kochana Córeczko,
Nie wysłałem Cię do Edynburga, żeby Cię ukarać. Nie mam prawa Cię karać. Przeze mnie żyjesz dziwnym życiem od urodzenia. Życiem, za które ja jeden jestem odpowiedzialny. Rozumiem Twoją złość, ale nie mogę pozwolić, żebyś narażała na niebezpieczeństwo osobę, która kocha Cię czule…”
Mówił o jej matce, której nie śmiał nazwać po imieniu. Nawet gdy pisał, onieśmielał go cień jej matki. Przełknęła łzy.
„Ty i ja prowadziliśmy razem dziwne życie”.
Skreślił to zdanie. Pewnie uznał, że się powtarza.
„Byłaś cudowną dziewczynką i stałaś się wspaniałą młodą dziewczyną. Jestem z Ciebie dumny”.

Potem był kawałek niezapisanej kartki. Zostawił kilka linijek pustych. Jakby liczył, że wypełni je później. Niżej pisał dalej.

„Chciałbym powiedzieć Ci tyle rzeczy, ale nie potrafię... Jak mogę wytłumaczyć Ci coś, czego sam nie rozumiem?"

Znowu puste miejsce. A potem te proste słowa:

„Pamiętaj po prostu, że byłaś, jesteś i zawsze będziesz moją ukochaną córeczką, którą niosłem na rękach, gdy wracaliśmy ze wsi w niedzielne wieczory. Tak bardzo Cię wtedy kochałem..."

I wspomnienia posypały się jak lawina.

Była mała, wracali ze wsi, z jednej z rezydencji królowej; leżała na tylnym siedzeniu w samochodzie otulona pledem. Oglądała na ciemnym niebie księżyc, który mrugał okiem zza chmur. Kiedy dojeżdżali do pałacu, podnosiła wzrok na wielki, surowy budynek, na czerwone światełko, które błyskało na ich piętrze, na samym końcu po lewej stronie. Otwierał drzwi, pochylał się nad nią. Wdychała zapach znoszonego tweedu i lawendy. Dotykał jej, żeby sprawdzić, czy śpi. Udawała, aby wziął ją na ręce i zaniósł do łóżka. Do czerwonego światełka w apartamentach.

I zaczynał wolno wchodzić po schodach...

Dawała się nieść z zamkniętymi oczami. Zastanawiała się, czy nigdy nie spostrzegł, że zaciska powieki zbyt mocno jak na prawdziwy sen.

Dwoje ramion z wprawą podnoszących uśpione ciało, jednocześnie obejmujących je w pasie i przytrzymujących kark, uważających, by koc nie spadł i jej ciało zachowało ciepło samochodu, czuwających nad tym, by majtające nogi nie uderzyły o futrynę. Zaciskała oczy, czuła, że powietrze jest zimniejsze, słyszała przytłumione, ciężkie kroki ojca; wyobrażała sobie każdy pokonywany stopień, każdy załomek korytarza i każdy krok kołysał ją miękkim podrygiem, pewnością, że spoczywa w ramionach olbrzyma. Powtarzała sobie ulubioną historyjkę, która nigdy jej się nie znudziła, las, krzyki, strzały, bandyci i jej silny ojciec, który śmiało szedł do przodu, przyciskając ją do siebie.

Przedłużała udawany sen, jęczała, kiedy kładł ją na łóżku, bełkotała dziecinne słowa, aby wierzył, że naprawdę śpi. Ocierał czoło, mówił: Będziesz spać, poważnym teraz, rozkazującym głosem. Drżała i dawała się rozebrać, zdjąć buty, obracać się raz i drugi jak szmaciana lalka, kukiełka, którą przepełniała przyjemność...

Mój Boże, jak lubiła te chwile! Nie był już pokornym człowiekiem, który ustępował przed królową, zginał kark, wycofywał się tyłem, żeby nie pokazywać pleców Jej Królewskiej Mości.

Oddała mu wszechmoc.

Na czas tego długiego, ciężkiego marszu pałacowymi korytarzami stawała się na powrót delikatną dziewczynką, nad którą panował; odczytywała przez półprzymknięte oczy dumny uśmiech na jego policzkach, uśmiech, który mówił: Śpij, moja córko, śpij, czuwam nad tobą, chronię cię! I łączyli się we wspólnym uniesieniu. Ona – uważając go za najsilniejszego człowieka na świecie, on – uznając ją za księżniczkę, którą miał się opiekować. Brała od niego męstwo, aby uczynić z niego ozdobę kobiety; on stawał się jej rycerzem.

Nie znosiła, gdy się kłaniał. Gdy był tylko cieniem na pałacowych korytarzach.

Nie znosiła ojca, który szedł za królową, ojca, który nie był mężczyzną, bo zgadzał się być tylko poddanym.

Czytała po raz kolejny list, którego nigdy nie wysłał.

Dusiła się z czerwonym nosem, rozpalonymi policzkami. I czuła się tak, jakby pękało jej serce.

Pamiętała...

Miała ochotę krzyknąć do ojca: Wyprostuj się, bądź mężczyzną! Nie lokajem!

Nie mówiła nic.

Wojowała na czerwonych korytarzach pałacu Buckingham.

Prostując się, uznałby mnie.

A zatem to była moja tajemnica.

Jak to się stało, że tak długo o tym nie wiedziała? Nie zastanawiała się nad tym. Myślenie sprawia zbyt duży ból. Opowiadała ciągle tę samą historię o matce, która ją kochała, lecz nie mogła tego okazać. Utrzymywała, że było jej z tym dobrze.

Ale umierałam z pragnienia, żeby okazała to mnie, żeby okazała to jemu. Więc mściłam się za siebie, mściłam się za niego. Z hukiem wychodziłam z cienia. Mogłam kochać tylko tak... Czułość, łagodność, pieszczotliwe spojrzenie? Odrzucałam to. To przywileje wasali.

Płakała, nie mogła przestać, płakała nad dziewczynką, która dawała sobie zdjąć buty, wytrzeć stopy, włożyć ciepłe skarpetki, wyprostować nogi koło kominka, w którym rozpalił, żeby się ogrzała. Oddałaby wszystko za to, żeby kopnął polana w kominku, wziął ją za rękę, przeszedł długimi korytarzami pałacowymi, wyważył drzwi, zjawił się w sypialni ukochanej, matki swojego dziecka, i powiedział: Jest głodna, zmarzła, zajmij się nią. To także twoja córka.

Nie zrobił tego.

Klękał, zginał plecy, wycierał jej stopy, całował je, przysuwał do ognia. Kładł rękę na jej nogach...

Rękę, którą kochała, kochała każdy jej centymetr, każdy odcisk, każdy za krótko obcięty paznokieć, rękę, która głaskała ją po włosach, szczypała w uszy, przejeżdżała raz i drugi po czole, żeby sprawdzić, czy nie ma gorączki. Znienawidziła czułość, życzliwość, utożsamiała je z tchórzostwem i rzuciła się w objęcia gburów...

Pojawiło się pożądanie wypaczone przez obraz ojca zgiętego wpół.

Chodziła spotykać się z mężczyznami, jakby szła na wojnę, lekka, wyzwolona, uniesiona pożądaniem, które pozwalało jedynie na krótkie uściski, uściski bandytów.

Pojechała odwiedzić ciotkę Eleonore.

Między nią a Eleonore zawsze panowało głuche napięcie, jakby brzęczenie wielkiej, namolnej muchy.

Eleonore Ward była otyłą kobietą z piersiami walkirii i pryszczatą twarzą. Przez całe życie pracowała w fabryce. Nigdy nie wyszła za mąż. „Nie trafiłam w życiu na szczęście", mówiła, wzdychając. Gdy spędzali razem święta Bożego Narodzenia, patrzyła szorstkim wzrokiem na nią i jej ojca, mówiła, że są polakierowani, nie wiedzą, co to praca przy taśmie, smród w powietrzu, gorzki odór szczypiący w gardle, ogłupiający hałas i oczy, które tak bardzo chcą być otwarte, że aż się zamykają. Wszystkie dni są takie same, nie wiadomo, czy jest poniedziałek, wtorek, środa czy czwartek. Czuje się jedynie ulgę, gdy nadchodzi piątek, bo będzie można przespać całą sobotę i niedzielę.

Mieszkała w Brixton, na południe od Londynu. W małym budynku z czerwonej cegły naprzeciw *council estate**. Zajmowała w nim małe mieszkanie w suterenie. Shirley nie odwiedzała jej często. Po chwili zaczynała się dusić w tym ponurym podziemiu i musiała jak najszybciej wyjść.

---

* W Anglii budynki socjalne.

Zeszła po kilku schodach, minęła śmietniki i kontenery na odpady sortowane, z których wysypywały się puszki, kartony, butelki. Raj dla szczurów, pomyślała, uważając, gdzie stawia nogę. Eleonore otwarła jej drzwi. Pożółkłe na końcach siwe włosy spięła na głowie szpilkami przypominającymi gałęzie choinki. Miała na sobie zieloną sukienkę i cytrynową kamizelkę z akrylu i – co rzucało się w oczy – okulary sklejone lepcem. Przód żółtej kamizelki był upstrzony dziurami po papierosach.

Shirley weszła przez kuchenkę, która łączyła się z pokojem. Za oknami zobaczyła ogród, chciała być miła, więc powiedziała:

– Naprawdę miło jest mieć ogród.

– To nie ogród, wybetonowali ziemię, żeby dom nie podciekał... – Potarła nos i dodała: – Miło, że przyjechałaś... Rzadko już wychodzę. Jestem jak starzy ludzie, boję się. Wiedziałaś, że montują teraz kamery w mieszkaniach? Monitoring... Żeby wykryć przyszłych terrorystów.

– Uważam, że to okropne, budujemy społeczeństwo w stylu Wielkiego Brata.

– A co to za jeden?

– To z powieści, która opowiada o tym, co nam grozi, jeżeli wszędzie zamontujemy kamery.

Eleonore wzruszyła ramionami, kiedy usłyszała słowo „powieść".

– Zapomniałam, że jesteś intelektualistką.

– Nie jestem intelektualistką.

– Nie słyszysz, jak mówisz!

Eleonore przestała chodzić do szkoły w wieku czternastu lat. Została zatrudniona w fabryce juty w Dundee, na północ od Edynburga, z którego pochodziła jej rodzina. Kiedy była młoda, mieszkańcy Dundee podejmowali pracę w fabryce juty lub emigrowali. Nie było innego wyboru. Gdy wracała wieczorem z pracy, pluła włóknami juty i nie mogła jeść. Później, kiedy jej brat przeniósł się do Londynu, wyjechała w ślad za nim. Była starszą siostrą, musiała się o niego troszczyć. Studiował. Potem trafił do jednego z regimentów królowej, Cold Stream Guards. Na początku służył w garnizonie w Londynie, następnie został wysłany za granicę. Wyróżnił się w czasie kampanii wojskowych i zyskał opinię uczciwego, solidnego i pewnego człowieka. W ten sposób przyjęto go do pałacu, gdzie został prywatnym sekretarzem królowej, *Principal Private Secretary*. Przynosił zaszczyt rodzinie i był jej nadzieją. W Londynie Eleonore znalazła pracę w innej fabryce, w zakładzie odzieżowym w Mile End. Pracowała przez cały dzień i wracała wieczorem, żeby sprzątać, gotować, prać, prasować. Kiedy brat przeniósł się do pałacu, została w Londynie. Nie chciała wracać do rodziny. Przyzwyczaiła się do samotnego życia. Odwiedzał ją w niedzielę. Pili herbatę, słuchając wahadła wielkiego zegara. Z pewnością musiał ciężko pracować, żeby wtopić się w wystrój pałacu, wygładzić akcent, szorstkie maniery, nauczyć się etykiety, nauczyć się kłaniać.

– Ja uważam, że to bardzo dobrze, że montują kamery u ludzi w domach. Jeżeli nie masz sobie nic do zarzucenia, czego się obawiasz?

– Ale to okropne!

– Mówisz tak, bo mieszkasz w eleganckiej dzielnicy, nie boisz się, kiedy wracasz do domu z siatką z zakupami. My tu wszyscy jesteśmy za tym... Tylko bogaci mieszają do tego moralność!

Shirley postanowiła nie wysuwać kolejnych argumentów. Ostatnim razem się pokłóciły. Shirley zapewniała, że jej ojciec był wielkim szambelanem, a ciotka odpowiadała, że był jedynie osobistym sekretarzem. Ni mniej, ni więcej, tylko lokajem. Wybrano go, bo był uległy. I pomyśleć, że tak ciężko harowałam dla uległego mężczyzny! Nie ma wielkiej różnicy między uległym a służalczym! zżymała się wpatrzona w czajniczek, otaczając rękoma dzióbek w obawie, że krople poplamią obrus.

– Tata nie był służalczy, tylko dyskretny i dobrze wychowany – zaprotestowała Shirley.

– Lokaj! Ja byłam silna, dożarta! Ale mnie nie opłacono studiów! Bo byłam dziewczyną, a w tamtych czasach dziewczyny się nie liczyły. A jaki on zrobił użytek z tych lat studiów, co? Został sługusem! I to ma być sukces?

– To nieprawda, nieprawda – powtarzała Shirley – był wielkim szambelanem i wszyscy go szanowali...

Zakończyły rozmowę, złoszcząc się, każda w swoim kącie, oglądnęły idiotyczny serial w telewizji, a kiedy Shirley wychodziła, ciotka nadstawiła policzek, nie wstając.

Eleonore poczęstowała ją filiżanką herbaty i suchymi ciasteczkami; usiadły przy stole. Zapytała, co słychać u Gary'ego. Powiedziała, że młodzi muszą podróżować, bo życie szybko mija i człowiek kończy zamknięty w szczurzej norze z zabetonowanym ogrodem.

– Dziękuję ci za list i za zdjęcia.

Eleonore podniosła rękę, jakby nie miało to żadnego znaczenia.

– Pomyślałam, że przydadzą ci się bardziej niż mnie.

– Przyszedł w momencie, w którym zadawałam sobie masę pytań.

– Możesz mi polecić jakąś dobrą pedikiurzystkę? Strasznie bolą mnie nogi... Mogę chodzić wyłącznie w pantoflach!

W pokoju panował mrok. Eleonore wstała, żeby zapalić światło. Shirley poprosiła, by opowiedziała jej o ojcu.

– Tak cię proszę, Eleonore, to ważne.

Odparła, że niewiele wie, bo się nie zwierzał.

– Ty zresztą też nie... Jakby każde z was miało jakąś małą tajemnicę, której zazdrośnie strzegło. Trzymaliście dystans. Może nie byłam was godna.

Shirley nalegała:

– Co masz na myśli, mówiąc o „dystansie" i „małej tajemnicy"?

Eleonore westchnęła.

– To skomplikowane, trudno to wytłumaczyć... Odnosiłam po prostu takie wrażenie, bo z twoim ojcem nigdy naprawdę nie rozmawialiśmy. To był poczciwy człowiek... Poczciwy, uległy człowiek, który nie pyskował.

– A jaka ja byłam?

– Ty byłaś zła!

– Zła?

– Ciągle się złościłaś.

– ...

– Nie rozumiałam dlaczego. Zaczynało się od drobiazgu, mówiło ci się „nie rób tego, nie rób tamtego" i podnosiłaś wrzask. Nie byłaś łatwa, wiesz...

Wyciągnęła oskarżycielski palec w stronę Shirley. Z gałęzi choinki opadł kosmyk, poprawiła go więc palcem wykrzywionym przez artretyzm.

– Możesz mi podać jakiś przykład? Łatwo jest tak mówić bez żadnego wyjaśnienia!

– No co?! Jak mnie pytasz, to odpowiadam...

– Chcę wiedzieć! Skup się! Kurde! Eleonore! Jesteś moją jedyną rodziną!

– Pamiętam, jak pewnego dnia... padał deszcz, poszliśmy we trójkę na spacer i jednym ruchem założyłam ci kaptur na głowę, żebyś nie zmokła. Rozdarłaś się! Wrzeszczałaś: *Don't ever do that again! Ever! Nobody owns me. Nobody owns me!** Twój ojciec patrzył ze smutkiem, mówiąc: To moja wina, Eleonore, moja wina... A ja spytałam: Jak to twoja wina? Czy to twoja wina, że jej matka zmarła przy porodzie? Czy to twoja wina, że musisz wychowywać ją sam?

---

* Nie rób tego nigdy więcej! Nigdy! Nie jestem niczyją własnością! Nie jestem niczyją własnością!

Czy to twoja wina, że masz w pałacu chore godziny pracy? Ten mężczyzna brał na swoje barki grzechy całego świata... Był za dobry. Myślę, że nigdy nie widziałam równie agresywnej dziewczynki jak ty. Ale go kochałaś. Zawsze go broniłaś... Nie można było tknąć twojego tatusia.

– To wszystko?

– No... To nie było miłe! Czerwieniłaś się i wściekałaś z byle powodu! Nigdy nie widziałam takiego dziecka.

A potem nadeszła pora jej serialu.

Eleonore włączyła telewizor, Shirley wyszła.

Położyła na kredensie cztery banknoty pięćdziesięciofuntowe.

Łatwo jest wspominać przeszłość później. Kiedy nie został nikt, kto mógłby to zweryfikować.

Siedząc w Starbucksie, myślała o wiecznie złoszczącej się dziewczynce i obserwowała ludzi. Pochylona nad zlewem kelnerka chowała filiżanki i talerzyki, prostowała się, ocierała czoło.

Shirley wstała. Szukała wzroku dziewczyny, aby powiedzieć jej do widzenia. Zobaczyła jedynie jej plecy. Zrezygnowała.

Szła Brewer Street w poszukiwaniu sklepu AGD. Znalazła sklep na Shaftesbury. Weszła. Podeszła do stojaka, zobaczyła adapter za 5,99 funta, dumnie położyła go przed kasą, zapłaciła i schowała do kieszeni.

*

Henriette zapisała się na kurs komputerowy przy rue Rennequin.

Chodziła tam po południu. Zajęcia odbywały się w sklepie, w którym sprzedawano akcesoria do komputerów i drukowano broszury. Po południu przychodzili tam jedynie starcy, którzy zadawali tysiąc razy to samo pytanie, wodzili palcami i zmęczonym wzrokiem po klawiaturze, mruczeli, że to za trudne, i skarżyli się. Niecierpliwiła się. Nienawidzę starców, nienawidzę starców, nigdy nie będę stara.

Przepisała się do grupy wieczorowej. Uczniowie byli bystrzejsi, uczyła się szybciej. To była inwestycja. Nie wolno marnować pieniędzy.

Chaval przekazał jej klucz do szuflady, w której Trąbka trzymała hasła. Podał jej kod do alarmu. Wiedziała, że jest zmieniany mniej więcej co trzy miesiące. Nie mogła zwlekać.

Czekała na wieczór, w którym będzie mogła się wślizgnąć do firmy. Wieczór, kiedy Ginette i René gdzieś wyjdą... Spacerowała w tę i we w tę przed budynkiem przy avenue Niel 75, śledząc ich wyjścia i powroty. Zauważyła, że co czwartek jeżdżą na kolację do matki Ginette. René zżymał się, gdy wsiadali do starego szarego renaulta zaparkowanego na podwórzu i utyskiwał: Twoja matka! Twoja matka! Nie musimy chyba odwiedzać jej w każdy czwartek. Ginette nie odpowiadała. Siadała z przodu, kładąc na kolanach paczkę obwiązaną piękną różową wstążką, która kojarzyła się z cukiernią. Ukryta za kratą Henriette czekała.

Chaval odkrywał przyjemność panowania nad biedną dziewczyną.

Wydawał polecenie, a ona słuchała, groził, ona drżała, uśmiechał się, mdlała z zachwytu. Ogłupiał ją, a ona padała przed nim plackiem z oddaniem, które zachęcało go do dalszego dręczenia.

Nie dotykał jej, nie obejmował, nie całował, zadowalał się rozpięciem swojej białej koszuli i pokazaniem opalonego torsu, a ona spuszczała wzrok. Tresuję ją, myślał, tresuję, a potem zobaczę, co da się z nią zrobić. Jest taka potulna, że mogę z nią wiązać wszelkie nadzieje.

709

Szkoda, że jest stara i paskudna, mógłbym ją posłać na ulicę. Aczkolwiek... Aczkolwiek... Niektóre stare świetnie pracują. Uzyskał na ten temat informacje z dobrego źródła. Jedna taka stała na chodniku koło porte Dorée. Spotkał się z nią. Dał się chwilę popieścić, zamykając oczy, żeby nie widzieć pomarszczonego karku, który wznosił się i opadał wzdłuż jego członka. Przepytał ją, zapinając rozporek. Kazała nazywać się Panterą, brała trzydzieści euro za laskę, pięćdziesiąt za laskę ze stosunkiem. Słynęła zwłaszcza z pracy ust. Każdego wieczoru używała ich z dziesięć razy, o czym poinformowała go, plując w chusteczkę.

– Nie połykasz?

– I czego byś jeszcze chciał? Żebym ci to zapakowała do domu?

Pomyślał o wyszkoleniu Trąbki. Nadgodziny po wyjściu z pracy, żeby pomóc swojemu pięknemu ukochanemu w potrzebie? Ta idea go podniecała i pieścił się, myśląc o tym. W stroju dziwki może wywarłaby na nim jakieś wrażenie...

Potem myślał o przekrętach z Henriette. Nie negocjował z nią jeszcze swoich udziałów. Błąd! Błąd! Musi słono zapłacić. Pewnie łatwo nie odpuści. Powinien bez trudu uzyskać pięćdziesiąt procent.

Za nic!

Henriette, Trąbka... Dzięki tym kobietom będzie bogaty. Życie nareszcie się do niego uśmiechało. Otrząsnął się z odrętwienia. Tego ranka w łazience ze zdziwieniem stwierdził, że podśpiewuje. Matka usłyszała i pchnęła drzwi.

– Wszystko w porządku, mój śliczny synku?

– Mam plany, mamo, piękne plany, które sprawią, że będziemy bogaci. Wreszcie odbijemy się od dna! Kupimy piękny samochód i w niedzielę będziemy jeździć nad morze. Deauville, Trouville, *tutti quanti*...

Z ufnością zamknęła drzwi i poszła do sklepu po butelkę wina musującego, żeby mogli to uczcić wieczorem, zagryzając kocimi języczkami. Wstrząsnęło nim to. Lubił widok szczęśliwej matki.

Stanął przed lustrem w samych slipach. Wyginał biodra, kładąc rękę na płaskim brzuchu, prężył mięśnie dwugłowe, trójgłowe i czterogłowe. Co mi odbiło, że tak sflaczałem i oklapłem, skoro mam złoto w rękach dzięki korzystnej aparycji? Przedtem nie wątpiłem, nie drżałem, budziłem zachwyt, zachwycałem i życie też dawało się ponieść zachwytowi. Żonglowałem kobietami i wychodziło mi to na dobre.

Z żalem oderwał wzrok od lustra, oparł się o brzeg umywalki i rozmyślał... Będę musiał zadzwonić do Josiane. Pewnie się nudzi z latoroślą. Dowartościuję ją, powiem, że nie było lepszego tropiciela od niej. Będzie ją rozpierać duma i wymyśli projekty, które przedstawię Staremu.

Tym razem na samym wstępie określę procent.

Będzie ostatnim trybikiem w mojej machinie.

Kevin Moreira dos Santos marniał w oczach.

Jego noty leciały w dół na łeb na szyję. Groźba internatu stawała się coraz bardziej realna. Ojciec oświadczył dzień wcześniej przy kolacji, że wyjedzie we wrześniu do augustianów w Marne-la-Vallée.

– To chyba jakiś żart? – spytał Kevin, odsuwając talerz.

– To nie żart, ale fakt – odparł ojciec, odkrawając nożem Opinel kromkę chleba, którą miał zamoczyć w zupie. – Przyjmą cię do szóstej klasy, pod warunkiem że przez całe wakacje będziesz chodził na zajęcia, żeby uzupełnić braki. Zapisałem cię. Sprawa załatwiona, nie ma gadania.

Stara krowa się poddała. Obraziła się któregoś wieczoru, kiedy to jakoby był dla niej niegrzeczny. Wyprężyła się na krześle i oświadczyła: Dość tego, za dużo już wysłuchałam, daję za wygraną.

Parsknął śmiechem. Jak ta stara mówi? Jak ona mówi? Co znaczy: daję za wygraną? Co dajesz i za jaką wygraną?

– To znaczy, że odpuszczam.

– W takim razie koniec z komputerem – rzucił pewny swego Kevin, strzelając gumką między zębami.

– Nie potrzebuję już twojego komputera, galaretowaty szczurze. Kupię sobie nowiutki. Nauczyłam się nim posługiwać. Wiatr wieje ci w oczy, a mnie sprzyja... Zwijam żagle! Zatkało go.

Strzelił sobie gumką w nos. Pisnął żałośnie.

– Zamurowało cię, co?

Nie potrafił się odciąć.

Posunęła się jeszcze dalej.

– I pamiętaj o jednym: wiem, jak się bogacisz kosztem swojej matki. Więc gdybym przypadkiem potrzebowała twoich usług, zrobisz wszystko, co będę chciała. I nie będziesz się stawiał! W przeciwnym razie doniosę na ciebie... To jest dla ciebie jasne?

Podmiot, orzeczenie, dopełnienie.

Było jasne.

Junior i Josiane rozłożyli dokumenty na stole w jadalni i prawili sobie grzeczności, ustalając, kto będzie mówił pierwszy.

– Myślę, że wpadłem na wspaniały pomysł – powiedział Junior. – A ty?

– Dwa lub trzy drobiazgi, nic specjalnego...

– Pokaż, co masz – powiedział Junior.

– Nie, najpierw ty.

– Nie, ty.

– Nie zgadzam się, zacznij, Junior! Jestem twoją matką, masz mnie słuchać!

Junior pomachał pomarańczową teczką i wyjął z niej projekt.

– Ściana kwiatowa – wyjaśnił.

– O co biega? – spytała Josiane, pochylając się nad nim.

– Ściągnąłem ten pomysł ze strony jeunesinventeurs. org.

– Umiesz posługiwać się komputerem? – zapytała zdumiona Josiane.

– Ależ mamo! To dziecinnie proste!

– No właśnie, jesteś jeszcze dzieckiem!

– No dobrze... Porozmawiamy poważnie czy będziemy tracili czas na bezowocne kłótnie?

– OK. OK. Chciałam tylko wyrazić zdziwienie.

– Więc kontynuuję... Istnieje strona internetowa dla młodych wynalazców i oni mają masę pomysłów...

– Tylko nikt ich jeszcze nie zrealizował! – wykrzyknęła Josiane. – Latami trzeba czekać, zanim pomysł zamieni się w gotowy projekt. Punkt dla mnie!

– Nie pozwoliłaś mi skończyć, droga matko... Znalazłem pomysł na stronie młodych wynalazców, a POTEM sprawdziłem, czy został zrealizowany. I... i... okazało się, że tak... Został wdrożony przez normandzkiego przemysłowca, pana Legranda, swoistego geniusza, który pracuje w kąciku, wymyśla, grzebie, opatentowuje i to działa! Rozwiązał wszystkie problemy: masy, oporu, estetyki, wysiewu. Jest gotowy, czeka na duże zamówienie. Był w kontakcie z Alinéą, kiedy do niego zadzwoniłem.

– TY do niego zadzwoniłeś?

– Szczerze mówiąc, Jean-Christophe zadawał pytania, ale opracowaliśmy pewną strategię...

Jean-Christophe był nauczycielem z popołudniowej zmiany, to na niego Junior patrzył łaskawym okiem.

– I co ty na to? – zakończył Junior.

Josiane się zastanawiała. To świetny pomysł, ale...

– Mur kwiatowy... A jak to działa?

– Wyobraź sobie cienki, bardzo cienki dmuchany materac z otworami...

Josiane skinęła głową.

– W cienkiej poduszce umieszcza się system irygacji, warstwę ziemi, nasiona. Nasiona wykiełkują i zakwitną w specjalnie do tego zaprojektowanych otworach co dziesięć, dwadzieścia centymetrów, tworząc zasłonę kwiatową lub roślinną. Wieszasz mur kwiatowy, gdzie chcesz. Możesz umieścić go w salonie, sypialni, gabinecie, w środku lub na zewnątrz.

– Ależ to wspaniałe, Junior.

– Ten człowiek ma dziesiątki murów kwiatowych gotowych do odbioru! Wymyślił kilka tematów: las w Wogezach, las tropikalny, ogród różany, polana, palmiarnia, ogród bambusowy i tak dalej.

– Chcesz przez to powiedzieć, że możemy zacząć natychmiast?

– Właśnie.

– A jak go przekonałeś, żeby nie podpisywał umowy z Alinéą?

– Podwoiłem jego udział w zyskach... Poza tym zna firmę Casamia.

– I dalej jest to dla nas opłacalne?

– Jak najbardziej.

– Jesteś niesamowity, skarbie.

– Po prostu uruchomiłem neurony. Czy wiesz, że rodzimy się ze stu milionami neuronów w głowie i zaczynamy je tracić od dwunastego miesiąca życia, jeżeli ich nie używamy? Ja nie chcę stracić ani jednego! Wszystkie je uruchomię... Zresztą, droga matko, postanowiłem uczyć się gry na fortepianie. Czy myślisz, że będzie to atut, który pozwoli mi podbić serce Hortense?

– No...

– Myślisz, że jestem dla niej za mały?

– Yyy...

– To męczące! Bez przerwy mnie ograniczasz! Matka powinna popychać dziecko do przodu, a nie podcinać mu

714

skrzydła! Z żalem muszę przyznać, że jesteś kastrującą matką. Freud w tym względzie...

– Lata mi, co powiedział ten wiedeńczyk! A wyrażam sceptycyzm dlatego, że jesteś od niej o siedemnaście lat młodszy i wydaje mi się, że to trochę dużo!

– I co z tego? Bagatela! Kiedy skończę dwadzieścia lat, ona będzie miała trzydzieści siedem, będzie w sile wieku, piękna i okrągła... I poślubię ją.

– A dlaczego sądzisz, że powie „tak"?

– Bo będę wtedy błyskotliwy, bogaty, oszałamiający. Nigdy nie będzie się ze mną nudzić. Taka dziewczyna jak Hortense wymaga, żeby zaczarować jej mózg... Wypełnić głowę pomysłami. Kiedy byliśmy w Londynie, droczyliśmy się, to była taka nasza gra miłosna, mówiła: *I'm a brain!* A ja odpowiadałem: *I'm a brain too!** Śmieszyło ją to... Jesteśmy ulepieni z tej samej gliny. Podróż poślubną odbędziemy balonem, przelecimy nad Mongolią i Mandżurią ubrani w długie szafranowe suknie, będę jej czytał Nervala i...

– Junior – przerwała mu Josiane – a może byśmy wrócili do muru kwiatowego?

– Naprawdę nie masz za grosz romantyzmu, droga matko! Zadzwonił telefon. Josiane odebrała. Wzdrygnęła się i zmarkotniała. Junior uniósł brew, zapytał, kim jest intruz. Węszył kłopoty, faceta o złych intencjach.

– To Chaval... – szepnęła Josiane. – Chce zaproponować mi interes.

– Daj go na głośnik – powiedział Junior.

Josiane posłuchała. Chaval zaproponował jej współpracę i spotkanie. Junior skinął głową. Josiane przyjęła zaproszenie. Potem odłożyła słuchawkę.

– Ten facet coś knuje – powiedział Junior, przejeżdżając palcem po rudych loczkach. – Chciałbym wiedzieć co. Idźmy tam razem.

* Jestem mózgiem! – Ja też.

– Ale będziesz odgrywał dziecko – zastrzegła Josiane.

– W przeciwnym razie coś zacznie podejrzewać.

– Obiecuję.

– Zastanawiam się, czego on ode mnie chce... Wiem, że kręci się przy avenue Niel, usiłuje odzyskać dawne stanowisko u twojego ojca. Potrzebuje mnie, żeby wkraść się w jego łaski.

Junior nie odpowiedział. Koncentrował się całkowicie na przyczynach telefonu Chavala i jego neurony pracowały z prędkością miliona obrotów na sekundę.

– Najwyraźniej ma mnie za kretynkę – wymamrotała Josiane, pamiętając dawne czasy, kiedy to Chaval wodził ją za nos.

– Nie przejmuj się, mamo, tym razem my nabijemy go w butelkę.

Siódma czterdzieści pięć. Jak każdego ranka Marcel Grobz wsiada do samochodu, w którym siedzi jego kierowca Gilles. Gilles kupił gazety, żeby mógł przejrzeć prasę przed pierwszym spotkaniem w Bry-sur-Marne, w wielkim magazynie Casamii. Kiedy Marcel Grobz wykupił największe chińskie przedsiębiorstwo produkujące meble, musiał zmienić strukturę swojej firmy i przeprowadzić się. Firma za bardzo się rozrosła, aby dalej mogła funkcjonować przy avenue Niel. W Bry-sur-Marne mieścił się dział handlowy, dział badawczy, w którym pracowano nad nowymi pomysłami, tu także docierały towary zamówione przez klientów. Przy avenue Niel zostały biura kadry kierowniczej i ich sekretarki, sala konferencyjna, dział prawny i księgowość. I obsługujący pilne zamówienia skład, którym kierował René.

Godzina dziewiąta. Spotkanie dyrektorów wydziałów. Tego ranka Marcel Grobz zatwierdza strategię na najbliższe miesiące: zakupy, budżet, główne kierunki rozwoju. Wśród priorytetów: przyspieszenie procesu centralizacji przedsiębiorstwa i obsługa klienta. Marcel Grobz jest przekonany, że troszcząc się o klientów, zdobędą przewagę nad konkurencją. Nikt nie zwraca już uwagi na ludzi, traktuje się ich jak numery, każe im czekać, są bliscy apopleksji. Obecny kryzys powinien nas zbliżyć do klientów. Musimy im zapewnić najlepsze usługi po najniższej cenie.

Godzina dwunasta. Marcel Grobz schodzi do show--roomu, żeby zobaczyć nowe produkty. Uważnie ogląda każdy z nich, sprawdza pochodzenie, czyta noty techniczne. Zatwierdza wysyłki krajowe, zagraniczne, paryskie.

Godzina trzynasta trzydzieści. Powrót do głównej siedziby przy avenue Niel, po drodze przełyka w samochodzie kanapkę z szynką, masłem i korniszonem. Gilles przygotował mu termos czarnej kawy. Rozpina pasek w spodniach, zdejmuje buty i kilka minut drzemie.

Dojeżdżają do porte d'Asnières, Gilles budzi go. Marcel otrzepuje się, przejeżdża ręką po twarzy, pyta, czy nie za głośno chrapał. Gilles uśmiecha się i odpowiada, że to nie szkodzi.

Godzina czternasta piętnaście. Marcel Grobz spotyka się w swoim gabinecie z kierowniczką działu zrównoważonego rozwoju, aby zatwierdzić porozumienia przewidujące zatrudnienie pracowników niepełnosprawnych.

Godzina piętnasta. Codzienna narada telefoniczna z dyrektorem na Chiny, ubezpieczycielem, adwokatem i lekarzem. Niedawno firma Casamia sprzedała fotele relaksacyjne wyprodukowane w Chinach i niektórzy klienci skarżą się na egzemę wywołaną przez partię foteli skażonych środkami grzybobójczymi. Marcelowi Grobzowi zależy na tym, żeby każdy klient został wysłuchany i dostał odszkodowanie. Wpłynęły już pięćset czterdzieści cztery skargi, a odszkodowania wynoszą od trzystu do dwóch tysięcy euro w zależności od przypadku.

Godzina szesnasta. W dalszej części popołudnia – posiedzenie komitetu do spraw inwestycji. Analiza sklepów, które odnotowują gorsze wyniki, badanie możliwości ożywienia ich działalności lub zamknięcia. Marcel nie chce zwalniać. Woli myśleć, że opracują produkty, które pozwolą zwiększyć sprzedaż. Analiza projektów dotyczących nowych produktów. Zapoznanie się z wynikami testów. Prognozy finansowe. Dyskusja z kierownictwem. Godzina siedemnasta trzydzieści. Spotkanie z partnerami finansowymi grupy. Mimo że Marcel jest nadal udziałowcem większościowym, 35 procent udziałów należy do nich, a więc mają coś do powiedzenia. Wyniki za bieżący rok. Aktualny zysk operacyjny. Projekt porozumienia stu dwudziestu liderów w branży. W kontekście słabej koniunktury Marcel Grobz odpowiada za utrzymanie trwałości i dobrej kondycji finansowej grupy. Na południu Europy niektóre sklepy nie gwarantują wystarczającego poziomu sprzedaży w najbliższych pięciu latach, trzeba będzie je zamknąć, chyba że...

I Marcel Grobz znowu staje wobec konieczności opracowania produktu, który pozwoliłby znacząco zwiększyć sprzedaż. W oczach specjalistów od finansów czyta niepokój związany z zapowiadaną poważną recesją i nie wie, co im odpowiedzieć.

Godzina dziewiętnasta. Powrót na avenue Niel i spokojna analiza problemów dnia dzisiejszego i jutrzejszego. Rozwój informatycznych kanałów handlu, wzrost roli Internetu, rosnąca liczba klientów, którzy chcą dokonywać zakupów przez Internet. Podpisywanie poczty. Jest sam. Zimne światło pada na biurko. Przejeżdża po nim palcem, patrzy na nie i wyciera je rękawem. Opiera brodę na rękach, wpatruje się w wiszące naprzeciw lustro. Widzi korpulentnego mężczyznę z przekrzywionym krawatem, dwoma rozpiętymi guzikami koszuli, wylewającym się brzuchem, grubymi rękami, rudymi włosami tworzącymi otoczkę na różowej czaszce. Zastanawia się. Opiera w fotelu, przeciąga. Myśli, że powinien uprawiać jakiś sport, powinien schudnąć... I znaleźć sobie prawą rękę. Sam nie jest w stanie robić wszystkiego. Nie pozwala mu już na to ani wiek, ani siły.

Godzina dwudziesta pierwsza. Marcel Grobz wychodzi z biura i wraca do domu.

Kolejny dzień minął, zanim się spostrzegłem, myśli, patrząc na zegarek. A jutro wszystko zacznie się od nowa...

Jest zmęczony. Zastanawia się, ile czasu w tym tempie wytrzyma.

Nigdy już nie wchodzi pieszo na górę.

Wsiada do windy.

List przyszedł w rannej poczcie. Iphigénie poznała nagłówek z nazwiskiem syndyka i położyła kopertę na stole. Brakowało jej tchu, trzymała się za żebra i chwiała na nogach. Jakby stratowało ją stado dzikich koni.

Czekała na przerwę obiadową, ugotowała kiełbaski i podgrzała purée dla Clary i Léa. Wracali na obiad do domu. Wychodziło taniej, niż gdyby jedli w stołówce.

Otwarła list, niemal go targając.

Przeczytała go raz, potem drugi.

Stado dzikich koni znowu przebiegło jej po ciele.

Miała się wyprowadzić. Zostały jej trzy miesiące na znalezienie nowej pracy, bo pedolog jej nie zatrudnił, i nowego dachu nad głową. Wszystko wokół niej zaczęło wirować.

Clara i Léo przestali rysować tory w purée i spytali:

– Źle się czujesz, mamo?

– Nic mi nie jest...

– To dlaczego masz mokre oczy?

Mylène Corbier podała paszport celnikowi na Roissy.

– Witamy w Paryżu – powiedział celnik, podnosząc wzrok na piękną blondynę ukrywającą się za dużymi czarnymi okularami.

Skinęła głową.

719

– Może pani zdjąć okulary?

Wykonała polecenie. Prawe oko przypominało dużego buraka.

– Dostała pani w oko lotką samolotu? – spytał.

Westchnęła.

– Gdyby tylko to...

Ostatnia pamiątka po panu Yangu.* A raczej po jego ochroniarzu. Odwiózł ją na lotnisko, aby upewnić się, że wyjeżdża sama i niczego nie wywozi. Mogła ukryć walizkę w przechowalni. Chciał jej przeszukać torebkę, zanim przeszła przez odprawę celną. Odmówiła – schowała bransoletki wysadzane diamentami i biżuterię Chaumet w zużytej chusteczce ligninowej. Potrząsnął nią. Broniła się, zachwiała na nogach, uderzyła w metalową barierkę. Wzruszył ramionami i odszedł, obawiając się skandalu.

Zdecydowała się na samolot o trzynastej czterdzieści, który przylatywał na Roissy o siedemnastej czterdzieści. Jedenaście godzin lotu. Jedenaście godzin rozpamiętywania rozczarowania. Na lotnisku w Szanghaju chińska stewardesa zdziwiła się, że podróżuje bez bagażu. Grupy Francuzów wracających do kraju pokazywały sobie zdjęcia w telefonach komórkowych. Dyskretny personel sprzątający zamiatał najmniejszy papierek rzucony na ziemię. Terminal 2 lśnił czystością. Można jeść z podłogi, pomyślała, odnotowując każdy detal. Nie wróci tu już. Jej piękne mieszkanie zostanie puste. Meble sprzedadzą. Co się stanie z jej serią kosmetyków? Była potrzebna panu Yangowi, żeby ją rozwinąć. Będzie wściekły...

Celnik oddał jej paszport, wyszła, nie przechodząc przez strefę odbioru bagażu.

Pan Yang zgodził się zwrócić jej paszport, ale nic poza tym. A w ogóle, warknął, co jest jej potrzebne, skoro ma jechać do chorej matki? Lons-le-Saunier to nie Paryż... Nie

* Patrz *Wolny walc żółwi*, op. cit.

będzie musiała się elegancko ubierać ani ponosić żadnych kosztów. Zostawisz tu wszystko i tym sposobem będę pewien, że wrócisz, rzucił wściekły. Nie mogę pozwolić ci na żadne głupstwa, wiesz... Czy nie jesteś tu szczęśliwa? Pomyśl o pieniądzach, które dzięki mnie zarobiłaś. Pomyśl o swoim pięknym mieszkaniu, meblach, telewizorze z płaskim ekranem... Wszystko to masz dzięki mnie. Spuściła głowę. Palce zamknęły się na paszporcie, jakby wczepiała się w kawałek wolności. Wyjeżdżała biedna jak Hiob po dwóch latach harówki w Szanghaju. Poza biżuterią udało jej się ukryć dziesięć tysięcy dolarów w figach Sloggy.

Świętowała wyjazd w samolocie. Zamówiła dużą whisky, twierdząc, że ma urodziny. Stewardesa spytała z porozumiewawczym mrugnięciem, ile lat kończy, odparła, że trzydzieści sześć. I na tym poprzestanie. Nigdy nie będzie miała czterdziestu dwóch lat. Przyniosła jej trzydzieści sześć cukierków w różnokolorowych papierkach i życzyła powodzenia.

Co ja teraz zrobię? zastanawiała się, stając w kolejce do autobusu jadącego do Paryża. Nikt na mnie nie czeka... Ani w Paryżu, ani w Lons-le-Saunier.

Poszuka pracy manikiurzystki lub kosmetyczki. Wróci do dawnego gabinetu w Courbevoie, spyta, czy mogliby ją przyjąć. Tam właśnie spotkała Antoine'a Cortèsa. Nie był to szczęśliwy los na loterii. Będą inni. Pochwali się im swoim sukcesem w Chinach, może wpadną na jakiś pomysł.

Zaczęła nucić, idąc za turystami, którzy wsiadali do autokarów Air France, ciągnąc ciężkie walizki. Nuciła chrapliwym, zmysłowym głosem, macając ukryte w figach banknoty.

*

Dottie przyszła do kuchni do Bekki, która przygotowywała kolację i otwarła książkę kucharską na stronie z *crumble*. Marszczyła brwi, czytając przepis, z rękami białymi od mąki. Dottie zastanawiała się, czy to odpowiedni moment na rozmowę.

– Philippe'a nie ma?

– Poszedł z Alexandre'em do dentysty.

– Powiedział, kiedy wróci?

– Nie.

– Mogę z tobą porozmawiać, Becca?

– Nie jest to najlepszy moment, postanowiłam zająć się deserami... To poważna sprawa?

– Tak.

– Ach...

Becca wsadziła nóż między kartki, żeby nie zgubić przepisu, odsunęła jabłka, mąkę i cukier, nadal stała z rękami wyciągniętymi w powietrzu jak dwa białe kandelabry, po czym jej niebieskie oczy spoczęły na Dottie.

– Słucham cię.

Dottie zebrała się na odwagę i powiedziała:

– Powinnam się wyprowadzić, prawda?

Zaskoczone kandelabry nie poruszyły się.

– ...

– Nie patrzy już na mnie. Nie odzywa się do mnie. Nie obejmuje mnie w nocy, gdy prześladuje go ten koszmarny sen. Nie czuję już jego ramion. Przedtem go uspokajałam... Przywierałam do niego całym ciężarem ciała, żeby przygwoździć go do ziemi, powtarzałam sobie: Potrzebuje mnie, potrzebuje mnie przez kilka godzin w nocy... I te godziny, Becco, czyniły mnie szczęśliwą na cały dzień...

Przerwała i wyszeptała:

– Nie potrzebuje mnie już.

– ...

– Odzyskał spokój dzięki tobie, Becco. Nie jestem do niczego potrzebna. Nie ma żadnej mojej zasługi w tym, że czuje się lepiej.

– ...

722

– Miałam tak wielką, tak wielką nadzieję...

– ...

– Kocham go, Becco. Kocham tego mężczyznę. Ale on mnie nie okłamywał. Nie drwił ze mnie. Nigdy nie udawał, że mnie kocha... Och! Becca... Tak mi przykro...

– ...

– To z powodu innej kobiety, prawda? Chodzi o Joséphine...

Becca słuchała tak, jak tylko ona umiała słuchać. Uszami, oczami, sercem, czułością. I dwoma rękami przypominającymi białe kandelabry.

– Znalazłaś pracę? – spytała łagodnie, bez wyrzutu.

– Tak.

– I nie powiedziałaś...

– Chciałam tu zostać.

– Odgadłam to... i z pewnością on też o tym wie. Nie ma odwagi z tobą porozmawiać. Wiesz, mężczyźni nie lubią starć.

– Spotkał się z nią?

– Nie chodzi tylko o tę kobietę, Dottie. On się zmienia. I robi to sam... To porządny facet.

– Wiem o tym, wiem. Och, Becca!

Wybuchnęła płaczem, a Becca otwarła przed nią ramiona, odsuwając ręce, żeby nie obsypać jej mąką.

Dottie przywarła do Bekki.

– Tak bardzo go kocham! Myślałam, że w końcu o niej zapomni, że przyzwyczai się do mnie... Starałam się być lekka, żeby nie zabierać więcej miejsca niż piórko. Och! Wiem, że daleko mi do niej, nie jestem równie ładna, błyskotliwa, elegancka... tylko grubo ciosana... ale myślałam, że mam szanse...

Pociągnęła nosem, odsunęła się od Bekki. Potem nagle wybuchła, krzyknęła, uderzyła w stół, waliła w szafki, w lodówkę, w krzesła, w jabłka, w cukier i w mąkę.

– A dlaczego w dodatku przepraszam? Nie robię nic innego, tylko przepraszam! Dlaczego myślę, że nie jestem nic warta? Że nie dorastam mu do pięt? Że jest dla mnie dobry, bo mnie nie wyrzuca, zostawia mi troszkę miejsca w łóżku? Wszystko zmieniłam, żeby się mu podobać. Wszystko! Nauczyłam się pięknych obrazów, ładnych słów, sztućców do ryby, trzymania się prosto, małej czarnej na koncerty, klaskania końcami palców, ugrzecznionego uśmiechu i okazuje się, że to nie wystarcza! Czego on chce? Czego chce? Wystarczy, że powie, a mu to dam! Oddałabym wszystko za to, żeby ze mną był. Chcę, żeby mnie kochał, Becco, chcę, żeby mnie kochał!

– O tym się nie decyduje. On cię bardzo lubi...

– Ale mnie nie kocha. Nie kocha mnie...

Becca pozbierała jabłka, sprzątnęła cukier i mąkę, umyła ręce pod kranem, wytarła w ścierkę wiszącą na uchwycie piekarnika.

– W takim razie będę musiała wrócić do domu... Sama... Och! Jak mi się nie podoba ta perspektywa... Ta chwila, gdy znowu znajdę się w moim mieszkanku bez niego, bez was. Gdy wieczorem po powrocie do domu włączę światło i nie będzie nikogo... Byłam tutaj szczęśliwa.

Usiadła i płakała cicho z nosem w dłoni, przygarbiona.

Becca chętnie by jej pomogła, ale wiedziała, że nie zmieni biegu pożądania, a pożądanie nie chciało Dottie.

Podała Dottie nóż.

– Pomóż mi. Obierz ziemniaki, pokrój je na duże ćwiartki... Trzeba czymś zająć ręce, gdy serce się ściska. To najlepszy sposób, żeby odpędzić smutek.

– Będziesz musiał nosić aparat, nie martwi cię to za bardzo? – spytał Philippe Alexandre'a, gdy wracali do domu samochodem.

– Chyba nie mam wyjścia – westchnął Alexandre, obserwując profil ojca. – A ty nosiłeś aparat?

724

– Nie.

– A mama?

– Nie sądzę... Nigdy jej o to nie pytałem.

– W tamtych czasach nie było aparatów?

– Chcesz powiedzieć sto lat temu?

– Nie to miałem na myśli – żachnął się Alexandre.

– Wiem. Żartowałem.

– Mama teraz będzie zawsze młoda.

– Spodobałaby jej się ta myśl.

– A jakie jest twoje najprzyjemniejsze wspomnienie związane z nią?

– Dzień, w którym się urodziłeś.

– Ach... I jak to było?

– Byliśmy z twoją mamą w pokoju w klinice. Położyliśmy materac na podłodze i spędziliśmy pierwszą noc objęci, a ty leżałeś w środku. Uważaliśmy, żeby cię nie przygnieść, odsuwaliśmy się, żebyś miał więcej miejsca, a mimo to nigdy nie byliśmy tak blisko siebie. Tej nocy zrozumiałem, co znaczy „być szczęśliwym".

– Było aż tak dobrze? – spytał Alexandre.

– Chciałem, żeby ta noc nigdy się nie skończyła.

– To znaczy, że już nigdy nie będziesz tak szczęśliwy.

– To znaczy, że będę szczęśliwy inaczej... ale tamto szczęście będzie górowało nad wszystkimi innymi rodzajami szczęścia.

– Cieszę się, że mogłem w tym uczestniczyć, choć tego nie pamiętam.

– Może pamiętasz, tylko o tym nie wiesz... A ty? – nabrał odwagi Philippe. – Kiedy byłeś najbardziej szczęśliwy?

Alexandre się zastanawiał. Miętosił kołnierz koszuli. Był to nowy zwyczaj, którego ostatnio nabrał.

– Było kilka takich momentów i nie są takie same...

– A na przykład ostatnio?

– Kiedy pocałowałem Annabelle na czerwonym świetle, wracając ze szkoły... To był mój pierwszy prawdziwy pocałunek i myślę, że ja też poczułem się tak, jakbym był królem całego świata.

Philippe się nie odzywał. Czekał, aż Alexandre powie coś więcej na temat Annabelle.

– Kiedy pocałowałem Phoebe, nie zrobiło to na mnie aż takiego wrażenia, a z Kris było jeszcze inaczej... Myślisz, że będę mógł się całować z dziewczyną, gdy będę nosił aparat? Czy to żelastwo na zębach nie będzie mi przeszkadzać?

– Dziewczyna pocałuje cię ze względu na to, jak jej słuchasz, jak na nią patrzysz, jak jej opowiadasz różne historie, ze względu na masę rzeczy, które w tobie zobaczy... a których może ty sam w sobie nie dostrzegałeś.

– Ach... – zdziwił się Alexandre.

Zamilkł. Odpowiedź ojca obudziła w jego głowie tysiące pytań.

Philippe pomyślał, że nigdy nie odbył tak długiej i osobistej rozmowy z synem, i poczuł się z tego powodu szczęśliwy. Trochę jak wtedy na materacu na podłodze w klinice, kiedy przez jedną noc był królem całego świata.

Hortense Cortès nienawidziła siebie.

Miała ochotę bić się po twarzy, przywiązać do słupa, nigdy więcej się do siebie nie odzywać. Kpić z głupiej gęsi, która nazywała się... Hortense Cortès.

Właśnie przepuściła życiową szansę.

Była to w stu procentach jej wina.

Nicholas zabrał ją do Paryża na pokaz Chanel.

– Chanel! – wrzasnęła. – Prawdziwy pokaz Chanel? Z prawdziwym Karlem Lagerfeldem na scenie?

– I możliwością spotkania Anny Wintour – dodał Nicholas, lustrując grejpfrutowo-różowy krawat. – Jestem zaproszony na koktajl po pokazie i zabiorę cię...

– Och! Nicholas... – wybąkała Hortense. – Nicholas, Nicholas... Jak mam ci dziękować?

– Nie dziękuj. Promuję cię, bo wiem, że można z ciebie coś zrobić, i wcześniej lub później wykorzystam to.

– Kłamca! Robisz to dlatego, że jesteś we mnie szaleńczo zakochany!

– To właśnie powiedziałem.

Wsiedli w Eurostar o siódmej dwanaście. Wstali o piątej, aby przestudiować garderobę i stanąć na wysokości zadania. Wskoczyli do taksówki na Gare du Nord. Szybko! Niech się pan pospieszy! Do Grand Palais!

Hortense, nie odwracając oka od niebieskiej puderniczki Shiseido, spytała dziesięć razy Nicholasa: Jak wyglądam? Jak wyglądam?

Odpowiedział dziesięć razy: Bosko, bosko.

Spytała po raz jedenasty.

Pokazali zaproszenie przy wejściu do Grand Palais.

Stanęli w kolejce, aby zająć miejsca w wielkiej sali z wysokim przeszklonym sufitem, obracając głowę na wszystkie strony, aby nie uronić żadnego szczegółu wystroju ani nie przegapić żadnej z obecnych na pokazie osobistości. Było ich tak wiele, że Hortense zrezygnowała z ich rozpoznawania. Pokaz był olśniewający. Dekoracja przedstawiała sklep przy rue Cambon pomniejszony do wymiarów muszli koncertowej. Na jej ścianach wisiały olbrzymie kopie wyściełanych torebek, guzików, kokard, kapeluszy Chanel, naszyjników z pereł. Wszystko było białe, eleganckie; modelki ruszały się nienagannie.

Hortense biła brawo z całych sił.

Nicholas pochylił się do niej i mruknął:

– Powściągnij swój entuzjazm, moja droga, bo pomyślą, że przyjechałem z kuzynką z prowincji.

Natychmiast przybrała pozę osoby zblazowanej, ziewnęła, wachlując się zaproszeniem.

W czasie koktajlu rozpychała się łokciami tak, że mało ich nie podrapała, aby znaleźć się na wysokości Anny Wintour. Trzeba było działać szybko. Anna Wintour nigdy nie bawiła długo na koktajlach, nie zadawała się z *vulgum pecus*.

Hortense pokonała barierę w postaci dwóch ochroniarzy. Przedstawiła się jako dziennikarka i oświadczyła:

– Chciałabym wiedzieć, czy sądzi pani, że recesja będzie miała jakiś wpływ na pokazy mody w tym tygodniu w Paryżu, albo mówiąc wprost, czy kryzys finansowy może okazać się zgubny nie tylko dla zamówień domów mody, ale także dla nastroju i wyobraźni projektantów?

Była bardzo dumna ze swojego pytania.

Anna Wintour skierowała na nią niewidzące spojrzenie zza dużych ciemnych okularów.

– Hmmm... Muszę się nad tym zastanowić... Odpowiem, jak będę miała pewność, że zrozumiałam, o co chodzi.

Odwróciła się do niej plecami, dając znak ochroniarzom, aby uwolnili ją od natrętnej dziennikarki.

Hortense stała z otwartymi ustami, z idiotycznym uśmiechem na wargach. Została skasowana. Skasowana przez Annę Wintour. Jej pytanie było beznadziejne. Długie, pretensjonalne, zagmatwane.

Właśnie ośmieszyła się przed jedyną osobą na świecie, na której chciała zrobić wrażenie. Pomyślała, że na tym właśnie polega „bycie śmiesznym": to chęć uchodzenia za sympatyczniejszą, oryginalniejszą, inteligentniejszą, niż jest się w rzeczywistości, i wyłożenie się na oczach wszystkich.

Zbliżał się maj, Liz miała wyjechać do Los Angeles i Gary nie był z tego powodu niezadowolony. To był typ dziewczyny, która wszem wobec głosiła niezależność, odrzucała męską dominację, ciskała bukiety kwiatów do kosza, wyciągała przekłuty język, jeżeli ktoś przytrzymał jej drzwi, ale też do woli używała małżeńskiego zaimka „my", położyła – co było największą zbrodnią – swoją szczoteczkę do zębów koło jego szczoteczki i przyniosła do jego mieszkania górę od piżamy. A co z dołem? Nie nosiła go. Liczył dni, które dzieliły go od 27 maja.

W tym dniu wsadził ją do taksówki jadącej na lotnisko, zatrzasnął drzwi, poczekał, aż żółta taksówka skręci na końcu 74 Ulicy, i wydał okrzyk radości, który sprawił, że kilku przechodniów się odwróciło.

Tego samego wieczoru, a był piątek, poszedł imprezować z Caillebotte'em – tak właśnie nazywał Jerome'a. W Village Vanguard poznał wspaniałą kobietę. Prawdziwą kobietę z kurzymi łapkami i wielkimi, smutnymi oczami. Znudzoną, smukłą brunetkę, która piła whisky bez lodu i nosiła dzwoniące bransoletki. Zabrał ją do domu i wylądowali w łóżku. Rozległ się dźwięk bransoletek i westchnień. Otwarli jedno oko koło południa. Bardzo mu się podobała. Oczy zasnuwał jej smutek, co czyniło ją tajemniczą. Wyznała, że jest od niego kilka lat starsza, odparł, że to bardzo dobrze, męczy go bycie młodym. Uprawiali seks aż do czwartej po południu. Podobała mu się coraz bardziej. Wyobrażał sobie gorące pocałunki, kolacje przy świecach, rozmowy o miłości i pożądaniu, o wolności i zdolności wybierania własnych ograniczeń, o mężczyznach, którzy wiedzą wszystko i niczego nie rozumieją, oraz o mężczyznach, którzy niczego nie wiedzą i wszystko rozumieją... Aż poprosiła go, zapinając stanik, żeby ją odwiózł: miała odebrać synów z zajęć dżudo. Spadł z bardzo wysoka na ziemię.

Nigdy się już z nią nie spotkał.

Zapamiętał imiona chłopców: Paul i Simon.

Kilka dni później Caillebotte zaprosił go do Metu* na wernisaż wystawy ze zbiorów Fundacji Barnesa. Będzie masa impresjonistów, powiedział z wytrzeszczonymi ocza-

---
* Metropolitan Museum of Art, zwane przez nowojorczyków Met.

729

mi. Gary wstąpił po niego do Brooks Brothers po zamknięciu sklepu. Było ciepło, chmury tworzyły znaki zapytania na niebie, biegający kręcili się z wariackim uporem, a wiewiórki zajmowały własnymi sprawami. Przeszli przez park, rozprawiając. Caillebotte nie mógł wytrzymać w jednym miejscu, skakał w lewo, skakał w prawo, zapalał się. Gary zgasił jego zapał, oświadczając, że Caillebotte to także ser pochodzący z południowo-zachodniej Francji. Caillebotte spiorunował go wzrokiem. Jak mógł łączyć nazwisko jego ulubionego malarza z serem owczym? Usta wygięły mu się w pełnym urazy grymasie. Wydawał się obrażony.

Gary przeprosił, była piękna pogoda, ogarnął go nastrój do żartów. Zwyciężyła chęć, żeby się trochę pośmiać. Nędzna przyjaźń! powiedział wówczas Caillebotte, podając mu bilet i dodając, że ich drogi się rozchodzą. Gary pomyślał, że tak będzie lepiej. Caillebotte zaczynał go irytować. Te żarliwe hołdy składane jednemu malarzowi robiły z niego klaustrofoba.

Wszedł do Metu, pogwizdując. Był sam, był wolny, włosy wyschły mu i nie sterczały, kołnierzyk koszuli nie odstawał. Życie jest piękne, ale co teraz robi Hortense?

Przed bardzo pięknym obrazem Matisse'a, *Różowy marmurowy stół*, poznał dziwną dziewczynę. Najpierw zobaczył jej plecy, długie włosy spięte w koński ogon; miał straszliwą ochotę ugryźć ją w kark. Pochylała długą, miękką i giętką szyję w szczególny sposób, wyciągając ją jak czułki chrząszcza. Przypominała włochatą szarańczę. Szedł za nią od obrazu do obrazu, nie spuszczając wzroku z jej karku. Miała na imię Ann. Podszedł do niej. Zaczął opowiadać o Francji i Muzeum Orsay. Odkurzył wspomnienia, żeby zrobić na niej wrażenie. Czy wie, że Henri Émile Benoît Matisse urodził się 31 grudnia 1869 roku w Cateau-Cambrésis? To straszne urodzić się 31 grudnia, jest się wtedy starszym o rok, którego się nie przeżyło. Co za niesprawiedliwość!

Parsknęła śmiechem. Pomyślał sobie, że wygrał. Czy wie, że gdy Matisse miał dwadzieścia lat i studiował prawo...
– Tak jak ja – powiedziała. – Studiuję prawo na Uniwersytecie Columbia, piszę pracę na temat Konstytucji Stanów Zjednoczonych.

– No cóż... gdy miał dwadzieścia lat, dostał ataku wyrostka robaczkowego, trzeba było go operować i przez tydzień leżał w łóżku. Żeby go rozerwać, a nie było wtedy telewizji, matka podarowała mu pudełko kolorowych kredek i zaczął rysować. Nigdy nie wrócił na prawo i zaczął studia na Akademii Sztuk Pięknych...

– Ja bardzo źle rysuję – powiedziała – będę zatem kontynuować studia.

Studiowała prawo i przygotowywała *bar exam*. Zaprosił ją na kolację. Odmówiła, musiała się uczyć. Odprowadził ją do kampusu Columbii przy 116 Ulicy. Kiedy podnosiła ramiona, unosił się zapach wanilii z pieprzem, który go upajał. Spotkali się znowu. Nosiła conversy w różnych kolorach i dopasowane do nich topy. Kładła się wcześnie spać, nie piła alkoholu, była wegetarianką, uwielbiała tofu. Jadła solone tofu, tofu na słodko z konfiturą z borówek lub czarnymi grzybami. Opowiadała mu o historii Stanów Zjednoczonych i konstytucji. Czekał, aż przerwie dla zaczerpnięcia powietrza, żeby ją pocałować.

Pewnego dnia wyznała mu, że jest dziewicą i odda się dopiero mężowi. Należała do ruchu *No sex before marriage*. Wielu z nas praktykuje wstrzemięźliwość, to piękna wartość, wiesz.

Przyznał, że będzie to stanowić problem.

Nadal bardzo mu się podobała długa szyja niespokojnego chrząszcza i wielkie, zamglone oczy. Choć zdarzało mu się postrzegać je jak elementy niezależne... Chciałoby się je wyrwać i przyszpilić w zeszycie. Nie spodobał jej się ten żart.

Pewnego wieczoru, kiedy puścił jej nokturn Es-dur Szopena, ten, którego słuchał z zamkniętymi oczami, nakazując ciszę, kiedy uprzedził ją, żeby pilnie słuchała prawej ręki, która gra sopran, jakby głos wznosił się leciutko, i basu w lewej ręce, tak mocnego, tak potężnego, przerwała Szopena, informując, że w 1787 roku Konfederacja liczyła zaledwie trzynaście stanów i trzy miliony Amerykanów. To bardzo mało w porównaniu na przykład z krajami europejskimi.

Zirytowany postanowił, że przestanie się z nią spotykać.

Zdecydowanie, pomyślał, Glenn Gould miał rację, twierdząc: „Nie znam dokładnych proporcji, ale zawsze uważałem, że każda godzina w towarzystwie ludzi wymaga spędzenia x godzin w samotności. Nie wiem, ile stanowi x, dwie godziny i siedem ósmych czy siedem godzin i dwie ósme, ale to sporo".

A zatem przestanie tracić sporo czasu.

*

Joséphine pchnęła przeszklone drzwi i usiadła na balkonie. Była jasna noc skąpana w świetle księżyca, który zdawał się uśmiechać promiennie jak szczęśliwa dziewczyna. Księżyc często się uśmiecha, patrząc na Ziemię. Można by sądzić, że drwi z nas, gdyby nie nadawano mu poczciwego, uspokajającego wyglądu.

Chciała popatrzeć na gwiazdy i porozmawiać z ojcem. Tego dnia przeczytała artykuł o Patti Smith w *Le Monde*. Zapamiętała zdanie Pasoliniego cytowane przez piosenkarkę: „Nieprawdą jest, że zmarli nie mówią, tylko odzwyczailiśmy się od słuchania ich". Patti Smith spacerowała po cmentarzach i rozmawiała ze zmarłymi. Joséphine odłożyła gazetę i pomyślała, że odzwyczaiła się od rozmawiania z ojcem.

Tego samego wieczoru wzięła kołdrę i usiadła na balkonie w towarzystwie Du Guesclina, który nie odstępował jej ani na krok. Chodził za nią, gdziekolwiek się ruszyła. Czekał pod drzwiami toalety, łazienki, a jeżeli szła otworzyć albo zamknąć okno, włączyć lub wyłączyć radio, poprawić zasłonę, umyć lodówkę, towarzyszył jej. Pewnie bał się, że go porzuci, dlatego nie odstępował jej ani na chwilę.

– Wiesz co, mój gruby psie? Zaczynasz się do mnie lepić.

Popatrzył na nią z taką miłością, że pożałowała, iż porównała go do kleju, i podrapała za uszami. Jęknął, przeprosiła, zapomniała o zapaleniu ucha. Zapalenie przenosiło się z jednego ucha na drugie i wyglądało na to, że nigdy nie skończy pielęgnować Du Guesclina, czyścić podrażnionej małżowiny, zakraplać, trzymać psa w ramionach, żeby stał nieruchomo, a krople dostały się do środka.

Ciemne niebo lśniło tysiącem gwiazd, które błyskały, jakby coś mówiły. Wydawały ogłuszający hałas świateł. Wypatrzyła Wielką Niedźwiedzicę, skoncentrowała się na ostatniej gwiazdce na końcu dyszla i wezwała ojca.

Trzeba było zawsze chwilę poczekać na jego odpowiedź...

A odpowiadał krótkimi błyśnięciami.

Podziękowała, że przesłał jej notes Młodzieńca.

– Zrozumiałam jedną rzecz... Ważną rzecz... Pamiętasz ten dzień na plaży w Landach? Ten dzień, w którym zabrałeś mnie, niosąc na rękach i przyciskając mocno do siebie, nazywając Henriette morderczynią? Zrozumiałam, że tego dnia wyszłam z wody sama. Całkiem sama, tato... Nikt mi nie pomógł stanąć na nogach... A potem przez całe życie wychodziłam z wody wściekła i całkiem sama. Ale nie wiedziałam o tym. Zdajesz sobie sprawę? Nie uważałam tego, co robię, za ważne... A więc nie mogłam być dumna, dodawać sobie odwagi, ufać sobie.

Wydawało jej się, że widzi, jak ostatnia gwiazdka zapala się i gaśnie. Długie błyski, krótkie błyski, jakby mówiła morsem.

733

– Dzisiaj mniej się boję... Pamiętasz, jak bardzo się bałam, gdy zostałam z Hortense i Zoé w mieszkaniu w Courbevoie, bez pieniędzy, bez męża, nie wiedząc, co się ze mną stanie?* Straciłam chęć na czytanie, pisanie, pracę naukową... Pozwalałam przetaczać się po sobie życiu, ludziom, którzy źle mnie traktowali, rachunkom do zapłacenia. Pamiętasz, jak wypatrywałam cię wieczorami na balkonie w Courbevoie, czekając na znak, odpowiedź, i pamiętasz, że mówiłeś do mnie, dodawałeś mi odwagi? To były nasze rozmowy. Nikomu o tym nie mówiłam. Ludzie uznaliby mnie za wariatkę.

Wydało jej się, że gwiazdka przestała mrugać i świeci ciągłym światłem. To dodało jej odwagi.

– Czuję się dziś lepiej, tato... znacznie lepiej... Przestałam kręcić się w miejscu, wątpić, porównywać się z Iris, twierdzić, że do niczego nie jestem zdolna. Wpadłam na pomysł. Pomysł na książkę. Właśnie się we mnie pisze. Karmię ją, podlewam, zbieram wszystko, co znajduję w życiu, wszystkie drobne detale, których nikt nie widzi, nikt nie chce, i przelewam je na karty książki.

Du Guesclin usłyszał alarm samochodowy na ulicy i zaszczekał.

Wyciągnęła ramiona spod kojącego ciepła kołdry, złapała go za kark i przywołała do porządku.

– Wszystkich pobudzisz!

Umilkł, wpatrzony w jeden punkt w ciemności, wyprężony na nogach, gotowy skoczyć wrogowi do gardła.

Joséphine podniosła wzrok ku ciemnej nocy. Biały gładki woal ślizgał się po niebie, przypominając długi, jedwabny tren, który przyćmiewał blask gwiazd.

– Dobrze jest mieć projekt. Wieczorem, gdy kładę się spać, powtarzam sobie, że coś zrobiłam, wykorzystałam swoją inteligencję, umiejętność pracy. Znalazłam historię... Historię Młodzieńca i Cary'ego Granta, historię o tym, co daje

* Patrz *Żółte oczy krokodyli*, op. cit.

734

nam życie, gdy je zaczynamy, i co z nim robimy z biegiem lat. Historię uporu i odwagi Archibalda Leacha, aby stać się Carym Grantem, i wahań Młodzieńca. Nie wiem, czy mi się uda, ale spróbuję... Czyni mnie to szczęśliwą. Rozumiesz?

Wiedziała, że rozumie, chociaż nie była pewna, czy gwiazdka jeszcze mruga. Był przy niej. Obejmował ją ramionami, przykładał policzek do jej policzka.

Pytał cicho:

– A Philippe? Co z nim będzie w tej całej historii?

– Philippe... Myślę o tym, wiesz.

– I...

– Powiem ci, co zrobię, a ty tylko troszeczkę zamrugasz, zgoda?

– Zgoda.

Było to dziwne uczucie, tak z nim rozmawiać. Kiedy umarł, wieczorem 13 lipca, gdy wybuchały petardy i rozpoczynały się uliczne zabawy we Francji, we wszystkich francuskich miastach i wsiach, miała zaledwie dziesięć lat. Obydwoje nosili w sobie wspomnienie tego popołudnia na plaży w Landach, ale nigdy o tym nie rozmawiali. Trzeba by wypowiedzieć straszne zdania. Zdania, które oskarżają, ujawniają brudy i ochlapują nimi bohaterów. Więc milczeli. Brał ją za rękę, prowadził, szli wspólną drogą, niemi. Odzwyczaił się od mówienia, miał związany język.

Śmierć rozplątała węzeł.

Wzięła głęboki wdech i zaczęła:

– Pojadę do Londynu... Nie uprzedzając go. Pewnego wieczoru będę krążyć wokół jego domu jak cień. To będzie piękna granatowoczarna noc, salon będzie oświetlony, on będzie czytał, rozmawiał albo śmiał się, wyobrażam sobie, że będzie szczęśliwy.

– A potem...

– Nazbieram kamyczków, wsuwając rękę między kraty ogrodzenia w parku, i rzucę nimi w szybę. Będą uderzać cichutko, jak letni deszcz... On w końcu otworzy okno, wychyli się w ciemność, aby zobaczyć, kto jest tak szalony, że rzuca kamyczkami w jego piękne, oświetlone okna... Wyciągnęła szyję w ciemności i odegrała tę scenę.

Philippe otwiera okno i wychyla się na ulicę. Na chodniku nie ma nikogo. Patrzy w prawo, patrzy w lewo, waha się. Widzi latarnie, ich blady odblask, kwietniki, w których lekko kołyszące się liście paproci mieszają się z geranium, tworząc kolorowe drżące plamy.

Wpatruje się w ciemność. Właśnie ma zamknąć okiennice, gdy słyszy głosik:

– Philippe...

Pochyla się, znowu obserwuje okolicę, ale tym razem bardzo uważnie, przeszukuje wzrokiem wszystkie cienie, wszystkie ciemne plamy; oczy bacznie przyglądają się krzewom i drzewom, czarnej kracie otaczającej mały park, odstępom między samochodami zaparkowanymi wzdłuż chodników. Dostrzega w ciemności sylwetkę. Biały trencz, kobietę. Kobietę, którą zdaje się rozpoznawać... Mruży oczy, myśli: To niemożliwe, ona jest w Paryżu, nie odpowiada na moje listy ani na kwiaty, które jej wysyłam. I pyta:

– To ty, Joséphine?

Wtedy ona podnosi kołnierz białego trencza, zapina go dwoma rękami. Drży na dźwięk jego głosu. Ma zimne dłonie, jest zdenerwowana. Wstyd jej, że czeka na ulicy, że nachodzi go jak kobieta, która się narzuca. A potem już się nie wstydzi. Niepewna radość zmusza ją do zaciśnięcia zębów, ale udaje jej się uśmiechnąć i rzuca jednym tchem:

– Tak.

– Joséphine? To ty?

Nie wierzy. Zbyt długo czekał, by uwierzyć, iż tu jest. Nauczył się cierpliwości, pokory, lekkości, nauczył się pozbywać tylu rzeczy, więc myśli, że to niemożliwe, chce zamknąć okno, lecz wychyla się raz jeszcze, żeby wsłuchać się w ciemność.

– To ja – powtarza Joséphine, zaciskając kołnierz trencza.

Uznaje, że się nie przesłyszał. Może zwariował. W tej chwili od niego tylko zależy, czy pozostanie rozsądnym człowiekiem, człowiekiem, który zamyka okno i ze wzruszeniem ramion z powrotem siada w oświetlonym salonie. Mężczyzną, który nie wierzy, żeby kobieta czekała na niego w ciemności i rzucała kamyczkami w okno, by mu powiedzieć, iż przemierzyła kanał La Manche, pragnąc się z nim spotkać.

Odwraca się. Widzi, że Becca i Alexandre oglądają telewizję w kącie salonu. Dottie wyprowadziła się po południu, zostawiła list na komodzie w pokoju. Znalazła nową pracę, wraca do siebie. Dziękuje mu za gościnę. Chciałaby zostać, ale to nie jej miejsce, wie o tym. Zrozumiała. Melancholijny list, lecz wynika z niego, że odchodzi. Nie jest mu smutno, gdy czyta te słowa. Czuje ulgę. Jest wdzięczny, że odeszła bez scen i bez łez.

Podejmuje ostatnią próbę, próbę nierozsądnego mężczyzny, który wierzy w duchy rzucające kamieniami, i raz jeszcze zwraca się do ciemnej nocy i chodnika, gdzie być może nikogo nie ma:

– Przyjechałaś...

– Jestem tutaj.

– To ty? To naprawdę ty?

Przegina się przez balkon. Całe jego ciało wychyla się, szuka jej, wypatruje, może wyobraża ją sobie.

– Jestem tutaj – mówi Joséphine raz jeszcze. – Przyjechałam ci powiedzieć, że już się nie boję.

To rzeczywiście ona, to jej głos. Teraz jest tego pewien.

– Poczekaj na mnie, schodzę.

– Czekam na ciebie.

Zawsze tak było, zawsze na niego czekała.

Nawet gdy o tym nie wiedziała.

– Tak to będzie, prawda, tato? Nic nie mówisz, a przecież wiesz, co się wydarzy.

– Nie jestem wróżką, Joséphine, nie mogę przekazać ci więcej szczegółów na temat tego, co cię czeka.

– Rozumiesz, on nie będzie chciał, żebyśmy się spotkali przy wszystkich... Zejdzie na dół, będę na niego czekać na chodniku. Włożę tę piękną spódnicę, która się kołysze, gdy idę, biały sweter w duże czarne grochy, balerinki, żeby się nie potykać, i biały trencz, którego kołnierz mogę podnieść aż pod brodę, żeby się trochę schować. Serce będzie mi biło bardzo mocno. Będę się mniej bała w ciemności. I że się zaczerwienię, że będę miała włosy mokre od potu... Niby twierdzę, że jestem wyleczona, że jestem odważna, ale zawsze uważam się za trochę niezręczną... Philippe otworzy drzwi na ulicę, z wahaniem zejdzie po schodach, nie będzie jeszcze rozumiał, że to się dzieje naprawdę, spyta kilka razy: Joséphine? Joséphine? A ja wolno podejdę. Będę szła do niego jak w ostatniej scenie filmu. Obejmie mnie, powie, że zwariowałam, i pocałuje mnie... To będzie ciepły, długi, spokojny pocałunek, pocałunek po długim rozstaniu. Wiem o tym... Nie straciłam go, tato, właśnie go odzyskałam. Pojadę do Londynu. Teraz jestem tego pewna. Zawsze dobrze jest coś sobie wyobrażać, czekać na coś z bijącym sercem. To prawda, że niekiedy to coś unosi cię zbyt wysoko i spadasz z pieca na łeb... ale wierzę, że on czeka na mnie u szczytu schodów.

Posłała pocałunek w ciemność, objęła się ramionami, kołysała się na twardej podłodze balkonu, szukała szparki, którą drapała palcem, żeby się uspokoić.

Gwiazdka na końcu dyszla słabo mrugała. Zaraz odejdzie. Szybko powiedziała to, co miała jeszcze w głowie:

– Ale przedtem... przedtem muszę porozmawiać z Młodzieńcem. Teraz jest stary... Och! Nie taki znowu stary, ale czuje się staro, bo zrezygnował. Zrezygnował z iskierki, która rozpaliłaby całe jego życie. Chciałabym, żeby mi wyjaśnił dlaczego. Chciałabym zrozumieć, jak można spędzić całe życie w oderwaniu od swoich marzeń i nie starać się ich spełnić.

– Przecież sama o mało tak nie postąpiłaś – westchnął ojciec.

– Chciałabym, żeby mi opowiedział... własnymi słowami. Chciałabym, żeby wiedział, że nie przeżył tej historii na próżno, że wydobyła mnie z wody w Landach, że może jeszcze ocalić innych ludzi. Ludzi, którzy nie mają odwagi, boją się, ludzi, którym powtarza się przez cały dzień, że próżno żywić nadzieję. Bo to właśnie nam się powtarza, co? Kpi się z ludzi, którzy marzą, upomina się ich, piętnuje, wpycha ich w rzeczywistość, powtarza, że życie jest wstrętne, smutne, że nie ma przyszłości, nie ma miejsca na nadzieję. I bije się ich po głowie, żeby upewnić się, iż zapamiętają lekcję. Wymyśla się im potrzeby, których nie odczuwają, i zabiera im wszystkie pieniądze. Stają się więźniami. Zamkniętymi na klucz. Zabrania się im marzyć. Rosnąć, prostować plecy... A jednak... A jednak... Bez marzeń jest się tylko biedną istotą ludzką z bezsilnymi ramionami, nogami biegnącymi bez celu, ustami, które łykają powietrze, pustymi oczami. Marzenie jest tym, co nas zbliża do Boga, do gwiazd, czyni nas większymi, piękniejszymi, jedynymi na świecie... Ludzie bez marzeń są tacy malutcy. Tacy malutcy, tacy niepotrzebni... Przykro patrzeć na człowieka, który żyje tylko codziennością, tylko rzeczywistością codzienności. Przypomina drzewo bez liści. Trzeba dołożyć drzewom liście. Dokleić im masę liści, żeby drzewo było wielkie i piękne. Jeżeli niektóre liście spadną, to trudno, doklei się kolejne. I następne, i następne, nie zniechęcając się... Dusze oddychają marzeniami. Wielkość człowieka tkwi w marzeniach. Dziś już nie oddychamy, dusimy się. Skreśliliśmy marzenia, tak jak skreśliliśmy duszę i Niebo.

To już nie ona mówiła, ale ojciec, który podpowiadał jej słowa, przyznawał rację, że wierzy, ma nadzieję, dokleja liście na drzewach.

Pasolini miał rację. Zmarli mówią przez cały czas, tylko nie znajdujemy czasu, aby ich wysłuchać.

*

Stała przed drzwiami państwa Boisson. Przed wielkimi świerkowozielonymi drzwiami z dwoma pięknymi gałkami z pozłacanej miedzi. Z długą beżową wycieraczką z zielonym obramowaniem. Za chwilę zadzwoni. Zadzwoni do drzwi Młodzieńca. Iphigénie wsadziła jej do ręki petycję i powiedziała: Teraz, pani Cortès, natychmiast. Nie jutro, nie pojutrze... Joséphine spojrzała na Iphigénie, wahała się przez chwilę: Nie wiem, czy jestem gotowa, nie wiem. No już! Już! powiedziała Iphigénie. To drobiazg. Pokaże pani list od syndyka, pokaże tekst, który pani napisała, i spyta, czy zechcą podpisać. Wystarczy, że zdobędziemy podpisy mieszkańców budynku A, a wygramy, pani Cortès, wygramy. Co sobie ten syndyk wyobraża? Myśli, że może krzywdzić ludzi za pomocą prawa? Że może trzymać swoją kurę w moim kurniku? Że położę się i palcem nie kiwnę? No już, pani Cortès, naprzód!

– Teraz, Iphigénie? Teraz? Muszę się przygotować... Co ja im powiem?

– Wyjaśni pani problem, a jeżeli ludzie są zadowoleni z moich usług, podpiszą. Przecież to nic trudnego... Nie mam sobie nic do zarzucenia, pucuję budynek, poleruję i pastuję, naprawiam metalowe pręty na schodach, wymieniam żarówki, roznoszę pocztę, odbieram listy polecone, podlewam kwiatki w lecie, zamiatam kałuże, wpuszczam słońce, wstaję codziennie o szóstej, żeby wystawić kubły ze śmieciami, myję je szlauchem, wstawiam z powrotem na miejsce, zgłaszam awarie rur, sprzątam piwnice, chyba o tym wiedzą albo mają bielmo na oczach! Przykro mi, że jestem niegrzeczna, ale czasem wcale nie mam ochoty troszczyć się o język.

– Bo ja...

Nie była gotowa na spotkanie z Młodzieńcem. Petycja to była jej sprawa. Podpisywała się pod nią obiema rękami, ale żeby znaleźć się twarzą w twarz z panem Boissonem, bohaterem jej powieści... Wahała się. A jeżeli odmówi? A jeżeli się zdenerwuje? Jeżeli powie, że nie miała prawa czytać tego notesu, że wyrzucił go do kosza właśnie po to, żeby nikt go nigdy nie przeczytał? Jakim prawem wsadza pani swój nos w moje życie prywatne? Jakim prawem? I wyrzuci ją, rozbitą, ogołoconą, z pustymi rękami i sercem. Nie podniosłaby się po tym.

– Nie wierzy pani w to już, tak? Myśli pani, że powinnam odejść, że to normalne, że wyrzuca się mnie jak skórkę banana?

– Ależ nie, Iphigénie... ależ nie...

– No to już! Niech pani idzie! Pójdę z panią, jeśli pani chce, słowem się nie odezwę, będę stała u pani boku wyprostowana jak Sprawiedliwość.

– Och, nie! Mowy nie ma!

Chcę iść tam sama. Chcę wejść do jego mieszkania, usiąść z nim, łagodnie, spokojnie porozmawiać. Chcę, żeby mnie wysłuchał, a potem żeby mi powiedział... żeby mi powiedział... Tak, pani Cortès, niech pani opowie tę historię, niech pani opowie moją historię, ale proszę nie pisać, że chodzi o mnie. Nie chcę, żeby mnie rozpoznano. Niech pani wymyśli innego mężczyznę, który wyrzucił swoje życie do innego kubła.

– Więc?... Więc?... – powtarzała Iphigénie. – Idzie pani?

Powiedziała:

– Tak, idę i zobaczymy.

Zobaczę.

Wezwała ojca. Poprosiła: Pójdziesz ze mną? Nie zostawisz mnie? Och! Daj mi znak, jakikolwiek, niech żarówka nagle zgaśnie, niech telewizor włączy się sam, niech przycisk do windy zacznie mrugać, niech wybuchnie pożar na schodach...

Nie było znaku.

Zaczęła od państwa Merson. Pana Mersona nie było, ale kołysząca się pani Merson z papierosem w ustach powiedziała: Oczywiście, podpiszę, Iphigénie jest ekstra, strasznie podoba mi się, że co tydzień zmienia kolor włosów, robi mi się weselej.

Pinarelli syn też podpisał. Dozorczyni! Mam ją gdzieś, ale trzeba przyznać, że wykonuje swoją pracę jak należy. Mogłaby być pulchniejsza... tyle że do obowiązków dozorczyni nie należy kołysanie biodrami, prawda, pani Cortès?

Yves Léger też podpisał. Rozmawiał przez telefon, nie miał czasu na rozmowę. Gdzie mam podpisać, o co dokładnie chodzi? Dozorczyni? Jest bez zarzutu.

Zostali tylko państwo Boisson. Iphigénie promieniała. A widzi pani? Widzi pani? Mówiłam pani, jestem *the best*, sprzątam jak nikt i wie pani co? Jak podpisze się cały budynek A, zażądam podwyżki. A co! W mordę syndykowi, który chce zatrudnić swoją kokotę, żeby spędzać z nią upojne siesty, bo dokładnie o to chodzi, pani Cortès, o nic innego! O upojne siesty!

– Pójdę jutro do pana Boissona. Jest późno, Iphigénie, to pora kolacji. Będą siadać do stołu...

– Tere-fere, niech pani nie rezygnuje, jesteśmy tak blisko celu! No już! Boissonom niedawno pomogłam, przetkałam im zlew, więc są mi to winni!

Czekała w bojowym rynsztunku i zaczynała się denerwować.

– Ależ pani Cortès, widać koniec!

– Dobrze, zgoda – westchnęła Joséphine wyczerpana dyskusją. – Idę. Ale niech pani poczeka na mnie u siebie, tracę całą energię, jak pani mnie popędza.

– Całe szczęście, że panią popędzam, pani Cortès, bo uważam, że w tym przypadku jest pani bardzo tchórzliwa! Czego się pani boi? Zastanawiam się nad tym. Tego, że skończył politechnikę? Przecież pani też skończyła długie i trudne studia.

– Idę, ale proszę czekać na mnie w służbówce.

– OK – powiedziała Iphigénie, wydając odgłos zatkanej trąbki. – Chociaż mam jakby przeczucie, że zostawi mnie pani w połowie drogi.

– Nie, Iphigénie! Powiedziałam, że pójdę, więc idę.

Iphigénie zeszła, odwracając się, żeby sprawdzić, czy Joséphine nie stchórzy.

Nadeszła chwila prawdy. Moment, kiedy wszystko się rozegra...

Moment, kiedy Joséphine dowie się, czy ma prawo napisać książkę, która w niej dojrzewała. Znalazła się pod wielkimi zielonymi drzwiami z dwoma miedzianymi gałkami.

Zadzwoniła.

Czekała.

Usłyszała męski głos, który zapytał:

– O co chodzi?

Odpowiedziała:

– To ja, Joséphine Cortès z piątego piętra.

Oko przykleiło się do judasza.

Usłyszała dźwięk otwieranego zamka. Jeden obrót klucza, drugi, trzeci, pierwszy zamek, drugi zamek, łańcuch, kolejny zamek...

Otwarł mężczyzna.

– Pan Boisson?

– Tak.

– Muszę z panem porozmawiać.

Podrapał się w szyję. Był ubrany po domowemu, w bordową wełnianą marynarkę z bordowym płóciennym paskiem i szary fular na szyi. Blady, miał przezroczystą skórę, przez którą niemal widać było kości. Stał w uchylonych drzwiach i obserwował ją.

– Chodzi o dozorczynię.

– Żony nie ma, a to ona zajmuje się tymi sprawami... Niech pani przyjdzie kiedy indziej.

– To ważne, proszę pana, potrzebny mi tylko podpis. Wszyscy inni już podpisali, chodzi o naprawienie krzywdy.

– Ale ja...

– Tylko podpis, proszę pana.

Przyglądała mu się. A więc to on jest młodzieńcem, który z radości biegł korytarzami metra, bo odkrył miłość... To on całował wąsatą Geneviève, wagarował, pił szampana z Carym Grantem, kupował kaszmirowy szalik mężczyźnie, który żył w promieniach słońca, i błagał, żeby zatrudnił go w charakterze kierowcy lub człowieka do wszystkiego.

Zaprosił ją do salonu. Dużego, smutnego pomieszczenia z ciężkimi meblami z kolumnami. W przeszklonym kredensie dostrzegła ułożone w rzędzie kieliszki do szampana. Całości dopełniały sztywne fotele z niewygodnym oparciem i orientalne dywany rzucone na lakierowany parkiet. Pomieszczenie było zimne i ponure. Na kanapie leżała otwarta gazeta. Salon oświetlała tylko jedna lampa. Pewnie przerwała mu lekturę.

– Żona pojechała do Lille, do siostry. Jestem sam, zwykle jest posprzątane...

– Och! Ależ jest pięknie posprzątane! – powiedziała Joséphine. – Szkoda, że pan nie był u mnie w domu!

Nie uśmiechnął się. Spytał, co może zrobić dla Iphigénie.

Wysłuchał jej i powiedział, że tak, jest bardzo zadowolony z dozorczyni. Nieco mniej podobają mu się jej włosy.

Uśmiechnął się niewyraźnie, jakby powtarzał coś, o czym nie jest przekonany. Czerwone, zielone, niebieskie czy żółte włosy nie pasują do dozorczyni, ale poza tym nie ma żadnych zarzutów. Gdzie ma podpisać? Joséphine podała mu petycję. Przeczytał pozostałe nazwiska i dopisał własne. Oddał jej długopis. Odprowadził ją do drzwi.

– Dziękuję panu, naprawia pan krzywdę.

Nie odpowiedział, miał właśnie otworzyć drzwi.

Jeśli nie teraz, to nigdy, pomyślała Joséphine. Żony nie ma, będzie mógł swobodnie ze mną rozmawiać.

– Proszę pana, czy mógłby mi pan poświęcić chwilę?

– Właśnie miałem odgrzać sobie kolację. Żona przygotowała mi posiłki...

– To ważne, bardzo ważne.

Wyglądał na zdziwionego.

– Czy w kamienicy jest jeszcze jakiś problem?

– Nie, to delikatniejsza sprawa... Bardzo pana proszę, musi mnie pan wysłuchać... To dla mnie ważne.

Uśmiechnął się z zakłopotaniem. Natarczywość Joséphine go peszyła.

– Nie znam pani...

– Ale ja pana znam.

Zdziwiony podniósł głowę.

– Spotkaliśmy się kiedyś w aptece? To była pani, prawda?

Joséphine przytaknęła.

– Nie nazwałbym tego znajomością – stwierdził z niechęcią.

– A mimo to pana znam... Znacznie lepiej, niż może pan sobie wyobrazić...

Wydawało się, że się waha, potem dał jej znak, aby wrócili do salonu. Wskazał jej krzesło. Siadł sam, niemal ostrożnie, na sztywnym, prostym fotelu. Złączył ręce na kolanach i oświadczył, że słucha.

– No więc... – zaczęła Joséphine, czerwieniejąc.

Opowiedziała mu wszystko. O Zoé, jej smutku z powodu zgubionego czarnego zeszytu, o grzebaniu w śmietniku i o tym, jak znalazła notes. Podniósł rękę do ust i zaczął kaszleć. Suchym, rozdzierającym kaszlem, który dochodził aż do żeber. Chwycił stojącą na niskim stoliku szklankę z wodą, wypił kilka łyków, wytarł usta białą chusteczką i dał jej znak, by mówiła dalej.

Z trudem siedział w fotelu i oddychał z przerwami.

– Pana opowieść jest wspaniała. Miałam wrażenie, że byłam z panem. Słuchałam, jak obaj mówicie, i byłam wzruszona, wzruszona bardziej, niż może pan sobie wyobrazić.

– Pani słowa z pewnością są bardziej pochlebne niż to, co pani myśli.

– Byłam wstrząśnięta. To nie jest banalna historia, sam pan przyzna.

– I dlatego chciała mnie pani zobaczyć? Chciała się pani dowiedzieć, jak wyglądam?

– Mogłam to sobie wyobrazić... Spotykałam pana w kamienicy.

– To prawda... a wtedy w aptece wpatrywała się pani we mnie! Byłem mocno zakłopotany.

– Przepraszam.

– Nikt nie zna tej historii, proszę pani, nikt! I chciałbym, żeby tak pozostało.

– Nie wydam pana. Chciałam tylko panu powiedzieć, że pańska historia jest wspaniała... i że wiele mi dała.

Popatrzył na nią ze zdziwieniem.

– Przecież to bardzo smutna historia.

– To zależy, jak ją interpretować.

Uśmiechnął się ze smutkiem.

– To piękna historia, historia pięknej przyjaźni – powiedziała Joséphine.

– Która trwała trzy miesiące.

– Pięknej przyjaźni z niezwykłym mężczyzną.

– To prawda, był niezwykły.

– Niewielu ludzi przeżyło coś podobnego.

– To też prawda.

Poczuła, że zdobywa teren. Że oddając się wspomnieniom, pan Boisson się rozczula.

– Byłem taki młody...

– Chciałam pana jeszcze o coś prosić...

– Niech pani posłucha, uważam, że naprawdę ma pani tupet. Dzwoni pani do moich drzwi pod pretekstem jakiejś petycji...

– To nie pretekst. Iphigénie jest naprawdę zagrożona.

– Ale już nie jest, prawda? Bo podpisałem i wszyscy mieszkańcy budynku A podpisali... Załatwimy to ostatecznie z syndykiem w czasie zebrania wspólnoty. To już niedługo, prawda?

Ciągle mówił „prawda". To słowo stanowiło przerywnik w jego wypowiedzi.

– Tak. Za dwa tygodnie.

– Więc teraz się pożegnamy, pani Cortès. Proszę, niech pani nie nalega. Jestem zmęczony, miałem ciężki dzień...

Kolejny atak kaszlu zaskoczył go w połowie zdania. Podniósł chusteczkę do ust. Wypił kolejny łyk wody. Joséphine czekała, aż odzyska oddech, po czym zapytała:

– Mogę przyjść znowu jutro?

– Chcę przede wszystkim, żeby oddała mi pani ten notes. Tym razem go spalę.

– Och, nie! Proszę tego nie robić!

– Ależ pani Cortès, zrobię, co zechcę. To moja własność.

– Teraz to już nie tylko pana własność, bo go przeczytałam i pokochałam każdą linijkę. Należy także do mnie.

– Przesadza pani. Proszę panią grzecznie, żeby pani wyszła... Obiecując zwrócić mi notes, żebym mógł z nim zrobić to, co mi się spodoba.

– Och, nie! Niech pan tego nie robi. Dla mnie to sprawa życia i śmierci.

Z ironią uniósł brew.

– Ach! Doprawdy?... Sądzę, że używa pani zbyt wielkich słów.

– Ten notes odmienił moje życie. Zapewniam pana. To nie są czcze słowa.

– Jestem zmęczony, proszę pani, bardzo zmęczony... Chciałbym zjeść kolację i położyć się spać.

– Musi mi pan obiecać, że znowu się zobaczymy. Mam do pana ogromną prośbę...

– Kolejną petycję...

– Nie, coś bardzo szczególnego.

– Proszę posłuchać, jestem znużony powtarzaniem pani tego samego. Dostała pani podpis, więc niech pani wyjdzie!

– Nie mogę.

– Co to znaczy? Jak to, nie może pani...

Wyglądał na zirytowanego, zniecierpliwionego, że jeszcze nie wyszła. Wstał i pokazał jej drzwi.

– Umrę, jeżeli mnie pan wyrzuci.

– To szantaż?

– Nie, to prawda.

Podniósł ramiona w geście bezsilności i miał zacząć mówić, gdy kolejny atak kaszlu sprawił, że zgiął się wpół. Zachwiał się i musiał usiąść. Pokazał jej palcem buteleczkę na stole i wymamrotał:

– Trzydzieści kropli, niech pani wleje trzydzieści kropli do szklanki z wodą.

Wzięła buteleczkę, odliczyła trzydzieści kropli, dolała wody i podała mu szklankę. Obok butelki leżała recepta z długą listą leków.

Wypił i wyczerpany podał jej pustą szklankę.

– Proszę mnie zostawić, przywołuje pani straszne wspomnienia... Nie robi mi to dobrze.

– Odkąd to przeczytałam, nie ma dnia, żebym o nim nie myślała, żebym o panu nie myślała... Żyję z panem, tego właśnie pan nie rozumie. Nie mogę wyjść, zanim z panem nie porozmawiam. Może pan milczeć i odpowiadać na migi.

Zdawał się tak słaby, tak blady, że przypominał figurę woskową. Życie z niego odpłynęło.

– Nie przesadzałam, kiedy mówiłam, że ten notes zmienił moje życie. Niech pan się nie odzywa. Opowiem panu dlaczego...

I opowiedziała. O plaży w Landach, o tym, jak o mało nie zginęła, jak dała sobie radę, jak przez całe życie utykała, nigdy nie miała pewności siebie, nigdy nie miała pewności, że zrobiła coś dobrego, zawsze koślawa. Opowiedziała o Antoinie, Hortense i Zoé, Iris, o śmierci Iris...

– Mówiono mi, że jeden z podejrzanych zajmował to mieszkanie – mruknął, trzymając się za pierś.

– To prawda.

Opowiedziała o matce, o Iris, o urodzie Iris, która ją przyćmiewała, ona też sądziła, że jest robakiem, też nie wiedziała, że może stać na dwóch nogach. Aż zrozumiała, czytając notes, że wyszła z wody sama. Tak jak Archibald Leach stał się Carym Grantem zupełnie sam. Mówiła o swojej książce, *Takiej pokornej królowej*.

– Nie chciałam nawet uwierzyć, że to ja napisałam tę książkę.

– Żona ją czytała... Bardzo jej się podobała.

Chciał jeszcze coś powiedzieć, ale zaczął się dusić i ścisnął rękami pierś.

– Niech pan się nie odzywa. Niech pan nic nie mówi. Teraz właśnie chciałabym pana prosić o przysługę, ogromną przysługę... Wolę pana uprzedzić, bo nie chciałabym, żeby znowu pan dostał napadu kaszlu.

Trzymał się dwoma rękami za pierś i z wielką trudnością oddychał.

– Chciałabym napisać książkę, której punktem wyjścia będzie czarny notes. Opowiedzieć pana historię, to znaczy historię młodego człowieka, który zakochuje się w gwiazdorze filmowym, chce za nim jechać, żyć z nim...

– Przecież to będzie nudne!

– Wcale nie. Napisać, co panu powiedział Cary Grant, co pan czuł... To wspaniałe. To mnie uskrzydla, unosi...

Patrzył na nią z lekkim uśmiechem.

– Byłem śmieszny, ale nie wiedziałem o tym.

– Nie był pan śmieszny, kochał go pan, a to, jak pan go kochał, jest piękne.

– Nie będzie pani przeszkadzało, jeśli się położę? Duszę się, gdy siedzę.

Wyciągnął się na kanapie w stylu Napoleona III, w zielono-żółte pasy. Poprosił, żeby mu podała dwie tabletki i szklankę wody. Na jego czole perlił się pot.

Czekała, aż się ułoży i wypije wodę. Obiegła salon wzrokiem. Nie odmalowali ścian po wyprowadzce Van den Brocków, były czarne wzdłuż rur centralnego ogrzewania. Sufit popękany. Mieszkanie było zaniedbane. Dał znak, żeby podała mu koc i poduszkę, którą podłożył sobie pod głowę. Oddech mu się wydłużył, Boisson zamknął oczy. Joséphine sądziła, że zaśnie... Czekała. Pomyślała: Nie zaprotestował, kiedy powiedziałam, że chcę napisać książkę na podstawie jego notesu. Czy usłyszał?

Otworzył oczy. Dał znak, żeby się przysunęła z krzesłem.

– A pani kim jest? – zapytał, patrząc na nią ze zdziwieniem i błyskiem sympatii.

– Kobietą.

Uśmiechnął się. Podciągnął koc pod brodę. Stwierdził:

– Lepiej mi. Czuję się lepiej, gdy leżę.

– Nigdy go pan już nie spotkał? – spytała Joséphine.

Pokiwał głową, wzdychając.

– Zobaczyłem go znowu dużo później. Pojechałem do Ameryki z Geneviève... Będzie się pani śmiać, ale to była nasza podróż poślubna! Nie wyjechaliśmy od razu, odłożyliśmy to na później... i zabrałem ją, żeby zobaczyła Cary'ego Granta... Śmieszne, prawda? Wystawaliśmy pod jego domem. Zdobyliśmy adres. Znaleźliśmy się przed ogrodzeniem jego posiadłości. Ożenił się z tą Dyan Cannon...

– Niespecjalnie lubił pan Dyan Cannon.

– Nie. Zresztą rozwiódł się z nią! Niedługo byli małżeństwem. Miał z nią córkę, Jennifer... Wiedziałem o nim wszystko, bo pisały o tym gazety. To pozytywna strona zakochania się w kimś sławnym. Wiemy, co u niego słychać, chociaż on sam nas o tym nie informuje!

– To pozytywna, ale i negatywna strona, bo nie można o nim zapomnieć.

– Och! Ja nie chciałem o nim zapomnieć. Wycinałem wszystko, co znalazłem na jego temat. I Geneviève też... Mieliśmy grube zeszyty pełne zdjęć i wycinków z gazet. Spaliłem je, gdy ożeniłem się po raz drugi... Nie zniosłaby tego, podczas gdy Geneviève... Geneviève...

– Bardzo pana kochała?

– Nie my jedni czekaliśmy na niego w tym dniu. Ale nie obchodziło mnie to, myślałem: Podejdzie do mnie i powie: *Hello, my boy!* I będę szczęśliwy... Geneviève stała obok mnie, równie podniecona. W końcu też została jego fanką. Geneviève była wspaniała, a ja w stosunku do niej zachowałem się żałośnie. To była zacna osoba, chcę przez to powiedzieć, że miała piękną duszę.

– Czuje się, że łączyło was pokrewieństwo dusz.

– Tego ranka była piękna pogoda, jak zawsze w Kalifornii, jeżeli pominąć mgłę przesłaniającą horyzont. Czekaliśmy długo, było nas pewnie z dziesięć osób. Jakiś młody człowiek podjechał samochodem, zatrąbił, jakby chciał, żeby mu natychmiast otworzyć, jakby nie mógł znieść czekania. Wyszedł z samochodu, zadzwonił do bramy. Brama ciągle się nie otwierała. Pewnie strażnik był zajęty... Więc zaparkował samochód i czekał tak jak my. Pomyślałem sobie, że udaje znajomego, żeby się znaleźć przed nami, i podszedłem do ogrodzenia, żeby być pierwszy...

Znowu był młodzieńcem przestępującym z nogi na nogę przed rezydencją Cary'ego Granta. Uśmiechał się, twarz mu się rozluźniła, wystawiał ją do kalifornijskiego słońca.

– Mniej więcej po godzinie Cary wyjechał samochodem. Pięknym migdałowowzielonym kabrioletem z posrebrzanymi spojlerami i czerwoną skórzaną tapicerką. W tamtych czasach produkowano jeszcze piękne samochody, to chyba były lata siedemdziesiąte, myślę, że siedemdziesiąty drugi rok... Pomachał do nas bardzo miło, muszę przyznać, uśmiechnął się szerokim, pięknym uśmiechem z dołeczkiem w brodzie i ciepłymi, łagodnymi, dobrymi oczami... Stałem tam, odsunąłem się trochę od Geneviève. Chciałem, żeby zobaczył mnie samego, sądzę nawet, że myślałem sobie, iż może nawet jest szansa, że...

– ...

– Że powie: *Hello, my boy!* Co ty tu robisz? Co u ciebie słychać? Jedź ze mną... I pojechałbym z nim! Nawet przez sekundę bym się nie zawahał. Zostawiłbym Geneviève i pojechałbym! Łudziłem się, że tak się stanie. Więc zachowałem się tak, jakbym nie był z Geneviève. Podszedłem, popatrzył na mnie, pomachał ręką, powiedział: – *Hello, my boy!* Co tu robisz? I myślałem, że zemdleję... Powiedziałem: Cary, poznaje mnie pan, poznaje mnie pan? Nie widziałem go przez dziesięć lat! A on mnie poznał! Stanąłem jak wryty ze zdumienia. Trwało to kilka sekund, ale dla mnie to był rok, dwa lata, dziesięć lat. W jednej chwili zobaczyłem całe swoje życie, pomyślałem: Rzucam Paryż, rzucam Charbonnages de France, rzucam Geneviève, rzucam wszystko i przyjeżdżam zamieszkać z nim. Popatrzyłem ponad murem na jego posiadłość i pomyślałem: To mój nowy dom, moje nowe życie, trzeba będzie naprawić ten kawałek dachu, brakuje jednej dachówki... Byłem szczęśliwy, szczęśliwy, miałem wrażenie, że serce mi eksploduje, że nie wytrzyma w piersi... A wtedy podszedł niecierpliwy młody człowiek, Cary wysiadł z samochodu, wziął go za ramię, powiedział: *Come on, my boy!* I inne rzeczy w rodzaju: Co tu robisz? Nikt nie otwarł ci bramy? Pewnie Baldini był zajęty, mamy problem z basenem... Mnie wcale nie widział! Przeszedł koło mnie, aby wziąć za ramię niecierpliwego młodego człowieka... Musnął mnie. Poczułem jego rękaw na swoim ramieniu... Spuściłem wzrok, nie chciałem, żeby nasze spojrzenia się skrzyżowały, żeby jego wzrok prześliznął się po mnie. Albo żeby uśmiechnął się do mnie odruchowo, jak w kinie... To było straszne. W drodze powrotnej nie byłem w stanie prowadzić wypożyczonego samochodu. Geneviève odwiozła nas do hotelu. Byłem jak stara szmata. Bez tchu, bez życia, bez niczego... Cały pobyt w Stanach przeleżałem w łóżku, nie chciałem nic oglądać, nic jeść, nic robić... Sądziłem, że umarłem.

Wydał chrapliwe westchnienie, znowu zaczął kaszleć, wyjął chusteczkę, splunął do niej. Schował chusteczkę do kieszeni.

– A teraz naprawdę umrę, ale nie obchodzi mnie to, gdyby pani wiedziała, jak mało mnie to obchodzi...

– Skądże! Nie umrze pan! Pomogę panu żyć!

Wybuchnął nerwowym śmiechem.

– Ależ pani jest zarozumiała!

– Nie. Mam projekt. Projekt z udziałem pana, Cary'ego Granta i moim własnym.

– Umrę. Lekarz mi to powiedział. Rak płuc. Pociągnę jeszcze trzy miesiące. W najlepszym razie sześć... Nie powiedziałem nic żonie. Wszystko mi jedno. Jest mi zupełnie wszystko jedno. Zmarnowałem życie i nie wiem nawet, czy to moja wina... Nie byłem przygotowany na to spotkanie, nie byłem przygotowany, żeby wziąć w ręce stery swojego życia. Nauczono mnie posłuszeństwa.

– Jak wiele dzieci w tamtych czasach.

– Dla niego zdobyłbym się na wszystko, dla siebie nie zdobyłem się na nic. Byłbym jego służącym, kierowcą, sekretarzem, chciałem przez cały czas być blisko niego... Kiedy wyjechał z Paryża, to był koniec. Koniec mojego życia. Miałem siedemnaście lat... To głupie, prawda? Zostały mi wspomnienia, czarny notesik, który co jakiś czas po raz kolejny czytałem ukradkiem... Moja żona, to znaczy moja druga żona o niczym nie wie. Zresztą w ogóle nic o mnie nie wie. Nie wiem nawet, czy niepokoi się, gdy słyszy, jak kaszlę. Przed chwilą wyglądała pani na bardziej przejętą od niej. Może zresztą dlatego rozmawiam z panią. A poza tym... zabawnie jest uświadomić sobie, że obca osoba zna moją najskrytszą tajemnicę. Ciarki od tego przechodzą po plecach.

Joséphine pomyślała o Garibaldim, który przeprowadził śledztwo na jego temat, i zrobiło jej się trochę wstyd.

– Życie płata mi dziwne figle... Staję się osobą bliską dla obcych i zagadką dla bliskich, to niezwykłe, prawda?

Zaśmiał się cicho jak człowiek, który oszczędza siły, żeby nie kaszleć.

– Wszystko mi jedno, że umrę... Jestem zmęczony życiem na ziemi, zmęczony udawaniem. Śmierć będzie dla mnie ulgą, końcem kłamstwa. Przez całe życie udawałem. Tylko Geneviève wiedziała, kim jestem. Wiele straciłem, tracąc ją. Była moją jedyną przyjaciółką. Przy niej nie musiałem udawać... Chce pani, żebym wyznał pani coś strasznego? Teraz jest mi to obojętne, mogę wszystko powiedzieć... Nigdy nie poszliśmy ze sobą do łóżka z Geneviève. Nigdy...

– ...

– Kiedy umarła, zabrała ze sobą przeszłość. W pewnym sensie mi ulżyło. Pomyślałem, że wreszcie będę mógł zamknąć rozdział... Wraz ze zniknięciem ostatniego kłopotliwego świadka! Tylko że Cary Grant nadal żył, dowiadywałem się z gazet, co u niego słychać, rzucił kino, pracował

dla Fabergégo, był czarującą twarzą pewnej marki kosmetyków... Po raz kolejny się ożenił. Piąta żona!

– I już nigdy nikogo pan nie kochał?

– Nigdy. Skoncentrowałem się na życiu zawodowym.
Spotkałem mężczyznę, który bardzo mi pomógł w karierze
i poradził, żebym się ponownie ożenił. Utrzymywał, że samotni mężczyźni nie budzą zaufania. Poślubiłem Alice, moją
obecną żonę. Nie wiem, jak mi się udało spłodzić dwójkę
dzieci. Z pewnością chciałem być taki jak wszyscy. Tylko to
mi w życiu pozostało, bycie takim jak wszyscy... Mam dwóch
synów, gładkich i przygaszonych jak ja. Ludzie mówią, że są
do mnie podobni. Mrozi mi to krew w żyłach... Nie chciałem, żeby natknęli się na czarny notes. Ich ojciec zakochany
w mężczyźnie! Co za szok! Prawdę mówiąc, reakcja mojej
żony mnie nie obchodziła! Niech myśli, co chce, wszystko
mi jedno... Jest pani mężatką?

– Wdową.

– Och! Proszę mi wybaczyć...

– Niech pan nie przeprasza... Rozwiodłam się i zostałam
wdową po tym samym mężczyźnie. Ja też nie wiem, dlaczego wyszłam za mąż. Byłam nieśmiałą dziewczynką, która
uważała, że nie ma prawa oddychać. Jestem bardzo do pana
podobna. Dlatego właśnie chciałabym opisać pana historię
i chciałabym, żeby mi pan pomógł, opowiadając o tym, czego nie zapisał pan w czarnym notesie.

Popatrzył na Joséphine, wyciągnął do niej rękę. Wzięła
ją; ręka była zimna, szczupła i wychudzona. Ścisnęła ją, żeby
ogrzać.

– Za późno – powiedział pan Boisson – za późno...

*

Josiane i Junior szli w stronę place Pereire. Chaval umówił
się z nimi o szesnastej w Royal Pereire.

Josiane uprzedziła go: Przyjdę z synem, ma trzy lata... Musisz go brać? spytał Chaval. Nie ma uproś, odparła Josiane. Przemierzali we dwójkę rue de Courcelles. Junior w granatowym wózku MacLaren, Josiane za nim, owinięta długą różową paszminą. Promieniała radością i wprawną ręką kierowała wózkiem.

– Jaki piękny tworzymy zaprzęg! – wykrzyknęła na widok ich odbicia w oknie wystawowym.

– To sytuacja wyjątkowa, pamiętaj o tym – powiedział Junior wciśnięty w jasnoniebieską marynarkę. Wpatrywał się w stopy w botkach, z których lewy ozdabiała lwia głowa, a prawy cherlawa ośmiornica. – Jak można zakładać takie ohydztwo dzieciom, matko? To obraża ich wrażliwość.

– Wręcz przeciwnie, to je rozbudza, uczy je życia. Lew i ośmiornica... Lew pożera ośmiornicę, ale przewrotna sprytna ośmiornica próbuje uciec. Jedno ma siłę, a drugie spryt. Kto wygra?

Na to Junior wolał nie odpowiadać, kontynuował zatem:

– Pamiętaj, co ustaliliśmy: słuchasz, co Chaval ma do powiedzenia, nie wyrywasz się, odpowiadasz ogólnikowo na jego pytania, zwodzisz go, żebym miał czas podpiąć się do jego mózgu i czytać mu w myślach... Na początku nie będzie niczego podejrzewał, jego umysł będzie otwarty i łatwo w niego wejdę. Dopiero jak zacznie przedstawiać ci swój plan, neurony się rozgrzeją i zaczną stawiać opór. Wtedy z trudem będę mógł przeniknąć przez zwoje mózgowe... Wystarczy, że ustalimy, co wypowiem w dziecinnym języku, aby dać ci znać, że udało mi się podpiąć... Może tatamajabobo?

– Tatamajabobo? Zgoda, szefie!

– Potem, gdy się już podłączę, ilekroć Chaval skłamie, narysuję grubą czerwoną kreskę na marginesie książki. Wystarczy, że rzucisz okiem w trakcie rozmowy, dobrze?

– Tatamajabobo, Junior! Kosi-kosi, bum-bum, promienieję, tryskam radością, śmieję się do rozpuku, szaleję, pęcznieję z dumy, eksploduję! Jestem wielką księżną Hohenzollern i spaceruję z moim małym księciem...

Josiane rozkoszowała się nowym wspólnictwem z synem. Razem ruszali na wojenną ścieżkę, by uchronić Grubego Wilczka przed niebezpieczeństwem.

– Doskonale, droga matko! Tylko uważaj, żebyś nie zdziecinniała!

Chaval czekał na nich. Okulary słoneczne, rozpięta koszula, obcisłe czarne dżinsy, czarne buty Santiago, cienki, ostro zarysowany wąsik, świeżo ogolony. Wyglądał na spokojnego, zadowolonego mężczyznę. Wachlował się wypielęgnowaną dłonią. Josiane zastanawiała się, co się kryje pod tą niedbałą pozą.

Złożyła wózek, wzięła Juniora na ręce i posadziła go przy stole.

– Czy to w tym wieku już mówi? – spytał Chaval, wskazując Juniora palcem.

– Nie mówi całymi zdaniami, ale mówi... I ma imię, nazywa się Junior!

– Cześć, stary! – powiedział Junior, patrząc Chavalowi prosto w oczy. Jemu również nie spodobało się, że traktuje się go jako „to".

– Słyszałaś? – podskoczył Chaval. – Twój dzieciak jest porąbany!

– W tym wieku powtarzają wszystko, co usłyszą – zapewniła Josiane i uszczypnęła syna w nogę pod stołem.

Junior złapał książkę, którą podała mu matka, i zażądał kredek. Kledki, kledki... Josiane szukała ich w torbie. Zaczął wrzeszczeć, że chce je dostać natychmiast. Proszono go, żeby zachowywał się jak małe dziecko, i to właśnie robił. Maluchy są obecnie tak źle wychowane... Kobieta siedząca przy sąsiednim stole obrzuciła Josiane ponurym wzrokiem, wyraźnie potępiając sposób wychowywania dziecka. Josiane podała kredki synowi, który zaraz się uspokoił.

Nastała niezręczna cisza. Chaval z odrazą patrzył na Juniora. Josiane liczyła sekundy i niecierpliwiła się.

– Na co czekasz, żeby zaproponować mi coś do picia? Aż muchy usiądą na dnie szklanki?

– Czego się napijesz? – spytał Chaval, czując się niezręcznie w towarzystwie Juniora.

Ten smarkacz patrzy w dziwny sposób. Jego oczy świdrują jak śrubokręty.

– Zamów dla mnie herbatę i sok pomarańczowy dla Juniora.

– Naświni.

– Nie. Bardzo ładnie umie pić.

– Powiedz, to normalne, że jest taki czerwony?

– Rysuje, koncentruje się.

Junior usiłował przeniknąć do mózgu Chavala. Pokonał sklepienie i utknął na *septum lucidum*, cienkiej podwójnej membranie oddzielającej rogi przednie komór bocznych mózgu. Poczerwieniał z wysiłku, stękał, jakby siedział na nocniku.

– A ten czerwony kolor włosów też jest naturalny?

– Tak, bo w gruncie rzeczy jest klaunem... Nie zauważyłeś? – odparła Josiane dotknięta do żywego. – Czerwonym klaunem z czerwonymi policzkami, czerwonymi włosami, czerwonym nosem. A jeżeli go włączysz, zacznie mrugać. Świetnie się sprawdza w Boże Narodzenie, oszczędzamy na oświetleniu. Czasami wypożyczam go na urodziny, może byłbyś zainteresowany? Dałabym ci zniżkę...

– Przepraszam – wyjąkał Chaval, wycofując się. – Nie jestem przyzwyczajony do dzieci.

– Czy ja cię pytam, czy to długie gówienko pod twoim nosem jest naturalne?

– To nie gówno, tylko cienki wąsik!

– Z Juniorem jest podobnie. To nie klaun, tylko mój ukochany syn, więc stul mordę! Jeżeli dalej będziesz traktował ludzi w ten sposób i patrzył na nich z góry z wysokości karła, to nie trafisz do raju, ostrzegam cię!

– Nie szkodzi, zarezerwowałem miejsce gdzie indziej.

Junior zachwycony, że dzięki pojedynkowi słownemu Chavala z matką zyskał na czasie, posuwał się naprzód, pokonał *septum lucidum*, ciało modzelowate i wreszcie podłączył się bezpośrednio do mózgu Chavala.

– Tatamajabobo! – wykrzyknął, docierając do celu.

Josiane poprawiła włosy, zwilżyła wargi, mocniej owinęła się różową chustą i spytała:

– A więc chciałeś się ze mną zobaczyć, żeby poznać moje dziecko?

– Nie do końca – powiedział Chaval, wykrzywiając twarz w szerokim uśmiechu. – Przypomniałem sobie, jaka byłaś pomysłowa, wynajdując nowe produkty dla Casamii. Będę z tobą szczery, Josy...

Josy... W mózgu Josiane zaświeciła się lampka alarmowa. Facet próbował ją obłaskawić, nazywając czułym zdrobnieniem, które niegdyś szeptał przy ekspresie do kawy, aby rzuciła mu się w ramiona. Junior nagryzmolił grubą czerwoną kreskę w książce.

– Chciałbym bardzo wrócić do Casamii. Myślę, że Marcel potrzebuje kogoś. Nie daje już rady sam. Twój facet się wykańcza.

Josiane milczała i idąc za radą Juniora, słuchała, co Chaval ma do powiedzenia.

– Potrzebuje eleganckiego, dyspozycyjnego, rozważnego handlowca, a tym trudnym do znalezienia człowiekiem jestem właśnie ja!

– Jestem ci potrzebna, żebyś się z nim spotkał?

– Chciałem się dowiedzieć, czy zapatrywałabyś się na to przychylnie.

– Muszę się nad tym zastanowić – powiedziała Josiane, nalewając liptona z żółtą etykietką. – Trudno podejrzewać, że noszę cię w sercu.

– Dobrze wiem, że jeżeli się sprzeciwisz, Marcel mnie nie zatrudni.

– A dlaczego miałabym wierzyć, że się zmieniłeś, Chaval? Że nie jesteś już tą mendą, która usiłowała nas zniszczyć po przejściu do konkurencji?

– Zmieniłem się. Stałem się uczciwym człowiekiem. Teraz zwracam uwagę na uczucia innych ludzi.

Junior narysował trzy długie czerwone kreski na marginesie książki, naciskając ze wszystkich sił.

– Przejmuję się nimi, szanuję je...

Czerwony, czerwony, czerwony.

– Bardzo lubię twojego męża...

– Nikt nie każe ci go lubić.

– Nie chciałbym, żeby przytrafiło mu się coś złego.

Czerwony, czerwony, czerwony.

– Nawet przez nieuwagę, rozumiesz. Nie chciałbym na przykład, żeby dostał zawału z przemęczenia. A może się tak zdarzyć, jeżeli dalej będzie pracował jak szalony. Byłoby mi przykro.

Czerwony, czerwony. Palce Juniora zbielały od przyciskania kredki.

– A więc pomożesz mi dostać tę pracę, a ja obiecuję, że będę nad nim czuwał, wezmę ciężar na swoje barki i dzięki mnie zachowa dobrą formę. Wydaje mi się, że to uczciwy układ, nie?

Josiane bawiła się saszetką herbaty. Przyciskała ją do ścianki filiżanki wierzchem łyżeczki, miażdżyła, składała, prostowała.

– Zastanowię się.

– A pomogłabyś mi jeszcze bardziej, gdybyś wyszukała jakiś projekt. Pamiętasz, dawniej miałaś nosa...

– Zapamiętałam zwłaszcza to, że za każdym razem kradłeś mi pomysł, przypisując sobie jego autorstwo. Dawałam się robić na szaro jak karp w galarecie!

– Potrzebuję cię, to już ostatni raz. Jeżeli mi pomożesz, zwrócę ci to w dwójnasób!

Czerwony, czerwony, czerwony. Książeczkę Juniora pokrywały czerwone kreski.

– Ale ja cię nie potrzebuję, Chaval. Sytuacja się zmieniła... Jestem teraz żoną Marcela.

– Pobraliście się?

– Nie, ale na jedno wychodzi.

– Może spotkać młodszą i zostawić cię.

Josiane wybuchnęła sarkastycznym śmiechem.

– Nawet o tym nie marz!

– Nie bądź taka pewna siebie.

– Jestem przekonana, że nigdy mi się to nie przytrafi. Nie jestem Henriette!

– Henriette? – wzdrygnął się Chaval. – Dlaczego wspominasz o Henriette?

Czerwony, czerwony, czerwony. Junior wściekle rysował kreski, śliniąc się obficie. Porysował całą książkę. Szerokie tłuste kreski przypominały ślady szminki. Pełna dezaprobaty pani siedząca przy sąsiednim stoliku przyglądała mu się bez żenady. To naprawdę dziwne dziecko, szepnęła do przyjaciela. Widzisz, jak jednocześnie ślini się i rysuje? Same kreski, wyłącznie czerwone kreski!

– Mówię tylko, że nie jestem Henriette.

– A co ona ma ze mną wspólnego? – spytał zaniepokojony Chaval, drapiąc się po cienkim wąsiku.

Czerwony, czerwony, czerwony.

– Ona została porzucona. Ale były ku temu wystarczające powody. Jest zła jak żmija, sucha, szczelnie zamknięta. Jak czarownica na miotle... A ja jestem jak śmietana, słodka, zakochana, rozkoszna, hojna... Jak ciastko z kremem. Więc Marcel nigdy mnie nie zostawi. Proste, mój drogi!

– Zgoda, zgoda – westchnął uspokojony Chaval. – Ale... wróćmy do rzeczy. Zastanów się. Pomyśl o zdrowiu Marcela, zapomnij o swoich urazach do mnie. Trzeba wymieść z pamięci przeszłość. Skoncentrować się na przyszłości...

Przejechał ręką po włosach, potem pogładził wystający spod rozpiętej koszuli tors. Josiane obserwowała go z rozbawieniem. Teraz jego los zależał od niej. Był zdany na jej łaskę, miał związane ręce i nogi. Co za słodka zemsta! Za tę biedną dziewczynę, jaką była w przeszłości...

– Powinniśmy się zjednoczyć. Żeby ocalić Marcela – powtórzył, podnosząc na nią wzrok pełen niepokoju, udręczony troską o Marcela. – Nauczyłem się cenić twojego faceta, wiesz...

Junior ze zdwojoną siłą rysował czerwone kreski. Ciekawe, pomyślał Chaval, ten dzieciak jest chyba opóźniony. Nic dziwnego, jest dzieckiem starców. Wyskrobkiem z bidetu. Nie jak moja wróżka, moja smukła złotooka bogini z miękkimi loczkami, talią osy, płcią, która składa się i rozkłada niczym wachlarz...

Wówczas Junior podniósł głowę i wpatrując się w Chavala, wypowiedział jedno słowo:

– Hortense?

Wtedy mózg Chavala wpadł w szał. Jego zwoje zalała fala gorąca. Istota szara rdzenia kręgowego rozpaliła się. Róg przedni i róg tylny zadrżały, zalewając morzem krwi oponę twardą, pajęczą i miękką. Cały mózg Chavala płonął i Junior myślał, że kredka stopi mu się w palcach. Upuścił ją na stół. Wychwycił dwa źródła ciepła: Henriette i Hortense. Ale o ile Henriette łączyła się ze sferą strachu, przerażenia, włosów stających dęba, o tyle imię Hortense należało do sfery przyjemności, rozkoszy fizycznej, niewygasającej namiętności. Chaval obawiał się Henriette i pałał żądzą do Hortense.

Junior postanowił kontynuować badania, skoncentrował się ze wszystkich sił, wszedł do trzeciego zwoju sfery przyjemności i natrafił na dziwnie zniekształcony obraz Hortense. Autorstwa Francisa Bacona. Dwie małe, jędrne piersi, twardy brzuch, długie, patykowate nogi i olbrzymie narządy płciowe niczym długi, wijący się, odkształcający i skręcający czerwony przewód, w którym pływają małe purpurowe gąbki przypominające sprężyny. Vagina Hortense w środku. A zatem Chaval poznał ten długi korytarz i wyrył go sobie rozżarzonym żelazem w zakamarkach mózgu. Juniora ogarnął wstręt. To niemożliwe! Moja Hortense nie mogła kopulować z tym śmieciem, z tym lubieżnym, zepsutym karłem!

Krzyknął i z jękiem runął na stół, uderzając weń czołem i wbijając paznokcie w policzki. Przerażona matka wzięła go na ręce, kołysała, powtarzała: Co się stało, mój malutki? Powiedz mi, powiedz... Junior nie mógł mówić, przytłaczał go smutek, krzyczał cichutko, wyrywał się i protestował: Och, nie! Och, nie! Josiane wstała, poklepała go po plecach, dmuchnęła mu we włosy, otarła skronie. Nic nie pomagało, wił się w konwulsjach, zanosił płaczem, po policzkach spływały mu wielkie łzy. Pożegnała się z Chavalem, włożyła syna do wózka i ruszyła przed siebie, jak najszybciej się dało.

Junior, dysząc ciężko, dał się przywiązać w wózku Mac-Laren i po raz pierwszy cieszył się, wracając do domu na kołach. Miał nogi jak z waty.

Josiane odczekała, aż miną róg avenue Niel i place Pereire, po czym pochyliła się nad synem.

– Co się stało, moje maleństwo? Co zobaczyłeś, że wpadłeś w takie przerażenie?

– Mamo, mamo... Szybko, szybko, daj mi komórkę, muszę zadzwonić do Hortense – wymamrotał Junior.

– Do Hortense? A co ona ma wspólnego z naszymi obecnymi sprawami?

– Mamo, proszę cię, nie pytaj... Serce mi krwawi...

– Opanuj się, kochanie. Ucisz swoje lęki.

– Nie mogę, mamo, jestem zbyt nieszczęśliwy... Drżę na całym ciele.

– Ale dlaczego, moje śliczności, moja złociutka Krupeczko?

– Och! Mamo! W mózgu Chavala zobaczyłem Hortense!

– Hortense?

– Vaginę Hortense przypominającą długą, gumową czerwoną rurę... On jej dotykał, mamo, wszedł w nią swoim ohydnym organem... Och! Mamo, nienawidzę tego człowieka!

– Junior, opanuj się. To było dawno temu.

– No właśnie, była jeszcze młodziutka, słodziutka. Dlaczego na to pozwoliła?

– Nie wiem, kochanie... Wiesz, wszyscy robimy coś, czego się później wstydzimy. Chciała udowodnić sobie, że może uwieść prawdziwego mężczyznę.

– Kiedy to było? Pamiętasz?

– Tuż przed twoim urodzeniem.

Junior wyprostował się przepełniony złudną nadzieją.

– Nie znała mnie.

– Nie.

– To dlatego... Dzisiaj by już tego nie zrobiła!

– Z pewnością nie. Pamiętam w każdym razie, że go zniszczyła. Później już nigdy nie był taki sam. Mózg zmienił mu się w plastelinę. Ale powiedz, skarbie, co jeszcze zobaczyłeś w głowie tego beznadziejnego faceta?

– Ten facet jest niebezpieczny, droga matko – zapewnił Junior, odzyskując trzeźwość zmysłów. – Robi wszystko na odwrót. Spiskuje z Henriette przeciwko tacie. Jakieś kombinacje z tajnymi cyframi. Właściwie gra na dwa fronty. Chce wrócić do firmy, osiągnąć stabilizację i coś knuje z Henriette... Zobaczyłem w jednym z zakamarków jego mózgu jakąś historię z pieniędzmi, coś jakby włamanie, cyfry, konta, trąbkę...

– Trąbkę? – wykrzyknęła Josiane.

– Tak, droga matko, zapewniam cię, była tam trąbka... I galabija!

– Galabija! On należy do Al-Kaidy?

– Nie wiem, droga matko, nie wiem...

Powoli wracał do siebie. Hortense zmieniła się, wybaczał jej błędy młodości. Hortense jest nieposkromioną zdobywczynią. Chaval był podnóżkiem. Niczym więcej... Nagle zrozumiał, że będzie musiał zaczekać, zanim zacznie sobie wyobrażać ich wspólną przyszłość. Będzie także musiał nauczyć się chronić. Ale, pomyślał, życie jest jak jazda na rowerze, żeby utrzymać równowagę, musisz się poruszać naprzód.*

– Mimo wszystko – szepnął, podnosząc wzrok na matkę – to boli, gdy się jest zakochanym, mamo. Czy to zawsze tak boli?

– To zależy od tego, na kim spocznie twój wzrok, moje dziecko. Hortense z pewnością nie zagwarantuje ci spokoju... Ale powinieneś o niej zapomnieć i skupić się na sytuacji swojego ojca. Co zrobimy, Junior? To wszystko nie jest jasne...

Junior, siedząc w wózku, oglądał swoje stopy. Pocierał je o siebie. Królewski lew i cherlawa ośmiornica. Hortense i Chaval. Lew pożre cherlawą ośmiornicę. Jednym kęsem.

– Hortense będzie naszym asem atutowym. Zaczaruje Chavala, skłoni go do mówienia... Chaval się jej nie oprze. Wyzna swoje plany. Trzeba się z nią jak najszybciej skontaktować. Kończy się rok szkolny, pewnie wróci do Francji. Urządzimy naradę wojenną i pomoże nam zdemaskować winnych. Bo jest ich co najmniej dwoje: Chaval i Henriette. Teraz jestem tego pewien. Chaval i Henriette... i może jeszcze jakiś wspólnik...

---

* Cytat z wielkiego Alberta Einsteina.

Josiane pogłaskała go po głowie, przejechała palcami po zmierzwionych czerwonych loczkach.

– Co byśmy bez ciebie zrobili, moje maleństwo?

– Matko, jestem wykończony. Myślę, że się zdrzemnę.

Oparł brodę na błękitnej marynarce i zasnął, kołysany szumem kół wózka.

*

Shirley Ward lubiła deszcz.

Lubiła czerwcowy deszcz w Londynie. Poranny czerwcowy deszcz, gdy wstaje świt, drżą liście na drzewach, poruszają się gałęzie, słoneczne światło prześlizguje się przez mżawkę i rozpala iskierki pod niepewnymi kroplami. Wtedy trzeba przymrużyć oczy, wpatrzyć się w jeden punkt za szybą, aby mieć pewność, że pada deszcz, czekać, czekać, aż zacznie się rozróżniać pionowe, niemal niewidoczne kreski deszczu, myśleć, że chodniki będą mokre i trzeba będzie wziąć parasol lub kapelusz, aby wyjść...

Shirley Ward nie lubiła parasoli. Uważała, że są sztywne, pretensjonalne, niebezpieczne.

Shirley Ward lubiła kapelusze przeciwdeszczowe. Miała ich całą kolekcję. Ceratowe, bawełniane, filcowe, szydełkowe. Trzymała je w wielkim koszu przy wejściu do mieszkania i wybierała któryś, wychodząc. Długo go gniotła, zanim włożyła na głowę. Wyciągała kilka kosmyków blond, które tworzyły aureolę światła wokół jej twarzy. Jedno pociągnięcie szminką i gotowe. Stawała się piękną kobietą. Szła długimi krokami w deszczu, przemierzała londyńskie ulice, ignorując czerwone światła i przechodniów. Kiedy deszcz przestawał padać, składała kapelusz, zwijała go w kulkę w kieszeni, czochrała włosy i wyciągała nos do słońca.

Lepiej lubić deszcz i kapelusze przeciwdeszczowe, gdy się mieszka w Londynie.

Pieszczota deszczu, blade ciepło słońca, zapach drżących zielonych liści i krople ścierane wierzchem dłoni, dłoń, którą liże się odruchowo, dziwiąc się niemal, że nie jest słona... Shirley Ward lubiła deszcz, kapelusze przeciwdeszczowe i wielkie drzewa w Hyde Parku. Tego ranka pójdzie na spacer do parku.

Wyjdzie z domu.

Od dziesięciu dni nie wychodziła z domu.

Dziesięć dni spędzonych w zamknięciu na roztrząsaniu tysiąca myśli i wspomnień, które przesuwały jej się w pamięci z przerwami, jak klatki niemego filmu oglądanego w przyspieszeniu.

Dziesięć dni w piżamie spędzonych na chrupaniu solonych migdałów, suszonych moreli, konfitury z gorzkich pomarańczy, z czajniczkiem herbaty lub butelką whisky na wyciągnięcie dłoni.

Whisky piła wieczorami. Od dziewiętnastej. Nie wcześniej. Nie chciała uchodzić we własnych oczach za pijaczkę. To była nagroda. Piła ją z kawałkami lodu. Dzwoniła nimi o kryształ szklanki. Przypominały jej, że żyje i będzie musiała żyć ze wszystkimi wspomnieniami, które odklejała po kolei w swojej pamięci.

Wspomnienia dają swobodę wyboru. Można je ignorować i traktować każdy dzień tak, jakby był nowym dniem, albo wyjmować pojedynczo, przypatrywać im się i rozszyfrowywać po kolei. Grzebie się w ciemności, żeby odnaleźć światło.

Poruszała kawałkami lodu w szklance i słuchała ich piosenki. Śpiewały o tym, że wszystko zdarza jej się nagle, chwile radości, smutku, drobiazgi. Spokojnie jechała przez miasto, aż tu nagle stop...

Syn wyjeżdżał.

Spotykała mężczyznę.

Mężczyznę, który otworzył puszkę ze wspomnieniami. Kawałki lodu skończyły śpiewać w szklance. Wstawała, szła do kuchni, otwierała lodówkę. Potrzebowała dźwięku kawałków lodu, aby usłyszeć skargę przeszłości. Wracała, siadała w piżamie w fotelu, zakładała nogę na nogę, machała nią w powietrzu. Kawałki lodu zmieniały oktawę, stawały się lżejsze.

Powracał jej ojciec...

Czerwone korytarze pałacu Buckingham. Wykładzina, po której stąpało się w ciszy, wypowiadane szeptem słowa, nigdy nie wolno było podnosić głosu, ludzie, którzy mówią głośno, są tacy prymitywni! Ludzie, którzy mówią o niepokojach serca, są tacy prymitywni... *Never explain, never complain.*

I jej złość na widok zamkniętych drzwi i pochylonych pleców... Siedziała w piżamie przez kolejny dzień i następny. Chciała zrozumieć. Musiała zrozumieć.

Machała długimi nogami. Zmieniała miejsce. Siadała w wielkim skórzanym fotelu koło okna. Patrzyła, jak cienie samochodów i drzew na ulicy tańczą na suficie.

Zapadał zmierzch...

Brała butelkę whisky, nalewała sobie kolejną szklankę, szła zjeść suszoną morelę i migdał. Stawiała bose stopy płasko na podłodze, czuła drewniane sęki i opierała stopy jeszcze mocniej.

Uciszyć złość... Teraz znała swoją złość. Mogła ją nazwać. Dopasować do niej wspomnienia, kolory. Popatrzeć jej w twarz i odesłać ją do przeszłości.

Mijały dni. W niektóre poranki padał deszcz, mrużyła więc oczy, żeby to sprawdzić. W inne świeciło słońce, jasne promienie łaskotały jej nogi w łóżku. Mówiła: *Hello, sunshine!* Prostowała ramię, nogę. Robiła sobie herbatę, jadła biszkopt z konfiturą z gorzkich pomarańczy, wracała do łóżka, kładła tacę na kolanach i mówiła do biszkopta. Co innego mógł robić wielki szambelan? Cóż mógłby robić innego? Był biednym, bezsilnym człowiekiem, napisał to zresztą: „Jak mogę wytłumaczyć Ci coś, czego sam nie rozumiem?".

Czy koniecznie trzeba wszystko wyjaśnić i wszystko rozumieć, żeby kochać?

Śledziła bieg słońca przez dwa wysokie okna. Myślała: Będę musiała nauczyć się żyć z tą złością. Muszę ją oswoić, utemperować, kiedy wystawi czubek nosa...

Gdy nadchodziła pora na whisky, wstawała, odrywała kawałki lodu od pojemnika, wrzucała je do szklanki, dzwoniła nimi, słuchała ich piosenki, słuchała deszczu, machała jedną nogą, potem drugą.

Dziesiątego dnia spadł na nią pokój jak drobny deszcz.

Sądzę, że burza minęła, pomyślała zdziwiona i napuściła sobie wodę do wanny. Nie wiedziała dokładnie, co zrozumiała, czego się nauczyła. Wiedziała tylko, że nastał pierwszy dzień jej nowego życia. Prosiła o rachunek i płaciła.

Uśmiechnęła się, wsypując sól kąpielową do wanny, nie było to jeszcze całkiem jasne, ale czy naprawdę chciała, żeby stało się przezroczyste? Miała tylko ochotę śmiać się i wziąć kąpiel. Nastawiła *Marsz żałobny* Szopena i wskoczyła do wanny.

Jutro wyjdzie z domu.

Nałoży kapelusz przeciwdeszczowy, wyciągnie kilka kosmyków blond, przejedzie szminką po ustach i przejdzie się ulicami, przez park, nad stawy, jak przedtem.

Nie sądź, że wszystko rozwiązałaś, biedna dziewczyno, to jeszcze nie koniec ponurych myśli...

Zadzwoniła do Olivera.

Spytała, czy mogliby się spotkać w Spaniard's Inn, ich pubie w Hampstead. Zostawiła rower w ogrodzie, bez kłódki, i weszła. Wzruszona, pełna niepokoju. Zablokowała pesymistyczne myśli.

Siedział rozczochrany w głębi ciemnego baru nad piwem. Na krześle leżała duża żółto-zielona torba turystyczna. Wstał, przycisnął tak mocno wargi do jej warg, że myślała, iż cała zniknie w tym pocałunku. Właścicielka baru, wysoka, sucha, z bardzo czerwonymi policzkami i niemal pozbawiona włosów, włączyła muzykę, żeby zagłuszyć ciszę, grał zespół Madness.

Spytał: Lepiej się czujesz?

Nie odpowiedziała. Nie lubiła tego pytania. Co on sobie myśli? Że jest chora, że musi się leczyć? Odsunęła się i odwróciła wzrok, żeby nie dostrzegł błysku irytacji w jej oczach.

Stali naprzeciw siebie z pustymi rękami, jak dwoje speszonych nowicjuszy.

Potem dodał:

– Czy nie wyglądamy kiczowato?

Uśmiechnęła się, wyzerowała serce.

– Więc mam już nie odchodzić? – spytał z szerokim uśmiechem człowieka z lasu.

Usłyszała czułość w jego głosie. Usłyszała uległość. Jak bardzo zazdrościła mu, że może kochać tak mocno, tak po prostu, bez duchów, które ciągną go w dół.

Otwarł ramiona.

Ostrożnie przysunęła się do niego.

– Sądzisz, że kiedyś będziesz mogła mnie pokochać?

– Od razu wielkie słowa – westchnęła, podnosząc na niego wzrok. – Czy nie widzisz, że właśnie się przywiązuję? To wielkie zwycięstwo, wiesz...

– Właśnie że nie, nie wiem. Nic o tobie nie wiem. Powtarzałem to sobie przez te wszystkie dni.

– Ja też o sobie nic nie wiedziałam. To ty zmusiłeś mnie do tego, żebym w siebie zajrzała.

770

– Powinnaś mi podziękować.

– Jeszcze nie wiem... Jestem zmęczona, taka zmęczona...

– Wróciłaś i jestem szczęśliwy. Nie byłem pewien, czy wrócisz.

– I co byś zrobił?

– Nic. To twój wybór, Shirley.

Przywarła do niego całym ciałem i nie ruszała się. Oszczędzała siły do walki. Pochylił się i pocałował ją, unieruchamiając jej ręce, żeby się nie broniła. Wydało jej się to takie miłe po dziesięciu dniach dręczenia się i złości, że uznała ten pocałunek za odpoczynek i pomyślała: Całuj mnie, całuj, wyzwól mnie od myślenia, nie chcę już myśleć o niczym, chcę wrócić do teraźniejszości, czuć twoje usta na moich wargach, twoje jędrne, sprężyste wargi, które otwierają moje usta, a jeżeli będzie to tylko pocałunek, chwilowa rozkosz, to trudno, przyjmę go i będę się nim delektować. Całowali się długo, umiejętnie, powoli, a ona myślała, myślała, że ten pocałunek przypomina raczej szczęśliwą walkę niż pocałunek poddania. Przyciskał ją mocniej do siebie, miażdżył swoim ufnym ciężarem, obejmował ramionami jak pień ciężkiego drzewa, wdychał jej zapach, odsunął ją od siebie, znowu przyciągnął, poklepał po głowie, powiedział: ciii... ciii, i całował znowu, jakby nie byli w angielskim pubie, ale w wielkim rozścielonym łóżku.

Czekała, aż odezwie się w niej złość.

Wiedziała, że złość nie przejdzie ot, tak.

Rozpoczynała długą rekonwalescencję.

*

Henriette czekała, aż René i Ginette wsiądą do samochodu, aż Ginette zapnie pasy i mocno chwyci pudełko z ciastkami leżące na kolanach. Aż zacznie się bawić różową wstążką, którą przewiązano je w cukierni. Cofanie, jazda naprzód, otwarcie drzwi, zamknięcie drzwi. Jechali na kolację do matki Ginette. Będą jedli, oglądali *Milionerów*. Droga była wolna.

Musiała jeszcze poczekać, aż się bardziej ściemni, aby wtopić się w szarość zmierzchu, niepewną szarość, w której wszystkie koty są takie same... Czekała, siedząc w kawiarnianym ogródku naprzeciw siedziby Casamii. Miała dużo czasu. Chciała delektować się tymi chwilami, które pozostały jej przed natarciem.

Chcę zadać mu ból, myślała, patrząc na wybrukowany dziedziniec po drugiej stronie ulicy, ten wybrukowany dziedziniec, który niegdyś do niej należał. Kiedy wchodziła, pochylały się wszystkie plecy, budziła lęk. Lubiła odczytywać strach w zgiętych karkach. Strach w oczach Marcela, który nie wiedział, jak się zerwać z łańcucha trzymanego w mojej stanowczej dłoni. Ach! Sądził, że mnie wygryzł... Sądził, że moje miejsce będzie mogła zająć jego dziwka! A teraz paraduje z dzieckiem i kobietą u boku... Nie ma tak dobrze. Chcę co miesiąc pobierać dziesięcinę z jego zysków. Wszystko, co znajduje się w tym biurze, należy do mnie. To był mój sejf, moje ubezpieczenie na starość. Odsunął mnie jednym ruchem, wykreślając moje nazwisko z nowej spółki. Zostałam oszukana. Zapłaci za to. A świadomość, że zemsta dokona się niebawem, sprawiała, że Henriette drżała z dziwnej radości. Do jej suchych ust powracała ślina, krew biła w skroniach, lekki rumieniec wystąpił na blade policzki. Będę pomszczona! Pomszczona! Zacznę najpierw delikatnie, przeleję kilkaset euro, a potem uderzę mocniej, aż konta zawirują. On nigdy ich nie sprawdza, a Trąbka zajmuje się czym innym. Dostaje bilanse z Pekinu, Sofii, Bombaju, Mediolanu i to jeszcze nie wszystko. Bilanse w kilku językach, z kilku banków i Trąbka ma pełne ręce roboty. Nie sprawdza kont osobistych. Myśli, że to jego działka. A on... Dwadzieścia cztery godziny to za mało, żeby wszystko zrobić, popuszcza cugli. Oklapł, drzemie, nie ma energii. Ja natomiast dalej jestem pełna sił, nienasycona, podtrzymuje mnie żądza zemsty... Uczę się obsługi komputera, wchodzę na Google'a, przebieram palcami po klawiaturze, ćwiczę, otwieram Safari, wchodzę na moje konto, sprawdzam inwestycje. Nauczyłam się, cały czas się uczę. W cieniu buduję własną firmę. Chaval musi czuwać, przepytywać Trąbkę, uprzedzać mnie o niebezpieczeństwie. To będzie nowe wyzwanie. To kwestia honoru. Jedynie naprawiam krzywdę.

Pieniądze są cieplutkie, miękkie, migoczą, to one dają człowiekowi pragnienia, gdy skóra staje się szara, a wargi białe. Złapać pieniądze w locie, to jak zarzucić wędkę na stojącą wodę. Czekanie daje taką samą przyjemność jak łowienie. Ci, którzy źle traktują pieniądze, nie wiedzą o tym. Sądzą, że się je wydaje, upaja się nimi. Nie myślą o tej chwilce oczekiwania, o tym cudownym dreszczu, jaki czuje się, kiedy ryba bierze, kiedy kręci się wokół haczyka... Iluż radości się pozbawiają! Te pieniądze, które na mnie czekają, są jak adorator, jak namiętny kochanek, jak wyzwolenie. Na powrót stanę się kobietą, i to kobietą wszechmocną!

Tak rozmyślała, patrząc na zegarek. Śledząc gasnące światło dnia. Zaciskając wąskie wargi i tuląc do siebie torebkę z kluczami do firmy i kodem.

Wstała.

Już pora.

Przeszła na drugą stronę alei, otworzyła małe drzwi po lewej stronie bramy. Klap-klap-klap, przemierzyła brukowany dziedziniec. Wprowadziła kod do drzwi wejściowych. Wśliznęła się do środka. Panowała tu dziwna cisza. Jak w opustoszałym mieście. Otwarła drzwi do pokoju Denise Trompet. Zobaczyła biurko. Wyjęła kluczyk. Otwarła szufladę. Grzebała w papierach. Czytała etykiety. Spieszyła się. Na moment przerwała, żeby nie popełnić błędu, nie zostawić bałaganu ani śladów. Nałożyła rękawiczki. Natrafiła na teczkę z napisem „Marcel Grobz – dokumenty osobiste", na której leżała temperówka. Otwarła ją. W środku były hasła. Wypisane wielkimi literami czerwonym flamastrem. „Hasła osobiste" – wykaligrafowała Trąbka pismem sumiennej kobiety. Henriette wzięła je, włożyła do fotokopiarki. Przejechał po nich promień światła. Maszyna wypluła skserowaną kartkę. Włożyła teczkę na swoje miejsce, umieściła temperówkę prosto na etykiecie. Zamknęła szufladę i drzwi do pokoju. Włączyła alarm. Zamknęła drzwi na klucz. Klap-klap-klap, przeszła przez brukowany dziedziniec. Na chwilę skryła się pod glicynią, żeby sprawdzić, czy nikt jej nie widział. Wdychała zapach kwiatów i rozpierało ją szczęście.

Wyszła przez małe drzwi obok głównej bramy.

Dziecinnie proste...

Była niemal rozczarowana.

Pomyślała sobie, że człowiek przyzwyczaja się do niebezpieczeństwa, nabiera odwagi.

Tego wieczoru dokona pierwszego rabunku. Przeleje na własne konto pierwszy okup.

– Wydaje mi się, że zapomnieliśmy o pewnym detalu, pani Grobz – powiedział Chaval, klęcząc obok Henriette.

Umówił się z nią w kościele Saint-Étienne w małej kaplicy Najświętszej Marii Panny. Byli sami. Kościół był pusty. Świece paliły się, wysyłając w niebo ciche prośby, a zwiędłe gałązki glicynii łaskotały bose stopy Najświętszej Panienki. Trzeba by zmienić kwiaty, pomyślał Chaval, który nagle okazywał się hojny, skoro wkrótce miał być bogaty.

– Wszystko poszło jak po maśle... Czego by pan jeszcze chciał? – spytała Henriette Grobz, pochylając głowę i krzyżując palce, jakby się modliła.

– Zapomnieliśmy jedynie określić mój procent zysków.

– Procent? – wykrzyknęła Henriette z oburzeniem, wzdrygając się pod szerokim kapeluszem.

– Tak, proszę pani, procent. Wydaje mi się, że mam swój udział w tym, co pani przypadnie.

– Ale prawie nic pan nie zrobił!

– Jak to nic?! A kto dał pani klucz do szuflady? Kto odciągnął poczciwą Trąbkę od jej obowiązków? Kto czuwa nad tym, żeby wszystko się udało? Ja, ja i jeszcze raz ja.

– A kto włamał się do biura? Kto włącza komputer i przelewa euro z jednego konta na drugie? Kto naraża się na ryzyko, że zostanie złapany? Ja, ja i jeszcze raz ja.

– To właśnie mówiłem, jest nas dwoje... dwoje wspólników. Jeżeli któreś z nas zdradzi, drugie wpadnie jak szczur w pułapkę.

– Niech pan zważa na słowa, Chaval! Nie podoba mi się ta metafora.

– Powtarzam: jesteśmy ze sobą związani, nie może pani nic zrobić beze mnie, tak jak ja nie mogę nic zrobić bez pani. Idźmy więc ręka w rękę, podzielmy się pieniędzmi równo i po bratersku. Pół na pół. To moje ostatnie słowo, nie pójdę na żaden kompromis.

Henriette o mało się nie udusiła. Podniosła wykrzywioną z wściekłości twarz na Chavala.

– Nie wstyd panu? Tak łupić biedną kobietę?

– A moje sumienie? Zastanawiała się pani nad tym? Ile warte jest moje sumienie? Myślę, że co najmniej pięćdziesiąt procent.

– Pańskie sumienie – wybełkotała Henriette, wpadając w szał – nic nie jest warte! Jest leniwe jak żmija i budzi się dopiero, gdy stanie mu się na ogon... A i tak jestem oszczędna w słowach!

– Może pani sobie być oszczędna, moja droga, jeżeli panią to bawi, ale ja nie ustąpię.

– Odmawiam oddawania panu połowy moich zarobków.

775

– Zarobków!... – zarechotał Chaval, ciesząc się, że ją rozwścieczył.

Grunt umykał starej spod nóg, dusiła się, nie przewidziała, że okaże się taki łakomy. Pochylił się nad nią i miękkim, fałszywie aksamitnym głosem szepnął:

– Nie ma pani wyboru. I wie pani co? Niech pani nie próbuje mnie oszukiwać. Sprawdzę to. Ja też mam klucz. Dorobiłem dwa. Nie jestem głupi... A kto ma klucze, ma hasła. Sądziła pani, że pozwolę pani robić, co się pani podoba? Oskubać starego Marcela i samemu dać się oskubać? Że przyjmę kilkaset euro, żeby kupić Hortense perfumy i zabrać ją na kolację do dobrej restauracji? Że zadowolę się rzuconą czasem jałmużną, która mnie uspokoi?

Tak, pomyślała Henriette, zgrzytając zębami. Właśnie to miałam zamiar zrobić. Rzucić mu czasem parę groszy, żeby czekał z wywieszonym językiem.

– Jest pani bardzo naiwna. Będę więc śledził wszystkie przelewy na wszystkich kontach. Zostawiam panią, moja droga, pójdę kupić marynarkę, którą wypatrzyłem u Armaniego, a potem wpadnę do dilera mercedesa zamówić sobie kabriolet SLK... Wie pani, jak wygląda kabriolet SLK 350 sport? Nie? Powinna pani sprawdzić w Internecie, skoro umie się już pani nim posługiwać... Jest zachwycający. Wspaniałe osiągi i jaka czystość linii! Nie wiem, czy wybiorę ciemnoszary czy czarny model. Jeszcze nie podjąłem decyzji. Marzyłem o nim od dawna... Chciałbym zabrać swoją starą matkę na przejażdżkę do Deauville, wybrać się na ostrygi, pospacerować po plaży... Jest w pani wieku, pewnie długo już nie pożyje, dlatego mam zamiar ją rozpieszczać. Bardzo kocham swoją starą matkę.

– Nigdy! Nigdy! Nigdy! – powtarzała z wściekłością Henriette. – Nie dostanie pan procentu, Chaval. Mogę przekazać panu rekompensatę za pana pracę. Dać prowizję z tytułu naszej transakcji, ale to wszystko... Skończyły się czasy, gdy byłam uzależniona od mężczyzny. A w żadnym wypadku nie chcę być uzależniona od pana.

– To się jeszcze okaże, proszę pani, to się jeszcze okaże... Ale proszę się dobrze zastanowić nad tym, co powiedziałem. Jeżeli się pani nie ugnie, wyznam wszystko Trąbce i zwalę całą winę na panią. Powiem jej, że zrobiłem to dla niej, aby być godnym jej miłości, a całą winę przypiszę pani. Da się na to nabrać bez kłopotu. Postara się, żeby Marcel Grobz zmienił hasła, i wszystko wróci na swoje miejsce. Ta biedna dziewczyna mnie kocha, szaleje za mną! Zrobi dla mnie wszystko. Proszę to przemyśleć... Spotkamy się tu jutro o tej samej porze.

Po tych słowach wstał. Pożegnał Henriette Grobz i udał, że klęka przed posągiem Marii Dziewicy.

Rześkie, łagodne powietrze owiało mu twarz, gdy wyszedł z kościoła.

Po spotkaniu z Josiane doszedł do wniosku, że jego nadzieja na zatrudnienie u Marcela Grobza jest płonna. Josiane nigdy się z nim nie pogodzi. Żeby przeżyć, zostały mu tylko kombinacje z Henriette. Odzyska siły, odnowi garderobę, podreperuje zdrowie, pooddycha morskim powietrzem, zapisze się na siłownię, będzie podnosił sztangi, a jak wróci do formy, to się zastanowi. Po co szukać pracy? Niedługo będą zarabiać na niego dwie kobiety. Nie będzie już musiał harować w pocie czoła. Zainwestuje skradzione pieniądze. Albo założy własną firmę... Będzie miał masę czasu na myślenie.

Nie spieszy mu się.

Dzień wcześniej sprawdził konta Marcela. O mało się nie przewrócił! Musiał zmrużyć oczy, żeby policzyć zera. Wziąć ołówek, kartkę papieru. Przepisać. Policzyć. Uszczypnąć się, żeby uwierzyć, że nie ma zwidów. Były tam setki tysięcy euro! Natychmiast zapomniał o szukaniu pracy. Da się powoli tuczyć starej. Będzie przelewała z jednego konta na drugie, przekazując mu połowę kwoty.

Tak to właśnie będzie wyglądać.

Wstąpił do Hédiarda. Kupi foie gras, butelkę dobrego białego wina. Chleb Poilâne na grzanki, na których położy wielki kawał foie gras. Z kaczki lub z gęsi. Który wybrać? Po raz kolejny nie mógł się zdecydować... I kupi piękny bukiet mieczyków dla Najświętszej Panienki.

Nie żeby nagle stał się pobożny.

Po prostu chciał mieć wszystkie atuty w ręku.

*

Wyciągnięta na łóżku Hortense marzyła, kręcąc stopami. Obrót w prawo, obrót w lewo. To rozluźniało mięśnie i wzmacniało stawy. Chodziła przez cały dzień w poszukiwaniu mieszkania. Wszystkie były zbyt paskudne lub zbyt drogie. Zaczynała tracić nadzieję.

Trzymała w ręce oceny za drugi rok w Saint-Martins. Średnia 87 procent. Lepiej niż „bardzo dobrze". „Bardzo dobrze" zaczynało się od 80 procent. Na marginesie jej opiekun napisał jedno słowo: „wybitna" z wykrzyknikiem. Jej projekt na koniec roku – Zaprojektuj model dla sieci tanich sklepów – został uznany za najlepszy projekt roku. Wpadła na jego pomysł, zauważywszy w metrze masowy powrót zamków błyskawicznych. Były wszędzie, na torebkach, butach, kurtkach, rękawiczkach, szalikach, beretach. To był modny detal w tym sezonie. Pomyślała: A dlaczego nie wąska czarna, bardzo elegancka sukienka, której punktem wyjścia będzie długi zamek błyskawiczny? The zip dress! Długi zamek błyskawiczny z przodu i długi zamek błyskawiczny z tyłu. Zamek nada sukience perwersyjny wygląd. Dwa zupełnie proste kawałki materiału. Można pobawić się materiałem, poeksperymentować z długością. Można będzie nosić ją rozpiętą z przodu, z dekoltem z tyłu lub całkiem zapiętą. W wersji skromnej lub uwodzicielskiej. Materiał powinien być elastyczny, żeby była obcisła, lub luźniejszy, jeżeli miałaby się nadawać dla tęższych kobiet. Czarna sukienka produkowana za śmieszne pieniądze, sprzedawana za trzydzieści dziewięć funtów. Idealna dla sieci w rodzaju H&M. Pobiegła do Adèle, która niedaleko, w Angel, miała sklep z odzieżą vintage. Narysowała jej model i Adèle wykonała go w mgnieniu oka. Daleko zajdziesz, mała! powiedziała. Mam nadzieję! odparła Hortense.

Uśmiechnęła się słabo, czytając oceny i pochlebne uwagi wykładowców, którzy przepowiadali jej świetlaną przyszłość, jeżeli nadal będzie tak pracować. Znakomicie, pomyślała, przyglądając się stopom, ale nadal nie mam stażu na lato. A nie znajdę go, leżąc na łóżku i kręcąc stopami. Powinnam się ubrać, wyjść, pokazać się... Stażu nie znajduje się na szkolnej tablicy ogłoszeń czy w gazecie, trzeba go wydrzeć pazurami, szwendając się po imprezach, barach i dyskotekach, a ja tkwię tutaj i patrzę na stopy! Brak mi chęci...

Nicholas zaproponował jej pracę w Liberty, lecz odmówiła. Mam ochotę na coś większego, bardziej egzotycznego. Wyskoczyć poza Anglię, przekroczyć granice. Mediolan, Paryż, Nowy Jork... A poza tym nie podoba mi się, że ciągle muszę ci dziękować. Powiedział: Rób, jak chcesz! Ale jeżeli nie znajdziesz nic innego... Wydawał się pewny siebie. Pewny, że zatrzyma ją u swego boku przez całe lato. Nie spodobała jej się ta mina spokojnego właściciela.

Nie podobało jej się aktualnie życie. Nie potrafiłaby wytłumaczyć dlaczego. Brakowało mu pikanterii. A może po prostu była zmęczona. Albo... Nie wiedziała i nie miała ochoty szukać powodu.

Leżała na łóżku i kręciła stopami, myśląc o tym, jak zagospodaruje zbliżające się długie wakacje, kiedy zadzwonił telefon. To była Anastasia, koleżanka ze szkoły. Zapraszała ją do Sketcha, nowego modnego klubu. Siedziała tam, pijąc drinka z kolegą.

– Dostałaś oceny?

– Tak – odpowiedziała Hortense, patrząc na palce u nóg, z których schodził lakier.

– Jesteś zadowolona?

– Osiemdziesiąt siedem procent. I moja czarna sukienka została uznana za projekt roku.

– Więc przyjdź do nas! Świętujemy!

– Zgoda.

Wstała. Otwarła szafę. Miała ochotę z powrotem się położyć. Co się ze mną dzieje? Co mi jest? Przejechała ręką po wieszakach, na których wisiały dżinsy, sukienki, marynarki, płaszcz, długa biała koszula. Musnęła je. W głębi dostrzegła wiszącą na wieszaku postrzępioną, obcisłą kurtkę dżinsową, którą Gary kupił jej kiedyś na Camden. Spacerowali ulicami i mijali właśnie wystawę second handu. Kurtka wisiała na wystawie. Niebieska, sprana, wąska, używana kurtka dziewczynki, która bawi się jeszcze lalkami. Trzydzieści funtów. Hortense zawiesiła na niej wzrok. Chciała ją mieć. Była dla niej. Otwarła portmonetkę i policzyła, że nie wystarczy jej pieniędzy. Nie zapłaciła jeszcze swojej części za prąd. Dziewięćdziesiąt funtów... Pogłaskała kurtkę wzrokiem, odwróciła głowę i poszła dalej, zachowując w pamięci jej obraz. Jest stworzona dla mnie, szukam jej od miesięcy, dokładnie taką chciałabym mieć... Myślała o niej tak mocno, że aż się potknęła. Gary złapał ją i krzyknął: Hej! Zostań ze mną, nie chcę cię stracić! Wziął ją za ramię. Przytuliła się do niego.

Zatrzymali się, żeby zjeść pizzę. Gary powiedział: Zamów mi *Quattro stagioni* z dużą ilością sera, umieram z głodu, pójdę do toalety. Patrzyła za nim. Podobały jej się jego plecy, sposób chodzenia, omijania stolików i ludzi, jakby zostawiał ich z boku. Lubię tego faceta, bo nikogo nie potrzebuje. Lubię tego faceta, bo nie stara się podobać. Bo ubiera się byle jak, a mimo to jest elegancki. Lubię eleganckich ludzi, którzy nie kalkulują, nie spędzają godzin przed lustrem, byłoby mi tak ładnie w tej dżinsowej kurteczce, nosiłabym ją do czerwonych szpilek i czarnej sukienki, albo do czarnych wąskich spodni i repetto. Och! Jak bardzo chciała ją mieć! Aż dech jej zapierało. Ale jeżeli nie zapłaci swojej działki za prąd, ajatollah znowu będzie prawił jej kazania i zatruwał życie.

Zamówiła dwie pizze z dużą ilością sera i dwie kawy. Narysowała na papierowym obrusie kurteczkę pozostawioną na wystawie. Dorysowała dwa ramiona, które wyciągały się do niej... Kurteczka była sprana akurat w sam raz. A kołnierz? Zdążyła zauważyć kołnierz. Doskonały. I mankiety też. Doskonałe mankiety... Można by je podwinąć.

Mam dość tego, że stale mi brakuje pieniędzy, wymamrotała, odkładając ołówek, odrywając kawałek papierowego obrusa, drąc go na drobne kawałeczki, które rozsypała na ziemi.

Cóż robi ten Gary? Stoi w kolejce do toalety? Chętnie zwędziłaby mu szalik...

Wrócił z brązową papierową torbą, położył ją na stole. Znalazłem to w kiblu, powiedział, popatrz, co jest w środku. Odbiło ci! skwitowała, wzruszając ramionami. Zamówiłam pizze i dwie kawy. Nie, czuję się świetnie, spójrz... Otwarła torbę czubkami palców z pełną niesmaku miną. To była ta dżinsowa kurteczka. Hortense miała łzy w oczach.

– Och! Gary... Skąd wiedziałeś, że...

– Myślisz, że będzie dobra?

Włożyła ją.

– Nie jest trochę za mała? – spytał.

– Jest doskonała! Zabraniam ci krytykować moją kurteczkę!

Nie zdejmowała jej przez całe popołudnie i całą noc. I całymi tygodniami nie chodziła w niczym innym.

Chwyciła kurtkę dżinsową. Schowała w niej nos. Przypomniała sobie tamten dzień. Szli, trzymając się za ręce, przemierzając brukowane ulice Camden. Szperali po straganach w poszukiwaniu dziwnego przedmiotu. Starego śmigła samolotu lub modelu statku. Gary szukał prezentu urodzinowego dla kolegi. Jak też on miał na imię? Zapomniała. Ale pamiętała lśniącą kostkę brukową, na której się ślizgała, swoją dłoń w dłoni Gary'ego i dżinsową kurteczkę, która piła ją trochę w ramionach. Pomyślała: Co on teraz robi? Dlaczego nie dzwoni? Po co ta ciągła wojna? Wzięła czarną sukienkę z zamkami błyskawicznymi. Uszyła sobie prototyp wyłącznie dla siebie. Z elastycznego, bardzo opinającego materiału. Nie mogła w niej prawie oddychać. Włożyła ją. Wyszczotkowała długie włosy, namalowała dwie długie czarne kreski, które podkreślały zieleń jej oczu, biel, olśniewającą biel jej cery, czerwień, ostrą czerwień jej ust. Założyła wysokie różowe sandały. Co jeszcze? zastanawiała się, patrząc w lustro. Drobny detal, który wszystko zmieni. Gdzie drobny detal? Podwinęła rękawy kurtki, wybrała parę czarnych skórzanych rękawiczek, które odsłaniały jej nadgarstki. Wielką broszkę z Topshop, którą przypięła do kołnierza kurtki. Cofnęła się o krok. Doskonale.

Chwyciła wielką torbę. Zakołysała nią, żeby ocenić efekt. Lepiej niż doskonale.

Długi czarno-biały szalik. Okulary słoneczne.

I w drogę do sławy!

Wskoczyła do taksówki, kazała się zawieźć do Sketcha. Przywitała się przy wejściu z bramkarzem, który wpuścił ją bez kolejki, witając okrzykiem: *Hi, honey!* Zawsze równie piękna i podniecająca! Zaszczyciła go doskonałym uśmiechem, uśmiechem kota, który zabija z bliska. Miał rację, była piękna, podniecająca, czuła to, idąc, wszystko tego wieczoru było doskonałe, wszystko było doskonałe, tylko było jej ciężko na sercu. Czuła jednocześnie ciężar i pustkę. Mam średnią osiemdziesiąt siedem procent i mój projekt uznano za projekt roku, pomyślała, aby się ożywić, i mocno pchnęła biodrem drzwi, jakby chciała się pozbyć zbyt ciężkiego czy zbyt pustego serca.

Wchodząc, zderzyła się z jakimś mężczyzną. Przeprosił ją. Spytał: Znamy się? Odparła: To trochę zgrany chwyt, nie? Uśmiechnął się. Oglądnął ją od stóp do głów, nie spiesząc się. Uśmiechnął się znowu, tym razem chłodno.

– Podoba mi się styl pani ubioru... Sama to pani wymyśliła?

Popatrzyła na niego zaintrygowana.

– To znaczy czarną sukienkę z zamkiem z przodu i z tyłu, przykrótką kurtkę dżinsową, podwinięte rękawiczki, broszkę, wielki szalik...

Szeroko otwarła oczy.

– No tak... Sukienkę sama zaprojektowałam... Dla H&M – skłamała z przekonaniem. – Zamówili u mnie ten projekt. Zamierzają oprzeć na nim swoją zimową kolekcję.

Popatrzył na nią z szacunkiem.

– A jest pani taka młoda.

– I co z tego?

– Ma pani rację. To zabrzmiało idiotycznie.

– Nie musiał pan tego mówić.

– Pracuję w Banana Republic. Jestem szefem działu projektowania. Bardzo mi się podoba pani styl... Proponuję pani układ. Przyjdzie pani na dwa miesiące do Banany, będzie pani wymyślała, a ja będę pani płacił. Bardzo dobrze pani zapłacę.

– Ma pan wizytówkę?

– Tak.

Podał jej wizytówkę. Przeczytała nazwisko, stanowisko, Banana Republic.

– Mogę ją zachować?

– Nie odpowiedziała mi pani.

– Mam agenta, proszę do niego zadzwonić, przekaże panu moje warunki.

– Poda mi pani jego nazwisko i namiary? Zadzwonię do niego jutro z samego rana. Powinna pani zacząć od lipca. Będzie pani wolna?

Podała nazwisko Nicholasa i jego telefon. Ledwie zdąży go uprzedzić.

– On zajmuje się moimi kontraktami.

– Ma pani czas na drinka?

Hortense zastanowiła się. Mężczyzna robił wrażenie uczciwego, a wizytówka wyglądała poważnie.

– Uprzedzę koleżankę, która na mnie czeka, a potem spotkamy się przy barze, dobrze?

Odeszła na bok, sprawdziła, czy za nią nie patrzy, skręciła, skierowała się w kierunku toalet, zamknęła drzwi i zadzwoniła do Nicholasa.

– Dostałam propozycję pracy na lato! Wreszcie coś mam! Dwa miesiące w Banana Republic, chodzi o projektowanie! Nie o układanie pudełek w piwnicy i naklejanie etykiet, ale o wymyślanie nowej kolekcji! Prawda, że to wspaniale, Nico, nie uważasz, że to wspaniale?! I pomyśleć, że nie chciało mi się wychodzić dziś wieczorem! O mało nie zostałam w domu!

Chciał poznać szczegóły.

– Nic więcej nie wiem. Powiedziałam, że jesteś moim agentem i zadzwoni jutro, żeby przedyskutować kwotę, warunki i całą resztę. Zadzwonisz do mnie natychmiast, jak skończysz z nim rozmawiać, dobrze? Uszczypnij mnie, uszczypnij, nie mogę w to uwierzyć!

– Widzisz, moja ślicznotko, nie wolno tracić nadziei. Mówiłem przecież, że w świecie mody wszystko może się zdarzyć w mgnieniu oka.

– Poczekajmy, aż podpiszemy umowę. Sprzedaj mnie jako wschodzącą gwiazdę, niech się zacznie ślinić.

– Możesz na mnie liczyć!

Podeszła do mężczyzny stojącego przy barze. Nazywał się Frank Cook. Był wysoki, suchy, o delikatnych rysach twarzy, włosach lekko siwiejących na skroniach i wyćwiczonym wzroku handlarza koni. Miał pewnie czterdzieści, czterdzieści pięć lat. Nosił obrączkę i granatową płócienną marynarkę.

– Nie mam dużo czasu, jestem umówiona – powiedziała Hortense, siadając na krześle. Wysokim czerwonym krześle przy barze z oparciem w kształcie serca.

Jej tupet zrobił wrażenie na mężczyźnie, który zamówił butelkę szampana.

– Pracowała już pani dla dużej firmy?

– Może jestem młoda, ale mam doświadczenie. Ostatnio pracowałam dla Harrodsa. Zrobiłam dla nich dwie witryny na temat detalu w modzie. Wszystko wymyśliłam, wyreżyserowałam, były wspaniałe. Na wystawach wypisano wielkimi literami moje nazwisko, Hortense Cortès. Można było je oglądać przez dwa miesiące i dostałam masę propozycji. Właśnie analizuję je z moim agentem.

– U Harrodsa! – wykrzyknął mężczyzna. – Będę musiał zaproponować pani znacznie więcej, niż zamierzałem.

W jego wzroku dostrzegała błysk kpiny, ale także życzliwości.

– Wypadałoby – stwierdziła Hortense. – Nie pracuję za friko.

– Nie wątpię. Nie wygląda pani na dziewczynę, którą można lekceważyć.

– I nikt mnie nigdy nie lekceważył!

– Przepraszam... Czy była już pani w Nowym Jorku?

– Nie, dlaczego pan pyta?

– Bo nasze biura są w Nowym Jorku i jeżeli się dogadamy, to tam będzie pani pracować. W sercu Manhattanu, w naszym biurze designu.

Nowy Jork. Poczuła się tak, jakby dostała cios w splot słoneczny. Przyjęła go i oparła się mocniej na krześle. Dech jej zaparło.

– Chyba wspominał pan o drinku?

Chciała się czegoś napić, żeby rozluźnić węzeł, który ściskał jej gardło. Nowy Jork, Nowy Jork. Central Park, Gary. Wiewiórki są smutne w poniedziałki...

– Kelner! – rzucił do gościa, który uwijał się za barem.

– Dostaniemy tę butelkę czy nie?

Kelner krzyknął, że już ją przynosi, i wkrótce przed Hortense i Frankiem Cookiem pojawiła się butelka i dwa kieliszki.

– Wypijemy za nasz sukces? – spytał mężczyzna, nalewając szampana do kieliszków.

– Wypijemy za mój sukces – poprawiła Hortense, która zastanawiała się, czy to nie sen.

Nie czuła już pustki ani ciężaru w sercu.

*

To stało się ich zwyczajem. We wtorki i czwartki po południu Joséphine przychodziła do pana Boissona do wielkiego salonu ze smutnymi meblami z kolumienkami. O czternastej pani Boisson wychodziła na brydża, droga była wolna. Joséphine dzwoniła, pan Boisson ją wpuszczał. Przygotowywał tacę z napojami. Białe wino, sok ananasowy, czerwone martini. Nalewał sobie starego bourbona śmiesznej marki, nazywał go „moim żółciutkim".

– Nie mam prawa pić, gdy żona jest w domu. Mówi, że są na to odpowiednie pory, a ja nigdy nie miałem odwagi zapytać, jakie to pory.

Uśmiechał się. Patrzył na nią. Dodawał:

– Niemal od pięćdziesięciu lat się nie uśmiechałem!

– Szkoda.

– Z panią czuję się lekki, mam ochotę mówić głupstwa, zapalić papierosa, napić się żółciutkiego...

Wyciągał się na prążkowanej kanapie w stylu Napoleona III, brał kieliszek żółciutkiego, tabletki, popijał pastylki bourbonem, tracił równowagę, podkładał sobie małą poduszkę pod głowę i opowiadał. Opowiadał o swoim dzieciństwie, rodzicach, salonie rodziców i odziedziczonych meblach, których nigdy nie lubił. Joséphine byłą zdziwiona łatwością, z jaką się zwierzał. Wydawało się, że sprawia mu to prawdziwą przyjemność.

– Proszę, niech mi pani zadaje wszystkie pytania, jakie przychodzą pani do głowy. Czego chciałaby się pani dowiedzieć?

– Jaki pan był, gdy pan miał siedemnaście lat?

– Byłem smutnym, ograniczonym mieszczuchem. Granatowy blezer, szare spodnie, krawat i wełniane swetry robione przez matkę... Ohydne swetry. Granatowe lub szare. Nie wyobraża pani sobie, jaka była Francja i świat w tamtych czasach... to znaczy przynajmniej tak sądziłem, siedząc zamknięty w domu... Sądzę, że byli ludzie, którzy świetnie się bawili, ale z perspektywy mojego salonu wszystko było ponure i napuszone! Zupełnie inne niż dzisiaj. Francja dalej żyła tak jak w dziewiętnastym wieku. W jadalni stało olbrzymie radio, a przy stole słuchaliśmy wiadomości. Nie miałem prawa się odezwać. Słuchałem. Zastanawiałem się, na ile mnie to dotyczy. Miałem wrażenie, że nic nie znaczę. Nie miałem poglądów ani przekonań. Byłem czymś w rodzaju tresowanej małpy, powtarzałem to, co mówili rodzice, a nie było to wesołe... Właśnie podpisano układy w Évian i kończyła się wojna w Algierii. Nie wiedziałem, czy to dobrze czy źle. Premierem był Pompidou, a generała de Gaulle'a o mało nie zastrzelono w Petit-Clamart. Pamiętam, że organizator zamachu, zwolennik Algierii francuskiej, nazywał się Bastien-Thiry. Został rozstrzelany jedenastego marca sześćdziesiątego trzeciego roku. Generał odmówił mu prawa łaski. Moi rodzice byli zagorzałymi gaullistami, uważali, że generał miał rację. Bastien-Thiry był winny i został skazany. Ministrem kultury był André Malraux. Wysyłał *Monę Lizę* do rozmaitych krajów na świecie. Ojciec mówił, że francuscy podatnicy płacą za to miliony... Wojna w Wietnamie jeszcze się nie zaczęła, John Kennedy był prezydentem Stanów Zjednoczonych, a Jacky ikoną. Kobiety odważnie nosiły jej słynny kapelusik i bardzo obcisłe, proste spódnice. W tamtych czasach kobiety były albo matkami, albo sekretarkami. Nosiły gorsety elastyczne i szpiczaste staniki jak pociski. Wiceprezydentem był Lyndon Johnson. To był okres kryzysu kubańskiego. Chruszczow zdjął but w siedzibie ONZ w Nowym Jorku i walił nim w mównicę... Widzieliśmy to w telewizji. Obraz był czarno-biały i skakał. Trwała zimna wojna, więc cały świat wstrzymał oddech. W liceum mówiono nam o konflikcie światowym, wojnie atomowej, zapewniano, że trzeba przygotować się na najgorsze. Młodzi nie istnieli, dżinsy nie istniały, nastolatkowie mieli słuchać tej samej muzyki co ich rodzice: Brassensa, Brela, Aznavoura, Treneta, Piaf. W gazetach pojawiały się pierwsze reklamy rajstop dla dziewcząt i moja matka mówiła, że to niesmaczne. Dlaczego? Nie wiem... Wszystko, co nowe, było niesmaczne! Rodzice czytali *Le Figaro*, *Paris Match* i *Jours de France*. Jako dziecko mogłem kartkować *Journal de Mickey*, a potem nie było już nic... To był świat stworzony wyłącznie dla dorosłych. Kieszonkowe właściwie nie istniało, młodzież nie miała żadnej siły nabywczej. Podporządkowywaliśmy się. Nauczycielom, rodzicom... A jednak czuło się coś w powietrzu. Panowała równocześnie szalona chęć życia, jak i przeświadczenie, że nic nigdy się nie zmieni. Ludzie palili jak smoki, nie wiedzieli, że to szkodliwe dla zdrowia. Ja opychałem się cukierkami Kréma, drażami kokosowymi, pastylkami owocowymi. Kiedy rodzice mieli gości, puszczali tak zwane longplaye. Były też single. Kupiłem płytę Raya Charlesa, *Hit the Road, Jack,* tylko po to, żeby zdenerwować rodziców. Matka mówiła, że Ray Charles jest godnym szacunku czarnuchem, bo jest ślepy. Podsłuchiwałem, chowając się za drzwiami. Nieraz tańczyli... Kobiety miały na głowie szopę, nosiły bliźniaki i wysokie obcasy. Ojciec kupił panharda. W niedzielę jeździliśmy po Polach Elizejskich samochodem. Malraux zaczął odnawiać czarne paryskie fasady i ludzie krzyczeli, że to skandal. Byłem rozdarty między pełnym konwenansów światem moich rodziców a tym, który jak się domyślałem, właśnie się rodził, ale do niego nie należałem. Idolem był Johnny Hallyday, nucono *Retiens la nuit,* Claude François śpiewał *Belles, belles, belles,* Beatlesi święcili triumfy z *Love me do* i występowali w Olympii jako support Sylvie Vartan razem z Trinim Lopezem. Nie pozwolili mi pójść na koncert... Słuchałem po kryjomu w swoim pokoju *Salut les copains.* Chowałem radio tranzystorowe za wielkim słownikiem łacińsko-francuskim Gaffiota, na wypadek gdyby weszła matka. Mama słuchała słuchowiska w odcinkach *Ça va bouillir!* Zappy'ego Maxa w Radiu Luksemburg, ale za nic w świecie by się do tego nie przyznała! Do kina chodziło się na *West Side Story, Lawrence'a z Arabii, Jules'a i Jima.* Historia trójkąta Truffauta uważana była za perwersyjną! To były lata Brigitte Bardot, uważałem, że jest taka piękna. Beztroska i lekka. Powtarzałem sobie, że ona jest wolna, wolna i szczęśliwa, miała masę kochanków i spacerowała nago, a potem dowiedziałem się, że próbowała popełnić samobójstwo... Marilyn Monroe zmarła piątego sierpnia sześćdziesiątego drugiego roku. Pamiętam, to był szok... Była jednocześnie seksowna i smutna. Myślę, że dlatego właśnie ludzie ją uwielbiali. Przeżywałem to wszystko intensywnie, ale z daleka. Fale życia zewnętrznego nie docierały do naszego salonu. Byłem jedynakiem i dusiłem się. Świetnie się uczyłem, zdałem maturę z wyróżnieniem i tata oświadczył, że będę studiował na politechnice. Tak jak on... Nie miałem dziewczyny, na wieczorkach tanecznych podpierałem ściany... Pamiętam, że na swoją pierwszą prywatkę przyjechałem na tylnym siedzeniu solexa kolegi, lało jak z cebra i dotarłem przemoczony! Pierwszą płytą, którą usłyszałem po przyjściu, było *I Get Around* Beach Boysów i miałem szaloną ochotę tańczyć. Ale nie śmiałem... Powtarzam, nie miałem krzty odwagi... A potem przyjaciel rodziców zaproponował mi staż na planie *Szarady*, nie wiem, dlaczego rodzice się zgodzili. Myślę, że matka bardzo lubiła Audrey Hepburn, uważała, że jest elegancka, subtelna, cudowna. Chciała być do niej podobna... I tak właśnie go spotkałem.

Joséphine słuchała. Kupiła gruby, gładki skoroszyt i notowała. Chciała wiedzieć wszystko. Poznać każdy najdrobniejszy detal. Zapamiętała lekcję Cary'ego Granta: „Trzeba co najmniej pięciuset szczegółów, żeby zrobić dobre wrażenie" i domagała się setek detali, aby jej historia ożyła, a postaci wyglądały jak rzeczywiste. Żeby wywołać uczucie, iż poruszają się przed oczyma. Wiedziała, że aby opowieść miała ręce i nogi, trzeba wypełnić ją detalami. „Nie abstrakcyjnymi słowami, wyłącznie konkretami" – zapewniał Simenon. Przeczytała jego *Pamiętniki*. Wyjaśniał, jak budował poszczególne postaci, dodając detale. Potem intryga toczyła się już sama, jak za dotknięciem magicznej różdżki. Akcja powinna wypływać z wnętrza bohaterów, a nie być narzucona z zewnątrz. Joséphine liczyła, że pan Boisson poda jej detale, aby mogła ożywić Młodzieńca.

Opowiadał. Leżąc na kanapie, z uniesionymi lekko nogami, łapiąc ręką poduszkę, gdy spadała. Taca z butelką bourbona, krople i tabletki na wyciągnięcie ręki. Na przemian sięgał po wodę, tabletki i alkohol, przypominał w tym nieco chorowitego nastolatka, który pije, ukrywając to przed rodzicami. Patrzyła na cienkie włoski na karku, przezroczystą skórę. Wzruszała ją jego kruchość. Wspomniała zdanie

Stendhala: „Trzeba potrząsnąć życiem, w przeciwnym razie nas zeżre". Pan Boisson przywodził na myśl człowieka ogryzionego. Rybi szkielet...

Często miała wrażenie, że wraca do przeszłości i zapomina, że ona siedzi na krześle w salonie. Zamykał oczy, przenosił się na plan zdjęciowy, do apartamentu hotelowego Cary'ego Granta, na balkon, z którego oglądali Paryż. Czekała chwilę i zwracała się do niego łagodnym głosem:

– Czy opowiadał panu o swoim kraju, o ludziach, reżyserach, aktorach i aktorkach?

Nie zawsze odpowiadał precyzyjnie. Rozmarzony mówił do siebie:

– W niektóre wieczory, gdy wracałem do domu po spotkaniu z nim, byłem tak pijany szczęściem, że nie miałem już siły pisać w czarnym notesie. A poza tym zapisywałem tylko to, co wiązało się ze mną. Reszta niewiele mnie obchodziła. Sądzę, że byłem zazdrosny o wszystko, co go otaczało. Wstydziłem się, że jestem taki niezdarny. Pamiętam, któregoś wieczoru... nie zapisałem tego w notesie... któregoś wieczoru zabrał mnie na przyjęcie. Spytał z uśmiechem: Chcesz poznać ludzi kina? Pokażę ci ich. Znalazłem się w wielkim mieszkaniu przy rue de Rivoli. W bardzo dużym bielutkim mieszkaniu, którego ściany pokrywały obrazy i książki o sztuce. Byłem jedyną młodą osobą. Ludzie mówili po angielsku. Byli bardzo dobrze ubrani, kobiety w sukienkach koktajlowych, a mężczyźni w krawatach, marynarkach i wyglansowanych butach. Dużo pili, głośno rozmawiali. Mówili o miłości jak o bardzo ważnym temacie filozoficznym, bez przerwy powtarzali: seks, seks. Kpili z mieszczańskich konwenansów, absurdalnego poczucia własności, które wywołuje miłość, tak że poczułem się zaatakowany. Jakby krzyczeli mi w twarz, że jestem naiwny. Obserwowałem ich. Pili, palili, mówili o malarzach, których nie znałem, o płytach jazzowych, sztukach teatralnych. Była tam jedna kobieta, która gdy tylko się odezwałem, wybuchała śmiechem. Widziała, jak wchodzę z Carym, i natychmiast uznała mnie za czarującego. Miała na imię Magali, mówiła, że jest aktorką. Brunetka z włosami do ramion, dwoma grubymi czarnymi kreskami tuszu na powiekach, w zielonym swetrze z cekinami. Mówiła o Paryżu, Rzymie, Nowym Jorku, wyglądało na to, że dużo podróżuje. Znała masę ludzi związanych z kinem i proponowała mi pomoc w znalezieniu kolejnego stażu. Powtarzałem: Tak, tak. Myślę, że chciałem być taki jak ona, swobodny, wyrafinowany. Sprawiała wrażenie, że naprawdę się mną interesuje, i poczułem się bardzo interesujący. Pomyślałem: Udało mi się! Jestem jak ci ludzie, należę do ich świata. Serce biło mi mocno. Wyobrażałem sobie świetlaną przyszłość w ich gronie. Przyszłość, w której ja też będę mówił nieznoszącym sprzeciwu, pewnym siebie tonem, ja także będę miał zdecydowane poglądy, opinię na każdy temat... A potem... do wielkiego białego mieszkania wszedł jakiś mężczyzna i wszystkie oczy zwróciły się ku niemu. Cary powiedział mi później, że to producent filmowy, bardzo ważny facet, który rządzi Hollywoodem. Wszyscy go otoczyli. Nikt już ze mną nie rozmawiał. Mijali mnie, potrącając, nie przepraszając, nie patrząc mi w oczy. Stałem się przezroczysty. Wtedy zadałem sobie pytanie: Co ja tu robię? Gruby facet z brodą usiadł koło mnie, spytał, ile mam lat, co studiuję i jak widzę swoją przyszłość za dziesięć lat. Nawet nie zdążyłem odpowiedzieć, gdy wstał i poszedł po drinka. Po dziesięciu minutach wrócił i znowu spytał, ile mam lat, co studiuję i jak widzę swoją przyszłość za dziesięć lat... Krótko mówiąc, miałem tego coraz bardziej dość. Nic nie powiedziałem Cary'emu, wziąłem płaszcz i wyszedłem. Musiałem wracać na piechotę, bo metro już nie jeździło. To przyjęcie było straszne. Tego wieczoru zrozumiałem, że nigdy nie będę należał do jego świata. Nigdy więcej o tym nie rozmawialiśmy i nigdy więcej nie zabrał mnie na żadne przyjęcie. Zresztą wolałem, gdy byliśmy sami. Z nim nigdy nie czułem, że jestem głupi. Nawet jeśli nie rozmawialiśmy, jeśli siedzieliśmy tylko w milczeniu... To zdarzało się coraz częściej, a gdy się dziwiłem, klepał mnie po ramieniu i wykrzykiwał: Przecież nie zawsze ma się ochotę rozmawiać, *my boy*!

– Miał rację, prawda?

– Mógł milczeć godzinami. Z Howardem Hughesem spędzali całe wieczory, nie zamieniając ani słowa. Przychodził do niego, pił, palił, czytał książkę, nie odzywając się. Kiedy rozmawiali, Howard Hughes dawał mu rady. Mówił, że ma zbyt wysokie mniemanie o kobietach, że one go nie kochają, tylko gonią za jego pieniędzmi i sławą. Myślę, że zawsze było mu bliżej do mężczyzn niż do kobiet, ale tego nie mówił, pewnie sądził, że jestem za młody. W gruncie rzeczy był dużo bardziej skomplikowany, niż to okazywał.

– To właśnie powiedziała panu jego garderobiana, pamięta pan? „Zobaczyć go znaczy pokochać, a pokochać go znaczy nigdy nie poznać".

– Im częściej się z nim widywałem, tym mniej go znałem, a bardziej kochałem... I traciłem grunt pod nogami. Pewnego dnia wyznał mi, że pewien facet z Hollywood go nienawidzi. To był Frank Sinatra.

– A dlaczego?

– Kręcili razem film. *Dumę i namiętność* Stanleya Kramera. Zdjęcia zaczęły się w kwietniu pięćdziesiątego szóstego roku i pod koniec pierwszego tygodnia Cary był już szaleńczo zakochany w swojej partnerce, Sophii Loren. Z wzajemnością. Miała zaledwie dwadzieścia dwa lata, on był o trzydzieści lat starszy, a poza tym była już związana z Carlem Pontim. Nie powstrzymało to Cary'ego! Zaproponował jej małżeństwo. Nie powiedziała od razu nie... Przeżyli szaloną miłość. Nie mogli przerwać scen, w których się całowali. Reżyser krzyczał: Stop! Stop! A oni dalej się całowali. Frank Sinatra zieleniał z zazdrości! On też miał słabość do pięknej Sophii i liczył, że wyląduje z nią w łóżku. Zaczął więc opowiadać, że Cary jest ukrytym homoseksualistą, i Sophia zbluzgała go przy wszystkich: Stul pysk, włoski kretynie. I Sinatra wściekły opuścił plan. Zostawił całą ekipę! Nie wrócił... Cary musiał skończyć film, mówiąc do wieszaka, który miał przedstawiać Sinatrę! Opowiedział mi to ze śmiechem w wielkim apartamencie hotelowym i nie wiem, dlaczego poczułem się strasznie zmieszany. Pomyślałem, że może Sinatra miał rację i Cary woli mężczyzn... A przecież bez przerwy się żenił! Miał pięć żon!

– To nic nie znaczy – powiedziała Joséphine. – W Hollywood homoseksualizm był bardzo źle widziany. Wielu aktorów żeniło się, aby to ukryć.

– Wiem i myślę, że wtedy też o tym wiedziałem... Mimo że byłem niewinny, wiele rzeczy mnie intrygowało. Na przykład jego długoletnia przyjaźń z Randolphem Scottem. Mieszkali przecież razem przez dziesięć lat i byli nierozłączni. Zabrał go nawet w podróż poślubną, gdy ożenił się po raz pierwszy z Virginią Cherrill! Ale sądzę, że nie dopuszczałem tego do siebie. Wystarczająco straszna była dla mnie świadomość, że kocham mężczyznę, a gdybym miał jeszcze kochać mężczyznę „innego", jak się wówczas mówiło, byłaby to dla mnie kompletna tragedia... Wolałem chwile, gdy się razem śmialiśmy. To był bardzo zabawny człowiek. Z każdego drobiazgu umiał zrobić komedię. Twierdził, że trzeba się uśmiechać do życia, żeby ono się do nas uśmiechnęło. Ciągle to powtarzał. Naprawdę miał talent w tym kierunku. Kiedy skarżyłem się na rodziców, potrząsał mną: Przestań jęczeć! Przyciągniesz wszystkie nieszczęścia, jakie się pałętają... Rozweselał mnie. Uczył elegancji. Miał mistrza w tej dziedzinie, był nim wielki Fred Astaire. Zapewniał, że nie było człowieka elegantszego od niego. Fred Astaire pastował buty ziemią z Central Parku, śliną i woskowiną! Cary wszystko robił tak jak on. Zamawiał garnitury u londyńskiego krawca z Savile Row, wyjmował je z pokrowców, zwijał w kłębek i rzucał na podłogę. Muszą żyć, zniszczyć się, nie chcę, żeby wyglądały na zupełnie nowe, to wieśniactwo! Tego też nauczył się od Freda Astaire'a. Więc graliśmy w piłkę jego nowiutkimi garniturami. Podrzucaliśmy je w górę, kładliśmy się na nich, chwytaliśmy je, miętosili, upuszczali na podłogę i w końcu wykończeni gratulowaliśmy sobie, żeśmy zmaltretowali te pretensjonalne garnitury. Ależ im się dostało, co, *my boy*? Już nigdy więcej nie będą aroganckie! Posiadał tę bardzo szczególną sztukę czynienia życia lekkim. Kiedy wracałem do rodziców i ponurego mieszkania, miałem wrażenie, że wchodzę do trumny... Zadawałem sobie masę pytań. Sam nie wiedziałem już, gdzie jestem, do jakiego świata należę. Odgrywałem rolę wzorowego syna w domu i odkrywałem życie z Carym. To było naprawdę mocne przeżycie, wie pani. Wszystko w tej historii było mocne... A koniec! Mój Boże! Koperta, którą wręczył mi portier w hotelu... Nigdy nie czytałem takiego listu! Listu od mężczyzny, którego kochałem... Prawdziwy ceremoniał. Nie wiem, jak inaczej można czytać list od ukochanej osoby... Chyba że jest się niegodnym jej miłości! Nie chciałem, żeby cokolwiek zakłóciło lekturę. Niektórzy ludzie czytają listy miłosne, odbierając telefon, rozmawiając z kolegami, oglądając mecz piłki nożnej, robiąc sobie drinka, pogryzając udko kurczaka, kładą list, znowu biorą go do ręki, czytają z obrzydliwą obojętnością... Ja czytałem w skupieniu. Sam w pokoju. Bez żadnego hałasu, bez niczego, co mogłoby mnie rozpraszać. Przeczytałem każde słowo, każde zdanie... Zbyt wiele uczuć pięło się od mojego serca do oczu...

Jego prawe ramię ześliznęło się i kołysało w powietrzu. Podkurczył nogi.

– Po tym liście byłem zrozpaczony. Zdałem egzamin konkursowy na politechnikę. Dostałem się. Studia minęły jak sen, koszmarny sen. Pozostała mi tylko Geneviève, aby zatrzymać go przy sobie. Pobraliśmy się... Resztę pani zna. Unieszczęśliwiłem ją. Nie miałem o tym nawet pojęcia. Nie istniało nic poza moim smutkiem, uczuciem, że życie wymknęło mi się z rąk i resztę czasu spędzę jak żywy trup.

Wziął kieliszek, wypił łyk „żółciutkiego", połknął dwie tabletki.

– Bierze pan za dużo tabletek.

– Tak, ale nie kaszlę. Mogę pani opowiadać. Wrócić do tych wspaniałych wspomnień. Życie minęło tak szybko... Miałem siedemnaście lat, a potem sześćdziesiąt pięć... Moje życie minęło o, tak... – Strzelił palcami. – Nijak go nie spożytkowałem. Puste lata. Nic nie pamiętam. Oprócz wąsika Geneviève i jej skupionej miny, gdy mnie słuchała. Naszej podróży do Kalifornii i tej króciutkiej chwili, kiedy na powrót ożyłem.

– A pana dzieci? Nic pan do nich nie czuje?

– Z całą pewnością dziwiłem się, że byłem w stanie je spłodzić. Ale poza tym zaskoczeniem nic nie czułem... Patrzyłem na zaokrąglający się brzuch żony i wydawało mi się to dziwaczne. Zastanawiałem się, czy rzeczywiście ja to zrobiłem. A potem przyszli na świat... Pamiętam, że bardzo cierpiała. Nie rozumiałem. Pytałem: A jak cię boli? I żona piorunowała mnie wzrokiem. Bo to prawda. My, mężczyźni, nie potrafimy sobie wyobrazić, jak to jest. Kiedy pokazano mi ich na porodówce... czułem się tak, jakby nie mieli związku ze mną, byli czymś abstrakcyjnym. Nigdy nie przybrali realnych kształtów. Zawsze patrzyłem na nich z daleka... Jako niemowlęta wydawali mi się paskudni, a później nie zrobili nic, żeby mnie sobie zjednać, zbliżyć się do mnie.

– Ależ to pan powinien był się do nich zbliżyć! – wykrzyknęła oburzona Joséphine. – Niemowlęta są cudowne...

– Tak pani uważa? Na mnie nigdy nie robiły wrażenia. To straszne, prawda? Tak było... Nie czułem nic. Do nikogo.

Nie wiem, co pani zrobi z tym, co pani opowiadam. Naprawdę nie jestem interesującą postacią. Będzie pani musiała wykazać się sporym talentem.

Zbliżała się pora powrotu do domu. Jego żona miała się niedługo zjawić. Patrzył na zegarek. Joséphine wstawała. Chowała gładki skoroszyt, długopis. Odnosiła tacę do kuchni. Myła kieliszek i szklanki, wycierała je, chowała butelki, żeby żona niczego się nie domyśliła.

Patrzył, jak się krząta, z trudem oddychając. Mówił: Kręci mi się w głowie, chyba odpocznę.

Zamykała cichutko drzwi i zostawiała go leżącego na kanapie ze wspomnieniami, które przypominały film puszczany ze starego projektora na białe prześcieradło.

Przychodziła znowu po kilku dniach, wracali do rozmowy. Zawsze wiedział, w którym momencie przerwał. Miał znakomitą pamięć, jeśli chodzi o własne uczucia. Jakby posegregował je w teczkach, a teraz wyjmował. Myślała, że musiał całe życie spędzić na wspominaniu.

Przychodziła, ale coraz mniejszą miała ochotę siadać naprzeciw niego w ponurym salonie. Wyjmowała skoroszyt, długopis, niewiele notowała. Pił „żółciutkiego", a nieraz sięgał po papierosa. Camela.

– Panie Boisson! Nie powinien pan palić!

– Biorąc pod uwagę, ile mi życia zostało...

Brał długą lufkę, pokazywał pozłacaną zapalniczkę, zapalał papierosa, wzdychał z rozkoszy, po czym następował kolejny atak kaszlu.

– Widzi pan, szkodzi to panu.

– To jedyna przyjemność, jak mi pozostała – mówił z miną zmartwionego księgowego. – Czy opowiadałem pani, jak Cary brał LSD?

– Nie!

– Chodziło o psychoterapię. Chciał przepracować swoje dzieciństwo, relacje z rodzicami i konsekwencje, jakie wywarły na kolejne małżeństwa. Myślał, że dzięki halucynacjom wywołanym narkotykiem dotrze do bolesnych wspomnień i oswoi je. W tamtym okresie tę metodę uznawano za najbardziej zaawansowaną; była dozwolona. Przed nim próbowali inni, osoby znane, takie jak Aldous Huxley, Anaïs Nin. Cary twierdził, że narkotyk czyni cuda, że narodził się po raz drugi. W czasie tych dziwnych seansów nauczył się odpowiadać za swoje czyny, nie zwalać winy na innych, odkrył pewne rzeczy, których w innym razie nigdy by nie dopuścił do świadomości. Zapewniał, że introspekcja jest aktem odwagi, aktem podstawowym. Niczego się nie bał...

Powiedział to tonem, w którym pobrzmiewała zazdrość. Tonem, który sugerował: „miał szczęście, nie bał się".

Właśnie to mi przeszkadza, myślała Joséphine, wbijając końcówkę długopisu w białą kartkę.

Ten kawałek zdania wypowiedziany nieco zgorzkniałym tonem, tonem człowieka, który zazdrości drugiemu wolności i zamiast go naśladować, ma mu za złe. Pan Boisson nie powiedział tego z szacunkiem ani z podziwem. W głębi duszy potępiał branie LSD, potępiał kolejne małżeństwa, cichą przyjaźń z mężczyznami. Potępiał tajemnicę Cary'ego Granta.

Bo Cary Grant mu się wymknął...

Bo przed ogrodzeniem swojej posiadłości w Los Angeles wybrał innego młodego człowieka.

Tego dnia pan Boisson stał się człowiekiem zgorzkniałym.

Nie mówił tego, ale to mu się wymykało. Intonacja, urwana myśl, zduszona skarga...

„Mądrzej jest zapalić maleńką lampkę, niż skarżyć się w ciemności", pomyślała Joséphine, przypominając sobie zdanie Hildegardy z Bingen. Pan Boisson nie zapalił żadnej lampki. Jego życie upłynęło bez blasku i ciepła. Upatrywał winy w dzieciństwie, wychowaniu, rodzicach. Nigdy w swoim braku odwagi.

Wolałaby więcej szlachetności, trzeźwości, mniej pobłażania dla siebie. Nie chciała już słyszeć starej śpiewki o zakochanym w gwiazdce robaczku, który wyrzuca jej, że świeci za wysoko. Gryzła zakrętkę od długopisu i z niecierpliwością czekała, aż nadejdzie pora powrotu do domu.

Im dłużej słuchała pana Boissona, tym częściej powtarzała sobie, że jej Młodzieniec, Młodzieniec z powieści, będzie szlachetniejszy, mniej egocentryczny, że wyniesie z tej wspaniałej relacji coś więcej niż tylko wieczne porównywanie, wieczne użalanie się i ten obsesyjny refren, że nie miał szczęścia.

Im dłużej go słuchała, tym mniej miała ochotę go wysłuchiwać.

Im dłużej go słuchała, tym bardziej lubiła Cary'ego Granta.

Pani Boisson niedługo wróci.

Zjedzą we dwoje kolację w milczeniu. Obejrzą program w telewizji, siedząc obok siebie w fotelach, nie odzywając się, po czym pójdą spać.

A niedługo pan Boisson umrze.

Nie zmieniwszy niczego w swoim życiu ani nie podjąwszy najmniejszego ryzyka.

*

Trąbka nie ustępowała: ktoś włamał się do jej szuflady.

– Do jakiej szuflady? – spytał Chaval, siedząc naprzeciw niej w restauracji przy rue Poulbot 5, którą sam wybrał, tuż obok place du Tertre.

Zmusiła go do tego. Zadzwoniła po południu. Jęczała: Nie widuję już pana, zaniedbuje mnie pan, czym zasłużyłam sobie na to nagłe lekceważenie? Odpowiedział: Ależ niczym, moja droga, niczym, martwię się, to wszystko, moja biedna matka słabnie, zżera mnie bezczynność, czas mija... Ludzie mówią, ża czas mija, czas mówi, że ludzie przemijają. Ból jest jak pies, który gryzie tylko biednych. Westchnął, aby podkreślić ogrom swojego smutku i usprawiedliwić nagłą zmianę. Nalegała. Potrzebowała jego pomocy. Pewien szczegół dręczył jej sumienie, musiała porozmawiać z roztropnym mężczyzną. Chaval nadstawił ucha. Szczegół dotyczący firmy? Tak, szepnęła do słuchawki. Natychmiast zaproponował, aby z wybiciem ósmej na dzwonnicy bazyliki spotkali się w restauracji La Butte en vigne.

– Do jakiej szuflady? – powtórzył Chaval, który nie chciał zrozumieć, mimo że rozumiał aż za dobrze.

– Do szuflady w biurku... tej, w której chowam ważne dokumenty. Hasła do kont pana Grobza. Tę teczkę przeszukano, jestem tego pewna.

– Ależ nie! – zaprotestował Chaval. – To niemożliwe. René i Ginette czuwają, a poza tym jest alarm.

– Ktoś się włamał do mojej szuflady – powtarzała Trąbka, patrząc pustym wzrokiem w kartę z wysuniętym do przodu upartym podbródkiem. – Jestem pewna.

– Czyta pani za dużo książek o spiskach, napadach, porwaniach... Trzeba wylać kubeł zimnej wody na tę rozgorączkowaną wyobraźnię – powiedział, kwitując jej słowa machnięciem ręki. – Niech pani raczej poczyta kodeks administracji celnej, a wróci pani na ziemię!

– Sądzi pan, że konfabuluję.

– Nie sądzę, jestem tego pewien! No już! Niech się pani uspokoi!

Potem spytał łagodniejszym głosem:

– Wybrałaś już, moja złociutka brzoskwineczko?

Przebiegała kartę wzrokiem, nie czytając jej, i powtarzała:

– Jestem tego pewna... Zawsze kładę temperówkę na O w nazwisku Grobz. A dziś rano, kiedy otwarłam szufladę, temperówka była na A od Marcela. Nie mogła przecież przesunąć się sama!

– Wybierz danie główne i przystawkę, słodziutka brzoskwineczko! Zapomnij o biurze. Nie pochlebia mi zbytnio, że przynosisz swoje troski z pracy w to czarowne miejsce, w którym zamierzałem ukołysać cię czułymi słówkami. Popatrz, jak ponuro wyglądasz! Sądzisz, że jest mi miło?

Pełnym irytacji gestem zamknął kartę.

Denise Trompet spuściła głowę. Zmuszała się do lektury listy potraw. Uśmiechała się, czytając nazwę przystawki: „Jajka w oślich jądrach à la Creuse". Spuściła ramiona, westchnęła.

– Wygląda to na bardzo smaczne.

– I jest smaczne! Wybrałaś?

– Jeszcze nie.

Każdego ranka, gdy przychodziła do biura, zdejmowała wiszący na szyi kluczyk i otwierała szufladę, aby wyjąć z niej potrzebne dokumenty. Każdego ranka sprawdzała, czy czarna temperówka z dwoma otworami leży na O w nazwisku Marcela Grobza, i każdego ranka się uspokajała. Znikał lęk przed kradzieżą, oskarżeniem o defraudację i przestępstwo. Siadała, uspokojona oddychała z ulgą: nie będzie musiała ponownie przeżywać wstydu związanego z zamknięciem Złotego Prosięcia, a herb Owernii, złoty z czerwoną chorągwią obwiedzioną zieloną obwódką, nie zostanie na nowo zbrukany.

Podniosła bezradnie głowę i próbowała się usprawiedliwić:

– Nie rozumie pan, co przeżyłam jako dziecko. Ta hańba jest wyryta rozżarzonym żelazem na moim czole... Nie chcę nigdy na nowo tego przeżywać. Nigdy!

Jej twarz spurpurowiała, wzrok stał się dziwnie błędny i uporczywy. Chaval obserwował ją z niepokojem.

– Ależ nic się nie stało! Sprzątaczka uderzyła za mocno odkurzaczem albo przesunęła biurko, żeby podnieść jakiś papier...

– To niemożliwe! Waży tonę! Nikt nie jest w stanie go przesunąć! Pan Grobz w żartach mówi, że to mój Fort Knox.

– Albo pani zbyt gwałtownie otwarła szufladę.

– To też niemożliwe! Bardzo uważam.

– A więc postanowiła zepsuć nam pani wieczór, Denise! – powiedział surowo, odwracając głowę.

Grube szare łączenia wielkich kamieni na ścianach przypominały więzienie i sprawiały, że miał ochotę uciec.

– Och, nie! – przeprosiła pospiesznie. – Tak się cieszę, że pan mnie tu zaprosił...

– W takim razie nie mówmy o tym więcej, dobrze? Niech pani skończy z tą dziecinadą. Wybrała pani?

Pokonana spuściła głowę i wybrała na chybił trafił sałatkę z Limousin z kasztanami i duszoną wołowinę.

– Znakomicie – gwizdnął Chaval. – Możemy zatem złożyć zamówienie.

Wezwał kelnera i pogładził wąsik paznokciem kciuka. Niespokojny, zdenerwowany. W całej pełni zasłużyłem na pięćdziesiąt procent, powtarzał sobie, myśląc o Henriette i obserwując drżący dekolt Trąbki, cienki naszyjnik z pereł, który ciążył na zwiotczałym ciele i odciskał się czerwoną pręgą. Henriette w końcu przyjęła jego warunki. Nie było to łatwe, stawiała zażarty opór u stóp Marii Dziewicy i przy świeżych mieczykach, które położył, wchodząc. Walczyła jak skąpiec leżący na szkatułce. Ohydnie kwiczała, dygocząc. Okrada mnie pan, niszczy pan ograbioną kobietę, nędzarkę, która oczy wypłakała. Ciągnęła monolog męczennicy, a Chaval patrzył na nią lodowatym wzrokiem.

– Niech pani nie próbuje mnie oszukiwać! Mam panią na oku – zakończył, wstając. – Będzie mi pani przelewać pieniądze co dwa tygodnie, prześlę pani mój numer konta.

Strzelił obcasami santiagów w kościelne płyty i oddalił się. Opuścił starą kobietę we łzach dla czujnej starej panny. Czym ja sobie zasłużyłem na tyle nieszczęść? jęczał, zagryzając cienkie wargi. Siedząca naprzeciw niego Trąbka nadrabiała miną, usiłując zapomnieć o swoich obawach. Nosiła ohydną sukienkę, jakby wykrojoną ze starych zasłon zdjętych z karniszy podupadłego zamku. Dwa bufiaste rękawy nadawały jej wygląd zmokłej kury. Cienkie włosy zlepione potem przywarły do skroni. Dziś ma plamy wszędzie, pomyślał z niesmakiem. To z emocji, widzi się w kajdankach, w ciemnej celi, gdzie szczury podgryzają jej kostki. Milcząca i uparta mięła serwetkę. Chaval bez trudu odgadywał jej myśli. Szuflada, dokumenty, temperówka, O w słowie Grobz, A w imieniu Marcel, Złote Prosię, które zaczynało kwiczeć, przypominało o hańbie ojca, męczarni matki, wygnaniu na rue de Pâli-Kao, wszystko odżywało w pamięci biednej kobiety.

– Coś dziś pani milcząca – rzucił, wbijając w nią wzrok obrażonego pana.

– Przepraszam, tracę głowę... To dlatego, że tak się boję, że powtórzą się sceny z mojego dzieciństwa! Och, umarłabym! Na pewno bym umarła! Słyszy pan? Nie wie pan, co to pokazywanie palcami, wzrok, który oczernia, szepty za plecami, oskarżenia... Jest pan zbyt szlachetny, żeby to znać.

– Niech pani przestanie konfabulować, Denise.

Kelner przyniósł kartę win. Chaval przyjrzał się liście. Wybiorę mocne, pełne słońca wino, żeby ją uciszyć. Wskazał palcem czternastoprocentowe wino hiszpańskie, a zdziwiony tą decyzją kelner ukłonił się wolno.

– Zobaczy pani, to wyborny szczep.

– Wiem, co zrobię – powiedziała nagle Denise Trompet, otrząsając się z bolesnego letargu. – Powiem panu Grobzowi, żeby zmienił hasła do swoich kont... Tak zrobię! Powiem, że dobrze je regularnie zmieniać, że to konieczny środek ostrożności w obecnych czasach, kiedy roi się od hakerów. Posłucha mnie, pozwoli mi nawet wybrać nowe hasła, jest teraz taki zajęty... Biedny człowiek ugina się pod ciężarem pracy... Chaval myślał z szybkością światła. Oto interesująca informacja! stwierdził w duchu, obserwując zwiotczały podbródek Denise, która drżała z podniecenia. A zatem cieszy się całkowitym zaufaniem Starego! Ma prawo zmienić hasła... Oto broń, którą całkiem niewinnie oddaje do mojej dyspozycji. Pozwolę starej krowie bawić się jakiś czas kontami, potem podszepnę Trąbce, żeby zmieniła hasła, a nowe zachowam dla siebie. Każę jej też zmienić kod do alarmu. Tym sposobem Henriette Grobz zostanie wyeliminowana. Mnie przypadną w stu procentach kabriolety Mercedesa, rzucane na łóżko dziewczyny, ich jędrne ciała w seksownej bieliźnie, okrzyki rozkoszy, wściekłe ruchy bioder...

Wypiął dumnie tors na samą myśl o tej świetlanej przyszłości.

Ale wcześniej musiał odpędzić widmo zagrożenia, które gnębiło Trąbkę.

– Powiem pani całą prawdę, Denise, ponieważ z uporem się pani torturuje... To ja przegrzebałem pani szufladę...

– Pan?!

– Tak, moja złociutka brzoskwinko... Ja, a raczej mój zły duch... Pamięta pani wieczór, kiedy skonfiskowałem pani klucz?

– Tak... – wybąkała przerażona Trąbka.

– Tego wieczoru sądziłem, że mnie pani okłamuje... że ukrywa pani w biurku czułe listy, wyznania rywala, który wzdycha u pani stóp. Tego wieczoru, gdy znikła pani, słodka i lekka, na schodach do metra, poszedłem spać do hotelu, żeby nie budzić mojej drogiej matki. Mówię, że poszedłem spać... – Westchnął przeciągle jak torturowany. – Przez całą noc oka nie zmrużyłem. Jak tylko ogarniał mnie sen, zrywałem się na równe nogi i widziałem naprzeciw siebie rywala, który ze mnie szydził, natrząsając się z moich żałosnych marzeń, moich żarliwych pragnień. Wówczas dopuściłem się występku. Dorobiłem drugi klucz i obiecałem sobie, że któregoś wieczoru sprawdzę tę szufladę...

Trąbka zadygotała. To było takie romantyczne, takie wzruszające. Ten przystojny, elegancki mężczyzna, przedmiot wszystkich jej pragnień, wszystkich marzeń, wyobrażał sobie, że inny mężczyzna stara się o jej względy...

Dłoń jej zadrżała i Denise wyszeptała:

– A zatem kocha mnie pan...

– Pyta pani, czy ją kocham! – wykrzyknął Chaval z udawanym oburzeniem. – Nie kocham pani, ja panią wielbię, jest pani moją madonną, moją nieokiełznaną dziewicą, wibrującym bólem...

Po raz pierwszy w życiu Denise poczuła, że zemdleje. Zaraz poprosi ją o rękę... Jeżeli nadal będzie go odtrącać, przeżuwać ponure myśli, które oddalają go od niej, skrupi się na niej cała jego złość. Wyjdzie, trzaskając drzwiami, a ona pobiegnie szukać schronienia w swoim pokoju i będzie biła głową w mur, aż się zawali.

– Och, Bruno... Proszę nie mówić, że...

– Ależ tak... Denise, kocham panią, pragnę pani i pożądam, płonę ogniem namiętności i przeszukałem tę ohydną szufladę, aby mieć w ręce dowody pani zdrady. Zazdrość jest nienasyconą kochanką. Trzyma człowieka w swoich kleszczach, dręczy go, odkrywa w jego wnętrzu czarną lawinę błota... Dałem się ponieść tej lawinie. Zanurzyłem rękę w bagnie i otwarłem szufladę.

Pokazał długą białą, wypielęgnowaną dłoń. Obrócił ją przed pełnymi łez oczami Denise.

– Nic nie znalazłem! Zostałem ukarany. Okazałem się podwójnie podły. Wątpiłem w pani uczciwość i zakłóciłem pani spokój, przesuwając temperówkę... Czy wybaczy mi pani, mój aniele?

– Bruno... Och, Bruno...

Poczuła, jak świeży powiew wiatru przebiega po jej ciele, westchnęła, podniosła rękę do piersi. Świat wokół niej zawirował i chwyciła brzeg stołu, żeby nie upaść.

Chaval złapał jej dłoń i podniósł ją do ust.

Gdy wargi Brunona dotknęły jej skóry, przeszył ją dreszcz rozkoszy jak ciało dziecka kosztującego po raz pierwszy w życiu kawałka cukru...

– Czy wybaczy pani demonowi, który dręczy moje serce?

– Jest pan moim aniołem...

– Cierpiałem, Denise, cierpiałem... Wierzy mi pani?

Słabo skinęła głową.

– Nie ma pani do mnie pretensji?

Dała mu znak, że nie, i ze straszliwym wysiłkiem wróciła do siebie.

– Kocha mnie pan! Kocha mnie pan! Niech mi pan to jeszcze powtórzy... Nigdy mi się to nie znudzi.

Popatrzył na nią bez słowa, a ona uznała to milczenie za kolejne wyznanie.

– Och, Bruno! Zrobię dla pana wszystko... wszystko, żeby pana uspokoić, przywrócić panu męską dumę. Będę pracować, sprzątać, pójdę na ulicę, będę nosić wodę, pracować na akord, będę akrobatką, połykaczką ognia, drabiną, po której wespnie się pan do chwały, wycieraczką, na której wytrze pan uskrzydlone stopy, pana pokorną sługą, będę tym, czym pan będzie chciał, żebym była... niech pan mówi! Będę panu posłuszna...

Ki diabeł? pomyślał Chaval. Stara klępa ostro idzie! Z piersi wydobył mu się głuchy pomruk.

– Czy naprawdę wierzysz we wszystko, co mówisz, uko-chana?

– Wierzę i przysięgam, że będę pana czcić przez całe życie jako wierna i oddana małżonka...

Bruno Chaval drgnął na dźwięk słowa „małżonka". Oj, oj! Co to za tekst?! Po co ten pośpiech? W co ja się pakuję? Będę musiał ją jakoś wyhamować...

Nie znalazł hamulca i rozgorączkowana, rozpalona Trąbka pożerała go wzrokiem przez cały wieczór, odstawiwszy na bok sałatkę z Limousin i duszoną wołowinę.

Kiedy wstali i wyszli z La Butte en vigne, przykleiła się do niego przy pierwszej latarni, odrzuciła głowę w tył, odsłaniając zwiotczały dekolt, i nadstawiła pomarszczone usta. Hiszpańskie wino przyniosło efekt, który przeszedł oczekiwania Chavala.

– Chodź, chodź – mruczała, obejmując go żarłocznymi ramionami. – Zanieś mnie do łoża i zapomnijmy się, zapomnijmy o wszystkim... Chcę drżeć od twoich pieszczot... Chcę wielbić każdy centymetr twojego ciała i naznaczyć cię moją gorącą wilgocią.

Przerażony odprowadził ją aż na rue de Pâli-Kao.

Nie mogła ustać na nogach i bredziła.

Zapiszczała słabo, gdy chciał się wyrwać. Przywarła do niego całym ciałem. Protestowała: Nie zostawiaj mnie, posiądź mnie. I jęczała, wisząc na nim jak sflaczała pijawka. Próbował się wyswobodzić. Chwyciła go z powrotem, szeptała mu do ucha...

Wśliźnij się we mnie, przeszyj moje dziewicze ciało, które na ciebie czeka, chcę jęczeć, drżeć, posiądź moją intymność swoim rozpalonym żądłem...

Oplotła jego ciało swoim ciałem, ocierała się o niego, rzęziła, wydawała okrzyki, westchnienia, wiła się. Nie wiedział, co zrobić z tym rozpalonym ciałem, które go obłapiało. Pomyślał o szufladzie, kluczu, stwierdził, że trzeba raz a dobrze wbić ją na pal rozkoszy, żeby ostatecznie zapomniała o sprawie zbrukanej szuflady.

Poszedł z nią do mieszkania, rzucił ją na łóżko, zgasił światło, przygniótł jej twarz poduszką i jednym mocnym ruchem bioder, nie myśląc ani przez chwilę o tym, że jest jeszcze dziewicą, otworzył zakazane przejście między jej lędźwiami.

Myślał o kluczu, myślał o pieniądzach, myślał o stu procentach zysku, które niedługo mu przypadną, myślał o ciemnoszarym mercedesie kabriolecie, o czerwonych siedzeniach, majteczkach dziewcząt, które się będą o nie ocierały... Powtarzał sobie, że w sumie niewiele go to kosztuje, zaledwie kilka energicznych ruchów biodrami w szparce starej panny, która wiła się pod poduszką.

Stał się na powrót mrocznym mężczyzną, brutalnym mężczyzną, pełnym buty i energii, wibrującym jak napięta kusza. Mężczyzną, jakim był niegdyś...

Zanim rozpalająca go do białości Hortense nie skradła ognia jego pożądania.

Ledwie w myślach pojawiło się imię ukochanej, a jego członek skurczył się, osłabł, zwiotczał i zaczął żałośnie zwisać między udami Trąbki, która nakryta poduszką, dyszała z rozkoszy i wzywała imię Boże.

*

Hortense Cortès się pakowała. Opuszczała Londyn.

Hortense Cortès była w siódmym niebie, a niebo nie miało granic.

Hortense Cortès bujała w przestworzach i upajała się otaczającym ją powietrzem.

Hortense Cortès mówiła już o sobie wyłącznie w trzeciej osobie.

808

Czerwiec się kończył, zamykano szkołę, umowa z Banana Republic została podpisana. Nicholas znakomicie odegrał rolę agenta. Wynegocjował bajeczny kontrakt: pięć tysięcy dolarów tygodniowo, mieszkanie przy Central Park South w budynku z portierem, z oknami wychodzącymi na park i angaż na dwa miesiące z możliwością przedłużenia, gdyby naszła ją na to ochota.

Zaczynała 8 lipca. O dziesiątej. Pod numerem 107 E przy 42 Ulicy niedaleko Grand Central i Park Avenue.

Miała ochotę śpiewać, grać na gitarze elektrycznej, chodzić boso po czerwonym dywanie, tańczyć do melodii Cole'a Portera, schować się pod dziurawym parasolem, zanurzyć palce w pudełku czekoladek, położyć szczyptę soli na ogonie malowanego ptaka, adoptować czerwone rybki, nauczyć się japońskiego...

Przed wyjazdem do Nowego Jorku (*New York, New York*) wracała do Paryża. Paryż...

Chciała ucałować matkę i siostrę, powłóczyć się po ulicach, usiąść w kawiarnianym ogródku, obserwować przechodniów i schrupać tysiące szczegółów, które wykorzysta, gdy znajdzie się w biurze Banana Republic na Manhattanie. W żadnym innym mieście na świecie dziewczyny nie mają takiej inwencji, wyczucia i elegancji jak w Paryżu. Skradnie jakąś postać, sylwetkę, uzbiera tysiące obrazów i pełna pomysłów odleci do Nowego Jorku.

Podśpiewywała, pakując walizkę, nie spuszczając oka z telefonu komórkowego.

Pańskim gestem zapłaciła ajatollahowi czynsz za dwa miesiące z góry i oznajmiła, że wyjeżdża. Wyprowadza się z tego domu. Wygrała los na loterii. Przypatrz mi się dobrze, próżny człowieczku, bo więcej mnie już nie ujrzysz! Nigdy więcej! Zobaczysz mnie na łamach gazet, to wszystko! Nigdy więcej nie będziesz mnie prześladował niezapłaconymi rachunkami, małostkowymi wyliczeniami i swoim karlim libido! Zbladł, wybełkotał: Opuszczasz mnie? Gwizdnęła. Tak, tak... nie będziesz mógł więcej bawić się moim telefonem i kasować wiadomości, zanudzisz się na śmierć! Zaprotestował, przysięgał na wszystkie świętości, że nigdy nie śmiałby zrobić czegoś podobnego! Wierzysz mi, Hortense, wierzysz mi, prawda? Wydawał się szczery.

– Jeżeli nie ty, to kto?

– Nie wiem, ale to nie ja.

– „Czy ty, czy twój brat, czy który twój krewny, dość, że tego jestem pewny!"* – Hortense zanuciła dwuwiersz z bajki La Fontaine'a. – Pryszczaty? Śmierdząca kulka? Czy ten świr od spaghetti z serem? Zresztą zupełnie mnie to nie obchodzi! Bim-bam-bom, zwijam się stąd i nigdy cię już nie zobaczę! Ani ciebie, ani reszty.

– A gdzie będziesz mieszkać?

– Wszędzie tam, gdzie ciebie nie będzie!

– Kocham cię, Hortense, tak bardzo chciałbym, żebyś na mnie spojrzała.

– Na próżno ryję oczami ziemię, to dziwne, ale cię nie dostrzegam.

– Więc nic do mnie nie czujesz?

– Olbrzymi niesmak dla twojej szczurzej mentalności.

A gdy po raz ostatni próbował ją powstrzymać, obiecując, że już nigdy więcej nie będzie zawracał jej głowy *council tax*, gazem, prądem i spaghetti z serem, zasunęła zamek w wielkiej torbie i wypchnęła go z pokoju.

Wysiadła na Gare du Nord, wzięła taksówkę, dała 10 euro napiwku kierowcy, żeby zaniósł jej walizki aż do windy. Pieniądze parzyły ją w palce. Pięć tysięcy dolarów tygodniowo! Dwadzieścia tysięcy za miesiąc! Czterdzieści tysięcy za dwa miesiące! A jeżeli uda mi się zrobić cuda, zażądam dwa,

* Przeł. Stanisław Trembecki (przyp. tłum.).

trzy razy tyle! Jestem królową mody i wcale nie zadzieram nosa!

Nacisnęła triumfalnie dzwonek. Otworzyła jej matka. Miała ochotę ją ucałować i ucałowała.

– Mamo! Mamo! Nie wiesz nawet, co mnie spotkało!

Rozłożyła ramiona, zawirowała, opadła na czerwoną kanapę.

Opowiadała.

Opowiedziała matce.

Opowiedziała siostrze.

Opowiedziała Josiane i Juniorowi, gdy przyszła do nich z wizytą.

Junior bowiem zadzwonił do niej.

– Hortense, sprawa jest pilna, muszę się z tobą zobaczyć. Jesteś mi potrzebna!

– Ja ci jestem potrzebna, Kruszynko?

– Tak, przyjdź do nas dziś wieczorem na kolację. Sama! To spisek!

– Spisek!

– *Yes, Milady!* I pamiętaj, *I'm a brain.*

– *I'm a brain too.*

Zastała Josiane i Juniora siedzących przy stole w kuchni ze zmarszczonymi brwiami i wzburzonymi minami. Marcel jeszcze nie wrócił z biura.

– Wraca coraz później – westchnęła Josiane. – I jest cały wymięty ze zmartwienia.

Hortense ucałowała Josiane. Złożyła pocałunek na czerwonych włosach Juniora.

– Wiesz, że Vivaldi też miał rude włosy, Kruszynko?

Nie odpowiedział.

Sytuacja była zatem poważna.

Usiadła i zaczęła słuchać.

– No więc – zaczął Junior ubrany jak angielski książę z zamku w Sussex, z przygładzonymi włosami, wyraźnym

przedziałkiem i muszką, która zasłaniała mu podbródek.
– Mamy z moją drogą matką wszelkie powody ku temu, by sądzić, iż ktoś chce się dobrać ojcu do skóry...

Opowiedział o spotkaniu z Chavalem w Royal Pereire, o odczytywaniu zwojów mózgowych, odkryciu obrazów: „Henriette", „tajne kody", „włamanie", „konta bankowe", „trąbka", „Hortense", „galabija"...

– Jeżeli chodzi o twoją obecność w korze mózgowej tego podłego indywiduum, wybaczam ci. Nie powiem, jaką postać tam przybierasz, żeby cię nie obrazić, ale muszę wyznać, że nie jest to zbyt pochlebny obraz, i zaręczam ci, że w moim mózgu twój wizerunek jest znacznie bardziej trafny.

– Dziękuję, Kruszynko.

– Mama opowiedziała mi o tej historii z Chavalem. Traktuję ją jako błąd młodości.

– Bo rzeczywiście byłam bardzo młoda!

– Co do reszty jesteśmy bezradni i potrzebujemy twojej pomocy.

– Nic z tego nie rozumiem – powiedziała Hortense. – Chcesz powiedzieć, że czytasz w ludzkich mózgach?

– Tak. Nie jest to proste, ale udaje mi się. Za cenę strasznego wysiłku. Wszyscy wysyłamy fale, wszyscy mamy w głowach tranzystory. Nie posługujemy się nimi, bo nie znamy wspaniałych możliwości swojego mózgu. Wystarczy zatem, aby moje fale trafiły na częstotliwość fal Chavala, a dostaję się do jego głowy i czytam w jego myślach.

– Rozumiem – mruknęła Hortense – to niesłychanie pożyteczny myk.

– To nie jest żaden myk, to zjawisko fizyczne, naukowe.

– Przepraszam.

– Z mamą poskładaliśmy elementy dostrzeżone w mózgu Chavala i oto, cośmy odgadli: Chaval i Henriette wykradli hasła do kont bankowych ojca i chcą go obrabować. To ma sens, nie?

– Tak – przyznała Hortense. – Jesteś pewien, że Henriette spiskuje?

– Na sto procent.

– Przecież niczego jej nie brakuje. Marcel okazał jej wielką hojność w chwili rozwodu.

– Skąpemu nigdy dość, Hortense, zrozum to. Skąpiec kocha swoje złoto, ale nie użytek, jaki z niego robi. Kocha je jak żywą, ciepłą osobę. A poza tym tę kobietę zżera nienawiść, która czyni ją nienasyconą. Bardzo mi przykro, wiesz, nie lubię widzieć duszy ludzkiej w tak czarnych barwach. Musimy zatem zapobiec kradzieży.

– Zmieniając hasła.

– Oczywiście, to była pierwsza rzecz, o jakiej pomyśleliśmy.

Wzruszył ramionami rozczarowany uwagą Hortense.

– Ale to nie wystarczy – kontynuował. – Musimy wykorzenić zło u źródła i dowiedzieć się, w jaki sposób Chaval i Henriette weszli w posiadanie tych haseł. Rzecz jasna mamy pewną koncepcję, chcemy jednak ją sprawdzić. A tylko ty możesz to zrobić.

– Co to za koncepcja?

– W firmie taty pracuje pewna kobieta, główna księgowa, nazywa się Denise Trompet...

– Stąd trąbka – powiedziała Hortense.

– Ach! Rośniesz w moich oczach! Sądzimy, że trąbka i Denise Trompet to jedno i to samo. I właśnie... Co robi Denise Trompet w tej ciemnej sprawie? Mama bardzo dobrze ją zna i zapewnia, że to najuczciwsza kobieta na świecie. A poza tym darzy mojego ojca prawdziwą czcią. Czy została zmanipulowana? Czy Henriette i Chaval działali za jej plecami? Czy z jej udziałem? To jest właśnie brakujący kawałek układanki.

– Nie chcę jej oskarżać, jeżeli jest niewinna – powiedziała Josiane z rękami skrzyżowanymi na piersi. – To

813

byłoby straszne. Trudno mi sobie wyobrazić, jak Denise Trompet planuje jakieś oszustwo. To lojalna, skrupulatna, niezwykle sumienna kobieta. Od dwudziestu lat pracuje w firmie i nie popełniła żadnego błędu. Jej sposób księgowania jest wzorem przejrzystości. Marcel całkowicie na niej polega. Tymczasem w głowie Chavala rzeczywiście jest jakaś trąbka. Junior ją widział. A to może być tylko ona.

– Zadziwiający dar – powiedziała Hortense, patrząc na Juniora. – Naprawdę zachwycasz mnie, jesteś geniuszem, wirtuozem... Chylę czoło, drogi Mistrzu!

Junior poczerwieniał, jego twarz pokryły plamy. Opanował chęć podrapania się. Właśnie awansował z Kruszynki na Mistrza.

– Czego ode mnie oczekujecie? – spytała Hortense.

– Żebyś umówiła się z Chavalem na drinka i pociągnęła go za język.

– Żebym... co? – wykrzyknęła Hortense.

– Żebyś zmusiła go do mówienia.

– Tak po prostu?! Dzwonię do niego, mówię, że chcę się z nim spotkać, a on przybywa galopem? Sądzę, że jesteście zbyt wielkimi optymistami.

– Nie! Wywarłaś na nim niezatarte wrażenie. To normalne. Każdy mężczyzna, który zbliży się do ciebie, droga Hortense, płonie pożądaniem lub miłością, nazwij to, jak chcesz, a Chaval pierwszy. Odkąd od niego odeszłaś, marnieje, zobaczyłem to w trzeciej bruździe płata czołowego.

– Obok galabiji.

– Nie, trochę wyżej.

– Skoro tak twierdzisz...

– W twojej obecności mężczyzna się rozpuszcza, traci kontrolę nad mózgiem... Zmuszenie go do mówienia będzie dziecinnie proste!

– Bo sądzisz, że wszystko mi opowie?

– Myślę, że będzie chciał dobrze wypaść, powie ci, że ma wielkie nadzieje na niezłe pieniądze, a ty w tym momencie rzucisz nazwisko Trąbki i zobaczysz, jak zareaguje.

– A skąd niby miałabym wiedzieć o Trąbce?

– Postąpisz tak jak gliny: powiesz mu, że Trąbka wszystko opowiedziała Marcelowi i Marcel zastanawia się, jak go ukarać. Że nie możesz w to uwierzyć i chciałabyś usłyszeć z jego własnych ust, bo mimo wszystko darzysz go pewnym szacunkiem, a nawet przywiązaniem. W tym momencie się załamie, padnie ci do nóg i zdobędziemy brakujący dowód.

– Nooo... – powiedziała Hortense. – Sądzicie, że to będzie takie łatwe?

– Myślę, że dla ciebie nie ma rzeczy niemożliwych – zapewnił Junior. – Wystarczy, że pójdziesz na to spotkanie, mówiąc sobie, powtarzając: Chaval wszystko mi opowie, wyzna swoją tajemnicę. I zobaczysz, że tak się stanie.

Hortense gorączkowo myślała. Nic jej nie będzie kosztowało wypicie kawy z tą larwą, która niegdyś była jej kochankiem... A jeżeli w ten sposób pomoże Marcelowi, Josiane i Juniorowi... Życie okazało jej hojność, miała ochotę podzielić się swoim szczęściem.

Zdziwiła ją własna reakcja. Czyżbym się zmieniała? zastanawiała się z niepokojem.

– Jeżeli to zrobię... jeżeli zdemaskuję Chavala... czy będę mogła prosić cię w zamian o przysługę?

– Nie ma problemu... – powiedział Junior zachwycony, że sprawa została załatwiona. – Matko! Podaj nam coś zimnego do picia. Ależ dziś upał! Moje cukiereczki lepią się do papieru.

– Przestań mówić jak twój ojciec! – upomniała go Josiane, która odkąd została matką, starała się pilnować swojego słownictwa i chciała, żeby syn zachowywał się podobnie.

Junior zignorował ją i pochylając się do pięknej Hortense, spytał:

– Co mogę dla ciebie zrobić?

– Chciałabym, żebyś wszedł do mózgu Gary'ego i powiedział, co widzisz.

Junior zaprotestował.

– Tak bardzo interesuje cię mózg Gary'ego?

Hortense uśmiechnęła się do niego uwodzicielsko.

– Teraz ty mnie rozczarowujesz, Junior. Sądziłam, że jesteś bardziej przenikliwy...

– Wiem, że chcesz się z nim spotkać w Nowym Jorku, i zastanawiasz się, jaki ma teraz do ciebie stosunek, żeby się nie rozczarować.

– No właśnie.

– Wcześniej muszę ci coś powiedzieć, Hortense.

Josiane poczuła, że jej obecność przeszkadza synowi, wspomniała coś o telefonie i wyszła z kuchni.

Junior wyprostował się, wbił wzrok w oczy Hortense i oświadczył:

– Za siedemnaście lat się pobierzemy.

Hortense parsknęła śmiechem.

– Pobierzemy się?

– Tak, jesteś kobietą mojego życia... Z tobą u boku dokonam rzeczy wielkich. Tylko ty posiadasz wolność wewnętrzną, która pozwala ci śledzić meandry moich myśli.

– Bardzo mi pochlebiasz.

– Na razie jestem za mały.

Głowa opadła mu na ręce. Przez chwilę myślał, leżąc na kuchennym stole.

– Och, jak ciąży mi ciało dziecka! Jak bardzo chciałbym już mieć długie ramiona i długie owłosione nogi! Zamknięty w skorupie dziecka jestem bezradny... Ale za siedemnaście lat będę mężczyzną i poproszę cię o rękę. Mogę poczekać i zgadzam się, żebyś do tego czasu podróżowała, rozrywała się, a nawet darzyła ciepłymi uczuciami innych chłopców.

– Jesteś zbyt szlachetny, Kruszynko! – wykrzyknęła z ironią Hortense.

– Ale proszę cię, żebyś za siedemnaście lat dała mi szansę... Nie chcę, żebyś traktowała to jak przysługę, chcę tylko, żebyś zgodziła się zjeść ze mną kolację, pójść na koncert, do kina, pojechać na Mur Chiński, do ogrodów Alhambry, a jeżeli przypadkiem narodzi się między nami uczucie, żebyś go nie odrzucała... To wszystko.

– Słuchaj, Junior, zobaczymy, jak będzie za siedemnaście lat. Wszystko, co mi opowiadasz, wydaje się trochę dziwne, ale cóż... Na razie chciałabym tylko, żebyś się przespacerował po mózgu Gary'ego.

– Będzie mi potrzebne zdjęcie.

– Mamy zdjęcia z ostatnich świąt – powiedziała Josiane, która podsłuchiwała pod kuchennymi drzwiami i wróciła na paluszkach.

– Świetnie – powiedział Junior. – Zamknę się w pokoju, skoncentruję i powiem ci, co widzę... Ale wiedz, Hortense, że to szlachetny i wielkoduszny gest z mojej strony. Moja zgoda nie oznacza, że rezygnuję z ciebie!

– Ależ Junior! Nie mówisz poważnie? Za siedemnaście lat będę starą łupą!

– Nigdy nie będziesz starą łupą! A ja zostanę twoim mężem.

– Przeczytałeś to w moim mózgu? – spytała zaniepokojona.

– Nic ci nie powiem, bo zdradzając niespodziankę, tajemnicę, zabija się pożądanie, a ja chcę, żebyś zapłonęła miłością do mnie. Żebyś przekroczyła zakazy, przełamała stereotypy, byśmy stworzyli zadziwiającą parę... Możemy to zrobić, Hortense! Zaufaj mi, zaufaj sobie...

– Och! – wykrzyknęła Hortense. – Pod tym względem nikt mnie nie przebije!

– To właśnie mi się w tobie podoba. Między innymi!

– Powiedz mi – rzekła Hortense, odwracając się do Josiane – czy twój mały nie staje się odrobinę megalomanem? Josiane wzruszyła ramionami. Nie niepokoiły jej sentymentalne uniesienia Juniora. Przyzwyczaiła się do fantazji syna. Ważne było, żeby ocalić Marcela. Obserwowała Hortense, jej anielski, a zarazem okrutny uśmiech, zaokrąglone ramiona, wąskie biodra, burzę włosów spiętych jedną spinką, słuchała rozmowy Hortense i Juniora, myślała, że życiu wciąż udaje się nas zaskakiwać, chowa się, aby łatwiej skoczyć nam do gardła, więc trzeba po prostu to akceptować i nie zostawać w tyle.

*

Historia Młodzieńca i Cary'ego Granta pęczniała w głowie Joséphine.

Nieraz pęczniała tak bardzo, że Joséphine musiała wyjść, odetchnąć na ulicy, przewietrzyć swoją biedną głowę wypełnioną słowami, uczuciami, dekoracjami, sytuacjami, hałasami, zapachami... Panował w niej niesamowity rozgardiasz!

Łapała smycz Du Guesclina. Wychodzili na paryskie ulice. Szła szybko, rytmiczny krok porządkował jej myśli. Du Guesclin biegł truchtem z przodu, otwierał drogę i przeganiał pieszych.

Szła, szła i wszystko układało się jak na scenie w teatrze, w którym była reżyserem.

Po lewej stronie w kącie sceny Młodzieniec.
Nie znalazła jeszcze dla niego imienia.

Wyobraża sobie, że jest niezdarny, nienaturalny, nosi ciemnoszary sweter zrobiony na drutach, białą koszulę, granatowy krawat, długie flanelowe spodnie. Ma ruchliwy nos, błyszczące czoło, cienkie włoski na brodzie. Blade, niemal przezroczyste oczy. Wije się, kurczy, peszy, udaje kogoś. Wszystko w nim jest krzywe.

Państwo Boisson odgrywali rolę rodziców Młodzieńca. Zimnych, sztywnych, obdarzonych spokojnym egoizmem tych, którzy nigdy nie zadają sobie pytań i nieruchomo patrzą, jak mija życie.

Scenerię stanowić będzie ich mieszkanie, zamknięte w przeszklonym kredensie kieliszki do szampana, dywany, po których nie wolno się ślizgać, taca z butelkami, którą wyjmuje się w niedzielne południe, proponując aperitif rodzinie lub przyjaciołom, poduszeczka, którą pani Boisson wsuwa sobie pod krzyż, żeby jej było wygodniej, wielki odbiornik radiowy, przez który docierają do nich odgłosy ze świata: przemówienia generała de Gaulle'a, pierwsze powszechne wybory prezydenckie, koniec wojny w Algierii, śmierć Edith Piaf, Henri Tissot naśladujący generała, błogosławieństwo papieża Jana XXIII, zwycięstwo Eddy'ego Merckxa w Tour de France, budowa muru berlińskiego, pierwszy czarnoskóry student na amerykańskim uniwersytecie, prawo kobiet do pracy bez zezwolenia męża...

Młodzieniec myśli, że świat się zmienia, chociaż u niego w domu tego nie widać. Państwo Boisson potrząsają głowami, zapewniając, że wszystko idzie w rozsypkę, świat się wali, przecież miejscem kobiety z pewnością nie jest biuro! Kto będzie zajmował się dziećmi?

Jej Młodzieniec nie przypomina pana Boissona.

Każdego dnia bardziej się od niego oddala. Zyskuje nowe detale i rośnie. Joséphine dodaje mu łagodność, porywy odwagi, prawdziwą ciekawość, szlachetność osoby, która chce się uczyć. Młodzieniec nie przygotowuje się do egzaminu na politechnikę, ale chce studiować historię... Joséphine przelewa na niego swoje lęki, kompleks niższości, niezdarność. Jej Młodzieniec czerwieni się jak ona, gubi się, jąka.

W lewym rogu sceny obok Młodzieńca stoi Geneviève. Joséphine bardzo lubi Geneviève. Przegląda *Modes et Travaux*, żeby ją ubrać, ściąga jej kręcone włosy, żeby ją uczesać, zawija na wałki, depiluje wąsik, wymyśla chód... Ale Geneviève pozostaje nieśmiała, niezaradna, wycofana.

Po prawej stronie sceny Cary Grant i jego świat. Jego rodzice. Ojciec pijący i wrzeszczący w pubie, klepiący po tyłku dziewczyny, brutalny mężczyzna z czerwoną twarzą, który śmierdzi amoniakiem, gdy wraca z pracy, a palce ma zżarte przez trujące substancje. Matka delikatna, subtelna, w kołnierzyku z koronki, z długimi, szczupłymi dłońmi, otula się mocniej kaszmirowym wzorzystym szalem i skarży się, że nie może związać końca z końcem. Ścibi każdy grosz, żeby opłacić synowi lekcje fortepianu i uczynić z niego dżentelmena. Uczy go dobrych manier. Ojciec uczy go kląć. Kiedy rodzice kłócą się wieczorami, mały Cary kuli się pod stołem i zatyka uszy, żeby nie słyszeć. Myśli, że to jego wina. To on jest przyczyną wszystkich kłótni. A kiedy ojciec wieczorem nie wraca, myśli, że umarł, i płacze w łóżku... Jest rozdarty między pragnieniami matki a krzykami ojca, który zmusza go do bicia się w pubach, żeby stał się prawdziwym mężczyzną. Sam nie wie, kim jest. Już czuje się rozdwojony... Joséphine dodała mżawkę na ulicach Bristolu, bulwary, po których Cary spaceruje wieczorami, aby zobaczyć odpływające statki, marzy o Ameryce i widzi czasami słynnych pasażerów wsiadających na pokład. Pewnego dnia mija Douglasa Fairbanksa, który wyjeżdża do Hollywood.

Kiedyś będzie kręcił filmy...

Joséphine kupiła cztery notesy Moleskine. Po dwieście czterdzieści gładkich stron. Jeden dla Cary'ego Granta, drugi dla Młodzieńca, trzeci dla postaci drugoplanowych, a ostatni na uwagi ogólne. Kupiła także wszystkie książki o Carym Grancie, które się ukazały. Podkreślała żółtym markerem detale do wykorzystania, zielonym markerem wypowiedzi aktora, które chciała przytoczyć, różowym markerem warte zapamiętania epizody z jego życia. Robiła fiszki, sprawdzała, porządkowała... Zamykała się na długie godziny i pracowała.

Jej gabinet przypominał warsztat stolarski. Wszystkie narzędzia były na miejscu: komputer, fiszki, gładkie kartki do notowania, czarne zeszyty, długopisy i ołówki, zszywacz, temperówka, gumki, nożyczki, zdjęcia i tranzystor nastawiony na TSF Jazz.

Muzykę puszczała dla Du Guesclina owiniętego wokół nogi biurka z głową leżącą na jej stopach. Kiedy dzwonił telefon, podnosił głowę zirytowany, że ktoś mu przeszkadza.

Postaci powoli nabierały kształtu, historia zaczynała się rysować.

Trzeba było cierpliwie czekać, aż wszystko się ułoży, nie spieszyć się. Ciszy lub temu, co Joséphine brała za ciszę, pozwolić działać, wypełniać puste miejsca. Nieraz się niecierpliwiła. Ale niedługo wszystko będzie gotowe. Postaci zostaną dokończone, ubrane od stóp do głów, dekoracje staną na miejscu, będzie mogła zapukać trzy razy...

Historia się rozpocznie.

– I co? – spytał przez telefon Gaston Serrurier. – Mamy koniec czerwca. Czy książka posuwa się do przodu?

– Buduję fundamenty – odpowiedziała Joséphine.

Hortense i Zoé wyszły na zakupy i powłóczyć się po kawiarnianych ogródkach, dzień się zaczynał. Poprosiła, żeby nie wracały przed piątą. A jeżeli wrócicie, dajcie mi pracować w spokoju, zabraniam wam się do mnie odzywać!

– Kiedy będę mógł przeczytać? – zapytał Serrurier.

– O rany! Nie jestem jeszcze na tym etapie! Właśnie buduję postaci.

– Ale ma pani historię?

– Tak, i jestem pewna, że mi się nie wymknie.

Znowu zobaczyła dwie grube panie na ulicy. Nadal sądziła, że byłby to temat na wspaniałą opowieść, na razie jednak zostawiała je z boku. Matka w bluzce z jedwabnej krepy, z dekoltem na szerokiej piersi, z wiecznym uśmiechem namalowanym ostrą szminką, córka wbita w granatowy kostium z gabardyny jak w zimową kurtkę. A może, zastanawiała się Joséphine, stojąc w kolejce w piekarni, mogłabym je wprowadzić do rodziny Młodzieńca? Tak. Tak zrobię! Gruba ciotka z grubą kuzynką Młodzieńca, które przychodzą na niedzielne obiady... Młodzieniec obserwuje je z niepokojem. Zastanawia się, czy rodzice też nie połkną go na surowo. To mogłaby być historia równoległa...

Zapisywała pomysł w notesie na uwagi ogólne i czekała, aż dojrzeje.

– A kiedy zamierza pani zacząć pisać? – kontynuował Serrurier.

– Nie wiem. To nie ja decyduję, tylko postaci. Kiedy będą gotowe, kiedy wszystkie elementy będą na swoim miejscu, ożyją i akcja się rozpocznie.

– Mówi pani jak mechanik!

– Mechanik lub cieśla, który wysoko podnosi belkę stropową.

– Będzie pani miała czas na obiad? Jestem niesłychanie zajęty, ale może wygospodaruję chwilę...

– Nie mogę. Zrobiłam sobie plan dnia. Czuję się, jakbym znów chodziła do szkoły.

– Ma pani rację. Kto zdaje się na natchnienie, nie wychodzi poza pierwszą stronę. Do widzenia i proszę mnie na bieżąco informować.

Zachwycona Joséphine odłożyła słuchawkę. Odrzuciła zaproszenie na obiad Gastona Serruriera! Mężczyzny, który dmuchał jej dymem z cygara w nos, a ona nawet nie drgnęła!

Poszła przejrzeć się w lustrze. Jednak się nie zmieniła... Te same okrągłe policzki, te same kasztanowe włosy, kasztanowe oczy, wszystko kasztanowe. Jestem typową Francuzką. Nie mam w sobie nic, co przyciąga wzrok, i nie obchodzi mnie to! W głowie huczy mi tysiąc pomysłów, które mnie rozgrzewają.

Nie okłamała Serruriera. Rozplanowała sobie dzień. Pracowała od jedenastej do piątej po południu. Potem szła na spacer z Du Guesclinem. Z długopisem na szyi, notesem w kieszeni. Wystarczał drobiazg i wpadała na nowy pomysł.

– No bo co? – mówił młody człowiek w czapce z daszkiem do koleżanki. – Po co bez przerwy mówić źle o ludziach? Nikt nigdy nie słyszał, żeby wielbłąd natrząsał się z garba innego wielbłąda!

Zatrzymywała się i notowała. Miała ochotę unieść czapkę i pocałować chłopca. Powiedzieć: Piszę teraz książkę, mogę ukraść panu to zdanie? A o co chodzi w tej książce? zapytałby. Jeszcze dokładnie nie wiem, ale...

To historia o tym, jak znaleźć swoje miejsce za mgłą... Każdy ma swoje miejsce za mgłą, tylko nie wie o tym. To historia dwóch mężczyzn. Jeden nazywa się Cary Grant, przez całe życie pracował, aby wydostać się z mgły, a drugi pozostał przyklejony na linii startu. To historia o tym, dlaczego mamy odwagę wydostać się z mgły, i o tym, dlaczego rezygnujemy.

Gwizdała na Du Guesclina i kontynuowała spacer.

Gdyby Antoine nie odszedł od niej do Mylène i krokodyli, gdyby Iris nie wpadła na pomysł napisania książki, gdyby nie zmusiła jej do bycia autorką, nigdy nie odnalazłaby swojego miejsca za mgłą. Te właśnie przypadki życiowe ją ukształtowały. Nieraz wbrew jej woli.

Wracała do domu zamyślona.

Pan Boisson zadzwonił do jej drzwi.

Nudził się. Polubił jej wizyty. Nie opowiedziałem pani całej masy rzeczy, oświadczył. Handlował wspomnieniami jak sprzedawca dywanów. Patrzył na nią jasnym, twardym wzrokiem. Domagał się jej obecności. Chciał znowu być pępkiem świata. Usta mu się wykrzywiały w gwałtownym, nieznoszącym sprzeciwu grymasie, wąski, długi podbródek mówił, że ma prawo do większego szacunku. Pan Boisson żądał uwagi jak człowiek, który wie, że stoi ponad innymi. W jego prośbie pobrzmiewała arogancja. Tak jakby chciał powiedzieć: Jest mi to pani winna. A Joséphine miała ochotę odrzec: Nic nie jestem panu winna, to pan wyrzucił czarny notes do kosza, pan się go wstydził, nie chciał pan, żeby zbrukał pana wizerunek. A ja chcę z tego zrobić piękną historię. I chciała dodać: Ta historia już do pana nie należy, teraz jest moja.

Odpowiedziała, że jest zajęta, pracuje nad książką i pochłania jej to cały czas. Stał w drzwiach i nalegał:

– Wykorzystała mnie pani, już mnie pani nie potrzebuje i teraz odtrąca. To nieładnie, nieładnie...

Trochę było jej wstyd. Myślała, że poniekąd ma rację. Już miała powiedzieć łagodniejszym tonem: OK, przyjdę jutro, lecz on dodał jękliwie:

– Nie pozostało mi wiele czasu. Wie pani o tym...

Najchętniej zatrzasnęłaby mu drzwi przed nosem. Nie śmiała powiedzieć prawdy: Nie chcę się już z panem spotykać, bo mój Młodzieniec, ten, który we mnie rośnie, jest znacznie bardziej wzruszający, otwarty, szlachetniejszy od pana. I nie chciałabym, żeby miał pan na niego wpływ. Jest jeszcze wątły.

Zoé i Hortense wbiegły po schodach. Winda nie działa! Winda nie działa! Przyjrzały się panu Boissonowi, który wycofał się na ich widok i zszedł na dół, powłócząc nogami.

Joséphine zamknęła drzwi, a Zoé spytała:

– Wygląda na urażonego. Co mu zrobiłaś?

– Powiedziałam, że nie mam czasu z nim rozmawiać, bo pracuję, i jest wściekły.

– Wow! Mamo! Udało ci się to powiedzieć? Nie poznaję cię! Co za energia w ciebie wstąpiła! – wykrzyknęła Zoé.

Spuszczała po brzytwie Iphigénie, która pytała dwa razy dziennie: Jest pani pewna, że nie będę się musiała wyprowadzić? Jest pani pewna?

– Ależ tak, Iphigénie, przegłosowaliśmy to na spotkaniu wspólnoty. Syndyk leżał przed nami plackiem. Nie ma się pani czego obawiać.

– Będę pewna, gdy dostanę oficjalne pismo – mamrotała. – Głupio byłoby, gdybym...

Joséphine delikatnie zamykała drzwi.

Hortense, która przygotowywała się do wyjazdu do Nowego Jorku, spytała, co się stało z jej ulubionymi dżinsami. Chciała wiedzieć, czy będzie tam działać karta debetowa. Mam wziąć telefon czy nie? Jaka jest pogoda w Nowym Jorku w lecie? Czy tam wszędzie jest klimatyzacja?

Joséphine odpowiadała: Nie mam czasu! Nie mam czasu! Radź sobie! Jesteś już duża, Hortense!

Zoé, siedząc po turecku na krześle w kuchni, pożerała kromkę z nutellą.

– D'oh! – powiedziała, naśladując Homera Simpsona.

– Nie poznaję mamy! Wszystkich posyła na drzewo!

Któregoś wieczoru zadzwoniła do niej Mylène. Wróciłam do Francji, proszę pani, nie mogłam już wytrzymać w Chinach, tęskniłam za krajem.

Znalazła pracę w małym salonie w Courbevoie. W moim dawnym salonie, pamięta pani? Tam, gdzie robiłam manikiur Hortense, gdy była malutka.

Właśnie w ten sposób poznała Antoine'a, pomyślała Joséphine. I dla niej mnie zostawił.

Odtworzyła w pamięci scenę z kuchni w Courbevoie. Wiedziała, że Antoine ma kochankę. Powiedziała mu to, obierając ziemniaki. Zacięła się i z palca lała jej się krew...

Myślałam wtedy, że umrę ze zmartwienia, umrę ze strachu.

Albo gdy przyszedł po dziewczynki, żeby zabrać je na wakacje. Pierwsze wakacje, których nie spędzali razem... Wyjeżdżał z dziewczynkami i Mylène.

Łokieć Mylène wystający z okna samochodu.

Znowu miała przed oczyma czerwony trójkąt, który narysowała...

Balkon, z którego patrzyła na odjeżdżający samochód wiozący jej córki, męża i kochankę jej męża. Tego dnia opadła na podłogę balkonu w mieszkaniu w Courbevoie i wrzeszczała...

Przeklinamy chwile próby, a gdy je przeżywamy, nie wiemy, że dzięki nim dojrzejemy i zajdziemy dalej. Nie chcemy o tym wiedzieć. Ból jest zbyt silny, żebyśmy uznali, iż ma jakieś zalety. Dopiero gdy ból minie, odwracamy się, patrzymy ze zdumieniem na długą drogę, którą dzięki niemu przeszliśmy. Dzięki odejściu Antoine'a zmieniło się moje życie. Zrozumiałam, że mogę żyć na własny rachunek. Przedtem nie istniałam, byłam żoną.

Gdyby nie pojawiła się Mylène w różowym fartuchu manikiurzystki, byłabym dalej miłą panią Cortès, która pracuje w CNRS i nikt jej nie szanuje.

Mylène chciała się dowiedzieć, czy dzięki swoim szerokim kontaktom Joséphine nie mogłaby jej załatwić pracy w bardziej luksusowym salonie kosmetycznym.

– Z pewnością zna pani takie drogie i ekskluzywne miejsca, gdzie bogate kobiety dają się rozpieszczać. Nudzę się w maleńkim salonie w Courbevoie. Byłam bizneswoman w Chinach, zarabiałam dużo pieniędzy, wie pani, i znowu wylądowałam w różowym fartuchu, robiąc manikiur i przedłużając paznokcie. Musi pani przyznać, że nie jest to szczególnie ekscytujące.

– Nie, nie znam salonów kosmetycznych.

– Ach... – westchnęła rozczarowana Mylène. – A myślałam, że...

– Bardzo mi przykro, nie mogę pani pomóc.

– A proszę mi powiedzieć, czy nie zna pani kogoś, kto chciałby kupić biżuterię Chaumet? Prawdziwą, kupiłam ją w Paryżu, pomyślałam, że to sposób na zainwestowanie moich pieniędzy. Udało mi się wywieźć ją z Chin. Chciałabym ją sprzedać. Potrzebuję pieniędzy.

Joséphine powtórzyła, że nie, nie zna nikogo takiego.

Mylène się wahała. Miała jeszcze ochotę porozmawiać.

Joséphine odłożyła słuchawkę. Dziewczynki spytały: Kto dzwonił? Kto to był?

– Mylène Corbier. Chciała, żebym znalazła jej pracę.

– Ta to ma tupet! – stwierdziła Hortense. – Kiedy pomyślę o tym wszystkim, co zrobiła...

– To prawda – przyznała Joséphine.

– Ta kobieta naprawdę jest bezczelna!

– A mama rzuciła jej słuchawką! – obwieściła Zoé.

– D'oh! Ktoś mi zamienił matkę!

Hortense odwróciła się do Joséphine i oświadczyła:

– Wreszcie, mamo, wychodzisz na ludzi.

A do Zoé rzekła:

– A ty przestań jeść nutellę! Szkodzi na zęby i robią się od niej pryszcze!

– Tak, ale to mnie uspokaja.

Zoé patrzyła, jak matka się zmienia, i niepokoiło ją to.

A jeżeli wkrótce przestanie mnie kochać?

Jeżeli książka zajmie całe miejsce i dla mnie nic nie zostanie?

Na szczęście był Gaétan.

Przyjechał na dzień do Paryża. Żeby zapisać się do liceum.

Jego matka szukała mieszkania. Znalazła posadę sprzedawczyni w sklepie z zegarkami przy rue de la Paix i wydawała się zachwycona. Gaétan mówił: Oby tak dalej, oby tak dalej, ale wyglądał na zmartwionego. Mówił: Zamieszkamy w maleńkim mieszkanku, będziemy jeść ryż i makaron, nie będziemy mieli dużo pieniędzy, ale to nic.

Spotkali się.

Umówił się z nią niedaleko dworca Montparnasse.

Czekał na nią, wysoki i szczupły, w luźnej fioletowej koszulce na zamek. Znowu urósł. Nie poznawała go. Podszedł, pocałował ją. Uszło z niej powietrze jak z czerwonego balonika, któremu rozwiązano węzełek, i poczuła, że frunie! Frunęła na wieżowiec Montparnasse, z którego szczytu Gaétan chciał oglądać Paryż, frunęła w jadącej na górę windzie, w której zatyka w uszach, frunęła, liżąc olbrzymiego czekoladowo-malinowego loda, którego mieli na spółkę, unosiły ją nagłe wybuchy śmiechu i jego nieśmiały wzrok. Frunęła na Montmartre, do sklepików z różnokolorowymi materiałami i wstążkami, w kropki, w prążki, frunęła przez ogrody Palais--Royal, gdzie zanurzyli zmęczone stopy w fontannie, frunęła przez burzę kiwi i pomarańczy, które jedli w Paradis du Fruit w Halach. Przemierzała z nim Paryż z zawrotną szybkością. Jego wielkie nogi olbrzyma pokonywały ruchome schody w metrze, a ona, malutka, podążała za nim niemal biegiem. Jest taki, jak sobie wyobrażałam: łagodny, zabawny, miły, odważny, uśmiechnięty. Rozmawiali o przyszłym roku, o tym wszystkim, co będą robić, o miejscach w Paryżu, gdzie będą spacerować. Pokazywał jej miasto, jakby do nich należało. Słuchała, nigdy nie mając dość, podnosząc na niego wzrok. Miała ochotę powiedzieć: Jeszcze, jeszcze więcej planów. Jeszcze więcej pocałunków... Biegli, żeby się nie spóźnił na pociąg powrotny, pocałowała go i pół minuty przed odjazdem weszła do wagonu i zapytała: Czyli to pewne, spotkamy się na początku roku? Pocałował ją, powiedział: To pewne. Pewne. Wysiadła, słysząc, jak pociąg rusza. Jeżeli książka pożre matkę, nie będzie sama, bo będzie przy niej Gaétan.

Ugryzła kanapkę z nutellą.

*

Becca była bardzo zajęta.

Wychodziła wczesnym rankiem, wracała późnym wieczorem. Nie chciała powiedzieć, gdzie chodzi, a gdy Philippe lub Alexandre zadawali jej pytania, odpowiadała: *Not your business!* Powiem wam, jak będę miała coś do powiedzenia, ale na razie nie widzę takiej potrzeby.

Annie wróciła do kuchni i skarżyła się na bóle nóg. Wyjeżdżała na trzy tygodnie do Francji do rodziny i umówiła się ze specjalistą od chorób żył.

– Mam wrażenie, że moje ciało się zmienia – powiedziała, patrząc na swoje nogi jak na dwa odrębne elementy.

– Wszyscy się zmieniamy – odpowiedział Philippe z tajemniczą miną.

Alexandre przygotowywał się do wakacji: wyjeżdżał na miesiąc do Portugalii z kolegą, którego rodzice mieli dom w Porto. Rozkładał wielkie mapy Europy na podłodze, aby znaleźć miejsce, gdzie jechali. Liczył kilometry, postoje po drodze. Zatrzymamy się tu, tu i tu... Annie zauważyła, że jest za młody, by wyjeżdżać bez ojca. Philippe odparł, że nie ma żadnego ryzyka.

– Musi nauczyć się radzić sobie sam. A poza tym, Annie, proszę się zastanowić, nie będzie zdany wyłącznie na siebie. Znam rodziców kolegi, to bardzo porządni ludzie.

Mruknęła pod nosem, że wcale nie może być tego pewien. Widział ich na zebraniu rodzicielskim we francuskim liceum, ona nie określiłaby tego mianem „znajomości". Dodała, że Alexandre jest jeszcze mały.

– Nie jest mały! Ma piętnaście i pół roku!

– Świat jest dzisiaj niebezpieczny.

– Niech pani przestanie wszystkiego się bać, Annie!

– Dlaczego nie pojedzie pan z nim?

– Po pierwsze, nie zostałem zaproszony, a po drugie, uważam, że dobrze będzie, jeżeli przez miesiąc będzie żył własnym życiem.

– Mam nadzieję, że nic mu się nie stanie... – westchnęła jak osoba, która ma złe przeczucia.

Wieczorem jedli we czwórkę kolację w kuchni.

Becca dalej nie zdradzała, co robiła przez cały dzień. Annie powiedziała, że tarta z porami jest za słona.

Alexandre spytał, co się stało z Dottie i dlaczego odeszła. Tęsknił za nią.

Philippe odparł, że znalazła pracę i dobrze jest tak, jak jest. Podaj mi kawałek chleba, Alex!

Więc nie był naprawdę zakochany, myślał Alexandre, obserwując ojca, nie wygląda nawet na smutnego. Wydaje się wręcz weselszy. Może jej obecność mu ciążyła. Może jest zakochany w kimś innym... Tak jak ja. Codziennie zakochuję się w innej osobie, nie potrafię kochać tylko jednej. Tak, ale on jest starszy, powinien wiedzieć, czego chce... Czy wie się dokładnie, czego się chce, gdy jest się starym, czy trzeba czekać do śmierci, żeby się o tym dowiedzieć? Kiedy ja będę wiedział, że kocham kogoś na dobre? Czy powinienem okłamać Salikę, gdy pyta mnie, czy ją kocham? Czy jak się kłamie, to widać? Czy przypomina się wtedy tych sprzedawców używanych samochodów, których pokazują w telewizji? Na razie ojciec wygląda na szczęśliwego i tylko to się liczy. Dottie wyprowadziła się pewnego pięknego dnia z wesołą miną, która wyglądała na grobową, tak bardzo była sztuczna. Chwyciła różowo-fioletową walizeczkę i życzyła im powodzenia, miętosząc uchwyt i bawiąc się etykietkami. Lubił Dottie. Nauczyła go grać w tryktraka i pić po kryjomu sok pomarańczowy z odrobinką wódki.

Któregoś wieczoru Becca wreszcie przemówiła.
Poczekała, aż znajdą się z Philippe'em sami w salonie. Otwarte wysokie okna wychodziły na park. Była ciepła, spokojna noc. Philippe odwołał jakąś kolację. Nie miał ochoty wychodzić.

– Nie lubię już bywać w towarzystwie. Mam coraz mniejszą ochotę oglądać ludzi... Czy to coś poważnego, pani doktor Becco? Skończę jako skretyniały starzec.

Becca zrobiła chytrą minę i zapewniła, że to jej bardzo odpowiada. Jej projekt jest gotowy, może teraz o nim opowiedzieć.

– Znalazłam na północnym wschodzie Londynu... kościółek z wielkimi, pustymi budynkami gospodarczymi. Pastor zgodził się nam je udostępnić... Długo szukałam. Chciałam znaleźć dzielnicę, w której założenie schroniska będzie miało sens.

– I co chce pani zrobić?

– Otworzyć schronisko dla samotnych kobiet. To one są najbardziej nieszczęśliwe na ulicy. Bije się je, okrada, gwałci, gdy są młode. Kopie, gdy są stare. Wybija im się zęby. Nie umieją się bronić... Zaczniemy od piętnastu łóżek i jeżeli wszystko pójdzie dobrze, zwiększymy ich liczbę. Urządzimy też stołówkę. Ciepły posiłek w południe i ciepły posiłek wieczorem. Ale smaczne posiłki, a nie bezkształtna bryja bez smaku rzucana na papierowy talerz. Chciałabym, żeby były świeże warzywa i owoce. Prawdziwe mięso, a nie zepsute... Chciałabym, żeby obsługiwano ludzi, a nie żeby stali w kolejce jak numerki. Żeby nakryć stoły białymi obrusami. Wszystko już sobie przemyślałam. Słucha mnie pan?

– Słucham, słucham – odpowiedział Philippe, uśmiechając się.

Becca się rozgrzewała, opisywała projekt, jak budowniczy katedry pokazuje plany łuków, sklepień, pilastrów, nawy głównej i bocznych.

– Chciałabym stworzyć miejsce, w którym kobiety z ulicy będą się czuły jak u siebie. Miejsce, które przypominałoby trochę dom. A nie zimny, anonimowy przytułek, w którym co wieczór zmienia się pokój i łóżko... Nie chcę też, żeby siedziały tam jak w rezerwacie, w którym zamyka się rzadkie zwierzęta. Chciałabym, żeby miały okazję spotkać tak zwane „normalne" kobiety...

Zawahała się, szukając słów.

– Proszę mówić dalej, Becco – zachęcił ją Philippe.

– Żeby te kobiety nawiązały ze sobą kontakt. I żeby to nie była wyłącznie dobroczynność. Mogłyby się uczyć malarstwa, rysunku, tańca, ceramiki, gry na fortepianie, jogi, gotowania... Mnie dobrze zrobiło gotowanie... Trzeba by je wynagradzać za pracę, gdyby produkowały jakieś przedmioty. Na przykład można by pobierać opłatę za posiłek w formie upieczonego przez nie ciasta, szalika zrobionego na drutach, małej rzeźby z gliny. To z pewnością utopijna koncepcja, ale mam ochotę spróbować... A zaczynając od czegoś małego, nie będę rozczarowana, jeżeli wszystko się zawali.

– A co ja będę robił oprócz tego, że dam pani pieniądze na otwarcie ośrodka?

– Będę pana potrzebowała do prowadzenia rachunkowości i zorganizowania tego wszystkiego. Przyjdzie ciężko pracować, aby ci wszyscy ludzie żyli razem.

– Pracuję tylko na pół etatu. Mogę spędzać przedpołudnia w biurze, a popołudnia z panią.

– A poza tym dobrze byłoby także znaleźć im zajęcie, uczynić z nich na nowo osoby odpowiedzialne za siebie.

Umiejące się przedstawić, wykonać jakąś drobną pracę, ale mimo wszystko pracę. W ten sposób schronisko będzie jedynie etapem w ich życiu... Kiedy ktoś śpi w nocy na deszczu i bez przerwy budzą go ludzie, którzy się biją i kłócą, nie umie się już przedstawić, rozmawiać z innymi, traci podstawy dobrego wychowania, słownictwo... Czuje się brudny... Moglibyśmy wszystko to razem zrobić. Potrzebny mi będzie mężczyzna, żeby zaprowadził porządek.

– Będę zmuszony używać siły?

– Niekoniecznie... Wie pan, autorytet jest czymś, co się odgaduje, nie będzie pan musiał walić pięścią w stół.

– Cieszy mnie ten projekt, Becco, naprawdę mnie cieszy. Kiedy zaczynamy?

– No... gdy będziemy mieli pieniądze.

– Pewnie to pani przemyślała.

– Tak, tak, opracowaliśmy budżet z pastorem Greenem i wygląda to tak...

Pokazywała liczby w skali miesiąca, półrocza, roku...

– Dobrze by było, gdybyśmy przyjęli rok.

Philippe patrzył na liczby. Becca wykonała dużą pracę. Budżet był przejrzysty, jasny, szczegółowy. Obserwowała go z niepokojem.

– Nie wycofa się pan, prawda?

Uśmiechnął się.

– Nie! W żadnym razie.

– Skoro tak – podsumowała Becca – to jeżeli zaczniemy prace latem, we wrześniu będziemy gotowi.

Philippe zaprosił do domu przedstawicieli Sotheby's i Christie's.

Zaproponował im *Butterfly painting* Damiena Hirsta szacowany na osiemset tysięcy dolarów, świecznik Davida Hammonsa szacowany na milion trzysta tysięcy.

Sprzedaż powierzył firmie Sotheby's.

Potem zadzwonił do przyjaciela, Simona Lee, znanego londyńskiego marszanda, aby sprzedać mu *Center Fall* Cindy Sherman.

Wystawił czek dla Bekki.

Musiała usiąść, gdy go odczytała.

– To za dużo! O wiele za dużo!

– Wie pani, dokładnie przeczytałem założenia, będzie pani potrzebowała dużo pieniędzy. Trzeba urządzić pokoje, toalety, prysznice, całą kuchnię, zainstalować ogrzewanie... To będzie kosztowne.

– Ale czek ma być wystawiony nie na moje nazwisko – powiedziała Becca – tylko na naszą fundację. Musimy wymyślić nazwę i otworzyć konto w banku.

Zamilkła na chwilę, a potem wykrzyknęła:

– Philippie! Wreszcie! Czy zdaje pan sobie sprawę z tego, jaki prezent robi pan wszystkim tym ludziom?

– Gdyby pani wiedziała, jak wspaniale się czuję! Przedtem miałem wrażenie, że pierś ściskają mi kleszcze, nie mogłem oddychać. Teraz kleszcze zniknęły. Zauważyła pani? Oddycham swobodnie, oddycham! – Uderzył się w tors i uśmiechnął. – Moje życie zmieniło się w tym roku, i to zupełnie niepostrzeżenie. Sądziłem, że stoję w miejscu, a po prostu powoli zrzucałem dawną skórę. Pewnie byłem strasznie nudny!

– Często tak jest. Zmieniamy się, nie zdając sobie z tego sprawy.

– Wie pani, że sprzedając w tym momencie, robię dzięki pani świetny interes? – rzekł, uśmiechając się chytrze.

– Ach tak?

– To dobry moment na sprzedaż, ceny na rynku idą w górę, ale to nie potrwa długo. Rynek dzieł sztuki stał się zwykłym rynkiem. Słowo „sztuka" zniknęło. Po trudnym roku znowu zaczęły się spekulacje. Sprzedaże na aukcjach biją wszelkie rekordy. Sztuka stała się lokatą kapitału w środowisku kompletnie oderwanym od rzeczywistości.

– A artyści nie mogą zareagować? Zaprotestować?

– Znani artyści zaczęli produkować taśmowo, aby zaspokoić popyt. Na przykład Richard Prince, słyszała pani o nim?

Becca potrząsnęła głową.

– Nie znam się kompletnie na sztuce nowoczesnej.

– *Nurse Painting* Richarda Prince'a, który kosztował sześćdziesiąt tysięcy dolarów w dwa tysiące czwartym roku, osiągnął cenę dziewięciu milionów dolarów w maju dwa tysiące ósmego w Sotheby's w Nowym Jorku! Wobec tego Richard Prince rozpoczął produkcję na masową skalę. Jego prace zubożały, stały się schematyczne. Wielu znanych artystów poszło w jego ślady kosztem kreatywności i jakości. A jednocześnie galerie, które wykonują ciężką pracę, wyszukując młodych artystów, cienko przędą. Nie mają już pieniędzy.

– Pańskie marzenie uleciało. Razem ze wszystkimi dolarami.

– Tak. Ale marzenie zbudowane wyłącznie z dolarów jest złym marzeniem. Moim marzeniem w dzieciństwie było wejść do środka obrazu, moim marzeniem dorosłego jest z niego wyjść.

Opowiedział jej o swoich dziecięcych przeżyciach przed płótnem Caravaggia w Rzymie.

Becca słuchała go i zbierała kawałki własnego rozbitego marzenia.

Zabrała Philippe'a, żeby pokazać mu kościół i mały budynek przylegający do niego przy Murray Grove. Kompleks z czerwonej cegły otoczony ogrodem z dwoma dużymi platanami. Wielkie sale, sklepienia łukowe, podłoga z dużych białych kamieni.

Chciała wykorzystać olbrzymią pustą przestrzeń, aby urządzić w niej kuchnię, pokoje, prysznice, jadalnię, salę telewizyjną, biblioteczkę, wstawić pianino, zawiesić zasłony... Otwierała drzwi i meblowała poszczególne pomieszczenia zgodnie z własnym projektem.

Dołączył do nich pastor Green. Był krzepkim mężczyzną o żywym spojrzeniu, ze szpiczastym nosem, siwymi włosami i cerą w kolorze czerwonej cegły. Przypominał swój kościół. Podziękował Philippe'owi za hojność. Philippe powiedział, że nigdy więcej nie chce słyszeć tego słowa.

Zauważył mniejsze pomieszczenie na pierwszym piętrze i postanowił, że to będzie jego biuro. Na ścianie widniało wypisane dużymi literami zdanie: „Gdy człowiek zetnie ostatnie drzewo, zanieczyści ostatnią kroplę wody, zabije ostatnie zwierzę i wyłowi ostatnią rybę, wówczas zrozumie, że pieniądze są niejadalne".

Postanowił, że zostawi tę sentencję na ścianie.

Gdy wracali do domu, Becca wzięła go pod ramię i oświadczyła, że jest szczęśliwa.

– Odnalazłam swoje miejsce... Mam wrażenie, że szukałam go przez całe życie. To dziwne. Tak jakbym przez te wszystkie lata żyła tylko po to, żeby trafić do tego kościółka. Co to pana zdaniem oznacza?

– To bardzo osobista refleksja – zauważył Philippe, ściskając jej ramię. – Tylko pani wie, co się dzieje w pani wnętrzu. Często się mówi, że podniecająca jest droga, jaką trzeba przemierzyć.

– Przepełnia mnie szczęście i muszę komuś o tym powiedzieć.

Popatrzył na nią. Jej twarz promieniała jasnym blaskiem.

– A pan? – spytała. – Jest pan szczęśliwy?

– Dziwne – rzekł. – Nawet nie zadaję sobie tego pytania.

*

Hortense specjalnie spóźniła się przeszło dwadzieścia minut na spotkanie z Chavalem.

– O szesnastej w Mariage, obok Sali Pleyel – powiedziała przez telefon. – Poznasz mnie, będę najpiękniejszą dziewczyną na świecie!

Przyjdzie kwadrans przed czasem, dziesięć razy wygładzi poły marynarki i wąsy, jak kokietka oglądnie swoje odbicie w łyżeczce. Po półgodzinie oczekiwania zacznie się denerwować i owinę go sobie dookoła małego palca jak złamaną sprężynę.

Chaval się nie owinął: on się zapętlił, tworzył węzły i arabeski, oczy latały mu jak śmigła, pokrętny uśmiech wykrzywiony bolesnym pożądaniem wił się jak spirala. Nieszczęście ludzkie zawsze się odbija na wyglądzie fizycznym, a Chaval nie trzymał się prosto. Stał się na powrót słabą, czołgającą się istotą ze zgnębionym obliczem.

Widok Hortense pobudził mu krew. Całe jego ciało drżało nerwowo i nie mógł nad nim zapanować.

Była jeszcze piękniejsza niż w jego wspomnieniach. Podniósł się z krzesła. Nogi mu dygotały, tracił pod nimi grunt. Przyglądał się jej i kolejne odłamki pocisku trafiały go w twarz. Patrzył z zapartym tchem. Z wytrzeszczonymi oczami. I pomyślał: Kiedyś ta dziewczyna była moja. Leżałem na niej, miałem ją na końcu ogona, miażdżyłem ją, ugniatałem, lizałem jej piersi, miękkie ciało na brzuchu... Poczuł się, jakby ktoś ściął mu głowę. Jakby trafiła weń kula armatnia. Stracił trzeźwość umysłu. Miał szaloną ochotę przycisnąć ją do siebie i złapał biały obrus, którym nakryty był stół.

– Cieszę się, że cię widzę – powiedziała, opadając na biały trzcinowy fotel.

– A co dopiero ja... – udało mu się wydukać. Czuł suchość w ustach, z trudem wymawiał słowa. Jakby zjadł gipsu. – Myślałem, że śnię, kiedy zadzwoniłaś.

– Dobrze, że nie zmieniłeś numeru telefonu!

– A kiedy zobaczyłem, jak wchodzisz, to... to...

Bełkotał. Hortense uznała, że jest żałosny, i pomyślała, że sprawa zostanie szybko załatwiona. Stracił kontrolę nad sobą. Była niemal rozczarowana, nie będzie miała nic ekscytującego do opowiedzenia Juniorowi. Czuła zawód i ulgę. Nie była przekonana, że wymyślony przez Juniora podstęp się powiedzie. Źle się czuła na myśl o tym, że będzie się musiała zachowywać jak szpicel, kłamać, by ustalić prawdę. Wolała zdać się na swój instynkt, który podpowiadał, że Chaval da się złapać na lasso w zamian za obietnicę chwili rozkoszy. Znała tego mężczyznę, bo w przeszłości utrzymywała z nim stosunki.

Wyciągając długie, nagie ramiona i wypinając ku niemu małe piersi, oświadczyła:

– Chciałam się dowiedzieć, co u ciebie słychać. Myślałam o tobie i zastanawiałam się: Co się z nim dzieje? Od dawna.

Dusiła go radość. Myślała o nim! Nie zapomniała o nim zupełnie! Bał się, że śni, i powtarzał te same głupie słowa, słowa zakochanego, który ryczy ze szczęścia.

– Myślałaś o mnie! Myślałaś! Mój Boże!... Myślałaś o mnie.

– Co w tym dziwnego? Byłeś moim pierwszym kochankiem. Nigdy nie zapomina się pierwszej miłości.

– Byłem twoją pierwszą miłością, twoją pierwszą miłością... i nie powiedziałaś mi o tym! Twoją pierwszą miłością...

– Czy koniecznie trzeba to mówić? – mizdrzyła się Hortense, bawiąc się włosami.

– A ja o tym nie wiedziałem! Mój Boże! Jaki byłem głupi!

– Więc nie masz pojęcia o języku zakochanych kobiet.

Patrzył na nią bezradnie. Drżały mu ręce.

– Jesteś taki jak inni mężczyźni. Ograniczasz się do tego, co słyszysz, co widzisz, nie drążysz dalej! Czasami ukrywamy prawdę pod płaszczykiem fałszu, diament pod warstwami błota.

Udała obrażoną, że jej nie rozumiał. Odwróciła głowę, patrząc w głąb sali, wiedziała, że to jej ładniejszy profil.

– Proszę cię, wybacz mi, Hortense, wybacz mi...

Mój Boże! Jakie nudne to głędzenie! Muszę szybko zakończyć tę sprawę, w przeciwnym razie skona mi w ramionach.

Uśmiechnęła się, znowu potrząsając ciężkimi włosami.

– Wybaczam ci. To stara historia.

Chaval zadygotał i obrzucił ją wzrokiem zbitego psa. Och! Nie! Historia się nie zakończyła, chciał znowu wziąć ją w ramiona, przycisnąć do siebie, zyskać przebaczenie za to, że był ślepy, głuchy, głupi. Był gotów na wszystko, byle wrócić do jej łask. Wyciągnął ramię, złapał ją za rękę. Nie cofnęła jej ze wspaniałomyślnością przebaczającej kobiety. Chwycił ją i obiecał, że już nigdy, przenigdy nie zwątpi w jej uczucia.

– Straciłem dla ciebie głowę, Hortense.

Pogłaskała go po ręce i powiedziała:

– Nic nie szkodzi, nie przejmuj się.

– Dziwnie się czuję, wiesz? – kontynuował Chaval, patrząc na nią maślanym wzrokiem.

Co za horror! Chyba się do tego nie rozpłacze! pomyślała Hortense. Ten facet jest naprawdę odrażający.

– Przyzwyczaiłem się do myślenia o tobie w czasie przeszłym. Sądziłem, że nigdy cię już nie zobaczę.

– A to dlaczego?

– Zniknęłaś tak nagle...

– Wszystko robię nagle – przyznała – to przywilej wieku.

I łup! pomyślała. Przypominam mu, że jest ode mnie starszy, że przekroczył czterdziestkę. I rzucam go na kolana.

– A poza tym dużo pracuję. Dostałam kontrakt w Banana Republic w Nowym Jorku, za tydzień wyjeżdżam.

– Wyjeżdżasz do Nowego Jorku?

– Właściwie mój telefon nie był bezinteresowny.

– Jeśli tylko mogę ci oddać jakąś przysługę...

– Chciałam się dowiedzieć, czy znasz tę firmę. Jaki jest jej mocny punkt? Jaka klientela? Młodzież czy dojrzalsze kobiety? Czy mam projektować ciuchy na luzie, czy stroje wieczorowe? Gdybyś mógł mi pomóc...

Schlebiać rozmówcy, żeby przestał się bronić i wyprężył tors. Hortense wiedziała, że to niezawodna recepta. Zwłaszcza przy takim facecie jak Chaval. Napawał się komplementem jak dymem zakazanego papierosa i rósł w dumę.

– Nie znam dobrze tej firmy, ale mogę się popytać.

– Zrobiłbyś to dla mnie?

– Zrobiłbym dla ciebie wszystko, Hortense.

– Dziękuję, zapamiętam to. Jesteś kochany...

Powiedziała to z nutką czułości w głosie i Chaval poczuł się pasowany na walecznego rycerza. Mój Boże! Mój Boże! Ile czasu strawiłem bezmyślnie? Bez ambitnych planów. Straciłem apetyt. Wystarczyło, żeby Hortense weszła do tej herbaciarni, rzuciła torebkę na stół i uśmiechnęła się do mnie, bym poczuł ogień w głowie i w piersi. Zapomniałem, czym jest prawdziwa kobieta, niebezpieczna kobieta, pogardliwa kobieta, która rzuca mężczyźnie wyzwanie i otwiera pod jego stopami przepaść. Miał ochotę skoczyć w tę przepaść. Zapomniał o zasadach ostrożności i pragnął tylko jednego: podzielić się z Hortense swoimi projektami i wspaniałą przyszłością, która się przed nim otwierała.

– A ty? – rzuciła Hortense. – Co teraz porabiasz?

– Wszedłem w złoty interes – powiedział, pusząc się.

– Ach... – westchnęła Hortense, udając, że nie jest zainteresowana.

Urażony Chaval pomyślał, że mu nie wierzy. I jak wszyscy ci, którzy sądzą, że mają już obiecaną fortunę w kieszeni, parł do przodu, pokonując przeszkody, które postawiłaby przed nim ostrożność, gdyby się zastanowił, i ruszył do ataku z nagą szablą.

– Nie wierzysz mi?

– Ależ wierzę... – powiedziała Hortense z miną osoby, która nie wierzy w ani jedno słowo.

– Będę bardzo bogaty! Udowodnić ci to? Nie dalej jak wczoraj wieczorem zamówiłem mercedesa kabriolet, najnowszy model.

– Aż taki będziesz bogaty? – rzuciła zimno Hortense, zapoznając się z kartą deserów.

Udawała, że waha się między kremem malinowym i specjalnością zakładu, musem owocowym. Zapytała go o zdanie.

– Widzę, że nie traktujesz mnie poważnie.

– Wybrałeś jakieś ciastko? Może nie chcesz nic zamawiać... Ja ciągle się waham. Wszystko jest tu takie smaczne.

– Myślisz, że jestem skończony... Martwi mnie to, Hortense!

– Ależ nie... Posłuchaj, będę szczera. Po rozmowie z Marcelem sądziłam, że sytuacja teraz jest ciężka. Sam mi to powiedział. A pracujecie w tej samej branży, nie?

– I tu właśnie się mylisz, moja ślicznotko. Teraz zajmuję się finansami. W wyższych sferach! Spekuluję, spekuluję...

– Za własne pieniądze?

– W każdym razie za pieniądze.

– I będziesz bogaty?

– Bardzo bogaty.

– Nie będę przed tobą ukrywać, że interesuje mnie to, bo chciałabym stworzyć własną markę i będę potrzebować funduszy... finansisty z solidnym zapleczem, który by mnie wspierał.

– Siedzi przed tobą! Jestem mężczyzną, którego szukasz!

– Posłuchaj, Bruno...

Usłyszał swoje imię z ust Hortense i znowu zmiękł. Kiedy byli razem, zawsze zwracała się do niego per Chaval. Mowy nie było o jakiejkolwiek czułości. Tylko chuć i kasa! Jasne? rzuciła pewnego dnia, kiedy przez nieuwagę powiedział, że za nią szaleje.

– Posłuchaj, Bruno – ciągnęła, modulując głosem dwie sylaby, zaokrąglając je w ustach, zwilżając wargi. – Mówię poważnie, nie rzucam słów na wiatr.

– A co dopiero ja!

– Chciałabym ci wierzyć... ale mam dość ludzi, którzy się chwalą, a gdy prosisz ich o wsparcie, wycofują się. Łatwo się mówi, człowieka jednak sądzi się po czynach!

Wpadła na pewien pomysł, aby pociągnąć Chavala za język.

– Myślisz o kimś konkretnym? – spytał.

– Tak. O kimś, kogo znasz... Mam do niego pretensje! Jestem wściekła!

– Powiedz mi, kto to jest, a zabiję go – powiedział pół żartem, pół serio.

– Powiem ci coś... Gdybym znalazła sposób, żeby zgarnąć jego forsę, zrobiłabym to bez żenady. Zresztą nawet by się nie połapał! Ma forsy jak lodu! Mam dość braku kasy, Bruno. Chodzi mi po głowie tyle pomysłów, tyle projektów... Ale nic nie mogę z nimi zrobić! I nikt nie chce mi pomóc... Ten rok skończyłam z pierwszą lokatą i zaprojektowałam kilka modeli, które zostaną przedstawione wielkim markom. I nic na tym nie zarobię! Nic! A kiedy proszę faceta, który pławi się w złocie, żeby pożyczył mi trochę pieniędzy... rozumiesz, „pożyczył", oddam mu co do grosza... on odmawia! Mówi, że jestem za młoda, że ledwie wyszłam z pieluch! Nienawidzę go, mówię ci, nienawidzę go!

– Uspokój się – powiedział Chaval, który poczuł się nagle panem sytuacji.

– Po co w takim razie mieć pomysłów na pęczki, co? Po co mi to? Jeżeli nie mam grosza na ich realizację...

Z wściekłością uderzyła w stół.

– Pomogę ci, zobaczysz. Pomogę ci...

Westchnęła z irytacją. Podszedł kelner, żeby przyjąć zamówienie. Ze znudzoną miną wybrała tartę owocową i herbatę wędzoną. Zapisał zamówienie i oddalił się.

– Nie chcę skończyć jak sługus, jak on – mruknęła Hortense wystarczająco głośno, aby Chaval usłyszał.

– Poczekaj – powiedział Chaval – poczekaj...

Był tak przejęty, że nie wyobrażał sobie ani przez sekundę, że Hortense go oszukuje. Myślał sobie z zadowoleniem dawnego pięknoducha, że ona mu się należy, potrzebuje go, znowu ma ochotę zakosztować jego uścisków, upajał się tą myślą, wdychał ją, odurzał się nią. Wszystko mieszało mu się w głowie. Chciał mieć jasność i wrócił do poszczególnych kwestii, które poruszyła.

– Kogo prosiłaś o pieniądze?

– Po co ci to wiedzieć? Nic nie zmienisz... Mam mu za złe, gdybyś wiedział, jak bardzo mam mu za złe!

– Powiedziałaś, że go znam.

– Znasz go świetnie.

– Czy to przypadkiem nie Marcel Grobz? – syknął Chaval z miną sprytnego spiskowca.

– Jak zgadłeś? – wykrzyknęła Hortense. – Naprawdę zbiłeś mnie z nóg, Bruno, ścięło mnie! I pomyśleć, że on twierdzi, że jesteś zupełnie skończony, spłukany, nadajesz się na śmietnik. Że nie chciałby nawet używać cię w charakterze wycieraczki!

– Tak powiedział?

– To jego własne słowa!

– Zapłaci mi za to!

– Ale mu nie uwierzyłam – dodała Hortense, bawiąc się jak kotka chłeptająca mleko, które właśnie wywróciła jednym ruchem pazurów. – Czego dowodzi fakt, że postanowiłam się z tobą spotkać, żeby dowiedzieć się czegoś o Banana Republic.

– Ach! Stary pożałuje tych słów!

Pochylił się do niej, dał jej znak, żeby się przysunęła. Wyprostowała nogę pod stołem i jej udo musnęło udo Chavala, który ostatecznie stracił głowę.

– Jego właśnie wziąłem na celownik! Dzięki niemu stanę się bogaty!

– Jak to? – spytała Hortense.

– Zdobyłem hasła do jego kont i regularnie podbieram mu pieniądze. Dzięki temu właśnie wpłaciłem pierwszą ratę za mercedesa. I pomyślałem sobie, że za pieniądze, które kradnę z jego konta, mogę otworzyć własny biznes. I właśnie podjąłem decyzję: otworzę go z tobą! Zostaniesz pomszczona, ślicznotko... Ha! Jestem skończony, spłukany, nadaję się na śmietnik? Już ja mu pokażę, kto się nadaje na śmietnik! Ja... ja... on się nadaje na śmietnik!

Hortense zachęcała go wzrokiem. Nie przyjmować propozycji natychmiast, niech trochę poczeka, stanie się bardziej wylewny i zdradzi jej wszystkie tajniki swoich machinacji.

– Jesteś kochany, Bruno...

Przeciągnęła słowo „kochany", mocniej nacisnęła na udo, zobaczyła, że Chaval czerwienieje.

– Ale to za duże ryzyko. Złapią cię! A z całą pewnością by mnie to zmartwiło.

– Skądże! – zdenerwował się Chaval. – Wszystko przemyślałem! Nie podejmuję żadnego ryzyka, Henriette bierze na siebie wszystko! Henriette wypłaca pieniądze i przelewa mi połowę. Ja w nic nie jestem zamieszany.

– Ona podała ci hasła do kont? – wykrzyknęła Hortense, udając niedowierzanie.

– Nie, ktoś inny... Biedna kobieta, która zakochała się we mnie na zabój... Udostępniła mi hasła. Zresztą nieświadomie. Pracuje w Casamii. Nazywa się Denise Trompet. Nazywamy ją Trąbką.

No i proszę! pomyślała Hortense. Junior jest naprawdę niezły. Do wyjaśnienia pozostawała tylko tajemnica galabiji.

– Spałeś z nią? – spytała Hortense z żałosną miną zdradzanej kobiety.

Spuściła głowę, żeby ukryć smutek.

– Ależ nie, kochanie, nie spałem, uwiodłem ją wzrokiem, wyłącznie wzrokiem, przysięgam ci! I rzuciłem ją.

– Nie mogę mieć do ciebie pretensji – westchnęła Hortense. – Dobrze wiem, że nie oprze ci się żadna kobieta. Poczynając ode mnie...

– Z Trąbką poszło mi dziecinnie łatwo!

Opowiedział wszystko, uwypuklając swoją rolę. Miażdżył Trąbkę pogardą, naśmiewał się z jej sukienek przypominających zasłony, z bladego, zwiotczałego ciała, pomniejszał rolę Henriette, dał się ponieść, dodał kilka zer do swojego łupu.

– Jestem bogaty, Hortense, jestem bogaty... Nie szukaj dalej, znalazłaś zaplecze finansowe.

– To wygląda zbyt pięknie – powiedziała Hortense, potrząsając głową. – Zbyt pięknie... A jeżeli Marcel się zorientuje i zwietrzy kant?

– Darzy całkowitym zaufaniem Trąbkę, a biedna kobieta za mną szaleje. Trzymam rękę na pulsie.

Zaczął obmyślać plany. Mówił o modelach, które trzeba zaprojektować, zasugerował, aby zacząć od sprzedaży internetowej. To przyszłość, ślicznotko, przyszłość. Interes szybciej się rozkręci, dopiero potem otworzymy sklepy.

– Zobaczysz, we dwójkę zarobimy kupę kasy.

Hortense nadal się krzywiła. Nie chciała za żadne skarby wyglądać na pełną entuzjazmu. Musiała się dowiedzieć, czy Chaval jeszcze coś knuje. Wyjaśnić tajemnicę galabiji.

– Naprawdę tak sądzisz?

– Posłuchaj, masz żal do Marcela...

– Nie znoszę go.

– Więc pomyśl o tym. Mamy czas. A gdy ty będziesz myśleć, ja będę czerpał z konta. Akcja, reakcja, akcja, reakcja! – powiedział Chaval, czyszcząc sobie zęby paznokciem kciuka.

Bardzo elegancko, pomyślała Hortense, bardzo elegancko! Facet przestaje się pilnować i na powrót staje się sobą.

– Masz rację, zastanowię się... Ale nie powiemy o tym nikomu, prawda? – nalegała. – Musimy być ostrożni, bardzo ostrożni.

– To się rozumie samo przez się. Bierzesz mnie za idiotę? Komu niby miałbym o tym powiedzieć?

– Myślałam o Henriette. Nie mów jej w żadnym razie, że się ze mną spotkałeś.

– Obiecuję!

Oparł łokcie na stole, patrzył na nią i potrząsał głową.

– Gdyby ktoś mi powiedział trzy miesiące temu, że będę bogaty i odzyskam kobietę, którą kocham!...

– Szczęście zawsze sprzyja odważnym.

– Co robisz dziś wieczorem? Moglibyśmy...

– Och, przykro mi! Obiecałam mamie i siostrze, że zjem z nimi kolację, niewiele się z nimi widziałam, odkąd wróciłam z Londynu. Może kiedy indziej, dobrze?

Wzięła go za rękę z czułością wdzięcznej kobiety gotowej spłacić dług w naturze. Odpowiedział wspaniałomyślnie:

– Dzisiejszy wieczór ci daruję. Ale żądam wszystkich pozostałych wieczorów aż do twojego wyjazdu! I wiesz co? Mógłbym cię odwiedzić w Nowym Jorku, co? Byłoby wspaniale, nie? Wjechalibyśmy na szczyt Rockefeller Center, chodzilibyśmy po Piątej Alei, mieszkali w luksusowych hotelach...

– Marzę o tym, Bruno! – powiedziała Hortense, delikatnie głaskając go po palcach.

I niech cię szlag trafi, imbecylu! pomyślała.

Tego samego wieczoru Hortense jadła kolację u Josiane i Marcela.

Marcel wcześnie wrócił z biura. Wziął kąpiel, słuchając Luisa Mariano, wyśpiewał pierwsze nuty: Mexico, Meeexiii-coooo, włożył szlafrok z wyłogami z fiołkowego weluru, skropił wodą toaletową rudy tors i usiadł za stołem szczęśliwy na myśl o tym, że spędzi miły, spokojny wieczór, degustując nerki cielęce w koniaku ugotowane przez Josiane i wypali dobre cygaro, pieszcząc wzrokiem żonę i syna. To był jego ulubiony moment dnia i żałował, że zdarza się tak rzadko.

Siadł do stołu, drapiąc się po brzuchu, oświadczył, że zjadłby konia z kopytami, i kawałkiem chleba wytarł talerz z sosu.

Słońce zachodziło nad parkiem Monceau, w oddali słychać było czysty dźwięk fletu płynący przez zaskakującą ciszę, jakby życie się zatrzymało. Marcel zapominał o godzinie, zapominał o dniu, zapominał o wszystkich troskach. Jest lato, pomyślał, będę mógł wyjechać, spacerować z gołym brzuchem z moją Żabcią, śpiewać jej piosenki w łóżku, przepędzić mgłę z głowy...

Josiane sprzątała talerze. Junior domagał się loda kasztanowego. I makaroników.

Marcel otwarł pudełko cygar. Wybrał jedno. Powąchał je. Poobracał w palcach. Beknął. Przeprosił Hortense. Pochylił głowę, popatrzył na nich, westchnął:

– Chciałbym codziennie tak żyć. Bez problemów, bez chmur gromadzących się nad głową, otoczony miłością bliskich, która mnie rozgrzewa. Nie chcę już nigdy słyszeć o interesach, przynajmniej do jutra.

– No właśnie... – zaczęła Josiane, siadając z powrotem przy stole. – Musimy pogadać, Tłuściochu! Irytują nas z twoim synem pewne rzeczy. Dostajemy od tego wysypki.

– Nie dziś, Żabciu, nie dziś... Dobrze mi, odpoczywam, rozrywam się... Spada mi cholesterol, uspokaja się mięsień sercowy, mam ochotę prawić ci komplementy.

Pochylił się i uszczypnął ją w bok z szelmowską miną.

Odwróciła się i dramatycznym głosem oświadczyła:

– Wdepnęliśmy w niezłe gówno, Marcelu, w wielkie gówno!

Najpierw Josiane opowiedziała o spotkaniu z Chavalem w Royal Pereire. Potem Junior wyjaśnił ojcu, co zobaczył w głowie Chavala. Wreszcie Hortense opowiedziała o rozmowie z nim. Marcel słuchał, bawiąc się popiołem z cygara w popielniczce, i coraz bardziej zaciskał zęby. Josiane zakończyła mocnym głosem:

– Miałoby się ochotę powiesić na krawacie, gdy się tego słucha, ale nie zmyśliliśmy niczego.

– Jesteście pewni, że to nie są konfabulacje? – spytał Marcel, wkładając z powrotem cygaro do ust.

– Chaval wszystko mi wyjaśnił – powiedziała Hortense.

– Wystarczy, że sprawdzisz przepływy na swoich kontach osobistych. Będziesz miał dowód!

Marcel przyznał, że rzeczywiście będzie to dowód.

– Nigdy nie uwolnimy się od tej kobiety, Wilczku! Zawsze będzie miała do nas pretensje. Nie może pogodzić się z tym, że poszła w odstawkę. Mówiłam ci tysiąc razy, że jesteś dla niej za dobry. Twoja hojność ją rani, zamiast zjednywać wdzięczność.

– Próbowałem po prostu zachować się przyzwoicie. Nie chciałem, żeby wylądowała na bruku.

– Ona szanuje wyłącznie siłę! Okazując hojność, upokarzasz ją, a ona ostrzy nóż.

– Mama ma rację – powiedział Junior. – Będziesz musiał zadać jej cios, być może okrutny. Ma wszystko, co chce, zachowała mieszkanie, płacisz jej rentę, zasilasz konto emerytalne w banku, ale w jej drapieżnych oczach to nie wystarcza. Musisz skończyć ze wspaniałomyślnością! Nie ma żadnego powodu, żeby figurowała na twojej prywatnej liście w banku. To absurd.

– Chodziło o jej emeryturę – wyjaśnił Marcel. – Wiem, co znaczy być biednym. Wiem, co to nocne lęki, strach w żołądku, listy, których nie ma się odwagi otworzyć, grosze, które się oszczędza, grzebiąc w portmonetce. Nie chciałem, żeby wpadła w panikę.

– To leniwa kobieta, która ma masę czasu, aby przeżuwać swoją zemstę – powiedział Junior. – Pozbaw ją środków do życia, będzie musiała zrobić to co wszyscy: pracować.

– W jej wieku? – wykrzyknął Marcel. – Nie może!

– Ma znacznie więcej sił, niż sądzisz! To podła, ale pełna energii łasica.

– Nie wyrzucę jej przecież na bruk... – mruknął Marcel, ssąc cygaro.

– Ona nie wahałaby się ani przez sekundę! – krzyknęła Josiane.

– Wiem, wiem... I jestem zmęczony jej kombinacjami... Czy ona nigdy nie przestanie?

– Nigdy! – wykrzyknęła Josiane. – Będzie jeszcze tańczyć, gdy schowają skrzypce!

– Miałem nadzieję, że się uspokoi. Nie może się zachowywać jak wszystkie kobiety w jej wieku? Grać w brydża, robić na drutach, chodzić na koncerty, układać zielniki, pić herbatę z dawnym kochankiem, czytać Prousta i Chateaubrianda, uczyć się gry na fortepianie, na klarnecie albo brać lekcje stepowania? Nie wiem, co jeszcze! Robię wszystko, żeby było jej dobrze, staram się, jak mogę, a ona pluje mi w twarz!

Denerwował się, wściekał, żeby ukryć, iż jest mu przykro, że prześladuje go nienawiść kobiety, którą niegdyś kochał. Kobiety, którą uwodził, rozpieszczał, wynosił na piedestał.

Podnosił ręce, opuszczał je, złościł się, wypluwał tytoń, dyszał, czerwieniał, bladł i przez te ataki po raz kolejny widać było olbrzymie rozczarowanie na myśl o tym, że znowu jest przedmiotem pogardy.

– Przestań się unosić i naprawiać świat, ojcze! Nie zmienisz Henriette. Nienawiść do ciebie stała się jej racją bytu. To jej jedyne zajęcie. Jest jeszcze pełna soków życiowych.

– Właśnie nam tego dowiodła – powiedziała Josiane.

– Trzeba ją przepędzić z naszego życia. Zacznij od obniżenia jej jałmużny, a przede wszystkim, przede wszystkim zlikwiduj jej konto osobiste. Wzięliście rozwód. Zapadło orzeczenie. Trzymaj się ściśle przepisów prawa.

– Nie doniosę na nią glinom. Nigdy bym tego nie zrobił – powiedział Marcel, potrząsając głową.

Flet przestał grać i miał nadzieję, że muzyka wróci i zabrzmią nuty, które uśmierzą jego ból. Nie podobała mu się perspektywa wojny z Henriette. Spojrzał na żonę, spojrzał na syna. Mieli rację. Nie można wyleczyć kobiety z nienawiści, okazując jej miłosierdzie. Trzeba uderzyć mocno, aby wąż zwinął się i zdechł. Niech bierze moje pieniądze, wszystko mi jedno, ale gdyby kiedykolwiek chciała odebrać mi szczęście, wpadłbym w szał.

– Wezwij ją. Razem z Chavalem. Zdemaskuj ich. Powiedz, że powiadomiłeś policję, że prowadzą czynności, że grozi im więzienie, nie wiem, ale nastrasz ich. Uderz mocno, żeby zrozumieli... Umiesz straszyć ludzi, kiedy trzeba, prawda, mój Wilczku?

Marcel westchnął.

– Cały czas prowadzę wojnę... Jestem zmęczony.

– Ale tchórzostwem byłoby ich nie ukarać – powiedział Junior, podnosząc palec wskazujący, jakby wypowiadał sentencję Marka Aureliusza.

– A Denise Trompet? – spytał Marcel.

– Ona nie jest niczemu winna – powiedziała Josiane. – O niczym się nie dowie. Nie warto. To uczciwa kobieta, jestem tego pewna. Chaval ją wykorzystał. A poza tym coś ci powiem, mój tłusty Wilczku... Nie dajesz już sobie ze wszystkim rady sam, jesteś zmęczony. Pozwól mi wrócić do firmy. Junior mnie tu nie potrzebuje. Nudzę się, nic nie robiąc. Pałętam się po domu. Szukasz prawej ręki? Będę twoją prawą ręką. I będę ostrożna. Zaczęliśmy już pracować z Juniorem i odkryliśmy nowy produkt, coś wspaniałego. Trzeba tylko podpisać umowę i mamy to w kieszeni!

– Ale Junior... jest za mały, żeby mógł zostawać sam! – wykrzyknął Marcel, patrząc na syna, który siedział wyprostowany na końcu stołu.

– Mama mogłaby pracować na pół etatu – zaproponował Junior. – Zajmowałaby się mną przed południem, a po południu szłaby do biura. Musi rozruszać sobie mózg. A ja po południu mam lekcje z Jeanem-Christophe'em. To mądry człowiek, uczy mnie pięknych rzeczy. Robię przy nim postępy.

– Widzę, synu! Codziennie jestem pod większym wrażeniem.

– A poza tym – kontynuował Junior – chciałbym też śledzić rozwój twojej firmy. To mnie interesuje. Świat się zmienia, a ty może już nie masz sił, żeby dostosować się do przełomu, który nas czeka. Przeżyjemy straszny wstrząs, ojcze.

– A ty skąd o tym wiesz?

– Wiem, zaufaj mi... Nie możesz dalej tak ciągnąć. Umrzesz za biurkiem, a wtedy nam z mamą będzie bardzo smutno. Czarne kruki pojawią się nad naszymi głowami i będziemy się kulić, żeby nas nie rozdziobały.

Marcel dyszał. Potrząsał głową jak koń, który nie chce przeskoczyć przez przeszkodę, nie ma siły wziąć rozpędu. Hortense słuchała matki i dziecka. Szli do przodu we wspaniałej jedności, starając się tylko chronić Marcela. Była niemal wzruszona i wstrzymała dech.

– Macie rację – rzekł Marcel. – Wezwę Chavala i Henriette. Postaram się, aby Chaval zniknął z horyzontu na zawsze. Powiem mu, że jest notowany, nigdy już nie znajdzie pracy i będzie skończony. Co do Henriette, to zostawię jej mieszkanie, rentę i tyle. Da sobie radę.

– Jesteś dalej zbyt hojny, Wilczku.

– To idiotyczne, wiesz? Myślałem, że powinienem zapłacić za swoje szczęście... Byłem jak pies zbyt długo trzymany na uwięzi, który w końcu przyzwyczaja się do łańcucha wrzynającego mu się w kark. Tak długo żyłem pod rządami tej kobiety, że niewolnictwo weszło mi w krew. Ale zareaguję, obiecuję wam. Zobowiązuję się do tego w obecności Hortense. Dziękuję ci, ślicznotko, za to, co dla nas zrobiłaś. Koniec końców dzielna z ciebie dziewczyna.

Hortense nie odpowiedziała. Nieszczególnie podobało jej się, że nazywa ją dzielną dziewczyną, lecz rozumiała, co ma na myśli.

Marcel odsunął biodrami krzesło i wstał.

– A więc wojna! Będę ją prowadził bez zbytnich emocji.

Przytaknęli.

– Znakomicie – powiedział Marcel. – Sprawa zamknięta. Mam dwóch nowych wspólników i będę mógł spokojnie wyrywać sobie włoski z nosa! A na razie, Żabciu, uczcijmy twój angaż w łóżku!

Josiane podniosła głowę i spytała:

– Nie zmiękniesz? Obiecaj mi!

– Będę nieugięty... Okrutny i krwiożerczy!

– I pozwolisz mi z sobą pracować?

– Będziesz moją drugą połówką w łóżku i w pracy!

– Nie będziesz robił mi wyrzutów ani mnie obwiniał?

– I dostaniesz pensję ministra finansów!

– A ja też będę miał swoje miejsce w twojej firmie? – spytał Junior.

– Stworzymy triumwirat!

Josiane promieniała, wyciągając do niego ramiona.

Objął ją zamaszystym gestem, postawił na nogi, przyciągnął do siebie i zaprowadził do sypialni, wydając pomruki szczęścia.

– Słodcy są – powiedziała Hortense, widząc, jak chwiejnym krokiem przemierzają korytarz.

Marcel odsłonił ramię Josiane, miętosił je, gryzł delikatnie, a Josiane protestowała: Poczekaj chwilę, poczekaj, patrzą na nas!

– To duże dzieci – rzekł Junior. – Kocham ich czule. Gdy byłem mały, przyklejałem ucho do drzwi sypialni i słuchałem, jak wyją z rozkoszy. Będę wywiązywał się z obowiązków małżeńskich, moja droga, nauczyłem się wszystkiego przez zamknięte drzwi.

– Przyjrzałeś się mózgowi Gary'ego? – spytała Hortense, która wolała zmienić temat rozmowy.

– Tak.

– I?... Nie każ mi czekać, Junior, bądź miły...

– Jesteś zakochana?

– To nie twoja sprawa! Powiedz mi, co zobaczyłeś.

– Widziałem wiele rzeczy. Bilet lotniczy na twoje nazwisko wiszący na tablicy w jego kuchni. Hortense Cortès. Londyn–Nowy Jork. Sprzed kilku miesięcy. Nadal go ma... Gdy się zdenerwuje, rzuca w niego strzałkami!

– Chciał zabrać mnie ze sobą – powiedziała cicho Hortense.

– Wydaje mi się to prawdopodobne.

– Zadzwonił do mnie, a ja nie dostałam jego wiadomości... Mama miała rację. Komórka nie zawsze działa...

– W tym wypadku nie należy winić Orange, ale bardzo brzydkiego chłopaka oszpeconego przez oporny trądzik. Widzę wszędzie krosty na jego twarzy.

– Pryszczaty Jean!

– To on skasował wiadomość od Gary'ego. Skasował też wiele innych wiadomości.

– A ja podejrzewałam ajatollaha... A więc to on. A co jeszcze widzisz oprócz biletu lotniczego?

– Widzę altankę w głębi parku. To dość dziwne, bo altanka jest w odległym zakątku, a dookoła masa ludzi... Stawy, wieżowce, żółte taksówki, riksze, wiewiórki... Gary często tam chodzi. To jego schronienie. Słucha adagia jednego z koncertów Bacha i ćwiczy, grając na klawiaturze, którą sobie wyobraża.

– Jest sam?

– Tak. W altance jest sam. Rozmawia z wiewiórkami i gra na fortepianie. Widzę jakiś problem i zamek...

– Zamek w Central Parku?

– Nie, zamek w jakimś opuszczonym miejscu, gdzie mężczyźni chodzą w spódniczkach.

– To Szkocja! Jego ojciec! Wyjechał na poszukiwanie ojca do Szkocji! Wiesz co? Naprawdę jesteś niezły...

– Bardzo piękny zamek, który popadł w ruinę. Wymaga wielkiej pracy. Machikuły się walą, a wieża chwieje...

– Opowiedz mi jeszcze o altance.

– Znajduje się w parku... Na końcu wąskiej dróżki wysypanej białym żwirem. Niełatwo ją znaleźć... Trzeba iść niezły kawałek. Przejść przez mostek. Drewniany mostek. Z cienkich szarych desek. Droga wznosi się i opada. Wije się... Kiedy jest się w środku altanki, ma się wrażenie, że jest się samemu na świecie, jakby się było na szczycie Himalajów. Budynek jest okrągły i otwarty z boku.

– Jesteś pewien, że Gary jest tam sam?

– Słucha muzyki i karmi wiewiórki.

– Czy myśli o mnie?

– Widzę tylko przedmioty, Hortense, nie uczucia.

– Nigdy się nie pomyliłeś?

– Ten dar jest czymś całkiem nowym. Spadł na mnie przez przypadek. Badając zjawisko fal i ich transmisji, zdałem sobie sprawę, że człowiek także może emitować fale magnetyczne i utrzymywać łączność. Nie opanowałem go jeszcze całkowicie. Wiedziałaś, że w tysiąc dziewięćset czterdziestym ósmym roku średnica przewodu do tranzystora była mniej więcej równa jednej setnej średnicy ludzkiego włosa, co oznaczało znakomity postęp w porównaniu do pierwszych tranzystorów, w których była ona zbliżona do tabletki witaminy...

– Bardzo ci dziękuję, Junior – przerwała mu Hortense.

– To mi wystarczy. Dam sobie radę. A wymyśliłeś może, o co chodzi z galabiją w głowie Chavala?

– Nie, kompletnie się zaciąłem. Muszę jeszcze poczynić znaczące postępy, sama widzisz...

– Czyli umawiamy się za siedemnaście lat? – spytała Hortense, żeby sprowadzić go do rzeczywistości.

– Zgoda – westchnął. – Ale będę dzwonił do Nowego Jorku, żeby się dowiedzieć, co u ciebie słychać.

Pocałowała go w czerwone loczki i wyszła.

*

Kiedy Hortense wróciła do domu, zobaczyła światło w gabinecie matki. Pchnęła drzwi. Joséphine siedziała na ziemi otoczona masą czerwonych, niebieskich, białych i żółtych kartoników ułożonych w rzędach. Brała jeden kartonik, przesuwała go, brała kolejny, kładła między dwa inne... Du Guesclin z pyskiem leżącym na łapach obserwował ją bez ruchu.

– Co robisz?

– Pracuję.

– Nad książką?

– Tak.

– A co to są te kartoniki?

– Czerwone przedstawiają Cary'ego Granta, żółte Młodzieńca, białe to fragmenty dialogów Cary'ego Granta zaczerpnięte z książek, a niebieskie to miejsca do opisania i postaci drugoplanowe.

– Sprytne!

– Kiedy wszystko rozjaśni mi się w głowie, wystarczy to napisać i... pójdzie samo! Uważaj! Nie chodź po nich!

Du Guesclin warknął. Czuwał nad dziełem Joséphine i ostrzegał, że pogryzie, jeżeli ktoś zniszczy piękną budowlę. Hortense opadła na tapczan w kącie pokoju. Zrzuciła buty i przeciągnęła się.

– O rany! Co za dzień! Bez przerwy chodziłam!

– Skąd wracasz?

– Mówiłam ci, mamo... Zapomniałaś? Byłam na kolacji u Josiane i Marcela.

– Przepraszam. O wszystkim teraz zapominam... Było miło?

– Tak... Junior jest naprawdę zadziwiający, wiesz? Chce się ze mną ożenić. To jego nowy kaprys.

– Bez wątpienia!

– Czyta w ludzkich umysłach. Mówi, że ma w głowie fale tranzystorowe... Próbował wygłosić mi wykład na temat średnicy przewodów, nic z tego nie zrozumiałam.

– Co przeczytał i w czyjej głowie?

Hortense wahała się, czy wszystko opowiedzieć matce. Nie chciała wspominać o roli Henriette. Jej matka i babka nie widziały się od pogrzebu Iris. Henriette zniknęła z ich życia. Zresztą nigdy tak naprawdę nie stanowiła jego części. Pamiętam, gdy byłyśmy małe, Zoé skarżyła się, że nie ma rodziny. Ja uważałam, że to ułatwia życie. Nigdy nie znosiłam grup... Niszczą jednostkę, czynią z niej ryczącego barana.

– Że Marcel powinien przeprowadzić restrukturyzację firmy... Wszystko wyjaśnił ojcu, który zachwycony postanowił go zatrudnić! I Josiane też.

– Dla Josiane to dobrze, nudziła się w domu. Kiedy ją ostatnio widziałam, chciała mieć drugie dziecko. Nie uważałam tego za zbyt rozsądne.

Joséphine potarła sobie skrzydełka nosa. Kiedyś nie znosiłam tego gestu, pomyślała Hortense, wpadałam od tego w chandrę. Przypominał, że życie jest ciężkie, że nie mamy pieniędzy, że tata odszedł, że mama jest smutna.

– Powiedz, kochanie, bo nie miałyśmy czasu porozmawiać, ta propozycja pracy w Nowym Jorku jest poważna?

– Bardzo.

– Jesteś pewna?

– Boisz się, że wpadnę w szpony mafii handlującej narkotykami lub żywym towarem?

– Wyjeżdżasz, a ja nic nie wiem. Gdzie będziesz mieszkać? Kto cię zatrudnił? Kim jest ten człowiek, ten...

– Frank Cook.

– Nie znam go. A jeżeli coś ci się stanie?

– Nic mi się nie stanie, to poważny człowiek... Nicholas, mój angielski przyjaciel, pamiętasz go?

Joséphine potakująco skinęła głową.

– Rozmawiał z nim, pośredniczył w podpisaniu kontraktu i zasięgnął języka na jego temat. Dają mi mieszkanie, będę miała adres, numer telefonu, będziesz mogła do mnie zadzwonić. Możesz nawet przyjechać mnie odwiedzić, jeśli zechcesz. Będę miała pokój gościnny. Wszystko jest w porządku. Poza tym poprosiłam Philippe'a, żeby też się czegoś o nich dowiedział, i stwierdził, że wszystko jest OK... Jesteś uspokojona?

Imię Philippe'a w ustach Hortense zbiło Joséphine z tropu. Serce zaczęło jej mocniej bić, wymamrotała:

– Widziałaś się z Philippe'em?

– No tak... Często się spotykamy, jemy razem lunche, doradza mi, to on mi znalazł gościa, który sfinansował wystawy.

– Ach...

Hortense spojrzała na matkę, która splotła ręce i nerwowo skubała skórki wokół paznokci.

– No dalej, mamo! Zadaj mi wszystkie pytania, które tak strasznie chcesz mi zadać.

– Nie, nie...

– Ależ tak... Wiesz dobrze, że nic nie jesteś w stanie ukryć! Można w tobie czytać jak w otwartej księdze.

Joséphine uśmiechnęła się przepraszająco i zapytała:

– Jestem aż tak przewidywalna?

– Z całą pewnością nie jesteś Matą Hari! Więc?... Co chcesz wiedzieć?

– Wszystko u niego w porządku? – spytała nieśmiało.

– Tylko tyle?

– No... to znaczy...

– Więc posłuchaj mnie dobrze: wszystko u niego w porządku, mieszka sam, jest przystojny, inteligentny, błyskotliwy i wolny jak powietrze... I powinnaś to wykorzystać, bo taki mężczyzna budzi pożądanie.

– Dottie...

– Wróciła do siebie i moim zdaniem nie był w niej wcale, ale to wcale zakochany. Po prostu pomógł jej w momencie, gdy tego potrzebowała.

– Mówi o mnie? Pyta, co u mnie słychać?

– Nie.

– To zły znak?

– Niekoniecznie. To elegancki mężczyzna, uważa, że jestem twoją córką i niekoniecznie należy mnie traktować jak skrzynkę na listy. A poza tym jesteście wystarczająco duzi, żeby dać sobie radę sami.

– Przedtem posyłał mi kwiaty, książki, pocztówki z enigmatycznymi zdaniami... Na ostatniej był cytat z Camusa: „Czar to sposób, żeby odpowiedziano ci: tak, gdy ty nie stawiasz żadnego wyraźnego pytania".*

_____

* A. Camus, *Upadek*, przeł. J. Guze, PIW, Warszawa 1975 (przyp. tłum.).

– A ty co mu odpisałaś?

– Nie odpisałam... – wyznała Joséphine.

– Nie odpisałaś? – wrzasnęła Hortense. – Ależ... mamo?! Czego oczekujesz? Że będzie czołgał się u twoich stóp z łańcuchem na szyi?

– Wiedziałam, że nie mieszka sam, i...

– Jeżeli nigdy nie odpowiadasz na jego listy, to z pewnością się zmęczy! Mężczyźni nie są święci... Jesteś beznadziejna! Może masz dyplomy studiów wyższych, ale w miłości jesteś podwójnym zerem!

– Jestem ciągle początkująca, Hortense, nie mam takiej łatwości jak ty... Całe życie spędziłam z nosem w książkach...

– Więc teraz, gdy Dottie się zmyła, zamierzasz mu odpowiedzieć?

– Nie... Wymyśliłam coś...

– Mów, obawiam się najgorszego!

Hortense oparła się na poduszkach na tapczanie i przygotowywała się do wysłuchania ckliwej historii.

– Pomyślałam, że któregoś wieczoru pójdę pod jego okna i... będziesz się śmiać...

– Nie! Mów dalej!

– Będę rzucać drobne kamyczki i... on wystawi głowę na zewnątrz, i wtedy powiem cichutko, że to ja, to ja, a on zejdzie...

– To niewyobrażalnie śmieszne!

– Wiedziałam, że tak powiesz.

Joséphine spuściła głowę. Hortense podniosła się na łokciu.

– Po co komplikować sprawy, skoro można je załatwić prosto? Dzwonisz do niego i umawiacie się. Żyjemy w czasach Internetu, *speed datingu* i komórek! Minęła już epoka Cyrana i balkonu! Zresztą Cyranowi szczęścia to nie przyniosło! Na twoim miejscu byłabym ostrożna.

– Będę się mniej bała w ciemności... A poza tym jeśli nie zejdzie, pomyślę, że to niekoniecznie dlatego, że nie chce ze mną rozmawiać, ale dlatego, że mnie nie zobaczył, i będzie mi mniej smutno.

– O rany! Mamo! Żebyś w twoim wieku była jeszcze na tym etapie!

– Kiedy jest się zakochanym, jest się głupim w każdym wieku.

– Niekoniecznie.

– Spójrz na Shirley! Sądziła, że jest taka silna, odporna na ciosy... Odkąd spotkała Olivera, traci grunt pod nogami. Robi krok do przodu i krok do tyłu. Dzwoni do mnie i opowiada. Umiera ze strachu na myśl, że on odejdzie, umiera ze strachu na myśl, że zostanie... Sama już nie wie, jak się nazywa, je cukierki i pije ogromne milk-shaki! Wszystkie jesteśmy takie same, Hortense, nawet ty! Nie wiesz o tym, a raczej udajesz, że nie wiesz. Ale zobaczysz, pewnego dnia poczujesz, że twoje serce tańczy na wszystkie strony, i nie będziesz mogła nikomu o tym opowiedzieć, tak bardzo się będziesz wstydziła!

– Nigdy! Nigdy! – wykrzyknęła Hortense. – Nienawidzę drżących, uległych kobiet. Ja chcę najpierw odnieść sukces, a potem zobaczymy, co z miłością...

– Ależ ty odnosisz sukcesy, kochanie, nie robisz nic innego... Masz dopiero dwadzieścia lat, a podpisałaś kontrakt stulecia!

– Nie przesadzaj! To tylko Banana Republic. Celuję znacznie wyżej.

– Ale to już bardzo dobrze! Zdajesz sobie sprawę z tego, że będziesz zarabiać na tydzień więcej niż ja na miesiąc po wielu latach studiów?! Że będziesz mogła utrzymywać się z tego, co kochasz, ze swojej pasji?! To marzenie każdego, a ty je osiągasz w wieku dwudziestu lat!

– Tak... może... Jeżeli popatrzeć na to z twojego punktu widzenia, masz rację... ale chcę jeszcze więcej! I będę to miała!

– Nie rób tak jak Shirley. Chciała ignorować miłość, a ona na nią teraz spadła z całą siłą. Pozostaw miejsce na uczucia. Dowiesz się, że miło jest drżeć dla mężczyzny, myśleć o nim, mieć nogi jak z waty i wilgotne dłonie...

– Fuj! Fuj! Daj mi dezodorant! Powiedz, mamo, na pewno jesteś moją matką? Nieraz poważnie się nad tym zastanawiam.

– Jeżeli jest na tym świecie coś, w co nie wątpię, to właśnie w to!

– Będę sobie musiała to jakoś wytłumaczyć.

Joséphine patrzyła na nią i myślała: A jednak to moja córka. Kocham ją, podoba mi się, że jest inna niż ja, uczę się od niej odwagi, uporu, pasji życia... I wiem, że gdzieś głęboko jej serce bije, tylko ona nie chce go słyszeć. Wyciągnęła do niej rękę i powiedziała:

– Kocham cię, skarbie, kocham całym sercem. I fakt, że cię kocham, napełnia mnie radością i siłą. Dużo się od ciebie nauczyłam i dużo się nauczyłam z naszych różnic.

Hortense rzuciła jej poduszką w twarz i oświadczyła:

– Ja też cię kocham, mamo, i sądzę, że już wystarczy!

*

Na lotnisku JFK w Nowym Jorku czekał na Hortense samochód.

Oraz mężczyzna w kaszkiecie z tabliczką, na której widniał napis: „Miss Hortense Cortès. Banana Republic”.

Hortense zobaczyła go i pomyślała: Wreszcie, podróż była koszmarna... Następnym razem zażądam miejsca w pierwszej klasie. Co ja mówię! Miejsca?... Całego rzędu...

Przyjechała na Roissy dwie godziny przed odlotem. Musiała znieść kontrolę osobistą i drobiazgowe przeszukanie wszystkich bagaży. Zdjąć buty, około dziesięciu naszyjników, dwudziestu bransoletek, kreolki, iPoda. Mam też zetrzeć szminkę? spytała poirytowana mężczyznę, który ją obszukiwał. Stał się jeszcze dokładniejszy. O mało nie spóźniła się na samolot.

Ledwie zdążyła wejść na pokład, nie miała czasu wpaść do duty-free, gdzie zamierzała zrobić sobie zapas perfum Hermès, Serge Lutens i pudru Shiseido w niebieskiej puderniczce. Pękł jej pasek od różowych sandałków, weszła więc do samolotu, utykając.

Samolot pełen był wrzeszczących dzieci, które goniły się w przejściach. Podłożyła nogę jednemu, które wywróciło się wśród krzyków i łez. Podniosło się z zakrwawionym nosem i ustami i wskazało ją palcem. Matka doskoczyła do niej i oskarżyła, że chciała zabić jej dziecko, krew z jej krwi, kość z jej kości. Dziecko wrzeszczało: Źła, Źła! Pokazała mu język, a ono wbiło jej pazury w twarz, aż polała się krew. Rzuciła się na nie i dała mu klapsa. Stewardesa musiała ich rozdzielić... i odkazić rany.

Posiłki wyciągnięto z zamrażalnika i były zamrożone. Poprosiła o szpikulec do lodu, żeby pokroić mięso. Były turbulencje i spadła jej na głowę torba golfowa. Mężczyzna siedzący obok niej źle się poczuł i zwymiotował zimnego dorsza. Musiała się przesiąść i znalazła się obok mormona, który podróżował z trzema żonami i siedmiorgiem dzieci! Mała dziewczynka przyglądała jej się i spytała: Ile masz mam? Bo ja mam trzy i jest bardzo fajnie! A ile masz rodzeństwa? Bo ja mam sześcioro i czekamy na dwójkę, która urodzi się przed Bożym Narodzeniem! Prorok powiedział, że trzeba się rozmnażać, żeby zaludnić ziemię i uczynić ją lepszą... A co ty robisz, żeby zaludnić ziemię i uczynić ją lepszą? Właśnie udusiłam moją jedyną matkę i jedyną siostrę, bo nie lubię dziewczyn, które zadają pytania, a one bez przerwy katowały mnie pytaniami! Dziewczynka wybuchnęła płaczem. Hortense znowu musiała się przesiąść!

Zakończyła podróż na siedzeniu koło toalety, poszturchiwana przez ludzi stojących w kolejce, wdychając wyziewy z kabiny.

Potem godzinna kolejka do odprawy celnej z kimś w rodzaju adiutanta wydającego rozkazy.

Godzina czekania na bagaże.

I drażliwy celnik amerykański, który spytał, co ma zamiar zrobić z tymi wszystkimi walizkami.

– Confetti! Lansuję nową modę!

– *Please, miss... Be serious!*

– Mówiąc poważnie, jestem agentką Bin Ladena i przewożę broń.

Wcale go to nie rozbawiło i zaprowadził ją do oddzielnego boksu, aby przesłuchać na okoliczność prowadzonej działalności w towarzystwie dwóch kolegów o twarzach zbirów, którzy przygnietli ją do ściany. Musiała podać nazwisko Franka Cooka. A on z kolei był zmuszony negocjować pół godziny ze zbirami, zanim ją wypuścili. Dowiedziała się, że w Ameryce nie ma żartów ze służbami porządkowymi, i zapamiętała to raz na zawsze.

Widząc kierowcę przysłanego przez Franka Cooka i tabliczkę ze swoim nazwiskiem, odczuła ulgę, że ktoś na nią czeka i wreszcie zostanie potraktowana tak, jak na to zasługuje.

Poprosiła faceta w kaszkiecie, żeby zrobił jej zdjęcie na tle limuzyny, i wysłała je matce, żeby ją uspokoić.

Wyciągnięta na tylnym siedzeniu patrzyła na nowojorskie przedmieścia, myśląc, że wyglądają jak wszystkie przedmieścia. Węzły autostradowe z szarego betonu, domki, małe, wysuszone ogródki, otoczone kratami boiska bejsbolowe, dziurawe żywopłoty, wałęsający się faceci, olbrzymie reklamy tamponów i napojów gazowanych. W limuzynie panowało lodowate zimno i zrozumiała, co znaczy „klimatyzacja". Spytała kierowcy, czy słyszał o ociepleniu klimatu i oszczędnościach, jakie należałoby zacząć robić. Popatrzył na nią w lusterku wstecznym i poprosił, żeby przeliterowała te wszystkie trudne słowa.

Przejechali Lincoln Tunnel i znaleźli się na Manhattanie.

Pierwszym obrazem miasta był obraz czarnoskórego chłopczyka siedzącego na chodniku, skulonego w cieniu drzewa. Ściskał chude nogi wystające z beżowych szortów i trząsł się z gorąca.

Hortense zanuciła: *New York! New York!* I bezwiednie dodała: Gary! Gary! Umilkła zaskoczona. Co ja powiedziałam? Opanowała się. Z całą pewnością nie polecę do niego natychmiast! Poczekam, poczekam, aż nadejdzie moja godzina... I nie będę się włóczyć pod jego oknami jak matka pod oknami Philippe'a.

Co to, to nie!

Limuzyna dotarła na bulwary i jechała w górę rzeki Hudson.

Hortense próbowała odgadnąć miasto zza przyciemnionych szyb i od razu wiedziała, że je polubi. Słyszała wściekłe dźwięki klaksonów, śledziła wzrokiem czubki wieżowców, które odcinały się na tle błękitnego nieba, dostrzegła okręt wojenny na wybrzeżu, opuszczone składy, dźwigi i czerwone światła, które kołysały się nad skrzyżowaniami. Limuzyna zdawała się przecinać fale drogowe, podskakując na wybojach.

Wreszcie kierowca zatrzymał się przed budynkiem z majestatycznym wejściem. Przed nim na chodniku rozpościerała się duża biała płyta. Szofer dał znak, żeby weszła, a sam wziął jej walizki.

Za białą drewnianą ladą stał portier w niebieskim uniformie.

Przedstawił się. José Luis. Ona też się przedstawiła. Hortense.

– Nice to meet you, Hortense.
– Nice to meet you, José Luis.
Miała wrażenie, że stanowi część miasta.
Podał jej numer mieszkania i piętro, na którym się znajdowało, wręczył klucze.

Od razu spodobało jej się mieszkanie. Duże, jasne, nowoczesne. Na czternastym piętrze. Wielki salon połączony z jadalnią, wąska kuchnia, która przypominała laboratorium, i dwa duże pokoje, każdy z łazienką.

Frank Cook miał właściwe podejście do ludzi, z którymi pracował.

Umeblowanie jak w luksusowym hotelu. Długa beżowa kanapa, beżowe fotele, okrągły stół ze szklanym blatem i cztery czerwone krzesła z błyszczącego skaju. Białe ściany ozdabiały ryciny przedstawiające lądowanie Ojców Założycieli na Wschodnim Wybrzeżu, budowę pierwszego miasta, Plymouth, sceny obrazujące prace w polu, modlitwę, wspólne posiłki. Ojcowie Założyciele nie wyglądali na żartownisiów. W większości byli to starcy z długimi siwymi brodami i surowymi minami.

Luksusowy apartament z widokiem na park i mrowie wieżowców na horyzoncie. Hortense poczuła się księżniczką miast, primabaleriną, Coco Chanel. Miała ochotę wyjąć ołówki, bloki, kredki i przystąpić do pracy. Natychmiast.

Na okrągłym szklanym stoliku czekała na nią wiadomość: „Mam nadzieję, że podróż się udała. Przyjdę po Panią koło siódmej i pójdziemy na kolację".

Doskonale, pomyślała. Zdąży się rozpakować, wziąć prysznic i zrobić sobie kawę. Nie była zmęczona, tylko strasznie podekscytowana i nie mogła usiedzieć w miejscu.

Otworzyła lodówkę i znalazła w niej słoik *peanut butter*, butelkę soku pomarańczowego, pieczywo tostowe w woreczku, dwie cytryny i masło w kostce Land O'Lakes z małą

Indianką, która uśmiechała się do niej z opakowania. Mała Indianka odcinała się na tle bardzo zielonej łąki i bardzo niebieskiego jeziora. Wyglądała przyjaźnie i łagodnie. Dwoje czarnych oczu, pióro na głowie, dwa czarne warkocze, turkusowa opaska i elegancka sukienka squaw. Hortense mrugnęła do niej i powiedziała: *Nice to meet you*, Indianko! Miała ochotę opowiadać bzdury. Włączyła telewizor. Była pora lokalnych wiadomości. Dziennikarze mówili bardzo szybko, tak że nic nie rozumiała. Wysłuchała całego dziennika. Mieli dziwny akcent, amerykański akcent. Nosowy akcent, który przeszywał skronie. Miała ochotę wyrwać im migdałki i wyłączyła telewizor.

Frank Cook przyszedł punktualnie o siódmej.

Zapytał, czy czegoś nie potrzebuje.

– Wielkiego hamburgera i coli! – odpowiedziała, patrząc mu prosto w oczy.

Zabrał ją do PJ Clarke's na rogu 3 Alei i 55 Ulicy. Do najstarszego baru w Nowym Jorku, jednopiętrowego budynku z czerwonej cegły z 1898 roku, gdzie podawano najlepsze chili i soczyste hamburgery w małych koszyczkach z wysypującymi się frytkami i plasterkami smażonej cebuli, które smakowały jak cukierki. Puszczano tam stare płyty ze starej szafy grającej. Dziewczęta miały włosy blond i śnieżnobiałe zęby, mężczyźni pili piwo w wysokich kuflach, podwinąwszy rękawy. Obrusy w czerwono-białą kratkę, serwetki także, czerwone abażury dawały łagodne światło.

Postanowiła, że to będzie jej stołówka.

Każdego ranka zaczynała punkt o dziesiątej.

Frank Cook wskazał jej miejsce w wielkim panoramicznym gabinecie. Ogromna deska kreślarska przy oknie, linijki, ołówki, kredki, ekierka, cyrkiel, gumki, kolorowe pisaki, akwarelki, gwasze, gruby gładki papier, kratkowane bloki. Około dziesięciu osób projektowało modele, które trafią do zakładu i zawisną na wieszakach w sklepach. Nie miała żadnych innych ograniczeń, jak tylko wymyślić stroje, które staną się sukcesem linii.

– Niech pani idzie na całość, proszę rysować, wymyślać... Zrobię potem odsiew! – powiedział Frank Cook, gdy przedstawił ją pozostałym dziewczynom i chłopakom, którzy tak jak ona rysowali i kolorowali.

Sally, miła lesbijka, która projektowała dodatki, pożerała ją wzrokiem. Pierwszego dnia zaproponowała, żeby poszły razem na lunch. Potem, że będzie jej robić zakupy i sprzątać. Hortense bardzo miło odpowiedziała, że nie gustuje w kobietach, a widząc, że niebieskie oczy Sally pociemniały, uściśliła: Nie lubię sypiać z kobietami, nie wiedziałabym, co zrobić z ich ciałem, z której strony się za nie zabrać. Ja zrobię wszystko! odparła Sally. Zobaczysz, zmienisz zdanie. Hortense podziękowała grzecznie i dodała, że niczego to między nimi nie zmieni i nadal będą mogły jadać razem obiady.

– Nie mam nic przeciwko lesbijkom – dodała, aby złagodzić odmowę. – I uważam, że ludzie powinni móc zawierać małżeństwa z mężczyznami lub z kobietami, jak im się podoba. Miłość powinna pozwalać na wszystko. A jeżeli ktoś zakocha się w kocie dachowcu, to cóż! Powinien móc go poślubić. Mnie by to wcale nie przeszkadzało.

Pewnie źle wybrała przykład, bo Sally spochmurniała.

– Och! Rozumiem – powiedziała – uważasz się za lepszą ode mnie. Ludzie zawsze chcą znaleźć kogoś, z kim mogą się porównać, aby uznać swoją wyższość. To ich uspokaja, pozwala czuć się ważniejszymi.

Hortense przestała się usprawiedliwiać i sięgnęła po kredki.

Hiroshi, Japończyk, cierpiał z powodu upałów. Spędzał wolny czas pod prysznicem. Nie znosił najlżejszego zapachu ciała. Depilował sobie tors i ramiona i spytał Hortense, co myśli o jego owłosieniu i czystości. Hortense oświadczyła, że lubi, gdy mężczyźni wydzielają lekki zapach ciała. Delikatny, bardzo osobisty zapach, abyś, gdy z zamkniętymi oczami dotkniesz nosem ich szyi, od razu wiedział, z kim masz do czynienia. A ponieważ Hiroshi popatrzył na nią z niesmakiem, dodała: Delikatny, bardzo czysty zapach.

Odwrócił głowę.

Paul, Belg albinos, przez cały czas jadł, wydając odgłos kruszarki. Jego biurko pokrywały ślady tuńczyka, bekonu, plasterków pomidora i ogórka. Zawsze miał pod ręką wielki słoik popcornu i zanurzał w nim ręce, jakby je mył. Zacinał się w palec nożem, a potem wycierał sobie czoło i miał od tego szerokie czerwone pasy na twarzy.

Postanowiła zachować wobec niego dystans.

Sylvana, Rumunka z długimi, błyszczącymi czarnymi włosami, którą nazywali Pocahontas. Podobali jej się wyłącznie starzy, bardzo starzy i mili, bardzo mili mężczyźni. Wolisz Roberta Redforda czy Clinta Eastwooda? spytała, rysując podkoszulek z koralikami. Nie podoba mi się ani jeden, ani drugi! odpowiedziała Hortense. Moim ideałem faceta, kontynuowała Sylvana, jest Lincoln, ale on nie żyje...

– Jeśli mowa o zmarłych – przerwała jej Sally – to ja wybieram Gretę Garbo.

Julian, wysoki, posępny brunet, który pisał książki. Wahał się, czy rysować, czy pisać, i koniecznie chciał, żeby Hortense przeczytała jego opowiadania.

– Spałaś już z jakimś pisarzem? – spytał, ssąc ołówek.

– Nie znoszę ciekawskich.

– No więc powinnaś przespać się ze mną, bo gdy zostanę sławny, będziesz mogła się chwalić, że mnie znałaś, a może nawet natchnęłaś przy jednym z opowiadań... Będziesz wręcz mogła mówić, że byłaś moją muzą!

– Opublikowałeś już coś? – spytała Hortense.

– Raz... W czasopiśmie literackim.

– I zarobiłeś na tym?

– Tak. Trochę... Ale nie starczyłoby na życie. Dlatego rysuję.

– Chodzę wyłącznie z facetami, którzy odnoszą sukcesy – powiedziała Hortense, aby przestał zadawać pytania.

– Więc zapomnij o mnie!

– Jak chcesz.

Następnego dnia znowu przystąpił do ataku.

– Masz chłopaka? Przyjaciela od serca?

Hortense powtórzyła, że nie znosi, jak ktoś zadaje jej osobiste pytania. To tak jakby wkładał jej rękę do majtek. Zesztywniała i odmówiła odpowiedzi.

– Chcesz pozostać wolna i niezależna? – spytał Julian, strugając ołówek.

– Tak.

– Ale mimo wszystko pewnego dnia zrozumiesz...

– Co zrozumiem?

– Pewnego dnia spotkasz chłopaka, do którego będziesz chciała należeć.

– Bzdury! – rzekła Hortense.

– Nie. Znajdziesz miejsce, rzeczy i chłopaka... Wszystko przyjdzie jednocześnie. I pomyślisz sobie: To jest moje miejsce. Bo wszystko się uporządkuje i usłyszysz w swoim wnętrzu cichy głosik, który ci to powie.

– A ty znalazłeś dziewczynę, do której chcesz należeć?

– Nie, ale wiem, że pewnego dnia stanie się to dla mnie oczywiste. I tego dnia będę też wiedział, czy chcę pisać, czy rysować.

Kiedy miała dość wszystkich tych pytań, kiedy chciała tylko słyszeć ciszę w głowie i odgłosy Nowego Jorku, szła na hamburgera do PJ Clarke's. To natychmiast ją uspokajało. Miała poczucie, że nic złego nie może jej spotkać. Miała także poczucie, że naprawdę należy do tego miasta. To była restauracja z klasą. Kelnerzy nosili długie białe fartuchy, muszki, mówili do niej „Honey", stawiali koszyk frytek, mówiąc „Enjoy", i dodawali obok porcję szpinaku ze śmietaną. Słuchała starych płyt z szafy grającej i wyrzucała z głowy wszystkie kłopotliwe pytania.

Zadzwoniła Zoé.

– I co, widziałaś się z Garym?

– Jeszcze nie... Mam masę roboty!

– Kłamczucha! Boisz się!

– Nie, nie boję się.

– Ależ tak. Boisz się, bo gdyby nie to, spotkałabyś się z nim i byłoby to całkiem naturalne... Znasz jego adres, poszłabyś się powłóczyć pod jego oknami i nacisnęłabyś dzwonek. Pewnie wypisał obok swoje nazwisko. Gary Ward. No właśnie! Przyciskasz Gary'ego Warda i sprawa zakończona.

– Przestań, Zoé!

– Ty się boisz... Udajesz terrorystkę, ale umierasz ze strachu!

– Nie masz nic lepszego do roboty, tylko musisz napastować mnie przez telefon?

– Mam to gdzieś, rozmawiam za darmo! A poza tym jestem sama. Koleżanki wyjechały na wakacje i nudzę się.

– Nie wyjeżdżasz?

– Wyjeżdżam w sierpniu. Jadę do Emmy do Étretat. I zobaczę Gaétana, bo też tam będzie! Właśnie tak! Ja się nie boję!

Nicholas zapytał:

– I co, wymyśliłaś?

– Co wymyśliłam?

– Czy wpadłaś na genialny pomysł, który sprawi, że odskoczysz od reszty... Że dostaniesz oddzielny pokój tylko dla siebie, żeby móc pracować w spokoju.

– Nie ma czegoś takiego! To się widzi tylko na filmach!

– Bo jeszcze na to COŚ nie wpadłaś!

– Przestań mnie popędzać, bo nigdy na to nie wpadnę! A poza tym tutaj nie ma pokoi dla geniuszy. Siedzimy razem i pracujemy, plotkując. Gęby im się zresztą nie zamykają. Wkurza mnie to!

– Wierzę w ciebie, *sweetie*. Londyn tęskni za tobą.

Ona nie tęskniła za Londynem.

Wszystko jej się tu podobało. Poranna droga do biura. Żółte taksówki, którymi jeździła, gdy było za gorąco i lał się z niej pot na czerwonym świetle, a ona czubkiem balerinki Repetto macała miękki asfalt. Chrysler Building, Citycorp, budki na rogach ulic, w których sprzedawano hot dogi i owoce, saksofoniści domagający się drobnych, wyginający się nad klawiszami, sprzedawcy z torbami Chanel i Gucci po pięćdziesiąt dolarów, Pakistańczycy rozwijający na chodniku długie różnokolorowe chusty i zwijający je z zawrotną szybkością na widok policji.

Nawet czarna ciepła woda, która miała uchodzić za kawę, a smakowała jak ciepła woda.

W dużym biurze przy 42 Ulicy Hortense żuła w ciszy kosmyki włosów i rysowała.

Przywiozła notatniki ze szkicami z Paryża. Przygotowała stroje, garsonki, wąskie czarne sukienki, krótkie swetry z dekoltem w kształcie trapezu odsłaniające pępek i dłuższe swetry z dekoltem w kształcie trapezu dla tych, które nie chcą pokazywać pępka. Frank Cook pochylał się nad jej rysunkami.

– Każdy strój uszyjemy w dwóch wersjach – wyjaśniła Hortense. – W wersji dla kobiet smukłych i w wersji dla mniej smukłych.

Zmarszczył brwi i powiedział:

– Proszę mówić dalej! Proszę mówić!

– W ten sposób kiedy jakaś mniej smukła kobieta zobaczy model dla smukłej, kupi jeden i drugi i zacznie się odchudzać! Kobiety uwielbiają się odchudzać i wyobrażać sobie, że są szczupłe, kiedy są okrągłe.

Frank się z nią zgadzał, mogła więc dalej pracować.

Ciągle miała nowe pomysły.

Wystarczyło, że przeszła się nowojorskimi ulicami, usłyszała syreny karetek, krzyki gońców na rowerach, które jechały prosto na nią, przyjrzała się autobusom ze srebrzystej blachy, chorągiewkom powiewającym na dachach hoteli i muzeów, okrągłym parkometrom, szklanym fasadom budynków. W tym mieście była energia, która wychodziła z ziemi, chwytała ją za stopy, wspinała się do bioder, potem do głowy i zamieniała w wulkan pomysłów.

Myślała o tym, że nie będzie stąd mogła już nigdy wyjechać. Nowy Jork był jej miastem.

Przypominała sobie, co powiedział jej któregoś dnia Julian. Odnajdziesz miejsce, rzeczy i chłopaka. Wszystko zdarzy się jednocześnie. I pomyślisz sobie: To jest moje miejsce.

Wówczas odkładała ołówek i myślała o Garym.

Pewnego wieczoru pocałowała chłopaka. Nazywał się José. Był cudowną mieszaniną matowej cery i błyszczących zielonych oczu. Nosił białe lniane garnitury i chodził z rękami w kieszeniach, kręcąc biodrami.

– Ty nie chodzisz – powiedziała Hortense. – Tańczysz rumbę!

Przyjechał z Portoryka i chciał zostać aktorem. Opowiadał, jak kobiety z jego wyspy się stroją, zarówno stare, jak i młode, biedne i ładne, dodawał, biorąc ją za rękę, że dzieci noszą kolorowe kokardy we włosach, tańczą na ulicy i tworzą tęczę, jeżeli poleje się je wodą.

Podsunął tym samym Hortense pomysł na okulary, za co była mu wdzięczna.

Zjedli kolację na Broadwayu i poszli w górę 7 Aleją.

Opowiadał jej o swojej wyspie i Barcelonecie, gdzie mieszkała jego rodzina. Podobał jej się dźwięk O i A w jego ustach i sylaby, które wpadały mu do gardła. Miała ochotę tańczyć, więc poszli potańczyć.

Odprowadził ją pieszo do domu. Zaproponowała, żeby wszedł na górę oglądnąć wieżowce.

Nie spodobał jej się szpiczasty nos przy jej ustach. Wyrzuciła go. Poszła spać, nie zmywając makijażu. Nie lubiła tego, ale była zmęczona.

Wczesnym rankiem zadzwoniła Zoé i spytała:

– I co? I co? Spotkałaś się z Garym?

– I nic! Nie nudź!

– Tere-fere! Boisz się! Boisz się! Moja nieugięta siostra chowa się przed chłopakiem, który gra na fortepianie i rozmawia z wiewiórkami.

Hortense rzuciła słuchawką.

Zmyła makijaż resztką mleczka Mustela, które zostawiła poprzednia lokatorka. Zapaliła świecę zapachową znalezioną na półce. Otworzyła lodówkę i znalazła się twarzą w twarz z Indianką z masła Land O'Lakes.

– A co ty o tym wszystkim myślisz?

Indianka uśmiechała się, lecz nie odpowiadała.

Następnego dnia Hortense zaprojektowała parę psychodelicznych okularów i nazwała je „Barcelonita".

Któregoś wieczoru zadzwoniła Zoé.

– Du Guesclin zwymiotował, co mam zrobić?

– Spytaj mamy. Nie jestem weterynarzem. Powinnaś o tej porze spać!

– Mamy nie ma. Wyjechała do Londynu dwa dni temu. Powiedziała, że jedzie porzucać kamyczkami... Nie uważasz, że od pewnego czasu jest dziwna?

– Jesteś sama w domu?

– Nie, z Shirley. Ale wyszła. Przyjechała na tydzień do Paryża z Oliverem. A gdy mama wyjechała do Londynu, została, żeby mnie popilnować, bo mama nie chciała zostawiać mnie samej.

– Ach! Shirley przyjechała...

– Tak, i jest przeszczęśliwa, bo Gary do niej zadzwonił. Podobno od miesięcy ze sobą nie rozmawiali. Więc widzi świat w różowych barwach! Jest zabawna! Jemy pizzę i lody.

– Shirley karmi cię pizzą i lodami?

– Mówię ci, lewituje... Powiedziała Gary'emu, że jesteś w Nowym Jorku! Będziesz musiała do niego zadzwonić. Bo jak nie, Hortense, to będzie straszne, pomyśli, że go nie kochasz...

– Możesz dać sobie na wstrzymanie, Zoétounette? Jesteś męcząca, wiesz?

– Bo ja bym chciała, żebyście byli razem... Byłby Gaétan i Zoé, Gary i Hortense. Zauważyłaś, że nasi najdrożsi noszą imiona zaczynające się na G? Nie sądzisz, że to znak?

– Przestań! Przestań albo skoczę ci do gardła!

– Nie możesz! Nie możesz! Mogę mówić, co mi się podoba! Powiedz, Hortense, myślisz, że mama pojechała rzucać kamyczkami w Philippe'a?

Następnego dnia, gdy Hortense przyszła do biura, czekał na nią Frank Cook. Poprosił, żeby z nim poszła. Chciał z nią zrobić obchód sklepów Banana Republic. Żeby wyraziła swoje zdanie na temat wystaw, rozmieszczenia produktów, atmosfery w sklepie. Hortense wsiadła z nim do wielkiej klimatyzowanej limuzyny.

– Nie znam się na tym, wie pan...

– Być może, ale ma pani nosa i dobre pomysły. Potrzebuję oglądu zewnętrznego. Pracowała pani dla Harrodsa. Zasięgnąłem języka, pani wystawy były wspaniałe, przedstawiła pani i zilustrowała pewną koncepcję, detal, chciałbym, żeby zrobiła pani to samo.

– Miałam czas do namysłu, tutaj bierze mnie pan trochę z zaskoczenia.

– Nie proszę pani o sprawozdanie, ale o pani wrażenia na gorąco.

Objechali sklepy. Hortense przekazała mu swoje zdanie. Zabrał ją na kawę, wysłuchał, co ma do powiedzenia. Potem odwiózł do biura.

– I co? I co? – spytała Sylvana. – Co ci powiedział?

– Nic. Nic mi nie powiedział. Słuchał. Byliśmy wszędzie, powiedziałam dokładnie to, co myślę... Te sklepy są martwe! Nie ma w nich życia, ruchu, jakby wchodziło się do muzeum. Sprzedawczynie przypominają figury woskowe i prezentują się godnie. Aż strach im przeszkadzać. Ubrania wiszą na wieszakach, ładnie poukładane podkoszulki i swetry, równiutko zwisające marynarki... Trzeba tchnąć w nie życie, żeby ludzie zapragnęli kupić wszystko, trzeba zaproponować im gotowe stroje z odrobinką szaleństwa, aby mogli się rozmarzyć. Amerykanki uwielbiają, kiedy się je ubiera od stóp do głów... W Europie każda dziewczyna tworzy własny look, tu każda dziewczyna chce wybrać uniform, aby być podobna do koleżanki lub szefowej. W Europie chcesz się odróżniać, tu chcesz się upodobnić.

– Jesteś niesamowita! – stwierdziła Sylvana. – Skąd ty bierzesz te wszystkie pomysły?

– Nie wiem, ale wiem, że podbiję stawkę... To, co mu powiedziałam dziś rano, warte jest góry złota.

Pewnego niedzielnego ranka poszła na spacer do Central Parku.

Była piękna pogoda. Trawniki zapełniali ludzie leżący na kocach. Dzwonili, jedli arbuzy, grali na laptopach. Zakochani opierali się o siebie plecami. Dziewczyny piłowały paznokcie, opowiadając sobie historie z biura, a jedna, siedząca nieco dalej, podwinęła dżinsy i malowała sobie paznokcie u nóg, ćwicząc brzuszki.

Dzieci grały w piłkę.

Inne w bejsbol.

Jedno nosiło podkoszulek z napisem „Rodzice do sprzedania, stan: używani".

Hortense dostrzegła ubranych na biało ludzi grających w bule. Rzucali dużymi drewnianymi bulami z ciemnego drewna na nieskazitelny trawnik i mówili ściszonym głosem, chroniąc się w cieniu białych kapeluszy. Schylali się z elegancją, aby podnieść bule, i ciskali je znużonym gestem, jakby to nie było żadne wyzwanie ani zawody.

So British... pomyślała, podziwiając ich nonszalancję.

I pomyślała o Garym. Nie chciała się do tego przyznać, ale szukała szarego drewnianego mostka i białej żwirowej ścieżki.

Kiedy słońce zaczęło zachodzić nad parkiem, wróciła do domu. Wzięła prysznic. Zamówiła przez telefon sushi, włożyła *Mad Men* do odtwarzacza DVD, została jej do zobaczenia końcówka III serii.

Don Draper bardzo jej się podobał.

Też był *so British*.

O trzeciej w nocy wyłączyła telewizor.

Zastanawiała się, gdzie jest ten cholerny drewniany mostek.

Zoé obudziła ją w środku nocy.

– To znowu ty?

– Tym razem to poważna sprawa. Dzwoniła do mnie mama. Była z Philippe'em w jakimś kościele. Piała ze szczęścia. Powiedziała, że jest szczęśliwa, taka szczęśliwa, i chce, żebym dowiedziała się o tym pierwsza. Powiedz, myślisz, że się pobiorą?

– Zoé! Wiesz, która godzina? Tutaj jest szósta rano!

– Oj! Pomyliłam się w obliczeniach!

– SPAŁAM!

– Ale powiedz, Hortense, dlaczego ona dzwoni do mnie z kościoła? Czy to coś znaczy?

– Mam to gdzieś, Zoé! Mam to gdzieś... Daj mi spać! Jutro pracuję!

*

– Zaczęłam pisać książkę – powiedziała Joséphine w ramionach Philippe'a.

Siedzieli, opierając się o platan na małym trawniku przed kościołem.

– Będziesz ją pisać tutaj.

– A poza tym jest Zoé.

– Pójdzie do liceum francuskiego.

– Ma chłopaka.

– Kupię jej abonament na Eurostar, będzie się z nim spotykać, kiedy tylko będzie chciała... I on też będzie mógł przyjeżdżać.

– A Du Guesclin?

– Będziemy go zabierać na spacer do parku. Parki londyńskie są bardzo piękne.

– A uniwersytet? Nie mogę tak wszystkiego rzucić...

– Paryż jest dwie godziny drogi z Londynu, Joséphine! To tyle, co nic. Przestań przez cały czas mówić nie... powiedz mi tak.

Podniosła ku niemu głowę. Pocałowała go.

Uścisnął ją mocnej w ramionach.

– Masz jeszcze dużo takich problemów?

– Bo ja...
– Chcesz do końca życia być sama?
– Nie...
– Co będziesz robić sama? Czy nie ty mówiłaś, że życie to walc i trzeba z nim tańczyć? – spytał Philippe, całując włosy Joséphine. – Do walca trzeba dwojga...
– Tak...
– Więc zatańcz ze mną walca, Joséphine, już zbyt długo czekaliśmy.

*

Któregoś wieczoru, chyba z początkiem sierpnia, Hortense wróciła do domu, odrzuciwszy zaproszenie Juliana, który w trakcie kolacji chciał jej przeczytać swoje najnowsze opowiadanie.

Była to historia dziewczyny, która wiele wycierpiała w dzieciństwie i zabijała kochanków nożem do masła. Hortense nie była pewna, czy chciała tę opowieść usłyszeć. Grzecznie odmówiła.

Było bardzo ciepło, termometr wskazywał 88 stopni Fahrenheita i 99 procent wilgotności. Postanowiła iść piechotą z biura do domu, ale po pokonaniu trzech kwartałów pomachała na żółtą taksówkę.

Wzięła prysznic, wyciągnęła się na beżowej kanapie z sokiem z wyciskanej cytryny z miodem i wiaderkiem lodu. Otworzyła książkę o Matissie, aby przestudiować kolory i wymyślić linię „sałatka owocowa" na przyszłe lato.

Przewracała strony, słuchając w radiu Milesa Davisa, pijąc wolno sok, smakując kolory Matisse'a. To będzie wspaniały wieczór, pomyślała, wznosząc toast za zdrowie Ojców Założycieli, którzy surowo patrzyli na nią ze ściany. Mam prawo do odrobiny wytchnienia, powiedziała do nich, bez przerwy pracuję! Spędzę wieczór, nie robiąc nic.

Nie robiąc nic...

Zagłębiła się w beżową kanapę, podniosła nogę, żeby ją rozprostować, potem drugą...

Została z nogą w powietrzu...

Nagle, niepostrzeżenie, poczuła się nieswojo. Serce jej się ścisnęło, brakowało jej tchu. Sądziła, że jest jej niewygodnie, obracała się tam i z powrotem na kanapie, a potem usłyszała bicie swojego serca, które rozbrzmiewało coraz głośniej, serce zadrżało i znowu usłyszała piosenkę z limuzyny, w której Nowy Jork mieszał się z Garym... *New York, New York*, Gary, Gary... Słowa rezonowały jej w klatce piersiowej.

Wyprostowała się i powiedziała głośno: Muszę go zobaczyć.

Muszę koniecznie go zobaczyć!

Zoé ma rację! Gary wie, że jestem w Nowym Jorku, wie, że znam jego adres, pomyśli, że nie chcę się z nim widzieć! CHCĘ GO ZOBACZYĆ!

Nie miałam ochoty całować szpiczastego nosa tamtego wieczoru. A przecież on był niezły, ale im bardziej się do niego zbliżałam, tym wyraźniej myślałam, że to nie Gary, nie Gary! I miałam szaloną ochotę pocałować Gary'ego.

Pocałować Gary'ego!

Wypiła łyk soku cytrynowego, poczuła, jak jest gorąco. Pewnie dostałam udaru, kiedy szłam. To do mnie niepodobne. Piosenka jednak znowu zabrzmiała, tym razem bez Nowego Jorku, był tylko Gary, Gary, i to imię wydawało ogłuszający hałas... Dzwoniło jej w głowie, w piersiach, w nogach.

Dusiła się.

Opadła na kanapę i zaczerpnęła tchu.

Powiedziała głośno: OK, przyznaję, boję się z nim spotkać, boję się, że się w nim zakocham, ale sądzę, że jest już po sprawie! Zakochałam się...

Zakochałam się w Garym.

Usiadła po turecku, zaczęła się bawić palcami u nóg. Zły nastrój zamieniał się w lęk. Musiała natychmiast coś zrobić.

OK, powiedziała na głos, spotkam się z nim. Jutro jest poniedziałek, będę miała czas, znajdę jakąś wymówkę, żeby nie iść do biura, powiem, że chcę popracować sama w domu, i pójdę się z nim spotkać w altance w Central Parku.

Udam, że spaceruję i natknęłam się na niego przez przypadek.

Spotkam się z nim w jego altance przez przypadek...

Jakby przez przypadek...

Pójdę białą żwirową dróżką, przejdę przez most z szarych desek i wejdę do altanki.

Miała ochotę zadzwonić do Juniora, żeby go spytać, gdzie jest ten cholerny most z szarych desek. Junior! Junior! Skoncentruj się i powiedz mi, gdzie jest ten most!

Nie zadzwoniła.

Pójdzie sama. Nie będzie przeszkadzać Juniorowi.

Usłyszała, że serce zaczyna jej zwalniać i bić normalnie.

Nie mogła się doczekać jutra...

O wpół do pierwszej zadzwonił telefon.

Wstała i podniosła słuchawkę.

Telefonował Junior.

– Dzwoniłaś do mnie, Hortense?

– Nie.

– Ależ tak, dzwoniłaś. Bawiłem się z tobą w tranzystor i czekałem.

– Bawiłeś się w tranzystor?

– Tak. Idzie mi coraz lepiej! Widzę twoje biuro, widzę twoich kolegów, lubię Juliana...

– Nie chodzi o Juliana, Junior.

– Wiem... O Gary'ego, prawda?

– Tak – rzuciła Hortense jakby z żalem. – Dziś wieczór miałam napad lęku. Postanowiłam, że muszę koniecznie się z nim zobaczyć, i pomyślałam o tobie, to prawda.

– Trzeba było zadzwonić!

– Nie miałam odwagi.

– Idź się z nim spotkać, Hortense! Idź! W przeciwnym razie się rozchorujesz... Widzę ciężką żółtą chorobę z masą ropy! To się nazywa somatyzacja.

– Jesteś pewien?

– Dużo o tym myślałem, Hortense. To porządny chłopak i będziesz z nim szczęśliwa. Właściwie kochasz go od dawna... Nie podobał mi się szpiczasty nos.

– Też go widziałeś?

– Tak.

– Junior! Proszę cię, przestań czytać w mojej głowie! To się staje krępujące!

– Och! Nie zawsze mi się udaje. Tylko jak myślisz o mnie, mogę złapać częstotliwość, to wszystko. Ale kiedy wcale o mnie nie myślisz, nic z tego.

– Tym lepiej.

– Więc spotkasz się z nim?

– Tak. Jutro jest poniedziałek.

– To dobrze.

Przez dłuższą chwilę milczeli. Słyszała jego oddech. Chciał jeszcze coś powiedzieć.

– Czy Marcel rozmawiał z Chavalem i z Henriette? – spytała Hortense, żeby przerwać ciszę.

– Tak, i to było niesamowite! Wydarzenia potoczyły się bardzo szybko. Teraz świat pójdzie do przodu w zastraszającym tempie. Trzeba będzie się mocno trzymać. Zapowiadane zmiany nabierają kształtu. Dlatego nie wolno tracić czasu.

– I co? Opowiadaj.

– Henriette została na lodzie! Ojciec był nieugięty. Nawet wyrzucił ją z mieszkania. Zorientował się, że umowa najmu dobiega końca, i nie przedłużył jej. Zostawił jej tylko rentę. I wiesz, co zrobiła? Przeniosła się do służbówki!

– Do służbówki?

– Przecież mówiłem, że jest jeszcze pełna wigoru i energii! Dozorczyni z mężem się wyprowadziła, żeby mieć na oku syna, który będzie się uczył na odległym przedmieściu, a ona pomyślała, że biorąc posadę dozorczyni, oszczędzi pieniądze. Będzie miała za darmo mieszkanie, ogrzewanie, telefon i będzie mogła ściągać haracz od wszystkich właścicieli! Przewiduję, że zaprowadzi tam terror. Powiem ci coś: ta kobieta budzi mój podziw.

– A Chaval?

– Chaval nisko upadł. Stracił starą matkę, a razem z nią głowę.

– Zmarła nagle?

– Potrącona przez samochód na avenue de la Grande-Armée. Przez syna dyplomaty jadącego na czerwonym świetle. Chaval nadal łka... Więc kiedy ojciec go wezwał, żeby mu oznajmić, że jest skończony, nic nie odpowiedział. Podobno płakał na krześle i prosił o wybaczenie! Co za szmata! Prawdziwa szmata!

– A Trąbka?

– Podobno go przygarnęła i mieszka teraz u niej. A ona ze szczęścia wręcz fruwa i stała się niemal czarująca. Pokazała zdjęcie tacie: Chaval w galabiji na rue de Pâli-Kao trzymający ją w ramionach!

– A więc o to chodziło z tą galabiją!

– Ponury koniec ponurego gościa!

– Bardzo szybko wszystko poszło.

– Czas właśnie przyspiesza, Hortense. Świat się zmienia. Zobaczysz, jeszcze nieraz nas zaskoczy. Wszystko będzie ewoluować z zawrotną szybkością... Dlatego właśnie ty też musisz się zmienić i przyznać, że jesteś zakochana w Garym.

– Boję się, Junior, umieram ze strachu.

– Musisz przezwyciężyć strach. W przeciwnym razie pozostaniesz taka sama i zaczniesz się powtarzać. I to będzie twój koniec. Nie chciałabyś się powtarzać, kochanie. Ty, która nigdy się nie boisz, nie obawiaj się iść na całość. Naucz się kochać, zobaczysz, to wspaniałe...

Teraz z kolei Hortense zamilkła. Gładziła rozczochrane włosy, bawiła się kartką książki, której rogi zaginała jednym palcem, w końcu zapytała:

– Jak to się robi, Junior? Jak to się robi?

– Po pierwsze, znajdziesz mostek z szarych desek i udasz się do altanki. A potem zobaczysz, wszystko pójdzie dobrze.

– Gdzie jest ta cholerna altanka? Spacerowałam kiedyś po parku i nie znalazłam jej.

– To bardzo proste. Wszedłem na Google Earth i zobaczyłem drogę. Musisz wejść do parku przez bramę, która znajduje się na wprost twojego domu. Potem pójdziesz szeroką alejką, po pięciuset metrach zobaczysz budkę z pączkami i napojami. Tam skręcisz w lewo i będziesz szła prosto w górę aż do wielkiej zielonej tablicy z napisem „Chess and checkers". Skręcisz w prawo i zobaczysz drewniany mostek. Dalej cały czas prosto.

– Ale nie będziesz się bawił w tranzystor? Obiecujesz? To by mnie załamało. I bez tego będzie mi trudno.

– Obiecuję. Po prostu przestań o mnie myśleć. Jedynie gdy myślisz o mnie bardzo mocno, następuje efekt tranzystora!

W poniedziałek rano przyszykowała się.

Wzięła prysznic, umyła włosy, wysuszyła je ręką i skropiła lotionem, żeby błyszczały. Potrząsnęła głową i posypały się drobiny światła. Przejechała brązową kredką wzdłuż rzęs, nałożyła trochę ciemnobrązowego tuszu, mgiełkę pudru, nieco różu blush rose i na wargi odrobinę czerwieni w kolo-

883

rze czarnej porzeczki. Wsunęła się w obcisłą czarną sukienkę. Przyniosła jej szczęście, w niej spotkała Franka Cooka, przyniesie jej szczęście po raz kolejny. Zacisnęła kciuki. Podniosła wzrok do niebios, błagając, aby nad nią czuwały. Nie wierzyła w to specjalnie, ale warto było spróbować.

Założyła jeden z kupionych dzień wcześniej sandałków z wężowej skóry w kolorze zielonego jabłuszka. Zaczęła się zastanawiać, co się stało z drugim, i szukała go, kuśtykając. Uklękła, pomacała pod łóżkiem, wydobyły się spod niego kłęby kurzu, kichnęła, dalej macała i wreszcie znalazła but. Dmuchnęła na niego.

Wyprostowała się, stanęła przed lustrem. Mój Boże! Mój Boże! Jeżeli serce będzie mi dalej tak waliło, nasz romans nie potrwa długo, wyląduję na noszach w szpitalu.

Czy będzie mnie kochał wystarczająco mocno, aby objąć mnie, gdy będę leżała na noszach?

Gary...

Opuściła ręce wzdłuż ciała.

Uśmiech Gary'ego...

Uśmiech tak rzadki jak jego plecy w tłumie...

Uśmiech mężczyzny pewnego siebie, lecz nie za bardzo... Pewnego siebie, bo ufającego sobie, ale bez arogancji...

Uśmiech szlachetnego mężczyzny, który obejmuje świat, potem patrzy na ciebie i ofiarowuje ci ten świat... Tylko tobie. Jakbyś tylko ty była godna otrzymać ten świat złożony u twych stóp.

Jakbyś ponad światem była tylko ty, ty i jeszcze raz ty...

Uśmiech, jaki widzi się dwa, trzy razy w życiu. Odwracasz się i wiesz, że nigdy tego mężczyzny nie zapomnisz...

O mało nie zapomniała tego mężczyzny i jego uśmiechu.

Uderzyła się torebką w głowę i zwyzywała od głupich gęsi.

Wzięła duże ciemne okulary, apaszkę z różowego muślinu z białymi plamami, wyprostowała ramiona, odetchnęła trzy razy, życząc sobie powodzenia, po czym przekroczyła próg mieszkania.

Kiedy mijała portiera, zawołał: – *Have a good day!*

Odkrzyknęła jakąś odpowiedź i usłyszała, że drży jej głos.

Weszła do parku przez bramę na wprost swojego domu.

Szła aż do budki, w której sprzedawano napoje gazowane i pączki.

Skręciła w lewo. Potem poszła w górę, prosto. Zobaczyła zieloną tablicę z napisem „*Chess and checkers*". Skręciła w prawo, szła i szła. Zatrzymała się, żeby sprawdzić, czy nie świeci jej się nos ani nie rozmazuje tusz, zamknęła stanowczym gestem niebieską puderniczkę, zwilżyła wargi, podniosła głowę i zaparło jej dech w piersi. Przed nią, w odległości około dziesięciu metrów, znajdował się szary drewniany mostek.

Przeszła przez most i ujrzała altankę.

Altankę z szarych bali z dachem osnutym pajęczyną. Przykrytą gałęziami i liśćmi. Altankę otwartą na wiatry z północy, wschodu i południa.

Weszła do środka i zobaczyła go.

Siedział na ławce pochylony nad wiewiórką, której podawał orzeszek.

Wiewiórka zobaczyła ją i uciekła.

Gary się odwrócił.

– Hortense!

Najpierw wydał się zaskoczony. Potem spochmurniał i powiedział:

– Co ty tu robisz?

– Przechodziłam...

Popatrzył na nią kpiąco.

– Przechodziłaś przypadkiem?

– Przechodziłam i miałam ochotę wejść... Bardzo często spaceruję w parku, mieszkam tuż obok... przy Central Park South.

– Od miesiąca. Wiem.

W jego głosie pobrzmiewał wyrzut. Wyrzut, że jest tutaj od miesiąca, a nie próbowała się z nim zobaczyć.

– Wiem, co myślisz – powiedziała Hortense.

– Więc jesteś naprawdę niezła.

– To prawda.

Patrzyła na niego, zdjęła ciemne okulary, wbiła wzrok w jego oczy i wyraźnie powiedziała, oddzielając każde słowo, żeby wbiło mu się do głowy i żeby zrozumiał:

– Posłuchaj mnie uważnie, Gary... Nie dostałam twojej wiadomości, gdy wyjeżdżałeś z Londynu. Nigdy jej nie dostałam. Musisz mi uwierzyć... Dopiero później się dowiedziałam, że chciałeś mnie ze sobą zabrać. I było mi bardzo smutno, że wyjechałeś bez słowa. Miałam ci to bardzo za złe... Przez długi czas...

Bawił się orzeszkami, które zostały w torebce, miażdżył je w palcach, kruszył na pył i rzucał na ziemię.

– Wiem, że kupiłeś mi bilet na samolot. Ale dowiedziałam się o tym dopiero niedawno. Byłam taka zła, że potrzebowałam czasu, aby ci wybaczyć. Pomyślałam, że to wojna, że my zawsze toczyliśmy wojnę, a potem nagle przestałam mieć ochotę na prowadzenie wojny...

Zmiażdżył łupinę i zgryzł orzeszek. Schrupał drugi i wreszcie powiedział:

– Zdecydowałaś, że to koniec wojny, i pomyślałaś: Pójdę zobaczyć starego Gary'ego, pewnie jest z kumplami w parku.

– Mniej więcej... Twoja matka opowiadała mi o wiewiórkach, które są smutne w poniedziałki.

– I przypadkowo znalazłaś chatkę altankę.

– Nie. Szukałam...

– Czego ty szukasz, Hortense?

W jego głosie brzmiała wściekłość. Grzebał w ziemi czubkiem buta, zaciskając pięści w kieszeniach.

Oparła się o drewnianą listwę altanki, odłożyła torebkę i powiedziała:

– Myślałam sobie, że chciałabym się dowiedzieć, jak to jest być w twoich objęciach.

Wzruszył ramionami i wyprostował nogi, jakby nie było mowy o tym, że wstanie i pocałuje ją.

Hortense podeszła do niego. Przyklękła. Bardzo się starała go nie dotykać. I dodała:

– Chciałam powiedzieć: jak to jest być w objęciach pianisty z Juilliard School. Ze słynnej nowojorskiej Juilliard School...

Gary obrócił do niej głowę i mruknął:

– Mogę ci powiedzieć, że efekt jest taki sam, jak być w czyichkolwiek ramionach.

– Tak ci się wydaje... Ale ja nie wiem... Bo nigdy nie obejmował mnie pianista ze słynnej nowojorskiej Juilliard School.

– Przestań, Hortense, to wszystko są bzdury.

– Być może... Póki jednak nie spróbuję, póty nie będę mogła się wypowiedzieć... A nic nie szkodzi spróbować, prawda?

Ponownie wzruszył ramionami. Unikał jej wzrokiem. Siedział urażony, wrogi, nieufny.

– Mam tarzać ci się u stóp? – spytała Hortense.

– Nie – odparł, uśmiechając się mimo woli. – Masz zbyt piękną sukienkę i włosy tak ci błyszczą...

– Ach! Zauważyłeś? Więc nie masz mi kompletnie za złe?

– Ja też miałem ci bardzo za złe.

– Powinniśmy zawrzeć pokój, bo oboje daliśmy się nabrać.

– Łatwo powiedzieć! – mruknął. – Ty szybko zapominasz, ja nie!

Hortense się wyprostowała.

– No to trudno! Nigdy się nie dowiem, jak całuje chłopak z Juilliard School.

Nałożyła ciemne okulary, wzięła torebkę i zostawiając jedną rękę z tyłu, udała, że wychodzi. Skierowała się w stronę parku, ciągle pozostawiając ramię za sobą, na wypadek gdyby zmienił zdanie, jakby zawsze w ten sposób chodziła, nonszalancko, z ręką za plecami...

Właśnie miała przekroczyć granicę, która oddzielała cień altanki od słońca w parku, gdy poczuła, jak ręka Gary'ego ją łapie, ramiona Gary'ego przyciągają i usta Gary'ego przywierają do jej warg.

Całował ją i całował, a ona z westchnieniem przytuliła się do niego całym ciałem.

Oparła głowę we wgłębieniu jego ramienia, bawiła się kołnierzykiem jego koszuli, podniosła głowę, uśmiechnęła się do niego szeroko i powiedziała:

– Miałeś rację... Nie ma nic nadzwyczajnego w objęciach chłopaka z Juilliard School.

Oderwał się od niej zaskoczony i wściekły.

– Jak to „nic nadzwyczajnego"?

– Nic! Normalka... Sądzę wręcz, że wolę Gary'ego z Paryża czy Londynu.

– Ach...

Patrzył na nią chwilę w milczeniu, nieufnie, zastanawiając się, czy żartuje czy nie. Nuciła, bawiła się guzikami jego koszuli z miną osoby, która jest nieco rozczarowana.

Wówczas ryknął:

– Oszaleję przez ciebie, Hortense Cortès, oszaleję!

Przyciągnął ją i pocałował tak, jakby od tego zależało jego życie.

Szara wiewiórka obserwowała ich z progu altanki, gryząc orzeszek.

Myślała pewnie, że poniedziałki w Central Parku nie są właściwie aż tak smutne...

Bibliografia

Książki o Carym Grancie

A biography..., Marc Eliot.
A class apart, Graham McCann.
Cary Grant, the wizzard of Beverly Grove, Bill Royce.
Wszystkie zdania, które wkładam w usta Cary'ego Granta w powieści, to zdania wypowiedziane przez niego, zaczerpnięte z tych trzech książek.

Na temat średniowiecza

Croisades et pèlerinages. Chroniques et voyages en Terre sainte XIIe*-XVI*^{e} *siècle*, pod redakcją Danielle Régnier-Bohler, Paryż, Robert Laffont.
Histoire des femmes en Occident. II. Le Moyen Âge, Georges Duby i Michelle Perrot, pod redakcją Christiane Klapisch-Zuber, Paryż, Perrin.
La Femme au temps des croisades, Régine Pernoud, Paryż, Stock. Wydanie polskie: *Kobieta w czasach wypraw krzyżowych*, przeł. Iwona Badowska, Gdańsk, Marabut 1995.
Les Croisades, Anthony Bridge, Paryż, Denoël.
Dames du XIIe *siècle*, Georges Duby, Folio. Wydanie polskie: *Damy XII wieku*, przeł. Alicja i Krzysztof Choińscy, Warszawa, Czytelnik 2000.

Poza tym...

Sherry Thomas i jej książka *Private arrangements* (Prywatne układy), Bantam Books, która ukazała się w serii „Aventures et Passions", Paryż, J'ai Lu.

Les Pintades à Londres, Virginie Ledret, Paryż, Livre de Poche.

Le Guide du routard (Anglia i Szkocja).

Biografia Byrona: André Maurois, *Don Juan ou la vie de Byron*, Paryż, Grasset „Les Cahiers rouges".

Słowa Alberta Einsteina, który często przemawia ustami Juniora, to cytaty zaczerpnięte z jego książek.

I – *last but not least!* – scena końcowa stanowi hołd dla Cary'ego Granta za jego rolę w filmie Howarda Hawksa *Byłem wojenną narzeczoną*.

Dziękuję Wam, Cary i Rosalind!

Podziękowania

Pisarz to ściana z wielkimi uszami i okiem cyklopa.

Pisać, znaczy słuchać, obserwować, wąchać, stawać się kasztanem, abażurem czy pajęczyną. Nadstawiać ucha, oka, nosa, zrobić w sobie pustkę, aby wdarło się do niej życie i pozostawiło to, co ze sobą przyniesie...

Zapomnieć o sobie, aby stać się wszystkimi postaciami, śmiechem i łzami, nadzieją i złością, zanurkować na samo dno, podnieść złotą monetę...

Włożyć ją do opowieści i pójść dalej...

Kiedy piszę, otwieram szeroko ramiona i pożeram życie.

Przemierzam morza i góry, poluję na detal, pochłaniam kilogramy dokumentów, słucham.

Wy wszyscy, którzy karmiliście mnie detalami, kolorami, refleksjami, czułością, łagodnością, huraganami, świeżymi zefirkami, przyjmijcie podziękowania!

Patricia... i quai aux Fleurs!

Réjane, Michel, którzy zawsze byli przy mnie.

Huguette... brawo!

Thierry, anioł stróż.

Marie, stylistka z Londynu.

Andy, przyszły wielki szambelan.

Dom... który rozpozna siebie w pewnych detalach.

Lydie, Laurence, Marie, Fatiha, Dominique, Jean, Thierry za maile pełne użytecznych informacji.

Jacqueline, która zbiera jeże na drodze i leczy je.

Aude ze swymi długimi tureckimi papierosami w kopercie.

Sophie, która przesyła mi rzadkie książki, *cup-cakes* z Londynu.

François, genialny wynalazca.

Béatrice za lekcje jogi.

Sarah, która podała mi Diderota na tacy, za swoje zadziwiające maile.

Samantha.

Roberta.

Dziękuję także za wszystkie wiadomości na stronie internetowej, które sprawiają, że podróżuję, śmieję się, mam ochotę was uściskać i stepować.

Podziękowania muszą również przyjąć Hugues i Alvisé z Londynu.

Maggy i Marianne z Nowego Jorku. „*I'm a brain! You're a brain!*"

Michel za szczegółowe uwagi drobiazgowego inspektora!

Fabrice.

Bruno i CD Goulda... zawsze.

Jean-Christophe, człowiek wykształcony, dokładny i staranny.

Béatrice, która oprowadzała mnie po galeriach sztuki w Paryżu, Londynie i Nowym Jorku.

Sharon z Edynburga.

Richard i Jean-Eric z Chin.

Michael Enneser ze swoim schroniskiem dla bezdomnych w Nowym Jorku.

Louis za nasze długie rozmowy o życiu i stolarstwie.

Ucałowania dla Romaina, Daddy doux, George'a, Laurenta.

Cary Grant za użyczenie mi odrobiny swojego życia i posilnego szpiku.

Élisabeth, która nauczyła mnie wszystkiego o krucjatach.

Lise, która wyjaśniła mi zawiłości HDR i intrygi w CNRS.

Pierre le Magnifique ze swoim czujnym okiem.

Octavie, moja miła, tak przenikliwa przyjaciółka.

Dziękuję, Clément, mój najśliczniejszy synku... Dziękuję, Chacha, moja najśliczniejsza córko.

Dziękuję, Coco, dobra wróżko w naszym domu... Jesteś moją wierną szlachetną podporą; całuję Cię w nos, czoło i podbródek!

I jeszcze muzyka, która mi towarzyszyła:

Glenn Gould plays Bach..., seria Columbii.
Russian Romantic Songs, Kaïa Urb, Harmonia Mundi.
Brazilian Sketches, Jim Tomlinson, Candid Productions.
Petite messe solennelle Rossiniego, Harmonia Mundi.
Ballads, Enrico Pieranunzi, Marc Johnson, Joey Baron, Cam Jazz.
Mare nostrum, Paolo Fresu, Richard Galliano, Jan Lundgren, Blue Note.
In my Dreams i Samba tzigane, Duško Goyković, Enja.

Słuchałam tych płyt na okrągło, gdy pisałam.
Jak również TSF Jazz (89.9) i Radio Classique (101.1).
Chaussette – Du Guesclin też!

Wydawnictwo Sonia Draga

WYDAWNICTWO
SONIA DRAGA poleca inne książki tej autorki:

Katherine Pancol
Żółte oczy krokodyla
(Les Yeux Jaunes Des Crocodiles)
Tłumaczenie: Agnieszka Rasińska-Bóbr
ISBN: 978-83-7999-182-2

Joséphine ma czterdziestkę z hakiem na karku, zbuntowaną nastoletnią córkę, despotyczną matkę i niskie poczucie własnej wartości. Do tego tonie w długach. Kiedy jej siostra Iris prosi, by Joséphine napisała dla niej powieść, ta nie waha się długo. Ma nadzieję, że honorarium rozwiąże jej problemy finansowe i jest nawet skłonna podpisać swą pracę imieniem i nazwiskiem siostry, na czym tej ostatniej bardzo zależy. I tak zaczyna się dla Joséphine niezwykła literacka przygoda, dzięki której nie tylko odkryje swój pisarski talent, ale również lepiej pozna siebie samą.

Wydana w 2006 roku we Francji powieść *Żółte oczy krokodyla* okazała się ogromnym literackim sukcesem. Za ponad milionową sprzedaż książkę uhonorowano „Prix de Maison de la Presse, 2006". W roku 2008 uplasowała się na szóstej pozycji w rankingu najlepiej sprzedających się książek na rynku francuskim. Prawa do powieści zakupiły już wydawnictwa z Rosji, Chin, Ukrainy, Włoch, Korei i Wietnamu, a trwają negocjacje z kolejnymi państwami.

Katherine Pancol
Wolny walc żółwi
(La Valse Lente Des Tortues)
Tłumaczenie: Agnieszka Rasińska-Bóbr
ISBN: 978-83-7999-193-8

Bohaterowie *Żółtych oczu krokodyla* kontynuują swoją wędrówkę. Joséphine przeprowadza się do modnej paryskiej dzielnicy, jej idealny związek z Luca rozkwita, siostra powoli zdrowieje w szpitalu psychiatrycznym, a starsza córka studiuje modę w Londynie. Jednak życie nie daje wytchnąć nikomu. Tajemniczy mężczyzna zaczyna napadać na kobiety w dzielnicy Joséphine. Hortense musi się brutalnie przepychać w świecie mody, by coś osiągnąć. Luca zachowuje się coraz dziwniej, a Henriette stara się za wszelką cenę zatruć życie swojemu eks-mężowi.

Language:	Polish
Author:	Pancol, Katherine
Title:	Wiewiorki z Central Parku sa smutne w poniedzialki
Fiction:	Fiction
ISBN:	9788379991976